中国艺术研究院基本科研业务费项目

（项目编号：2020–2–27）

中国艺术年鉴

2019 + 上

喻剑南　主编
中国艺术研究院《中国艺术年鉴》编辑部　编

文化艺术出版社
Culture and Art Publishing House

图书在版编目（CIP）数据

中国艺术年鉴. 2019 / 喻剑南主编. — 北京：
文化艺术出版社, 2022.10
ISBN 978-7-5039-7284-3

Ⅰ. ①中… Ⅱ. ①喻… Ⅲ. ①艺术—中国—2019—年鉴
Ⅳ. ①J12-54

中国版本图书馆CIP数据核字（2022）第167834号

中国艺术年鉴 · 2019

主　　编　喻剑南
责任编辑　梁一红　魏　硕　董　斌　刘　颖　刘锐桢　李梦娟
责任校对　邓　运
书籍设计　李　鹏　赵　矗
出版发行　文化艺术出版社
地　　址　北京市东城区东四八条52号（100700）
网　　址　www.caaph.com
电子信箱　s@caaph.com
电　　话　（010）84057666（总编室）　84057667（办公室）
　　　　　84057696—84057699（发行部）
传　　真　（010）84057660（总编室）　84057670（办公室）
　　　　　84057690（发行部）
经　　销　新华书店
印　　刷　鑫艺佳利（天津）印刷有限公司
版　　次　2023年5月第1版
印　　次　2023年5月第1次印刷
开　　本　880毫米×1230毫米　1/16
印　　张　67.5
字　　数　2500千字
书　　号　ISBN　978-7-5039-7284-3
定　　价　480.00元（上下册）

《中国艺术年鉴·2019》
编辑机构人员

主　编

喻剑南

执行主编

吴　昊

分卷主编（按内文卷本顺序排序）

高　苹

张乃锋

王　畔

陈　乾

杜　蕾

王　晶

耿春晓

耿春晓

周进生

顾骁瑾

丛玲玲

周　延　贾国元

陈诗红

《中国艺术年鉴·2019》编辑说明

一、《中国艺术年鉴》是一部艺术门类较为齐全的综合性国家级专业年鉴。本年鉴在中国艺术研究院领导下，由《中国艺术年鉴》编辑部主持编纂，旨在以文化强国的艺术发展要求与艺术本体规律为辑选尺度，侧重艺术创作，立足学术考量，汇集中国各艺术门类、各艺术工作领域的创作、表演和展览等重要信息，记录和凸显符合艺术规律、对艺术创作健康发展具有推动作用和借鉴价值的优秀作品、工作亮点和热议话题，简明立体地呈现年度艺术工作领域的发展状况与全局轮廓。

二、本年鉴主要记述的时空范围为2018年1月1日至12月末。其中涉及跨年评奖、研讨等内容的条目，遵从活动起始发生日，记述于本卷。

三、从《中国艺术年鉴·2013年卷》开始，各分卷涉及理论研究、学术研讨和艺术教育等部分的内容，还收录在《中国艺术年鉴》编辑部编纂的《中国艺术学年鉴》中。

四、本年鉴使用规范的语体文、记述体，文字力求言简意赅，直陈其事。全书分为上、下两册，共计12个分卷，分别为：总类卷、戏曲卷、话剧卷、音乐卷、舞蹈卷、曲艺卷、电影卷、电视艺术卷、美术卷、摄影卷、艺术设计卷、书法·篆刻卷。全书最后配有主题索引，包括人名、作品、机构3类索引项，2500余个索引词。

往期《中国艺术年鉴》中包含歌剧、音乐剧卷内容，在本年鉴中合并入音乐卷。

五、本年鉴采用卷目—栏目—类目—条目的层级结构。各卷目下设栏目依次为："年度述评""文件（文献）辑录""专题""作品""纪事""大事记"等。"年度述评"是以专论的形式，从不同角度对年度艺术发展的诸多方面做出视野开阔、数据翔实的论述，观照该年度的文化艺术领域的现象与热点、政策与导向、创作与作品、活动与交流、研究与学术、趋势与对策等多方面内容，着力开展深度的研究性梳理、总结概括和学术评估，研判艺术发展趋势与走向，凸显艺术追求的主流价值取向，并提出有学术价值和艺术价值的思考与建议，从历史和理论角度为当代中国文化艺术发展作宏观把脉；"文件（文献）辑录"，辑录年度内文化艺术主管部门和艺术团体发布的与艺术工作相关的法规、规划、公告、通知等文件以及重要文章、讲话；"专题"，针对年度中的某些重要艺术活动、现象、话题，选编若干篇与此相关的媒体报道、采访、评论文章，对其进行全面展现；"作品"，辑录年度内各艺术门类有影响的新作或佳作；"纪事"，简要记录年度内艺术展演、评比、会议、产业、交流等类活动信息；"大事记"是按照时间顺序对一年中各艺术门类所发生事件的罗列。

各栏目下设类目，类目是若干相关条目的归类总称，根据各卷、各栏目所载条目的具体情况设置。

六、本年鉴本着客观记录与学术评述相结合、全面反映与重点突出相协调、活动情况与反响评价相兼顾的编辑思路，以文章和条目为基本载体。其中的文章体主要体现在各分卷的“年度述评”和“专题”（非常设栏目）部分，其余栏目均为条目体。

七、本年鉴在沿用《中国艺术年鉴 · 2017》编纂体例的基础上，为了实现理论性、学术性、针对性的有机统一，各分卷增加了“年度述评”部分的比重，力求对本年度艺术现状进行分析论辨并回答相关门类发展面临的突出问题。

八、本年鉴的组稿方式有特约稿件、重要主流报刊信息转载和摘录三个渠道。其中，各分卷本的“年度述评”部分的组稿方式主要采取特约稿件，所约的撰稿者主要为相关门类的专家、学者，所收录半数以上稿件为课题组以团队形式协作完成；“文件辑录”“专题”“作品”“纪事”的大部分信息均来源于各大报纸期刊、公开出版物及相关网站等国内主流媒体和出版物，且在转载和摘录的过程中，根据本年鉴的编纂要求进行了必要的修订。

2018 年，从中央到地方出台了一系列管理及扶持政策，实现各级文化行政部门对文化资源的动态化、科学化管理，以激发广大文艺工作者的创作热情，强化要求文艺工作者要有文化担当。在文艺创作方面，除了组织推进大型精品力作，同时大力推进地方文艺创作的繁荣，在习近平总书记重要讲话精神指引下，广大文艺家和文艺工作者不断提升思想道德修养和文学艺术素养，高扬社会主义核心价值观旗帜，努力创作优秀作品，为繁荣社会主义文艺事业做出了新贡献。基于此，本年鉴力图宏观系统地对 2018 年度各艺术门类发展状况做出全景概览，总结 2018 年度的艺术成果和宝贵经验，为社会各界了解中国艺术发展趋向提供资讯，以飨读者。

《中国艺术年鉴》编辑部

2021 年 10 月

中国艺术年鉴

2019 + 总目录

上册

下册

上册目录

专题……383

纪事……397

中国艺术年鉴·2019

+

总类卷

+

分卷主编：高　苹

文件辑录

国家艺术基金2019年度项目评审报告

国家艺术基金于2018年2月发布《国家艺术基金（一般项目）2019年度舞台艺术创作资助项目申报指南》《国家艺术基金（一般项目）2019年度传播交流推广资助项目申报指南》《国家艺术基金（一般项目）2019年度艺术人才培养资助项目申报指南》《国家艺术基金（一般项目）2019年度青年艺术创作人才资助项目申报指南》，并于2018年4月中旬至6月面向社会受理项目申报。经国家艺术基金专家评审，共评选出立项资助项目1100项，立项率约11.8%，其中年度一般项目1050项，一般（地区）项目50项。现就申报评审情况报告如下。

一、项目申报

申报受理期内，在各级文化和旅游行政部门的支持下，各级各类艺术机构、单位和广大文艺工作者热烈响应、积极参与，在资助项目申报评审管理系统在线填报项目14423项，最终正式提交申报项目9296项，提交率64.5%，涉及申报主体5735个，申请资助资金总额约85亿元。

申报结束后，国家艺术基金管理中心组织工作人员根据《国家艺术基金（一般项目）申报项目受理审核标准》开展了申报项目受理审核工作。共有8607个项目通过审核参加了初评，建议不予受理项目689项，审核通过率为92.6%，较2018年度下降约2.6个百分点。

申报项目分类统计：

（一）申报项目类型

2019年度申报主体正式提交的项目数量为9296项，与上一年度相比，申报项目总量增加了2344项，增幅为33.7%，创历史新高，其中青年艺术创作人才项目增幅最高，为44.7%，项目申报量突破了3000项。

1. 舞台艺术创作项目

舞台艺术创作项目共申报3298项，占申报总量的35.5%，包括大型舞台剧和作品创作项目1119项，较上一年度增加了138项，增幅约14.1%；申报小型剧（节）目和作品创作项目的数量为2179项，较上一年度增加了550项，增幅约33.8%。

2. 传播交流推广项目

传播交流推广项目共申报1380项，占申报总量的14.8%，较上一年度申报数量增加280项，增幅约25.5%。其中，在国（境）内实施的项目为856项，在国（境）外实施的项目为205项，传统艺术形式与现代科技手段相结合的传播交流推广项目319项。

3. 艺术人才培养项目

艺术人才培养项目申报1375项，占申报总量的14.8%，较上一年度申报数量增加了374项，增幅约37.4%。其中，艺术专业人才培养项目1266项，理论评论人才培养项目45项，经营管理人才培养项目55项，高端艺术人才境外研修计划项目9项。

4. 青年艺术创作人才项目

青年艺术创作人才项目申报3243项，占申报总量的34.9%，较上一年度增加了1002项，增幅约44.7%。其中，美术、书法、摄影和工艺美术等美术类创作人才项目数量为2138项，音乐作曲、戏剧编剧、曲艺编剧、舞蹈舞剧编导和舞台艺术表演人才项目数量为1105项，本年度新增设的舞台艺术表演人才项目，申报数量为403项，占舞台类申报数量的36.5%。

（二）申报主体类型

在5735个申报主体中，机构申报主体2492个，艺术工作者个人申报主体3243个，分别占申报主体总量的 43.5% 和 56.5%。申报主体为机构的申报项目 6053 项，占申报项目总量的 65.1%；申报主体为个人的申报项目 3243 项，占申报项目总量的 34.9%。在机构申报主体中，国有机构、单位申报项目数量为 4951 项，占申报项目总量的 53.3%；非国有机构、单位申报项目数量为 1102 项，占申报项目总量的 11.9%。国家艺术基金是政府性基金，资助的艺术项目带有公益性特点，在这一领域，国有机构、单位仍是申报艺术基金资助项目的骨干和主力。

与 2018 年度相比，国有机构、单位申报项目数量增加了 1194 项，增幅为 31.8%；非国有机构、单位申报项目数量增加了 148 项，增幅为 15.5%。反映了国有机构经验丰富、资源充足，实力强，保障好，队伍更为整齐，一直是艺术创作的主力军。非国有机构项目市场适应性好，具有较强创新能力，发展势头良好。下一步管理中心将开展有针对性的申报动员和指导辅导工作，帮助申报单位进一步提高认识，提升能力，促进各类艺术机构、单位之间均衡发展。

（三）申报项目地域分布

国内各省（区、市）和新疆生产建设兵团，以及中央有关部委办局所辖艺术机构、单位或个人，申报项目数量依次为：北京 814 项、四川 543 项、山东 539 项、浙江 488 项、江苏 457 项、河南 422 项、广西 413 项、湖北 366 项、广东 364 项、中央直属单位 357 项、河北 342 项、山西 320 项、吉林 316 项、云南 314 项、陕西 310 项、湖南 306 项、安徽 306 项、辽宁 275 项、上海 275 项、江西 217 项、贵州 185 项、重庆 184 项、内蒙古 183 项、宁夏 163 项、福建 158 项、黑龙江 155 项、天津 137 项、甘肃 129 项、新疆 89 项、青海 86 项、海南 45 项、西藏 20 项、新疆生产建设兵团 18 项。

二、项目评审

（一）专家培训

根据评审工作需要，按照“先培训，后评审”的要求，国家艺术基金于 2018 年 8 月 24 日召开专家大会。文化和旅游部党组书记、部长雒树刚，国家艺术基金理事会理事长蔡武出席会议并讲话，文化和旅游部副部长、国家艺术基金理事会副理事长、秘书长李群主持会议，国家艺术基金理事会副理事长赵少华出席会议。

会议就深入学习贯彻党的十九大精神，学习贯彻习近平总书记在全国宣传思想工作会议上的重要讲话精神，落实中央关于文艺工作的部署要求，努力推动艺术基金工作在新时代实现高质量发展，提出了明确要求。强调要深入学习领会习近平新时代中国特色社会主义思想，进一步增强做好基金工作的责任感使命感。要始终坚持党对文艺工作的领导，始终坚持弘扬中国精神，始终坚持以人民为中心的创作导向，始终坚持出精品攀高峰的艺术理想，始终坚持把社会效益放在首位，始终坚持崇德尚艺的品质追求，把党中央关于繁荣发展社会主义文艺的部署要求落实到位。

会议要求立足新时代新任务新要求，开拓进取、改革创新，努力开创国家艺术基金工作新局面。要牢牢把握正确导向，进一步落实意识形态工作责任制，坚持“导向问题一票否决”，切实维护意识形态安全和文化安全。要确保项目质量水准，健全资助体系，改进扶持方式，进一步推动形成出精品、出人才的良好环境。要不断完善管理制度和运行体系，努力探索适应治理体系和治理能力现代化要求、符合我国实际的艺术基金管理规律，不断提高管理水平。要持续加强专家队伍建设，严格专家遴选，加强专家培训，做好专家管理和服务，建立起一支具有专业性、代表性、权威性的专家队伍。要做好信息公开工作，进一步提高工作的透明度，让艺术基金在阳光下运行。会议还就做好 2019 年度资助项目评审工作提出了具体要求，作出了安排部署。

艺术基金理事会理事，艺术基金专家库专家，文化和旅游部、财政部相关司局，各省（区、市）文化和旅游厅（局）和部队系统相关部门，以及艺术基金委托管理机构相关负责同志近 5000 人分别在北京主会场和各地分会场参加了会议。

在项目复评工作期间，管理中心集中召开了 24 次专家见面会，基金理事会领导蔡武、李群、赵少华与管理中心负责同志先后出席见面会，就复评工作要坚持导向正确、坚持标准严格、注重项目的必要性和可行性、适度兼顾平衡和要坚持公平公正、清正廉洁等提出明确要求。同时，管理中心就落实部领导、理事会和巡视整改关于加强落实意识形态工作责任制的要求，结合近年项目评审和实施过程中积累的经验和发现的问题，在项目评审前进一步修订完善了《国家艺术基金资助项目评审指南》，细化了评审标准，就不同类型项目有针对性地提出评审要求，明确评审重点，帮助评审专家更好地履行把关责任。

为帮助复评专家准确理解评审指南的要求，管理中心在每个评审组正式评审前，安排召集人沟通环节，通过发挥召集人作用，进一步明确评审标准和评审要求，并就评审专家提出的问题进行集中讨论，解疑释惑，确保专家对基金的工作要求理解到位、依规依据地参与评审工作。

（二）初评工作

1. 项目分组

管理中心依据资助项目申报指南，结合参评项目的项目类型、艺术门类、申报数量和地域分布情况，对艺术创作和艺术活动规律相近的项目进行了最小限度的合并，将 8607 项通过审核参加初评的项目分成了 220 个项目评审组。

2. 专家抽取

8 月 24 日，在文化和旅游部领导、艺术基金理事会领导和理事，文化和旅游部财务司、艺术司、驻部纪检监察组和财政部文化司相关负责同志，《人民日报》、新华社、中国新闻社、《光明日报》、《中国文化报》、《文艺报》、《北京青年报》、人民网、光明网、中央电视台等新闻单位记者的指导、见证下，管理中心按照“地域回避、单位回避、项目负责人和联系人回避、项目主创人员回避、授课教师回避（艺术人才培养项目）、推荐人回避（青年艺术创作人才项目）和近亲属回避”等原则，通过信息系统随机抽取了 1979 位初评专家，自动发送了能否参加评审的问询短信，并根据专家回复情况，在监督处的监督下，分两次补充抽取了 315 位初评专家。经电话和短信确认，共有 1999 位专家同意参加初评工作，比上一年度增长了 22%。

3. 网上初评

8 月 24 日至 9 月 10 日，进行了为期 18 天的网上初评，共有 1880 位初评专家按时提交了评审结果，提交率 94%。评审系统自动汇总初评专家网上评审的独立排序结果。经严格复核后，共有 2029 个项目进入复评，初评通过率约为 23.6%，比上一年度降低 3.4 个百分点。

（上述数据是对参加评审“舞台艺术创作”“青年艺术创作人才”“传播交流推广”“艺术人才培养”四类项目初评专家人数的统计）

（三）复评工作

1. 项目分组情况

2018 年 10 月 11 日至 11 月 9 日，开展了 2019 年度资助项目复评工作。复评为会议评审，2029 项参评项目，分为 64 个评审组。包括大型舞台剧和作品创作资助项目 12 组 232 项；小型剧（节）目和作品创作资助项目 10 组 450 项；传播交流推广资助项目 9 组 318 项；艺术人才培养资助项目 10 组 300 项；青年艺术创作人才资助项目 23 组 729 项。其中，涉及资助金额较大的大型舞台剧和作品项目、传播交流推广项目和艺术人才培养项目以及今年新增的青年舞台艺术表演人才项目共 941 项的申报主体进行了现场答辩。

2. 复评专家情况

2019 年度复评专家遴选工作，按照“单位法定代表人回避，项目负责人、联系人回避，项目主创回避，文化厅（局）相关领导回避，授课教师回避（艺术人才培养项目），推荐人回避（青年艺术创作人才项目）和近亲属回避”等原则，在管理中心监督处工作人员监督下，通过信息系统，分 7 批抽取专家，共有 463 位艺术专家、管理专家和财务专家参加了复评工作，其中 349 位 2018 年没有担任复评专家，更新率达到75.4%。

3. 第三方监督情况

复评期间，管理中心继续坚持内部监督和外部监督结合的方式，除本单位监督处工作人员全程现场监督外，从专家库中遴选部分资深媒体人担任项目评审监督专家，对项目复评工作进行全程监督。来自《中国文化报》《文艺报》《中国美术报》《中国戏剧年鉴》等媒体的监督专家对评审专家履行把关责任、项目主体权利保障、评议过程公平公正和评审组织流程科学规范等进行全面监督。

4. 复评结果汇总和复核

复评结束后，管理中心工作人员在监督处监督下，根据《国家艺术基金2019年度资助项目评审通过率测算说明》，通过评审系统生成复评结果并根据专家评审意见与评审项目情况，对评审结果做了复核，请财务专家对资助项目经费进行了审议。

三、一般项目分类统计

根据《国家艺术基金“十三五”时期资助规划》和2019年度项目资助资金情况，按照“突出导向、控制数量、提高质量、加强管理”的工作思路，确定2019年度立项资助项目1100项，立项率11.8%。

（一）项目类型统计

1. 大型舞台剧和作品

大型舞台剧和作品申报1119项，立项资助132项，立项率11.8%。列为国家艺术基金年度资助重点的戏曲、曲艺、民族歌剧、交响乐、民族管弦乐等艺术形式，立项资助72项，占该类项目总量的54.5%。其中，立项资助京剧、昆曲和地方戏曲53项，占比40.2%，比上一年度增长约3个百分点。体现了艺术基金落实国务院办公厅《关于支持戏曲传承发展的若干政策》，继续加大对戏曲的支持力度。

2. 小型剧（节）目和作品

小型剧（节）目和作品申报2179项，立项资助235项，立项率10.8%。地市级、县级艺术机构、单位资助项目102项，占该类项目总量的43.4%。歌曲、舞蹈和小戏曲立项项目数量较高，三类合计约占比64%。这反映出基层文艺院团注重发挥贴近实际、贴近生活、贴近群众优势，创作出一系列群众喜闻乐见的优秀作品，更好地为基层群众服务。

3. 传播交流推广

传播交流推广项目申报1380项，立项资助175项，立项率12.7%。其中，展览类项目79项，演出类项目60项，传统艺术形式与现代科技手段相结合开展的项目36项。从项目计划实施范围看，在国内开展的展演、展览项目数量为104项，其中89项为跨省传播，占国内传播交流推广项目的85.6%，这些项目大多将重点围绕以“一带一路”“京津冀”“粤港澳大湾区”“中部崛起”“长江经济带”为区域空间策划开展；计划在国外开展的展演、展览项目数量为35项，其中展演项目11项，展览项目24项。

4. 艺术人才培养

艺术人才培养项目申报1375项，立项资助165项，立项率12%。其中，132个项目由高等院校承担，占该类项目总量的80%；33个项目由艺术院团、美术馆、专业协会、群众艺术馆、国有文化企业等专业艺术单位承担，占该类项目总量的20%。

5. 青年艺术创作人才

青年艺术创作人才项目申报3243项，立项资助393项，立项率12.1%。从今年的申报和立项情况看，美术、工艺美术类申报数量仍然较多，共有2138项，立项数量为254项，占该类项目总量的64.6%。舞台艺术类立项数量为139项，戏剧编剧立项37项，立项率为12.8%，立项率排在青年艺术创作人才项目的首位，项目质量较好。本年度新增设的舞台艺术表演人才项目，立项数量为51项，立项率为 12.7%，该项目吸引了许多优秀青年表演工作者申报，总体艺术水准较高。

（二）项目主体统计

从各类项目主体的申报量、立项量和立项率看，国有机构申报 4951 项，立项资助 641 项，立项率约 12.9%；非国有机构申报 1102 项，立项资助 66 项，立项率约 6%。

（三）地区（系统）统计

从各地区（系统）申报量和立项量看，东部地区立项量为 491 项，占总立项量的 44.6%，立项率为 14%；中部地区立项量为 273 项，占总立项量的 24.8%，立项率为 9.8%；西部地区立项量为 269 项，占总立项量的 24.5%，立项率为 10.4%。西部地区资助项目数量有所提高，与两个方面的因素有关：一是今年艺术基金在一般项目中增设了地区项目，针对西部地区和集中连片特困地区制定了扶持政策；二是艺术基金在西部地区开展了有针对性的申报辅导工作，艺术机构、单位和艺术工作者对“基金制管理、项目化运作”的理解更加深入，申报项目的质量、数量进一步提高。

浙江、山东、四川、内蒙古、河南、陕西、黑龙江等省（区），由于文化和旅游行政部门高度重视，加大工作力度，艺术机构、单位和艺术工作者个人的申报量和立项量在全国的位次都有明显前移。个别省份虽申报量较大，但存在项目同质化、一般化问题，前期准备不足，设计深度不够，特色不够鲜明，给立项量和立项率带来了影响，反映出项目申报和辅导工作还需进一步重视和加强，更好地挖掘当地文化艺术资源，提升策划创意水平。

（四）项目类型分布统计

艺术基金资助项目类型的统计，遵循艺术规律，包括了艺术创作生产的主要环节，旨在引导各级各类艺术机构、单位和艺术工作者结合自身艺术工作计划筹划项目，以争取获得艺术基金资助扶持，更好地繁荣艺术事业发展。各地区获立项资助的项目类型分布，在一定程度上反映了各地的艺术基金工作重点，与艺术资源和特色优势。

（五）一般（地区）项目资助情况统计

艺术基金一般（地区）项目评审坚持“公平公正、公开透明、竞争择优、统筹兼顾”的原则，在同年度申报的一般项目中评选产生，且资助额度与一般项目一致，资助数量原则上不超过年度一般项目总量的 5%。经测算，2019 年度共资助一般（地区）项目 50 项，分别为：一般（地区）项目中大型舞台剧和作品创作项目 8 项，小型剧（节）目和作品创作项目 8 项，传播交流推广项目 9 项，艺术人才培养项目 7 项，青年艺术创作人才项目 18 项。

四、项目评审特点

（一）重点支持现实题材作品创作，充分发挥引导带动作用

学习贯彻习近平新时代中国特色社会主义思想和党的十九大报告精神，将讴歌党、讴歌祖国、讴歌人民、讴歌英雄的现实题材创作和围绕“四个重要时间节点”开展的艺术创作、艺术活动明确为资助重点；对戏曲、曲艺、杂技、民族歌剧和民族管弦乐等中国化的艺术形式给予重点扶持，发挥了指导创作的“风向标”作用，在立项资助项目中现实题材作品创作和围绕“四个节点”开展的艺术创作、艺术活动占比在 80% 以上。

（二）完善艺术基金资助体系，推动艺术事业全面发展

落实统筹推进“五位一体”总体布局，协调推进“四个全面”战略布局和习近平总书记关于区域协调发展战略、着力解决发展不平衡不充分矛盾等新要求，艺术基金在一般项目中增设地区项目，以推动西部地区和集中连片特困地区的艺术事业发展。落实《中共中央关于繁荣发展社会主义文艺的意见》中关于加大对青年拔尖人才培养支持力度的要求，在青年艺术创作人才资助项目中增设青年舞台艺术表演人才资助项目，对活跃在文艺院团第一线的优秀青年演员给予立项资助，加强文艺队伍建设，培养高水平创作人才。

（三）改进立项评审工作流程，提升科学化、规范化、专业化水平

修订《国家艺术基金资助项目评审指南》，制定《国家艺术基金资助项目立项评审评价标准》，从社会效益、艺术价值和可行性等方面进一步细化评价标准，与申报指南、监督指南相衔接，进一步完善艺术基金管理的体系流程。升级“国家艺术基金资助项目申报评审管理系统”，增加项目分析功能，在评审时对同组项目的艺术类型、项目主体性质、所属地区进行分析，供专家参考。新增项目查重环节，将进入复评的项目与曾经获得立项资助的项目进行全面对比，将重复申报、内容相近项目的信息提供给评审专家，重点考察再次资助的必要性和迫切性，避免重复资助。

（四）强化监督管理工作措施，确保艺术基金工作“阳光运行”

制定《国家艺术基金资助管理工作回避与保密办法》，将专家和管理中心工作人员近亲属从事文化艺术工作情况纳入回避和监督范围。升级“国家艺术基金专家服务云平台”，及时更新专家信息，共采集了 1599 条专家近亲属从事文化艺术工作的信息。继续深化第三方监督，邀请社会人士和媒体记者担任第三方监督专家，对评审专家履行把关责任、项目主体权利保障、评议过程公平公正和评审组织流程科学规范等进行全面监督。开放“资助项目申报评审管理系统”查询功能，主动接受社会监督。

摘自《中国文化报》2018 年 12 月 30 日

纪事

【艺术史与博物馆学术研讨会】

2018年1月2日，由清华大学艺术博物馆学术研究部、清华大学美术学院中国艺术学理论研究所主办的“艺术史与博物馆学术研讨会”在清华大学艺术博物馆举行。国内外博物馆、美术馆、高校等多个领域近20位专家学者参加。与会专家学者围绕“西方博物馆和中国重要博物馆的艺术品收藏、展览特点”“博物馆的艺术藏品对艺术史研究的作用”“艺术史研究方法与博物馆藏品研究之间的关系”三个议题展开了讨论。

研讨会旨在加强艺术史研究与博物馆的联系。运用文献和艺术作品实物是艺术史研究最基本的方法，而博物馆是收藏绘画、雕塑、工艺美术等艺术作品的重要机构，借助博物馆的藏品开展艺术史研究则可以使艺术史更加丰满。

【2017中华文化人物颁授典礼】

2018年1月10日，由中华文化促进会、凤凰卫视主办，深圳市龙岗区文化产业发展办公室、华侨城文化集团承办的“2017中华文化人物颁授典礼”在广东省深圳市举行。10余位在文化艺术领域做出突出贡献的年度文化人物和团体获奖，分别是舞蹈家张继钢，文史学者刘梦溪，日本芭蕾舞演员森下洋子，建筑师吴晨，文化学者王鲁湘，生态保护工作者王克举，喜马拉雅FM联合创始人兼联席CEO余建军，企业家马国湘，藏学专家才让多吉以及乌镇戏剧节发起人团队等。

【文化产业创业创意人才扶持计划作品展系列活动】

2018年1月19日，由文化部文化产业司指导、中央文化管理干部学院主办的“文化产业创业创意人才扶持计划作品展系列活动”在北京市举行。各界代表以及进入文化产业双创人才库的人才代表160余人参观展览，并出席文化产业创意设计联盟成立仪式及“创意让生活美起来”主题论坛。

展览分三大板块：第一板块“艺术+科技+人文”呈现从我国传统平面设计到多媒体设计、动画的发展脉络，从“艺术+科技+人文”的角度思考设计前沿问题；第二板块“现代设计”展示设计师在工农业、博物馆、公共领域等发挥的融合作用，体现出适应现代文化产业体系和市场体系的要求，将“中国制造”推向“中国创造”；第三板块“传统设计”以中华传统文化的继承创新为切入点，以藏羌彝文化产业走廊、蔚县剪纸、哈密刺绣等特色文化资源为内容，探讨新时代下传统文化的创造性转化。

【国家艺术基金2018年度资助项目立项名单公示】

2018年2月2日，经国家艺术基金专家严格评审，报国家艺术基金理事会批准，《国家艺术基金2018年度资助项目立项名单》予以公示，公示时间为2018年2月2日至16日。

此次项目立项名单共计955项。其中，大型舞台剧和作品创作资助项目（159项）、小型剧（节）目和作品创作资助项目（185项）、传播交流推广资助项目（187项）、艺术人才培养资助项目（134项）、青年艺术创作人才资助项目（290人）。

【2018年全国艺术创作工作会议】

2018年2月8日至9日，文化部在北京市举行“2018年全国艺术创作工作会议”，总结2017年艺术创作工作，部署2018年及以后艺术创作重点工作。

会议指出，2017年艺术创作的规划、引导和管理进一步加强；围绕迎接党的十九大胜利召开，各艺术门类推出了一批导向性、代表性、示范性鲜明的优秀作品；完成了党和国家交办的系列重大政治任务；开展了国家舞台艺术精品创作扶持工程、中国民族歌剧传承发展工程等一系列示范性项目；深入开展文化“深入生活、扎根人民”等活动。

会议强调，各级文化部门要深入贯彻落实党的十九大关于社会主义文艺工作的重要部署，落实《中共中央关于繁荣发展社会主义文艺的意见》和中共中央宣传部《中国当代文学艺术创作工程规划（2017—2021年）》的相关要求，始终坚持以人民为中心的创作导向，深入生活、扎根人民，弘扬改革创新精神，围绕改革开放40周年、中华人民共和国成立70周年、全面建成小康社会、中国共产党成立100周年4个重要时间节点，推出更好更多接地气、传得开、留得下的精品力作，接受党和人民的检验。

【2018年全国舞台艺术优秀剧目展演、全国优秀民族歌剧展演】

2018年3月3日至8日，文化部在北京市举办“2018年全国舞台艺术优秀剧目展演”和“全国优秀民族歌剧展演”，共有29台优秀舞台艺术作品在北京的保利剧院、梅兰芳大剧院、国家话剧院大剧场、中国儿童剧场、天桥剧场、北京音乐厅、首都剧场、天桥艺术中心、中国评剧大剧院、新清华学堂等场地演出58场。两个展演均由文化部主办，文化部艺术司、文化部艺术发展中心、北京市文化局、北京市教委共同承办，北京市演出有限责任公司协办。

参加“2018年全国舞台艺术优秀剧目展演”的作品是2017年度国家舞台艺术精品创作扶持工程的10台重点扶持剧目和4个“2017年度全国舞台艺术重点创作剧目名录”作品，包括京剧《党的女儿》、评剧《安娥》、婺剧《宫锦袍》、闽剧《双蝶扇》、昆曲《邯郸记》、话剧《玩家》《闽宁镇移民之歌》《董必武》《共同家园》、儿童剧《时间森林》、音乐剧《火花》、舞蹈诗《黎族家园》、芭蕾舞剧《鹤魂》、交响乐《哈尼交响》音乐会等。这些作品涵盖了各个艺术门类，汇聚了一大批艺术家和青年演员，展示了近年来舞台艺术创作的最新成果，具有示范性和代表性。3月3日，话剧《闽宁镇移民之歌》作为开幕演出，为“2018年全国舞台艺术优秀剧目展演”拉开序幕。

参加“全国优秀民族歌剧展演”的15个作品中，既有《马向阳下乡记》《松毛岭之恋》《有爱才有家》《二泉》《玛纳斯》《英·雄》《蔡文姬》《青春之歌》《盐神》等文化部2017年“中国民族歌剧传承发展工程”重点扶持剧目，也有《呦呦鹿鸣》《红色娘子军》等原创剧目和《白毛女》《小二黑结婚》《洪湖赤卫队》《星星之火》等经典剧目。这些作品展示了近年来在“中国民族歌剧传承发展工程”的带动下，民族歌剧创作和人才培养取得的成果。展演开幕演出于3月8日举行，演出剧目为《马向阳下乡记》。这些作品在北京展演后，文化部组织其中的部分作品赴江苏、浙江、福建、山东、河南、湖北、湖南等地开展巡演活动，进一步发挥优秀作品的示范引领作用，力争取得更大的社会效益。

此次集中展演是党的十九大胜利召开之后文化部组织举办的首次优秀作品集中展演，29部作品代表了党的十九大前后全国艺术创作的最新成果。

【第四届中国青年文艺评论家西湖论坛】

2018年4月14日至16日，由中国文艺评论家协会、浙江省文学艺术界联合会主办，浙江省文艺评论家协会、宁波市文学艺术界联合会、宁波广电集团、中国文艺评论家协会青年工作委员会承办的“第四届中国青年文艺评论家西湖论坛”宁波峰会在浙江省宁波市举行。论坛以“新时代文艺的中国精神”为主题，分设“影视创作与中国精神”电影电视论坛、“中国戏剧的时代精神与当下审美”戏剧戏曲论坛、“后移动互联网时代——技术与艺术融合、发展的理论前瞻”网络文艺论坛和“对青年文艺批评的批评”专题论坛。本届的主论坛是电影电视评论。以“主论坛 + 分论坛”的方式，使“电影电视”“戏剧戏曲”“网络文艺”三个艺术门类的论坛共同举办；在选题上除“理论研讨”阐述文章的核心观点外，还开辟了针对当下现实问题、能引发观点争鸣的“学术研讨”；论坛最后增加了由学术主持与特邀嘉宾组成的“对青年文艺批评的批评”的专题论坛，旨在对今后青年文艺评论家的健康成长有所帮助。为进一步加强对青年文艺评论人才的团结凝聚，延续上届论坛的做法，论坛组委会在网上公开向社会征召新文艺群体的代表参加论坛。经组委会选拔审核，最后有 4 位新文艺群体嘉宾参加了本届论坛。这也是贯彻落实文联深化改革精神的重要举措之一。

“西湖论坛”是在中国文艺评论家协会倡议下，经中国文联批准，于 2015 年由中国文艺评论家协会、浙江省文联共同创办的，此前已在浙江省杭州市举办了三届。

【第 18 届“相约北京”艺术节】

2018 年 4 月 27 日至 5 月 31 日，由文化和旅游部、国家广播电视总局、北京市人民政府主办，中国对外文化集团公司、北京市文化局承办的“第 18 届‘相约北京’艺术节”在北京市举行。

来自 19 个国家和地区的 44 个表演艺术团体、近 800 位中外艺术家为观众带来 130 场演出、3 个艺术展览和多项公益艺术教育活动。本届“相约北京”艺术节主宾国是意大利。

2018 年 4 月 27 日，艺术节开幕音乐会开演，演出节目包括《塞维利亚的理发师》《西西里晚祷》《游吟诗人》《弄臣》等经典歌剧唱段，以及意大利歌唱家帕斯奎尔・希尔科和达涅拉・皮尼利用中文演唱的中国民歌《敖包相会》等。

2018 年 4 月 28 日，应“相约北京”艺术节组委会邀请，柬埔寨王国王家舞团在北京天桥艺术中心举办“庆祝中柬建交 60 周年——柬埔寨王家舞团专场演出”。

【2018 第五届拉美艺术季“异彩共生——拉美及加勒比艺术展”】

2018 年 5 月 14 日至 22 日，由中国文化和旅游部外联局与阿根廷驻华大使馆、厄瓜多尔驻华大使馆、圭亚那驻华大使馆、巴拿马驻华大使馆、特立尼达和多巴哥驻华大使馆、墨西哥驻华大使馆以及委内瑞拉驻华大使馆举办，中国对外文化集团公司承办的 2018 第五届拉美艺术季“异彩共生——拉美及加勒比艺术展”在北京市民族文化宫举行。艺术展以联展的方式，汇集了拉美及加勒比地区 7 国 7 位艺术家包括当代绘画、摄影作品在内的 88 幅作品。

19 世纪 40 年代开始，拉美及加勒比艺术逐渐登上世界舞台，但由于动荡的历史和政治因素，许多经典作品及其创作者背后的故事鲜为人知。此次各国使馆和主办方提炼出精华的艺术作品，让拉美及加勒比艺术集中呈现在中国观众面前。

【《2017 年度中国艺术发展研究报告》首发式】

2018 年 5 月 17 日，由中国艺术研究院主办，中国艺术研究院《中国艺术年鉴》编辑部、文化艺术出版社承办的“中国艺术发展研究报告发布会暨《2017 年度中国艺术发展研究报告》首发式”在中国艺术研究院举行。

《中国艺术发展研究报告》于 2013 年启动，是中国艺术研究院年度基础课题项目，《2017 年度中国艺术发展研究报告》是该报告第一次结集出版。该报告是总结、分析和研判 2017 年度中国文化艺术领域总体发展状况的综合性研究报告，全书近 50 万字。报告含 18 个子报告，分为三大板块，涉及马克思主义文艺理论、音乐、戏曲、电影、美术、红学等多个领域和学科的研究以及专题研究。

首发式上，《2017 年度中国艺术发展研究报告》中的马克思主义文艺理论研究、音乐、舞蹈等子报告的主笔就各自部分的内容做了概要介绍。马克思主义文艺理论研究呈现边缘化状态、流行音乐质量亟待提升、美术领域“既无高原又无高峰”等现象都在此次研究结论中得以体现，而文艺与政治的关系加强、顶层设计引领文艺发展方向、国际艺术交流促进文化互鉴等现象也成为研究的新亮点。

与会专家就《2017 年度中国艺术发展研究报告》的发布发表感言，肯定了其对当前文化智库建设的积极作用，并提出了中肯建议。

首发式后，还举办了“专家论坛”。论坛是“中国艺术发展研究报告”工作的重要组成部分，其目标是集合更多专家学者的智慧和力量，在报告的基础上进一步深入研究问题和对策，以期提炼出更为凝练、精准和务实的智库性成果，为国家文化艺术事业的高层决策和高端文化智库建设提供咨询和服务。

【文化自信与工匠精神研讨会】

2018 年 5 月 26 日，由中共中央党校报刊社、中国实学研究会主办的“文化自信与工匠精神研讨会”在中共中央党校举行。

研讨会上，与会专家表示，创新是工匠精神的核心内涵，工匠精神倡导的是立足传统技艺，在技艺积累的基础上不断实现技术的改进和产品的创新，迎难而上、解放思想，把不可能变为现实。工匠精神没有在当今社会中发挥出应有的作用，是因为人们急功近利的思想比较普遍，文化的娱乐化、思维的碎片化、目标的短期化，助长了这种浮躁心理。

【中国文联发布《2017 中国艺术发展报告》】

2018 年 6 月 20 日，中国文学艺术界联合会在北京市举办《2017 中国艺术发展报告》出版发布座谈会。

与会专家学者认为，在中国特色社会主义迈入新时代的历史进程中，中国文艺事业进入繁荣发展的重要历史时期，面对纷繁复杂的新形势新任务，全面系统地盘点年度艺术发展成果和取得的成绩，客观理性地分析发展的总体趋势和存在的问题，科学把握文艺发展规律，对于文艺事业健康持续发展具有重要意义，无论是对文艺政策执行者还是对文艺行业从业者来说，都具有重要的参考价值和指导意义。

【“在时代的现场”当代文艺评论苏州论坛】

2018 年 6 月 23 日，由中国文艺评论家协会、江苏省文学艺术界联合会、中共苏州市委宣传部和苏州大学主办的“‘在时代的现场’当代文艺评论苏州论坛”在江苏省苏州市举行。论坛以文艺界广为关注的“文艺批评的批评”为切入点，研讨当下文艺评论发展的热点话题，来自全国各地的 60 余名专家学者出席活动。

除主要研讨活动外，论坛还举行了美术圆桌论坛、影视圆桌论坛、戏剧圆桌论坛三场活动，与会专家学者分别围绕“时代主旋律、主题创作与文艺评论”“当代中国的影像书写与文艺评论”“中国昆曲现状、态势和评论”展开讨论交流。

【首届全国文艺评论传播专题培训班】

2018年6月26日，由中国文艺评论家协会、中国文学艺术界联合会文艺评论中心、江西省文学艺术界联合会、中共景德镇市委宣传部主办，中国文艺评论传播联盟、江西省文艺评论家协会、景德镇市文学艺术界联合会共同承办的“首届全国文艺评论传播专题培训班”在江西省景德镇市开班。来自全国媒体的文艺评论负责人和骨干编辑记者60余人参加了本次培训。

“文艺评论与学术传播”主题论坛和分论坛也同期举行，学员围绕“新时代条件下文艺评论的学术含量、话语建构和传播能力”主题进行了深入交流。

【2018中国艺术教育博览会暨改革开放40周年艺术教育成果展】

2018年6月30日至7月2日，由中国艺术职业教育学会、中国国际展览中心集团公司主办的“2018中国艺术教育博览会暨改革开放40周年艺术教育成果展”在中国国际展览中心（静安庄馆）举行。

艺术教育博览会通过展览展示、会议讨论、沙龙论坛等多种形式进行展示。展览面积有1万余平方米，汇聚中央音乐学院、中央美术学院、北京电影学院、中国音乐学院、北京舞蹈学院、中国传媒大学、中国戏曲学院、中央戏剧学院创客联盟、清华大学美术学院、山西艺术职业学院、浙江艺术职业学院、安徽艺术职业学院、山西戏剧职业学院、大连大学、洛阳师范学院、舞蹈中国、利亚德集团、珠江钢琴、海伦钢琴、北京星海钢琴、音兰科技、传新科技在内的200多家艺术院校和艺术教育品牌参展。

【中国—中东欧国家当代艺术展】

2018年7月2日至8月2日（当地时间），由保加利亚文化部、索非亚中国文化中心主办的“中国—中东欧国家当代艺术展”在索非亚中国文化中心举行，来自中国和16个中东欧国家的27名艺术家的130余件作品参展。展览开幕式恰逢第七次中国—中东欧国家领导人会晤在索非亚举行前夕，艺术展以“异同与共生”为主题，汇集了油画、水墨画、版画、铅笔画、水彩画、书法、摄影、影像、陶瓷、装饰、多媒体等多门类艺术作品，着力体现了以和平、独立、发展与和谐为内涵的“一带一路”精神。中国创意文化用品展同期举行。

【第二届“新时代乌兰牧骑与中国民族艺术的发展”民族文艺论坛】

2018年7月25日至27日，由中国文艺评论家协会、内蒙古文学艺术界联合会主办，中国文艺评论（内蒙古）基地、内蒙古文艺评论家协会承办的“第二届‘新时代乌兰牧骑与中国民族艺术的发展’民族文艺论坛”在内蒙古自治区锡林浩特市举行。

来自北京、天津、江苏、广西、广东、江西、四川、云南、吉林、辽宁、黑龙江、宁夏、湖南、湖北、青海、内蒙古等各省、自治区、直辖市的百余名专家就新时代乌兰牧骑精神、全球化语境下民族文艺创作的问题与出路、民族艺术文化资源的保护传承与开发利用、民族文艺理论建设与文艺批评等问题展开讨论。主旨演讲分别从青花瓷和民族审美、乌兰牧骑艺术实践的审美、民族民间舞蹈的发展、多民族文艺与汉语的关系等角度展开。

【第四届全国文艺评论骨干专题研讨班】

2018 年 7 月 31 日至 8 月 11 日，由中国文学艺术界联合会、中国文艺评论家协会主办的“第四届全国文艺评论骨干专题研讨班”在四川省雅安市举行。

研讨班以“从新时期到新时代：改革开放文艺思潮的嬗变与未来展望”为主题。专家学者围绕“当代文艺思潮与新时代文艺评论话语体系的建构”“新时代与中国电影新发展”“当代马克思主义美学与当代文艺思潮”等研究课题，为学员进行辅导授课并开展互动，引导学员结合新时代文艺评论工作实践和文艺理论基础创新，深入研讨交流，共同商讨对策办法，研究和总结推动文艺评论工作创新发展的新举措、新思路、新方法。

研讨班设有学员学术汇报、现场教学等环节。来自全国各高等院校、社科研究机构、宣传思想文化单位的 31 名文艺评论骨干参加研讨班。

【“上海对话——2018 艺术开启未来”高峰论坛】

2018 年 8 月 9 日，由上海自由贸易区国际文化投资发展有限公司、国家对外文化贸易基地（上海）主办的“‘上海对话——2018 艺术开启未来’高峰论坛”在上海举行。

论坛邀请文化产业、艺术品行业、金融业等海内外企业与专家学者参与，全方位、多视角地对文化产业进行权威解读、深入交流和创新研判。论坛发布《2017 中国文物艺术品拍卖全球统计年报》《2017 中国文物艺术品拍卖市场统计年报》《2018 年春拍中国艺术品拍卖市场调查报告》。《2018 年上海自贸区文化艺术蓝皮书》也于论坛现场发布，为中国后续自贸区建设提供了借鉴与模板。

此外，论坛还围绕“‘一带一路’文化传播与自贸区文化建设”“推动文化创意和文创产业的密钥”“艺术品市场新业态——融合、跨界和转型”三个主题，从国家文化战略、文化 IP、文化多元等角度展开深入探讨，探寻新时期新背景下文化的创新模式和嬗变路径。论坛现场，“艺术品及贵重物品存储安全防范技术规范编制”相关工作宣布启动。

【第五届丝绸之路国际艺术节】

2018 年 9 月 7 日至 21 日，由文化和旅游部、陕西省人民政府主办，陕西省文化厅承办的“第五届丝绸之路国际艺术节”在陕西省西安市举行。

参与艺术节各项活动的国家和地区达 118 个。在文艺演出、美术展览、文化论坛、惠民巡演四大板块的基础上，主办方还举办了“2018 年国际青年汉学家研修班（西安班）”“2018 国际现代艺术周”“2018 国际儿童戏剧周”“2018 国际创意动漫周”“2018 丝路长安大学生艺术节”五项专题活动。

【第 20 届中国上海国际艺术节】

2018 年 10 月 19 日至 11 月 22 日，由江苏省文化和旅游厅、上海市文化广播影视管理局主办，中国上海国际艺术节中心承办的“第 20 届中国上海国际艺术节”在上海市举行。

本届艺术节包括 132 场演出、12 个展览项目。其中，45 台剧（节）目汇聚世界名团名家，包括茱莉亚弦乐四重奏音乐会、美国纽约城市芭蕾舞团《巴兰钦之夜》、罗伯特·威尔逊与杜塞尔多夫戏剧院音乐戏剧《睡魔》，以及艺术节闭幕演出——古巴国家芭蕾舞团芭蕾舞剧《堂·吉诃德》等 25 个境外演出项目，上海歌剧院歌剧《晨钟》、四川人民艺术剧院方言版话剧《茶馆》等 20 个境内演出项目。

作为艺术节重要板块，“扶持青年艺术家计划”遴选委约作品 6 部，包括艺术节开幕演出——由中国作曲家叶小纲创作的主题交响乐《创世秘符》、舞蹈家杨丽萍编导的舞剧《春之祭》等。

演出交易会是艺术节支柱性品牌活动。此次共有来自60个国家与地区的代表参加，参会机构520余家，其中国外机构超过240家，代表总人数超过1000人，推介演出总数33台。

为加强与“一带一路”沿线国家的文化交流，本届艺术节举办“一带一路”国际艺术节发展论坛。

此外，艺术节特别策划了纪念改革开放40周年展演板块，全面展现中国改革开放40年来波澜壮阔的历史画卷。

【2018“首尔·中国日”活动】

2018年10月21日（当地时间），由中国驻韩国大使馆、首尔市政府主办、首尔中国文化中心承办的2018“首尔·中国日”活动在韩国首尔广场举行。

本届“首尔·中国日”现场布置近60顶互动展示帐篷，在全面展示中国文化的同时，增加经贸、城市、旅游等板块内容，重点打造“中国企业品牌区”“中国地方城市品牌区”“中国文化旅游融合区”。活动主舞台是由成都京剧研究院、香港钱秀莲舞蹈团、唐津世界杂技艺术团、汉城华侨中学舞龙舞狮队、首尔中国文化中心太极拳班等表演的舞龙舞狮、京剧、川剧、歌舞、杂技和太极拳等近30个文艺节目，并通过现场大屏幕播放《中国2018》《丝绸之路》《熊猫走世界·美丽中国》等中国文化和旅游宣传片，吸引了2万余名首尔市民和各国游客。

【第24期“艺海问道”文化论坛】

2018年10月30日，由中国文化报社理论部主办的“第24期‘艺海问道’文化论坛”在北京市举行。

论坛以“多元趣味时代的审美提升”为主题，围绕以大美之艺立德树人、让大众流行文化健康发展、让大众审美趣味脱离低俗等问题展开探讨。中国文化传媒集团“文旅中国”客户端对论坛进行了现场直播。

与会专家认为，以包容心态面对多元趣味，是社会进步的一种表现。趣味有高雅、低俗之分，要善加引导；高雅文化与大众文化要各归其位，相互补充；文化艺术工作者要有更大的责任担当，在创作和评论过程中要注入正确的价值观，为多元趣味时代的审美提升做出贡献；要让无愧于时代、无愧于人民的优秀作品在多元的文化生态中更好地发挥引领和提升作用；提升文化修养最主要的方式是美育教育，美育不只是灌输知识、学习技巧，还应包括人性教育、修养教育和道德教育，主流媒体要加大对优秀传统文化与经典文艺作品的传播力度，不断引导大众审美趣味的提升。

【“名师讲坛——丝绸之路上的图像之旅”专题讲座】

2018年11月9日，由中国艺术研究院主办的“‘名师讲坛——丝绸之路上的图像之旅’专题讲座”在中国艺术研究院举行。

与会专家介绍了德国地理学家李希霍芬和他的弟子斯文赫定，以及英国探险家斯坦因、德国历史学家赫尔曼对于丝绸之路的考察、命名所做出的努力，并围绕丝绸之路上便携式移动佛像的传播，大唐时期玄奘与王玄策的西行求法之路，敦煌莫高窟的图像资料，粟特人在文化、宗教、社会风尚、歌舞方面的传播做出的贡献四个方面，还原了“图像是如何在丝绸之路上进行传播”的历程。

【2018 清华文创论坛】

2018 年 11 月 18 日，由清华大学新闻与传播学院、清华大学文化创意发展研究院主办的“2018 清华文创论坛”在清华大学举行。论坛以“文创发展和中华文化影响力”为主题，包括主论坛和系列学术分论坛，与会人士就文化创意产业发展、传统文化资源开发以及国家形象建设等进行了探讨。

我国文创产业升级换代进入高质量发展的阶段，数字化科技企业将成为文创产业的领军者。文化创意产业的发展既关系到文化传统与文化资源的开发，也关系到国家形象建设与对外发展战略的实施，中华文化国际发展策略应利用有利因素造就成千上万个“中国文化场”，让在国外的每个中国人、中国机构都变成中国文化的传播者和示范者。提升文化影响力通常有两个路径，一是非市场化的文化交流，二是市场化的文化贸易；中华文化影响力的提升需要政府、社会、企业、学界共同承担更多责任。

此外，论坛还发布了《因文创，更美好》和《文旅蓝皮书》，前者汇集了近两年来清华大学文化创意发展研究院研究团队和 2017 年“清华文创论坛”的部分学术成果。

【第二届国际“艺术品财富管理”高峰论坛暨《中国艺术品金融市场年度研究报告（2018）》发布会】

2018 年 11 月 18 日，由中国工艺艺术品交易所、中国人民大学中国艺术品金融研究所主办的“第二届国际‘艺术品财富管理’高峰论坛暨《中国艺术品金融市场年度研究报告（2018）》发布会”在中国工艺艺术品交易所举行。

论坛以“艺术消费市场新动力”为核心主题，以“跨界”“融合”“赋能”为关键词，探讨艺术品消费市场。来自艺术品金融、艺术品消费市场领域的专家代表通过分享前沿观点、交流实践经验、解析典型案例，全方位展现艺术金融发展的成果。

论坛现场发布的《中国艺术品金融市场年度研究报告（2018）——艺术品财富管理的商业模式》从分析 2017 年艺术品市场表现及其特点、趋势入手，介绍了欧美国家私人银行、艺术品基金、艺术品家族信托管理等方面的成功经验和典型做法，并结合中国艺术金融市场的现状及其特点，对当前背景下艺术品财富管理的商业模式进行探讨，旨在为中国艺术品财富管理探索一条适合中国国情、可行的发展之路。

【2018 第 13 届全国艺术院校院（校）长高峰论坛】

2018 年 11 月 24 日，由中国文化传媒集团主办，广西艺术学院、《艺术市场》杂志社股份有限公司、《艺术教育》杂志承办的“2018 第 13 届全国艺术院校院（校）长高峰论坛”在广西艺术学院举行。来自中央音乐学院、中央美术学院、云南艺术学院、东南大学艺术学院等全国 40 余所艺术院校的 80 余位院（校）长、教授、专家参加论坛。

全国艺术院校院（校）长高峰论坛由《艺术教育》杂志于 2005 年发起。本届论坛以“习近平新时代中国特色社会主义思想与艺术教育”“中国艺术教育 40 年”“新时代艺术学学科建设”“艺术人才培养特色探索”“艺术拔尖人才培养”五大议题为切入点，探讨我国艺术教育发展趋势和路径。

【《国际文化市场报告 2018》发布会暨国际文化市场高峰论坛】

2018 年 12 月 1 日，由中国传媒大学、腾讯音乐娱乐集团主办，中国传媒大学人文社科学部承办的“《国际文化市场报告 2018》发布会暨国际文化市场高峰论坛”在中国传媒大学举行。

《国际文化市场报告 2018》是文化和旅游部产业发展司委托中国传媒大学所做的专项课题。该报告通过对近千份外文原版资料的梳理、挖掘和研究，以文字、数据和图表形式，对 2015 年至 2017 年国际文化市场的规模、结构、市场主体等进行概括、梳理和分析。

根据报告收集的数据显示，2015 年至 2018 年国际文化市场除了个别行业有所下滑以外，整体增长趋势强劲。国际文化市场总体高增长；数字文化产业已经成为国际文化市场的主流；实时化和在线化；移动化；社交化；付费；智能化；“一带一路”沿线国家的创意产品进出口贸易相互依赖程度在日益加深；北美依然领跑；亚太地区是国际文化产业增长最快地区。

【首届江南文脉论坛】

2018 年 12 月 2 日至 4 日，由光明日报社、中共江苏省委宣传部等主办的“首届江南文脉论坛”在江苏省无锡市举行。

论坛以“文脉传承与精神家园”为主题，旨在在中华文化的大背景下，深入探讨江南文脉的传承与发展，揭示其蕴含的人文底蕴、哲学智慧及其构建的精神家园，展示其历史价值与当代意义。论坛期间，共举办 1 场主论坛、9 场分论坛和 1 场圆桌会。近 300 名国内外相关研究领域知名学者围绕论坛主题展开文化对话和交流。

2018 年 12 月 3 日举办的开幕式上，“江苏文库”首批成果共 86 册图书同期发布，国家图书馆、复旦大学图书馆、浙江大学图书馆、安徽大学图书馆、南京图书馆、南京大学图书馆、江苏省社科院图书馆、江南大学图书馆 8 家图书馆获赠图书。

【首届紫金文化产业论坛暨中国文化产业管理专业委员会 2018 年年会】

2018 年 12 月 7 日至 8 日，由中共江苏省委宣传部、中国艺术学理论学会主办，南京艺术学院、紫金文创研究院、中国文化产业管理专业委员会承办的“首届紫金文化产业论坛暨中国文化产业管理专业委员会 2018 年年会”在江苏省南京市举行。来自北京大学、清华大学、美国弗吉尼亚大学、英国剑桥大学等国内外高校及科研院所的近百名专家学者参会，共同回顾中国文化产业发展 20 年历程，展望新时代中国文化产业发展前景。

本次论坛聚焦“文化创意推动高质量发展”主题，下设文化经济学理论回顾与展望、文化政策与文化资源研究、文化高质量发展、文化产业学科发展与专业建设、文化经济学青年学者论坛等分论坛，与会专家分别就《放宽文化市场准入，扩大文化市场开放》《轻奢化与电商》《文化创意产业的升级换代与高质量发展》《国家战略与长三角文化产业高质量发展》做了主旨发言。

中国文化产业 20 年学术贡献奖和第四届瑞华文化产业奖学金在论坛开幕式上颁发。

【第四届中华文化论坛】

2018 年 12 月 10 日至 12 日，由北京大学主办的“第四届中华文化论坛”在北京市举行。论坛以“振兴中华优秀文化，展现中国新形象”为主题，旨在进一步发挥中华学人在弘扬民族优秀文化、建构中国新形象中的积极作用。

论坛期间，专家学者围绕“中华优秀文化的价值与精髓”“中华优秀文化与新时代中国形象的建构”“中华文化与两岸关系”等议题展开交流与讨论。论坛设置了“两岸艺术家交流专场”“中华文化与金融创新”等主题分论坛。

专家指出，走进新时代，传承发展中华优秀文化，把其中具有当代价值、世界意义的精髓提炼出来、传播出去，是讲好中国故事、展现中国形象，让世界更好了解中国的一把钥匙。在两岸关系发展中，增强文化自信、厚植两岸同胞的精神纽带，也是海峡两岸共同面临的重要课题。

【“文化产业升级换代”2018 峰火文创大会】

2018 年 12 月 17 日至 19 日，由民建中央文化委员会主办的“‘文化产业升级换代’2018 峰火文创大会”在广东省广州市举行。

大会包括 6 个主题论坛，分别为文化产业新趋势、文化产业跨界融合、内容创意与产业运作、新媒体与新文创、文化旅游与文化金融、舞蹈产业与艺术教育。

与会人士围绕上述主题讨论了“文化与科技融合”“文化与旅游融合”“传统媒体与互联网传播融合”“优秀传统文化与当代生活方式融合”的方法、路径、模式和范例。

【拉巴特中国文化中心揭牌】

2018 年 12 月 18 日，拉巴特中国文化中心在摩洛哥首都拉巴特揭牌，这是中国在海外设立的第 36 个文化中心，在中摩建交 60 周年之际翻开了两国人文交流合作的新篇章。

中国外文局下属的新世界出版社、外文出版社、华语教学出版社当天向拉巴特中国文化中心图书馆捐赠了 300 余册图书。文化中心图书馆向当地民众免费开放，供读者借阅各种介绍中国的中、阿、法、英等文字的书刊和电子图书。

【“风华四十年　青春新时代”2018 北京艺术院校教学成果展示活动】

2018 年 12 月 18 日，由北京市教委主办、北京学生活动管理中心承办的“‘风华四十年　青春新时代’2018 北京艺术院校教学成果展示活动”在清华大学举行。

来自中央音乐学院、中央戏剧学院、中国音乐学院、中国戏曲学院、北京舞蹈学院等 9 所艺术院校以及普通高校艺术院系的 500 余名学生，通过“殿堂之门”“经典之魅”“辉煌之世”3 个篇章演绎了 15 个节目。这些节目均为各院校近年来的精品课堂和改革开放 40 年来创作的经典作品及在国内外获得荣誉的作品，既有传承中华优秀传统文化的民族音乐、歌舞、戏曲等，又有融汇中西的芭蕾舞、钢琴独奏等。

此次展示活动以艺术院校人才培养和引领普惠为核心理念，发挥首都艺术院校的资源优势、专业优势、创作优势、辐射优势，搭建高质量的艺术合作和交流平台，进一步扩大了艺术院校艺术实践活动的方式及内容，把培育和践行社会主义核心价值观融入活动，帮助学生在感受美、表现美、鉴赏美、创造美的过程中提高审美和艺术素养。

大事记

1月2日，“艺术史与博物馆学术研讨会”在清华大学艺术博物馆举行。

1月7日，“中越文化部长年度会晤”在北京市举行。

1月8日，“我们的中国梦——文化进万家活动”在河南省兰考县和江西省井冈山市开幕。

1月10日，“2017 中华文化人物颁授典礼”在广东省深圳市举行。

1月19日，“文化产业创业创意人才扶持计划作品展系列活动”在北京市举行。

2月2日，国家艺术基金2018年度资助项目立项名单（共995项）公示。

2月8日至9日，“2018年全国艺术创作工作会议”在北京市举行。

3月3日和3月8日，“2018年全国舞台艺术优秀剧目展演”和“全国优秀民族歌剧展演”分别开幕。

3月4日至5日，2018年文化部对外文化工作会议暨“一带一路”工作会议在北京市举行。

4月14日至16日，“第四届中国青年文艺评论家西湖论坛”宁波峰会在浙江省宁波市举行。

4月27日至5月31日，第18届“相约北京”艺术节在北京市举行。

4月29日至5月2日，“2018 艺术北京博览会”在全国农业展览馆举行。

5月14日，2018第五届拉美艺术季“异彩共生——拉美及加勒比艺术展”在北京市民族文化宫开幕。

5月17日，《2017年度中国艺术发展研究报告》首发式在中国艺术研究院举行。

5月24日，“新丝绸之路——连结国与国和民与民之间的桥梁”研讨会在德国柏林中国文化中心举行。

5月26日，“文化自信与工匠精神研讨会”在中共中央党校举行。

5月30日至7月28日，“纪念马克思诞辰200周年——马克思经典文献展”在北京市民族文化宫举行。

6月9日至8月19日，“无问西东——从丝绸之路到文艺复兴”展览在中国国家博物馆举行。

6月20日，《2017 中国艺术发展报告》出版发布座谈会在北京市举行。

6月23日，“‘在时代的现场’当代文艺评论苏州论坛”在江苏省苏州市举行。

6月26日，“首届全国文艺评论传播专题培训班”在江西省景德镇市开班。

6月30日至7月2日，“2018 中国艺术教育博览会暨改革开放40周年艺术教育成果展”在北京市中国国际展览中心（静安庄馆）举行。

7月2日至8月2日（当地时间），“中国—中东欧国家当代艺术展”在保加利亚索非亚中国文化中心举行。

7月7日至8日，“第十一届汉字书法教育国际研讨会”在北京师范大学举行。

7月13日，“中国文化管理协会艺术高校传统手工艺创作实践基地开园新闻发布会暨苏州·大国工匠高峰论坛（首场）”在江苏省苏州市举行。

7月23日至24日，2018“汉学与当代中国”座谈会在北京市举行。

7月25日至27日，“第二届‘新时代乌兰牧骑与中国民族艺术的发展’民族文艺论坛”在内蒙古自治区锡林浩特市举行。

7月31日，《中华人民共和国文化和旅游部2017年文化发展统计公报》公开发布。

7月31日至8月11日，“第四届全国文艺评论骨干专题研讨班”在四川省雅安市举行。

8月9日，“‘上海对话——2018 艺术开启未来’高峰论坛”在上海市举行。

8月31日，“文化之都”论坛在2018年“东亚文化之都”当选城市黑龙江省哈尔滨市举行。

9月7日至21日，“第五届丝绸之路国际艺术节”在陕西省西安市举行。

9月11日，“第13届中国—东盟文化论坛”在广西壮族自治区南宁市举行。

9月16日，“首届国家对外文化贸易基地（北京）传统文化艺术国际交流活动”在北京市举行。

9月17日至20日，“第三届中法文化论坛”在陕西省西安市举行。

9月21日，“文明对话论坛2018年度盛典”在北京市举行。

9月26日，“2018中国（曲阜）国际孔子文化节暨第五届尼山世界文明论坛”在山东省曲阜市举行。

9月27日至28日，“第三届丝绸之路（敦煌）国际文化博览会”在甘肃省敦煌市举行。

10月10日至15日，“第11届中国民间艺术节暨第14届中国民间文艺山花奖·优秀民间艺术表演（民歌）初评”在江西省赣州市举行。

10月19日至11月22日，“第20届中国上海国际艺术节”在上海市举行。

10月21日（当地时间），2018“首尔·中国日”活动在韩国首尔广场举行。

10月25日，“中国—阿拉伯国家合作论坛第四届文化部长会议”在四川省成都市举行。

10月26日，“一带一路”文化旅游论坛在德国柏林中国文化中心举行。

10月29日，“世界宗教文化高层论坛”在北京市举行。

10月30日，“第24期‘艺海问道’文化论坛”在北京市举行。

11月1日，“《国际文化市场报告2018》发布会暨国际文化市场高峰论坛”在中国传媒大学举行。

11月7日，“合生共振——文化+科技高峰论坛”在上海市举行。

11月9日，“‘名师讲坛——丝绸之路上的图像之旅’专题讲座”在中国艺术研究院举行。

11月13日，“第八届尼泊尔中国节”在尼泊尔首都加德满都开幕。

11月18日，“2018清华文创论坛”在清华大学举行。

11月18日，“第二届国际‘艺术品财富管理’高峰论坛暨《中国艺术品金融市场年度研究报告（2018）》发布会”在中国工艺艺术品交易所举行。

11月24日，“2018第13届全国艺术院校院（校）长高峰论坛”在广西艺术学院举行。

12月1日，“《国际文化市场报告2018》发布会暨国际文化市场高峰论坛”在中国传媒大学举行。

12月2日至4日，“首届江南文脉论坛”在江苏省无锡市举行。

12月6日至8日，“第五届全球中国对话系列论坛”在英国伦敦举行。

12月7日至8日，“首届紫金文化产业论坛暨中国文化产业管理专业委员会2018年年会”在江苏省南京市举行。

12月10日至12日，“第四届中华文化论坛”在北京市举行。

12月17日至19日，“‘文化产业升级换代’2018峰火文创大会”在广东省广州市举行。

12月18日，拉巴特中国文化中心在摩洛哥首都拉巴特揭牌。

12月18日，“‘风华四十年 青春新时代’2018北京艺术院校教学成果展示活动”在清华大学举行。

中国艺术年鉴·2019

戏曲卷

分卷主编：张乃锋

年度述评

2018年中国戏曲发展研究报告

◎ 王馗

一、导言：改革开放40年来的戏曲发展规律

2018年，文艺界深入学习习近平新时代中国特色社会主义思想，深入把握社会主义文化发展方向，在实践中破解人民对于文化的需求与不平衡不充分的发展之间的矛盾。一年中，中国戏曲界在回溯改革开放40年的艺术实践中，牢牢把握传承与创造的艺术辩证规律，努力推进戏曲回应时代和人民的文化使命，满足新时代中国社会对于戏曲文化的需求和要求。习近平总书记在全国宣传思想工作会议（8月21日至22日）上，提出要在宣传思想工作中自觉贯彻“举旗帜、聚民心、育新人、兴文化、展形象”的使命任务，在马克思主义和中国特色社会主义思想指引下，唱响主旋律、壮大正能量、培养时代新人，推动中华优秀传统文化创造性转化、创新性发展，继承革命文化、发展社会主义先进文化、提升国家文化软实力和中华文化影响力。他要求把提高质量作为文艺作品的生命线，书写中华民族新史诗，文艺工作者要树立正确的历史观、民族观、国家观、文化观，用健康向上的文艺作品和做人处世陶冶情操、启迪民智、引领风尚。他强调，中华优秀传统文化是中华民族的文化根脉，要把优秀传统文化的精神标识，以及优秀传统文化中具有当代价值、世界意义的文化精髓提炼出来、展示出来。习近平总书记关于宣传思想文化的指示与他的一系列重要讲话精神一脉相承。中国戏曲正是中华的优秀传统文化和文化艺术形式中重要的一项民族形式。数十年来，中国戏曲的艺术发展正合乎这一艺术定位。

由中国艺术研究院戏曲研究所与中国戏曲学会共同主办的“激活传统　融入时代——尚长荣‘三部曲’与上海京剧院的艺术实践学术研讨会”，是2018年度中国戏曲界对改革开放40年成就进行理性总结的缩影（9月26日至28日）。京剧大家尚长荣主演并传承的《曹操与杨修》《贞观盛事》《廉吏于成龙》三部作品，突出地显示了一个引领京剧40年的艺术家、一批融汇了多元行当的优秀表演艺术家群体、一个实现良性创作演出的表演院团、一批相继不断卓有影响的艺术作品，以及由京剧和其他剧种剧团共同构建的上海戏曲文化生态所能达到的文化高度；当然也显示了在40年里京剧的代际传承法则和个性独创原则，以及经由理论与实践相结合的方式所呈现的坚守与创新兼具的戏曲艺术规律。类似的展演研讨广泛地出现在关于戏曲经典作品、新创作品、创作现象、剧院团庆典、艺术家纪念等诸多活动中。应该说，用理论引领戏曲发展，用戏曲促进理论深化，正是在改革开放40年中被高度认同的实践方式，即如“激活传统　融入时代”所标示的，这是中国戏曲在千百年发展中被尊重的文化传统，更是当前戏曲在现代化拓展进程中创造性转化、创新性发展的艺术实践。

正基于此，从国家文化主管部门到基层戏曲传承群体，都以丰富多元的形式共同回应着时代的主题和人民的需求，共同创造着属于2018年的戏曲成就。2018年度在政策导向、展演创作、生态修复、市场探索、理论研究等领域所展现的矛盾张力，正是当前戏曲在良好的国家政策引导下逐渐走向深度的实践探索所出现的复杂状貌，其良好的发展态势及限制其发展的干扰因素，都需要在2019年度得到更多的理性调整和实践纠偏。

二、戏曲工作常态趋于稳定

“政策”是2018年度戏曲整体布局中的指标性词汇。2015年以来持续的政策扶持为中国戏曲的发展和推广提供了巨大的保障。事实上，中国戏曲事业70年来一直在体制保障中相对稳定地进行拓展，

特别是党的十八大以来，基于中华优秀传统文化传承发展工程的国家文化战略，文化和旅游部在戏曲传承和发展工作中，持续推进了一系列卓有创造的举措，并且让相关工作进入常态化组织管理。2018年度文化和旅游部第四季度例行新闻发布会中列举了戏曲领域的相关扶持工作，例如，“国家舞台艺术精品创作扶持工程”、“西部及少数民族地区艺术创作提升计划”、“戏曲振兴工程”（包含“名家传戏”“戏曲‘像音像’工程”“昆曲传统折子戏录制”“地方戏文献资料抢救保护工程”等）、“中国京剧‘像音像’工程”、“剧本扶持工程”（以戏曲剧本孵化计划为中心的“征集新创”“整理改编”“买断移植”等）以及戏曲人才培养“千人计划”（包括编剧、导演、作曲、舞美、评论）等，此外还有贯彻戏曲“进校园”“进乡村”，加强戏曲文化教育推广的政策，都是已经行之多年，在稳定落实中惠及中国戏曲的多元发展诉求。特别是国家艺术基金的制度化建设为中国戏曲创作、推广、人才培养等领域提供了稳定的经济扶持和艺术传播渠道。这种以政府主导为特征的举措，是中国戏曲在近十几年来被视作非物质文化遗产、被纳入公共文化服务体系、被作为中华优秀传统文化重要组成部分等观念下对其文化属性、艺术属性、遗产属性的切实推进。

同时，在文化和旅游部层面推动的全国优秀现实题材舞台艺术作品展演、全国舞台艺术优秀剧目展演、全国基层院团戏曲会演、国家艺术院团演出季，以及由文化和旅游部作为重要主办方推进的中国昆剧艺术节、中国评剧艺术节、中国越剧艺术节、中国黄梅戏艺术节、全国梆子声腔优秀剧目展演、全国采茶戏会演等，都代表了戏曲在国家层面所得到的持续重视。应该说，包括京剧、昆曲、地方戏和木偶皮影戏在内的中国戏曲整体，从国家文化安全和社会主义文化建设的高度，被充分地给予国家扶持和政府保护。因此，在各省的文化艺术活动和工作中，戏曲依然是重中之重。

2018年度，相关省、区、市所推进的展演展示活动，如第七届福建艺术节暨全省第27届戏剧会演和第四届全省音乐舞蹈杂技曲艺优秀剧（节）目展演（福建），第十届广西戏剧展演、广西壮族自治区成立60周年广西优秀剧目展演和2018年中国—东盟（南宁）戏剧周（广西），第二届紫金京昆艺术群英会（南京），第六届湖南艺术节（湖南），第四届川剧节（四川），“粤戏越精彩”系列活动（广东），第五届丝绸之路国际艺术节（陕西），第五届当代小剧场戏曲艺术节（北京西城区文化委员会），第四届“戏曲·呼吸”上海小剧场戏曲节、第四届上海（浦东）沪剧艺术节（上海）等，都集中展现了戏曲在多元艺术平台的传承和发展。戏曲需要国家稳定而实效的政策管理，同样需要稳定而实效的在地管理，各级地方政府和文化主管部门一如既往地保持戏曲在区域文化建设中的核心位置，是最突出的文化自信。

当然，在国家主导的进程中，“戏曲进校园”“戏曲进乡村”等政策在相关省市落实推进，回应着社会对戏曲回归当代生活的期待。如何在稳定的政策中让各项利好措施真正落实到位，让政策实施更加符合戏曲传承发展的规律，让戏曲传承群体成为戏曲事业良性发展的主导，正是当前在解决文化领域人民日益增长的美好生活需要和不平衡不充分的发展之间的矛盾的重要方面。尤其是近年来剧院团建设问题日益凸显，成为贯彻落实中国传统戏剧的非遗政策、艺术管理政策的重要掣肘力量。如何持续推进文化体制改革，以导向来解决体制机制建设中的弊端，真正将戏曲剧院团的创作、传承、发展回归到由观演市场所决定的戏曲文化生态，正考验着戏曲政策是否真正贴近戏曲发展规律，是否真正利于戏曲发展诉求。

三、戏曲文化生态偏于两端

“演出”是2018年度戏曲事业推进中的热点词汇。这不仅仅来自2018年度戏曲演出场次稳步上升，各类型戏曲展演形式纷繁，更来自在数量较多的演出中，中国戏曲对建设良性文化生态的诉求变得更加强烈。戏曲演出是承载剧种艺术的剧院团保持艺术与观众长效沟通的重要形式，在国家和地方各类平台进行演出，可以不断激发戏曲院团的生存活力，不断拓宽传统戏曲的生存空间。同时，戏曲演出呈现的是由戏曲群体与观众群体所构建的观演关系，开放、稳定、发展的观演关系可以增强戏曲与时代的深度联系。2018 年度的演出在剧目题材领域出现两极化分野，正显现出中国戏曲文化生态在政府主导和民众参与之间的文化张力。

在文化和旅游部艺术司、江苏省文化和旅游厅共同主办的"戏曲百戏（昆山）盛典"上，进行了 120 个剧种总计 76 场 156 部剧目的精彩演出。在此后的两年里，中国戏曲其他 240 多个剧种仍延续展演模式，竞演于昆山。通过三年时间展现中国戏曲现存所有剧种的代表力作，这是新时代前无古人的艺术和文化壮举。此次展演通过剧种集结和艺术检阅，突出了戏曲经典代表作之于剧种生存发展的意义，也突出了人民之于戏曲发展的重要诉求，特别是展演作品基本是传统经典和剧种保留剧目，凝聚了中国戏曲观众的审美理想和欣赏趣味，这是源远流长的戏曲文化能够延续的重要基础。值得一提的是，2018 年度众多戏曲经典剧目的巡回演出引发了强烈的社会关注，易俗社秦腔《三滴血》、绍剧《三打白骨精》、上海越剧《红楼梦》、豫剧《朝阳沟》及复排的京剧《二子乘舟》等，其创作历史超过 60 年，甚至有的已过百年，至今盛演不衰，激发起了不同地区的观众对中国戏曲艺术精神和艺术品位的追逐。民族艺术经典与时俱进而品质犹在，正是中国特色社会主义文化所包含的"中华优秀传统文化"至今能够浸润人心的魅力所在。

当然，在当前着力推进的现实题材创作正以强烈的创新精神，对中国特色社会主义文化所包含的"革命文化"和"社会主义先进文化"进行艺术回应。2018 年，文化和旅游部持续重点加强现实题材创作，借助新创、复排演出和鼓励移植等方式，在全国范围推动重点现实题材舞台艺术作品，并且以"2018 年全国舞台艺术现实题材创作作品计划"的年度推动，来实现现实题材创作的精品化追求。10 月 15 日开幕的"全国优秀现实题材舞台艺术作品展演"，由文化和旅游部主办，文化和旅游部艺术司与各省文化和旅游厅局承办，采取全国联动、各自实施的方式，在各省进行展演。在 232 部入选剧目中戏曲占 135 部，这些作品大部分是近五年来在国家和地方扶持下创作的。戏曲在现实题材创作中的艺术定位，既可以通过国家艺术基金在近五年对超过千部作品的扶持中窥见一斑（戏曲现实题材近 700 部），也可以通过戏曲在国家和地方各种展演平台中的剧目比例得到证明。例如，2018 年度"全国基层院团戏曲会演"中现实题材作品占比超过 80%，在"第八届中国黄梅戏艺术节"上鼓励申报现实题材，其比例超过 90%。

几十年来戏曲界所尊重的"三并举"，实际是延续传统、适应时代、引领时尚的剧目创作导向，遵循了中国戏曲累积型的剧目保存与传承规则，当然也激发了成熟度不一的各类型剧种在创作中的优势发挥。当前的戏曲创作实践更多地趋于现实题材，弱化了传统剧目的整理改编和新编历史剧的创作。虽然 2018 年度也涌现出几部品质较好的古装作品，如淮剧《武训先生》、秦腔《关中晓月》、昆曲《顾炎武》和《琵琶记》、滇剧《王者江上》等，但在诸剧种新创作品中，现实题材已经成为创作的主流。戏曲需要现实题材创作，但更应该在中国戏曲多元的表演艺术体系基础上进行有效的艺术积累，由此实现多元艺术体系的共同拓展。当前现实题材投入创排数量大，艺术精品却明显不足，在 2018 年度创作演出的戏曲现实题材作品中，除了京剧《红军故事》、沪剧《敦煌女儿》、秦腔《项链》和《民乐情》、淮剧《小城》、闽剧《生命》、黄梅戏《邓稼先》、晋剧《起风街》及 2017 年度创作的上党梆子《太行娘亲》、秦腔《王贵与李香香》、芗剧《谷文昌》、花鼓戏《桃花烟雨》等为数不多的作品逐渐臻于精致，数以百计的现实题材作品尚待提升。当前创作中出现的重宣讲轻艺术、重即时轻长远、重投排轻艺术规律的创作倾向，比较严重地影响了新创作品的持续打磨，这也是现实题材创作被戏迷和观众诟病的主要原因。

剧种繁多的中国戏曲是区域文化生态中突出的文化标识，彰显了文化生态区域中由人群与文化形态相互关联所凝聚而成的生态关系，也彰显了区域文化生态的丰富性。当前对于经典剧目和现实题材作品的两种突出印象，代表了观众审美出现的两极趋向，当然也显示了戏曲文化生态建设的两种前景。尊重民族传统审美诉求与追求国家现代审美理想是并行不悖的，都是戏曲"人民性"的核心内容，但是如果偏于一端，最容易造成戏曲艺术体系的流失和现代表演体系建设的失序，当然最终也会影响到戏曲文化生态的活态存续。在“戏剧圈”微信公众平台上推出的署名“蕞娃”的《直面现实——看现实题材舞台艺术作品展演》一文中，在赞赏“全国优秀现实题材舞台艺术作品展演”在全国联动，改变了以“晋京”为名进行宣传演出的弊端时，也特别提出“还没有经过观众检验的剧目就被冠以‘优秀’是否合适”。他提出的所谓“优秀”的剧目“良莠不齐，甚至有的尚在及格线下”；而在贯彻现实题材写作时，“排演、资助等便几乎将其他题材全挡在了槛外”，以致大批“‘低质短寿高成本’的非艺术品，严重扰乱了戏剧创作生态、浪费了纳税人的钱财、拉低了大众审美趣味、毁坏了艺术家群体形象，造成了极为不良的社会影响”。这一批评比较契合观众对于当前创作弊端的一般性认知。当然，也必须看到传统戏曲演出水准的下降和青年后继人才的断代，实际为现代观众接受传统带来了更多的障碍。中国戏曲的艺术形象主要呈现在以古装为基础的传统剧目中，戏曲剧种得以区别的文化品格突出地凝结于剧种经典剧目、保留剧目中，由于剧院团体制机制的束缚及戏曲团队建设的不足、基础技艺功法训练不实等原因，戏曲传统经典保留作品的演出质量是需要准确评估并予以提升的。

四、戏曲创作目标重在精品

“创作”是2018年度戏曲发展进程中的核心内容。由于包括国家文化艺术基金在内的文化主管部门的积极推进，戏曲新创成为各地推进戏曲发展的重要举措。如何利用好国家对戏曲创作的经济扶持来创作出回应时代并让观众喜闻乐见的优秀作品，应该成为当前戏曲创作的方向。综观2018年度新创作品，需要看到在聚焦现实题材新剧目之外，有更多的保留剧目始终是戏曲院团常态化生存发展的基础。为数不少的新创作品进入持续的市场检验和艺术打磨中。2018年度有7位处在创作一线的剧作家在其作品中呈现出较为活跃的创作状态，折射出在剧目创作中的艺术规律。

青年剧作家罗周在近年来保持着旺盛的创作活力，2018年度演出的作品总计20部，除去话剧《张謇》、木偶剧《神奇的宝盒》、音乐剧《桃花笺》之外，越剧《丁香》《莫愁女》、锡剧《一盅缘》《卿卿如晤》、扬剧《衣冠风流》《不破之城》、昆剧《醉心花》《哭秦》《我，哈姆雷特》9部作品属于创作后一直在演出推广的作品。另外，2018年度首演作品有锡剧《独角兽之夜》和《东坡买田》、昆剧《梧桐雨》和《顾炎武》、京剧《大舜》、越剧《素女与魃》和《乌衣巷》、徽剧《包公出山》等8部。这种演出状态显示出罗周诗性化的新古典风格的写作已经趋于娴熟，尤其是其历史剧创作在题旨和文学追求中具有强烈的个人特征，以及与传统的历史剧创作极不相同的艺术品质。由于剧作家扎根在江苏戏曲文化的生态环境中，其风格的奠定与她所涉猎的江南剧种品质有着密切联系。

著名历史剧大家郑怀兴虽然年过古稀，仍然佳作迭出，2018年度演出的作品总计12部。评剧《寄印传奇》、晋剧《傅山进京》和《于成龙》、豫剧《北魏孝文帝》、琼剧《海瑞》、高甲戏《昭君出塞》、汉剧《宇宙锋》、京剧《赵武灵王》8部作品已经在久经打磨中深入人心，其中《傅山进京》演出达到600场，具备了优秀保留剧目的经典品质；另有新排的琼剧《冼夫人》、秦腔《关中晓月》、高甲戏《浮海孤臣》、莆仙戏《林龙江》4部首演。此外，尚有京剧《嵇康托孤》已经排演结束，因主演身体原因尚未首演。这几部新作在文本阶段就已经显示出独具一格的历史视野和别具特色的艺术构思。郑怀兴的历史剧最突出的是从历史缝隙中发现人性幽微，通过独特的场面创设与结构铺排来解剖历史经验，呈现历史智慧，在极具古典性的题材中表达现代观照。这种艺术高度是中国戏曲历史剧创作成就在当代的集中体现。

剧作家颜全毅是中青年戏曲编剧中难得的“学院派”剧作家，2018年度演出的作品总计13部。除了话剧《联大往事》外，新排首演作品4部：京剧《帝女花》、昆剧《风雪夜归人》、越剧《香榧树》、茂腔电影《红高粱》。此外，有8部此前排演的作品：越剧《倩女幽魂》《鹿鼎记》《游子吟》《仁医寸心》《一钱太守》《救风尘》，以及庭院戏《圆圆曲》和实验戏曲《还魂三叠》。从这些作品可以看到剧作家已经从最擅长的剧种写作，广泛深入到京剧、昆剧等剧种，特别是用戏曲与新形式相结合的探索实验显示出作家贴近传统、贴近本体，同时不排斥实验、不排斥时尚的创作动机。其中，庭院戏

《圆圆曲》已经演出7年，每年演出20场左右；而《一钱太守》《救风尘》一直演出于浙江草台，这都显示出他对于戏曲长效积累的艺术坚守和创作态度。

此外，有几位作家的剧目演出也比较突出。剧作家姚金成2018年度的演出作品有豫剧《香魂女》《村官李天成》《焦裕禄》《全家福》《王昭君》《琵琶记》《重渡沟》，以及越调《大明朱元璋》、锡剧《玉兰花开》、粤剧《疍家女》10部（部分为合作作品）；另有新作《淮海母亲》《大国工匠》已经完成排练合成。在这些作品中，经由剧院团深度打磨的作品已经实现经典化，显示出剧作家通过与最熟悉的剧种、剧团密切合作所实现的艺术品质。

剧作家李莉2018年度演出的作品有8部，其中苏剧《国鼎魂》、京剧《浴火黎明》、沪剧《挑山女人》、上党梆子《太行娘亲》、越剧《八女投江》《甄嬛》《双飞翼》在近年来不但获得理论界关注，而且在市场演出中颇有号召力；另有沪剧《一号机密》试演成功。尤其是她在创作中呈现的一剧一品，显示出剧作家驾驭多元题材的艺术功力。

剧作家徐新华2018年度的演出作品为近年来的8部力作，有淮剧《小镇》《小城》、锡剧《锡商》《夕照青果巷》、秦腔《项链》、扬剧《红船》、淮海戏《辣妈犟爸》、京剧《红军故事》，作品贯穿了作者剖析灵魂、直视现实的风格。其风格规避了现实题材创作中最容易出现的现实琐碎和政策宣讲，呈现出剧作家对于现实题材创作中艺术本体的尊重和理解。

此外，在基层戏曲演出中，剧作家王新生有8部剧作演出。其中，柳琴戏《沂蒙情》、渔鼓戏《老邪上任》、东路梆子《二蛋闹牛》、扽腔《廉政灶》、雷剧《岭南圣母》5部为边缘地方剧种近年来的创作作品；另有京剧《游百川》、吕剧《大河开凌》《长白寒儒》首演。他的创作中呈现出来的乡土气质和幽默风格，在当前创作中实属难得。

通过以上几位剧作家在2018年度的作品演出，可以看到戏曲创作最终要面对时间考验和接受选择，在剧院团体的持续打磨与观众群体的持续审美中完成其经典性的追求，尤其是那些经过数十年长期演出的作品已经成为剧院团维持常态化演出的基本保障，这也是剧作家致力于戏曲创作最重要的期待。这些剧作家近年来的新创作品，特别是现实题材创作与当前整体创作趋向虽然一致，但是创作前的剧本构思创意，创作中的反复斟酌修订，搬上舞台后的继续提升，都是一部作品能够立得住、传得开、留得下的重要保障。其间需要剧院团对作品有更长远的舞台评估和预设，并为其持续打磨提升提供空间，更需要艺术主管者能够为一部作品的投排和常演，制定出合乎规律的管理规划。就当前戏曲演出而言，观众对于作品的风格、题材、制作等都具有多元的期待，这也是剧作家要创造个人风格必须考量的。这种来自剧作家的个性创作是戏曲发展趋于良性的重要前提。

2018年度新创首演作品中涌现了一些卓有品质的优秀作品，代表了2018年度古装历史剧和现代戏创作的成绩（个别作品如闽剧《生命》尚未进行公演，未列入2018年度遴选范围）。

秦腔《关中晓月》是郑怀兴历史剧创作的一个转型代表，剧作家让笔下的人物超脱出事件的束缚，真正直面心灵与精神的碰撞，人与人之间看似彼此感染，但他们在精神本质上却形同陌路，双寡夜谈，相对垂泪，各人心事各人知。基于人性的某些共通性，两位孀居女性在辞情恳切中放下了沉重的精神包袱，但最终在社会担当、思想立场、文化精神的秉持上分道扬镳，南辕北辙。这正表现了在那个独特的社会转型中，理性的人文思想痛苦地从所附生的文化肌体里剥离出来的复杂状态。其最终抽绎归结成的时代精神，基于“关学”延续千年的进步性，被纳入整个民族延伸的文化命脉中。该剧是郑怀兴在历史剧题材中开拓出的重要领域，让历史剧创作增加了更多的形态类型。

昆剧《顾炎武》是罗周历史剧创作的一部阶段性作品，剧作家用历时性的事件叙述，紧扣古典戏曲“四折一楔子”的创作方法，在近乎折子戏的写作结构中，建构起古代思想家顾炎武历经朝代更迭后的心路历程，其间交织着家庭伦理温情、朋友互助大义、家国文化节操，最终凸显出顾炎武作为一个思想者与传统政治最高层的文化对话。在该剧最后一场《问陵》中，充沛的历史想象让人物在如梦似幻中面对国祚兴衰的千古命题，咏叹出“天下兴亡，匹夫有责”的文化要义。该剧的文学高度在于尊重昆曲曲牌体的格律规范而又有当代思想观照，在保持昆曲纯粹的艺术品质规范时，创造出了具有诗性特征的舞台境界与艺术气象。

京剧《红军故事》由《草地炊烟》《半条棉被》《军需处长》三出小戏组合而成，生动展现了红军在行进中的三个小故事，诠释出红军顽强的生命意志、高尚的思想情怀和温暖的人格力量，也诠释出中国现代革命历史中由中国共产党领导的革命队伍开创的英雄史诗所具有的情感底色、精神本色和信仰正色。三部小戏从基层视角透视出红军的大历史。例如，《半条棉被》从老年徐解秀50年的回望思念，来展现三个红军女兵给她这个山村妇女播撒下的思想启蒙的种子。这种书写最符合传统戏曲小戏写普通人、抒普通情、讲普通理的艺术传统，但又将深刻的情怀和观念寓于普通事件中。该剧经过张曼君导演和整个团队对于戏曲本体艺术的把握，让小戏具备了大戏的意象空间，呈现了辩证的舞台创作思想。

沪剧《敦煌女儿》是对真人真事的提炼，挑战的是学者形象的塑造，为当前现实题材创作做出了有效的艺术突破。全剧紧扣着一句台词“你懂我”，展开描述樊锦诗半个世纪的生活和情感，表达对以樊锦诗为代表的学术阶层的人性理解，包括学者的单纯与冷峻和生活的枯燥与平静，以及学术人生的幸与不幸。该剧在张曼君导演的二度呈现中，用“回眸望”的倒叙方式，构建了心理时空中的樊锦诗作为学者的学人情感和文化情怀，以及作为女人的女性情感和生命体验，真正显示着当代中国人“新史诗”的具体创造。剧作用至简至纯的视觉审美，全面张扬了张曼君导演的艺术手法，以通适性的手段证明了现实题材创作打通戏曲程式性与新歌舞理念的重要实践。

秦腔《项链》延续剧作家徐新华逐渐成形的艺术实践，即在世界文学经典中寻找探索人性的题材，用人类共通的理性思考来实现题材的中国化提炼。该剧聚焦在生活变迁中现实人生的情感体验，通过一串项链的借、失、还，映照出人的虚荣、欺骗、救赎的心路历程，凸显在习以为常的生活惰性中，人的道德滑坡、思想警觉和灵魂回归。作品描写了围绕“项链”而出现的诚信、反省、自律等诸多命题，在尊重中国人的契约实践时，展现现代人对于自己操守尊严的纠偏与升华。“做人的成色”作为该剧的终极命题，最终从艺术的书写提升到了哲学的辩证，将源远流长的传统文化内化到现实题材的人物与事件中，将世界文学的价值体系升华成现代中国社会的价值与观念。

上述5部2018年度首演作品呈现的优秀品质与2018年度不断走向精品化的许多作品一样，都在艺术创作中自觉地通过艺术手段来提升作品质量。在古装戏曲艺术水准有所降低，而现实题材创作水准还不够高的创作环境里，精品意识应该成为创作者思想中的重要内容，尤其是要把艺术精品作为现实题材的创作目标。其一，在主题立意上实现思想道德的现代剖析，让传统优秀文化精髓真正现代化。中华优秀传统文化中的情感、道德与思想本就是戏曲最擅长表现的内容，在现代社会转型过程中需要现代提升，这是现实题材创作盘活戏曲传统资源的重要内容。其二，在艺术上实现传统技法的提升再造。现实题材作品不需要也不能放弃前人艺术遗产，同时更需要积极拓展符合戏曲艺术规律的手段和方法，不断壮大戏曲艺术体系。其三，在人物形象上实现生命质感的深度挖掘。生动感人的艺术形象是中国精神、中国价值、中国力量的载体，也是戏曲彰显人民性的艺术标准。同时，戏曲艺术团队要避免一窝蜂地转向现实题材创作，要充分尊重戏曲艺术传统，尊重团队创作的艺术个性与能力。

五、戏曲产业业态趋于多元

“建设”是2018年度戏曲推广中的突出现象。第十三届全国人大一次会议第四次全体会议听取了全国人大常委会关于国务院机构改革方案的说明，将文化部和国家旅游局的职责整合，组建文化和旅游部。国务委员王勇表示，机构调整的宗旨在于“增强和彰显文化自信，统筹文化事业、文化产业发展和旅游资源开发，提高国家文化软实力和中华文化影响力，推动文化事业、文化产业和旅游业融合发展”。文化事业中的“戏曲”以其庞大的艺术体量和有所式微的生存局面，面对着更为复杂的生存态势。因此，如何通过切实有效的举措来实现戏曲艺术在当代生活中的持续发展，是戏曲界乃至中国人的重要文化抉择。

在2018年度的戏曲工作中，“戏曲小镇”的打造和推动是颇为突出的文化现象，是文化和旅游融合的进程中，由戏曲文化所带动的区域建设方向，因此备受社会各界关注。江西省抚州市连续推动汤显祖文化品牌的建设，在推进“汤显祖戏剧节暨国际戏剧交流月”活动时，倡建以汤显祖、莎士比亚、塞万提斯为主题的“三翁戏曲小镇”，借助戏曲小镇生态文化保护试验基地来推进塑造“写戏、演戏、唱戏、评戏、看戏”的“中国戏都”。将历史文化街区和历史遗产、戏曲文化与非物质文化项目、区域自然生态与文化旅游品牌统一整合，由此打造新的产业业态，寻求区域新的经济增长点，这正是2018年度诸多地区“戏曲小镇”的基本思路。上海浦东围绕沪剧东乡调打造“川沙小镇”，安徽省安庆市围绕黄梅戏推动“石牌戏曲小镇”，浙江省嵊州市围绕越剧打造“越剧小镇”，江苏省昆山市围绕昆曲建设巴城“昆曲小镇”，北京市通州区围绕国家大剧院舞美基地推进“台湖演艺小镇”等，都是试图通过戏曲文化的引导，集中区域优势资源，将旅游、创意、生态、人居及现代工坊、服务、娱乐、演出等加以融合，为区域发展创造新的人文生态。值得一提的是，戏曲产业业态的打造在吸引地方政府的经济投入和政策倾斜之时，同样需要注入社会多元的资本与创意。河南省郑州市运营的“足球小镇”，其文化项目“建业戏缘大食堂”即由河南建业集团和戏缘APP共同打造，以体验式的文化参与，集餐饮、古建、演出、创意、旅游等多元文化形式于一体，致力于戏曲与现代生活的交融。

戏曲小镇打造的核心在于区域文化生态中占据重要地位的戏曲，借助于地方政府对多元的地域优势的资源整理，来创建特色化的小镇业态。从2016年以来，特色小镇的建设持续推进，但是建设中挫败、消失的局面亦屡见不鲜。《2018中国特色小镇死亡名单》一文显示，国家发展改革委员会公布的两批总计499个特色小镇，部分面临被淘汰的危机，其原因在于项目设计策划的定位失败、运营经费不充分、生态环境的把握不足、旅游市场定位不准、产业链条和配套实施不完整、产业结构单一、主题特色缺乏、市场经营混乱、营销团队缺乏专业度，等等。这些问题同样是“戏曲小镇”在建设中必然要面对的。

事实上，“戏曲小镇”的核心目标是生态维护，尤其是戏曲生态因为剧种有异而本来就自具个性，缺乏对于传统戏曲文化生态的准确评估、充分利用和特色定位，因此“戏曲小镇”也极易遭遇危机。在当前戏曲实践工作中，已经不断涌现许多引人注目的戏曲重镇，例如，几百年来一直作为天下戏曲荟萃的首善之区北京，传统和现代相得益彰的戏曲创新城市上海，以现代戏创作形成重要文化现象的盐城，以古老剧种和演剧形态张扬戏曲古典风格的泉州，南北文化交融的华中重镇武汉等，都以其突出的艺术创作而显示出雄厚的文化个性，构成了区域戏曲文化生态的重要方面。例如，在2018年的戏曲工作中，上海戏曲界借助“第四届上海小剧场戏曲节”来突出上海戏曲品牌标识度，打造“上海戏曲码头”；武汉明确提出振兴戏曲“大码头”的口号，并且以市政府通知形式，借助区域演出品牌和相关戏曲活动，力图重振昔日南北戏曲荟萃的中心地位。这些举措在积极推进特色化区域建设时，最重要的是挖掘并利用传统戏曲文化生态资源，彰显文化建设与区域社会的资源整合。而在2018年度各省市区重要的戏曲展示活动中，都会在基本的剧场演出之外增加更加多元的文化艺术展示和互动，实际上是将戏曲创作、演出与社区生活、文化普及以至市场拓展有效地结合起来，努力营造戏曲良性发展的生态环境。

在戏曲产业业态多元化实践进程中，中国戏曲的发展其实更显多元，也更趋复杂，同时也不可避免地暴露出诸多弱项。例如，戏曲市场化拓展力度不足，戏曲表演院团进入生态产业的条件有限，戏曲自身生态建设出现断裂，戏曲艺术创作方向与社区生态需求有所背离，等等。可贵的是，随着党的十九大以来戏曲界对于文化自信的不断夯实，以及社会对戏曲认知度的不断强化，戏曲行业势态臻于自觉。作为戏曲发展核心主体的戏曲人，更清楚剧种、剧团的真实存在状貌。在戏曲理论界出现的全国地方戏曲研究院所联盟、全国戏曲期刊联盟，由中国戏剧家协会倡导成立的民间职业剧团委员会，由河南李树建戏曲艺术中心等多家单位发起的全国戏曲剧种联盟等，都显示了戏曲行业自身面对不断变化的时代和社会，正在积极寻求并建设适应剧种、剧团发展的生态环境。在国家文化主管部门推进相关戏曲发展政策时，具体区域、具体戏曲群体通过多元而自觉的行业建设与生态建设，正以更加有效的实践形式，夯实着驻足基层的基础，推进着自足发展的切实举措，这是很具理性的探索。

六、戏曲理论研究责在引领

“引领”是2018年度戏曲理论研究中的重要任务。戏曲理论研究是20世纪拓展出来的重要新兴学术门类，面对近千年的艺术实践，可待深入关注的学术领域还有很多。特别是自20世纪50年代开始的戏曲改革工作，实际上将戏曲理论研究拉出了传统书斋，并赋予了对戏曲艺术实践的引领责任。70年来的理论与实际相联系的学术导向，让理论始终站在戏曲实践的前沿，指导戏曲发展。

2018年的戏曲理论研究仍然保持着集体化和个体化两个基本的研究趋向，前者所涉及的《中国大百科全书（戏曲卷）》《全明戏曲》《全清戏曲》等都是由集体承担的国家重要项目，后者则是以个体承担为特征的各级各类型的科研项目，这些项目整体上呈现了戏曲理论研究的基本状貌。

2018年度，国家社科基金艺术学重大项目有24项，其中，戏曲类项目占了8项，包括“戏曲人才培养体系研究”（中国戏曲学院）、“戏曲现代戏创作研究”（上海戏剧学院）、“梅兰芳表演艺术体系及相关文献收集整理与研究”（中国艺术研究院）、“新中国成立70周年中国戏曲史（安徽卷）”（安徽省艺术研究院）、“新中国成立70周年中国戏曲史（福建卷）”（福建师范大学）、“新中国成立70周年中国戏曲史（黑龙江卷）”（上海戏剧学院）、“新中国成立70周年中国戏曲史（山东卷）”（临沂大学）、“中国现当代作曲理论体系形成与发展研究”（上海音乐学院）。其比重突出地显示了艺术学建设中对于戏曲研究的政策倾斜。在国家学术平台上，理论研究需要把握“戏曲”作为活态艺术形式的规律和特点。这种导向为传统的戏曲理论格局提供了不断提升和变化的新契机。

长期以来，戏曲理论机构分为高等院校和文化研究院所两类，前者侧重于文本、文献、文学，后者侧重于舞台、表演、活态。这当然与文化和旅游系统、教育系统的行政管辖隶属关系有关，也与70年来戏曲实践与文化研究院所形成的彼此互动有关。而在2018年度的艺术学重大项目中，可以看到承担团队大多来自高等院校，在“新中国成立70周年中国戏曲史”项目中，除了“安徽卷”由安徽省艺术研究院承担外，其他立项的“福建卷”“山东卷”“黑龙江卷”均由高等院校承担。面对积累了近70年戏曲发展资源的各省市区艺术研究院所，无法完成各省区市戏曲史的70年建构，折射出当前各省市区艺术研究院所在戏曲团队建设中的人才匮乏和实力不济。而高等院校在面对这类研究项目时，必然会将传统研究视角转向戏曲活态生存，其研究方法必然带来新的局面和拓展。

2018年度国家社科基金艺术学项目立项总计220项（其中重点项目8项，一般项目155项，青年项目46项，西部项目11项），涉及戏曲的项目有22项，占了十分之一。在这些项目中，除“传统戏曲道具制作与传承机制研究”一项的承担者河北艺术职业学院属于传统意义上的文化艺术系统外，其他项目全部由高等院校承担。如重点项目“晚清演剧编年史”“华人作曲家对中华传统文化的海外创承研究”；一般项目“中国近现代豫剧的变革与转型”“中国昆曲的编演、传承和发展对策研究”“数字化技术与昆曲艺术创新发展研究”“近现代报刊与中国戏剧转型关系研究”“近代戏曲批评与戏曲观念的嬗变（1840—1949）”“清抄本昆曲身段谱研究”“南戏《琵琶记》多维度英语传播及其中华文化‘走出去’启示”“扬州清曲研究”“上海近现代剧场研究（1843—1999）”“码头与民国戏曲发展关系研究”“明清‘宣大’堡寨聚落古戏台与戏曲活动的调查研究”“《旧编南九宫谱》笺注与蒋孝生平研究”“中国戏曲欧美演出史料研究（1759—1959）”“中国现代戏剧批评话语体系形成史”“中国剧本数据库构建及大数据智能剧本创作系统研究”“基于戏曲‘四功五法’的民族动画表演体系研究及应用实践”；青年项目“中国古代戏曲叙事理论史通论”“戏曲生态学论纲——20世纪中国戏曲生态格局变易及美学体系嬗变关系研究”“剧场形制与20世纪京剧演出形态变迁研究”。从上述课题能够看到多元的学术视野和学术方法，这是戏曲理论研究在多元结构中得以深入的前提。

同时，在全国哲学社会科学资助项目中，戏曲类项目总计 14 项，但几乎缺失了文化研究机构的参与，其重点项目“稿抄本明清戏曲叙录与研究”，一般项目“西南民族地区乡村戏剧调查与研究”“宋元戏曲明代改编本批评研究”“《昇平宝筏》与清代宫廷戏曲演进研究”“戏曲经典生成与明清文学风尚变迁研究”“中国传统戏曲的整理与改编研究（1949—1966）”“丝绸之路沿线眉户戏曲语言与民俗研究”“百年昆剧发展史研究”“延安时期戏剧运动文献史料整理研究（1936—1949）”“多元文化语境中的青海目连戏研究”“20 世纪中国‘水浒戏’剧本研究”，青年项目“中国古代戏曲格律与音乐关系研究”“稀见清代饬禁戏曲小说史料汇编与研究”“戏剧节与现代演剧制度转变研究（1938—1949）”，同样呈现多学科领域观照下的理论拓展。

上述 2018 年度立项的项目代表了当前戏曲理论研究的学术趋向，即深度融合文本文献与艺术实践，深度挖掘传统优势领域与潜在拓展领域，深度利用跨学科研究视角与戏曲本体研究方法。这当然对研究者的学术基础和研究取向提出了更多的要求。这同样意味着，文化研究院所的传统学科优势虽然随着人员的老化而少拓展、戏曲资源的固守而非利用、戏曲深度研究的弱化而突出多元功能、戏曲服务政策多而理性研究少，已经快速趋于边缘化，但是，70 年来文化研究院所所秉持的理论联系实际的研究理念，在服务社会、服务政策、服务活态戏曲方面，实际上仍然存在着现实的需求。而高等院校在理论研究的优势让戏曲研究更加成熟，学科建设更加完善，但真正贴近戏曲本体而引领戏曲实践者，仍然任重道远。特别是当前在戏曲实践领域出现的艺术创作难题、生存实践问题、传承发展困惑、体制机制纠结等，理论实际可以回应并指引的能力尚显不足，文化研究机构借助学术研究而呈现的政策咨询能力有所退化；高等院校致力研究而与戏曲实践缺乏互动，这都是理论研究在戏曲实践中难以实现引领的局限。因此，高度重视和推进建设各省市区艺术研究院所的学术科研能力，加强文化艺术研究院所与高等院校的智力资源的交流整合，提升高等院校在戏曲实践领域的深度参与，都是戏曲理论研究界的努力方向。

七、戏曲发展的问题、趋势与态势

在 2018 年戏曲发展中出现的“政策”“演出”“创作”“建设”“引领”五个关键词，展现了当前社会各个层面对于戏曲艺术多元化的文化观照。应该说，人民对于文化的需求与不平衡不充分的发展之间的矛盾正在“戏曲”这项近千年的艺术中充分展开。一年来的工作成绩，突出地展现在扶持政策、戏曲展演、文化小镇、艺术作品、理论项目等诸多热点现象中，但一年来的问题弊病，亦在这些热点现象中被清楚地呈现出来。当前在国家多项利好的扶持政策不断推进下，戏曲传承发展工作正处于深水区，矛盾更加突出，问题更加严重，挑战更加严峻，戏曲危机与生机亦更为凸显。因此，当前戏曲发展亟须解决以下问题。

（一）剧院团的体制机制亟须理顺

剧院团是戏曲艺术的重要载体，近年来各项保护扶持工作都围绕着剧院团的生态环境要素，忽略了“剧团”作为一个传承、创作、发展戏曲实体的独特价值和实际作为。尤其是在体制改革中出现的“有限责任公司”“传承中心”“研究院”等定位，甚至在体制改革中部分戏曲剧院团身份遗失，由此导致戏曲剧团的职能定位出现偏差和错乱。特别是目前剧团在实现归口管理时，不但存在着文化系统内的体制差别，还存在宣传部门和文化管理部门的差别、机制不顺，导致戏曲政策无法很好落实。2018 年 12 月公布的《国务院办公厅关于印发文化体制改革中经营性文化事业单位转制为企业和进一步支持文化企业发展两个规定的通知》，持续推进国有经营性文化事业单位转企改制。该通知的颁布将进一步深化文化体制改革。因此，戏曲剧院团的特殊性需要得到充分评估，在中宣部、文化和旅游部的统筹下，应及时出台对于戏曲院团的整体扶持政策，围绕戏曲院团的特殊性，尊重演出创作规律，尊重戏曲剧院团的文化职能，强化戏曲院团在传承发展中的艺术定位和文化属性。

（二）戏曲的演出市场和生态空间亟须拓展

戏曲市场在多年来的体制改革及各种政策引导下，或建或毁，无法建立良性的发展机制。尤其是多元的戏曲利好政策忽略了戏曲市场的培育与拓展，导致很多拥有相对稳定演出市场的剧院团在落实“戏曲进校园”“戏曲进乡村”等政策时，出现市场遗失的局面。戏曲需要扶持，戏曲传统的修复和保护需要政策倾斜，但是作为活态艺术，戏曲的生存与发展仍需要市场开拓；尤其是市场与戏曲文化生态密切相关，戏曲缺失了市场，也很难维持和拓展文化生存空间。在当前产业业态趋于多元的前提下，从政策和实践中应该努力探索戏曲剧院团市场化路径，让戏曲艺术在剧院团的承载下真正成为区域文化审美中的组成内容。

（三）戏曲人才培养亟须加强

戏曲人才是戏曲繁荣发展的前提基础。戏曲人才包括职业化的戏曲专业人才和戏曲理论人才。戏曲最重要的传承机构——大中专学校由于身处教育管理和文化管理的夹缝中，戏校建设与剧团需求管理相互脱节，甚至戏曲学校往往被两个体制忽略。例如，福建省多地的戏曲中专学校一直是福建艺术职业学院的异地分校，但是在教育文化体制改革中，除了泉州艺术学校等具有独立办学资质外，其他各地艺术院校无法独立招生，由此导致有人学戏而戏校无法开课的局面，严重影响到了戏曲职业教育。特别是随着 20 世纪 80 年代以来一代戏曲领军者逐渐退出舞台，戏曲剧院团新一代领军艺术家还未承担起剧种发展推广的责任，戏曲代际传承面临困难。另外，各省市区戏曲研究院所的理论人才断档，戏曲研究院所的职能定位偏移。因此，需要完善戏曲院校在体制管理、专业培养、人才输送等程序的合理规划，通过建立演出遴选机制来进行新一代领军人才的培养，同时对各省市区戏曲研究所的建设给予高度关注。

（四）现实题材创作方法与体系亟须研究

现实题材创作是现代戏创作领域重要的组成部分，近年来数量巨大的现实题材剧目的涌现为戏曲注入了新的发展契机，但由于创作水准普遍偏低，现实题材创作的优秀作品比率极低。如何提升现实题材创作水平，实际上需要对其创作方法给予及时的经验总结，规避创作和表演中的误区，尊重并吸取已经取得的成功经验，用相对准确的理论方法来引导现实题材良性发展。特别是在 70 年来的现代戏创作中，经由时代审美和观众认同所带来的现代戏艺术体系更需要充分整理总结，以利于现实题材创作取得成功。因此，戏曲理论界需要深入联系戏曲实践，加强对戏曲现实题材创作的方法与体系研究，真正做到理论引领实践，切实指导现实题材创作走向成熟。

2018 年度，中国戏曲已经将复杂纷繁的实践与理论命题做了很好的呈现。2019 年将迎来中华人民共和国成立 70 周年，在这个节点上，中国戏曲应该更加深入地总结 70 年的艺术成就和实践历程。而今迈步从头越，风物长宜放眼量，期待中国戏曲在新时代新征途上拥有新的成就、新的局面！

王馗　中国艺术研究院戏曲研究所所长、研究员

2018 中国戏曲现状盘点

◎ 李小菊

2018 年对于戏曲艺术来说，是令人振奋和欣喜的一年。在国家持续稳定的戏曲利好政策扶持下，在不断好转的文化生态环境中，这一年戏曲创作、演出、传承、传播都取得了令人瞩目的成绩，并且出现了一些不同于以往的新气象、新特点。与此同时，当前戏曲创作存在的问题也转向深化，一些以前隐蔽的问题开始凸显。

一、戏曲展演百戏盛典　苔花牡丹齐绽娇颜

戏曲创作繁荣与否，与政府的重视和扶持有密不可分的关系，各层级的戏曲展演既是戏曲创作成果汇报，也是戏曲生态健康与否的重要标杆。2018 年由文化和旅游部组织主办的国家级展演主题突出、特点鲜明、规模盛大、影响深远，其中两个国家级展演特别需要注意。一是"全国优秀现实题材舞台艺术作品展演"活动。该活动采取全国联动、各地实施的创新方式，除了在北京组织"全国优秀现实题材舞台艺术作品展演"，还由各省（区、市）文化部门在当地组织现实题材舞台艺术作品展演活动，各省、区、市积极组织，在全国范围内掀起了现实题材戏曲创作演出的高潮。二是举办"中国首届戏曲百戏（昆山）盛典"（简称"百戏盛典"）。百戏盛典将持续举办三年，全国 348 个剧种都将在这里展示自己的风采，这是对 21 世纪以来国家非物质文化遗产保护工作成就和文化和旅游部戏曲剧种普查工作成果的一次全面、深入的大检阅，是对我国丰富的戏曲剧种文化的全面展示，通过此次展演，全国戏曲界强化了剧种意识，坚定了不同剧种的文化自信，对于唤起社会各方面对戏曲文化的重视，激励戏曲从业者的积极性，有着非常重要的意义。主办方还同时征集各剧种代表性的服装、道具、剧本、视频等，以筹备建立戏曲博物馆，这一举措不仅使各剧种"到此一游"，而且能够"立此存照"，留下难得的戏曲文献史料，意义深远。

此外，由中共中央宣传部、文化和旅游部共同主办的"全国基层院团戏曲会演"继续举办，展现了基层院团和地方剧种的艺术风采和基层民众的声音。基层戏曲展演政策上的持续性和时间上的历时性，对于激励基层戏曲院团进行戏曲创作起到了非常重要的作用。这一年的基层院团戏曲会演，涌现出一批贴近生活的优良作品，如从家庭视角表现反腐题材的《失却的银婚》、表现优秀基层乡村干部的《好人邓平寿》、反映改革开放 40 年成就的《鸡毛飞上天》等。

政府部门对现实题材戏曲创作的鼓励倡导，带动了各省、区、市的现实题材戏曲展演，全国各地纷纷举办现实题材舞台艺术作品展，除此之外，全国各地的戏剧展演、会演、艺术节、戏剧节众多，出现了一批比较优秀的新创剧目，如福建省闽剧院的《生命》、湖北省老河口市豫剧团的《黄河绝唱》、河南豫剧院的《重渡沟》、吉林省评剧团的《春回桃湾》、陕西省安康市的紫阳民歌剧《闹热村的热闹事》、新疆生产建设兵团豫剧团的《戈壁母亲》等，这些作品从艺术的角度讲述故事、塑造人物、表达情感，具有较高的艺术水平。

再就是一些已经形成品牌效应的戏曲展演照常举办，如"第八届中国昆剧艺术节"在江苏省苏州市举办，展示了近 3 年来昆曲创作和传承的成就。河南豫剧优秀剧目进京展演活动已经举办三届，这一年该展演以"庆祝改革开放四十周年"为主题，在创新发展的同时回顾 40 年积累的新经典、新传统，对当前的创作有一定的启发意义。

二、现实题材唱主角　厚积薄发佳作多

在政府大力提倡和加强现实题材戏剧创作的政策引导下，2018 年戏曲现代戏新剧目创作成就可喜，无论是表现先进人物、革命历史题材，还是当下普通人现实生活等众多方面都涌现出一批高质量的新创剧目。这些作品大多主题立意高远、人物形象感人、演员技艺精湛、舞台呈现优良。其中既有名家大腕、国家院团的大手笔，也有地方剧种和基层院团的用心之作；既有制作精良的大戏，又有接地气、有人气的小戏。在众多的作家作品中，张曼君导演以其多部高质量作品延续着她的传奇，同时以其不断强化的创作个性为各地剧种注入新鲜的活力，如其《红军故事》由三个小戏组成，深情歌颂革命时期默默无闻的炊事班长、卫生员和军需处长等幕后英雄，以地方民间歌舞丰富京剧的舞台表现力，可以说是小故事大气象；又如沪剧《敦煌女儿》以敦煌研究院原院长樊锦诗为原型，在叙事结构、人物塑造和舞台美术上都有独特之处。此外，比较突出的作品还有李莉的《国鼎魂》《太行娘亲》、韩枫的《失却的银婚》《戈壁母亲》《荣宝斋》，以及豫剧《重渡沟》、吕剧《大河开凌》、河南曲剧《信仰》、上海淮剧《武训先生》、湖北豫剧《黄河绝唱》等。这些作品都有较高的文学成就，为现代戏创作奠定了扎实的基础。在舞台呈现方面，这些作品也比较注意艺术化地处理题材、戏曲化地表现生活、人性化地刻画人物，避免了以往常见的话剧加唱、大制作等问题，体现了戏曲现代戏创作的成熟和自觉。当前政府对现实题材创作的倡导，是促进和助推传统戏曲艺术现代化转化的重要举措，是中华优秀传统文化融入现代生活的重要契机，戏曲院团积极回应时代呼唤，顺势而为，以大量的创作实践积极探索、积累经验，已完全能够运用艺术化的创作手法、戏曲化的表现手段表现现代生活。

相对于现实题材戏曲创作，2018 年历史剧和古代故事剧的创作从数量上来讲相对较少，能够产生较大影响的基本是名家之作，如以历史剧创作闻名全国的郑怀兴的《关中晓月》《浮海孤臣》，这两部作品一经推出就引起戏曲界的强烈反响，获得一致好评。此外，早几年创排但很少演出的豫剧《北魏孝文帝》作为豫剧进京展演剧目在北京演出，原来的上下本莆仙戏《林龙江》被缩编为一本参加了“福建省艺术节”，这些戏都引起比较大的反响，得到专家和观众的好评。郑怀兴的这些历史剧作品都由地方基层院团创排，如《关中晓月》由陕西省周至县秦腔剧团演出，《浮海孤臣》由福建省泉州市高甲戏剧团演出，《北魏孝文帝》由河南省洛阳豫剧院演出，《林龙江》由福建省仙游县鲤声剧团演出，这种大编剧与小剧团的合作模式，以优质的剧本和精彩的舞台呈现，提高了地方基层戏曲院团的创作质量和创作水平。青年编剧罗周的《顾炎武》及豫剧《灞陵桥》等也产生了较好的社会反响。

三、戏曲传承稳步推进　网络传播前景广阔

戏曲进校园工作稳步推进，各种戏曲剧种、流派和剧目传承班、培养班纷纷建立，戏曲人才培养趋向全面并已见成效。对戏曲武行人才的培养成果卓然，如国家京剧院武戏展演及元旦戏曲晚会上武戏独领风骚。对于处于弱势的戏曲丑行开始重视，上海京剧院的“‘小丑挑梁’京剧丑角艺术展演”仍在持续，中国艺术研究院戏曲研究所举办的“金不换豫剧牛派丑行艺术经典剧目北京展演暨金不换牛派丑行表演艺术与中国戏曲喜剧精神学术研讨会”在戏曲界和学术界产生了一定的影响。戏曲新流派开始出现，如河南省李树建的豫剧老生“李派”已经得到普遍认可，豫剧小皇后王红丽“王派”于 2018 年宣告成立，王红丽还举行了规模盛大的收徒仪式，这在河南戏曲界产生了不小的影响。京剧表演艺术家尚长荣先生在继尚长荣“三部曲”传承教学之后，开始面向全国收徒，湖南省京剧院的李永顺和中国戏曲学院的舒桐先后拜尚先生为师。师徒教学模式既恢复承继了戏曲界的传统，又弥补了现代戏曲专科院校教学的不足。

近年来，随着移动互联网的普及，戏曲艺术的网络传播异军突起，对戏曲艺术的普及产生了非常积极的影响。各种戏曲演出和戏曲演员的网络直播众多，京剧女老生王珮瑜借助电视和网络节目成为“戏曲网红”的代表人物，培养了大批戏迷和拥趸，促进了京剧艺术在青年人中的传播与普及；再如通过网络直播，全国的观众足不出户就能欣赏到百戏盛典上不同剧种剧目。这些网络直播的传播者和收

看者，往往是使用智能手机的年轻人。因此，这种传播模式使得传统戏曲艺术在青年人之间宣传普及，结合戏曲进校园及非遗保护等观念的普及成效，戏曲艺术的文化价值和艺术魅力被越来越多的年轻人接纳和喜爱。一些近年来成长起来的“互联网＋戏曲”的文化传播机构，如河南恒品戏缘APP和中华戏曲公众号等，在兼顾经济利益和社会效益方面形成了有利于戏曲生态培养的正确观念，能够做到尊重戏曲艺术本体、培育戏曲文化生态和引导人们进行戏曲消费。戏缘APP在经过几年的用心经营之后，实现了戏曲艺术从线上到线下的转化，其建立的戏曲小镇不但吸引了众多戏曲院团和名家的加盟，还成为新的文化景点。类似的戏曲小镇在全国各地如雨后春笋般相继出现，对于戏曲文化生态的培育起到了良好的促进作用。

四、繁荣下的问题与隐忧

在戏曲政策持续利好、戏曲生态不断改善、戏曲创作成就突出的情况下，当前戏曲创作存在的问题也转向深化，一些以前隐蔽的问题开始凸显。其中，戏曲现代戏创作题材的趋同化、剧种的同质化问题显得尤为突出。取材于真实英模人物的作品还不能很好地处理生活真实与艺术真实的关系问题，政治宣传和功利目的表现得太过突出。这既有政策原因，又有人为因素：同一导演、编剧为不同剧团、不同剧种创作的作品，难免有手法雷同之处；全国各地院团反映第一书记、精准扶贫等现实题材的重复问题也难以回避。如何避免这些问题，是考验主创人员的创作水平和艺术良知的重要试金石，这要求他们不但要挑战别人，更重要的是超越自己。

当前现实题材戏曲作品需求量巨大，许多作品匆匆上马，相关部门横加干涉，创作人员又责任心缺失，致使许多作品质量低下。一些主创人员功利先行，这对广大基层戏曲院团来说，更是雪上加霜。现实题材戏曲创作一枝独秀，历史剧和古代故事剧创作数量大幅减少，伤害了历史剧创作的积极性，也使得一些已经创作出的历史剧作品难有出头之日。戏曲的繁荣发展离不开政府的扶持和政策的指引，但戏曲艺术本身有自己的创作发展规律，相关部门既不能放任自流任其自生自灭，也不能过度干预，影响戏曲创作的多样化，艺术作品应该凭质量说话，而不是靠题材取胜。

除了创作方面存在的问题，戏曲观念问题也应该得到足够的重视。如在进行戏曲创作时应该尊重地方剧种的独特个性，而剧种特性主要表现在声腔上，如何处理好剧种声腔的改革创新与保护传承的关系，是主创人员特别是导演和作曲要注意的问题。21世纪以来，戏曲的改革创新特别是戏曲声腔的改革创新成为一个非常突出的问题，戏曲声腔是否要创新，成为一个两难的问题。一方面，戏曲创作实践不断地进行创新，另一方面，这些创新却不断受到观念保守人士的批判和抨击，表现在2018年度的创作中，山东茂腔《失却的银婚》因声腔的创新引起不小的争议，河南曲剧《信仰》也出现了同样的问题。这可能是因为主创人员创新步子迈得有些大，难以为听惯传统声腔的观众所接受，也可能是因为对非物质文化遗产保护的理解产生了偏差，形成了新的保守主义思想。明代戏曲理论家王骥德曾经说过：“世之腔调，每三十年一变。”戏曲创作的实际也说明戏曲声腔只有不断满足时代的发展才能争取到更广大的观众，才能不断与时俱进。即便是曲牌体的昆曲，其实也在不断地发展。此外，一些历史比较短的新兴剧种如蒙古剧和各地的山歌剧的声腔问题也需得到重视，这些剧种声腔比较自由、开放，甚至一些新兴剧种的声腔特点尚在形成之中，还不稳定。因此，剧种声腔何去何从，成为一个非常重要的问题，当前一些新兴剧种的唱腔歌剧化、音乐剧化的倾向非常明显，无论是唱法还是发声方法，都与戏曲的演唱方法相去甚远，这是特别需要警惕的。

李小菊　中国艺术研究院戏曲研究所副研究员

专题

改革开放 40 年的戏曲发展

【概况】

2018 年是中国改革开放 40 周年，在这 40 年中，中国的各行各业都发生了翻天覆地的变化，戏曲艺术同样也与时俱进，经历了从低谷到复苏，从继承传统到创新发展的实践和探索过程，并且取得了举世瞩目的成就。总结历史才有助于我们开创更广阔的未来，因此，本年鉴特选取了 4 篇文章，从不同角度展现 40 年来戏曲艺术所取得的成就。

【观点】新时代为戏曲发展提供了最大机遇——改革开放 40 年戏曲建设思考

◎ 郭汉城　万素

习近平总书记在十九大报告中提出“中国特色社会主义进入新时代，意味着近代以来久经磨难的中华民族迎来了从站起来、富起来到强起来的伟大飞跃”，全国人民欢欣鼓舞无比振奋。我们强烈感受到，习近平总书记提出的一系列新理念、新思想、新战略，正在推动党和国家事业发生历史性变革。我们也深刻感受到，中国特色社会主义新时代为戏曲发展提供了最大机遇。

一

中国戏曲艺术吮吸了源远流长的中华美学精神滋养，浸润于数千年中华优秀传统文化深厚积淀，承载着中华民族世世代代精神追求，架构起中国人独有的情感表达方式，创造出广大老百姓喜闻乐见的民族艺术形式。步入中国特色社会主义新时代，戏曲艺术应如何创新发展，是践行中华民族文化自信的重要组成部分，戏曲工作者必须直面这一时代命题。

站在实现“两个一百年”宏伟目标的时代制高点，我们憧憬“两个一百年”后的戏曲形态发生怎样的变化？戏曲剧种会有哪些发展？我们期待到那时，戏曲剧目创作会更加多姿多彩，戏曲创作手段会更加游刃有余，戏曲艺术表现形式与现代生活内容水乳交融，戏曲的综合性、虚拟性、程式性等总体特征获得长足发展，在戏曲创造人物中体验与表现、自由与规范结合的表演方法更加炉火纯青。

我们更加期待，虚实相生、形神兼备、情景交融、悲喜互待、多点散视、时空流动等民族传统美学精神，在表现现代生活内容中完整地继承发展，解决舞台时空的有限性和生活时空的无限性矛盾会开拓出更多可能，戏曲现代戏创作将由必然王国走向自由王国……

戏曲艺术与时俱进，既顺应了社会发展的要求，也遵循了艺术自身发展规律。回顾中华人民共和国成立之初，在党的“百花齐放，推陈出新”方针政策指引下，对传统戏曲推行改人、改戏、改制的“戏曲改革”，踏上了戏曲现代化转型的漫漫长路。在建设中国特色社会主义的新时代，戏曲艺术应该把握追随时代前行的最大机遇，加强剧种建设、剧目建设、队伍建设和理论建设，推动戏曲艺术由“改革”向“建设”战略转移，谋求民族文化的更大发展。

二

20 世纪 50 年代党中央、国务院制定的“百花齐放，推陈出新”文艺方针，符合马克思主义唯物辩证法，应予充分肯定。在新时代，仍然要沿着这条正确道路坚定不移地往前迈。我们应该认识到，戏曲“建设”与戏曲“改革”一脉相承，“改革”与“建设”两者是辩证发展的关系。戏曲“建设”是顺应时代发展和社会生活的变化，在艺术创作演出中日积月累的结果，是戏曲“改革”的必然结果。同时，戏曲“建设”又推动了戏曲“改革”的深化，戏曲“改革”与“建设”这条完整链条，将推动戏曲现代化进程。

习近平总书记在十九大报告中指出：“我国社会主要矛盾已经转化为人民日益增长的美好生活需要和不平衡不充分的发展之间的矛盾。”纵览东西南北，遍布我国56个民族的不同生活区域，婀娜多姿、争奇斗艳、姹紫嫣红、各美其美的庞大戏曲族群，戏曲剧种历史和现状不尽相同，发展趋势也呈现不平衡、不充分局面。跟上时代前进的步伐，打破这种不平衡、不充分局面，满足人民日益增长的美好生活需求，我们任重道远。

据文化部2017年12月最新发布的全国地方戏曲剧种普查情况及结果显示，我国目前存活348个戏曲剧种。其中，昆曲艺术优雅、细腻、精致，是戏曲表演艺术发展最完整的古典艺术代表；京剧既具古典性又具民间性，其高度程式化的舞台表演艺术获得了充分发展；大多数地方大剧种如豫剧、川剧等，不同程度地兼具古典性、民间性双重品格；为数众多的民间小戏发展程度低，但自身负荷不大，似乎又成为一种优势。中国特色社会主义进入新时代给戏曲艺术的发展提供了最大机遇。300多个戏曲剧种无论成熟度高低，都有生存发展的权利与要求，都要满含深情地回应时代，昂首阔步开拓未来。

三

习近平总书记指出，“我们必须在理论上跟上时代，不断认识规律，不断推进理论创新、实践创新、制度创新、文化创新以及其他各方面创新”。戏曲艺术工作者必须看到自身认知上的缺失，提高理论修养，深刻认识和把握艺术发展规律，自觉运用规律的力量推动戏曲艺术的整体发展。我们要认真总结改革开放40年的历史经验，对待不同剧种“推陈出新”应持实事求是的态度，要尊重剧种自身的规律，一剧种一对策，依据不同剧种的历史、现状和个性特征区分对待，不可简单化一刀切。我们要“从剧种出发”，因势利导，以文学性、思想性，精湛的表演艺术及舞台完整性的高度契合，探索传统文化创造性转化和创新性发展的最佳路径。

广泛流布于各地的民间小戏，如滩簧、山歌、花鼓、采茶、彩调、花灯、二人转及一些少数民族戏剧，艺术发展还处于“初级阶段”，但它们与广大群众联系密切，生活气息浓郁，形式多样，生动活泼，有较大的灵活性，更具有生命活力，蕴蓄着巨大的发展潜能。当它们和现实生活碰撞时，其短处会得到补足，其长处将会爆发出巨大能量，开拓出人们意想不到的局面。民间小戏辉映出的文化多样性具有长远战略意义，在戏曲改革总体格局中应予以适当定位，我们应具有这样深邃的目光。

在中国戏曲史上，往往前一个时代艺术发展最成熟的、最具代表性的剧种，未必能在下一个时代引领发展潮流。一部戏曲史“各领风骚数百年”，印证了这种程式积累型艺术发展的不平衡规律。这种不平衡规律不仅在古代发生作用，也在近现代、当代发生作用。

四

习近平总书记告诫我们要“推动中华优秀传统文化创造性转化、创新性发展”“不忘本来、吸收外来、面向未来”。我们欣喜地看到，党中央、国务院连续出台一系列利好政策，有力地推动了戏曲发展。全国各地的民间小剧种、稀有剧种、濒危剧种、古老剧种受到普遍重视，从中央到地方各级政府文化主管部门及从业人员的剧种保护意识大大增强。国家艺术基金、国家舞台艺术精品创作扶持工程等，以国家财力、地方政府财力资助艺术创作与生产，一批批思想精深、艺术精湛、制作精良的戏曲作品不断涌现，戏曲剧目建设、剧种建设、队伍建设、理论建设初见成效。戏曲艺术在继承与创新中迈出了坚实的步伐，正在向着艺术高峰努力攀登。

“文化自信是一个国家、一个民族发展中更基本、更深沉、更持久的力量。”在中国特色社会主义新时代，践行民族文化自信的时代命题，我们在路上……

郭汉城　中国艺术研究院终身研究员
万素　中国戏曲学会副会长
原载《中国文化报》2018 年 5 月 30 日

【观点】创造戏曲艺术新繁荣——改革开放 40 年中国戏曲揽胜

◎ 何玉人

20 世纪 80 年代开始，中国进入了新的历史时期，至今走过了 40 年的发展历程。改革开放这 40 年，中国戏曲经历了从低谷到复苏，从继承传统到创新发展的实践和探索过程，这其中无论是历史剧还是现代戏都取得了不可忽视的成就，许多优秀的作品在创作观念、创作手法和艺术表现形式上更加丰富多样，思想精深、艺术精湛、制作精良成为更加自觉的追求。回顾中国戏曲的发展历程和取得的成就是为了更好地砥砺前行，创造戏曲艺术新的繁荣与辉煌。

一、历史剧与传统戏寻求新意蕴、开辟新局面

改革开放 40 年来，中国戏曲从传统走向现代的探索之旅是从历史剧开始的。改革开放 40 年戏曲的整体跃动中，历史剧始终表现着自身强大的艺术特质和审美魅力。它取材于历史，立足于现实，借历史的故事叙事立意，用唱念做打的表现形式抒情审美，使历史剧具备了鲜活的时代感和厚重的传统韵味，形成了不同于“传统戏曲”的新的思想表达方式和艺术风范。

（一）新时代新理念领风气之先

20 世纪 80 年代初，各种文艺思潮和海外艺术之风在国内汹涌而起，对中断了多年的传统戏曲造成巨大的冲击。在这种局面下，历史剧运用自身具备的成熟艺术表现力，继承传统、探索求变、把握创新，寻求新的思想意蕴和审美表达，开辟了戏曲创作的崭新局面。

改革开放后，在多元的文艺形势面前，戏曲艺术尝试用新理念、新视角，进行新的艺术实践。领风气之先的是湘剧《山鬼》，作品以历史人物屈原为描写对象，将时间、地点虚化，剧作不局限于原有的屈原，使人们从思想的高度、在戏曲艺术审美中审视历史和历史人物，是历史剧创作观念、思想、方法的一次历史性革命。川剧《夕照祁山》创作于 20 世纪 80 年代中期，从新的角度去认识历史和历史人物，使诸葛亮晚年的复杂、多变、疑心以及对家乡、家人的思念和生命垂危时的无奈得到了生动表现。京剧《曹操与杨修》刻画了曹操的宏图大志、爱才用才，又揭示了其褊狭、刚愎自用的性格特征；刻画了杨修的气节，又揭示了其为实现报国之志不得不逢迎、依附权力的无奈，作品从创作理念、创作方法上为戏曲艺术注入了新的活力，并引领了历史剧创作的新风气。淮剧《金龙与蜉蝣》讲述了祖孙三代因皇权而起的生死恩怨，这是一个古希腊悲剧式的故事，赋予人们对权力、对人性以新的思考。京剧《风氏彝兰》反映了民族之间在伦理道德、理想信念和生存方式等方面的不同。京剧《大面》运用“神兽大面”道具，展示了北齐兰陵王的两面人生，“兰陵王”一角横跨四个行当，将花旦、文生、武生、花脸四个行当的表演融于一身。京剧《赵武灵王》在史实的基础上经过艺术虚构，书写了赵雍的传奇身世和悲壮命运，构成了一幕幕震撼人心的戏剧冲突，传达出深刻的思想内涵。

40 年来，剧作家继承和发扬了历史与时代特征相结合的传统，从现实感受来写历史剧，把深邃的历史感和对现实的感知、观照与反思交织在一起。

京剧《司马迁》再现了司马迁著史过程中经历的身体和精神磨难及其百折不挠的性格特征，这是改革开放初期的一部历史剧，剧作家有感于此前中国的特殊社会环境而作。京剧《王安石》再现了王

安石历经多年实行变法艰难而又复杂的过程，在改革开放的背景下呼唤革故鼎新。莆仙戏《新亭泪》通过“王敦之乱”的故事，塑造了一个放荡不羁、形骸散淡，骨子里却以天下为己任的古代知识分子形象，揭示人物在特定历史氛围中主体精神与个体形式的建构。汉剧《王昭君》写王昭君自请远嫁，面对无奈的人生做出积极选择，是历史剧对于现实人生的深入思考。

不仅新编历史剧，多部根据传统戏改编的历史剧也体现了现代意识。如昆曲《景阳钟》是在昆曲传统戏《铁冠图》的基础上整理改编的，作品保留《乱箭》《撞钟》《分宫》《杀监》等经典传统折子戏，并赋予作品形式上的创新，对原作在思想性、价值观、史学观方面不符合时代精神的内容进行了删减。豫剧《程婴救孤》根据传统戏改编，内容上保留并强化了程婴在危急时刻表现出来的“忠义”，又赋予这种“忠义”正义的内涵。龙江剧《木兰传奇》将一个演绎了多年的“替父从军”的故事，升华为一个保家卫国、精忠报国的故事。京剧《廉吏于成龙》中的主人公既具有真实的历史感，又具备了鲜明的现实意味。

总之，历史剧创作在领风气之先的同时，还出现了大量思想精深、艺术精湛的作品。如京剧《三关明月》《大明魂》《画龙点睛》《贞观盛世》、高甲戏《大河谣》、婺剧《梦断婺江》、秦腔《千古一帝》、湘剧《马陵道》、闽剧《天鹅宴》、评剧《凤阳情》、曲剧《刘秀还乡》等。

（二）多向度的思想意蕴和精湛的艺术呈现

历史剧以多向度的思想意蕴和艺术表达对历史进行观照，依据各种历史题材创作了被当下讲述的不同视角的历史。

晋剧《傅山进京》为文人戏开拓了新的思维视角，艺术而又巧妙地展现了傅山的深厚文人情怀和玄烨揽英才以安天下的胸襟之间的冲突，塑造了一个具有风骨和品格的全新古代文人形象。越剧《陆游与唐琬》以现实主义和浪漫主义相结合的创作手法，一波三折地表现了南宋大诗人陆游和爱妻唐琬的人生经历和不幸婚姻。川剧《巴山秀才》塑造了思想慢慢觉醒、精神境界步步升华的人物形象，在改革开放初期问世，对于推动思想解放、重整和鼓舞知识分子的精神有着重要意义。闽剧《丹青魂》以一代画圣吴道子为表现对象，揭示了艺术创作与生活、民众的关系以及知识分子的自我超越。京剧《北风紧》通过宋金两国对峙之际，仕金宋人施宜生的两难选择，刻画了仁爱、知恩图报、勇于担当的儒家士大夫形象。越剧《班昭》塑造了孜孜不倦、甘守寂寞的古代女知识分子形象，弘扬了知识分子的文化使命感和矢志不渝的奉献精神。莆仙戏《秋风辞》以汉武帝的晚年生活为题材，揭示了普遍的人性弱点和封建社会对人的扼杀，把历史的批判与哲理的思考在艺术的层面很好地结合起来。桂剧《大儒还乡》讲述还乡士大夫发现曾受皇帝嘉奖的秦桑政策是坑农害农的假政绩后的自我拷问，警示后人以民为本。昆曲《南唐遗事》表现了李煜、赵匡胤的不同胸襟、意志和历史演进的必然。京剧《范仲淹》描写北宋名臣范仲淹一生三起三落的坎坷仕途，塑造了“先忧后乐”的古代士大夫形象，具有深刻的现实意义。越剧《藏书人家》讲述了江南著名藏书楼“天一阁”主人用生命的代价守护民族文化的历程。

除正史之外，各地都流传有丰富的民间故事、传说、寓言和典故，将这些题材引进作品是中国戏曲的重要传统。以历史传说、民间故事为题材的作品促进了戏曲历史题材创作的多样化。

京剧《徐九经升官记》是改革开放后较早创作演出的一部作品，根据传统单口相声《姚家井》改编，首开京剧文丑当主角，唱、念并重的先河，大段的唱腔和诙谐、幽默的人物性格成为其突出特点。越剧《五女拜寿》以父亲的宦海生涯为背景，通过对父母与五个女儿之间亲疏远近的描写，给人以道德、人伦、情与义等多方面的教诲，风格清新、结构紧凑、庄中有谐，可以看到贯穿其中的创造精神及独特的审美表达方式。花鼓戏《喜脉案》讲述了玉叶公主未婚先孕，众太医入宫应诊，巧言其“风邪入内”，太医胡植出于正义之心，毅然面帝直言，后帮助公主出逃，自己却被问斩法场，在真情的感动下，全剧以喜剧收场，这是一部具有很好观赏性的作品，在遵循花鼓戏艺术特点的同时，大胆地对音乐进行改革，赋予作品鲜明的时代精神，达到了传统艺术与现代艺术的有机融合。楚剧《狱卒平冤》创作于20世纪80年代初，围绕寒门书生杀人冤案的判决，揭示了官府的昏庸、狡诈，表现了狱卒不怕风险、舍身救人、伸张正义的无畏精神，作品多有精彩之处，为此后的传统戏改编树立了范本。梨园戏《节妇吟》描写封建社会妇女的辛酸命运和悲惨人生，以此提炼出对于整个中国妇女命运的认识。高甲戏《凤冠梦》《玉珠串》皆为讽刺喜剧，前者讽刺与歌颂交替展开，获得了生动的喜剧效果；后者围绕中心道具“玉珠串”的失而复得展开，使各色人物的行为、心态在一系列喜剧情节中得到展露。梨园戏《董生与李氏》展现了人物勇敢的爱情意识、生命意识和对封建主义的反叛意识。豫剧《七品芝麻官》以喜剧的形式塑造了七品芝麻官唐成的正直不阿、不畏权势、敢同恶势力做斗争的形象。还有根据明传奇《焚香记》改编的蒲剧《青丝恨》，根据明朝周朝俊同名传奇改编的豫剧《红梅记》等，皆体现了传统戏情节曲折、人物命运跌宕、具有较强的趣味性和审美价值的特点，这些作品娴熟地驾驭和运用传统戏曲艺术的形式技巧，是历史题材戏曲创作不可或缺的重要部分。

2001 年，昆曲被列入联合国教科文组织“人类口头和非物质遗产代表作”后，在政府有关政策和资金的扶持下，呈现出令人欣喜的发展局面。21 世纪以来，一大批经过加工改编的传统经典名剧上演，如《牡丹亭》《玉簪记》《白兔记》《钗钏记》《琵琶记》《张协状元》《宦门子弟错立身》《小孙屠》《长生殿》《绿牡丹》《西厢记》《紫钗记》《荆钗记》《比目鱼》《风筝误》《1699 桃花扇》《红泥关》《西园记》《怜香伴》《关汉卿》《续琵琶》等；一批优秀新创剧目上演，如《公孙子都》《班超》《少年游》《红楼梦》《景阳钟》《贵妃东渡》《汤显祖与四梦》《司马相如》《十面埋伏》《椅子》等。

少数民族剧种和题材的创作以民族化、地域化、风格化、多样化的表现内容和艺术手法丰富了历史剧创作。注重对本民族传统戏剧的继承是少数民族历史题材创作的一大亮点。如八大藏戏《智美更登》《苏吉尼玛》《诺桑法王》《卓娃桑姆》《朗萨雯蚌》《文成公主》《顿月顿珠》《白玛文巴》，在一个个佛经故事演绎中，使观众领会佛教的神圣和虔诚，得到艺术的享受和精神的愉悦。此外，傣剧《南西拉》、壮剧《和睦皈朝》、侗戏《吴勉》《丁郎龙女》、藏剧《汤东杰布》、白剧《白洁圣妃》《苍山会盟》《望夫云》、蒙古剧《满都海斯琴》《别力古台》，根据蒙古族民歌、长调民歌、蒙古族民俗创作的《黑缎子坎肩》《乌日苏勒图》《巴图查干情缘》《阿拉腾鸿达嘎》等一批新创剧目涌现。这些剧目采用各自民族的语言、音乐和表现形式，以鲜明生动的艺术形式讲述了本民族的历史和生活，情节新颖，具有浓郁的异域风情。

在少数民族历史题材戏曲创作中，一批汉族的地方戏剧种如评剧《契丹魂》、歌仔戏《羯鼓汉箫》、桂剧《瑶妃传奇》、婺剧《昆仑女》、高甲戏《金刀记》、晋剧《边城罢剑》、京剧与藏剧合作的《文成公主》等，呈现出多层次、多角度的审美景象。

二、戏曲现代戏创作在实践中走向成熟

改革开放 40 年来，戏曲现代戏为中国戏曲的继承发展做出了积极努力，为中国传统文化在新的时代背景下的创造性转化和创新性发展积累了丰硕的成果。由于社会和历史原因，戏曲现代戏经历了曲折的发展过程，在不断的实践和探索过程中逐渐走向成熟。

（一）用戏曲艺术的形式书写变革中的时代生活

改革开放以后，借思想解放之风，剧作家们书写变革中的时代生活首先选择了喜剧形式。莱芜梆子《红柳绿柳》既有喜剧性又极具讽刺意味。花鼓戏《牛多喜坐轿》通过对特殊时期人们生活的真实描写和客观揭示，让人们对错误路线带来的灾难有了深刻认识。商洛花鼓戏《六斤县长》塑造了原则性与灵活性结合得很好的六斤县长的喜剧形象。宜春采茶戏《木乡长》在轻松、活泼的氛围和浓郁的乡土气息中塑造了品行高尚、敢于和腐败分子做斗争的乡长形象。花鼓戏《八品官》塑造了一个敢于牺牲自我、勇挑生产队长重担的喜剧人物。豫剧《倒霉大叔的婚事》讲述“倒霉大叔”常有福与“文革”中被批斗游乡时偷偷递给他一个馍的魏淑兰在“文革”结束后终成眷属的故事。莆仙戏《鸭子丑小传》、花鼓戏《嘻队长》等，以喜剧手法从不同的角度讲述改革开放初期基层干部带领大家脱贫致富的故事。还有川剧《丑公公》、京剧《一包蜜》、花鼓戏《镇长吃的农村粮》、阿宫腔《三姑娘》、汉剧

《马大怪传奇》、吕剧《魂归故里》等，都是以喜剧的形式出现的作品。

随着改革开放的深入，书写变革中时代生活的作品内容更加丰富、有深度，题材视角更加多样。评剧《风流寡妇》描写了山村中一个先踏进致富之门的女性在生活发生变化时，其情感的蜕变和精神的升华，塑造了具有变革精神、追求理想和幸福的新女性。川剧《山杠爷》表现偏僻山村在改革开放后传统生活方式、思想观念与新生活的矛盾，倡导法治意识。豫剧《老子儿子弦子》运用喜剧手法，通过"科学养老子"等情节，揭示了两代人不同的生活观和对精神、物质的不同价值观。豫剧《香魂女》写在生活富裕起来之后，人们的情感生活和家庭矛盾。这些作品贴近时代、贴近现实、表现老百姓喜闻乐见的生活故事，赋予现代戏鲜活的生命力。

20世纪90年代以后，戏曲舞台上涌现出一批内容和形式结合较好的作品。萍乡采茶戏《榨油坊风情》表现榨油坊从破败、废弃，到改革开放后成为新兴企业，反映了边远山区社会的跃动和嬗变，将鲜明的地域特色、独特的语言表达与重大的时代主题和深刻的社会变革结合起来。淮剧《鸡毛蒜皮》描写大包干背景下农村的秩序、道德、权利等生活内容。豫剧《路边店》颂扬农村妇女自主自立、自强不息。莱芜梆子《儿行千里》以反腐倡廉为主题。评剧《男妇女主任》表达了对男妇女主任的同情，突出了做好妇女工作的重要性。荆门花鼓戏《十二月等郎》以散文化的手法展现了社会变革中女人社会角色的转变。此外，豫剧《红果，红了》《蚂蜂庄的姑爷》《丑嫂》《天职》《丹水情深》，粤剧《土缘》，淮剧《十品村官》，蒲剧《山村母亲》，沪剧《挑山女人》等，都从不同的角度表达了改革开放以来人们对新生活的热切向往和奋力追寻过程中的矛盾和冲突。

（二）文本改编和多样化的题材视角

现代戏创作继承了改编文学作品的戏曲传统，成功地从文学作品中获取有价值的叙事对象，并将其转换成优秀的现代戏曲作品。

其中一批优秀作品根据"五四"时期文学作品改编而成。如根据柔石小说《为奴隶的母亲》改编的甬剧《典妻》，根据老舍同名小说改编的京剧《骆驼祥子》，根据曹禺话剧《原野》改编的川剧《金子》，根据鲁迅小说改编的曲剧《阿Q与孔乙己》，根据李劼人同名小说改编的川剧《死水微澜》等。改编后的戏曲作品尽可能忠实于原著的精神指向，有些作品对原作的思想内容做了新的升华和创造。还有一些优秀作品根据世界名著改编而成。根据马克·吐温小说《败坏了赫德莱堡的人》改编的淮剧《小镇》，实现了国外文学经典的民族化转换。秦腔《项链》从莫泊桑同名短篇小说中汲取创作灵感，具有积极的现实意义。多个剧种改编莎士比亚剧作也获得成功。

现代戏中不仅有农村题材、革命历史题材，还有知识分子题材和工人题材等。沪剧《明月照母心》、越剧《巧凤》、黄梅戏《未了情》以女教师为主人公，书写人间大爱。京剧《高高的炼塔》展现了知识分子高尚的情操。评剧《黑头与四大名旦》反映了青年工人的生活。赣剧《詹天佑》展现詹天佑和广大中国铁路工程人员一起自行设计建造京张铁路的历史。吕剧《补天》写新中国成立初期一批援疆女兵与兵团人一起建设新疆，并从中获得亲情、爱情的故事。吕剧《回家》根据台湾老兵高秉涵的故事改编，讲述主人公将百余位老兵骨灰抱回故乡，帮助他们完成叶落归根遗愿的故事。

近年来，评剧《母亲》、秦腔《狗儿爷涅槃》、商洛花鼓戏《带灯》、湖南花鼓戏《我叫马翠花》、扬剧《花旦当家》、川剧《尘埃落定》、湘剧《月亮粑粑》等都较好地运用了戏曲的表现手段，拓宽了戏曲艺术的内涵和外延，为现代戏的进一步发展提供了有价值的示范，积累了可贵的经验。

革命历史题材是现代戏的重要组成部分，在经历了长期的探索、实践之后，呈现出自觉的、理性的发展趋势。在形式的运用、内容的把握、题材的提炼和人物的塑造等方面都达到了很高的水平。采茶戏《山歌情》书写了战争中三个革命同志在危难时刻将一场"儿女私情"升华为对同志、对革命、对民族解放事业真诚奉献的高贵之情，作品在情感处理上大胆、真实、生动，为革命历史题材创作中巧妙地处理人物之间的关系开拓了新视野。吕剧《苦菜花》演绎了革命母亲和孩子们用生命和热血保卫家园、抗击侵略的故事，作品结构流畅、风格朴实、情节真实感人，是一部描写抗战时期中国人民英勇不屈的史诗性作品。豫剧《铡刀下的红梅》歌颂了少年英雄刘胡兰，在表演、音乐唱腔、舞台美术等方面都有许多创新。京剧《华子良》以独特的视角描写了华子良的人格魅力、心中的酸甜苦辣和他为革命而装疯的人生经历，创造性地运用戏曲程式，是近年来戏曲表现现代生活较有影响力的作品。秦腔《柳河湾的新娘》讲述了主人公为掩护丈夫的共产党身份，不肯说出自己腹中孩子的父亲是谁，最终被活活打死在柳河边的故事。此外，楚剧《虎将军》、吕剧《石龙湾》、评剧《红岩诗魂》、京剧《江姐》、豫剧《魂系太阳河》、桂剧《漓江燕》、粤剧《驼哥的旗》、评剧《林觉民》、绍剧《秋瑾》、湘剧高腔《李贞回乡》、淮剧《太阳花》、粤剧《刑场上的婚礼》、闽剧《别妻书》、柳琴戏《沂蒙情》、淮剧《送你过江》、京剧《红军故事》、章哈剧《西双版纳的黎明》、皮影戏《狼牙山五壮士》等，都是中国戏曲现代戏中的优秀作品。

改革开放后，戏曲现代戏将领袖人物作为艺术形象进行塑造，为此后戏曲现代戏表现领袖人物开拓了崭新的表现空间，如秦腔《西安事变》、越剧《三月春潮》《报童之歌》、评剧《东进，东进》、京剧《南天柱》《蝶恋花》等。

（三）生活真实与艺术表现形式的探索

现代戏创作在表现现实生活的同时，遇到的最大问题就是如何“戏曲化”的问题。改革开放初期，在解决生活的“实”与艺术的“虚”之间的矛盾时，川剧《四姑娘》中自由时空的运用，“三叩门”等虚拟化的舞台处理；淮剧《奇婚记》中的闩门、擂门、开门、关门、门里门外等虚拟手法；花鼓戏《八品官》中刘二与桂英假离婚时，到镇上去办离婚手续，过河时刘二背着桂英而表演的“驮妻”身段；汉剧《弹吉他的姑娘》中表演的电话舞等，均使以歌舞演故事的戏曲美学特征在现代戏中得到很好的运用。

彩调剧《哪嗬咿嗬嗨》书写彩调艺人在黑暗的社会中寻找精神家园、生命归宿的生命史，充分运用载歌载舞的戏曲形式，吸收了丰富的民间歌舞和说唱艺术，采用了虚拟、自由的时空转换和象征性的意境表达。京剧《膏药章》主要演员以丑角应工，在惟妙惟肖的表演中塑造了一个诚实、善良、医德高尚而又有点迂腐、窝囊的人物，为现代戏增添了独特的艺术形象。漫瀚剧《契丹女》创造了一个婴儿在张弛有度的音乐和锣鼓点伴奏下长成大人的虚拟表演。川剧《变脸》中自觉、娴熟的舞台展现，以及对戏曲艺术形式的理解和把握，都达到了较高境界。此外，滑稽剧《一二三，起步走》《快活的黄帽子》《小城故事多》《青春跑道》《顾家姆妈》《探亲公寓》、蒲剧《土炕上的女人》、眉户剧《迟开的玫瑰》《大树西迁》、秦腔《西京故事》等都很好地将生活真实与戏曲艺术的表现形式相结合，使生活真实进入到审美层次。

现代戏中还涌现了一批内容和形式结合得比较好的以真实人物为描写对象的作品。豫剧《焦裕禄》以党的好干部焦裕禄为原型，没有拔高人物，没有豪言壮语，既突出了党性也表现了人性，并很好地运用戏曲艺术写意、虚拟和身段等表现手段，为戏曲现代戏的实践提供了可资借鉴的经验。豫剧《村官李天成》以河南省濮阳县西辛庄党支部书记李连成为原型，塑造了一个带领群众脱贫致富的基层干部形象，剧作结构紧凑，情节感人至深，是贴近生活、贴近群众的优秀戏曲现代戏。以真人真事为表现对象的戏曲作品还有京剧《孔繁森》、越剧《马寅初》、晋剧《丁果仙》、越调《申凤梅》、苏剧《国鼎魂》等。这些现代戏都比较好地解决了生活的真与艺术的虚、写实与写意、真人真事与艺术形象塑造等方面的问题。

但是，与传统戏曲相比较，现代戏仍然需要不断实践，不断探索，不断解决“戏曲化”的问题，使中国戏曲艺术的美学特征在现代戏中得到稳固体现，使现代戏运行在戏曲艺术的轨道上，按照戏曲艺术的规律发展并逐步走向成熟。

何玉人　中国艺术研究院研究员

原载《中国艺术报》2018 年 12 月 19 日

【观点】中国戏曲四十年的“十个一”

◎ 马也

“我眼中的中国文艺四十年”，成就辉煌，题目太大。无数专家的无数长篇大论也难以说全说透。我只能换角度，小处着眼，以管窥豹，以点带面。中宣部有“五个一”，我效仿着讲“十个一”，就是十个点。一个高峰、一片高原、一个热点、一次高潮、一次扭转、一支队伍、一个现象、一个难关、一次盛典、一篇文章。

一个高峰。1988年诞生的《曹操与杨修》，不但是戏曲的高峰也是戏剧的高峰。中国戏曲经过改革开放十年的积累和准备，高峰诞生在历史剧领域，这个经验值得总结。戏曲界所谓的“三驾马车”或“四驾马车”（郭启宏、魏明伦、郑怀兴、王仁杰）以及稍后的罗怀臻，都是历史剧创作（或历史故事剧）的高手。

一片高原。中国戏曲“三并举”中的现代戏创作，40年来成果显著。这片高原是绵延的，从改革开放之初一直到现在，往前还可以接上“样板戏”和“十七年”。“现代戏”的概念外延，远远大于戏剧和艺术，所以共和国历史的任何一个阶段，都格外重视现代戏。“一片高原”雄伟壮观。40年来中国现代戏体量之大，创作之丰，超出想象。近期，我看到了很多文章对其描述、梳理、总结，例如傅谨先生。

一个热点。这个热点也和现代戏有关，是2016年“中国艺术节”，5部“文华大奖”有4部是现代戏（《小镇》《焦裕禄》《母亲》《西安事变》）。这个热点由于突破了“三并举”的框架，引起各界广泛关注，业内热议。

一次高潮。和“现代戏”有关，是现代戏的具体化、当下化，叫“现实题材创作”。为了庆祝改革开放40年，迎接这个重要而盛大的节点，近两年来文化主管部门号召“狠抓”现实题材创作。要求“紧扣时代脉搏”，与生活“同频共振”。2018年开始，掀起了现实题材创作的新高潮，10月起，全国有232部优秀现实题材作品大展演。这和20世纪50年代末的“大演现代戏”有同构的一面。

一次扭转。从20世纪末到21世纪初，中国戏剧经历了长时间的全面的“戏剧危机”；到2000年前后，在“大众文化”的挤压下，传统艺术、经典艺术、高雅艺术难有立足之地，戏曲命运垂危，已经被边缘化。党的十八大以来，国家相继出台了扶持优秀传统文化、戏曲文化及“非遗”文化的系列政策。政策的扶持、基金的支持，把处于边缘化、淡化、弱化境地的戏曲，扭转到几乎是中心主流的位置。戏剧危机得到缓解，戏曲命运得到挽救。

一支队伍。中国文艺评论家协会的组建就是改革开放的成果，对中国文艺的健康发展意义重大。中国文艺评论家协会短期内就孵化训练出了一支“新军”，如陕西的“戏聚青评”“广州青年剧评团”“成都青年剧评团”“宁波有戏”“太原有戏”“西湖论坛”“盛京戏曲论坛”等。他们年轻活跃、意气风发、遍布全国；他们有各种组织，各种活动，有生机有活力；以青年为主，如大学生、研究生、大学教师、白领、专业评论家；他们占据网络、自媒体、新媒介和传统的主流纸媒；他们渗透进社会舆论场、公共舆论场、艺术主流舆论场，使文艺批评开放化、社会化、年轻化、现代化；从生态到结构，这支新军正在影响着甚至构造中国戏剧，正在也必将给中国文艺评论和戏剧评论带来深刻变化。

一个现象。张曼君现象之所以称其为现象，是因为其作品与中国戏曲的“现代化转型”有关。张曼君现象已经引起了从理论到实践的多方面关注。傅谨先生刚发表的《新世纪戏曲现代戏创作成就论》长文引述前辈大家的看法，认为现代戏已经成熟了。但是张曼君现象却告诉我们，现代戏还在路上：形成完善于古代的戏曲表现手段手法（程式系统），在表现现代人的现代生活时还有盲区，还需要艰难的转化过程。

一个难关。指如何克服“现实题材”戏剧创作的非艺术化倾向。讴歌、颂扬、紧扣时代脉搏、与时代同频共振，不能简单地说不对。但是在“紧跟”“紧贴”的急切之中有没有可能让艺术家淡化了对人的思考、对人性的思考、对人学的思考。如何把表扬人向表现人转化、把外在事件向内在心灵转化、把宣传品向艺术品转化、把实用向审美转化、把要我写向我要写转化——我认为，在现实题材创作热潮中，这对艺术家和领导者来说，都是不小的难关——我们应该冷静分清庞大和伟大、重量和质量、繁华和繁荣之间的质的差别。

一次盛典。昆山“百戏盛典”，中国戏曲 348 个剧种展演；包括所有剧种，古老、稀有的和现在活跃的各大剧种，这是当代中国一次伟大的文化设计，悲壮的文化实践和文化自救。事关民族根脉，功在千秋万代。这次盛典自 2018 年年底开始，三年内展演完毕——既是为 40 年来中国戏曲发展献上的最好礼物，也是对未来发展做的最好导引。

一篇文章。庞井君先生的《构筑时代艺术高峰必须注重的三个价值向度》，作者有哲学家思想家的眼光，有扎实的文学美学史论功夫，有多学科全新的知识结构。文章指向的是未来和发展；作者对当代审美艺术发展走向有一种深入的思考。之所以把这篇文章列进“十个一”，是因为文章确实好。另外，我愿意把一些观点作为我发言的结语：时代的艺术高峰应该是——“以精品力作揭示人们内心深处如大海波涛般的脉动，激发人们内心深处如沉默大山般的巨大能量，滋润人们内心深处如荒漠之于泉水般的心灵渴望，点燃人们内心深处暗夜迷雾中希冀的火光。”“未来和远方虽然充满了许多不确定性和可能性，但我们要去的地方一定在未来、在远方，而不是在脚下、在过去。”“传统文化时代的艺术形态和艺术生产方式必然改变，艺术的主体也将重新生成。”

马也　中国艺术研究院研究员

原载《中国艺术报》2019 年 1 月 16 日

【观点】我眼中的改革开放 40 年——中国戏曲批评篇

◎ 张之薇

1978 年年末的十一届三中全会，对于中国的意义或许不亚于 1949 年 10 月天安门上的开国大典，因为这两个时刻对于每一个经受过苦难的中国人来说都有着共同的意义——“新生”与“希望”。于是 40 年前，在各种场合“新时期”一词被反复提及。在这里，“新”更多代表着人们一种强烈的期许，期许梦魇般“文化大革命”十年的终结，期许用告别来迎接“新生”与“希望”。

一、1978—1979：究竟是“新时期”起点，还是“转折年代”？

40 年过去了，今天，我们有必要追溯和重新审视一下“新时期”的由来。

据文学理论家洪子诚说：“1977 年 8 月在北京召开的中共第十一次代表大会，宣布历时十年的‘文化大革命’以粉碎‘四人帮’为标志而结束，这次会议把‘文革’结束后的中国社会，称为社会主义革命和建设的‘新时期’。”接着，“与社会政治关联密切的文学界，随后也把‘文革’后的文学称为‘新时期文学’”。而党史研究专家徐庆全也认为：“似乎‘新时期’这个概念首先是在文学界使用的。1978 年 5 月底到 6 月初，中国文学艺术家联合会召开粉碎‘四人帮’以来第一次全委扩大会议。6 月 5 日通过的《中国文联第三届三次全委扩大会议决议》中，用了‘新时期文艺’的概念。”可以这样断定，“新时期”这一概念的提出初始是以十年“文革”这一时间段为参照系的，并且最初是应用在社会主义革命与建设层面上的。而文学界有了“新时期文学”的提法，更多是出于文学对政治的紧跟。所以，虽然今天我们在各个艺术领域提到“新时期”的概念，似乎早已去政治化，但是我们难以否认“新时期”一词最初的政治意味。

以十年“文革”为“旧”参照树立起来的“新时期”，“拨乱反正”成为这一时期迈出的第一步。而“文革”中将戏曲界“十七年”创作的大量优秀剧目彻底否定，于是人们对“新时期”的想象就从“重回十七年”开始。

“十七年”，指的是新中国成立后“文革”运动前的1949—1966年。在中国的文化艺术领域，“十七年”恐怕早已不是一个简单的时间概念，而是一个绕不开的文艺理论概念。曾经作为个体化、民间化的文学、戏曲等艺术在这一阶段中被赋予了特殊的国家主流意识形态，被要求承担了特殊的政治任务。可以说，“十七年”开启了政治意识凌驾于艺术意识之上的风气，而且多以描写新社会下的新精神、新思想为内容，同时对娱乐性的矮化，对功能性、教育性的提升等皆成了这一阶段从内容到观念上的创作倾向。然而“十七年”又与“文革”中创作观念的单一、“左”倾思想的极端化有着明显的区别。所以，即使今天让我们来评判“十七年”都是个令人爱恨交织的事情。正如傅谨先生所言：“客观地说，从1949—1966年的十七年里，中国戏剧发展取得了不菲的成绩。……由于戏剧在一般民众文化生活中的重要性，即使是在极‘左’思潮占据着绝对统治地位的时代，民间仍然有地下的传统戏剧演出；同样，由于戏剧的悠久传统以及它所蕴含的美学内涵强烈地作用于这个文化氛围里成长的所有个体……这就给了戏剧按其历史规定性生存发展的一定空间；而传统的魅力更弥补了创作的空虚。”因此，在1949—1966年的“十七年”中，也曾诞生了京剧《白蛇传》、河北梆子《蝴蝶杯》、昆曲《十五贯》、京剧《穆桂英挂帅》《谢瑶环》《杨门女将》、评剧《花为媒》《杨三姐告状》、昆曲《李慧娘》等至今都可以被称为经典的作品。“新时期”，也正是以对“十七年”戏剧作品的恢复上演为起点来实现戏曲“涅槃”的。

随着《逼上梁山》《十五贯》《杨门女将》《三打白骨精》《春草闯堂》《朝阳沟》等优秀剧目陆续上演，大量在“文革”时期被彻底否定的剧目被重新评价，如曹禺的《从此旧剧开了新生面——赞京剧〈逼上梁山〉》，冯其庸的《喜看〈逼上梁山〉》，郭亮的《重看〈杨门女将〉有感》、董健的《传统戏曲推陈出新的成功典型——祝昆剧〈十五贯〉重新上台》、郭汉城的《十年重话〈朝阳沟〉》、周扬的《重看豫剧〈朝阳沟〉》、俞为民的《重新评价〈海瑞罢官〉》等。尽管此时的文章政治意味依旧十分明显，但是对“文革”十年戏剧创作倾向的批判和对“十七年”的美好回忆却溢于言表，与之同时，当时对传统剧和新编历史剧的重新评价也渐渐热闹起来。

而对“文革”的导火索——《海瑞罢官》的重新评价显然是此阶段拨乱反正的一件大事。随着1979年春节期间，北京市京剧团《海瑞罢官》重现首都戏剧舞台，为《海瑞罢官》彻底平反的声音在当年的《人民戏剧》上集中发力。《人民戏剧》连续两期以“是‘文化大革命’的序幕还是篡党夺权的序幕？”为主题，刊发了会议纪要和各界学者的文章，对姚文元的《评新编历史剧〈海瑞罢官〉》一文进行了批判，对京剧《海瑞罢官》做出了拨乱反正，指出姚文元一文“混淆了学术问题与政治问题的界限，混淆了两类不同性质的矛盾”。同时随着对《海瑞罢官》的重新评价，更提出应该对当时的一些戏剧理论重要问题进行深入探讨的愿望。人们一致提到：“这些年来，对凡带‘人’字的都讳莫如深，如人性、人道、人情、人学、人民性、人类灵魂工程师等等。……还有，影射与古为今用如何区别？以及关于清官戏问题，鬼戏问题，道德继承问题，美的阶级性问题等。”对这些问题的厘清，虽然在当时的情形下实际上牵涉的还是一个政治是非问题，但是，其实对这些问题的厘清也是让艺术创作重新遵循艺术规律，让艺术批评重新回归艺术标准的一个转折点。

1978年至1979年，因为“拨乱反正”和“重新评价”这两个关键词而被视为“新时期”的起点，但实际上因为没有节点而使得“新时期”概念并非严谨。“新时期”原本就是一个脱胎于政治表述的词汇，今天我们从文艺理论层面评价，或许“转折年代”这个表述比“新时期”更为恰当，因为正是这两年的过渡使文学界、艺术界的创作观念转向。这两年衔接着“文革”前和20世纪80年代之后的阶段，这两年不仅仅是相对于十年“文革”的转折，其实更是相对于20世纪50年代末以来所形成的文艺创作思想观念的一次转折和突围。于是，“号召文艺界解放思想，破除迷信，敢想敢说敢做，坚决捍卫党的‘双百’方针，发扬艺术民主”，这样的声音在彼时批评界开始此起彼伏。

二、20 世纪 80 年代：复兴和启蒙年代

20 世纪 80 年代在今天的文化人心中是有些玫瑰色的。所以，在文学界“重返八十年代”的话题在近些年此消彼长。为什么要“重返”？ 80 年代似乎代表着对文化专制的告别，重新让文学回到自身；80 年代似乎也代表着对思想禁锢的抛弃，对自由精神的拥抱；80 年代重新建立起与“五四”启蒙精神的关联，让“人”的解放成为重要命题。所以，在进入 21 世纪后，“八十年代”成为文学界人士时常探讨的话题。北大教授李杨先生在 2006 年的一篇对话中曾说：“80 年代建立起的观念仍然是我们理解这个世界的基本框架。”

文学界实际上常常是戏剧界的先声，它超前于，乃至引领着戏剧领域的思想和观念。由文学界蔓延至戏剧界，所建立起的人学、启蒙、反思、主体性、让艺术回到自身等观念的确依旧是今天人们评判戏剧（戏曲）文学的最高标准。更进一步，将范围缩小到戏曲批评领域，我们可以发现 20 世纪 80 年代戏曲界曾经热闹探讨争论的理论问题仍然是今天我们谈论戏曲时常常面对的问题，并没有太多的逾越。比如：关于戏曲推陈出新的讨论，关于戏曲现代化和戏曲化的讨论，关于戏曲危机和戏曲如何适应新时代的讨论，关于戏曲现代戏的讨论，关于戏曲创造与革新的讨论，关于戏曲的传统与当代意识关系的讨论，关于历史剧的讨论，等等。从这个意义上说，20 世纪 80 年代的确是个不寻常的年代，戏曲批评的框架在那时就基本奠定，那是一个真正复兴和启蒙的年代。

之所以首先说它是个复兴的年代，是因为与前十年的死寂相比，一切事物都在萌芽，仿佛万物都在生长。

传统戏和地方戏曲的恢复上演，达到井喷，但之后却遭遇到迅速冷遇，反射到戏曲批评领域则是一场关于戏曲如何推陈出新的探讨，进而诱发了如何看待传统戏价值的大讨论。《文艺研究》1980 年第 1 期发表了多篇关于“推陈出新”的文章，如：刘厚生的《推陈出新十题》，王朝闻的《出新与推陈》，吴雪的《从“推陈出新”想到的》。其他报纸也纷纷对此话题展开讨论。乃至于《戏剧报》1983 年连续几期推出了“如何继承、改革和发展京剧艺术流派”的专题讨论，从京剧艺术流派切入来谈“推陈出新”的问题。“推陈出新”是毛泽东同志在 20 世纪 40—50 年代在不同场合提到的词汇，直至 1951 年 4 月为中国戏曲研究院题词“百花齐放，推陈出新”，1952 年这句话又作为“第一届全国戏曲演出观摩大会”的办会宗旨出现，实际上它成为中国戏曲 20 世纪 50 年代具有政策意义的指导方针。而进入 20 世纪 80 年代，“推陈出新”被重新讨论的大背景是“死而复生”的传统戏被恢复之后自身所面临的困境，而在当时出现了两种立场：一是由于之前对传统戏和戏曲演员的致命伤害，所以应该将对传统戏的抢救、挖掘与整理放在首位；二是传统戏有局限性，要适应新社会，传统戏必须推陈出新后才能上演。1980 年 7 月 12 日“全国戏曲剧目工作座谈会”在北京举行。会议总结了中华人民共和国成立三十年来的戏曲政策和经验，重申了“百花齐放，推陈出新”的根本方针和“两条腿走路”“三并举”的剧目政策。最终“推陈出新”成为这一时期传统剧目重新上演的重要标准。

然而，究竟什么是“陈”，什么是“新”？“陈”与“新”相对于戏曲本身、又相对于不同时代的取舍尺度究竟是什么，在戏曲的困境之下，不同的人有不同的声音，具体体现在对戏曲传统的不同认识上。有的人将戏曲的衰落彻底归咎于“旧”的传统，不仅在于戏曲的旧内容与旧思想，同时在于戏曲的某些旧程式，乃至于旧的舞美、旧的乐队等方面，都被划归为“推陈”之列。然而，在这个问题上，有些理论大家的观念今天读来却也是令人信服的。王朝闻在《出新与推陈》一文中，谈到了现代戏的创作问题，首要就是向传统戏借鉴。“这些看起来已经比较完美、不宜轻易改动的剧作，它能够保留下来的重要原因，是它在不断的演出过程中，经过了反复的修改。这些既为当时的群众所喜欢，又能为今天的观众所喜欢的优秀传统剧目，不仅在艺术上能给人以审美享受，而且在思想上还有一定的现实意义。它并不是一开始就很完美的，而是经过千锤百炼、精益求精的劳动所形成的。”他进一步指

出："新与旧这两者的关系，不是互相拆台，而是互相支持的一种辩证的关系。"对戏曲传统价值的质疑，从1949年以来我们经历了太多，直至20世纪80年代，这种质疑依旧存在于很多人的心中。1983年在《戏剧报》上开展了一场关于传统剧目的辩论，陈仁鉴、戈明、薛若琳、杨晓雄、赵晓东、沈尧、晓赓、傅骏、刚韧等都加入了讨论，各自从不同立场阐发了如何正确看待戏曲的精华与局限性的看法。

然而，当我们今天站在对待传统的崭新视角下，那些对传统有足够定力的理论家们不得不令人心生崇敬。文化是一条河流，割断传统或来去的路去谈"出新"，就是对自我的最大戕害。正如张庚先生所说的："我们说改革，决不是把传统抛在一边，另起炉灶，而是坚持在传统的基础上出新。要尊重戏曲的基本形式、基本特点和基本规律。要保存和发扬戏曲传统中的精华，同时又要不断创造出表现新生活内容的新技巧、新程式。"这样的理论观点无疑对戏曲创作是具有永恒价值的。

20世纪80年代还是个启蒙的年代。

谁也不能否认，20世纪80年代与"五四"的关联，而继"五四"以来对"现代化"的重新阐释、构建和想象在这个十年几乎浸透到各个文化领域。戏曲，作为最传统的、最古典的堡垒，其"现代化"当然也是重点。戏曲的"现代化"，很多人是从"冲破戏曲化束缚"开刀的。1984年在上海召开的"戏曲现代戏年会"上，一些专家认为戏曲现代戏之所以不能长足进展，乃是由于一些人提倡"戏曲化"，束缚了创作者的手脚，认为"话剧加唱"不失为合适的类型。会议期间，《文汇报》刊登与会代表看法："要大胆冲破'戏曲化'的束缚，掌握时代信息，重视'横向借鉴'，在戏曲表现形式上进行第二次革命。"此文还提出："'戏曲化'已成为传统化、程式化、繁琐化、老化、僵化的代名词，它似紧箍咒束缚了从事现代戏创作同志的手脚，成为现代戏发展的障碍。"对"戏曲化"的质疑以及对质疑的再质疑一时成为戏曲批评界的焦点。颜长珂的《"冲破戏曲化束缚"质疑》，尚章的《冲破"戏曲化"束缚——与颜长珂同志商榷》，于一的《也谈"戏曲化"》等文章，相继见诸报刊。20世纪80年代，人们之所以会将"戏曲化"认定为束缚，无非是和改革开放后涌入的西方思潮分不开的，更多人认为古老而传统的戏曲已经与这个时代不合拍了，戏曲必须通过学习西方艺术的途径来"现代化"，无论是内容还是形式。

此间，不可被忽视的一股力量是话剧界进行的一场关于"戏剧观"的大讨论，这场讨论对戏剧功能的重新认识，对戏剧中人性的探索，以及对戏剧表现形式的横向借鉴等观点，影响着整个戏剧创作领域，当然也包括戏曲领域。话剧界的"探索戏剧"自1982年《绝对信号》开始，开启了一段对西方现代派演剧理论大规模模仿、"拿来"的亢奋期。与此同时，对人内心丰富性和复杂性的探究也成了"戏剧观"大讨论下戏剧创作的直接成果。而戏曲的创作应该说也深受影响，在形式创新之余也焕发出对"人"前所未有的关注。

戏曲创作是一个很复杂的过程，单用"现代化"还是"戏曲化"的二元对立来框定作品容易有削足适履之嫌，因此理论只期盼对创作有一定的指导意义就很好了。在20世纪80年代"戏曲危机"的论调下，在"戏剧观"的讨论之下，戏曲界一大批极具创新意识，极具探索意识的作品，掀起了一次又一次的新话题，其形式不拘一格，以及对人性的大胆探讨，对于今天我们的创作者来说其实是很珍贵的。从京剧《徐九经升官记》到川剧《四姑娘》，再到汉剧《弹吉他的姑娘》、荒诞川剧《潘金莲》、莆仙戏《新亭泪》、湘剧《山鬼》、川剧《红楼惊梦》、梨园戏《节妇吟》、昆曲《南唐遗事》、京剧《曹操与杨修》等，创新和探索不仅仅局限于京、昆这样的大剧种，也拓展到莆仙戏、梨园戏这样的小剧种，而且可以看出剧作家在这波戏曲创新大潮中占据着主导地位。无论哪一个时代，戏剧的腾飞都是需要文学助力的，戏剧的转型更需要剧作家的自觉。20世纪80年代的戏曲界，剧作家用他们的自觉为戏曲撕开了一道裂缝，强光照进舞台，新的样式让人眼花缭乱，对人性的深入碰触让人叹服，虽然有些作品也存在求"新"求"怪"、用力过猛的倾向，但这个时代的作品都渗透着编剧与导演的创造力，这其实就是戏曲最蓬勃的生机。

三、20 世纪 90 年代：分化与重塑的年代

与 20 世纪 80 年代的纯粹不同，90 年代的文学和艺术界则是复杂而多元的。

社会的“转型”、市场经济的渗入改写了文化发展的单一方向，取而代之的是文化与政治，艺术与市场的关系变得相互依存、暧昧不清。正如洪子诚在《中国当代文学史》中所说的：“提倡‘主旋律’既是国家一项反复强调的文化战略措施，但也允许、甚至推动一个消闲、流行文化空间的形成。因此，80 年代和政治紧张的 90 年代初期，那种用以描述权力空间的‘官方’/‘民间’、‘体制内’/‘体制外’的对立、分割性概念和相应的描述方式，在使用上已不再那么简便和清晰有效。在这一复杂的社会语境中，在 80 年代享有‘公用空间’的文学界，其分化不可避免，作家创作的定位，价值取向的选择，‘灵感’的来源，对‘产品’预期的市场效应等，有了更多选择的可能性，也面临更多的制约。”

同样，描述 20 世纪 90 年代的戏曲创作也并非一件简单的事，因为在不同方面分化正以各种样貌作用于戏曲界。其两个极端表现是：一方面“主旋律”题材的“政府戏”成为彼时的热潮，川剧《被告山杠爷》、豫剧《红果，红了》、京剧《华子良》这些优秀的作品均在那时产生，但也有一些是被评奖意识支配，被功利心态、投机心态左右的庸常之作；另一方面追逐市场回报、主打明星效应的戏曲制作也不断出现，在过分追求市场化的理念下，一些作品颇具争议。如上海越剧院《红楼梦》，以豪华逼真炫目的舞美引发了当时人们对戏曲舞美大制作的讨论；再如浙江小百花越剧团的《西厢记》则引发了人们对经典名著如何改编的思考和热烈探讨。

有分化，但也有惯性。进入 20 世纪 90 年代，上一个十年戏曲理论界关于危机的言论和创作界对现代戏曲的思考仍然在继续，甚至是齐头并进。

20 世纪 90 年代初，一篇《死与美——对古典戏曲命运的理性认识》的文章如重磅炸弹一般投在了戏曲界。这篇文章是作为“面向 21 世纪——对当代中国戏剧的新思考”的专栏文章之一出现的，20 世纪的最后一个十年，文艺评论家李洁非对古典戏曲下了“死与美”的判语。他认为：“不管我们怎样痛心疾首，古典戏曲作为一种现实的艺术品种而面临的衰退结局肯定是无可挽回的了。……古典戏曲的最高典范——昆曲——其实在本世纪初便丧失了活力；只是由于京剧作为继昆曲而后产生的古典戏曲的最后硕果，在三十年代以它的卓越的表演艺术成就制造了古典戏曲的一幕美不胜收的黄昏佳景，才使得这样的危机感隐而不发。”但同时他并不认为古典戏曲的“死”是自身的原因，恰恰相反，正是因为至“美”才导致了它的衰落，是现代社会快餐式的、速朽的、不注重深度的、功利化的特质使得古典戏曲的至美被排斥、被毁灭。再读此文，笔者发现毋宁说李洁非是在对古典戏曲持极度悲观的态度，不如说他是在对那个“快餐文化”的社会持悲观态度。20 世纪 90 年代，市场经济的大潮突起，流行文化、大众文化、消费文化迅速占据主流，这种风潮对所有要求深度、需要细细欣赏的纯艺术所造成的困境是致命的，李洁非不仅对此深深忧虑，而且对古典戏曲是否能够纯正地活着也表示怀疑。与此同时，他也批判了戏曲理论建设中存在的用进化论的观念去看待艺术的倾向，反诘“艺术为什么一定要跟上时代的发展呢”？他的观点自然迅速引来了各方人士参与讨论，尤其是戏曲理论界人士的反驳。安葵的《理论的价值何在？——读〈死与美〉及其续篇》、蓝凡的《中国戏曲向何处去——为〈死与美〉的戏曲观念号脉》、沈尧的《弥纶天地之道　范围天地之化——评〈死与美〉及其它》、骆正的《谈戏曲界的理论建设——兼评李洁非同志两篇论戏曲的文章》、周传家的《且慢致最后的注目礼！——与李洁非同志商榷》，这些文章的观点大多以质疑为主。

今天我们回看 20 世纪 90 年代初期的这次争鸣，可以大约得出这样的结论，李洁非对戏曲显然是保守派一方，他对颠覆式的、为了迎合现代观众而进行的戏曲改造、革新是持反对意见的。在越来越纷繁的现代社会下，对戏曲抛出“死与美”的观点或许听起来有些刺耳，但是关于戏曲衰退论其实无须辩驳，因为戏曲的“黄金时代”的确早已远去。正如戏剧理论家马也所言：“在大众文化的包围和挤压之下，戏曲只好走下文化‘主流’的殿堂，偏安一隅，苟延残喘。……中国戏曲文化正在迅速走向萎缩。”这段马也 2004 年文章中的话，其实无论是放在 21 世纪的头十年还是放在 20 世纪 80—90 年代

都是恰当的，当真正步入经济飞速发展的现代社会，作为形成于农耕时代的戏曲，危机自然难以避免，且不会是一时的问题，而是必然结果。

其实在今天这个时代，戏曲应该甘于“非主流”。那么，“非主流”的戏曲走向究竟应该如何呢？笔者以为，面对不同的戏曲类型，最大化遵循自身的规律去发挥创作者的艺术创造力，其实就是每一个戏曲人的本分。如果我们细分戏曲这一对象，传统戏、新编古装戏、现代戏无疑共同组成了戏曲这一艺术形式，而对这三个类型是不是可以采取不同的方法对待呢？传统戏让它保持纯正的原貌，做到最传统；新编古装戏可否在人文内涵上注入新的现代意识，而在形式上力求与古典戏曲的形态相一致，做到尽量和谐；而现代戏则可以给予创作者最大的革新空间，允许在内容和形式上做出风格化的探索，甚至可以吸纳、借鉴其他艺术观念，让戏曲表现现代生活的道路变得有新意、有惊奇、有艺术想象力。

在 20 世纪 80—90 年代，谁也不会否认，在戏曲创作上最突出的成就即是历史剧。而在戏曲批评领域，对历史剧的讨论从 20 世纪 60 年代、80 年代直至进入 90 年代，似乎从来就没有停歇过。有意思的是，对历史的剧讨论，之前多停留在历史学家、文学家之中，而 20 世纪 80 年代后期以及 90 年代，作为历史剧的直接参与者终于在场发声，直陈自己的历史剧观。剧作家郭启宏在《新编历史剧的思考》一文中对历史剧创作必须写“人”加以肯定，他说：“写‘人’史剧的时代精神的获得，不取决于历史人物是否具有现代意识，而取决于作家是否用现代意识去认识历史人物。”现代意识，即作家所拥有的现代观念，才是决定历史剧高度的核心。郭启宏更明确提出“传神史剧”观的概念，他强调作者的主体意识，历史的现代意识，人物的人性意识，传“历史之神”“人物之神”“作者之神”。如此观念是郭启宏经历了一系列的历史剧创作之后的思考和总结，他将自己对历史剧的把握归结到一个“神”字，其实是让冰冷的历史更有生命，让历史中的人与当代人靠得更近，让曾经过分求实的历史剧更具艺术审美性。

更加着眼于“人”，“历史”已不再是重大事件，对历史的书写往往是忽略具体时间和现实空间的，直接目的是让个人和个人的命运成为叙述的主体。这种对“历史”书写的转向在文学界表现为大量新历史小说的兴起，之于戏曲界则表现为“一种全新风貌的历史剧风格样式在中国戏剧领域中的出现”。“从追求历史的‘表象真实’到追求历史的‘本质真实’，或曰‘情感真实’；从客观被动地试图‘再现历史’到主动积极地‘表现历史’；从追求现实功利的道德和政治评价到追求现代人价值趋向和审美理想的人文或人性的评价，以及由于文本变革所催动的历史剧舞台演剧风格的变化。”具体代表为 20 世纪 90 年代初期罗怀臻编剧、郭晓男导演的《金龙与蜉蝣》横空出世。这部剧作被当时的罗怀臻定义为“都市新淮剧”。而这部介于历史剧和寓言剧之间的《金龙与蜉蝣》和之后的《西楚霸王》《西施归越》等历史剧作皆可被看作他戏剧观，以及历史剧观的体现。不论是否都“虚化历史、虚化朝代、虚化族群，甚至虚化人的名字”，但他所真正在意的一定是剧作是否表达出“历史本质的真实”。

从一定程度上说，在 20 世纪 90 年代对主体意识和现代意识的渴求不仅仅局限在剧作家身上，也在诸多导演身上越发凸显，剧作家和导演的双向发力决定了 20 世纪 90 年代的戏曲作品种类极其多样，而舞台样式的裂变和导演们对风格化的追求极具自觉性。曹其敬、陈薪伊编剧、导演的黄梅戏《徽州女人》，王仁杰编剧、苏彦硕导演的梨园戏《董生与李氏》（2004 年卢昂导演重排），徐棻编剧、谢平安导演的《死水微澜》，冯洁编剧、郭晓男导演的《寒情》，陈健秋编剧、李六乙导演的昆曲《偶人记》，钟文农编剧、石玉昆导演的京剧《骆驼祥子》等，重塑了戏曲多元化的新格局，似乎也预示了 21 世纪“导演时代”的来临！

四、21 世纪：作为“非遗”的戏曲和作为“主流”的戏曲

迈入 21 世纪，几乎所有的戏曲人都是带着找出路、求定位、如何现代化、如何市场化的忧思而来的，却不料一个事件彻底改变了戏曲的生存环境。2001 年 5 月 18 日，联合国教科文组织宣布昆曲入选第一批“人类口头和非物质遗产代表作”名录。这个消息几乎改变了戏曲人的生存状态，也改变

了戏曲的生态环境，让戏曲在进入21世纪之后步入另一个转折之路。保护和抢救濒危文化遗产是联合国教科文组织“申遗”的主要标准，因此昆曲能首批入选，值得欣喜的是，昆曲的文化价值得到了国际的关注；而令人悲观的是，昆曲的生存处境已然相当凋零。所以，首先从昆曲切入，国家层面开始重视对昆曲的传承、保护、振兴。以此为起点，逐步建立起国家、省、市、县级的非物质文化遗产保护制度，“非遗”在21世纪的第一个十年迅速成为“显学”，每一个戏曲剧种都开始在这个语境下寻求位置，谋求发展。同时，在戏曲批评界一种微弱已久的声音正在发酵、产生影响力，即我们需要敬畏传统。

这种发声者最具代表性的无疑是傅谨。传统究竟是我们的负累，还是我们的宝藏？21世纪之前的半个世纪里，更多的人几乎会迅速得出答案——前者。而傅谨在《戏剧命运与传统面面观》一文中说：“在我们身处的语境里，传统文化遭遇的危机其严重性确乎前所未有，而且超越于一般的后发达国家，传统在我们生活中的存在越显稀薄，得以承传的希望也就更显微弱。然而正因为如此，传统的重要性也就越是凸显在我们面前。”并得出结论：戏剧未来的命运与我们对传统有多大善待和尊重直接挂钩。于是傅谨大声宣称自己为保守主义者或文化守成者。他还撰写了大量的文章，提醒政府应正视长久以来被漠视的戏曲传统，应注意到我们在继承传统方面的缺失，并大力呼吁对濒危戏曲稀有剧种的保护、抢救。他的声音使得越来越多的人开始思考传统的重要性，传统对于我们意味着什么？我们应该在什么样的境遇下谈创新？

在21世纪“非遗”的大语境下，重新认识“传统”的声音不绝如缕，突然董健一篇《20世纪中国戏剧：脸谱的消解与重构》的文章，仿佛在戏曲理论圈投下一枚不和谐的石子，这篇文章发表于20世纪与21世纪之交，也为一场戏剧理论界“前海学派”与“南大派”旷日持久的论争拉开序幕。在此文之前，董健的另一篇文章《中国戏剧现代化的艰难历程——20世纪中国戏剧回顾》，以及在此文之后的《再谈五四传统与戏剧的现代化问题——兼答批评者》，核心议题均是中国戏剧百年来现代化的道路问题，其间涉及了古典戏曲如何进入现代的问题。而为什么这样一个极其有价值的论题却引起了“前海学派”的戏曲理论家们与他的多次商榷呢？笔者以为，这实际上涉及学术的立场和对戏曲认知的冲撞。

以董健为旗帜的“南大派”是启蒙主义的坚定信仰者，同时他们也是文化进化论的坚定持有者，可以说他们的学术传统是“五四”精神的余脉，所以拥有“现代性”是他们心中戏剧应有的样貌，也是唯一的诉求。在这样的衡量标准下，不仅几乎所有的传统戏失去了本应存在的价值，就是新中国成立以来的大多数新创戏曲作品也没有了意义，在他们看来，20世纪以来戏剧之“现代性”的追求上，戏曲远远不能和话剧相比。这从董健对一些剧目的评价清晰可见。比如，他认为：“《徽州女人》似乎充满了‘爱与美’，但它在华丽外表下所表现出来的一个女人的生存环境与命运，给人的感觉是五四以来中国人走过的精神解放之路可以从历史上一笔抹去，在封建伦理下做一个漂亮的、‘贤德’的‘好女人’就足够了。”被董健认为是“反现代、反启蒙的”，具有陈腐观念的《徽州女人》实际上恰恰将“五四”文化大背景下，中国社会转型期的时代洪流下，女人无法掌控自己的命运，唯有无尽等待的悲剧性、无意义表现得很具艺术性，进而让观众思索这究竟是女性的悲剧，还是时代的悲剧。更不说《徽州女人》对戏曲结构的突破，形式的创新在今天看来都具有深远的意义。“启蒙”与“现代性”可以作为判定一部作品内涵是否深刻的重要标准，毕竟笔者也深深认同董健先生在文章中所概括的“中国戏剧现代化的基本价值取向”，即“第一，确认人的尊严，尊重人的个性和自由，并将其与人的社会责任感联系起来。第二，冲破传统观念的束缚，解放思想，以清醒（理性）的头脑、明亮的眼睛对社会现实进行透视与批判，揭掉人间一切瞒与骗的假面。第三，强调现代人对戏剧艺术的最高要求：人在审美中进行精神领域里的对话。第四，戏剧形态的散文化与戏剧文学性的加强”。但是，把“启蒙”与“现代性”作为唯一标尺用在衡量戏曲作品的优劣上就显得有一点儿粗暴了。

启蒙是近现代舶来的西方概念，与同为舶来品的话剧先天具有渊源性，但是作为本土艺术的中国戏曲与话剧实际分属两个文化体系，因此，评价戏曲的时候从本体规律出发是非常必要的。而董健往往并非如此，比如在《20世纪中国戏剧：脸谱的消解与重构》中，他从戏曲中的“脸谱”切入，进而推演到戏剧发展中的“脸谱化模式”，并把作为艺术审美的脸谱与政治相连的“脸谱化”混淆来谈，导致了对戏曲这门中国古典的、传统的艺术本质的诸多误判。他用进化论的观念武断地认为戏曲是“做假”的艺术，而只有话剧这种艺术形态才代表了中国戏剧的现代性。董健从形式上就首先给中国戏曲进入现代层次判了死刑。恰如龚和德所言董健先生对戏曲是有“形式歧视”的，对戏曲也是有“理论压迫”的。之所以如此，是因为他“在继承‘五四’的启蒙精神的同时，也继承了流行的‘进化论’，而且是在向西方学习的大历史背景下，把19世纪末形成的西方写实派话剧，当成了世界最先进的戏剧形式。这就是用戏剧发展的阶段论否定了各民族的戏剧形式的多元论，用19世纪末形成的非‘乐’本位的西方写实派话剧来否定‘乐’本位的中国戏曲”。显然，在21世纪更为开放、更为国际化、注重民族多元文化的环境下，这种对戏曲的“歧视”是一种极大的短见。

中国戏曲究竟能不能具有现代性，抑或说我们应该如何进行戏曲的现代建设，这个问题在进入21世纪后越发成为戏曲理论界和评论界经常探讨的问题，随之“前海学派”的不同理论者也提出了自己对“现代戏曲”这一概念的理解，如：孟繁树、王安奎、龚和德等都有相关论述。20世纪80年代末，孟繁树就以“现代戏曲的崛起”为题思考过“现代戏曲”的问题，他不仅将现代意识指向了“人学”，也指向了戏曲形式系统的破与立。而王安奎先生更是对“现代戏曲理论”进行了体系架构，并在多篇文章中论述过中国戏曲的现代性和民族性的问题。如他在一篇文中指出：“我们要建设先进文化（包括戏剧艺术）一定要重视民族性和民族化，这样我们的文化和戏剧才能有丰富的内容和独特的形式。离开民族特点去追求所谓的‘共同和共通的价值’，必然失之于空洞和空泛。”他还用历史学家罗荣渠的一段话来为传统和现代的关系进行注脚：“传统与‘现代性’是现代化过程中生生不息的‘连续体’，背弃了传统的现代化是殖民地或半殖民地，而背向现代化的传统则是自取灭亡的传统。适应现代世界的发展趋势而不断革新，是现代化的本质，但成功的现代化运动不但在善于克服传统因素对革新的阻力，而尤其在善于利用传统因素作为革新的助力。”龚和德也曾对现代戏曲进行论述。他以京剧为例，认为：“京剧的现代转换在内容上至少包含两个命题：一是有利于今天的道德建设而不是相反；二是还要从伦理型中超脱出来，不再拘囿于道德评判。这种转换，需要通过新文学作品（剧本）的输入才能逐渐实现。”在形式上，他又说：“京剧的现代化不是要消解京剧形式，而是要使它合乎规律地发展下去，使它更有质量，更有生命力。”从内容到形式对戏曲进行全方位的思考始终是“前海学派”学人们的治学原则。“理论联系实践”，尊重戏曲的艺术规律，重视艺术实践与创作，重视戏曲传统与剧种特色，一直以来均是“前海学派”学者们所坚守的。

进入21世纪，关于戏曲的现代建设在理论界始终喧嚣，而在实践界，众多导演对戏曲现代建设在自觉尝试和不断探索，但一位女性导演迅速崛起，她就是张曼君。采茶戏演员出身，“梅花奖”得主，对戏曲的形式了然于心，同时接受了西方戏剧观念的熏染，东西观念的碰撞让她在形式上，尤其是在现代戏的样式开拓上颇为大胆，甚至有些时候还可以说是“离经叛道”，民间艺术、西方交响、西方歌剧等各种艺术都可以拿来为“我”所用，她的作品更被一些专家总结为“三民主义”和“新歌舞叙事”。更值得注意的是，张曼君的代表作品大多为现代戏。这个长久以来笼罩在“样板戏”阴影中的戏曲类型，怎样寻求突破始终是被探讨的课题。而张曼君导演敢于打破戏曲舞台传统样式，大量运用“轻程式化”的歌舞，并善于将民俗、民歌、民间舞蹈等非戏曲的艺术形式化用到她的作品中，形成一种独具特色的风格。

对现代戏舞台样式的开拓是张曼君作为戏曲导演对戏曲的最大贡献，同时让更多的创作者和理论者重新思考现代戏创作的空间究竟有多大？在现代戏中戏曲的边界是不是可以打破？不过，我们也在张曼君导演的作品中发现，无论她怎样打破戏曲的诸多既定框架，“择情叙事”和“舞台自由的时空观”这两个核心点却是被紧紧抓牢的，这使得她的作品与王国维对戏曲的定义——“以歌舞演故事”

极度吻合。只是经历过21世纪第一个十年——作为“非遗”的戏曲，我们戏曲人对戏曲的民族性和现代性、对戏曲的传统与现代化都有了更为深入的思考，传统的螺旋式回归成为一个显著趋势，而那些在外在形式上尊重传统，在内涵精神上注入现代性的作品也让更多人追捧，王仁杰的诸多梨园戏作品以及渐渐兴起的“梨园戏现象”就可以为证。所以，21世纪的第一个十年，当我们对戏曲的传统有了更多正面的认识之后，任何削弱戏曲艺术本质、淡化剧种艺术特色的手段都应该谨慎，或者说怎样在对戏曲传统舞台样式进行开拓的同时，又最大限度地不伤害戏曲本身的审美魅力？这个问题还需要创作者们继续探索。

改革开放40年，戏曲的变化与时代的变迁如影相随。当进入21世纪第二个十年之时，戏曲的身份似乎又在发生着细微的变化，尤其是2015年之后，关于戏曲方方面面的政策的出台，透露出一个重大的信号：戏曲或许正在从边缘走向“主流”。国家对戏曲的发展乃至对评论人才的培养越来越重视：国家艺术基金机制建立，基层戏曲院团会演，各种扶持政策、项目工程一个接一个；而在理论建设上，“千人计划”戏曲人才班、国家艺术基金戏曲评论班在全国方兴未艾，几成风潮。戏曲人几乎从来没有在短时期内拥有过这么多利好消息，但是蜂拥而至的弊端也在显现，繁荣之余我们依旧需要冷静客观的思考。

当戏曲成为“主流”时，当我们所有戏曲人在国家的重视下享受资金和政策的好环境时，也许恰恰需要每一个人更多地反躬自省：艺术的真理是什么？艺术的规律是什么？艺术最重要的功能是什么？这些都是戏剧创作者和戏剧批评者需要不断思考的问题。正如马也先生所言：“艺术创作、艺术批评都是有真理性、规律性、稳定性、恒久性、超越性的，甚至是不朽性的。”

张之薇　中国艺术研究院副研究员
原载《广东艺术》2018年第6期

2018 年全国基层院团戏曲会演

【概况】

2018 年 5 月 22 日至 8 月 15 日，由中共中央宣传部、文化和旅游部主办的“2018 年全国基层院团戏曲会演”在北京梅兰芳大剧院和全国地方戏演出中心举行。本次会演汇集来自全国 29 个省区市、新疆生产建设兵团和港澳地区的 40 台剧节目，涵盖婺剧、辽剧、粤剧、白剧、彝剧、蒙古剧等 47 个剧种。32 台大戏中有 26 台现代戏，占比 81%；为鼓励小戏创作，展现小戏贴近现代生活、反映人民心声的特点，会演组织 8 台小戏组台演出。会演实行低票价惠民，其间还邀请戏剧专家举办评议会，加强艺术评论，提升剧节目质量，引导创作方向，并举办“基层戏曲院团艺术创作专题研讨会”。

【观点】强健艺术之根　张扬时代之魂——2018 年全国基层院团戏曲会演管窥

◎ 柯凡

我国第一次全国性的戏曲会演，是在 1952 年。1952 年 10 月 6 日至 11 月 14 日，文化部在北京举办了“第一届全国戏曲观摩演出大会”。参加这次大会的有 37 个剧团，23 个剧种，82 个剧目（包括 63 个整理改编传统戏、11 个新编历史戏和 8 个现代戏），可谓盛况空前。六十多年后，在习近平总书记文艺工作座谈会重要讲话、《中共中央关于繁荣发展社会主义文艺的意见》、国务院办公厅《关于支持戏曲传承发展若干政策的通知》等精神的指引和鼓舞下，文化部发挥引导示范作用，又于 2016 年举办了首届全国基层院团戏曲会演，至今已举办三届，为基层院团的创作演出提供了难得的机遇和平台，对于艰难地坚守在基层的戏曲从业者来说是巨大的激励和鼓舞。

1952 年戏曲观摩演出大会的举行是为了响应戏曲改革政策和“百花齐放，推陈出新”的戏曲工作方针，检验戏曲改革活动的成果。全国基层院团戏曲会演的举办则是为了展示基层院团传承发展戏曲艺术、服务基层人民群众的良好精神风貌，培育有利于戏曲活起来、传下去、出精品、出名家的良好环境，是为戏曲生态的繁荣兴盛培育土壤。二者虽然时代背景不同、侧重点不同，但都对戏曲事业的振兴、繁荣起到了巨大的推动作用，是国家政策对于戏曲事业进行有力、有序引导的一个重要反映。

从 2016 年至 2018 年，三届全国基层院团戏曲会演均汇集全国范围内的基层院团进京演出，剧目丰富、剧种多样，很多剧团、剧种是第一次进京亮相。会演还邀请专家开展“一剧一评”活动；召开“基层戏曲院团艺术创作专题研讨会”；并与文化部主办的戏曲“千人计划”高级研修班合作，组织来自全国各地的编、导、舞美、评论等人才观摩交流，以加强理论与实践的沟通，引导创作方向，提高剧目质量。会演实行惠民票价，许多观众好奇地进入剧场去“见识”自己从未听闻的剧种声腔，也有许多客居北京的观众兴奋地去品味乡音乡情。可见，全国基层院团戏曲会演不仅是舞台艺术的呈现，而且是文化部实施的系统工程，从基层到城市，从院团到观众，从创演到评论，从大众到专家，全部涵盖。根据 2017 年完成的全国地方戏曲普查结果，我国戏曲现存剧种 348 个。那么，三届基层院团戏曲会演涉及的剧种数量可能还不到我国剧种总数的三分之一，这一活动的持续进行，对于戏曲之根的复苏、戏曲之魂的树立，大有裨益。

“2018 年全国基层院团戏曲会演”较之以往两届，在剧种涵盖范围上更广，剧目更加丰富。2016 年的会演涵盖了 26 个剧种，参演剧目 31 台；2017 年的会演涵盖了 33 个剧种，参演剧目 32 台（28 台大戏、4台小戏）；2018年的会演则涵盖了47个剧种，参演剧目40台（32台大戏、8台小戏）。本次会演既有豫剧、评剧、川剧、秦腔、黄梅戏等常见剧种，又有泗州戏、彩调剧、梁山灯戏、坠子戏、嗨子戏、傣族章哈戏等很少见到的剧种。既有现代戏，也有新编历史剧和传统戏（折子戏）。它们以丰富鲜活的戏曲形态弘扬了中华优秀传统文化蕴含的核心思想理念、中华传统美德、中华人文精神，展现了当代社会的正能量和百姓的喜怒哀乐。港澳地区的参与也是本次会演的一个亮点。澳门街坊总会青少年粤剧班的《寒江关》和香港声辉粤剧推广协会的两场小戏组台，均为非专业演员和青少年演员的表演，让人看到了港澳地区戏曲种子的萌芽与成长，其艺术传习模式和培养效果值得嘉许。会演中，许多剧团都集合了本地、本省，乃至业内最好的资源组成创作班底，贴近现实生活，紧扣时代脉搏，在艺术上彰显剧种特色和地域风情。而承载这些剧目的剧种也在艺术的积累中获得新的滋养，取得创新，在博采众长中得以丰富自我，获得成长。

本次会演的突出特点之一：现代戏依然占据绝对比重，现实题材和革命历史题材成绩突出。2016年的会演有现代戏17台，占比超过50%；2017年的会演有现代戏22台，占比79%；2018年的会演有现代戏（大戏）26台，占比达81%，可见现代戏比重逐年上升。这是一个鲜明的时代特征，既反映出基层院团积极响应中央精神、密切关注政策走向所做出的努力，更反映出戏曲创作者在扎根现实的土壤、表现现代的生活、抒发现代的情感上的自觉。题材上，英模题材、反腐廉政题材、精准扶贫题材、乡村建设题材较多，反映了现实生活中老百姓普遍关心的热点问题，茂腔《失却的银婚》、梁山灯戏《好人邓平寿》等不论是一度创作还是二度创作，其成功之处可圈可点。革命历史题材也不乏佳作，川剧《还我河山》、阳新采茶戏《龙港秋夜》等，故事编排精巧，注重导、演细节，彰显戏曲的地域风格和民间色彩，在鲜明的二元对立思维中挖掘人性的丰富性。与题材相呼应的，是剧目塑造的人物形象多为基层干部、村官、乡民。当然也有拓展，比如吉剧《黄大年》、黔剧《湄水长歌》不同以往惯以“第一书记”为主要人物，而以知识界、科学界的精英为表现对象，歌颂了他们为国家为民族做出的牺牲与贡献；苏剧《国鼎魂》则以苏州大家潘氏家族的一个女人潘达于为表现对象，塑造了她孤独一生、坚守一生，守护国之重器，守护情与义、家与国的动人形象。

本次会演的突出特点之二：小戏大戏化。大戏，并不是小戏发展的最终目标；是否能演大戏，并不是判断民间小戏发展水平高下的标准。然而，尝试大戏创作却为小戏突破自我、拓宽路径提供了新的可能。会演上，借助丰富的艺术手段，原本只善于演小戏的一些剧种呈现出大戏化的倾向。主要表现在：主题相对宏大，除了演普通人的故事，还演英模人物、精英人物的故事，并且铺陈了较为宏大壮阔的时代背景，表现人物的家国情怀；正能量满满，既表现当地人当地事，又不拘泥于此，而是透过当地人当地事弘扬中华民族共有的优秀道德品质和精神理念；大制作较多，演员阵容大，还不乏大乐队现场演奏。例如，梁山灯戏历史上只演过喜剧小戏，这一次创演的《好人邓平寿》是该剧种首次做正戏大戏。云南傣族章哈小戏《西双版纳的黎明》仪式感十足，风格庄重典雅，具有大戏的气质。

同时，因自身唱腔、曲调限制，很多小剧种在自身艺术特色基础上向成熟剧种或其他艺术形式学习，以丰富自我。譬如，白剧《数西调》在大本曲、吹吹腔和民间小调基础上，广泛运用了京剧的音乐、表演程式。苏剧本以太平调为基本调，表演上也无严谨的程式，苏剧现代戏《国鼎魂》的创作者经过多种尝试，发现以苏剧现有的众多小调并不适宜表现厚重题材，因此在该剧的音乐上有了一些新的创造，作曲、唱腔更加丰富，曲和词相得益彰，呈现出浓厚的古典韵味和现代诗意。明代戏曲家王骥德曾在《曲律》中说：“世之腔调，每三十年一变。”时代在变，审美需求也在变，艺术元素和形式很自然会有相应变化。戏曲发展的历史也说明，转益多师、兼收并蓄历来是戏曲剧种成长的特点，不够成熟的艺术形式向成熟的艺术形式学习借鉴正是艺术发展的客观规律。对于艺术之间的借鉴、转化和创新，我们应当采取谨慎的态度，但也不必自缚手脚，一概谈之色变。

另外，将非遗宣传与剧目演出较为成功地结合起来，也是一些剧目丰富自我的手段。例如，阳新采茶戏《龙港秋夜》将非遗项目阳新布贴画与剧情结合起来，梁山灯戏《好人邓平寿》将非遗项目福禄酒令融入剧情，手法自然，既增添了地域风味，又宣传、展示了非遗项目，较好地展示了地方文化。

以上，都说明戏曲创作者努力在继承传统基础上进行文化创新，尝试为中华优秀传统文化的创造性转化、创新性发展提供多元路径。

本次会演的突出特点之三：大戏有气场，小戏也出彩。小戏真正来自基层、扎根基层、服务基层，是戏曲“燎原”的星星之火。2018 年的小戏组台比 2017 年多了一倍（2017 年 4 台，2018 年 8 台）。继 2017 年江苏省、山东省、贵州省、云南省的小戏组台之后，2018 年又新增了河北省、广西壮族自治区、安徽省、吉林省等地的小戏组台（无贵州省小戏组台），均展示了当地丰富的戏曲传统和资源，推出了一批有个性、有新意、有神采的作品，展示了传统戏曲文化的蓬勃生命力，让观众体味到了乡韵乡音，记住了乡愁。不少小戏找准定位，把握了体量小、演出灵活、贴近民众的特点，写百姓事，抒百姓情，同时展示了剧种特有的艺术精华。山东省小戏组台的四个小戏接续了传统戏曲“三小”戏的特点，生动活泼，诙谐有趣，用行当表演技巧来加强喜剧色彩，运用误会与巧合来构建情节、化解戏剧矛盾。其中的莱芜梆子《梅花炒鸡浆豆腐》，旋律朴实，行腔流畅，方言丰富。云南省小戏组台中的彝剧《桂花表妹》，载歌载舞，用夸张而富有民族特色的肢体语言展示了云南省特有的民族风情和剧种特色。

几点思考：新突破与老问题

关于艺术的功用。艺术有审美功能、认识功能、教育功能、娱乐功能。中国传统戏曲的教育功能和宣传功能自古以来就很受重视。广大基层民众往往通过戏曲懂得善恶是非，进行最朴素的道德判断。近代以来，戏曲一方面遭遇过知识分子的严厉批判，另一方面又实实在在地承担过宣传革命、启发民智、张扬时代精神的任务。可以说，戏曲从来就是一种重要的宣传品。我们当今的时代、未来的时代无疑都需要宣传品，但是更需要艺术品。宣传品是一个时代的烙印，记录一段历史，而艺术品可以超越时代，得以永恒。宣传品不一定能真正达到宣传的作用，艺术品往往能比宣传品更加深入人心，启发思想，洗礼精神，要么是醍醐灌顶式地让人豁然开朗，要么是润物无声式地使人受到潜移默化的影响，从而达到优质的宣传效果。从宣传品到艺术品，不是一蹴而就的，而是一个从量变到质变的过程，是一个不断打磨的过程。

本届会演中，一些作品已经具备了成为优秀艺术品的质量，比如茂腔《失却的银婚》，为反腐倡廉戏的创作提供了新的思路。它没有用高蹈云天的口号去“教育”观众，而是用朴素的真情去激发人性的共鸣；没有用流于常规的叙事套路去直叙男主人公的腐化堕落过程，而是以其婚姻为切入点，重点从女主人公秀英的角度讲述了一个极具现实意义的戏剧故事。它的题材，契合了党中央推进党风廉政建设和反腐败斗争的需要；它的艺术构思与技巧，使它不同于一般的“宣传品”，而是以艺术品的温度和深度更好地发挥了宣传教育的作用。这类作品，如果能进一步精雕细琢，常演于舞台，完全可以在当代戏曲史上占据一席之地。

关于生活真实与艺术真实。生活真实一般主要指实际生活中客观存在的人和事。而艺术真实是创作者按照生活发展的必然逻辑和自己的美学理想，对生活进行的提炼加工和集中概括，是一个对生活原材料进行去粗取精、去伪存真、由表及里、由浅入深的过程。它往往揭示了生活的规律和本质，比生活真实更加集中、典型。

近年的许多剧目取材于真人真事，反映了广泛的生活面，弘扬正能量，礼赞英雄，讴歌生活，也反映和批判了一些社会问题，得到广大群众的认可，真切反映出主创者从生活真实中提炼艺术、创造艺术的能力。以梁山灯戏《好人邓平寿》为例，据其主创团队介绍，生活中的邓平寿比艺术上的邓平寿更加感人，他的事迹、素材较多，涉及生活的方方面面，以至在进行艺术创作的时候，问题不在于没有素材，而是素材太多、太好，难以取舍。目前该剧呈现出的效果，是经过创作者反复甄选、构思的。我们看到，舞台呈现上的一些细节体现出了主创人员的匠心。譬如，邓平寿的裤腿是一只放下，一只卷起来的，暗示出他不拘小节、经常上山下乡为百姓跑腿的真实生活，反映出他朴实的农民本色。主创者又选取了优秀家风传承、领导用人智慧等方面的素材，从新的角度体现了邓平寿的党员底色，从而使该剧不落窠臼、不失特色。

然而，现代戏旧观念，新编戏老问题，这些现象仍会存在。由于时间原因，有的剧目不乏亮点却还没有好好打磨，有的剧目则简单照搬现实生活，仅有生活真实，缺乏艺术真实。往往真实生活非常感人，一到了舞台，反倒假了、虚了，不但不感人甚至让人反感了。对好人好事的呈现局限在“写实”层面而缺乏艺术提炼，对英模人物的塑造流于表面而未对人性人情进行深度挖掘，说教意味遮蔽了艺术旨趣，思维陈规妨碍了艺术创造。特别是为了表现人物的大公无私、正直不阿，创作者总是陷入一种套路中，让人物大义灭亲、六亲不认，以一味牺牲自我、牺牲家人的方式来解决一切社会问题，显得过于简单和理想化。

柯凡　中国艺术研究院副研究员
原载《戏剧文学》2018 年第 9 期

【观点】尊重传统　尊重生活　尊重艺术创作规律

◎ 景俊美

历时近 3 个月的全国基层院团戏曲会演日前落下帷幕，这是在 2016 年、2017 年中宣部、文化部成功举办两届全国基层院团戏曲会演的基础上，再次推动戏曲艺术繁荣兴盛的重要举措。今年的会演节目共计 40 台，涉及 47 个剧种，覆盖全国 29 个省、自治区、直辖市，新疆生产建设兵团和香港、澳门特别行政区。会演节目中大戏 32 台，现代戏占 26 台，占比达 81%；小戏组台共计 8 个，除香港小戏组台是传统剧目外，其他均为现代题材，占比达 88%。这样的演出现状突出了基层戏曲院团扎根基层、关注现实的创作特点，也反映出活跃在基层戏曲舞台上的演出新特征。

一、多样题材中更加关注现实生活

此次会演涉及经典传统戏、新编历史剧和现代戏三种类型里的多种题材，既包括大家耳熟能详的《白蛇传》《群英会》《红楼梦》《三娘教子》《倩女回生》等折子戏，也包括《马援伏波》《平城赋》《土族元帅》等历史题材，以及少数民族地区的藏戏《朗萨雯波》、白剧《数西调》等。其中，反映当代人生活的现代戏占比最高，且很多剧目以真人真事、好人好事为创作对象，在弘扬主旋律、传播正能量方面贡献突出。婺剧《鸡毛飞上天》以深情的笔触书写了改革开放以来义乌商人的成长历程，细腻地刻画了这些在商业活动中经历了各种阵痛的人们如何冲破观念禁锢、主动寻求变革的努力以及他们对商业道德的坚守，对“鸡毛换糖”时期“人的情义”“做人根本”的守望。作品通过一个义乌商人的成长，较好地折射出了国家、社会、时代变迁的光彩。评剧《潮白人家》讲述了一个残缺却感人的家庭故事，是“百善孝为先”的当代呈现。故事原型是北京榜样、顺义道德模范周红，改编后的文本紧紧围绕“收养—报恩”这一中心事件展开，有一种以小见大、见微知著的力量。豫剧《一家亲》利用豫剧的形式，讴歌了哈汉人民的生死之情；龙江剧《农民的儿子于海河》寓庄于谐地在舞台上树立了一位农民的好儿子形象；彩调剧《空村》反映了当下农村的“空巢化”现象……会演的多数剧目能从不同的生活断面开掘现实生活的精神要义，说百姓事、唱人间情，洋溢着浓郁的生活气息。

值得关注的是，在反映现实生活的剧目中，有的是从小视角、小人物、小片段入手，以小见大地讲深讲透一个老百姓深切关心的问题，深得广大观众的喜欢。如花鼓戏《儿大女大》讲述了一位敦厚、质朴的老年父亲如何在丧妻后含辛茹苦地养大三个儿女，并给那些不懂父母深恩的子女们以心灵的震撼。该剧已经传了3代人，演了30年、3000场，实实在在的数据突出了剧目的艺术成就，也印证了一个院团清醒的艺术认知以及负责任的创作态度——以经典剧目为抓手，不断打磨、上演、推广，与当下存在的排一出扔一出的不良创作倾向形成鲜明对比。还有一些剧目，开掘了更加深远以至于具有永恒意义的精神层面，这样的戏比之一般的讨巧剧目具备了更大的艺术追求。如白剧《数西调》讲述了一对旷世恩仇的母子命，文本上具有史诗般的力量，类似的主题在古希腊悲剧、莎士比亚戏剧以及中国的《赵氏孤儿》《王佐断臂》中均有涉及，深度刻画了人物在恩与仇的纠结、情与仇的对抗中的最终抉择。

二、现实题材的开掘日趋纯熟

基层院团戏曲会演，各个院团的实际情况差别很大，有的来自相对富裕的地区，如浙江省义乌市婺剧保护传承中心、苏州市苏剧传习保护中心等；有的来自大都市，如上海市青艺滑稽剧团、澳门街坊总会青少年粤剧班、香港声辉粤剧推广协会等；也有的来自边远的少数民族地区，如内蒙古锡林郭勒盟西乌珠穆沁旗乌兰牧骑、西双版纳州文体广电局、大理白族自治州民族文化工作团等；有像西藏自治区藏剧团一样的国有院团，也有北京凌空评剧团这样的民营院团，还有众多的县级院团、文化馆、传承保护中心以及转企改制后的文化公司等，无锡市惠山区堰桥街道文体服务中心甚至以街道组织的方式带来了一个鲜活动人的小戏《今又中秋》。这些不同层面的基层院团，真正体现了当下社会的多重面向，是活跃在全国各地的最基层服务广大民众的生力军。通过会演，我们看到虽然院团“基层”、舞台上的人“基层”，但整体来看会演的剧目品质并不“基层”，为艺术做出的贡献不可小觑。会演剧目以现实题材现代戏为主，正好是各院团集中比对、高下自知的良机。

作为此次基层院团戏曲会演的压轴大戏，苏州市苏剧传习保护中心创演的苏剧《国鼎魂》以沧桑、壮美、诗意又灵动的舞台呈现赢得了首都观众的阵阵掌声。李莉编的戏，人文情怀浓度高，故事精、深、巧，语言熨帖自然，人物饱满鲜活。杨小青导演也是大手笔，舞台流转自如，空间感、现实感和人物的交织辉映感饱蕴着极强的视觉冲击力，配合着优美的唱腔、和谐自然的灯光、舞美，二度的展现既大气又文化感十足。“梅花奖”得主王芳的表演已经是炉火纯青，自然、真切、动人，一举手一投足间洋溢着文脉在人物身上的大美。由山东省诸城市舜龙艺术团有限公司创演的茂腔《失却的银婚》对人性的开掘深刻，人物鲜活、真切、自然、不概念化，故事充满着别具一格的艺术匠心，观之令人唏嘘。主创团队在创作观念、艺术构思上高度统一，有完整的艺术理念和集体的创作意识。剧中既有顺叙，又有倒叙、插叙和补叙，从编剧的戏剧结构看，这种安排很有难度，把握这样的结构需要较深的功力。从唱念来看，茂腔有茂调，声腔有味道，翻八度上去的设计很贴切，同时也显示出演员的功力。“红艳艳的山楂鼓溜溜，山里的人叫它红棉球。甜甜酸酸的红果果又熟透，可记得同样的时节你人走丢?”充满着浓郁山东方言味儿的歌声一起，这个戏便紧紧地抓住了观众的心，加之演员深厚的艺术功力，使每一个念白、每一句唱词都充满着艺术的张力，直抵人心。这与那些过于关注人物原型的“高、大、上”，却在原型人物与艺术形象的塑造中失却了得心应手的“落地”能力，那些让观众只看到了说教、看到了投机心理，却看不到感人的艺术形象和动人的故事内容的舞台产品相比，无疑带有艺术上的示范意义。毕竟舞台上的人物是艺术，需要按照艺术的规律进行艺术形象的塑造和文化逻辑上的铺陈。

三、小戏小团风格多样亮点迭出

此次会演延续了2017年小戏组台的艺术形式，从2017年江苏省、山东省、贵州省、云南省4省的小戏组台增加到河北省、广西壮族自治区、安徽省、吉林省、山东省、香港地区、云南省、江苏省8地，吸纳了更多的基层院团在首都的舞台上一展艺术的风采。通过观剧，可以看出小戏组台的意义不小。首先，它给予小戏这样一个特殊的艺术形式一个舞台，让其尽可能地展示自身的存在状态；其次，也给那些可能演不了大戏但一直服务当地百姓的最基层的院团或文艺团体一个平台、一个亮相的机会，以资鼓励其后续工作；再次，也给评论界集中探讨和探索小戏这一特殊的艺术样式的理论建构提供了良好的机遇。

整体看，小戏有小、快、灵的表现特征。所谓“小”，主要是指小戏的内容多写小事件、小人物，视角多是小切口，长度上又都很短小。所谓“快”，是基于这一艺术形式的特殊性，其创作周期一般较短，反映当下生活迅速、快捷，且表演的形式较为欢快。所谓“灵”，则是其艺术样式的不受拘束性，比如扮演自由、搬演方便、内容与表现形式都比较灵活等。为此，这样的小戏一般为广大民众所喜欢，尤其适合下乡惠民、进社区、进工厂等地演出。但在具体的艺术创作中，创作一部好小戏的难度毫不逊于大戏，有时候可能还要难于大戏，因为它要在有限的时空里交代清楚故事的起承转合、设置好悬念与包袱、塑造性格鲜明的人物形象、讲清楚激烈的矛盾冲突等，同时表现形式上要有情趣、有机趣、不烦琐、不累赘等，舞台表演还要巧妙地运用或创造好戏曲程式的适度表达等，一如当下的小品、相声，讲好了当然有掌声，一旦挑不起来立马就冷场。目前，小戏的创作理论和评论话语都比较缺失，这和很多人不重视小戏有一定关系，觉得它“小”，担负的功能似乎也不大。很多创作者也常常只是拿小戏作为自己入门的练笔，事实上是看小了也小看了小戏。从这一层面看，基层院团戏曲会演之小戏组台的意义拥有着目前还难以估量的深远潜能。

以此次会演的小戏为例，大部分小戏都来自最基层的小院团，体现了多样的艺术风格。比如以喜剧幽默见长的吉林二人转《会高旗》、拉场戏《新二大妈探病》，主创人员用当地民众喜闻乐见的艺术形式反映了身边的人和事，通过形式翻新，给观众以新的艺术认知；山东柳琴小戏《桃花缘》、吕剧《社区新风》则通过展现生活片段透视普通人的喜怒哀乐，折射普通人和大时代的关系；安徽坠子戏《套路》讲述的是精准扶贫打假的故事，充满了对比、误会、悬念、双关和幽默，饱蕴着浓郁的剧种特色和地域文化；广西壮族自治区的彩调剧《我是你爸爸》，从寓意到结构再到呈现方式、演员表演，达到了悲剧喜演的教科书高度；香港小戏组台《黛玉入府》《潞安州》《双阳公主·追夫》《群英会·小宴》等重点突出了经典折子戏在孩子身上的鲜活呈现；云南省的花灯小戏《火红的梨园》、彝剧《桂花表妹》、花灯小戏《大喇叭小广场》和傣族章哈小戏《西双版纳的黎明》4个小戏则是“以歌舞演故事”的方式呈现出一戏一格的艺术品质，展现了浓郁的民族风情与文化基因。与其他省份的小戏组台相比，多数小戏善于以喜剧为主基调去博取观众的掌声，但江苏省的锡剧《丫丫考零分》《今又中秋》《扁头不在家》、淮剧《良心》、徐州梆子戏《叫你一声大姐》几台小戏走的不是喜剧路线，主要倾力于情感共鸣，特别抓人、动人。这主要得力于主创团队的清醒认知，着眼点都在平常百姓身上，是真的在跟百姓同呼吸、共表达。视角虽然向下，但是提供给观众的精神是昂扬向上的。故事看似波澜不惊，但所关注的题材、人物以及艺术细节都是值得称赞的。

会演暂时告一段落，但演出引起的话题热度与社会影响力并未落幕。由于顶层重视与政策支持，它予以基层院团的支持与影响将会持续发酵，基层院团的戏曲事业将会在全国各地遍地生花。言为心声，曲为心志。会演中的各个基层院团，用心、用力、用智地将一个个平凡的故事进行了精心的雕琢，从剧情、唱腔到演员表演，很好地反映了当下基层院团的艺术水平。整体看传统戏浓厚、纯粹、有筋骨，新创剧目也有章可循，呈现出尊重传统、尊重生活、尊重艺术创作规律的良好作风。特别是那些有深厚班底的院团，在艺术发展上呈现出技、艺、人多面开花的良好局面。

景俊美　北京市社会科学院副研究员
原载《文艺报》2018年8月20日

2018 年戏曲百戏（昆山）盛典

【概况】

2018 年 10 月 26 日至 12 月 7 日，由文化和旅游部艺术司、江苏省文化厅主办，江苏省昆山市人民政府、苏州市文广新局承办的“2018 年戏曲百戏（昆山）盛典”在江苏省昆山市举行。开幕演出为全国 8 个昆剧院团合演的经典剧目《牡丹亭》。本届戏曲百戏盛典活动以“戏曲的盛会　百姓的节日”为宗旨，以“汇中国百戏，展戏曲新颜”为主题，历时一个多月，共汇集 30 个省区市的 120 个戏曲剧种、156 部经典剧目（折子戏）集中演出 78 场，涉及 122 个演出单位。盛典期间，还举办了戏曲主题专家研讨会，探讨戏曲在新时代的传承发展路径及未来蓝图；邀请参演单位捐赠代表本剧种的服装、道具、剧本、书刊、音像等物品，并以此为基础筹备建设戏曲博物馆；还设立了剧种铭牌，举办了《百戏赋》揭幕仪式。

12 月 7 日，随着国家京剧院新编现代京剧《红军故事》演出落下帷幕，“2018 年戏曲百戏（昆山）盛典”闭幕。在持续 40 多天的盛典活动中，近 5 万人次现场观看，超过 100 万人次观看了网络直播，相关微博阅读量超过 1.1 亿次，掀起了观看戏曲演出、探讨戏曲传承、关注戏曲发展的热潮，尤其对鲜有机会走出所在地的小剧种、少数民族剧种、民间剧团具有重要意义。

该活动计划连续举办 3 年，全国 348 个戏曲剧种的经典剧目（折子戏）集中进行展演，充分展示和利用全国地方戏曲剧种普查成果，激发戏曲剧种活力和戏曲院团潜力。

【观点】2018 年戏曲百戏（昆山）盛典专家评论选登

当代中国戏曲艺术之盛事

◎ 王文章

从 10 月 26 日“2018 年戏曲百戏（昆山）盛典”活动开启，在 43 天时间里，荟萃了来自全国 120 个剧种 156 个剧目（折子戏）演出，不仅现场观众反响热烈，而且近百万人次通过互联网观看演出，网上关注人次超过 1 亿。从社会反响即可看到这次全国戏曲剧种、剧目展演意义非凡，既是当代中国戏曲艺术之盛事，也是中国戏曲史上前所未有之盛事，是贯彻落实习近平总书记关于弘扬中华优秀传统文化系列重要指示精神的实事，是文化艺术界坚定文化自信，践行文化自觉的生动体现。习近平总书记强调要立足中华优秀传统文化，培育和弘扬社会主义核心价值观，从展演可以看出，中国戏曲可以在这一方面发挥它独特的作用。

首先，这次活动让今天的人们更深切地了解中国传统戏曲的形式之美和它内在的文化价值及传承发展的意义。今天，人类社会正经历前所未有的现代化进程，传统戏曲的价值更容易被人忽视，甚至否定。这次展演，把那些曾经与广大人民群众最亲近的戏曲艺术形式之美发掘、继承、革新并集中展示、传播开来，让人们再次欣赏、领略它的形式的美感和深厚的思想内涵，也让年轻人来发现戏曲这一传统艺术的新奇魅力。

曲词典雅、行腔婉转、表演细腻的“百戏之师”昆曲，有着“宋元南戏活化石”之称的梨园戏，色彩鲜明、表演泼辣夸张的高甲“丑旦”戏，还有不少具有鲜明地域特色、生活气息浓郁的少数民族戏曲和地方戏曲，都在“以歌舞演故事”的基本表演规则下，以独特的剧种个性各擅胜场。就我看的演出，仅举几例，像梨园戏《吕蒙正》，从舞台场面、乐队伴奏到舞台规制都集中反映着戏曲本体特性，特别是主演曾静萍化自梨园戏表演基本动作规范“十八步科母”的表演，感情表现准确、动作细腻、层次清晰、节奏张弛有致，人物心理与舞台空间相映，情状毕肖。再如高甲戏《骑驴探亲》，卢文雄饰演的洪亲姆，在与洪亲翁的逗乐打趣表演中展现高甲戏女丑行的诸般技艺，活泼夸张、诙谐幽默，令人忍俊不禁。闭幕式上国家京剧院演出的《红军故事》，作为革命历史题材内容与形式统一，感人至深。参演剧目不管是现代题材还是古代题材，从历史、人文、道德、社会、文化艺术等方面，都有值得珍视的价值，可以带给人们审美的愉悦、思想认知的启迪、艺术创造的借鉴。同时，这些剧种、剧目也充分展现了中国传统戏曲在世界戏剧宝库中独树一帜的价值，值得今天的人们去珍视、继承、保护和发展。

其次，活动展现了戏曲艺术的承载主体——戏曲院团的艺术风貌，鼓舞了他们继承发展戏曲艺术的信念。原文化部艺术司在全国开展的中国地方戏曲剧种普查，统计全国现有348个剧种。数据显示，20世纪50年代统计我国传统戏曲剧种有360多个；1982年编纂《中国大百科全书·戏曲 曲艺》卷时统计有317个；2003—2006年中国艺术研究院戏曲研究所在《全国戏曲剧种剧团现状调查》中统计有260多个。以上数据可以看出，近十多年来，随着非物质文化遗产保护工作的开展，我国戏曲剧种开始进入一个稳定存续的阶段。

当然，具体到不同剧种、不同院团、不同地区，戏曲剧种的承续和发展仍面临人才、经费、设施、体制等方面的种种困难。在这样的情况下，剧种的保护和演出团体的扶持，在已有政策落实和具体支持方面仍有许多工作要做。就戏曲院团本身的发展来说，人才和剧目建设是永恒的基础，这其中一个重要的内容是本剧种特色剧目的挖掘、传承和演出。

每一个剧种都有它艺术的独特性，我们从展演中看到不同剧种的个性魅力均来源于此。这次展演再次给我们重要启示，就是戏曲剧种要努力保持这种个性，避免艺术同质化。戏曲院团，特别是稀有剧种院团，应该有清醒的认识和自觉的坚持，才能葆有中国戏曲剧种百花齐放、绚烂多姿的异彩。这并不是说戏曲剧种的传承发展不能创新，而是在遵循以歌舞演故事及虚拟性、程式性、节奏性的基本规范下，不同剧种都有自由展示自己艺术个性的空间，都可以淋漓尽致地发挥自身创造的艺术优势。清中叶以来，我国地方戏的兴起就是戏曲艺术在遵循基本表演规则基础上自由创造的结果。所以戏曲剧种要努力追求保持其戏曲艺术个性，在坚持构成其个性的基础上避免同质化。

最后，戏曲剧种的发展要建立在深厚的观众基础之上。这次全国戏曲剧种、剧目展演，无疑是推动保护发展中国戏曲艺术的具有战略性的重要举措，这一战略构想在昆山这样一个处在中国现代化发展最前沿位置的地方落地，是最好的选择。昆山以高效率的组织工作促成了活动的成功。昆山虽然是一个县级市，但是它的地理优势和现代发展的优势使它具有国际性，能在海内外产生重要影响，这对于戏曲的传播很重要。而且这次演出的很多场次都安排在昆山的乡镇，使最基层的观众能最便捷地欣赏到这些精彩的演出。

“2018年戏曲百戏（昆山）盛典”对中国戏曲的当代继承发展会产生深远影响，对非物质文化遗产保护也具有重大的意义，期待戏曲百戏（昆山）盛典的接续举办。

王文章　原文化部副部长、中国艺术研究院原院长

中华戏曲大版图上多几处昆山才好

◎ 罗怀臻

“2018年戏曲百戏（昆山）盛典”具有一种象征意义，象征着近些年来尤其是党的十八大以来中

央及全社会对中华传统文化的尊重，也象征着中国社会在长时间的现代化、都市化和国际化的进程中，越来越意识到保护本国度、本民族、本地域文化传统的重要性，而象征背后所体现出来的正是一种宝贵的文化自省和文化自信。

我们无法想象10年前、20年前、30年前，在昆山举办这样一个令人瞩目的戏曲盛会，因为它既不商业，也不主流，可能不会引起社会的普遍关注。这个盛会今天办成了，它的成功可谓水到渠成——它是在中国社会现代化、都市化、国际化达到了一定水平，自然而然回馈给我们的启示，启示我们是时候重新找回自己的文化传统与文化自信了。这个机遇很庆幸地被及时把握住了，于是有了这次具有历史意义的盛会。

百戏盛典不仅具有一种象征意义，还具有一种杠杆效应。昆山，于泱泱中华大版图中可谓一隅之地，它不是北京、上海、西安等城市，但它又很特别。一方面，它是古老的昆曲的诞生地；另一方面，昆山市又是改革开放以来中国经济发展最快最富庶的地区之一，每年创造的财富价值一直排名全国百强县前列。因而昆山既是古老的，又是现代的，更是戏曲的，选择在这里举办百戏盛典有一种四两拨千斤的杠杆效应。昆山，因为百戏盛典而使其成为全国戏曲界乃至文化界共同关注的一个焦点。全国戏曲人向昆山会聚的同时，昆山也在向全国发射着它的讯号——戏曲的讯号，文化的讯号，经济的讯号。

百戏盛典在昆山的举办，对于中华戏曲文化的当代传承与发展，至少强化了三个意识。

第一是戏曲的剧种意识。经过全国戏曲剧种普查，地方戏曲受到普遍重视，戏曲界的剧种意识逐步强化。今天我们回顾20世纪的100年，就是中国各地方戏曲从乡村走入城市，从广场走进剧场，从戏台走上舞台的100年。地方戏曲在不断适应现代化、城市化和剧场化发展的同时，也在不断淡化着各自的传统与背景。剧场化，尤其是在镜框式舞台建筑风格的剧场化发展进程中，戏曲的不同表演风格逐步流失。百戏盛典活动特别强调了348个剧种是一个戏曲大家庭，在这个大家庭中各剧种人人平等，就要展示个性。这种强烈的剧种个性意识，在以前是没有过的。20世纪的新式剧场和新式舞台，推动了戏曲艺术的传播发展，但也推动了戏曲风格的同质化倾向。时至今日，镜框式舞台演出的单一模式和举国推行的舞台艺术会演评奖制度，应该引起我们的深刻反省。

第二是强化了戏曲的传播意识。不得不承认，如果不是为了会演或评奖，我们的各个地方戏剧种已经越来越没有信心走出方言区域，走向广阔的演出市场了。有些原本全国通行的剧种如北方的评剧、南方的粤剧，现在也很少在非流行区域看到它们的身影了。方言的局限，越来越成为心理的负担，久而久之，“地方戏曲”真的成为“地方的戏曲”了。此次百戏盛典，邀约全国348个戏曲剧种从东西南北轮番汇聚昆山，彼此交流，各自展示，促成了戏曲剧种尤其是弱小剧种的又一次解放和释放，从而又一次实现了对各自地域局限的积极超越和自觉传播。与此同时，传播本身的概念也在转型，即传播已经不仅仅是传统的剧场意义的传播，而是借助昆山演出的平台，实现在新媒体、自媒体上更为即时、直接的传播。百戏盛典开幕以来，我虽然没有抵达昆山现场，但是电视、网络和自媒体，每天都在分享昆山现场的活动与演出。

第三是强化了戏曲的当代意识。讲好中国故事，包括用古老的戏曲讲好当代的故事。戏曲故事无论古代题材、外国题材还是当代题材，都是讲给眼前的观众听，适应眼前观众的审美。我留意到，来昆山演出的各地剧团大都摒弃了“说教戏”“会演戏”，甚至“得奖戏”，而选择了代表各自剧种表演特点的看家戏与看家本领。越是共有的平台越要展示地方的特别，越是现代的审美越是会关注传统的韵味，同时又对各自所拿手的传统剧目特色表演进行了现代加工和提炼，从而更显示出宝贵的特色和特点，也更契合了当下观众的艺术趣味与文化选择。

中国昆山，百戏盛典，通过上述三个意识的强化，已经收获了广泛的影响和初步的经验。下一步的期待，是希望百戏盛典能够参考国际上成熟的戏剧盛典盛事与节庆经验，包括乌镇戏剧节的经验，走出单一的镜框式舞台的演出模式，开辟和开放更加多样化的演出与表演的空间。说是开辟，其实是回归，回归到中国戏曲表演的自由空间，如广场、戏台、庙会、大棚、厅堂、庭院等多种形式、多维空间的多样化演出。中华表演艺术拥有几千年的传统，中华戏曲亦有千年历史，而自西方引进的标准化剧场、标准化音乐厅，特别是一面观赏的镜框式舞台，一定程度上限制了传统戏曲表演三维、四维、多维观赏的自由。镜框式舞台是表演空间的重要选择，但对戏曲尤其是地方戏曲、民间表演而言，不是唯一的选择。因此，以戏剧（话剧）表演为主体的乌镇戏剧节已经做到的，以戏曲表演为主体的昆山百戏盛典更应该做到、做好。走出单一的演出模式，走出习惯的会演模式，让中国昆山真正成为中国百戏的欢乐场、竞技场和幸福场，进而年年岁岁吸引全国戏曲乃至全世界戏剧人的目光。

百戏盛典，一处昆山犹嫌不够。在中华戏曲的大版图上，多几处昆山才好。

罗怀臻　中国戏剧家协会副主席、上海市剧本创作中心艺术总监

中国戏曲的开创性呈现

◎ 薛若琳

经过全面认真的戏曲普查，我们终于搞清了全国戏曲有 348 个剧种，解决了自中国戏曲于宋元正式形成至今的 600 多年来，历朝历代悬而未决的剧种数量问题。这个创意具有戏曲生态学的划时代意义，体现了文化和旅游部坚持创新性发展和坚持文化自信的进取精神，为改革开放 40 周年献上了一份厚礼。

昆山市以此为契机，建立戏曲博物馆，正逢其时。由此我对戏曲剧种的发展和建设提出几点意见和建议。第一个问题，要了解什么是戏曲剧种，它应具备四个基本条件。一要有一套优美动听的音乐声腔，这是剧种的显著标志。二要有一批久演不衰的看家剧目。三要有一个或数个领军人物。我们有时看到一个院团凭借题材的优势，也就是剧本好获得了大奖，但演完之后的多年间默默无闻，因为没有后继人才或人才老化了。我说的人才不仅是表演人才，也包括编导人才和音乐人才等。四要有一群热爱本剧种的观众。我们所说的戏曲危机主要是观众危机，观众喜闻乐见，剧种才有生机。

第二个问题，要下力气扶持小微剧种。这次百戏盛典演出剧种剧目中，多半数是小微剧种的剧目。小微剧种的特点是所处的地域小、资源少、观众有限，有的就在一个县或一个局部地区。例如，吉林省的黄龙戏，就在农安一个县。东北近年来经济不发达，县财政实力有限，所以他们艰难度日，这次能来演出，实属不易。另外如新疆锡伯族的汗都春，是伊犁哈萨克自治州察布查尔县的少数民族的一个剧种，只有两个乡有民间班社，没有注册，没有演出许可证，存在相当大的生存危机。因此我建议文化和旅游部在适当时机召开一次全国戏曲剧种传承和发展的工作会议，要求各地文化部门要重视和扶持本地现存的经过普查的剧种，尤其是小微剧种。

第三个问题，少数民族剧种的同源与分野。少数民族剧种中也有大剧种或优势剧种，如藏剧、白戏和傣剧等历史都比较长。藏剧在明代万历年间就已经形成，并有其独特的音乐。但是如锡伯族的汉族村，它是拿新疆曲子戏的音乐作为自己的音乐，再加上一点当地的民歌，剧目《张连卖布》《李彦贵卖水》也是新疆曲子戏常演的剧目，拿来为汗都春所用。又如云南省腾冲县（今腾冲市）的佤族清戏，这次从滇西那么远的地方来演出，值得称赞。它的音乐声腔主要是湖北的清戏和云南的花灯，演出的剧目《安安送米》是明传奇《跃鲤记》中的一折。佤族清戏演出的剧目全部是汉族剧种的外来剧目。我 1984 年曾经去腾冲县荷花乡甘蔗寨考察，为了编纂大型文献丛书“中国戏曲志”的需要，我们向国家民委民族文化宣传司请示：汉族的音乐，汉族的剧目由佤族人来演唱，算不算少数民族剧种？民宣司答复：少数民族喜爱它们，承认是它们本民族的剧种，应该算少数民族剧种。这就是音乐和剧目属于同源，但分野。老戏剧家张庚先生作为“中国戏曲志”的主编曾说过，对待少数民族剧种要从宽，要充分尊重他们的感情。这些同源而分野的少数民族剧种，一般也是属于小微剧种，更要加以保护。

这次举办百戏盛典，我非常兴奋，我搞了一辈子的戏，最多也就是看了七八十个剧种，占 348 个剧种的四分之一，实在太渺小了，也说明我们中国戏曲的博大精深。此次活动超过任何戏剧艺术节和展演的规模。边远地区如西藏、新疆、云南、贵州、广东、广西、内蒙古、甘肃等省和自治区都积极参与，许多优秀表演艺术家和青年才俊纷至沓来，主管部门振臂一呼，各地纷纷响应，表现了中国戏曲在当代的生机和活力，为中华优秀传统文化的传承奠定了丰富的基础。

薛若琳　中国艺术研究院研究员

开启戏曲研究的重大课题

◎ 毛时安

用 3 年时间，让 348 个剧种的经典剧目和折子戏在中国戏曲百戏（昆山）盛典的舞台上一一展示。这是一件功在当代、利在千秋的大事。现在由文化和旅游部挂帅，在百戏之祖昆曲的发源地昆山的大舞台来具体落实这千秋伟业。昆山在重要的文化发展时刻做出了正确的抉择，这也是文化担当意识的体现。这是眼光，更是胸怀。

这是中国戏曲史乃至文化史上，亘古未有的大事件。是中国戏曲自诞生以来，第一次如此完整、如此规模的剧种大集中、大展示。大集中大展示，就是不分远近、不分大小，“一个不能少”地集中展示。这次藏族、蒙古族、壮族、朝鲜族等少数民族的戏曲悉数粉墨登台，特别是那些比熊猫还珍稀的、濒临绝境的剧种，有的是全国只有一个剧团的剧种，有的是靠家族几个人苦苦支撑的剧种。其中既有知名表演艺术家的演出，同时也有带着强烈草莽气息、江湖气息的民间化的演出。

戏曲的草根气息怎样能够在高速现代化的现代社会有所留存？百戏盛典开启了许多戏曲研究的重大课题。

这次展演的不少戏曲剧种，有的我们是知其名而见其戏，有的是知其名而未见其戏，有一些剧种可能是既未见其戏，也未知其名。所以，这是难得的中华戏曲的大集中大展示。它展示了中华民族的戏曲如大地星空一般广袤丰厚、灿烂美丽的形态。同时，对观众来说，这是一次戏曲审美的大体验。置身在昆山的广袤大地，抬头是戏曲的灿烂星空。

中国这么多戏曲类型，这是中华民族独有的文化财富，也是人类文化共有的文化财富。所以这件事的意义怎么样评估都不为重，相信随着时间推移，我们将会日益发现，2018 年在昆山举办这次活动的重大意义和价值。

百戏盛典是戏曲生态建设的重大举措。在我看来，戏曲的繁荣、发展和建设，最重要的是它的生态的修复和再建设的问题。中国的戏曲经历了一个极其漫长的历史过程，近 70 年来，包括改革开放 40 周年当中都经历了各种的风风雨雨，坎坷曲折，一直在艰难努力。在我看来，戏曲生态好不好，一个很重要的标志就是，有没有人来看戏、有没有人来买票？不然无论多么伟大的艺术，都是建筑在沙滩上的。很长一段时间里，戏票越送越多，越买越少。所以，戏曲面临的是生态问题。

良好的生态系统首先要有种子。百戏盛典在发现、收集种子，就是人和剧目。其次是土壤，就是观众。培养和争取观众是第一位的，观众是戏曲的上帝。再次是舆论和公众对戏曲艺术的认同、审美认同和文化认同，就像空气看不见摸不着，但深刻影响着戏曲的生长。最后是养料，就是我们的政策、资金投入、评论等，从方方面面为戏曲的生长提供养料，给戏曲人以实实在在看得见、摸得着的支持。这次昆山观众以极大的热情自发买票进剧场看戏，为戏曲的生态构建进行了积极尝试，是一次成功实践。

戏曲的发展永远在路上，永远要有忧患意识、危机感、紧迫性。与此相伴的就是我们的行动力。一千个口号不如一个行动。在戏曲发展过程中，我们可以看到事在人为对一种艺术的生存发展会产生极其重要的作用。就以昆曲来说，早在焦循写《花部农谭》的时候，雅部就已经衰落。200 多年来昆曲命运多舛，以一出《十五贯》，救活了一个剧种。昆曲不但没有死亡，而且获得了新的生机。可见，借助我们的行动和努力，一个剧种的生命是可以得到延伸和发展的，所以我们需要继续行动。

现在，观剧上有一种叫沉浸式体验。这一次就是文化下沉式建设。一直以来，我们往往把文艺建设重点放在省市一线城市，然后地级市、县级市。其实我们的文化发展逐渐可以有一种下沉式的建设，就像这一次把这么重大的活动放在昆山举办，要相信县级市同样能够搞好重大的文化活动，要不拘一格降人才，让我们的文化活动遍及中国的城市乡村，真正在观众的培育上取得突破，也让更多人民群众有文化改革的获得感。

躬逢盛世就要脚踏实地干有惠于民众、有惠于民族、有惠于文化的事。

毛时安　中国文艺评论家协会副主席

传统戏曲要活下去就得“演”

◎ 王宏

百戏盛典展演活动于 2018 年吹响中华戏曲艺术的集结号。在这样一个国家级平台上，来自全国各地的戏曲院团会师百戏之祖昆曲发祥地昆山，展示各自魅力，相互观摩切磋，真可谓“你方唱罢我登场，南腔北调尽张扬。名家绝技惊四座，名著历久酿醇香。观者如云票友嗨，好评如潮媒体忙。直播粉丝达海量，网友点赞十指僵”。此举必将改变我国戏曲行业的生态，改变戏曲从业者的心态，扭转某些剧种尤其是边远地区小剧团、小剧种的生存窘态。这就是国家文化部门为传统艺术的传承发展建设的一条高速路，百戏盛典正是这条路上一个闪耀的里程碑。

百戏的盛典，百姓的福音，文明的号角。当初听人说起这个活动时，我脱口而出的一句话就是——功德无量。中国戏曲历史悠久，代代相传，在民间有着强大的生命力，但在历史发展的进程中也在不断失血、不断萎缩、不断消失。这次活动之所以说功德无量，原因就是它用实实在在的演出替代了以往的理论呼唤、口头救亡、文字传承的保护套路，以真实的扶植、立体的呈现、动态的宣传、活化的珍藏，体现了国家文化主管部门的使命担当。流水不腐，户枢不蠹，传统戏曲要活下去，就一个字：演！演才能培养演员，培植观众群体，演才能把博物馆中的珍宝活化，才能发现发掘，促进改良，推陈出新，凤凰涅槃。这次活动能够由策划变为现实，靠的是传统优势、制度优势、组织优势、土壤优势。我们应该感谢为这次盛典作出贡献的每一个地区、单位和个人。

百戏盛典的第一轮就有 120 个剧种 156 台大戏与折子戏参演，这不是一个简单的数与量的问题，它代表的是中国人骨子里强悍的文化基因，代表的是中华戏剧文明强大的生命力。百戏盛典的网上直播，数十万的粉丝点赞就充分证明了这一点。在此之前，我们的许多年轻人恐怕还不知道老祖宗为我们创造、留存了那么多好听好看的戏曲形式，通过这样的传播，他们会认识它们、爱上它们、传承它们。

现实中的我们，不光有文化的自信，更有自信的文化。

乱花渐欲迷人眼，莫待无花空折枝，有了平台就会有演出，有了演出就会有创造，有了创造就有了生命。不要小瞧这一次露脸的机会，通过这样一次活动，有些小剧种、小剧团就会得到地方政府的重视，就会找到生存的土壤、活命的养分，也许对一个剧种来说，这不仅是一剂强心针，更是“长生不老之药”。

我们可以预期，下一季百戏盛典的演出会更精彩，影响也会更大。

王宏　解放军文化艺术中心文艺部一级编剧

800 年梨园戏迎来新生

◎ 王仁杰

我第一次来昆山，是全国政协京昆室视察昆曲现状，有幸叨陪末座。当时，这个神州经济第一县（市）、昆曲发源地、顾炎武的故乡还没有自己的昆曲院团。这次来到昆山，昆山当代昆剧院已然创演了自己的第一出大戏《顾炎武》，水磨调重光，而大剧院亦拔地而起。更令人赞叹的是，被众口称颂的百戏盛典正在这里热火朝天地举行。故地重游，变化之大，不禁令人感慨。

此次发言中，有专家提到了福建梨园戏及此次前来参演的传统剧目《吕蒙正》，对这个号称“宋元南戏活化石”的古老剧种给予充分肯定。作为参与其事的基层戏曲工作者，我听了当然非常感动。自然也勾起 40 年间剧事沧桑的回忆。

20 世纪 80 年代，戏曲在商品经济和西方流行文化的双重冲击下，面临生存危机及随之而来的艺术危机。一方面是“与传统文化彻底决裂”“戏曲是夕阳艺术”的论调甚嚣尘上，另一方面是以“改革创新”为旗号，动摇传统戏曲根基的大量艺术实践。传统戏曲尤其是古老剧种何去何从，需要从业者做出选择。加之经费拮据，排练演出条件十分简陋，工资经常发不出来。800 年古剧，生存悬于一线。我们全体演职员一度迷茫、困惑、沮丧。当时我作为剧团领导班子成员之一，向党支部与团部提出反“潮流”而行，把抢救继承梨园戏优秀艺术传统作为首要任务。因为这个剧种是宋元南戏遗响，保存了宋元南戏的很多重要剧目及演出形态，也即保留着我国古典戏曲典雅内敛的艺术品格。这些珍贵遗产如果丢失，上对不起祖宗，下对不起子孙后代。我团是梨园戏硕果仅存的表演团体，如若是一个不合格的继承者，就将一文不值，没有存在的必要。我们当然也要创新，但是是在继承基础上的创新，就是说写出演出的新戏，要让观众承认是梨园戏而不是别的。记得会上我还拿出一张大字，书曰：返本开新。我的想法有幸得到领导班子的一致认同，并通过党组织宣传贯彻到全体成员中。更值得庆幸的是，30 多年来经历了多少孤寂，又得到各级领导的关心支持，“吾道一以贯之”。特别是在新一代领军人物曾静萍的带领下，“克绍箕裘，踵武赓续”，在这方面取得了优异成绩，并最终被原文化部授予“全国地方戏创作与演出重点剧团”之殊誉。

40 年间梨园戏剧团的变化，我用几个“越来越”概括之。一是保留剧目越来越多。宋元明南戏的重要剧目残本，如《荆钗记》《刘知远白兔记》《拜月亭》《杀狗记》等仍活跃于今日舞台；《陈三五娘》《李亚仙》等更是连演不衰；而新创剧目，如《董生与李氏》《节妇吟》等也一样没有被束之高阁。二是观众越来越年轻化，剧场黑头发大大多过白头发，很多是自觉买票的年轻白领，他们一出剧场，就成为我们的铁粉，每逢重要演出季，都不乏坐飞机乘高铁不远千里前来观赏者。三是演出地域越来越广大，不但走出闽南语系地区，走向全国，并且走出国门，在西方国家受到欢迎与赞赏。四是政府投入越来越多。五是剧团生存环境与物质条件越来越好。

谈及梨园戏剧团 40 年的变化，意决不在老王卖瓜。百戏盛典，梨园戏，百戏之一戏也。以微见著，以一滴水而见大海，以一戏而见百戏。

王仁杰　福建省文史研究馆馆员、一级编剧

百戏盛典：新时代剧种建设的示范

◎ 王越

江南烟雨斜阳。“2018 年戏曲百戏（昆山）盛典”在古老昆曲的发源地——昆山隆重唱响。古朴的文化小城，超前的发展理念，与正在盛装上演的全国 348 个戏曲剧种，构成昆山别具一格的新时代戏曲剧种百花园。百戏盛典、百花争艳、百世流传。这是自新中国成立以来，第一次全国规模的剧种大展演，可以说意味深长、意义深远，堪称当代中国戏曲史上的一个里程碑，为全国各地文旅部门推动今后戏曲剧种的建设，做了积极的引导和漂亮的示范。

这项活动将连续开展3年。第一轮展演有120个剧种的156个剧目（折子戏），我有幸观看了青海、陕西、江苏、贵州、湖北、上海6个省市21个剧种的27个剧目演出，感觉耳目一新。新老剧种同现舞台，大小剧目各展风采。有汉族剧种也有少数民族剧种；有华贵富丽的大剧种也有载歌载舞的小剧种；有北方高亢激昂的板腔体也有江南细腻婉转的曲牌体；有大气磅礴的正剧也有风趣滑稽的喜剧；有专业院团唱念做打的精致讲究，也有民间班社民俗表演的质朴粗放。风姿绰约、姹紫嫣红。

从剧种特色来看。非常难能可贵的是，中国戏曲是保存中华民族悠久传统文化最纯粹、最完整的艺术门类，这一点令人无比骄傲！无论哪一个剧种，其唱腔、道白、表演、音乐、服饰等都呈现出当地浓郁的地域文化特色，其鲜明性有目共睹。其中，有些剧种以京昆为正宗，在唱念做打“四功五法”上不断向其靠拢，规范传承，这类剧种占居多数。有些剧种以演唱为主，结合诵和舞等表演，如被称为藏文化“活化石”的藏戏。有些小剧种歌舞表演突出，载歌载舞、生动鲜活，如柳琴戏、花灯戏等。有些剧种是新中国成立后从曲艺发展起来的小剧种，保留着曲艺的演唱风格，如平弦戏、丹剧等。有些则是民俗表演成分较浓，戴脸谱、重武打，如傩戏、地戏等。说明中国戏曲表演体系不仅具有程式性、虚拟性、综合性的共性，同时还具有丰富性，个别小剧种具有自己的个性特征，戏曲剧种百花齐放。

从剧种人才来看。由于剧种发展不平衡，专业与业余水平不同，演员表演水平参差不齐。省市院团整体实力强，阵容整齐，行当齐全，演员优秀，有领军人物，如上海沪剧院《雷雨》中饰演繁漪的茅善玉、武汉汉剧院汉剧《宇宙锋》中饰演赵艳蓉的王荔等。有的剧种注重培养人才，有一批基本功非常扎实、表演成熟的青年后起之秀，如黔剧《打瓜缘》中饰演陶三春的杨影、饰演郑子明的周胡文等。有些剧种非常贴近生活，如侗戏《三媳争奶》，生动风趣。有些剧种演员表演经验丰富，如淮海戏《借靴》、海门山歌剧《采桃》。还有些剧目中的青年演员虽然表演尚显青涩，但是积累演出经验后将会十分出色，如南剧《活捉三郎》、提琴戏《逼休》。虽然各剧种都选派了最有代表性的演员参演，但从整体来看，优秀表演人才明显不足，有些剧种演员年龄偏大，有些剧种人才缺乏。戏曲剧种，没有好演员就没有观众，没有观众剧种就将面临消失。

昆山老百姓有文化，不必担心每天上演天南地北的剧种观众看不懂。昆山周庄、千灯、巴城古色古香，文化气息浓厚，昆山是全国高科技研发基地，让人瞩目。这说明昆山人海纳百川，注重对各种文化精髓的包容吸收。

昆山为全国文化和旅游部门开了一个好头。348个剧种大展演是对全国剧种现状的一次大检阅，是对全国各地文旅部门立足当地抓剧种建设的一个启迪。各地文旅部门应该各自举办本地剧种的大展示，每隔几年进行一次剧种会演，充分调动各剧种尤其是小剧种的自信心和积极性。针对出现的问题，及时制定解决的办法，予以针对性保护。

剧种建设涉及公共文化服务体系建设、教学开展和非遗保护等部门的工作，需通盘考虑、综合治理。戏曲的生命力在民间，老百姓热爱、教学生源好、政府给予扶持，剧种才有生存的土壤，才有活力。

百戏盛典高瞻远瞩，它留下的不仅仅是珍贵的史料，促进了艺术交流和提高，更重要的是，它是文化工作者主动担当、强烈的责任心和高度的使命感的具体体现。

随着社会发展，政府高度重视，网络传播快捷，艺术交流频繁，今后剧种建设定会越来越好。祝愿各地剧种人才济济，独具特色的中国戏曲表演体系不断丰富，中国传统戏曲文化进一步发扬光大，在世界文化艺术之林更加璀璨夺目。

王越　山西省戏剧研究所研究员

“接地气”才能增强戏曲的生命力

◎ 朱恒夫

戏曲本是草根的艺术，也就是广大老百姓的艺术，但是，近几十年来，许多人有意识地将其雅化，拔高成高雅艺术。戏曲进校园，称之为高雅艺术进校园；组织普通老百姓进剧场看戏曲，名之曰让基层群众享受高雅的艺术。戏曲在内容和形式上也由俗趋“雅”：在剧旨上力求展示新的思想，并以这些新思想对大众进行启蒙教育；在人物塑造上，深入到人物的灵魂深处，竭力将人物极其复杂的性格挖掘出来；在舞美上，不惜耗费巨资打造出真实的场景，舞台上的雨是真下，溪水是真流，连家具都可能是红木的。然而，戏曲艺术的特质却越来越少，鲜有剧目是靠票房演下去的。一句话，不接地气！

戏曲衰萎的原因表象上是人们疏远了戏曲，老百姓不愿购票进剧场看戏了，然其实质是戏曲背离了百姓，客观上和广大观众拉开了距离。而任何戏剧形式都是观众的艺术，没有了广大观众的支持，“孤芳自赏”，靠国家财政养活，是支撑不了多久的。戏曲要增强生命力，唯一的途径就是接地气。如何做，笔者的三点思考可供参考。

一是反映广大老百姓的心声，颂扬老百姓肯定的道德，简言之，就是站在老百姓的立场上，替老百姓说话。现在戏曲界似乎认同了这样的剧目编创思想，即内容要有“现代性”。于是乎，产生了探求潘金莲杀夫的社会原因的川剧剧目，剖析曹操与杨修虽然有着共同的理想却水火不容的症结所在的京剧剧目，寻找辛亥革命失败的主要因素的姚剧剧目等。具有“现代性”的戏曲剧目所表现的思想观念确实是正确的，将会成为未来社会的主流意识，但当下更要考虑普通观众的关心程度。也许有人会说，时代进步了，戏曲剧目应该与时俱进，尤其是戏曲现代戏，要融入新的思想观念，以促进人们认识上的进步。我不反对这样的说法和做法，但得提醒戏曲剧作家们，剧中所表现的思想千万不能超出普通老百姓的接受限度。我曾经打过这样一个比方：戏曲的新编剧目与观众的关系相似于船与水的关系，船高于水，但需要依靠水的托力，才能保持正常的存在状态。如若船把自己升高到完全脱离了水的位置，然后要求水上升到自己的高度，其结果必然是船重重地摔下去。

二是讲述一个民族的传奇故事。为什么要强调是民族的，因为只有民族的故事，才具有观众能理解并乐见的人物形象、人情风俗、诸种社会与家庭的矛盾及语言。当然，也可以将外国戏剧、小说、电影等作品改编成戏曲剧目，但一定要民族化、中国化。越剧《五女拜寿》能够成为长演不衰并被几十个剧种移植的剧目，因为它讲述的是孝亲的故事，而孝亲则是我们这个民族古往今来高度关注并涉及每一个人的问题。至于故事是否“传奇”就更为重要了，清初戏剧家李渔深有体会地说：戏曲故事若“无奇”则不要传，传了也无人欣赏。因明清的戏曲演的都是奇人奇事，故彼时的人们直接称戏曲为“传奇”。今日舞台上能够“立得住”的剧目首先具有传奇性，如在近日文化和旅游部举办的百戏盛典上，盖州市辽剧团献演的辽剧《龙凤镜》讲述的就是一个富有传奇性的故事，其情节一波三折，既在情理之中，又在意料之外，观众会获得莫大的美感与快感。现在的问题不是编剧们不知道传奇性故事之于剧目能否成功的意义，而是因缺乏知识和生活，其情节多为胡编乱造，既缺乏事理逻辑，更不具有生活与艺术的真实性。

三是呈现真正的戏曲表演艺术。今日的老百姓不喜欢戏曲的原因固然是多方面的，但戏曲的舞台上演的多不是戏曲的艺术，应该是主要的原因之一。现在许多剧目名为戏曲，呈现的却是话剧表演艺术、舞剧表演艺术、音乐剧表演艺术等，招致人们对戏曲韵味越来越淡的批评。因此，要将戏曲的老观众拉回剧场和培养新的戏迷，必须用戏曲的艺术来表演戏曲剧目。具体说有三点：用美的声腔抒情。“曲”是戏曲的灵魂，没有动听的声腔音乐，就甭想人们喜爱戏曲。过去的戏曲音乐就是当时风行的时尚音乐，听了、唱了，如同刘鹗在《老残游记》第二回里所比喻的那样：“五脏六腑里，像熨斗熨过，无一处不伏贴；三万六千个毛孔，像吃了人参果，无一个毛孔不畅快。”而现在的声腔音乐，其声音仿佛来自另一个世界。有了好的声腔，需要用到抒情上，使每一个唱段都能让观众产生情感的共鸣。突出滑稽幽默的喜剧风格。戏曲从诞生起，就以逗乐为能事。即使是悲剧，也会悲中有喜。百戏盛典中演出的许多折子戏如《王婆骂鸡》《闹元宵》《王小赶脚》《秀才买缸》等都是喜剧，让观众捧腹大笑，而现在有的新编历史剧和现代戏，从头至尾，听不见观众的笑声。要有特技绝活的表演。每当婺剧的《断桥》、宁海平调的《李慧娘·见判》演出时，剧场中总是叫好之声不断，因为表演艺术中有刻苦练功而得的“玩意儿”，而这些技艺不但让人惊叹演员的专业性，还有助于深入理解剧目的思想内涵和人物的心理。

接地气其实并不难，只要我们真正把心放在普通百姓的身上，以他们的爱好为创演的出发点，处处为他们着想，就会创作出他们喜爱的剧目。

朱恒夫　上海师范大学教授

从百戏盛典看戏曲的“发掘、发现、发展”

◎ 马也

昨晚看完戏回到房间，推开窗子，面对夜色、灯光和楼下的河流突然进入一种幻觉，感觉到这座城市——中国昆山，是14世纪文艺复兴前的佛罗伦萨；似乎也闻到了不远处苏州威尼斯的味道。大概是因为百戏盛典也很有文艺复兴的神韵。从活动的起因到过程到结尾到意义，当然最好还有结果。所谓的“文艺复兴”，在本质上并非要“回复”和“恢复”什么，而是一种关于古典的关于人的精神和文化的发现；先发现，后学习。如果从中国戏曲和中华民族文化的复兴角度来说，这次的百戏盛典，把昆山与意大利的佛罗伦萨联系在一起未必唐突，更不要说还有南京、苏州深厚的文化底蕴以及“百戏之师”昆曲的支撑。

4个月前，得知文化和旅游部艺术司与江苏省文化和旅游厅举办百戏展演，非常激动，我认为这是当代中国最伟大的文化设计之一。事关民族灵魂，功在千秋万代。

围绕“抢救、记录、保存、激活、唤醒、找回”这些关键词谈三点，用三个词：发掘、发现、发展。三个词里重要的是前两个，发掘是基础性的，不发掘不记录，不抢救不保存，什么都谈不上。文艺复兴也是先发掘后发现，至于发展，是千秋万代的事。发掘之后是理论发现和思想发现，你不发现价值和意义，发展是空话。

重点说“发现”。“发现”的第一个重点是如果有了发掘，不去发现，我们这活动也没了深层价值。每个剧种都有各自的功能、价值、意义：艺术价值、文化价值、历史价值，还有人类学价值。每个剧种、每部戏里，都可能隐藏着密码，需要研究和发现。福建专场的6个折子戏里就隐含着地域和时代的独特生活方式、情感方式、表达方式，里面有文化血脉、文化基因、文化身份和文化个性。

“发现”的第二个重点是艺术规律、艺术手段、艺术手法、美学原则。例如，梨园戏《吕蒙正》的“煮糜”就非常值得研究。只是一个空舞台，一个人物，没有台词，只有动作，这种虚拟化的表演，我们在舞台上看过不少，但是整场戏只靠动作表现人物，如此细腻如此传神如此真实，罕见！梨园戏和曾静萍都是“大学问”，整场“哑剧”是一首优美深情的叙事诗，曾静萍的“手”就是诗。

“发现”的第三个重点，是要注意对稀有剧种和戏剧原始形态的研究，尤其要注意民间的、乡土的立场和方法。罗怀臻先生的戏剧“返乡运动”理论，是值得我们深思的。发展到较高级、较成熟阶段的大剧种，总会有僵化的东西，总会面临二次革命的考验。乡间、乡村、乡土文化里可能蕴含着我们创造性转化的资源。我们应该去发现百戏展演中那种久远的、古代的、神秘的、野蛮的、粗犷的、新奇的，同时也是简练的、夸张的、强烈的、真诚的，甚至是原始的、幼稚的、乡村的、民间的、儿童的形式、手段和语汇。百戏展演里边还有一种东西，不光是样式样态、手段语汇，还有人的精神状态、精神气质；到民间、到乡间、到远古去发现，再激活，再唤醒。

第三个词是“发展”。我认为，对于百戏盛典来说，发展并非第一要紧。我不大同意有的文章概念化地说，百戏展演可以对某个剧种带来繁荣发展的机会。对于稀有、古老剧种来说，能否大发展、大繁荣，可能性和必要性都应存疑。百戏展演给了剧种何种启示、何种营养，发掘之后干什么，发现之后又干什么，是需要思考的问题。我认为，百戏展演“发掘”和“发现”就是最重要的，甚至是全部目的，本身就很伟大。

最后说个建议。既然说到了文艺复兴，说到了戏曲复兴，昆山作为百戏盛典的发源地，3 年内将有源源不断的中国文化资源、戏曲资源汇聚此地，彼时的昆山也相当于一个“大学校”了。建议为了中国戏曲的现代化转型，戏剧界的艺术家要常来昆山“朝圣”“取经”，来当学生，常驻昆山观摩、思考、研究和写作。

马也　中国艺术研究院研究员

重新发现中国戏曲的美

◎ 郑雷

“2018 年戏曲百戏（昆山）盛典”活动不仅是前所未有的剧坛盛事，更是当代文化领域的一大热点。昆山是昆曲的发源地，古老的昆曲艺术在历史上曾滋养过众多后起的戏曲样式，赢得“百戏之师”的美誉。2017 年，昆山举办了以“昆曲回家”为名的展演活动，百戏盛典顺理成章地延续了这一主题，让“百戏回家”，也让众多戏曲从业者、爱好者乃至全世界的中国人“回家”，回到民族精神的家、传统文化的家。

其实戏曲这个“家”对很多从业者来说也不可能完全熟悉，中国戏曲历史悠久，覆盖面广，剧种众多，形态各别，要通盘了解有很大的难度。所幸百戏盛典提供了一个千载难逢的机会，这次活动是对中国戏曲现状的全面检阅，许多流播地域和受众都很有限的剧种借由盛典的展演平台呈现在大众面前。比如广东省折子戏专场中的西秦戏《刘锡训子》，以往知之者不多，经过整理演出，大放异彩。其中的椅子功十分令人惊叹，演员身下椅子的腾挪转侧与髯口功、帽翅功及情感丰沛的演唱密切结合，生动形象地展现出一个父亲得知爱子闯祸时惊怒交集、忧惧交并的心境，内心外化，内外相融，将中国戏曲的特性展现得淋漓尽致，可以说是一种教科书式的演出。这样的例子在整个百戏盛典中俯拾皆是，精彩的剧目和表演令现场及场外通过网络直播收看演出的观众重新发现了中国戏曲的美，同时也引导人们重新认识戏曲乃至整个传统艺术的文化特征、美学精神，思考其中哪些需要坚守，哪些需要变化，需要怎样的变化。可以说，整个活动给我们最根本的启示正在于此。

长期以来，戏曲发展中存在着一种偏差，就是对戏曲以写意为主的美学精神把握不够，一些新创剧目甚至反其道而行之。这种状况在百戏盛典中也有清楚的反映，不少参演剧目，无论大戏小戏，都习以为常地运用写实背景，甚至一些本无院团班社、由临时演员演出的濒危小剧种也照搬这一模式。至于在戏中使用干冰制造烟雾效果、营造下雪幻象等手段，更是屡见不鲜。新时代戏曲当然不能完全从形式上沿袭旧的演出样式，但无论如何改革，都不应背离戏曲最基本的美学规范。

整个百戏盛典活动将包括 348 个剧种的演出，这一策划以 2015 年完成的全国地方戏曲剧种普查为基础，也可以说整个展演是对普查工作具体的检查与复核。以往的剧种研究基本停留在书面，学术思想和判别标准的差异往往容易导致对剧种认定的争议。百戏盛典创造了一种学术性展演的新机制，为学术问题的进一步探讨搭建了平台，也使各种相关研究从这里得到更多有益的启示。结合整个展演情况来看，存世的戏曲剧种种类繁多，从古典戏曲样式到现代形成的新剧种都是活态存在。戏曲政策的制定和落实应更细致、更全面、更有针对性，注重扶持的同时，应加强对部分小剧种的适当引导。

还应提及的是，百戏盛典进一步提高了昆山在文化领域的影响力。明代魏良辅改革昆山腔成功后，影响广泛，一时有“四方歌者皆宗吴门”之说。计划中戏曲博物馆的建成会成为另一件值得期待的文化盛事，新的“四方歌者皆宗吴门”的时代正在到来。但这个“宗”不再是取法哪一家，而应当是共同继承和弘扬传统的戏曲文化和其他的民族优秀文化，这是大家共同的事业。

郑雷　中国艺术研究院戏曲研究所副所长、研究员

昆山观剧杂感

◎ 卢川

11 月 20 日至 27 日，我有幸参加了“2018 年戏曲百戏（昆山）盛典”活动，赴昆山观摩 8 天，观看了 6 个省 22 个剧种的 25 部折子戏和 1 台大戏。这些戏从地域划分，有东部的江苏、山东，有中部的湖北，有西部的陕西、青海、贵州。从声腔来看有皮黄、梆子、秦腔、滩簧、高腔、采茶等，还有傩戏、少数民族戏曲。从内容看以传统老戏为主，也有少量改编、新创剧目。堪称琳琅满目，异彩纷呈，看下来着实过瘾。因为时间安排，只看到小部分展演剧目，但就是这 8 天的观剧，也足以令我大开眼界，颇有感触。

在全国戏曲剧种普查之后，推出这次戏曲百戏（昆山）盛典，是文化自觉、文化自信的主动作为，是继承弘扬中华优秀传统文化的具体实践，是宏大创意、精心组织的盛世大典，是新时代戏曲界的“大阅兵”，必将在戏曲史上留下浓墨重彩的一笔。

用 3 年时间，让全国 348 个剧种，无论大小兴衰，逐一登台，展门风，亮特色。很多地方小剧种，自形成之日起就囿于一地生存，它确实给当地百姓带来许多快乐，但除了本地观众和研究学者了解之外，几乎不为外界所知。把这些小剧种安排到大舞台上展演，里面包含着一种基于平等观念的求全思想，细大不捐，贪多务得，姚黄魏紫，各美其美。如此场面，让人更加直观也更加深刻地感受到中华戏曲文化的内容丰富和博大精深，真正有“万紫千红梨园春”的美好体验。

各剧团带到昆山舞台上来的每一出折子戏，都是该剧种的经典剧目，通过展演，该剧种的艺术积淀和综合能力有了一个充分的展示。平心而论，各剧种之间的横向对比必然是有的，同台亮相，让观众更方便地给出高下精粗的评判比较。即便组委会没有去评出一、二、三等奖，但孰优孰劣还是毋庸讳言的。正是有了这样的“不评之评”，让每一位参与者都可以从自己关注的角度去思考探究该剧种的优劣短长，去借鉴学习兄弟剧种的经验，从而为自己的发展寻找正确方向。对于每一个参演剧团来说，这次到昆山，不仅仅享受到一份代表本剧种参与盛典的荣耀，更主要的是要在继承的基础上承担起发展本剧种的重任，而不能在艳羡赞叹声中安于现状或者迷失方向。

很多地方小剧种在濒危之际，获得非遗保护政策扶持、非遗保护资金注入，生存状况有了改善，这次参演的剧团在节目单、自我介绍中都乐于表明自己是非遗保护项目。这让我们清楚地看到在弘扬发展戏曲艺术和非物质文化遗产保护之间，存在着的微妙关系，可以说坚持本剧种特色是非遗保护的核心，而让演出精彩、好看、感人则是戏曲艺术的不懈追求。只有立足于继承传统基础上的与时俱进，才是戏曲艺术生命力的充分表现，才是非遗保护“活态传承”的核心要义。那些以“继承”名义保留下来的老腔老调，无符合自身艺术特点的发展，终将成为戏曲的化石和观众的弃儿。更有甚者，连继承和保护都是画虎似猫、荒腔走板，那就更加行之不远、难以为继了。

戏曲剧种普查和百戏盛典，都是为打造良好的戏曲生态环境而做的扎实工作，承担着摸清家底、摆出现状的任务，要起到促进思考、寻找出路的作用，同时也要吸引社会各界关注和支持。在展演中，各剧团剧种意识普遍强化，自觉追求剧种特色，努力彰显自身艺术个性，从语言、音乐、表演程式、角色行当、绝技绝活以至美学追求方面，都尽力凸显自己的与众不同。这种意识，正是良好的戏曲生态环境中一定要包含的“百花齐放”。当大家对戏曲同质化现象日益担忧的时候，看到这么多各具特色的演出，不啻是一种宽慰。对于绝大多数地方小剧种，如果说以前主要是向京、昆等大剧种学习，向

本省代表性剧种学习，那么，在这次展演之后，这些地方小剧种可以更加坚定地走自己的特色之路，因为只有走对了特色之路，才有了自己的生存之道。极端而言之，艺术是“不个性，毋宁死”的，地方戏曲则更是如此。

戏曲艺术传承发展的关键是人，艺以人传，艺随人兴，很多时候这一点被简单地概括为戏曲是名角儿的艺术，是大腕儿的艺术。但是这次在不少给人印象深刻的折子戏中，并没有特别大的角儿来撑戏，而是靠故事、唱念、音乐、情趣等整体烘托，将一出戏漂亮地唱下来。从观众角度来说，如果有名角当然要看名角，但大多时候是只有一般的角儿，那观众还是会更看重这出戏的整体水准。而且，一个名角儿也一定是在整部戏取得成功的基础上诞生的。作为优秀传统文化重要组成部分的戏曲艺术，传统戏曲的现代化，一直是重大问题，甚至可以说是决定戏曲生死命运的大问题。那么，从传统戏曲“角儿”的艺术，推进到现代戏曲的整体艺术，可以视作是戏曲现代化的一个主要方向。全国348个剧种里，能称得上名角儿的屈指可数，主要也就是集中在几个有全国范围影响的剧种当中，虽然地方剧种也有自己区域范围内的名角儿，但其影响力和那些大剧种相比，还是不可同日而语的。因此，地方剧种的“艺随人兴”，主要靠的是剧种、剧团的整体实力和综合能力。认识到这一点，将对地方剧团人才队伍建设有更好的把握：要培养尖子演员，更要加强整体队伍建设。

此次展演，让参演剧团捐赠本剧种特色礼品，用以充实拟建的中国戏曲博物馆，这个创意非常好，可以想见未来的戏曲博物馆将是何等的内容丰富、洋洋大观。但是，就像展演节目单中出现的文字错误、史实不准一样，作为剧种发展史文献、实物资料捐赠的礼品，也可能不够精准，真要进入中国戏曲博物馆藏品序列，还要对其认真筛选、仔细甄别。

卢川　江西省艺术研究院院长

避免地方剧种音乐特征同质化

◎ 张刚

观看百戏盛典演出，徜徉在锦绣多彩的戏曲剧种中，是一种艺术享受，同时也强化了我们的一个认识，即地方戏曲剧种的生存价值和审美意义就在于各地方戏所承载的独特的文化品格和艺术传统，并且以最好的状态和技巧呈现出来。这种文化品格和艺术传统的表达是综合性的，包括剧目、表演身段、唱念、装扮等。许多剧种都有其特色鲜明的表演程式，都有自己的绝活，如梨园戏的“十八步科母”，莆仙戏靓妆行当的身段、造型，高甲戏傀儡丑的表演，蒲剧的椅子、翎子、扇子、褶子、胡子等功法。但不可讳言的是，所有剧种文化品格的最重要标识就是这些剧种音乐的地方性特征。

剧种音乐的地方性特征体现在很多方面。第一是舞台语言不同。各地地方戏的舞台语言多是根据当地官话或方言，通过节奏化、韵律化的改造，形成了一套自身统一、与音乐相适应的舞台腔，如秦腔是以关中话为基础的舞台腔，川剧是以四川官话为基础的舞台腔。

第二是音乐构成样式及其元素的不同。中国的戏曲剧种有唱南北曲的，也有唱小曲小调的；有板式变化丰富的，也有一两种板式到底的；有歌舞性强的，也有说唱性强的……这些不同的构成形成了不同地方戏音乐的独特面貌，并与当地的语言、歌调、风情有着密切联系。

第三是情感表达方式的不同。演于厅堂氍毹上的浅斟低唱、细腻婉转，如昆曲、小梨园；演于乡村庙台的声震林木、响遏行云，如梆子、高腔；演于城市戏院的好腔迭出、技巧娴熟，如京腔大戏；演于村头屋脚的熟腔熟调、简单质朴，如花鼓、秧歌等。如今，许多源自乡村野台的剧种都进城了，但大多数剧种的基本风格没有改变，因为这种风格的延续，维系着它们的生存。

之所以要保持地方戏曲音乐的地方性特征，其目的就是维护戏曲文化的多样性，激发戏曲创造的永续活力。戏曲音乐的同质化问题一直是我们讨论的一个问题。一方面业界包括学术界一直在呼吁不要同质化，一方面现实中同质化的倾向越来越严重。这是个实际问题，更是观念问题。主要有以下几种现象：一、目前在舞台语言上，使用普通话或京剧韵白日益普遍，这是最显性的同质化现象。二、一段时期，地方戏都要学习样板戏不走样，结果地方戏在音乐创作的时候除了旋律是自己的，节奏和板眼都和样板戏一样，即使到今天，这种惯性依旧发生着作用。近年来，由于编剧、导演、音乐创作的跨剧种、跨领域，使得剧本结构、唱念安排、情感表达也渐于趋同，除了旋律特点还没有脱离这个剧种外，其音乐布局、舞台节奏处理、乐队音响、表情处理等，一不小心就带入了自己原来习惯的、驾轻就熟的处理中。三、有的剧种已经没有职业剧团了，或者从来就没有过职业剧团，但由于非遗保护等原因，由另一个剧种的剧团代演代传，虽然腔调是这个挂名剧种的，但演唱风格、嗓音技巧却是那个剧种的，日常演出还是那个剧种，只是在展演或特殊场合，才演一下这个挂名剧种，其风格的传承和保持令人担忧。四、现在许多戏曲职业院校，都不约而同地聘请京剧老师给地方戏包括民间小戏的学生开蒙。他们的初心可以理解，但结果是，这些学生刚入门就一口的京腔大戏味儿，这对他们以后本剧种的学习，无论在节奏把握还是情感表达上都可能引起不适，从而影响对本剧种的传承和表现能力，更有危害的是容易产生对本剧种艺术传统、风格与样式的不自信和排斥心理。

音乐同质化的要害是在抵消多样化戏曲剧种的独特价值。为了避免戏曲音乐的同质化，我认为应该做到“两个尊重，三个不要”。“两个尊重”：一要尊重前辈对地方戏音乐的独特创造，二要尊重地方戏的音乐品格和审美趣味的选择。“三个不要”：一是不要认为地方戏的音乐幼稚、低级而漠视它的价值，特别是那些小地方的小剧种；二是不要轻易用京剧或地方大戏的经验和创作模式改造其他地方戏；三是不要在人才培养的初级阶段就采用同质化的培养模式。

本次百戏盛典提供了剧种音乐多样化和地方性原则的样本集成，相信在今后的戏曲创作和演出中将起到更好、更大的引导作用。

张刚　原文化部民族民间文艺发展中心副主任

向戏曲百戏盛典致敬

◎ 朱飞跃

戏曲百戏（昆山）盛典是一件伟大的文化事项。

昆山，是昆剧的诞生地。明清以来，昆曲在不断精致、完善自身的同时，也哺育着中国各地方戏曲的成长，从而有了“百戏之祖”的美誉。

戏曲百戏（昆山）盛典是根据全国戏曲普查成果，对全国现存 348 个戏曲剧种的经典剧目（折子戏）的集中展示。全国各地大小剧种接踵而至，联袂登台、竞相唱演，这一盛况前所未有，是新时代的大手笔。

近 40 年来，戏曲之境地有目共睹，如剧种减少、演出市场萎缩、人才匮乏等，通过这次展演，我们或能转变对当前戏曲的某种印象。本轮展演中，本人有幸观赏了河南、山西、浙江三省十几个剧种的折子戏演出，窥一斑而知全豹，戏曲的现状虽有令人担忧之处，但其所体现出的顽强的生命力令人感动。有些小剧种，流行的范围极小，长期不为外人所知，几乎是在一种封闭的状态下延续生命，比如我曾有所闻，山西晋中弦腔在 20 世纪 80 年代编纂的《中国戏曲志・山西卷》中仅有简短的志略，同时期编纂的《中国戏曲音乐集成・山西卷》则未收录，这种情况意味着该剧种或已消失。然而，11 月 13 日的昆山剧院，山西省和顺县夫子岭村的几位民间艺人以一出《访昆山》消弭了我的疑惑。本轮会演中，像晋中弦腔这样的情况不是少数，很多在过去的调查中不见踪迹、被认为已经消失了的民间小剧种重现光华。那么，是何种原因使其历时百年而不朽，其生命的动力来自哪里？它们又是如何做到坚守不退，在当地与电影、电视、歌舞等现代文艺形式并存？这都值得我们深入思考和调查研究。

通过观赏演出，一些院团的优秀艺术质量，令我钦佩不已。我国国有戏曲院团有不同的级别，如国家级院团、省级院团、市（地区）级院团、县级剧团。由于各种原因，级别不同的戏曲院团艺术质量也存在差异，行政层级越高，艺术质量也相对突出。但从我这次所见的情况看，一些基层院团的艺术水准出乎意料。比如浙江省余姚市的姚剧团、宁海县的调腔剧团、河南省滑县的大平调剧团、内乡县的宛梆团等，这些县团阵容强大、行当齐全，演出的剧目中，演员唱念做打之功夫堪称一流。我感到诧异的是，改革开放以来，在经济大潮中，县级戏曲院团受到的影响最大，但是像上述的这些县团是如何延揽人才、培养人才和保留人才的？它们为何能维持一流的艺术水准？我想，它们的成功经验应该有所总结，因为县级剧团是地方戏传承和发展的基本力量，有它们在，戏曲艺术才会血脉丰沛。

戏曲百戏（昆山）盛典是一次对中国戏曲剧种的大检阅。大剧种、名院团技艺精湛，而大量的民间班社则以质朴、本色的表演呈现出戏曲的基层形态。总之，此次盛典展示了我国戏曲艺术的当代全貌。

戏曲百戏（昆山）盛典是文化和旅游部全国戏曲调查的成果展览，使我们了解到全国剧种的分布情况、当前生存状态和艺术面貌，接下来我们面对的是如何进行保护和促进发展。目前所知的 348 个剧种有大半以上属民间小戏，这其中，又有不少民间小戏由于流行范围极小而没有职业班社，未来它们何去何从？比如，在剧目上是否永远只演现存的几部传统戏，始终将自身固化在“文物”状态？还有，民间小戏又多在乡村，而现在的乡村，年轻人都在外务工、创业，人口外流是一种趋势。那么，谁来担负起家乡小戏的传承大任？

人才断档是绝大多数剧种共同面临的问题，不过，这里也有缓急之分。在观看本轮的几场演出中，我曾访问过多位剧团负责人，结合我过去所做的一些调查认识到，目前，戏曲创作队伍中最缺的其实是作曲人才，就我所知，大的剧种，能作曲的有十来人，一般的也就三五人，小剧种顶多一两人，有不少的小剧种就没有作曲。没有作曲人才，自然就不会有新剧目的出现，可以想象，现在若不对这些没有作曲人才的地方小戏施以对策，十年后将是什么样的状态？

戏曲百戏（昆山）盛典呈现出我国现存戏曲剧种的境况，为我们在新时代发展传统戏曲舞台艺术提供了蓝本。另外，盛典也将推动戏曲史论的研究。比如，对剧种史的研究、剧种音乐的研究、地方戏表演艺术的研究、地方院团的内部管理研究等。还有就是剧种界别问题，在过去的研究中，关注度不高，本次调查出的 348 个剧种，其相互关系如何？同一声腔系统的剧种，界限何在？剧种是否存在名同实异、名异实同情况等，这些都是我们亟待研究的重要问题。

给筹建中的戏曲博物馆一点建议：传统戏曲班社在流动演出中，向来有在戏台后壁书写文字的习惯，包括班社名称、演出日期、剧目、主演姓名等，被称为“题壁”，“题壁”为我们今天的戏曲史研究提供了珍贵的资料。但在今天的现代化剧场，显然没有这种可能。由此我想到，下一轮的昆山盛典中，在开演前剧团向戏曲博物馆赠送的礼品中，应该有一张制作精致的纸笺，或者是节目单，上有本场主演的亲笔签名，这在将来戏曲博物馆有关本次盛典的资料中，会是一件非常有意义的物品。

朱飞跃　文化和旅游部民族民间文艺发展中心研究员

以上专家评论原载《中国文化报》2018 年 12 月 12 日、13 日

【观点】新剧种要自觉“往回看”“向内看”——从在江苏昆山举办的戏曲百戏盛典说开去

◎ 王学锋

在昆山举办的全国348个剧种的“百戏盛典”近日已结束了156个剧目（折子戏）共120个剧种的展演，未来两年内还将继续展示其他多个剧种的代表剧目，这是对中国戏曲一体性、多样性、层次性的一种很好的展示。这些剧种的集体亮相，让人看到中国戏曲传统博大精深、古老厚重的一面，也呈现了戏曲传统不一般的“活性”，那些新中国成立后新生的剧种就是其中不可被忽视的“活跃分子”，它们存在的时间一般也就60年左右，许多人觉得它们又“新”又“生”，好像很难跟“历史”挂上钩，但是如果把中国戏曲从古至今的变化看作一个整体的历史文化长河，这些新生剧种就不能自外于这个传统，要有文化自觉，沿着自己的来路去寻找、去理解，要把自己“历史化”。

这些新剧种大多不是凭空产生的，有其借鉴、依靠的母体和传统，对它们与母体传统的联系我们要充分评估。首先，我们要引入历史长时段的观念，许多新剧种看起来是“断裂”式地产生的，但是文化往往是系统性地存在的，有其草蛇灰线，如果有耐心对新中国成立后的新生剧种考索一番，恐怕它们的“前史”多少会“显形”。比如，梅州的客家山歌剧这个新兴小剧种，它的萌芽可能和明清木偶戏有关系，它能初具雏形也离不开革命运动、革命山歌的催化作用。其次，我们往回追寻这些新剧种的历史脉动，不应局限于戏曲及艺术形态，而应扩展到文化形态，像梅州山歌剧之所以形成了独特的地域文化风貌，固然离不开客家山歌这个艺术母体，但更离不开客家文化及其礼乐制度、宗教民俗等这个更具宽度和厚度的文化传统，强调这个不算“老生常谈”，因为如果不能深入挖掘、理解客家族群的文化肌理，梅州山歌剧展示的所谓地域文化特性就会变得越来越固化，变成景观式的民俗文化展示。所以，我们应在纵向和横向上，千方百计地认知和开发新兴剧种与母体传统之间的联系。

新生剧种既要“往回看”，也要“向内看”，看“身在其中”的60年左右的历史。新中国成立后我国经历了许多经济、政治、文化上的重要变化，也影响了新生剧种在20世纪五六十年代、八九十年代、21世纪以来不同时期的起起落落、诸般变迁，我们应该积极认知这些变化，梳理、总结不同时期的艺术经验和文化智慧，以应对时变、预测未来。还是举梅州山歌剧这个例子，这个剧种在20世纪八九十年代时市、县剧团众多，编剧队伍壮大，也有不少编曲、导演、演员人才，创作出了《相思豆》《虹桥风流案》《漂流的新娘花》《啼笑冤家》《山稔果》《山寨红灯笼》等一批优秀的现代戏剧目，剧种生态很好，但是20世纪90年代中后期以来，随着全球化进程的日益深入，地方社会越来越被卷入全球文化生产的旋涡，梅州山歌剧虽然出现了《等郎妹》《山魂》《桃花雨》等“成功”的大型剧目，但自在的文化生态被改变，自生能力变差了。所幸的是，“小”剧种的中坚创作群体有“大”清醒，积极培育基体，努力复建生态，抱团取暖。代表性剧作家林文祥以“骑牛赶集的乡下人”自嘲，有意识地疏离于异化的全球化的文化生产逻辑、风吹草动般的文化潮流，“被动”退守实则主动精进，在更广阔的乡土世界里寻找自我、接通文化的根脉，他和他的同人们的剧作关注“风情、世情、人情”，更内在地书写客家山水和客家人的日常生活，清醒地承续了梅州山歌剧20世纪八九十年代老师辈建构的“新传统”并有所推进，展现了一个新生剧种的文化定力，让我们对新剧种也“刮目相看”。

虽然仅有60年左右的历史，但很多新生剧种的艺术资料已缺失严重，对这些新剧种的历史记录、研究应该尽快提上议事日程，不能再“等等看”了。我们既要加强物质层面的艺术档案建设，也要聚焦到非物质层面的艺术创造经验、艺术人生史的书写；既要关注代表性艺术家、关注大剧团，也要关注到各部门普通从业者群体、关注小剧团；既要关注艺术生态、文化生态，也要关注到行业生态、社会生态。文化是物质性的积累，也是心灵性的凝聚，还是体认和记忆，新剧种60来年的积淀不应被轻易丢掉，做一个丢一个，不是对待文化应有的态度，“人心”散了，剧种就名存实亡了。随着非遗观念的普及和戏曲扶持政策的推进，对老剧种在新中国成立后60多年的历史发展的记录研究得到了越来越多的重视，但对新剧种的这一记录研究尚待加强。

为新剧种注入“历史意识”，说到底，既是剧种自觉，更是我们中国戏曲、中国文化的自觉。中国戏曲是历史长河，也是艺术文化大河。20世纪中西文化碰撞以来，我们谈论戏曲发展时，西方戏剧几乎成了最重要的维度，现在看来，在戏曲文化的老剧种和新剧种、老传统和新传统内深耕细作，注重我们已有的历史实践，不抛弃、不放弃，自觉“往回看”“向内看”，以历史的、复数的自我为参照，其实是更强大的历史文化发展的坐标和方向。

王学峰　中国艺术研究院副研究员

原载《中国艺术报》2018年12月24日

作品

川剧

【川剧《江姐》】

2018年1月12日，由重庆市川剧院、奉节县人民政府、重庆沈铁梅文化发展基金会联合创排的川剧《江姐》在重庆市川剧艺术中心开启全国首演。该剧由剧作家阎肃的歌剧《江姐》改编而来，总导演任庭芳，江姐由沈铁梅饰演，甫志高、沈养斋分别由孙勇波、胡瑜斌饰演。剧目讲述1949年春，江姐奉中共重庆市委指示去华蓥山工作。在一次秘密接头中，江姐不幸被叛徒甫志高出卖，陷入敌人罗网。在狱中，江姐惨遭酷刑，英勇就义。

【川剧《好女人·坏女人》】

2018年4月4日，由四川省成都市川剧研究院排演的新版川剧《好女人·坏女人》在成都市锦城艺术宫首演。该剧由任庭芳导演，魏明伦改编，陈巧茹、王超担任主演。剧目讲述了青楼女子沈黛在下海经商、力行慈善不成后，以天使和魔鬼两副面孔交替出现的故事，旨在表明“没有永远的好人，也没有一成不变的坏人”的主题。该剧曾于2002年首演，此次上演为全新改编版。

【川剧《苍生在上》】

2018年10月30日，由四川省遂宁市川剧团排演的川剧《苍生在上》在四川艺术职业学院（成都）首演。该剧由唐稚明、陈立任编剧，蔡雅康导演，李添鑫作曲，刘世虎主演。剧目以遂宁人——清代廉吏张鹏翮治河为背景，以其为民担当为主线，充分展示张鹏翮敢作为、愿担当、守廉洁的高尚品格。

河北梆子

【河北梆子《大青衣》】

2018 年 12 月 5 日，由河北省河北梆子剧院演艺有限公司创排的河北梆子《大青衣》在石家庄市河北会堂首演。该剧由杨斌编剧，马海燕执导，孟全胜担任唱腔设计，许荷英饰演刘喜奎。剧目讲述民国时期轰动京城的河北梆子女演员刘喜奎坎坷而传奇的一生。

【河北梆子《人民英雄纪念碑》】

2018 年 12 月 6 日，由北京市河北梆子剧团创排的河北梆子现代戏《人民英雄纪念碑》在北京天桥艺术中心大剧场首演。该剧由王勇编剧，孟冰、陈超导演，王洪玲、王英会、张四刚主演。剧目讲述了 1952 年春，军代表玉琴回到了老家河北曲阳大石村，招募石匠雕刻人民英雄纪念碑。在玉琴的努力下，身怀雕刻绝技的石老爹抛却所有个人恩怨，投身到人民英雄纪念碑的雕刻中的故事。

沪剧

【沪剧《敦煌女儿》】

2018年6月11日，由上海沪剧院创作出品的大型原创沪剧《敦煌女儿》在上海交通大学菁菁堂上演。该剧由李颖编剧，陈薪伊导演，茅善玉、钱思剑、凌月刚、李建华、王丽君主演。剧目以“一带一路”中重要的文明交汇地“敦煌”为背景，讲述敦煌研究院第三任院长樊锦诗以50年的执着扎根坚守甘肃大漠，穷其一生致力敦煌研究的故事。

花鼓戏

【花鼓戏《蔡坤山耕田》】

2018 年 4 月 26 日，由湖南省花鼓戏保护传承中心创排的新编传统花鼓戏《蔡坤山耕田》在长沙市湖南戏曲演出中心首演。该剧由吴傲君编剧，韩剑英导演，朱贵兵、叶红、宋谷、田既安、任寿云等主演。剧目讲述明朝正德年间，农民蔡坤山夫妇巧遇微服私访的正德皇帝，并以一饭之恩获报，通过对遇饭、过堂、散财、耕田、施粥、恩赐等场景的表现，以喜剧的形式描绘出不同人群的众生相。

淮剧

【淮剧《神话中国之洪荒时代》】

2018年5月1日，由上海淮剧团创排的原创淮剧《神话中国之洪荒时代》在上海周信芳戏剧空间首演。该剧由《补天》《精卫》《息壤悲歌》《望夫石》4部折子戏组成，15分钟到30分钟不等的4个戏皆以“水”为主线，既相对独立，又互相关联，展现华夏民族从诞生到逐渐掌握自己命运的伟大过程，魏睿、徐雯怡、朱蓓蕾、邢元杰担任编剧，演员阵容颇为年轻化。

黄梅戏

【黄梅戏《邓稼先》】

2018 年 5 月 14 日，由安徽省安庆再芬黄梅艺术剧院创排的大型黄梅戏《邓稼先》在国家大剧院上演。该剧由余青峰、屈曌洁编剧，杨小青导演，刘国平饰演邓稼先，吴美莲饰演邓稼先夫人许鹿希。剧目讲述了“两弹”元勋邓稼先与其夫人许鹿希的家国情怀与旷世爱情，表现了以邓稼先为代表的一批共和国元勋为实现“强国梦”而付出的艰辛努力和做出的巨大贡献。

晋剧

【晋剧《孝庄长歌》】

2018年1月10日，由山西省晋剧院创排的新编历史晋剧《孝庄长歌》在太原市青年宫演艺中心首演。该剧改编自评剧表演艺术家冯玉萍代表作《孝庄长歌》，孝庄太后由刘红霞饰演，多尔衮由冯斌饰演。剧目以清初风云变幻的历史为背景，以孝庄与多尔衮的情感纠葛为主线，通过《祝寿》《定情》《争位》《赠玺》《鞭尸》《读袍》6场戏，再现了孝庄皇太后的传奇故事。

【晋剧《河清海晏》】

2018年6月26日、27日，由山西省大同市晋剧院排演的晋剧《河清海晏》在北京梅兰芳大剧院上演。该剧由赵爱斌编剧，雷守正导演，晋剧名家孙岚岚担纲主演。剧目讲述浑源籍官员、清代河道总督栗毓美治河与反腐的故事。

京剧

【京剧《游百川》】

2018 年 4 月 25 日，由山东省滨州市京剧演艺有限公司创排的新编历史京剧《游百川》在滨州影剧院首演。该剧由王新生编剧，石玉昆导演，朱绍玉作曲，杨乃彭任艺术指导，杨少彭饰演游百川，焦鹏飞饰演同治皇帝，陈长庆饰演翁同龢，闫文倩饰演周氏。剧目以滨州历史名人、清晚期廉吏诤臣游百川为人物原型，以清朝同治年间重修圆明园引发的政治风波为核心事件，通过复杂的矛盾冲突凸显了游百川的为民大义和家国情怀。

【京剧《手镜》】

2018 年 7 月 4 日，由山东省淄博市京剧院创排的原创京剧《手镜》在淄博剧院首演。该剧由李书圣编剧，周龙导演，于建民担任唱腔设计和作曲，李滨饰演王士祯。剧目以淄博历史文化名人王士祯为原型，以王氏家族家训、家规为重心，展现了王士祯“清慎勤”“不负民”，勇于担当、忠勤报国、洁己爱民的高尚品质。

【京剧《陈毅回川》】

2018 年 7 月 4 日，由四川省中共成都市委宣传部、成都市文化广电新闻出版局策划，成都市京剧研究院创作的新编现代京剧《陈毅回川》在四川省成都市首演。该剧由谭愫、曹顺成、谭昕编剧，胡筱坪导演，李连璧任唱腔设计，蓝天作曲，魏积军饰演陈毅。剧目取材自 1959 年冬天，陈毅同夫人张茜回到四川，在乐至、成都两地发生的真实故事。

【京剧《梅花簪》】

2018 年 7 月 11 日，由湖南省京剧保护传承中心创排的新编京剧《梅花簪》在湖南戏曲演出中心首演。该剧由高源编剧，白云明导演，凌珂、张璇担任主演。剧目以朝代更迭、民族矛盾激化的清朝顺治二年（1645）为背景，讲述了明朝将军之子李良川与清朝德亲王之女梅花格格两个不同民族、不同立场的青年男女之间的爱情悲剧，揭示了傲慢与偏见必然带来反击与抵抗，尊重与平等才能换来和谐共生的主题。

【京剧《郭琇洗堂》】

2018 年 7 月 25 日至 27 日，北京京剧院新编京剧《郭琇洗堂》在北京长安大戏院上演。该剧由王新纪编剧，张树勇导演，朱强饰演郭琇。剧目讲述清康熙年间，在江南一带塌方式腐败的官场中，郭琇从泥足深陷到自省、悔悟，终成反腐功臣的曲折历程。

【京剧《红军故事》】

2018年7月31日，由国家京剧院创排的现代京剧《红军故事》在北京梅兰芳大剧院首演。该剧由胡应明、徐新华、王宏分别担任3个小戏的编剧，张曼君任总导演，国家京剧院青年演员担任主演。剧目紧扣“讴歌党、讴歌祖国、讴歌人民、讴歌英雄”主题，由《草地炊烟》《半条棉被》《军需处长》3个小戏组成，展现红军历经千难万险，坚守革命信仰，为人民解放甘愿奉献一切的崇高精神。

【京剧《帝女花》】

2018年8月24日、25日，由国家京剧院根据同名清代传奇和经典粤剧创作排演的京剧《帝女花》在北京梅兰芳大剧院上演。《帝女花》原系粤剧经典保留剧目，由剧作大师唐涤生撰写于20世纪50年代末，此次京剧版《帝女花》由颜全毅、宋洋编剧，孙桂元导演，武胜作曲，于魁智、李胜素主演。剧目讲述了明末帝女长平公主与驸马周世显坚贞不屈、历经考验，最终在含樟树下成婚殉国的壮美故事。

【京剧《生死契约》】

2018年9月24日、25日，由国家京剧院创排的现代京剧《生死契约》在北京梅兰芳大剧院首演。该剧由高明编剧，陈蔚导演，马翔飞、魏积军等主演。剧目讲述1978年年末，安徽省凤阳县小岗村18户农民冒着坐牢的危险在大包干协议上捺下了手印。最终，小岗村的改革，推动了联产承包责任制在全国农村的推广，促使全国农民不断走上富裕的道路。

【京剧《甘宁》】

2018年10月4日、5日，由云南省京剧院创排的原创京剧《甘宁》在昆明剧院上演。该剧由《三国演义》甘宁百骑劫魏营情节改编而成，由张幼麟任导演，刘鹏飞领衔主演。

昆曲

【昆曲《逐梦记》】

2018 年 6 月 5 日，由南京市文学艺术界联合会与江苏省昆剧院联合排演的新编昆曲《逐梦记》在江苏省南京市首演。该剧由张建强编剧并执导，青年演员施夏明、周鑫、徐思佳、赵于涛、孙晶、陈睿、计灵、钱伟、朱贤哲等联袂担纲主演。剧目以汤显祖在南京度过的七年岁月为核心，讲述他创作“临川四梦”的传奇经历。

【昆剧《梧桐雨》】

2018 年 6 月 29 日，由江苏省昆山当代昆剧院排演的昆剧《梧桐雨》在南京市紫金大戏院首演。该剧改编自元曲四大家之一白朴的代表作《唐明皇秋夜梧桐雨》，由罗周编剧，柯军担任创作统筹，钱振荣和龚隐雷分饰唐明皇、杨贵妃。在整体结构上，《梧桐雨》保留了原著杂剧四折一楔子的基本体例。在人物与情节上，将原著“末本戏”改为生旦并重，加强了对杨贵妃的形象塑造，对次要人物和剧情做适当删减。唱词上尽可能保留、沿用白朴的华丽辞藻，念白做了一定幅度的修改再创。

【昆剧《雷峰塔》】

2018 年 6 月 30 日、7 月 1 日，由浙江昆剧团整理改编的昆剧《雷峰塔》在杭州剧院上演。该剧由黄先钢编剧，张铭荣执导，演员阵容汇集了“秀、万、代”字辈三代，“万字辈”的胡娉、毛文霞、张侃侃、鲍晨、曾杰与“代字辈”的吴心怡、倪润志、张唐逍、项天歌、阮登越、席秉琪等联袂出演，“秀字辈”的俞志青、汤建华助阵演出。剧目依据清代方培成编写的《雷峰塔传奇》重新整理为 10 折，让剧情主线回归到白娘子和许宣之间的情爱及其经受种种磨难的过程上来，力求恢复传统昆曲《雷峰塔》的原貌。

【昆剧《乌石记》】

2018 年 7 月 5 日，由湖南省昆剧团创作的原创昆剧《乌石记》在湖南省长沙市首演。该剧由俞妙兰编剧，王晓鹰担任总导演，黄炳强饰演刘瞻，罗艳饰演李若水。剧目根据真实的郴州历史人物唐代贤相刘瞻与妻子李若水的故事改编，讲述了李若水于清贫时扶持丈夫，荣耀时与丈夫一同抵制贿赂，危难时敢于伸张正义的故事。

【昆剧《红楼梦传奇》】

2018 年 9 月 20 日，由江苏省苏州昆剧传习所编演的昆剧《红楼梦传奇》在苏州大学敬贤堂首演。该剧由顾笃璜任艺术总监和剧本节选，朱文元、薛年椿导演。剧目取自清代仲振奎《红楼梦传奇》的《葬花》《听雨》，清代吴镐《红楼梦散套》的《焚稿》《诉愁》，合为 4 折，仍名《红楼梦传奇》。该剧最大的特点是取自清代原作，而非今人编剧，4 折戏表现了黛玉的多愁善感、宝玉的潇洒多情、紫鹃的善解人意。

【昆剧《顾炎武》】

2018 年 10 月 13 日，由江苏省演艺集团和昆山当代昆剧院联合出品的昆剧《顾炎武》作为“第七届中国昆剧艺术节”开幕演出在昆山文化艺术中心保利大剧院首演。该剧由罗周编剧，卢昂导演，柯军饰演顾炎武。剧目分《思归》《诀母》《惊碑》《对狱》《荐试》《问陵》6 场戏，以顾炎武的生平为主线，展现了顾炎武“天下兴亡，匹夫有责”的思想。

【昆剧《风雪夜归人》】

2018 年 10 月 19 日，由江苏省苏州昆剧院创排的现代昆剧《风雪夜归人》在苏州昆剧院上演。该剧根据吴祖光的同名话剧改编，颜全毅任编剧，陈健骊任总导演，俞玖林饰演魏莲生，刘煜饰演玉春。剧目讲述名伶魏莲生和权贵宠妾玉春之间的悲情爱恋。他们从邂逅相识到真诚相爱，刻画了两个年轻人在虚浮的社会里战胜自我、反抗环境的决绝和勇气。该剧是江苏省昆剧史上的第一部现代戏。

梨园戏

【梨园戏《陈仲子》】

2018 年 10 月 5 日、6 日，由福建省梨园戏实验剧团排演的梨园戏《陈仲子》在泉州市梨园古典剧院上演。该剧由王仁杰编剧，曾静萍、曾龙导演，林苍晓饰陈仲子、曾静萍饰仲子妻。剧目演绎了战国时期一个官宦家庭里，两种不同的人生追求。穿着富丽堂皇的陈仲子的兄长，过着骄奢淫逸的生活，而素慕贞廉的仲子则一身素净。因为厌倦官场的贪婪丑恶，仲子带着妻子隐居，以耕织为生。隐居后，他遇到各种各样的人生考验，却始终坚持对完美人格的追求。该剧曾于 1990 年公演，此次上演为时隔 28 年后重现舞台。

吕剧

【吕剧《生命日记》】

2018 年 4 月 16 日，由济南市吕剧院创作演出的现代吕剧《生命日记》在济南市群星剧场首演。该剧由孔铁导演，陈虹编剧，栾胜利作曲，李霄雯主演。剧目根据“齐鲁时代楷模”、济南市历下区甸柳新村街道第一社区原党委书记陈叶翠的先进事迹编创，以陈叶翠生前亲笔书写的 69 本日记作为创作思路和线索贯穿全剧，讲述了陈叶翠从事社区工作近 30 年中，用共产党员的真情大爱，谱写了一曲一心一意为人民谋幸福的壮丽高歌。

【吕剧《大河开凌》】

2018 年 5 月 27 日，由山东省吕剧院创作的大型革命历史题材吕剧《大河开凌》在济南市百花剧院首演。该剧由陈鹏、王新生编剧，李利宏导演，董家岭、焦黎等领衔主演。剧目以历史上山东省广饶县刘集村共产党员和群众学习、使用、保护我国现存最早的《共产党宣言》中文译本，开展革命斗争的故事为题材，展现了中国共产党人坚定信念、追求真理、矢志不渝、视死如归为国家和人民奉献一切的初心。

莆仙戏

【莆仙戏《踏伞行》】

2018 年 5 月 21 日，由福建省莆仙戏剧院创作排演的莆仙戏《踏伞行》在莆田市莆仙大剧院首演。该剧由周长赋编剧，徐春兰导演，黄艳艳和俞植联袂主演。全剧分《踏伞》《听雨》《相认》等部分，主要讲述了刑部主事之子陈时中和将门小姐王慧兰虽已定亲但未曾谋面，后因突逢战乱，两家各自逃难，途中王慧兰和陈时中分别与同行人失散，风雨途中两人相遇引发的爱情纠葛。

秦腔

【秦腔《关中晓月》】

2018年10月2日、3日，新编秦腔历史剧《关中晓月》在北京民族文化宫大剧院上演。该剧由郑怀兴编剧，何红星执导，以陕西省西安市本土基层秦腔院团——周至县剧团演职人员为班底，"梅花奖"得主齐爱云、侯红琴联袂主演。剧目立足于清末庚子国难之际的时代背景，讲述了一位深受关学思想影响的秦商代表商英为救护近代关中大儒刘古愚铤而走险，面对重重困难，倾尽家产，最终保存了关学一脉的故事。

【秦腔《项链》】

2018年11月10日、11日，由陕西省戏曲研究院创排的秦腔现代剧《项链》在北京梅兰芳大剧院上演。该剧由徐新华编剧，韩剑英执导，李梅领衔主演。剧目改编自莫泊桑名作《项链》，以当代中国社会为背景，描写了围绕项链出现的诚信、反省、自律等诸多命题，展现了现代中国人对于自身操守、尊严的纠偏与升华。

曲剧

【曲剧《花落花又开》】

2018 年 4 月 27 日，北京市曲剧团全新创排的曲剧《花落花又开》在北京全国地方戏演出中心首演。该剧由王俭编剧，张绍荣执导，戴颐生、顾静媛作曲，剧目通过讲述当代京郊一座村庄里普通百姓的生活，折射出城市化进程对农民的情感冲击及其心路历程的变化。

苏剧

【苏剧《国鼎魂》】

2018 年 8 月 14 日、15 日，由苏州市苏剧传习保护中心创排演出的苏剧现代戏《国鼎魂》在北京全国地方戏演出中心上演。该剧由李莉、张裕编剧，杨小青导演，王芳饰演潘达于。剧目以 1923 年至 2007 年这 84 年间中华民族历经的清末民初军阀混战、抗日战争、解放战争直至中华人民共和国的成立与发展的这段历史为背景，以潘府一族保鼎、护鼎、捐鼎为主要素材，描绘了以潘祖年孙媳潘达于为代表的潘氏一门谨守家规，严护古董，最终将大盂鼎、大克鼎无偿捐献给国家的故事。

锡剧

【锡剧《独角兽之夜》】

2018 年 10 月 19 日，由张家港市锡剧艺术中心创排的锡剧《独角兽之夜》在盐城市文化艺术中心大剧院首演。该剧由罗周编剧，韩剑英执导，董红、朱宝根、夏敏莹领衔主演。剧目讲述震动 S 市的“女大学生被害案”因被告不服、提请上诉，面临市高院二审。公诉人、检察官林雨晴坚信身为被告的富二代王忆有罪，誓要为死者讨还公道。面对自己的恩师作为被告律师和王家丰厚的贿赂，林雨晴最终选择正义，令王忆当众认罪。

盱河高腔

【盱河高腔·乡音版《牡丹亭》】

2018年1月20日，由江西省抚州市文化艺术发展中心、抚州市汤显祖文化演艺有限责任公司联合出品的盱河高腔·乡音版《牡丹亭》在北京保利剧院上演。该剧由曹路生编剧，童薇薇导演，韩生任舞美设计，吴岚饰演杜丽娘。剧目忠实原著，对原曲牌体唱词秉持“只删不改”的原则。为适应观众欣赏习惯，演出时长两小时，压缩为《闺塾》《惊梦》《寻梦》《诊祟》《闹殇》《拾画》《冥判》《幽媾》《回生》9场，采用了抚州古老唱腔盱河高腔，并加入抚州南丰傩舞、方言等元素。

豫剧

【豫剧《鱼玄机》】

2018 年 5 月 4 日，由中国戏曲学院创排的新编古装豫剧《鱼玄机》在北京首演。该剧主创团队由中国戏曲学院研究生、本科生及青年教师组成。剧目讲述了晚唐女诗人鱼玄机一生追求至真至纯爱情的故事。

【豫剧《马金凤》】

2018 年 12 月 28 日，由河南豫剧院青年团创排的豫剧现代戏《马金凤》在郑州市禧仔亲子剧场（河南省儿童剧院）首演。该剧由马建新编剧，张平、冯欣欣导演，刘雯卉饰演马金凤。剧目讲述了马金凤在近 90 年的舞台生涯中，视豫剧为生命，舞台为归宿，淡泊名利，艺无止境，在国家危难之时，坚持自己的爱国精神，不向侵略者低头；在朋友亲人有难之时，不顾及个人安危勇敢搭救；当观众需要她时，不顾自身操劳坚持为观众献艺演出，至今仍活跃在舞台上。

越剧

【越剧《王阳明》】

2018 年 10 月 12 日，由绍兴小百花越剧团创排的越剧《王阳明》作为“第四届中国越剧艺术节”的开幕演出在绍兴大剧院上演。该剧由孟华编剧，杨小青导演，吴凤花饰演王阳明。剧目讲述了明代思想家王阳明龙场悟道、平定宁王之乱和成就心学的历程。

其他

【戏曲独角戏《老人与海》】

2018 年 10 月 20 日，戏曲独角戏《老人与海》在上海戏剧学院新空间剧场首演。该剧由中国戏曲学院教授赵景勃担任艺术顾问，中国戏曲学院教师马笑担任编剧兼导演，国家京剧院一级演员刘大可主演。剧目采用中国传统戏剧诠释西方名著《老人与海》，通过一块幕、一把桨、一长绸、一老翁的形式，展现老人乘风破浪与大海、鲨鱼搏斗，无惧无畏的精神。

纪事

国家资助项目

【国家艺术基金管理中心公布2018年度资助项目立项名单】

2018年2月2日，国家艺术基金管理中心经国家艺术基金专家评审，并报国家艺术基金理事会批准，对《国家艺术基金2018年度资助项目立项名单》予以公示。《国家艺术基金2018年度资助项目立项名单》共计955项。其中，“大型舞台剧和作品创作资助项目”159项，戏曲类59部作品入选；“小型剧（节）目和作品创作资助项目”185项，小戏曲33部作品入选。“传播交流推广资助项目”187项、“艺术人才培养资助项目”134项、“青年艺术创作人才资助项目”290人，也各有戏曲类项目入选。5月18日，国家艺术基金管理中心对《国家艺术基金2018年度滚动资助项目和作品拟立项名单》予以公示。其中，“大型舞台剧和作品滚动资助项目”16项，戏曲类5部作品入选；“小型剧（节）目和作品滚动资助作品”12项，小戏曲4部作品入选。详细信息见国家艺术基金官方网站。

【文化部办公厅公布2018年度国家舞台艺术精品创作扶持工程评审结果】

2018年3月16日，文化部办公厅公布2018年度国家舞台艺术精品创作扶持工程评审结果。共有25部剧目入选“2018年度全国舞台艺术重点创作剧目名录”，其中戏曲剧目11部，分别是京剧《大宅门》、河北梆子《李保国》、上党梆子《太行娘亲》、芗剧《谷文昌》、秦腔《王贵与李香香》、淮剧《留守村长留守鹅》、绍剧《于谦传之两袖清风》、胶州茂腔戏《秧歌乡的故事》、豫剧《重渡沟》、花鼓戏《桃花烟雨》、壮剧《牵云崖》；10部剧目入选“2018年度国家舞台艺术精品创作扶持工程重点扶持剧目”，其中戏曲剧目5部，分别是京剧《大宅门》、河北梆子《李保国》、上党梆子《太行娘亲》、芗剧《谷文昌》、秦腔《王贵与李香香》。详细信息见文化和旅游部官方网站。

【文化和旅游部办公厅公布2017年度戏曲剧本孵化计划专家评审结果】

2018年3月28日，根据《文化部办公厅关于开展2017年度戏曲剧本孵化计划项目申报工作的通知》（办艺函〔2017〕260号）要求，经申报、评审、公示等环节，文化和旅游部办公厅对2017年度戏曲剧本孵化计划第一次专家评审结果予以公布。其中，大戏项目30部，小戏项目30部。8月20日，文化和旅游部办公厅公布2017年度戏曲剧本孵化计划第二次专家评审结果。其中，原创大戏项目一类作品8部，原创大戏项目二类作品8部。详细信息见文化和旅游部官方网站。

【文化和旅游部办公厅公布“中华优秀传统艺术传承发展计划”2018年度戏曲专项扶持项目入选名单】

2018年4月27日，根据《文化部办公厅关于开展“中华优秀传统艺术传承发展计划”2018年度戏曲专项扶持工作的通知》（办艺函〔2018〕25号）精神，经申报推荐、专家评审论证等环节，文化和旅游部办公厅对“中华优秀传统艺术传承发展计划”2018年度戏曲专项扶持入选项目名单予以公布。“名家传戏——当代戏曲名家收徒传艺”工程入选名单，共有京剧类名家22名，传艺学生42名；昆曲类名家4名，传艺学生8名；地方戏曲类名家74名，传艺学生148名。“昆曲传统折子戏录制”入选名单，共有 60 部昆曲折子戏入选。“地方戏曲剧种文献、资料数字化影像化保存”入选名单，共有 10 个项目入选。详细信息见文化和旅游部官方网站。

【文化和旅游部艺术司公布 2018 年度剧本扶持工程项目入选名单】

2018 年 8 月 6 日，文化和旅游部艺术司公布 2018 年度剧本扶持工程项目入选名单。经文化和旅游部艺术司组织专家对全国各省（自治区、直辖市）及有关单位申报的剧本评审，共评出戏曲 10 部，话剧 5 部。10 部戏曲分别为《生死契约》《山那边》《春暖花开》《一号机密》《将军归田记》《大河开凌》《向警予》《风起南粤》《赠梅记》《圆梦》。详细信息见文化和旅游部官方网站。

【文化和旅游部办公厅公布 2018 年度戏曲剧本孵化计划第一次专家评审结果】

2018 年 11 月 6 日，根据《文化和旅游部办公厅关于开展 2018 年度戏曲剧本孵化计划项目申报工作的通知》（办艺发〔2018〕34 号）要求，经申报、评审、公示等环节，文化和旅游部办公厅对 2018 年度戏曲剧本孵化计划第一次专家评审结果予以公布。其中，大戏项目 30 部，小戏项目 30 部。详细信息见文化和旅游部官方网站。

【国家艺术基金管理中心公布 2019 年度资助项目立项名单】

2018 年 12 月 29 日，国家艺术基金管理中心经国家艺术基金专家严格评审，并报国家艺术基金理事会批准，对《国家艺术基金 2019 年度资助项目立项名单》予以公示。《国家艺术基金 2019 年度资助项目立项名单》共计 1100 项。其中，一般项目中，“大型舞台剧和作品创作资助项目”124 项，戏曲类 50 部作品入选；“小型剧（节）目和作品创作资助项目”227 项，小戏曲 32 部作品入选；“传播交流推广资助项目”166 项，21 项戏曲相关项目入选；“艺术人才培养资助项目”158 项、“青年艺术创作人才资助项目”375 人，也各有戏曲相关项目入选。一般（地区）项目中，“大型舞台剧和作品创作资助项目”8 项、“小型剧（节）目和作品创作资助项目”8 项、“传播交流推广资助项目”9 项、“艺术人才培养资助项目”7 项、“青年艺术创作人才资助项目”18 人，也各有戏曲类资助项目入选。详细信息见国家艺术基金官方网站。

展演·评奖

【浙漾京城——2018 浙江戏曲北京周】

2018 年 1 月 12 日至 25 日，由浙江省文化厅组织的“浙漾京城——2018 浙江戏曲北京周”在北京长安大戏院上演。此次展演集合了越剧、瓯剧和姚剧等多个剧种，既有传统剧目又有创新大戏。其中以“致敬越剧十姐妹”为主题的《优越中国》，由戏曲导演杨小青执导，茅威涛、吴凤花、华渭强、赵志刚、蔡浙飞等联袂演出。此外，还有越剧表演艺术家赵志刚领衔的赵氏工坊与宁波小百花越剧团联合演出作品《何文秀》《蝶海情僧》，温州市瓯剧艺术研究院的《橘子红了》《高机与吴三春》，杭州市余杭小百花越剧艺术中心的《汉兴未央》《双玉蝉》，宁波余姚市姚剧保护传承中心的姚剧《王阳明》和越剧《探春》参加此次展演。

【云南省首届传统戏剧曲艺会演】

2018 年 1 月 15 日至 19 日，由云南省文化厅、云南省民族宗教事务委员会主办的“云南省首届传统戏剧曲艺会演”在云南省滇剧院举行。此次会演的 33 个参演剧（节）目以代表性传统戏、折子戏或小戏、曲艺段子为主，包括花灯戏、傣剧、壮剧、滇剧、佤族清戏、彝剧、白剧、关索戏、皮影戏、腾冲扬琴、莲花落、昭通唱书等。

【北京市河北梆子剧团第二届迎新年优秀剧目展演】

2018 年 1 月 19 日至 28 日，北京市河北梆子剧团在天桥剧场举办“第二届迎新年优秀剧目展演”。《龙凤呈祥》《清风亭》《春秋笔》《秦英征西》《忒拜城》《窦娥冤》《北国佳人》等 7 台骨子老戏与剧团经典保留剧目陆续上演。

【越剧经典《红楼梦》启动系列巡演】

2018 年 2 月 5 日，为纪念越剧表演艺术家、越剧徐派创始人徐玉兰和越剧《红楼梦》首演 60 周年，上海越剧院启动“越剧经典《红楼梦》系列巡演”活动。2 月 5 日起，徐派名剧《追鱼》、越剧《红楼梦》和“‘徐派’经典折子戏专场”分别在上海上演。3 月至 6 月，越剧《红楼梦》在诸暨、北京、重庆、宜宾、香港等地进行全国巡演，共计演出 20 余场。

【戏韵动京城——京津冀戏曲院团新春演出季】

2018 年 2 月 16 日至 3 月 6 日，由北京市文化局主办的“戏韵动京城——京津冀戏曲院团新春演出季”在全国地方戏演出中心上演。此次演出季汇聚国家京剧院、北京京剧院、北方昆曲剧院、中国评剧院、天津河北梆子剧院、石家庄市评剧院等 11 家京津冀戏曲院团，共上演 21 台 25 场演出，演出内容以经典剧目和折子戏为主。

【霓裳雅韵·兰庭芳菲——上海昆剧团建团 40 周年系列演出】

2018 年 2 月 23 日至 28 日，上海昆剧团推出的“霓裳雅韵·兰庭芳菲——上海昆剧团建团 40 周年系列演出”在上海大剧院上演。上海昆剧团五班三代艺术家，联合国内其他七大昆曲院团及上海京剧院数十位艺术名家新秀，上演包含大型晚会、传统大戏、经典文武折子戏以及反串戏等 6 台主题演出。6 台主题演出中的 2 台经典折子戏专场、1 台京昆武戏专场以及 1 台明星版《长生殿》，都由上海昆剧团与上海京剧院等联合演出。

上海昆剧团成立于 1978 年，40 年来始终以传承传统为核心任务，累计抢救、整理、演出了近 300 部精品传统折子戏与近 60 部整本大戏，形成了如今“五班三代、行当齐全、文武兼备”的局面，荣获中宣部“五个一工程”奖等一系列国家级和上海市级重大奖项。

【孙毓敏舞台生活 70 年——荀风毓骨专场演出】

2018 年 2 月 24 日、25 日，由北京戏曲艺术职业学院、北京市京剧昆曲振兴协会、北京戏曲艺术教育基金会联合主办的“孙毓敏舞台生活 70 年——荀风毓骨专场演出”在北京长安大戏院举行。本次演出在继承荀派艺术传统的同时，又融入了孙毓敏几十年来京剧舞台生涯中的艺术创新和思考。孙毓敏携常秋月等弟子演出了《陈三两》《痴梦》《狮吼记》《勘玉钏·灵堂至死》《霍小玉·画竹盟诗》《金玉奴·洞房棒打》等剧目，其中《陈三两》《痴梦》《狮吼记》等都经过了重新改编，展示了孙毓敏在荀派艺术上的创新成果。

26 日，“荀风毓骨专场演出”专家研讨会在北京戏曲艺术职业学院举行。与会的专家、学者们就孙毓敏 70 年来的舞台实践、在京剧教育方面的突出成就、对荀派艺术的传承和发展方面做出的重要贡献以及荀派表演艺术特色等理论问题进行了探讨。同时，还举办了孙毓敏收徒仪式，蓝恭欣、李晶拜其为师。

【国家京剧院 2018“致春天”优秀剧目展演】

2018 年 3 月 2 日，由北京文化艺术基金资助的“国家京剧院 2018‘致春天’优秀剧目展演”在北京梅兰芳大剧院开演。展演历时一个半月，分为 3 个板块。首轮 10 场演出于 3 月 2 日至 18 日进行，包括京剧演唱会、传统京剧《谢瑶环》《伍子胥》《群英会·借东风·华容道》《长坂坡·汉津口》、现代京剧《智取威虎山》《西安事变》《党的女儿》等精彩剧目；第二板块于 3 月 22 日至 23 日推出以“一带一路”为背景的实验京剧《丝路长歌》；第三板块于 4 月 12 日至 16 日演出传统京剧《红楼二尤》《白蛇传》《牧羊圈》。本次展演行当齐全、流派纷呈，除名家荟萃外，更增添了梨园青春阵容。其中，8 名在 2017 年国家京剧院年度考核中表现优秀的青年演员田磊、王越、张兵、张兰、付佳、郭霄、周婧、李博，在“致春天”中轮番上演各自代表剧目。

【2018 年全国舞台艺术优秀剧目展演】

2018 年 3 月 3 日，由文化部主办，文化部艺术司、文化部艺术发展中心、北京市文化局、北京市教委共同承办，北京市演出有限责任公司协办的“2018 年全国舞台艺术优秀剧目展演”在北京拉开帷幕。此次展演作品包括 10 台 2017 年度国家舞台艺术精品创作扶持工程的重点扶持剧目和 4 台 2017 年度全国舞台艺术重点创作剧目名录作品，包括京剧《党的女儿》、评剧《安娥》、婺剧《宫锦袍》、闽剧《双蝶扇》、昆曲《邯郸记》、话剧《玩家》《闽宁镇移民之歌》《董必武》《共同家园》、儿童剧《时间森林》、音乐剧《火花》、舞蹈诗《黎族家园》、芭蕾舞剧《鹤魂》、交响乐《哈尼交响》音乐会。

【第六届中华优秀戏曲文化艺术节】

2018年3月9日至5月15日，由湖北省武汉市人民政府主办，中共武汉市委宣传部、武汉市文化局承办的“第六届中华优秀戏曲文化艺术节”在湖北省武汉市举行。此次艺术节共有32场演出。开幕式以“梅花荟萃戏码头”为主题，邀请23位第27届、第28届“中国戏剧奖·梅花表演奖”获得者参加。开幕式之外，中国国家京剧院的《杨门女将》《三岔口》《游龙戏凤》，天津青年京剧团的《秦香莲》《遇皇后·打龙袍》，安徽省安庆黄梅戏剧院的《天仙配》《女驸马》，上海评弹团的中篇评弹《林徽因》，上海昆剧团的全本《长生殿》，武汉汉剧院的《状元媒》《二度梅》等参加了本次艺术节。

闭幕式为武汉楚剧院的《乡里乡亲》。为传承创新中华戏曲文化，“第六届中华优秀戏曲文化艺术节”还特别举办“戏曲少年”系列活动，主要针对对传统文化感兴趣的青少年学生，由天津青年京剧团、上海越剧院、上海京剧院、上海评弹团的专业戏曲演员进行艺术启蒙和授课。

【第五届“魅力春天”青年京剧演员擂台赛】

2018年3月12日至31日，北京京剧院“第五届‘魅力春天’青年京剧演员擂台赛”在北京举行，本届擂台赛以“传承经典　青春接力”为主题。3月12日至26日，参加擂台赛的26名青年演员在北京长安大戏院献上15场演出，包括11场文戏、4场武戏。另外还有5场演出是北京京剧院为本届擂台赛特别设计推出的展演，历届“魅力春天”活动中走出来的青年演员，如张建峰、王岳凌、谭正岩、康静等，再一次登上“魅力春天”的舞台，以经典剧目回馈观众和戏迷。3月31日，闭幕演出由历届优秀获奖演员共同献上京剧《龙凤呈祥》。

【豫剧现代戏《朝阳沟》创演60周年系列纪念活动】

2018年3月28日至29日，由中共河南省委宣传部、河南省文化厅、河南省文学艺术界联合会和中华豫剧文化促进会主办，河南豫剧院、河南省文化艺术研究院、河南省戏剧家协会、河南豫剧院三团承办的“豫剧现代戏《朝阳沟》创演60周年系列纪念活动”在河南省郑州市举行。3月28日，河南豫剧院三团老、中、青四代演员同台参演。3月29日，来自河南省内外的专家学者参加了“跨越世纪的交响——豫剧现代戏《朝阳沟》创演60周年研讨会”，对“《朝阳沟》现象”的内涵和启示进行了研讨。

【庆祝著名京剧艺术家赵燕侠先生诞辰90周年暨舞台生活85周年演唱会】

2018年4月10日，由北京京剧院主办，北京市戏曲艺术发展基金会支持的“庆祝著名京剧艺术家赵燕侠先生诞辰90周年暨舞台生活85周年演唱会”系列展演活动在北京长安大戏院开幕。4月11日至15日，由赵派传人和学习赵派的学生演出的《玉堂春》《花田八错》《碧波仙子》《荀灌娘》《白蛇传》5部赵派剧目先后上演。赵燕侠是著名京剧表演艺术家，是国家级非物质文化遗产项目代表性传人、北京市非物质文化遗产项目代表性传人。她的艺术风格独树一帜，她善于塑造不同类型的艺术形象，其演出的《红娘》《辛安驿》《荀灌娘》《玉堂春》等剧在继承荀派表演风格的基础上，结合自身条件大胆突破，表演洒脱、嗓音甜亮、唱腔悠扬、念白清脆、咬字清晰，为业内外行家所称道。

【国家大剧院第二届“越剧艺术周”】

2018 年 4 月 14 日至 5 月 5 日，国家大剧院第二届“越剧艺术周”举行。上海越剧院经典越剧《红楼梦》、浙江越剧院的新编越剧《游子吟》、杭州越剧院的《香莲案》《一缕麻》《清风亭》、福建芳华越剧团《柳永》《潇潇春雨》《玉蜻蜓》等剧目陆续上演。

【素韵·真声——纪念陈素真大师诞辰 100 周年系列活动】

2018 年 4 月 21 日至 24 日，由中共河南省委宣传部、河南省文化厅、河南省文学艺术界联合会和中共开封市委市政府等单位主办，中共开封市委宣传部、河南省戏剧家协会、河南豫剧院等单位承办的“素韵·真声——纪念陈素真大师诞辰 100 周年系列活动”在河南省开封市举行。祥符调发源于开封，是豫剧的母调。豫剧大师陈素真是豫剧界第一代女演员，豫剧祥符调的杰出代表，被称为“豫剧皇后”。豫剧自陈素真起，格局一新，开创了豫剧雅致化的新时代。

此次系列纪念活动内容包括纪念陈素真百年诞辰活动开幕式暨河南卫视“梨园春”演出专场、陈派祥符调经典大戏展演、陈派祥符调经典折子戏展演、陈素真艺术人生高峰论坛、陈素真纪念馆开馆仪式、《情系舞台——陈素真回忆录》暨陈素真画册再版 6 大板块的内容。

【第 28 届上海白玉兰戏剧表演艺术奖揭晓】

2018 年 4 月 30 日，“第 28 届上海白玉兰戏剧表演艺术奖”在上海大剧院揭晓。中国评剧院有限责任公司演员王平凭借《母亲》居主角奖榜首，她与惠敏莉、李君梅、金不换、冯蕴、蔡晓秋、陈明矿、钱程、周野芒、王岳凌共 10 人获得“主角奖”。配角奖榜首为江苏省淮安市涟水县淮剧团许晴，她与唐红友、徐蓉、张茜、蔡燕共 5 人获得“配角奖”。此外，王婉娜、吴鑫、汪建达获得“新人主角奖”，钱莹、姚奕获得“新人配角奖”。文化学者白先勇获特殊贡献奖。

【2018 炫彩青春——京剧联盟院团暨京津冀优秀青年演员交流展演】

2018 年 5 月 1 日至 8 日，由天津市文化广播影视局、天津市文学艺术界联合会主办，天津京剧院、天津市戏剧家协会承办的“2018 炫彩青春——京剧联盟院团暨京津冀优秀青年演员交流展演”活动在天津市滨湖剧院上演。此次展演共有来自全国 20 家京剧院团的 71 位青年演员带来的 71 出折子戏参演，共 8 场演出，行当涵盖老生、小生、青衣、老旦、花脸、文丑等。

天津京剧院将此次展演定位为“各地新秀的展示”，旨在为青年京剧演员搭建一个切磋交流、与名师名家面对面学习的平台。

【京剧行当艺术经典剧目展演】

2018 年 5 月 2 日，由北京市西城区人民政府和国家京剧院共同主办的“京剧行当艺术经典剧目展演”活动在北京梅兰芳大剧院开幕。开幕式上演了以丑行为代表的经典剧目《春草闯堂》。此次活动是以京剧行当“生旦净丑”为主题的五年系列项目推广工程的一部分。今年首次推出《扫地挂画》《蒋平捞印》《打城隍》《酒丐》《铁公鸡》等以丑行为代表的经典剧目和丑行艺术讲座等活动，同时，寇春华、郑岩、刘习中、吕昆山等丑行京剧表演艺术家还为青年演员传授了近年来不常上演的丑行代表剧目。

展演活动历时 8 个月，共进行了 52 场演出和讲座示范活动，除了开幕式和闭幕式 2 场大型演出为公益低票价演出外，其余50场演出均为纯公益演出。其中，小型剧目20场演出在梅兰芳大剧院小剧场、纪晓岚故居、湖广会馆、北京戏曲艺术职业学院少儿戏剧场等场地进行。30场的京剧大讲堂活动，演出团队一方面走进校园、社区，另一方面把百姓请进国家京剧院排练场、服饰展厅，让更多的观众近距离感受和体验京剧的台前幕后。

【首届武戏展演】

2018年5月12日至19日，由国家京剧院主办的“首届武戏展演”活动在北京梅兰芳大剧院举行。此次展演共推出7场，18个武戏剧目，包括3场大戏和15台折子戏，其中既有国家京剧院经典保留剧目《三打祝家庄》《大闹天宫》《八仙过海》等，也有以展示武生、武旦、武花脸、武丑等应功的传统武戏《长坂坡·汉津口》《挑滑车》《红桃山》《战马超》《九龙杯》《盗王坟》等。

为纪念京剧表演艺术家李洪春先生诞辰120周年，5月19日，还特别举办李洪春先生纪念专场，李洪春先生之子李玉声、李润声及其嫡孙李孟嘉共同演绎李洪春先生的经典形象——《古城会·训弟》中的关羽，纪念专场演出的剧目还有《春草堂·抬轿》和《小商河》。

【张军“水磨新调”新昆曲万人演唱会】

2018年5月18日，“张军‘水磨新调’新昆曲万人演唱会”在上海梅赛德斯奔驰文化中心上演。此次昆曲“万人演唱会”，张军将昆曲与流行音乐结合，试图让昆曲打破传统戏曲舞台的限制，探索昆曲这一古老艺术走进当代观众的视野，适应当下娱乐需要的新途径。演出当天，张军邀上海评弹团团长高博文，共同吟唱一阕《明月几时有》；与女高音歌唱家黄英合作，共同演绎中西方的经典之声；邀请了摇滚乐队“指行者”，让摇滚版的古诗词作品与昆曲唱腔同台。此外，张军还演唱了《水磨新调》中的作品，邀请昆曲学习班的少年表演《长刀大弓》、昆曲业余爱好者集体表演《皂罗袍》。

【良辰美景·非遗演出季】

2018年5月31日至6月5日，由中国昆剧古琴研究会与文化和旅游部恭王府博物馆共同主办的2018年“文化和自然遗产日”非遗系列活动——“良辰美景·非遗演出季”在北京举办。本次演出季由昆曲、古琴两大门类演出组成。昆曲演出部分由上海昆剧团担纲，6月2日、3日在北京恭王府大戏楼上演《夜奔》《琴挑》《拾画叫画》《百花赠剑》《扈家庄》《问探》《访鼠测字》《相约·讨钗》等8部传统经典折子戏；6月4日、5日在中山音乐堂、新清华学堂上演《玉簪记》《狮吼记》两部经典大戏。

【2018年京津冀精品剧目展演】

2018年6月11日至7月19日，由北京市文化局、天津市文化广播影视局、河北省文化厅共同主办的“2018年京津冀精品剧目展演”在北京举行。来自三地11家院团的11台剧目在北京剧院、民族宫大剧院、长安大戏院演出22场。

展演以原创和经典戏曲剧目为主，开幕演出为“百花绽放——京津冀戏曲名家名段演唱会”，参演的戏曲剧目包括昆曲《汤显祖与临川四梦》、新编京剧《狄青》《宋家姐妹》、评剧《花为媒》、北京曲剧《黄叶红楼》等。此外，展演期间还举办了京津冀演艺联盟研讨会，组织了以三地梆子剧种交流为主题的艺术面对面活动，三地河北梆子剧目《李保国》《没有共产党就没有新中国》《穆桂英挂帅》《我们村里的年轻人之剪影》等也参加了此次展演。

【香港中国戏曲节】

2018 年 6 月至 8 月，由香港康乐及文化事务署主办的“中国戏曲节”在中国香港举行。开幕演出为 6 月 14 日至 17 日，上海昆剧团演出全本《长生殿》。此外，中国国家京剧院二团的《梅妃》《锁麟囊》及《武则天轶事》，浙江省新昌县调腔保护传承发展中心的传统剧目《闹九江》、轻喜剧《挑水伯》及 5 出折子戏，宁海县平调艺术传承中心的折子戏，福建省莆仙戏剧院的《状元与乞丐》《三请樊梨花》，绍兴小百花越剧团的《屈原》《狸猫换太子》《穆桂英挂帅》《三看御妹》，同是讲述杨家将故事的西秦戏《辕门罪子》与粤剧《六郎罪子》，粤剧《文姬归汉》等剧目相继上演。

戏曲节还举办了多项艺术导赏活动，包括讲座、戏曲电影欣赏、艺人谈及展览等，让观众从不同角度欣赏戏曲艺术。为纪念越剧《红楼梦》首演 60 年，上海越剧院举办了“红楼导赏”及“红楼·音越剧场”两个活动。

【第 22 届中国少儿戏曲小梅花荟萃】

2018 年 7 月 13 日至 22 日，“第 22 届中国少儿戏曲小梅花荟萃”活动在浙江省嵊州市和江苏省张家港市举行。7 月 13 日至 16 日，“第 22 届中国少儿戏曲小梅花荟萃”个人节目在浙江省嵊州市举行。活动由中国戏剧家协会和嵊州市人民政府共同主办，中国文学艺术界联合会戏剧艺术中心、嵊州市文化广电新闻出版局承办。来自全国 24 个省区市以及中直、香港、嵊州基地、上海基地、昆山基地、深圳基地、一个戏曲工作室及美国、加拿大的 154 名选手同台竞技，包含京剧、昆曲、地方戏曲等 35 个剧种。

7 月 19 日至 22 日，“第 22 届中国少儿戏曲小梅花荟萃”第二阶段活动——中国少儿戏曲小梅花荟萃集体节目评审在江苏省张家港市举行。活动由中国戏剧家协会、江苏省文学艺术界联合会主办，中国文学艺术界联合会戏剧艺术中心、江苏省戏剧家协会、中共张家港市委宣传部以及张家港市文化广电新闻出版局共同承办。共有来自全国各地的 40 个节目入选终审。剧种包括京剧、昆曲、锡剧、越剧、壮剧、川剧、评剧、晋剧、粤剧、采茶戏、淮海戏、梁山灯戏等，演出内容有传承类、原创类、创新类、编排类、联唱类、器乐类等不同形式。

【第十届广西戏剧展演】

2018 年 7 月 29 日，由广西壮族自治区文化厅主办的“第十届广西戏剧展演”在广西壮族自治区桂林市开幕，25 台大型剧目、46 个小戏小品进行集中展演。本届展演分为小戏小品展演、大型剧目展演两个阶段，小戏小品展演于 7 月 29 日至 8 月 3 日在桂林市举行，包括桂南采茶戏、客家山歌剧等地方小戏小品；大型剧目展演于 8 月 20 日至 9 月 22 日在南宁市举行，包括壮剧、桂剧、彩调剧、邕剧等传统剧种。

【出彩河南——庆祝改革开放 40 周年中国豫剧优秀剧目北京展演月】

2018 年 8 月 2 日至 27 日，由中共河南省委宣传部、河南省文化厅主办，河南豫剧院承办的“出彩河南——庆祝改革开放 40 周年中国豫剧优秀剧目北京展演月”在北京长安大戏院举行。来自河南、新疆维吾尔自治区、河北、安徽、湖北、陕西 6 省区 19 个院团的 24 台优秀剧目参加展演。24 台参演剧目既有表现现实题材的《常香玉》《王屋山的女人》《春风化雨》《泥笛泪》《远山桃花开》《老村里新故事》《老子儿子弦子》等，又有表现历史题材的《苏武牧羊》《红梅记》《战洪州》《宇宙锋》《皇家驿站》

《北魏孝文帝》《风雨行宫》《薄姬》等；既有《朝阳沟》《打金枝》《倒霉大叔的婚事》等经典保留剧目，又有《尧山情》《戈壁母亲》《太行新愚公》等新创剧目。

展演月期间，还邀请艺术家、艺术评论家以及有关院团长、戏曲爱好者等观摩，组织举办了部分新创剧目研讨会。展演结束后，8 月 28 日，由中国艺术研究院戏曲研究所主办的“引领与创造：豫剧在新时代的新任务研讨会”在中国艺术研究院举行，与会专家为中国豫剧的发展和未来建言献策。

【吉林传统戏剧节】

2018 年 8 月 16 日至 31 日，由中共吉林省委宣传部、吉林省文化厅主办，辽宁省文化厅、黑龙江省文化厅、内蒙古自治区文化厅协办的“吉林传统戏剧节”在吉林省长春市举行。有来自北京、上海、河南、浙江、陕西、四川、安徽等全国 14 个省市的 24 家院团，携《花为媒》《龙凤呈祥》《穆桂英挂帅》《梁祝》《牡丹亭》《再续红梅缘》《女驸马》等名剧赴长春演出，共涵盖 17 个剧种。

【第三届全国“梨花杯”青少年戏曲教育教学成果展示】

2018 年 8 月 20 日至 24 日，由文化和旅游部主办，文化和旅游部文化科技司、中国戏曲学院承办的“第三届全国‘梨花杯’青少年戏曲教育教学成果展示”活动在中国戏曲学院举行。此次活动旨在展示我国戏曲专业教学成果，交流戏曲教学经验，提高教学质量和表演水平，推动我国戏曲教育事业的全面健康发展。本届“梨花杯”展示活动分别设个人展示（京昆青年组、京昆少年组、地方戏青年组、地方戏少年组）、集体展示（青年组和少年组）和戏曲伴奏音乐展示（青年组和少年组）。经过专家评审，遴选出来自 38 所院校的 69 个节目，在中国戏曲学院大剧场举办了 7 场成果展示（少年组 4 场，青年组 3 场）和 1 场综合汇报演出。

【纪念昆曲艺术大师韩世昌先生诞辰 120 周年专场演出】

2018 年 8 月 31 日至 9 月 1 日，由北方昆曲剧院主办的“纪念昆曲艺术大师韩世昌先生诞辰 120 周年专场演出”在北京梅兰芳大剧院举行。韩派经典剧目，包括《西游记·胖姑学舌》《牡丹亭·春香闹学》《牡丹亭·游园惊梦》《孽海记·思凡》《钗钏记·相约相骂》《铁冠图·刺虎》等亮相专场演出。

韩世昌在北方昆曲近现代史上占有极其重要的地位，他的传奇人生就是中国昆曲近现代史赓续变化的一个缩影，他还是北方昆曲剧院最主要的创建人之一，并担任首任院长。专场演出期间还举办了韩世昌艺术生涯资料展览。

【第四届辽吉黑蒙四省区地方戏曲优秀剧目展演】

2018 年 9 月 1 日至 11 日，由内蒙古自治区文化厅、辽宁省文化厅、吉林省文化厅、黑龙江省文化厅、包头市人民政府主办，包头市文化新闻出版广电局承办的“第四届辽吉黑蒙四省区地方戏曲优秀剧目展演”在内蒙古自治区包头市举行。辽宁省盖州市辽剧团的辽剧《养女情》、吉林省戏曲剧院吉剧团的吉剧《一夜皇妃》、黑龙江省龙江剧艺术中心（肇源分院）的龙江剧《头雁》、包头市漫瀚艺术剧院的漫瀚剧《布衣郡守》、内蒙古自治区鄂尔多斯市鄂托克旗乌兰牧骑的蒙古剧《乌兰牧骑的热喜》等 5 部剧目在包头大剧院、包头市第一工人文化宫演出 10 场。

【东方之韵——上海戏曲艺术中心经典剧目晋京展映展演】

2018 年 9 月 4 日至 28 日，由上海戏曲艺术中心主办，上海电影博物馆、上海京剧院、上海昆剧团、上海越剧院协办的“东方之韵——上海戏曲艺术中心经典剧目晋京展映展演”活动在北京举行。9 月 15 日，3D 京剧电影《曹操与杨修》、3D 昆剧电影《景阳钟》及 3D 越剧电影《西厢记》在中国电影资料馆分时段展映。三部电影的同名剧目舞台演出分别于 9 月 28 日、9 月 11 日至 12 日、9 月 4 日至 5 日在北京长安大戏院上演。

9 月 16 日，在中国电影资料馆还举办了“东方之韵·梨园光影——上海戏曲艺术中心 3D 戏曲电影晋京展映专题研讨会”，来自京沪两地的专家学者以及三部电影的主创人员，围绕“3D 戏曲电影是戏曲艺术的创造性转化创新性发展的成果之一”“戏曲电影的魅力与困境”“戏曲电影的美学与传播”“新技术背景下的戏曲电影创作”“上海戏曲电影的文化责任”等话题展开探讨。

【第十一届中国评剧艺术节】

2018 年 9 月 8 日至 14 日，由文化和旅游部艺术司、河北省文化厅、唐山市人民政府共同主办的“第十一届中国评剧艺术节”在河北省唐山市举行。本届评剧艺术节秉承“评剧艺术的盛会，人民群众的节日”的办节宗旨，汇聚了来自全国 7 个省区市 16 个院团的 16 台剧目，体现了整理改编传统戏、新编历史剧和现代戏“三并举”的戏曲剧目创作方针，特别是现代戏达到 13 台，体现了评剧擅长表现现实生活的特点。

艺术节期间，还举办了张（德福）派艺术研讨会和评剧民间班社折子戏交流演出等活动。

【金不换豫剧牛派丑行艺术经典剧目北京展演暨金不换牛派丑行表演艺术与中国戏曲喜剧精神学术研讨会】

2018 年 9 月 14 日至 16 日，由河南省文化厅、北京市文化局、鹤壁市人民政府、中国艺术研究院戏曲研究所等单位主办的“金不换豫剧牛派丑行艺术经典剧目北京展演暨金不换牛派丑行表演艺术与中国戏曲喜剧精神学术研讨会”在北京举行。14 日、15 日，由金不换主演的豫剧《卷席筒》《唐知县审诰命》在长安大戏院上演。16 日，“金不换牛派丑行表演艺术与中国戏曲喜剧精神学术研讨会”在中国艺术研究院举行。研讨会上，来自中国戏曲学院、中国艺术研究院、上海昆剧团等单位的专家学者围绕鹤壁牛派艺术的特点以及如何更好地发展提出了意见和建议。

【“2018 粤戏越精彩”系列活动】

2018 年 9 月、12 月，“2018 粤戏越精彩”系列活动在广东省举行。该活动自 2015 年启动以来已举办三届。本届活动分为两阶段进行：9 月在广州市举办会演、研讨，为第一阶段；12 月在梅州市举办“客家山歌剧展演暨剧种艺术研讨会”，为第二阶段。

9 月 17 日至 21 日，由广东省艺术研究所、广东粤剧院、中国艺术研究院戏曲研究所共同主办的“2018 粤戏越精彩”第一阶段活动在广州市举行。此次活动重点关注现代题材，尤其是 17 日、18 日上演的广东优秀现代折子戏展演专场，集中呈现了广东省各大院团挑选的现代题材折子戏或大戏选场、选段，如采茶小戏《醉酒》、花朝戏《烈火红颜·劝降》、花鼓戏《树正影儿斜》、白字戏《华子良·华子良下山》、粤剧《山乡风云》之《访贫》与《对月抒怀》、粤剧《烟雨丹青》之《斗画》以及潮剧《桑浦山花》选段等。19 日，来自全国各地的专家、学者出席了“广东地方戏曲现代化学术研讨会”，为广东地方戏曲的现代化建言献策。同时，此次活动还首次为广东省独有的三个地方戏曲剧种代表性人物——梅州山歌剧作家林文祥、湛江雷剧表演艺术家林奋和汕尾西秦戏表演艺术家吕维平，举办了专场演出和学术研讨会。

12 月 7 日至 9 日，由广东省文化和旅游厅、中国艺术研究院戏曲研究所以及中共梅州市委宣传部作为指导单位，广东省艺术研究所与梅州市文化广电新闻出版局联合主办的“客家山歌剧展演暨剧种艺术研讨会”作为“2018 粤戏越精彩”第二阶段活动在梅州市举行。梅州市山歌剧团的经典山歌剧《等郎妹》、梅县山歌剧团的新编现代题材山歌剧《春闹》参加展演。来自北京和广东省内的戏剧专家、山歌剧表演艺术家及广西贺州市、福建省龙岩市、广东省河源市龙川县、源城区等地的山歌剧团负责人和主创人员共同参与了山歌剧剧种研讨会。

【第二届晋冀鲁豫传统戏剧展演】

2018 年 9 月 17 日至 25 日，由文化和旅游部非物质文化遗产司支持，河南省文化厅、安阳市政府主办，河南省非物质文化遗产保护中心承办的“第二届晋冀鲁豫传统戏剧展演”在河南省安阳市举行。来自 4 省 10 个剧种的 10 个剧团共上演 18 场传统剧目，其中包括山西省的上党落子《程咬金招亲》、晋剧《富贵图》，河北省的大平调《闯幽州》、丝弦剧《纪阳关》，山东省的吕剧《小姑贤》、山东梆子《老羊山》，河南省的太康道情《王金豆借粮》、宛梆《铜台关》、内黄坠剧《大宋金鸠记》、内黄落腔《打定生》等。

展演期间，还举办了“晋冀鲁豫传统戏剧保护工作经验座谈会”，探讨新时期传统戏剧保护、传承和发展路径，并举办“河南省稀有剧种抢救工程图片展”，展现改革开放 40 年来河南省稀有剧种的整体风貌和抢救保护工作成果。

【传承版“尚长荣三部曲”晋京展演】

2018 年 9 月 26 日至 28 日，上海京剧院传承版“尚长荣三部曲”《曹操与杨修》《贞观盛世》《廉吏于成龙》首次集体晋京在长安大戏院上演。9 月 25 日，由中国艺术研究院戏曲研究所、中国戏曲学会主办的“激活传统　融入时代——尚长荣‘三部曲’与上海京剧院的艺术实践学术研讨会”在中国艺术研究院举行。与会专家围绕“京剧乃至中国戏曲在实现传统转化与时代创造中的发展契机和创作规律”“剧目建设与艺术家个人风格品格形成的关系”“艺术家的文化自觉意识与剧院审美品格建设的关系”“优秀剧目传承与剧院审美风格和演剧精神延续以及人才培养的关系”等议题进行了研讨。

【第八届中国（安庆）黄梅戏艺术节】

2018 年 9 月 27 日至 10 月 8 日，由文化和旅游部、安徽省人民政府主办，文化和旅游部艺术司、文化和旅游部非遗司、安徽省文化厅和安庆市人民政府承办，中国戏剧家协会特别支持的“第八届中国（安庆）黄梅戏艺术节”在安徽省安庆市举行。本届艺术节共组织开展 6 大类 20 项 100 多场活动。其中，来自安徽、湖北、江苏、江西、广东等 5 省 16 市的 24 个剧团共展演 26 台 49 场黄梅戏剧目。艺术节期间，还组织了安庆周边地区与黄梅戏有渊源的非遗传统戏曲，包括安徽的徽剧、青阳腔、庐剧，江西的采茶戏、西河戏，湖北楚剧，江苏锡剧，山东吕剧等 5 省 14 个剧种 14 家剧团的经典折子戏进行集中展演展示。

【2018 汤显祖国际戏剧交流月】

2018 年 9 月 28 日，由江西省人民政府和中国人民对外友好协会共同主办的“2018 汤显祖国际戏剧交流月”在江西省抚州市开幕。这是汤显祖故里抚州市继 2016 年汤显祖逝世 400 周年纪念活动后，第三次举办国际戏剧交流活动。本届交流月包括中外经典剧目展演、2018 年全国采茶戏汇演、江西省第三届汤显祖戏曲奖“小戏小品曲艺”大展、江西省第一届“非遗大展演”等多项文化活动。

【2018 年全国梆子声腔优秀剧目展演】

2018 年 9 月 28 日至 10 月 19 日，由中共中央宣传部文艺局、文化和旅游部艺术司主办，中共河北省委宣传部、河北省文化厅、中共石家庄市委市政府共同承办的“2018 年全国梆子声腔优秀剧目展演”在石家庄市举行。来自全国 14 个省区市的 23 个剧种 31 台剧目（包括 29 台大戏、2 台折子戏组台）共演出 56 场。展演活动期间，围绕梆子声腔传承、创新、创作和发展，还开展了专家观摩、专题研讨、名家讲座等系列活动。

【2018 年“茶香中国”首届全国采茶戏汇演】

2018 年 9 月 29 日至 11 月 14 日，由文化和旅游部艺术司、中共江西省委宣传部、江西省文化厅、抚州市人民政府主办的“2018 年‘茶香中国’首届全国采茶戏汇演”在抚州市汤显祖大剧院开幕。开幕式上演了赣南采茶戏《睄妹子》、吉安采茶戏《红色农家乐》、抚州采茶戏《县官下乡》、宜春采茶戏《木乡长（片段）》4 部采茶小戏、折子戏。汇演期间举办了包括大型采茶戏展演、精品小戏折子戏交流演出、采茶戏传承与发展学术交流研讨会、“戏曲进校园”等活动，来自安徽、福建、江西、湖北、湖南、广东、广西壮族自治区、贵州 8 省区的 44 个院团 54 个剧目（其中大戏 14 部，小戏 40 部）与观众见面。

【2018 中国戏曲文化周】

2018 年 10 月 1 日至 7 日，由文化和旅游部与北京市政府主办，文化和旅游部艺术司、中共北京市委宣传部、北京市文化局、北京市丰台区委区政府承办的“2018 中国戏曲文化周”在北京园博园举行。2018 年中国戏曲文化周以“中国梦·中华魂·戏曲情”为主题，力争成为振兴戏曲成果的展示平台和百姓体验戏曲文化的盛大节日，包括戏曲花车巡游表演、戏曲科幻秀、戏曲艺术汇、京剧票友大赛、园博传统音乐演出等活动。文化周期间，10 月 1 日，“2018 中国戏曲文化周戏曲大会”在北京举行。本次戏曲大会以“新时代中国戏曲的传承与发展”为主题，聚集了来自北京、上海、河南等全国 24 个省区市的戏曲名家及业内专业人士，就戏曲文化的传承与创新发展进行了交流与探讨。大会设置主旨发言和沙龙讨论两个环节。沙龙讨论中，与会代表就“如何更好地向大众传播戏曲文化”“新时代，剧团在地方戏曲的传承上有哪些成功经验”“剧团如何培养青年演员”等议题进行了讨论。

【东方之韵·梨园武荟——长三角地区中青年戏曲演员武艺展示】

2018 年 10 月 5 日至 11 日，上海戏曲艺术中心、上海市戏剧家协会、江苏省戏剧家协会、浙江省戏剧家协会、安徽省戏剧家协会、上海市黄浦区文化局策划主办的“东方之韵·梨园武荟——长三角地区中青年戏曲演员武艺展示”活动在上海大世界剧院举行。17 家院团、13 个剧种、37 位选手参与本次梨园武荟，展示了把子功、毯子功、扇子功、水袖功、手绢功、髯口功、帽翅功、赋子板、耍牙、踩跷等武功技艺。

【浙漾京城——第三届浙江戏曲北京周】

2018年10月8日至27日，由浙江省文化厅主办的“浙漾京城——第三届浙江戏曲北京周”在北京国家大剧院、长安大戏院、梅兰芳大剧院、天桥剧场及北京剧院分别上演。共有8个院团的8台大戏参加展演，集合了京、越、婺、甬四大剧种，它们分别为浙江小百花越剧团的《西厢记》、浙江京剧团的《飞虎将军》、杭州富阳越剧艺术传习院的《苍生》、宁波市甬剧团有限公司的《雷雨》、绍兴小百花越剧团的《王阳明》、舟山市艺术剧院的《海兰花》、嵊州市越剧艺术保护传承中心的《袁雪芬》、衢州市西安高腔传习所的《橘红满山香》。

【中国·桐乡小戏艺术邀请展】

2018年10月10日至14日，由中国文学艺术界联合会戏剧艺术中心、浙江省戏剧家协会、桐乡市人民政府主办的“中国·桐乡小戏艺术邀请展”在桐乡市举行。本次邀请展历时半年，共征集80余个剧目，经过专家遴选，精选出来自山西、江苏、浙江、山东、湖南、广东、陕西、甘肃等8个省份29家参演单位的31部小戏、小品进行展演。参演单位既有戏剧院团（含业余）、地方文化馆（站），也有艺术高等院校、艺术职业院校、文化艺术中心、非遗保护中心等。演职人员涵盖“梅花奖”获得者、基层院团演员、群文工作者及广大戏迷朋友。展演剧目则紧跟时代，风格多样，既有百姓关心的民生话题，也有呼应时代的大主题。

【第四届中国越剧艺术节】

2018年10月12日至28日，由文化和旅游部、浙江省人民政府共同主办，文化和旅游部艺术司、浙江省文化厅、绍兴市人民政府承办的“第四届中国越剧艺术节”在浙江省绍兴市举行。本届艺术节以“越剧的盛会，人民的节日”为主题，共展演来自上海、江苏、福建、浙江的24台剧目，其中现代戏9台。10月13日，作为本届中国越剧艺术节主题活动之一的越剧高端对话在绍兴市举行。中国剧协分党组书记季国平、中国艺术研究院戏曲研究所所长王馗、上海戏曲艺术中心艺术委员会主任李莉、东方IC公司原首席执行官及腾讯大浙网原总裁傅剑锋、浙江省嵊州市文广新局局长陈君作主旨演讲。

【第七届中国昆剧艺术节】

2018年10月13日至19日，由文化和旅游部、江苏省人民政府主办的“第七届中国昆剧艺术节”在江苏省苏州市举行。艺术节汇聚了来自中国8大昆剧院团、戏曲院校、民营昆剧院团以及中国台湾地区的昆剧团等16家演出单位的26台剧目及折子戏专场，其中既有新创剧目，如《顾炎武》、北方昆曲剧院《赵氏孤儿》、湖南省昆剧团《乌石记》等，又有传统经典剧目，如上海昆剧团复排的《琵琶记》等，有中国戏曲学院、上海戏剧学院演出的折子戏专场，“名家传戏——当代昆剧名家收徒传艺工程”入选学生折子戏组台汇报演出，还有北京大学学生演出的校园传承版《牡丹亭》等。

此外，“第八届中国昆曲学术座谈会”“2018年虎丘曲会”等系列活动也在艺术节期间举行。为配合展演，中国昆曲博物馆还举办了“宗门—宗师—宗风——从俞粟庐到俞振飞”特展及座谈会、专家讲座、经典折子戏演出等活动。

【全国优秀现实题材舞台艺术作品展演】

2018 年 10 月 15 日，为庆祝改革开放 40 周年，促进现实题材舞台艺术作品创作，由文化和旅游部主办的“全国优秀现实题材舞台艺术作品展演”在北京拉开帷幕，展演持续至 12 月底。参演作品种类丰富，其中戏曲类作品 135 部，涵盖了京剧、昆曲、豫剧、粤剧、湘剧等 58 个剧种，此外还有音乐舞蹈类作品 51 部，话剧儿童剧类作品 46 部。

【首届名家传戏——当代地方戏曲名家收徒传艺工程成果汇报演出】

2018 年 10 月 22 日至 28 日，由文化和旅游部艺术司、重庆市文化委员会共同主办的“首届名家传戏——当代地方戏曲名家收徒传艺工程成果汇报演出”在重庆市举行。这次展演汇集了来自全国 25 个省区市的 53 个折子戏，其中既有豫剧、评剧、越剧、黄梅戏、川剧、秦腔等流布范围较广的剧种，也有婺剧、莆仙戏、柳琴戏、琼剧、黔剧等活跃于特定地域的剧种。

2012 年起，“名家传戏——当代昆曲名家收徒传艺工程”启动，首度在国家级层面上建立了昆曲艺术人才传承创新机制。2015 年起，“名家传戏”的范围进一步扩大，涵盖了昆曲、京剧、地方戏曲，聘请了一批老一辈戏曲名家，采用“一带一”或“一带二”的形式，每位名家向 1 名至 2 名学生传授 2 出经典折子戏。“名家传戏——当代地方戏曲名家收徒传艺工程”实施 3 年多来，共资助 230 余名地方戏表演艺术家向 470 余名地方戏曲青年演员传授各自的表演精粹。

【第五届当代小剧场戏曲艺术节】

2018 年 10 月 23 日至 12 月 25 日，由北京市西城区文化委员会、北京戏剧家协会、北京天艺同歌国际文化艺术有限公司共同主办的“第五届当代小剧场戏曲艺术节”在北京繁星戏剧村举行。本届艺术节以“融”为主题。艺术节组委会主任濮存昕表示，“融”旨在突出跨界与融合，彰显包容与开放，在传承并弘扬戏曲精粹的前提下，顺时顺势，赋予戏曲全新的时代气象和当代气质，为形成良性的戏曲观演生态助力。开幕大戏《台城柳》以京剧和河北梆子融合，是戏曲舞台上传统的“两下锅”演出形式，凸显了本届艺术节“融”的主题。本届戏曲艺术节共上演 18 部剧目，汇集京剧、昆曲、越剧、粤剧、梨园戏、淮剧、晋剧、秦腔、豫剧等多个剧种，在剧目内容方面包括新编历史剧、现代戏、传统戏新编等。此外，艺术节还设置了戏曲衍生板块，包括梨园主题市集、时装秀、工坊、名师讲堂、戏曲体验课等。

【全国京剧文丑中青年高端人才研习班结业公演】

2018 年 10 月 24 日至 27 日，由中共中央宣传部主办，中共北京市委宣传部统筹协调，中国戏曲学院承办的“全国京剧文丑中青年高端人才研习班结业公演”在北京长安大戏院举行。本次研习班于 2017 年 4 月开班，聘请钮骠、寇春华、郑岩、黄德华、刘异龙、萧润年、朱世慧等 7 位京昆丑角艺术家作为研习班导师，来自全国 11 个京剧院团、院校的 20 名青年京剧丑角演员入选该班。7 位导师向 20 名学员传授了《问樵闹府》《失印救火》《十老安刘》《春草闯堂》《审头刺汤》《落马湖》《法门寺》《群英会》《普球山》《敬德装疯》《法门众生相》《连升店》《黄金台》《小上坟》《访鼠测字》《下山》《借茶》等 20 余出京昆文丑行当的代表剧目。

2018 年恰逢京剧丑角一代宗师、戏曲教育家、中国戏曲学校原校长萧长华诞辰 140 周年，文丑研习班结业公演，也是对一代京剧大师萧长华及其京剧文丑艺术的纪念缅怀。

【广东粤剧院建院60周年系列活动】

2018年10月31日至11月6日，广东粤剧院建院60周年系列活动在广东省广州市举行。系列活动包括纪念主题晚会、纪念大会、优秀剧目展演、粤剧电影欣赏、图文展览、研讨会等。

广东粤剧院成立于1958年，由原广东粤剧团、广州市粤剧团以及珠江、永光明、新世界、东方红、太阳升、南方、冠南华等几个粤剧团合并而成。建院初期，该院拥有马师曾、红线女、白驹荣、罗品超、文觉非等一批粤剧表演艺术家。从20世纪80年代至今，广东粤剧院又先后培养了大批艺术人才。丁凡、陈韵红、曹秀琴、梁耀安、吴国华、姚志强、梁淑卿、蒋文端、麦玉清、曾小敏等10位中青年艺术家先后获得了“中国戏剧梅花奖”，剧院成为全国拥有“梅花奖”演员最多的艺术院团之一。艺术创作方面，60年来广东粤剧院创作、改编、演出了600多个粤剧剧目，其中古装剧485个、现代剧131个，并多次获得“文华奖”“文华表演奖”等国家及省级奖项。

【第四届川剧节】

2018年10月至11月，由中共四川省委宣传部、中共重庆市委宣传部、四川省振兴川剧领导小组、四川省文化厅、重庆市文化委员会主办的“第四届川剧节”在四川省成都市举行。此次川剧节包括9大活动，以“传承弘扬优秀传统文化，创新发展中国川剧艺术”为主题，展示川剧艺术传承发展成果。14台川剧创新剧目和34折优秀传统折子戏参与此次川剧节。11月1日的开幕式上，四川省川剧院演出新创剧目红色革命题材川剧《金沙江畔》；11月9日的闭幕式上，重庆市川剧院演出川剧《江姐》。

【第二届全国花鼓戏优秀剧目展演】

2018年11月1日至9日，由中共湖南省委宣传部、湖南省文化和旅游厅主办，湖南省花鼓戏保护传承中心、长沙市文化广电新闻出版局承办的“第二届全国花鼓戏优秀剧目展演”在长沙市举行。本届展演由大型优秀剧目展演、“经典荟萃来湘聚”小戏专场、“喜聚三湘”小戏专场、“花鼓戏名家喜相逢”座谈会、名家名伶戏迷喜乐会等内容组成，全国范围内共遴选出6台大戏、10台小戏，涵盖湖南、湖北、安徽、河南等地区的不同花鼓戏流派。湖南省花鼓戏保护传承中心创排的《蔡坤山耕田》担纲开幕演出。

【第二届紫金京昆艺术群英会】

2018年11月8日至30日，由中共江苏省委宣传部、江苏省文化和旅游厅、江苏省文学艺术界联合会主办的“第二届紫金京昆艺术群英会”在南京市举行。本届紫金京昆艺术群英会秉承“会古今风华　展京昆大美”的主题，共有全国19家院团参演，云集了32台京昆大戏、13位梅花奖演员，包括原创经典京昆剧目展演、经典折子戏展演、京昆新秀展演、戏曲名角见面会等活动。

【江苏省文艺名家晋京展演——石小梅系列演出“春风上巳天”】

2018年11月9日至11日，由中共江苏省委宣传部、江苏省文学艺术界联合会主办，江苏省演艺集团昆剧院、石小梅昆曲工作室承办的江苏省文艺名家晋京展演——石小梅系列演出“春风上巳天”在北京大学百周年纪念讲堂举行。此次展演上演了全本《白罗衫》和包括经典折子戏《浣纱记·寄子》

《长生殿·闻铃》《桃花扇·逢舟》《跃鲤记·芦林》《桃花扇·侦戏》《红楼梦·读曲》《红楼梦·设局》《二胥记·哭秦》等的两台折子戏专场。

为配合此次展演，11 月 12 日，石小梅昆曲艺术研讨会在北京举行。

【好戏连台——著名戏曲音乐家朱绍玉创作作品剧目展演】

2018 年 11 月 14 日至 30 日，中国戏剧家协会、北京市文化和旅游局、北京京剧院主办的“好戏连台——著名戏曲音乐家朱绍玉创作作品剧目展演”在北京长安大戏院举行。本次展演将朱绍玉近年来为剧院创作的 5 部作品《大宅门》《狼牙山》《下鲁城》《宋家姐妹》《党的女儿》进行集中展示，并举行“朱绍玉创作作品演唱会”，邀请多位长期与朱绍玉合作的京剧界前辈、艺术家、青年演员同台献唱朱绍玉的作品。展演结束后，12 月 1 日，中国艺术研究院、中国戏剧家协会、北京市文化和旅游局、北京京剧院举办了“戏以曲兴——朱绍玉戏曲音乐创作成就研讨会”，与会专家学者评点了朱绍玉的艺术风格、成就，探讨了戏曲音乐创造性转化、创新性发展等问题。

朱绍玉，戏曲音乐家，国家一级作曲，中国戏曲学院客座教授，北京京剧院艺术委员会主任，国家级非物质文化遗产项目京剧代表性传承人，享受政府特殊津贴。从艺 50 多年来，创作了戏曲音乐作品 170 余部。其作品曾荣获“文华奖”、“文华作曲奖”、“五个一工程”奖、“国家舞台艺术精品工程奖”等多项国家级奖项。代表作品有历史京剧《赤壁》《天下归心》《建安轶事》《下鲁城》《袁崇焕》《大汉苏武》，京剧交响剧诗《梅兰芳》，京剧连台本戏《宰相刘罗锅》，京剧藏戏《文成公主》，新编京剧《山花》《图兰朵》《圣洁的心灵——孔繁森》《格萨尔王》《曾侯乙》《党的女儿》《夏王悲歌》，闽剧《天鹅宴》，电视剧《老柿子树》等。

【第八届巴黎中国传统戏曲节】

2018 年 11 月 26 日至 12 月 2 日，“第八届巴黎中国传统戏曲节”在法国巴黎举行。开幕演出为海南省琼剧院带来的琼剧《百花公主》。来自海南、陕西、浙江、贵州、福建和辽宁 6 个剧团的 200 多名演员演出 7 部经典剧目，除《百花公主》外，还包括碗碗腔《杨贵妃》、绍剧《孙悟空三打白骨精》、高甲戏《连升三级》、京剧《霸王别姬》《赵氏孤儿》《铁弓缘》等。为了让法国观众充分感受中国地方特色戏曲的魅力，京剧《霸王别姬》还在巴黎近郊的两个城市上演。

【2018 第四届“戏曲·呼吸”上海小剧场戏曲节】

2018 年 12 月 5 日至 13 日，上海戏曲艺术中心主办的“2018 第四届‘戏曲·呼吸’上海小剧场戏曲节”在上海长江剧场举行。参演的都是具有长三角地区独有特色的剧种，包括京剧、昆剧、越剧、淮剧、瓯剧、黄梅戏、梨园戏等 7 个剧种 8 部剧目，分别是瓯剧《伤抉》，京淮合演《新乌盆记》，黄梅戏《玉天仙》，昆曲《长安雪》，梨园戏《陈仲子》，越剧《僧繇》《再生缘》，京剧《青丝恨 2018》。

【2018 湖湘优秀小戏进京展演】

2018 年 12 月 11 日至 14 日，由湖南省文化和旅游厅主办，湖南省花鼓戏保护传承中心承办的“2018 湖湘优秀小戏进京展演”活动在全国地方戏演出中心举行。此次展演聚集了周回生、谢晓君、罗艳、王阳娟、肖笑波等湖南各剧种表演艺术家，演出了《讨学钱》《补锅》《真情花开》《程婴救孤·打鞭》《婆媳买衣》等 16 台小戏作品，涵盖花鼓戏、京剧、祁剧、昆剧、汉剧、苗剧、丝弦、阳戏等多个剧种。

【京剧表演艺术家、教育家——宋德珠先生诞辰100周年系列纪念活动】

2018年12月11日，由河北省文化和旅游厅主办，河北艺术职业学院承办，北京京剧院、北京长安大戏院、中国京剧艺术基金会等单位共同协办的“京剧表演艺术家、教育家——宋德珠先生诞辰100周年系列纪念活动”在北京开幕。纪念活动主要包括三项内容：一是12月11日、12日在北京长安大戏院举办的两场宋派经典剧目演出，演出剧目包括《金山寺》《改容战父》《战金山》《霸王别姬》《杨排风》《扈家庄》《青石山》等；二是12月12日举办的宋派艺术研讨会，河北省及北京等地的艺术家、评论家对宋派艺术进行研讨，对宋派艺术特色进行总结和评价，为传承弘扬京剧宋派艺术建言献策；三是出版宋德珠诞辰100周年纪念活动图文集等。

宋德珠是中国京剧“四小名旦”之一，京剧史上武旦挑班第一人，他开拓一代京剧“武旦、刀马旦之新风”，形成“宋派”表演艺术。

会议 · 论坛

【纪念越调大师申凤梅先生诞辰 90 周年座谈会】

2018 年 2 月 1 日，由中共河南省委宣传部、河南省文化厅、河南省文学艺术界联合会和周口市人民政府联合主办的“纪念越调大师申凤梅先生诞辰 90 周年座谈会”在河南省郑州市举行。座谈会以短片形式回顾了申凤梅的艺术人生。与会嘉宾评价了申凤梅的艺术造诣、人品艺德，并号召河南全省文艺工作者以申凤梅为榜样，弘扬她的艺术精神。座谈会后举行了越调名家申小梅收徒仪式，25 位青年演员拜申凤梅关门弟子申小梅为师。

申凤梅，越调表演艺术家，京剧大师马连良的弟子。在她近 60 年的艺术生涯中，塑造了 200 多个性格鲜明的艺术形象，尤以塑造的三国戏中的诸葛亮一角深入人心，被誉为“活诸葛”。

【《中华戏曲剧种丛书》阶段性出版研讨会暨“戏曲进校园”赠书活动】

2018 年 3 月 27 日至 29 日，“《中华戏曲剧种丛书》阶段性出版研讨会暨‘戏曲进校园’赠书活动”在江苏省扬州市举行。该套丛书由中国戏剧家协会主编，社会科学文献出版社出版，到本次活动前，共出版发行 38 种，包括京剧、昆剧、秦腔、越剧、梨园戏、豫剧、湘剧、陇剧、五音戏、云南花灯剧、龙江剧、新疆曲子戏等，全部为入选国家级非物质文化遗产名录项目的剧种。作为一部介绍中华戏曲各剧种渊源由来、经典剧目、名家大师、当下状况的大型系列丛书，《中华戏曲剧种丛书》是迄今为止中国戏曲界最大规模的剧种文化编撰、出版工程。本次研讨会上，与会专家、学者及丛书作者还就中国戏曲剧种丛书出版的意义、剧种研究对当下戏曲传承发展的实际作用、当前戏曲剧种的理论研究现状以及戏曲文化进校园的作用等问题进行了研讨。

【艺畹芳华——青年梅兰芳与京剧艺术展暨梅兰芳青年论坛】

2018 年 5 月 7 日，由梅兰芳纪念馆主办的“艺畹芳华——青年梅兰芳与京剧艺术展暨梅兰芳青年论坛”在北京梅兰芳纪念馆举行。来自中国艺术研究院、北京各名人故居纪念馆、全国各地的戏曲研究专家、青年学者以及媒体记者共 40 余人参加了此次活动。论坛中，18 位青年学者围绕梅兰芳与东西方戏剧文化、梅兰芳表演艺术本体、梅兰芳研究文献史料等议题展开学术交流与研讨。

此外，青年论坛还进行了十佳论文的评奖活动。

【文化和旅游部 2017 年戏曲艺术人才培养“千人计划”高级研修班结业典礼】

2018 年 5 月 16 日，由文化和旅游部主办，文化和旅游部艺术司、中国戏曲学院承办的“文化和旅游部 2017 年戏曲艺术人才培养‘千人计划’高级研修班结业典礼”在中国戏曲学院举行，共有戏曲编剧、导演、作曲、舞台美术及戏曲评论 5 个班级的 200 余名学员结业。此次研修班增设了戏曲评论班，招生人数也由每班 35 人增至每班 45 人。在为期 29 天的集中培训中，研修班聘请了国内外 96 名专家授课，采取理论讲授、辅导创作、作品点评、观摩研讨、参观学习等多种形式进行教学。

【一个不能被忘却的人——朱国樑先生研讨会】

2018年5月16日，由浙江昆剧团主办的“一个不能被忘却的人——朱国樑先生研讨会”在浙江省杭州市举行。汪世瑜、王世瑶、沈世华、张世铮、龚世葵等昆剧老艺术家，中国戏剧学院教授钮骠、文化学者郑培凯等专家，还有来自北京、上海、江苏、台湾、香港等地的昆剧院团团长参加了此次研讨会。

朱国樑，苏剧剧种的开创者，他创立了“国风剧团”，将苏摊这一民间地方曲艺发展成一个剧种；20世纪三四十年代，昆剧濒临危亡，他引入了昆剧“传”字辈王传淞、周传瑛等老艺术家，保留了昆剧最后的表演舞台，延续了昆剧险些熄灭的火种；新中国成立后，他和老一辈艺术家在极其困难的环境下，培养了新中国第一批昆剧演员，排演《十五贯》，上演了“一出戏救活一个剧种”的奇迹，他饰演的过于执，也成为后世典范。

【周长赋剧作学术研讨会】

2018年5月22日，由中国戏剧家协会、福建省文学艺术界联合会、中共莆田市委宣传部主办，福建省戏剧家协会、福建省艺术研究院、莆田市文化广电新闻出版局、莆田市文学艺术界联合会承办的“周长赋剧作学术研讨会”在福建省莆田市举行，来自全国的70多名戏剧专家参加了此次研讨会。研讨会上，戏剧专家围绕戏曲剧本创作、当前剧种和戏剧发展状态等方面进行了探讨。研讨会期间，还举行了莆仙戏《踏伞行》首演、莆仙戏经典传统折子戏展演等活动。

周长赋，福建莆田人，为国家一级编剧、当代剧作家，主要作品有莆仙戏《秋风辞》《江上行》、昆剧《景阳钟》、京剧《康熙大帝》《飞虎将军》和话剧《沧海争流》等。由他担任编剧的剧目曾多次获得“文华奖”、全国“五个一工程”奖和入选国家艺术精品重点资助项目；他个人也曾获得包括3次“中国戏剧奖·曹禺剧本奖”在内的共10多个全国性奖项。

【中国京剧像音像工程经验交流会】

2018年5月31日，为进一步做好中国京剧像音像工程有关工作，确保在“十三五”期间按质、按时、按量完成录制350部的任务，文化和旅游部在北京举办“中国京剧像音像工程经验交流会”。中央有关部门，有关省区市宣传部、文化厅局、京剧院团和录制基地的代表，以及京剧专家代表参加会议。有关单位代表就中国京剧像音像工程实施近两年来的录制情况、存在问题和下一步工作推进等方面进行了交流发言。

中国京剧像音像工程由中共中央宣传部指导，文化和旅游部组织实施，旨在通过先录像、再录音、再录像的方式，为当代戏曲名家留下艺术记录。该工程目前已录制130余部优秀传统京剧剧目。

【纪念戏剧宗师翁偶虹先生诞辰110周年】

2018年6月10日，由翁偶虹弟子田有亮策划发起的“纪念戏剧宗师翁偶虹先生诞辰110周年”活动在北京湖广会馆举行。戏曲、书画、媒体等各界人士300余人齐聚一堂。座谈会上，翁门弟子、剧作家张志高，京剧表演艺术家孙毓敏、叶少兰、李崇林、宋喜华等相继发言，共同缅怀翁偶虹先生为京剧艺术的传承与发展做出的杰出贡献。座谈会后，翁剧名家演唱会拉开序幕，来自北京京剧院、战友京剧团、天津京剧院的京剧名家先后登台演唱了翁偶虹编创剧目中的精彩唱段：谭筱羽演唱了现代京剧《红灯记》，刘金泉、康静演唱了《李逵探母》，李宏图、陈俊杰演唱了《壮别》，迟小秋演唱了

《锁麟囊》，王平、邓沐玮演唱了《将相和》。翁门弟子脸谱艺术联展也在活动当日拉开序幕。

【盐都戏曲现代戏创作研讨暨中国戏曲现代戏研究会第 30 届年会】

2018 年 6 月 21 日至 23 日，由中国戏剧家协会、中国戏曲现代戏研究会、江苏省戏曲现代戏研究会、盐城市盐都区人民政府主办，中国戏剧家协会《剧本》杂志社、盐都区文化广电新闻出版局、盐城市戏剧家协会承办的“盐都戏曲现代戏创作研讨暨中国戏曲现代戏研究会第 30 届年会”在江苏省盐城市举行。来自全国各地的戏剧界专家、学者、剧作家、评论家以及各院团长代表、媒体记者等 60 余人参加会议。

会议内容主要包含三部分：中国戏剧家协会、中国戏曲现代戏研究会授予了盐都区剧作家陈明、盐城市淮剧团团长张正余、盐城市淮剧团副团长王雷“中国戏曲现代戏突出贡献奖”，以表彰他们在戏曲现代戏剧本创作、院团建设、剧目生产等方面做出的贡献；“现代戏的剧本创作——以陈明及盐城剧作家群为例”创作研讨会；中国戏曲现代戏研究会以“现代戏的剧目创作及基层院团建设”为题的主题研讨会。会议期间，盐城市淮剧团还演出了《送你过江》《菜籽花开》《半车老师》3 台现代淮剧。

【中国昆曲现状、态势和评论研究暨中国昆曲苏州高峰论坛】

2018 年 6 月 23 日，由中国文艺评论家协会、江苏省文学艺术界联合会、中共苏州市委宣传部、苏州大学主办，中国文艺评论家协会戏剧戏曲专业委员会协办的“中国昆曲现状、态势和评论研究暨中国昆曲苏州高峰论坛”在江苏省苏州市举行。来自全国各地的十几名专家学者以居安思危的忧患意识，对昆曲面临的困境及未来的态势、昆曲评论的发展等问题进行了探讨。

【纪念首任校长田汉先生诞辰 120 周年系列活动】

2018 年 7 月 2 日至 11 日，由中国戏曲学院主办的“纪念首任校长田汉先生诞辰 120 周年系列活动”在北京举行，系列活动包括学术研讨会、纪念演出、馆藏文献专题展览等内容。7 月 2 日，“纪念首任校长田汉先生诞辰 120 周年学术研讨会”在中国戏曲学院举行，与会专家围绕“田汉校长戏曲教育思想、戏曲创作艺术、田汉校长戏曲管理思想”的主题展开研讨。

7 月 2 日至 11 日，在北京长安大戏院举办 10 场演出，通过展演田汉作品《白蛇传》以及其他京剧经典传统剧目，让观众领略戏曲的艺术魅力。此外，中国戏曲学院图书馆馆藏文献专题展览同期举行，展览由田汉著述、田汉研究、校戏《白蛇传》三大板块组成。

【文化和旅游部 2018 年戏曲艺术人才培养“千人计划”高级研修班开班】

2018 年 7 月 16 日，由文化和旅游部主办，文化和旅游部艺术司、中国戏曲学院承办的“文化和旅游部 2018 年戏曲艺术人才培养‘千人计划’高级研修班”在北京开班。本期研修班共有编剧、导演、作曲、舞美、评论 5 个班级近 200 名学员，共进行为期 28 天的集中培训，聘请近百名戏曲专家采用理论讲授、辅导创作、作品点评、观摩研讨、参观学习等多种方式进行教学。

此外，研修班还增设了思想政治理论课程，引导学员着重学习习近平新时代中国特色社会主义思想和党的十九大精神，使学员坚定文化自信，坚守中华文化立场，树立正确的历史观、民族观、国家观、文化观。研修班还实行导师制和远程网络教学。集中培训结束后，学员返回各自单位还将继续接受远程教育并进行业务实践。

【北京小剧场戏曲发展的现状及未来专题研讨会】

2018 年 7 月 19 日，由北京市文学艺术界联合会主办，北京市文学艺术界联合会研究部、北京文艺评论家协会承办的“北京小剧场戏曲发展的现状及未来专题研讨会”在北京举行。此次座谈会围绕小剧场戏曲这一北京地区戏剧界热点和前沿话题展开交流研讨，梳理近年来北京小剧场戏曲的发展现状，探讨其有别于传统戏曲舞台形态的艺术特性，总结其目前存在的问题并提出思考建议，鼓励首都戏曲创作者探索戏曲艺术的更多可能性，推动首都小剧场戏曲进一步繁荣发展。20 余名专家学者、媒体记者等参加了此次研讨会。

【第十五届中国散曲暨相关文体学术研讨会】

2018 年 7 月 21 日至 24 日，由中国散曲研究会主办，河北大学文学院、中国曲学研究中心等承办的“第十五届中国散曲暨相关文体学术研讨会”在河北大学举行。中国散曲研究会、南开大学、吉林大学、北京师范大学、河北师范大学等单位的近百名学者参加此次研讨。本届研讨会旨在促进中国散曲及相关文体研究，推动中国词曲学及传统文化的研究、传播。与会专家学者围绕“当代散曲创作的喜与忧”“二十世纪之散曲创作与研究”“论元散曲寿曲数量偏少现象”等数十个论题，以及明代散曲作家与散曲理论、戏曲演出与戏曲理论、曲谱曲律、词曲文献、昆曲与非物质文化遗产、当代散曲创作等话题进行了讨论。

【中国目连戏展演暨中国目连戏的保护与传承研讨会】

2018 年 8 月 24 日至 25 日，由中国艺术研究院宗教艺术研究中心、中国艺术研究院戏曲研究所主办，中国昆剧古琴研究会协办，文化和旅游部非物质文化遗产司、星云文化教育公益基金会、恭王府博物馆特别支持的“中国目连戏展演”在恭王府大戏楼举行。演出汇集了泉州提线木偶戏、安徽马山目连戏、莆仙戏、川剧、绍剧（调腔）、祁剧、新昌调腔、弋阳腔 7 个声腔 8 个剧种，展示了《四将开台》《上寿》《追荐功果》《劝姊开荤》《大开五荤》《女吊》《花园罚誓》《调无常》《过奈何桥》《叩地狱门》《地狱见母》《盂兰大会》等 12 个目连戏折子片段，是一次多声腔多剧种目连戏的集萃展演。泉州市提线木偶戏传承保护中心（泉州市木偶剧团）、安徽祁门马山目连戏剧团、福建省莆仙戏剧院、四川庞氏文化传播有限公司民中川剧团、浙江绍剧艺术研究院、湖南省祁剧保护传承中心、新昌县调腔保护传承发展中心、弋阳腔艺术保护中心等 8 个地方剧团参加了展演活动。

8 月 25 日，“中国目连戏的保护与传承研讨会”在北京举行，来自北京及各地的专家学者、地方文化部门和参演院团负责人共 50 多人出席了会议。与会专家学者肯定了这次展演对中国目连戏传承、保护的意义，同时针对目连戏的传承角度、传承内容、传承形式等问题进行了探讨。

【陕西省戏曲研究院成立 80 周年纪念大会】

2018 年 9 月 3 日，“陕西省戏曲研究院成立 80 周年纪念大会”在陕西省西安市举行。纪念大会由陕西省省长刘国中主持，中共陕西省委书记胡和平、革命先辈先烈亲属代表习远平、文化和旅游部副部长李群出席并讲话。中国戏剧家协会名誉主席尚长荣、中共陕西省委常委宣传部部长庄长兴、陕西省政协副主席刘宽忍出席大会。陕西省戏曲研究院负责同志和老艺术家代表发言。胡和平等为部分老艺术家颁发了纪念奖章和证书。

陕西省戏曲研究院由 1938 年毛泽东同志领导建立的陕甘宁边区民众剧团和 1939 年习仲勋同志领

导建立的关中八一剧团等合并组建而成，是我们党创立的第一个红色戏曲艺术表演团体。

【第八届中国昆曲学术座谈会】

2018 年 10 月 14 日至 16 日，作为“第七届中国昆剧艺术节”重要内容的“第八届中国昆曲学术座谈会”在江苏省苏州市举行。来自海内外的 60 多名专家学者参加此次座谈会。在为期 3 天的座谈会上，与会专家学者共发表论文 55 篇，围绕昆曲入遗以来保护传承工作的成果和经验、近年各地推出的改编和新编昆剧、面向 21 世纪的昆曲人才培养工作、昆曲艺术的高校传播和海外传播等问题展开深入研讨。这些研究成果已编入由中国昆曲研究中心主办的《中国昆曲论坛》年刊。

【东方与西方——梅兰芳、斯坦尼与布莱希特国际学术研讨会】

2018 年 10 月 22 日至 23 日，由中国艺术研究院主办，梅兰芳纪念馆承办的“东方与西方——梅兰芳、斯坦尼与布莱希特国际学术研讨会”在北京举行。来自国内高校和研究机构以及日本、韩国、新加坡、俄罗斯、美国、挪威、意大利等国家和地区的 30 多位专家学者参加了会议。本次国际学术研讨会旨在从世界戏剧的大格局中，探讨梅兰芳戏曲表演体系与斯坦尼、布莱希特戏剧表演体系的关系，进一步总结中国戏曲规律，探索中国戏曲未来的发展路径，探讨中国戏曲在世界戏剧版图中的格局和地位，以期对中国戏曲和世界戏剧及其理论的交流、对话起到积极作用。与会者从不同的角度对梅兰芳的表演体系、他出访海外的收获以及与斯坦尼、布莱希特表演体系的比较进行了探讨。

研讨会期间，梅兰芳纪念馆还举办了“走向世界的梅兰芳”专题展览和古琴·京剧跨界艺术《琴芳梅兰》演出活动。

【氍毹心传——戏曲“名家传戏”人才培养计划】

2018 年 11 月 1 日，由中国艺术研究院戏曲研究所承担并组织实施的北京文化艺术基金 2018 年度资助项目“氍毹心传——戏曲‘名家传戏’人才培养计划”在中国艺术研究院开班。该项目整合中国国家京剧院、中国评剧院、北京京剧院、北方昆曲剧院、北京市河北梆子剧团、中国戏曲学院、北京戏曲艺术职业学院等机构的实践和研究力量，共同遴选出杜近芳、孙毓敏、李文敏、秦肖玉、蔡正仁、周世瑞、刘玉玲、燕守平、赵葆秀、袁慧琴、赵建华、李金平、朱绍玉、谷文月、刘萍、李惟铨、马玉璋、杨长秀、李继宗 19 位戏曲表演、音乐、舞美领域的代表性传承人及艺术名家为传承导师，同时组成传戏记录小组，通过 25 个子项目，共同挖掘、整理、记录、传承北京地区流播的昆曲、京剧、梆子、评剧等传统剧种的重要剧目，记录各剧种代表性艺术家的表演经验和从艺心得。

在名家传戏记录团队的基础上，还邀请近 40 位学者和研究者进行史论与剧目的集中授课，力求合戏曲实践、理论研究、艺术教育为一，以教育促进实践，以实践推动研究，三者彼此互动，在此基础上完成传承、记录、整理、研究的任务。此次培养采取了集中授课、剧目解读课程、名家传戏记录、表演艺术经验记录和剧目展演等多种形式。

【2018 年度中国戏曲评论高峰论坛】

2018 年 11 月 18 日，由中国文学艺术界联合会文艺评论中心、中国戏曲学院共同主办的“2018 年度中国戏曲评论高峰论坛”在北京举行。论坛就当前戏曲评论现状、各地戏曲评论组织的开展情况及当下戏曲评论的新媒体发展趋势进行了分析和研讨。活动当天还举行了《中国戏曲评论（2015）》《中国戏曲评论（2016）》首发式。《中国戏曲评论》是在中国戏曲学院和中国文联文艺评论中心共同扶持下开展的科研项目，该项目以编纂各年度内中国戏曲艺术的发展实践为主要内容，总结戏曲国家政策、创作演出、表导演艺术、舞台美术、多媒体传播和国际文化交流等方面的内容，为国家的戏曲艺术政策提供决策依据。

【富连成戏曲国际学术论坛】

2018 年 11 月 18 日至 19 日，由北京外国语大学主办，北京外国语大学富连成研究中心承办的“富连成戏曲国际学术论坛”在北京外国语大学举行。论坛分“富连成社办学经验座谈”“富连成社与戏曲教育研究”“富连成社与中国戏曲史研究”“近现代戏曲研究”4 个主题。来自海内外近 20 所高校、戏曲院团的 150 余位专家、学者、艺术家，共同探讨富连成社作为中国京剧“第一科班”的历史贡献与现实意义。

【中国傩戏学研究会成立 30 周年暨第二届中国梵净山傩文化学术研讨会】

2018 年 11 月 24 日至 25 日，由中国傩戏学研究会、贵州省文化和旅游厅主办，贵州省非物质文化遗产保护中心、铜仁市文化广电新闻出版局、德江县人民政府承办的“中国傩戏学研究会成立 30 周年暨第二届中国梵净山傩文化学术研讨会”在贵州省铜仁市举行。研讨会以“傩文化传承发展与新时代乡村振兴”为主题，来自 20 余个省区市及日本、韩国等国家的 100 多位傩文化专家、学者参加研讨会。会议期间，与会专家、学者围绕傩文化的保护、开发与利用进行学术交流与讨论，并观摩了中国傩戏第一村——铁坑村。

人物纪念

【戏曲音乐教育家曹宝荣逝世】

2018年1月5日，戏曲音乐教育家、京二胡演奏家、中国戏曲学院原副院长曹宝荣因病在北京逝世，享年75岁。

曹宝荣（1943—2018），1943年8月30日生于北京。1956年9月至1962年7月就读于中国戏曲学校音乐科，主修京剧器乐专业，先后学习月琴、三弦、曲笛、唢呐、打击乐、京胡、京二胡演奏。1962年毕业后留校任教，成为首批京二胡教师。1998年被评定为中国京剧音乐史上的第一位教授，2002年成为首届戏曲音乐硕士研究生导师。出版著作有《何顺信琴谱》《京胡传统曲牌教程》《京剧声腔板式解读》《京剧经典唱腔》《京胡考级曲集》及音像出版物《曹宝荣京胡传统曲牌精选》等。

【越剧表演艺术家陆锦花逝世】

2018年1月10日，越剧表演艺术家，越剧“陆派”艺术创始人陆锦花因病在美国洛杉矶逝世，享年91岁。

陆锦花（1927—2018），1927年2月25日生于上海。原名柯纹祺。祖籍福建。13岁进越剧四季班学艺，改用母姓陆，拜男班演员张福奎为师。20世纪40年代，先后与袁雪芬、邢竹琴、王文娟、张茵、许金彩、张云霞、筱月英等合作演出。1949年7月，参加上海市军管会文艺处举办的第一届地方戏剧研究班。1954年，参加华东戏曲研究院越剧实验剧团。擅穷生和巾生，代表作有《珍珠塔》（方卿）、《彩楼记》（吕蒙正）、《情探》（王魁）、《盘夫》（曾荣）等。

【京剧表演艺术家张逸娟逝世】

2018年1月20日，戏曲教育家、京剧花旦表演艺术家、中国戏曲学院附属中等戏曲学校原校长张逸娟因病在北京逝世，享年70岁。

张逸娟（1948—2018），1948年生于上海。1958年考入中国戏曲学校京剧表演专业，专攻花旦，兼习青衣、花衫、刀马旦。1966年毕业留校工作，曾任中国戏曲学院附属中等戏曲学校校长，兼任教育部艺术职业教育教学指导委员会委员、文化部全国中等艺术职称评审委员会委员、中国京剧优秀青年演员研究生班导师等职务。从艺60年来，她潜心研究荀派表演艺术，进行荀派剧目的学习、整理工作，学、演、教过的传统与现代戏剧目有近百出。

【豫剧板胡演奏家王冠君逝世】

2018年2月7日，豫剧板胡演奏家王冠君因病在河南省郑州市逝世，享年99岁。

王冠君（1919—2018），7岁开始学习板胡，19岁起开始了与豫剧大师常香玉长达半个多世纪的合作，也是河南省唯一一位与豫剧五大名旦都合作过的琴师。20世纪60年代，王冠君集纳众家之长，统一了当时的多种板胡演奏技法，创立了现代豫剧板胡演奏法，在豫剧的板胡、唱腔方面都有较大贡献。2016年，王冠君被中华豫剧文化促进会授予终身成就奖。

【京剧表演艺术家张春孝逝世】

2018年2月10日，京剧小生表演艺术家张春孝因病在北京逝世，享年83岁。

张春孝（1935—2018），生于1935年。北京人。本名张德山。京剧茹（富兰）派、叶（盛兰）派小生。他于1942年入鸣春社科班第二科学艺，排名春孝，师从张世孝，工小生。1948年科班解散后转入四维儿童戏剧学校第三分校。1949年随校转为戏曲实验学校（现中国戏曲学院）第一期的学生继续学业，1956年毕业。在校期间得萧长华、王瑶卿、金仲仁、姜妙香、迟月亭、李德彬等名家指点，并得茹富兰精心传授，文武兼擅，后又拜叶盛兰为师，得其亲授。代表剧目有《平贵别窑》《黄鹤楼》《群英会》等。

【锡剧表演艺术家汪韵芝逝世】

2018年3月8日，锡剧表演艺术家汪韵芝在江苏省无锡市逝世，享年94岁。

汪韵芝（1924—2018），1924年出生。12岁开始学习锡剧，艺术生涯中塑造了众多个性鲜明的女性形象，曾主演《罗汉钱》《珍珠塔》《追鱼》《孟丽君》《三访桑园》《西厢记》《小二黑结婚》《红花曲》《双推磨》等剧目。在《珍珠塔》中，她塑造的势利姑母“方朵花”被誉为“活姑母”，《珍珠塔》一剧也因此成为她的代表作。

【越剧表演艺术家张少栋逝世】

2018年3月15日，越剧表演艺术家张少栋因病在江苏省无锡市逝世，享年87岁。

张少栋（1931—2018），1931年10月生于上海。1946年学艺，工小生。1950年自创上海姊妹越剧团，担任头肩小生兼团长。1955年3月任无锡市越剧团团长。1978年重建无锡市越剧团，任团长兼主要演员。1984年10月，任无锡市戏剧学校（现无锡文化艺术学校）校长。1992年退休。代表作有《云中落绣鞋》《汉宫怨》等。

【秦腔表演艺术家王芷华逝世】

2018年4月24日，秦腔表演艺术家、戏曲教育家王芷华因病在陕西省西安市逝世，享年79岁。

王芷华（1939—2018），1939年生于陕西省西安市。1949年进易俗社学艺。工小生，师承李可易、杨令俗等，后又拜苏育民为师。1979年易俗社恢复建制，王芷华回到易俗社，重返舞台，参与主演易俗社排演的秦腔《胭脂》，该剧也成了她的代表剧目之一。近年来，王芷华担任易俗社艺术传承小组组长，为该社复排了《双锦衣》《三滴血》《胭脂》《走雪》《貂蝉》《杀驿》《龙门寺》《别窑》等戏，传承功绩卓著。

【京剧表演艺术家赵麟童逝世】

2018年4月28日，京剧表演艺术家赵麟童在浙江省杭州市逝世，享年85岁。

赵麟童（1933—2018），1933年2月出生。麒派老生，国家一级演员。幼年拜黄胜芳为师，九岁登台演出《追韩信》。他主要以学习周信芳表演艺术为本，在此基础上结合自身条件形成了独具特色的表演风格，成为最具代表性的麒派表演艺术家之一。从事麒派艺术60余年中，代表作有《未央宫》《六国封相》《徐策跑城》《四进士》《萧何月下追韩信》《威震三关》《明末遗恨》《义责王魁》《清风亭》等。

【京剧表演艺术家杨菊萍逝世】

2018 年 6 月 8 日，京剧表演艺术家杨菊萍在湖北省武汉市逝世，享年 98 岁。

杨菊萍（1920—2018），1920 年出生于梨园世家，小杨月楼之女。杨派青衣代表性传承人，代表性剧目有《雁门关》《人面桃花》《石头人招亲》等。杨菊萍的表演艺术既继承其父小杨月楼的艺术遗珍，又得到王瑶卿、梅兰芳等大师的指授，兼收博采，形成了独特的表演风格，推动了京剧旦行艺术的发展。

【戏曲研究学者余从逝世】

2018 年 6 月 29 日，戏曲研究学者余从在北京逝世，享年 87 岁。

余从（1931—2018），原名徐灵寿。1931 年 12 月生于太原市，原籍山西省五台县大建安村。从 20 世纪 50 年代初开始从事中国戏剧历史及理论的研究、教学、编审工作，着重研究戏曲声腔及京剧与地方戏曲剧种。曾任中国艺术研究院戏曲研究所所长、研究员，中国戏曲音乐学会会长。出版有《戏曲声腔剧种研究》、《中国戏曲史略》（合著）、《中国戏曲通史》（参与撰写）等专著。

【京剧表演艺术家吕东明逝世】

2018 年 7 月 2 日，京剧表演艺术家、程派传人吕东明在辽宁省沈阳市逝世，享年 88 岁。

吕东明（1930—2018），1930 年生于吉林省。12 岁时进科班学艺。20 世纪 60 年代先后拜程派嫡传弟子赵荣琛和程派琴师徐文谟为师，而后经几十年的钻研与实践，成为程派传人中的佼佼者。除了常演《锁麟囊》《春闺梦》《六月雪》《荒山泪》《红鬃烈马》《陈三两》等经典剧目外，还擅长赵荣琛先生的私藏戏，如《婉娘与紫燕》《苗青娘》《风雪破窑记》《火焰驹》《皇帝与妓女》《李师师》《谐趣缘》《桑园会》等。

【越剧剧作家吴兆芬逝世】

2018 年 7 月 23 日，上海越剧院国家一级编剧、剧作家吴兆芬因病在上海逝世，享年 81 岁。

吴兆芬（1937—2018），1937 年 3 月出生于上海市川沙县（已撤销）。1961 年，吴兆芬毕业于上海师范学院中文系，同年 9 月进入上海戏剧学院戏曲创作研究班深造。1963 年 7 月，吴兆芬从戏曲创作研究班毕业后进入上海越剧院，正式开启了越剧编剧生涯。她先后创作了《不准出生的人》（与平梅芳合作）、《孟丽君》、《桃李梅》、《神王恋》、《紫钗记》、《风雪渔樵》、《岭南风云录》、《蝴蝶梦》、《啼笑因缘》、《断指记》、新版《家》和现代剧《杏花春雨》等诸多越剧佳作。

【滇剧表演艺术家万象贞逝世】

2018 年 11 月 22 日，滇剧表演艺术家、中国戏曲表演学会终身成就奖获得者万象贞在云南省昆明市逝世，享年 82 岁。

万象贞（1936—2018），工旦行，师从滇剧竹派宗师“竹八音”张禹卿先生，艺名为“小八音”，是滇剧竹派艺术的代表性传承人。她擅演悲剧人物，博采前辈艺人及其他剧种所长而形成了自己的演唱风格。其代表剧目有《借亲配》《荷花配》《元江烽火》《望夫云》《京娘送兄》《杜十娘》《拷红娘》《烤火下山》《血手印》《团圆之后》《厨娘》等。

【川剧表演艺术家蓝光临逝世】

2018 年 12 月 15 日，川剧表演艺术家蓝光临在四川省成都市逝世，享年 83 岁。

蓝光临（1935—2018），出生于 1935 年 9 月 7 日。10 岁时考入广安“三三川剧改进社”习须生，师从剧社班主王贵昌。1953 年 10 月加入四川省川剧团，经彭其年、周裕祥建议而改习文武小生，先后师从川剧表演艺术家曾荣华和彭海清，学习《评雪辨踪》《肖方杀船》等传统戏。1958 年调入成都市川剧院，直至退休。其演出的《评雪辨踪》《肖方杀船》《酒楼晒衣》《李甲归舟》《问病・逼宫・闹殿》《怀玉惊梦》《情探》《摘红梅》《周仁耍路》等戏广受观众好评，素有“川剧当代第一小生”的美誉。

【京剧表演艺术家俞鉴逝世】

2018 年 12 月 20 日，京剧表演艺术家、宁夏回族自治区京剧团（原中国京剧院四团）武生表演艺术家俞鉴在宁夏回族自治区银川市逝世，享年 90 岁。

俞鉴（1928—2018），1928 年生于浙江省新昌县，艺名小王其昌，幼年即学武生，短打、箭衣、长靠、猴戏，先后在浙江军区京剧团、总政京剧团、中国京剧院四团、宁夏回族自治区京剧院任主要演员，有“活哪吒”“女猴王”之美誉。代表作有《金钱豹》《乾元山》《十八罗汉斗悟空》等。

【京剧表演艺术家高玉倩逝世】

2018 年 12 月 23 日，京剧表演艺术家、国家京剧院艺术指导委员会顾问高玉倩在北京逝世，享年 91 岁。

高玉倩（1927—2018），1927 年出生。原名高晨。8 岁时进入北平中华戏曲专科学校，工青衣、花旦，先后师从王瑶卿、于连泉、韩世昌、雪艳琴、欧阳予倩、程玉菁等名家。1947 年，高玉倩在上海拜梅兰芳为师，同年加入焦菊隐主办的北平艺术馆，演出改良京剧《桃花扇》《新蝴蝶梦》等。1950 年，调入中国京剧院（国家京剧院前身）。1964 年，改工老旦，先后塑造了《红灯记》之李奶奶、《平原作战》之张大娘等艺术形象。

机构

【梅兰芳研究中心成立】

2018 年 1 月 29 日，“梅兰芳研究中心成立授牌仪式暨学术研讨会”在中国艺术研究院举办。为提升梅兰芳纪念馆的学术品格，中国艺术研究院以梅兰芳纪念馆为依托成立梅兰芳研究中心。刘祯兼任梅兰芳研究中心主任，中心聘请龚和德、曲六乙、钮骠、周育德、车锡伦、王安奎、曾永义、郑传寅、胡芝风、周华斌、屠珍 11 位专家任学术顾问；聘请顾春芳、靳飞、李玫、李胜素、梁燕等 9 位专家学者任特聘研究员。

梅兰芳研究中心将依托梅兰芳所藏的数万种表演和历史文献，以梅兰芳表演艺术的各个层面要素及其相互关系为研究对象，从微观到宏观，子课题与主课题相结合，多层次地对梅兰芳表演艺术体系进行归纳、总结，旨在从本体上和整体上阐明梅兰芳表演艺术体系的深刻内涵及其独特性。

【中国戏剧家协会民间职业剧团工作委员会成立】

2018 年 11 月 20 日，“中国戏剧家协会民间职业剧团工作委员会成立大会”在北京举行。中国戏剧家协会团体会员负责人和来自全国各地的近 60 位民间职业剧团代表作为委员参加了会议。近年来，全国文艺界深入学习贯彻习近平新时代中国特色社会主义思想和党的十九大精神，全国文学艺术界联合会系统推进深化改革。按照中国文学艺术界联合会统一部署，中国戏剧家协会在深入基层开展一系列调研的基础上，研究制定了《中国戏剧家协会深化改革方案》，决定成立中国戏剧家协会民间职业剧团工作委员会（简称“民职工委会”）。民职工委会是第一个全国性民间戏剧工作者组织。

2018 年 11 月 20 日至 12 月 7 日，由中国戏剧家协会主办的 2018 年民间职业剧团晋京展演活动也在北京民族文化宫大剧院举行。中国戏剧家协会从全国各地推荐的 20 余部剧目中，遴选出了湖南花鼓戏《胡子将军》、河南豫剧《铡刀下的红梅》、上海沪剧《四月歌声》、福建闽剧《龙台驸马》、江苏锡剧《春月》和内蒙古晋剧现代戏《青山生态梦》等 6 个剧目参加此次展演。

【越剧小镇开园】

2018 年 12 月 30 日，以地方戏曲剧种命名的特色小镇——越剧小镇在浙江省嵊州市开启第一期的试运营。这座以“越剧”为主题的旅游小镇依托女子越剧诞生地嵊州施家岙村，意在传承传统戏曲与技艺，同时在探索游客需求、营造文娱体验和互动方面，展现出独特的思路理念。

到 2019 年 1 月 3 日，越剧小镇举行了连续 5 天的开园庆典，上海越剧院、浙江小百花越剧团、浙江越剧团、南京市越剧团、福建芳华越剧团、杭州越剧院、温州市越剧演艺中心、宁波市小百花越剧团、绍兴市柯桥区小百花越剧艺术传习中心、嵊州越剧团 10 大剧团齐聚，连续 5 天上演了《繁花似锦》《梅花争妍》专场。其中，时隔 72 年后再度复排的《山河恋·送信》成为开园庆典的最大亮点，由南薇、韩义编剧，郭小男导演，茅威涛、方亚芬、陈飞、丁小蛙、吴凤花、竺小招、孔立萍担任主演。此外，开园演出季还邀请了包括戏曲、曲艺、音乐、舞蹈在内的国内外多个表演团体。除了各类演出，依托园区的空间设计，越剧小镇设计了茶艺、陶艺、竹编等多项非物质文化遗产体验区。

大事记

1月5日，戏曲音乐教育家曹宝荣因病在北京市逝世，享年75岁。

1月10日，越剧表演艺术家陆锦花因病在美国洛杉矶逝世，享年91岁。

1月10日，新编历史晋剧《孝庄长歌》在太原市青年宫演艺中心首演。

1月12日，川剧《江姐》在重庆市川剧艺术中心开启全国首演。

1月12日至25日，“浙漾京城——2018浙江戏曲北京周”在北京长安大戏院上演。

1月15日至19日，“云南省首届传统戏剧曲艺会演”在云南省滇剧院举行。

1月19日至28日，北京市河北梆子剧团在天桥剧场举办“第二届迎新年优秀剧目展演”。

1月20日，盱河高腔·乡音版《牡丹亭》在北京保利剧院上演。

1月20日，戏曲教育家张逸娟因病在北京逝世，享年70岁。

1月29日，“梅兰芳研究中心成立授牌仪式暨学术研讨会”在中国艺术研究院举行。

2月1日，“纪念越调大师申凤梅先生诞辰90周年座谈会”在河南省郑州市举行。

2月2日，国家艺术基金管理中心公布《国家艺术基金2018年度资助项目立项名单》。

2月5日，上海越剧院启动“越剧经典《红楼梦》系列巡演”活动。

2月7日，豫剧板胡演奏家王冠君因病在河南省郑州市逝世，享年99岁。

2月10日，京剧小生表演艺术家张春孝因病在北京市逝世，享年83岁。

2月16日至3月6日，“戏韵动京城——京津冀戏曲院团新春演出季”在全国地方戏演出中心上演。

2月23日至28日，“霓裳雅韵·兰庭芳菲——上海昆剧团建团40周年系列演出”在上海大剧院上演。

2月24日、25日，“孙毓敏舞台生活70年——荀风毓骨专场演出”在北京长安大戏院举行。

3月2日，“国家京剧院2018‘致春天’优秀剧目展演”在北京梅兰芳大剧院开演。

3月3日，“2018年全国舞台艺术优秀剧目展演”在北京市开幕。

3月8日，锡剧表演艺术家汪韵芝在江苏省无锡市逝世，享年94岁。

3月9日至5月15日，“第六届中华优秀戏曲文化艺术节”在湖北省武汉市举行。

3月12日至31日，北京京剧院“第五届‘魅力春天’青年京剧演员擂台赛”在北京举行。

3月15日，越剧表演艺术家张少栋因病在江苏省无锡市逝世，享年87岁。

3月16日，文化部办公厅公布2018年度国家舞台艺术精品创作扶持工程评审结果。

3月27日至29日，《中华戏曲剧种丛书》阶段性出版研讨会暨“戏曲进校园”赠书活动在江苏省扬州市举行。

3月28日，文化和旅游部办公厅公布2017年度戏曲剧本孵化计划第一次专家评审结果。

3月28日至29日，“豫剧现代戏《朝阳沟》创演60周年系列纪念活动”在河南省郑州市举行。

4月5日，新版川剧《好女人·坏女人》在成都市锦城艺术宫首演。

4月10日，“庆祝著名京剧艺术家赵燕侠先生诞辰90周年暨舞台生活85周年演唱会”系列展演活动在北京长安大戏院开幕。

4月14日至5月5日，国家大剧院第二届“越剧艺术周”与观众见面。

4月16日，现代吕剧《生命日记》在济南市群星剧场首演。

4月21日至24日，“素韵·真声——纪念陈素真大师诞辰100周年系列活动”在河南省开封市举行。

4 月 24 日，秦腔表演艺术家王芷华因病在陕西省西安市逝世，享年 79 岁。

4 月 25 日，新编历史京剧《游百川》在滨州影剧院首演。

4 月 26 日，新编传统花鼓戏《蔡坤山耕田》在长沙市湖南戏曲演出中心首演。

4 月 27 日，曲剧《花落花又开》在北京全国地方戏演出中心首演。

4 月 27 日，文化和旅游部办公厅公布“中华优秀传统艺术传承发展计划”2018 年度戏曲专项扶持入选项目名单。

4 月 28 日，京剧表演艺术家赵麟童在浙江省杭州市逝世，享年 85 岁。

4 月 30 日，“第 28 届上海白玉兰戏剧表演艺术奖”在上海大剧院揭晓。

5 月 1 日，淮剧《神话中国之洪荒时代》在上海周信芳戏剧空间首演。

5 月 1 日至 8 日，“2018 炫彩青春——京剧联盟院团暨京津冀优秀青年演员交流展演”活动在天津市滨湖剧院上演。

5 月 2 日，“京剧行当艺术经典剧目展演”活动在北京梅兰芳大剧院开幕。

5 月 4 日，新编古装豫剧《鱼玄机》在北京市首演。

5 月 7 日，“艺畹芳华——青年梅兰芳与京剧艺术展暨梅兰芳青年论坛”在北京梅兰芳纪念馆举行。

5 月 12 日至 19 日，“首届武戏展演”活动在北京梅兰芳大剧院举行。

5 月 14 日，黄梅戏《邓稼先》在国家大剧院上演。

5 月 16 日，“文化和旅游部 2017 年戏曲艺术人才培养‘千人计划’高级研修班结业典礼”在中国戏曲学院举行。

5 月 16 日，“一个不能被忘却的人——朱国樑先生研讨会”在浙江省杭州市举行。

5 月 18 日，“张军‘水磨新调’新昆曲万人演唱会”在上海梅赛德斯奔驰文化中心上演。

5 月 18 日，国家艺术基金管理中心公布《国家艺术基金 2018 年度滚动资助项目和作品拟立项名单》。

5 月 21 日，莆仙戏《踏伞行》在莆田市莆仙大剧院首演。

5 月 22 日至 8 月 15 日，“2018 年全国基层院团戏曲会演”在北京梅兰芳大剧院和全国地方戏演出中心举行。

5 月 22 日，“周长赋剧作学术研讨会”在福建省莆田市举行。

5 月 27 日，革命历史题材吕剧《大河开凌》在济南市百花剧院首演。

5 月 31 日，“中国京剧像音像工程经验交流会”在北京市举行。

5 月 31 日至 6 月 5 日，“文化和自然遗产日”非遗系列活动——“良辰美景·非遗演出季”在北京举办。

6 月 5 日，新编昆曲《逐梦记》在江苏省南京市首演。

6 月 8 日，京剧表演艺术家杨菊萍在湖北省武汉市逝世，享年 98 岁。

6 月 10 日，“纪念戏剧宗师翁偶虹先生诞辰 110 周年”活动在北京湖广会馆举行。

6 月 11 日，原创沪剧《敦煌女儿》在上海交通大学菁菁堂上演。

6 月 11 日至 7 月 19 日，“2018 年京津冀精品剧目展演”在北京市举行。

6 月 21 日至 23 日，“盐都戏曲现代戏创作研讨暨中国戏曲现代戏研究会第 30 届年会”在江苏省盐城市举行。

6 月 23 日，“中国昆曲现状、态势和评论研究暨中国昆曲苏州高峰论坛”在江苏省苏州市举行。

6 月 26 日、27 日，晋剧《河清海晏》在北京梅兰芳大剧院上演。

6 月 29 日，昆剧《梧桐雨》在南京市紫金大戏院首演。

6 月 29 日，戏曲研究学者余从在北京逝世，享年 87 岁。

6月30日、7月1日，昆剧《雷峰塔》在杭州剧院上演。

7月2日，京剧表演艺术家吕东明在辽宁省沈阳市逝世，享年88岁。

7月2日至11日，“纪念首任校长田汉先生诞辰120周年系列活动”在北京市举行。

7月4日，原创京剧《手镜》在淄博剧院首演。

7月4日，新编现代京剧《陈毅回川》在四川省成都市首演。

7月5日，原创昆剧《乌石记》在湖南省长沙市首演。

7月11日，新编京剧《梅花簪》在湖南戏曲演出中心首演。

7月13日至22日，“第22届中国少儿戏曲小梅花荟萃”活动在浙江省嵊州市和江苏省张家港市举行。

7月16日，“文化和旅游部2018年戏曲艺术人才培养‘千人计划’高级研修班”在北京市开班。

7月19日，“北京小剧场戏曲发展的现状及未来专题研讨会”在北京市举行。

7月21日至24日，“第十五届中国散曲暨相关文体学术研讨会”在河北大学举行。

7月23日，剧作家吴兆芬因病在上海逝世，享年81岁。

7月25日至27日，新编京剧《郭琇洗堂》在北京长安大戏院上演。

7月29日，“第十届广西戏剧展演”在广西壮族自治区桂林市开幕。

7月31日，现代京剧《红军故事》在北京梅兰芳大剧院首演。

8月2日至27日，“出彩河南——庆祝改革开放40周年中国豫剧优秀剧目北京展演月”在北京长安大戏院举行。

8月6日，文化和旅游部艺术司公布2018年度剧本扶持工程项目入选名单。

8月14日、15日，苏剧现代戏《国鼎魂》在北京全国地方戏演出中心上演。

8月16日至31日，“吉林传统戏剧节”在吉林省长春市举行。

8月20日，文化和旅游部办公厅公布2017年度戏曲剧本孵化计划第二次专家评审结果。

8月20日至24日，第三届全国“梨花杯”青少年戏曲教育教学成果展示活动在中国戏曲学院举行。

8月24日、25日，京剧《帝女花》在梅兰芳大剧院上演。

8月24日至25日，“中国目连戏展演暨中国目连戏的保护与传承研讨会”在北京市举行。

8月31日至9月1日，“纪念昆曲艺术大师韩世昌先生诞辰120周年专场演出”在北京梅兰芳大剧院举行。

9月1日至11日，“第四届辽吉黑蒙四省区地方戏曲优秀剧目展演”在内蒙古自治区包头市举行。

9月3日，“陕西省戏曲研究院成立80周年纪念大会”在陕西省西安市举行。

9月4日至28日，“东方之韵——上海戏曲艺术中心经典剧目晋京展映展演”活动在北京市举行。

9月8日至14日，“第十一届中国评剧艺术节”在河北省唐山市举行。

9月14日至16日，“金不换豫剧牛派丑行艺术经典剧目北京展演暨金不换牛派丑行表演艺术与中国戏曲喜剧精神学术研讨会”在北京举行。

9月17日至21日，“2018粤戏越精彩”第一阶段活动在广东省广州市举行。

9月17日至25日，“第二届晋冀鲁豫传统戏剧展演”在河南省安阳市举行。

9月20日，昆剧《红楼梦传奇》在苏州大学敬贤堂首演。

9月24日、25日，现代京剧《生死契约》在北京梅兰芳大剧院首演。

9月26日至28日，上海京剧院传承版“尚长荣三部曲”《曹操与杨修》《贞观盛世》《廉吏于成龙》首次集体晋京演出。

9月27日至10月8日，“第八届中国（安庆）黄梅戏艺术节”在安徽省安庆市举行。

9月28日，“2018汤显祖国际戏剧交流月”活动在江西省抚州市开幕。

9月28日至10月19日，“2018年全国梆子声腔优秀剧目展演”在河北省石家庄市举行。

9月29日至11月14日，“2018年‘茶香中国’首届全国采茶戏汇演”在江西省抚州市举行。

10月1日至7日，“2018中国戏曲文化周”在北京园博园举行。

10月2日、3日，新编秦腔历史剧《关中晓月》在北京民族文化宫大剧院上演。

10月4日、5日，京剧《甘宁》在昆明剧院上演。

10月5日、6日，梨园戏《陈仲子》在泉州市梨园古典剧院上演。

10月5日至11日，“东方之韵·梨园武荟——长三角地区中青年戏曲演员武艺展示”活动在上海大世界剧院举行。

10月8日至27日，“浙漾京城——第三届浙江戏曲北京周”在北京市上演。

10月10日至14日，“中国·桐乡小戏艺术邀请展”在浙江省桐乡市举行。

10月12日至28日，“第四届中国越剧艺术节”在浙江省绍兴市举行。

10月12日，越剧《王阳明》在浙江省绍兴大剧院上演。

10月13日至19日，“第七届中国昆剧艺术节”在江苏省苏州市举行。

10月13日，昆剧《顾炎武》在江苏省昆山文化艺术中心保利大剧院首演。

10月14日至16日，“第八届中国昆曲学术座谈会”在江苏省苏州市举行。

10月15日，“全国优秀现实题材舞台艺术作品展演”在北京市开幕。

10月19日，昆剧《风雪夜归人》在苏州昆剧院上演。

10月19日，锡剧《独角兽之夜》在江苏省盐城市文化艺术中心大剧院首演。

10月20日，戏曲独角戏《老人与海》在上海戏剧学院新空间剧场首演。

10月22日至23日，“东方与西方——梅兰芳、斯坦尼与布莱希特国际学术研讨会”在北京市举行。

10月22日至28日，“首届名家传戏——当代地方戏曲名家收徒传艺工程成果汇报演出”在重庆市举行。

10月23日至12月25日，“第五届当代小剧场戏曲艺术节”在北京繁星戏剧村举行。

10月24日至27日，“全国京剧文丑中青年高端人才研习班结业公演”在北京长安大戏院举行。

10月26日至12月7日，“2018年戏曲百戏（昆山）盛典”在江苏省昆山市举行。

10月30日，川剧《苍生在上》在四川艺术职业学院（成都）首演。

10月31日至11月6日，广东粤剧院建院60周年系列活动在广东省广州市举行。

10月至11月，“第四届川剧节”在四川省成都市举行。

11月1日，“氍毹心传——戏曲‘名家传戏’人才培养计划”在中国艺术研究院开班。

11月1日至9日，“第二届全国花鼓戏优秀剧目展演”在湖南省长沙市举行。

11月6日，文化和旅游部办公厅公布2018年度戏曲剧本孵化计划第一次专家评审结果。

11月8日至30日，“第二届紫金京昆艺术群英会”在江苏省南京市举行。

11月9日至11日，江苏省文艺名家晋京展演——石小梅系列演出“春风上巳天”在北京大学百周年纪念讲堂举行。

11月10日、11日，秦腔现代剧《项链》在北京梅兰芳大剧院上演。

11月14日至30日，“好戏连台——著名戏曲音乐家朱绍玉创作作品剧目展演”在北京长安大戏院举行。

11月18日，“2018年度中国戏曲评论高峰论坛”在北京市举行。

11月18日至19日，“富连成戏曲国际学术论坛”在北京外国语大学举行。

11月20日，“中国戏剧家协会民间职业剧团工作委员会成立大会”在北京举行。

11月22日，滇剧表演艺术家万象贞在云南省昆明市逝世，享年82岁。

11 月 24 日至 25 日，“中国傩戏学研究会成立 30 周年暨第二届中国梵净山傩文化学术研讨会”在贵州省铜仁市举行。

11 月 26 日，“第八届巴黎中国传统戏曲节”在法国巴黎开幕。

12 月 5 日，河北梆子《大青衣》在河北省石家庄市河北会堂首演。

12 月 5 日至 13 日，“2018 第四届‘戏曲・呼吸’上海小剧场戏曲节”在上海长江剧场举行。

12 月 6 日，河北梆子现代戏《人民英雄纪念碑》在北京天桥艺术中心大剧场首演。

12 月 7 日至 9 日，“2018 粤戏越精彩”第二阶段活动“客家山歌剧展演暨剧种艺术研讨会”在广东省梅州市举行。

12 月 11 日，“京剧表演艺术家、教育家——宋德珠先生诞辰 100 周年系列纪念活动”在北京市开幕。

12 月 11 日至 14 日，“2018 湖湘优秀小戏进京展演”活动在全国地方戏演出中心举行。

12 月 15 日，川剧表演艺术家蓝光临在四川省成都市逝世，享年 83 岁。

12 月 20 日，京剧表演艺术家俞鉴在宁夏回族自治区银川市逝世，享年 90 岁。

12 月 23 日，京剧表演艺术家高玉倩在北京市逝世，享年 91 岁。

12 月 28 日，豫剧现代戏《马金凤》在郑州市禧仔亲子剧场（河南省儿童剧院）首演。

12 月 29 日，国家艺术基金管理中心公布《国家艺术基金 2019 年度资助项目立项名单》。

12 月 30 日，越剧小镇在浙江省嵊州市开启第一期试运营。

中国艺术年鉴·2019

话剧卷

分卷主编：王　畔

年度述评

2018 年度中国话剧发展研究报告

◎ 宋宝珍

国家主席习近平在 2019 年新年贺词中指出："岁月不居，时节如流""2018 年我们过得很充实，走得很坚定"。这是中华民族迈进新时代的形象表征，也十分恰切地反映了该年度话剧艺术的发展进程。

中国共产党的十九大以来，广大话剧工作者秉承紧跟时代、反映现实的艺术传统，坚持以人民为中心的创作导向，深入生活，扎根人民，在时代洪流和现实生活中寻找创作素材，在不断的摸索、探求、提炼、积淀中，创造"思想精深、艺术精湛、制作精良"的舞台艺术作品。据北京演出行业协会针对 142 个演出剧场所进行的统计："在戏剧演出方面，2018 年共演出 12217 场，接近总演出场次的一半，吸引观众约 467.7 万人次，票房收入超 6 亿元，占总票房的 33.9%，'看戏'已成为北京市民重要的文化活动之一。其中，话剧、儿童剧最为活跃，共演出 8738 场，贡献 4.78 亿元票房。"[①] 这其中既有原创、新创剧目的流光溢彩，也有重排、改编剧作的轮番上演；既有中外戏剧交流合作的可喜业绩，也有小剧场戏剧的探索实践。

与以往的年份一样，2018 年各种戏剧节的举办依然如火如荼，甚至有从一线城市向二、三线城市蔓延、拓展的趋势。戏剧节的主办方，不仅有各级政府机构，也有一些新文艺群体、文化娱乐公司、戏剧运营院线等。在原创剧方面，不仅保持了创作的增长势头，而且具备一定的数量规模。尤为难能可贵的是，有些话剧在向思想深度和艺术高峰迈进的趋势中，显示了可喜的艺术定力和经典潜质。

一、持续不断的戏剧节

在谈到原创话剧之前，我们要简单地回顾一下 2018 年所举办的各种戏剧节或戏剧展演，因为一些新创、原创剧目大多会选择在这样的平台上亮相。

1 月 4 日至 3 月 4 日，由国家大剧院特别策划的"全国人民艺术剧院话剧邀请展"在北京与观众见面，天津人民艺术剧院、陕西人民艺术剧院、辽宁人民艺术剧院、四川人民艺术剧院分别演出了《天下粮田》《平凡的世界》《开炉》《苏东坡》。

2 月 25 日，由中国国家话剧院与北京市西城区人民政府联合主办的"第四届中国原创话剧邀请展"在中国国家话剧院剧场举行，以音乐剧《你若离开，我便浪迹天涯……》开幕。之后，陆续演出了《谷文昌》《四世同堂》《拯救大兵友友》《北京法源寺》《萧红》《闽宁镇移民之歌》《董必武》《共同家园》《家客》《父亲》《立秋》等 28 部优秀话剧作品，为纪念改革开放 40 周年唱响了时代赞歌。

3 月 3 日至 31 日，由文化和旅游部举办的"2018 全国舞台艺术优秀剧目展演"在北京举行。开幕式上演出了宁夏话剧团创排的现实题材话剧《闽宁镇移民之歌》。这样的话剧具有时代旋律、乡土气息和民族情怀，展现了党的精准扶贫政策给贫困山区的农民生活带来的深刻改变，以及对于他们精神世界的引领和提升。此外展演还演出了话剧《玩家》《董必武》《共同家园》及儿童剧《时间森林》等。

3 月 14 日至 7 月 8 日，由北京人民艺术剧院举办的"首都剧场 2018 精品剧目邀请展演"间隔性地演出了 6 个国家的 7 台戏剧。其中，3 月演出了立陶宛 OKT 剧院的《海鸥》，法国马赛剧院的《可笑的女学究》，北京央华时代文化发展有限公司的《北京人》；4 月演出了北京悠洋坊文化传播有限公司的《陌生人》；6 月演出了罗马尼亚布加勒斯特国家剧院的《暴风雨》；6 月末 7 月初演出了俄罗斯

① 《2018 年北京演出市场：旅游演艺成重要增长点》，人民网，http：//culture.people.com.cn/nl/2019/0108/cld3-30509800.html。

联邦鞑靼斯坦共和国喀山卡查洛夫俄罗斯模范大剧院的《黑桃皇后》；7月演出了波兰卡齐米日·戴梅克罗兹新剧院的《福地》。

4月10日至6月23日，由聚橙网旗下嬉习喜戏文化传播有限公司主办的“2018年第五届城市戏剧节”以“戏剧·遇见生活的一百种模样”为主题，在深圳、广州、上海、石家庄等地上演了《木心·人曲》《海达·高布乐》《遇见弗尔德·Meet Fred》《雅各比和雷弹头》《爸爸》等13台戏剧。

5月29日至9月15日，“2018国家大剧院国际戏剧季”汇集中国、英国、法国、德国、澳大利亚、丹麦、奥地利、南非等中外院团，为观众集中呈现20部戏剧84场演出。本届国家大剧院国际戏剧季以“汇剧古今·戏聚人生”为主题，集中呈现阿里斯托芬、莎士比亚、莫里哀、易卜生、斯特林堡等古往今来戏剧大师的代表作，并根据剧目特点，分别策划了“国家大剧院制作”“致敬经典”“中国故事”“国际儿童戏剧季”四大版块，更具引导性地带领观众走进戏剧的大千世界。

6月30日，由北京市文学艺术界联合会、中国共产主义青年团北京市委员会、中国国家话剧院主办，北京戏剧家协会和北京青年戏剧工作者协会承办的“第十一届北京国际青年戏剧节”在北京开幕。北京国际青年戏剧节于2008年首次举办。本届戏剧节整合国内新生代艺术力量，尝试艺术跨界，融合现代科技，对接国际舞台，在北京12个剧场轮番演出了26部风格各异的青年戏剧。

7月14日至8月25日，由中国儿童艺术剧院主办的“第八届中国儿童戏剧节”在北京市、山东省、四川省、辽宁省举行，呈现了来自世界各地的38家儿童戏剧团体的61部戏剧、229场演出。演出剧目有《鹬·蚌·鱼》《月亮草》《阿凡提与小毛驴》《三个和尚》《幼童留洋记》等。

8月1日至9月1日，由北京市文化局主办，宽友文化承办的2018“北京故事”优秀小剧场剧目展演在北京举行。展演从来自全国各地60个演出单位的75台申报剧目中遴选出20台优秀话剧戏曲作品，其中关注百姓生存状态的现实题材话剧有《将军里》《十年》《我去哪儿了》《Hi，米克！》《家丑外扬》，历史题材的话剧有《丁西林民国喜剧三则》《五脊六兽》《奋不顾身的爱情》等。

8月3日至19日，由北京戏剧家协会、朝阳区文化馆举办的“第17届金刺猬大学生戏剧节”在北京9剧场和多维剧场亮相。本届戏剧节共收到来自全国21个省、自治区、直辖市65所院校80个剧社报名的89部剧作，从中遴选出包括《根在草原》《四十三次日落》《抓壮丁》等14部作品在北京演出。

9月7日至10月27日，由北京市演出有限责任公司、天桥艺术中心管理有限公司联合主办的“2018第二届老舍国际戏剧节”在北京举行。老舍戏剧节并不只是演出老舍的作品，但“京味”和“文学味”是其关键词。此次演出的剧目有《老舍赶集》《亲爱的，胡雪岩》《呐》及国外剧团的《围城状态》《日瓦戈医生》等。

9月26日至12月22日，“2018年北京喜剧艺术节”在北京举行。北京喜剧艺术节由演员陈佩斯于2009年发起并担任艺术总监，至今已成功举办七届。本届喜剧节的重点剧目是原版引进以色列已故剧作家汉诺赫·列文编剧导演的作品《冬季的葬礼》。该剧创作于1987年，在通俗与滑稽之间表达了作者对生死的思考。此外，还有《戏台》《三昧》《两只狗的生活意见》《非常悬疑》等。

10月18日至28日，“第六届年乌镇戏剧节”以27+6部特邀剧目，共计109场演出，囊括了来自俄罗斯、法国、波兰、日本、美国、澳大利亚、南非、墨西哥、意大利、德国、巴西、阿根廷、印度、罗马尼亚、荷兰及主办方中国等近20个国家和地区的参与者。比较受关注的剧目有孟京辉重新解读与呈现的老舍剧作《茶馆》、铃木忠志的新作《北国之春》等。

11月3日，“第四届上海国际喜剧节”开幕，在29天内上演17部特邀剧目，共计60多场演出。喜剧节以“提升国民文化素质，展示上海城市形象”为宗旨。作为上海国际喜剧节艺术委员会主席，陈佩斯带来了《托儿》《阳台》《老宅》《戏台》四部作品。本届喜剧节也邀请多部国外优秀喜剧作品参与，例如，百老汇《STOMP破铜铁》、澳大利亚踢踏舞剧《踢踏狗》、多媒体音乐故事会《钢琴解剖课》、加拿大互动儿童亲子剧《你是演奏家》等。

11 月 13 日至 2019 年 1 月，“戏剧东城·第二届全国话剧展演季”以庆祝改革开放 40 周年为主题，在中国国家话剧院、首都剧场、北京保利剧院、北京喜剧院、国家话剧院先锋剧场等剧院集中上演，演出了来自全国 15 个省、自治区、直辖市的 25 部优秀剧目，如《大国工匠》《塞罕长歌》《哭之笑之》《新新旅馆》《犹太城》《大码头》《太阳照在南洋河上》《王荷波》《工匠世家》等，共计 50 场演出。

11 月 23 日至 26 日，“国际戏剧协会 70 周年庆典暨首届海口国际戏剧周”在海南省海口市举行。国际戏剧协会目前有 100 多个成员国，属于联合国教科文组织管辖，办公地点落户上海。本次活动邀请了来自中外的嘉宾、演职人员共计 290 余人，其中国际嘉宾约 150 人，分别来自全球 50 余个国家与地区。此次活动包括庆典晚会、研讨会、工作坊、中国戏曲演出、中外青年学生戏剧展演、话剧演出等。

此外，据不完全统计，各地举办的戏剧节与话剧展演活动还有：3 月，“天津大剧院 2018 戏剧展演季”和“喜聚北京——首届全国优秀喜剧剧目展演季”；4 月，“山东潍坊乡村戏剧节”；5 月，“2018 上海·静安现代戏剧谷”展演；6 月，“第九届北京·南锣鼓巷戏剧节”；8 月，上海第二届“有种戏剧节”；9 月，深圳“第二届南山戏剧节”；10 月，上海“首届国际默剧展”；11 月，四川“三星堆戏剧节”；12 月，“戏聚北京·2018 年首都市民系列文化活动之北京市青少年戏剧短剧作品大赛”优秀节目展演等。

二、原创、新创话剧的发展

2018 年，在国家艺术基金的大力扶持下，各地院团对于抓重点选题、创作现实新剧保持了热情，并产生了一批优秀的剧作。首先是国家艺术基金对于进入滚动资助的话剧项目的修改提高，举行专家研讨会对于《北京法源寺》《甲午祭》《开炉》《张謇》《成兆才》等剧逐一进行录像观摩和探讨研判。其次是对于列入文化和旅游部的“舞台艺术精品创作扶持工程”和“西部及少数民族地区艺术创作提升计划”的话剧，如《千字碑》《八廓北院》等进行提高指导。

（一）红色题材与英模人物

2018 年的新创剧目中包含了一批表现红色题材和英模人物的剧作，如《王荷波》（武汉人民艺术剧院）、《焦裕禄》（河南省话剧艺术中心）、《信仰》（广东省话剧院）等。宁波话剧团演出的话剧《守护》（洪靖惠编剧，李伯男导演），讲述了 20 世纪 20 年代参加共产党的张人亚在大革命失败后，将一只自称比生命还重要的箱子交给家人。父亲遵守与儿子的约定，将其留下的箱子埋入衣冠冢，并且守候了一生。50 年代衣冠冢被打开，在层层包裹的油布里，有党史之中第一份《中国共产党党章》，有《共产党宣言》早期译本，还有几十份有重要历史价值的文献。此剧表现了共产党员对党的坚定信念，对党的历史的敬重。张人亚不惜以生命为代价，守护了党的历史记忆和红色文化基因。

西安话剧院演出了话剧《柳青》（唐栋编剧，傅勇凡导演）。剧作从柳青离开都市、定居皇甫村写起，表现他对农村生活的“身入”“心入”“魂入”的一系列过程。柳青一家刚住进改造后的破庙，经济上就捉襟见肘，连食用油都吃不上，柳青打了几只斑鸠，邻居雪娥却抱着下软蛋的母鸡来找麻烦。柳青脱下了背带裤，穿上了农家衣，从蹲一会儿就腿麻，到帮助王家斌互助组合理分稻种，共同致富；从教育黄文海扎扎实实深入生活学习创作，到切实解决雪娥家的贫困问题，促成王家斌和彩霞的婚事；从像个农民一样在集市里跟人家捏码子，到救下突然临产的雪娥母子；从把自己当成农民中的一员，到捐献 16000 多元《创业史》稿费；从“文革”中历经磨难，到最后魂归神禾原……剧作家写出了柳青的“杠头”脾气、朴实人生、坦荡襟怀、精神风范、人格魅力、文学追求、生命壮举，塑造了共产党人知识分子的典型形象。

（二）“精准扶贫”主题的话剧

《闽宁镇移民之歌》（王志洪编剧、导演）是宁夏话剧团演出的一部反映“精准扶贫”主题的话剧。西部贫瘠干旱的土地上，居住着喊水村的贫苦乡民。喊水村用它的名字，表达着人们对水的乞求和渴盼。村里最大的人情是送给邻里一桶水，最无奈的事情是走了几十里山路去背水，在半路上人滑倒而水滚入山崖。水资源的匮乏造成了自然生态的恶化，生产、生活水平的低下，也造成了生存竞争的压力和伦理关系的复杂。此剧表现了西部农村的移民故事，在创作立意和表现内涵上突破了一般性的外部叙事，将笔触着力刻画这方水土养育的这方人。村支书田广才是村里的主心骨，孔奶奶是当年的铁姑娘队队长，她的儿子是个憨娃，村里人都说他有点傻，村支书却给他改名孔聪明。党和政府“精准扶贫、精准脱贫”政策的实施，给当地农民带来了改变命运的契机，使他们终于走出不适合人类居住的山沟，搬入移民新居——闽宁镇的楼房。通过学习技能，勤劳务工，他们过上了真心向往的生活，实现了脱贫致富。

《太阳照在南洋河上》（眸子编剧，宫晓东导演）是一台反映太行山农村现实题材的成功戏剧。主创团队具有以人民为中心的情怀与家国意识，它所反映的生活不是表层现象，而是关乎人心、人情、人的精神追求的真实境遇。此剧的主题反映了精准脱贫的现实问题，具有乡土文化特点和独特的艺术旨趣。主要情节集中在一户农村家庭的三个人物身上，这三个人物反映了三种类型的脱贫方式。冯念念是一个伟大的母亲形象，她在城里做保姆，善良、真诚、奉献、牺牲，忍辱负重，供养家庭。把儿女抚养成人，变成对社会有用的人才，就是她此生最大的心愿。她忍受住被诬陷偷窃的屈辱，忍受雇主将孩子丢给她一走了之的无奈，以一颗博大的母爱的心灵和勤劳的双手为周围人带来温暖，也改善了自己和他人的境遇。她的丈夫林耕田是位因故致残的盲人，他不想被家人白白供养，而是自谋生路。他以草根文艺家的身份走四方，向天而歌，在一群盲艺人中间找到了共鸣。而他们的儿子则以优异成绩考进城里的一流大学，在母亲的言传身教之下，儿子学业优良，开朗向上。戏剧既表现了城乡的差异、人情的隔膜，也表现了传统与现代的纠葛，苦难与奋斗交织。在表现手法上，密集的高楼、老杏树和大斜坡作为典型场景，全剧将歌、诗、话有机地融汇在一起，太阳、大河、土地、人构成壮阔的戏剧意象，极具象征色彩地表达了人自身的梦想和希望。此剧表现了悲欣交集的生活哲理。全剧融合了包括《开花调》在内的多首山西民歌，而民歌的演唱也与剧情结合得十分紧密，增强了戏剧的诗意化和表现力。

在扶贫题材上，还有云南省话剧院创作的《独龙天路》及四川人民艺术剧院的《高腔》等。

（三）话剧民族化的新探索

在话剧民族化的探索之中，不仅出现了创作题材对民族传统文化的注重，而且在表现形式上显现出对戏曲的借鉴与化用。比如2018年年末，北京人民艺术剧院将田汉的《名优之死》做了重新解读，增加了戏曲演出后台的规矩、章法、戏俗，也将名优刘振声的唱、做之功展现在舞台上。当然，话剧民族化不等于戏曲化，吸纳传统资源、增强文化自信，需要漫长的探索历程。

北京风雷京剧团近年来致力于把戏曲艺人的生活搬到话剧舞台上。继《网子》之后又演出了一部京剧题材的话剧《缂丝箭衣》（松岩编剧，松天硕导演）。作品以一件精美绝伦的戏服“缂丝箭衣”为故事核心，讲述了“三益永”赁衣铺老板朱缃从清末到中华人民共和国成立初期历尽荣辱，坚守传统的人生故事。未能如愿成角儿的朱缃与弟弟朱瑾继承父业，在京剧艺术极度繁荣的民国时期将赁衣铺的生意做得风生水起。朱缃精通戏班后台各箱口服装、道具的制作和使用规则，店中又有一件珍贵的“缂丝箭衣”，使“三益永”成为行业内的龙头。一些病态戏迷和无良之人对这件戏服觊觎已久。朱缃恪守父命，珍藏此衣，不是最优秀的演员绝不能穿。在妻子月桂难产、财务困难的情况下，他也不肯卖掉“缂丝箭衣”，以致失去了未出世的孩子，月桂也伤心离去。中华人民共和国成立后，赁衣铺失去市场，店里伙计陆续离开，只有那件“缂丝箭衣”孤零零地挂在店中。嫁作人妇的月桂再次来到店中，要求朱缃剪破“缂丝箭衣”，以报偿自己当年的委屈。失去了一切的朱缃，只剩下心中的坚守。“缂丝箭衣”显然是传统的象征，朱缃为坚守传统，不惜牺牲妻子的行为体现出坚守传统与人伦道德的对立，也为观众提供了思考的空间。

江西省话剧团演出的话剧《哭之笑之》（汪浩编剧，李伯男导演）反映了明末清初皇族后裔、文人画家朱耷的坎坷人生和艺术造诣。明覆灭后，面对残山剩水，改朝换代，朱耷退隐山林，修禅悟道，在笔墨丹青里寄托亡国之思、孤愤之意。这是他主要的生命轨迹，也是戏剧的情节主线。此剧以他与绿娘的情感缱绻作为复线，二人患难与共，却不得不分离。他想做闲云野鹤而不得，只得出入县衙，编辑《临川县志》；他得遇丹娘、丑娘，却再无绿娘的风致；他情丝永系却拱手分离，心心念念却怅然错失；他亦疯亦痴，亦哭亦笑，把境遇的忧愤悲戚变成了参悟人生、达成境界的契机；他内心独立不移，威武不屈，把往事不可追的愁苦吟成一首峻拔高逸的生命之诗。戏剧时空变化灵动，有叙事体的陌生化效果，有昆曲唱段、工法的化用，舞台布景将八大山人的一幅幅绘画作品呈现于观众面前，舞台风格整体上追求一种空灵、怪绝、淡远、清隽之气，与八大山人的绘画风格相一致。

（四）国营院团的新创作

曾在3月上演的中国国家话剧院的话剧《审判》经修改后，更名为《特赦》（徐瑛编剧，李伯男导演），于12月上演。徐瑛受2016年于欢辱母杀人案的激发，根据民国时期施剑翘为父报仇的真实事件创作该剧。1935年11月13日，一女子将孙传芳射杀于居士林佛堂，随后散发传单自首。该女子名叫施剑翘，其养父施从滨在战争中被孙传芳俘虏，后被枭首，并暴尸三日。施剑翘的表兄施中诚拒绝以暗杀方式报仇，施剑翘的丈夫施靖公又不愿因报仇失去家庭，施剑翘对二人失望至极，决定亲自复仇。她忍痛放足，十年寻觅仇人，终于得偿所愿。其兄不忍妹妹重刑加身，孙传芳之子愤怒不已，二人各寻律师，对簿公堂。经三度审判，施剑翘终被特赦。舆论、法律、道德、时局，围绕施剑翘案的社会因素之复杂足以展开一场大讨论，而剧中主要表现的也正是四个律师之间的辩论和社会因素的影响，作为案件主角的施剑翘反而并不十分突出。结果并不重要，重要的是让观众对各个问题逐步地进行思考。虽然这种均衡可能削弱了统一的情感指向，但留给观众的思考空间也足以令人回味。剧中巧妙安排的戏中戏令人耳目一新。钟馗审案、古装时装混搭、即兴演讲、草率的调度、编演刺激的时事，那一时代戏曲艺术的特殊形态不仅为今天的观众提供了审美趣味，更在剧中为主体事件建构了社会学镜像，给观众一个思考的支点。

12月，上海话剧艺术中心演出了本年度重点剧目《追梦云天》（王俭编剧，胡宗琪导演）。本剧讲述了设计工程师唐瑛和她的伙伴们攻克一个个难关和障碍，研制出中国自己的民用大飞机的故事。围绕着叙事主线，塑造了副总设计师辛旭东、实验试飞处处长杨艳红、首席试飞员赵鹏等一群“特殊的普通人”的真实感人的形象。在他们身上能看到激情与严谨的碰撞，感性与理性的交融。本剧将大飞机研制的过程贯穿全剧，着重展现剧中人物的心路历程，揭示大飞机设计师、工装工人、试飞员三种职业在不同时代、不同岗位上的奋斗历程，展现中国航空制造业的巨大变革。

乐生厌死是人的本能，而《远航》所表现的却是人生的最后一段行程——安乐医院的医生与患者的处境。这里有生离死别的爱情，有回归本我、释然远航的真情。这里不是此生的终点，因为还有很多世间的不了情；这里也不是人生的至暗，因为新的航程正在延展。此剧情节动人，形象生动，具有现代哲学意识和人文情怀，向死而生，化悲为美，赋予生命的离去一种诗意的韵致。

三、以文学滋养话剧

2018年，现实题材原创话剧仍然是大剧场的主流。多部小说改编作品获得广泛关注。改编小说一直是话剧创作的重要方式之一。一部优秀的小说可以提供丰富的情节和精彩的语言，而将文学语言搬上舞台也带给观众不同的艺术体验。民生问题、时代变迁、传统文化、历史名人等是话剧创作者重点关注的题材。

1月，陕西人民艺术剧院演出了根据路遥同名小说改编的话剧《平凡的世界》（孟冰改编，宫晓东导演）。此剧不仅保留了路遥小说的主体情节和精粹成分，而且浓缩提炼了合乎戏剧逻辑的感人场面和人生意境。其主题内涵丰富而有机统一，涉及生与死、悲与喜、幻灭与追求、平凡与伟大、短暂与永恒、自然欲望与理性选择、人生苦难与精神升华等多重人生哲理命题。大转台的旋转是生命循环往复、不断求索的轨迹，土色的大碾盘、窑洞、坡坎是起伏的命运具象化的表征。此剧成功地表现了时代特征，有生活气息，有力度血性，甚至在舞台上创造了带有雕塑感的典型人物。孙少安与孙少平既相互区别，又互为表里：少安是传统框架里的少平，少平是迈向现代社会的少安。主人公孙少平是有梦想的时代青年，他渴望走出村庄，发现新的世界，探索人生意义。孙少平这一形象具有鲜明的时代性，他纯洁、善良、正直、肯吃苦、有抱负、有理想、有担当，他救下小翠，替哥哥还债，热恋活泼的城里姑娘田晓霞，同情失去矿工丈夫的惠英，促成老支书田福堂一家的大团圆。他处境低微，却从不自卑，尤其是孙少平与田晓霞的爱情，曲折跌宕，动心动情，超凡脱俗，引人泪崩。孙少平之所以痛苦，不在于他经受了多少磨难，而在于他一直拥有梦想，并且坚持着更高的精神追求。他的苦谱成了他生命的诗。

4 月，根据刘震云同名小说改编的话剧《一句顶一万句》（牟森改编并导演）在国家大剧院首演。这是一个关于失落与寻找的漫长故事，故事中主人公的人生因生活的苦难和流离而改变。生活在山西的老妇曹青娥记得自己的家乡是河南延津，就此引出她的后爹杨百顺的故事。少年杨百顺喜欢读书，但是父亲用假抓阄的方式，让另一个儿子去读书，留下杨百顺在家乡卖豆腐。杨百顺喜欢看罗长礼喊丧，这意味着他将别人的死亡变成了一种旁观性欣赏。16 岁的杨百顺离家出走，剃头、杀猪、种菜、挑水、扛活、蒸馍，凡能够谋生的事情他都做过。他认识了洋人神父，改名杨摩西，入赘寡妇吴香香的馒头店，又改名吴摩西，吴香香与人偷情私奔，他带上吴香香的女儿巧玲一路追赶、寻找，巧玲被人拐走骗卖，成了后来的曹青娥。生命就这样在混沌中挣扎，人与同类在冲突中依赖，在失落中寻找，又在寻找中错过。杨百顺—杨摩西—吴摩西—罗长礼，一个人姓名的不断变换，表现着身份的荒谬感和不确定性及生命的流浪感。戏剧的前半部分吴摩西是主角，后半部分主角就变成了曹青娥的儿子牛爱国。他与妻子结婚后形同陌路，他知道妻子出轨却死活不离婚，用这样的方式跟自己较劲也报复他人。为了一句说得着的话，为了一个说得着的人，两代人断断续续寻找了 70 年。此剧突出了寻找与救赎的主题，演出采用河南方言，表现了乡土中国的特点，舞台上的歌队以吟唱性的歌谣渲染气氛。因为出场人物众多、叙事线索纷繁而导致了情节场面的零散、飘忽感。

大连话剧团演出的《大码头》（黑纪文编剧，王晓鹰、王剑男导演）根据徐铎的同名长篇小说改编。本剧以抗日战争为背景，表现日本侵略者丧心病狂的侵略行径，以及中国百姓自发的抗敌斗志和他们对日本侵略者的顽强斗争。从山东逃难来到大连的孔家兄弟孔昭仁与孔昭德，在码头上组建了搬运队，生意做得顺风顺水，昭仁还娶妻生子，过上了小老板的日子。他们兄弟情深，共同回忆童年和家乡，昭仁最喜欢家乡吕剧《二小赶脚》。当昭德发现哥哥正在替日本人装运军火的时候，十分吃惊和愤怒，两个人大吵一架，分道扬镳。后来，昭德带领着一拨兄弟购买了一艘帆船跑运输，却被日本的铁甲舰撞翻。昭仁以为弟弟已死，心里很难过，但是他无法挣脱日本人的魔掌，在助纣为虐的道路上越走越远。他顺从日本人的安排，把女儿送到日本，让儿子宪隆娶日本女子，遭到儿子的极力反抗。大连码头上，不时燃起大火，人们传说那是抗日组织——放火团干的。昭仁在寿诞之日，请了他最喜欢的吕剧演员来家里唱堂会，因为日本人在演出用的跑驴身上发现了炸弹，逼着昭仁开枪杀人。昭仁见到了被折磨得奄奄一息的弟弟昭德，他力劝弟弟在悔过书上签字，弟弟却将悔过书撕得粉碎，并且英勇就义。儿子宪隆的女朋友来到家中，被日本人抓住，原来她是身负使命的中共地下组织成员。当日本人逼迫昭仁脱掉衣服接受检查时，宪隆拉响了身上的炸弹，与周围的敌人同归于尽。昭仁看到一幕幕悲剧，生不如死。此剧表现了爱国主义主题，对汉奸行为和苟且懦弱予以批判。穿插的山东评书和吕剧表演，强化了舞台的形象感，高潮场面处理得较有气势，大红色块的运用酣畅淋漓，视觉鲜明。

已改编多部老舍作品的方旭 2018 年带来新作《老舍赶集》。当年，老舍在出版了多部长篇小说后，稿约不断，经常赶稿，只得改写短篇。因此，他的第一部短篇小说集取名“赶集”。方旭选取了这个名字，将老舍四部短篇小说、两篇短文集结成剧。开场提示即老舍以反语形式撰写的《话剧观众须知二十则》。《创造病》讲述了年轻小夫妻手头拮据却什么都想买的尴尬。《牺牲》讲述了崇洋媚外的留美博士无法平衡现实与个人追求的矛盾，终于发疯的故事。《黑白李》讲述了弟弟与洋车夫砸电车，哥哥替弟弟顶罪赴死的故事。《邻居们》讲述了一个知识分子家庭和一个商人家庭之间从不理解到认同的故事。最后，以《我的理想家庭》结尾，表达了一种朴素的生活理想。一直延续全男班的表演方式，此次剧中的女性角色也由男演员扮演。角色与演员在性别上的疏离感一方面是喜感的来源，另一方面也形成了特殊的观演状态。改编自《送别》的主题曲，以不同的变奏形式贯穿全剧，调侃着每个人都向往着"长亭古道"的精神家园，却又不得不与现实和自身的一些东西道别的尴尬与惆怅。长期以来，观众多是从《茶馆》《骆驼祥子》等作品了解老舍，方旭则希望通过他的舞台创作，让观众更多了解老舍的幽默与悲悯。

齐齐哈尔市话剧团创作的《萧红》选取了女作家萧红的人生片段，并将其作品《生死场》《呼兰河传》中的片段穿插其中，表现了她的悲剧命运和不屈追求。《萧红》的剧本是一位博士生导师写的，是多年研究的心得，导演和舞美很有特点，以互文关系结构戏剧叙事，一体两面地表现了萧红与金枝的精神联系，是一部难能可贵的表现人性、追求艺术性的戏剧。该剧凸显了不那么具有道德和思想高度的萧红在生的坚强、爱的蒙昧、死的挣扎中沉陷于人生困境。

此外，2018 年根据文学作品改编的话剧还有《繁花》《沧浪之水》等。文学内涵的丰富性，情节的系统性，人物形象的生动性，无疑对于话剧舞台的艺术创构提供了良好基础。

四、改编、复排与演绎经典

2018 年，几部经典剧作的重排演出获得了观众和评论界的关注。北京人民艺术剧院近年来重排了多部旧剧，2018 年度又将《天之骄子》《小井胡同》《我们的荆轲》《名优之死》重新搬上舞台。此外，中国国家话剧院复排《四世同堂》《北京法源寺》《狂飙》，上海话剧艺术中心复排《商鞅》，辽宁人民艺术剧院复排《父亲》，山西话剧院复排《立秋》。一系列经典作品重回舞台，既让人们看到话剧艺术的成就，又为创作者提供了创新的基础。

2 月，田沁鑫复排的旧作《狂飙》在国家大剧院上演。此次复排主要的变化在视觉效果上。舞台空间被分成上下两层六个可推移的立方体空间区域，利用"即时摄影"将时空挪移拼贴，以电影质感的黑白画面使舞台时空得以无限拓展。在这样的技术下，演员的表演也带有了影视表演的性质，微表情的变化、细腻的肢体动作变得更加重要。多种视角的结合，使该剧的美学追求具有"后戏剧剧场"的性质。

3 月，由中国台湾地区导演赖声川执导的曹禺经典作品《北京人》在首都剧场上演。这部经历了 70 多年岁月洗礼的作品至今观来仍不失其艺术魅力。赖声川在采访中表示，这样有年代感的故事，如今看来会觉得太缓慢，如何将这种缓慢做得美，让所有人接受是很重要的问题。在舞美方面，他为三幕剧设定的白、黑、彩三种颜色为该剧带来了不一样的韵味。鸽子、棺材、蜡烛，这些富有寓意的物品在全白、全黑的鲜明背景色中凸显出来。幕间投影画面的平房屋顶和最后出现的现代都市高楼在将人们的目光带离那遥远故事的同时，又将那种郁结不散的忧伤缓缓融入当下的世界。这一版的演员多是影视演员，但他们在声音表现上也十分出色。刷雪饰演的愫方、孔维饰演的曾思懿、屈中恒饰演的江泰都给人留下深刻印象。评论界对于该剧在舞美色彩上的设计，以及重新让"北京人"这一角色出场的处理颇有争议。有人认为，三种颜色的设计没有逻辑基础。"北京人"一角在曹禺 20 世纪 50 年代的修改版中被删去，但万方表示，删去这一角色是受到当时批判该剧宣扬原始主义的压力，设定这一角色的初衷是借袁任敢之口说出人应当解放天性、敢爱敢恨的期许。这是作者的初衷，应当被尊重。另外，这一版的《北京人》比起多年前李六乙的版本在喜剧效果处理上更为大胆，无论是用相声演员何云伟扮演管家，还是曾思懿的跋扈、老太爷的昏聩、江泰的胡言妄为，最重要的是"北京人"的出场，都使该剧在"笑"这一点上更为接近喜剧的特征。

10 月，孟京辉改编的《茶馆》在乌镇戏剧节引起不小的轰动。孟京辉邀请德国戏剧构作塞巴斯蒂安·凯撒共同对《茶馆》文本进行研究，最终以压迫、饥饿、自由、友谊、时间、死亡几个关键词对《茶馆》进行了一番重新解读。还是那些人物，还是熟悉的台词，在脱离了现实感后，《茶馆》的主题不再是埋葬三个时代，而是追求对人的认识。舞美设计充满现代感，一个19米长、16米深、11米高的钢铁巨轮置于舞台后方，演员身穿现代服装坐在简易的折叠椅上。每一幕由原剧本的对白与由此生发出的剧情贯串起来，演员们的嘶吼让那些熟悉的台词变得陌生。最后，那场经典的“撒纸钱”变成巨轮滚动，其中摆放的桌椅、菜单纷纷被卷起，漫天飞落，象征着被巨轮碾压的人生。这样一场有人惊喜有人困惑的演出是一次重新解读经典的尝试，或许并不成功，但寻找经典的当代意义是话剧创作者一项重要的任务。

西方戏剧不乏优秀作品，但对中国观众来说，常因语言障碍影响接受。许多创作者便通过翻译、改编的方式或将其中国化，或展现其原貌，或重新解读，不仅使中国观众能够更加切近地领略西方作品的魅力，也是中国话剧创作者在创新方面的有益实践。

1月，王子川将以色列剧作家汉诺赫·列文的《雅各比和雷弹头》改为独角戏，在隆福剧场演出。该剧通过讲述两个无所事事、庸庸碌碌、渴望爱情的流浪汉和一个自诩为艺术家的女人之间的荒诞故事，戏剧性地展现了人与人之间的“隔阂”“不可沟通”“冷漠”“与社会的分离”的现状。王子川一人分饰三角，上半场演绎雅各比与胖女人莎哈诗的故事，其间莎哈诗收养了一只猫，雅各比发现莎哈诗其实只是个普通女人后离开了她，只有那只猫跟他在一起。下半场讲述雷弹头在雅各比离开后变成了一只猫，跟随雅各比，后被莎哈诗收养。离开莎哈诗的雅各比回到家，却再也不见雷弹头。两种角度演绎同一段故事，展现了两种人生态度。虽然王子川一人分饰三角，但叙事清晰，丝毫不乱。用巧妙的灯光设计区别人和猫的不同视角，为该剧带来了颇有意境的舞台效果。

此外，还有一些中国人排演的西方戏剧。如3月，何冰导演的法国戏剧作品《陌生人》在首都剧场上演。4月，国家大剧院制作阿里斯托芬名剧《鸟》（罗锦鳞、罗彤导演）。6月，北京保利剧院演出了法国阿维尼翁戏剧节“剧王”《西贡》。7月，舞蹈家金星与青年演员赵立新主演斯特林堡的作品《父亲》。8月，国家大剧院制作的莎士比亚话剧《暴风雨》亮相，在初秋时节为首都观众带来了一场酣畅淋漓的“魔法之旅”。《暴风雨》讲述了被流放荒岛的米兰公爵濮思洛利用魔法为自己夺回王位的故事，此剧邀请英国皇家莎士比亚剧团导演提姆·修普执导，濮存昕、李小萌等主演，国家大剧院戏剧演员队演出。

9月，林兆华20年前的旧作《三姐妹·等待戈多》在北京保利剧院复排上演。20年前，该剧票房惨淡，2018年，该剧在北京、上海、南京、深圳等地巡演，赢得了不俗的票房成绩。对莫斯科的向往与等待戈多是否存在关联在这部戏中不是一个理性问题，而是同一种忧郁的情绪。“去不了”和“等不来”在事与愿违的程度上是差不多的，不同的是，三姐妹是具有特殊社会背景的知识分子，而两个流浪汉代表的是集体茫然无知的人类。这种不同在某些段落会导致两边的对话无法联系起来，但又在某些段落确实存在似有若无的联系。而观众对这部戏的兴趣也在于此。《等待戈多》部分的滑稽对话增加了更多的中国元素，获得了年轻观众的喜爱。

11月，国家大剧院制作的《哈姆雷特》在国家大剧院上演。该剧由李六乙导演，迈克尔·西蒙担任舞美设计，濮存昕、胡军主演。《哈姆雷特》是李六乙继《李尔王》后导演的第二部莎士比亚作品，也是他与舞美设计迈克尔·西蒙的二度合作。为了能最大限度地保留莎士比亚作品的韵味，回归经典本身，此版《哈姆雷特》的舞美布景与视觉造型都兼顾了传统元素与现代符号，让这部剧在视觉呈现上具有寓意深刻的象征意味。

五、小剧场的戏剧演出

2018年，小剧场话剧在现实题材原创作品和改编国内外名著方面都有佳作出现。以肢体剧创作为主的赵淼继《罗刹国》后又带来新作《行者无疆》。

5月，由王婧担任戏剧构作、赵淼导演的《行者无疆》在国家话剧院先锋剧场演出。来自法国的舞美艺术指导艾瑞克·苏耶、作曲于埃尔·巴特雷米、多媒体设计马蒂厄·桑什，为本剧打造多义、超现实的多媒体影像风格和音乐风格。该剧以张骞出使西域的历史事件为蓝本，将张骞的成长和两次出使西域的经历以简略的旁白和丰富的肢体语言配合舞台技术的方式展现出来。

为迎接六一国际儿童节，中国儿童艺术剧院演出了小剧场新剧《鹬·蚌·鱼》(冯俐编剧，吴旭导演)，这是一台带有先锋实验性质的儿童肢体剧。"鹬蚌相争，渔翁得利"本来是一个训诫故事。经过改编之后的故事，却将角色关系做了新的转换，使渔夫渔婆与鹬、蚌、鱼之间生发新的矛盾和新的行动。本剧叙事有创意，形式有新意。肢体、偶、音、画的有机融合，彰显了中国符号和民间艺术的魅力，注重肢体表演、没有语言障碍的演出，也便于到国外巡演，增强中国儿童剧的传播力。

7月，由在日朝鲜作家郑义信编剧、缪歌导演的《杏仁豆腐心》在繁星戏剧村上演。该剧由于关注弱势群体，将复杂的社会问题精巧地蕴含于一对情侣的个人遭遇和关系变化中而备受观众喜爱。全剧是一对即将分手的情侣临别前的长谈，在长谈中展现一个挣钱养家的女子和一个居家男人间的情感纠葛。

7月，《马》(彼得·谢弗编剧，班赞导演)在北京人民艺术剧院实验剧场上演。剧中，17岁的少年刺瞎了马术俱乐部6匹马的眼睛，老板对此恨得要命，法官认为他有精神病，把他送到精神病医生那里。医生厌倦自己的工作，他总是做着同一个噩梦，梦中他是一个大祭司，拿着一把长剑划破孩子们的肚皮，看着他们的内脏流出来，看他自己的脸上流着玉色的汗。医生抽丝剥茧般剥开了少年的心路历程，父母不和谐的婚姻，母亲的性冷淡和对于基督教的虔诚，父亲对家庭生活的不满，导致少年对于马倾注了特殊感情。他曾在深夜跪在一幅马的图画前祈祷，也曾在深夜背着老板把马牵出去独自狂奔，他抚摸马匹汗津津的脊背鬃毛，感受到特殊的心理快感。马术俱乐部的女孩子基尔带着少年去看成人电影，少年却发现父亲也在这里，三个人非常尴尬。基尔带着少年来到马场，脱去了他的衣裳，可是少年无法接受基尔的身体，因为有六匹马在盯着自己。他赶跑了基尔，在对自己和他者莫名的愤怒和绝望中，刺瞎了马的眼睛。医生了解少年，他似乎也体察了自己的内心。本剧在空的舞台上，以细绳悬挂六边形框架作为主要表演区，内中只有条凳和六边形桌子，可旋转、发光的六条边线时而紧贴地面，表现日常的生活；时而转向空中，构成扭曲的线条，外化心灵的黑暗时刻；时而组成屋顶的轮廓，表现一对青年人幽会偷情的场景。天幕附近的一条长凳，构成少年的病室。

8月，颜永祺导演的全男版《普拉东诺夫》在鼓楼西剧场上演。在对原著进行了较大幅度的改编后，该剧以五个角色的自白贯串故事主线，由五位男演员扮演所有人物。普拉东诺夫由一人扮演，其余四位演员除扮演女性角色外，还要串演一个男性角色。在裙子和裤子之间，在胡子、帽子、马甲、毛巾等道具的辅助下，角色转换十分便捷。几位演员都十分出色地完成了角色形象的塑造，对于女性角色的诠释也没有刻意在男扮女上制造反差，博取笑声，而是非常忠实地表现几位女性的特点。安娜夫人的优雅、索菲亚的清高、萨沙的卑微、玛丽亚的暴脾气都令人印象深刻。普拉东诺夫的死和女人们的落寞指向人们对浪漫而无着落的痛恨，但又总是迷恋浪漫的无奈循环。虽然在形式上有所创新，对内容的改编也使情节更加清晰，对原著思想的体现也十分到位，但由男性演员扮演女性角色在这部作品中并不如在喜剧作品中那样令人乐于接受。

11月，由武汉市艺术学校和中国艺术研究院话剧研究所联合出品的小剧场话剧《家长会》(林蔚然编剧，郭蔡雪导演)在国家话剧院先锋剧场上演。该剧讲述了某高中举行分班英语考试，四个平时成绩相差很大的学生却考出了一样的高分，而且每个人的对错都一样。教导主任荣久瑛开始追查此事件，竟然发现有试卷被盗情况。他找来了家长，讨论如何处理此事。于是班长刘学、学霸女生、体育生、官少爷、暗恋学霸的男孩演绎了一场"罗生门"式的争辩。"创作者采取了倒叙和插叙的手法，让舞台场景在家长会当天与考试前四位学生的生活交替出现，并通过墙上的电子屏显示时间的切换，进一步渲染了本就弥漫在剧场中的悬疑气氛，使剧情解谜的节奏更加紧凑，跌宕起伏的情节、充满张力的表演，调动着观众的思绪和情绪。"[1] 此剧涉及学校内外的文化环境，引导人们思考教育的本质到底是什么，以及怎样的人生才算成功。

10 月至 12 月，鼓楼西剧场将其引进、制作的"直面戏剧"——中国人演出的外国剧进行了集中展示。演出的剧目有马丁·麦克多纳的代表作《枕头人》《丽南山的美人》，具有强烈直面意味的波拉·沃格尔的《那年我学开车》，玛莎·诺曼的《晚安，妈妈》及英格玛·伯格曼的《婚姻情境》。

《枕头人》加入了新演员，由王子川接替赵立新扮演卡图兰。该剧经过四年的小剧场演出，未来将被搬上大剧场舞台。《那年我学开车》不但由关皓天、孙语涵接替李晔和张晔子饰演主角，更由导演孙悦对剧本进行了重新解读。77 岁高龄的中央戏剧学院教授林荫宇与青年演员刘丹演出的《晚安，妈妈》，在一对平凡的母女之间展开了一场对于生存选择、个人价值的对话和斗争。林荫宇曾在 1993 年执导该剧，此次在剧中饰演母亲。这一版本与当年的版本相比，没有过多的表现性手法，而是以较为自然的方式诠释了一个忧伤而深刻的故事。林荫宇的表演，自然中带着节奏感，虽然整场戏只在客厅的方寸之间打转，但能看出母亲从疑惑、生气、愤怒再到劝慰、阻止、绝望的整个行动和情感线索。

六、港台戏剧的发展

因特殊的社会文化环境，香港特别行政区和中国台湾地区的话剧创作总能为内地观众展现不一样的风采。2018 年，除了经典剧目《宝岛一村》《如梦之梦》《最后 14 堂星期二的课》继续在内地巡演外，还有香港话剧团的经典剧目《亲爱的，胡雪岩》、"非常林奕华"的《聊斋》和中国台湾地区早年成立的戏剧团体"兰陵剧坊"带来的《演员实验教室》。

9 月，香港话剧团经典作品《亲爱的，胡雪岩》在北京天桥艺术中心上演。该剧创作于 1998 年，编剧潘惠森在 2016 年重新打磨该剧。导演司徒慧焯用现代感十足的舞台空间传递中国历史文化意味。

11 月 14 日至 18 日，香港演出团体"非常林奕华"带来原创话剧《聊斋》。故事其实与蒲松龄的《聊斋》没有直接关系，但剧中蒲先生与胡小姐的故事也是一个充满了诡异色彩的爱情故事。蒲先生是一位畅销书作家，但在图书销售陷入困境后，只能改行做起了手机 APP。他开发了一个程序叫作"斋聊"，可以设定聊天对象的外貌和谈话风格。而他实验的对象正是以他的前妻胡小姐的容貌为样本。此时，蒲先生住进了一个酒店，曾经有一个热恋他的女记者在这里自杀，而他也在这里认识了胡小姐。他们结婚生子，但儿子夭折，蒲先生不断有外遇，二人终于离婚。之后，蒲先生再婚，胡小姐周旋于小情人和前任之间，但二人多年后相遇还是觉得深爱彼此。在蒲先生与手机里的胡小姐的对话中，展现出男女之间微妙的情感变化。人与人之间如何相互吸引？为什么要和陌生人聊天？这部作品并没有解答这些问题，只是在情感的旋涡中迷惑、困顿。林奕华的作品向来以出色的舞台效果著称，声光的配合、布景的多变、调度的灵活将碎片式的叙事装点得丰富多彩，但有时也有淹没叙事的感觉。张艾嘉、王耀庆两位影视明星赢得了不俗的上座率，而两人的表现也不负众望。谢幕时，张艾嘉表示希望观众们通过该剧重新相信真爱的可能，憧憬爱情的美好。

11 月 16 日至 17 日，刚刚结束了在乌镇戏剧节的演出，《演员实验教室》又来到国家大剧院戏剧场。40 年前，中国台湾地区一群年轻人在吴静吉博士的带领下成立戏剧团体"兰陵剧坊"（前身为耕莘实验剧团），开始了戏剧艺术的学习。如今，这些人中已有多位成为中国台湾地区戏剧界的知名导演、演员，如金士杰、马汀尼、刘若瑀、李国修（已故）、赵自强等，而大部分人并没有从事戏剧工作。"兰陵剧坊"在 20 世纪 80 年代初成为中国台湾地区"小剧场运动"的主力军。随着众人各奔东西，"兰陵剧坊"也结束了历史使命。1983 年，"兰陵剧坊"以训练和片段连缀的形式上演了一场《演员实验教室》。此次，该剧由金士杰、马汀尼、刘若瑀带领当年的伙伴以同样的形式再度呈现。但当年的众人在经历了近 40 年的人生风雨后，对生命和戏剧的理解也呈现出别样的情怀。舞台以简单的三面

---

① 胡一峰：《以艺术的形式找回教育的初心——话剧〈家长会〉观后感》，《中国文化报》2018 年 12 月 3 日。

围墙构成，左右各有两个门。在四场形体训练营造的静谧空间中，众人轮番演绎着自己的人生故事。从童年时代的丢裤子、被同学欺负、不停搬家到青年时代对未来的踌躇、倔强地坚持理想，再到中年回想与伴侣、父母的往事等，一段段真实的故事诉说着曾经的青涩、困惑和如今的成熟、释然。结尾曲《谢饭歌》的歌词仿佛把戏剧演出比作一桌饭，而戏剧的每个元素就像食材和调料，每种食材从种子到成熟再到被做成一桌饭，就像演员的个人成长和戏剧的创作一样，都需要一定的时间。很多观众都被这一场质朴而真挚的演出打动，但也有人认为，该剧的内容和形式都太过简单。无论如何，该剧表达出的真诚与耐心的重要性还是颇值得创作者们反思的。

七、中外戏剧交流与合作

2018 年，外国来华剧目不断引发观剧热潮和评论界热议。跨国合作中的文化融合、改编名著的思考方式、舞台高科技与表演的结合、民族文化诉求等问题备受关注，说明外国戏剧在使人们不断开阔眼界、享受艺术的同时，更加深人们对世界各国戏剧艺术的了解，为我们深入思考民族文化定位和发展方向提供参考。

1 月，波兰导演格热戈日・亚日那改编自鲁迅小说《铸剑》的同名话剧在北京天桥艺术中心上演。几个月里，该剧陆续在上海、哈尔滨、北京上演，引发评论界热议。人们对该剧的评价褒贬不一，毁誉参半，这也说明该剧对于鲁迅文本的改编与舞台诠释存在明显的可争议点。一方面，对于文本的改编是否完美地融合了东西方文化内涵，另一方面，舞台呈现是否展现了戏剧内涵的丰富性和完整性。眉间尺的成长被分为四个阶段，由四个中国演员扮演，最后一个是女演员。成长被表现为一种从反抗到自由的过程，最后变成女性是因为亚日那认为牺牲精神是属于女性的。王的扮演者是已 70 岁高龄的波兰演员莱赫・洛托茨基。年龄感、异域风、波兰语，这种陌生的威严感就像后现代主义者面对理性主义的感受。王在该剧中被塑造成一种精神权威，太阳和时间是王之权威的象征。在西方文化语境中，理性主义和线性发展的观念与非理性主义和循环论经常引起争议。亚日那将这种冲突赋予眉间尺和王的对抗中，但这与原本的复仇故事存在一定的错位。在西方文化受到东方影响之后，重视感悟和圆融无碍的思想确实对西方的非理性文化有所加强，在文化融合的背景下，东西方思想有了融通的可能。而《铸剑》的故事本身又具有后现代主义意味的颠覆性，这让改编具备一定的基础。但无论是被王的权威治下的如监狱囚徒般的众人同化，还是表现母亲莫邪的慈爱，都显得与复仇故事偏离较远。从亚日那的一些阐释和表达的愿望来看，我们能感到他是一位有创作理想和艺术追求的戏剧实践者。他将西方后现代主义对于理性传统的反抗与复仇故事结合，又将对人性自由发展的追求加诸同归于尽后的荒芜之上。但这样一部有意蕴、有设计感的作品却存在较大的接受障碍。首先，中国人对《铸剑》的复仇故事有比较稳固的印象；其次，对于西方理性文化的陌生也使王与眉间尺的对立变得隐晦；最后，过于炫目的发光服饰和投影没有与表演形成较好的对接。这一部虽不算十分成功的作品，大概会在日后为东西方戏剧交互影响的研究提供一个有意义的示例。

5 月，由万方的中篇小说《杀人》改编的话剧《新原野》[万方编剧，（立陶宛）拉姆尼・库兹马奈特导演] 在国家大剧院上演，由孔维、冯宪珍主演。万方说："作为一出戏剧，它和《原野》没有任何关系；但在我的生命中，又是有关系的。很多年前，我心里就萌生过一个愿望，写一部像《原野》那样的戏，戏剧性强烈，人物欲罢不能，冲突的升级难以遏制。说到底，《新原野》讲述的是人性，是人心底的爱与恨。"[①]《新原野》的故事发生在 20 世纪 50 至 70 年代的大粟堡子村，故事的主角是一对相依为命的婆媳——婆婆服仙和儿媳六团。六团因包办婚姻被娶进家门，成了鞠生的女人。进城工作的鞠生看不上六团，一直闹着离婚，很少回家。六团与婆婆相依为命，过着守活寡的生活。三人之间的亲情在离婚拉锯战中逐渐升级、毒化，彼此充满了怨恨。在婆婆失踪之后，村边的河流里浮现了一具

① 王嘉敏：《〈新原野〉致敬曹禺》，北京商报网 2018 年 5 月 11 日。

腐烂的女尸，六团一口咬定鞠生杀了亲娘，村里人也纷纷做证，鞠生被处以极刑。可是有一天遍身泥污、一脸愚钝的婆婆服仙回到家中，为了掩盖真相，六团动了杀机，掐死了婆婆，将其尸体扔进了河水里。导演拉姆尼·库兹马奈特是立陶宛国内最高戏剧大奖的获得者，她以女性的敏锐和现代的视角，反思这一人性的悲剧。其舞台处理突出了表现性的具象画面，烘托出苦难的生活里质朴而偏执的情绪氛围，舞台场景充满仪式感，演员的形体动作略带夸张，舞台呈现重在对人物心理的表现而不是对生活的还原。

8月，话剧《情书》[尚晓蕾、张越编剧，（俄罗斯）尤里·伊万诺维奇·耶列明导演]由北京央华时代文化发展有限公司出品。此剧经过在美国及中国山西、南京、武汉的演出后，在北京保利剧院上演。该剧讲述了20世纪70年代至今，北京的一对恋人路佳佳和张明亮跨越40年、远隔重洋的情感之路。从上课传纸条渐生情愫，到二人一个身在北京，一个远赴海外，各自成家立业，从少年到暮年，两人在一封封书信中坚守着纯洁的爱情。其间，又全景式地展现了40年中国社会的进步和变迁。告别主持工作后，首次登上话剧舞台的主持人周涛成为该剧的一大看点。从15岁到55岁，较大的年龄跨度对演员要求很高，周涛的表演生动、自然、恰如其分，得到了广大观众的认可。

2017年因《哈姆雷特》颇受好评的立陶宛OKT剧院于2018年又来华演出了契诃夫名剧《海鸥》。奥斯卡·科尔苏诺夫导演的《海鸥》《哈姆雷特》与《在底层》，被并称为"排练场三部曲"。以导演本人命名的OKT剧院是立陶宛首都维尔纽斯的一个小剧场，观众与演员同在一个狭窄的空间中，就像在围观排练。一些与后台有关的元素，也贯穿在"排练场三部曲"中。

5月，英国国家剧院带来享誉多年的舞台剧《深夜小狗离奇事件》。该剧于2012年首演，曾获得七项奥利弗奖和五项托尼奖。该剧由西蒙·史蒂芬斯改编自英国作家马克·哈登同名小说。该小说在2004年超越《哈利·波特》登上畅销书排行榜榜首。哈登本想为该书取名《阿弗的书》，而阿弗写书的过程后来成为舞台剧的主线。15岁的数学天才阿弗发现邻居的小狗离奇死亡，而他也成为头号嫌疑人。在追查小狗死因的过程中，阿弗意外发现了多年前父母关系破裂的秘密。在发现是父亲杀死了小狗后，他踏上了前往伦敦寻找妈妈的旅途。阿弗是一名患有阿斯伯格综合征的孩子，而他又是一个对数字极其敏感，对逻辑思维有极高天赋的少年。在这样一番事件中，故事的发展并不曲折，而阿弗的怪癖、对事件的想法和数学游戏引起了人们极大的兴趣。在阿弗的心中，语言的隐喻是不可理解的，而事物的颜色和数量却让他感受到某种神秘力量。他不喜欢与人交流，只爱与他的宠物鼠为伴，而为了寻找真相他开始学着与人沟通，勇敢地踏上未知的旅途。他心怀梦想，数学考试对他来说无比重要，老师雪莉也成为他最信任的朋友，也正是雪莉鼓励他试着写一本书。最终一家人团聚，通过了数学考试、会写书、能去伦敦的阿弗相信自己可以做好任何事。一个男孩的成长故事，带给我们的既是青春的美好与无限可能，也是对精神多样性的尊重。该剧的舞台效果堪称一绝。导演玛丽安尼·艾略特和团队把整个舞台设计成一个充满科技感的魔方舞台。舞台上没有任何实景，只有LED灯箱，通过视频编程连接与操控，以点线面组成了阿弗的想象世界。所有支离破碎的信息、慌乱迷惑的情绪，都在舞台上以视觉化的方式呈现。墙上的方块是可以伸缩的机关盒子，不但解决了道具问题，更可以让阿弗沿着盒子形成的阶梯游走。科技手段与表演完美的结合令观众耳目一新，也为话剧的创新带来新的经验。

6月，法国巴黎北方剧团演出莫里哀作品《德·浦尔叟雅克先生》。该作品把芭蕾和喜剧混搭，勾勒出了一个打破一切规则、疯子称智为王的世界。罗马尼亚布加勒斯特国家剧院演出莎士比亚名作《暴风雨》。这是一台充满喜剧感和自由度的演出。本月还有俄罗斯联邦鞑靼斯坦共和国喀山卡查洛夫俄罗斯模范大剧院演出根据普希金同名小说改编的话剧《黑桃皇后》。7月，波兰卡齐米日·戴梅克罗兹新剧院演出了根据1924年诺贝尔文学奖得主波兰作家符瓦迪斯瓦夫·莱蒙特同名小说改编的《福地》。

9月，曾在2016年带来《喀布尔安魂曲》的巴西阿默克剧团在隆福剧场演出《萨琳娜——最后的脊梁》。该剧作者是法国作家洛朗·高岱，该作品于2015年在巴西里约热内卢首演。该剧创作灵感来自非裔巴西人的传统文化，尤其是“Congado”（一种戏剧和宗教性的表演）和“Candomblé”（非裔巴西人的宗教），同时也融合了多种不同的文化元素，如希腊悲剧和非洲史诗等。萨琳娜是部落智者妈妈丽塔收养的孤儿。年轻的萨琳娜美丽动人，青春的萌动和野性的冲撞绽放在姑娘们婆娑的裙摆中。萨琳娜喜欢族长的小儿子卡诺，但被其兄萨罗强占，生下儿子牧牧郸。萨琳娜恨意难消，在萨罗因战斗负伤时，拒绝挽救，只希望早早与卡诺成婚。萨罗的父母得知后，将萨琳娜赶出了部落，而卡诺对她的冷酷让她更加愤怒。萨琳娜在绝望中生下了卡诺的孩子卡沃尼，而他也成为萨琳娜复仇的利器。多年后，萨琳娜和卡沃尼已经成为令部落族人闻风丧胆的魔鬼。萨琳娜杀死了族长西科索，并将其尸骨斩碎散落各方，将一块脊骨挂在胸前。族长妻子为使丈夫安息四处找寻他的遗骨。卡诺迎娶了一位年轻的女孩艾丽娅，他们生育了六个孩子。卡沃尼杀死了哥哥牧牧郸，痛苦不已，萨琳娜又亲手扼死了卡沃尼，并被抓回部落。最后，艾丽娅将最小的孩子送给萨琳娜，而萨琳娜也归还了西科索的脊骨。原始的信仰、血腥的复仇、温暖的和解，在一场场舞蹈、仪式中，一个遥远的故事讲述着人类原始野性的混沌之力和宽容与爱的温暖。据导演介绍，非裔巴西人在巴西这个多族群的国家地位较低，因大量负面描述普遍受到歧视，做演员也难受重视。这样一个讲述命运、复仇、和解的故事，正是这些非裔巴西演员寻找传统、重塑自我之愿的表达。

11月，北京央华时代文化发展有限公司出品的以色列戏剧《犹太城》（约书亚·索博尔编剧、导演）在北京保利剧院上演。制作人称这是一部“交响乐般层次分明、结构多维”的舞台艺术作品。此剧表现20世纪40年代德国纳粹在立陶宛首都维尔纽斯建立犹太城，捕杀、围猎、摧毁犹太文化、灭绝犹太人。在隔离区里，犹太艺术家创建并维持了一个剧场，他们以艺术的形式、以生命的顽强，对纳粹进行不屈不挠的精神抵抗。

八、2018年中国话剧发展所呈现的特征

第一，戏剧节、展演季作为演出组织形式已呈常态，并向二、三线城市甚至农村延伸。在北京、天津、上海等大城市已连续举办多年的“首都剧场精品剧目邀请展”“中国原创话剧邀请展”“国家大剧院演出季”“南锣鼓巷戏剧节”“国际青年戏剧节”“金刺猬大学生戏剧节”“北京喜剧艺术节”“天津大剧院演出季”“城市戏剧节”“上海国际喜剧节”“乌镇戏剧节”等继续为广大观众送上一系列国内外优秀剧目。除此之外，又有深圳“南山戏剧节”“三星堆戏剧节”“潍坊乡村戏剧节”等陆续开展。戏剧活动不但在经济发达城市不断增多，更逐渐向二、三线城市延伸。

第二，在国家艺术基金扶持下，地方院团纷纷带作品开始巡演。国家艺术基金已连续四年支持话剧艺术创作、演出，一些多年没有创作大型话剧的地方院团重整旗鼓，纷纷推出大剧场作品。近年来，西藏自治区、云南省、陕西省、宁夏回族自治区、辽宁省、黑龙江省等地的话剧院团均有大型话剧作品来北京演出。这说明，在国家政策扶持下，中国话剧的发展范围已经从东部向西部扩展。

第三，改编、重排剧增多。在原创压力较大的情况下，小说改编话剧和改编、重排经典成为许多创作者的选择。优秀的小说保证了作品的文学性，一定的接受基础也为宣传创造了便利。在立足传统、开拓创新的政策号召下，重排、改编旧剧也为话剧艺术的发展提供了另一条思路。

第四，常演剧目数量达到一定规模。在整理一年的演出剧目时会发现，很多剧目已连续演出多年，其中既有国家院团经典剧目、小剧场经典剧目、港台剧目，又有国外优秀剧目。这一方面说明经典作品的艺术魅力经得住时间的考验，一些能够把握时代脉搏、符合当下观众审美趣味的剧目也获得了较为稳定的接受群体；另一方面说明优秀的原创作品数量有限。

宋宝珍　中国艺术研究院话剧所所长、研究员

2018 年话剧创作演出综述

◎ 刘平

在各级政府对话剧创作与演出的大力支持下，2018 年的话剧舞台上，大型话剧的创作与演出明显增加，好作品比较多。演出活动依然活跃，中国国家话剧院举办的“第四届中国原创话剧邀请展”，北京人民艺术剧院举办的“首都剧场 2018 精品剧目邀请展演”，中国儿童艺术剧院举办的“第八届中国儿童戏剧节”，北京东城区举办的“南锣鼓巷戏剧节”，还有“第十一届北京国际青年戏剧节”“第 17 届金刺猬大学生戏剧节”，以及上海和全国各地举办的各种戏剧展演活动等，真可谓好戏连台，美不胜收。2018 年北京市东城区人民政府与中国话剧协会联合举办“戏剧东城·第二届全国话剧展演季”，上演全国各话剧院团创作的 25 台剧目，其中大剧场 15 台，小剧场 10 台。2018 年适逢戏剧家田汉诞辰 120 周年，北京人民艺术剧院演出了话剧《关汉卿》和《名优之死》。这些演出，不仅丰富了北京乃至全国的话剧舞台，而且在艺术上也呈现出多样的风格追求。

一、书写改革开放 40 年的颂歌

2018 年是改革开放 40 年，用艺术的方式认真总结改革开放 40 年来中国各行各业所取得的成就和经验，鼓励人们再接再厉，为中国民族的伟大复兴做出新的贡献，就成为艺术家们需要认真思考和重视的课题，也是 2018 年话剧创作的主流。其间，我们看到很多话剧艺术院团根据本地区、本民族的实际状况，创作了多部反映改革开放 40 年人们在思想观念、价值观念和工作实践中发生巨大变化的作品，给人们以鼓舞，也激发人们对前进之路的思考。

《八廓街北院》（编剧次仁玉珍，导演尼玛玉珍，西藏自治区话剧团）描写拉萨八角街一个古老的大院，在跨越 40 多年的时间长河里，人们亲历着改革开放的全过程，沐浴着党的政策的阳光，走向日新月异的幸福生活的故事。这个大院原是清朝驻藏大臣的官邸，居住着藏、汉、回等几个民族的居民，40 多年来，他们和睦相处，在追求美好生活的过程中互相关心，互相帮助，共同寻找致富之路。尤其是大院里的几个年轻人的人生道路选择，他们从追求“铁饭碗”到转变思想观念，自力更生做生意、搞旅游，多层面地开拓经济发展之路，带领乡亲们共同致富，很是令人鼓舞。剧作通过大院里一些小人物的市井生活，表现了各民族的团结以及他们的情感发展过程，葡萄奶奶的善良，普珠扎的个性与韧性，其美（铁匠）的开阔胸怀，杨老师的关爱之心，剧作以细腻的笔调描写他们在改革开放后思想观念的变化、命运的变迁和精神面貌的改变，歌颂了改革开放带给他们的巨大变化。

《海河人家》（编剧黄维若，导演钟海，天津人民艺术剧院）描写天津海河边上的一座小洋楼，住着十几户人家，改革开放 40 年的风风雨雨，伴随着大杂院居民锅碗瓢盆的生活交响曲，时代在变化，观念在更新，工厂如何改革、生存？个人的理想如何寄托？年轻一代在风雨中摸索、成长，一片崭新的天地在时代的潮流中诞生。以孙大勇、苏青铜、覃玉婉、华莉莉、李志明为代表的一帮年轻人勇于探索，敢于创新，孜孜以求地寻找着生活的新出路，创造了一个又一个奇迹。全剧生活气息浓郁，人物形象鲜明，给人们留下深刻印象。舞美设计的精致，为整个演出增添光彩。

《船歌》（编剧刘深，导演姜涛，中国国家话剧院）描写深圳特区一个小渔村自改革开放以来的巨大变化，刻画了以渔民出身的梁海涛和外来打工妹林秀英为代表的特区人的艺术形象，通过他们的命运变化，歌颂了建设者的奋斗精神，反映了他们在时代大潮的影响下思想观念的变化与精神面貌的更新，传递出向着美好未来奋力前行的满腔热情。

《苍穹之上》（编剧唐栋、蒲逊、甄进，导演傅勇凡，四川人民艺术剧院）描写航空人在改革开放中的情感变化与奋斗历程，歌颂他们默默奉献、为祖国的强盛贡献毕生力量的精神。为完成上级领导交给他们的研制型号战机任务，以总设计师万知远、设计师江川和张琪、试飞员高翔为代表的航空人，舍弃小家的利益，昼夜奋战，精心设计、刻苦攻关、精密制造，在失败中不断改进，终于完成了型号战机的研制工程。表现了中国航空人的无私奉献精神与满腔豪情。

《松绑》（导演杨昕巍，福建人民艺术剧院）描写改革开放初期的1984年，福建省的55名厂长、经理联名上书省委书记，请求松绑、放权，加大工业战线改革开放的力度，得到省委领导的大力支持，此为1984年的“松绑”事件。该剧以此事件为素材创作，展现了工业战线改革开放后所发生的惊天动地的变化，不只是工业产量、产值的变化，更有人的思想、观念和精神面貌的变化。歌颂了以陆浩然为代表的工业领导者带领工人突破重重困难，在改革开放的思路下，搞活工业生产，为祖国工业建设做出突出贡献的豪壮气魄。表演充满激情，扣动观众的心弦。

二、现实主义创作成就显著

2018年，现实主义话剧创作的成绩最为突出，出现了《柳青》《平凡的世界》《工匠世家》《家有遗产》等一批优秀作品，为话剧创作与发展增强了信心与勇气。

《柳青》（编剧唐栋，导演傅勇凡，西安话剧院）是一部有生活、有思想的优秀作品。该剧通过对柳青创作《创业史》过程中的生活经历和思想发展的描写，以艺术的手法讲述了文艺与生活、文艺创作如何出精品等诸多理论问题，塑造了柳青这个鲜明的艺术形象，通过柳青对历史的深刻认识，揭示了生活的深刻内涵，展示出思想的力量，增加了作品的厚重感，引发了观众对历史、对现实、对生活的思考。如柳青对互助组的支持，对高级社的不理解，对“大跃进”“放卫星”的坚决抵制，对王家斌被领导颁发“黑旗”事件的态度——“叫我看，这恰恰是对你的表扬，说明你没有吹牛撒谎！”“家斌，在这个时候，要能站着，也要能圪蹴（蹲着）下，才算好汉；光能站着不能圪蹴下，那是二杆子。”在舞台二度创作中，导演采取以刻画人物形象来承载故事，以人物性格的发展讲述时代的发展脉络，柳青、王家斌的性格发展最能体现这一点。他们性格的变化过程鲜明地折射了时代所给予他们的喜怒哀乐。演员的表演从形体到情感都力争接近人物，以形象的“像”表现人物情感的“真”。剧中虽然没有正面表现“文革”，但从柳青在“牛棚”的情感变化，让观众明显感受到时代的发展脉络。马葳之死对他的伤害，让观众看到了柳青情感的这一面，表现出“大男子主义”背后的真实情感，直刺观众的心灵。林波（饰柳青）的表演达到了出神入化的境地，不但演出了柳青的“形”，更演出了柳青的“魂”。“马葳，我想跟你谈谈，我想跟你谈谈……我欠你的太多太多了啊，若能换你活着，我就啥也不干，天天陪着你，守着你……天啊！这是抽了我的筋啊！”真是撕心裂肺，直刺观众的心灵。薛广民（饰王三）的表演自然、真挚，没有丝毫的雕琢之感。赵继峰（饰王家斌）、贺建娟（饰马葳）、余燕妮（饰雪娥）、周昕（饰彩霞）都演出了人物的情感真实，为全剧的舞台演出增添了光彩。

《平凡的世界》（编剧孟冰，导演宫晓东，陕西人民艺术剧院）的独特之处，是在平凡的生活中写出了“不平凡”的事件，在普通中写出了“不普通”的人物，展示他们为改变命运、追求美好生活的不屈不挠的奋斗精神和人格成长历程。塑造了一个个鲜活的人物形象，淳朴、韧性的孙少安；不安于现状、不懈追求的孙少平；隐忍、倔强的田润叶；激情、活泼的田晓霞；还有田福堂、贺秀莲、郝红梅、孙玉婷等人物也都活灵活现。在改革开放的过程中，他们的情感发生着一次次的变化；在追求美好生活的过程中，他们的精神境界在一次次升华。观众不仅看到了一种“无私”的高尚，也看到了在以金钱衡量一切的现实中“人性”的光辉。浓浓的地域风情，蕴含着生活哲理的语言，是这部优秀作品的坚实基础。该剧不仅让观众看到了真实的生活，也让人看到了复杂人生中的美好心灵和高尚品格，以及人性不断升华的过程，看到了剧中那些普通的小人物的一种纯粹的心态，以及充满人道主义精神的为人处世的方法，让人感到温暖与欣慰。舞美设计也突出了该剧的主题。那巨大的碾盘在昏暗的灯光中缓缓地转动着，一圈又一圈，立刻让观众感到一种“沉重”——爱情的甜美与苦涩，生活的欢乐与悲苦，奋斗的成功与失败，理想的向往与破灭，人生的价值与体现……就像乐章中的一个个音符，奏出了丰富多彩的人生“交响乐”。

《工匠世家》（编剧黑纪文，导演宋国锋，辽宁人民艺术剧院）是一出具有深刻现实意义的工业题材话剧。通过东北重工集团两个工匠世家在改革开放过程中所发生的动人故事，表现了工人阶级自力更生、不畏困难、善于学习、勇于攻克一个个技术难关，体现出大国工匠精神，表现了中国工人的骨气。剧中围绕维修德国制造的平衡机问题上的矛盾和争论，塑造了老一代工匠宋振远、二两半和年轻一代工匠陈兆江、宋海波等鲜明的人物形象，语言鲜活生动，表演朴实，演活了人物，具有鼓舞人心的艺术力量。

《闽宁镇移民之歌》（编剧、导演王志洪，宁夏话剧团）描写宁夏回族自治区固原市山区一个贫困山村，在改革开放的年代所发生的变化。这里十年九旱，滴水如金。为了使村民尽快脱贫致富，上级领导决定将这个村整体搬迁到自然条件较好的黄河金岸边的闽宁镇。在村支书田广才的带领下，村民们克服种种困难，特别是思想观念上的束缚，走出大山，放眼更广阔的天地，发挥每个人的主观能动性，人尽其才，物尽其用。随着经济条件的改善，人们的精神面貌也发生了彻底的变化，增强了生活的信念，充满了对美好明天的期待。

《家有遗产》（编剧连谏，总导演王晓鹰，导演刘丹、苗青，青岛市话剧院）描写一个普通家庭因父辈的遗产而引发的风波，亲情和爱情面临着利益的考验，人性与金钱展开一番较量，揭示了传统文化与现代观念的矛盾，具有普遍的社会意义。剧中通过郑家的遗产引发的一系列矛盾冲突，表现了生活的复杂、人性的真实、良心的坚守，展现了传统道德的力量，民族文化精神的延续与发扬。同时，在起伏跌宕的矛盾中塑造了以郑家浩为代表的鲜活的人物形象，批评了以金钱衡量一切的价值观。

《大国工匠》（编剧林蔚然，导演吴晓江，内蒙古自治区话剧院）以中华人民共和国成立以来五次大阅兵为线索，将中华人民共和国三代兵工人的理想、亲情、友情与爱情融入历史的洪流中，描述大国工匠们的人生轨迹，赞扬他们为祖国的繁荣富强做贡献的奉献精神。剧作描写以郑浩天、陈之培为代表的第一代兵工人在国家困难时期不计个人得失，无私奉献，克服一个个技术难关，为国防建设研制新型坦克，为国庆献礼。第二代、第三代兵工人也沿着父辈的足迹为祖国的军工事业继续做出贡献。

《塞罕长歌》（编剧孙德民、肖绍权、张雪燕，导演王延松，河北省承德话剧团）讲述了承德市围场塞罕坝机械林场三代人 55 年来在高寒荒漠地区创造了世界上最大的人工林海的奇迹，走出了一条生态优先绿色发展的新路径，用实际行动诠释了“绿水青山就是金山银山”的深刻内涵。塑造了佟保中、李厂长、杨宁先、二嫂、晓君、秦海生等鲜明的人物形象，歌颂了他们执着、顽强的奋斗意志和无私奉献的高尚精神。

《王荷波》（编剧赵瑞泰，导演傅勇凡，武汉人民艺术剧院）是第一部反映党内监察干部的戏。剧中的王荷波是中国工人运动的先驱，党的早期领导人，1927 年担任中央监察委员会首任主席。该剧表现王荷波在领导工人运动时与工人阶级的密切关系，担任领导职务后对党无比忠诚，对革命无私奉献，以及对家人的爱，对同事的关心，塑造了一个有血有肉、有情有义的伟大的革命者的艺术形象，赞扬了他百折不挠、勇往直前的革命精神与不怕流血牺牲的英雄气概。

《守护》（编剧洪靖惠，导演李伯男，宁波市话剧团）描写早期共产党人张人亚为革命事业毕生奋斗，保护党的重要文件，体现出信仰的力量和人格品德，塑造出性格鲜明的人物形象。

《太阳照在南洋河上》（编剧眸子，改编兜兜，导演宫晓东，大同市歌舞剧院）描写普通小人物的人格尊严与勤劳奋斗，深刻揭示了“治贫先治愚”“扶贫先扶志”的道理。山西省大同市天镇县是有名的“保姆县”，从南洋河的土地上走出了一批批享誉八方的“金牌保姆”。她们因为贫困外出当保姆，常常受到雇主的歧视、误解和不公正的待遇，但她们不悲观、不自怨、不气馁，用一双真诚纯洁的眼睛看待一切，用一颗善良的心去融化寒冰，用勤劳的双手去证明自己的清白。她们的崇高人格，不仅冰释了与雇主的矛盾，也感化了曾经自卑、消沉的亲人。剧作以细腻的笔触刻画了以冯念念为代表的农村保姆的感人形象，讴歌了“位低品格不能低，人穷志气不能穷”的品德。该剧采用了“悲剧喜演”的艺术手法，以一支盲人乐队的演唱为贯穿，以充满时代气息的青春舞曲结尾，给人昂扬向上、乐观向前的精神力量，“美好的生活靠奋斗，社会主义等不来”。剧中最感人的一句话就是冯念念对儿子说的：“在这个世界上，没有人欠你的！”盲人乐队演员现场演奏，剧场效果非常感人。

还有歌颂人民的好书记焦裕禄的话剧《焦裕禄》；描写民族工业开拓者，展现实业救国梦的《张謇》；描写四川农民脱贫致富的《高腔》；描写上海知青生活的《繁花》；反映第二次世界大战期间遭受德国纳粹军人迫害的犹太人为了生存与尊严而挣扎、斗争的《犹太城》等。

这里需要谈的还有两件事，一是云南省话剧院演出的《拯救大兵友友》，是王宝社十几年前创作的《独生子当兵》，重新演出获得观众的热烈欢迎，场场满座。之后又被选为“2018 北京喜剧周”的开幕大戏，显示出旺盛的艺术生命力，在演出市场中具有经久不衰的艺术魅力。二是河北水木川文化传媒公司在西区剧场举办的“2018 向剧作家致敬暨苏叔阳作品展演”在全面介绍了剧作家苏叔阳的创作经历后，朗诵其剧作《飞蛾》（导演何雨繁），给观众以浓浓的艺术享受。

三、历史剧创作新成就

2018 年历史题材话剧创作最有亮点的是《哭之笑之》《萧红》《苏东坡》，其次是《兵·道》《大码头》《新新旅馆》等，而表演上最感人的是《为什么不留下来吃早餐》。

《哭之笑之》（编剧汪浩，导演李伯男，江西省话剧团）描写明末清初皇族后裔、文人画家朱耷（即八大山人）的坎坷人生和艺术造诣，以插叙的形式将八大山人的传奇经历和艺术成就两条线索交织起来，揭示出人物丰富的内心情感和深邃的思想内涵，塑造出一个独具个性的、鲜明的艺术形象。剧中通过八大山人与绿娘的情感，与官府以及当官者的关系，写出了人物内心的复杂、细腻情感，表达了他对官府的痛恨和对底层人民的关切。官家给钱他也不卖画，把画送给底层人却毫不吝啬。整个舞台充满了诗情画意，舞美以八大山人的《个山小像》《荷花水鸟图》等作品为背景，与人物的命运、情感和生存状态融为一体，使整个演出极具艺术魅力。

《萧红》（编剧叶君，导演邢友江，齐齐哈尔市话剧团）比较真实地塑造了中国现代文学史上的作家萧红、萧军的艺术形象。剧作通过哈尔滨市小旅馆见面、与鲁迅见面、临汾火车站分手等事件，写出了人物的独特个性，萧红的细腻、敏感、张扬与真诚；萧军的粗犷、豪放、任性与执着，他们都把写作作为自己生命中的一部分，并将努力融入时代洪流作为人生理想追求。作为个人，他们都很优秀，但个性不同导致对待生活有很大的差异，他们如同两个刺猬不能靠得太近，最终不得不分道扬镳，尽管彼此的心里都放不下对方。

与《萧红》同样具有艺术魅力的是《新新旅馆》（浙江话剧团）。该剧讲述了胡适先生入住新新旅馆后的情感故事，展现的是他与曹诚英的“烟霞洞之恋”。曹诚英是胡适三嫂的妹妹，比胡适小 11 岁，但两人有着一段刻骨铭心的苦恋。胡适学贯东西，思想开放，文学成就惊世，但在情感上拘于自律，为此在家庭与社会、婚姻与爱情之间经历了痛苦的挣扎与情感的超越。

《特赦》（编剧徐瑛，导演李伯男，中国国家话剧院）根据民国时期一件真实事件改编，讲述了 1935 年 11 月 13 日，天津发生一起举世震惊的枪击案：一名叫施剑翘的女子将杀父仇人、直系军阀孙传芳射杀于居士林佛堂，随后散发传单宣布自首。围绕此案，控辩双方在法庭上展开了激烈的辩论。审理过程中反转不断，社会舆论与大众同情在其中也扮演了非常重要的角色，让这场围绕着情与法之争的杀人案最终以民国政府特赦的方式结案。导演李伯男的舞台处理灵动、唯美，把一场场逻辑谨严、艰涩繁难的戏演绎得精彩纷呈、扣人心弦，引发观众对司法公正、新闻舆论与道德伦理等问题的思考。

《苏东坡》（编剧姚远，导演查丽芳，四川人民艺术剧院）的作者姚远说，《苏东坡》“就是写苏轼是怎样成为苏东坡的”。在对苏东坡一生经历的描写中，既写出了苏东坡“西北望，射天狼”般的豪迈，也写出了他“心似已灰之木”般的凄凉；既写出了他“日啖荔枝三百颗”的忘形之态，也写出了他“十年生死两茫茫”的悲凉之心境。他因一颗正直之心，疾恶如仇，敢于说真话而一次次地被贬——黄州、惠州、儋州，蒙受不白之冤，但他依然顽强地生活着。他把生命中的苦涩消化成了诗意，奉献给多灾多难的民族；他以艺术意境遮蔽了厄难，在苦难中生成一道道彩虹留存在历史的地平线上。剧作以苏东坡鲜明的个性和艺术上的聪明才智，塑造出一个生动鲜明的艺术形象，给观众留下深刻的印象。

《兵·道》（编剧李书圣、高志娟，导演卢昂，山东省话剧院）以春秋末期军事家孙武为主人公，通过孙武与诸多人物的情感纠葛与利益纷争，既展示了孙武过人的军事才谋，又引申了对战争与人性的思考。这是一出关于战争与人性搏击的话剧，宏大的叙事与孙武的内心构成了本剧独特的视角。孙武主张“上兵伐谋”“以战止战”“不战而屈人之兵”，他希望通过武力消灭邪恶、阻止黑暗，还世界一个美好。然而，这一切随着他战功的积累，声名的显赫，而越发远离了善良的初衷，给苍生带来了无穷的灾难，这种悖论让孙武陷入了深深的生命困惑与人生的无奈。在人性的挣扎、绞杀的痛苦中，孙武做出了最佳的选择，远离政治与权力，让自己融入自然天地之间。

《北魏风飏》（编剧曹熠，导演杨昕巍，太原市话剧团）描写鲜卑民族拓跋部统一北方建立北魏政权时的一段历史，冯太后秉承北魏孝文帝“太和改制”的策略，进行大刀阔斧的改革，与先帝老臣南阳王拓跋璋等保守派人士发生激烈冲突，同时，为了历练儿子——现位皇帝拓跋宏，而把他置于“傀儡”的地位，引起母子间的怨恨。该剧在权力与亲情之间塑造了鲜明而个性化的人物形象。当冯太后得知儿子为夺取权力几次想暗杀她时，她非但不生气，反而为儿子的成长感到高兴。剧中“母子交心”一场非常感人，写出了超越常人的帝王之家的真性情。

《为什么不留下来吃早餐》（广州话剧艺术中心）是英国雷·库内和基恩·斯通联合创作的一部喜剧作品，导演王筱頔。该剧讲述一所公寓里的单身中年男子乔治，是一位生性古板的英国绅士，过着平静的独居生活。突然的一天，乔治的平静生活被年轻、叛逆的未婚准妈妈路易丝的闯入打破了。路易丝任性、有主见，因跟男友吵架而闯到乔治家，给凡事习惯于循规蹈矩的乔治带来了麻烦。而婴儿的降生更让他们手忙脚乱。在照顾婴儿的吵闹中，两个人的情感不知不觉地发生改变，从针锋相对到心意相通，由礼貌地尊重到亲切地关爱，人物关系的变化，情感的递进使爱情水到渠成。该剧的两位演员——倪超（扮演乔治）和于小棠（扮演路易丝）的表演令人叹服，演活了人物的个性与普通人的真性情，体现出现实主义表演方法的艺术魅力。

《行者无疆》（编剧王婧、赵淼，导演赵淼，中国国家话剧院）描写张骞第一次出使西域13年的心路历程，力求展现他的家国情怀、坚强信念和开拓精神。在舞台呈现方面，该剧通过梦境与想象两个时空焦点，进入张骞丰富而神秘的心灵世界，带领观众穿越千年古道，聆听丝路文明的回响。

《伊库斯》（北京人民艺术剧院）通过少年艾伦从爱马到刺瞎马的眼睛的情感变化过程，折射出宗教信仰、家庭教育与孩子的自尊、自由成长的深度矛盾，从心理学的角度探讨了神性与人性、儿童性、动物性以及社会性之间的复杂关系，引发人们深深的思考。

四、校园戏剧新篇章

2018年校园戏剧创作成就最大的是中国校园戏剧节演出的剧目。中国校园戏剧节是由中国文学艺术界联合会、中国戏剧家协会创办的首个国家级校园戏剧节，也是一项面向校园、以学生为创作主体的全国性戏剧活动，旨在推动校园文化建设，加强学生素质教育，促进校园戏剧繁荣发展。自2008年创办至今，每两年举办一次，已连续在上海举办五届，分别以“和谐校园·青春风采”“青春校园·理想人生”“魅力校园·青春飞扬”“中国梦·青春梦”“青春绽放·梦想起航”为主题。“第六届中国校园戏剧节”移师北京，以“庆祝改革开放四十周年——2018优秀原创校园戏剧展演”为主题，于2018年11月12日至21日举行，演出全国12所高校创作的剧目，如《重庆家书》《追梦年华》《永怀之歌》《种子天堂》《支教老师来了》等，并邀请澳门指南针创作剧团话剧《心瘾》、西安文理学院话剧《冯从吾》参加演出。这些剧目抒写现实生活、展现时代风采，以丰富多彩的艺术形式反映了高校大学生“向真、向善、向美、向上”的精神面貌。

《重庆家书》（重庆大学）的故事发生在1937年的抗战时期，国民政府西迁重庆。陪都福泰米行商人任绍曾一家被卷入战火之中，他担心赴前线参加抗战的大儿子任启彦，不满意二儿子任启文因留学日本而带来日本未婚妻池田英子，小女儿任芷晴与男友余家铭参加新华日报社的活动，也让他惴惴不安。令他想不到的是，二儿子与池田英子在家里办起战时医院救助伤员，池田英子还参加政府电台的对日广播宣传，这让他感到欣慰与满足，一家人都以自己的行动企望着和平。全剧演出再现当年的生活场景，演员的表演非常认真。

《追梦年华》（吉林动画学院）写北方某高校艺术系同学要排演毕业大戏《八女投江》。在排演过程中由于今天的学生对剧本中人物行为及事件的不同理解，发生了对剧情认识层面的偏离。导演为排好这部戏，决定带学生去故事发生地牡丹江乌斯浑河边体验生活。学生听朴爷爷讲述他在抗战时期所经历的真实故事，心灵受到了震撼，也越来越理解先烈的思想，排练变成了实实在在的革命历史教育课，戏排好了，学生也成熟了许多。该剧的创作演出对于今天的年轻观众具有很强的现实意义。

《永怀之歌》（青海师范大学）讲述“两弹一星”功勋科学家郭永怀为祖国科学事业做贡献的故事。讴歌了他从青年时代发愤学习，立志报效祖国的远大理想，为祖国的科学事业发展不惜牺牲的英雄壮举。

《种子天堂》（复旦大学）描写复旦大学生命科学学院钟扬教授，在援藏期间，为建立中国的植物基因库，收集了上千种植物的4000余万颗种子，为西藏等地培养了多名植物学博士的先进事迹。

《支教老师来了》（新疆师范大学）描写新疆师范大学5名大学生奔赴千里之外的新疆维吾尔自治区和田地区和田县塔克拉玛干沙漠腹地的边远乡村塔瓦库勒乡中学支教的经历，在现实中经历了喜怒哀乐的历练，从懵懂到成熟的心理变化，与当地的孩子们建立了深厚的师生感情。

值得一提的校园戏剧创作还有《青春之歌》《师说》等作品。

《青春之歌》（编剧胡叠，导演罗琦，北京联合大学）根据作家杨沫同名小说改编。《青春之歌》作为一部影响了新中国几代青年人成长的作品，曾被改编成电影并获得成功。此次话剧改编在吸取小说、电影两种艺术形式表现方法的基础上，以更凝练、鲜活的舞台创作与多元化的表现手法，将林道静、余永泽、卢嘉川、林红为代表的一代知识青年于民族危难之际，对青春、信仰、人生的思考与抉择加以重新演绎与表现，歌颂了中华民族英勇无畏、不怕牺牲的革命豪情与民族血性、青春气魄。整个演出充满了青春的激情，让历史人物与今天的观众的情感相沟通，产生了激动人心的艺术效果。

《师说》（上海师范大学谢晋影视艺术学院）描写一代教育宗师廖世承为发展中华教育事业无私奉献、吃苦耐劳的事迹，塑造出一个教育战线鲜明的人物形象。剧中以大量事实详尽地展示了廖世承的思想追求，对发展教育事业的思考，并通过他对教育事业的贡献表现了他作为一代教育宗师的高尚精神，很有现实意义。

五、民营话剧创作的成绩

2018年民营话剧表演团体创作演出剧目不少，但艺术水平高的不多，演出场次也在减少。值得一提的剧目有《月亮的南交点》《广陵散》《鱼虫儿》《开往远方的地铁》《武学宗师》等。

小剧场话剧《月亮的南交点》（编剧张杭，导演黄露凝）看似平淡无奇，而内在却涌动着汹涌澎湃的情感波涛，尤其是当“爱心”成为实现“私心”欲望的理由或工具时，它对人的戕害是何等的残酷。该剧从一个特殊的家庭入手，去审视“爱”与“亲情”的问题，在“爱”与“被爱”的复杂关系中拷问“爱”，揭示“爱”的复杂性。剧中的“特殊家庭”由袁妈、养女瓷儿和她曾经抚养过一段时间的男孩郭笛组成。可是，这样一个看似充满“爱”的家庭，远没有人们想象的那么美满。郭笛离开袁家

9年都没有来看过袁妈，而她的养女瓷儿又一心想饿死她，这究竟是为什么？瓷儿“恨”袁妈，不是缘于袁妈对她的“爱”，而是她受到了这种“爱”的伤害。袁妈爱瓷儿不假，把她从被遗弃的孤儿抚养成人也是事实。那么为什么会母女反目？其原因在于袁妈把瓷儿看作“私有财产”，为了满足她“可怜的”弟弟（剧中的二舅）的情欲需要而牺牲了瓷儿，甚至以我对你的“爱”和这么多年的“辛辛苦苦”养育来逼迫瓷儿，使瓷儿受到了无法修复的身心伤害。而郭笛疏远袁妈则是因为“代沟”所致，他在很多事情上无法与袁妈沟通，包括袁妈的“爱”。剧中所展示的一幕幕生活情境，令人感到困惑之时也引发人们深深的思考。

《广陵散》[编剧唐凌，导演周龙，声希（北京）文化传媒有限公司、北京市对外文化交流有限责任公司]在原来的基础上又做了修改提高。该剧描写历史上“竹林七贤”的故事，以嵇康为主，通过洛阳救友、拒写进谏表、身陷囹圄、与山巨源绝交、抚琴赴死等情节，表现他不依附权贵，超然物外，特立独行的自我意识和为自由与尊严而奋斗的执着精神。同时也表现了一代知识分子面对权力与死亡时内心的纠结与恐惧。为此便生发出人生道路上的不同的“选择”、不断地“选择”和“选择”中的“选择”。这是与个性、意志紧密相连，又与生存尊严、生命意识密切相关的重要问题，是每个人时时面临的问题，也是令人们——不只是古人，还有今人时时思考的问题。这正是该剧的深刻之处，也是它能够吸引人的魅力所在。

《鱼虫儿》（北京乐怡邦尼文化发展公司）取材于刘一达的纪实文学集《人虫儿》。剧中讲述改革开放后北京普通市民生活方式的变化，以及价值观念的改变。有一群靠养鱼为生的人，被称为“鱼虫儿”，他们削尖了脑袋，抛家舍业想发财，一心想“跃过龙门成金龙”。李元起和蒋巍是两个北京孩子，父辈靠养鱼赚钱，他们耳濡目染，长大后也成了“鱼虫儿”。结果玩物丧志，他们比父辈更惨，赔上了友情、爱情和家庭。他们的生活道路给人们敲响了警钟。

《开往远方的地铁》（北京精美绝伦文化艺术传播有限公司）描写一群普通的北京市民在一趟地铁上所发生的故事。舞台表现形式新颖、活泼。戏一开始，全部演员都在台上，故事发生在一辆地铁车厢里。通过故事的发展，可以看出导演的功力和演员表演的幽默与灵动。

《武学宗师》（编剧吴彤、王甦，导演顾威、王翼，北京市西城区文化委员会）是一部以武术世家——孙式太极拳创始人孙禄堂的事迹为素材创作的话剧，通过对孙禄堂跌宕起伏、富有传奇色彩的一生的描写，宣扬了武术的精神——“拳道合一”的思想，扶危济困、爱国爱家的道德品质，塑造了一个鲜活的武术界的人物形象。

《缂丝箭衣》（编剧松岩，导演松天硕，北京风雷京剧团风入松剧社）通过从宫里传出来的一件带有皇家色彩的缂丝箭衣，引出了旧时剧装租赁行业的一段辛酸故事，体现着古老戏曲技艺的传承，思想伦理的抗争与欲望的考验，揭示出人物内心的理念碰撞和情感挣扎，赞扬了保护民族文化传统、传承民族文化精神的高尚行为。

《将军里》（北京厚浪文化传媒有限公司）描写“京城第一棚户区”改造，通过对拆迁工程中人们心理的揭示，塑造了鲜活的底层民众的人物形象。

《手心手背》（北京桂湘文化艺术发展股份有限公司）描写北京一条胡同里一户普通人家的生活。

此外，特别值得一提的是鼓楼西剧场的话剧创作演出。鼓楼西剧场成立于2014年，几年来坚持以经典剧目演出开拓市场，在京城戏剧界产生了很大影响。2018年11月至12月，鼓楼西剧场连续演出《那年我学开车》《枕头人》《晚安，妈妈》《婚姻情境》《丽南山的美人》等经典剧目。

有观众评论说：“我们惊叹于麦克多纳的叙事圈套，他用故事告诉人们警惕叙事本身的陷阱，用一个爱得清晰、爱得痛苦、爱得绝望、爱得无助、爱得极致的卡图兰摧毁、拆解了人们精心塑造的各种完美形象。《枕头人》就是麦克多纳的冰镐，只是他砍碎的不仅仅是内心，还有人性。”《北京晚报》发表文章说：“黑暗而残酷的故事，却能让观众感受到温暖和美好，在鼓楼西剧场首演的《枕头人》，以出人意料的故事和独树一帜的叙事风格，让观众眼前一亮。”

有人评论《那年我学开车》："这样一部好戏，让我大声地笑、无声地哭。多少成长路上难以言说的感受，多少曾经遇到过的人，已经遗忘的事，都静静地泛了起来。"有人评论《晚安，妈妈》："它没有说教，没有讲大道理，而是用生活的涓涓细流，用从生命中溢出的一滴滴血和泪，不经意地抓住了观众，滋润了观众的心，感动了观众的情，并给观众留下了对生活、对生命的实实在在的思考。"编剧万方评论《婚姻情境》说："在鼓楼西看《婚姻情境》，伯格曼写人写进骨头缝里，看得我悲从中来。导演简洁精致，让舞台静静地散发光彩。好戏！"

六、儿童剧创作新亮点

2018年的儿童剧创作，艺术上比较好的作品是《月亮草》《回家的希望》《阿凡提与小毛驴》《北京童谣》《幼童留洋记》等。

《月亮草》（中国儿童艺术剧院）是于1993年首演的剧目，徐葆齐编剧。此次演出在尊重原作基础上又有创新，内容上力求更贴近今天孩子的情感。该剧利用神话故事教育犯错误的孩子，引导他们认识生活，真正懂得什么是幸福的道理——"莫学人说神仙好，脚踏实地比蜜甜；莫学人说神仙好，辛勤劳作幸福到。"该剧运用喜剧的手法表达讽刺的意义，批判靠神仙带来幸福的好逸恶劳思想。表演上借鉴传统戏曲的表演形式，在夸张中表现出艺术趣味。

《阿凡提与小毛驴》（编剧傅玲，导演吴旭，新疆维吾尔自治区昌吉回族自治州艺术剧院）讲述了小阿凡提为解救生活和劳动中不可缺少的"伙伴"小毛驴，冒着危险揭下了小巴依热合曼的悬赏告示，去寻找小巴依的宠物"金色小毛驴"。其间与一头叫"丸子"的小毛驴结下了深厚的友谊，感受到了友情的温暖，并在"丸子"的配合下，很智慧地完成了任务，得到了各族父老乡亲的喜爱。演出融入新疆各民族的音乐、舞蹈，欢快、幽默而有趣味。

《北京童谣》（北京儿童艺术剧院）讲述一个被"绑架"在学习战车的小学生刘哈佛，他智商极高，培养潜质巨大，喜好天文。但父母笃信应试教育，逼他应对考不完的试、拿不完的满分，迷信封闭地"圈养"。在奶奶和她的北京童谣的温暖指引下，刘哈佛才逐渐地走向最真实的自己。该剧具有强烈的现实意义，其演出给孩子，尤其是家长留下了思考。

《靰鞡草的故事》（编剧孙喜军、陆吉平，导演陆吉平，吉林市话剧团）是一部以东北军民抗击日本侵略者的英雄壮举为背景创排的儿童剧，塑造了在东北抗联队伍中的"编外"小英雄如福生、虎子、二丫等鲜活的人物形象。他们从小经历着血与火的洗礼，面对日寇的残酷杀戮，他们胸中充满了复仇的怒火，积极参加抗联的活动。在艰苦的环境中，他们像靰鞡草一样，不畏风雪严寒，经历着日晒雨淋，顽强地生长着。他们的经历让今天的小朋友感受到了不一样的生活，受到了革命英雄事迹的感染。

《二十四个奶奶》（西安儿童艺术剧院）也讲述了相似的故事。生长在南方的翔翔因父母工作繁忙无暇照顾，被送到陕西老家由奶奶代为照料。奶奶为翔翔讲述一年二十四个节气的故事，使翔翔感受到了在城市里不能体验的美妙，引发了他对大自然的浓厚兴趣。该剧将民俗文化和西方创意的肢体剧相结合，在舞台上创造了神奇多变的美妙世界。

《幼童留洋记》（编剧蔡福军，导演傅磊，福建人民艺术剧院）是根据林超同名动画片改编，描写晚清政府为学习西方的军事和技术，选派詹天佑、梁敦彦、容尚谦等30名幼童，在监督陈翰林的带领下远赴美国留学的故事。幼童们在与美国学生和日本学生的交流、竞争中，从无知、茫然到逐渐找到学习的动力，唤醒了民族意识，明白了国家的落后和学习赶超先进国家的紧迫性，增强了学好先进的科学知识，报效祖国的自觉意识。剧中运用复杂的升降转台和大量视频动画，将虚实完美结合，加之小演员们的真挚表演，收到了很好的艺术效果。

《鹬·蚌·鱼》（编剧冯俐，导演吴旭，中国儿童艺术剧院）是由"鹬蚌相争，渔翁得利"的成语故事扩展而成，增加了鱼和鱼婆两个角色，并将结局反转，即鹬蚌相争是渔翁得利，若渔翁夫妇相争呢？谁得利？这一出乎意料的发展所隐含的追问，不仅增加了该剧的趣味性与戏剧性，也深化了主题——和谐相处，才能实现自己的愿望。该剧以形象的舞台演出让孩子看到互相抱怨、争吵打闹所造成的严重后果，给孩子一种潜移默化的教育。这是一部没有台词的儿童剧，通过肢体动作来传情达意。鹬蚌鱼的形象设计很逼真，服装突出每个角色的个性特征，加之漂亮的海底世界的背景设计，非常有艺术趣味。

在 2018 年儿童剧舞台上，比较有特点的是《回家的希望》和《我想对你说》，很多孩子和小学生参加表演，他们的表演虽不专业，却深深地吸引了观众。

《回家的希望》（长春市盛放戏剧表演中心）讲述孩子如何防备被坏人骗的故事。小朋友霹雳与泰格夫人生活在魔法世界里，霹雳是泰格夫人用魔法骗来的，但他不知道，一直以为泰格夫人是自己的妈妈。泰格夫人让霹雳到现实世界寻找更多的小朋友来魔法镇。一次偶然的机会，他们听到泰格夫人的真实用意，来魔法镇的小朋友面临着生命危险。最后他们团结一心战胜了泰格夫人。参加演出的有五六个孩子，最小的五岁，大的也有七八岁的。表演真挚、清纯、感人。

《我想对你说》是中国儿童艺术剧院和北京东城区分司厅小学金帆话剧团联合创作的一部儿童剧，"它是中国儿童艺术剧院'深入生活、扎根人民'主题活动的一次生动实践，它是校园戏剧发展结出的硕果"。剧本反映了家庭教育中一系列的真实问题，实际上是一部孩子们演给家长看的大剧。程媛媛和诗社的同学们在家里排练新节目，却遭遇妈妈泼来的"一盆凉水"。留守儿童丁汉的最大希望是父母能来学校参加一次家长会。家庭优越的杜欣欣突然改变了邀请同学来家里开生日派队的想法，双胞胎姐弟窦一凡和窦一鸣因学习成绩而令人担心……舞台演出中有很多小学生演员，他们利用业余时间排演这部戏，表演真实、淳朴、清新，以孩子的语言表现孩子们在成长过程中的快乐与烦恼，塑造了一个个真实的形象。

谈到儿童剧，还应该特别提到北京丑小鸭剧团举办的"2018 全国百姓少儿春晚"活动。该活动仿照中央广播电视总台"春节联欢晚会"的形式，是在舞台上做的一台联欢晚会，吸引了全国儿童艺术院团参与，为他们展示创作才艺提供一个平台，受到所有参演者的欢迎，给观演者带来了艺术享受。表演内容有歌唱、舞蹈、快板、评书、民族歌舞、皮影表演、戏剧小品、京剧清唱、家庭亲子表演、乐器演奏等，形式多样，内容丰富，活泼快乐，赏心悦目。

刘平　中国社会科学院文学研究所研究员

2018 上海话剧：理智之年

◎ 张晓欧

2018 年，全国性的话剧艺术活动主要有两项，上半年的“第四届中国原创话剧邀请展”，由中国国家话剧院主办；下半年的“全国优秀现实题材舞台艺术作品展演”，由新组建的文化和旅游部主办，历时两个半月，一直持续至 12 月底。这两个展演是在改革开放 40 周年之际，对现实题材舞台艺术作品创作的总结和展示。由 1978 年肇始的中国改革开放，是中国历史上史无前例的重大社会变革，20 世纪后期，中国话剧的探索、实验乃至巨变，皆是拜其所赐。在这样的历史时刻，举办全国性的展演活动，是纪念，也是昭示戏剧的新一轮出发。

与之相呼应的是，2018 年的上海话剧舞台上，主旋律作品占了一定比重，反映重要项目成就的《追梦云天》，从飞机设计工程师唐瑛的视角，勾画出设计师、工装工人、试飞员老中青三代人的家国情怀。这部戏是文化和旅游部 2018 年度剧本扶持工程入选剧目，亦是纪念改革开放 40 周年的献礼之作。《家客》是一部讲述普通人家庭情感生活故事的话剧，丈夫消失 40 年后突然出现，现任男主人允许他留下来一起生活吗？三个如果，三个结局，三个故事，不同的抉择产生不同的人生结局，表现了 1976 年唐山大地震对普通人的生活产生的影响，诠释了人与时代的关系。《追梦云天》与《家客》都入选了“全国优秀现实题材舞台艺术作品展演”剧目。报告剧《生命的高度》表现了科学家和人民教师钟扬，深深扎根中国大地，以超乎常人的精神和毅力，奋斗到生命最后一刻的感人故事。

在 2018 年的众多作品中，由文学作品改编的剧目较 2017 年度有所增加，表现了创作者对戏剧文学性的关注。作家王安忆根据徐讦名著《风萧萧》改编的同名话剧公演，评价不一。《繁花》《大清相国》等剧目相继上演，文学作品的戏剧化热潮正愈加兴盛。

2018 年，一些常设的戏剧节展继续成为引进域外优秀戏剧演出的平台，上海的“中国大戏院国际戏剧邀请展”“上海·静安现代戏剧谷”展演等都有不俗的表现，“有种戏剧节”“上海国际喜剧节”更是以大众化、年轻化为号召，引起戏剧爱好者的追捧。

随着经济的发展，剧场设施在持续增加与改善，保障和拓展了戏剧演出活动空间，无论如何，这都是戏剧事业的福音。

一、上海话剧艺术中心这一年

2017 年年底，位于安福路的上海话剧艺术中心（简称“上话”）在运营 17 年后，首次进行大规模整修，并预计在 2019 年春天再度和观众见面。上海话剧艺术中心成立 22 年，搬进话剧大厦 17 年，制作了近 300 台中外作品，吸引了超过 700 万观众走进上话剧场，成为上海的文艺地标。

就在一些观众担忧在大修期间看不到上海话剧艺术中心的演出时，中心发出“安民告示”，剧场整修，创作和演出不会停，上话的剧目将在上海大剧院、美琪大戏院等上海各大专业剧场演出。2018 年，上话推出 41 台剧目，原创剧目 4 部，创新剧目 7 部，总共演出 564 场，观众达 319809 人，本市演出 433 场，国内巡演 126 场，境外演出 5 场。社区 91 场，校园 51 场。其中《追梦云天》《大清相国》《家客》等多部戏剧获得了上海乃至国家的重要奖项。这些数据虽较 2017 年度略有减少，但在剧场修缮的情况下仍能保持如此佳绩，难能可贵。

根据上海话剧艺术中心年鉴，2018 年，演出收入占全年收入的 37%，比 2017 年略有减少，而（外部）场地设备租赁费则比 2017 年增加了近 3 倍，演出消耗也大幅上升。相应的，自身的场地设备租赁收入、房租收入也直线下降，显然，这些数据的变化都与大修有关。不过，上话获得的政府投入、基金支持等公共资源仍保持在全年收入的40%左右，不会因为“歇业”影响基本生计。值得注意的是，2018年的排练创作费较2017年下降了近20%，这解释了因大修复排剧目比例高的现象，而宣传费下降幅度逾40%，这一方面是因为新戏有限，另一方面也与剧院方面有意降低成本有关。

2018年，上话在关注主流经典及现实题材的基础上，重点支持新文本的落地孵化，新创作等剧目11部，复演历年剧目30部，若干剧目获奖。2018年的演出活动，上话官方将其分为“原创演出季”“经典戏剧·上话重绎”“欧美当代戏剧典藏演出季”“‘后浪·小剧场新运动’演出季”“新文本孵化计划”五个部分。“原创演出季”注重打造和推广上话的原创作品，其中既包括《追梦云天》《生命的高度》这样的新作，也包括《秀才与刽子手》《长恨歌》《商鞅》《家客》《于无声处》这样在艺术成就和票房口碑上均获佳绩的看家戏。而“经典戏剧·上话重绎”这一品牌致力于每年选择一至两部世界经典戏剧，并促成剧作所在国当代优秀戏剧人来沪，与上话团队联袂推出一个新的版本。2018年选择的剧目为《万尼亚舅舅》《厄勒克特拉》，导演分别为俄罗斯的阿道夫·沙皮罗、希腊的米哈伊·马尔玛利诺斯，上话的著名演员吕凉、周野芒、许承先、郑毓芝等担纲主演。两部戏都在上海大剧院与观众见面，成为2018年能够体现上话实力与文化眼光的演出。

相比之下，“欧美当代戏剧典藏演出季”基本为上话近年排演的一系列具有商业戏剧色彩的推理剧，观赏性大于思想性，因久演不衰，遂成保留剧目，还很难说是否能够代表当代戏剧的风向。至于“‘后浪·小剧场新运动’演出季”，剧院方面的出发点为“聚焦优秀、先锋、实验的小剧场作品”“挖掘上海原创小剧场新生力量”，但从剧目看，略显凌乱，似乎也未有太大的影响与反馈。倒是“新文本孵化计划”的两部作品《哪吒回了陈塘关》《房间》虽显稚嫩，却代表了年轻戏剧人的创新与锋芒，这个活跃、开放的创作平台，在接续上海戏剧传统、培养新力量方面起到不小的作用。

笔者更看重的是上话在观众培养、拓展方面所做的努力。上话一向注重针对观众人群广度与深度的拓展，近年来上话拥有了巨大的观众群体，观众需要培养、需要引导、需要提升已经成为戏剧界共识。大修之年，上话结合演出剧目进行了一系列的公益戏剧活动，进社区、进校园，开展戏剧讲座、工作坊等戏剧教育活动，提供更多的机会让公众接触戏剧、体验戏剧，进一步提高了观众的戏剧素养。如贯穿全年的“探秘古希腊戏剧瑰宝”系列活动，在上海的4个地点举办6场古希腊戏剧活动，令观众全方位了解古希腊建筑、雕塑、哲学等方面的知识，传播戏剧文化，受到欢迎。

二、文学的观照

100年前，乔治·贝克在《戏剧技巧》一书中写道：“随着岁月的流逝，戏剧杰作越来越多，编剧工作也就变得越来越困难了。”他所说的，当然是指那些意欲留名戏剧史的作家。但即便是今天中国的编剧，也会深深感到前所未有的创作困难。

改编，是一个不错的选择。

2018年开年，根据金宇澄同名畅销小说改编的《繁花》(第一季)在美琪大戏院上演，改编一部“茅盾文学奖”作品需要魄力与实力。小说原著文学性强，人物关系、故事线庞杂，操刀改编的，是此前因《蒋公的面子》一炮走红的温方伊。话剧《繁花》规划分成三季，出品方意欲创造定期常演、长年驻演、国内巡演、海外商演相结合的运营模式，让上海故事在扎根本土的同时走向世界舞台，形成“北京有《茶馆》，上海有《繁花》”之局面。该剧演出，吸引了很多读过原著的观众，金宇澄表示，舞台改编赋予了小说“新的状态”，不过据以往的经验，中国话剧尚无按照如此模式运营的成功案例，这部投资巨大，全程沪语演出的话剧最终能走多远，一时无法判断。

作家王安忆把1943年的畅销小说《风萧萧》改编成话剧，评价不一。这是上海话剧艺术中心2018年“原创演出季”的重要作品，负责人表示，悬疑只是该剧的一个方面，但并非最主要的，制作的出发点是希望让观众感受到那个年代所特有的文化。作为编剧的王安忆则表示，改编剧本，最大的困难源于结构。“小说可以慢慢道来，但是戏剧要求把故事都控制在一个空间、时间里面。”

徐讦是现代文学史上一位风格独特的作家，但一般的读者和观众对他并不熟悉，数十年前的畅销书《风萧萧》，在今天却是知者寥寥。话剧首演时好多观众中途退场。随后，豆瓣网上的诸多短评亦显示观众对该剧的评价不高。

“故事情节人物关系一片混乱，只有舞美交了作业。也许是我没看懂，但不只我。”

“看到二分之一，我们那排全都走光，顿时觉得坚守是羞耻的，遂撤离。”

“精力都放在了声色光影和舞台布景上，台词和表演太弱了。毫无感情和逻辑的对话，情节设计也太垮了。”

“线索太多，总感觉有太多想讲的东西给观众，但都没讲到点子上。”

“舞台上呈现的人物太多，我努力地走近他们。可是，不容易。”

网络评论往往是无所顾忌的，却代表了一部分观众的真实感受，而对话剧演出一向热情的上海本地媒体对此却集体失声。一位评论家在《新民晚报》发表了他的观后感，大约是碍于情面，写了这样的一段话：“我在看演出时，也非常认真，既是对演员劳动的尊重，也是对安忆创作的尊重。应该承认，我看得还是有点吃力。因为要追索 12 个人物的来路以及他们隐隐约约闪现的背景，在自己心里建构一个戏剧情境和人物关系。否则，猜谜的时间会大大干扰看戏的审美。”

应该说，将小说改编为话剧虽为良策，但并非坦途。而改编徐讦的小说更有一定的难度，其作品的语言和叙事结构具有很明显的西方现代派风格，即便小说大家王安忆，也未必如她改编《金锁记》那样得心应手，而不熟悉原著的观众在看戏时的懵懂，也就可以想象了。

但无论如何，对这种尝试，还是要给予充分的肯定。

2018 年上演的根据小说改编的剧目还有《大清相国》和《雾都孤儿》，前者根据王跃文同名历史小说改编，以历史的温度观照当下，用当代的思考演绎历史；后者依据的是狄更斯的名著，展现了 19 世纪伦敦的芸芸众生相。两部戏虽然都是复演，但仍然获得好评。

我们常说“戏剧文学是文学中的文学”，优秀改编剧目的问世，为话剧原创注入了文学精神与文学力量，在强调现代审美手段技术的当代剧场里，唤醒戏剧文学精神正成为有追求、有眼光的话剧人的共识。

三、剧场矩阵的形成

近年中国经济的持续繁荣，令各地政府对文化事业的投入不断增加，而城市总体规划部署与城市功能的转型，也客观上改写了剧场建筑的数目。上海是中国剧场最密集的城市之一，上海的演出场所每百万人拥有量为 4 个，每百万人拥有座位数 7.2 个，历史上，就有如长江剧场、兰心大戏院等专门演出话剧的剧场，这几年，又有不少新剧场亮相，星罗棋布，成为城市新的文化地标。各剧场群依据各自所处区域特色，形成多元丰富的剧院新格局。

就在上话剧场大修后不久，地处上海环人民广场演艺活力区牛庄路上的老剧场中国大戏院在精心修缮后重新开放。大戏院修旧如旧，恢复了 20 世纪 30 年代初建时的样貌，定位于以综合性戏剧演出为主的中型专业剧场，与周边其他剧场形成错位竞争。

中国大戏院主体建筑面积 5320 平方米，梯次观众席三层，座位数 878 座。剧场配备了顶级的舞台灯光和音响设备，带给观众完美的观演体验。开幕演出季的多部剧目是亚洲首演或中国首秀，包括由诺贝尔文学奖得主帕慕克小说改编的《雪，覆盖下的真相》，意大利导演罗密欧·卡斯特鲁奇的《不可自理的生活》，日本静冈县舞台艺术中心根据卡夫卡小说改编的《变形记》，波兰山羊之歌剧团的《评论哈姆雷特》，普利策戏剧奖获奖作品《耻》，纽约时报剧评人优选剧目《西方社会》，以及德国柏林邵宾纳剧院制作的《海达·高布乐》等。田沁鑫被聘为中国大戏院艺术总监，大戏院同时与上海戏剧学院青年剧团签订战略合作协议，成为上海戏剧学院青年剧团的实践基地。

2018年年底，上海又将人民广场演艺区定名为“演艺大世界——人民广场剧场群”，目前区域内正常运营的剧场和展演空间有39个，密度高达14个/平方千米，是国内规模最大、密度最高的剧场群，走过一条马路，就能走进一座艺术殿堂。区域内主要剧场年均演出总场次约3000场，占上海市的五分之一。

中心城区如此，位于浦东新区张江路69号的张江戏剧谷2018年也不甘寂寞，正在努力成为浦东文化新地标。其前身是上海动漫博物馆，4月28日，张江戏剧谷正式启动全年演出季，5月《这个男人来自地球》，6月《家客》，7月《风萧萧》，8月儿童剧《创世纪》，9月则重磅推出《原野》……

根据统计，至2018年，上海全市共有持证剧场和演艺空间147家，这些历史积淀深厚、历经风霜的老剧场，承载着几代戏剧人的梦想、几代戏剧观众的感情，以及源远流长的戏剧文化。

近年来，各地的剧场建设也在一路高歌猛进，奋起直追，有的是翻新，有的是新建，推动了城市文化的发展，提升了城市竞争力，虽然与欧美发达国家相比，在剧院的数量、接待观众人数、演出场次、票务总收入、带动周边消费等指标上还有相当大的差距，但无疑已经是戏剧史上最好的时期了。然而也必须指出，虽然剧院越造越好，大部分时间却人气不足，有些地方，豪华的剧院实际沦为“面子工程”。票价往往过高，不能充分激活演出市场的消费潜力，优秀的剧院管理和演出经营人才还很缺乏等，这些都阻碍了话剧演出市场的健康发展。

四、话剧节庆化

5月5日至23日举行的“2018上海·静安现代戏剧谷”展演是2018年颇为成功的话剧活动。来自8个国家的17部戏，在现代戏剧谷所覆盖的美琪大戏院、上戏实验剧院、大宁剧院、艺海剧院、云峰剧院、静安区文化馆·静剧场进行了36场演出。

这17部戏包括：日本导演铃木忠志的《特洛伊女人》、波兰导演格热戈日·亚日那的《铸剑》、法国导演米歇尔·迪蒂姆的《阿Q》、俄罗斯亚历山德琳娜大剧院的《大胆妈妈和她的孩子们》、英国壁虎剧团的《学院》、田沁鑫的《四世同堂》、澳大利亚导演莫伊拉·芬努凯恩的《洪水》，以及过士行编剧、易立明导演的《帝国专列》。现代戏剧谷还特别设置了“立陶宛戏剧节”，集中呈现立陶宛VMT国立剧院的《灵魂的故事》《假面舞会》《三姐妹》三部经典作品。其中《三姐妹》和《假面舞会》是戏剧大师里马斯·图米纳斯的代表作；《灵魂的故事》是纪念英格玛·伯格曼诞辰100周年的新作，呈现了不一样的精彩。

作为上海国际艺术节的“节中节”，2018年11月3日，“第四届上海国际喜剧节”在美琪大戏院拉开序幕，29天内共上演17部特邀剧目，共计60多场演出。喜剧节的剧目不限于话剧，但话剧无疑是其中最大的亮点。作为本届喜剧节艺术委员会主席，陈佩斯带来了《托儿》《阳台》《老宅》《戏台》四部作品；上话与丹麦艺术家贾寇默·拉维尔合作，推出多媒体舞台剧《卓别林》中文版，通过影像与真人互动、多媒体与肢体剧相融合，将卓别林的传奇生涯搬上舞台；上剧场出品的《爱朦胧，人朦胧》，改编自法国17世纪经典喜剧，以一场乌龙相亲，讲述一段当代浪漫爱情故事；云南省话剧院带来了中国首部以关注独生子女为题材的喜剧《拯救大兵友友》。

值得一提的是，8月5日在1933微剧场正式拉开序幕的2018第二届“有种戏剧节”。据主办方介绍，戏剧节的名称源自“王侯将相宁有种乎”这句国人耳熟能详的名句，它包含了这样的含义：孵化孕育创意的种子，并激发戏剧人的创作壮志。本届戏剧节分“邀请剧目展演单元”“创意延伸单元”两大版块。展演单元有《柠檬柠檬柠檬柠檬柠檬》《哪吒回了陈塘关》《世界是一只流浪兔》《Z21》等四个长剧目，其中，《柠檬柠檬柠檬柠檬柠檬》是一部浪漫爱情喜剧，讲述了在一个假想的每日用字限量的情境中，一对情侣如何处理他们之间关系的故事；《Z21》的故事发生在一趟北京开往拉萨的列车上，一男一女，一个将与爱人见最后一面，另一个将与分居5年的丈夫相聚相守，42个小时的旅程中，他们说了些什么，观众与演员一同探讨生活的真相。而创意单元则为非职业戏剧人和广大观众提供了一个交流的平台，包括《一天·世界》分享会及片段展演、“台北小剧场学校”工作坊、悬疑剧对谈会、新文本孵化剧目《房间》剧本朗读会、沉浸式戏剧《咖啡馆之一夜》展演等各类丰富多彩的活动。在各类戏剧节中，“有种戏剧节”探索新型表演形式，发掘原创力量的努力值得肯定。

在当代中国，戏剧节业已成为一个文化现象，2018 年，从北到南，沈阳、北京、上海、苏州、南京、宁波、深圳等地都有话剧节、戏剧节举办，这一新的动向，给了我们很多启示。上海的几个戏剧节起点较高，参加展演的团体、剧目普遍具有较高的水准；作品的类型多种多样，并在宣传推广中注重对观众的引导；戏剧节以市场化运作为主，也有政府资助扶持，具有公益色彩。如静安现代戏剧谷的剧目因有政府补贴，大部分的演出票价控制在 180 元到 380 元之间，并有 80 元的公益票，最高票价则限制在 580 元。我们不能指望每一个戏剧节都是万人空巷、好评如潮，更希望它能进入常态发展，始终保持一定的水准、强化自己的风格和识别度。

结　语

物换星移，改革开放 40 年。“新时期话剧”已为“新世纪话剧”所取代，站在前人的肩膀上，中国话剧理应自信不惑，蹄疾步稳，激情前行。

2018 年 10 月 27 日，上海话剧艺术中心纪念改革开放 40 周年的经典之作——话剧《于无声处》在上海美琪大戏院震撼回归，这是继 1978 年该剧在上海工人文化宫第一次正式演出后，时隔 40 年再度亮相。该剧由宗福先编剧、苏乐慈导演，是一部伴随中国改革开放、开思想解放之风气的话剧力作，也是上海话剧的荣光。

但是，我们必须指出，2018 年的上海话剧，期待中的现象级的作品尚未出现。一些着力打造的原创作品，无论是思想深度，还是艺术品格，都还不能令人满意，不能得到观众、市场、业界的一致认可。

虽然剧作家、导演们开始习惯于从文学作品中汲取创作题材与营养，但在将文学性转换成戏剧性方面，功力还较为欠缺，不能从容地注入作为改编者的独特想象和处理。此外，与国外同行相比，选取文本的眼光仍有局限。

戏剧现象是与剧场共生的，从古罗马到今天，有什么样的剧场，就有什么样的戏剧。今天的中国上海剧场，代表着新的戏剧生态的形成，正如高速铁路在改变着中国人的出行方式，从这个意义上来说，我们呼唤更多的、更有创造性的剧场出现。

上述种种，均需站在理性的高度，以科学的态度、以热爱戏剧事业的拳拳之心，遵循创作规律，务求扎实推进。

张晓欧　上海戏剧学院副教授

“跨文化的贯穿连通是戏剧的立命之本”——2018 年中国舞台上的外国戏剧

◎ 张荔

“跨文化的贯穿连通是戏剧的立命之本”，这句话出自 2018 年国际戏剧协会德国中心网页，也是处于世界戏剧总体格局中众多戏剧人的共识。在日益全球化的当下，世界戏剧的广泛对话及多种途径的跨文化交流与联合创作，业已成为一种日趋规范化的常态，也是戏剧安身立命、生存和发展的关键。

我国话剧作为舶来品，从诞生之日起，其发展始终与国外戏剧息息相关。与我国本土戏曲艺术相比，话剧吸纳、借鉴和接受国外戏剧新观念、新形态和新潮流更有先在的传统和后天的多种可能性和必要性。2018 年在我国戏剧舞台上除了各种常态化的交流平台引进剧目演出外，中外联合共同创作的舞台剧备受学界关注，两者都一如既往地受到中国观众的青睐。在引进剧目中后现代剧场的文献剧、戏剧构作等充分彰显了后现代的舞台美学风尚，给中国戏剧舞台带来了前所未有的撞击，并为学界提供了新的视野、观念和舞台实践。

一、放眼国际，回哺国内

2018 年引进国外戏剧的各种戏剧节和展演中，剧目的人文色彩、学科定位和艺术探索都有明显的自觉性并呈现出新的态势，进一步强化了放眼国际、引领和回哺国内戏剧创作的新格局。国外剧目的引进和演出与国产剧目的创作和输出双轨并行，中外戏剧之间的对话与交流在深化中稳步发展。“一些重要的国家院团、戏剧节展成为引进外国戏剧演出的平台，如国家大剧院、国家话剧院、北京人艺都有类似的引进项目；北京市演出公司与天桥艺术中心共同主办的北京老舍戏剧节、上海的中国大剧院国际邀请展在 2018 年都有不俗的表现。”[①] 特别是乌镇戏剧节热度不减，戏剧节各种戏剧展演版块的有效规划和精心设计吸引了世界各地和国内院团，特别是吸引了越来越多的年轻戏剧人和众多青年观众。

（一）首都剧场精品剧目邀请展：互补共荣

至 2018 年，首都剧场精品剧目邀请展已经进入了第 8 年。本届邀请展在世界精品和经典的基础上，特别策划并首次推出了邀请展特别单元：北京人艺演出中心原创剧目邀约展。在引进外国精品的同时，特别邀请两部国内原创剧目的演出，“放眼国际视野，回哺国内戏剧”，在中西交融中互补共荣。这样 2018 年首都剧场引进的国际戏剧精品剧目与国内原创共同构成了强强联合的演出阵营。

2018 年首都剧场精品剧目邀请展邀请了来自 6 个国家的 7 部作品。包括立陶宛 OKT 剧院演出的契诃夫代表作《海鸥》、法国马赛剧院演出的莫里哀的《可笑的女学究》、罗马尼亚布加勒斯特国家剧院演出的莎士比亚的《暴风雨》、波兰卡齐米日・戴梅克罗兹新剧院演出的由诺贝尔文学奖获奖作品改编的《福地》等 5 部外国作品。

波兰卡齐米日・戴梅克罗兹新剧院演出的《福地》是 1924 年诺贝尔文学奖获奖作品改编的舞台剧。该剧的内容以工业为核心，对 19 世纪资本主义波兰王国的社会生活现实进行了全面展示。剧中的印染厂老板布霍尔茨和棉纺厂老板莎亚就是垄断资本的代表人物。演出借助大量布景道具的运用及演员的肢体表演，在舞台上还原了棉纺厂工人机械化的流水作业，渲染了早期资本主义车间冷酷无情的氛围，显示了现实主义舞台创作的艺术魅力及其在新时代的新发展。法国马赛剧院演出的《可笑的女

① 徐健、彭涛、高音：《话剧：舞台因文学的观照有了深刻》，《文艺报》2019 年 2 月 22 日。

学究》是莫里哀晚年的巅峰之作，该剧描绘了父权制社会女性解放过程中产生的种种荒谬可笑的社会现象。剧作在许多方面突破了古典主义的陈规旧套，极具戏剧张力。整个舞台视听浑然一体，饱含浓郁的法兰西魅力，极富讽刺性和超越性。

罗马尼亚布加勒斯特国家剧院演出的《暴风雨》是莎士比亚的名篇。该剧构思宏阔、形象生动饱满，融喜剧、幻想与夸张于一体，是首都剧场精品剧目邀请展上又一部令人难忘的作品。俄罗斯模范大剧院本次演出的《黑桃皇后》是普希金极富想象力的作品。年轻的军官格尔曼偶然发现老伯爵夫人安娜·费多托夫娜的秘密：打牌时只要按照这位老伯爵夫人提前说的某个顺序，一张接一张地出牌就一定能赢得牌局。这件事对这个年轻军官产生了很大影响，格尔曼决定无论如何都要刺探出老伯爵夫人的秘密。为了钻入老伯爵夫人的房子，格尔曼开始与老伯爵夫人的养女丽莎通情书。这部戏颇具先锋性和实验探索性，导演观念极具现代性，视听语汇独具俄罗斯风情，创新性的舞台设计，生动展示和塑造了彼得堡上流社会、俄国军人形象和时代生活。

（二）乌镇戏剧节：容者，盛也

2018年是乌镇戏剧节举办的第六届。这个以戏剧之名的节日狂欢，借助天时、地利、人和以戏剧演出成功拉动了当地旅游文化和经济发展，形成了自身特色和实力，并不断为各地提供可资借鉴的经验。2018年“第六届乌镇戏剧节”的主题是“容”。容者，盛也。“乌镇戏剧节像一座巨大的人类文化星云，将古今中外的一切舞台艺术吞吐收纳，多维赋能，这也是今年主题‘容’的具体呈现。”① 由中国戏剧导演、乌镇戏剧节艺术总监孟京辉执导，演员文章领衔主演的中德合作舞台剧《茶馆》成为本届戏剧节开幕大戏。

来自罗马尼亚锡比乌国家剧院的国宝级导演希尔维乌·普卡雷特导演的贝克特荒诞派戏剧经典《等待戈多》，由康斯坦丁·基里亚克和玛丽安·拉莱亚两位罗马尼亚最受尊敬的演员主演。融非现实的幻想性与现实的真实性于一体，该剧在戏剧舞台时空的探索上，电影化特征鲜明。

印度导演迪潘·斯瓦尔曼的《卡里加里博士的小屋》改编自1920年德国表现主义的同名电影。故事发生在一个德国小镇，卡里加里博士获准表演催眠术。读大学的弗朗西斯和艾伦前来观看，卡里加里博士在众人面前“催眠”了他的搭档凯撒并宣布，被催眠后的凯撒可以回答大家提出的问题。艾伦提问：“我能活多久？”凯撒回答说：“活到明天凌晨。”艾伦感到吃惊和恐惧，弗朗西斯对此却不屑。但果真艾伦被杀。《卡里加里博士的小屋》电影故事充满了悬念和恐怖，迪潘·斯瓦尔曼对原作经典的全新解读和舞台演绎令这个悬疑、引人入胜的惊悚故事怪诞而富于冲击力。

2018年乌镇戏剧节特邀具有悠久传统，并具有探索精神的剧院来华演出，主要有俄罗斯莫斯科艺术剧院、德国塔利亚剧院、日本SCOT剧团等。令中国观众近距离感知历史名团的当代风貌。俄罗斯著名导演亚历山大·莫洛奇尼科夫导演的反战巨制《19.14》以一战为背景，用悲剧的艺术形式，采用古老的卡巴莱歌舞表演和视听及肢体语言讲述法国和德国士兵的故事，由此对战争这个全人类的灾难进行深刻省思和声讨。演出剧目中《黑暗中的舞者》同样改编自同名电影，剧情和电影基本一致。大部分时间舞台处于黑暗中，观众和演员一样看不清，只能通过夜视摄影机拍摄的画面窥见和猜测主人公塞尔玛的困境。当血案发生，舞台一盏孤灯，照亮了眼盲的塞尔玛，她的世界只剩下一点光亮，让儿子获得光明。最后，塞尔玛得知儿子已经做了眼睛手术，恢复正常，她勇敢地面对死亡，唱着歌踏上绞刑架。塞尔玛战胜了黑暗。一个渴望光明挑战黑暗的勇士，一个母亲的执念，用自己一命换儿子光明的一生。这注定是一部看过就难以忘怀的舞台剧。

本届乌镇戏剧节邀请到李·布鲁尔、铃木忠志等20世纪实验剧场先驱和舞台艺术的传承者参与演出并与观众亲密接触和沟通交流。意大利成立了耶日·格洛托夫斯基及汤玛士·理查德士工作中心，耶日·格洛托夫斯基的传人带来了舞台剧《客厅》。该剧以人与人之间的关系为切入点，在客厅中营造舞台

① 荣芳工艺：《2018年第六届乌镇戏剧节即将开幕　特邀剧目引万众瞩目》，新浪网，2018年10月1日。

行动，以解释日常人伦。简单、质朴，契合并发扬了格洛托夫斯基“质朴戏剧”的艺术追求与创作精神。

（三）天桥艺术中心：本土与国际交融

北京天桥艺术中心是近年极为活跃的国际化艺术中心，也是国际艺术文化交流与创新平台。在实现本土与国际演艺文化交融发展、展现民族与世界舞台艺术方面确定了自身定位、显示了自身实力。

天桥艺术中心的“柏林戏剧节在中国”2018 年进入第三年，邀请了 CAMPO 艺术中心的《轻松五章》。同时，还免费放映往年入围柏林戏剧节作品的演出录像：2017 年巴塞尔剧院话剧场入围作品《三姐妹》、柏林人民剧院 2012 年入围作品《杀死汝爱》及慕尼黑室内剧院 2013 年入围作品《英戈尔施塔特的炼狱》。此外，还包括讨论当前中德戏剧界发展动态和趋势的多场中德戏剧人论坛、剧目导赏等总计 18 场活动，这些演出和交流活动将德国和欧洲正在发生的事情展现在中国观众面前，增进了中德及中欧戏剧对话与交流。

2018 年天桥艺术中心还主办了“第二届老舍国际戏剧节”，除了国内剧目外，在国际展演部分引进了《日瓦戈医生》和《围城状态》。舞台剧《日瓦戈医生》是根据俄罗斯同名小说改编，是诺贝尔文学奖获得者、诗人、散文作家帕斯捷尔纳克一生创作的总结。剧中日瓦戈的命运折射出俄罗斯一代知识分子的历史命运，他的生活和命运充满了苦难和无法弥补的缺憾。舞台剧选取了 12 个人物作为主要角色。他们既是戏剧作品的角色，也是主人公日瓦戈故事的叙事人。这是一部具有现代主义风格的戏。一个男人与三个女人的故事被淹没在杂芜的对历史话语的叙事之中，人的生命感受和命运沉浮。但是，散漫的跳进跳出冲淡了主人公充满诗意和戏剧性的艺术感染力，也消耗了这部史诗巨制的艺术感染力，没有收到预期的剧场反响。《围城状态》是巴黎城市剧院在老舍戏剧节上演出的加缪作品。该作创作于 1948 年，即加缪著名长篇哲理小说《鼠疫》出版后的第二年。该剧导演莫塔舞台处理独具匠心，他把原作中的论证变为舞台图像和戏剧场面，建构了一个废墟般的生存场景，营造出黯黑、阴冷的戏剧情境；还将歌队化为混杂的群众场面。整个演出引领中国观众探寻人性冲突与真相的同时，更近距离欣赏了欧洲先锋戏剧艺术。

2018 年英国国家剧院演出的《深夜小狗离奇事件》于上海拉开中国内地巡演的序幕，后登陆北京天桥艺术中心。该剧改编自英国同名畅销小说，2012 年于英国首演成功，2013 年获包括“最佳新话剧”在内的七项奥利弗奖，并被英国《泰晤士报》誉为“故事讲述与视觉冲击的非凡组合”。该剧讲述的是少年克里斯托弗的成长故事。该剧的主人公少年克里斯托弗是作为首位目击证人出现的，因为他目睹了邻居席太太的狗威灵顿被人用一把园艺叉子杀害的惨状。可是没想到的是，他成了警察眼中这一“谋杀案”最大的嫌疑人；更出人意料的是，在寻找真凶的过程中，克里斯托弗的一个个发现。这段人生经历竟然颠覆了这位少年的生活轨迹和对人与生活的认知。该剧除了故事曲折动人外，还采用了高维度高科技舞台设计。视觉语汇和音乐、音响等听觉语汇变幻、迷离。演出舞台由 LED 搭成“盒子”，通过视频编程连接与操控，现场随时变化色彩，极富魔幻感。随着舞台上光与影的组合与幻化，15 岁男孩的奇遇和冒险，在舞台上神奇再现。在表演方面，该剧多采用肢体剧表演形式，以抽象的方式与场景讲述故事，为人物和故事增添了戏剧张力。

2018 年中国舞台上的外国戏剧演出，值得关注的还有国家大剧院国际戏剧季的演出剧目。2018 年戏剧季汇集中国、英国、法国、德国、澳大利亚等中外著名院团，在国家大剧院演出 20 部戏，易卜生的《人民公敌》、莫里哀的《德·浦尔叟雅克先生》等戏剧名作相继亮相。此外，北京喜剧艺术节“国际单元”2018 年邀请了以色列戏剧大师汉诺赫·列文的经典喜剧《冬季的葬礼》作为闭幕压轴大戏，在北京喜剧院连演三场。《冬季的葬礼》1978 年制作，2018 年由以色列新生代最具影响力的导演雅伊尔·舍曼重新排演，并由贝尔谢巴剧院演出。这部戏是继《安魂曲》之后再次震撼中国观众的列文剧作。该剧以一次死亡开启故事。阿尔特临终前感慨自己在这片土地上存在过，她希望全部的家人都能来参加她的葬礼，由此引发了剧中人共同奔赴一场奇异的“旅行”，荒诞而温馨。汉诺赫·列文擅长的小人物刻画在本剧中得到彰显，讽刺手法娴熟，极富喜剧效果；人性的冲突及对生命的热爱和对死亡的思考发人深省。该剧表演松弛有度，展现出生命的诸多元素，这对于列文来说甚至可能比喜剧元素更重要。2018年田沁鑫主持的上海大戏院演出季上演的意大利意象派导演罗密欧·卡斯特鲁奇的《不可自理的生活》、日本静冈县舞台艺术中心的《变形记》、德国邵宾纳剧院的《海达·高布乐》和山羊之歌剧团的《评价哈姆雷特》，以及上海大剧院演出的罗伯特·威尔逊的《睡魔》等均有不俗表现。

当然，遗憾同样存在。比如，国内知名的引进剧目品牌“林兆华戏剧邀请展”因诸多原因于2018年停办一年。之前的七届“林兆华戏剧邀请展”在我国引进戏剧的众多展演中一直拥有良好口碑，形成了相对固定的观众群，特别是演出地点涵盖了北京、天津、哈尔滨三地，吸引了来自全国各地的观众。而2018年的停办，也不失为引进戏剧中特别的戏剧事件。再如，引进的多部令人瞩目的世界经典剧目舞台呈现平淡、缺亮点，反响平平。

二、深度合作，激活戏剧本体

在当下全球化时代，国际间的交流不仅局限于引进剧目的观摩与研讨，更有我国戏剧在国际范围内与他国的跨文化联合创作。诸多成功的联合创作实现了我们与不同民族和文化之间人文精神、现实表达、美学实践上的深度交流。联合创作无疑促进了我国戏剧技术与艺术的发展与提升。更重要的是，全球化时代全新的戏剧交流与切磋，我国戏剧界对戏剧的更深刻的感知、认识与领悟，戏剧观念也随之不断更新，戏剧生态多元良性发展，这些都为激活我国戏剧原创机制与活力，为戏剧健康发展提供了有益尝试和经验。其中典型的案例有中德合作的《茶馆》、国家大剧院与英国皇家莎士比亚剧团联合制作的《暴风雨》、中国国家话剧院法国联合制作的《行者无疆》等。

由中法戏剧家联合制作的《行者无疆》，编剧王婧、赵淼，戏剧构作王婧，导演赵淼。该剧再现了张骞出使西域的故事，以《山海经》中中国化的神兽形象入戏，在高维度的多媒体影像中带领观众走进了张骞这位历史人物的精神世界和神秘的西域风情，凸显了“丝绸之路”开拓者独具的魅力和坚持不懈百折不挠的精神品质。该剧立足史实，真实生动地再现了张骞西行路上经历的种种艰难困苦。同时，还通过艺术再创造，以虚拟和幻想探入张骞的内心世界，在虚实交织与呼应中凸显人物生命轨迹和精神气质。这部戏不仅王婧的戏剧构作和编剧、导演赵淼的形体戏剧引人瞩目，更有中法艺术家在创作过程中古今、中西文化与艺术的碰撞与交融。舞美艺术指导艾瑞克、作曲于埃尔和多媒体设计马蒂厄三位法国艺术家的加盟为这部戏在叙事、音乐、影像、身体等多方面带来了多元的文化解读。作为丝绸之路的先行者，张骞也是打通中西文明对话的第一人，形象的文化历史意义及该剧联合创作的戏剧创作经验都值得肯定和借鉴。

2018年国家大剧院与英国皇家莎士比亚剧团合作，采用皇家莎士比亚剧团审定的新版中文译本制作了《暴风雨》《哈姆雷特》等经典莎剧。皇家莎士比亚剧团艺术总监格雷戈里·多兰对媒体介绍：“本次推出的3部莎剧是皇家莎士比亚剧团莎士比亚舞台本翻译计划中的一部分，这一计划以2023年莎士比亚《第一对开本》出版400周年为期，旨在创作出一套适合戏剧化呈现，便于演员演绎、普及观众欣赏的莎剧新译本。”[①] 近年演出的《暴风雨》没有强调作品中的仇恨意识，强化了向善的力量和人类驱除邪恶残暴的共识，从人性以及人心向善，社会向和的角度对作品做了更趋现代化的诠释。导演提姆·修普认为：“《暴风雨》讲的是发现、是迷失自我的故事；讲的是自然和超自然之中不可解释的故事；讲的是放下过去、原谅他人，极度真实又极度虚妄的故事……它是一个好玩的谜语，而我们这次的呈现就是要分享这个谜语——唯有大家通过想象力才能解开的这个谜语。”[②] 该剧中“普洛斯彼罗只是为了积压了12年的仇恨，而埃利尔却是为了摆脱奴役的地位，获取自身的自由。埃利尔忠实而迅捷地完成着普洛斯彼罗复仇的指令，渐渐远离了自我的人性，而普洛斯彼罗则在女儿情爱的感召下，

① 《中英戏剧界开展新合作〈哈姆雷特〉等3部莎剧年内上演》，光明文化网文化频道，2018年3月8日。
② 郭佳：《四个片段一览〈暴风雨〉》，《北京青年报》2018年7月25日。

人性复归。最后以博大的心胸宽恕了仇人，并与之和解”①。该剧充满了平等、仁爱和自由的精神。提姆·修普的导演理念和思想让《暴风雨》这部古老的经典再次获得新生，他用机智幽默和大胆的艺术想象力带领观众抵达充满魔力的世界，体验了戏剧特有的惊奇与惊喜。

中德合作的《茶馆》是孟京辉导演2018年全新舞台巨制，在乌镇戏剧节开幕式首演。作为中德合作制作的舞台剧，《茶馆》由塞巴斯蒂安·凯撒担任戏剧构作。作为享誉欧洲剧坛前沿的艺术家，塞巴斯蒂安·凯撒曾经创作了《浮士德》《赌徒》《白痴》等30多部经典。这次塞巴斯蒂安·凯撒与孟京辉联合创作的老舍经典在戏剧构作、创作理念和高维度舞台呈现等方面引发热议。《茶馆》自1956年创作以来，一直作为当代戏剧记录历史和时代的舞台经典，更作为京味戏剧被称为“远东戏剧的奇迹”被世界关注。而中德艺术家的戏剧构作在《茶馆》文本的架构之上，以当代角度审视新的世界和现实，舞台上既有阶级的压迫、人民的艰难困苦，也有对自由的向往，对时间、生命和死亡的悲叹。作为戏剧构作，孟京辉导演的《茶馆》在融传统于当下之中进行艺术再创造，让《茶馆》生发出与原作迥异的艺术生命。尽管演出后众说纷纭毁誉参半，但其先锋性和艺术探索，无疑给老舍经典《茶馆》乃至当代戏剧舞台带来了新气象。2019年中法建交55周年及老舍先生诞辰120周年之际，《茶馆》应邀参加法国阿维尼翁戏剧节，并连演10场，同样反响热烈。

2018年中外戏剧家联合创作的剧目还有《犹太城》。这部戏由北京央华时代文化发展有限公司出品，是与以色列戏剧编剧约书亚·索博尔的深度合作。驱动文化传媒出品的《酗酒者莫非》《铸剑》分别与波兰导演陆帕和亚日那联合创作。全新的视听语汇舞台叙事与高科技媒体技术结合，让这两部戏不同程度地实现了技术与艺术的融合。这两部戏代表了高科技时代的多媒体数字化舞台空间对于演出的意义，及其与文学、音乐、舞蹈等其他艺术形式紧密地联系在一起，成为舞台艺术强有力的手段。

2018年引进剧目及联合创作中，多媒体、全息影像技术的植入和高科技人机互动与人工智能的加入普遍存在，已经成为艺术常态。多部戏以奇幻的视觉影像和智能技术的参与令角色表演在真实舞台与虚幻之间体验和表现，观众在真实表演和虚拟视觉影像之间穿梭神游。在当代戏剧中除了人工智能操控的人偶剧外，高科技还广泛运用于舞台设计与装置中。英国国家剧院的《深夜小狗离奇事件》和法国卡斯特剧团的《神奇理论》彰显了高维科技与艺术的实力与魅力。在意大利意象派戏剧导演罗密欧·卡斯特鲁齐携拉斐尔剧团到上海演出的《不可自理的生活》和威尔逊的《睡魔》、中德合作的《茶馆》、中法联合创作的《行者无疆》等中，新媒介与新技术广泛应用于舞台创作，扩展了当代舞台叙事范畴，更新了舞台演出的话语范式。对于这些创作，在舞台叙事上的理论梳理和总结尚有巨大的学术研究的上升空间，探索并发现其规律，无疑会进一步促进戏剧多元化发展，提升我国舞台艺术创作的整体实力与水平。

三、后剧场时代，新的舞台美学

作为后剧场时代的当代戏剧，对之前戏剧艺术的更新与变异，最显在的艺术形态即其融合性。古与今、传统与现代、精英文化和大众文化等相互杂糅与融会，在自由多元的艺术创作中焕发出新的生机与活力。融合性在世界戏剧创作与舞台呈现中最典型的表现即对经典名著的解构与重构。在创作中，文学文本的霸权地位逐渐被消解，在舞台文本的重构中，文学文本语意内涵和外延都获得解放；编导演等戏剧创作者的经典阐释能力与艺术创造力获得彰显；消解了权威、边界，展现了跨界、多维度融会的创作态势与艺术表达。在2018年跨文化国际化创作和引进的剧目中不乏典型的后剧场时代的舞台剧创作，上海艺术节演出的威尔逊的《睡魔》、2018“柏林戏剧节在中国”的《轻松五章》、孟京辉与德国戏剧人联合创作的《茶馆》等即是典型的后现代剧场时代的戏剧构作。有些剧目也在不同程度上暗含了后现代元素，比如，首都剧场精品邀请展的《海鸥》对原作的解构、国家大剧院国际戏剧演出

① 《“宽容、谅解换来自由”——看莎士比亚传奇剧〈暴风雨〉》，新浪网，2019年3月6日。

季的《人民公敌》等。

立陶宛OKT剧院的《海鸥》充分体现了该剧院立足当代预见未来的创作理念。舞台演出文本基本还原了契诃夫原著，并将排练过程搬到台前，演员在舞台左侧坐成一排，戏份到谁谁便起身上场。舞台上的道具因陋就简，几把折叠椅、一个皮沙发，象征原著中19世纪末的俄国湖畔庄园；舞台没有繁复的布景和灯光变化，全依靠演员颇具实力和能量的表演填满了3个多小时的戏剧时空，质朴而精湛。

美国戏剧家罗伯特·威尔逊作为一位后现代剧场艺术的开拓与探索者，他导演的作品来华演出曾经引发关注甚至争议。继2014年、2017年带来《克拉普的最后碟带》《关于无的演讲》两部作品后，2018年11月由罗伯特·威尔逊担任导演和舞美设计，他与德国杜塞尔多夫剧院共同推出的《睡魔》在上海大剧院上演，成为"第二十届中国上海国际艺术节"的重头戏。《睡魔》由霍夫曼的同名短篇小说改编而来。该剧是关于童年的故事，一则令人毛骨悚然的传说构成了该剧故事主干，由主人公小纳撒尼尔的创伤记忆缓缓展开。故事中睡魔往不想睡觉的孩子的眼睛里撒沙子，沙子让他们苦不堪言，满眼甚至整个脑袋里都充满沙子，沙子不断地掉出来，伴着流血，令人惨不忍睹。这个血腥的故事，让男孩相信一定与他炼金术士的父亲的死亡悲剧有关联，以至于再也没有摆脱它的阴影。《睡魔》与其之前两次来上海自导自演的作品不同，罗伯特·威尔逊没有自己登台，但他作为导演和舞美设计师的强大气场和艺术个性始终贯穿于整个演出之中。这部剧肢体夸张，怪诞的表演极度风格化、个性化。在舞台视觉语汇上威尔逊同样发挥了自己舞台视觉艺术大师的特点，人物造型设计标新立异、木偶的启用和画面构图的大胆出新，构成了这部舞台剧超现实的审美奇观。舞台上微妙的光线组合、立体化和大胆的舞台布景，消除了现实与幻境之间的界限，给人迷幻的美感。在剧中，安娜·卡维用充满戏剧性的摇滚音乐作为舞台听觉语汇的重要组成部分，为全剧增添魅力。《睡魔》可谓一部融歌剧、芭蕾、交响、戏剧等各种舞台形式于一体，具有高度融会性的舞台作品。

与《睡魔》一样，2018年来华演出的《轻松五章》赢得了业内人士与观众的一致好评。《轻松五章》根据比利时罪犯马克·杜特斯虐待儿童的恶性新闻事件改编而成，是借助七名儿童的视角在五个场景中做的一个叙述历史片段的实验。《轻松五章》是典型的文献剧，意在揭示社会问题和人性复杂，启人思索。作为一部解构式的戏剧，该剧采用的形式是排演舞台剧，以戏中戏展示虐童案；同时这部戏也可以称为一部"纪录剧场"的作品。剧中孩子们的真情演出令人心碎，更促使人深入思考人类问题、社会问题和家庭与个人的命运。演出内涵深刻又饱含诗意，极具争议性。

伴随大数据时代的到来与迅猛发展，高科技、多维媒介对戏剧艺术的渗透和影响与日俱增，在国际范围内的戏剧创作生态发生了巨大改变，后剧场艺术的舞台呈现已经成为戏剧艺术的美学态势和有机组成部分。尽管这些新的发展与变化仍旧处于不确定状态，但在纷繁复杂的戏剧创作与现象中，仍然可以提炼出既相对独立又紧密关联的新的维度：艺术思维的更新与融合、跨文化戏剧交流的多元与深化、戏剧舞台视听语汇新的美学品貌、剧场与观演关系的转型与发展等。特别是，伴随大数据时代高科技多维媒介的发展，戏剧在视听语汇方面发生惊人的变化，呈现了全新的创造性：从单一、单调的维度走向复调、高智能虚拟的多维时空。戏剧艺术将大量科学元素植入艺术本体，实现不同维度间的切换，由此促进传统艺术理论与剧场实践的跃变和升华。尽管高科技数字化的后剧场时代戏剧呈现了新的品貌，但是，从2018年中国舞台上的外国戏剧和中外联合创作的演出可以清晰地看到，戏剧的繁荣不仅仅是形式和外在呈现上的新锐前卫，更是内在品质的丰盈饱满、深刻与尖锐；迷信技术而削弱人文追求的通病有待矫正。这也是当代戏剧普遍存在的潜在危机之一。正如在2018年的世界戏剧日，印度戏剧家拉姆·戈帕尔·巴加捷献词指出："大众传媒和科技赋予了我们魔性的力量。因此，当下的危机不是戏剧形式的危机，而是内容的危机。它需要我们的发声与关注。我们需要呼吁当今生活在地球上的人们，救救地球本身，也救救戏剧。"

张荔　沈阳师范大学剧场艺术研究所教授

专题

改革开放 40 年：话剧创作的回眸与展望

【概况】

2018 年，是改革开放的第 40 个年头。在这 40 年的风雨历程里，话剧创作与社会变迁紧密相连，在不同的阶段展现出不同的发展样貌。在改革开放 40 周年之际，诸多学者梳理、分析话剧创作中涌现的现象、特点和相关问题，本专题特精选部分篇目进行呈现。

【观点】改革开放 40 年话剧：思想回归剧场之路

◎ 宋宝珍

如果把中国改革开放 40 年的话剧发展比作一部长篇史剧，那么这里面确实有不平凡的剧情。这是中国经济迅猛发展的历史时期，也是文化艺术走向繁荣的重要契机。从 40 年前放眼全国找不到几台话剧演出，到 2017 年仅北京一地，话剧、儿童剧演出就有 8763 场次，这是一个令人欣喜的发展态势。

新时期之所以“新”，不只是时序上的晚近，更是文化观念的更新，发展机制的调整，改革开放的不断深化，锐意进取的意志升华。站在当今的历史节点，回顾新时期 40 年戏剧的发展，仿佛是逆向穿越一条历史长河，特别能体会那种扑面而来、奔腾不息的气势，以及经过磨洗、塑形、积淀、升华的历史遗珠的魅力。

思想启蒙与社会批判的复苏

话剧所具有的艺术优势在于它可以及时地、纪实地反映时代的风貌和生活的形貌。哪怕什么外在的物质条件也不具备，只要有人演，有人看，演出就形成了。话剧是语言的艺术，语言是思想的外衣，话剧的语言不同于歌咏抒情的辞章佳句，它蕴含着心跳的节拍、人心的温度、生命的律动，也闪现着反映时代趋向、思索人生意义、探究存在价值的思想光辉。

如果说“改革开放”是新时期最富思想建构和理论指导意义的观念，那么它在戏剧上的表现则是以大无畏的勇气，敢为天下先的壮举，冲破“左”倾意识形态的禁锢，反映时代主潮和人民心声，在艺术观念、戏剧思想、创作方法和表现形式上开始了勇敢探索和率先实验。

1978 年 9 月 23 日，宗福先编剧的四幕话剧《于无声处》在上海工人文化宫小剧场首演，在“四五运动”尚未平反之时，此剧将在天安门广场悼念周总理、声讨“四人帮”的欧阳平，当成正面形象塑造在舞台之上，无疑是一种冒险。但是，正因为此剧“用文艺形式把‘四人帮’颠倒的历史再颠倒过来，说出了亿万人民心里要说的话，表达了亿万人民内心深处的强烈感情”，所以它一被调入北京演出，就得到了首都观众的好评，随后演遍了大江南北。它像是一道惊雷闪电，预报了“草树知春不久归”的消息。

此后，话剧的思想启蒙和社会批判的价值迅速恢复，创作热潮开始涌动：1979 年辽宁人民艺术剧院演出的 5 幕话剧《报春花》（崔德志编剧，刘喜廷导演），1980 年上海人民艺术剧院演出的 10 场话剧《陈毅市长》（沙叶新编剧，胡思庆导演），1981 年中国青年艺术剧院演出的 5 幕话剧《明月初照人》（白峰溪编剧，陈颙导演），1984 年北京人民艺术剧院演出的 4 幕话剧《红白喜事》（魏敏、孟冰、李冬青、林朗编剧，林兆华导演），1985 年中央实验话剧院演出的无场次话剧《一个死者对生者的访问》

（刘树纲编剧，田成仁、吴晓江导演）等，都显示了对于现实问题的敏锐观察与思考，对社会人生的叩问与观照。

这一时期的话剧创作，其思想探索的深度和广度达到了前所未有的程度：不仅唤醒、还原、展现了革命历史，还革命领袖以真实的人格、精神，而且在客观真实的创作原则指导下，表现了他们工作生活的常态和性格行为的个性。马克思、恩格斯、毛泽东、周恩来、朱德、陈毅等革命领袖纷纷在话剧舞台上亮相，打破了中华人民共和国成立以来，领袖人物在戏剧中不曾露面的纪录。

从文化反思的视角出发，新时期话剧也开始关注民族的历史命运和集体无意识心理。刘锦云编剧，刁光覃、林兆华导演的《狗儿爷涅槃》（1986）表现一个典型的中国农民对于土地的渴望和不断扩张土地的痴想。传统农民狗儿爷的命运起伏、离合悲欢变换于土地的得失之间，狗儿爷的理念是：你祁永年当地主不行，我狗儿爷当地主可以。此剧从民族心理和精神层面，揭示了土地革命、权力更迭无法一蹴而就地解决的历史循环性问题，也阐明农民走向现代人生必然要经历凤凰涅槃式的浴火重生。

陈子度、朱晓平、杨健编剧，徐晓钟导演的《桑树坪纪事》（1988）把人们在“文革”时期极端贫困的生活中展现出来的狭隘、自私、倾轧、狡猾等落后积习，呈现于现代戏剧的表现时空之中，那些资源贫瘠所造成的经济上的彼此倾轧，那些落后愚昧所导致的相互打压，形成一幕幕的悲剧，在封闭的村落里日复一日地上演，他们既是角色，也是看客，或者时而充当角色，时而充当看客。

何冀平编剧，夏淳、顾威导演的《天下第一楼》（1988）则通过一个处于乱世、惨淡经营的烤鸭店的兴衰聚散，思考着“改革”的难题。烤鸭店像是一个改革的实验点，卢孟实的种种谋略最后竟是南柯梦断，谁来改、改什么、怎么改、为谁改的问题不解决，最后必然导致“谁是主人谁是客”的诘难。

中国话剧一直探索着民族性、现代性的艺术进程，围绕着变革时代出现的社会矛盾与问题进行人性反思，出现了立足当代、关注现实的一系列优秀的现实主义风格的剧目，如李宝群编剧的《父亲》《矸子山上的男人女人》《万世根本》以及小人物系列等。其中曹其敬导演的《父亲》（1999）表现了退休劳模和他的下岗子女的现实处境，在家庭关系与亲情扭结之中，刻画普通人真实、善良、淳朴的人性。面对全家人下岗的人生危机，他们有过心灵的挣扎和灵魂的隐痛，但是精神不倒、意志不屈，从不放弃对美好人生的憧憬与向往。

叙事方式与舞台理念的探索

改革开放初始，中国话剧的叙述方式也发生了改变。传统的戏剧叙事，一般是按照亚里士多德的观念，遵循“三一律”的原则，围绕一个主题在闭锁式的戏剧结构里，顺向展开一个有头有尾的完整故事。这种戏剧演出于镜框式舞台之中，戏剧表演力求真实，要求演员“要‘当众生活’”，不可打破“第四堵墙”，不能与观众进行现场的互动与交流。

改革开放以后，西方现代的各种哲学观念、艺术思潮和流派被引入国内，现代主义探索人、探索人心、探索深藏在人的内部的隐秘灵魂的理念，以及表现主义、象征主义手法，意识流、荒诞派的艺术特点，布莱希特的“间离效果”和“史诗剧”观念，阿尔托的“残酷戏剧”，格洛托夫斯基的“质朴戏剧”，以及近年来“文献剧”“浸没式戏剧”“直面戏剧”“戏剧构作”“叙事体戏剧”等观念和方法的引入，给中国话剧创作者带来新的思路和启示。这些现代理念融会在话剧舞台艺术中，通过不断被吸纳、转化，逐渐地实现了本土化、民族化，也慢慢被国人接受。由此可见，艺术的发展不能定于一尊，归于一派，而应当建立起有效的、开放的、融合的、创新的体系。

在20世纪八九十年代，以1980年贾鸿源和马中骏编剧的《屋外有热流》为标志，涌现出一批在表现手法上有所创新的话剧，如《血，总是热的》（1981）、《绝对信号》（1982）、《车站》（1983）、《十五桩离婚案的调查剖析》（1984）、《WM（我们）》（1985）、《野人》（1985）、《一个死者对生者的访问》（1985）、《中国梦》（1987）、《死水微澜》（1991）、《鸟人》（1993）等，这些戏剧无论是在艺术思想还是在表现形式上，都具有探索意义。

这一时期涌现出来的剧作家宗福先、刘树纲、马中骏、王培公、过士行、孙惠柱等，为剧作的新形式和新意蕴做出了勇敢的开拓。一批锐意创新的新老导演黄佐临、耿震、王贵、林兆华等在舞台语汇和表演方法上，做出了不拘一格的探索。

在《屋外有热流》一剧中，为保护集体的种子而冻死在雪地里的哥哥，时常以鲜活的形象出现在舞台上，他可以穿墙而过，也可以转眼即逝，他虽死犹生，热情犹在，所到之处，温暖如春；他的自私自利的弟、妹，虽然裹进了厚重的大衣却仍感寒冷、无聊。该剧中的“冷”“热”带有明显的象征寓意。

《一个死者对生者的访问》中，死者的灵魂穿梭在各种活人中间，他不明白为什么自己与歹徒搏斗时，那么多人会冷眼旁观，眼睁睁地看着歹徒将自己刺死，他要与他们进行灵魂的对话。而《WM（我们）》，从剧名的字母形态上，即可见出作者的象征寓意，即把被“四人帮”颠倒了的人生，再重新扶正。还有《车站》和《野人》，都比较直接地借鉴了象征主义的表现方法。

在赖声川编导的《暗恋桃花源》中，戏中戏、暗恋与桃花源、他者与自我、悲与喜、得与失、迷与觉，形成了多种互文关系和多重舞台镜像。“暗恋”部分是当代人令人唏嘘的悲情，“桃花源”部分是发生在晋代的喜剧。同一部戏里，包含悲伤与喜闹两种叙事，在创作方法上无疑是一种冒险。但赖声川牢牢把握戏剧的总体情境，让戏剧的主调和变奏有机融合，彼此呼应，情节运行起伏有致，节奏鲜明。他还用戏外戏、音乐、灯光等的有机配合，完成了悲喜之间情绪氛围的灵活转换，既有必要的心理铺垫，又有过渡的合理自然。

田沁鑫编剧、导演的《北京法源寺》人物众多，场面壮阔，创造了群像戏里个性鲜明、绝不混同的艺术效果。此剧牵连了很多历史人物和故事，信手拈出一个，都可以写成一部甚至几部戏；但话剧《北京法源寺》恰恰舍弃了完整的线性叙事模式，摒弃闭锁式戏剧结构，它追求的是整体的诗意，情境的意蕴，历史时空、心理时空、当下时空的自由翻转，甚至随机互换，追求思辨的文化内涵。作品并未拘泥于还原历史的状态，而是着力开掘历史事件背后人物灵魂的真实。

新世纪的原创风景

进入21世纪以来，观照时代，讴歌英雄的原创话剧明显增多。杨林编剧、李利宏导演的《红旗渠》（2012），表现了林县县委书记杨贵带领数万农民，自力更生、艰苦奋斗，凿通太行山，引来漳河水，耗时10年建成人工天河红旗渠的故事。此剧讴歌了自力更生、艰苦奋斗、团结协作、无私奉献的红旗渠精神，弘扬了普通劳动者改天换地的气概，塑造了他们浩气长存的英雄群像。

2015年是原创话剧集中展现实力的一年。《共产党宣言》《代理村官》《一诺千金》等纷纷登台演出；中国国家话剧院以“原创、艺术、人民、时代”为主题，在北京举办了首届“中国原创话剧邀请展”。近年来出现的话剧《古田会议》《从湘江到遵义》《谷文昌》《干字碑》《麻醉师》《热泉》《热土》等，以先烈和英模人物为原型，表现他们坚定的理想信仰、奋斗的人生经历和可歌可泣的英雄壮举。

此外，一些有文学基础和思想内涵的小说也被改编成了话剧，如根据老舍小说改编的《老舍五则》《二马》，根据毕飞宇的同名小说改编的话剧《推拿》，根据陈忠实的同名小说改编的话剧《白鹿原》，根据路遥同名小说改编的话剧《平凡的世界》，根据金宇澄的同名小说改编的话剧《繁花》等，也借助原著文学的影响力，取得了良好的社会效益。

随着中国社会步入老龄化阶段，一些关爱老人，探讨生死，饱含人文关怀的话剧作品也开始出现，如《远航》将生命的逝去当成一段向浩瀚的未知世界进发的航程，在唯美的憧憬之中表达对生命的珍重；《生命行歌》则反复吟诵着“离离原上草，一岁一枯荣”，追求一种“生如夏花之绚烂，死如秋叶之静美”的禅意与诗意。如果说生死观念的嬗变反映着一个时代一个民族的进步，反映着思想的高度、哲学的深度和文化的厚度，那么这些话剧所探讨的生命的尊严、人间的温暖、终极关怀等，则恰恰是新时代、新主题的体现。

从小众艺术到大众消费

话剧艺术发展到今天，迎来了良好的发展机遇。这不仅表现为话剧生态环境较之以往已经有了很大的改善，也表现为话剧的资源优势、演出总量、受众人群、社会影响、经济效益取得了长足进步。

2014 年，国家艺术基金设立。经过 5 年时间播种、培养，让话剧这一原本被视为小众艺术、都市艺术的舞台演出形式，得到了较好的发展与传播。从 2014 年到 2018 年，国家艺术基金 5 年来对于话剧艺术的资助总额达到了 2.57 亿元，共资助话剧类项目 129 项，其中大型原创剧目 88 项，传播、推广、交流项目 35 项，话剧人才培养项目 6 项。其中资助的主要话剧有：《老大》（上海话剧艺术中心有限公司）、《兵者・国之大事》（总政话剧团）、《红旗谱》（天津人民艺术剧院）、《古田会议》（福建人民艺术剧院）、《徽商传奇》（安徽省话剧院）、《代理村官》（辽宁人民艺术剧院）、《此心光明》（贵州省话剧团）、《麻醉师》（西安话剧院）、《詹天佑》（河北省话剧院）、《苏东坡》（四川人民艺术剧院）、《平凡的世界》（陕西人民艺术剧院）、《远航》（大庆话剧院）、《北京法源寺》（中国国家话剧院）、《闽宁镇移民之歌》（宁夏话剧团）等，不仅在艺术质量上明显提高，而且在社会效益方面也表现良好。

此外，北京市文化艺术基金、上海文广新局剧本创作孵化计划、艺术人才培养计划、各级省委省政府对于舞台艺术的大力资助，各种国际、国内的艺术节、戏剧展演活动的举办，都在一定程度上对话剧的发展起到了固本强基的重要作用。

这种作用，一是播种、滋养、培育、壮大了一批优秀的话剧剧目。这些剧目题材丰富，类型齐全，形式多样，尽管不能说每一个资助项目都很理想，但是大部分剧目还是达到了预期目的。二是在创作方法上，坚持以现实主义为基础，广泛借鉴现代艺术手段，在剧场美学、艺术品质、观赏效果方面，取得了长足进步。三是各地院团的生产积极性被极大地激发和调动起来，滇、陕、甘、宁、青、川、藏、黑、吉、辽等省区，甚至一些二、三线市镇，话剧演出明显增多，一些校园剧社、民营剧团、社区剧社的话剧演出也蓬勃开展，话剧的欣赏业已成为百姓文化消费的重要方式，话剧艺术的发展体系焕发生机，文化生态明显好转。

40 年来的中国话剧发展，走过了一条不平凡的道路，积累了丰富的经验，也提供了值得思考的艺术启示。比如，新时期的话剧经历过两度“西潮”——20 世纪 80 年代的西方戏剧理论与思潮的引入，21 世纪中西戏剧交流的开展。较之一度西潮，二度西潮所体现的文化自信明显加强，戏剧交流的双向性、对应性、契合度明显加强，文化心态变得愈加稳健、自信、从容、成熟。

又如在话剧现代化与民族化的问题上，经过长期的思想和艺术的探索之后，中国戏剧家已经意识到，中国话剧要实现发展与繁荣的目标，绝不能简单照搬西方经验，而要认真面对民族的文化资源，现代化与民族化并非互不兼容，而是相辅相成。在整个民族走向现代化的历史进程中，话剧工作者要立足本来、吸收外来、面向未来、顺应时代的发展、反映人民的心声，创作为大众所喜闻乐见又具有艺术品位的优秀作品。

宋宝珍　中国艺术研究院话剧所所长、研究员
原载《北京日报》2018 年 11 月 22 日

【观点】改革开放四十年中国原创话剧的反思与展望

◎ 顾春芳

步入新时代，中国话剧界关于原创问题的讨论不绝于耳。2015 年至 2018 年，中国国家话剧院连续举办了四届“中国原创话剧邀请展”，从国家剧院的层面，回应对中国话剧原创问题的追问。这充分说明这个问题已成为戏剧界乃至国家文化层面共同关注的迫切问题。中国话剧的原创问题，包含着戏

剧观、戏剧史观、戏剧美学、剧场观念的诸多方面的问题，也暴露了历史眼光、精神追求、审美修养以及艺术创造力等诸多方面的局限。2016 年，我在《原创话剧之核——指向时代的经典》一文中探讨了中国当代话剧原创力匮乏的几个原因①，该文将接着这个话题进一步比较和反思改革开放 40 年来中国原创话剧的若干问题。

一、从“新时期”到“新时代”：全球语境和历史要求的转变

从新时期到新时代，中国话剧走过了 40 年的岁月，在这并不漫长的时间里，中国话剧所处的历史和时代语境却发生着前所未有的急遽变化。当代中国话剧一方面置身全球化时代，天然携带着汇入世界戏剧潮流的迫切愿望，有意识地发扬中国话剧的现实主义传统和美学品格，积极寻求和效仿西方经典剧本的叙事和舞台表达；另一方面它又不断被赋予新的意识形态的要求，同时被如火如荼的商业文化绑架。在多元的价值取向和诉求中，中国话剧所面临的主要矛盾是话剧艺术自身发展的现代性需求，与主流意识形态要求其所履行的社会功能，以及它与商业化之间的矛盾。

回顾新时期以来中国话剧的 40 年，是中国话剧慢慢消化西方从现代到后现代的思潮、观念、形式和方法的 40 年。在话剧危机和改革大潮的双重夹击和驱动中涌现的探索戏剧的浪潮，在反思戏剧本质的过程中出现的小剧场戏剧的变革，其革新的主要姿态是模仿、借鉴和学习西方现代戏剧。中国话剧用 30 年左右的时间重走了西方戏剧 300 多年走过的现代性道路，艺术上呈现“模仿者的姿态”，理论上运用“他者的语言”。

在新时期话剧革新探索的热潮中，曾经涌现出一大批优秀的中青年剧作家、导演、舞台美术家和演员。徐晓钟、林兆华、胡伟民、王贵、徐企平、陈颙、张奇虹、王晓鹰等舞台艺术家为话剧革新起到了引领的作用。也就是在这一时期，中国话剧史上一批优秀的作品破土而出，《原子与爱情》《血，总是热的》《秦王李世民》《绝对信号》《车站》《十五桩离婚案的调查剖析》《小巷深深》《放鸽子的少女》《一个死者对生者的访问》《红房间·白房间·黑房间》《天边有群男子汉》《野人》《WM（我们）》《魔方》《街上流行红裙子》等探索戏剧的出现，从戏剧观念上表现出前所未有的革新意识，演剧形式上大胆运用象征、隐喻、变形夸张的手法，内容上“人的意识觉醒”的时代精神得以张目。西方现代主义文学艺术诸流派得以广泛传播，西方现代主义的作品和理论译作层出不穷，由此引起了中国话剧文化观念和艺术观念的整体性剧变。

首先，新时期话剧在对人、人的价值和尊严的重新审视、发现和开掘上显现了强劲的反思精神。《假如我是真的》《狗儿爷涅槃》《桑树坪纪事》《洒满月光的荒原》等原创剧目，其所呈现出的鲜明的知识分子立场，对民族文化的反思和追问，对社会人生的主体意识和思想深度，让国人的生存遭遇、生命体验，以及文化心理结构得到了真实而又深广的挖掘与表达。这一时期的原创剧目从干预政治、历史扩展到了文化反思和人性拷问的层面，这些作品因其高度自由和独立的思辨意识构筑了新时期戏剧最坚实的精神基座。

其次，新时期话剧呈现出启蒙现代性思想的自觉意识。在“为文艺正名”的自我反省式的探索与实践中，新时期探索话剧显示了前所未有的批判理性，它深入反思了中国话剧一度在政治功利和观念束缚下出现的公式化、概念化、说教化、图解化的创作倾向。从 1983 年那场“戏剧观”的大讨论到“探索戏剧的争鸣”，从狭隘戏剧观的突围到创作新观念的实践，围绕“现代化”“民族化”“海派”“京派”问题的探讨，理论界出现了前所未有的戏剧观的讨论和探索意识的觉醒。自由意志和人文精神的张扬，价值取向和生活方式的颠覆性转变，无不激发着艺术家求新求变的渴望。戏剧所表现的时代内容也突破了原先的“一个问题、两个营垒、互相冲突、归于统一”的单一戏剧模式，并从庸俗的“人学”观念中解放了出来。戏剧主题的哲理化、多义性和诗化观念被开启，西方现代派戏剧和文学的各

---

① 参见顾春芳《原创话剧之核——指向时代的经典》，《文艺研究》2016 年第 9 期。

种观点、手法也成为广泛借鉴的对象。

如果说新时期探索戏剧以其启蒙现代性的思想内核，赋予了戏剧艺术参与历史和文化重建的神圣使命的话，20世纪90年代以来的中国话剧则逐渐受到政治和商业自上而下的规制和塑形。经济快速发展所带来的直接后果是价值观的分崩离析，世纪之交的文化政治的困惑和思索，时代的主题向着“经济建设和财富网罗”快速倾斜，衡量人的价值的根本理念发生了急速而又残酷的变化。中国话剧在主流意识形态、商业和审美现代性的多频震动中呈现为“主旋律”“商业戏剧”或者“先锋实验”的多样化。在歌颂类题材大行其道，商业化戏剧莺歌燕舞的文化环境中，在商业社会对戏剧文化和戏剧文化人的严酷考验中，知识分子对于社会历史的沉思品格和批判理性逐渐消退。

最明显的表征就是先锋派的得势与失势，后现代解构的兴起，以及传统的舞台观念的日渐式微。一开始学界对于“先锋”作为一个具有超验性的普遍概念就存而不论，使用过程中也只对其外延上的“特征”加以描述和直接引用，而对作为精神基础和价值向度的“特性”语焉不详。而以“先锋”为名的作品却以“非主流”“反叛”“张扬个性”为标签并以颠覆传统话剧的舞台形式与叙事模式为乐事。“先锋派”作为审美现代性的一种集中表达，其诞生的根本要义在于：“它提供了一种从日常生活的千篇一律中解脱出来的救赎，尤其是从理论的和实践的理性主义那不断增长的压力中解脱出来的救赎。”① 它必然承担了阿多诺所形容“救赎美学”的文化角色，并依靠其与生俱来的颠覆性和自律性站在社会对立面来批判社会。但其实在20世纪90年代的意识形态左右下，中国的“先锋派”体现出“反叛”与“妥协”的双重面相。在市场经济浪潮与消费主义文化的浸染下，从“导演中心”向“观众取向”的迅速转向中，暴露了艺术追求对商业价值的主动“合谋”与内在平衡——1999年《恋爱的犀牛》连演40场、每场120%的上座率及其40万元的票房纪录标志了“先锋话剧盈利的分水岭”。“先锋戏剧”不再等于曲高和寡，也由此引发了学界关于“先锋”与“伪先锋”的激烈论争。②《90年代中国话剧研究（第四章）》一文对所谓的先锋派提出了相当犀利的批评，称其“停留在生活表面现象的呈示的层次上，停留在对意识形态的反叛与解构层面，缺乏一种创建与超越，而以对近乎‘噱头’化了的形式的追求来寻求大众，又导致了所谓的‘实验’‘先锋’向媚俗的转化”③。

后现代戏剧强调戏剧的行动性、参与性和政治性，导演本来作为剧本艺术的阐释者和体现者的阐释权利被不断放大。《哈姆雷特》《原野》《等待戈多》《盗版浮士德》《玩偶之家》《放下你的鞭子/沃伊采克》等剧，对古今中外的经典剧作进行了不同程度的解构、重构、戏仿和拼贴，有些手法固然不乏新意，但是后现代张扬身份话语的意识和姿态超越了其在美学层面的见地和修养。《原野》的舞台上散落着线装书、银色座椅、冰箱以及破旧的自行车，用以营造破碎的现代都市景观；《等待戈多》富有形而上意味的“路”被具体的“酒吧”空间替代；《盗版浮士德》中墨菲斯特变身为电视台导演……演出蜕变为另一种形式的“游戏”，有些演出不用剧本进行排练，甚至以即兴讲述代替了剧本，用牟森的话来说就是：“没有剧本，没有故事情节，没有编造过的别一种生活。”④ 由此导致了戏剧文学性、深刻性、思辨性、经典性的全面垮塌。后现代主义戏剧就是要把传统艺术中的美送上绞刑架，打破戏剧与其他艺术的界限，模糊生活和戏剧的界限，这一思潮甚至影响了国家舞台的创作理念，对原本举步维艰的中国话剧产生了严重干扰。话剧在与商品经济合流的过程中，理性和批判传统日渐式微，使得那种以“审美现代性”来批判工具理性、科学主义和极权主义的冲动日益耗尽。

---

① 周宪：《审美现代性的四个层面》，《文学评论》2002年第5期。

② 参见蔺海波《90年代中国话剧研究（第四章）》（《戏剧》2001年第3期）、刘平《实验戏剧应该有自己的探索方向——从〈恋爱的犀牛〉看实验戏剧的创作》（《戏剧文学》2000年第3期）、秦良杰《论当代先锋戏剧的创作实践 ——以孟京辉、林兆华为中心》[《浙江海洋学院学报》（人文科学版）2007年第1期]、穆海亮《先锋派与媚俗艺术的双面体——孟京辉戏剧管窥》（《文艺争鸣》2010年第14期）等文。

③ 蔺海波：《90年代中国话剧研究（第四章）》，《戏剧》2001年第3期。

④ 牟森：《写在戏剧节目单上》，《艺术世界》1997年第3期。

今天，话剧艺术所面对的是一个“启蒙现代性”和“审美现代性”全部失效的全球化的“娱乐至死”的世界文化图景，启蒙理性的神圣性渐次消解，戏剧艺术面临着前所未有的意义层面和价值层面的挑战，由价值观分崩离析带来群体性的精神危机和社会隐忧。话剧在各种各样的探索中找不到行之有效的方法来干预或引导整个社会的价值取向和精神追求，中国话剧如何延续新时期戏剧的启蒙精神，坚守道德良知和人文品格？如何履行它的社会责任和文化使命？历史给当代中国话剧提出了较之新时期更具有挑战性的难题。

最近5年的中国话剧舞台叙事的基本类型直观地反映出中国话剧这种内在的矛盾结构和多元价值的诉求。第一类是宣扬爱国精神的重大历史题材的话剧依然构成了话剧舞台艺术的主流，如《红岩魂》《幸存者》《兵者·国之大事》《中华士兵》《红缨》《从湘江到遵义》《热土》《共同家园》《图云关》《人民的名义》《天下粮田》《干字碑》等宣扬爱国精神的重大历史题材的话剧。第二类是历史剧或历史人物传奇改编的话剧，呈现出文化反思和对人文内涵的追求，如《韩信》《公民》《司马迁》《庄先生》《韩文公》《画眉》《样式雷》《董必武》《孔子》《启功》《大先生》《杜甫》《兰陵王》《广陵散》等。第三类是文学作品改编的舞台剧，如《青蛇》《推拿》《东北往事》《鬼吹灯》《红楼梦》《北京法源寺》《老张的哲学》《长恨歌》《二马》《平凡的世界》等。第四类是关注社会现实问题的舞台剧，如《燃烧的梵高》《解药》《明枪暗箭》《镜中人》《从前有座山》《两只蚂蚁的地下室》《一诺千金》《长生》《北梁人家》《凤凰》《喊水村移民纪事》《家事》《家客》《去往何处》等。此外还有《语文课》《秘而不宣的日常生活》《罗刹国》等小剧场戏剧的创排。《大宅门》《隆福寺》《前门人家》《食堂》《戏台》《南锣鼓巷7号》《曲韵钟鼓楼》《将军里》《玩家》《银锭桥》《皇城根下》等则有意无意地延续着《茶馆》的话剧艺术传统，以具体的空间为载体呈现历史转型中人的蜕变和命运。另外，还有《六个寻找剧作家的剧中人》《中国的鬼魂》《原告证人》《无人生还》《枕头人》《离去》《红色》《罗密欧与朱丽叶》《万尼亚舅舅》《安提戈涅》等立足于改编或重构国外经典剧本的舞台叙事。另有一类是IP剧，诸如《盗墓笔记》《鬼吹灯之精绝古城》《仙剑奇侠传1》等，以多媒体、全息投影营造出奇幻的舞台景观，并借助剧场内外的粉丝互动，实现营销和传播的双赢。

从“新时期”到“新时代”，全球语境和历史要求发生了重大转变。21世纪以来中国话剧所面临的历史和时代语境与新时期完全不同，一方面历史给我们遗留下许多悬而未决的问题，另一方面戏剧领域又生发出许多崭新的现象。21世纪全球化时代的科技变革和媒介革命，再一次刷新了人类的价值观和艺术观，互联网深刻地影响着传统艺术门类的发展和创新方式，也带给世界戏剧前所未有的影响，这种影响已经波及人类生活的各个层面。

互联网作为一个开放的结构，它提供了人类历史上一切优秀的文化共享的可能，并且将人类置于一种全新的文化生态中。首先，互联网更新了戏剧原有的传播方式，新的媒介方式创造了全新的认识世界戏剧的途径和方法。东西方戏剧壁垒分明的状态已经被打破，互联网加速了东西方戏剧形态和戏剧文化的相互影响与融合，这种前所未有的交互影响必将释放出更为强烈的引发东西方戏剧深层变化的引力波。其次，互联网拓展了剧场空间和审美边界。一种有形的、物理的、实体意义上的舞台空间的观念已经被打破，“身体的现场性”经由“媒介”的传播把在场呈现的演出同步扩展到更广阔的空间，并以高度现场感的复制延伸了原有的观演形式，“舞台—剧场—世界”所构成的环形扩展的审美空间使莎士比亚所说的“全世界是一个舞台”成为事实。可以预见，互联网时代戏剧的未来将会从单纯的技术实验走向艺术和审美的深层，催生全新的舞台叙事和审美呈现。与此同时，戏剧遭遇了前所未有的严峻挑战。对话剧艺术而言，原有的“两座大山”（电影、电视）变成了“三座大山”（电影、电视、网剧）。这种全新的文化生态对中国当代话剧提出了新的要求。一方面中国话剧有责任参与构建全人类普遍共识的价值体系，另一方面也应该呈现自身独特的文化属性和美学精神。

我们应该清晰地认识到，互联网已经从某种程度上将世界戏剧连接成为一个整体，而这个整体正处于一个转型的历史坡道，西方戏剧也在闹“剧本荒”，也面临原创萎缩的问题。就2015年之后来华演出的剧目来看，大多是几十年前的旧作，其间充斥着大量经典改编和解构的作品。以 2018 年英国国家剧院来京演出的《深夜小狗离奇事件》为例，剧本所展现的是一个关于自闭症儿童的励志故事，并没有多少深刻的文学性，它的吸引力主要来自高科技与多媒体融合所造成的舞台叙事和舞台奇观。我们也应该清晰地意识到，中国话剧经历了 40 年对于现代和后现代艺术观念和舞台手段的消化之后，在高科技推动的舞台技术的认识和掌握方面，中国和世界并无太大的差距，有的是观念、思想和艺术修养上的差距。中国戏剧能否通过互联网这个开放的结构，确立美学的主体意识，产生更大的世界性影响力，这是新时代给我们提出的新的要求。

互联网和融媒体时代带给我们最大的难题是：如何从高科技推动的舞台奇观中彰显戏剧最根本的意义，把观众从表层的娱乐和感官诱惑导向真正的戏剧，导向真正的艺术，导向一个更为广阔的意义空间和精神空间？需要强调的是，戏剧真正意义上的成熟永远不在于技术层面综合化的程度，而在于戏剧内在的艺术精神。这种艺术精神概括起来说就是戏剧艺术在价值层面和人文层面对全人类的影响和作用。而新时代的戏剧艺术如何在一个互联网时代，借助一切综合的手段在价值层面和人文层面对全球化的时代贡献中国力量和中国精神，这是时代赋予我们的使命。

二、影响中国话剧原创力的思想积弊

当奥斯特玛雅、陆帕、图米纳斯、列夫朵金、铃木忠志等世界级的导演携带其作品在国内各大戏剧邀请展上频频现身，当国内的观众满怀激情、心甘情愿地送上票房，对国外戏剧和戏剧家的赞叹和追捧映衬出中国话剧的落寞，映衬出中国戏剧人的尴尬。中国话剧是选择东施效颦还是走出自己的道路？如果我们的编剧和导演还仅仅满足于在世界各大戏剧节上进行浅层次的“技术与形式的淘宝”，既不珍惜当下也不立足未来，既缺乏文化的自信又没有艺术的真知，而仅仅满足于对西方戏剧演出形态的表面的模仿和复制，那么，再过 100 年中国话剧也无法赢得世界的尊重。中国的戏剧舞台可以容纳世界的风景，但更应该构建并立足于自己那一片独特的风景。

中国话剧原创力的思想积弊在于文化自信的不足。原创精神首先在于文化自信，在于让自己的传统和文化焕发现代灵光的信心，在于让现代艺术承载优秀的文化传统和艺术精神的创新，在于努力寻找并确立自身的美学品格和美学体系。我认为中国传统美学中有许多值得借鉴和学习的思想，中国戏曲史也有从案头到场上的丰富的理论，学习研究中国传统的哲学美学，探索中国戏剧和中国文化的内在关系，吸收借鉴中国戏曲的美学思想，对于寻找中国话剧独特的戏剧叙事和时空观念有极为重要的意义。创造出具有中国作风、中国气派的原创话剧，这是时代赋予我们的使命。

中国话剧原创力的思想积弊还在于创作的急功近利。急功近利是原创的死敌！商业大潮的侵袭造成了中国话剧内部生态的隐患，名利的诉求推动了对奖项的追逐超越了对艺术本身的热爱，急功近利的创作心态毁了许多原本很好的题材。权力和金钱主导的社会轻而易举地篡改了艺术家的身份，有些所谓的艺术家变相地成了老板、商人、官员和社会活动家。为鼓励原创所设立的各种艺术基金和项目，催生出一批速成的舞台剧；各类奖项不以艺术为旨归，而被官员的政绩需求绑架；地方剧院缺乏长远的可持续发展和人才计划，不培养自己的编剧和导演，急就章似的到处邀请名编剧、名导演为自己的台柱子写戏排戏；各剧种之间的艺术风格也在被迅速拉平；命题作文限制了剧作家的自由选题，“后现代戏剧”氛围造成人们轻视甚至忽视戏剧文学性。虽然各类演出空前繁荣，可是中国话剧依然游走在世界戏剧的边缘，游离在世界各大戏剧节之外。

在急功近利的风气之下，精神层面、审美层面和价值层面的“原创”很容易被置换成文化产业层面的“创意”。文化产业视野下的市场意识，目的就是要做出迅速博人眼球的“创意写作”，而真正的原创指向经典；前者只要博人眼球，后者追求深入人心。这是两种截然不同的艺术方向。刘勰的《文心雕龙》“情采”篇中指出“为情之文”和“为辞之文”[①]的不同，他认为“为情”者要约而写真，“为辞”者淫丽而烦滥。二者的不同在于创作是否与作者的生命相关，是否有作者的真情投入。美国悲剧之父奥尼尔在写完《进入黑夜的漫长旅程》的那一天，他的妻子觉得他仿佛老了10岁；汤显祖写到“赏春香还是旧罗裙”这一句的时候，家人寻他不见，原来他因思念早夭的女儿而独自饮泣于后花园；巴金写《家》的时候，仿佛在跟笔下的人物一同受苦，一同在魔爪下挣扎；福楼拜写《包法利夫人》的时候，嘴巴里竟然好像有砒霜的味道；拜伦《与你再见》的原稿上留有诗人的泪迹；曹雪芹感叹《红楼梦》“满纸荒唐言，一把辛酸泪，都云作者痴，谁解其中味”。“为情而造文”是原创的起点、原点和终点。戏剧作为诗的艺术，需要艺术家忘我地沉浸于神圣的时刻。不同的两种诉求自然催生不同的创作，创意写作更多地考虑市场，它是应景的，是短暂的；生命写作更多地面对永恒，原创的根本意义在于缔造具有历史穿透力的永恒的经典。不是自己生命所在的地方就没有真正的艺术，也不可能产生真正的艺术。

中国话剧原创力的思想积弊的第三个问题在于人文精神的迷失。原创的根本在于彰显一个民族的人文力量。一个时代出不了伟大的作品，说明人文的精神和力量没有得到充分的焕发。我们是一个多灾多难的民族，但是那种凝聚民族精神的人文力量始终没有能够在这个多灾多难的背景下被充分激发。今天，戏剧界重视思想和理论的传统失落了，戏剧人很少思考戏剧以外的事物。思想对于艺术家有根本意义，伟大的戏剧家具备自我反思的精神，易卜生说：“我写的每一首诗、每一个剧本，都旨在实现我自己的精神解放与心灵净化——因为没有一个人可以逃脱他所属的社会的责任与罪过。因此，我曾在我的一本书上题写了以下诗句作为我的座右铭：生活就是与心中魔鬼搏斗；写作就是对自我进行审判。”[②]

戏剧不是要去表现一个具有社会普遍意义的道德命题，它要表现的是人在各种不同社会环境下的真实的精神世界。好的戏剧可以撬动重大的社会问题，伟大的戏剧无法离开人生最重大的哲理命题，这是经典叙事的基本要求。契诃夫的戏剧以历史中的卑微和堕落作为鉴戒，告诉世人不能向神圣的灵魂撒谎，作为社会的良知，19世纪俄罗斯文学的“高贵气质”主要表现为面对大地和人民，背对权力和金钱。就描写真实的人和人性而言，中国话剧的叙事艺术需要培植“人学之根”，北京人民艺术剧院的《食堂》《理发馆》都没有能够超越《茶馆》，最根本的原因是没有塑造出生动传神的艺术形象。现实主义的灵魂就是不能写概念化、抽象化的“假面人”。人和人性的思考是一切现实主义叙事艺术的灵魂，原创首先要艺术家站在哲学和美学的制高点上，敏锐地把握住21世纪人们普遍的生存境遇，表现这个时代人们真实的命运，探索人的精神世界和隐秘的心灵。

此外，中国话剧编剧的创作相较而言过于封闭。这种局限性和原创力无法持久大有关系。戏剧编导如果根本不从事其他文学活动，就很难从其他文学中汲取灵光。[③]19世纪俄罗斯文学家几乎都不是以戏剧为生，戏剧只是创作的一个领域，果戈理、莱蒙托夫、托尔斯泰、契诃夫、高尔基、马雅可夫斯基无不如此。回顾中国话剧史，我们不难发现从曹禺、老舍到焦菊隐、黄佐临，到20世纪80年代的导演群体，无不呈现出一种注重思想、重视研究、注重深厚的人文修养的风气。从焦菊隐开始，中国话剧有了一类被誉为学者型导演的舞台艺术家，他们身兼导演、教授、翻译家等几种角色，学术、理论、翻译、排戏无一不通。今天我们有这样的戏剧家吗？

中国话剧原创力的思想积弊的第四个问题在于对现实主义理解的狭窄。无论是现实主义还是现代主义，无论是写实还是写意，无论是再现还是表现，无论是具象还是抽象，它们提炼生活的原则可能

---

① 周振甫：《文心雕龙注释》，中华书局2012年版，第347页。

② ［挪威］易卜生：《易卜生书信演讲集》，汪余礼、戴丹妮译，人民文学出版社2012年版，第6页。

③ 中国话剧已经意识到了这个问题，近年来刘恒、莫言等小说家都参与了话剧的创作，虽然由小说家参与创编的话剧不一定成功，毕竟戏剧是最难以驾驭的一种文学体裁，然而这对中国话剧而言无疑是一个好的现象。

不一样，艺术观念与美学原则可能不一样，但是在密切艺术与现实的联系方面是一致的。原创如果缺乏现实的反思能力，艺术家触摸问题和解决问题的办法只能是虚假的、幻想的、无力的。如果中国当代话剧脱离问题意识和反思精神，脱离了生活而寻找所谓的创作灵感，如果对我们身处的这个世界所面临的问题和危机视而不见，如果我们的剧场停止了思想，那么，我们既不能寻找到原创之根，也会迷失真正的戏剧精神，我们只会给未来留下一大堆赝品。

从舞台观念而言，现实主义的演剧传统倘若要发展，那种将现实主义与写实风格混同起来的观念早已被扬弃，现实主义不是也不应该是僵化的模式，它必须随着时代的发展不断地更新和充实自身的表现形式和创作手法，人类的审美意识具有时代性，美学的发展也应当与人类的现实生活面貌相一致地发展。正如徐晓钟所言："戏剧的现实主义应该是一个广阔的概念。……戏剧的现实主义将更深地植根于千姿百态的生活，它仍将保持它崇尚理性的基本特征，遵循生活的逻辑，尊重人物心理动机、思维和意志的逻辑，它的主导方面可能仍是采用陈述事物的手法（尽管时序和空间会出现多种活泼的结构形式）……写实的因素、浪漫主义的因素会多样地结合，散文、诗的因素会和戏剧的因素更加多样地综合，写实的描写会和象征、隐喻，甚至与怪诞、'变形'加以糅合，表演上的体验派艺术和表现派艺术将会在实践中相互融合。"①

20 世纪 80 年代的戏剧观正是在对现实主义这一命题的争论中渐渐清晰起来的，导演群体正是在这样的戏剧观的引领下有了戏剧审美的整体性提升。20 世纪已经过去，在对历史经验的回顾和反思中，在对世界现代戏剧的多种流派广为吸收的过程中，社会的审美观念和欣赏趣味发生了重大变化，如何继承现实主义戏剧美学传统，在更高的层次上学习和继承现代话剧艺术的美学原则，批判性地吸收世界戏剧史一切有价值成果，辩证地兼容并蓄，洞悉艺术与科技融合创新的奥秘，是中国话剧在理论和实践层面面临的问题。

三、从"民族化"到"中国美学精神"：中国话剧的美学追求

新时期话剧，在对易卜生式的社会问题剧和斯坦尼斯拉夫斯基体系影响下制造生活幻觉的写实主义戏剧的反思与争鸣中，引发了美学观念、导演思维、舞台美术等各个层面的变革。黄佐临的"写意戏剧观"被重提，舞台形式上由"再现"向"表现"转化，美学观念上由"写实"向"写意"拓展，中国美学精神的自觉意识和探索，呈现出中国戏剧美学强烈的主体意识。

早在 20 世纪 50 年代，毛泽东和周恩来对艺术"民族化"的指示，直接引发了学界关于文艺创作"民族形式"的讨论，"民族化"问题一度成为繁荣社会主义文艺的指导方针。在艺术"民族化"方针的推动下，1957 年 1 月，由焦菊隐导演、北京人民艺术剧院演出的《虎符》，尝试运用戏曲的台步、身段、水袖、手势、眼神等富有表现力的程式、动作来"表现"人物的思想、感情、性格；化用戏曲的韵白、京白、锣鼓点以表现人物的思想感情和内心节奏，创造出了与写实主义舞台艺术不同的演出样式，突破了舞台空间的局限，创造出了诗意的舞台意境。在《虎符》座谈会上，田汉有感而发，提出了话剧艺术应该突破固有的话剧形式，创造出话剧的民族形式。他说："作为现代形式的话剧不可否认地受了外来的影响，它较为接近生活真实。有时片面追求生活真实流入自然主义，没有找到高度的艺术形式。这是不是就是话剧的固定风格呢？不一定。我们的话剧表现形式不能以现在的为满足，必须进一步提高，摸索到更高度的、更富有民族风格的艺术形式。"②

话剧"民族化"的实质就是中国话剧如何体现中国美学精神的问题，这个问题是中国话剧寻找美学主体性的根本问题，围绕着这个根本的美学问题形成了前后相续的舞台理论和舞台实践。焦菊隐先生提出的"心象说"，黄佐临提出的"写意戏剧观"，徐晓钟提出的"形象种子"，林兆华的"心灵自由"以及王晓鹰的"诗化意象"无不是围绕这个美学问题所展开的理论思考和实践探索。

---

① 徐晓钟：《戏剧界应该做属于他应该做的事——我对话剧现状和未来的一些看法》，《戏剧报》1985 年第 6 期。

② 田汉：《话剧要有鲜明的民族风格》，《戏剧报》1957 年第 8 期。

原创应该承载中国文化传统和艺术精神，努力寻找和确立自身的美学话语。十九大报告把文化强国放在和中华民族伟大复兴休戚相关的重要位置，是因为文化是一个国家、一个民族的灵魂和气象的显现。没有高度的文化自信，没有文化的繁荣兴盛，就谈不上中华民族的伟大复兴。今天，中国话剧正在突破单一的戏剧观和美学追求，在这个过程中寻找并奠定中国话剧的美学精神是新的时代赋予话剧人的使命。继承和发扬中华文化传统和中国艺术精神，对于寻找中国话剧独特的戏剧叙事和时空观念有极为重要的意义。那么中国艺术精神中哪些是特别值得我们重视的呢？

在中国古典美学中，“意象”是关于“美”的核心概念，历代美学家、艺术家对这个问题都进行过深入的研究，逐渐形成了中国传统美学的“意象说”。对于戏剧而言，审美意象是在传统和当代两个维度上都具备深刻意义的美学范畴。从中国戏剧史来看，戏曲艺术所包含的中国美学精神是显而易见的，而中国现代话剧观念中，无论是黄佐临的“写意戏剧观”，还是焦菊隐的“心象说”，都自觉或不自觉地从中国美学的“意象”理论中汲取养分，强调舞台艺术审美创造过程中对审美意象直觉把握的重要性。中国美学在艺术的观念和实践中不仅赋予戏剧以独特的美学品格，并且从文化属性上而言，也呈现出现当代艺术思想对于中国美学精神的自觉延续。近年来，越来越多的艺术家和学者逐渐关注“审美意象”这一美学命题。然而对于“意象”究竟是什么，“意象”作为美的本体在艺术中如何彰显，“意象”对于中国美学和当代艺术有何意义，认识往往并不统一，亟待戏剧界进一步加以厘清和阐释。

对“意象”的研究有助于澄清许多悬而未决的理论上的纠葛，对于“意象”的体悟有助于艺术观念的澄澈和提升。就舞台意象而言，它并非一般意义上的可见的舞台造型和形式，不是一种外在于人的实体性的“存在”，也不是通常意义上的舞台场面、舞台形象和视觉图像。照宗白华先生的说法，中国艺术的意象世界是物我交融、生生不息、循环往复、节奏化、音乐化了的时空合为一体。一切外在的表现形式或手段，是以最终表达和呈现舞台意象世界的那个“最高的真实和最本质的意义”为目的的。舞台意象呈现一个有美感的世界和有意义的世界，同时也在戏剧演出中敞开和呈现一个有别于生活本身的更加真实的世界和本真的世界。真正的艺术之所以不同于匠艺，艺术家不同于匠人，舞台艺术之所以不再沦为表现真实的摹本，不再成为展示技巧和堆砌符号的场所，其内在奥秘皆缘于此。意象世界的把握和创造体现了艺术家对于社会历史和宇宙人生的整体性、本真性的把握，它呈现了一个有美感和有意义的世界，同时也敞开一个比生活表象更加深刻和本真的世界。

舞台意象的体悟和把握是区分“艺匠”和“艺术家”的标尺。由意象所聚积而达到浑然的舞台形式就不会是一个个孤立的形象和画面的凑合，也不是场面与场面的随意组接，更不是舞台手段的复杂堆砌，而是演出意象在诗性直觉中的本然呈现。目前，有些舞台作品采用的形式也很新颖，但是不能打动人心，原因就在于只拿捏了“技”，而未曾触及“道”，是招数的展览和堆砌，触摸不到真正的审美意象。艺术符号不等于艺术，未经审美意象所滤析和聚积的符号堆砌得越多，就越流于粗浅和平庸。作为实现“道”的“意象世界”指向无限的想象，指向本真的人生，是有限与无限，虚与实，无和有的高度统一，并最终实现演出艺术的完整性。我们在世界范围的舞台艺术中发现，一些伟大的作品，其真正的魅力和引力都与把握了深刻的本真性的“审美意象”有关，比如德国邵宾纳剧院的《哈姆雷特》以及俄罗斯的《兄弟姐妹》《白卫军》等剧。虽然西方美学并没有“意象”这个美学概念，但在某些西方艺术中“意象”的存在和呈现让感性的艺术空间成为“灵的空间”，成为艺术充满魅力的“在场呈现”的审美空间。而这一点也是21世纪中西方戏剧美学相通相融的关键所在，值得我们重视。

中国话剧的原创，迫切需要一种文化的自觉，在关注当代中国戏剧的未来走向的时候，需要关注中国传统文化和中国传统美学的当代呈现，有意识地把中国美学精神和中国人的美感追求融入戏剧艺术。2016年，95岁高龄的刘厚生先生在接受《中国文化报》采访时说了这样一番话：“中国戏曲博大精深，是与中国文化紧密相连的，但我个人因为古典文学的底子太薄，对戏曲的研究并不深入。我很遗憾！那个时候没有在古典文学及理论上下功夫。现在要谈，来不及了！……特别是戏曲，没有中国文学基础，很难搞得好。我说实话，《文心雕龙》我到现在看不懂！看了解释，明白一点，但直接看，看不太懂，没有基础。现在后悔也来不及，没法后悔。所以对戏曲来说，古典的基础没有，肯定搞不好。我后来补着看了一点，像昆剧、传奇剧本，但是中国文化的基础太差。所以我写的东西，都是谈工作多。”①

中国话剧是中国文化的一个组成部分，它无法摆脱中国人的思维方法、人生经验、哲理思考，它总是要受到民族文化和传统美学的深刻影响。中国话剧比任何时候都应该坚守中国的文化和美学坐标。中国话剧的根本气质不只是使用中文对白的舞台剧，而是指不管在何种历史情境和时代土壤中，它自身都能够体现一种稳定的中国美学的精神坐标。中国话剧要在全球确立其应有的地位和价值，呈现其特有的气质和精神，也必须在美学层面重塑和实现自己的品格。一个国家的科技发明不能全部指向日用，更要指向高度、指向未来，正像一个国家的艺术不能全部指向世俗娱乐，更要指向人类更高的审美追求。从某种意义上说，确立中国话剧的美学品格和精神气质就是中国话剧未来的方向。

四、“后戏剧剧场”的辨识和“独立导演”的崛起

目前，中国话剧的原创力要得到持续性的提升，亟待解决两个层面的问题。第一个问题就是重视剧作，第二个问题就是人才培养。后现代戏剧潮流对中国当代话剧造成最大的冲击和影响就是改变了对“剧本中心”的共识，后现代戏剧倡导“舞台写作”，即承认舞台演出和文学文本可以分裂，这个分裂的意识在雷曼《后戏剧剧场》这本书的推波助澜之下，产生了巨大的影响力。②那么，中国话剧的未来究竟如何正视“戏剧剧场”和“后戏剧剧场”之间的裂痕，我们应该如何辨析剧本去中心化的问题？

雷曼在《后戏剧剧场》一书中对20世纪70年代以来西方新剧场的观念和审美进行了尝试性的理论构建。在雷曼看来，后戏剧剧场最重要的特征表现在消解了“传统文本”在剧场的中心地位以及对“身体”的重新发现；剧场演出以音乐性的表达代替了以对话、冲突、情节为基础的线性结构；语言文本（linguistic text）从属于整体性的“演出文本”（performance text）；艺术实践上体现了对“再现”（represent）传统的拒绝和对“呈现”（present）形式的重视。“呈现”事实上是整个后现代理论所围绕的重要问题。据此，雷曼认为表演最能呈现后戏剧剧场的本质，身体作为表演最重要的材料，最能体现此时此地的当下性。他认为后戏剧剧场试图改变传统戏剧坚不可摧的统一性和综合性的根本要求，将剧场的其他因素诸如视觉、材料、身体、舞蹈、音响等放置在一个与文本平等的位置，从而使后戏剧剧场的舞台艺术变成一种新的实践。雷曼认为后戏剧剧场背弃了传统的精神、思维（概念）结构，并不断努力去彰显强烈的身体性。“它的性质是片断性、部分性的。它拒绝长期以来不容置疑的一致性和标准性，把自身抛掷于冲击力、片断性和文本微观结构的机会与危险面前，旨在形成一种新的实践样式。”③雷曼想借由这种思考，从戏剧史的回顾和形态归纳的角度对戏剧提出开放性的建议，并寄希望于发展出新的戏剧美学。

早在20世纪初，艾略特就曾反对诗歌与剧本相分离的观点，他预言现实主义把剧本和诗歌相分离的观点并不能充分抒发戏剧的情感，同时还使得戏剧落入了依赖演员而非剧本的窠臼。④从“后戏剧剧场”和法国后现代哲学之间的联系来看，西方现代戏剧具有一个隐秘的精神核心，即意识形态批判与超越。后戏剧剧场的理念正是20世纪剧场与后现代哲学之间建立起的一种自觉的理论关联，雷曼发现了后戏剧剧场艺术试图解散话语统领者、颠覆剧场传统的自觉意识和艺术革新。然而，与其说后戏剧剧场在分析并探索一种颠覆传统戏剧的新型戏剧，不如说是探索戏剧阐释和确证自身意义及特性的一

① 徐涟：《复归婴儿之心》，《中国文化报》2016年5月11日。

② 《后戏剧剧场》的作者汉斯·蒂斯·雷曼在1999年出版此书，目前已翻译成20多种文字，中译本于2010年首版之后在中国话剧界产生比较深广的影响。

③ ［德］雷曼：《后戏剧剧场》，李亦男译，北京大学出版社2016年版，第60页。

④ 参见［英］艾略特《艾略特文学论文集》，李赋宁译注，百花洲文艺出版社1994年版，第101页。

种实验。后戏剧剧场所找到的答案就是消解文学文本在传统戏剧中的中心地位，把戏剧从制造情节的舞台幻觉中解放出来。后戏剧剧场理论最重要的贡献在于发现和归纳了西方20世纪70年代以来新的戏剧观念反抗艺术内在等级化的要求。然而，它的这种观察和归纳是有限和狭窄的，它所分析的对象局限在一个很小的范围内，其所营造的舞台景观也未必不是幻觉，连雷曼自己也说："后戏剧剧场显然包含着这样一种要求：必须摒弃那种统一的、封闭性的接受形式，代之以一种开放性的、碎片式的感知。一方面，共识性符号的丰富性表现为加倍的真实。而这似乎戏仿着日常现实经验的混乱。"① 这个理论也并没有指出如果传统戏剧的意义世界一旦垮塌之后，多元的无政府主义戏剧观会带来什么样的危害和灾难，幸而这不是世界戏剧的全部真相。

作为综合性的艺术，戏剧这一概念天然地指向文学层面和演出层面这两种文本的合一，这种合一我们可称之为"总体文本"。文本主要的功能是叙事，文学剧本是由剧作家完成的，然而导演和演员也客观地介入了叙事，只不过其介入和表达的方式和编剧不同而已。由表演所完成的舞台叙事和剧作家所完成的文学叙事最终构成了戏剧的总体叙事文本，这是戏剧艺术最特殊的艺术特性。即便没有文学文本，舞台作为时空艺术依然要进行叙事，即便没有语言，场与场之间的组合依然构成叙事，只要叙事存在，实质上的文本就存在。在戏剧艺术尚未成熟的时代，演员中心制的时代，无论是"演出大纲"还是"幕表"都是一种实体意义上的"剧本"，它和现代意义上的剧本的区别只是成熟度、深刻性、完整性的不同。后戏剧剧场想刻意摆脱的文本如同幽灵一样挥之不去。哑剧和舞剧虽然没有台词，但不能说哑剧和舞剧就没有文本叙事。同样，我们不能因为导演和演员可以参与叙事，甚至独立叙事，就认为表演可以脱离或取代文学文本，实际上他只是兼行了文学文本和演出文本的双重职能。后戏剧剧场中对剧本中心地位的消解，作为人为"分裂"的阐释，其逻辑本身就是存在问题的。而摆脱语言意味着戏剧有可能面临着摆脱深度的危险，戏剧美学需要戏剧建立其与伦理、道德、政治、心理、文化以及自我反思的关系，而这仅仅依靠身体和造型的展示是不够的。戏剧史上编剧、演员和导演的中心制曾经交替存在，但是戏剧进化的实质并不体现为三者谁代替谁，谁成为中心，而在于其综合化的程度能否达到真正意义上的成熟，或者说达到理性和审美在最高意义上的完满。

雷曼发现并指出了后戏剧剧场消解文本中心的特点，但他没有发现这种消解的极端其实就是表演的中心化，这种中心化同样造成了戏剧内部新的等级差异。而事实上他列举的作品大多是"导演剧场"的创作，他所提出的"消除等级化差异"的理想在后戏剧剧场中就变成了一种自相矛盾和自欺欺人，结果只能是以一个中心替代另一个中心，以一种统治反抗另一种统治，其等级差异的实质没有改变，甚至从根本上说和过去历史上的"编剧中心制"或"演员中心制"的实质是一样的，其结果不利于艺术在最高审美要求层面的完整性和综合性。雷曼的问题还在于他没有意识到后戏剧剧场观念的背后是西方哲学主客二分的思想，这种思想认为一切艺术是对理念世界的呈现，而忽略了人本身就在世界之中，人的在场就是一种理念言说的事实。不是人在言说理念和语言，而是人就在理念和语言之中，演员的在场本身就开启了一种叙事，因此文学叙事和舞台叙事在戏剧中无法截然分开。

雷曼对后戏剧剧场偏重赞扬而缺乏批判性反思，也由此导致不少人忽略了该理论最重要的现象分析价值，而将他的观点误读为"后戏剧剧场摒弃文学剧本"，造成了该问题的含混和争议。笔者认为剧本对于未来的戏剧艺术而言依然重要，如果把雷曼的理论和戏剧史真正的发展历程，和戏剧史上其他的思想理论割裂开来，单独奉为圭臬就会容易造成误读，造成戏剧观念的单一和偏狭。由于误读在某种程度上过分夸大了后现代以来的戏剧在戏剧史上的作用和意义，对当前的戏剧实践造成了一定的影响，再加之误读或者没有真正理解作者的阐释框架所要解决的问题，而把它等同于方法论意义上的指导性理论所带来的问题可能就会更加严重。对此，我认为对于新的前沿理论我们要准确地、批判性地加以接受和吸收，不能没有反思地奉为行动指南，唯有在理论上具备清晰的判断力才能在实践中不走

① ［德］雷曼：《后戏剧剧场》，李亦男译，北京大学出版社2016年版，第99页。

弯路或少走弯路。

“后戏剧剧场”理论是进入21世纪之后对中国话剧影响最深广的西方戏剧理论，这个理论自然也影响了当代中国话剧的青年导演。在展望中国话剧原创的希望和未来时，我们发现近5年中国话剧有一个突出的现象——“独立导演群”的崛起。据不完全统计，2013年至2017年在北京地区首轮上演的具有一定影响力的独立导演作品有160部之多，其中2016年和2017年有50余部新创排的话剧受到市场关注。有些青年导演已经步入观众的视野，形成了可观的粉丝群体。比如，文慧的“生活舞蹈工作室”、田戈兵的“纸老虎”、赵川的“草台班”、李建军的“新青年”、李凝的“凌云焰”等。这一崛起的“新时代独立导演群”带给中国话剧崭新的气象，他们身上呈现出可贵的创造潜质。

首先，这群青年导演中有不少人全面而又深入地接受了西方戏剧观念和作品的影响，艺术修养比较全面，具备相当的创新意识和独立思考的能力。他们大多是国内外的戏剧专业高校培养出来的较为优秀的毕业生。王翀是夏威夷大学戏剧学硕士、加州大学尔湾分校戏剧学博士，导演作品有《雷雨2.0》《群鬼2.0》《茶馆2.0》等；王子川毕业于上海戏剧学院表演系，他导演了《非常悬疑》《四情旅店》《雅各比和雷弹头》；中央戏剧学院舞台美术系毕业的李建军导演的《飞向天空的人》《狂人日记》《25.3km童话》《美好的一天》收获了业内外的一致好评。他们和新时期崛起的导演群最大的不同是他们摆脱了历史、时代和思想的禁忌，直接面向世界最前沿的戏剧，并且天然地具备对话世界的愿望、激情和才能。

其次，这群年轻而有活力的导演长期和成熟的艺术家和剧团合作，有相当 部分具有院团的背景，有的已经积累了相当丰富的舞台经验。其中较为典型的是来自孟京辉戏剧工作室的几位“演而优则导”的青年话剧导演。丁一滕近年来导演了《拥抱麦克白》《窦娥》《醉梦诗仙》等剧，其中《窦娥》在2017年“第五届乌镇戏剧节”上还发生了开票短时间售罄、现场排长队领票的热烈场面；导演《爱在歇斯底里时》《年轻的野兽》的刘畅；导演《局外人》《开膛手杰克》的杨婷；导演《丁西林民国喜剧三则》《一些契诃夫的小戏》的班赞，作为《战马》中方导演的刘丹，其《搁浅》《爆米花》也展现出了一定的艺术潜力。这一独立导演群是在全球化时代成长起来的一代人，拥有丰富的戏剧资源以及前人所没有的自由创造的土壤，他们创作的起点从一开始就基于专业化、市场化的合作机制，因此他们的未来必将呈现更为灿烂的风景。

再次，独立导演的作品已经呈现出相当的人文情怀和思考能力。作为21世纪戏剧新浪潮的新锐导演，李伯男的《有多少爱可以胡来》《隐婚男女》《妄谈与疯话》《老张的哲学》《再见徽因》《〈富春山居图〉传奇》等剧赢得了业内外的一致好评。李凝的代表作品《灵魂辞典》《方寸》《奥赛罗凌云十八式》等，还有朱宜编剧、张慧导演的话剧《我是月亮》以5个彼此看似独立的故事，思考了现代社会孤独的主题，关注了人的内心最隐秘的部分，体现了当代戏剧的人文情怀。从他们的身上，我们可以感受到智识、才能、社会责任以及思想深度，也可以感受到世界眼光和自由精神。

目前，独立导演在实践上比较突出，在思想的建树上还比较有限，他们还没有从“模仿创新”进入到“自主原创”。对个体而言，实践与理论发展的不平衡，是很多艺术家不能走得更远的根本原因。对整体而言，实践与理论发展的不平衡也是近年来中国话剧的突出问题，是戏剧理论无法直接有效地引领思想潮流的原因所在，这也是导致中国话剧缺乏原创力和人文深度的原因之一。如果20世纪那一场轰轰烈烈的“戏剧观大讨论”，没有黄佐临这样既深谙舞台艺术又有理论高度的戏剧导演的引领，很难想象中国话剧如何走出它的历史困境。戏剧的繁荣，不可缺少理论自觉和理论建设，也不可缺少具有卓越的人文思想和理论修养的实践家。伴随着内在学养和智识的不断完善，独立导演或许可以改造和优化目前的戏剧生态，逐步缩小中国戏剧在审美层面和思想层面与世界戏剧的差距，同时彰显中国戏剧的主体意识和美学精神。原创之根在于大戏剧家的出现，20世纪80年代有胡伟民、林兆华等一大批风神卓特的人物，提到西欧各国的戏剧，大家耳熟能详的就是各大剧院的著名编剧和导演。希望当代中国话剧的独立导演群中可以走出具有世界影响力的戏剧大家。我们有理由相信中国当代迅速崛起的独立导演群可以对中国话剧的未来产生积极的影响。对于那些把艺术看成自己生命所在的“真正的艺术家”而不是“伪艺术家”，这个时代应该创造一切条件给予尊重，让他们起飞。

今天，中国话剧身处“媒介狂欢下的百年孤独”的一个历史阶段，如何发挥国家院团、地方剧院以及独立导演的智慧和力量，提升我们这个时代的原创力，为他们创造更好的平台和条件以展示他们的才华，从而提升中国话剧在21世纪的世界影响，孕育并催生属于我们这个时代的最有力量的经典之作，我以为这是中国原创话剧的希望所在。戏剧艺术的发展有其自身的规律，也许中国话剧正是在今天的彷徨和痛苦中积蓄她的力量。

顾春芳　北京大学艺术学院教授

原载《文学评论》2018年第6期

【观点】直挂云帆济沧海——改革开放40年话剧创作历程

◎ 刘平

改革开放40年，中国话剧创作出现了突飞猛进的发展势头，创作剧目迅速增长，创作手法不断拓展，艺术品位不断提升，出现了中国话剧史上第二个创作高潮（第一个话剧创作高潮发生在抗战时期的20世纪40年代）。

40年来，话剧创作始终坚持“为人民服务，为社会主义服务”的原则，始终保持着与时代同步伐、与国家共命运、与人民同呼吸的特点，在每一个时代发展的重大节点，话剧创作总是以最敏捷的速度和简洁的表达方式，及时地出现在人民需要的舞台上，发出时代的最强音。40年来，话剧创作题材不断拓展，表现的主题不断深化，反映现实生活、塑造人物形象、描写历史故事的能力不断提升，艺术质量不断提高。在各个时期特定的时代背景下，均展现出当代人对历史与现实的新思考、新发现、新创造，以艺术的手段表现社会主义核心价值观，学习、借鉴西方戏剧表现手法，从传统戏曲吸收艺术营养，并把二者有机地结合起来，在探索、创新的过程中，深化现实主义戏剧创作的美学精神，创作出具有诗意化的戏剧作品，拉近了话剧艺术与当代观众的审美距离。尤其是党的十八大以来，在以人民为中心的创作思想指导下，艺术家进一步增强了“有信仰、有情怀、有担当”的责任心和使命感，弘扬时代主旋律，在反思中回归，在突破中寻找，在探索中创新，涌现出多部思想精深、艺术精湛、制作精良的优秀作品，开拓出话剧创作的新格局，积累了大量创作经验。

一、“写真实”传统的回归

改革开放初期的1977年至20世纪80年代初，话剧创作成就主要体现在现实主义创作“写真实”传统的回归。在思想解放精神鼓舞下，文艺界在拨乱反正中焕发了艺术青春，揭批“四人帮”，歌颂老一代，清除文艺战线上“文革”文艺“假大空”遗毒，重新回归现实主义“写真实”的创作精神，以充满激情的创作为四个现代化鼓舞士气。如揭露批判“四人帮”祸国殃民种种罪行的《枫叶红了的时候》《丹心谱》《于无声处》《灰色王国的黎明》《权与法》等；歌颂老一辈革命家的《曙光》《秋收霹雳》《报童》《宋庆龄和孩子们》《西安事变》《陈毅出山》等；鼓励人们改变旧观念，突破新长征路上所遇到的种种阻力，清除“唯成分论”的束缚，勇敢地去创造美好生活的《未来在召唤》《血，总是热的》《报春花》《救救她》等；以史喻今的历史剧《懿贵妃》《大风歌》《王昭君》《闯江湖》等。这些作品说出了广大观众长期以来想说而不敢说的心里话，使他们在思考社会、反思历史的过程中重拾信心，增强了在新长征路上再立新功的信心与勇气。

20世纪80年代初至90年代末，艺术家们针对80年代初出现的话剧“危机”，一直在思考如何重振话剧舞台创作的问题。随着改革开放不断深入，艺术家的创作思想得到充分解放，话剧创作出现了两股发展潮流：一是探索实验话剧蓬勃发展，开阔了话剧创作思路，丰富了舞台表现手法；二是现实主义话剧得到进一步深化与发展，使话剧艺术质量不断提升。

二、探索话剧的兴起及影响

“探索话剧”的出现，是艺术家们在改革开放初期反思靠政治情绪引起舞台轰动效果这一话剧创作现象时，思考如何增强话剧自身的艺术魅力去赢得观众问题时，在艺术创作实践中闯出的一条创新、实验之路。其中，导演观念的创新起到了关键作用，在舞台创作中突破斯坦尼斯拉夫斯基的表演体系，引进布莱希特的“间离效果”和西方现代派戏剧的表现手法，比较好地解决了内容与形式的协调统一问题。1980 年前后出现的几部话剧即是开先河之作，《屋外有热流》（1980）的推倒“第四堵墙”、破除一切幻觉的实验；《原子与爱情》（1980）的舞台上多场景的运用；《周郎拜帅》（1983）的演员在剧中跳进跳出，既表演角色，又担任“叙述者”讲述故事；《街上流行红裙子》（1984）的写意性舞台设置；《魔方》（1985）把表现主义戏剧、象征主义戏剧、贫困戏剧、荒诞派戏剧、意大利喜剧、哑剧、独白剧等风格融合在一个戏的演出中……这些戏不但没有使所表现的内容“失真”，而且强化了人物的情感真实，把生活真实提升到艺术真实的层面。《十五桩离婚案的调查剖析》（1983）利用两个“说书人”串场剧中的几组故事，表达一个中心的主题；《一个死者对生者的访问》（1985）用超现实的手法，让“死者”从太平间“走出”去“访问”活着的人；《蛾》（1989）运用象征的手法表达剧中人的人生理想追求，以大写意的手法表现生活的真实；《红房间·白房间·黑房间》（1985）的导演从毕加索的几幅由实到虚、由模仿到表现、由写实到抽象关于牛的绘画作品中受到启发，在舞台上创造了从写实到抽象的空灵表达。随着剧情的推进，同一幢老房子渐渐没了屋顶、没了墙壁、没了门窗、没了家具，茂密葱茏的梧桐树也渐渐没了树叶、没了枝条……这些作品借鉴西方荒诞派和象征主义的某些表现手法，以超现实的创作方法表现生活的内在真实，使舞台创作呈现出整体的样式美和时空流动的韵律美，丰富了现实主义创作手法。

探索戏剧虽然也出现过一些片面追求形式、忽略内容开掘的作品，但随着学习、借鉴的深入，尤其是受到文化界“寻根热”的影响，艺术家的艺术修养不断提高，创作水平也在不断提高。《狗儿爷涅槃》（1986）运用戏剧假定性，借鉴中国传统戏曲和说唱艺术的表现方法，将表现与再现、写实与虚拟、荒诞与象征有机地融为一体。把主人公的内心独白变得能和观众直接交流，并外化为有意味的戏剧情景。《中国梦》（1987）运用西方现代戏剧手法和传统戏曲表现手法，将斯坦尼斯拉夫斯基的内心感应、布莱希特的姿势论和梅兰芳的程式规范融为一体，体现出写意戏剧的和谐、完整和充满东西方哲学意蕴的流动美。《桑树坪纪事》（1988）将写实与写意、现实与幻觉、再现与表现，以及话剧表演与音乐、舞蹈相融会，体现出话剧艺术的诗意美。该剧演出后在中国剧坛引起极大震动，被称为“桑树坪现象”。这些作品是自 20 世纪 80 年代“探索戏剧”兴起以来的里程碑式的作品，标志着中国新时期探索话剧经过蜕变后走向了成熟。

进入 21 世纪，话剧实验与探索朝着诗意化的艺术追求进发。《生死场》以雕刻般的手法刻画人物性格，把人物的外部动作与内在的心理变化有机地融合在一起，使整个演出体现出犹如一幅幅版画般的美感。《秋水山庄》的舞台演出在虚实之间体现写实与写意的结合，以简约、大气的手法创造出具有浓郁诗化意象的演出形式。《再见徽因》通过对林徽因和她周围人物心理的开掘，揭示出语言和行动背后涌动着的“欲说还休”的浓浓情感，体现出一种美好与纯情。

三、现实主义话剧创作的深入与发展

改革开放 40 年，现实主义话剧创作经历了回归、突破、融合、拓展等发展过程，显示了强劲的艺术生命力。

一是突破题材禁区，以写“人”为创作主旨。“文革”期间被禁止描写的个人生活、个人情感、个人思想，尤其是被压抑多年的有关恋爱、婚姻方面的问题获得了重新展示。《明月初照人》《不知秋思在谁家》《山乡女儿行》《寻找男子汉》从关注女性恋爱婚姻入手，大胆表现改革开放年代中女性思想意识的觉醒和自信力的增强，从不同的视角展示女性的思想变化和精神风貌。二是以新的视角塑造老一辈无产阶级革命家的艺术形象，改“仰视”为“平视”，在“普通”中写出老一辈无产阶级革命家的高尚品德与伟大精神，以及对国家民族的巨大贡献，如《报童》《宋庆龄和孩子们》《陈毅市长》《贺龙军长》《朱德军长》等。三是增强现实主义话剧的艺术表现力，《红白喜事》《黑色的石头》《天边有一簇圣火》《同船过渡》《三月桃花水》《春夏秋冬》以个性鲜明的小人物形象表现出人的素质提高与民族精神的提升。《岁月风景》《洗礼》《士兵突击》《北京大爷》《地质师》《“厄尔尼诺”报告》描写改革开放时代中人们的思想变化、人格成长以及出现的新问题。《让你离不成》《独生子当兵》以喜剧的形式讲述责任与使命的问题，在信仰危机的现实中给人们提供了信心与力量。历史剧《商鞅》《死水微澜》《沧海争流》的出现，提升了历史剧创作的艺术质量。儿童剧《陈小虎》《春雨莎莎》《白马飞飞》则塑造了新的儿童艺术形象。

进入 21 世纪，党中央提出“弘扬主旋律，提倡多样化”文艺政策，话剧创作题材不断拓展，从描写农村、工业、军事、经济到股票、网络等，创作手法越来越丰富，舞台创作出现了绚烂多彩的局面。

创作的题材不断拓展，主题不断深化。从展现好人好事到创造人物形象，出现了以真人真事为题材创作的多部优秀作品，如《郭双印连他乡党》《黄土谣》《我在天堂等你》等。从写社会问题剧向艺术层次迈进，如《地质师》成功地塑造了一代知识分子的“铁人”形象；《父亲》把一个以下岗工人生活为题材的社会问题剧提升到艺术层面，成功地塑造了一个鲜明生动的“父亲”形象。在描写抗日题材的作品中，《沦陷》以一个家庭的悲欢离合，从人性的变化来写战争，既表现了侵略者在南京大屠杀中对中国人的“有形的”损害，也表现出中国人对自己人的“无形的”精神戕害，把对历史的思考提升到了精神层面和思想高度。《天籁》《生死场》《毛泽东在西柏坡的畅想》《谁主沉浮》《矸子山上的男人女人》《立秋》《这是最后的斗争》等都是这一时期比较突出的作品。

儿童剧创作的回归与突破。一是改变“教育剧”的创作倾向，变“站着”教育孩子为“蹲下来”跟孩子讲话，通过艺术形象对孩子进行潜移默化的教育。《宝贝儿》《挑战 3VS3》《我和我的影子》《古丢丢》《想飞的孩子》《大山里的红灯笼》《红缨》等，让孩子们在生活中认识自己，学会在艰难困苦中成长。二是拓展题材范围。《柠檬黄的味道》《青春跑道》以新的视角描写中学生的早恋问题，不仅没有给青年学生带来负面影响，而且增强了他们树立正确的人生观和爱情观的自觉性。

主流话剧创作水平不断提升。党的十八大以来，在党中央“文化强国”战略的指引下，在习近平同志一系列讲话精神指导下，各级政府加大了对艺术创作的支持力度，各地扶持政策的出台，使艺术家增强了文化自信和文化自觉的责任意识，话剧创作出现了新局面。《麻醉师》通过某军医大学附属医院陈绍洋这一形象的塑造，写出了“信仰”的力量。《共产党宣言》把《共产党宣言》所提出的思想理念融于人物形象的塑造之中，体现出共产党人实现解放全人类奋斗目标的思想追求，使深刻的思想产生了吸引人的艺术魅力。《兵者・国之大事》敢于直面当代军队在治军观念中的矛盾冲突，是军旅戏剧在创作观念上的一次突破。《古田会议》和《董必武》在塑造领袖人物方面迈上了一个新的台阶。《祖传秘方》表现中华民族抗击外来侵略的顽强斗志。《闽宁镇移民之歌》歌颂党的扶贫政策。《去往何处》对中华民族传统道德与社会现实一系列矛盾进行深刻反思。《凤凰》描写民营企业家的奋斗历史。《秋水山庄》《再见徽因》探索话剧民族化的舞台呈现。《平凡的世界》通过小人物的奋斗，提升了民族精神。《李白》《知己》《柳青》《红旗渠》《郭明义》《谷文昌》《焦裕禄》等都取得了令人惊喜的艺术成就。

四、小剧场话剧促进演出市场繁荣

小剧场话剧，艺术上侧重于探索、实验与创新，舞台演出突破传统话剧单一、呆板的形式，加强与观众的交流，以丰富戏剧艺术的表现力。因此，它一出现就受到戏剧艺术家和观众的青睐。

新时期的小剧场话剧，发端于改革开放以后。1982 年 11 月北京人民艺术剧院演出了《绝对信号》，同年 12 月上海青年话剧团演出了《母亲的歌》。两剧都侧重舞台表现形式的实验与探索，《绝对信号》整个演出为三面观众围观、演员穿过观众席上场、人物与观众频频进行直接交流、不采用写实布景、时空在演员表演中自由变换、角色“心理情感”外化，构成了不同于传统的镜框式舞台大剧场演出的独特、新鲜的演剧方式，活跃了话剧演出的气氛，吸引了许多从来没看过话剧的青年观众。《母亲的歌》采用“中心舞台”、观众四面围观的形式。时空在演员表演中自由变换，运用电影“蒙太奇”或“意识流”的手法使角色的“心理情感”外化……这两部戏的实验成功对话剧创作与演出产生了深远的影响。

之后，小剧场话剧如春天的花朵在全国舞台上开放，其内容与形式也变得更加灵活多样，有以写实风格讲述普通人的生活，表达他们喜怒哀乐的作品，如《同船过渡》《夕照》《押解》《绿色的阳台》《俺爹我爸》《有一种毒药》《春夏秋冬》《阳台》《网子》《戏台》等；有以独特视角描写青年人的婚恋生活，表达他们的情感困惑的作品，如《留守女士》《搭积木》《爱情迪斯科》《火神与秋女》《灵魂出窍》《人生不等式》《我爱桃花》《WWW.COM》《第一次的亲密接触》《男人的自白》《跟我的前妻谈恋爱》《夏天的记忆》等；也有以探索、实验等手法表达对时代、生活和个体生命的关切，如《天上飞的鸭子》《屋里的猫头鹰》《单间浴室》《勾魂唢呐》《天狼星》《福兮祸兮》《人模狗样》《无常·女吊》《红水衣》等；还有根据经典作品改编的《原野》《雷雨》等。

五、民营话剧丰富了话剧演出市场

新时期民营话剧是在一片荒芜中诞生的，它是改革开放的一颗硕果。民营话剧始于 20 世纪 90 年代，开始时剧社少，参加人员是业余的，因兴趣、爱好一致而成立话剧社团。如北京有牟森的“戏剧车间”、林兆华的“戏剧工作室”、孟京辉的“穿帮剧团”、郑铮的“火狐狸剧社”、赵森的“三拓旗剧团”，上海有张余的“现代人”剧社、王景国的“真汉咖啡剧场”“白蝙蝠戏剧实验社”等。在创作方面，民营话剧是实验、创新的。《恋爱的犀牛》《彼岸》《零档案》《魔方》《屋里的猫头鹰》《思凡》等作品的舞台演出就体现了这种艺术追求。

2002 年，文化部修订了《营业性演出管理条例实施细则》，明确了民营文艺表演团体“是我国社会主义文化事业的重要组成部分，是社会主义精神文明建设的重要力量”。2005 年 12 月，文化部等部委联合出台了《关于鼓励发展民营文艺表演团体的意见》，“积极支持民营文艺表演团体的发展”。民营话剧社团如井喷一般涌现，李伯男导演工作室、戏逍堂、盟邦戏剧、大道文化公司、何念戏剧工作室、龙马社、黄盈工作室、草台班、上海雨人剧社、上海捕鼠器戏剧工作室、蓬蒿剧场、9 剧场、哲腾戏剧体、小韦伯文化艺术团、繁星戏剧村、鼓楼西剧场等一涌而出。

其特点是：社团多，成员的整体素质有所提高。参加剧社的多是艺术院校和戏剧专业毕业生。剧团建制逐渐走向正轨，由业余“玩票”逐渐向半专业化转变，设置（或签约）编剧、导演和少量骨干演员。创作方面也发生很大变化：一是由为兴趣创作向以市场为目标、以演戏为职业的“谋生”手段转变；二是剧目创作和演出从注重形式探索、实验向注重文本创作转变。探索、实验性的剧目减少，写实性的现实题材剧目增多。

其内容：一是描写普通年轻人生活，表达他们的喜怒哀乐。如李伯男导演工作室的《隐婚男女》《妄谈与疯话》，上海现代人剧社的《单身公寓》，黄盈工作室的《枣树》《卤煮》，盟邦戏剧的《我不是李白》，优戏剧工作室的《彼岸》，梦剧场的《招租启示》，龙马社的《花事如期》，大道文化公司的《托儿》《戏台》等。二是描写青年人的婚恋生活，揭示他们的复杂情感。如孟京辉戏剧工作室的《恋爱的犀牛》、火狐狸剧社的《情感操练》、戏逍堂的《有多少爱可以胡来》、李伯男导演工作室的《剩女郎》《嫁给经济适用男》、盟邦戏剧的《如果，我不是我》《活出你自己》、桂湘文化公司的《海上花开》等。其中，《恋爱的犀牛》已演出 1000 多场。三是反映社会现实，直击人性的劣根性。如大道文化公司的《阳台》、至乐汇的《驴得水》、圆核戏剧的《造王府》等。

民营话剧培养了大量戏剧创作人才。导演有孟京辉、谷亦安、陈佩斯、李伯男、邵泽辉、何念、黄凯、赵淼、黄盈等；编剧有张献、陶骏、吴保和、曹路生、李容、哈智超、雷志龙等；戏剧制作人有王景国、张余、关皓月、袁鸿、车向蓝、田旭、王翔、樊星、傅若岩等。

民营话剧的影响，一是民营话剧社团的剧目被国有话剧院团演出，如李伯男导演工作室的剧目《剩女郎》《嫁给经济适用男》《隐婚男女》分别被福建人民艺术剧院、大连话剧团、重庆市话剧团、武汉人民艺术剧院、浙江话剧团、青岛话剧院、山东省话剧院、内蒙古自治区话剧院、四川人民艺术剧院等院团演出。黄盈戏剧工作室的《枣树》被中国国家话剧院演出；赵淼的“三拓旗剧团”与中国国家话剧院联合创作演出《你若离开，我便浪迹天涯》；何念导演工作室的《跟我的前妻谈恋爱》被武汉人民艺术剧院演出。二是民营导演为国营话剧院团排戏，如李伯男为浙江话剧团导演《再见徽因》（2015）、《秋水山庄》（2016），为四川人民艺术剧院导演《时间都去哪儿了》，为辽宁人民艺术剧院导演《秘而不宣的日常生活》，为宁波市演艺集团话剧中心导演《大江东去》（2016）、《守护》（2018），为上海话剧艺术中心导演《〈富春山居图〉传奇》（2016），为甘肃省话剧院导演《红水衣》（2017）等；黄盈为中国国家话剧院导演《枣树》；赵淼为中国国家话剧院导演《罗刹国》（2016）。三是民营话剧社团之间互通有无，促进了剧目的传播、人才的流通，如盟邦戏剧的《我不是李白》《如果，我不是我》《活出你自己》分别被武汉市403红楼剧场、西安市大华1935、西安音乐厅、新疆维吾尔自治区乌鲁木齐市新锐戏剧艺术中心、重庆正点青年艺术中心等剧团演出，黄盈为龙马社导演《花事如期》。

2007年，笔者在北京做过民营话剧的调研，总体上说，民营话剧的剧目创作数量、舞台演出场次和演出经济收益，约占到整个话剧演出市场的50%至60%。

改革开放，思想解放，解放了艺术家的手脚，开阔了艺术家的创作思维，在这种宽松的环境中，艺术家们大胆地探索、实验，在艺术实践中不断地总结经验、教训，为攀登艺术高峰铺平了道路。这是促使话剧取得艺术成就的重要原因。人才的成长对一个话剧院团的建设与发展也起到了非常重要的作用。优秀团队是出优秀作品的保障。改革开放40年，涌现了很多成绩突出的优秀话剧创作团队，不论在多么困难的条件下，始终不渝地坚守这块宝贵的文化阵地，不为名不为利，倾其全力为话剧事业做奉献。如中国国家话剧院、北京人民艺术剧院、上海话剧艺术中心，在话剧创作方面始终起着领头羊的作用。

尽管改革开放40年来话剧创作取得了优异的成绩，但是我们依然要看到话剧创作中所存在的不足——艺术人才缺乏、话剧原创力不足、好剧本不多、编剧老化、表演弱化、导演缺乏、青年创作者成长缓慢。而缺乏生活积累和对生活的思考，则是制约着话剧艺术质量提高的主要问题，值得我们特别关注与重视。

刘平　中国社会科学院文学研究所研究员

原载《中国艺术报》2018年12月19日

作品

【话剧《如梦之梦》】

北京央华时代文化发展有限公司制作出品

2018 年 3 月 1 日至 4 日在上海市上剧场演出

编剧：赖声川

导演：赖声川

内容简介：

话剧《如梦之梦》于 2000 年在中国台湾地区首演，2002 年在香港特别行政区演出，2013 年在北京演出，该次在上海首演。

《如梦之梦》的故事分成几个段落。开始是一个医生（李宇春饰）的故事，然后是她的一个病人（胡歌饰）的故事，再之后是与这个病人产生情感，身在巴黎的中国女孩儿顾香兰（许晴饰中年）的故事。

该剧长达 8 小时，从原点出发，发生一连串的事件后，再回到原点，跨越了将近一个世纪。历经时代的变化、地域的改变，以及人物形象的成长。

【话剧《人生天地间》】

中国国家话剧院出品

2018 年 3 月 8 日至 18 日在中国国家话剧院先锋剧场演出

编剧：杨占坤

导演：刘立滨

内容简介：

小剧场话剧《人生天地间》为中国国家话剧院 2018 年首部新作，该次为首演。

该剧于 2016 年鲁迅逝世 80 周年之际，作为试验演出应邀参加“第七届戏剧奥林匹克戏剧节”。2018 年，中国国家话剧院对该剧进行重新创作。

该剧根据鲁迅的小说《阿 Q 正传》改编。讲述了凄冷雨夜，因“革命党”之罪而被砍头的阿贵，魂魄难散，眷恋着生前之所，游荡于未庄之地。亡魂回顾自己短暂的人生，追索命运遭际的根由。

【话剧《万尼亚舅舅》】

上海话剧艺术中心出品

2018 年 3 月 29 日至 4 月 1 日在上海大剧院大剧场演出

编剧：［俄］契诃夫

导演：［俄］阿道夫·沙皮罗　李梦泽

内容简介：

话剧《万尼亚舅舅》首演于 2013 年 6 月，为上海话剧艺术中心自 2013 年开始推出的“经典戏剧·上话重绎”系列的首部作品。该剧由俄罗斯导演阿道夫·沙皮罗（Adorf Shapiro）执导，戏剧翻译家沙金担任剧本翻译，俄罗斯的亚历山大·希什金和亚历山大·西瓦耶夫分别担当舞美设计和灯光设计，并与上海话剧艺术中心的艺术家联手打造。

该剧讲述了主人公万尼亚舅舅辛勤工作了一辈子来供养自己的姐夫谢列布利雅可夫教授，将自己的青春与理想都寄托于姐夫身上，到了暮年才意识到姐夫实则是一个“庸人”，而姐夫的少妻叶莲娜让万尼亚产生了倾慕之情，这更是让他陷入无尽的痛苦之中。

【儿童剧《锛儿头小辫儿之疯狂的猿人》】

北京缤纷无限儿童艺术剧团出品

2018 年 4 月 7 日在国家大剧院戏剧场演出

编剧：杨硕

导演：钟浩

内容简介：

原创儿童剧《锛儿头小辫儿之疯狂的猿人》于 2016 年 4 月首演。曾获得北京市文化局举办第六届"圆梦中国·春苗行动"北京市优秀少儿题材舞台剧目展演优秀剧目奖，第六届、第七届中国儿童戏剧节优秀剧目奖等。

该剧讲述了女孩锛儿头与男孩小辫儿是同学也是邻居，一次偶然的机会，他们遇到了科学院克隆出的猿人，并与猿人从害怕到信任地成了朋友。他们试图教会猿人在现代社会生存的能力，却在帮助猿人躲避追捕的过程中，走进了周口店的原始森林。而远离文明社会的生活，却让他们找回了最为本能的生存能力，以及人与人之间应有的真诚。

【话剧《县委书记廖俊波》】

中共福建省委宣传部、福建省文化厅、中共南平市委联合出品

2018 年 4 月 10 日至 11 日在国家大剧院戏剧场演出

编剧：马文正 王英

导演：傅磊

内容简介：

话剧《县委书记廖俊波》于 2017 年 11 月首演，该次为首次在国家大剧院演出。

该剧讲述了廖俊波生前担任福建省南平市政和县委书记时俯下身子，甘作"樵夫"，用智慧拼速度和效率，用信念与坚持破困境，干部百姓拧成一股绳，最终让政和县成为福建省县域经济发展十佳县的故事。

【话剧《一句顶一万句》】

北京鼓楼西文化有限公司与精英文创等联合出品

2018 年 4 月 20 日至 22 日在国家大剧院戏剧场演出

编剧：牟森

导演：牟森

内容简介：

话剧《一句顶一万句》改编自刘震云同名小说，该次为首演。

该剧以曹青娥的多舛命途为主线，讲述了三代中原人自我救赎的历程，力图呈现中国百姓精神生活的图景。

【话剧《长恨歌》】

上海话剧艺术中心出品

2018 年 4 月 25 日至 27 日在上海大剧院大剧场演出

编剧：王安忆 赵耀民

导演：苏乐慈 周小倩

内容简介：

话剧《长恨歌》首演于2003年。该次演出在舞美设计，包括音乐、服装、道具等方面都有所调整。

《长恨歌》为当代中国女作家王安忆的长篇代表作之一。讲述了一个女人40年的情与爱，其中交织着上海这所大都市从20世纪40年代到90年代沧海桑田的变迁。

【话剧《鸟》】

国家大剧院出品

2018年4月26日至5月2日在国家大剧院小剧场演出

编剧：［古希腊］阿里斯托芬

导演：罗锦鳞 罗彤

内容简介：

国家大剧院2018年新制作古希腊阿里斯托芬喜剧《鸟》，该次为首演。

该剧是国家大剧院首次排演的古希腊戏剧作品，由国家大剧院戏剧演员队进行演绎。该剧将古希腊神话与和鸟有关的传说进行编织，既批判社会中存在的负面现象，又寄托对建立理想世界的愿望。

【话剧《行者无疆》】

中国国家话剧院出品

2018年5月17日至27日在中国国家话剧院先锋剧场演出

编剧：王婧 赵淼

导演：赵淼

内容简介：

原创话剧《行者无疆》该次为首演。

该剧聚焦张骞第一次出使西域13年的心路历程，以虚实两条线索，一方面借鉴史实讲述张骞在西行路上的种种曲折经历，展现他的家国情怀民族气节；另一方面通过梦境与想象两个时空焦点进入他的精神世界。

【儿童剧《鹬·蚌·鱼》】

中国儿童艺术剧院出品

2018年5月26日在中国儿童艺术剧院假日经典小剧场演出

编剧：冯俐

导演：吴旭

内容简介：

儿童剧《鹬·蚌·鱼》为中国儿童艺术剧院2018年首部新戏，该次为首演。

该剧以“鹬蚌相争，鱼翁得利”的成语作为创作灵感，在中国画般的舞台上以人偶结合的肢体剧方式，展现一段中国式的寓言童话故事。带给孩子们童趣的同时，引发大小观众关于争与不争的思考。

【话剧《伊库斯》】

北京人民艺术剧院出品

2018 年 6 月 25 日在北京人民艺术剧院实验剧场演出

编剧：[英] 彼得・谢弗

导演：班赞

内容简介：

小剧场话剧《伊库斯》(又译《马》) 为北京人民艺术剧院 2018 年首部新戏，该次为首演。

该剧是英国当代剧作家彼得・谢弗创作的经典话剧，此次是在中国大陆首度获得正式授权的演出。

该剧讲述了 17 岁的少年艾伦极其爱马，却因刺瞎六匹马的眼睛而被送进了精神病院。心理医生狄萨特在对艾伦进行治疗的过程中，渐渐走进了少年敏感而孤独的内心世界。随着治疗的深入，狄萨特医生发现，不仅仅是艾伦不为人知的境遇被发现，他的内心世界也在发生着某种微妙的变化。

【儿童剧《月亮草》】

中国儿童艺术剧院出品

2018 年 7 月 7 日在中国儿童剧场演出

编剧：徐葆齐 杨硕

导演：钟浩

内容简介：

儿童剧《月亮草》为中国儿童艺术剧院 2018 年首部大剧场新戏，该次为首演。

该剧根据中国儿童艺术剧院 1993 年上演的同名童话喜剧重新创排，汇聚了中国儿童艺术剧院 10 位老、中、青三代演员。讲述了性格迥异的两兄妹——唐妹勤劳善良，靠辛苦劳动过踏实日子；唐哥却好吃懒做，梦想得到神草月亮草，不劳而获。但没想到有了月亮草，唐哥也没有过上幸福生活，反而大祸临头。

【话剧《玩偶之家》】

北京人民艺术剧院出品

2018 年 7 月 20 日至 8 月 5 日在北京人民艺术剧院首都剧场演出

编剧：[挪威] 易卜生

导演：韩清 丛林

内容简介：

话剧《玩偶之家》为北京人民艺术剧院 2018 年度首部新排大戏。

《玩偶之家》是易卜生的代表作，曾被多次搬上国内外的舞台，该次的北京人民艺术剧院排演的版本让经典回归文本。该剧讲述了人应该怎样认识自我的故事。

【话剧《莲花》】

北京人民艺术剧院出品

2018 年 8 月 10 日在北京人民艺术剧院首都剧场演出

编剧：邹静之

导演：任鸣 徐昂

内容简介：

话剧《莲花》首演于2008年。该次为10年之后再度重演。

该剧讲述了天河和与莲花这一对贫贱夫妻在对财富的向往和追逐中，一个从对有钱人的生活惶恐不安到志得意满，良知沦丧；一个从满怀希望过好日子到失去所爱，深陷绝望。一件昂贵的古玩，是他们脱离贫困的希望，也轻易毁了他们曾经充满温情的生活。

【话剧《船歌》】

中国国家话剧院出品

2018年9月21日至25日在中国国家话剧院剧场演出

编剧：刘深

导演：姜涛

内容简介：

原创话剧《船歌》，该次为首演。《船歌》是中国国家话剧院为庆祝改革开放40周年重点打造的作品，也是2018年国家艺术院团演出季的参演剧目。

该剧描写了特区一个小渔村几十年来的巨大变化，刻画了以渔民出身的梁海涛和外来打工妹林秀英为代表的特区人的艺术形象，表达了他们内心深处对新生活的向往，书写了他们的青春与爱情，咏唱了建设者的奋斗精神。

【话剧《哗变》】

北京人民艺术剧院出品

2018年10月1日至11日在北京人民艺术剧院首都剧场演出

编剧：[美]赫尔曼·沃克

导演：[美]查尔顿·赫斯顿

内容简介：

话剧《哗变》首演于1988年，该次为30周年纪念演出。

《哗变》是美国作家赫尔曼·沃克根据美国海军史上的“凯恩舰哗变”事件写成的小说，1952年获普利策奖。1954年作者把它改编成话剧，着重描写事件后军事法庭的审判过程。1988年，英若诚将其译成中文，北京人民艺术剧院特邀美国导演查尔顿·赫斯顿为剧院排演该剧。2006年，曾经的副导演任鸣重排该剧。

全剧只有军事法庭一个场景，被告、原告、检察官、辩护律师与证人间丝丝入扣的质询，充满机锋的唇枪舌剑。因为全靠演员的语言支撑，因此《哗变》常被称为话剧舞台的教科书与试金石。

【话剧《手心手背》】

北京桂湘文化艺术发展股份有限公司出品

2018年10月4日至6日在北京东四隆福剧场演出

编剧：王甦

导演：韩清

内容简介：

话剧《手心手背》为北京文化艺术基金2018年度资助项目，该次为首演。

该剧讲述了发生在夏家母女三人身上的故事，以及两个女婿对爱的不同表达方式。

【话剧《于无声处》】

上海话剧艺术中心出品

2018年10月27日至28日在上海美琪大戏院演出

编剧：宗福先

导演：苏乐慈

内容简介：

话剧《于无声处》为“第二十届中国上海国际艺术节”参演剧目、上海话剧艺术中心经典作品演出季参演剧目。该剧于1978年首演。

该剧讲述了以1976年首都群众在天安门广场悼念周恩来总理的“四五运动”为背景的故事。

【话剧《向阳理发馆》】

北京电影学院与国家大剧院联合出品

2018年11月2日至3日在国家大剧院小剧场演出

编剧：崔建宇 徐倩

导演：崔建宇 徐倩

内容简介：

原创话剧《向阳理发馆》是北京电影学院与国家大剧院签订战略合作以来推出的第一个剧目，该次为首演。

该剧聚焦20世纪80年代中后期北京平民胡同儿的一个理发馆，在这里，上演着新旧观念、新旧潮流、新思想与旧思想最真实的碰撞。

【话剧《厄勒克特拉》】

上海话剧艺术中心出品

2018年11月13日至14日在上海美琪大戏院演出

编剧：[古希腊]索福克勒斯

导演：[希腊]米哈伊·马尔玛利诺斯

内容简介：

话剧《厄勒克特拉》为“第二十届中国上海国际艺术节”参演剧目、上海话剧艺术中心“经典戏剧·上话重绎”系列作品，该次为首演。

该剧讲述了阿伽门农王死于王后克吕泰墨斯特拉和奸夫埃奎斯托斯之手，他的儿子和两位女儿义愤填膺，誓为亡父报仇。尤其是大女儿厄勒克特拉，在兄弟的协助下，开启了一场摧枯拉朽的复仇之旅。

【话剧《武学宗师》】

北京市西城区文化委员会出品

2018 年 12 月 3 日在北京天桥剧场演出

编剧：吴彤 王甦

导演：顾威 王翼

内容简介：

原创话剧《武学宗师》该次为首演。

该剧以非遗项目孙式太极拳创始人孙禄堂为原型，用说书人串起他跌宕起伏的一生。讲述了孙禄堂集毕生之力创立“拳与道合”的武学体系，凭借高超的武学造诣与卓然的品格修为，终成一代武学宗师。

【话剧《特赦》】

中国国家话剧院出品

2018 年 12 月 4 日至 9 日在中国国家话剧院剧场演出

编剧：徐瑛

导演：李伯男

内容简介：

原创话剧《特赦》该次为首演。

该剧改编自民国真实事件，讲述了 1935 年天津发生的震惊全国的枪击案，一名叫施剑翘的女子将杀父仇人——军阀孙传芳射杀于居士林佛堂，当即散发传单宣布自首。这场围绕“公道自在人心”和“杀人偿命”之争的案件最终以民国政府特赦的方式结案。

【话剧《追梦云天》】

上海话剧艺术中心出品

2018 年 12 月 4 日至 5 日在上海外高桥文化艺术中心演出

编剧：王俭

导演：胡宗琪

内容简介：

原创话剧《追梦云天》该次为预演。该剧是“全国优秀现实题材舞台艺术作品展演”剧目、文化和旅游部 2018 年度剧本扶持工程的入选剧目。

该剧以飞机设计工程师唐瑛的视角展现了飞机制造以及中国民航人的心路历程，通过他们研发飞机的艰苦和内心成长，刻画出制造业老、中、青三代人，以及设计师、工装工人、试飞员中的杰出典范在不同时代、不同岗位上的家国情怀，反映了中国制造飞机的兴衰变迁和中国民航制造业的巨大变革。

【话剧《名优之死》】

北京人民艺术剧院出品

2018 年 12 月 20 日至 2019 年 1 月 6 日在北京人民艺术剧院首都剧场演出

编剧：田汉

导演：任鸣

内容简介：

话剧《名优之死》为北京人民艺术剧院2018年度收官之作。《名优之死》是田汉的代表作，曾于1957年、1979年两度登上北京人民艺术剧院的舞台。

该剧讲述了一代名伶刘振声恪守着梨园行的本分，踏踏实实唱戏，老老实实做人，以出色的戏曲功底与足以服众的艺德成为艺界翘楚。然而艰险的世道却总与刘振声的理想背道而驰。在绝望与痛苦中，怀着最后一点对艺术的守护与捍卫，抱恙在身的刘振声最后一次走上了自己为之坚守了半生的舞台。

纪事

戏剧节·展演

【全国人民艺术剧院话剧邀请展】

2018年1月4日至3月4日，由国家大剧院策划的“全国人民艺术剧院话剧邀请展”在国家大剧院举行。陕西人民艺术剧院、辽宁人民艺术剧院、天津人民艺术剧院、四川人民艺术剧院参加了该次邀请展。

2018年1月4日至6日，由陕西省文化厅出品，陕西演艺集团、陕西人民艺术剧院有限公司制作并演出的大型现实主义题材话剧《平凡的世界》，为此次“全国人民艺术剧院话剧邀请展”开篇。该剧是根据作家路遥获茅盾文学奖的同名小说改编，以陕北双水村三家人的命运为中心，全景再现陕北黄土高原上人与命运抗争的史诗篇章。1月13日至14日，辽宁人民艺术剧院以一部《开炉》演绎东北黑土地上的抗战往事，在血与火中锻造民族英雄群像。2月27日至28日，天津人民艺术剧院携话剧版《天下粮田》登台国家大剧院，该剧作为《天下粮仓》的姊妹篇，讲述清朝乾隆年间，户部尚书刘统勋请旨，秘派禁卫军奔赴十八省捕捉田鸟，试图通过检验田鸟腹中食物解开天下粮田之谜。3月3日至4日，四川人民艺术剧院带来全新创排话剧《苏东坡》，以一位为官为民、做事崇实、做人尚廉的中国古代文化史上的高峰人物苏东坡为塑造对象，通过苏轼的仕途串起了他的诗文成就、情感生活，树立了一个具有当代性、典范性的奇伟形象。

【第四届中国原创话剧邀请展】

2018年2月25日至7月8日，由中国国家话剧院与北京市西城区人民政府联合主办的“第四届中国原创话剧邀请展”在北京举行。该届邀请展以“原创、艺术、人民、时代”为宗旨，在为期133天的活动期间，共汇集全国国有院团、民营院团等团体的28个剧目，分别在中国国家话剧院剧场、北京天桥艺术中心等场地演出126场，集中展示了中国原创话剧创作的整体实力、精神风貌和发展态势。参加展演的剧目包括《谷文昌》《独龙天路》《在变老之前远去》《萧红》《家客》《老有所倚》《陶里街二十三号》《董必武》《共同家园》等。

【首都剧场2018精品剧目邀请展演】

2018年3月14日至7月8日，由北京人民艺术剧院主办的“首都剧场2018精品剧目邀请展演”在首都剧场举行。来自6个国家的7部作品在4个月中先后上演。开幕剧是由立陶宛OKT剧院演出的契诃夫代表作《海鸥》。

该次邀请展中，还包括法国马赛剧院演出的莫里哀名剧《可笑的女学究》、罗马尼亚布加勒斯特国家剧院演出的莎士比亚名剧《暴风雨》、俄罗斯联邦鞑靼斯坦共和国喀山卡查洛夫俄罗斯模范大剧院改编自普希金同名小说的《黑桃皇后》、波兰卡齐米日·戴梅克罗兹新剧院改编自诺奖得主符瓦迪斯瓦夫·莱蒙特同名小说的《福地》4部国外作品，以及赖声川导演的曹禺名剧《北京人》和何冰的话剧导演处女作《陌生人》2部国内作品。

【喜聚北京——首届全国优秀喜剧剧目展演季】

2018 年 3 月 28 日至 9 月 2 日，由北京东方文化经济发展集团有限公司、北京东方国际文化艺术中心主办，北京喜剧院承办的品牌活动“喜聚北京——首届全国优秀喜剧剧目展演季”在北京举行。该次展演季为期 5 个月，以“传承经典、立足当代、引领发展、服务人民”为宗旨。

展演季分为“经典喜剧改编”“原创喜剧献艺”“热门喜剧会演”三大板块。其中，“经典喜剧改编”板块汇集了久经市场考验的经典作品，包括湖南省花鼓戏保护传承中心的花鼓戏现代小戏《打铜锣》、以色列剧作家汉诺赫·列文的经典作品《雅各比和雷弹头》中文版、上海话剧艺术中心全新演绎的莎士比亚经典《驯悍记》、表演艺术家冯宪珍主演的《前任不敲门》以及百老汇经典喜剧《开心晚宴》等多部作品。“热门喜剧会演”板块包括大道文化的经典系列《阳台》《托儿》《戏台》《春宵保卫战》，由方旭主演、根据老舍名篇改编的话剧《二马》，以及孟京辉的经典喜剧《两只狗的生活意见》等。“原创喜剧献艺”板块则包括由吉林艺术学院创作的《南门客栈》，以及由青年导演一弛创作、盟邦出品的京味儿戏剧《三昧》。除剧目展演外，展演季同时推出了诸多推广活动，包括喜剧工作坊、剧本朗读等。

【2018 知音国际戏剧节】

2018 年 4 月 16 日，由中共武汉市委宣传部、武汉市文化局、武汉广播电视台主办的“2018 知音国际戏剧节”在湖北省武汉市开幕，该届戏剧节为期 3 个月，囊括了来自世界各地 17 个知名剧团的 20 台剧目，共 28 场演出，包括赖声川导演的话剧《北京人》、上海话剧艺术中心制作的话剧《原野》、由周涛、孙强等人表演的话剧《情书》等作品。

【2018 上海·静安现代戏剧谷】

2018 年 5 月 5 日至 23 日，由上海市静安区人民政府、上海广播电视台和上海戏剧学院联合主办的“2018 上海·静安现代戏剧谷”在上海举行，该届戏剧谷分 3 个板块：“名剧展演”“市民剧场”和“壹戏剧大赏”。来自 8 个国家的 17 部 36 场中外作品轮番与市民见面，参演剧目包括《萧红》《阿 Q》《家客》《老舍赶集》《平凡的世界》《四世同堂》《洪水》《帝国专列》等。此外，来自国内外团队的 165 场表演还在由南京西路为主轴的“戏剧大道”上与观众见面。

【2018 国家大剧院国际戏剧季】

2018 年 5 月 29 日至 9 月 15 日，由国家大剧院主办的“2018 国家大剧院国际戏剧季”在国家大剧院举行。该届戏剧季以“汇剧古今·戏聚人生”为主题，在 110 天里，来自中国、英国、法国、德国、澳大利亚、丹麦、奥地利、南非等国的戏剧院团带来 20 台 84 场戏剧演出。

该届戏剧季分为“国家大剧院制作”“致敬经典”“中国故事”“国际儿童戏剧季”四个板块。“国家大剧院制作”板块演出了话剧《风雪夜归人》《仲夏夜之梦》《暴风雨》《鸟》。“致敬经典”板块推出了根据英格玛·伯格曼作品改编的话剧《婚姻生活》、易卜生的《人民公敌》、莫里哀的《德·浦尔叟雅克先生》、斯特林堡的《父亲》及由戛纳影后朱丽叶·比诺什主演的音乐戏剧《生如夏花》等。而“中国故事”板块则上演了《广陵散》《赵氏孤儿》《商鞅》等剧目。“国际儿童戏剧季”上演了 8 台儿童剧，包括《安徒生童话》《魔笛》《糖果屋》《光影奇妙夜》《黑漆漆马戏团》《原始一家人》《西游记》《啊哈！》。

6 月开始，主题戏剧讲座、对话沙龙、艺术展览、戏剧工作坊等活动也陆续与观众见面。

【第九届北京·南锣鼓巷戏剧节】

2018年6月5日至12月30日，由蓬蒿剧场主办的“第九届北京·南锣鼓巷戏剧节”在北京举行。该次戏剧节主题为“鼓励原创，致敬大师，致敬文学，致敬美”，分为6个单元：“邀演单元”“文学剧场单元”“新生单元”“独立剧场论坛单元”“往届戏剧节回顾单元”“蓬蒿LIVE单元”。

从6月至12月，戏剧节上演了《出伦敦记》《一个关于爱情的模型》《浪漫的胜利》《不明身份者可爱》《桃之夭夭》《洞》《绵羊在尖叫》《五脊六兽》《悲情时光》《鸟，绳子和烟头》《神鱼》《丹青难画》《姐姐》《夫妻健身操》《囚徒》《豆汁儿》《安娜的心理咨询》《奔》《玫瑰谷》《恐龙世纪的爱情》《小张的初心》《经过瓦拉尔》等话剧作品，此外还有剧本朗读、音乐剧等多种形式的演出。戏剧节共演出近百场。

【第十一届北京国际青年戏剧节】

2018年6月30日，由北京市文学艺术界联合会、中国共产主义青年团北京市委员会、中国国家话剧院主办，北京戏剧家协会和北京青年戏剧工作者协会承办的“第十一届北京国际青年戏剧节”在北京开幕。在3个月的时间里，26部剧目，在北京12个剧场进行了近百场演出。

该届国际青年戏剧节特别设立“直通阿维尼翁”单元：8部短小精悍的剧目模拟在法国阿维尼翁戏剧节的演出效率，同天在一个舞台上先后上演，用极简的舞台快速完成装台换景等工作。

【第八届中国儿童戏剧节】

2018年7月14日至8月25日，由文化和旅游部艺术司指导，中国儿童艺术剧院联合北京东城区委、区政府及中国儿童戏剧研究会共同主办的“第八届中国儿童戏剧节”在北京主会场及山东省、四川省、辽宁省分会场举行。

该届戏剧节以“点亮五洲童心，塑造美好未来”为主题，历时43天的戏剧节上，来自世界五大洲的61台剧目，共计演出229场，包括《月亮草》《国学小戏班》《阿凡提与小毛驴》《爱孝总动员》《东方夜谭》《锛儿头小辫儿之疯狂的猿人》《曼陀罗马戏团》等儿童剧。这是五大洲儿童戏剧作品首次齐聚戏剧节，也是“金砖五国”青少年儿童戏剧联盟建立后的首次联合展演。该次戏剧节展演的剧目从范围到数量都超过往届，题材包括传统故事、经典童话、原创佳作等，表现形式也涵盖了歌舞剧、人偶剧、纸画剧等多种方式。戏剧节期间还举办了“第八届中国儿童戏剧节图片展”“儿童戏剧工作坊”“儿童戏剧夏令营”“中外优秀少儿图书展”等活动。

【2018西安国际儿童戏剧展演】

2018年7月21日至9月24日，由西安曲江新区管理委员会、西安市文化广播新闻出版局、西安演艺集团主办，西安儿童艺术剧院承办的“2018西安国际儿童戏剧展演”在陕西省西安市和延安市举行。该次展演有来自15个国家和地区的作品，包括承办方西安儿童艺术剧院的儿童剧《二十四个奶奶》和少儿版童话剧《卖火柴的小女孩》、荷兰宁静剧团的儿童剧《会飞的牛》以及浙江话剧团的儿童剧《国学小戏班》等29部剧目。

“2018西安国际儿童戏剧展演”旨在打开一扇让西北儿童了解世界、让世界了解西安的窗口，打造西安乃至全国儿童戏剧知名品牌，为国内外儿童戏剧同行提供艺术交流平台。

【第 17 届金刺猬大学生戏剧节】

2018 年 8 月 3 日至 19 日，由北京戏剧家协会、北京市朝阳区文化馆等联合主办的“第 17 届金刺猬大学生戏剧节”在北京举行。该届戏剧节有 14 部剧目分别在北京 9 剧场和北京市朝阳区亮相，包括运用说唱形式演绎古希腊悲剧的改编话剧《安提戈涅 .remix》，现实主义题材的原创话剧《根在草原》和《护国胡同》，对话经典名著、引领观众进行思考的原创话剧《四十三次日落》等。除此之外，此次展演剧目中还有 2017 年获得“金刺猬”奖的原创悬疑剧《W 医生的离奇死亡》。

该届金刺猬大学生戏剧节组委会还开展了“刺猬旅行”计划——组织专家评委分别前往北京、珠海、武汉、长沙、昆明、兰州等地的高校，与校园戏剧实践者开展交流分享活动。同时，“刺猬旅行”计划还同步推广了“刺猬宝宝”“刺猬小宝”“刺猬大宝”等项目，联合在校大学生及校内戏剧社团举办戏剧主题活动，充分利用高校资源推广校园戏剧。该届金刺猬大学生戏剧节引入了众多社会力量参与，而更多的社会力量意味着戏剧节活动资金中依托政府扶持的比例会相应降低，也为优秀作品走向市场创造了更多可能。

【第二届“有种戏剧节”】

2018 年 8 月 5 日至 9 月 2 日，由上海话剧艺术中心主办，上海话艺文化传播有限公司承办的第二届“有种戏剧节”在上海举行。该届“有种戏剧节”共分为“邀请剧目展演单元”和“创意延伸单元”两大板块。“邀请剧目展演单元”由 4 个分别聚焦不同主题的长剧目组成，分别是《柠檬柠檬柠檬柠檬柠檬》《哪吒回了陈塘关》《Z21》《世界是一只流浪兔》。“创意延伸单元”带来了 5 个活动，为青年戏剧爱好者、非职戏剧人和广大观众创建了一个学习和交流的平台和空间。

【2018 年度国际儿童青少年戏剧协会艺术大会】

2018 年 8 月 18 日至 24 日，由中国儿童艺术剧院、中国儿童戏剧研究会共同主办的“2018 年度国际儿童青少年戏剧协会艺术大会”在北京举行。这是国际儿童青少年戏剧协会（ASSITEJ）成立 53 年来首次在中国举办艺术大会。该次艺术大会以“构想未来”为主题，来自五大洲 10 个国家的 17 台剧目在一周内集中展演了 50 余场，演出包括中国儿童艺术剧院的儿童剧《东海人鱼》、北京儿童艺术剧院的儿童剧《原始一家人》、罗马尼亚坦达利卡动画剧院的木偶剧《想见太阳的雪人》、阿根廷曼陀罗马戏剧院喜剧《曼陀罗马戏团》、以色列火车剧院儿童剧《方块马戏团》等。

此外，46 个国家和地区的艺术家代表团、演出团以及儿童剧院、艺术机构负责人等 500 余名代表参加了艺术大会并进行了研讨。大会还举办了丰富多彩的艺术活动，包括 3 场艺术交流大会、22 个中外儿童戏剧工作坊及圆桌会议、“中国日”主题活动、“金砖国家青少年儿童戏剧联盟会议”“中外儿童青少年戏剧图片展”等。

【2018 第二届老舍国际戏剧节】

2018 年 9 月 7 日至 10 月 27 日，由北京市演出有限责任公司、北京天桥艺术中心共同主办的“2018 第二届老舍国际戏剧节”在北京举行。

该次戏剧节以“呼唤戏剧文学精神”为主旨，以“民众情感、人文关怀、民族语言、国际视野”为主题词，共有《老舍赶集》《亲爱的，胡雪岩》《天之骄子》《呐》《围城状态》《平凡的世界》等 11 部展演剧目陆续在北京上演。

该届戏剧节增设了“主题展览”板块，策划了“老舍点戏”主题展览。此外，还推出了戏剧工作坊、戏剧论坛、艺术面对面等免费的线下活动，力图让戏剧文化更普及，让更广泛的观众群体走近戏剧节。

【第五届丝绸之路国际艺术节·2018 国际儿童戏剧周】

2018 年 9 月 8 日至 16 日，由文化和旅游部、陕西省人民政府主办的“第五届丝绸之路国际艺术节·2018 国际儿童戏剧周”在陕西省西安市举行。

该次戏剧周汇聚了中国、荷兰、克罗地亚、比利时、阿尔及利亚等国家的 12 台剧目、32 场演出。包括青岛市话剧院有限公司演出的儿童剧《愚公移山》、荷兰 Bureau Vanaf 2 公司演出的儿童剧《活泼的颜色》、武汉人民艺术剧院创作演出的大型木偶剧《少年孔丘》等。

【2018 北京喜剧周】

2018 年 9 月 10 日至 28 日，由北京市文学艺术界联合会主办，北京戏剧家协会承办的“2018 北京喜剧周”活动在北京举行。

该次活动在北京 14 家剧场中推出了 16 部剧目、3 场 NTlive，共计演出 60 余场，包括开幕大戏《拯救大兵友友》，国外经典喜剧作品《仲夏夜之梦》《青年卡尔》《一仆二主》《第十二夜》《钦差大臣》，跨界作品《终于失去了你》《破铜烂铁》，儿童剧《成语魔方第四部》《月亮草》，关注当下青年人生活、工作、情感的作品《结伴关系》《彼岸》《请你对我说个谎》《主角登场》等。

【2018 杭州当代戏剧节】

2018 年 9 月 14 日至 29 日，由中国国家话剧院、中共杭州市委宣传部、杭州文化广播电视集团主办，杭州文广演艺集团、杭州蜂巢戏剧文化有限公司组织承办的“2018 杭州当代戏剧节”在浙江省杭州市举行。

该届戏剧节放眼世界艺术前沿，聚焦中国先锋探索，在半个多月的时间内，12 部来自国内外的戏剧作品在杭州 6 个空间上演，演出近 30 场，包括瑞士 PENG！PALAST 剧团的《生活小爆炸》、丁一滕导演的《窦娥》、付仲豪导演的《哪吒回了陈塘关》等。此次戏剧节共有近 1 万人次走进剧场，近 2 万人次参与了包括演后谈、讲座、工作坊、浸没式绘画体验在内的戏剧活动。

【2018 年北京喜剧艺术节】

2018 年 9 月 26 日至 12 月 22 日，由东方（北京）国际文化艺术中心有限公司、北京大道文化节目制作有限公司等联合主办的“2018 年北京喜剧艺术节”在北京举行。

该届艺术节主办方以“欢乐、生活、力量”为主题，特别策划了“笑翻北京城”“经典欢乐秀”“狂喜海内外”三大演出板块，其中，“笑翻北京城”板块演出了 3 部极具特色的“京味儿”喜剧，包括陈佩斯、杨立新主演的话剧《戏台》、陈佩斯“最大胆的喜剧作品”《老宅》以及青年导演一弛的作品《三昧》。“经典欢乐秀”演出板块汇聚了孟京辉代表作《两只狗的生活意见》、导演王子川的口碑之作《非常悬疑》、上海话剧艺术中心的多媒体舞台剧《卓别林》等 5 部作品。“狂喜海内外”演出板块邀请了 2 部海外喜剧作品——《冬季的葬礼》和有“空气雕刻艺术”之名的《空气动力秀》。

【第六届乌镇戏剧节】

2018 年 10 月 18 日至 28 日，由文化乌镇股份有限公司主办的“第六届乌镇戏剧节”在浙江省嘉兴市乌镇举行。

该届戏剧节以“容”为主题，为期 11 天的戏剧节，来自中国、美国、日本、澳大利亚等近 20 个国家和地区的近 30 部剧目集中上演。其中 5 部开幕大戏《茶馆》《北国之春》《沙漠傍晚六点二十九分》《黑暗中的舞者》《大众力学》同时开演，引发广泛的关注和讨论。18 组青年戏剧创作团队在“青年竞演”环节角逐多个戏剧奖项，其中“青年竞演”小镇奖特别关注奖颁给了话剧《哀乌鸣》与《寒鸦戏水》，最佳个人表现奖授予《睡美人——大梦初醒》的编剧 / 导演 / 演员许郦文。

“古镇嘉年华”中，来自海内外的百余组艺术团体将乌镇的木屋、石桥、巷陌、摇橹船作为舞台，带来 1800 多场演出。此外，还有 15 场论坛、12 场朗读会以及戏剧主题展览和戏剧对话，在戏剧理论拓展与戏剧教育方面构建乌镇戏剧节的文化生态。

【庆祝改革开放四十周年——2018 优秀原创校园戏剧展演暨第六届中国校园戏剧节】

2018 年 11 月 12 日至 21 日，由中国文学艺术界联合会、中国戏剧家协会主办，清华大学艺术教育中心协办的“庆祝改革开放四十周年——2018 优秀原创校园戏剧展演暨第六届中国校园戏剧节”在北京举行，这是中国校园戏剧节首次在北京举行。

该届戏剧节演出了 10 部大戏及 3 部邀请剧目，包括话剧《重庆家书》《永怀之歌》《心瘾》《种子天堂》等。每场演出结束后设“演后谈”，供高校剧组与戏剧专家学者、现场观众交流。展演在清华大学、北京语言大学、北京航空航天大学、北京舞蹈学院、北京师范大学等高校进行。

【戏剧东城・第二届全国话剧展演季】

2018 年 11 月 13 日至 2019 年 1 月，由中国话剧协会、中共北京市委宣传部、北京市文化和旅游局、东城区委区政府主办的以庆祝改革开放 40 周年为主题的“戏剧东城・第二届全国话剧展演季”在中国国家话剧院、北京人民艺术剧院首都剧场、北京保利剧院、北京喜剧院、中国国家话剧院先锋剧场等剧院举行，来自全国 15 个省、自治区、直辖市的 25 部剧目演出 50 场，演出包括展现兵工精神，颂扬工匠传承精神的《大国工匠》；倡导绿色发展，赞美塞罕坝精神的《塞罕长歌》；立足“天镇保姆”脱贫原型，讲述勤劳致富故事的《太阳照在南洋河上》等剧目。

合作

【繁星戏剧村与北京人民广播电台战略合作】

2018年3月30日，繁星戏剧村与北京人民广播电台达成战略合作，不仅推出电台主持人版话剧《那次奋不顾身的爱情》，而且将在内容产出与人才培养两个层面深度合作。繁星戏剧村创始人樊星表示，除了共同排戏、演戏，双方的合作还将让戏剧深度介入广播媒介，促进广播内容资源个性化，使得广播的内容输出和展现形式更加丰富。同时，双方人才将参与对方的节目、作品，拓宽人才输送管道，共同繁荣文化市场。

【北京校园戏剧教育联盟成立】

2018年4月2日，北京人民艺术剧院与北京市教育委员会签署战略合作协议，双方联合成立“北京校园戏剧教育联盟”。这是北京第一家以专业艺术团体的艺术资源为支持，针对教育系统深度推进戏剧教育的美育联盟。该联盟以“探索美育途径，普及戏剧文化，传达教育理念，展示校园新风”为宗旨，希望通过艺术资源对教育资源的输送，促进青少年综合素质的提升和对中华经典文化的传承与弘扬。

【北京人民艺术剧院与北京人民广播电台战略合作】

2018年4月25日，北京人民艺术剧院与北京人民广播电台战略合作签约仪式在北京举行。签约仪式上，双方表示将通过各自的优势资源，实现融合，促进文化产品与文化传播的一体式发展，助力首都文化中心建设。作为北京的文化单位，立足北京，传播具有北京地方特色的文化是两家单位共同的使命。北京人民艺术剧院将以合作为契机，推动话剧文化向更广泛的领域传播，北京人民广播电台也将通过优质节目，推动自身文化品牌建设。

【中央戏剧学院和北京保利剧院管理有限公司战略合作】

2018年7月16日，中央戏剧学院与北京保利剧院管理有限公司在北京签署战略合作协议，宣布开展“校企合作”，于2019年招收并合作培养全国首个“剧院管理本科班”，双方将在本科人才培养、行业高级人才研修、专业科学研究等领域展开全方位、深层次的合作。这一战略合作协议的签署，是中央戏剧学院全面建设“特色鲜明、世界一流”艺术院校的目标体现之一，预示着第一个剧院管理本科班的毕业生将有希望进入全国最大的剧院管理企业工作。按照保利剧院管理有限公司人事部门的规划，这批毕业生在保利剧院从业10年至15年后，将成为剧院管理企业的中层或高级管理者，成为推动国有文化企业发展的重要力量。

会议

【“改革开放四十年来中国原创话剧的回顾与展望”专家研讨会】

2018 年 6 月 25 日，中国国家话剧院举办“改革开放四十年来中国原创话剧的回顾与展望”专家研讨会。业内专家学者 10 人及相关部门工作人员共 30 余人参加了研讨。研讨会上，来自话剧领域的专家学者、活跃在创作一线的艺术家们分别阐述了对原创话剧的认识，回顾了 40 年来原创话剧创作的得与失，总结了中国原创话剧的发展规律和艺术特色，并对未来话剧事业的发展表达了美好的祝愿和期望。

【第二届全国中小学戏剧教育研讨会】

2018 年 10 月 26 日至 28 日，“第二届全国中小学戏剧教育研讨会”在中央戏剧学院举行。该届研讨会以“国际视野下戏剧教育的创新与发展”为主题，来自中央戏剧学院、上海戏剧学院、中国戏曲学院、北京舞蹈学院、北京大学、台湾艺术大学、英国皇家中央演讲与戏剧学院、中国传媒大学附属中学、小马儿童剧团等 110 家高等院校、中小学以及艺术院团的学者、教育工作者参会。

研讨会上，与会的专家学者和在中小学从事一线戏剧教育工作的教师们分享了戏剧美育教育的经验和成果，分析了中小学戏剧教育的现状和发展趋势，就艺术院校、社会教育机构和中小学开展的戏剧教育联动模式如何有效发挥作用等进行了交流。全国中小学优秀戏剧作品展演活动也同期举行，来自全国各地的中小学生带来了《寻找桃花源》《窝头会馆》等 14 部剧目。

【“78 级学员班”40 周年纪念座谈会】

2018 年 11 月 16 日，中国国家话剧院举办“78 级学员班”40 周年纪念座谈会，座谈会是中国国家话剧院“弘扬爱国奋斗精神、建功立业新时代”系列活动之一。

1978 年下半年，中国国家话剧院的前身——中国青年艺术剧院和中央实验话剧院，为培养话剧表演人才，分别招收了一批青年演员，组建了“78 级学员班”。为了纪念改革开放 40 周年，表达剧院对前辈的敬意和感激，也为了弘扬“团结、担当、传承、创新”的剧院精神，中国国家话剧院邀请“78 级学员班”的老师和同学们，畅叙同窗友情，回顾艺术人生，同时激励剧院青年一代向前辈学习，牢记使命，砥砺前行。

【“从构思到文本”青年编剧创作与实践研讨会】

2018 年 11 月 22 日，中国国家话剧院举办“从构思到文本”青年编剧创作与实践研讨会。来自话剧创作一线的青年编剧、导演与院领导、业内专家以及创作部、研究教育部共 20 余人，着眼于青年编剧的发展空间，致力于青年编剧的未来发展，共同探讨青年编剧的创作困惑，为青年编剧的发展助力。

人物纪念

【剧作家沙叶新逝世】

2018年7月26日，剧作家沙叶新因病在上海逝世，享年79岁。

沙叶新是一级编剧，中国戏剧家协会常务理事、中国戏剧家协会创作委员会副主任、中国作家协会会员，曾创作《耶稣·孔子·披头士列侬》《假如我是真的》《陈毅市长》《寻找男子汉》《尊严》等话剧，同时还是电视剧《中国姑娘》的编剧。沙叶新的作品个性鲜明，视角独特。他曾表示："我没有别的本事，一辈子都在拿笔，一辈子都在思考。用戏剧的方式把真相留下来，告诉青年一代，这是我的责任。"

【剧作家武玉笑逝世】

2018年8月9日，中国作家协会名誉委员、甘肃省文学艺术界联合会副主席、甘肃省作家协会主席、剧作家武玉笑在北京逝世，享年89岁。

武玉笑曾获得全国话剧汇演剧本创作二等奖、导演一等奖，文化部优秀剧作奖，文化部、中央民族宗教事务委员会、中国戏剧家协会剧本创作银奖，第四届中国艺术节甘肃征集剧本特等奖，中国戏剧文学学会文学剧本金奖等奖项。

【表演艺术家朱旭逝世】

2018年9月15日，北京人民艺术剧院表演艺术家、北京人民艺术剧院艺术委员会顾问朱旭在北京逝世，享年88岁。

朱旭在北京人民艺术剧院的舞台上先后塑造过数十个性格独特、色彩鲜明的人物形象，如《蔡文姬》中的左贤王、《骆驼祥子》中的二强子、《咸亨酒店》中的阿Q、《推销员之死》中的查理、《红白喜事》中的三叔、《哗变》中的魁格、《北街南院》中的老杨头、《家》中的高老太爷、《甲子园》中的姚半仙等。此外，朱旭还出演过诸多电视剧。朱旭曾获得文化部表演一等奖，第十一届"文华奖"表演奖，第二届中国话剧金狮奖"演员金狮奖"，第五届中国话剧金狮奖"荣誉金狮奖"，第9届东京国际电影节最佳男演员奖等奖项。

【剧作家姚运焕逝世】

2018年9月28日，剧作家姚运焕因病在甘肃省兰州市逝世，享年85岁。

姚运焕为一级编剧，曾任甘肃省话剧团团长、支部书记。姚运焕从事甘肃省话剧艺术创作和组织领导工作40余年，为甘肃省的话剧事业做出了杰出的贡献。

【表演艺术家吕启凤逝世】

2018年10月12日，表演艺术家吕启凤因病在吉林省长春市逝世，享年87岁。

吕启凤为一级演员，表演艺术家。曾任中国戏剧家协会会员和莎士比亚协会会员等。50年来，她参加演出了百余部话剧、10部电影、近30部200多集电视剧，并导演了13部话剧，在舞台上、荧屏上、银幕上塑造了不同行业、不同年龄、不同类型的各阶层妇女形象。

【表演艺术家狄辛逝世】

2018年11月17日，北京人民艺术剧院表演艺术家、中国戏剧家协会会员、北京市戏剧家协会理事狄辛因病在北京逝世，享年91岁。

狄辛从艺70余载，在北京人民艺术剧院舞台上耕耘60余年，塑造了数十个独特而鲜明的人物形象，包括《胆剑篇》中的西施、《关汉卿》中的珠帘秀、《蔡文姬》中的蔡文姬、《王昭君》中的王昭君、《贵妇还乡》中的克莱尔等。在影视领域，塑造了电视剧《武夷仙凡界》中的石娘、电影《蓝色港湾》中的凌妈妈等角色。

大事记

1月4日至3月4日，“全国人民艺术剧院话剧邀请展”在国家大剧院举行。

1月16日，“让边疆不再遥远——中国儿艺优秀儿童剧走进边疆重镇”公益演出项目在广西壮族自治区凭祥市启动。

1月20日至28日，中国国家话剧院《向上走，向下走》剧组赴江西开展“文化迎春、艺术为民”春节慰问演出。

2月25日至7月8日，“第四届中国原创话剧邀请展”在北京市举行。

3月3日至31日，“2018全国舞台艺术优秀剧目展演”在北京市举行。

3月14日至7月8日，“首都剧场2018精品剧目邀请展演”在首都剧场举行。

3月16日，第二届“当代戏剧双年展”在广东省深圳市开幕。

3月27日至12月下旬，“2018西城区百姓戏剧展演”在北京市举行。

3月28日至7月22日，“天津大剧院2018戏剧展演季”在天津大剧院举行。

3月28日至9月2日，“喜聚北京——首届全国优秀喜剧剧目展演季”在北京市举行。

3月30日，繁星戏剧村与北京人民广播电台达成战略合作。

3月31日和4月1日，中国国家话剧院原创剧目《人生天地间》赴印度新德里参加第八届戏剧奥林匹克戏剧节。

4月2日，北京人民艺术剧院与北京市教育委员会联合签署战略合作协议，“北京校园戏剧教育联盟”正式成立。

4月7日，“戏剧的力量——北京人艺戏剧进清华”活动在北京市启动。

4月10日至6月23日，“2018年第五届城市戏剧节”分别在深圳市、广州市、上海市、石家庄市展演。

4月16日，“2018知音国际戏剧节”在湖北省武汉市开幕，此次戏剧节为期3个月。

4月25日，北京人民艺术剧院与北京人民广播电台举办战略合作签约仪式。

5月5日至23日，“2018上海·静安现代戏剧谷”在上海市举行。

5月29日至9月15日，“2018国家大剧院国际戏剧季”在国家大剧院举行。

6月5日至12月30日，“第九届北京·南锣鼓巷戏剧节”在北京市举行。

6月10日至15日，中国国家话剧院受邀参加“第二届中国—中东欧国家艺术合作论坛”。

6月25日，中国国家话剧院举办“改革开放四十年来中国原创话剧的回顾与展望”专家研讨会。

6月30日，“第十一届北京国际青年戏剧节”在北京市开幕，此次戏剧节为期3个月。

7月5日，2018法国阿维尼翁戏剧节“聚焦中国”系列活动在法国阿维尼翁举行开幕式。

7月14日至8月19日，“2018第七届深圳儿童戏剧节”在广东省深圳市举行。

7月14日至8月25日，“第八届中国儿童戏剧节”分别在北京市、山东省、四川省、辽宁省举行。

7月16日，中央戏剧学院与北京保利剧院管理有限公司在北京签署战略合作协议，宣布开展“校企合作”。

7月21日至9月24日，“2018西安国际儿童戏剧展演”在陕西省西安市和延安市举行。

7月26日，剧作家沙叶新因病在上海逝世，享年79岁。

8月1日至9月1日，2018“北京故事”优秀小剧场剧目展演在北京市举行。

8月3日至19日，“第17届金刺猬大学生戏剧节”在北京市举行。

8月5日至9月2日，第二届“有种戏剧节”在上海市举行。

8 月 9 日，剧作家武玉笑在北京逝世，享年 89 岁。

8 月 18 日至 24 日，“2018 年度国际儿童青少年戏剧协会艺术大会”在北京市举行。

9 月 1 日至 30 日，“第二届南山戏剧节”在广东省深圳市举行。

9 月 5 日，话剧《狂飙》首演媒体见面会及“田汉和文艺协会时代”论坛在日本早稻田大学举行。

9 月 7 日至 12 日，“2018 年中国—东盟（南宁）戏剧周”在广西壮族自治区南宁市举行。

9 月 7 日至 10 月 27 日，“2018 第二届老舍国际戏剧节”在北京市举行。

9 月 8 日至 16 日，“第五届丝绸之路国际艺术节 · 2018 国际儿童戏剧周”在陕西省西安市举行。

9 月 10 日至 28 日，“2018 北京喜剧周”在北京市举行。

9 月 14 日至 29 日，“2018 杭州当代戏剧节”在浙江省杭州市举行。

9 月 15 日，表演艺术家朱旭在北京市逝世，享年 88 岁。

9 月 26 日至 12 月 22 日，“2018 年北京喜剧艺术节”在北京市举行。

9 月 28 日，“2018 年汤显祖戏剧节暨国际戏剧交流月”开幕式在江西省抚州市举行。

9 月 28 日，剧作家姚运焕在甘肃省兰州市逝世，享年 85 岁。

10 月 12 日，表演艺术家吕启凤在吉林省长春市逝世，享年 87 岁。

10 月 18 日至 28 日，“第六届乌镇戏剧节”在浙江省嘉兴市举行。

10 月 18 日，中国国家话剧院举办“有声作品开发与剧院发展”研讨会。

10 月 21 日至 12 月 27 日，“第十一届河北省戏剧节”在河北省举行。

10 月 22 日，“2018 中国（宁波）海丝国际戏剧节暨宁波市首届校园戏剧节”在浙江省宁波市开幕。

10 月 26 日至 28 日，“第二届全国中小学戏剧教育研讨会”在中央戏剧学院举行。

11 月 1 日，“城市 · 戏剧 · 人——2018 第二届老舍戏剧节研讨会”在北京天桥艺术中心举行。

11 月 3 日，“一戏一梦”清华国际校园戏剧节闭幕式暨原创剧本大赛决赛在清华大学蒙民伟音乐厅举行。

11 月 3 日至 12 月 1 日，“第四届上海国际喜剧节”在上海市举行。

11 月 8 日，中国国家话剧院举办“创意设计与剧院发展”研讨会。

11 月 12 日至 21 日，“庆祝改革开放四十周年——2018 优秀原创校园戏剧展演暨第六届中国校园戏剧节”在北京市举行。

11 月 13 日至 2019 年 1 月，“戏剧东城 · 第二届全国话剧展演季”在北京市举行。

11 月 16 日，中国国家话剧院举办“78 级学员班”40 周年纪念座谈会。

11 月 16 日至 12 月 31 日，“北京剧院 2018 戏剧节”在北京市举行。

11 月 17 日，表演艺术家狄辛因病在北京市逝世，享年 91 岁。

11 月 18 日，中国和希腊两国演员共同演出的中国经典剧目《赵氏孤儿》在希腊国家剧院首演。

11 月 22 日，国家艺术基金 2017 年度资助项目——“青年话剧导演人才培养”培训班在中国国家话剧院小剧场举办结业汇报演出。

11 月 22 日，中国国家话剧院举办“从构思到文本”青年编剧创作与实践研讨会。

11 月 23 日至 26 日，“国际戏剧协会 70 周年庆典暨首届海口国际戏剧周”在海南省海口市举行。

12 月 10 日，“戏聚北京 · 2018 年首都市民系列文化活动之北京市青少年戏剧短剧作品大赛”优秀节目展演在北京民族文化宫大剧院举行。

12 月 13 日至 2019 年 1 月 25 日，“中外戏剧大家系列讲座”在中国儿童艺术剧院举行。

12 月 17 日，“话剧《特赦》专家研讨会”在中国国家话剧院举行。

12 月 18 日，中国国家话剧院“青年戏剧创意空间青年戏剧扶持计划”试点项目“青年戏剧创意空间——剧本朗读会”在中国国家话剧院先锋剧场举行。

中国艺术年鉴·2019

音乐卷

分卷主编：陈　乾

年度述评

2018 年度中国音乐艺术发展报告

◎ 中国艺术研究院音乐研究所《2018 年度中国音乐艺术发展报告》课题组

一、植根传统、致敬时代的音乐创作与演出

2018 年全国的音乐创作和演出数量众多、形态各异，呈现繁荣的局面。无论是经典再现还是新作首演，无论是中国作品还是外国作品，都通过丰富多彩、琳琅满目的舞台表演，体现着作曲家和组织者们植根传统、致敬时代的现实主义精神，体现着胸怀全国、突出地域的创作理念，体现着立足中国、面向世界的立意与格局，丰富了广大人民群众的精神文化需求。从主题上看，“改革开放 40 周年”和“一带一路”是重点，“纪念性”“地域性”及“音乐节、展演及赛事”等方面成绩显著。

（一）“改革开放 40 周年”与“一带一路”主题

庆祝改革开放 40 周年，是 2018 年全国各界的大事之一，音乐界也不例外。除了由国家统一举办的“我们的四十年——庆祝改革开放 40 周年文艺晚会”外，从文化和旅游部到各地院团，再到地方政府和院校等纷纷响应。例如，8 月 15 日北京民族乐团举办的“光明颂——庆祝改革开放四十周年民族音乐会”，精选《我的祖国》《长城随想》等观众耳熟能详的民乐作品，还首演了格莱美获奖音乐人吴彤创作的《天人合一》的“笙与乐队”版本。10 月 15 日，文化和旅游部艺术司主办的“抒情新时代——庆祝改革开放 40 周年新创歌曲音乐会”在北京音乐厅上演，15 首新创歌曲热情讴歌改革开放带来的巨大变化。10 月 27 日，由中国音乐家协会、中国交响乐发展基金会主办的“庆祝改革开放 40 周年——中国交响乐作品回顾展演暨第六届中国交响音乐季”在山东省青岛市博兰斯勒大剧院拉开序幕，该音乐季由全国八家交响乐团分别承担演奏任务，在青岛即墨、成都、广州、武汉、哈尔滨和北京等地共演出九场，集中展示了 40 年来中青年作曲家的交响乐创作成果。12 月 26 日晚，中央歌剧院献礼改革开放 40 周年的原创歌剧《命运》在北京二七剧场首演，讴歌了在改革开放进程中成长起来的一代又一代自强不息、拼搏奋斗、建设美好家园的小人物的故事，是以小人物书写大历史的代表。

2018 年度，“一带一路”的主题音乐创作和演出不仅保持较高热度，也是“国际交流”的重要抓手。例如，5 月 21—26 日，主题为“丝路相连・心路相通・乐路相融”的“首届丝绸之路音乐节”在西安音乐学院艺术中心音乐厅举行。担任艺术总监的琵琶演奏家吴蛮与来自丝路沿线国家和地区的近十位音乐家，以音乐会、传统音乐与乐器研习表演工作坊等形式，演绎了赵季平等多位作曲家创作的丝路主题音乐，为音乐节增添了浓郁的西域特色。相关演出还有“中央音乐学院丝绸之路创作计划：管弦乐新作品音乐会”“《意象丝路・龟兹盛歌》民族管弦乐作品音乐会”等，推出了《敦煌两帧》（罗新民）、《丝韵》（向民）、《风越苍茫》（贾国平）、《万里行》（郝维亚）、唢呐与乐队狂想曲《火之舞》（罗麦朔曲）、《飞天随想曲——克孜尔石窟壁画印象》（高为杰曲）、《龟兹盛歌》（周湘林曲）、吹打乐重奏《呐喊》（袁昊昱曲）等作品，它们具有多彩的音色运用与丰富的情感表达，是作曲家深入丝绸之路采风后的感悟，体现出植根传统的创新与对中华美学思想的观照与反思，不仅彰显了中国音乐家在新时代的文化自觉与自信，也用音乐重新激活了“丝路”作为推动沿线国家及世界各国间交流与互动桥梁的重要文化功能。

（二）“纪念性”与“地域性”主题

2018 年度是多所音乐院校和机构的“生日”，相关纪念演出异彩纷呈。主要有：7 月 1 日“上海民族乐器一厂成立 60 周年庆典音乐会”，中央民族乐团为其改编创作民族管弦乐版《节日序曲》，琵琶

演奏家刘德海、古琴演奏家龚一、古筝演奏家王中山等则分别领衔演奏了琵琶齐奏《飞花点翠》、古琴与乐队《平沙落雁》、古筝与乐队《满江红》等。9月26日晚，“激情的回忆——天津音乐学院建院60周年专场音乐会”在天津文化中心音乐厅举行，演奏了徐昌俊的民族管弦乐《新龙舞》、刘长远的民族管弦乐《激情的回忆》、鲍元恺的第六交响曲《燕赵》（第二、四乐章）等多部经典作品。10月，沈阳音乐学院为庆祝建校80周年，举行了“鲁艺情 沈音梦——沈阳音乐学院校友音乐会”“延河水 黑土情——80周年校庆民乐专场音乐会”等10余场纪念音乐会，以此呈现80年来该校的鲁艺传统和办学理念，展示该校教学成就。2018年恰逢紫禁城室内乐团成立10周年，11月1日至2日乐团以《国风雅韵》和《四面来风》两场音乐会，汇报10年来乐团在传承、传播和创新中国民族音乐方面取得的成绩。

“地域性”主题创作方面，主要以反映特定地域风貌和时代精神为核心，亦有多部佳作呈现。为庆祝海南建省办经济特区30周年，中央民族乐团于5月末上演了大型民族交响音乐会“绚丽海南”，涵盖民族声乐独唱（《迷人的海岛》）、合唱、表演唱、民间器乐独奏（鼻箫与乐队《五指山恋歌》、中阮与乐队《海南岛随想》）、民族管弦乐（《乐彩南风》）等多种形式，彰显海南传统音乐的独特风貌。由吉林省文化厅出品、王丹红创作的大型民族管弦乐作品《高粱红了》，以“春、夏、秋、冬”的更替为时间线索，以“起、承、转、合”的生命轮回为意象延伸，折射出黑土地儿女生生不息的生命精神。9月20日上演的民族管弦乐《八桂情缘》是广西首部以唱奏结合加音舞形式呈现的民族管弦乐作品，将民族乐器与民族风俗、舞蹈相结合，把广西的铜鼓、壮锦、山水、稻作、婚嫁、酒歌、三月三歌圩等文化，通过壮族马骨胡、铜鼓、啵咧、天琴，侗族侗琵琶、侗笛，苗族芦笙，京族的独弦琴等巧妙地展现出来。中国国家交响乐团2018年演出的“哈尼交响”系列——《哈尼交响》《哈尼交响2》及“南音交响”系列，则让观众们欣赏到中国交响乐地域风格和音乐语言的多元统一。

（三）民族歌剧与“跨界融合”

从体裁看，2018年度的音乐创作与演出，除常规器乐、声乐作品外，民族歌剧与“跨界融合”作品依然热度不减。民族歌剧方面，仅国家大剧院就上演了31部，原创作品有《没头脑和不高兴》（儿童歌剧）、《兰花花》、中国史诗歌剧《长征》等，新制的有《唐璜》《阿依达》等。中央歌剧院、中国歌剧舞剧院等都分别创作和复排了多部作品，如《命运》《玛纳斯》《林徽因》等。各音乐院校也有原创作品推出，如中央音乐学院首部大型实景歌剧《山海经·奔月》、上海音乐学院歌剧《贺绿汀》、山东艺术学院的改编自莫言同名小说的原创歌剧《檀香刑》等。

文化和旅游部主办的“全国优秀民族歌剧展演”于3月8日在保利剧院开幕。共有15出来自“中国民族歌剧传承发展工程”重点扶持和推荐剧目，演出30场，包括原创剧目《马向阳下乡记》《松毛岭之恋》《有爱才有家》《二泉》《玛纳斯》《英·雄》《蔡文姬》《青春之歌》《盐神》《呦呦鹿鸣》《红色娘子军》和经典剧目《白毛女》《小二黑结婚》《洪湖赤卫队》《星星之火》等，涵盖了正歌剧、喜歌剧、历史剧、时代剧等多种体裁。这些作品重视吸收戏曲、曲艺、民歌等艺术精华，反映出创作者对新时期民族歌剧关键问题的深入思考与积极尝试。由文化和旅游部艺术司、福建省文化和旅游厅主办的“全国优秀民族歌剧展演周”于12月24日开始在福建省福州市举行，既有改革开放40周年题材作品《平凡的世界》《命运》，也有革命历史题材作品《松毛岭之恋》《尘埃落定》，艺术风格多样，主题鲜明，可圈可点。

民族歌剧作为国家舞台艺术创作的代表之一，体现着创作者“以人民为中心”的理念和继承传统、融合现代的艺术追求，以其鲜明的民族特色赢得了广大观众的情感共鸣。

“跨界融合”创作与演出方面，以民族管弦乐为载体的作品，多以某一种吹管乐或弹拨乐为“主角”，以戏剧化结构贯穿整部作品，突出作品的戏剧性，融入声、光、电等舞美手段，打造出具有较高审美水准的视听盛宴。例如，上海民族乐团音乐剧场《霸王》围绕琵琶的两首传世名曲《十面埋伏》《霸王卸甲》，参考西楚霸王项羽的部分史实进行创作，用音乐刻画人物形象。上海音乐学院交响民族器乐剧《笛韵天籁》，融合民族音乐、交响乐、合唱及电子音乐等，以笛子的演变折射传统文明的发展。由浙江音乐学院创作的民族管弦乐组曲《钱塘江音画》，以民族管弦乐为载体，以音画融合为手段，呈现了钱塘江的历史与现状、自然与人文、经济与文化等内容。天津音乐学院的中国吹打乐剧场《大笛绞》是以唢呐为“主角”、民间唢呐乐班为辅助的作品，它以“吹打乐剧场”的形式，通过“野游”“社戏”“对棚”“祭拜”“怀远”“鸿愿”六个围绕人生命过程的环节，结合最新影像手段，展现民间吹打乐的传统形态、生存空间、审美意识、精神世界及现代表达。以交响乐为载体的作品有上海音乐学院的多媒体交响剧场《丝路追梦》、贾达群的交响舞乐《蝶恋传奇》等。这些作品为民族音乐融入现代艺术潮流、走向国际舞台做出了积极探索。

二、互惠共赢的音乐节、展演、赛事与音乐交流

2018年度，文化和旅游部及地方院校等，还举办了具有本土性、民族性和国际性的音乐节、展演与赛事活动。国际文化交流方面，中国音乐家也做了许多卓有成效的工作。

（一）音乐节、展演与赛事活动

4月27日，“谛听天籁·中华创世神话原创作品音乐会”拉开了“第35届上海之春国际音乐节”的序幕。在为期3周的时间里，推出了66部（首）具有鲜明民族特色和上海标识度的原创新作，举办了5场代表国际一流水准的名家名团演出，展示了“上海之春”这一老品牌在新时代的号召力和影响力。5月，在国家大剧院举行的“2018国际现代音乐协会世界新音乐节暨北京现代音乐节”汇聚了多位全球顶级现代音乐专家、学者和作曲家，20多个知名国际乐团轮番展演。由文化和旅游部艺术司、山东省文化和旅游厅主办的“首届全国优秀民族乐团展演”，10月24日至11月2日在山东省济南市举办。该展演汇集了中央民族乐团、上海民族乐团、中央音乐学院民族室内乐团等9个民乐团体参演，极大地推动了民族音乐创作，挖掘和推出了一批“旋律优美、意境深远、耳熟能详、百听不厌”的民族音乐作品，展示了我国民族乐团的整体形象和艺术水平，对促进民族音乐普及和传播、加强民族音乐理论建设有重要意义。

10月，由中国艺术研究院研究员田青率领的团队，在历经一年半的准备后，拉开了“让古琴发声——中国艺术研究院藏古琴音乐展演”的序幕。此举不但充分发掘所藏名琴的乐器属性，让唐琴“枯木龙吟”、宋琴“鸣凤”，以及明琴“真趣”“小递钟”和蕉叶式无名琴逾越千年重新发声，彰显其巨大的文物和艺术价值，也为当下历史名琴保护提供了一套适应古琴自身规律的新范式。此外，“第34届中国·哈尔滨之夏音乐会”“2018第11届上海当代音乐周”“2018北京国际电子音乐节”等相继举办。

总的来说，2018年度各项音乐活动的组织者，包括分布在全国各地的大剧院、音乐院校等，在策划上兼顾群众性、地域性或学校自身教学特色。

许多作曲家、演奏家能够继续深入地践行“以人民为中心”的宗旨，走出书斋，深入生活，扎根人民，从现实生活中汲取营养，寻找创作灵感，创作和演出了拥抱新时代、状写新现实，既有专业性又大众化的高质量作品，在弘扬中华优秀传统文化、满足人民群众对美好生活的向往等方面，跃上了新高度。

（二）“请进来”与“走出去”的国际音乐交流

2018年度，北京、上海、广西等地纷纷开展特定主题的国际音乐交流活动。国家大剧院作为中国国家级剧院，自成立之始就将国际音乐交流作为其重点职能，2018年度有多项“请进来”的事件值得关注：2月5日，世界歌唱家普拉西多·多明戈与国家大剧院签署“中国国家大剧院·多明戈青年艺术家培养计划”合作备忘录，旨在通过该计划培养中国青年歌唱演员，加强中国青年歌唱演员的声乐演唱及表演能力，将他们推向世界歌剧舞台；10月，国家大剧院与肯尼迪艺术中心、费城交响乐团等世界音乐机构进行合作磋商。

9月，“2018第11届上海当代音乐周”在上海开幕，包含4场讲座、13场音乐会、1场纪录片和1场国际乐评高峰论坛，来自世界各国优秀作曲家的作品在音乐周上演。西安作为陆上“丝路”的起

点，不仅在“丝路”主题音乐创作和演出上成绩突出，在对外音乐交流中也多围绕该主题，以西安音乐学院为主体举办了多项活动，如“2018 丝绸之路教育合作交流会专场音乐会”及以“丝路相连·心路相通·乐路相融”为主题的首届丝绸之路音乐节等。除此之外，“2018 国际现代音乐协会世界新音乐节暨北京现代音乐节”“2018 北京国际电子音乐节”“上海之春国际音乐节”“第七届中国—东盟音乐周”“长江之韵·2018 世界知名音乐院校交流展演季”“第 34 届中国·哈尔滨之夏音乐会”等交流活动，也都着重突出“国际化”特色，以中国为“主阵地”邀请世界各国艺术家和团体参与，风格各异、丰富多彩，强调和突出了交流与合作的意义。

2018 年伊始，中央民族乐团、中国歌剧舞剧院民族乐团和上海民族乐团，分别以民族管弦乐音乐会《丝绸之路》《国之瑰宝》《海上生民乐》，踏上了奥地利、德国、匈牙利、哈萨克斯坦、塔吉克斯坦、乌兹别克斯坦、英国、法国、比利时 9 个国家的 19 场中国民族音乐巡演之路，为欧洲新年增添了浓郁的中国味道。上海民族乐团的中国音乐剧场《霸王》也于 1 月 11 日走进纽约亚洲协会进行全球首演。

7 月，中央民族乐团又携带《玄奘西行》《丝绸之路》踏上英国伦敦和爱尔兰戈尔韦巡演的征程，让英国和爱尔兰观众领略到了中国民族音乐的新面貌。中国爱乐乐团、广州青年交响乐团在俄罗斯莫斯科和圣彼得堡、法国里昂、捷克布拉格和意大利加尔达湖等地巡演，向海外观众展示了来自中国的“最民族”“最融合”“最具潜力”的音乐力量。

此外，国家大剧院还派代表出席了在西班牙马德里皇家歌剧院召开的“首届世界歌剧论坛”。该论坛围绕文化传承、新作品、多样性和“拥护”四大议题展开，旨在探讨歌剧艺术和歌剧产业未来的发展前景与机遇；又分别与西班牙皇家歌剧院、美国大都会歌剧院等，就歌剧展映、网络流媒体平台合作和歌剧电影制作流程多个文化交流项目进行商讨。除了国家级院团外，地方高校在“走出去”中也迈出较大步伐，例如，在美国纽约林肯艺术中心上演了“2018 中国当代音乐——中央音乐学院作曲家新作品世界首演音乐会”，中国作曲家在西洋室内乐队中加入二胡、琵琶、古筝、笙、笛子、扬琴、唢呐、阮和铜锣等民族乐器独奏或重奏，在西洋音乐语汇中融入鲜明的中国元素，体现出中国作曲家参与世界文化交流与对话的自觉探索。相关活动还有 8 月由开罗中国文化中心与中外文化交流中心共同主办的“清凉夏夜，民乐与你相伴——紫禁城室内乐团音乐会”等。

（三）音乐文化传播与交流的使者

在 2018 年度的国际音乐创作、展演与交流中，国家各级政府及国家艺术基金等起到了核心组织和资金支持作用。据不完全统计，2018 年国家艺术基金资助的项目包括音乐剧 12 部，交响乐 8 部，民族管弦乐 7 部，跨界融合作品 9 部，独奏、重奏、小合奏等 19 部，歌曲 40 部，传播交流推广资助项目（交响乐、民族器乐剧）8 部，合计 103 部。国家艺术基金是 2018 年中国音乐创作、演出与交流的重要保障之一，在高举旗帜、引领风尚、弘扬时代精神、繁荣社会主义文艺创作等多个方面发挥了积极作用。

除了国际间的官方“邀请”外，以吴氏策划和保利剧院管理有限公司等为代表的多家企业，则承担了诸多策划、推介、宣传、业务联络和接待的功能，为国际音乐交流各项活动的顺利开展提供了诸多保障。

吴氏策划作为最早从事中国民族音乐“走出去”的企业，1998 年就策划了“首届中国春节民族音乐会”，开启了中国民族音乐对外传播的序幕，中央民族乐团是其第一家合作伙伴。2018 年，吴氏策划再次与中央民族乐团牵手，开启新年中国民族音乐的海外巡演之旅，而且还与中国歌剧舞剧院民族乐团、上海民族乐团、中国爱乐乐团、广州青年交响乐团等多家民族乐团和交响乐团合作，加大和推动了中国音乐在海外的交流传播。

保利剧院管理有限公司作为国内文化企业，是随着国内剧院的大量出现，在自身丰富的剧院管理经验基础上产生的剧院院线，目前已经管理和经营全国各地 63 家剧院，拥有统一的品牌系列演出及院线巡演机制。该公司网站公布的数据显示，2018 年全年共组织各类中外演出 9100 场，接待观众突破

900万人次，足见其在繁荣国内演出市场中的重要作用。2018年，该公司与澳大利亚歌剧院联合制作歌剧《蝴蝶夫人》，与日本四季剧团联合制作音乐剧《素敌小魔女》，分别在保利院线巡演，获得良好口碑。此外，各地剧院也都有世界各地优秀演出团体及其精品剧目上演，在国际交流中很好地履行了文化使者的职责。

毋庸讳言，繁荣的音乐创作、演出背后，同样也存在一些问题，主要体现在以下两方面。其一，个别作品新意不足，质量有待提升。比如"跨界融合"作品，从艺术形式、表达主题、创作思路等方面看，模仿和重复现象严重，新意不足，思想内涵不深，现实意义挖掘不够。创新需要主创团队具备客观历史视野，对同类体裁作品做梳理、总结和对比，不断明确和提升自己作品的创新点。其二，现有创作机制需要进一步完善。首先，一些大型跨界作品，在完成规定场次的国内巡演后，并不能以小乐队、室内乐或音乐会形式继续演出。一部作品若是只为迎合特定主题，而无使之成为永远流传的信念和品质，意义便大打折扣。其次，国家的资助包括国有院团、高校等事业单位用于创作的经费，的确为创作提供了重要保障，但仍有个别作曲家为了拿资助而创作，或者创作仅仅是为了完成任务。在现有音乐机制下，创作质量不能百分之百被保障，一些作品在现有评价语境和多元评价标准中，也很难形成客观、公允的定位，不利于健康创作环境的形成，更限制了优秀作品的诞生。

中国的音乐创作类型和演出市场需要百花齐放、百家争鸣，需要有面向不同主题、不同观众的作品。我们在总结既有成绩的同时，也需要客观看待和尊重每位作曲家的创作和演奏家的表演。在多样性的全球文化语境中，在弘扬中华优秀传统文化的时代要求下，我们的创作和演出需要立足传统、开拓创新，需要继续坚持"以人民为中心"的创作宗旨，坚持正确的舆论和价值导向，需要深入生活、扎根人民，需要关注时代、关注社会，从中挖掘取之不尽的素材和资源。只有这样，才能创作出让人民满意的作品，而只有让人民喜闻乐见，作品才能留得住、传得开，才有可能成为时代新声而广为流传。

三、有待升级与变革的流行音乐、音乐产业与音乐教育

2018年度的流行音乐与音乐产业，总体表现出影响力不断扩大、产业不断升级的进取态势。一方面，随着我国流媒体（streaming media）的发展，无论其受众还是传播均已达到国际水平；另一方面，就音乐内容而言，无论是"电子音乐"等流行新形式，还是各类网络综艺节目，高品质的音乐作品及原创人才依然匮乏。平庸之作频现、文创动力不足是制约2018年度流行音乐和音乐产业发展的瓶颈。在国家系列教育政策与方针的引领下，包含音乐在内的美育素质教育地位不断提升，音乐教育期待迎来新的发展变革。

（一）亟待规范与升级的流行音乐

电子音乐（electronic music，俗称"电音"）具有科技感、未来感。它带来了新鲜的声音，拓展了流行音乐的想象空间，属于"潮一代"的城市音乐文化。2017年的流行文化中，电音已经有多场中小型演出。2018年伊始，三亚ISY大型国际电音节在元宵节上演，随后上海则将全球三大电音节之一的EDC引入国内。"艾媒咨询"数据表明，2018年国内电音用户达到3.5亿，电音节活动升至150场，线上播放量达到2800亿次。如此广阔的市场前景，为这一新音乐形式的流行提供了良好空间。腾讯视频年末的网络综艺《即刻电音》便把电音带到大众面前，同时"乐杜鹃"等电子音乐节也包括了教育培训计划。

然而，与国际较为成熟的电音创作和国内广阔市场相比，2018年度该领域发展中表现出的根基不牢靠、缺少厂牌、缺少技术引领者等不足，亦值得充分重视。例如，国内最早的"风暴电音节"的运营主体唐艾公司因资本乱象被查处；湖南卫视在春季招商会上主打的"中国首档电音竞演音乐选秀"，终因主持人、厂牌代理人、嘉宾皆与电音无关而在主流媒体失声。

网络综艺节目方面，主打男团的网络综艺节目《偶像练习生》期均播放超2亿人次，专注女团练习生的《创造101》期均播放更达到5亿人次之多。然而，如此庞大的受众人群并未使音乐综艺摆脱

集体困境的尴尬。《中国好声音》《明日之子》《跨界歌王》《蒙面唱将猜猜猜》等，也未能延续往昔的辉煌而迅速退潮。传统电视综艺节目不仅被流媒体挤在后面，且确实没推出有质感的音乐作品。2017年的说唱，2018年的电音，中国流行音乐为大众带来了新品种，但没有带来新品质。流媒体传播的便利让全民都可能成为歌手，但是大众基本音乐素养的匮乏，使中国流行音乐的底线不断下探。尽管我国已全面实行九年制义务教育，高等教育也已普及化，然而对专业音乐人和国民音乐素养的影响尚未充分显现。

网络直播和短视频领域的情况与综艺节目类似。这类流媒体的用户量巨大，尤其是2018年爆发的以抖音和快手为代表的短视频平台，能够短时间内传播大量流行音乐（号称“15秒制造爆款音乐”），超过以前唱片公司对音乐的推广能力，也让一些“网红”崭露头角。值得注意的是，2018年度社交类型音乐APP“动次”的出现，表现出科技界的一次努力。这是一款深入到创作、演奏、制作及乐队合作层面的音乐应用，希望能成为创造音乐佳作的新契机。

2018年年初，继《我爱摇滚乐》《滚石·音像世界》《摩登天空》《音乐天堂》《口袋音乐》之后，有着“中国《滚石》”之称、专推国内外摇滚音乐的杂志《通俗歌曲》宣告停刊。至此，代表流行音乐界精英行动的国内所有大型音乐杂志全部停办。

2018年的中国流行音乐领域，流媒体已成为具有世界影响的媒体形式，它需要高品质的音乐人才和音乐作品来与之匹配。投资人和音乐企业面对市场的浮华，需沉下心来冷静思考，以应有的社会担当将提升流行音乐文化品质放在首位。流行音乐最大的问题是教育问题。学校是当代社会文化提升最主要的渠道，但流行音乐在专业音乐教育中一直被边缘化，很大程度上制约了创造、表演与制作水平的提升。在当前学校的素质音乐教育中，重形式、走过场的情况还很多，学生审美能力的培育需要回归。未来的流行音乐教育不仅要进入学校系统，更需要高素质的师资队伍与之相配，这是提升流行音乐文化质量的切实之途。

（二）保持进取的音乐产业

2018年度的音乐产业发展，主要体现在短视频领域。流媒体虽然已经成为音乐传播的主渠道，但是其盈利能力并不乐观。全球最大的流媒体音乐公司Spotify也未能免于亏损，经营状况不如中国的QQ音乐、网易云音乐。2018年，中国音乐类流媒体企业不仅在盈利，而且在规模与影响力上也居于头部，这里面短视频功不可没。

2018年，短视频在世界范围内成为继音频、视频、音画后的又一主流媒体。中国进入短视频领域较早，技术方面占领高位。日本唱片公司Avex向抖音提供2.5万首音乐作品，以提升在中国与国际上的知名度；9月抖音国际版“TikTok”在美国的安装量超过Facebook，在所有APP中排名第一；快手则在俄罗斯和韩国等地拔得头筹。

Muse、奶糖等小公司也借短视频，在优势网络音乐平台中分得一杯羹。音乐平台亦不会错过短视频功能。网易云音乐、QQ音乐、酷狗音乐、酷我音乐、虾米音乐等音乐平台继2017年的版权之争后，2018年在短视频阵地“短兵相接”。短视频成为音乐推广最重要的平台，它不仅成本低，而且用户基数大、传播范围广、互动及时。但是如前文所述，短视频主打社交娱乐，很难在音乐方面深耕细作。短视频上的音乐大多只是背景，制作粗糙。所以有必要继续追问：“我们的车上载的是什么？超车后能做什么？”

与短视频相比，2018年度电视音乐综艺表面上虽更繁荣，但平均收视率已跌至1%以下。电视媒体的优势越来越不明显，被网络音乐综艺全面超越——网络视频除了收看方便、易于参与、盈利手法多，如今在流畅度、清晰度上也已不输电视。

与之相伴的是音乐综艺领域的龙头企业“灿星”辉煌不再；实体KTV的春天遥遥无期；Live House虽增长迅速，然而也难以再现当初KTV的体量；“全民直播”曾经在2016年和2017年风头无两，2018年却被曝拖欠工资，上百名主播离开，网站无法打开；音乐培训领域同样乱象丛生。音乐产业部分行业散乱无序，缺乏自律，亟待规范升级。

但总体而言，2018 年的音乐产业基本呈现保持进取的态势。

第一，版权意识增强。2 月，国家版权局协调腾讯音乐与网易云音乐相互授权网络音乐版权，达到各自独家音乐作品数量的 99% 以上；3 月，网易云音乐与阿里云音乐达成版权互授协议。音乐平台的合作越来越成熟，表现出多元、互动、高体验、国际化及差异化竞争的特点。

第二，拓展产业链。2 月初，腾讯音乐娱乐集体联手索尼音乐成立电音厂牌（Liquid State），是在 2017 年音乐人支持计划之上的升级，涉足生产环节；腾讯旗下的酷狗音乐中标广州天河文化艺术中心大剧院，试水剧院运营；腾讯还和浙江广电合作，实现"台网联动"；腾讯音乐人还落地了"原力音乐节"。与此类似，斗鱼的音乐盛典也把音乐演出落地。

第三，产业场景化。音乐不再只是音响意义上的音乐，各个音乐平台都在打造泛音乐的情感、社交、娱乐场景，不仅有线上也有线下，也不乏全景的沉浸式装置艺术体验。这个场景需要尊重词曲创作者，网易云音乐和内容创作者共享收益，使其具备了长期竞争的底气。

第四，收割粉丝利润。从《超级女声》到《创造 101》，13 年来中国的粉丝经济从萌发走到全面爆发。《创造 101》在 6 月 18 日应援集资达到 3000 万元，SNH48 总选的集资则超过 7000 万元，各种打榜、应援、线下活动，公司出单曲都可以通过粉丝来"众筹"。

第五，制造音乐之城。湖南卫视的《幻乐之城》不剪辑、现场不中断颇具诚意，节目具有一定剧场特点和导演实力。成都则努力在把"音乐都市"落实，街头艺人招募工作已经完成，其他还有四大音乐园区、五处音乐小镇在建。

第六，关注云端。科技改变生活习惯。移动媒体的功能越来越强大、体验越来越优良，机体和信道租费更低，网络"云端"越来越重要。城市和音乐人的关系变得若即若离，互联网越来越深地改变音乐存在方式，从而改变音乐。越来越多的独立音乐人从城市空间转到云端。即便云端不能代替现实，也在改变现实空间，要求其增加和云端联结的新途径。

随着中国媒体国际音乐传播能力的增强，音乐内容的老问题越发突出。音乐产业主要还是资本的传统运营模式，少见音乐和文创手法。有内容没有营销不行，有营销没有内容更不行。当前音乐产业一直都集中在短期营销方面，缺少对内容的关注，而行业的不规范性更加剧了这种倾向，商家需要认真考虑为顾客创造真实的价值。彼得・德鲁克说，鞋子才是真实的，利润只是结果。站在改革开放 40 周年的历史节点，可以清晰地看出社会的开放还要继续深化。对于音乐产业而言，应在"引进来"的同时不忘"走出去"，在"走出去"的行动中倒逼国内音乐产业改革。

（三）临近变革的中国音乐教育

2018 年是全面贯彻党的十九大精神的开局之年。2018 年排位第一的教育界大事是在教师节当日开幕的"全国教育大会"。这是改革开放 40 年以来的第五次全国教育工作会议，也是中国第一次"全国教育大会"，是规格最高的教育工作会议，中共中央总书记、国家主席、中央军委主席习近平发表重要讲话，在京中共中央政治局常委、委员出席会议。此次会议具有清晰的针对性，其主旨、主题、核心任务和根本要求都是人才培养、立德树人。习近平总书记指出："扭转不科学的教育评价导向，坚决克服唯分数、唯升学、唯文凭、唯论文、唯帽子的顽瘴痼疾，从根本上解决教育评价指挥棒问题。"以"顽瘴痼疾"来定义"五唯"，既指出问题的严重性，又彰显了党和政府解决问题的决心。

这次会议之前教育领域已经动作频频。党的十九大报告决定"优先发展教育"；2018 年伊始，中共中央、国务院出台《关于全面深化新时代教师队伍建设改革的意见》，重申"遵循教育规律和教师成长发展规律"；2 月，教育部提出《关于在教育系统大兴调查研究之风的意见》，把 2018 年定为教育系统"调查研究年"，写好教育"奋进之笔"；3 月，教育部、国家发展改革委等五部门联合颁发《教师教育振兴行动计划（2018—2022 年）》，"以提升教师教育质量为核心，以加强教师教育体系建设为支撑，以教师教育供给侧结构性改革为动力，从源头上加强教师队伍建设"；6 月，教育部"新时代全国高等学校本科教育工作会议”后印发《关于加快建设高水平本科教育 全面提高人才培养能力的意见》（“新时代高教 40 条”），“改革教师评价体系，引导教师潜心教书育人，享受得天下英才而育之的职业幸福”；9 月，教育部提出《关于实施卓越教师培养计划 2.0 的意见》，“对学科课程与教学论教师实行倾斜政策”；等等。

全国教育大会之后，教育部党组下发《关于认真学习贯彻全国教育大会精神的通知》，要求各省、自治区、直辖市教育部门及部属、部省合建高等学校党委认真做好学习贯彻全国教育大会精神的各项工作，成立“百人宣讲团”全国宣讲。到 2018 年年底，大会精神已经按要求传达到地方普通高校、中小学的普通老师。其间，科技部、教育部等还联合下发了《关于开展清理“唯论文、唯职称、唯学历、唯奖项”专项行动的通知》。这些举措对于音乐教育“回归教育”有着重要的指导意义。

在上述背景下，2018 年的美育与素质教育不断崛起。首先是地位不一样。8 月 30 日，习近平总书记回信中央美术学院八位老教授，在致以诚挚问候的同时，就做好美育工作、弘扬中华美育精神提出殷切期望。10 月，教育部主办第一届全国普通高校美术教育专业本科学生基本功展示活动。11 月，教育部办公厅印发《关于公布 2018 年全国普通高等学校音乐、美术教育专业本科学生基本功展示各项目评选结果的通知》，这是历史上第一次在此种规格上印发评选结果。其次是侧重不一样。2 月，教育部公布第二批 1035 所全国中小学中华优秀文化艺术传承学校，传承项目包括戏曲、民族民间音乐、民族民间舞蹈、书法与篆刻、民族民间美术、传统手工技艺等多种类型。其中各级非物质文化遗产项目占比近 55%。2018 年度教育部还主办完成了全国第五届大学生艺术展演活动，活动“坚守中华文化立场，传承中华文化基因，展现中华审美风范”。再次是力度不一样。2 月，中共中央办公厅、国务院办公厅印发《关于分类推进人才评价机制改革的指导意见》，要求各地适应中小学素质教育和课程改革的新要求，建立充分体现中小学教师岗位特点的评价标准。这里严禁简单用学生分数和升学率来评价中小学教师，而是重视教师的教育教学方法、教书育人工作业绩和一线实践经历。

中小学在大力提倡美育、素质教育，音乐教育的地位明显上升，以上文件与活动将对未来音乐教育产生重大影响。但是问题依然存在，大学教育不改革，从音乐院系毕业的老师能够胜任吗？音乐院系是中国音乐教育的枢纽，是中国音乐教育最大的“供给侧”。这里向上影响中国音乐教育的政策和活动实施，向下输送基层音乐教育工作者，向周边高校和研究机构提供音乐教师和音乐研究工作者。

2018 年不能说音乐院系没有触动和改变，但与实现改变所应带来的触动相比，未来仍有很长的路要走。一系列问题有待我们思考和解决，如果音乐院系的多数生源本就缺少人文修养，那么未来如何以高尚师德、学识风范影响和感染学生？如果音乐院系的多数生源本就不具备基本乐感，那么未来如何以乐育人？如果多数音乐院系（包括师范院校中的音乐院系）都以音乐表演为核心，忽视教育能力和教学方法，那么未来如何培养出合格教师？如果多数音乐院系仍以西方音乐话语体系开展教育，那么未来将如何继承和传承中华音乐文化基因？

如果说原来中小学缺少音乐师资，那么现在中小学缺少的则是合格音乐师资。目前，中西部地区的农村中小学还缺少音乐教师，招进来的音乐教师有的被用来教非音乐的语数外课程。全国教育大会承诺提高教师工资，与工资提高相应的是入职音乐教师的素质，与素质一起提高的还有生源水平和音乐院系教育水平。当前，中国经济动能正由投资拉动向消费拉动转变，也就是说，中国高等教育要从规模扩张往供给质量提升转变，不需要再新开设音乐院系，而是把一些教育质量低下、与社会发展脱节的音乐院系淘汰掉。音乐教育的发展需要某些音乐院系或专业优胜劣汰，部分占用的资源应被其他更好的音乐院系或专业吸收，否则就无法实现整体的升级和改善。

四、创新理念引领下的音乐学术研究

2018 年，中国的音乐学术稳步推进、持续深化，尤其在传统音乐、民族音乐学、音乐史学等领域，在国家整体文化发展的宏观理念引领下，各学科的学术理念和研究方法不断更新，个案研究与学

理研讨相互促进，总体呈现扎根传统、观照当下、开掘理念、引领未来的发展局面。当然，音乐学研究中的某些“短板”，囿于现实各种条件，整体水平与其他各专业发展相比仍有差距，需进一步完善提升。下面从“构建中国音乐话语理论体系”及传统音乐与民族音乐学研究、中西音乐史学研究、作曲技术理论研究等方面，综述本年度音乐理论发展概况。

（一）“构建中国音乐话语理论体系”的自觉实践

音乐学术领域在创新理念引领下的进一步发展，首先表现为对“构建中国音乐话语理论体系”的自觉实践和深化拓展。2017 年 11 月，中国艺术研究院音乐研究所曾与中国音乐家协会理论委员会和浙江师范大学音乐学院，联合举办“首届中国音乐理论话语体系学术研讨会”，提出建构中国音乐自己的理论话语体系的宏大构想，并计划未来从不同领域和视角，分门别类地对中国音乐艺术展开系列性、系统性研究，从诸多层面共同构建中国音乐理论话语体系。这一呼吁在学界引发积极响应和热烈探讨。

2018 年度，中国艺术研究院音乐研究所继续联合中国音乐家协会理论委员会，举办了“第二届中国音乐理论话语体系学术研讨会”。本届研讨会设有两个专场：第一场以“音乐表演理论”为主题，与河南师范大学音乐舞蹈学院合办；第二场以“民族音乐理论”为主题，与福建师范大学音乐学院和福建师范大学海峡两岸文化发展协同创新中心合办。“音乐表演理论体系”专场研讨，提出中国音乐表演理论话语的深层内涵、中国音乐表演的流派风格与系统、中国音乐表演的历史与审美、中外音乐表演理论比较、音乐表演与创作的关系等议题，包含理论建构与反思、中国音乐史、民族声乐、民族器乐、传统音乐、戏曲曲艺六大板块，旨在对不同类型的表演理论做个性化诠释的同时，从多学科视角就不同传统音乐表演领域的个性与共性问题展开深入研讨，总结历史、联系当下、认真梳理，最终在历时与共时、个案与整体相结合的语境中，取得对传统音乐表演理论话语体系的明确认识。

例如，项阳研究员认为，应当从整体架构关注中国音乐理论话语体系下的表演话语体系，从国家用乐逻辑起点进行梳理，从仪式用乐和非仪式用乐，或称礼乐和俗乐两条主导脉络整体把握。赵塔里木教授认为，应当厘清建设中国音乐表演理论话语体系所依据的资源，即音乐实践经验资源与历史文献资源，应该在中国 5000 年历史脉络、960 万平方千米的各个区域，以及 56 个民族的共同创造中进行挖掘、整理、归纳。秦序研究员对以往研究者只见（或只重）“艺术”而忽略“表演”这一问题进行反思，指出中国传统音乐多是民间性集体创作，是一种“活态”生存，具有更大的表演自由和发展空间，更多样、更活跃，也更有创新性。

戏曲艺术与民族声乐方面，张刚研究员从创作者、表演者与欣赏者的相互关系视角，对戏曲音乐美学“对象的艺术”问题进行讨论，以“村讴俚唱”“时曲俗歌”“文人雅唱”等为例，提出戏曲音乐的最基本属性是平民音乐，但由于对象不同而有不同的审美特征。孟玲教授首先分析当前院校声乐教育存在的问题，认为声乐教育不能从理论到理论，培养好演员是声乐教育的目的和任务，而好的声乐教育则必须重视舞台实践。许讲真教授提出中国歌唱艺术的顺声、阻声两种发声技术，并就“字”的表现手法及特殊演唱技巧进行分类说明。

民族器乐方面，丁承运教授探讨了日传唐筝谱《仁智要录》卷首载有“调子品”的筝调调弦方法与调弦小曲，认为其体裁与晚唐陈康士所创制的古琴“短章引韵”异曲同工，并对自《调子品》到古琴《调弦品》《调品》《调意》及“神品、妙品”《调意》的借鉴、传承与流变问题进行了辨析。张维良教授以其创作的《花泣》为例，认为民乐创作离不开民间音乐的土壤，表演专业需要向民间学习，由此进一步认为中国民族器乐表演传承需要加强理论建设。[①] 本次会议聚集了来自音乐理论界及表演艺术领域的近百位学者、艺术家，大家齐聚一堂、广泛交流，共同深入探讨这一重大理论问题。

在福建师范大学举办的“中国民族音乐理论话语体系”专场研讨会中，项阳研究员对中国传统乐

① 以上综述，参见胡斌《继往开来创新声——第二届中国音乐理论话语体系（表演理论）学术研讨会评述》，《中国音乐学》2019 年第 1 期。本次会议的详细情况，亦参见此文。

学的内涵和边界做了深入探讨，指出当下学界认知的乐学多为乐本体之学，但中国传统意义上的乐学具有学科门类的整体意义，将围绕乐所产生的系列文化现象等一切范畴涵盖在内。当下欲全面认知中国乐文化传统、把握中国传统乐文化整体，需要打破固化思维，回到中国乐文化的逻辑起点，在接通和分类的前提下整体考量。王耀华教授等立足《中华大典·艺术典·音乐艺术分典》的编修工作，辨析古今音乐类书体例、分类、内容的不同特点，指出既需要承继、接续历代类书的优良传统，又需要借鉴和参照现代学理、目录分类方法，根据音乐学科内容的实际情况有所创新，将经整理的古籍资料尽可能纳入现代音乐学科分类体系，构建传统音乐理论话语体系的古代文献基础。

再如，杜亚雄教授以"压上与隔凡""五调朝元""尺五尺、六工六""凡上商为变"等为例，展示了将中国传统乐理中有关旋宫犯调、旋律发展等研究成果运用于作曲实践的途径。张伯瑜教授指出，中国传统音乐理论体系具有很强的实际操作层面的意义，体现出中国传统音乐的美学特性；只有从音乐实践中总结，并付诸音乐实践检验，中国传统音乐理论话语体系的构建才有可能实现。在为期两天的学术研讨中，来自全国各专业院校和科研团体的数十位学者，针对中国传统音乐理论话语体系的元理论基础及音乐文献学、形态学、学科方法论等问题，从多层次、多角度对传统音乐理论话语体系展开深入交流，凝聚共识，深化专题研究，取得了较为丰硕的成果。[①]

党的十八大以来，习近平总书记多次强调，要坚持走中国特色社会主义文化发展道路，建设社会主义文化强国。党的十九大报告更把坚持文化自信作为习近平新时代中国特色社会主义思想的重要内容，强调"文化自信是一个国家、一个民族发展中更基本、更深沉、更持久的力量""没有高度的文化自信，没有文化的繁荣兴盛，就没有中华民族伟大复兴"。"中国音乐理论话语体系"系列学术研讨会的举办是音乐理论界进一步落实党中央文艺工作意见，深入贯彻习近平总书记在哲学社会科学工作座谈会上的讲话精神的重要举措，也是中国音乐各领域立足传统、深化发展，在自身理论话语体系建构中不断彰显"中国人的思路、风格和气派"[②]的重要实践。

（二）方法论观照下的传统音乐与民族音乐学研究

2018 年度传统音乐与民族音乐学研究方面的成果，首先体现在基于民族音乐学视野的系列新理念、新方法的提出与论证，如"音乐与文化认同研究""应用民族音乐学研究""音乐（表演）民族志理论与实践"等。学者以上述理念为依托，立足中国传统音乐开展扎实的个案实践，使民族音乐学和传统音乐各领域研究不断深化，获得了诸多丰硕成果。

音乐与文化认同研究方面，学者们结合跨学科理论思维，针对传统音乐的分类问题，以及少数民族田野个案，论证音乐文化的认同与建构问题。杨民康的《中国传统音乐分类法的方法论转型及文化认同特征》（《民族艺术》2018 年第 5 期）提出：由早期的"民间音乐五大类分类法"到中期的"传统音乐四阶层分类法"，再到如今兼具文本间性和主体间性视域的新的音乐分类与研究实践，不仅体现了由以对象为中心到兼涉自我—对象主体，亦即由音乐分析思维到民族音乐学分析思维的转型和变革，而且还反映出传统音乐文化实践应用过程所包含的隐喻性文化含义、身份与文化认同因素及其阶序划分特征。以此为对象的"再研究"则体现了由艺术学（史）到文化学（史），再到学科学、学术史的完整思考和环链分析过程。赵书峰的《移动的边界 身份的变色龙——冀北丰宁满族"吵子会"音乐认同变迁的历史人类学研究》[③]一文运用历史人类学的研究理念，对冀北丰宁满族"吵子会"音乐的族性建构与音乐认同的变迁轨迹等问题做了较深入的分析阐释，是 2018 年度该领域的代表成果之一。

---

① 以上综述，参见郑俊晖《砥砺前行谱新篇——第二届中国音乐理论话语体系（传统音乐）学术研讨会述评》，《中国音乐学》2019 年第 1 期。本次会议的详细情况，亦参见此文。

② 黄翔鹏：《中国人的思路、风格和气派——一个古代音乐史研究者在艺术与科学之间看到的中华炎黄文化之民族特点》，载《中国人的音乐和音乐学》，山东文艺出版社 1997 年版。

③ 赵书峰：《移动的边界 身份的变色龙——冀北丰宁满族"吵子会"音乐认同变迁的历史人类学研究》，《中国音乐》2018 年第 1 期。

应用民族音乐学理论是当下民族音乐学和传统音乐学界关注的热点问题之一。

如何运用其理论为传统音乐文化的保护、传承与可持续发展提供可参考的理论支持，是摆在民族音乐学界的重要问题，换言之就是如何结合“田野回馈”为研究对象的文化生态保护与地方民俗旅游经济发展及构建和谐社区做出实质性的学术贡献。

7月，中央音乐学院举办了“国际传统音乐学会第六届应用民族音乐学（AE）国际研讨会暨第二届音乐、教育和社会融入（MESI）国际研讨会”，与会学者从“对于文化可持续性方法的（批判性）反思”“应用民族音乐学和权力结构”“正规和非正规学习”“应用民族音乐学的方法论”四个议题展开学术互动。其中的“应用民族音乐学圆桌会议”上，国际传统音乐学会应用民族音乐学研究组主席辉伯·西博思，以及安东尼·西格、斯文尼博·帕顿、张伯瑜、萧梅、喻辉等出席，集中讨论了“什么是应用民族音乐学——应用民族音乐学在全球的意义与实践”等话题。

音乐民族志理论方法与写作，尤其是音乐表演民族志的理论，是当下中国民族音乐学研究的重点。音乐表演民族志文本的书写，强调从静态的音乐本体的结构分析走向注重表演文本生成过程（“以表演为中心”）的记录与描述。中国音乐学院音乐研究所主办了“2018音乐民族志方法与写作学术研讨会暨教学工作坊”，来自北京大学、中山大学、中央民族大学、中央音乐学院、上海音乐学院等的人类学家、民族音乐学家以“音乐民族志方法与写作”为主题，针对“音乐民族志研究方法”“音乐民族志与民族音乐学理论”“音乐民族志课程与教学实践”“音乐民族志写作与研究设计”“中国音乐民族志的发展与实践”等议题展开跨学科交流。音乐学界围绕“一带一路”音乐文化议题，运用历史文献、图像考古资料、田野实践等多重证据，继续从多层面、多角度深化丝绸之路传统乐舞艺术研究。7月，中央音乐学院召开东方文化研究计划——“‘丝绸之路’音乐融合与创新研讨会”，来自世界各地的学者针对“中国音乐中的丝绸之路元素”“丝绸之路沿线国家传统音乐及其相互交融”“西方音乐中的丝绸之路元素”“‘一带一路’音乐的教育、传播与创新”等议题展开讨论。11月，上海音乐学院主办“ICTM专题研讨会：丝绸之路上的复合簧管乐器”，各国演奏家与音乐学家针对“丝绸之路”上的复合簧管乐器与“丝绸之路”的历史关联，从曲目分析、演奏技术、移民音乐、文化变迁、表演的音乐性和社会性等方面，结合乐器学、地理学、历史学、民族音乐学等理论展开讨论。12月，浙江音乐学院主办“第二届丝绸之路乐舞艺术高端学术论坛”，学者们结合历史文献、考古资料、乐器实物、传统音乐等材料，运用音乐考古学、民族音乐学、美术学、舞蹈学等学科方法，针对“陆上与海上‘一带一路’乐舞文化”展开深入研讨。

2018年度，传统音乐研究领域还举办了其他议题的系列学术会议，涉及传统音乐的传承与流变、民族民间歌唱实践、传统音乐教学与学科建设等诸多主题。代表会议如7月在沈阳音乐学院举办的“中国传统音乐学会第二十届年会”，9月在云南师范大学音乐舞蹈学院（昆明）举办的“首届中国传统暨民族民间歌唱方法研讨会”，11月在四川音乐学院举办的“第七届中国传统音乐教学与学科建设研讨会”等，都是2018年度传统音乐研究不断深化拓展的重要活动。

基于传统音乐和民族音乐学2018年度概况，未来该学科发展应充分考虑如下问题：第一，继续加强历史与田野互动性质的“历史民族音乐学研究”，要走向历史田野，重回历史现场，展开“历史文本”“历史事实”与田野资料互证性质的历史民族音乐学研究，充分运用音乐口述史访谈策略，结合深度田野工作与叙事学理论，加强音乐口述史信息的可靠性、稳定性与真实性问题，以及音乐口述史的方法论、本体论研究。第二，运用“传统的发明与本土音乐文化的重建”思维，重点开展“非遗”语境中的传统民俗节庆音乐文化认同的多层级建构研究，以及少数民族音乐族性建构与音乐变迁的思考。第三，继续加强应用民族音乐学的理论与实践研究，为传统音乐文化生态保护与可持续发展提供更多支持。第四，民族音乐学界应继续加强民族音乐学的“中国实践”（中国经验）相关理论研究，为构建中国音乐话语理论体系做出应有贡献。

（三）以本体为中心不断拓展的中国音乐史学

2018 年度，中国音乐史研究立足传统不断深入，研究视域不断扩大，史料进一步开掘，研究方法呈现借鉴、融合的特点，集中表现为立足传统的乐律学研究、关注前沿的音乐考古研究、不断拓展的音乐文献整理、结合实践的古乐重建探索及基于史料钩沉的断代史和专题史研究等方面。

2018 年度的乐律学研究成果多集中于对宫调理论的探讨。学者一方面在古今联系视角下关注活态传统音乐，从中探寻历史遗存并与文献互证；另一方面还重视横向对比，即在不同乐种或同名乐曲间寻找共性，探索音乐历史面貌。如李玫的《半字谱的前世今生——西安鼓乐与南音谱字系统及宫调关系》(《中国音乐》2018 年第 3 期）立足半字谱的历史演化，进而延伸至西安鼓乐与南音谱字系统和宫调关系的研究，丁承运的《论楚商》[《黄钟（武汉音乐学院学报）》2018 年第 3 期］对楚商调的探讨等。与此同时，学者还在考辨古籍文献的基础上，结合乐谱译解和考古资料运用，对既有乐学理论的合理性展开论证，使其获得进一步阐释，相关研究如孙晓辉的《论楚国乐律的自成体系及其乐学实践》[《黄钟（武汉音乐学院学报）》2018 年第 3 期］、李宏锋的《含英咀华　聚沙成塔——从两例古谱译解看“同均三宫”理论的实践意义》(《音乐研究》2018 年第 2 期）等。

2018 年正值曾侯乙编钟出土 40 周年，相关系列活动在武汉音乐学院举行，包括“编钟乐舞艺术实践展”“纪念曾侯乙编钟出土 40 周年学术研讨会”及编钟音乐工作坊，研讨内容涉及曾侯乙编钟本体研究、曾国音乐考古新发现及研究、乐律学相关研究等多个方面，展示了曾侯乙编钟出土 40 年来相关研究的新进展。一些成果集中于学科理论或实践方法探讨，表现出音乐考古学科日益成熟的发展趋势。例如，王子初的《论音乐考古学研究中类型学方法的应用》[《黄钟（武汉音乐学院学报）》2018 年第 3 期］一文，提出应在音乐考古学研究中合理有效地应用考古类型学方法；韩宝强的《如何评测编钟的音乐性能》[《黄钟（武汉音乐学院学报）》2018 年第 3 期］一文，则根据影响编钟音乐性能的音色、音准、音域等因素，提出编钟测评的具体方法，为考察编钟音乐性能、铸造性能优良的新编钟提供参考。另外，2018 年度的音乐考古研究还密切关注考古前沿成果，显示出音乐学界对新材料的重视。王清雷等的《试论海昏侯刘贺墓编钮钟的编列》(《音乐研究》2018 年第 5 期）一文，通过考释海昏侯墓编钮钟器型、纹饰、音列等，进一步探讨了该套编钟的编列特征。

文献史料方面，2018 年度研究范围有所拓展，域外音乐史料得到进一步重视。严晓星的《日藏明代孤本〈清湖琴谱〉版本及流传考辨》[《南京艺术学院学报（音乐与表演）》2018 年第 3 期］对日本所藏明代琴谱《清湖琴谱》的流传及收藏情况做了考察。王小盾等的《从〈体源钞〉看中国典籍与日本乐书的关系》(《音乐文化研究》2018 年第 1 期）对《体源钞》中的引文进行版本对校和诸书他校，指出其征引方式及历史价值。此外，断代史料研究也趋深入，温显贵的《清代乐论史料述论》(《中国音乐学》2018 年第 1 期）、齐易的《珍贵的清代音乐史料——李声振的〈百戏竹枝词〉》(《中国音乐》2018 年第 1 期）、郑俊晖的《清代乐书考辨十二则》(《音乐研究》2018 年第 2 期）等成果，表现出学者在清代乐论梳理、挖掘、考辨方面取得的新进展。

立足实践的古乐重建探索，也是 2018 年度音乐史学成果之一。林晨和陈忱的琴箫合奏专辑《琴韵箫声忆故人》(中华书局 2018 年版），对清代琴谱中《琴谱谐声》《指法汇参确解》及民国《今虞琴刊》中有关琴箫合奏文献进行释读，分析近 200 年来在琴箫合奏中洞箫的尝试与演变，并通过演奏开展学术实证研究，是一次“HIP”(Historically Informed Performance，意译为“基于历史文献的演奏”）的有益尝试。断代史研究方面，中国艺术研究院音乐研究所主办的“魏晋南北朝音乐文化研讨会”，特邀文学界、史学界专家与音乐学者共同研讨，使该时段音乐史研究不断深化。

近现代与当代音乐研究领域，新史料进一步开掘，在音乐史学史、人物与创作、史实考辨等方面取得系列成果。其一，尚未得到学界充分重视的音乐家不断走入研究视野；其二，以人物生平事迹梳理为中心，以小见大，探究其所处时代的音乐生活，进而彰显历史人物价值；其三，更为综合深入地探讨作曲家的创作，如对马可歌剧创作的回顾、对冼星海实验性新技艺的研究等。[①] 基于国内外相关史料发掘及视角更新，音乐史实考辨也有一定进展，更多近现代历史细节呈现出来，弥补了以往宏观叙事中的某些不足，拓宽了音乐历史空间。借助民族音乐学视角，将音乐史实置于文化语境中做多维度阐释，也是2018年度近现代音乐的研究趋势之一。[②]

此外，关于“口述音乐史”资料的采编、建设问题，陈荃有的《对音乐口述资料采编的实践与思考》(《中国音乐》2018年第3期）等多篇成果参与研讨。

整体而言，2018年度中国音乐史各领域研究不断深化，呈现较好的发展态势。未来该学科发展中，应进一步考虑如下问题：第一，继续加强史学理论与音乐实践的互动关系，充分运用古今联系与横向对比，使音乐史诸问题获得深入探讨；第二，努力借鉴友邻学科研究方法与成果，加强与文史学界的交流合作，吸收其在理念、方法等方面的新经验；第三，不断完善与音乐历史相关的社会史、文化史等宏观研究，从整体上把握中国音乐史发展本质与规律；第四，继续拓展研究视域，重视国外相关史料及学术理念与成果，不断充实完善中国音乐史学研究。

（四）国际学术视野下的西方音乐与作曲技术理论研究[③]

2018年，有关西方音乐（史）的研究呈现全方位、多视角的探索视域。研究学者不仅积极把握国际最新学术动向，还在跨学科交叉研究方面获得较为明显的突破。

学者们以更为开放的姿态融入国际学界，以独特的视角面对西方音乐，在音乐史元理论、历史编纂理论、学科方法论及国外权威著述引介等方面，都取得一定进展。2018年度音乐史元理论热议的话题，主要集中在美国音乐学家塔鲁斯金《牛津西方音乐史》的编纂方法与视角等方面。塔氏治史的宏观视角、主观论断与批评性介入等，均引起国内学者的思考与关注。代表成果如杨九华的《塔鲁斯金历史文述中的捷克音乐家——兼谈其对民族乐派的态度》(《音乐文化研究》2018年第3期)、班丽霞的《塔鲁斯金音乐后现代主义叙事的逻辑与内涵》(《音乐研究》2018年第5期）等，预示了我国西方音乐史学进入接纳新思路、新维度、新视角、重反思的新阶段。德国史学家达尔豪斯提出的“音乐结构史”，倡导恰如其分地融入美学与史学多维度阐释思维，2018年仍持续受到国内学界关切，如“2018·成都·音乐史学方法论与学科新视野国际学术研讨会”上涉及达尔豪斯治史专题的发言，对其辩证接纳、合理探求，有助于在新旧方法论结合中找到新的思路和方向。

方法论方面，2018年度西方音乐史学更注重跨学科视域下的交叉融合，深入探寻创作主体及文化空间的思想状态与现实根源。首先涉及的是艺术学内部的跨学科研究，其次是将音乐置于广博的“社会—文化”环境中展开研究。整个学科呈现多元性、多解性、多向性的研究思维，尤以“新音乐学”最为突出，同时在反思中审视以性别主义、女性主义理论解读音乐作品的有效性。此外，跨学科视域下的西方音乐研究，还涉及文学批评、传记学、修辞学、接受美学、比较文学、符号学及心理传记学等，不仅要做到对音乐本体、文化内涵、历史审美等的综合阐释，还要努力揭示西方音乐中的人文精

① 相关成果如沈冬《〈好地方〉的沪上余音——姚敏与战后香港歌舞片音乐（上、下)》,《音乐艺术（上海音乐学院学报)》2018年第1、3期；居其宏《民族歌剧音乐创作范式的奠基人与完形者——马可歌剧创作生涯历史回顾与当代思考》,《音乐研究》2018年第5期；等等。

② 相关成果如吴昊《“育才馆”附设雅乐专修科音乐史事考（1921—1924)》,《中国音乐学》2018年第1期；郭克俭《都市乡韵：婺剧20世纪初沪上搬演新史料人文阐释》,《音乐艺术（上海音乐学院学报)》2018年第1期；宫宏宇《柏林比较音乐学家与中国音乐——以霍恩博斯特尔为例》,《黄钟（武汉音乐学院学报)》2018年第1期；等等。

③ 本节有关西方音乐史和作曲技术理论的论述，分别由首都师范大学宋戚、吴春福教授供稿，特此致谢。

神及生成机制的意义与价值。①

国外学术经典译介方面，杨燕迪教授主编的“六点音乐译丛”推出了美国当代音乐学家特莱特勒教授的《反思音乐与音乐史》(华东师范大学出版社 2018 年版)，将历史、美学与批评融汇一体，做跨文化研究。美国诺顿断代音乐史的《中世纪音乐》(伍维曦译)也于 2018 年由上海音乐出版社出版。这些重要译著的出版，为国内研究者提供了有益参照，对于充实学科体系、拓展学术视野具有积极意义。

总体而言，2018 年国内有关西方音乐史的元理论、方法论探讨，除紧随西方研究动向之外，学者亦站在一定的理论高度，思考并注入“客位”研究主体的学术旨趣。音乐史编纂无论是方法论探索还是治史实践，均凸显并包含了较为明显的理论创见。关于研究视角的反思，学者们不仅从自身文化背景出发，而且放眼国外诸社会学科最新领域，不断找寻中国研究者的独特视野和定位，体现出从“受动性”研究向“能动性”研究的有益转变。跨学科视域与“新音乐学”思潮，使西方音乐研究重心逐渐转向音乐事象辐射的人文语境。正因为历史文化因素对音乐本体结构、内涵、意义的决定作用，固守音乐自在规律的研究最终向其外延历史文化推进，已成为我国未来西方音乐史学发展的必然趋势。

作曲技术理论研究承担着对创作进行实证的任务，不仅对创作实践有直接促进，对音乐史、音乐美学、音乐表演等的健康发展也有不可或缺的支撑作用。2018 年度该领域的发展首先体现在科研项目方面，无论立项数量还是项目级别均创历年最好水平。上海音乐学院徐孟东教授主持的“中国现当代作曲理论体系形成与发展研究”获国家社科基金艺术学重大项目，其他类别的社科基金立项也达 10 项之多，其中重点项目 1 项、一般项目 9 项。作曲技术理论在 2018 年度得到学界重视，从侧面反映出该学科发展质量稳步提升，有助于整个学科健康发展。

其次，专题培训和学术会议等活动为作曲技术理论学科发展助力。2018 年 3 月，“中国音乐学院教学实践公开课暨第一届国际作曲技术理论专题交流季”在中国音乐学院举行，来自中国、美国、德国、奥地利、芬兰等国的专家学者，就 21 世纪作曲技术理论教学、传承发展及在不同音乐文化中的应用等进行深入探讨。6 月，2017 年度国家艺术基金艺术人才培养项目“音乐理论人才培养”在上海音乐学院举行，邀请哈佛大学的克里斯托弗·哈斯蒂 (Christopher Hasty)、普林斯顿大学的德米特里·季莫奇科 (Dmitri Tymoczko)、汉堡音乐与戏剧学院的陈晓勇等一批活跃在国际一线的国内外专家授课，为我国新时期音乐理论人才培养贡献力量。7 月，上海音乐学院举办的另一场培训“国际视野中的音乐创作与理论——2018 年上海市艺术学研究生暑期学校”，主要面向全国各艺术院校在读研究生，助推了该学科健康发展。学术研讨方面，5 月，“中国当代音乐多维研究学术研讨会”在哈佛中心 (上海) 举行，由哈佛大学音乐系音乐理论学科带头人克里斯托弗·哈斯蒂教授领衔，旨在加强哈佛大学与中国作曲家和学者的交流，鼓励围绕作曲技术、音乐理论等热点话题展开多元对话，促进中国当代音乐创作与理论研究的世界传播。10 月，“2018 年全国高等学校理论作曲学术研讨会”在首都师范大学召开，研讨如何加强高等学校理论作曲专业学科建设，进一步推动高校理论作曲的学术研究与教学改革。11 月，“周文中音乐研究中心成立仪式暨周文中国际音乐学术研讨会”在星海音乐学院举行。周文中先生的儿子周渌岩、周疏旼及国内外知名作曲家，分别回顾了周文中的传奇人生、教学理论及对祖国的赤子情怀，对周文中的创作进行了集中研讨。

相比如火如荼的学术活动，2018 年度作曲技术理论方面论著稍显不足。王安国教授的《多声部音乐分析基础》(人民教育出版社 2018 年版) 是代表成果之一。该论著以多声部音乐分析为中心，将作曲理论课程“四大件”中的常识内容，在保持相对独立的基础上加以适度关联和应用延伸，紧扣音乐

---

① 相关成果如韩锺恩《再论在音乐中究竟能够听到什么样的声音——布拉姆斯〈第一交响曲〉第四研究》,《中国音乐学》2018 年第 3 期；宋戚《科尔曼审美批评性音乐学研究理路探赜》,《人民音乐》2018 年第 12 期；邹彦《叙事、隐喻与身份——大卫·莱福考维茨〈听筝〉的一种多视角分析尝试》,《音乐研究》2018 年第 2 期；王旭青《西方音乐修辞理论的自我论域与理论向度——音乐修辞理论与修辞学关系的思考》,《音乐研究》2018 年第 4 期；等等。

教师多声部音乐分析需要，对高校作曲理论课程的整合与创新有积极作用。钱国桢教授的《中国曲艺音乐作品分析》（百花文艺出版社 2018 年版），在一定程度上填补了曲艺音乐创作与分析的不足，为本学科充实提升发挥了重要作用。

五、余论

2017 年，党的十九大报告已经把坚持文化自信作为习近平新时代中国特色社会主义思想的重要内容。以“坚持文化自信，推动文化繁荣”审视 2018 年度音乐发展，如下问题值得重视。

第一，音乐创演有赖健康艺术生态。个别作品在艺术形式、表达主题、创作思路等方面依然存在模仿现象，创新程度不高；完成项目任务后偃旗息鼓，缺乏经典传世之作。这就要求作曲家或主创者在创作中要拥有历史视野，要考虑为谁而作、为什么而作，进而赋予作品清晰定位；要不断完善音乐作品和演出的评价机制，严把质量关，以有深度、有立场的评论参与和影响创作与演出，形成良好的艺术生态，真正实现音乐对大众审美和价值观的建构和引领作用。

第二，流行音乐产业亟待升级。中国大众音乐传媒的受众量已具世界影响力，急需高品质人才和作品。投资人和音乐企业面对市场浮华，需沉下心来冷静思考，以应有的使命感、责任感和社会担当，将提升文化品质放在首位，要在“引进来”的同时不忘“走出去”，在“走出去”的行动中倒逼产业改革。

第三，传统音乐生存土壤堪忧。民俗中的礼俗是传统音乐遗产展示平台，但一些地方仍存在与复兴传统文化不和谐的“弦外之音”。例如，以“节俭”“环保”为名严禁民间礼俗音乐，尽管在 2017 年的报告中已指出，但似无改观。国家各部委联合出台的《关于进一步推动殡葬改革促进殡葬事业发展的指导意见》中明确提出“不搞一刀切”，但从目前执行情况看，政策规定与现实行政操作间仍有差距。

第四，传统音乐传承呼唤教育转型。目前，国家在非遗保护传承方面虽然做了很多努力，诸如生态保护区建设、传承人机制设立，以及 2018 年度文化和旅游部、教育部、人力资源和社会保障部联合印发的《中国非物质文化遗产传承人群研修研习培训计划实施方案（2018—2020）》等，但要从根本上复兴优秀传统文化，增强文化信心，首要问题还是教育。单纯依靠目前的自然传承机制或技术技能培训，无法有效地保护传统音乐遗产。未来发展中，要努力打破政策壁垒，探索新型传承机制。例如，可否将各地艺术职业教育与专业院校本科乃至研究生教育接轨，使传统音乐传承落地生根，真正纳入国家教育体系之中。

第五，音乐理论研究仍需深化拓展。要以构建“中国音乐理论话语体系”为契机，加强音乐新型智库建设。学术研究要体现继承性、民族性，立足传统，回归本源；要体现原创性、时代性，关注现实，引领未来；要体现系统性、专业性，努力加强话语体系和高端智库建设，为繁荣社会主义文化事业助力。明清之际思想家王夫之在《读通鉴论》中说：“述往以为来者师。”系统地总结、回顾过往，是为了开启美好的明天。2019 年，在新时代、新形势下，每位文化工作者都应在增强文化自信、推动文化繁荣、引领社会发展方面，有所担当、有所作为，在中华民族伟大复兴的历史征途中做出应有的贡献。

项阳　中国艺术研究院音乐研究所研究员
李宏锋　中国艺术研究院音乐研究所研究员
赵倩　中国艺术研究院曲艺研究所副研究员
张燚　海南师范大学音乐学院副教授
赵书峰　湖南师范大学音乐学院教授
郭威　首都师范大学音乐学院副研究员
李欣　中央民族乐团
赵丹蕾　中国艺术研究院研究生

2018 年中国歌剧、音乐剧发展述评

◎ 游暐之

2018 年，全国歌剧演出、创作形势在平稳中略有提升，中国原创首演 24 部（包括音乐会版），比 2017 年度略增一二，中国原创复排 27 部；西方经典新制作 47 部，多于 2017 年度约 10 部；全年中外歌剧演出共约 383 场，多于 2017 年度 40 余场。

一、以民族歌剧为先导的创作

1 月初，第三届中国歌剧节刚刚落下帷幕，3 月，“全国优秀民族歌剧展演”就如火如荼地在北京举办。民族歌剧展演作为“2018 年全国舞台艺术优秀剧目展演”中一个重要分支，共有 15 部歌剧参展，占全部展演 29 部作品的一半还多。其中《马向阳下乡记》《松毛岭之恋》《有爱才有家》《二泉》《玛纳斯》《英・雄》《蔡文姬》《青春之歌》《盐神》等 9 部，是文化部 2017 年度“中国民族歌剧传承发展工程”重点扶持剧目，《呦呦鹿鸣》《红色娘子军》是近年来新创剧目，另外还有《白毛女》《小二黑结婚》《洪湖赤卫队》《星星之火》等 4 部经典复排剧目。

本次展演的剧目，虽然大部分在南京举办的歌剧节上都进行了比较全方位的展示，但是在参加展演时，还是有不少作品又进行了调整和修改，比如《马向阳下乡记》《有爱才有家》《盐神》等。一方面说明地方院团对于展演的重视，另一方面也看得出各院团对于作品在艺术品质上精益求精的努力追求。从 2017 年度的“中国民族歌剧传承发展工程”，到年初的歌剧节和 3 月的民族歌剧展演，“民族歌剧”的概念一再被提到极其显著的位置，尤其是举办专门针对“民族歌剧”的展演，涉及全国多个省、市地方院团的十几部作品，在同一个时间段集中亮相首都舞台，也是新中国成立以来少有的。应该说，本次歌剧展演，既是对 2017 年首届“中国民族歌剧传承发展工程”成果的集中展示，也是对于具有“民族歌剧”艺术范式创作演出的强化推动。

在新中国歌剧史上，民族歌剧曾经有过非常辉煌的时期，诞生了一大批无论是在艺术表现还是内容题材上都具有鲜明风格特点的作品，并且赢得了广泛的受众，成为久演不衰的经典，很多作品中的唱段更是脍炙人口，流传至今。但是，在 21 世纪的今天，人们可以选择的文化娱乐形式众多，不可能再局限于某一种艺术形式，这在一定程度上是对民族歌剧的传播、普及和推广的制约。但是，作为舞台艺术的歌剧，如果不能达到一定的传播量级和传播范围，就很难实现其预期的艺术目标和应有的社会效益。所以，吸引和培养观众，是保证歌剧艺术在当代健康有序发展的非常重要的一环。任何艺术作品，如果没有观众，也就失去了其存在的基本价值。本次民族歌剧展演是一次国家级的大众化艺术展示，这些作品好不好，评判的话语权归根结底在观众那里，这也是为什么在本次展演中始终坚持低票价惠民，目的就是要吸引更多的观众走进剧场，让当今的歌剧创作和演出能够接受尽量广泛的受众检验。

歌剧是艺术集大成者，在所有舞台艺术当中，歌剧创作、制作、演出的成本都是最高的，不过从演出票价来说，歌剧的演出票价和很多交响乐、话剧的演出票价是基本一致的，按照目前我国国民收入的平均水平，舞台演出的票价普遍偏高。以京沪穗为例，一场水准比较高的歌剧或者交响乐、音乐剧演出，最高票价可以达到 1000 至 2000 元甚至以上，最低票价也在 200 到 500 元之间。而原创的歌剧作品，最高票价通常在 500 至 800 元，最低也要 120 元及以上。票价的居高不下，也从某种程度上阻碍了普通工薪阶层与舞台艺术的亲密接触。

因此，本次两大展演，100 元以下的票价占到总票数的 50%，最高票价不超过 380 元。展演期间还在网上售票平台开展网络抢票活动，每场演出预留 100 张票，每人限购 2 张，每张 10 元，目的就是以超低票价充分调动普通市民的观剧积极性。在充分惠民的同时，展演期间主办方还组织演出进校园、与青年学生座谈等活动，促进大学生全面提升综合素质，让广大群众共享艺术发展成果。当然，这样的低票价必然会有政府的支持和相应的补贴，否则，参与演出的单位、剧场将会不堪重负，那么文化艺术惠民的初衷也就不能得到行之有效的落实。

民族歌剧展演拉开了 2018 年中国歌剧全面发展的序幕。在以“民族歌剧”为先导的大趋势下，2018 年首演的原创歌剧 25 部，其中冠以“民族歌剧”的就有 15 部之多，这些作品在题材上大致分为三个方面：一是红色革命题材，如株洲戏剧传承中心的《英·雄》、郴州市民族歌剧团的《陈家大屋》、中国歌剧舞剧院的《青山烽火》、陕西师范大学的《太白雪》、福建省歌舞剧院的《与妻书》、山东歌舞剧院的《沂蒙山》；二是人文历史题材，如中国歌剧舞剧院的《刘三姐》、湖南师范大学音乐学院的《爱莲说》、重庆市歌剧院的《尘埃落定》、中国广播艺术团的《莫高窟》、广西歌舞剧院的《三月三》、鄂尔多斯市东胜区歌舞剧院的《千古情缘》；三是现实题材，如衡阳市歌舞剧团的《田垄之上》、浙江歌舞剧院的《在希望的田野上》、中央歌剧院的《命运》。

在上述首演的民族歌剧中，有三部入选 2018 年度“中国民族歌剧传承发展工程”，分别是《尘埃落定》《沂蒙山》《命运》，加上福建省歌舞剧院的《平凡的世界》，2018 年入选该工程的歌剧为四部，《平凡的世界》首演时间推迟到 2019 年。另外还有 2017 年度的《马向阳下乡记》《松毛岭之恋》《有爱才有家》被定为滚动资助项目。也就是说，列入 2018 年“中国民族歌剧传承发展工程”计划内的剧目，新旧相加一共是 7 部。从第一年的全新 9 部到第二年除去滚动仅有 4 部，显示出该工程推进的步伐开始趋稳。“中国民族歌剧传承发展工程”推行一年多来，极大地调动了业内各院团、专业人士的创作演出热情，在这样的情况下，作为具有引领和指导性质的扶持工程，此时要做的除了保持这种日渐高涨的热情，更需要抬高门槛，尽量选择具有可期艺术价值和社会效益的作品，进行点对点扶持，因此，整体入选数量的精简也表明民族歌剧扶持工程委员会意在投入更多的精力，对入选作品在艺术质量上给予更高的标准和要求。

重庆市歌剧院创作演出的《尘埃落定》，首演于 2018 年 12 月 6 日至 9 日，作曲孟卫东，编剧冯必烈、冯柏铭，导演廖向红，首演指挥许知俊，主演王宏伟、刘广、赵丹妮、李思琦等。歌剧《尘埃落定》根据阿来同名长篇小说改编。在剧本创作的过程中，对于原著中的事件、人物进行了重新选摘、简化、重组，生发出一个与原著接近又有很大分别的全新创作。虽然看起来“似是而非”，但是原著想要表达的核心思想依然保留，特别是对于“尘埃落定”四字的解读，除了体现出原著侧重的“旧”的覆灭，也更加着重强调了“新”的诞生。

歌剧《尘埃落定》是一部既有旋律性又有歌剧性的作品。很多藏地音乐元素的灵活化用，让这部作品有了鲜明的民族风情。而独唱、对唱、重唱、合唱等多种形式的戏剧性运用，也让歌剧的音乐织体更加丰富和立体。剧中二少爷与卓玛的几段重唱、土司夫人临终前的一大段咏叹调等，都给观众留下了非常深刻的印象。

本剧的二度创作是对一度创作的进一步补充、完善。舞台呈现写实与写意相结合，盛开的罂粟花、藏族风情的土司官寨、远处起伏连绵的高山、富有年代感的着装及市井风貌，都能够把小说本身以文学手法描绘的时空状态通过视觉形象展现出来。而帷幕上的望远镜投影，又在物的表象外隐含了主人公的内心和对世界不一样的体验。首轮除了二少爷是邀请歌唱家王宏伟出演，其他角色、合唱全部是重庆歌剧院的演员担任。近年来，重庆市歌剧院新作频出，演员队伍的整体素质和水平也在不断进步。

山东歌舞剧院创作演出的歌剧《沂蒙山》，2018 年 12 月 19 日、20 日在山东省会大剧院首演。作曲栾凯，编剧王晓岭，导演黄定山，首演指挥杨又青，主演王丽达、杨小勇、王传亮、张卓等。歌剧《沂蒙山》的剧本整体具有诗化的意象。编剧之一的王晓岭擅长歌词的写作，很多唱词文辞优美、意境悠远。总体而言，下半场的唱词更加歌剧化，与人物本身的形象也更契合，与戏剧动作的结合也更加紧密。但是从剧本的戏剧结构上来说，上半场的戏剧故事相对丰满，冲突更强烈，下半场比较单调，戏剧矛盾和冲突相对弱一些。

音乐写作上，本剧以人们熟知的《沂蒙山小调》作为主要的音乐动机，在此基础上进行发展变化，同时将山东快书、秧歌的音乐元素融入其中。演奏为交响乐队，配之以民族乐器如竹笛、唢呐、琵琶、坠琴等。剧中林生、海棠的重唱《等着我，亲爱的人》，夏荷的咏叹调《血水、泪水、奶水》等都给人留下了比较深刻的印象。受文本的影响，作品下半场在音乐戏剧性的写作上更加歌剧化，而配器方面还需要更加细致些。

二度呈现上，巍峨挺拔的高山、土坯小屋，以及小推车、煎饼摊、欢庆的秧歌、山东快书摊等人们熟悉的生活场景，乡土气息浓郁的服装造型等，赋予了作品真实的年代感。山东歌舞剧院为了创排歌剧《沂蒙山》，特别招募了专职合唱队，这是具有前瞻性的举措。合唱队的建立，不仅有利于本次歌剧创排，也为山东未来的歌剧发展奠定了职业化的团队基础。

中央歌剧院创作演出的歌剧《命运》，首演于 2018 年 12 月 26 日、27 日。作曲捞仔，编剧朱海，导演曹其敬，执行导演沈亮，首演指挥杨洋、袁丁，主演阮余群、郭橙橙、於敬人、陈淼、李爽、刘怡然等。作为关注改革开放 40 年历程的现实题材作品，这部歌剧以一位江南绣娘的人生经历来展现整个社会的大变革。在戏剧结构上有一明一暗两条线，一是绣娘晓云个人奋斗的“命运”明线，一是晓云家乡鲁镇“命运”的暗线，两条戏剧线交错关联，戏剧故事基本完整，但是戏剧事件、人物关系之间还需要进一步增强逻辑性、合理性，要寻找到个性与共性的最佳契合点。

本剧运用了比较丰富的戏曲、民间音乐和具有地域风格特征的音乐元素，总体而言音乐具有一定的戏剧张力，纯音乐部分的旋律也比较动听，但是剧中人物的唱段，特别是核心咏叹调，在可听、易记方面还欠缺，个别地方甚至略显晦涩，缺少自然流畅的气韵。人物的音乐主导动机并没有得到足够的延展和扩充，因而也就没有形成对音乐主题的强化记忆功能。作曲家捞仔一直以写歌曲尤其是比较通俗的流行歌曲见长，首次写作歌剧，可能还缺少足够的实践积累，另外唱词的写作也没能给作曲家足够的艺术想象空间。还有很重要的一点，就是作曲家可能会刻意回避歌曲化的写作思路。事实上，在一部歌剧中，悦耳的咏叹调完全可以是能够让人记住的“歌曲”，只要这首歌曲是能够与戏剧发展和戏剧表现紧密关联的，那么好听的“歌曲”也并不会被歌剧排斥，这在中外经典歌剧作品中都有代表性的例证。

二、依然多彩的中国原创歌剧

除上述“民族歌剧”的创作演出，2018 年还有十部中国原创歌剧首演，包括国家大剧院的两部儿童歌剧《白雪公主》《没头脑和不高兴》，中央音乐学院的《山海经 · 奔月》，广州大剧院的《马可 · 波罗》，上海歌剧院的《晨钟》，福建省歌舞剧院的《虎门长啸》，上海国际艺术节“扶持青年艺术家计划”、上海空壤文化传播有限公司联合出品的《皮》，上海国际艺术节与新加坡华乐团联合出品的《画皮》，以及香港地区亚洲协会香港中心出品的《米拉》(*Mila*）和香港创乐团出品的《天使之骨》。

2015 年 11 月，国家大剧院推出了第一部儿童歌剧《渔公与金鱼》，在小剧场连演十场，开启了国家大剧院儿童歌剧创演的先河。此后，国家大剧院基本上每年或隔年都会推出一部儿童歌剧。创作演出儿童歌剧，不仅是为了普及歌剧，更是为将来培养歌剧的潜在观众做准备。

作为儿童歌剧，首先需要具备歌剧的基本艺术特征，而不是其他似是而非的舞台艺术形式；其次要有符合儿童心理天性的审美趣味，要让儿童看得懂，理解得了，因此国家大剧院的儿童歌剧作品在选材的时候大多是寓言、童话、民间传说等。虽然在创作的时候，预设的观众是儿童，但是儿童歌剧并不意味着是浅显、粗陋甚至庸俗，真正优秀的儿童歌剧作品是在内容和艺术上都达到一定水准的作品，不仅能让儿童受益，也能让成人获得启发。因此，从这个角度来说，儿童歌剧的创作难度比之于一般的歌剧作品似乎更高。国家大剧院在儿童歌剧的创作演出方面有很多不同的尝试，但是如果按照前述对于儿童歌剧的定位，我个人认为，在国家大剧院所有已经演出过的儿童歌剧中，《渔公与金鱼》比后来的几部更加成熟和成功。

中央音乐学院创作演出的歌剧《山海经·奔月》，是2018年度非常引人关注的一部作品。作曲宝玉，编剧周海宏，导演李丹丹，首演指挥陈冰，主演张伟、张璋等。首先，和绝大多数文艺院团在推出新作之前以新闻通稿的正面宣传方式不同，《山海经·奔月》的宣传是以自我“爆料”见长，这种爆料不仅仅是讲作品，更有涉及创作的种种“内幕”。比如，在首演前几天，“爱乐评”公众号上发出一篇编剧兼制作人周海宏给作曲家宝玉、导演李丹丹的公开信。在这封公开信中，周海宏将创作过程中三人之间的意见分歧甚至是争执，赤裸裸地公之于众。这样一篇火药味十足的文章，让人不能不对这部剧能否正常公演捏一把汗。然而，首演当天，三位主创聚在一起，谈笑风生、言谈默契，丝毫看不出文中的“嫌隙”。演出后，“爱乐评”又搞了一个网络研讨会，吸纳上百个业内人士入群，在群里对这部歌剧品头论足，三位主创也都在群里，对于各种意见虽然也都有所回应，态度还算冷静温和，但是在各自的回应中，也确实看出主创间对于作品不同的艺术观点。可贵的是，几位主创能够在意见不同的情况下开诚布公，最终达成统一，这种“和而不同”的创作态度，最终确保了作品如期推出。

首演之后，有评论者认为，歌剧《山海经·奔月》陷入了“瓦格纳陷阱”。因为本剧演出加上中场休息，时长达五个小时。“嫦娥奔月”是家喻户晓的民间传说，故事甚至可用一句诗来概括：“嫦娥应悔偷灵药，碧海青天夜夜心。”这样一个简单的故事，怎样扩充为五个小时的歌剧，从剧本来看，除了把玉兔作为嫦娥的“宠物”或“跟班”也放到了人间，其他似乎并没有更多加料。而剧中动辄一段咏叹调就是一场戏的情况却很普遍，这也说明，编剧在写作的时候极大地强化了人物内心的独白部分，作曲家也基本按照剧本的思路进行音乐的写作。但是这种独白因为没有很好地起到戏剧推进的作用，同时在情感表述上也并没有进一步向纵深挖掘，也就很难在音乐上形成跌宕起伏的戏剧性表达，观众感到乏味和冗长也就在情理之中。

由此得到启示，那就是虽然歌剧以抒情见长已是共识，但是情感的抒发要有的放矢，要言之有物，要有能够引发观众情感共鸣的同理心。另外，中外观众对于歌剧的欣赏习惯还是有一定的差别的，除了音乐和歌唱，好看的故事同样重要。艺术创作最终都需要面对观众，作为艺术家，需要在自我的艺术个性和观众的欣赏共性上寻找到一个平衡点。

由广州大剧院创作演出的歌剧《马可·波罗》，是从一度到二度创作的全“国际化”合作模式。作曲恩约特·施耐德，编剧韦锦，导演卡斯帕·霍尔滕，首演指挥汤沐海，主演彼得·洛达尔、周晓琳等。本剧编剧是中国人，音乐写作是德国人，语言互不相通，中文剧本要翻译成德文再作曲，演唱则全部用中文。

这部基因丰富的“中国歌剧”，严格来说是东西方文化的“混血”。作曲家在音乐中运用了很多中国音乐元素，也在乐队中使用了中国民族乐器，同时在音乐中也不时会捕捉到普契尼、威尔第或者瓦格纳的味道。虽然是在德文基础上写音乐，但是作曲家特意要求翻译将对应的中文音调标出，这让这部作品在演唱时基本没有倒字、倒韵的不适感，说明作曲家的经验丰富、手法老到。

二度呈现上，导演最大限度地展现他对于中华文化的理解，整体风格具有比较浓郁的中国味道，虽然有些地方并不是很准确，有些地方也颇显刻意，但是作为中国观众，还是能够深切地感受到这位导演对于中国文化的尊重。中国演员演唱外国歌剧极其普遍，“老外”用中文演出中国歌剧应该是首次。几位“洋”演员在演唱和对白的时候咬吐字都还算清楚，念白虽“洋腔洋调”，但恰与各自饰演的人物身份吻合，反而增强了真实感。美中不足的是由比利时歌唱家饰演辛弃疾后人传云似乎并不恰当，虽然她的声音不错，但是由她来饰演中国女孩，距离还是大了些。

聊斋中的《画皮》是2018年歌剧舞台的热宠，仅在10月相隔不到两天的时间，名为《皮》和《画皮》的两部歌剧分别亮相上海戏剧学院端钧剧场和上海东方艺术中心。这两部作品形式上都属于室内歌剧，前者是入选上海国际艺术节“扶持青年艺术家计划”的民营院团的作品，后者则是上海国际艺术节和新加坡华乐团联合委约的作品。

歌剧《皮》，作曲尼克罗·安森，导演编剧王峙儒，主演周琛、张帆涛、兰婷婷等。王峙儒也是上海空壤文化传播有限公司的法人，曾经是上海歌剧院合唱团的一员，在出国留学之后致力于“肢体歌剧”的研究，他曾经与本剧作曲合作过一部肢体实验性歌剧《僧莲》。《皮》的戏剧故事基本忠于原著，在二度呈现上更多一些实验性的探索。

歌剧《画皮》在宣传时名为“新歌剧”，作曲郝维亚，编剧王爱飞，导演易立明，首演指挥叶聪，主演刘铮、董芳、许蕾等。这部作品虽然在上海东方艺术中心只演了一场，但是引起的关注和震动却是空前的。歌剧《画皮》的文本的立意结构、音乐的创作、舞台的呈现都令人耳目一新。

本剧虽改编自同名小说但是又不完全拘泥于原著：原著中讽刺和抨击的是世人美丑不辨、忠奸不明的愚钝；而在歌剧《画皮》中，妫嫣虽然身为“鬼”，却与蒲松龄笔下嗜血成性的“女鬼”不同，她怀抱着对人间的向往，期望通过得到一颗“善良真挚”的“人心”，让自己摆脱“鬼”身，获得人间重生。这个主题立意并没有在一开始就表现出来，而是在戏剧矛盾不断向前推进的过程中，逐步揭示出来的。剧末，当妫嫣看清了人心的自私险恶之时，终于明白：“细看处真真假假粉墨浓妆，全他妈熙熙攘攘虚幻道场！”

歌剧《画皮》的音乐整体是沉郁中带有一丝空灵，在谐和与不谐和交织扭结出的旋律中，“人心”的复杂和挣扎表露无遗。全剧没有明显的宣叙或咏叹的分别，王生和王妻的音乐写作按照歌剧唱段的写作方法，而与妫嫣有关的音乐和唱段则更多地运用戏曲的行腔走板，以示人与鬼的差别。剧中三个角色，王生由女中音董芳饰演，王妻由女高音许蕾饰演，妫嫣由京剧乾旦刘铮饰演。女性饰男角，男性饰女角，声部则全部是“女声”，与通常的歌剧作品相比，男、女、高、低声部均要具备的写作模式在歌剧《画皮》中被彻底打破了。而在一部没有“男声”的歌剧中，观众同样体会到了人物角色身份的区别。

本剧人物设置简单，戏剧结构单纯，非常适合民族乐器擅长线性表达的特点，与华乐团的演奏风格相一致。虽然音乐的写作上不乏现代技法的运用，但音乐的层次和戏剧的层次相互吻合、互为观照，最强烈的戏剧张力通过震颤心魄的鼓声实现，管子、二胡、琵琶、大提琴、贝斯等中西方乐器恰到好处地融汇运用，使得全剧音乐呈现出一种极具民族特征的当代气质。

本剧呈现为半舞台版。乐队、演员全部都在舞台上。因为属于古典题材，加上有戏曲演员的加盟，所以表演上大量借鉴中国戏曲中程式化的手眼身法步。舞美方面采取现场多媒体表演，采用多位摄像机，由演员现场表演并同步投映到台后区的屏幕上。投影的画面根据戏剧情境的不同而变化，始终黑白的色彩为舞台平添了神秘氛围。另外道具伞的运用以及塑料质感的服装，也使作品更富有寓意。剧中并没有出现妫嫣揭去画皮后的狰狞面目，但是那个如护心镜一样的假面与女鬼如影随形，这样的解读更富有意味和想象力。

尾声，当妫嫣看透人间真相凄厉哭笑离开后，观众和舞台都达到了情绪的最高兴奋点，全剧完全可以就此戛然终止。至于王生和王妻是死是活，是梦是真，已经不再重要，因为主题点明了，结局大可留白让观众思考。目前让王生和王妻如梦中惊醒般起来再唱一段，反而让戏剧和观众的情绪都松懈了，这就成了这部作品的微瑕。

由亚洲协会香港中心（Asia Society Hong Kong Center）委约美国、中国香港地区和菲律宾的创作和表演团队创作演出的室内歌剧《米拉》于2018年年初在香港首演，作曲伊莱·马歇尔，编剧庄梅岩，导演陈曙曦，首演主演李蕙妍、斯蒂芬·昆汀、邵乐敏等。这部作品是一部现实题材的室内歌剧，讲述了菲佣和一个香港雇主家庭之间的故事。创作者并没有局限于菲佣的个人遭遇，而是以菲佣和香港家庭的主仆之间的双向视角，演绎外籍佣工的生存状态、香港普通工薪族工作及学习的压力和家庭矛盾等。

音乐方面，美国青年作曲家的思维也很开放，在一部作品中，以英语、粤语和塔加路语（Tagalog，菲律宾官方语言）三种语言，分别对应剧中不同国籍、种族的人物进行表演。这种多语种歌剧创作，在世界歌剧舞台上都极少见，而这种跨语种、跨文化的对话方式，对于作曲家在歌剧音乐部分的创作也是极高的挑战。全剧均以无调性的技法写作，许多特殊的“打击乐器”，为具体场景下的人物情绪和心理活动塑造增强了戏剧效果。

歌剧《天使之骨》，作曲杜韵，编剧罗伊斯·瓦弗瑞克，导演迈克尔·约瑟夫·麦克奎肯，首演指挥丹妮拉·坎迪拉里，主演阿比盖尔·菲舍尔、凯尔·普福尔特米勒等，是香港创乐团委约华裔作曲家杜韵创作的歌剧作品，2018 年 11 月在香港葵青剧院首演。

这部歌剧带有强烈的魔幻现实主义的色彩，一位看上去美丽贤惠的妻子，因为生活和情感上的不如意，而演变为一个变态、恶毒的罪人。全剧借用遗落人间的“天使”的遭遇，尽显人性的多面复杂、丑恶黑暗。这部作品的音乐情绪充满极端的连贯性，因而 90 分钟的时长，没有安排中场休息。本剧在音乐的写作上非常现代出新，音乐素材和音乐样式丰富，集管弦乐、电子乐、古典复调和现代摇滚于一身，看似凌乱不堪，实则有非常刻意的精心设计，以此来充分体现作品所要表现的人性复杂、撕裂和扭曲。

《天使之骨》并非通常概念的歌剧，其在审美上与普通观众的音乐审美需求会有比较大的出入，但是作为先锋和实验性的专业化探索与尝试，它的价值是不容忽视的。

2018 年全年，西方经典歌剧演出和制作接近 50 部，比 2017 年度增加约 10 部。其中不乏优良的演出制作，绝大部分集中在京沪两地。其中在北京演出的有国家大剧院的《泰伊思》《梦游女》《纽伦堡的名歌手》，马林斯基交响乐团的《霍万兴那》（音乐会版）；在上海演出的有莫斯科大剧院的《沙皇的新娘》，德国埃尔福特剧院、上海歌剧院联合制作的《漂泊的荷兰人》，德国弗莱堡巴洛克乐团、上海歌剧院合唱团联合演出的《费加罗的婚礼》，上海歌剧院交响乐团、德国 YOUNG CLASS X 合唱团联合演出的户外版《魔笛》，上海交响乐团的《切肤之痛》（音乐会版）、《莎乐美》（音乐会版），上海歌剧院与匈牙利布达佩斯大艺术宫联合制作的《微笑王国》，等等。这些演出受到歌剧粉丝拥趸，取得了不俗的票房成绩。这再次表明，在歌剧的普及和欣赏方面，京沪依然是国内的主场。

上海大剧院在成立 10 周年之际，牵头举办了“2018 世界剧院运营及发展高层论坛”，来自国家大剧院、英国皇家歌剧院、伦敦金融城市政厅音乐与戏剧学院、苏黎世市政厅音乐厅、肯尼迪艺术中心、迪拜歌剧院、香港西九文化区等艺术机构的领军人物参加了论坛。本届论坛以“激发城市多元创新活力”为主题，探讨世界剧院运营及发展，研究剧院、城市与公众的共生关系，寻求剧院运营及表演艺术行业的未来。本届论坛旨在通过借鉴国际艺术机构的运营经验，结合中国文化产业的现状，探索未来剧院运营管理的新模式，使以剧院为代表的演艺产业成长为打造“亚洲演艺之都”的重要力量，以及长三角一体化发展的产业助推器。

由上海音乐学院艺术管理系举办的“2018 第二届艺管国际·上海论坛”同样引起了业界的关注，本届论坛的主题是“歌剧与中国”。作为培养运营和管理人才的上海音乐学院艺术管理系，之所以将视角聚焦于中国歌剧的发展，与文化和旅游部推出中国民族歌剧传承发展工程分不开。同时，上海音乐学院近年来不断进行歌剧的创作演出，上海音乐学院歌剧院即将运营，以及上海大歌剧院计划五年后落成使用等，均表明在上海打造亚洲演艺之都的过程当中，歌剧将成为其中非常重要的艺术门类，而上海也将在中国未来的歌剧发展历程中扮演非常重要的角色，这些都会促使如上海音乐学院这样的高等艺术院校更加关注歌剧经营管理人才的培养方面。

三、分庭难抗礼的音乐剧产业

2018 年全国共演出中外音乐剧约 97 部，其中有《花儿与号手》《黄大年》《红船往事》《麦琪的礼物》《情动哈尔滨》《黄四姐》《繁花尽落的青春》《秋裤和擀面杖》《白夜行》《恋恋香格里拉》等原创音乐剧 59 部，《律政俏佳人》《罗密欧与朱丽叶》《长靴皇后》《吉屋出租》等原版巡演剧目 12 部，《白夜行》《水曜日》《深夜食堂》《长腿叔叔》等中文版制作剧目 26 部。

在音乐舞台戏剧的大范畴里，音乐剧属于能够吸引年轻观众群体的朝阳产业，和歌剧相比，它的市场自主能力比较强，这也是很多民营文化公司愿意投入财力资助音乐剧的演出和创作的原因。近十几年来，音乐剧产业的发展呈逐年增长的态势，特别是在北上广，每年都会有比较有影响力的国外音乐剧制作在三地轮番巡演。如今西安、湖北等地有条件的剧场也开始加入这个演出链当中。

目前中国原创音乐剧的创作有两个途径，一是国有院团或高等艺术院校的创作，二是民营院团的创作。

对于很多国有院团来说，选择创作演出音乐剧，通常会基于两个原因：一是题材需要，同样是音乐舞台戏剧，音乐剧与歌剧在艺术表现上还是有所区别的，有些题材用音乐剧来表现会更适合；二是受自身条件限制而做出的不得已的选择。很多国有院团在前些年的改制中，原有的交响乐团独立出去了，或者原本就没有专属乐团，这些院团多年的业务发展基本以各种大小型的综艺晚会为主，在人员配备上，一般都会有一支力量相对比较强的舞蹈队，另外还会有十几二十个民族和流行的声乐演员。但是随着中央“八项规定”的出台，举办综艺晚会的机会少之又少，院团要实现生存发展，就要在剧目建设上下功夫。因为很多音乐剧的演出可以用事先录好的伴奏，不需要现场乐队，这就让很多院团乐于选择音乐剧的创作演出，不仅可以节省制作演出成本，同时音乐剧歌舞兼具的艺术表现，也更能够发挥团队本有的人员力量。

由宁夏演艺集团歌舞剧院创作出品的音乐剧《花儿与号手》，由温中甲作曲，李春喜等联合编剧，王晓鹰担任总导演，信洪海担任副总导演。讲述的是一个红军号手和一位回族姑娘的故事，本剧试图通过个体来展现群像，表现红军与百姓的鱼水情。总体而言，这部作品有着浓郁的民族风情，戏剧结构比较完整、流畅，但是戏剧的逻辑合理性还需要加强。原汁原味的“花儿”曲调作为串场讲述，凸显了作品悲情的气质。音乐画面感强，旋律动听，地方民族音乐、军歌等元素都有比较恰当的运用。另外，每个人物的唱段和音乐部分结合自然，可听性与律动感兼具。

由吉林大学音乐学院创作演出的原创音乐剧《黄大年》，根据战略科学家、地球物理学家黄大年的生平事迹改编创作，由张巍作曲，钱晓天编剧，陈蔚导演。以科学家为原型的音乐剧并不容易做，如果在事件和情感点的选择上处理不好，会让作品流于枯燥的叙事和说教。本剧将情感融于事件，通过黄大年对人生、对事业、对家庭、对亲人、对学生的情感表现，凸显了“我活出了科学家的精彩”这一充满人性的主题。音乐上动静结合，既有西方音乐剧常见的律动，也有中国民族音乐元素所带来的旋律和抒情，剧中美声、民族、流行唱法都有比较恰当的运用。

音乐剧《红船往事》由浙江传媒学院与嘉兴市委宣传部联合打造，由许志斌作曲，戴晓权编剧，陈物华导演。本剧将视角聚焦于毛泽东、杨开慧、李大钊三人，围绕“精神”来结构戏剧，而不是在舞台上将历史还原，有一定的新意。音乐创作具有比较鲜明的音乐剧特征，富有旋律和动感，嘉兴、湖南等地的音乐元素融入其中，使得音乐既有民族传统的韵味，又不失当代的风格和审美。音乐动机上设置了两条戏剧线，一条是追寻真理之线，一条是革命爱情之线，两条线既有独立又有交汇，展现了共产党人坚定不移投身革命同时有着普通人的真挚情感，充满了人性的温暖。

四川人民艺术剧院创作演出的音乐剧《麦琪的礼物》，由甄进、张然编剧、作词，张然作曲，敖晓艺导演，蒋倩如等主演。本剧根据欧・亨利的同名小说改编，比较突出的特点在于其将欧・亨利的生平和艺术经历穿插其中，增加了戏剧事件的复杂程度，有一定的创新，但是也会给不太了解原作者和原著的观众造成理解上的困扰。音乐比较时尚和现代，节奏律动感比较强，是一部非常“西化”的原创作品。

与国字号演出团体不同，民营院团在创作选材上，似乎更加自由和开放，既有反映两代人不同观念的现实题材的《秋裤和擀面杖》，也有反映人与自然和谐相处的、带有童话和魔幻色彩的《恋恋香格里拉》，并且在演绎方式上也会有比较多新的尝试和探索，更具时尚感和娱乐性。同时，不管哪种题材，民营院团在项目落地之初，就已经预设了相对年轻的受众群体，这和民营院团完全需要自主经营、自收自支有关，推出一部作品，首先想到的是做给谁看，票卖给谁，因为从创作到演出都需要自掏腰包，这也让民营院团会更加关注市场的反应。

2018 年引进版的音乐剧和西方音乐剧中文版制作有近 40 部。总体而言，这些剧目都以巡演的方式呈现，票房情况还是原版引进的更胜一筹。中文版的制作大多需要一些当红明星加盟，才可能有比较大的号召力。在引进版的制作中，已经不再局限于纽约百老汇和伦敦西区那十几部经典的作品，范围逐渐扩大，法国、德国等比较新的音乐剧作品也相继登陆中国。这一方面说明中国观众对音乐剧的审美更全面也更开放，另一方面也说明音乐剧引进与引进单位考虑支出和收入之间达到最佳平衡有关。

目前国内绝大多数的剧场都是企业化经营，经济指标是需要考虑的关键因素。国外知名度高的经典制作在引进的时候往往价格不菲，而一些看起来还不算经典行列的作品或制作，也经过市场检验并能在一定程度上代表当今音乐剧发展水准，在引进的时候就会有更高的性价比，这样的作品往往可以在艺术上和经济上实现双赢。

和海外引进版音乐剧的市场火爆相比，原创音乐剧的市场反应往往不尽如人意。造成这种局面的原因很多，最主要的还是两个方面。

第一是创作者对于音乐剧艺术形式在认知上还处于初级阶段。音乐剧和歌剧一样，同是舶来品，原创音乐剧要落地生根，一味地照抄照搬西方已有样式显然是不现实的，尽管音乐剧的观众绝大多数是年轻人，并且现在的年轻人对于西方文化和艺术的了解、喜爱已经基本与国际接轨，但是这并不表示中国的原创音乐剧可以用完全西方化的语言进行演绎。这就好比中国人能接受西餐，但并不代表西餐可以作为中国人饮食的主打一样。

比如，在西方经典的音乐剧作品中，舞蹈是表现戏剧和推动戏剧发展非常重要的手段，但是这些舞蹈具有很鲜明的地域特征和文化指代，比如常见的爵士舞、踢踏舞、芭蕾舞、探戈、桑巴、伦巴等。这些舞蹈语汇其实是不完全适用或者根本不适于表现中国题材的音乐剧的。中国原创音乐剧如果不能根据所做题材的特点和需要做出改变，而是将这样的舞蹈语汇生硬地植入，就会让观众感到不伦不类。

第二方面是，音乐剧这种艺术形式，是随着改革开放的步伐进入中国的，这股潮流来得比较猛烈，人们在全新的体验中大大拓宽了艺术眼界，以至于还没有真正“习得”这种艺术的本质，就开始照模子打样了。回顾西方音乐剧的发展，英美属于同源文化，但是英美音乐剧在形成和发展中又结合本土基因形成各自的特点。

因此，中国原创音乐剧目前亟须解决的，与中国歌剧创作遇到的问题是类似的，那就是在把握了音乐剧的艺术语言和思维方式之后，更要有所取舍，有所创新，要在实现本土文化特征化的同时又能具有时尚、现代、国际的元素。

综上所述，2018 年的歌剧、音乐剧依然呈现平稳中有所提升的发展态势，这两个行业正在迎来其最佳发展的时机。不过，在文化娱乐极端丰富的当下，如何能够吸引更多的受众，还是要看整个业内人士的努力，以及如何做到在观念上与时俱进。

游暐之　《歌剧》杂志主编、上海歌剧院艺术创作室主任

文件辑录

【文化和旅游部办公厅关于公布2018年“中国民族歌剧传承发展工程”重点扶持和滚动扶持剧目名单的通知（办艺函［2018］38号）】

根据《文化部办公厅关于开展2018年“中国民族歌剧传承发展工程”重点扶持剧目申报工作的通知》，文化和旅游部艺术司组织“中国民族歌剧传承发展工程”指导委员会专家，对申报剧目进行了遴选，从2018年新创剧目中遴选出5部作品作为2018年“中国民族歌剧传承发展工程”重点扶持剧目，从2017年9部重点扶持剧目中遴选出3部作品进行滚动扶持。

2018年“中国民族歌剧传承发展工程”重点扶持剧目名单

剧目名称	申报单位	创演单位
《平凡的世界》	福建省文化厅	福建省歌舞剧院
《沂蒙山》	山东省文化厅	山东歌舞剧院
《尘埃落定》	重庆市文化委员会	重庆歌剧院
《红高粱》	国防大学军事文化学院	国防大学军事文化学院
《命运》	中央歌剧院	中央歌剧院

2018年“中国民族歌剧传承发展工程”滚动扶持剧目名单

剧目名称	申报单位	创演单位
《松毛岭之恋》	福建省文化厅	福建省歌舞剧院
《马向阳下乡记》	山东省文化厅	青岛市歌舞剧院
《有爱才有家》	湖北省文化厅	荆州九歌文化传媒有限公司

文化和旅游部办公厅

2018年5月21日

作品

管弦乐

【大型咏诵交响套曲《唐诗之路》】

2018年1月6日，由浙江交响乐团创排的大型咏诵交响套曲《唐诗之路》在上海东方艺术中心音乐厅上演。音乐会由浙江交响乐团艺术总监张艺指挥，中国歌剧舞剧院合唱团及歌唱家陈小朵、高鹏等参加了演出。

大型咏诵交响套曲《唐诗之路》由作曲家崔炳元创作，选取了16位诗人的17首诗贯穿全曲。该作品为多乐章体裁，由序曲《我欲因之梦吴越》，《何处青山是越中》《王谢风流满晋书》《还思越水洗尘机》《笑问客从何处来》4个乐章，以及终曲《天姥连天向天横》组成。总时长约70分钟，除合唱外，还穿插了女高音、女中音、男高音、男中音独唱及吟诵。《唐诗之路》中所包含的诗有李白的《梦游天姥吟留别》、白居易的《忆江南·江南好》、杜甫的《壮游》、贺知章的《回乡偶书》等。演奏中加入了笛子、古筝、中阮等中国民族乐器。

【交响乐《草原之歌》】

2018年4月20日，"叶小纲第四交响乐《草原之歌》上海爱乐乐团音乐会"在国家大剧院音乐厅上演。该场音乐会由德国指挥家史蒂芬·马尔泽执棒，上海爱乐乐团携石倚洁、刘嵩虎、沈洋、许蕾、朱慧玲、傲日其愣、韩牟人、李乐等演出。

《草原之歌》由蒙古族作家、诗人鲍尔吉·原野作词。全曲共9个乐章，分别为《额尔古纳》《火之祭》《圣山》《诺恩吉雅》《山之鹰》《炊烟》《北方的天空》《两棵树》《天堂草原》。在音乐素材上，作曲家植入了蒙古族长调、萨满吟诵调、地方民歌等民间音乐元素；在乐队编排上，使用了马头琴与竹笛等传统民族乐器；在表演形式上，由美声唱法歌者与蒙古族歌者联合出演。

【原创民族器乐剧《笛韵天籁》】

2018年5月1日至2日，由上海音乐学院创排的原创民族器乐剧《笛韵天籁》在上海市首演。该剧由上海音乐学院教授、竹笛演奏家唐俊乔策划并领衔主演，徐瑛担任编剧、导演，作曲家许舒亚和杜薇等创作。该剧特邀笛子演奏家蒋国基演奏高仿骨笛，上海音乐学院唐俊乔竹笛乐团、上海音乐学院附中青年交响乐团、上海音乐学院音教系合唱团参加演出。

该剧以我国20世纪80年代在河南省舞阳县贾湖古墓出土的距今7800—9000年的丹顶鹤尺骨骨笛为基础，从丹顶鹤尺骨骨笛出土至骨笛演化成竹笛，再到昆曲伴奏等艺术功能，最后发展到今天各种当代音乐的演奏等，讲述了中国最古老的乐器笛子的发展和传承。

【民族管弦乐《高粱红了》】

2018年8月12日，由中共吉林省委宣传部、吉林省文化和旅游厅主办，吉林省交响乐团民族管弦乐队演奏的大型民族管弦乐《高粱红了》在吉林省长春市首演。

《高粱红了》是国家艺术基金2017年度资助项目，作品包括序曲《嗨嗨》以及《惊春》《忙夏》《青纱帐》《秋颂》《高粱红了》《闹冬》《瑞雪迎春》7 个乐章，以春、夏、秋、冬四季更替为时间线索，揭示了人与自然、土地与生命相互依存的内涵。

【民乐剧《九歌》】

2018 年 8 月 22 日至 23 日，国家艺术基金 2018 年度资助项目、跨界融合多媒体民乐剧《九歌》在湖南大剧院首演。该剧由湖南省演艺集团出品，湖南省歌舞剧院主创，是湖南省首部原创多媒体民乐剧。

该剧以屈原的代表作《离骚》《九歌》《九章》等为创作蓝本，以民乐为主，将“乐、诗、歌、舞、影”等多种艺术形式融为一体，为观众展现了我国伟大的爱国诗人屈原的心路历程。全剧共 11 曲，分别是《离骚》(序曲)、《天地》、《生死》、《渔父》、《爱情》、《山水》、《国殇》、《香草》、《问天》、《沉江》、《礼魂》(终曲)。作品以原创的民族器乐形式，辅以诗、歌、舞、影等多元素，表现屈原湖湘之行所见所闻所感，展现屈原在湖湘大地寻道行吟、问道求索、殉道明志的精神内涵和心路历程。

【交响组歌《长征永远在路上》】

2018 年 9 月 5 日，国家艺术基金 2018 年度推广资助项目——大型交响组歌《长征永远在路上》在北京音乐厅上演。本场演出由海南红棉合唱团和中国电影乐团联袂出演。该作品由刘建全作词、撰稿，舒泽池、晓耦、桑楠、廖原、雅娟、关序谱曲，廖原任指挥。

《长征永远在路上》整部作品以长征为核心，涵盖海南五指山歌、五七调、三平调和琼剧等典型的音乐元素，由《长征的召唤》《长征的力量》《长征的接力》3 个乐章共 12 首歌曲组成。

【交响音乐会《浦东交响》】

2018 年 9 月 10 日，由中国交响乐团创排的大型原创交响音乐会《浦东交响》在上海东方艺术中心首演，由指挥家陈燮阳执棒。

该场音乐会演奏了中国交响乐团组织叶小纲、邵恩、郭小笛、赵石军、杨帆、王喆、李劭晟、黄凯然八位“老中青”三代作曲家赴浦东实地采风的原创新作。《浦东交响》有交响序曲、交响音画、钢琴协奏曲等多种体裁的作品。音乐会后，杨燕迪、叶国辉、王宁、莫凡等音乐评论家、作曲家参加了《浦东交响》原创新作座谈会。

【民族交响音乐会《国乐耀中华》】

2018 年 10 月 8 日至 10 日，北京民族乐团民族交响音乐会《国乐耀中华》于北京中山公园音乐堂首演，由王甫建执棒。

民族交响音乐会《国乐耀中华》是继民族音画《燕京八景》之后，北京民族乐团推出的又一作品。该作品以北京民族乐团 80 位演奏家组成的大型民族管弦乐队为主体，邀请多位艺术家与北京歌剧舞剧院合唱团共同演出。音乐会上演了打击乐与乐队《龙腾虎跃》，京剧与乐队《天韵》，民族管弦乐《太阳颂》，声乐与乐队《山丹丹开花红艳艳》，笙、大提琴与乐队《望春风》，琵琶与乐队《丝路飞天》，合唱与民族管弦乐《天路》等原创作品。

【交响套曲音乐会《丝路粤韵》】

2018 年 10 月 25 日，由广东民族乐团演出的民族交响套曲音乐会《丝路粤韵》于“首届全国优秀民族乐团展演”中上演。

《丝路粤韵》是套曲结构，创作于 2015 年。它以“海上丝绸之路”为主题，共分为《开海》《祭海》《远航》《异域》《乡愁》《归来》《新梦》7 个乐章，是我国首部“海上丝绸之路”民族管弦乐作品。作品由作曲家赵季平担任艺术总监，并由赵季平、景建树、张坚等 7 位作曲家共同完成。该作从岭南的民间音乐、民俗生活中汲取素材，选用了东南亚、印度、阿拉伯等国家和地区的民族及音乐素材，用丝竹管乐之声展现了“海上丝绸之路”的旖旎风光、异域风情和海上远航人的心路历程。

歌剧

【民族歌剧《楚庄王》】

2018 年 1 月 2 日至 3 日，湖北省歌剧舞剧院的民族歌剧《楚庄王》在“第三届中国歌剧节”演出。该剧入选文化部 2017 年度剧本扶持工程，由李穗编剧，吴粤北作曲，陈蔚导演。

民族歌剧《楚庄王》讲述了在春秋时代诸侯争霸的恢宏历史背景下，楚庄王面对内忧外患，忍辱负重、韬光养晦、励精图治，“三年不鸣，一鸣惊人；三年不飞，一飞冲天”，终于大展宏图，率领楚国走上振兴之路的故事。

【民族歌剧《盐神》】

2018 年 1 月 5 日，由自贡市歌舞曲艺演艺有限责任公司创排的民族歌剧《盐神》在徐州音乐厅演出。该剧由廖时香编剧，韩万斋作曲，毛庭齐导演。《盐神》讲述了百年老井干枯，盐商女儿紫薇在与母亲发生观念冲突后，携手锉井工梅郎白手起家打新井，与盐场的工人们同心协力、历经磨难，井穿出卤，终获成功的动人故事，歌颂了盐都儿女勤劳勇敢、坚韧不拔的优良品质以及为实现梦想不懈奋斗的工匠精神。

该剧为 2017 年“中国民族歌剧传承发展工程”重点扶持的 9 部民族歌剧之一。

【民族歌剧《二泉》】

2018 年 1 月 6 日，由江苏省文化厅、无锡市人民政府共同出品，无锡市歌舞剧院演出的民族歌剧《二泉》于“第三届中国歌剧节”期间在江苏省无锡市上演。该剧由任卫新编剧，杜鸣作曲，黄定山导演，剧中主要角色由王宏伟、龚爽担纲。

民族歌剧《二泉》以阿炳坎坷命运的一生为主线，以“二泉”象征阿炳失明却清澈洞悉世界的一双眼睛，表现出阿炳对音乐、对光明、对美好生活的向往和追求，塑造了一个创作出东方民族经典的民间艺人。

该剧为 2017 年“中国民族歌剧传承发展工程”重点扶持的 9 部民族歌剧之一。

【民族歌剧《有爱才有家》】

2018 年 1 月 6 日，由湖北省公安县与武汉大学艺术学院创排的民族歌剧《有爱才有家》于“第三届中国歌剧节”期间在江苏省常州市上演。该剧由胡应明编剧，王原平作曲，邓德森导演，剧中主要角色由刘丹丽等饰演。

民族歌剧《有爱才有家》是一部以湖北省公安县麻豪口镇农村福利院已故院长刘德芬事迹为蓝本创作的民族歌剧。全剧生动呈现了“全国孝亲敬老之星”刘德芬从事基层福利工作 23 年，敬老如父母、爱孤如子女的事迹，塑造了一位优秀基层共产党员形象。

该剧为 2017 年“中国民族歌剧传承发展工程”重点扶持的 9 部民族歌剧之一。

【民族歌剧《英·雄》】

2018 年 1 月 18 日，由湖南省株洲市戏剧传承中心组织创作演出的民族歌剧《英·雄》在株洲神农大剧院首演。该剧由导演黄定山执导，张林枝编剧，杜鸣编曲，剧中主要角色由王丽达、王传亮饰演。民族歌剧《英·雄》以历史事实为蓝本，分“初恋·俚歌”“热恋·酒歌”“苦恋·离歌”“生死恋·长歌”四幕，讲述了中国共产党第一位女党员缪伯英和丈夫何孟雄初识于北大校园，在李大钊的帮助下成为中国最早一批共产党员，后经历血雨腥风的大革命年代双双英勇牺牲的故事。

该剧为 2017 年“中国民族歌剧传承发展工程”重点扶持的 9 部民族歌剧之一。

【原创歌剧《山海经·奔月》】

2018 年 3 月 16 日至 18 日，原创歌剧《山海经·奔月》在中央音乐学院首演。该剧由宝玉作曲，周海宏编剧，李丹丹导演，首演指挥陈冰，剧中主要角色由张伟、张璋等饰演。作品讲述了“后羿射日”与“嫦娥奔月”的故事，刻画了英雄舍命为民斩妖除魔、舍小家顾大家的情怀。

歌剧《山海经·奔月》为 2017 年度国家艺术基金大型舞台剧和作品创作资助项目。

【原创歌剧《莫高窟》】

2018 年 5 月 4 日至 5 日，由中国广播艺术团创排的中国民族交响乐原创歌剧《莫高窟》在北京天桥剧场首演。该剧由指挥家彭家鹏担任总策划并指挥，王景彬担任剧目创作，作曲家刘长远担纲作曲，梁宇担任总导演，剧中主要角色由薛皓垠、于海洋、高瑞璇、岳璐、张森、张祥龙、王小莹、陈滨、廖裕文等饰演。

原创歌剧《莫高窟》以丝绸之路为背景，以敦煌壁画为题材，讲述了在唐代天宝年间，发生在莫高窟画工李工和石窟供养人翟蜜儿之间的爱情故事，描绘出一副丰富多彩、跌宕起伏的西域丝绸之路的生活画卷。该剧以对小人物爱情悲欢的呈现来表现时代主题：只有国家安定，才有人民的幸福。

【原创歌剧《马可·波罗》】

2018 年 5 月 4 日，由广州大剧院制作的原创歌剧《马可·波罗》在广东省广州市首演。歌剧《马可·波罗》演绎了 13 世纪意大利旅行家马可·波罗与其父亲、叔父自陆上和海上丝绸之路往返中国的传奇经历，再现了宋末元初的风云际会以及围绕东西方贸易、文化交流而展开的各种较量。

该剧采用中文唱词，英文字幕，由中国诗人韦绵和德国作曲家协会会长恩约特·施耐德创作，特邀伦敦科文特花园皇家歌剧院前歌剧总监卡斯帕·霍尔滕执导，副导演是现于英国皇家歌剧院担任舞台管理团队导演的艾米·里恩。该剧由汤沐海执棒，剧中主要角色分别由来自丹麦、比利时、中国和英国等国家的彼得·洛达尔、爱丽丝·卡鲁瓦尔茨、田浩江、梁宁、王云鹏等饰演。

【国家大剧院版歌剧《纽伦堡的名歌手》】

2018 年 5 月 31 日，由国家大剧院与英国皇家歌剧院、澳大利亚歌剧院联合制作的瓦格纳歌剧《纽伦堡的名歌手》在国家大剧院上演。该剧由国家大剧院音乐艺术总监吕嘉执棒，国家大剧院管弦乐团、合唱团携手约翰·罗伊特、阿曼达·玛耶斯基、约赫恩·库普弗、达尼尔·克尔希等歌唱家共同演出。

《纽伦堡的名歌手》首演于 1868 年，是德国作曲家瓦格纳创作的唯一一部喜剧题材歌剧，同时也是瓦格纳在创作技法上回归传统的一部歌剧作品。2012 年，国家大剧院推出首部瓦格纳歌剧《漂泊的荷兰人》，此后又陆续推出了《罗恩格林》《唐豪瑟》《特里斯坦与伊索尔德》三部瓦格纳歌剧。

【民族歌剧《爱莲说》】

2018 年 7 月 5 日，由长沙田汉大剧院创排的、根据北宋周敦颐名篇《爱莲说》改编的原创民族歌剧《爱莲说》在湖南省长沙市首演。该剧是国家艺术基金 2017 年度大型舞台艺术创作资助项目。全剧由“瘟袭莲乡”“莲乡风起”“风雨摧莲”“清白如莲”“莲出淤泥”“对莲明心”“莲化丹霞” 7 场以及序幕和尾声构成。

民族歌剧《爱莲说》由谭仲池编剧，廖勇作曲，廖向红导演，剧中主要人物由王泽南、龚爽、张卓、王鹤翔、陈刚等饰演。《爱莲说》根据文字记载和传说中周敦颐“兴水利、劝农桑、办学堂、治疫症、惩贪官”等事迹构建剧情、塑造人物、开掘立意、阐释主题。作品通过展现周敦颐与乡间名医白汝冰、民女湘莲共同造福于民的人生理想与洁身自好的追求，与贪官杜临风和黑商慕昌贵的斗争、较量，以及最终将其扳倒、绳之以法，阐释“为人要追求高洁，要有风骨，要能身陷污泥浊水而不染；为官要清廉公正，爱民为民，造福于民；面对邪恶要刚正不阿，有胆有识，扶正压邪，勇于牺牲”的主题思想。

【民族歌剧《千古情缘》】

2018 年 7 月 8 日，国家艺术基金 2017 年度大型舞台剧和作品创作资助项目——原创民族歌剧《千古情缘》在内蒙古自治区鄂尔多斯大剧院首演。

公元前 212 年，秦始皇派蒙恬大将军带领几十万军民用三年半的时间修筑了一条南起陕西咸阳、北至内蒙古鄂尔多斯高原九原郡的世界最长、最宽、最直的秦直道，被称为“世界上第一条高速公路”，昭君出塞就行走在这条路上。《千古情缘》是鄂尔多斯市向改革开放 40 周年、新中国成立 70 周年、中国共产党成立 100 周年献礼的剧目。

【民族歌剧《刘三姐》】

2018 年 7 月 25 日至 26 日，中国歌剧舞剧院联合广西壮族自治区桂林市文化新闻出版广电局创排、桂林市文艺演出有限公司参与演出的大型民族歌剧《刘三姐》在国家大剧院上演，此次演出也是“国家大剧院歌剧节 · 2018”的闭幕演出。

民族歌剧《刘三姐》由雷蕾作曲，易茗编剧，蔡薇蔓执导，李心草担任乐队指挥，剧中主要角色由蒋宁、毋攀饰演，陶雷担任舞美设计师。作品讲述了“歌仙”刘三姐的传奇故事，表现了刘三姐的美丽善良、正直勇敢及过人的歌唱才华，颂扬了以刘三姐为代表的劳动人民的勤劳与智慧，同时展示了民族艺术的多彩和桂林山水的神韵。

【歌剧《梦游女》】

2018 年 8 月 28 日，由国家大剧院制作的第二部贝里尼歌剧《梦游女》在北京市首演。剧中主要人物由迪里拜尔、希拉古萨、张文巍、李欣桐等饰演。

歌剧《梦游女》又名《梦游病者》，为二幕歌剧，由罗马尼编剧，贝利尼谱曲，于 1831 年在米兰卡卡诺剧院首次公演。

【歌剧《茶花女》】

2018年9月15日至16日，中央歌剧院演绎的威尔第经典歌剧《茶花女》在北京天桥剧场上演。作为2018年国家艺术院团演出季系列演出之一，歌剧《茶花女》改编自法国作家亚历山大·小仲马创作的同名长篇小说，是威尔第的代表作品，由中央歌剧院演员幺红、尤泓斐、徐森、韩钧宇、李想、王红等分别饰演主要角色。

1956年12月26日，歌剧《茶花女》由中央歌剧院引进，首次在北京天桥剧场上演。

【民族歌剧《青山烽火》】

2018年9月29日，为纪念大青山抗日游击根据地创建80周年，由中共内蒙古自治区党委宣传部和中共呼和浩特市委市政府组织创排的民族歌剧《青山烽火》在内蒙古自治区呼和浩特市首演。

民族歌剧《青山烽火》由中国歌剧舞剧院联合呼和浩特民族演艺集团共同创排。该剧以八路军挺进大青山开辟抗日游击根据地为故事主线，讲述了根据地各族军民同仇敌忾，在中国共产党领导下，在极其艰苦的环境中前赴后继、浴血奋战、抗击日寇的英雄事迹。

【民族歌剧《晨钟》】

2018年11月2日，由上海歌剧院创排的原创民族歌剧《晨钟》在上海大剧院首演。《晨钟》是上海歌剧院为迎接2019年新中国成立70周年和2021年中国共产党建党100周年而创作。

作品由许舒亚作曲、姚远编剧、胡宗奇导演，讲述了以李大钊为代表的一批革命者为民族大义慷慨赴死的动人故事。《晨钟》是剧作家姚远根据其话剧《李大钊》重新创作而成。该剧取自1916年李大钊在《晨钟报》创刊号发表的《〈晨钟〉之使命》，暗示他作为一名“铸钟者”最终以生命撞响黎明的“晨钟”。全剧通过五四运动、二七大罢工等历史事件全方位展现李大钊的革命思想。

【民族歌剧《在希望的田野上》】

2018年11月3日至4日，由文化和旅游部主办，文化和旅游部艺术司、中共浙江省委宣传部、浙江省文化和旅游厅、浙江音乐学院承办的大型民族歌剧《在希望的田野上》在浙江省杭州市首演。

《在希望的田野上》是为纪念改革开放40周年而创作的作品，讲述了人民音乐家施光南为人民书写创作的一生。该剧由刁玉泉作曲，喻荣军编剧，李伯男导演，曹丁指挥。作品先后入选文化和旅游部“全国优秀现实题材舞台艺术作品展演”剧目、浙江省文化和旅游厅“改革开放40周年优秀作品展演”剧目、浙江省舞台艺术创作重点题材2018年扶持项目等。

【民族歌剧《与妻书》】

2018年11月28日，由福建省文化和旅游厅出品、福建省歌舞剧院创排的原创民族歌剧《与妻书》在福州市福建大剧院首演。四幕歌剧《与妻书》展现出了革命志士、“黄花岗七十二烈士”之一的林觉民短暂而光辉的一生。

民族歌剧《与妻书》由章绍同作曲，周长赋编剧，邓一江导演，剧中主要角色由孙砾、陈意映出演。该剧为2017年度国家艺术基金大型舞台剧资助项目。

【民族歌剧《尘埃落定》】

2018年12月6日至9日，改编自作家阿来获茅盾文学奖同名小说、重庆市歌剧院创排的歌剧《尘埃落定》在重庆市首演。该剧是文化和旅游部“中国民族歌剧传承发展工程”重点扶持剧目。

歌剧《尘埃落定》把小说浓缩成《罂粟花开》《麦香时节》《边市清晨》《官寨黄昏》四幕歌剧。故事发生在20世纪40年代的四川省阿坝地区，讲述了历史上最后一个康巴藏族土司少爷的传奇故事。康巴土司与汉族太太生了一个傻儿子。傻儿子看似与现实生活格格不入，却拥有超时代的预感和观念，度过了堪称传奇的一生。

作品由阿来授权改编，冯柏铭、冯必烈担任编剧，廖向红导演，孟卫东作曲，许知俊指挥，剧中主要角色由王宏伟、刘广、赵丹妮、李思琦等出演。

【原创歌剧《北大1918》】

2018年12月12日至13日，由北京大学歌剧研究院创排的原创歌剧《北大1918》在“第三届北大歌剧论坛”期间首演。

该剧由金曼担任出品人，戴玉强担任制作人，剧作家贾清云、李长鸿联合编剧。2018年适逢北京大学建校120周年，《北大1918》从当代大学生的视角回顾了百年前的风云变幻，再现了百年前北大人为中华民族复兴努力奋斗的求索历程，展现了当代青年学子奋发向上的精神风貌及在成长过程中面临的关于志趣、爱情和理想等方面的抉择与思考。

【民族歌剧《沂蒙山》】

2018年12月19日至20日，由中共山东省委宣传部、山东省文化和旅游厅、中共临沂市委市政府联合出品，山东歌舞剧院创排的民族歌剧《沂蒙山》在山东省会文化艺术中心大剧院首演。

民族歌剧《沂蒙山》以沂蒙山根据地发展壮大的真实历史为背景，以大青山突围、渊子崖战役等为创作素材，讲述了海棠、林生、夏荷、赵团长等人物面对生死存亡抉择牺牲小我、团结抗战的故事，刻画了崖子村村民海棠从普通村民成长为革命战士的历程，展现了沂蒙精神的形成过程和丰富内涵。

该剧由王晓岭、李文绪编剧，栾凯作曲，剧中主要角色由王丽达、王传亮、杨小勇等饰演。

【民族歌剧《命运》】

2018年12月26日至27日，中央歌剧院献礼改革开放40周年之年度现实主义题材民族歌剧《命运》在北京市首演。

歌剧《命运》是文化和旅游部改革开放40周年重点剧目、全国优秀现实题材舞台艺术作品展演剧目、“中国民族歌剧传承发展工程”重点扶持剧目。该剧以改革开放40周年的现实为背景，聚焦中国改革开放大潮之下涌现出来的“鲁镇革命”，描述了鲁镇从乡村向城镇化转变的奋斗历程，讴歌了改革开放40年来，富起来的一代鲁镇人在走向新时代征程中，突破命运，以壮士断腕、凤凰涅槃的自我革命精神，将青山绿水美好家园的向往变成现实的故事。

该剧由捞仔作曲，朱海担纲编剧，曹其敬导演，杨洋、袁丁担任指挥。剧中主要角色由阮余群、郭橙橙、於敬人、陈淼、李爽、刘怡然、幺红、陈艺宝、牛莎莎、李楠、李想、徐森等饰演。

音乐剧

【原创音乐剧《花儿与号手》】

2018年3月19日，为迎接宁夏回族自治区成立60周年，由宁夏演艺集团歌舞剧院历经3年创排的音乐剧《花儿与号手》在宁夏回族自治区银川市首演。

该剧讲述了一个发生在长征途中的爱情故事：红军小号手李瑞金因战斗负伤，在六盘山区养伤，李瑞金与当地少女花儿通过当地民歌“花儿”相知、相恋。被国民党发现后，花儿为保护李瑞金，与敌人奋力周旋直至牺牲。该剧是宁夏首部原创音乐剧，也是国家艺术基金2017年度大型舞台剧和作品创作资助项目。

【原创音乐剧《大钊先生》】

2018年4月28日，为迎接北京大学120周年校庆，由北京大学艺术学院民族音乐与音乐剧研究中心创排的大型原创音乐剧《大钊先生》于北京市首演。

音乐剧剧目选取了李大钊面对绞刑架这一时点为切入口，重述历史、铺陈情感，串联起李大钊在不同历史时期的经历与思想。该剧由舒楠编曲，李洱作词，拓璐编剧，导演与演员均由北京大学师生担任，是北京大学庆贺建校120周年的系列活动之一。

【音乐剧《雪孩子》】

2018年6月23日，由北京手拉手儿童艺术剧团创排，国家艺术基金2018年度大型舞台剧和作品创作资助的音乐剧《雪孩子》在清华大学上演。该剧改编自作家嵇鸿同名童话故事，在原故事的基础上延伸，借鉴了中国神话故事的叙事逻辑，并改变了原著故事伤感的结尾，融化了的雪孩子化身为雪王子再次回到雪宫殿的雪女王身边，它的美好和善良永远留在了人间的小伙伴心里。该剧时长70分钟，共有40余首原创音乐，集合了现代管弦乐和流行音乐的配器形式和演唱方式，有咏叹调、宣叙调、二重唱、四重唱等。

该剧先后入选2018年北京市“高参小”活动演出剧目、第七届“圆梦中国·春苗行动”北京市优秀少儿题材舞台剧展演剧目、2018年“打开艺术之门”保利全国院线巡演剧目。

【音乐剧《哎呦，妈妈！》】

2018年6月28日至7月1日，由杨婷执导，赵玖玥、熊伽霖作曲，黄梅戏演员吴琼跨界主演的音乐剧《哎呦，妈妈！》在北京上演。

该剧为戏曲与话剧跨界作品，故事脱胎于莫里哀经典喜剧《吝啬鬼》，并将其本土化，将原作中吝啬至极的男主人公阿巴贡换成了女富豪钱夫人，通过她与子女的关系，反思人应该如何面对自己的欲望。作品既充满荒诞、戏谑，又不乏温情。

【音乐剧《故宫里的大怪兽之吻兽使命》】

2018 年 7 月 20 日至 22 日，音乐剧《故宫里的大怪兽之吻兽使命》在北京剧院首演。该剧讲述了一则关于故宫里大怪兽的奇幻故事。故宫的怪兽们因为人类的遗忘准备离开守护了几百年的故宫。忽然，小女孩李小雨误打误撞闯入了故宫怪兽们的世界，和龙的儿子“吻兽”成了朋友。

该剧改编自“冰心儿童文学奖”获得者常怡的原创童书作品《故宫里的大怪兽》，由北京市演出有限责任公司创排，常怡、刘科汉担任编剧，叶逊谦、李猛等加盟主创团队。

纪事

活动·演出

【第三届中国歌剧节】

2017年12月16日至2018年1月10日，由文化部、江苏省人民政府主办的“第三届中国歌剧节”在江苏省南京市举行。“第三届中国歌剧节”是在深入学习贯彻党的十九大精神之际举办的一次国家级歌剧艺术盛会，规模和持续时间均为历届之最。歌剧节期间，23台剧目共演出45场，举办“一剧一评”15场、歌剧艺术讲座6场、下基层演出5场，剧场观众达7万余人次，网络观看超过26万人次。

在2018年1月10日举行的闭幕式上，本届中国歌剧节举办地江苏与“第四届中国歌剧节”举办地山东进行了节旗交接。闭幕式演出了歌剧《拉贝日记》。该剧是江苏省2017年在南京大屠杀历史事件发生80周年之际组织创排的，讲述了南京大屠杀中国际友人救助中国平民的故事，揭示了牢记历史、不忘过去，珍爱和平、开创未来的主题。

2018年1月10日，“第三届中国歌剧节专家座谈会”在南京市举行，董伟和乔佩娟、羊鸣、居其宏等歌剧界专家参加了座谈。

【中央民族乐团2018欧洲四国巡演】

2018年1月24日至2月9日，中央民族乐团近百位艺术家在团长席强带领下，携民族管弦乐音乐会《丝绸之路》先后于瑞士琉森、奥地利林茨和维也纳、德国慕尼黑和班贝格、匈牙利布达佩斯、德国威斯巴登，横跨4个国家、7个城市，进行了7场演出、3场民族器乐讲座。

中央民族乐团上演了响应国家“一带一路”倡议的民族管弦乐音乐会，参演艺术家包括指挥陈燮阳、刘沙，演奏家唐峰、赵聪、冯满天、牛建党、金玥、朱剑平、吴琳、缪青、于源春、于昕、丁晓逵、张佳理等。演出曲目既有当代民族管弦乐作品《丝绸之路》，又有涵盖各类民族器乐协奏的新作，如古筝与乐队《故乡》、双琵琶协奏曲《楚汉之战》、中阮/唢呐与乐队《信天游随想》、敦煌复原乐器与乐队《极乐》、箜篌与乐队《普度》、二泉琴与乐队《二泉映月》以及《印象国乐》组曲。

【“2018年全国舞台艺术优秀剧目展演”暨“全国优秀民族歌剧展演”】

2018年3月3日至31日，由文化部主办、文化部艺术司、文化部艺术发展中心、北京市文化局、北京市教委共同承办，北京市演出有限责任公司协办的“2018年全国舞台艺术优秀剧目展演”暨“全国优秀民族歌剧展演”在北京市举行。

展演集中展示了29台优秀的舞台艺术作品，分别于北京保利剧院、梅兰芳大剧院、中国国家话剧院大剧场、中国儿童剧场、天桥剧场、北京音乐厅、首都剧场、北京天桥艺术中心、中国评剧大剧院、新清华学堂等场地共计演出58场。参加“2018年全国舞台艺术优秀剧目展演”的作品是“2017年度国家舞台艺术精品创作扶持工程”的10台重点扶持剧目和4台“2017年度全国舞台艺术重点创作剧目名录”作品，此外，还包括音乐剧《火花》、交响乐《哈尼交响》等。参加“全国优秀民族歌剧展演”的15台作品中，既有《马向阳下乡记》《松毛岭之恋》《有爱才有家》《二泉》《玛纳斯》《英·雄》《蔡文姬》《青春之歌》《盐神》等文化部2017年“中国民族歌剧传承发展工程”重点扶持剧目，也有

《呦呦鹿鸣》《红色娘子军》等原创剧目和《白毛女》《小二黑结婚》《洪湖赤卫队》《星星之火》等经典剧目。

此次展演是党的十九大胜利召开后，文化部组织举办的首次优秀作品集中展演活动，是党的十九大前后全国艺术创作的新成果。开幕演出于3月8日举行，演出剧目为《马向阳下乡记》。

全国优秀民族歌剧展演剧目

剧目	演出单位	演出地点	演出时间
《英·雄》	株洲市戏剧传承中心	新清华学堂	3月5日至6日
《马向阳下乡记》	青岛市歌舞剧院	保利剧院	3月8日至9日
《二泉》	无锡市歌舞剧院有限责任公司	新清华学堂	3月11日至12日
《洪湖赤卫队》	湖北省歌剧舞剧院	北京天桥艺术中心	3月12日至13日
《蔡文姬》	河南歌舞演艺集团有限责任公司	天桥剧场	3月13日至14日
《松毛岭之恋》	福建省歌舞剧院	保利剧院	3月14日至15日
《盐神》	自贡市歌舞曲艺演艺有限责任公司	北京天桥艺术中心	3月14日至15日
《星星之火》	沈阳音乐学院	新清华学堂	3月15日至16日
《有爱才有家》	荆州九歌文化传媒有限公司	北京天桥艺术中心	3月16日至17日
《呦呦鹿鸣》	宁波市演艺集团有限公司	保利剧院	3月18日至19日
《青春之歌》	浙江歌舞剧院有限公司	新清华学堂	3月19日至20日
《玛纳斯》	中央歌剧院	保利剧院	3月22日至23日
《小二黑结婚》	中国歌剧舞剧院	北京天桥艺术中心	3月22日至23日
《白毛女》	中国歌剧舞剧院	北京天桥艺术中心	3月26日至27日
《红色娘子军》	中央歌剧院	保利剧院	3月28日至29日

【2018深圳“一带一路”国际音乐季】

2018年3月23日至4月29日，由深圳市人民政府联合中国音乐家协会共同主办，深圳对外文化交流协会和深圳市文体旅游局承办的“2018深圳‘一带一路’国际音乐季”在广东省深圳市举行。

开幕音乐会由中国指挥家张国勇、林大叶执棒，林昭亮、瓦特尔·里奥斯、勒诺丹·瓦莉、王云鹏、雷佳等联袂出演。延续首届“一带一路”音乐季的传统，以深圳交响乐团为班底，由14个国家和地区的演奏员组成的深圳“一带一路”国际音乐季节日乐团再次出演。

本次音乐季以国家“一带一路”倡议为依托，以“连接中外、沟通世界”为主题。其间，来自近40个国家和地区16个艺术团体的700多位中外艺术家，在深圳献上包括“俄罗斯国家交响乐团与普列特涅夫音乐会”“梅兰竹菊——国乐专场”“深圳骄傲——青年音乐艺术家音乐会”“伊朗经典民族音乐音乐会”等在内的18场艺术演出。音乐季还通过举办音乐研讨会及相关学术延伸活动，推动“一带一路”沿线国家文化艺术合作。

【国家大剧院第六届“中国交响乐之春”】

2018年4月6日至28日，两年一届的国家大剧院“中国交响乐之春”开幕。本届活动在23天的时间里，汇集国内9支交响乐团，通过对22位作曲家的35部作品的集中上演，展现“改革开放40年来中国交响乐发展”的主题。

4月6日，由指挥家汤沐海执棒中国交响乐团，石倚洁、刘嵩虎、沈洋3位歌唱家领衔的“时代交响——中国国家交响乐团音乐会”在北京国家大剧院音乐厅上演，“国家大剧院第六届‘中国交响乐之春’”揭幕。

“国家大剧院第六届‘中国交响乐之春’”以“改革开放40年礼赞——世界语言·中国故事”为主题，集中展演了22位中国当代作曲家的35部交响乐作品。9支交响乐团包括中国交响乐团、苏州交响乐团、北京交响乐团、中央音乐学院交响乐团、浙江交响乐团、上海爱乐乐团、中央芭蕾舞团交响乐团、四川爱乐乐团、国家大剧院管弦乐团。9场音乐会中演奏了朱践耳、王西麟、王酩、赵季平、鲍元恺、叶小纲、郭文景、张千一、关峡、常平等22位作曲家的精选作品，包括《云南随想》《哈尼印象》《纳西一奇》《京华风韵》《炎黄风情》《草原之歌》《南海渔歌》《京剧交响曲》《社戏》《江城子》等。

【国家大剧院歌剧节·2018】

2018年4月13日，由国家大剧院主办的“国家大剧院歌剧节·2018”开幕。国家大剧院创排的歌剧《这里的黎明静悄悄》《长征》，中央歌剧院创排的歌剧《玛纳斯》，湖北省歌剧舞剧院创排的歌剧《楚庄王》，中国歌剧舞剧院创排的歌剧《刘三姐》，宁波市演艺集团有限公司创排的歌剧《呦呦鹿鸣》等相继上演。

除了中国歌剧，国家大剧院与英国皇家歌剧院、澳大利亚歌剧院联合制作的瓦格纳歌剧《纽伦堡的名歌手》和国家大剧院版歌剧《罗密欧与朱丽叶》也于歌剧节期间上演。

歌剧节期间同步推出“国家大剧院歌剧节·2018周末音乐会特别策划”系列活动，上演了“歌剧中的音乐与故事——德奥歌剧音乐会精选”和“歌剧瑰宝——歌剧交响音乐精选音乐会”；“经典艺术讲堂”之“走进歌剧世界”板块推出了“漫步西方歌剧系列——品味莫扎特的歌剧”“歌剧艺术的东方力量——探寻《楚庄王》的民族精神”“国家大剧院原创史诗歌剧‘长征’中感人至深的唱段赏析”3场艺术讲座。“歌剧的瞬间——国家大剧院歌剧制作印迹”“歌剧盛宴·2018世界著名歌剧院及重点演出剧目”和“2018国家大剧院歌剧节剧目展”等相关展览同期举办。

【2018庆祝海南建省办经济特区30周年——中国交响乐峰会暨海南省交响音乐周】

2018年4月15日至19日，由海南省政府主办，海南省旅游和文化广电体育厅、中国交响乐发展基金会承办的“2018庆祝海南建省办经济特区30周年——中国交响乐峰会暨海南省交响音乐周”在海南省海口市举行。

4月17日，来自国内数十家交响乐团的演奏家组成的中国交响乐联合乐团，携手指挥家陈燮阳，小提琴演奏家劳黎，歌唱家尤泓斐、丁毅进行了演出。本届中国交响乐峰会，民营交响乐团成为热点话题。

【谷建芬《新学堂歌》音乐会】

2018年6月1日，由中国东方歌舞团、北京市顺义区后沙峪中心小学等演出的“谷建芬《新学堂歌》音乐会”在北京国图艺术中心上演。

音乐会选取了谷建芬“新学堂歌”系列作品中的18首，以“养性”“养正”“养志”“养德”4个国学修养的发展阶段为脉络，分为4个篇章。音乐会以青春的角度解读“新学堂歌”并塑造了“一母一子”两位人物进行故事主线串联。《三字经》《弟子规》《千字文》《悯农》《游子吟》《出塞》《己亥杂诗》《回乡偶书》《有无歌》等曲目相继上演。

【纪念马可先生百年诞辰系列活动】

2018 年 6 月 9 日至 11 日，为纪念马可诞辰 100 周年，由中国音乐学院和中国音乐家协会等单位共同主办的“纪念马可先生百年诞辰系列活动”在北京市举行。

该系列活动共分为“为人民而歌——马可歌曲大家唱”音乐会（6 月 9 日）、“马可先生百年诞辰学术研讨会”（6 月 10 日）、“向马可致敬——马可百年诞辰纪念音乐会”（6 月 10 日）和“马可先生百年诞辰座谈会”（6 月 11 日）等 4 个部分。中国音乐界的专家学者、中国音乐学院老专家、马可的亲属和生前好友以及学校部分干部、师生出席活动。

【2018 上海夏季音乐节（MISA）】

2018 年 7 月 1 日至 16 日，“2018 上海夏季音乐节”（MISA）举办，由梵志登出任第 26 任音乐总监。

7 月 1 日，开幕音乐会由梵志登执棒，搭档小提琴家雷诺·卡普松，演出了伦纳德·伯恩斯坦的《小夜曲》，下半场上演了马勒《第五交响曲》。该届 MISA 演出期间，纽约爱乐乐团在梵志登和布拉姆维尔·托维的接力执棒下，上演 4 场音乐会，包含古典、爵士等音乐风格。7 月 7 日至 8 日，音乐节首次推出自主制作的《天书奇谭》交响音乐会。经过数字修复的高清画面和富有感染力的现场交响乐演绎，将该部上海美术电影制片厂的动画经典在舞台上演出。7 月 16 日，余隆指挥上海交响乐团上演了普朗克的《双钢琴协奏曲》和马勒《D 大调第一交响曲》。

创办于 2010 年的“上海夏季音乐节”，由上海交响乐团音乐总监余隆发起，是国内知名大型古典跨界音乐节。创办 9 年来，上海夏季音乐节一方面对标柏林森林音乐会、伦敦逍遥音乐节、波士顿坦格伍德音乐节等世界夏季音乐节，另一方面依靠“古典跨界”的定位拓展观众群、开拓新生力量。

【2018 杭州（国际）音乐节】

2018 年 7 月 2 日至 15 日，由杭州市人民政府办公厅、中共杭州市委宣传部指导，杭州文广集团主办，杭州文广演艺集团和杭州爱乐乐团承办的“2018 杭州（国际）音乐节”在浙江省杭州市举行。来自中国、美国、意大利、西班牙、德国、英国等 12 个国家的近 500 位艺术家上演了 19 场驻节演出、2 场特邀演出、9 场社会公益演出，并举办了 5 场音乐讲堂、5 场大师讲堂。

演出涵盖音乐剧、歌剧、交响乐、室内乐、独奏音乐会等多种音乐形式。音乐节还邀请了英国利物浦皇家爱乐乐团、德国铜管重奏团、中国圆号重奏团、墨西哥女高音凯伦·加迪亚萨瓦尔、意大利指挥家厄内斯特·霍泽、双簧管演奏家王亮、委内瑞拉小号演奏家帕乔·弗洛里斯、小提琴演奏家宁峰等世界知名交响乐团、室内乐团和艺术家加盟，并举办了“名家荟萃·民乐专场音乐会”“日本太鼓亲子音乐会”“陈其钢作品音乐会”等。

活动首次采用“节套节”的形式，推出“2018 国际铜管音乐周”，包括 3 场演出及 4 场大师班授课，除中国圆号重奏团、德国铜管重奏团、杭州爱乐乐团铜管重奏团音乐会外，还邀请各团艺术家举办铜管大师班。

音乐节期间还举办了“2018 杭州（国际）音乐节研讨会”，邀请音乐家余隆、陈其钢、王健、周平、陈擎等共同探讨“杭州国际音乐节”的发展前景。

【光明颂——庆祝中国共产党建党97周年暨新人新曲新时代民族音乐会】

2018年7月3日，由北京演艺集团主办、北京民族乐团演出、北京市剧院运营服务平台支持的“光明颂——庆祝中国共产党建党97周年暨新人新曲新时代民族音乐会”在北京音乐厅举行。音乐会由张鸣执棒。

由作曲家刘锡津创作、朱鹏宇担任箜篌演奏的箜篌协奏曲《丝海流音》，作曲家温展力创作、周娇担任琵琶演奏的琵琶协奏曲《犍陀罗风格》，以及李虹霄创作、李雨涵担任中阮演奏的中阮协奏曲《精卫》3部协奏曲完成首演。

【第四届北京国际音乐生活展】

2018年7月6日至8日，由中国乐器协会和上海国展展览中心有限公司共同主办的“第四届北京国际音乐生活展”在中国国际展览中心举行。该届音乐生活展以创造美好生活为理念，引导跨行业、跨文化融合，通过跨领域文化产品的展示，打造现代音乐生活方式。

展会设“国风”“西韵”“跨乐”“乐学”四大音乐主题展馆，以中西乐器、文化产品、音乐教育等为主要展示载体，结合生活场景设计和文化体验活动，在音乐融合生活的人文场景展区中分别呈现了国乐经典、西式美学、电子音乐及音乐教育，展现新的音乐生活方式。

【2018中国·内蒙古国际合唱周】

2018年7月10日至17日，由内蒙古自治区人民政府、国际合唱联盟主办，内蒙古自治区文化和旅游厅、内蒙古民族艺术剧院承办并得到上海合作组织支持的“2018中国·内蒙古国际合唱周”在内蒙古乌兰恰特大剧院举行。中国交响乐团合唱团、阿根廷合唱团、加拿大合唱团、匈牙利合唱团等10支合唱团被评为优秀合唱团，安德亚·安吉力尼、克里斯蒂安·格拉塞斯、尼尔斯·格拉斯霍姆、塞西尔·肯内特·亚当斯获大师纪念奖，内蒙古民族艺术剧院获特别奖。

闭幕式上，来自世界五大洲39个国家和地区的396名合唱演员共同演唱《歌声·友谊·和平》。

“2018中国·内蒙古国际合唱周”期间，世界青年合唱团在呼伦贝尔、包头、鄂尔多斯三地巡演；国际合唱论坛由世界各地的艺术家围绕“世界合唱的对话与展望”这一主题，分享经验，总结不足，畅想未来；声乐、作曲艺术国际大师讲座以多国代表性合唱作品为例，通过现场试听、演唱等互动方式，为合唱艺术爱好者讲授了拉丁美洲合唱的艺术风格、发展演变等内容。

【2018青岛·市南国际管乐艺术周】

2018年7月15日至21日，由中央音乐学院、中国音乐家协会管乐学会、青岛市文化和旅游局等联合主办的“2018青岛·市南国际管乐艺术周”在山东省青岛市举行，14位演奏家及3个国外演出团体在艺术周期间上演了多场管弦乐演出。艺术周主要包括开幕式、“中外音乐学院院长管乐艺术青岛峰会”、“巴松艺术周”、“国外顶级管乐重奏团音乐会”、“市南区中小学生管乐展演”和“管乐周闭幕式”六项内容。

在7月15日举办的“中外音乐学院院长管乐艺术青岛峰会”上，来自美国、澳大利亚、日本等国家的5所音乐学院的院长和中国3所音乐学院的院长及管弦系（管乐）的代表围绕中外管乐艺术（管乐团）建设及管乐艺术人才培养等问题举行了演讲和座谈。

【“敦煌国乐”中国民族音乐文化传承系列活动】

2018 年 7 月 16 日至 22 日，由上海民族乐器一厂出品的“‘敦煌国乐’中国民族音乐文化传承系列活动”在甘肃省敦煌市举行。在为期 6 天的活动中，举办了文化名家讲座、名家音乐会、民族室内乐团比赛、田野音乐考察、音乐片拍摄等活动，汇集了来自全国各地的数百名民乐人。

7 月 18 日，一场名为“大漠晨光”的大型民族乐团实景演出在敦煌奏响，这是此次系列活动中的一项主要内容。来自中央音乐学院、中国音乐学院、上海音乐学院、中国戏曲学院、中国民族歌舞团等多家艺术院校与院团的 300 多名演奏人员，演奏了《长城随想》和《敦煌神韵》2 首乐曲，以传承弘扬中国民族音乐文化的方式向改革开放 40 周年献礼。

【第九届中国少年儿童合唱节】

2018 年 7 月 17 日，由文化和旅游部主办，文化和旅游部公共文化司、贵州省文化厅、遵义市人民政府承办的“第九届中国少年儿童合唱节”在贵州省遵义市开幕。

在开幕演出中，侗族大歌童声表演的《上山种树歌》、儿童情景表演的遵义民歌《摘菜调》、布依族民歌童声表演的《好花红》、童声合唱的《童声飞扬》等节目依次上演。合唱节面向全国各地 40 支合唱队的 1700 余名少年儿童开展合唱艺术展演、现场示范教学、专家讲评以及“童声悠扬”快闪秀（进社区）等系列活动。合唱节组委会特邀来自云南省和贵州省两支乡村少年宫合唱团，以及来自北京市和湖南省的两个盲童合唱团参加展演。

“中国少年儿童合唱节”是由国务院批准设立、文化和旅游部主办的群众文化活动，自 2006 年至此已成功举办 8 届。

【第 14 届中国国际合唱节暨国际合唱联盟合唱教育大会】

2018 年 7 月 19 日至 25 日，由文化和旅游部外联局、国际合唱联盟、中国对外文化集团公司、北京市教育委员会、北京市西城区人民政府和中国合唱协会共同主办的“第 14 届中国国际合唱节暨国际合唱联盟合唱教育大会”在北京市举行。

7 月 19 日，北京少儿爱乐合唱团、中国音乐家协会爱乐男声合唱团等中国合唱团，泰国瓦塔娜女声合唱团、俄罗斯莫斯科欢乐合唱团、加蓬洛维歌声合唱团等来自世界各国的合唱团上演了多部中外合唱作品。本届合唱节有来自 59 个国家和地区的合唱组织负责人、专家学者以及 308 支合唱团的 1.5 万余名合唱爱好者，参与合唱教育大会、评测展演、大师班工作坊、合唱新作品音乐会、公益专场音乐会等 15 个大项总计 263 场合唱活动。

【首届贺绿汀音乐文化艺术节】

2018 年 7 月 20 日至 22 日，为纪念人民音乐家贺绿汀诞辰 115 周年，“首届贺绿汀音乐文化艺术节”在贺绿汀故乡湖南省邵东县举行。艺术节期间，举办了贺绿汀作品音乐会、“2018 绿汀杯中国风流行民谣大赛”、歌剧《贺绿汀》、民俗文化表演和“邵东改革开放 40 周年成果展”等系列活动。

开幕式主题音乐会分为“致敬经典”“湘音邵韵”“时代新声”3 个篇章，演唱了气势恢宏的《游击队歌》、简洁明快的《春天里》、清新活泼的《牧童短笛》等贺绿汀创作的曲目。

【“第四届音乐创意人才扶持项目”在北京启动】

2018 年 7 月 31 日，“第四届音乐创意人才扶持项目”在北京启动。该项目是由中央财政文化产业发展专项资金扶持，中国演出行业协会和中国文化娱乐行业协会主办的对优秀青年音乐创意人才进行选拔、培养、扶持、推广的活动，迄今共有 105 组音乐人进入扶持计划，并通过后续扶持措施得到成长与发展。

“第四届年音乐创意人才扶持项目”采取“线上线下结合 + 多板块并行”模式，扩大征集范围。项目设立六大特色板块，分别为“音 FU 计划”“新民韵计划”“造乐者计划”“音乐红人计划”“原创影响力”和“金芙蓉”音乐奖板块。

【第 13 届全国声乐展演暨全国优秀音乐剧展演】

2018 年 8 月 6 日至 17 日，由文化和旅游部、黑龙江省哈尔滨市人民政府主办，文化和旅游部艺术司、哈尔滨市文化广电新闻出版局承办的“第 13 届全国声乐展演暨全国优秀音乐剧展演”在黑龙江省哈尔滨市举行。本届声乐展演延续上届组别设置，分美声组、民族组、流行音乐组 3 个组，聘请相关领域权威声乐表演艺术家为参加展演的声乐人才进行辅导。全国优秀音乐剧展演系首次组织举办，集中展示近年来声乐人才培养和音乐剧创作取得的优秀成果。

展演参演剧目自申报以来，共报送声乐人才 490 名（组）、音乐剧 36 部，经专家遴选，40 名（组）声乐人才和 6 部音乐剧参加展演。与往届相比，展演大力倡导现实题材作品创作，围绕庆祝改革开放 40 年这一重要时间节点，重点推出反映改革开放伟大历程和人民奋斗实践，具有中国精神、中国气派、中国风格的声乐和音乐剧作品。展演首次尝试在声乐展演中实行“导师制”，即展演开始前，组委会组织具有代表性的声乐专家、艺术家对参演者进行集中指导，并与交响乐团和流行乐队进行排练，以提升参演者的演唱水平和表现能力；理论评论方面，在声乐展演和音乐剧展演期间分别开展“一人一评”和“一剧一评”。

【第 34 届中国·哈尔滨之夏音乐会】

2018 年 8 月 6 日至 20 日，由文化和旅游部、黑龙江省哈尔滨市人民政府主办的“第 34 届中国·哈尔滨之夏音乐会”在黑龙江省哈尔滨市举行。

本届哈尔滨之夏音乐会活动分为 4 大板块、8 个大项、50 个小项，由中央歌剧院等 20 余个国内外演出团体参加演出。组委会还设置 50 个群众文艺大舞台，每天演出超过 100 场。

【2018 中国江苏二胡之乡民族音乐盛典·中国音乐“小金钟”全国二胡展演】

2018 年 8 月 25 日至 9 月 1 日，由中国音乐家协会、中共江苏省委宣传部、江苏省文学艺术界联合会主办的“2018 中国江苏二胡之乡民族音乐盛典·中国音乐‘小金钟’全国二胡展演”活动陆续在江苏省南京市、无锡市举行。

8 月 25 日，“2018 中国江苏二胡之乡民族音乐盛典·中国音乐‘小金钟’全国二胡展演暨纪念杰出的民间音乐家阿炳诞辰 125 周年音乐会”在南京江苏大剧院开幕。音乐会由指挥家王爱康、常畅、闵乐康执棒，宋飞、王中山、陈耀星、杜如松、邓建栋、杨靖、朱昌耀、陈军、张强等民乐演奏家演奏了《二泉映月》《战马奔腾》《满江红》等民乐曲目。

本次展演分专业组和业余组进行，各组别共进行两轮展演，每轮展演演奏两首曲目。展演相关系列活动还包括音乐会演出、学术研讨会、文艺惠民活动、分会场专场音乐会、民族乐器展示品鉴。

【多彩之韵——第二届全国少数民族优秀声乐作品展演精品荟萃演出】

2018 年 9 月 21 日，由民委文化宣传司、文化和旅游部艺术司、内蒙古自治区呼和浩特市人民政府共同主办的“多彩之韵——第二届全国少数民族优秀声乐作品展演精品荟萃演出”在中央民族歌舞团举行。

作为第二届全国少数民族优秀声乐作品展演活动的重要组成部分，该场演出集中上演了草原歌曲《我的呼伦贝尔》、壮族歌曲《鹧鸪岭上鹧鸪啼》、苗族歌曲《苗岭飞歌——北京喜讯传边寨》、畲族曲目《畲家姑娘采茶忙》、朝鲜族民歌《长白山阿里郎》、西南彝族歌曲《放羊调》以及土家族歌曲《土家酒歌》等歌曲，参加演出的有来自高校、国家艺术院团、地方艺术院团的各民族演员。

2018 年 7 月，“第二届全国少数民族优秀声乐作品展演”在内蒙古自治区呼和浩特市举行。活动从全国报送的 365 件作品中，选出 82 件作品进行展演。

【2018 全球音乐教育联盟校长交流季】

2018 年 9 月 25 日至 30 日，“2018 全球音乐教育联盟校长交流季”活动在中国音乐学院举行。共有 20 位来自世界各地音乐院校的校长作为“全球音乐教育联盟”的代表参加活动，活动内容包括专题交流、音乐会、合作协议签署、艺术采风等。

与会代表围绕“全球音乐教育联盟课程对接方案”“全球音乐教育联盟‘学院奖’比赛举办方案”“联盟院校间互联网远程开放课程的教学方案及可操作性设计”等议题进行了专题交流。主办方组织部分代表赴贵州进行文化艺术采风。

“全球音乐教育联盟”在加强国际间音乐院校合作的同时，为中国音乐学院学生提供了教学资源，并首次开启国际联合人才培养机制。中国音乐学院将与联盟成员开展“2+2”本科、“1+1+1”研究生联合人才培养项目及“4+2/4+1”本硕连读项目。

【第六届中国・东莞音乐剧节】

2018 年 10 月 9 日至 11 月 27 日，“第六届中国・东莞音乐剧节”在广东省东莞市举行，来自国内外的 22 部剧目于音乐剧节期间上演。“第六届中国・东莞音乐剧节研讨会”也在音乐剧节期间举行，来自全国各地的专家围绕东莞音乐剧创作的现象、模式、问题、出路等进行交流研讨，共同为东莞“音乐剧之都”建设出谋划策。

“第六届中国・东莞音乐剧节”上演了百老汇音乐剧《芝加哥》、七幕人生音乐剧《近乎正常》中文版、原创戏曲音乐剧《一代天骄》、音乐剧《隐婚男女》等。

为纪念改革开放 40 周年，该届音乐剧节特别引进了诗歌剧《诗经・乐图》、“国乐莞响・启航”音乐会、现实主义话剧《明天》等。

此外，东莞原创校园音乐剧《步步高》、东莞原创儿童音乐剧《香香国传奇》、东莞原创儿童音乐剧《木偶奇遇记》《岭南新声——东莞市音乐基地原创声乐作品音乐会》,《繁花知时节　绽放新时代》东莞文艺名家推广计划成果展演、赵建华音乐作品演唱会、秦川小戏小品专场等也于音乐剧节期间上演。

【2018 中国（上海）国际乐器展览会】

2018 年 10 月 10 日至 13 日，由中国乐器协会、上海国展展览中心有限公司、法兰克福展览（香港）有限公司共同主办的“2018 中国（上海）国际乐器展览会”在上海市举行。本次乐器展规模再创新高，新增 2 个室外展厅、1 个中央舞台，共有 12 个展馆，总面积达 13.8 万平方米，来自 31 个国家和地区的 2200 多家中外企业参展。展览汇聚 13 个国家和地区的经典乐器及品牌，上海民族乐器一厂的“敦煌”品牌乐器、法国的普雷耶钢琴等参展。

展出乐器之外，乐器展还举办了文化主题活动：华乐国际论坛邀请二胡演奏家邓建栋、古筝演奏家袁莎、琵琶演奏家吴玉霞、作曲家谭盾、大提琴演奏家秦立巍、小提琴演奏家黄蒙拉等分享音乐体验。此外，本次乐器展还联合相关机构推出了“2018 爵士高手乐坛争霸赛”，携手上海市慈善基金会举办了“‘音乐开启心灵’——关爱自闭症儿童慈善音乐会”等。

【第 21 届北京国际音乐节】

2018 年 10 月 12 日至 26 日，“第 21 届北京国际音乐节”在北京市举行。此次活动为期 14 天，包括歌剧、戏曲、交响乐、室内乐等 21 场演出、13 场公益艺术活动。

在闭幕式音乐会上，大提琴家马友友携手琵琶演奏家吴蛮、民乐演奏家吴彤、歌唱家雷佳及丝绸之路乐团登台，与指挥家余隆执棒的杭州爱乐乐团合作完成了演出。

【“抒情新时代”庆祝改革开放 40 周年新创歌曲音乐会】

2018 年 10 月 15 日，由文化和旅游部组织创排的“‘抒情新时代’庆祝改革开放 40 周年新创歌曲音乐会”在北京音乐厅上演，15 首原创新歌曲在该项音乐会中集中亮相。该场音乐会由印青担任音乐总监，朱海担任文学统筹，田沁鑫担任总导演。

音乐会上演了领唱与合唱《复兴的力量》，男女声对唱《我们再出发》，独唱《飞驰的复兴号》《一路走来》《天边边个红》《只想对你说声谢谢》等新创作品，从不同角度、不同侧面讲述了改革开放的进程，集中展示了新时代的歌曲创作成果。

【“庆祝改革开放四十周年・拥抱新时代”专场音乐会】

2018 年 10 月 15 日，第 21 届北京国际音乐节特设的中国作品专场音乐会“‘庆祝改革开放四十周年・拥抱新时代’专场音乐会”在北京中山公园音乐堂举行。

音乐会由指挥家谭利华执棒，北京交响乐团演奏，曲目包括交响音画《咏雪》《京剧交响曲》，以及为庆祝改革开放 40 周年特别编排的交响组曲《拥抱新时代》等。

【首届全国优秀民族乐团展演】

2018 年 10 月 24 日至 11 月 2 日，由文化和旅游部艺术司、山东省文化厅主办的“首届全国优秀民族乐团展演”在山东省济南市举行。

该次展演是文化和旅游部首次举办的以民族乐团为主体的展演活动。全国各地共有 47 个民乐团体报名，经专家遴选，最终确定了 10 个民乐团体参演。展演以中央民族乐团的民族器乐剧《玄奘西行》开幕，以山东省歌舞剧院民族乐团的民族音乐会《大道天籁》闭幕，其间共举办 10 场民乐演出，同时开展“一团一评”、民乐艺术讲座、下基层演出等一系列活动。此外，该活动还支持中央民族乐团举办了三届全国民乐人才培训班，积极推进“民族音乐数据库”的建设工作，并着手开展全国传统乐种普查试点工作。

【第四届白茆山歌艺术节开幕式暨全国优秀民歌展演】

2018年11月5日，“第四届白茆山歌艺术节开幕式暨全国优秀民歌展演”在江苏省常熟市举行。民歌展演分“白茆情”“水乡曲”“时代颂”3个篇章，歌手们演唱了《呕哎歌》《一嗨滚下海》《家乡的桥》等一批新创作的山歌。受邀参加艺术节的非遗保护研究专家探讨了民歌的前世今生和传承发展。

【第三届北大歌剧论坛】

2018年12月12日至13日，由北京大学歌剧研究院、北京大学人文部主办，中国歌剧学会、中国歌剧学研究中心合办的“第三届北大歌剧论坛”在北京市举行。该届论坛以“歌剧思维与歌剧技术”为主题，以解决当前中国歌剧发展所面临的难题为着力点，以提高国家文化软实力为目标，力促建设新时代的中国歌剧，将中国歌剧推向世界舞台。

12月13日，专家学者围绕“歌剧思维与歌剧技术的现实意义”“歌剧思维与民族审美”“歌剧技术作为歌剧思维的保障”3个议题展开讨论。此外，“中国原创歌剧学院奖”评奖项目和“歌剧《青春之歌》合作推广行动计划”也在论坛期间启动。由北京大学歌剧研究院编辑出版的《中国歌剧》丛书新书首发仪式同期举行。

【全国优秀民族歌剧展演周】

2018年12月24日至30日，由文化和旅游部艺术司、福建省文化和旅游厅主办的“全国优秀民族歌剧展演周”在福建省福州市举行。

“全国优秀民族歌剧展演周”旨在集中检验和展示2018年中国民族歌剧传承发展工程创作成果，进一步扩大优秀民族歌剧的影响力和传播力。文化和旅游部“2018年中国民族歌剧传承发展工程”4部重点扶持剧目和3部滚动扶持剧目参加展演，包括改革开放40周年题材作品《平凡的世界》《命运》，现实题材作品《马向阳下乡记》《有爱才有家》，以及革命历史题材作品《沂蒙山》《松毛岭之恋》《尘埃落定》等，反映了参演院团围绕庆祝改革开放40周年等重大时间节点的创作成果。

2018年12月24日，“中国民族歌剧传承发展工程指导委员会工作会议”在活动期间举行。

【2019上海新年音乐会】

2018年12月31日，由中共上海市委宣传部主办、上海市文化和旅游局承办的“2019上海新年音乐会”在上海市举行。

音乐会邀请作曲家邹野以交响乐的方式重新编排经典作品，以“献给共和国成立七十周年的第一首歌”为主题，由余隆执棒，上海交响乐团携手解放军文工团合唱团，与阎维文、雷佳、王丽达、索朗旺姆、黄延明等共同演出。该次新年音乐会选取了各个历史时期具有深厚群众基础的中国作品，如贺绿汀的《游击队歌》、丁善德的《黄浦江颂》、朱践耳的《唱支山歌给党听》、吕其明的《红旗颂》，女声及混声合唱《让我们荡起双桨》《听妈妈讲过去的故事》等也以别开生面的方式呈现。

会议·评奖

【首届中国民族声乐男高音艺术论坛】

2018 年 3 月 31 日至 4 月 7 日，由成都大学的中国—东盟艺术学院和成都传媒集团共同主办，才旦卓玛、吴雁泽、李谷一、瞿琮、殷秀梅任艺术顾问，郁钧剑任总策划的“首届中国民族声乐男高音艺术论坛”在四川省成都市举行。活动期间共举办开幕、闭幕两场音乐会和 17 场公开课，300 余名来自全国各地的民族声乐男高音歌唱家以及千余名从事声乐的教师、学生、爱好者参加了活动。

“首届中国民族声乐男高音艺术论坛”持续 8 天。郁钧剑首讲之后，姜嘉锵、孟玲、邹文琴、胡郁青等老一辈歌唱家与方琼、刘和刚、陈永峰、吕宏伟等青年音乐家开展了系列演讲与讲座，共同研讨民族男高音的未来发展之路。论坛期间，中国民族男高音声乐艺术研究会成立，陈永峰被推选为首届会长。

【新时代歌曲创作座谈会】

2018 年 4 月 9 日，由中国音乐家协会、中共江苏省委宣传部、江苏省文学艺术界联合会主办，江苏省音乐家协会承办的“新时代歌曲创作座谈会”在江苏省南京市举行。赵季平、叶小纲、韩新安、徐宁、章剑华等有关负责人出席座谈会。印青、张千一、王晓岭、屈塬、宋小明、吴小平、戚建波、王晓锋、赵麟、陈涛、何沐阳、舒楠、王备、崔恕等全国词曲作家和新文艺群体代表参加座谈。

4 月 10 日至 14 日，主办方围绕聚焦中国梦、讴歌新时代、纪念改革开放 40 周年等重大创作主题，组织与会词曲作家赴江苏南京、扬州、淮安、徐州、苏州等地开展“深入生活、扎根人民”采风创作活动。其间，词曲作家们与当地中青年文艺工作者、新音乐群体近距离接触和座谈，进行交流，并对他们进行指导、帮扶培训。此次采风创作活动已纳入中国文学艺术基金资助项目。

【第七届华乐论坛】

2018 年 6 月 12 日至 14 日，由文化和旅游部支持、新奥集团资助、中国民族管弦乐学会主办的“第七届华乐论坛”在北京音乐厅举行。6 月 12 日，12 位弹拨乐、打击乐领域的演奏家，经过评选获得“新绎杯”杰出民乐演奏家荣誉称号，并与中国广播民族乐团合作，演奏了各自的代表作品。6 月 13 日至 14 日，“演奏家与评论家‘1+1’创作研讨会”在河北省廊坊市举行，研讨会以 12 位演奏家的演奏艺术作为核心论题。

【端州海韵童声合唱团获世界合唱比赛冠军赛金牌】

2018 年 7 月 13 日至 14 日，“2018 第十届世界合唱比赛”第二阶段的两次颁奖典礼在南非茨瓦内莫雷莱塔大会堂举行。来自中国广东省肇庆市的端州海韵童声合唱团连续演绎了《大熊星座的传说》和《月亮粑粑》等 4 首歌曲，摘得了该届冠军赛儿童组合唱金牌。

【“中国音乐家协会新兴音乐群体工作委员会”成立】

2018年9月18日，“中国音乐家协会新兴音乐群体工作委员会”成立大会在北京市举行。新兴音乐群体包括民营乐团、合唱团以及音乐培训机构、文化传播公司等。中国音乐家协会新兴音乐群体工作委员会立足于新兴音乐群体，以开展有益行业发展，探讨、研究、解决业内出现的问题，履行新兴音乐群体从业规范和行业自律公约为宗旨，通过加强联络沟通、专业咨询、培训指导、创作扶持等，拓展服务领域，为广大新兴音乐群体提供多样化服务平台。

成立大会审议通过了《中国音协新兴音乐群体工作委员章程》等，选举产生了83名委员组成第一届委员会，中国音乐家协会副主席、指挥家余隆当选第一届委员会主任。

【《田青文集》首发】

2018年10月26日，由中国艺术研究院主办，中国艺术研究院音乐研究所、文化艺术出版社承办的“《田青文集》首发式”在中国艺术研究院举行。

《田青文集》由文化艺术出版社出版。该文集共9卷，正卷7卷、附卷2卷。其中，正卷计2600千字，收录了田青绝大部分的文章和演讲录，除已出版的专著、文集，还包括过去几十年散见于报纸、刊物、网络的学术论文、讲演、访谈及其他各类文章。卷一、卷二为宗教文化与宗教音乐领域的专著和论文合集，卷三为中国音乐史论领域的论文与专著合集，卷四、卷五为非遗保护与原生态领域的论文合集，卷六为散文与评论，卷七为文学与创作。附卷2卷包括《田青印象》和《田青年表》。

【第二届中国音乐理论话语体系（表演理论）学术研讨会】

2018年11月16日，由中国艺术研究院音乐研究所、中国音乐家协会理论委员会、河南师范大学音乐舞蹈学院等单位联合主办的“第二届中国音乐理论话语体系（表演理论）学术研讨会”在河南省新乡市举行。来自中国艺术研究院、中央音乐学院、中国音乐学院等全国30余所高等音乐院校、音乐专业协会的近百名音乐表演艺术家和学者参加会议。本次研讨会以“表演理论话语”为主题，参会代表分别从民族声乐、民族器乐、传统戏曲、传统说唱、传统仪式音乐等表演领域展开探讨，在对不同类型表演理论作个性化诠释的同时，从多学科视角就共性问题展开深入研讨，以求达到对传统音乐表演理论话语体系的明确认识，进而从整体上把握中国音乐表演理论体系架构。

会议期间，河南师范大学还举行了“丝路回响——从中原到边疆”和“晋冀鲁豫民间乐话”2场专场音乐会。

【“中国音乐家协会新兴音乐教育工作委员会”成立】

2018年11月21日，“中国音乐家协会新兴音乐教育工作委员会”在北京成立。委员会成立的目的在于为广大新兴音乐教育组织和群体搭建艺术才能展示的平台，推动新时代音乐事业繁荣发展。会议选举产生了85名第一届委员会委员，音乐理论家、中国音乐家协会副主席赵塔里木当选第一届委员会主任。

“中国音乐家协会新兴音乐教育工作委员会”是以立足于新兴音乐教育发展实际，参与探讨、研究、解决业内出现的问题，团结从事音乐行业的新文艺群体，通过加强联络沟通、专业咨询、培训指导、创作扶持、自律维权、推广宣传等服务性工作，为新兴音乐教育组织和群体提供多样化服务的工作平台。

人物纪念

【指挥家韩中杰逝世】

2018 年 4 月 3 日，中国指挥家、前中央乐团交响乐队指挥兼中央歌剧院指挥韩中杰因病于北京逝世，享年 98 岁。

韩中杰（1920—2018）生于上海。1942 年毕业于上海音乐学院，随后在上海工部局交响乐团任演奏员。1946 年担任上海交响乐团首席长笛。1951 年在柏林举行的“第三届世界青年联欢节”长笛比赛中获奖，成为中国最早在国际比赛中获奖的获奖者之一。1952 年任中央乐团前身中央歌舞团乐队队长，并开始担任指挥工作。1955 年率乐队赴波兰参加华沙“第五届世界青年联欢节”，这支乐队成为新中国首次登上国际音乐舞台的交响乐队。1957 年以研究生资格赴圣彼得堡音乐学院指挥系研究生班深造。1961 年毕业，回国后任中央歌剧院和中央乐团常任指挥。他出访过许多国家，曾指挥美国波士顿交响乐团、波兰国家广播交响乐团等。

【笛子表演艺术家陆春龄逝世】

2018 年 5 月 22 日，笛子表演艺术家、音乐教育家、南方笛派的代表人物之一、上海音乐学院教授陆春龄因病于上海逝世，享年 97 岁。

陆春龄（1921—2018），出生于上海，曾任上海江南丝竹学会会长。其整理改编了《鹧鸪飞》《小放牛》《中花六板》《行街》《梅花三弄》等名曲；还创作了笛子协奏曲《今昔》《喜报》《江南春》《奔驰在草原上》《普天同庆》《练兵场上》，巴乌独奏曲《月下思亲人》《节日舞曲》，箫、笛协奏曲《天和》等经典乐曲。曾获“首届上海文学艺术奖”“首届中国金唱片奖”“第七届中国音乐家协会金钟奖终身成就奖”“共和国杰出艺术家奖”等。

【音乐学家管建华逝世】

2018 年 6 月 12 日，音乐学家、南京艺术学院音乐与舞蹈学首席学科带头人、中国世界民族音乐学会代会长管建华因病于江苏省南京市逝世，享年 65 岁。

管建华（1953—2018），出生于四川。曾任南京艺术学院教授、音乐学研究所所长。出版著作有《音乐人类学导引》《后现代音乐教育学》《中国音乐审美的文化视野》《中西音乐比较的心路历程》《管建华文选集》和译著《音乐人类学的视界》，主编《中国音乐文化大观》、《世界音乐经典译丛》（3 本）、《多元文化与音乐教育研究丛书》（5 本）、《音乐课程与教学》、《世界音乐教程》等。

【小提琴演奏家盛中国逝世】

2018 年 9 月 7 日，小提琴演奏家盛中国在北京逝世，享年 77 岁。

盛中国（1941—2018），祖籍江西省抚州市临川区，出生于重庆，毕业于苏联莫斯科柴可夫斯基音乐学院。其演奏的保留曲目有小提琴协奏曲《梁山伯与祝英台》《牧歌》《春天舞曲》《思乡曲》《瑞丽江边》等。盛中国于 1962 年在莫斯科第二届国际柴可夫斯基小提琴比赛中获得荣誉奖，1964 年回国后，任中央乐团独奏演员，曾获中国唱片总公司颁发的金唱片奖。

大事记

1月2日至3日，民族歌剧《楚庄王》在“第三届中国歌剧节”期间在江苏省常州市上演。

1月5日，民族歌剧《盐神》在“第三届中国歌剧节”期间在江苏省徐州市上演。

1月6日，民族歌剧《二泉》在“第三届中国歌剧节”期间在江苏省无锡市上演。

1月6日，民族歌剧《有爱才有家》在“第三届中国歌剧节”期间在江苏省常州市上演。

1月7日，“欢乐春节——中外经典电影交响音乐会”在加拿大首都渥太华演出。

1月10日，“第三届中国歌剧节”在江苏省南京市落幕。

1月12日至26日，“哈尔滨音乐比赛”在黑龙江省哈尔滨市举行。

1月18日，民族歌剧《英·雄》在湖南省株洲市首演。

1月24日至2月9日，中央民族乐团出访欧洲四国。

1月28日，美国巴德音乐学院设立中国民族器乐表演专业学位，开设巴德美中音乐研习院。

3月1日，网易云音乐和华研国际宣布双方达成战略合作。

3月3日至31日，“2018年全国舞台艺术优秀剧目展演”暨“全国优秀民族歌剧展演”在北京市举行。

3月5日，“中国交响乐团《哈尼交响》音乐会”在北京音乐厅上演。

3月8日至9日，音乐剧《袁隆平》在北京天桥艺术中心上演。

3月9日至14日，国家大剧院原创儿童歌剧《白雪公主》首演。

3月10日至14日，“中国·乌审马头琴交响乐团”赴法国巡演。

3月11日，“《中国梦·丝路情》组歌专题音乐会”在北京音乐厅举行。

3月12日，“酷狗音乐基地新生态暨酷狗直播生态链”发布会在四川省成都市举行。

3月16日，“‘向往’印青作品音乐会”在深圳音乐厅举行。

3月17日，新版《红楼梦钢琴协奏曲》在马来西亚国家大剧院上演。

3月17日，“第三届侗族大歌比赛”在广西壮族自治区柳州市举行。

3月19日，“胡琴音乐人才培养”计划在四川省成都市开班。

3月19日，音乐剧《花儿与号手》在宁夏回族自治区银川市首演。

3月20日，民族歌剧《青春之歌》在清华大学上演。

3月23日至4月29日，“2018深圳‘一带一路’国际音乐季”举行。

3月26日，吉林省歌唱家协会在吉林省长春市成立。

3月27日，民族歌剧《陈家大屋》在湖南省郴州市首演。

3月28日，“魅力中国”民族音乐会在美国洛杉矶举行。

3月29日，北京音乐厅“2018国际古典音乐演出季”开幕。

3月31日至4月7日，“首届中国民族声乐男高音艺术论坛”在四川省成都市举行。

4月1日，“‘饮歌’香港电影交响音乐会”在北京天桥艺术中心演出。

4月3日，指挥家韩中杰因病于北京市逝世，享年98岁。

4月6日，“时代交响——中国交响乐团音乐会”在国家大剧院音乐厅上演。

4月6日至28日，“国家大剧院举办第六届‘中国交响乐之春’”。

4月7日，民族音乐会《后土》在天津市上演。

4月9日，“新时代歌曲创作座谈会”在江苏省南京市举行。

4月11日，苏州交响乐团“《赤子之心》交响音乐会”在国家大剧院上演。

4月13日，“国家大剧院歌剧节·2018”开幕。

4月14日至30日，杭州爱乐乐团举办“一带一路”中、东欧巡演系列活动。

4月15日至19日，“2018庆祝海南建省办经济特区30周年——中国交响乐峰会暨海南省交响音乐周”在海南省海口市举行。

4月17日，“八音响宴——中国少数民族乐器文化展”在南宁开展。

4月18日，交响乐《社戏》在国家大剧院上演。

4月20日，“叶小纲第四交响乐《草原之歌》上海爱乐乐团音乐会”在国家大剧院上演。

4月21日至22日，“2018北部湾（钦州）迷笛音乐节”在广西壮族自治区北海市举行。

4月24日，“和平号角——2018上海合作组织第五届军乐节”在北京市举行。

4月26日，“第20期艺海问道文化论坛”在北京市举行。

4月28日，大型原创音乐剧《大钊先生》于北京市首演。

5月1日至2日，原创民族器乐剧《笛韵天籁》在上海市首演。

5月4日，原创歌剧《马可·波罗》在广东省广州市首演。

5月4日至5日，原创歌剧《莫高窟》在北京市首演。

5月14日，“2018上海夏季音乐节”启动。

5月18日，原创歌剧《晨钟》音乐会版于上海市首演。

5月21日，文化和旅游部艺术司公布“中国民族歌剧传承发展工程”重点扶持剧目与滚动扶持项目名单。

5月22日，笛子表演艺术家陆春龄因病于上海逝世，享年97岁。

5月31日，瓦格纳歌剧《纽伦堡的名歌手》在北京市上演。

6月1日，“谷建芬《新学堂歌》音乐会”在北京市上演。

6月6日，上海交响乐团与上海音乐出版社联合启动“中国交响七十年”项目。

6月9日至11日，由中国音乐学院和中国音乐家协会等单位共同主办的“纪念马可先生百年诞辰系列活动”在北京举行。

6月12日，余隆带领上海交响乐团签约柏林德意志留声机公司（DG）。

6月12日，音乐学家管建华因病于江苏省南京市逝世，享年65岁。

6月12日，“第七届华乐论坛”在北京市开幕。

6月20日，“‘沈阳之春’第七届中外音乐文化交流展”落幕。

6月27日，“青年作曲人才培养”培训班在北京音乐厅举办汇报音乐会。

7月1日至16日，“2018上海夏季音乐节”（MISA）举行。

7月2日，“‘炫舞精灵·天籁笛韵’长笛重奏音乐会”在北京音乐厅举行。

7月2日至15日，“2018杭州（国际）音乐节”在浙江省杭州市举行。

7月3日，“光明颂——庆祝中国共产党建党97周年暨新人新曲新时代民族音乐会”在北京音乐厅举行。

7月6日至8日，“第四届北京国际音乐生活展”在北京市举行。

7月6日至8月26日，北京音乐厅“打开音乐之门”暑期演出季举行。

7月8日，国家大剧院“‘周末音乐会’第500场特别策划音乐会”上演。

7月10日至17日，“2018中国·内蒙古国际合唱周”在内蒙古自治区举行。

7月13日至18日，“第三届阿尔达米拉上海吉他艺术节暨第九届吉他邀请赛”在上海市举行。

7月15日至21日，“2018青岛·市南国际管乐艺术周”在山东省青岛市举行。

7月16日至22日，“‘敦煌国乐’中国民族音乐文化传承系列活动”在甘肃省敦煌市举行。

7月17日至20日，“第九届中国少年儿童合唱节”在贵州省遵义市举行。

7 月 19 日至 25 日，“第 14 届中国国际合唱节暨国际合唱联盟合唱教育大会”在北京市举行。

7 月 20 日，“纪念冼星海与拜卡达莫夫合唱音乐会”在北京音乐厅举行。

7 月 20 日，“中国古代诗词歌曲（琴歌）演唱人才培养班”在中国音乐学院开课。

7 月 20 日至 22 日，“首届贺绿汀音乐文化艺术节”在湖南省邵东县举行。

7 月 22 日至 8 月 11 日，“2018 中国乐都（青岛）国际音乐节”举行。

7 月 26 日，“永恒的爱恋——男高音歌唱家赵玉龙独唱音乐会”在北京市举行。

7 月 27 日，民族歌剧《刘三姐》专家研讨会在北京市举行。

7 月 28 日，“听见呼麦——2018 蒙古族原生态扎木契组合专场音乐会”在北京音乐厅举行。

7 月 31 日，“第四届音乐创意人才扶持项目”在北京市启动。

7 月 31 日，“北京市文联艺术创作展演基地暨中国乐势力音乐广场”落成。

8 月 2 日至 8 日，“2018 红原大草原夏季雅克音乐季”在四川省阿坝藏族羌族自治州红原大草原举行。

8 月 6 日至 17 日，“第 13 届全国声乐展演暨全国优秀音乐剧展演”在黑龙江省哈尔滨市举行。

8 月 6 日至 20 日，“第 34 届中国 · 哈尔滨之夏音乐会”举行。

8 月 7 日至 9 日，“‘奏响新时代’2018 河南省唢呐展演”在河南省郑州市举行。

8 月 9 日，“第 13 届全国声乐展演（流行音乐组）研讨会”在黑龙江省哈尔滨市举行。

8 月 14 日，“第 11 届上海国际青少年钢琴大赛获奖选手颁奖音乐会暨闭幕式”在上海市举行。

8 月 18 日，“‘唱响黄河　歌颂中华’十六省区民歌展演”在山西省怀仁市落幕。

8 月 24 日至 26 日，“新时代之声——第四届全国教师合唱节”在广东省中山市举行。

8 月 25 日至 9 月 1 日，“2018 中国江苏二胡之乡民族音乐盛典 · 中国音乐‘小金钟’全国二胡展演”活动陆续在江苏省南京市、无锡市举行。

8 月 28 日，由国家大剧院制作的第二部贝里尼歌剧《梦游女》在北京市首演。

9 月 1 日，“中国交响乐团 2018—2019 音乐季”正式开启。

9 月 4 日至 5 日，音乐剧《当爱》（*Flood in the Valley*）在北京天桥艺术中心上演。

9 月 5 日，大型交响组歌《长征永远在路上》在北京音乐厅上演。

9 月 7 日，唱片《袍修罗兰——妙指流音》发布会在北京市举行。

9 月 7 日，小提琴演奏家盛中国因病在北京逝世，享年 77 岁。

9 月 7 日，“‘中国四川　美之土地’四川交响乐团 2018—2019 音乐季”在四川省成都市开幕。

9 月 9 日，大型民族管弦乐《国韵芳华》音乐会在国家大剧院上演。

9 月 10 日，大型原创交响音乐会《浦东交响》在上海东方艺术中心首演。

9 月 10 日，“《燕京八景》大型民族音画暨北京民族乐团成立三周年音乐会”在北京中山公园音乐堂上演。

9 月 10 日，音乐剧《芳草心》公益首演活动在中国木偶剧院举行。

9 月 14 日，“中国爱乐乐团 2018—2019 音乐季”拉开序幕。

9 月 14 日，“黔风港韵——非物质文化遗产音乐共赏音乐会”在贵阳市举行。

9 月 15 日至 16 日，器乐剧《韵魂弦梦》在北京喜剧院演出。

9 月 15 日至 16 日，中央歌剧院演绎的威尔第经典歌剧《茶花女》在北京天桥剧场上演。

9 月 15 日至 24 日，国家大剧院台湖舞美艺术中心在台湖露天剧场举办“国家大剧院 2018 台湖音乐周”。

9 月 18 日，“中国音乐家协会新兴音乐群体工作委员会”成立大会在北京市举行。

9 月 19 日，《动物嘉年华》音乐会在福建省厦门市首演。

9 月 21 日，“多彩之韵——第二届全国少数民族优秀声乐作品展演精品荟萃演出”在中央民族歌舞团举行。

9月23日，“第七届中国农民歌会”在安徽省滁州市唱响。

9月25日，“‘古乐重声’音乐会”在甘肃省敦煌市举行。

9月25日至30日，“2018全球音乐教育联盟校长交流季”活动在中国音乐学院举行。

9月28日，国家艺术基金2018年度大型舞台剧和作品资助项目《钱塘江音画》在浙江音乐学院大剧院首演。

9月28日，中央民族歌舞团2018年“秋季演出季”的压轴大戏音乐剧《梦圆故乡》在北京民族剧院上演。

9月28日至10月2日，原创音乐剧《TA不见了》在北京剧空间剧场演出。

9月29日，民族歌剧《青山烽火》在内蒙古自治区呼和浩特市首演。

9月29日至30日，北京曲剧原创音乐剧《蒴氏夫人》在北京市首演。

10月1日至10月3日，“第一届中国葫芦丝普及教育与发展研讨会及系列文化活动”在北京市举行。

10月8日，民族交响音乐会《国乐耀中华》在北京中山公园音乐堂首演。

10月9日至11月27日，“第六届中国·东莞音乐剧节”在广东省东莞市举行。

10月10日至13日，“2018中国（上海）国际乐器展览会”在上海市举行。

10月12日至26日，“第21届北京国际音乐节”在北京市举行。

10月15日，“‘庆祝改革开放四十周年·拥抱新时代’专场音乐会”在北京中山公园音乐堂举行。

10月15日，“‘抒情新时代’庆祝改革开放40周年新创歌曲音乐会”在北京音乐厅上演。

10月23日至11月24日，“第七届琴台音乐节”在湖北省武汉市举行。

10月24日至11月2日，“首届全国优秀民族乐团展演”在山东省济南市举行。

10月25日，民族交响套曲音乐会《丝路粤韵》亮相“首届全国优秀民族乐团展演”。

10月26日，“《田青文集》首发式”在中国艺术研究院举行。

10月26日，“第21届北京国际音乐节闭幕式音乐会”在北京保利剧院演出。

10月27日，交互式民族音画《高原·听见贵州》在山东省济南市群星剧场上演。

10月27日，“庆祝改革开放40周年——中国交响乐作品回顾展演暨第六届中国交响音乐季”在山东省青岛市开幕。

10月28日，“中央音乐学院民族室内乐团专场音乐会”在济南上演。

11月1日至4日，“第四届浙江省合唱节”在浙江省义乌市举行。

11月5日，“第四届白茆山歌艺术节开幕式暨全国优秀民歌展演”在江苏省常熟市举行。

11月7日至15日，“抒情新时代——庆祝改革开放40周年新创歌曲音乐会”赴深圳、厦门、上海开展公益性巡演活动。

11月16日，“第二届中国音乐理论话语体系（表演理论）学术研讨会”在河南省新乡市举行。

11月20日，“第17届西安国际音乐节”在陕西省西安市开幕。

11月21日，“中国音乐家协会新兴音乐教育工作委员会”在北京市成立。

11月29日，“广东星海音乐厅20周年音乐盛典”在广东省广州市举行。

12月3日，“第六届民族管弦乐（青少年题材）新作品征集展演音乐会”在北京中山公园音乐堂举行。

12月12日至13日，“第三届北大歌剧论坛”在北京市举行。

12月13日，“‘和声廊坊’第四届京津冀合唱音乐会”在河北省廊坊市举行。

12月15日，“首届全国音乐院校音乐学系主任工作研讨会”在天津市举行。

12月24日，“中国民族歌剧传承发展工程指导委员会工作会议”在福建省福州市举行。

12 月 24 日至 30 日，“全国优秀民族歌剧展演周”在福建省福州市举行。

12 月 31 日，“2019 上海新年音乐会”在上海市举行。

中国艺术年鉴·2019

舞蹈卷

分卷主编：杜　蕾

年度述评

2018年度中国舞蹈发展研究报告

◎ 江东　毛雅琛　张顺　梁亚坤　侯军虎　林荣珍　关樱丽　金豆　司丽艳

在改革开放40周年之际，2018年的中国舞蹈多维度地探索、进取，在稳步发展中不断开创新的格局。“中国故事”“青藏铁路”“现实题材”“一带一路”“深入生活，扎根人民”“改革开放40周年”等成为舞蹈发展的年度热词，正如习近平总书记在十九大报告中所指出的：“文化是一个国家、一个民族的灵魂。文化兴国运兴，文化强民族强。没有高度的文化自信，没有文化的繁荣兴盛，就没有中华民族伟大复兴。”十九大以来的中国舞蹈始终坚持为人民服务、为社会主义服务，坚持百花齐放、百家争鸣，坚持创造性转化、创新性发展，在铸就中华文化新辉煌的路上开拓、探索，取得了丰硕的成果。

2018年度的舞蹈创作在量与质上都比上一年度有所提升，在国家层面的各类展演、评奖及众多的项目活动中涌现一大批形态各异、风格独特的优秀作品，以传统文化、历史人物、革命战争、当代生活等为依托而创作的大型舞剧更是不胜枚举。其中，国标舞的发展尤其突出，频频在国际赛事中取得优异成绩。虽然舞蹈创作仍存在题材、形象雷同，对于中国精神深度挖掘不够及质与量发展不均衡等诸多问题，但对于现实题材舞蹈创作的关注及成果依然可圈可点。在舞蹈理论层面，科研课题、专著、论文及不同主题的研讨会、学术论坛和舞蹈展览，合力推进了舞蹈理论的体系化构建，虽然理论与实践，尤其是批评与创作之间还存在一定程度的脱节，但中国舞人的理论自觉已越发明显。中国舞蹈高等教育历经40年的发展与积淀成果显赫，各地高校纷纷加强对舞蹈学科的规划与建设，在总结40年发展历程及经验教训的基础上，深入思考全球化视野下中国舞蹈高等教育的现状与未来。在“非遗”舞蹈层面，2018年继续围绕“保护”与“传承”两大主题展开，多视角、跨学科研究成为趋势，新媒体、新技术的出现对于“非遗”舞蹈的传承、保护而言既是机遇也是挑战。而2018年度的中外舞蹈交流亦有重大进展，不仅来华演出的品类丰富、场次众多，且以“舞动中国”系列剧目为代表的出访演出将改革开放以来中国舞台艺术的精粹展现于三大洲的国际观众眼前，弘扬丝路精神，彰显文化自信，用舞蹈的方式助力“一带一路”建设。

因此，2018年度中国舞蹈学科及其行业在舞蹈创作、舞蹈理论、舞蹈教育、“非遗”舞蹈及舞蹈交流等各个层面都取得了长足的发展。本报告将主要围绕上述几个层面对2018年度的中国舞蹈发展展开分类陈说。

一、舞蹈创作繁荣发展

2018年的舞蹈创作在总体上呈现繁荣、进取的态势，不仅在数量上蔚为可观，而且在内容和形式上积极探索，彰显当下舞蹈创作的多元态势，在兼收并蓄中推动具有当代情怀与中国气派的舞蹈创作进一步向前发展。

（一）舞蹈作品创作

2018年的舞蹈作品创作延续了近年来的繁荣态势，且在质量上有所提升。在平台、机制层面，国内外各大舞蹈节、舞蹈展演及“北京舞蹈双周”“青年舞蹈培育计划”等，使舞蹈创作活动呈现多样化的特点，一大批带有鲜明个人风格的舞蹈编导和独立舞团如雨后春笋般涌现，极大地丰富了2018年的舞台。

1. 全国范围内的舞蹈展演及评奖

7月11日至21日，“第十二届全国舞蹈展演”在云南省昆明市举行，此次展演不仅在作品类型上更为全面，而且参演作品的数量亦有大幅增加，成为中国舞蹈界的一次盛会。另外，此次展演延续上一届"一场一评""一剧一评"的模式，在多维度展示舞蹈的同时，用学理精神滋养舞蹈创作。从舞种的角度来看，此次实际参加展演的78部作品中，中国民族民间舞作品多达47个，涵盖了汉族民间舞及藏族、蒙古族、朝鲜族、维吾尔族等多个少数民族的舞蹈，出现了《阿嘎人》《海阳有个王大娘》《南狮》《转山》《冈根扎鲁》《喜鹊衔梅》等优秀的作品。就作品题材来看，现实题材的舞蹈创作成为本届展演的焦点，有关注现实生活的《快乐生活》《幸福小院》《爹娘・争吵》，关注环保问题的《灵・境》《水草・逐》，关注革命历史的《回家》《红船》《南下・南下》等。此届全国舞蹈展演的作品在数量和质量上相比以往都有所提升，但问题也与之并行，依然存在诸如"千人一面"的趋同化现象，如何把握戏剧人物与肢体形象塑造的度，如何突出作品的形象性与意象性等都是需要我们深思的问题。透过此届全国舞蹈展演，我们欣喜地看到不少高校、院团及新生代编导正在迅速成长，也自豪地看到以王舸、周莉亚、韩真等为代表的新一代优秀编导已经发挥出中流砥柱的作用。相信中国舞人可以在接下来的创作中逐步思考并解决这些问题，这既是舞蹈求索的艰难过程，也是时代赋予舞蹈的应有之义。

作为当下中国舞蹈界唯一的全国性舞蹈评奖活动，第十一届中国舞蹈"荷花奖"当代舞、现代舞评奖活动于10月15日至17日在广东省举行，共有33部当代舞作品、16部现代舞作品参与最终评奖，其中不乏题材新颖、立意深刻的优秀作品。最终，《与妻书》《运河船工》《黄河》获得此届中国舞蹈"荷花奖"当代舞奖，《看不见的墙》《不眠夜》《命运》获得中国舞蹈"荷花奖"现代舞奖。此次评奖涌现了大批独舞作品，且现代舞作品的质量有了明显提升，舞者将多元并充满质感的肢体动作和对生活的独到感悟融入舞蹈，在一呼一吸中表达思想与情感。但个别作品存在词不达意、立意不足等问题，仍有很大的上升空间。

此外，7月23日至25日，第五届"荷花少年"全国舞蹈展演在北京舞蹈学院舞蹈剧场举办，共有72部作品入围展演，其中普通中学组46部、专业中专组26部。7月27日至30日，"2018中国青少年宫系统文化艺术节"在江西省南昌市举办，其中舞蹈作品有2部获得"少年组"金奖、6部获得"儿童组"金奖。2018年度的少儿舞蹈创作用丰富的形式展现新时代儿童积极向上的精神风貌，歌颂改革开放40周年的辉煌巨变。

综上所述，2018年的舞蹈作品创作呈现繁荣积极的趋势。国家艺术基金、各大舞蹈创意工坊、中国舞蹈家协会等机构为舞蹈作品的创作提供不同层面及平台的支持。青年编导的活跃成为本年度无法忽视的亮点，新一代中国编导正在以前所未有的力量成长起来，为中国舞蹈的发展带来勃勃生机。与此同时，如何在活跃的艺术氛围中创作出兼具时代性、思想性、艺术性的舞蹈精品，如何克服浮躁之风，是对当下舞蹈编导的一大考验。

2. 各有侧重的舞蹈项目及平台

"北京舞蹈双周"是国内极具规模的现代舞盛事，共分为"舞蹈营""大师班""青年舞展""另类平台""焦点舞台"五大板块，为中外青年新锐编导搭建起一个高效率、国际化的交流与切磋平台。7月19日至31日，一年一度的"北京舞蹈双周"拉开序幕，此次"双周"演出了包括北京雷动天下的《无梦可梦》、来自台湾地区布拉瑞扬舞团的《漂亮漂亮》和广东省现代舞团的《本初》等多部原创作品，作品间的对话与映照丰富了观众对现代舞的既定认知，拓宽了青年编导的眼界。

2018年的"中国舞蹈十二天"共推出6部作品，包括杨海龙根据经典名著《西游记》之"三打白骨精"改编的《婉嫿・西游》、用现代舞的形式探讨爱情的《凉亭》、展示人类境遇复杂性的《寂静之上》、关注老年特殊群体的《念想》、通过舞蹈展开人与工作关系探讨的《无人之境》及2017年获国家艺术基金小型剧目和作品创作资助项目的《遥遥南水》。作品在国家大剧院小剧场上演，其长度、宽度及观演方式都为中青年编导进行探索性作品实验提供了极大的便利。整体来看，2018年度的"中国舞蹈十二天"内容多样，风格迥异，给予编导充分的表达空间。

"青年舞蹈培育计划"（以下简称"培青"）注目于"最具创新能力和发展潜力"的青年舞蹈人才，

并给予一定的支持与全方位的指导，为他们的创作搭建优质平台。2018年的“培青”作品种类繁多，有将舞蹈与物理放在同一舞台之上的《极简物理》、4位年轻编导共同探索舞蹈未知领域的《慢热集》、以汉代舞俑为原始形态的《俑2》、朝鲜族动作语汇与现代舞相碰撞而产生的《撞》、以Disco寻找自我的《未来舞厅》、探讨不同爱情的《暗夜彩虹》、关于梦的《三十二章节》、借助物件和行动本身探索生活的《我什么都没说》、荒诞而又沉重地表现人际关系的《没有孤岛》、宋欣欣编导的作品《草民》，以及以影像方式呈现非专业舞者追梦之路的《3个和13亿个》等。“培青”的委约作品并没有给青年编导以命题式的创作导向，任其发挥想象，寻找舞蹈表达的无限可能。这些作品或许还存在一些瑕疵和不成熟的地方，但他们体现的对舞蹈及未知的热情和求知欲却意义非凡。

这些风格迥异的舞蹈项目，为有潜力的青年编导提供培养、交流和展示的平台，在给予足够的创作自由和空间的同时，邀请导师在不同阶段对作品予以评估和指导，帮助青年编导及其作品更快地走向成熟。

（二）舞剧创作

回望2018年度的舞剧创作，依旧保持着良好的发展势头和繁荣景象，数量之多、题材之广使其成为中国舞坛上一道亮丽的风景。国家艺术基金等政策的扶持使中国舞剧的创作快速发展，无论是大中型专业院团，还是以艺术家个人为主体的舞剧创作，都在创作手法上不断突破。

11月10日至12月9日，舞动长宁·第十一届中国舞蹈“荷花奖”舞剧评奖在上海举办，《醒·狮》《草原英雄小姐妹》《大禹》《花木兰》《井冈·井冈》《记忆深处》《刘三姐》7部作品登陆上海滩，最终前5部作品获得本届中国舞蹈“荷花奖”舞剧奖。此次入围的舞剧作品皆有浓郁的中国特色，或取材于民间传说、经典名著，或基于民俗风物、地域故事，构思新颖、逻辑清晰、舞段流畅，人物形象鲜明可信，感人至深。这些作品让中国舞剧的面貌呈现崭新的一面，在很大程度上代表着2018年舞剧创作所达到的新高度。

1. 专业院团的舞剧创作

第一，着眼现实，讲述中国故事。

2018年恰逢改革开放40周年，各大院团都以舞剧的形式讴歌40年来祖国的发展变化。

作为改革开放的丰硕成果，全长1956千米的青藏铁路建设历史同时成为铁路文工团、国家大剧院及中央民族歌舞团的舞剧主题向改革开放40周年献礼，因此2018年也被称为“天路年”。铁路文工团创作的舞剧《雪域天路》根据真人真事改编，将“爷爷”“爸爸”和“我”的亲身经历与青藏铁路深深地融合在一起，展现出代代相传的铁路精神。国家大剧院的《天路》则以藏族同胞的视角，讲述了青藏铁路西格段修建过程中藏族同胞与筑路兵由猜疑隔阂到心手相连的动人故事，凸显民族团结、军民融合的精神气概。中央民族歌舞团的《天之路》是2018年国家艺术基金资助项目，以当代人的视角审视和解读历史，讲述了以主人公张工为代表的铁路建设者在半个世纪的历程中，将青春和生命奉献给青藏铁路建设事业的动人故事。这3部作品虽题材相同，但表现手法和视角各有侧重，共同讴歌了中国人民艰苦奋斗、团结友爱的精神，是以舞剧的形式表现现实题材的一次积极而有益的探索。

以改革开放40周年为背景的现实题材创作还有舞剧《春天的故事》，作为邓林导演与天津歌舞剧院的又一次合作，于12月4日晋京亮相。全剧以大写意的手法和全新的创作理念，展现中国40年的发展变化。作品以“妈妈”这一角色贯穿全剧，将改革开放以来农业、工业和科学技术等领域中相继发生的历史性巨变相勾连，深情地展现改革开放的巨大成就，歌颂中华民族敢为人先的豪迈精神。

2017年，习近平总书记在十九大报告中指出，要坚持精准脱贫。作为以文艺反映党和国家实施精准扶贫战略的实践尝试，由四川省歌舞剧院创作的舞剧《大凉山的回响》于12月13日在四川省成都市正式首演。作为2018年国家艺术基金立项资助项目，作品以四川省大凉山悬崖村为背景，通过一个家族两代人之间的悲欢离合，讲述了人民如何脱贫致富，折射出小人物在大时代中的情怀与担当。

此外，在现实题材的创作中，中国近现代历史进程中的革命、战争一直是红色经典舞剧的热门题材，有无数可歌可泣的故事值得书写与铭记。仅2018年，便有广州歌舞剧院的《醒·狮》、上海芭蕾舞团原创芭蕾舞剧《闪闪的红星》、江苏省演艺集团的《记忆深处》、上海歌舞团原创舞剧《永不消逝的电波》等。其中，历时五年创作而成的民族舞剧《醒·狮》脱胎于小舞剧《醒》，由钱鑫、王思思编导，于9月28日至30日在广州大剧院首演，获得第十一届中国舞蹈“荷花奖”舞剧奖。作品以第一次鸦片战争中三元里的抗英运动为故事背景，以深厚的岭南文化为依托，表现山河动荡之时南粤儿女勇于反抗、书写人生大义的动人故事。《闪闪的红星》由赵明担任编导和编剧，于10月24日至28日在上海国际舞蹈中心首演。作品以潘冬子的视角再现了一个红军战士历经战火洗礼的成长历程，表现革命精神的延续和红色基因的传承。《记忆深处》由佟睿睿编导，是国家艺术基金2017年度资助项目，曾于2017年9月在南京市试演，于2018年12月8日、9日晋京演出。作品从美籍华裔作家张纯如探索南京大屠杀惨案的视角切入，以“真”为基础，忠于真实人物和事件，把目光投向大屠杀惨案的个体亲历者埋藏深处、触及灵魂的记忆，用舞蹈的肢体表达——“记住黑暗，是为了看到光明”。《永不消逝的电波》由韩真和周莉亚编创，于12月21日至26日在上海国际舞蹈中心首演。作品以解放战争时期的中共地下组织成员李白烈士为创作原型，赞颂中国共产党人“电波不绝，信念永存”的崇高理想，以舞剧的形式致敬英雄。

在改革开放40周年之际，现实题材舞剧创作从方方面面展现40年来的发展变化，有着鲜明的时代印记；同时回望历史，缅怀英烈，以宏大叙事讲述动人的中国故事。

第二，扎根文学，触摸文化命脉。

中西方舞剧创作常常会选取文学名著和神话传说作为创作蓝本，或忠于原著进行改编，或以新的理念进行当代解读，这种扎根文学的创作方式，在2018年依然深受广大编导和观众的喜爱。

舞剧《尘埃落定》改编自阿来荣获第五届茅盾文学奖的同名长篇小说，抽离了原著的历史语境与文学叙事的丰富细节，通过编导与演员的当代演绎，尽现人性的贪婪与荒谬，用藏族舞蹈语汇描绘了一幅浓墨重彩的藏族风情画卷，并进一步探讨“人性”这一永恒的话题。

2018年适逢北京当代芭蕾舞团成立10周年，该团新创了《风声鹤唳》来回望舞团十年之路。编导王媛媛将林语堂几十万字的长篇小说浓缩在两个小时之中，以小人物为切入点，反映大时代的变迁，通过精练的语言和舞者的肢体展示，带给观众一种独特的观赏体验。

此外，还有由佟睿睿担任总导演，以壮族“以花为神”的民间传说为灵感的舞剧《花界人间》，以及以写意化的方式再次展现凄美爱情传说的舞剧《梁山伯与祝英台》，凸显了中国古典舞语汇的表意功能，在一定程度上弥补了舞蹈在叙事方面的短板，并用现代化的手法加以创新和表达。

第三，塑造人物，彰显民族脊梁。

近年来，以展现人物为主要特征的舞剧创作，如《孔子》《李白》《杜甫》等成为舞剧创作中的重要一隅。2018年，人物类题材依然是舞剧创作中不可忽视的一类。

中国舞坛在2017年刚刚见证了由周莉亚、韩真导演的民族舞剧《花木兰》，2018年，辽宁芭蕾舞团又推出了芭蕾舞剧版《花木兰》，用芭蕾的语汇刻画中国古代的女性英雄形象。整部舞剧重点描述了花木兰金戈铁马的边塞生活，编导王勇和陈惠芬成功地将花木兰的芭蕾形象呈现在舞台之上。

舞剧《妇好》则抓住了妇好王后、大祭司、女将、母亲的四重身份，将这位存在于甲骨文和金文中的传奇女性以舞蹈的方式再现于舞台。作品不仅巧妙地将甲骨文运用到舞美设计中，而且在一些舞段中以肢体模仿甲骨文的字形，给妇好这位商代女性注入古朴粗犷的生命活力。

而在舞剧《刘三姐》中，如何将擅长唱歌的刘三姐以舞蹈的形象呈现，成为舞剧创作的一大难点。编导在保留大量经典山歌唱段的基础上，融入壮族的传统乐器、原生态山歌，加之多舞种的语汇元素，将传统刘三姐的形象重新组构，展现壮族人民的勤劳勇敢，歌颂忠贞不渝的伟大爱情。

舞剧《人生若只如初见》抓住了纳兰性德的典型形象，尝试以全新的视角给予其多维度的提炼，通过描写纳兰性德与妻子的爱情故事、与友人之间的深厚友谊及辅佐一代帝王的家国情怀，将一代才子的形象呈现在观众眼前。

不同于上述舞剧对著名人物的赞美与纪念，舞剧《金蝉塑与糖人宝》则是用肢体语言刻画了几个小人物，即平凡的市井人物和民间手工艺者。作品将视角投放在老北京民俗文化的展现上，舞剧里的三个人物传承了三种手艺——“毛猴”“糖人儿”“京韵大鼓”，在手工艺者跌宕起伏的一生中，融入了对家国山河的坚守，体悟和传承炽热的匠心精神。

在人物题材类型的舞剧编创过程中，对于人物形象的捕捉和把握至关重要，人物形象的鲜明准确直接关乎作品的成败。在2018年的舞剧创作中，对于各类女性人物的刻画成为一大亮点。

2. 以艺术家个人体验为主体的舞剧创作

近年来，越来越多的编导与舞者突破体制束缚，成立个人工作室或舞团，其作品往往带有鲜明的个人风格，2018年的《大饭店》《一梦·如是》《舞术》《春之祭》等作品格外引人注目。

由黎星工作室出品并制作，黎星、李超导演，李倩、谢欣、于建伟、彭捷、胡婕及李艳超倾力出演的舞蹈剧场《大饭店》于11月23日、24日在国家大剧院首演，以一种近乎蒙太奇的手法将一些碎片化的场景巧妙地拼贴在一起，表现7个人物复杂的人物性格和“罗生门”般强烈的戏剧冲突。

“亚彬和她的朋友们”系列十年第九季推出的舞剧《一梦·如是》分为上下两篇，分别由王亚彬和日籍舞者平原慎太郎担任编舞，以当代视角讲述鸠摩罗什的故事。作品以时间为轴拉开舞剧的纵深，通过时空的停顿与回放，鸠摩罗什的形象也随之逐渐丰满，展现了丝绸之路对现代人的精神启迪和深远影响。

作为第19届上海国际艺术节的委约舞蹈作品，《舞术》参加了2018年国家大剧院舞蹈节。赵梁将现代舞、武术、电子乐、古典乐及视觉元素熔为一炉，对传统文化和肢体语言进行解构重组，通过调动舞者、武者的感官和身体，在交锋中实现彼此间的对话，用舞与武打造极具当代性的先锋剧场，重现中国文化的精髓。

10月19日至21日，由中国上海国际艺术节、英国伦敦萨德勒威尔斯剧院共同委约杨丽萍创作的现代舞剧《春之祭》在上海国际舞蹈中心进行全球首演。作品用东方审美、东方哲学重新解构这场经典的“春的祭祀”，致敬经典。杨丽萍在现代舞的基础上，融入大量的藏文化元素，狮子、女人、祭司成为舞台上的主角，杨丽萍的代表形象——孔雀，也在剧中涅槃重生。

综观2018年的舞剧创作，其创作体量之大，成为中国乃至世界舞坛上的一大现象。专业院团肩负起弘扬主流价值观的使命，立足“讲好中国故事”的文化自觉，努力从中华传统文化中汲取养分，寻求舞蹈本体的中国式表达。艺术家个人为主体的创作则更倾向于艺术家个人对世界及人生的理解，在相对轻松自由的氛围中，以真诚、严肃的态度探寻舞蹈表达的更多可能性。

二、舞蹈理论

2018年度的中国舞蹈理论成果丰富，下面分别从科研项目、出版统计、学术活动与交流层面逐一展开陈述。

（一）科研项目

1. 2018年度立项的科研项目

在2018年度国家社会科学基金艺术学项目公布名单中，舞蹈类唯一的重大项目为“现实题材舞蹈创作研究”。该项目由中国舞蹈家协会主席冯双白承担，以现实题材的舞蹈创作为研究对象，充分显现了国家和舞蹈界对现实题材舞蹈创作的重视与关注。一般项目共6项：“民族舞蹈学研究”（湖南师范大学王光辉承担）、“新媒体时代舞蹈作品版权多维保护机制的构建与完善研究”（武汉理工大学胡神松承担）、“江南民间舞蹈文化生态研究”（温州大学邵吟筠承担）、“新时代山西‘非遗’秧歌舞多元化发展走向与价值研究”（太原师范学院赵霖承担）、“岭南舞蹈史研究”（广东舞蹈戏剧职业学院曾华美承担）、“影响当代中国舞蹈发展因素与新时代舞蹈发展策略研究”（北京舞蹈学院王欣承担）。在这 6 项国家社科基金一般项目中，既包含了对地域舞蹈史、舞蹈文化生态的研究，也有对新时代“非遗”舞蹈、新媒体时代舞蹈作品版权问题及当代中国舞蹈发展问题的相关研究。从中可以看出国家社科基金立项覆盖的地域范围之广及承担人员之多元。2018 年度国家社科基金艺术学舞蹈类的青年项目获得立项的有 3 个，分别为“中国古代祭礼乐舞的东亚文化圈传播与形态流变比较研究”“改革开放 40 年云南省舞剧舞蹈诗创作研究”和“20 世纪舞蹈人类学理论范式研究”，较 2017 年舞蹈类青年项目多一个。

综上，2018 年度国家社科基金艺术学舞蹈类立项显现三个特点：第一，对基础研究及地方区域研究比较注重；第二，各项目负责人整体实力较强，对各自的研究具有研究方向、地域等的优势；第三，国家社科基金委对舞蹈类基金分配相对公平公正（地域范围广、承担人员多元）。

2. 本年度顺利结项的国家科研项目

王宁宁研究员主持的国家社科基金艺术学一般课题“中国古代雅乐舞发展史”，金娟助理研究员承担的国家社科基金艺术学青年课题“土家族毛古斯舞的调查与研究”，田湉承担的社科基金项目“1954—2014：中国古典舞理论文献的整理与研究”，苏娅承担的文化和旅游部文化艺术科学项目“中国古典舞肢体文化研究”，邵未秋承担的文化和旅游部项目“中国古典舞袖舞文化建设研究”都于本年度顺利结项。上述项目或建立了“中国古典舞经典理论文献类目”，或对“起于心、发于腰、形于体”的中国古典舞所承载的文化内涵进行了深入的梳理和研究，或为中国古代雅乐舞、土家族毛古斯舞及古典舞的文化建构提供扎实的学理支撑。

（二）出版统计

据不完全统计，2018 年出版的舞蹈方向书籍有 83 种，较 2017 年多了 2 种。

就分类而言，这 83 种书籍包括：中国舞蹈史类 3 种；外国舞蹈史类译著 1 种；民族民间舞类 24 种，其中非遗舞蹈 1 种、少数民族舞蹈文化研究 6 种、民族民间舞蹈教程 10 种及其他 7 种（民族民间舞考察、报告、人才培养模式等）；中外舞蹈理论 21 种，包括基础理论 12 种、编导及表演等应用理论 7 种和舞蹈评论 2 种；舞蹈教育理论 8 种；体育舞蹈类 7 种；少儿舞蹈类 11 种；舞蹈鉴赏（包含图册）5 种；文集及口述史 3 种。此外，作为专业学术刊物，《北京舞蹈学院学报》在舞蹈基础理论研究、舞蹈史研究、舞蹈创作与表演研究、舞蹈教育研究、舞蹈评论、舞蹈文化研究、舞蹈音乐研究等几大版块中，共发表了与舞蹈相关的文章 109 篇。

就题材而言，这 83 种书籍中，内容涉外的有 8 种，主要出现在舞蹈史研究、集训教材这两类中，占全年出版总数的 9.6%；就功能而言，这 83 种著作中，舞蹈教材类最多，共 32 种，占全年总数的 38.6%；就数量而言，民族民间舞蹈类书籍的数量多于 2017 年，但舞蹈史的书籍少于 2017 年；就内容而言，表演类教材的数量明显高于编导类教材；就舞种而言，83 种书籍中，包括了中国民族民间舞、中国古典舞、芭蕾舞、现代舞及国标舞；就作者而言，舞蹈史论类书籍的作者大多是研究机构或高校具有良好学术背景的科研人员，编导和表演类教材多为高校具有丰富舞蹈实践教学的教师；就针对的读者而言，供专业学生使用、研究者参阅的书籍占大多数，而普及舞蹈知识的大多为少儿舞蹈读物。总体来看，理论与教材类书籍占据了突出的地位。在这 83 种书籍中，有不少具有较强的学术性和较高的研究价值，为中国舞蹈学的发展提供了扎实而稳定的学理基础。

此外，我们还欣喜地看到了大洋彼岸的美国学者在中国舞蹈研究上取得的最新学术成果——由密歇根大学东亚研究所魏美玲（Emily Wilcox）教授出版的《革命的身体——中国舞与社会主义遗产》。这部著作的最大价值，就是能够用公允而学术的态度对中国现当代舞蹈的发展给予分析和论述，代表了美国学界对于中国舞蹈及其价值在认识上的一个新声音。

（三）学术活动与交流

2018 年度，舞蹈学各类学术交流活动对于推进舞蹈理论的研究和舞蹈学科的发展起到了一定的积极作用。本年度与舞蹈相关的国际和国内学术交流主要包括非遗舞蹈的传承和保护、“一带一路”倡议下国际间的舞蹈交流、中外舞蹈教育、舞蹈和舞剧创作、舞蹈展览等几个层面。

1.“一带一路”以舞促融

6月10日至15日，“第二届中国—中东欧国家艺术合作论坛”在成都市举行，以“当代艺术的实践与探寻——传统的当代价值”为主旨，通过举办艺术论坛、成果展演、专场演出等活动，增进“一带一路”沿线国家的沟通与交流。在国家“一带一路”倡议的指导和鼓励下，12月19日、20日，第三届“一带一路”文化艺术交流合作国际学术研讨会在广西壮族自治区北海市举行。活动由中国艺术研究院、广西壮族自治区文化和旅游厅、广西壮族自治区文学艺术界联合会、北海市人民政府联合主办。来自俄罗斯、美国、马来西亚、新加坡、日本、韩国、乌兹别克斯坦、斯洛伐克、中国、中国香港、中国台湾等国家和地区的近百位专家学者相聚北海进行交流。

2.创作论坛——舞蹈创作“指向标”

6月1日，由中国艺术研究院舞蹈研究所主办的“赵梁作品研讨会”在中国艺术研究院研究生院召开，针对赵梁近年来的舞蹈创作实践及作品，众多业内外与会专家展开了积极热烈的讨论。10月17日，由中国舞蹈家协会主办，中国舞蹈家协会理论评论委员会、广东省舞蹈家协会承办的“中国现当代舞蹈发展论坛”在广州举行，与会专家学者围绕舞蹈创作的“表意优先”及舞蹈创作的“两个困惑”“舞蹈是什么”“当代舞的前世今生”等主题展开发言，对中国现当代舞的发展起到“指向标”的作用。11月15日，“舞蹈叙事学理论研讨会”在东北师范大学音乐学院举办，以叙事学理论的视角梳理中国“叙事舞蹈”的发展历程，总结经典叙事性舞蹈作品和经典舞蹈艺术的审美特征，以推动中国叙事舞蹈作品的创作。11月16日至18日，由北京舞蹈学院主办，北京舞蹈学院学术委员会承办的“首届中国舞蹈创作论坛”在舞蹈剧场举办。论坛邀请了众多中国舞蹈创作领域的编导艺术家和理论家，从不同的视角分析了中国舞蹈创作的各个层面，对于舞蹈艺术应有的审美价值、社会价值、人文价值、思想价值进行深入思辨。12月7日，由中国舞蹈家协会主办，中国舞蹈家协会理论评论委员会、上海国际舞蹈中心、上海舞蹈家协会协办的“2018中国舞蹈高峰论坛暨中国舞蹈‘荷花奖’舞剧论坛”在上海举行。论坛围绕“锐度”“精度”“深度”“广度”四个关键词展开发言，反映出中国舞蹈创作取得的坚实硕果，同时也辨明了中国舞蹈创作的不足与缺憾，为舞蹈创作的发展提供了趋势指引与学理支持。12月10日，中国艺术研究院舞蹈研究所主办了国际学术交流会“中国舞蹈八十年”，与会专家与美国舞蹈学者魏美玲交流、探讨了西方人眼中的“中国舞蹈”。

在少儿舞蹈创作层面，第十届“小荷风采”全国少儿舞蹈创作与教学高级研修班于5月14日在河南省郑州市开班，此次研修班被列入“中宣部全国文艺业务骨干和管理干部培训计划”，吸引了来自全国各地近160位在少儿舞蹈创作、教学领域具有较大发展潜力的人才前来学习交流，合力推动中国少儿舞蹈艺术创作与教学的不断发展。12月25日至28日，2018年少儿舞蹈编创研讨会在山东青年政治学院舞蹈学院举行，主要围绕少儿舞蹈编创中的选材、想象力和创新三方面进行研讨，以推动少儿舞蹈教育及编创的蓬勃发展。

3. 舞蹈展览溯“舞情”

9月13日，由魏公村舞蹈产业联盟组织发起，联合国家大剧院和海淀区委宣传部共同主办，中国艺术研究院舞蹈研究所提供学术支持的“为生命而舞——首届中国舞蹈艺术大展”在国家大剧院举行。本次展览展出了大量舞蹈文物、理论书籍、服饰、道具及数字化视频，使人们“思接千载，意贯古今”，领略了壮美的中华舞蹈艺术。9月30日，由中国舞蹈家协会主办，中国文联舞蹈艺术中心、《舞蹈》杂志社承办的“六秩春秋　甲子风华——《舞蹈》杂志创刊60周年展览”在中国文联中国文艺家之家展览馆举行，老一辈和中青年舞蹈人齐聚一堂，互相交流，共同回顾、感受《舞蹈》杂志风雨兼程的60年。

4. 舞蹈科学填补空白

11月14日，北京体育大学艺术学院举办“舞蹈运动科学实验室”研讨会。与会人员围绕“舞蹈运动科学实验室”自身定位、研究方向、建设规划等方面展开了研讨。实验室力求通过自身建设弥补国内在该领域的空白，发挥北京体育大学办学优势，与舞蹈训练实践紧密结合，提高和完善对舞蹈的科学认知。

12 月 14 日，北京舞蹈学院中国舞蹈科学研究中心启动暨研讨会在北京舞蹈学院举办，与会专家围绕“舞蹈科学发展与研究中心建设”展开热烈的讨论，认为中国舞蹈科学研究中心的研究要紧密结合舞蹈专业教学实践与人才培养，积极应对“健康中国”的国家战略，真正承担起舞蹈科学应有的社会使命与担当。

5. 追思会致敬前辈

2018 年，数位舞蹈界的泰斗级前辈离我们远去，以追忆舞蹈人的生平事迹为主题，回顾舞蹈发展历程的追思会成为学术交流中的重要事件。7 月 6 日，由中国文联、中国舞蹈家协会主办的“纪念盛婕先生百年诞辰”活动在中国文联举行，追思盛婕先生的生平事迹，并且由中国文联出版社出版了《盛婕先生追思文集》。此外，中国第一代舞蹈理论家、美学家、教育家、中国古典舞学科主要创始人之一叶宁先生的追思会、中国第一代舞蹈史大家王克芬先生的追思会及中国著名舞蹈编导家李承祥先生的追思会也都在本年度举行。

2018 年，中国舞蹈理论收获满满，在科研立项、书籍出版、学术交流等各个层面都有新的成绩与进展，同时，在舞蹈理论的横向拓展与纵深挖掘及理论与实践的密切联系等层面也还需持之以恒的努力。

三、舞蹈教育

2018 年是中国舞蹈高等教育 40 周年，在国务院学位委员会的部署下，五大艺术学科“自我评估”“以评促建”，以及“双一流”建设活动持续深化，各地高校纷纷加强对舞蹈学科的建设，加上“一带一路”倡议提出五周年之际，舞蹈教育教学活动此起彼伏，国内外舞蹈交流互动频繁，有效地提高了舞蹈教育教学的质量，推动了我国舞蹈教育的全面深化发展。

（一）中国舞蹈高等教育 40 周年

1978 年，北京舞蹈学校改制为北京舞蹈学院，由此开启了中国舞蹈高等教育的大幕。40 年来，中国舞蹈高等教育为中国舞蹈事业的持续性发展培养了一代又一代各类舞蹈人才。中国舞蹈高等教育已成为中国高等教育体系的重要组成部分，建立了从本科到硕士再到博士研究生教育的舞蹈教育体系。

10 月 27 日，国际舞蹈教育论坛暨中国舞蹈高等教育 40 周年主题研讨会议在北京舞蹈学院举行。本次论坛是 2018 北京国际舞蹈院校芭蕾舞邀请赛的系列活动之一，也是北京舞蹈学院为推动教育深化改革、纪念舞蹈高等教育发展 40 周年举办的重要活动。论坛邀请了中国艺术研究院院长韩子勇、英国伦敦当代舞蹈学院校长克莱尔・康纳（Clare Connor）、新西兰奥克兰大学舞蹈系主任拉尔夫・巴克（Ralph Buck）教授、北京舞蹈学院学术委员会荣誉委员吕艺生、中国艺术研究院研究员江东、意大利国家舞蹈学院校长玛丽亚（Maria）等众多国内外知名专家及舞蹈教育学者，围绕“新时代面向未来的舞蹈高等教育”主题，在人才培养、科学研究、社会服务、文化传承创新、国际交流合作等方面进行了深入的研讨和交流，旨在推进中国及世界舞蹈高等教育事业发展。研讨会提出了关于发展速度、质量和规模等方面的思考，舞蹈高等教育“重启与转换”的理念，人才培养的阶段性问题等议题。论坛深化了各国学者对未来高等舞蹈教育的认识和理解，也强化了各国学者共同推进舞蹈教育发展的共识。

《北京舞蹈学院学报》在 2018 年第 4 期特设了“聚焦中国舞蹈高等教育四十年”专栏，刊登《回溯・展望・反思——“舞蹈高等教育四十年”专访》一文，邀请国内舞蹈界、舞蹈教育界工作者代表共话“中国舞蹈高等教育四十年”，回顾历史，总结经验，反思当下，展望未来。特辑北京舞蹈学院历任院长及中国舞蹈家协会主席专访，直面当前舞蹈高等教育的现象。专栏特约吕艺生、于平、江东三位具有代表性的舞蹈教育工作者撰文：《四十载回望：中国舞蹈高等教育的历史使命与隐忧》（吕艺生）、《舞蹈高等教育高峰论坛四题》（于平）、《中国舞蹈学研究生教育漫谈》（江东），从多角度、多维度阐述中国舞蹈高等教育现状。

（二）舞蹈教育相关的论坛及研讨会

2018年度与舞蹈教育相关的论坛、研讨会数量与主题繁多，下面仅以时间为序进行简要梳理。

7月28日、29日，“澳门专业舞蹈艺术教育”研讨会在澳门演艺学院舞蹈学校举行，探讨了新时期粤港澳台四地专业舞蹈发展现状与交流合作机制模式。

9月26日，2018年全国舞蹈审美教育联盟年会暨敦煌国际研讨会开幕，包括来自俄罗斯、新西兰、新加坡等7个国家的42所院（团）的舞蹈专家前来参会，分别从各自角度分享了舞蹈教育的成功经验及人才培养模式，探讨新时期高等院校舞蹈教育的历史使命与方向，希望通过不同国家及校际舞蹈文化交流、共享资源形成合力，实现舞蹈美育服务于公民、服务于社会、服务于国家创新人才培养的战略需求。

10月19日，“筑梦新时代”2018北京师范大学亚太国际舞蹈教育研讨会在北京师范大学艺术与传媒学院举行。研讨会旨在搭建舞蹈教育学术问题沟通新平台，联结国内外高校、中小学及各种舞蹈教育机构，共同推进舞蹈教育事业的新发展。此次会议首次发布了中国网民舞蹈审美力调查报告，也首次把社会教育和特殊教育纳入高校艺术教育论坛，做到学科全覆盖。研讨会议题也因此涵盖了中国艺术教育的各个阶层，包括高等教育论坛、基础教育论坛、特殊教育及社会教育论坛。

10月22日，在2018北京国际舞蹈院校芭蕾舞邀请赛暨舞蹈展演活动期间，北京舞蹈学院主办了以“如何培养适应21世纪的新型芭蕾人才”为主题的第四届国际芭蕾教育研讨会。国内外知名芭蕾舞专家、学者齐聚一堂，分享国际芭蕾舞发展前沿信息、教育教学理论和实践经验，一同研讨芭蕾舞教育的发展方向，对于当代芭蕾舞人才培养理论和方法进行深入探讨。

10月29日，河南师范大学召开了“音乐与舞蹈学学科研究生核心课程建设研讨会”。11月26日，“2018中国—东盟音乐舞蹈教育学术研讨会”在贵州师范学院举行。12月8日、9日，2018中外艺术教育高峰论坛·舞蹈分论坛在南京艺术学院舞蹈学院举办，论坛主题为“舞蹈的身心教育与文化传承”，与会代表围绕“全球化背景下艺术教育的任务：融合、发展与创新”这一话题进行交流，共同关注新时代艺术本科教育与艺术人才培养的发展与实践。

在少儿舞蹈教育层面，由中国舞蹈家协会组织的“到人民中去——新农村少儿舞蹈美育工程舞蹈课堂调研暨授牌仪式活动”于5月29日至31日走进三湘，开展舞蹈课堂调研活动并为“舞蹈课堂”授牌。

总体而言，2018年度的舞蹈教育教学活动，内容丰富，形式多样，以中国舞蹈高等教育40周年为核心，持续深化了在舞蹈学科建设、人才培养、文化交流等方面的发展。尤其是以研讨会与工作坊的方式连接国内与国际的沟通、交流，充分发挥舞蹈教育与理论和实践紧密结合的特性。

四、“非遗”舞蹈的保护与传承

2018年的“非遗”舞蹈继续围绕着“保护”与“传承”两大主题深入发展。保护方面：整体性保护与抢救性保护继续深化；传承方面：社区、学校为传承“非遗”舞蹈助力；传播方面：新平台、新媒体、新技术为“非遗”传统舞蹈“赋能”；理论方面：多视角、跨学科研究成为趋势。

（一）保护方面

传承人与项目的申报认定：2018年5月，文化和旅游部公布的第五批国家级非物质文化遗产代表性项目代表性传承人名单共计1082人，其中传统舞蹈类非遗传承人合计121名，占11.2%。至此，五批传统舞蹈类国家级非遗传承人总数达到298人。

传统舞蹈的记录与保存方面：2018年，传统舞蹈的记录与保护工作依然围绕着“数字化保护”和“抢救性记录工程”开展。各地纷纷展开国家级非遗代表性传承人抢救性工作通查、落实等工作，如浙江省、黑龙江省、广东省等，通过深入调查与系统拍摄、采集和整理口述文字、图片、视频等手段和措施进行抢救性记录与保护。

（二）传承方面

为了充分调动传承人传承的积极性，发挥传承人的能动性，各地都开展了对传承人的研修、培训、指导，加大了场地、资金、人员的扶持力度。除此以外，切实发挥学校和社区的传承优势，为“非遗”传统舞蹈助力。2018 年，教育部在全国普通高校开展中华优秀传统文化传承基地建设，55 所高校获批，中南大学的“瑶族长鼓舞”、复旦大学的“吴越踏歌”入选。除了高校，中小学也是“非遗进校园”的重要阵地。另外，通过“社区”传承，能够让“非遗”真正回归到老百姓的生产、生活当中。“非遗 + 社区”的传承方式践行了“见人见物见生活”的非遗保护理念，促进了非遗的保护与传承。

（三）传播方面

本年度“非遗”舞蹈的传播在广度和深度上都有了较大的提升，除了传统展演的方式外，也得到了主流媒体与新平台、新媒体、新技术的助力。1. 主流媒体。央视综合频道的《非遗公开课》，以“非遗点亮智慧”“非遗引领时尚”“非遗传递情感”“非遗凝聚力量”四个板块进行，其中传统舞蹈奉贤滚灯、广东醒狮等面向全国电视观众进行了展示。《舞蹈世界》栏目专门推出了 5 期以“非遗舞蹈”为主题的节目。2. 新平台。国家图书馆举办了“年华易老 技・忆永存——国家级非物质文化遗产代表性传承人抢救性记录工作成果展映月”系列活动。3. 新媒体、新技术。腾讯直播平台对非遗传承人开展了网络直播，短视频 APP 快手联合央视财经频道特别策划推出“我的家乡有非遗”系列主题活动，此外还利用 AR 与 VR 技术对非遗进行数字化展示。这种主流媒体宣传、国家级平台展示与“互联网 + 科技 + 非遗”的形式为“非遗”传统舞蹈的传播注入了新的活力，赋予了更多新能量。

（四）理论方面

研讨会。本年度举办了一系列相关主题的研讨会：如 5 月 5 日“民族瑰宝 舞之传承——中国非物质文化遗产传统舞蹈展演”在上海国际舞蹈中心举行。翌日，举办了中国传统舞蹈发展论坛，与会专家围绕着“传承与发展”展开关于“非遗”传统舞蹈的保护现状、原生与发展形态、非遗作品的概念、传承价值与意义等一系列问题的探讨。关注区域民间舞蹈文化的有：10 月 12 日，中国艺术研究院舞蹈研究所主办的南疆“非遗”传统舞蹈传承现状学术报告会，针对 7 月赴南疆考察的内容与成果进行了总结汇报。从一个地区的“非遗”传统舞蹈传承现状可以透视当前“非遗”传统舞蹈保护工作的种种现状与问题。10 月 19 日，在南昌举办的首届“中国区域民间舞蹈文化论坛”，就区域文化与舞蹈文化空间研究、中国区域传统舞蹈文化与校园特色课程建设研究、非遗保护视域下传统舞蹈的传承与创新三个板块展开专题研讨。围绕“非遗舞蹈教育”的有 11 月 28 日至 12 月 1 日在华南师范大学举办的“非遗舞蹈进校园（2018）：舞蹈精品课程课例展示暨论坛”。通过“非遗舞蹈进校园”活动，唤起更多地区对“非遗”舞蹈传承和保护意识。此外，还有北京舞蹈学院民族舞蹈文化研究基地年会暨中国民族舞蹈学科理论体系建设项目发布会等。

学术论文与著作。2018 年度“非遗”传统舞蹈的理论有了进一步延伸和发展，视野更加多元，其中“非遗进校园”成为本年度学术文章的热词。多篇学术论文围绕着“非遗进校园”展开理论、实践、人才培养、路径对策等问题进行研究和讨论。著作方面，“非遗”数字化保护、跨文化、跨学科研究成为重点。如孙传明的《民俗舞蹈类非物质文化遗产数字化》，从民俗舞蹈数字化理论及规范制定、舞蹈活动数字化再现和文化空间知识本体构建等方面展开研究。从民俗学视角出发的有汤旭丽的《寄语民俗：中国民间舞蹈艺术研究》，从人类学视角出发的有邓小娟、马正国的《守望田野——西北民间舞蹈的人类学考察》等。

2018 年，“非遗”传统舞蹈面临着新的时代机遇，同时也面临着新的挑战和问题，我们还将继续探索“非遗”传统舞蹈保护与传承的“中国经验”。

五、中外舞蹈交流

为促进中外文化交流，弘扬中华优秀传统文化，2018 年度中外文艺团体交流演出呈现“持续深化、繁荣发展”的态势。在多地、多次的演出季与艺术节等活动中，中外舞蹈能够在国际艺术平台中同台演出，促进了“国与国”“民与民”之间的文化交流与发展。

（一）外国舞蹈艺术团访华交流

2018 年度，外国艺术团访华演出品类丰富，场次众多，包括弗拉明戈、踢踏舞、芭蕾舞、现代舞等，其中各国芭蕾舞团的芭蕾舞剧依然是来华演出的重头戏。

1. 芭蕾舞

2018 年仅在国家大剧院上演的外国芭蕾舞剧就包括：立陶宛国家歌剧院芭蕾舞团的《睡美人》、意大利圣卡罗剧院芭蕾舞团的《灰姑娘》、瑞士日内瓦大剧院芭蕾舞团的《罗密欧与朱丽叶》、乌克兰哈尔科夫国家歌剧院芭蕾舞团的《天鹅湖》和《舞姬》、澳大利亚国家芭蕾舞团的《睡美人》、澳大利亚昆士兰芭蕾舞团的《仲夏夜之梦》、美国芭蕾舞剧院首席罗伯托·波雷携 7 位好友演出的《罗伯托·波雷和朋友们芭蕾精品荟萃》，以及暌违 8 年再度访华的莫斯科大剧院的《海盗》与《巴黎的火焰》等。以上来华演出的芭蕾舞作品皆为中国观众耳熟能详的经典。

在北京天桥剧场演出的有法国普雷洛卡芭蕾舞团的《芭蕾精品荟萃》，以及世界芭蕾巨星扎哈洛娃携莫斯科剧院众多明星演出的《爱》（AMORE），以不同的芭蕾风格诠释出狂热的真爱、偏向哲学意味的爱和幽默轻快的爱。

10 月 19 日至 11 月 22 日，第二十届中国上海国际艺术节在上海开幕，纽约城市芭蕾舞团的《巴兰钦之夜》作为开幕舞剧在上海大剧院亮相。此外，应邀在上海国际艺术节演出的还有西班牙玛利亚·佩姬舞团的《我，卡门》、加拿大蒙特利尔爵士芭蕾舞团的《舞到爱尽处》、挪威国家芭蕾舞团的《群鬼》，以及英国现代舞大师阿库·汉姆的挂靴之作《陌生人》。在艺术节的闭幕演出中，古巴国家芭蕾舞团上演了融合古巴风情和当地传统风格的芭蕾舞剧《堂·吉诃德》，为艺术节落幕画上圆满的句号。

此外，日本无设限舞团在上海国际舞蹈中心演出了被称为“日式暗黑美学舞蹈杰作”的现代芭蕾《妮娜物语》；日本松山芭蕾舞团在北京保利剧院演出了中国芭蕾舞剧《白毛女》，70 岁高龄的森下洋子扮演喜儿，这是日本松山芭蕾舞团第 16 次访华演出。

2. 现当代舞及舞蹈剧场

2018 年来华的演出基本都集中在北京、上海，且大多于国家大剧院和上海国际舞蹈中心上演。例如，在国家大剧院演出的玛莎·葛兰姆现代舞团的《寂静悲喜》，以及哥德堡歌剧院舞蹈团的《智者》《黑色未命名》等。此外，马修·伯恩携英国新冒险舞团于北京天桥艺术中心上演为纪念舞团 30 周年而创作的“二战版”《灰姑娘》；英国赫法什·谢克特舞蹈团的新作《无尽的终章》于上海国际舞蹈中心上演，表现人们面对危机时的无助、迷茫和社会应对危机的方式。同样上演于上海国际舞蹈中心的还有以色列编舞大师安德里亚·康斯坦佐·马天尼的幽默舞蹈剧场《圣甲虫的复活》。日本山海塾的舞蹈作品《缓缓飘落之中——帷幕》则先后在北京、上海演出，作品在永无静止的时间流逝中展示了宇宙的轮回。

3. 弗拉明戈与踢踏舞

在外国来访的演出中，极具异域风情的弗拉明戈与踢踏舞也深受中国观众的喜爱，仅 2018 年来华演出的便有西班牙玛利亚·佩姬舞团的弗拉明戈舞剧《心灵之舞》、帕科·佩纳弗拉明戈舞蹈团的《弗拉明戈无疆界》，以及西班牙格拉纳达弗拉明戈舞蹈团和西班牙穆尔西亚舞蹈团分别在国家大剧院与北京展览馆剧场演出的不同版本的《卡门》等。踢踏舞则有凯尔特传说踢踏舞团的《凯尔特传说》，以及由理查德·格里芬编舞的爱尔兰经典踢踏舞剧《命运之舞》等。

（二）中国舞蹈艺术团出访交流

2018 新年伊始，由中国对外文化集团公司打造的高端对外文化交流品牌“中华风韵”携上海歌舞团的民族舞剧《朱鹮》和广东歌舞剧院的民族舞剧《沙湾往事》分别登上纽约林肯艺术中心大卫·寇克剧院、波士顿博赫中心、华盛顿肯尼迪表演艺术中心、费城金梅尔艺术中心玛丽安剧院演出。

9 月至 12 月，中国对外文化集团公司推出的“舞动中国”系列剧目在三大洲落地。近 4 个月的时间里，三支中国艺术“梦之队”携三部经典剧目、近 200 名演职人员先后巡演三大洲 6 个国家、12 个城市，将改革开放以来中国舞台艺术的发展成就精粹展现于国际观众眼前。

9 月 24 日至 10 月 8 日，作为“舞动中国”系列的第一个剧目、甘肃省歌舞剧院的经典民族舞剧《丝路花雨》，先后在澳大利亚黄金海岸星光剧场、纽卡斯尔市市政剧院和悉尼市国际会议中心情人港剧场演出。这是该剧自创排至今 40 年间首次登上澳大利亚的舞台。

11 月 4 日至 18 日，“舞动中国”系列第二个剧目、中国残疾人艺术团大型音乐舞蹈《我的梦》赴美国、加拿大巡演。其中，11 月 6 日晚在纽约林肯艺术中心爱丽丝·杜莉音乐厅的演出是中国担任联合国安理会轮值主席的活动，各国常驻联合国使节、联合国高级官员等 900 余人观看了演出。

11 月 22 日至 12 月 8 日，“舞动中国”系列演出的压轴剧目、中国东方歌舞团新创的大型舞乐《国色·十二生肖》在南美洲的阿根廷、乌拉圭和智利三国上演。此次巡演是该剧首次登上拉美舞台。该剧目为预热阿根廷 G20 峰会、献礼中乌建交 30 周年、“和平方舟号”访智等活动，配合国家外交，促进了国与国之间的文化交流。

11 月 29 日、30 日，《国色·十二生肖》作为庆祝中乌建交 30 周年闭幕演出，分别在乌拉圭圣卡洛斯、首都蒙得维的亚市的索利斯剧院上演。乌拉圭前总统穆希卡、内政部部长博诺米、教育文化部部长穆尼奥斯、陆军司令马尼尼、马省省长安迪亚等多位政要及多国驻乌大使与 2000 余名观众一同观看演出。

10 月 24 日至 11 月 4 日，中央芭蕾舞团在法国巴黎塞纳河音乐厅献艺，为法国观众带来了 11 场中国版的《胡桃夹子》——《过年》。这是继 2013 年在巴黎沙特莱剧院演出《天鹅湖》《红色娘子军》后，中央芭蕾舞团再次来到巴黎。12 月 5 日至 7 日，中央芭蕾舞团携经典剧目《红色娘子军》作为中西建交 45 周年重点文化项目，承担第三届马德里国际舞蹈节开幕的重任，连续三晚在马德里卡纳尔剧院红色大厅上演，为西班牙观众带来了独具中国韵味与魅力的精彩演出，这也是中央芭蕾舞团首次登上西班牙的舞台。

回顾 2018 年，中国舞台向世界开放，世界舞台期待中国参与。在更加开放、互通的未来，中国舞蹈将把握时代机遇，在国际的交流合作中塑造中国形象，讲好中国故事。

六、国标舞、街舞

2018 年度，我国的国标舞和街舞都有长足的发展，在国际、国内的各类赛事中取得优异成绩。

（一）国标舞

2018 年度，我国国标舞呈现综合全面的发展趋势。上海连续四届承办世界高级别比赛，高校国标舞发展水平也有显著提升。

3 月 24 日至 28 日，在第二十届 CBDF“院校杯”国际标准舞公开赛的赛场上，复旦大学与清华大学、哈佛大学、耶鲁大学、剑桥大学、牛津大学、莫斯科国立大学等国内外知名院校同台竞技，经过 3 个舞种、12 轮比拼，最终，复旦大学代表队获得冠军。5 月 23 日至 6 月 2 日，在英国黑池舞蹈节 21 岁组拉丁舞决赛中，来自中国北京百汇演艺舞蹈学校的选手张爱马笛、贾昊悦夺冠，这是有史以来我国选手首次拿下该组别的冠军。在这次黑池比赛中，中国选手在 21 岁组拉丁舞预赛的所有选手中占三分之一，职业组拉丁舞参赛选手也有近一成来自中国。其中，何艟、单箐获得业余组摩登亚军。团体舞比赛中，北京舞蹈学院附中同时获得拉丁舞和摩登团体舞冠军。

第四届 CBDF 国标舞艺术表演舞展演于 11 月 4 日在厦门市举行，优秀作品分别是来自上海戏剧学院舞蹈学院的《别》（摩登双人舞）和北京百汇演艺舞蹈学校的《话西游》（拉丁双人舞）。第三届全国体育院系学生体育艺术节于 12 月 6 日至 8 日在沈阳体育学院举行，来自全国 20 所体育院系的 1300 余位师生相聚一堂。其中，沈阳体育学院的《高粱红了》和首都体育学院的《蕙・香销》等作品获得金奖。

（二）街舞

2018 年度国内的街舞赛事主要有：KOD 街舞世界杯总决赛、BIS 国际街舞大赛、第六届 WDG 中国（郑州）国际街舞大赛、中国学生街舞锦标赛等。此外，值得关注的是，“中国街舞文化研究中心启动仪式”于 12 月 4 日在北京舞蹈学院举行，研究中心关注和研究全球性的街舞文化现象，未来将积极促进舞者、教师、编导与研究者之间，以及传统舞蹈与现代舞蹈之间的交流、协同与碰撞，共同推动包括街舞文化在内的流行舞蹈文化研究，引领和把握中国街舞文化发展方向。

七、问题把脉

人民群众对于美好生活的向往与舞蹈艺术水平不平衡的矛盾依然明显。“高峰”力作十分罕见，“高原”之作有了一些好的苗头，这说明中国舞蹈的创作活动在朝着一个良好的方向不断推进。

舞蹈、舞剧作品在选材上过于狭窄，围绕“评奖”工作进行的意识仍然十分浓厚。创作者们在创作上缺少对于生活的真实体验，模式化的创作倾向仍然十分明显。

“民族意识”开始有了较好的回升，无论在舞种建设上还是在具体舞作呈现上，这个视角的加强将有利于纠正整体业态囿于西方框架和观念影响的大格局。相比较而言，来自中国台湾地区的一些舞团的作品中浓厚的中国意味值得大陆同行借鉴学习，像陈美娥、“优人神鼓”、“云门 2”等一些舞蹈团体和个人的艺术主张，应该引起大陆业界的重视。

舞蹈作品在量的产出与质的保障之间，矛盾依然巨大。

近年来，一部优秀的舞剧力作《记忆深处》最终落选中国舞蹈“荷花奖”舞剧舞蹈诗评选，让许多人颇感意外。业界对于这部优秀舞剧力作在内容上和形式上的反应迟钝，反映出舞蹈界精英阶层在判断力上的钝化和集体走偏。

舞蹈创作与舞蹈评论之间对于作品认识上的偏差及由此引起的评判言说上的落差仍然很大。年末，由北京舞蹈学院推出的舞蹈剧场《从小岗走出》演出后，受到了来自坊间舞蹈评论者的严词批评，在评论界和创作界引起截然不同的反响和巨大波澜。围绕此事件，可以看出舞蹈评论者和舞蹈创作者之间对于作品在解读和评析上存在着较大差异，也让人思考舞蹈评论应该如何更好地作用于创作这个老话题。

舞蹈教育虽经 40 年的快速成长，成果显赫，但舞蹈教师素质普遍低下，“中专教学思维”依然盛行，成为舞蹈高等教育事业发展的顽疾。目前，中国舞蹈高等教育的各级标准均出现质量下滑的态势，如不有效遏制，将会产生恶劣的影响。

八、结语

2018 年的中国舞蹈在作品创作、学术研究、教育教学、对外交流等层面都取得了丰硕成果。在舞蹈创作中，现实题材依然占据了相当大的比重，显现了当代舞蹈人“在深入生活、扎根人民中进行无愧于时代的文艺创造”的实践探索。这既缘于国家文艺政策的创作导向，也体现了舞蹈艺术家们的时代使命与弘扬正能量的创作情怀。在肯定成绩的同时，我们也要客观地看待其中的问题，虽然现实题材作品众多，但真正触及当代人灵魂深处，准确揭示当代人生存现状的优秀舞作仍不多见。

在舞剧创作中，对于“中国故事”的讲述、“中国人物”的塑造也还未从本质上接近中国传统哲学、美学的精神本源。“路漫漫其修远兮”，中国舞剧创作终将在曲折中上下求索，也许唯有如此，中国才会真正由“舞剧大国”变为“舞剧强国”。

对 2018 年中国舞蹈发展进行回望和总结，我们看到这一年中国舞蹈事业所取得的成果和进步，从而对未来充满信心；也逐渐明晰目前存在的一些问题，从而进一步思考行之有效的解决办法。展望未来，我们呼吁中国舞蹈人肩负起新时代文化创造者和传播者的职责，锐意进取、勇攀高峰，用舞蹈点亮更加光辉璀璨的未来。

12 月 27 日，“舞典华章——2018 年度舞蹈巡礼”在国家大剧院上演，以本年度最精彩的舞蹈作品为改革开放 40 周年隆重献礼。作为中国舞蹈界里程碑式的年度巡礼活动，“舞典华章”由中国舞蹈家协会自 2016 年起牵头打造，在展现中国舞蹈界对于自身行业内年度发展总结的同时，也营造出年终舞蹈盛世的典礼性氛围。此次“舞典华章”汇聚了 2018 年的众多优秀舞作，以多样的舞蹈形式和多姿多彩的内容展现中国舞蹈作品百花齐放、欣欣向荣的盛世鸿姿。从中我们看到，在过去一年中所有舞蹈工作者们用辛勤与智慧共同谱写出的中国舞蹈的盛世华章。

江东　中国艺术研究院舞蹈研究所研究员
毛雅琛　中国艺术研究院研究生院博士研究生
张顺　中国艺术研究院研究生院硕士研究生
梁亚坤　中国艺术研究院研究生院硕士研究生
侯军虎　中国艺术研究院研究生院硕士研究生
林荣珍　中国艺术研究院研究生院访问学者
关樱丽　中国艺术研究院研究生院访问学者
金豆　中国艺术研究院研究生院硕士研究生
司丽艳　中国艺术研究院研究生院访问学者

2018：当代中国舞蹈的五个关键词

◎ 冯双白

2018 年，是舞蹈创作的收获之年，是舞蹈理论批评的成长之年，也是文艺志愿服务的扩展之年。中国舞蹈家协会、中央芭蕾舞团、中国歌剧舞剧院等单位的舞蹈惠民演出，走进了四川省德阳市、重庆市城口县、宁夏回族自治区固原县、云南省曲靖市、安徽省小岗村等地。2018 年，还是“舞蹈美育”之年。由中国舞蹈家协会举办、已经坚持了 12 年之久的“新农村舞蹈美育工程”，荣获中共中央宣传部颁发的“最佳志愿服务项目”，这是一个经过广大民众推选出来的非常高的荣誉。在中共中央宣传部主持的为纪念改革开放 40 周年而拍摄的大型政论专题片《必由之路》第六集《兴国之魂》中，甘肃省酒泉市的金淑梅老师被当作文化扶贫的典型报道。她在过去的十几年里穿过风雨、克服各种困难坚持为农村孩子服务，是广大舞蹈美育老师中的杰出代表，其名字与阎肃、路遥、李雪健等并列！2018 年春天，笔者带领美育服务小分队驱车四五个小时前往湖南省通道侗族自治县看望土家族孩子，深深地被孩子们眼中流露出的渴望震撼！ 2018 年，各舞种（如全国中老年广场舞展演、国标舞者在国际比赛上捷报频传、广东省河源市的首届全国街舞创作作品展演），各种大型舞蹈活动（如芭蕾舞领域的北京国际舞蹈院校芭蕾舞邀请赛和上海国际芭蕾舞比赛、第五届中国秧歌节等）纷至沓来，好不热闹。2018 年，是青年舞蹈人才吹响集结号而风起云涌之年。已经名头响亮的“中国舞蹈十二天”推出了《婋婳・西游》《凉亭》《寂静之上》《无人之境》《遥遥南水》等新锐人才的作品。中国舞蹈家协会青年舞蹈人才培育计划则有《撞》《暗夜彩虹》《没有孤岛》《草民》《极简物理》《我什么都没说》等节目出现。2018 北京舞蹈双周，在设计思路上用“教学周”“展演周”设置整个活动，教学周包括一个为期六天、非常国际化的导师教学“舞蹈营”；展演周则包括三个不同的演出平台：“焦点舞台”聚焦国内外舞团的大型节目，“另类平台”展示富于创新和实验性的国内外节目，“青年舞展”则专为青年舞蹈新锐的原创作品提供开放式平台。2018 年，随着国际形势的风云变幻，国内改革运程的奔突前行，以及网络世界的风起云涌，新媒体领域的潮兴潮落，舞蹈领域也发生了一些意义颇为重大的事情，引发了一些深度的思考，产生了一些关键词。尽管我们无法在一篇简短的文字里全面细致地分析舞蹈事业的每个重要细节，却还是愿意为了过去的岁月和未来的道路，对舞蹈事业发展变化做出大致盘点。

关键词之一：回眸凝望

2018 年，是中国改革开放 40 周年。2018 年，是中国舞蹈家协会《舞蹈》杂志创办 60 周年的纪念之年。2018 年，是中国舞蹈高等教育创办 40 周年的纪念之年，是中国舞蹈“荷花奖”创办 20 周年的纪念之年。许多纪念之年的重叠相加，不但为 2018 年平添了无数重量级砝码，更给这一年度的回顾极大地增添了思考的维度和力量。或者说 2018 年是一个舞蹈反思之年！

首先值得关注的是在改革开放 40 年之历史契机下，我们必须做的一些反思。笔者曾经在《当代舞史大变局》一文中特别指出，改革开放的 40 年，是中国社会思想观念大变革的 40 年，舞蹈观念之变印证开放时代之变革。也就是说，改革开放，在社会政治思想观念领域，首先是一场伟大的思想解放运动。随之而来的，中国舞蹈艺术也经历了前所未有的思想观念变革。纵观 40 年，外来舞蹈文化与中华传统文化的激烈冲撞构成了一个时代的大主题。“中国当代舞蹈经历了上世纪 80 年代初期舞蹈艺术基本特征的大辩论、80 年代中期民族民间舞蹈是否可以面对当代社会保有生命力的大讨论、舞蹈美学意境论之探讨、90年代现代编舞技法研究思潮、传统舞蹈被外来舞蹈观念解构性突破的冲击、千禧年后对于传统舞蹈文化的再反思、当代中国舞蹈美学精神再思考等等重大问题的讨论。实事求是地说，所有这些带有强烈思辨性质的讨论，都源自创作实践变革的渴求和呼声。或者说，改革开放40年中国舞蹈艺术取得翻天覆地的变化，从本质上促进了人们舞蹈观念的更新和推进。”①

正是有了反思的历史机遇和时代语境，我们才可以从某些贯穿了历史纵轴线的事情里，发现一些带有规律性的东西。例如，40年里中国舞者对于优秀传统文化就经历了一个认识不断深化的过程。曾几何时，“中国传统舞蹈文化生命力怀疑论”甚嚣尘上，有人怀疑中国民间舞、民族舞在新世纪里有没有生命力，提出“中国古董应存入博物馆”。我在《当代舞史大变局》一文中指出：“时至今日，迭代交替、万象更新之后，人们在活力依存、舞台风光依旧的许多经典作品里，再次发现了中华传统美学精神的巨大张力和活力！风靡大江南北的《踏歌》，舞出了汉唐盛世气象；意味悠长的《萋萋长亭》，道出了相见时难别亦难的无尽恨意；《扇舞丹青》和《黄土黄》色彩浓郁而意蕴绵远，《千手观音》和《水月洛神》立象清晰而耐人寻味……当北京舞蹈学院的古典舞剧目《粉·墨》在欧洲巡演受到长达几十分钟的热烈谢幕欢迎时，当上海戏剧学院的保留剧目《龙飞凤舞》在单纯的大鼓现场伴奏下以纯粹的肢体展示了中国古典舞美妙无穷的魅力时，人们恍然大悟——就是在那些提沉冲靠的舞动韵律里，就是在那形神兼备的本我美学精神里凝聚着。因此，四十年的历史证明，大浪淘沙，真金留存。今天的当代舞者们，终于越来越清醒地认识到，中华优秀传统文化依旧是我们文化发展的生命源泉。这些作品，用肢体语言倾诉着什么是‘宅兹中国’——我们的精神家园和我们的文化所归。”②

当反思的力量碰触到舞蹈创作领域时，人们发现了一些带有规律性的东西。反思和盘点中国舞蹈创作成绩，我们可以毫不犹豫地说：舞蹈创作之变，辉耀全新时代之容貌。改革开放40年，中国当代舞蹈艺术创作之路，是从十年“文革”极左文艺思潮的反思和反抗开始的。“‘文革’期间，‘以阶级斗争为纲’的主题几乎占据了所有舞蹈创作的内容——如果这也算是一种文艺主题的话。那一时期，任何舞者的创作思维都被牢牢禁锢在某种公式化的套路里，远离了时代生活的本质，远离了人性的光辉，远离了中华民族优秀的道德高地，空洞的说教充斥在僵硬的肢体语言中。改革开放打开了中国社会面向世界的窗口，更搭建起艺术与真正时代生活体验和普通中国人生存命运的桥梁。”③笔者在《当代舞史大变局》中特别分析：“一个时代的艺术，如果说有了重大突破，那一定关乎艺术发展方向。四十年来，中国舞蹈艺术的重大突破，特别体现在用极大的勇气，突破自我藩篱的隔阂，将艺术的触角探向丰富多彩的现实生活，大胆揭示人类丰富的心理世界，让人性的光辉照亮艰辛的生命旅程。如何走出‘小圈子’和‘象牙塔’，曾经是，当然目前还是中国当代舞蹈长期面临的重大挑战。其要害，是能否坚持深入现实生活，扎根人民，在深刻变化的火热时代生活中找到艺术生命的源泉。”④此外，40年里中国当代舞蹈人才辈出，对外舞蹈文化交流此起彼伏，舞蹈教育硕果累累，舞蹈理论广泛而深入，舞蹈名家纷纷著书立说。凡此种种，都让我们在反思中汲取继续奋勇攀登舞蹈艺术高峰的勇气和力量。

另外一个值得深入反思并从中获益匪浅的、带有事件级别和性质的大事情，是创刊于1958年的《舞蹈》杂志，历经风风雨雨，迎来了自己的甲子之轮。当中国文联大楼的文艺家之家展览馆内，中

① 冯双白：《当代舞史大变局——改革开放四十年中国舞蹈发展一瞥》，《中国艺术报》庆祝改革开放40周年特刊，2018年12月19日。

② 冯双白：《当代舞史大变局——改革开放四十年中国舞蹈发展一瞥》，《中国艺术报》庆祝改革开放40周年特刊，2018年12月19日。

③ 冯双白：《当代舞史大变局——改革开放四十年中国舞蹈发展一瞥》，《中国艺术报》庆祝改革开放40周年特刊，2018年12月19日。

④ 冯双白：《当代舞史大变局——改革开放四十年中国舞蹈发展一瞥》，《中国艺术报》庆祝改革开放40周年特刊，2018年12月19日。

国舞蹈家协会和《舞蹈》杂志举办创刊60年纪念展览时，前往参观的每一个人都被震惊了——60年里，《舞蹈》先后举办了15个类别139个栏目，广泛反映了整个当代中国舞蹈的历史进程；60年里，《舞蹈》分别集中了9类带有主题性的争鸣文章，展现出不同时期舞蹈艺术理论的不同观点；60年里，《舞蹈》先后关注了1800余位人物，涉及了舞蹈表演艺术工作者和编导、理论家、评论家、教育家、文艺理论名家、其他艺术门类名家、舞台其他媒介的名家、普通舞蹈工作者、外国舞蹈名家等。展览还选取了其中320余位人物，做成一面“人物墙”，引起观众的极大兴趣，因为那正是历史的面孔。展览还按照年代时间顺序，在观众头顶上方的白色幔帐上，写下了60年来的8000余位杂志撰稿作者的姓名，其中不乏一些闪光的名字：欧阳予倩、季羡林、盖叫天、吴祖强、周贻白、苏叔阳、吴晓邦、戴爱莲、贾作光……有趣的是，1958年《舞蹈》创刊第一期上刊登了一个开篇语，是号召全国舞蹈工作者深入农村厂矿部队营房“改造自我”的激励之词。这让今天的读者平添了许多隔世之叹。然而，如果比照当下舞蹈家们的“深扎”，尽管时代的语境和文字的语义已然大不相同，但我们是不是能够在60年后的今天清晰地发现贯穿在一个甲子之间的艺术思想和舞蹈发展轨迹。60年来，每当《舞蹈》杂志改版或者发生重大出版事项之时，恰是社会条件发生变化之时。中国舞蹈家协会的前身——中华舞蹈研究会，在1958年创刊《舞蹈》，随着“文革”的开始，《舞蹈》于1966年停刊；又随着这场浩劫的结束在1976年复刊。其中的社会动荡轨迹，彰显如斯。纵观《舞蹈》杂志创办与停办、版面的变化，在时间坐标上似乎每十年左右要变化一次，其背后都有历史脉动的催促和推动。为了这本《舞蹈》杂志，一辈又一辈的编辑们付出了巨大心血。也因此，当各类专业艺术刊物纷纷消失在这个电子媒体洪水般涌来的时代里，虽然筚路蓝缕，虽然举步维艰，甚至原本畅销的《舞蹈论丛》和《舞蹈艺术》都已经随风消逝了，但《舞蹈》依然活着！它在2018年为自己庆生，也向人们证实了其存在的双重意义：首先，只有当主体能够穿越时空坚持自我生命时，长期坚守本身才具有超越凡尘的巨大意义；其次，当转瞬即逝的动作随着时间的流逝而不可重现时，那些记载着人们彼时彼刻观察和思考的文字，就是一部具有永存价值的舞蹈史！

关键词之二：创作有成

2018年是一个对舞蹈创作而言值得盘点的年份。2018年10月15日至17日，第十一届中国舞蹈“荷花奖”当代舞、现代舞评奖在改革开放前沿阵地广州市广州大剧院举行。“荷花奖”，历来是舞界最高等级的评奖活动，分量重、影响大。当中国舞蹈家协会发出通知后，全国33个省级行政区报名参评的当代舞作品369个、现代舞作品141个。最终，33个当代舞作品和16个现代舞作品入围总决赛。当代舞领域的《与妻书》《运河船工》《黄河》获得“荷花奖”。现代舞作品《看不见的墙》《不眠夜》《命运》获得同样的殊荣。从比例上看，本届“荷花奖”的当代舞作品，仅有8.9%的作品杀入决赛，三个作品最终获奖。本届的现代舞评奖，有11.3%的作品冲进决赛阶段，同样是三个作品获胜。从题材来看，在参评决赛的47个作品中引人关注的现实题材作品有15个，约占参评决赛作品总数的32%。这些作品中，有8个来自艺术院校或师范院校的舞蹈系、舞蹈专业，有5个来自各地艺术院团，有2个来自私营性质的艺术公司。这些数字说明，在现当代舞蹈创作中，艺术院校或普通师范院校占据了主要力量。选择抒情题材的作品共有16个，占总数的34%，略高于现实题材。有趣的是，其中有9个作品来自艺术院团，6个作品来自艺术院校，1个来自综合性的自由团队。排在第三位的是革命历史题材，共有7个，约占总数的15%。其中有5个来自艺术院团，只有1个来自艺术院校。紧随这类题材之后的，是反映历史生活的作品，共有6个，约占总数的13%。其中4个来自艺术院团，2个来自艺术院校。仅有的3个非遗类的题材作品，全都来自艺术院校，由此可见，艺术院校在已经逐渐冷却了的非遗类创作领域，仍旧保持着某种难得的热度和题材黏合度。

对现实题材创作的热情以及对革命历史题材的尊崇，使得本届“荷花奖”评奖收获了《与妻书》和《运河船工》。本届参评作品中，出现了两个同名为《与妻书》的双人舞，均取材于广州市黄花岗起义烈士林觉民牺牲前写给妻子的诀别书信。最终广州著名青年舞蹈家汪洌的创作得到肯定。来自北京舞蹈学院的反映大运河船工保护五四运动中女大学生同时得到革命火种力量的《运河船工》，是带有北京地域色彩的革命历史题材作品。特别值得称赞的是街舞《黄河》的问世。至此，中国当代舞蹈艺术领域，钢琴协奏曲《黄河》已经衍生出了古典舞、民间舞、芭蕾舞、国标舞和街舞五个作品，基本横跨了所有的艺术舞种！尽管最后一个类型也涉及这个重大命题，街舞《黄河》仍旧获得了从普通百姓观众到政府各级领导的交口称赞。我们必须看到，参评作品涉及五大类题材，但是只有现实题材和革命历史题材斩获了奖项，这也透露出“荷花奖”评奖的某种真切的导向。

与此同理，舞动长宁·第十一届中国舞蹈“荷花奖”舞剧评奖于 11 月 27 日至 29 日在上海国际舞蹈中心剧场举行。在报名参评的 34 部舞剧作品中，有 12 部进入终评，占比 35.3%。其中，由于某种特殊原因，与往届一旦入围上海决赛均获奖的惯例不同，有 7 部作品获得了上海决赛的资格。最终，《醒·狮》《草原英雄小姐妹》《大禹》《井冈·井冈》《花木兰》获得本届的“中国舞蹈‘荷花奖’舞剧奖”称号。这 5 部作品，从题材和主题选择看，一个鲜明的标识是“英雄主义”。《醒·狮》讲述广州三元里抗英的市民英雄，《草原英雄小姐妹》说的是广为人知的蒙古族小英雄，《大禹》和《花木兰》是家喻户晓的民族英雄，《井冈·井冈》则描绘了中国现代革命历史的英雄。五部作品共同聚焦中华民族生活历史上的各色英雄，让人多少感叹。尽管来得有些迟，但仍然让人热血沸腾，激情难抑。另外，从艺术收获上看，5 部舞剧各有特长：在舞蹈编排上，均下了较大的功夫，有些场面和舞段，给人留下深刻印象（如《醒·狮》《花木兰》）；人物形象刻画可圈可点（如《大禹》）；心理空间营造手段突出（如《草原英雄小姐妹》）。但是，实事求是地说，已经获奖的 5 部舞剧，没有一部完全让人满意。特别是在舞剧剧本创作、人物形象塑造、剧情结构设计等领域，均显示了某些不足。《醒·狮》中女主人公的自我牺牲在全剧中显得并不合情合理；《草原英雄小姐妹》的抗击风雪段落显得编排过于简单；《大禹》在根据评委意见删掉了现场人物的旁白之后，用字幕填补舞台时空转换，显得剧情断裂而艺术气息梗阻；《花木兰》因为编剧的思考不周而使得整个人物和剧情的设置上与塑造“民族英雄”的要求还有不小的距离；《井冈·井冈》则更像是一部没有剧情的、由几个歌舞片段连接而成的舞蹈诗。问题是，舞蹈诗的体裁现在已经很少进入“荷花奖”舞剧评奖范围了。除此之外，获得本届“荷花奖”舞剧提名的《刘三姐》和《记忆深处》，都给观众留下了非常深刻的印象。《刘三姐》是国内第一部探索“轻喜剧”式编排演出风格的舞剧，对广西独特的歌仙文化做了大胆的舞蹈处理，可圈可点。取材于南京大屠杀的《记忆深处》，舞台空间处理奇特而富于心理特征，看点很多。综观上述作品，我们还是要直截了当地指出，虽然近年来舞剧产量上中国仍是世界第一，但是舞剧创作质量仍然没有本质上的提高，尽管奖项还在照颁。

2018 年 7 月 11 日至 21 日，“第十二届全国舞蹈展演”在云南省昆明市举行。由文化和旅游部组织的专家评委在全国报送的 671 个舞蹈节目、37 部舞剧舞蹈诗作品中，最终选出 80 个节目和 5 部舞剧参加展演，可谓一件规模大、热度高的盛事。这是党的十九大召开后第一个全国性舞蹈艺术活动，也是文化和旅游部组建后举办的第一次舞蹈展演活动。还是第一次将舞剧、舞蹈诗纳入文化和旅游部举办的展演系列，对于全国舞剧创作起到了推动作用。

全国舞蹈展演的前身是创办于 1980 年的全国舞蹈比赛，在全国有广泛的影响力。由于中央从严掌握评奖，压缩奖项和评奖数额的规定出台，从第十一届起，全国舞蹈从“比赛”改为“展演”。这是一个持续了近 40 年的舞蹈平台，为观众所熟知的《雀之灵》《无言的战友》《刀锋》等获奖作品就出自这一平台，杨丽萍、黄豆豆、赵明等一大批表演和编导人才也都活跃于此。

这一届展演中，小型舞蹈作品颇有亮点。如北京舞蹈学院国际标准舞系创作演出的《活着》，一亮相就受到专家和观众的一致称赞。以国标舞和现代舞结合的方式呈现叙利亚难民的生活，这在过去的全国舞蹈创作中十分罕见。我曾经对采访的记者称赞这个作品属于“脑洞大开”之作，在舞蹈创作千篇一律问题普遍存在的当下，仅这一崭新的探索就值得表扬。群舞《纸扇书生》、宁夏文化馆选送的群舞《守在村口的娘》、群舞《骑着马儿过草原》、双人舞《党·妻书》等作品，也都各有新意。本届展演的另外一大特点，是一些基层的文化馆和文化工作队带来的节目，让人耳目一新。由云南省马关县民族文化工作队选送的群舞《顶家女》，以浓郁的傣族风情和颇为新颖的编排得到了观众的喜爱。

近年来，文化和旅游部在所属的全国大型艺术展演活动中，专门设计了“一场一评”“一剧一评”的评论方式，成为从评奖向评论转型的正式方式之一。专家们在观看了演出后专门举办的研讨会上，与被评论的作品主创者直接面谈交流，从而倡导了一种真正“实话实说”的评论精神。

参加展演的舞剧《杜甫》《人·参》《家》《诺玛阿美》《天路》等，让云南省的本地观众和全国各地专程前往观看的舞界人士得到了一次集中欣赏的机会。重庆歌舞团有限责任公司出品演绎的舞剧《杜甫》以精美的舞蹈编排而受瞩目；云南省红河州民族文化工作团演绎的舞剧《诺玛阿美》用浓郁的民族风情诉说了民族的迁徙历程；四川省歌舞剧院有限责任公司出品的舞剧《家》在整个展演中大受称赞，让经典名著在舞剧舞台上重新焕发出了时代的光彩。现实题材一直是舞蹈和舞剧创作的一个难点，由国家大剧院和吉林歌舞团联合出品的舞剧《天路》大胆迎战这一难点，令人生出敬意。

2018 年的舞剧创作中有一个特殊的现象，即三部同名舞剧《天路》在一个年度里连续上演。除去作为第 12 届全国舞蹈展演开幕舞剧的《天路》以外，另外两个分别来自铁路文工团和中央民族歌舞团。题材的撞车似乎偶然，其实反映了舞蹈工作者对党的十九大报告中提出加强现实题材艺术创作的积极响应。青藏铁路是人类历史上的一大奇迹，如何用舞剧艺术形式表现好这个奇迹，三个舞剧都还需要付出努力。

请注意，笔者在本节的论述中，只用“创作有成”作为关键词，而没有用“丰收”“大成”“满载”这样的词。这是因为，通过评奖和比赛性质的展演活动，我们看到了舞蹈创作领域里进步的节奏和动能，然而，不得不说，当下的舞蹈创作仍然存在不少问题，值得警惕和深思。甚至，在当代舞领域，“荷花奖”参评作品在创作质量上存在“滑坡”的现象，已经引起了人们的关注和多种议论。我们敏感地发现，在部队文工团处于整编、取消编制和番号、人员大量遣散和流动而去的动荡年份里，军队舞蹈创作的有生力量进入了巨大分流与重新寻岗定位的阶段，致使“荷花奖”当代舞的创作受到了巨大冲击，因为部队舞蹈编导和表演力量原本是当代舞领域的最大生力军。这个原因是不容忽视和否认的。2018 年，这个冲击显得格外明显，来得格外猛烈。然而，我们还是要明确地、不客气地指出：千人一面、千篇一律的创作现象没有从根本上扭转，雷同和抄袭模仿，仍然是摆在舞蹈编导们前进路上的绊脚石！不从思想上充分认识这个问题的危害性，不从根本上解决这个问题，不要说攀登舞蹈艺术创作高峰，就是当代舞创作的一般前景也实在堪忧。

关键词之三：沃土生花

近年来，中国舞蹈家协会大力开展“深入生活、扎根人民”采风创作活动，组织了一批年轻的编导力量，先后赴河北、海南、湖北、西藏、甘肃、内蒙古等地采风，2018 年可谓采风创作演出的收获之年。从 2016 年 8 月起，连续两年，“深扎”团队两次赴西藏，足迹遍布日喀则市江孜县、定日县扎西宗乡、拉孜县、仁布县、林芝市卡定沟、大柏树、米林县、拉萨市、山南市泽当镇、贡嘎县、扎囊县、琼结县等 14 个市、县，考察了堆谐、洛谐、甲谐、谐钦、卓舞、背鼓舞等多种类型的民俗舞蹈，创作了一批优质的藏族舞蹈作品，并于 2017 年 12 月 12 日在北京举办了“天域舞风——原创西藏题材舞蹈作品展演”。2018 年，“天域舞风”深入西藏做汇报演出，在拉萨和日喀则两市直面西藏观众和艺术界人士，受到了高度评价。大获好评的一些节目，如《青稞》《梦宣》《阿嘎人》《玄音鼓舞》等，给西藏人民带来无数欢乐和感动。这台晚会的成功，一方面说明了艺术创作需要巨大的组织行动力量，另一方面也说明艺术创作与深入生活须臾不可分离。编导田露说：“正是藏族人民对青稞那种朴素而崇高的情感，滋养了我的思想，激发了我的灵感，舞蹈《青稞》的画面一帧帧在脑海中浮现，并且越来越清晰。”《梦宣》的编导丛帅帅说：“我与‘宣舞’的初次邂逅是在古格遗址红庙和白庙大殿上的壁画：公元1042年，古格王国迎请印度阿底峡大师传教，‘宣舞’作为礼仪舞在欢迎阿底峡大师的仪式上表演。第一次看到这幅壁画时，我就被它深深吸引住了。不同于我们所熟知的藏族舞蹈的飒爽个性和憨厚风格，‘宣舞’的含蓄、典雅使其独树一帜。由此，我一步步向‘宣舞’的历史深处走去，创作过程当中常常犹如梦回那个古老的文明，这正是我将舞蹈命名为《梦宣》的缘起。”① 这些作品，让西藏独特的民间舞连接到最新的当代舞台艺术空间，从最朴素的感悟出发，倾诉了人类最原本的情感诉求。

2018年，由中国文学艺术界联合会和中国舞蹈家协会组织的内蒙古自治区采风创作团，在内蒙古东部地区进行了比较深入的调查、调研、观摩等系列活动。当年轻的专业舞者向民间艺人学习安代舞时、当大草原上最朴素的原生态长调感动了每一个采风者时，一些创作灵感勃然而发。年底来到之时，一台名为《蓝蓝的天空》的汇报演出在北京举行。《中国艺术报》记者乔燕冰这样说道：“以儿童视角抒写当代草原人民对美好生活憧憬的《小巴特尔与喜羊羊》，表现牧民奉献大爱养育自然灾害受困孤儿的《国家的孩子》，演绎人将生命交给马背、马将忠诚献给主人的《战马》，表现追寻鹿的足迹的鄂温克人也在追问未来的《寻鹿》，诠释游子思乡之情的《老家有座蒙古包》，回溯内蒙古人民生态、回归民间舞蹈的《希格希日——独树》，通过对老去的民间长调艺人的情感刻画呼吁非遗保护的《老雁》，描绘草原沙漠化呼唤环境与文化守护的《最后的牧歌》，以额尔古纳河流淌着的不老传说追寻精神图腾的群舞《额尔古纳河》，展现草原红色轻骑兵乌兰牧骑不变的坚持的《在路上》，题材丰富、手段多样。”② 特别值得一提的是，由北京舞蹈学院王玫教授创作的《独树》，引发了观众的热议。编导没有将艺术聚焦在传统蒙古族舞蹈风格的再现和改造上，而是大胆地、独树一帜地吸取现代舞编创理念，用多重变化的舞蹈主题动机，塑造了极富感染力的当代蒙古人形象。这个作品完全突破了以往的创作窠臼，成为晚会的一个最大亮点，也得到中国文学艺术界联合会主席铁凝的高度认可。

关键词之四：网络舞风

2018年，随着国际形势的风云变幻，国内改革运程的奔突前行，网络世界的风起云涌，新媒体领域的潮兴潮落，舞蹈领域也发生了一些意义颇为重大的事情。例如，从2018年年初开始，优酷和爱奇艺两个网络平台，就几乎在同一时间里发动了以街舞真人秀为主要形式的“网络综艺”大战。优酷的《这！就是街舞》和爱奇艺的《热血街舞团》，分别吸引收纳了超过六个亿的资金，各自设计和创意，精心打造擂台，使得2018年成为名副其实的“街舞年”。《这！就是街舞》吸引了数量非常庞大的、18岁至24岁的年轻网民关注，热点节目的关注度超过一亿人次，不仅女性用户形成极高的粉丝热度，在校大学生关注街舞热门话题也成为亮点。韩宇、亮亮、一德、杨文昊等善战又高扬“和平与友爱”的选手“炸”遍网络天下。特别引人注目的是，节目制作者一反某些真人秀节目“爆料”“毒舌”类看点的炒作方式，而是在节目里体现出充分尊重街舞、尊重舞者本身的高尚品质，引领了网综艺术类节目的方向。

再如中国舞蹈家协会主办、中国文学艺术界联合会舞蹈艺术中心承办的“顶尖舞者进校园”活动，遵循着传承文化、传递爱心的主题，在2018年11月启动，会聚了一些深受观众喜爱的优秀年轻舞者，分别在西安、上海、深圳、海南等地走进26所学校，与大约65500名学生当面互动，表演经典作品，传授舞蹈知识，讲解民族文化传统，每到一地，都引起轰动，约40万名学生通过校内及网络视频平台观看直播。这项活动还特别设计了传递爱心环节，用网络互连等手段，将大都市校园的孩子与一些偏远地区贫困山区学校的孩子进行一对一帮扶结对。学生们在作文、绘画、手工艺品上写清自己的班级、姓名、邮箱和电话，以此当作信物，与贫困山区的学生建立联系，达成学生与学生一对

① 《舞蹈》编辑部：《聆听大地呼唤，问路雪域圣洁——“天域舞风”原创西藏题材舞蹈作品展演》，《舞蹈》2018年第1期。

② 乔燕冰：《舞出新时代中国舞蹈“蓝蓝的天空”》，《中国艺术报》2018年12月14日。

一的陪伴式成长帮扶，前后共计帮扶结对贫困地区的26所学校，帮助贫困学生人数超过4万名，各种数据都有详细记录，以便接受社会查验和监督。

与以往中国舞蹈家协会一般化的新闻通稿式一次性宣传方式不同，“顶尖舞者进校园”活动积极运用互联网思维，利用活动现场的各种小花絮作为主要传播爆破点，精心策划组织趣味答题测试，建立明星粉丝群，扫码公众号、转发微博、微信朋友圈赠送纪念品等互动方式，用年轻人喜欢的方式，由年轻人自发自愿的转发，营销＋口碑实现了“戴维斯双击”效应，呈现病毒式传播。其所产生的现象级传播，不仅霸屏各大主流媒体、门户网站、社交网站，更是在新浪微博、抖音等互联网大型平台中排名第一。从11月30日至12月7日活动结束，一周时间，活动现场花絮点击量破1.5亿，“顶尖舞者进校园”话题阅读量达3012.3万。最终实现十天时间全网阅读量破2亿，全网视频播放量破8亿，新浪微博热搜榜第一，抖音热搜第一。“顶尖舞者进校园”成为中国舞蹈界第一个阅读和播放量累计破10亿的项目，也是中国文学艺术界联合会第一个阅读量和播放量累计破10亿的项目，作为现象级传播，已成为中国文学艺术界联合会关于主动学习和积极运用互联网思维做好新时代文艺工作的典型案例。

关键词之五：理性彰显

2018年，舞蹈艺术的理性思考力量，得到相当程度的彰显，并且在理论阐述、批评思考和理论研讨会上得到证明。换言之，舞蹈界的理性力量正在迅速成长。

理性力量，首先体现在以授业解惑为目的的各种研修培训方面。如由中国舞蹈家协会主办的第四届全国中青年舞蹈编创人才高级研修班、中青年舞蹈理论评论人才培训班、首届舞蹈维权工作培训班、舞蹈评论与制作人才培养培训班、舞蹈舞台美术设计培训班、“荷花少年”全国舞蹈创作高级研修班、“小荷风采”全国少儿舞蹈创作与教学高级研修班等。从这些理论培训所涉及的领域就可以看出，中国舞蹈家协会在组织力量方面的强大。理性力量，还体现在各种专题的理论研讨活动中，如昆舞传承发展15年座谈会、中国现当代舞蹈发展论坛、2018中国舞蹈高峰论坛暨“荷花奖”舞剧论坛、2018第三届“一带一路”文化艺术交流与合作国际学术研讨会、长三角舞蹈发展联盟成立暨长三角舞蹈发展论坛、非遗舞蹈进校园（2018）：舞蹈精品课程课例展示暨论坛、舞蹈叙事学理论研讨会、“筑梦新时代”亚太国际舞蹈教育研讨会、中国传统舞蹈发展论坛——传承与发展等。所有这些理论研讨会和论坛，都集中展示了近年来舞蹈理论力量的成长。2018年也由此可以看作一个理性力量快速生长、涉猎范围越来越广、探讨越来越深入的年度。

关于舞剧的研讨，2018年可谓风风火火。在上海举办的中国舞蹈“荷花奖”舞剧舞蹈诗评奖中，举行了舞剧理论的高峰论坛；在云南省举办的第十二届全国舞蹈展演上，“一剧一评”的组织方式展示了近年来中国评论界的坦诚和尖锐。

《舞蹈》杂志，作为当下中国舞蹈艺术事业最主要的平台，呈现了对于舞剧创作的某种深度思考。毛雅琛、阳秀红撰写的《中国舞剧的地域图谱与文化表达》（《舞蹈》2018年第1期）一文，梳理了从20世纪50年代开始的舞剧创作与艺术院团所在地域的关系，有趣地指出了当代舞剧创作在题材选择上从“泛地域性”越来越趋向于“近地属性”的鲜明特征，并分析了其中的原因：创作主体的“近地”优势、艺术院团在当代政治文化语境中的使命担当、地方政府为文化品牌建设投入的热情与资金、舞蹈教育事业的普及、地方艺术院团在此基础上的建设高潮、面对精神文明建设时所谓“领导出思想、专家出技巧、群众出生活”的“三结合”创作方式等。作者认为：“纵观几十年来的地域舞剧作品，无论是‘泛地域性’的表达还是‘近地域性’的呈现，都能感受中国舞蹈人对这方热土的深情凝望。事实上，打造以地域文化为主体的地域形象本身就昭示着文化主体地位的回归与自省，而在‘地域舞剧’中所显现出的经济反哺文化则意味着中国已经进入了文化自觉时代，地域舞剧创作既是身体的回归也是文化的回归。”①

随着中华民族伟大复兴运动的蓬勃兴起，一股对本土优秀传统文化再认识、再学习、再兴起的热潮传遍了大江南北。与此同时，在比较视域下，探讨东方文化艺术的学术性思路也越来越受到舞蹈学者们的关注。例如江东在2018年度《舞蹈》杂志上发表的《用舞蹈艺术架设民心相通的桥梁——“一带一路”下的舞蹈事业畅想》一文，借鉴音乐学理论中的“世界民族音乐”概念和思考角度，对“世界民族舞蹈”视域下的中国当代“丝绸之路”舞蹈创作现象做了梳理和回顾。

值得关注的是，2018年度里中国舞蹈理论的思考，常常借助国外舞蹈艺术名家和名作的观察而展开，呈现出“借他山之石以攻玉”的景观，更何况被用作参照物的国外名家和名作，其本身就是不可复制、不可多得的美玉！例如，成立于1959年、总部位于海牙的荷兰舞蹈剧场，被看作享誉全世界舞坛的当代芭蕾舞团，其顶级舞团的荣耀，得益于想要打破传统的荷兰国家芭蕾舞团风格、发掘舞蹈的新形式新想法的初衷，更得益于1975年起担任舞团艺术总监的基利安。在他的带领下，荷兰舞蹈剧场已经成为世界范围内艺术创新和探索的代名词，其作品往往被看作当代芭蕾舞高质量高标准的代名词。2018年《舞蹈》杂志发表李锐的文章《〈心之所往〉的身体思辨——身体、空间、表达》，对荷兰舞蹈剧场一团访华演出带来的《心之所往》《藏身之处》《挥别》三个作品进行了富于理论意义的分析和评价。该文指出，“带着吐纳式的能量和自内向外铺陈张力的戏剧身体，以彼此独立、却交织以组舞方式而成的《心之所往》……体现了整部作品乃至舞团身体力行的追求以及简洁清晰、寓意深刻的风格。就舞者身体而言，肌肉线条、关节部位有序或无序的联结，在作品中是被反复强调的，隐匿在身体背后的是一种整体的、异于文学的舞台整体‘戏剧追求’”②。

每一个对中国舞蹈理论发展脉络和课题做过一些思考的人都非常清楚地知道，在当代中国舞蹈艺术理论中，舞蹈的“文学性”从20世纪80年代开始就一直是困惑舞蹈研究的课题。或许从事舞蹈创作实践的人并不太关心这个话题，他们往往执拗地仅仅从具体的舞蹈动作出发、一种中国式的“舞蹈思维”出发进入编舞的过程。然而，当中国舞蹈编导们坠入了某种形式主义的创作定式之后，人们发现千人一面、千篇一律等艺术创作最忌讳的现象，在我们的舞蹈创作中越来越严重。该文明确指出这个现象的文艺思潮性缘由：“当现代主义、后现代主义及其思潮遍布全球，并成为包含现代舞在内的众多艺术或艺术家争相将其作为各自创作的‘口号’时，形式主义则成为艺术创作的主流。对‘戏剧性’的追求就在这个复杂的时期里作为一种艺术追求逐渐被渗透于现代舞之中，这种‘渗透’的媒介是舞者的身体，它以肌肉与骨骼在空间中运行和变化来形成‘意味’。然而，摒弃了传统古典芭蕾的叙述手法以及‘哑剧’‘手势’等辅助，导致现代舞在戏剧性的追求上则相对困难。”③从理论上说，我们当然不能把舞台表演艺术的戏剧性与舞剧艺术的文学性简单地等同起来。然而，如何拯救这一状况？正是在这种情况之下，舞蹈艺术作品的“文学性”问题、舞蹈动作的“表意性”问题、舞蹈动作领域之“意象性”问题，以及与此相关的现实题材舞蹈创作问题，近年来开始受到更多的关注，已经有编导开始有意识地在自己的创作中给予特别多的探索。荷兰舞蹈剧场在自己的创作中表达出与我们的思考路径并不相同的东西——追求舞台的戏剧性，却并不从一般化的故事情节中得到答案，而是从身体语言自身奥秘出发，从身体文化的自身特性中呈现。上述文章指出：“《心之所往》舞者身体的戏剧性是隐匿的，编导将多组男女双人舞置于不同的房间内，从房间外的视角去审视房间内的不同男女关系。……从舞台下看，首先是舞台中间的房间空间，即空间中的空间；其次就是房间空间之上的影像空间。就舞者的肢体而言，伴随着镜头式的转换，处在不同空间的双人舞者，在彼此忽远忽近、接

① 冯双白：《当代舞史大变局——改革开放四十年中国舞蹈发展一瞥》，《中国艺术报》庆祝改革开放40周年特刊，2018年12月19日。

② 李锐：《〈心之所往〉的身体思辨——身体、空间、表达》，《舞蹈》2018年第1期。

③ 李锐：《〈心之所往〉的身体思辨——身体、空间、表达》，《舞蹈》2018年第1期。

触分离的动作关系中，将彼此的隐匿情感和关系展示得一览无余。由此，双人舞者之间的情感关系在多重空间的建构和设定中，最终凸显出肢体形而下层面之上的戏剧追求”；“舞蹈的身体最具代表性和形象性。作为西方现代舞的代表舞团，NDT（即荷兰舞蹈剧场）的《藏身之处》无疑向我们传递了人类在空间中的诸多行为及身体思考，通过有限的身体，构建出处于多种空间样式中的身体样貌，这无疑对当下中国现代舞在身体与空间等方面的探索大有裨益”[①]。

与上述文化视角保持相同和类似的外国舞蹈作品评论文章，也显示了2018年舞蹈评论力量的成长。例如在《“心理芭蕾”〈罗丹〉：天才极尽是癫狂》一文中，范舟指出：“在后结构主义的女性主义者那里，女性的社会性别已经不是一个固定的身份标识，她们并不把‘女性’看作一个似乎永远是男性凝视下受害者角色的固定整体。相反，她们更愿意去探索主体性和欲望的各种可能性，不断为一种革命性女权主义强调欲望解放的潜力。或许，艾夫曼是站在后结构主义的女性主义的立场上的。比起‘我是一个女人’这种将性别身份突显在高处的表述，艾夫曼灌入‘卡米耶’的更像是‘我是一个艺术家’的身份表达。”[②] 又如闫桢桢在《方寸舞台与大千世界——记2017北京现代舞双周》一文中，用精准的思维和流畅而锐利的语言评价德国现代舞《莫扎特安魂曲》：“在一个艺术形式不断翻新，唯恐缺少噱头的艺术品市场中，还肯放下自我表达的欲望，坚守对经典艺术的高度尊重，这种态度和谦逊本身就值得尊重。经历后现代与消费主义的双重洗礼之后，很多过往的‘经典’被重新估值，多元主义的滥觞也很容易轻易滑向自我标榜的那喀索斯情结，特别是现代舞这种本就内涵‘反叛’因素的艺术形式，‘自我’的彰显既是它的力量所在，也很容易趋向一种偏执。相比于那些不经理性反思、更像是噱头一样的对‘经典’的盲目调侃与戏仿，《莫扎特安魂曲》的创作态度实在值得赞赏。”[③] 这样的文化视角，我们也在介绍世界舞蹈文化的译文领域见到了回应和互证。刘晓真翻译了美国朱蒂·范·济莱（Judy Van Zile）的文章《崔承喜和她的时代》。崔承喜，一个名震中国当代舞坛的传奇人物，深深地影响了中国古典舞最初教材编创思路。但是，在我们以往的研究中，崔承喜都是作为一个纯粹的舞蹈人出现的。在美国访学归来的刘晓真认为：“崔承喜作为中国同行熟悉的陌生人，在美国学者笔下，为我们展开了跌宕惊心的一生”[④]，济莱的研究告诉我们：“在我对崔承喜的早期研究中，总在努力理解她和她的舞蹈与复杂的时代背景之间的关系。”[⑤] 有两位研究朝鲜舞蹈的专家辛基旭（Shin Giwook）和米歇尔·罗宾逊（Michael Robinson）认为，“大量历史研究对日本殖民时期的朝鲜的描绘有误，把民族主义和殖民压迫、传统和现代的立场二元对立了。他们提出把这一时期看作是‘一个由殖民主义、现代性和民族主义相互勾连、彼此影响的三角地带’”。这样的研究视角，打破了中国舞坛在介绍崔承喜时单纯的线性思维模式，揭示了一个复杂历史背景下综合了殖民统治、个性解放和文化寻根三种力量促使下最终留在大历史画卷里的、更加贴近真实生命和艺术历程的舞蹈家崔承喜。这篇译文，与其说是介绍了一位美国学者的研究成果，不如说是对比性地打开了西方舞蹈研究的一扇门窗，让我们更好地反思当下中国舞蹈理论研究的问题。刘晓真这一系列的其他译文，例如介绍德国现代舞的译文《断续：现代舞在德国》，将深刻影响日本和中国现代舞发展的表现主义现代舞在德国的曲折历史命运，置放在德国自身的历史维度中加以考察，让我们第一次开始引申思考吴晓邦和戴爱莲的舞蹈轨迹与中国当代政治与文化历史之间错综复杂的关系。因为在美国访学而深感“学术研究的传递有序和教学的地域差异及多元维度”重要性的刘晓真，为此有心地翻译介绍那些从完全不同角度研究世界舞蹈文化的优秀文章，“通过其中的研究，来扩展对世界舞蹈的认识维度，同时也借

---

① 李锐：《〈心之所往〉的身体思辨——身体、空间、表达》，《舞蹈》2018年第1期。
② 范舟：《“心理芭蕾”〈罗丹〉：天才极尽是癫狂》，《舞蹈》2018年第1期。
③ 闫桢桢：《方寸舞台与大千世界——记2017北京现代舞双周》，《舞蹈》2018年第1期。
④ ［美］朱蒂·范·济莱：《崔承喜和她的时代》，刘晓真译，《舞蹈》2018年第1期。
⑤ ［美］朱蒂·范·济莱：《崔承喜和她的时代》，刘晓真译，《舞蹈》2018年第1期。

此反身观验我们已有知识体系的漏洞和不足”[①]。

2018 年过去了。但是，2018 年作为一个颇有作为的舞蹈之年，留给我们的还有很多思考，有很多经验值得借鉴，有不少问题还没有解决，有许多年轻的舞者正冲劲十足，也有一些老到的经验之谈让人警醒。由此出发，我们对 2019 年的舞蹈事业也有了新的期待。

冯双白 中国舞蹈家协会主席

原载《中国文艺评论》2019 年第 2 期

① ［美］苏珊·曼宁、梅丽莎·本森：《断续：现代舞在德国》，刘晓真译，《舞蹈》2018 年第 3 期。

作品

【舞剧《驼道》】

2018 年 1 月 25 日，由内蒙古自治区呼和浩特民族演艺集团创编的舞剧《驼道》在内蒙古自治区呼和浩特市首演。该剧融蒙古、汉、哈萨克等民族舞蹈元素为一体，展现了从西北大漠到江南水乡的自然景观和人文风貌，通过再现古丝绸之路上各民族的经贸往来与文化交流，展现出商贸互通带来的经济发展与和谐共赢的深远影响，将发生在“草原丝绸之路”上的一段段“驼道茶情”融汇成一幅幅“大漠孤烟直，长河落日圆”的地域风情。

【芭蕾舞剧《九色鹿》】

2018 年 4 月 23 日至 25 日，童话芭蕾舞剧《九色鹿》在北京市天桥剧场上演。该作品是中央芭蕾舞团首次专为孩子们打造的一部原创童话芭蕾舞剧，剧中大部分演员为中央芭蕾舞团舞蹈学校的在校学生。该剧总策划、制作人冯英，编剧、导演于大雪（特邀），作曲贺思阳（特邀）。

【舞剧《丝路花雨》（2018 版）】

2018 年 4 月 30 日，2018 版舞剧《丝路花雨》在敦煌大剧院首演。新版《丝路花雨》结合 2008 年和 2017 年两个版本，以游客为目标受众重新修排，特别照顾到年轻人的审美习惯，增加了视觉冲击力，配乐更宏大、服装更现代，舞蹈段落也做了修改。

【舞剧《雪域天路》】

2018 年 5 月 1 日，由中国铁路文工团创排的舞剧《雪域天路》在北京市二七剧场首演。该剧是党的十九大后中国铁路文工团推出的首部现实主义作品，取材于青藏铁路建设和运营中的真实故事，生动讲述了三代铁路人与天路、藏区和祖国的深情厚谊，人物情感与时代背景紧密融合，通过“我”的叙述，讲述了“我”的爷爷奶奶投身青藏线，艰苦奋斗、追梦拼搏的辉煌历程。

【舞剧《风声鹤唳》】

2018 年 6 月 6 日至 10 日，舞剧《风声鹤唳》在北京天桥艺术中心上演。该剧改编自林语堂的同名小说，是一部有台词的舞剧，由北京当代芭蕾舞团团长兼艺术总监王媛媛担任编剧、导演和编舞，是北京文化艺术基金 2017 年度资助项目。王媛媛以小人物为切入点，以抗日战争时期的中国为背景，展现出一个身世离奇的美丽女子在乱世的传奇经历，以及她最终超越个人情爱、走出狭小自我、生命得到升华的故事。

【舞剧《金蝉塑与糖人宝》】

2018 年 6 月 19 日至 22 日，由北京演艺专修学院创排的舞剧《金蝉塑与糖人宝》在北京市天桥剧场上演。该剧是北京文化艺术基金 2017 年度资助项目，由毛跃新担任总导演，李天翼编剧，任安作曲。作品以舞蹈的形式讲述了老北京民俗和传统手艺人的故事，“吹糖人儿”、做“毛猴”、“京韵大鼓”等传统民间工艺在剧中均有展现。

【舞剧《乳娘》】

2018 年 6 月 27 日，由山东青年政治学院、济南市歌舞剧院和山东青年艺术团联合创作的民族舞剧《乳娘》在山东省会大剧院首演。该剧以山东民间舞蹈元素为基础语汇，讲述了抗战时期发生在山东省乳山革命根据地的真实故事，以生、离、死、别为主线，通过艺术再现胶东“乳娘”冒着生命危险哺育前线子弟兵后代和烈士遗孤的感人事迹，讴歌了山东女性在峥嵘岁月所展现出的血乳交融、生死与共的人间大爱。该剧先后入选教育部原创文化精品推广行动计划，被列入 2018 年山东省重点打造的 4 部红色文化题材作品之一，被评为山东省第十一届文化艺术节优秀剧目，荣获山东省优秀党员教育电视片一等奖。

【芭蕾舞剧《花木兰》】

2018 年 6 月 29 日，辽宁芭蕾舞团的原创芭蕾舞剧《花木兰》在辽宁大剧院首演。该剧以《木兰辞》为创作基础，塑造了一个勇敢机智、有情有爱的巾帼英雄形象。剧情的构思和设计重点放在了花木兰边塞十年的军旅生涯，用新的视角去描绘花木兰的一生，讲述她的家国情怀和忠孝之义。

【舞剧《天路》】

2018 年 6 月 30 日，国家大剧院原创民族舞剧《天路》在国家大剧院戏剧场首演。为纪念改革开放 40 周年暨青藏铁路建成通车 12 周年，国家大剧院历时三年倾力打造现实题材原创民族舞剧《天路》。该剧由王舸导演，罗斌编剧，印青、杨帆作曲，黎星、王圳冰等主演。舞剧讲述了三代人不忘初心、坚守筑路的动人故事。

【舞剧《浮流》】

2018 年 8 月 3 日，由深圳市龙岗区大围屋艺术团与青年舞蹈家谢欣共同打造的现代舞剧《浮流》在深圳市文化馆上演。该作品以改革开放前沿地——深圳为蓝本，通过 13 名舞者的肢体律动，讲述深圳这座城市的独特内涵。该作品是龙岗区大围屋艺术团成立 10 年来推出的一部精品力作，凝聚了艺术团多年的艺术创作理念，展现了深圳本土艺术团体的崭新创意和别样思考。

【舞剧《立夏》】

2018 年 8 月 7 日，新版原创舞剧《立夏》在国家大剧院歌剧院上演。该剧是合肥市的首部自创舞剧，以 1929 年发生在大别山腹地金寨的立夏节起义为题材，将皖西民歌、庐剧音乐等安徽地方音乐元素加以结合运用，以舞剧形式艺术地再现了这段光辉历史与革命历程，创作出独具地方特色的原创音乐舞剧。

【舞蹈诗《俺的山东大秧歌》】

2018 年 8 月 29 日，由山东省文学艺术界联合会主办、山东省舞蹈家协会联合 17 市舞蹈家协会创作出品的大型山东民间舞蹈诗《俺的山东大秧歌》在山东省会大剧院首演。来自全省各地的 15 支演出队伍共计 500 多名老中青演员会聚一堂。此次演出集合了山东各地有代表性的民间舞蹈：济南民间舞蹈《王皮跑灯》《手龙舞》，济阳民间舞蹈《龙舞》，莱芜民间舞蹈《花鼓锣子》，聊城民间舞蹈《跑竹马》，济宁民间舞蹈《邹城阴阳板》等风格多样、淳朴欢庆的山东民间舞蹈。

【舞剧《妇好》】

2018年9月8日，由青年舞蹈编导贺嘉佳编剧并执导的舞剧《妇好》在北京天桥艺术中心上演。妇好作为商王武丁的妻子，是中国历史上有据可查的第一位女性军事统帅，同时也是一位杰出的女政治家，曾主持武丁朝的祭祀活动。舞剧《妇好》以古典舞的形式演绎了一个集女军事家、女政治家、占卜师、王后与母亲于一身的妇好。

【舞剧《一梦·如是》】

2018年9月14日，由亚彬舞影工作室与深圳市福田区公共文化体育发展中心联合制作的舞剧《一梦·如是》在北京天桥艺术中心首演。该剧是北京文化艺术基金2017年度资助项目，上下两篇分别由舞蹈家王亚彬和日籍舞者平原慎太郎担任编舞，主创班底由中、英、法、日等多国艺术家组成。

【舞剧《醒·狮》】

2018年9月28日，由广州歌舞剧院创排的大型原创舞剧《醒·狮》在广州大剧院首演。该舞剧呈现了浓郁的岭南文化，将醒狮、南拳与舞蹈相融合，是我国第一部以国家非遗项目“广东醒狮”为主题的大型原创舞剧。该剧以第一次鸦片战争中的广州三元里抗英斗争为故事背景，以厚重的民族情怀，反映大时代风云中南粤儿女精神觉醒、勇于抗争、书写民族大义的故事。

【舞剧《刘三姐》】

2018年9月28日，由中共南宁市委宣传部、南宁市文化新闻出版广电局联合出品，南宁市艺术剧院有限责任公司创作排演的舞剧《刘三姐》在广西文化艺术中心大剧院公演。该剧由中国舞蹈家协会主席冯双白担任编剧，国家一级导演、中国舞蹈艺术家丁伟担任导演。该剧基本延续了民间故事的情节架构，围绕“刘三姐”与“阿牛哥”纯真美好的爱情，以及“刘三姐”与“莫老爷”的斗争展开剧情。全剧用舞蹈演绎跌宕起伏的故事剧情，通过丰富优美的舞蹈语汇塑造人物性格、抒发内心情感，剧中保留了大量经典的山歌唱段，在轻松幽默的表现形式里展现人物个性。

【舞剧《花界人间》】

2018年10月12日，由广西演艺集团创排的大型原创民族舞剧《花界人间》在广西文化艺术中心首演。该剧根植于壮族传统文化，以花神信仰中“从花界来，到花界去”的生命哲思为创作基础，讲述了一个新奇、唯美的爱情故事。该剧在民间传统舞蹈基础上大胆创新，融入真实的稻谷、竹竿、铜铃等具有广西村寨日常生活色彩的道具，把打谷、打砻、祭祀、献药等广西民间生活中的场景搬上舞台，呈现出壮乡大地丰富独特的人文生态、团结和睦的民族关系和克欲向善的价值风尚。

【舞剧《春天的故事》】

2018年10月20日，由天津歌舞剧院创排的舞剧《春天的故事》在天津大剧院上演。该剧由邓林执导，江东编剧，宋雨作曲，刘小舟以及李明、马立忠任舞美设计，王念慈、张子豪领衔主演。全剧分为“惊蛰”“都市”“春天”“旗颂”四幕，采用“一线多块”式的崭新舞剧结构方式，剧中主要人物“妈妈”的演绎贯穿始终，将改革开放历程中几个热点事件勾连，以小见大展现农业、工业、科学技术等领域发生的巨变。

【舞剧《尘埃落定》】

2018年10月31日，由北京舞蹈学院制作编排的大型民族舞剧《尘埃落定》在中国大剧院首演。该剧选材于阿来的同名长篇小说《尘埃落定》，是一部有丰厚藏族文化意蕴、充满灵动与诗意的舞蹈艺术作品。舞剧抽离原著的历史语境及文学叙事的丰富情节，通过当代的演绎在舞台上借助二少爷“傻子”的视角，尽览人性的贪婪与荒谬，作品以史为鉴，在当代的舞台上做出对人性和命运的反思。

【舞剧《匆匆那年》】

2018年11月10日至11日，由中国文学艺术基金会、中国舞蹈家协会、北京市教委指导，首都师范大学、北京海淀区教委于大雪舞蹈教育工作室承办并共同出演的当代舞剧《匆匆那年》在北京二七剧场上演。该剧是北京文化艺术基金2018年度资助项目，由于大雪执导。《匆匆那年》讲述的故事，发生在改革开放初期的北京，一个工人家庭出身的孩子被舞蹈的魅力吸引，但追逐艺术梦想的道路阻力重重。全剧呈现了作为一个平凡的个体，在实现个人价值的道路上付出的艰苦努力。

【舞剧《原风》】

2018年11月17日至20日，由黑龙江文化厅出品、黑龙江艺术职业学院出演的原创大型民族舞剧《原风》在黑龙江省歌舞剧院音乐厅首演。该剧是国家艺术基金2018年度资助项目，以83岁的艺术家乔梁为原型，讲述了乔梁自幼学舞，传承师父的秧歌并将其进行创新发展的故事。东北秧歌老艺术家和自己的学生同台共演一部剧，极为少见。此剧的乔梁风格东北秧歌素材，是黑龙江省舞蹈家协会持续十年重点树立推广的品牌项目，舞蹈界多位专家参与乔梁东北秧歌的发展推广。

【舞剧《天之路》】

2018年11月24日至26日，由中央民族歌舞团创排的大型原创民族舞剧《天之路》在北京民族剧院上演。该剧由江东编剧，邓兰英任总导演，是一部以青藏铁路建设为背景的现实题材舞剧，时间跨度为50年——从1957年开始勘探到2006年青藏铁路通车。剧中大量运用原汁原味的藏族舞蹈语汇，并创造性融入现代舞、当代舞元素，将民族与时尚、现代与传统相结合。全剧包括序“年轮”、一幕“芒种”、二幕“寒露”、三幕“大雪”、四幕“惊蛰”、尾声“彩虹”，运用多区域的舞台布景和空间变化，紧紧围绕剧情发展、人物性格与感情变化来组织与编排音乐和舞蹈，既重现了青藏铁路建设的历史风貌，又赋予该剧新的时代内涵。

【舞剧《大凉山的回响》】

2018 年 12 月 13 日，由四川省歌舞剧院出品的民族舞剧《大凉山的回响》在四川省锦城艺术宫首演。该剧聚焦“悬崖村”脱贫攻坚故事，是国家艺术基金 2018 年度资助项目，由国家一级编导、第十五届中国戏剧梅花奖获得者赵青导演，许志坚编剧，昌英中作曲。以大凉山“悬崖村”为创作主题，通过四幕剧情，讲述一个家庭两代人的悲欢离合，折射平凡小人物在新时代背景下的曲折故事。

纪事

展演·艺术节

【第八届芭蕾创意工作坊晚会】

2018年4月3日至4日，为献礼改革开放40周年，中央芭蕾舞团“第八届芭蕾创意工作坊晚会”在北京天桥剧场举行。该届晚会演出了5部原创中小型芭蕾作品。《我欠父亲一个拥抱》（编导苏洋）、《鱼跃龙门》（编导李俊）、《归途》（编导张镇新），都是从普通人的生活点滴中感悟人生转折中的起伏与求索，展现年轻人眼中“改革开放40周年”这一重要历史节点的伟大意义；《记忆的宝藏》特邀斯洛伐克籍娜塔莉亚·霍瑞克娜编导，她以抽象的方式表达了创作者具象的深刻思考；《滚烫花朵》（编导李旸）则聚焦新疆的风土民情，讲述了一个动人的爱情故事。

【民族瑰宝　舞之传承——中国非物质文化遗产传统舞蹈展演】

2018年5月5日，中国非物质文化遗产保护中心和上海市文学艺术界联合会主办的“民族瑰宝　舞之传承——中国非物质文化遗产传统舞蹈展演”活动在上海国际舞蹈中心举行。作为第35届上海之春国际音乐节的展演节目，该次展演以传统舞蹈类国家级非物质文化遗产代表性项目为主，从各地非物质文化遗产保护机构及传统舞蹈传承实践机构推荐的候选团队中，遴选出18个具有较高艺术、文化价值及表演水平的展演节目，包括汉族、朝鲜族、羌族、维吾尔族、苗族、土家族、蒙古族、藏族、白族等舞蹈，集中展示我国传统舞蹈类非物质文化遗产的独特风貌和保护成果。

【“我要舞”（5·15）群众舞蹈展演】

2018年5月15日，由中国文学艺术界联合会、中国舞蹈家协会主办的第七届中国舞蹈节系列活动“‘我要舞’（5·15）群众舞蹈展演”作为第七届中国舞蹈节的揭幕活动在北京市举行。该次活动是中国舞蹈家协会贯彻落实中国文联深化改革有关精神、聚焦职能转型的具体举措之一。来自北京、天津、河北、内蒙古、辽宁、广东、广西、陕西等省区市的26支群众舞蹈代表队，带来了《百姓乐》《扭春》《草原之恋》《青春阳光》《扇花嘻春》《梦醉荷塘》《火红的壮乡》《减压美美哒》《故乡是北京》《草原晨曲》《爵战一夏》《梨花情》《出尘不染》《津沽板韵》《致青春》《淘气包》《红红火火》《关东情》《那一缕岁月》《追梦在路上》《盛世花鼓》《看山看水看中国》《风彩伽人》《霹雳致青春》《广场舞新时代》《美丽中国走起来》26个群众舞蹈节目，包括井陉拉花、东北秧歌、蒙古族舞、花鼓灯等民族民间舞，以及街舞、国际舞等源自西方的舞种，参与者既有老人，也有青春活力的年轻人。

【全国广场舞展演活动】

2018年7月3日，文化和旅游部、国家体育总局主办的“全国广场舞展演活动”启动。展演活动围绕庆祝改革开放40周年，紧扣团结、奋进、喜庆、祥和的主题，着力办在基层、热在基层，着力展现新时代、振奋精气神。活动开展时间为7月至10月，县、市、省逐级举行展演，先从县、市两个层级的展演中遴选一批本地区的优秀广场舞团队。各省（区、市）在基层展演的基础上，集中开展全省展演活动，凸显地方特色，形成声势规模，遴选优秀广场舞团队，推荐参加北京集中展演活动。展演作品是以庆祝改革开放40周年为主题的新创编广场舞作品，或近年来创编的优秀广场舞作品，作品内容积极向上，坚持群众性，注重思想性，突出时代性，积极发挥本地区民族民间文化优势，将优秀民族民间文化资源与群众文化活动充分融合，将新时代音乐创作成果与广场舞排演有机结合，展现改革开放的喜人变化，反映人民对美好生活的新期待。

【2018“舞动中国梦”少儿舞蹈展演】

2018年7月9日至10日，由上海市舞蹈家协会和上海青少年活动中心手拉手艺术团发起，联合全国13个省市自治区舞蹈家协会主办的“2018‘舞动中国梦’少儿舞蹈展演”在上海国际舞蹈中心举行。该次展演90余个申报作品来自全市中、小学、青少年活动中心、少年宫、民办少儿舞蹈艺术团，覆盖了芭蕾、民族、街舞等各类舞种。其中，有许多作品从传统文化中取材，如《花木兰》《龙拳》《精卫填海》《新哪吒闹海》等，体现了舞蹈教育界普遍重视培养孩子以舞蹈为载体，传承民族精神，展示民族记忆。

【第七届中国舞蹈节·中国舞蹈家协会全国教学成果展演】

2018年7月10日至12日，中国舞蹈家协会主办的“第七届中国舞蹈节·中国舞蹈家协会全国教学成果展演”在内蒙古自治区鄂尔多斯恰特大剧院上演。该次教学成果展演是对中国舞蹈家协会出版的“少儿舞蹈培训系列教材”的一次集中检验。教材秉承“德、智、体、美”全面培养，发展新一代舞蹈教育的宗旨，倡导“快乐、健康、科学、人文”的舞蹈教育理念，助力孩子健康成长。展演展出了82个精彩节目。其中，《功夫熊猫》《小鹤展翅》《海军》等节目，分别展现了传统文化、芭蕾舞、亲子舞蹈、中国民间舞蹈等多种教学成果。此外，展演还设置了金牌教师的展示部分，《唱花儿的花儿》《故乡的草原》等呈现出金牌教师对舞蹈教学的规范，体现了教材对于各舞蹈专业以及舞蹈考级教师教学能力更高层次的要求。展演期间，主办方还组织了全国教学研讨会，参会的考区负责人和舞蹈教师结合考级教材的推广、教学经验进行了交流，共同提升舞蹈教学质量。

【第十二届全国舞蹈展演】

2018年7月11日至21日，由文化和旅游部、云南省人民政府主办，文化和旅游部艺术司、云南省文化厅、昆明市人民政府承办的“第十二届全国舞蹈展演”在云南省昆明市举行。全国31个省区市，新疆生产建设兵团，部队系统以及文化和旅游部直属艺术院团，中央国家机关有关部委所属艺术院团、艺术院校共报送舞蹈节目671个，舞剧、舞蹈诗37部。经专家认真遴选，共有80个舞蹈节目、5部舞剧参加此次展演，共演出20场。展演开幕演出为国家大剧院、吉林市歌舞团创作演出的舞剧《天路》，闭幕演出为一台优秀舞蹈节目晚会。11天内，来自全国各地的65个参演单位、1700多名艺术家齐聚云南，展示了80个舞蹈节目和5部舞剧，为观众奉献了一场场艺术盛宴。国家大剧院原创民族舞剧《天路》将汉藏儿女三代人接力修筑青藏铁路的燃情岁月呈现在舞台上；根据巴金同名小说改编的舞剧《家》将一个封建大家庭的悲欢离合表现得淋漓尽致；群舞《水草·逐》展现了哈萨克族生活的诗意世界。

【2018“中国舞蹈十二天”】

2018年7月14日至8月1日，2018“中国舞蹈十二天”在国家大剧院上演。该年度“中国舞蹈十二天”拓宽了推荐节目来源渠道，增强了参演青年编舞家及节目的公认度，深化舞蹈界的专业认同感。以“一个舞者的初心”为主题，邀请业界专家赵汝蘅、冯双白、罗斌、赵铁春、杨威、丁伟，对投稿作品进行综合评审，最终推选出6部青年舞蹈家的自荐完整舞蹈作品。

【2018 北京舞蹈双周】

2018年7月19日，由北京雷动天下现代舞团、香港城市当代舞蹈团中国舞蹈发展计划联合主办的“2018北京舞蹈双周”在北京天桥艺术中心开幕。来自世界各地的300多位舞蹈艺术家、200多位舞蹈学生参与到此次活动中。在活动内容方面，第一周为“教学周”，主办方邀请国际知名导师，开展为期6天的“舞蹈营”教学活动；第二周为“展演周”，由“焦点舞台”“另类平台”“青年舞展”等板块组成，国内外知名舞团带来的大型舞蹈节目《无梦可梦》《漂亮漂亮》《冰树芳华》等，以及50多个青年新锐编舞的原创节目都在这些板块亮相。

【第五届“荷花少年”全国舞蹈展演】

2018年7月23日，由中国舞蹈家协会主办的“第五届‘荷花少年’全国舞蹈展演”在北京市开幕。在为期3天的展演中，通过初选、复选最终入围的69个作品分别通过两场普通组和一场专业组进行展演。展演演员的年龄段划分为初中组13周岁至15周岁和高中组16周岁至18周岁。在首场展演中，演出了《花儿》《彩云追月》《湖上渔歌声声醉》《滹沱水，丰收情》等涵盖传承中华优秀传统文化、关注社会现实、聚焦青少年成长、谱写英雄壮歌等题材丰富、特色鲜明的20个作品，展现了当代青少年积极进取、阳光向上的精神面貌和作品主创自觉的人文意识和价值追求。

【首届西安国际舞蹈节】

2018年9月13日，由中共西安市委宣传部、西安市文化广电新闻出版局、西安曲江新区管理委员会主办，陕西大剧院、西安音乐厅承办的“首届西安国际舞蹈节”开幕。努里耶夫编导版的芭蕾舞剧《堂·吉诃德》由6名首席、10名独舞等120余名人员组成豪华明星阵容，作为开幕大戏在陕西大剧院上演。英国芭蕾男孩舞蹈团与萨德勒威尔斯剧院联合创制的现代芭蕾《人生》、苏格兰舞蹈剧场带来的《涂鸦芭蕾》《行进日》、澳大利亚昆士兰芭蕾舞团的芭蕾舞剧《仲夏夜之梦》等作品在舞蹈节期间相继上演。舞蹈节期间除舞蹈演出外还有舞蹈影像展、大师课、肢体工作坊等活动。

【第七届中国舞蹈节“9·15”系列活动】

2018年9月15日，中国文学艺术界联合会、中国舞蹈家协会主办，首钢园、中国文学艺术界联合会舞蹈艺术中心、中国舞蹈家协会街舞委员会承办的“第七届中国舞蹈节‘9·15’系列活动”在北京市举行。活动由广东、福建、海南、河南、山西、青海、新疆、中石油等来自17个省、市、自治区、直辖市以及行业舞蹈家协会协办，同时得到中国国际标准舞总会的支持。作为舞蹈日的延续，第七届中国舞蹈节“9·15”系列活动依旧是脱离了传统演出模式的露天演出，并选择了具有浓重工业风的北京石景山首钢园区。该活动参演作品大多充满创新性与实验性，形式涵盖国标舞、环境舞蹈、百姓健康舞和街舞。除了环境舞蹈外，中国舞蹈家协会根据观众多样性的审美需求与创作的多元化取向在系列活动中加入了老少咸宜的百姓健康舞和街舞精品节目。

【第五届中国秧歌节】

2018 年 9 月 19 日，由中国舞蹈家协会主办、胶州市人民政府承办、中国舞蹈家协会民族民间舞蹈专业委员会协办的“第五届中国秧歌节”在“中国秧歌之乡”山东省胶州市拉开序幕，来自全国的优秀秧歌队和艺术家们会聚胶州市体育中心，为当地观众献上一场秧歌艺术精品展。作品包括山东省商河县鼓子秧歌艺术团表演的《黄河鼓韵》、山东省海阳市马格庄秧歌队表演的《海阳大秧歌》、辽宁省抚顺市秧歌民间艺术团表演的《山花闹》、陕西省榆林市靖边县艺术团表演的《红红火火庆太平》等多个地区的秧歌作品。秧歌节期间，主办方还组织了“相约秧歌之乡 寻根秧歌故里”的采风活动。

【第二届“一带一路”民族传统舞蹈展演】

2018 年 10 月 12 日，由北京舞蹈学院主办的“第二届‘一带一路’民族传统舞蹈展演”在北京舞蹈学院舞蹈剧场举行。入选该次展演的共有 11 个节目，分别是云南省彝族《跳宫节》、贵州省苗族《花鼓舞》、青海省藏族《武士舞》、贵州省苗族《滚山珠》、云南省纳西族《东巴吉祥舞》、云南省彝族《弥渡大刀舞》、西藏自治区藏族《西德“果尔孜”舞》、云南省彝族《花鼓舞》、浙江省汉族《李家巷青草坞鸳鸯龙》，以及来自日本的《英执着狮子》和蒙古国的《贝勒格》。同时，北京舞蹈学院中国民族民间舞系还表演了安徽汉族的《花鼓灯》。

【第五届“青年舞蹈人才培育计划”作品展演】

2018 年 10 月 17 日，中国文学艺术基金会、中国文学艺术发展专项基金资助的品牌项目——第五届“青年舞蹈人才培育计划”（简称“培青计划”）系列成果在国家大剧院、北京天桥艺术中心等地上演，展示了 12 部由国内青年艺术家所创作的最新舞蹈作品，其中包括 6 部最新原创作品——池咚咚《撞》、田湉《俑 2》、胡沈员《暗夜彩虹》、文小超《三十二章节》、宋欣欣《草民》、龚兴兴《没有孤岛》，1 部驻地艺术家作品——胡磊《极简物理》，1 场舞蹈影像展映——刘梦宸《3 个和 13 亿个》，以及四位新锐编舞扎西旺加、沈盈盈、闫贝妮、陈骏会聚而成的《慢热集》。

【纪念改革开放四十周年——首届全国街舞创作作品展演】

2018 年 11 月 21 日至 22 日，由中国舞蹈家协会、广东省文学艺术界联合会主办，中国舞蹈家协会街舞委员会、广东省舞蹈家协会、河源市文学艺术界联合会承办的“纪念改革开放四十周年——首届全国街舞创作作品展演”活动在广东省河源市举行，500 余名演员参与展演。其中既有表现现实生活的《邻里》《快乐的建筑工》《拯救不开心》《打铜》《过年》，回溯革命历史的《人民英雄永垂不朽》《黄河》，也有演绎英雄精神的《盼君归》《坚守》《木兰从军》，还有展现民族风情的《迎亲》《竹林傣风》《阿里郎魂》《阿妹戚托》等。该次展演从全国 16 个省、市、自治区 100 余部优秀作品中甄选出涵盖 Hip-hop、Locking、Popping、Breaking、Jazz 等主要街舞舞种的 30 个展演作品，题材丰富、创意灵活、手段多样。

【北京当代芭蕾舞团十周年作品展演】

2018 年 12 月 8 日，“北京当代芭蕾舞团十周年作品展演”在北京天桥剧场上演。该展演汇集王媛媛十年作品的精华，包括《夜莺与玫瑰》《安魂曲》《野草》《霾》《风声鹤唳》等舞剧作品中的段落，现场演出辅之以影像资料，以多种形式回顾舞团走过的十年。十年来，王媛媛为北京当代芭蕾舞团创作的作品，既有改编自文学作品的《野草》《夜宴》《夜莺与玫瑰》等，也有为舞团打开欧美市场的《霾》、关注战争的《毒》、关注战争中普通人命运的《风声鹤唳》等。

【舞典华章——2018年度舞蹈巡礼展演】

2018年12月27日，中国舞蹈家协会推出庆祝改革开放40周年系列活动，由中国舞蹈家协会主办、中国文学艺术界联合会舞蹈艺术中心承办的“庆祝改革开放40周年暨中国舞蹈‘荷花奖’20周年舞蹈展览”和由中国舞蹈家协会、国家大剧院主办，中国文学艺术界联合会舞蹈艺术中心承办的“舞典华章——2018年度舞蹈巡礼展演”在国家大剧院举行。

在“庆祝改革开放40周年暨中国舞蹈‘荷花奖’20周年舞蹈展览”中，大量舞蹈影像、舞蹈图片、舞蹈人物、音乐曲谱、舞美沙盘、舞蹈服装、灯光效果图、理论评论文章及系列“荷花奖”奖杯、系列装置等历史资料，梳理展示了中国舞蹈“荷花奖”在评奖制度、奖项设置、参评队伍、参评作品内容等方面的发展流变，凸显了“荷花奖”多年来引领舞蹈创作方向，注重舞蹈文化价值追求的成果，集中展现了中国舞蹈“荷花奖”推动中国舞蹈发展的成就，反映出在改革开放春风吹拂下，中国舞蹈界砥砺奋进，开拓前行，为丰富和满足人民群众的精神文化需要做出积极努力，助力社会主义文化与文艺事业繁荣发展的历程。“舞典华章——2018年度舞蹈巡礼展演”活动则展演了在2018年中国舞蹈家协会举办的中国舞蹈“荷花奖”现当代舞、舞剧评奖，中国舞蹈家协会青年舞蹈人才培育计划，中国舞蹈家协会“深入生活、扎根人民”采风创作等活动及舞蹈创作探索中涌现出的部分优秀作品。展演穿插播放的视频，则概览式地回顾了改革开放以来中国舞蹈界在表演、创作、教学、理论、惠民等方面的重要事件和成果。

比赛 · 展览

【多彩中华——2018 全国民族广场舞大赛】

2018 年 5 月 19 日，由中国少数民族文化艺术促进会主办、北京爱的行走文化传播有限公司承办的“多彩中华——2018 全国民族广场舞大赛”在北京市启动。本次大赛以弘扬民族文化、构建和谐社会、彰显中华民族的精神风貌为宗旨，以“共圆中国梦，炫舞民族风”为主题。据大赛组委会执行主席岑传理介绍，该大赛共有来自北京、山东、四川等全国 10 余个省区市的 2100 多支代表队报名，6 万余名参赛选手展示了具有浓郁民族特色的广场舞。

【第六届上海国际芭蕾舞比赛】

2018 年 8 月 11 日，“第六届上海国际芭蕾舞比赛”揭晓奖项。比赛首次设立的 5 万美元大奖在本届空缺，成年组男、女金奖各一名，归属中国选手史越、敖定雯。第六届上海国际芭蕾舞比赛，由来自丹麦、中国、美国、南非、俄罗斯、韩国、英国等国的舞蹈家和专业人士组成评委会，遴选出近百名舞者入围复赛，选手来自全球 10 多个国家和地区。

【芭蕾在中国——中央芭蕾舞团近 60 年的传承与发展主题图片展】

2018 年 9 月 5 日，由悉尼中国文化中心、中国文化和旅游部中外文化交流中心等主办的“芭蕾在中国——中央芭蕾舞团近 60 年的传承与发展主题图片展”在澳大利亚悉尼中国文化中心开幕。展览展出 173 幅图片，并辅以演出服装展示和经典作品视频欣赏，向澳大利亚民众介绍了中国中央芭蕾舞团在编创、引荐、教育和普及芭蕾等方面取得的成绩，全面展示了芭蕾这一起源于欧洲的艺术形式在中国从萌芽到发展、从成熟走向繁荣的历程。

【为生命而舞——首届中国舞蹈艺术大展】

2018 年 9 月 13 日至 10 月 10 日，中国国家大剧院、中共北京市海淀区委宣传部、魏公村舞蹈产业联盟主办的“为生命而舞——首届中国舞蹈艺术大展”在国家大剧院展出。展览展出中国民族民间舞蹈影像 2095 种、当代舞蹈作品 75 部、当代舞蹈理论成果书籍 2000 册、舞蹈历史与舞蹈影像创作 9 部、服装设计手稿 50 幅、舞美作品模型 10 件、服装头饰实物 9 件，并全面介绍了中国舞蹈机构及重要奖项，首次全面、系统、多角度将中国民族民间舞蹈发展的历史与全景呈现在观众面前，用艺术展览的形式向全社会呈现舞蹈、讲述舞蹈、传播中国舞蹈文化。

【六秩春秋　甲子风华——《舞蹈》杂志创刊 60 周年纪念展览】

2018 年 9 月 30 日，由中国舞蹈家协会主办，中国文学艺术界联合会舞蹈艺术中心、《舞蹈》杂志承办的“六秩春秋　甲子风华——《舞蹈》杂志创刊 60 周年纪念展览”在中国文艺家之家展览馆开幕。本次展览设《舞蹈》杂志封面展示区、实物展示区、开篇、传承、变迁、感念、面孔、坐标、流经、瞬间、视野、档案、同舟、汗青、记忆、书写、痕迹 17 个板块，力求将 8000 余位作者的 15000 余篇文章和数万张摄影作品以精华面貌呈现。其中包括 1800 余位舞蹈人物专访、3300 余个舞蹈作品集锦、1100 余个院团机构报道、220 余本书籍荟萃、139 个专栏讨论、66 项重大选题。与此同时，吴晓邦、戴爱莲、黎锦晖等名家的手稿原件，叶浅予、赵世英、吴曼英等书画家的速写作品，16 位知名舞蹈摄影师的经典影像，以及多年来的读者来信成为展览的重要看点。

【第十一届中国舞蹈“荷花奖”当代舞、现代舞评奖】

2018 年 10 月 15 日至 17 日，由中国文学艺术界联合会、中国舞蹈家协会、广东省文学艺术界联合会主办，中国文学艺术界联合会舞蹈艺术中心、广东省舞蹈家协会承办的第十一届中国舞蹈“荷花奖”当代舞、现代舞评奖活动在广东省广州市举行。

广东歌舞剧院的《与妻书》，北京舞蹈家协会、北京舞蹈学院的《运河船工》，中国舞蹈家协会街舞委员会、河南省舞蹈家协会的《黄河》获得“荷花奖”当代舞奖；上海歌舞团有限公司的《看不见的墙》、广东舞蹈戏剧职业学院的《不眠夜》、合肥演艺股份有限公司的《命运》获得“荷花奖”现代舞奖。评奖结束后，主办方召开作品点评会。专家、评审认为，该次参赛作品在选材、创意、演绎层面都实现了一定的突破。其中，当代舞组作品题材广泛、内容丰富、立意深刻，反映了当代人民的美好新生活，实现了思想性和艺术性的高度统一；现代舞组涌现了大量独舞作品，演员们将极具质感的肢体探索与独特的生命体验结合在一起，在一伸一展、一呼一吸中尽显自由、纯粹的舞蹈之美。

【2018 北京国际舞蹈院校芭蕾舞邀请赛暨舞蹈展演】

2018 年 10 月 19 日，由北京舞蹈学院主办的“2018 北京国际舞蹈院校芭蕾舞邀请赛暨舞蹈展演”在北京舞蹈学院舞蹈剧场开幕。教育部、团中央、中共海淀区委、北京市文化局、中国舞蹈家协会等单位相关负责人出席了开幕式。来自业界的芭蕾舞大师以及舞蹈教育家担任该邀请赛评委。进入复赛的 66 名选手按照年龄大小分为甲、乙、丙三个组别，通过古典变奏、双人舞、现代舞等复赛和决赛环节，共决出一等奖 5 名、二等奖 6 名、三等奖 11 名、评委会特别奖 2 名共四个奖项，24 人获奖。

【第十一届中国舞蹈“荷花奖”舞剧评奖】

2018 年 11 月 10 日、27 日至 12 月 9 日，由中国文学艺术界联合会、中国舞蹈家协会、中共上海市委宣传部主办，上海市文化广播影视管理局、上海市长宁区人民政府、上海市舞蹈家协会等承办的第十一届中国舞蹈“荷花奖”舞剧评奖在上海国际舞蹈中心大剧场举行，来自全国七家院团的七部舞剧通过七场展演，角逐“荷花奖”五个席位。

该评奖共有来自全国 20 个省、自治区、直辖市选送的 34 部作品报名参评，历经初评、复评的层层把关，推选出《立夏》《记忆深处》《大禹》《人生若只如初见》《草原英雄小姐妹》《雪域天路》《醒·狮》《井冈·井冈》《早春二月》《花木兰》《刘三姐》《尘埃落定》共 12 部舞剧进入终评。经过评委会一致表决，评选出《大禹》《草原英雄小姐妹》《醒·狮》《井冈·井冈》《花木兰》5 部作品获得第十一届中国舞蹈“荷花奖”舞剧奖。评奖期间，主办方开展“青年舞蹈人才培育计划”活动，举办“舞剧高峰论坛”，组织舞蹈家走进基层、走进社区，开展舞蹈知识普及课程、舞蹈艺术大师讲座等系列活动。

国际交流

【舞剧《朱鹮》在美国纽约林肯艺术中心上演】

2018 年 1 月 5 日至 7 日，由上海歌舞团创作的舞剧《朱鹮》在美国纽约林肯艺术中心大卫·寇克剧院演出。作为中国对外文化集团打造的“中华风韵”系列演出，该剧由中国人民对外友好协会和中共上海市委宣传部出品，以环保为主题，讲述了朱鹮这一珍禽与人类相惜相怜的命运，呼唤人们在曾经失去中叩问永久珍惜的情感共鸣。

【第三届中国国际芭蕾演出季】

2018 年 1 月 14 日，“第三届中国国际芭蕾演出季”在北京天桥剧场闭幕。为期两个多月的演出季献上了 14 台大戏、31 场演出，共吸引 6 万余名观众。

“第三届中国国际芭蕾演出季”从 2017 年 11 月 10 日启幕，至 2018 年 1 月 14 日闭幕，两个多月的时间里，汇聚了俄罗斯莫斯科大剧院、中国中央芭蕾舞团、俄罗斯马林斯基剧院、法国巴黎歌剧院、俄罗斯艾夫曼芭蕾舞团、美国旧金山芭蕾舞团、俄罗斯米哈伊洛夫斯基剧院、古巴国家芭蕾舞团等国际团体，以及国内十家芭蕾舞团的艺术家。莫斯科大剧院首席斯维特兰娜·扎哈洛娃、米哈伊洛夫斯基剧院首席伊万·瓦西里耶夫，以及中央芭蕾舞团首席主演张剑、王启敏，巴黎歌剧院演员艾格尼丝·雷特思图等艺术家，纷纷亮相此次演出季。

【新西兰中国文化中心举办“中国民族舞鉴赏”讲座】

2018 年 1 月 15 日，新西兰中国文化中心应惠灵顿市政府中文培训班负责人邀请，派出舞蹈老师韩轩婷、刘洛辰为中文培训班学员及现场观众带来一堂题为“中国民族舞鉴赏”的讲座。该讲座主要介绍了新疆舞、东北大秧歌以及胶州秧歌等，讲述过程中，韩轩婷通过服装展演的方式，让学员们了解中国民族舞服装的差异与特性。

【中以合作现代舞《共生》以色列巡演】

2018 年 1 月 19 日，中国和以色列合作创作的现代舞《共生》在以色列巡演结束，当地观众得以领略中以文化在现代舞蹈中的交融。这是中国驻以色列大使馆 2018 年“欢乐春节”的首场活动。该作品由中、以两国艺术家共同编导和演出，从 1 月 16 日开始，在以色列 4 个城市巡演。

【“一带一路·泰国印象”中国—东盟青少年舞蹈交流展演】

2018 年 2 月 22 日至 23 日，由中国舞蹈家协会、泰中艺术家联合会主办，魅力校园承办的“‘一带一路·泰国印象’中国—东盟青少年舞蹈交流展演”在泰国举行。展演旨在推进中国与东盟地区的交流，促进民心相通，切实增进中国与东盟青少年的交流。中国和东盟国家的青少年相聚在曼谷，相互学习、相互交流，通过青少年的舞蹈交流，不仅能将中华民族的传统文化带到海外，也能够在艺术和文化的沟通和交流中互相吸取彼此艺术的精髓，互联互通，学习创新。

【中央芭蕾舞团获第 11 届美国国际芭蕾舞比赛 4 项大奖】

2018 年 6 月 2 日，在第 11 届美国国际芭蕾舞比赛上，中央芭蕾舞团斩获 4 项大奖。其中，邱芸庭拿下青年女子组金奖，武思聪拿下青年男子组金奖，费波凭借《昨日永恒》、张帝莎凭借《悲伤的鸟》拿下两个最佳编导奖。同时，中央芭蕾舞团团长冯英连续第二次应邀担任该赛事国际评委。在准备比赛的过程中，除专门配备的指导老师王琪，团长冯英、副团长朱妍也分别为演员指导、排练。斩获最佳编导奖的驻团编导费波、特邀编导张帝莎，不断对作品进行推敲，从音乐、舞蹈、服装、造型到作品思想性、语汇丰富性等多方面综合把握，最终推出这两个全新的现代舞作品。

【2018 中日舞蹈国际交流：荷花奖、小荷风采精品剧目东京展演】

2018 年 7 月 23 日，“2018 中日舞蹈国际交流：‘荷花奖’、‘小荷风采’精品剧目东京展演”在日本东京举行，值中日和平友好条约缔结 40 周年之际，让中国少年儿童优秀艺术作品与当地的舞蹈教育机构和学校专业团体交流，验证音乐和舞蹈艺术无国界的理念，更具体地了解和体验日本的舞台模式和传统舞蹈的教学及传承方式等，以此加强中国与日本人民之间文化、艺术、教育等多方面的交流与合作，进一步增进中日两国青少年之间的了解和友谊。

【第四届中国—中东欧国家舞蹈夏令营】

2018 年 8 月 18 日，由中国文化和旅游部、克罗地亚共和国文化部、匈牙利人力资源部举办的“第四届中国—中东欧国家舞蹈夏令营”在匈牙利舞蹈学院举行。

在该夏令营上，来自中国、匈牙利、克罗地亚、波兰、拉脱维亚、罗马尼亚、马其顿等中东欧国家的 50 余名导师和学员齐聚布达佩斯，与匈牙利舞蹈学院的学生们进行舞蹈夏令营的汇报演出活动。演出覆盖了夏令营期间学习的中国古典舞、西方现代舞、克罗地亚民间舞、匈牙利民间舞等多种元素。

【中国现代舞艺术代表团参加德国北威州国际舞蹈博览会】

2018 年 8 月 26 日至 9 月 3 日，受中国文化和旅游部委派，中国对外文化集团公司组派现代舞艺术代表团一行 50 人，参加了 2018 年德国北莱茵—威斯特法伦州（以下简称“北威州”）国际舞蹈博览会中国主宾国活动，以现代舞、当代舞艺术形式架起了一座中外艺术交流的桥梁，也展示了当代中国文化艺术的风貌。该届博览会提供了 120 个展位，有 40 个国家和地区参与，与会人员包括现代舞艺术家、演艺经纪人、艺术机构代表、评论家等约 2000 人。

2018 年博览会首次引入主宾国模式，邀请中国作为主宾国，这表明中国现代舞艺术的发展引起了广泛关注。2018 年德国北威州国际舞蹈博览会中国主宾国活动包括艺术节、交易会和论坛三大板块，各具特色，相得益彰，展示了中国当代文化和国家形象。

【芭蕾舞剧《过年》在巴黎演出】

2018 年 11 月 4 日，中国中央芭蕾舞团经典芭蕾舞剧《过年》在法国巴黎塞纳河音乐剧院的最后一场演出圆满结束。10 月 24 日起，芭蕾舞剧《过年》以成功的国际商业运作模式，在同一剧场连续演出 11 场，让近 3 万名“芭蕾故乡”的观众陶醉在中国版《胡桃夹子》的魅力之中，更在中国故事、中国情感中感受中国文化的亲和力与多彩，实现了借用西方芭蕾语汇表达中国意境、中国审美、中国情感，讲述中国故事。

中央芭蕾舞团团长冯英表示，自首演以来，《过年》在国内外演出中经过不断打磨、历练，已经更具时代感、时尚感，并获得国内外观众的赞誉与肯定。该次演出借助当地演出经纪人，在演出季进入具有影响力的主流剧场，引发主流媒体热评，吸引当地观众追剧，效果非常好，这更坚定了中国芭蕾舞者的信心——让世界观众通过芭蕾了解中国、感受中国人的精神风貌。

会议 · 论坛

【传承与发展——中国传统舞蹈发展论坛】

2018 年 5 月 6 日，由中国非物质文化遗产保护中心、上海文学艺术界联合会主办，上海市舞蹈家协会、上海国际舞蹈发展基金会承办的“传承与发展——中国传统舞蹈发展论坛”在上海市文学艺术界联合会文艺大厅举行。本次论坛就“中国非物质文化遗产传统舞蹈的传承与发展”展开讨论与交流；各地非物质文化遗产保护机构、传统舞蹈实践团队对在非遗传统舞蹈上所采取的措施与取得的成果也进行了分享。

【昆舞传承发展十五年专题论坛】

2018 年 8 月 28 日，由中国舞蹈家协会昆舞委员会主办的“昆舞传承发展十五年专题论坛”在江苏省南京市举行。与会专家、学者就昆舞的本源、发展现状及未来何去何从等重要问题展开讨论。昆舞一路走过 15 年，从创建古典舞昆韵流派开始，到构建中国昆舞的语言体系，昆舞的教学剧目也在国内外获得了奖项，并多次参与国际交流。对于昆舞未来的发展方向，专家学者及昆舞专委会委员从多个方面各抒己见。

【2018 年全国舞蹈审美教育研讨会】

2018 年 9 月 27 日，全国舞蹈审美教育联盟、西北师范大学、甘肃省中小学艺术教育与研究中心主办的“2018 年全国舞蹈审美教育研讨会”在甘肃省兰州市举行。研讨会邀请来自中国以及俄罗斯、新西兰、新加坡等国的 42 所艺术院团的舞蹈专家参会，就新时期高等院校舞蹈教育的历史使命与发展方向进行探讨。与会专家一致认为，应当通过不同国家及校际舞蹈文化的交流和资源共享，实现舞蹈美育服务公民、服务社会，服务于国家创新人才培养的目标。

【中国现当代舞蹈发展论坛】

2018 年 10 月 17 日，由中国文学艺术界联合会、中国舞蹈家协会、广东省文学艺术界联合会主办，中国文学艺术界联合会舞蹈艺术中心、广东省舞蹈家协会承办的“中国现当代舞蹈发展论坛”在广东省广州市举行。论坛以“现当代舞蹈创作问题的反思与前瞻”为主题，探讨了当下现当代舞蹈创作领域存在的技术、观念等层面的问题以及现当代舞蹈创作今后的发展走向。来自中国文艺评论家协会、国家大剧院、北京舞蹈学院、中国艺术研究院、中国文学艺术界联合会舞蹈艺术中心等多个研究单位及活跃于舞蹈创作一线的文艺工作者参加了论坛。

【“筑梦新时代”2018 北京师范大学亚太国际舞蹈教育研讨会】

2018 年 10 月 19 日，“‘筑梦新时代’2018 北京师范大学亚太国际舞蹈教育研讨会”在北京师范大学艺术与传媒学院北国剧场举行。研讨会旨在搭建舞蹈教育学术问题沟通新平台，联结国内外高校、中小学及各种舞蹈教育机构，共同推进舞蹈教育事业的新发展。50余位国内外专家、160余位舞蹈教育工作者就如何提升国民审美力，如何开展舞蹈美育等重要议题展开研讨。

【首届“中国区域民间舞蹈文化论坛”研讨会】

2018年10月19日，由南昌师范学院、中国人类学民族学研究会艺术人类学专业委员会主办的首届“中国区域民间舞蹈文化论坛”研讨会在南昌师范学院举行。论坛旨在通过形式多样的学术活动，展示中国区域民间舞蹈文化研究成果，探讨中国区域民间舞蹈理论与实践研究发展状况，推动中国区域民间舞蹈文化的发掘、整理、保护、传承等工作不断走向深入。

【舞蹈叙事学理论研讨会】

2018年11月15日，由东北师范大学音乐学院主办的“舞蹈叙事学理论研讨会”在吉林省长春市举行。此次会议邀请中国舞蹈家协会、中国文艺评论家协会、北京舞蹈学院、中国叙事学学会等单位的十余位专家学者到会讲学。专家们围绕“叙事学与舞蹈叙事学”“中国‘叙事舞蹈’的发展历程”“叙事舞蹈创作的理论阐释与构建”等方面展开探讨。会议旨在通过叙事学理论的视角梳理中国“叙事舞蹈”的发展历程，总结经典叙事性舞蹈作品和经典舞剧的艺术规律与审美特征，共同探索舞蹈叙事学理论的研究方向和未来发展，推动中国叙事舞蹈作品的创作。

【首届中国舞蹈创作讲坛】

2018年11月16日至18日，由北京舞蹈学院主办的“首届中国舞蹈创作讲坛”在北京舞蹈学院舞蹈剧场举行开幕式和专家演讲等系列活动。中国文学艺术界联合会、中国舞蹈家协会、北京舞蹈学院相关负责人出席开幕式。约600人参加了该讲坛的系列活动，他们是来自全国30个省、直辖市、自治区等地的舞蹈家协会、歌舞团和艺术院校的舞蹈界人士，以及北京舞蹈学院的师生。该次讲坛邀请14位舞蹈教育家、舞蹈学学者、舞蹈编导家等演讲者，从不同视角分析了中国舞蹈创作各个层面的话题。讲坛还设置了中国民族民间舞、当代舞蹈和中国古典舞等三台作品专场，与讲坛的专家发言形成呼应。

【中国街舞文化研究中心成立】

2018年12月4日，中国街舞文化研究中心在北京舞蹈学院成立，来自全国各地的优秀街舞舞者和舞蹈界专家参加了成立仪式。作为国内首个街舞艺术研究机构，该中心将致力于搭建街舞艺术全面发展新平台，深入开展学科建立、教材研发工作，为舞者、教师、编导与研究者之间的交流提供更多便利，促进传统舞蹈与现代舞蹈的广泛交流，充分发挥舞蹈文化的社会功能和艺术价值，共同推动包括街舞文化在内的流行舞蹈文化研究。

【第二届丝绸之路乐舞艺术高端学术论坛】

2018年12月7日至9日，“第二届丝绸之路乐舞艺术高端学术论坛”在浙江音乐学院举行。在为期两天的学术论坛上，来自中国艺术研究院、上海音乐学院、沈阳音乐学院、浙江省博物馆、中国丝绸博物馆、浙江音乐学院等院校及科研单位的近30位专家学者发言。论坛主要议题有“陆上丝绸之路音乐文化交流与传播研究”“海上丝绸之路音乐文化交流与传播研究”“西南丝绸之路音乐文化交流与传播研究”“敦煌乐舞艺术研究”“一带一路沿线国家音乐文化研究”等。

【2018 中外艺术教育高峰论坛·舞蹈分论坛】

2018 年 12 月 8 日至 9 日，“2018 中外艺术教育高峰论坛·舞蹈分论坛”在南京艺术学院舞蹈学院举行，主题为“舞蹈的身心教育与文化传承”。论坛分别由南京艺术学院舞蹈学院院长于平及副院长许薇主持。来自国内外知名大学和艺术类院校的负责人及教授与相关职能部门、学院负责人、舞蹈学院师生参加此次论坛。

人物纪念

【舞蹈史学家王克芬逝世】

2018 年 7 月 7 日，中国共产党党员，舞蹈史学家、教育家，中国艺术研究院舞蹈研究所研究员、博士生导师，敦煌研究院兼职研究员王克芬因病在北京市逝世，享年 91 岁。

王克芬（1927—2018），1927 年出生于重庆市云阳县。1944 年参加中共地下党领导的“抗敌演剧六队”，宣传抗日救亡的民主进步思想。出版有《中国古代舞蹈史话》《中国舞蹈发展史》《清代舞蹈的传承与变异》《中国舞蹈大辞典》等。主编有《敦煌石窟全集·舞蹈卷》《唐代文化·乐舞章》《中国近现代当代舞蹈发展史》《中华舞蹈图史》《中国舞蹈通史：明清卷》《天上人间舞翩跹》等。曾任《中国大百科全书·音乐舞蹈卷》古代舞分支副主编、《大辞海》分科（舞蹈）主编。

大事记

1月1日，原创舞剧《运》在北京舞蹈学院舞蹈剧场首演。

1月5日至7日，舞剧《朱鹮》在美国纽约林肯艺术中心大卫·寇克剧院演出。

1月5日至7日，世界编舞大师鲍里斯·艾夫曼携俄罗斯圣彼得堡艾夫曼芭蕾舞团亮相第三届中国国际芭蕾演出季。

1月11日至12日，原创舞蹈剧场《红草鞋》在江西科技学院沙龙舞台首次公演。

1月14日，“第三届中国国际芭蕾演出季”在北京天桥剧场闭幕。

1月15日，新西兰中国文化中心举办“中国民族舞鉴赏”讲座。

1月19日，现代舞《共生》在以色列巡演结束。

2月3日，首届黑龙江省社会艺术教育成果舞蹈汇报演出在黑龙江省歌舞剧院落幕。

3月18日，首期“中国街舞艺术人才培养计划——舞蹈编创高级研修班”结业汇报演出在北京市举行。

4月3日至4日，中央芭蕾舞团“第八届芭蕾创意工作坊晚会”在北京天桥剧场举行。

4月22日，中央民族歌舞团2018“花开中华大家园”公众开放日举行。

4月23日至25日，原创童话芭蕾舞剧《九色鹿》在北京天桥剧场上演。

4月26日，舞剧《天路》新闻发布会在国家大剧院举行。

4月30日，2018版大型舞剧《丝路花雨》在敦煌大剧院首演。

5月5日，“民族瑰宝　舞之传承——中国非物质文化遗产传统舞蹈展演”活动在上海国际舞蹈中心举行。

5月6日，“传承与发展——中国传统舞蹈发展论坛”在上海市文学艺术界联合会文艺大厅举行。

5月14日，第十届“小荷风采”全国少儿舞蹈创作与教学高级研修班在河南省郑州市开班。

5月15日，“‘我要舞’群众舞蹈展演”作为第七届中国舞蹈节的揭幕活动在北京市举行。

5月19日，“多彩中华——2018全国民族广场舞大赛”在北京市启动。

5月22日至23日，赫哲族舞剧《乌苏里船歌》在北京戏曲艺术职业学院上演。

5月29日，大型民族舞剧《孔子》在北京天桥艺术中心上演。

6月2日，中央芭蕾舞团在第11届美国国际芭蕾舞比赛上斩获4项大奖。

6月6日至10日，舞剧《风声鹤唳》在北京天桥艺术中心上演。

6月19日至22日，大型原创舞剧《金蝉塑与糖人宝》在北京天桥剧场上演。

6月27日，民族舞剧《乳娘》在山东省会大剧院首演。

6月29日，芭蕾舞剧《花木兰》在辽宁大剧院首演。

6月30日，原创民族舞剧《天路》在国家大剧院戏剧场首演。

7月3日，“全国广场舞展演活动”在北京市启动。

7月10日至12日，“第七届中国舞蹈节·中国舞蹈家协会全国教学成果展演”在内蒙古自治区鄂尔多斯恰特大剧院上演。

7月11日至21日，“第十二届全国舞蹈展演”在云南省昆明市举行。

7月14日至8月1日，2018“中国舞蹈十二天”在国家大剧院上演。

7月17日至18日，春晓——“小荷风采”二十周年精品剧目展演在北京市天桥国际艺术中心大剧场举行。

7月19日，“2018北京舞蹈双周”在北京天桥艺术中心开幕。

7月23日，第五届“荷花少年”全国舞蹈展演活动在北京市开幕。

8月3日，现代舞剧《浮流》在广东省深圳市上演。

8月7日，新版原创舞剧《立夏》在国家大剧院歌剧院上演。

8月18日，“第四届中国—中东欧国家舞蹈夏令营”在匈牙利舞蹈学院举行。

8月26日至9月3日，中国现代舞艺术代表团参加2018年德国北莱茵—威斯特法伦州国际舞蹈博览会中国主宾国活动。

8月28日，“昆舞传承发展十五年专题论坛”在江苏省南京市举行。

8月29日，大型山东民间舞蹈诗《俺的山东大秧歌》在山东省会大剧院首演。

9月5日，“芭蕾在中国——中央芭蕾舞团近60年的传承与发展主题图片展”在澳大利亚悉尼中国文化中心开幕。

9月8日，舞剧《妇好》在北京天桥艺术中心上演。

9月13日，“首届西安国际舞蹈节”开幕。

9月13日至10月10日，“为生命而舞——首届中国舞蹈艺术大展”在国家大剧院展出。

9月14日，舞剧《一梦·如是》在北京天桥艺术中心首演。

9月15日，“第七届中国舞蹈节‘9·15’系列活动”在北京市举行。

9月27日，“2018年全国舞蹈审美教育研讨会”在甘肃省兰州市举行。

9月28日，大型原创舞剧《醒·狮》在广州大剧院首演。

9月28日，舞剧《刘三姐》在广西文化艺术中心大剧院公演。

9月30日，“六秩春秋　甲子风华——《舞蹈》杂志创刊60周年展览”在中国文艺家之家展览馆开幕。

10月9日，舞剧《伯牙绝弦》在北京舞蹈学院上演。

10月12日，舞剧《花界人间》在广西文化艺术中心首演。

10月12日，第二届“一带一路”民族传统舞蹈展演在北京舞蹈学院舞蹈剧场举行。

10月15日至17日，第十一届中国舞蹈“荷花奖”当代舞、现代舞评奖活动在广东省广州市举行。

10月17日，第五届“青年舞蹈人才培育计划”系列成果展在国家大剧院、北京天桥艺术中心等地上演。

10月19日，首届“中国区域民间舞蹈文化论坛”研讨会在南昌师范学院举行。

10月19日，“‘筑梦新时代’2018北京师范大学亚太国际舞蹈教育研讨会”在北京师范大学艺术与传媒学院北国剧场举行。

10月20日，舞剧《春天的故事》在天津大剧院上演。

10月29日至31日，全国广场舞北京集中展演活动在北京工业大学体育馆举行。

11月4日，中央芭蕾舞团经典芭蕾舞剧《过年》在法国巴黎塞纳河音乐剧院演出闭幕。

11月10日至11日，当代舞剧《匆匆那年》在北京市二七剧场上演。

11月21日至22日，“纪念改革开放四十周年——首届全国街舞创作作品展演”活动在广东省河源市举行。

11月24日至26日，大型原创民族舞剧《天之路》在北京民族剧院上演。

11月27日，舞动长宁·第十一届中国舞蹈“荷花奖”舞剧评奖活动在上海市开幕。

12月4日，“北京舞蹈学院中国街舞文化研究中心”在北京市成立。

12月7日，舞剧《一把酸枣》千场纪念演出在深圳大剧院上演。

12月8日，“北京当代芭蕾舞团十周年作品展演”在北京天桥剧场上演。

12月8日至9日，原创舞剧《记忆深处》在国家大剧院上演。

12 月 12 日，3D 舞剧电影《丝海梦寻》在福州人民剧场首映。

12 月 13 日，民族舞剧《大凉山的回响》在四川省锦城艺术宫首演。

12 月 27 日，中国舞蹈家协会推出庆祝改革开放 40 周年系列活动。

中国艺术年鉴·2019

曲艺卷

分卷主编：王　晶

年度述评

2018年度中国曲艺发展研究报告

◎ 吴文科

中国是一个拥有960万平方千米国土面积、56个民族的国家，她还是一个拥有400个左右曲艺品种的文化大国，各地区各民族都有属于自己的曲艺形式。要在时间比较紧促、资讯无法周全、能力相对有限的情况下，对刚刚过去的2018年度全国各地各民族各个方面的曲艺发展状况，做出较为全面的系统描述及学理价值的评估判断，实际上是不自量力的。好在这一年全国层面和相关机构组织举办的曲艺活动比较频繁，形式与内容也较为多样。一些活动的目的及宗旨可圈可点，所暴露的问题可为镜鉴；一些引人注目的创演实践，为盘点2018年度的曲艺发展提供了依据；一些引发议论的事件，也为思考未来的曲艺发展提供了警醒。还有一些特别的动态，看似属于不很普遍的个案，但却蕴含着新的动能，标示着新的路径，值得回眸驻足，也值得瞩目关切。

为此，我们借着这些已知的“窗口”，选取一些较有意味的“视角”，做一些必要的回顾与观察，为2018年度中国曲艺的历史图景写意留真，也给未来时代中国曲艺的健康发展存鉴立镜。

一、行业活动频繁集中，隐含问题值得注重：热点暴露着盲点

从某种意义上讲，2018年度完全可以称得上是中国曲艺界开展活动的“大年”。从3月在天津举办的“第九届中国曲艺节”，到6月在天津举行的“全国非遗曲艺周”，再到持续数月而于10月在江苏省扬州市颁奖的“第十届中国曲艺牡丹奖”评选活动，包括7月底8月初在江苏省张家港市举行的“第八届全国少儿曲艺展演”等，全国性的重大曲艺品牌活动在这一年间集中举办。与此相关的曲艺展演、竞赛和交流活动也在这一年间轮番举行。其中的一些活动，无论层级与规模，抑或作用与影响，都是空前的。透过这些活动，我们既可以观察当今中国的曲艺发展状态和水平，包括政策导向与引领；也可以思考当今中国曲艺的发展困难与问题，包括偏向与短板。

3月25日至30日在天津举办的“第九届中国曲艺节”，是由中国文学艺术界联合会和中国曲艺家协会牵头主办、每三年举办一次的全国性曲艺交流展演的重要品牌活动，也是目前我国规格最高、规模最大、最具影响力的全国性曲艺盛会。本届中国曲艺节的主题为“曲艺的盛会、大众的节日”，旨在全面展示新时代广大曲艺工作者创作表演取得的新成果与新业绩。为期6天的活动，除了开幕式和闭幕式，共有3台优秀综合曲艺节目的组台专场、3台各地小剧场相声的组台专场及2场“送欢笑到基层”慰问演出集中亮相；来自全国各地的800多名曲艺工作者于此期间给天津的广大观众献上了总共15场形式多样的各类演出。但是，本届中国曲艺节一个十分令人疑惑的地方是共有“5台大型曲艺剧”参加演出，仅从名称去看，“曲艺剧”应当属戏剧的范畴，即便是由相应的曲艺形式生发转换而成的戏剧剧种（因绝大多数的地方戏曲剧种，都是在相关曲艺品种的基础上，变曲艺的演员本色叙述表演而为角色化了的人物代言表演所形成），不宜也不应纳入“曲艺节”，作为曲艺形式交流演出，也未见有特别的说明。至于所指的具体节目，除了北京曲艺团参演的章回鼓书《古城暗战》本属曲艺节目却被误归为“曲艺剧”外，其他《姜昆“说”相声》、四川曲艺剧《望红台》和津味曲艺剧《澡爷》均非纯正的曲艺节目，而原创河南方言剧《老街》更是采用河南方言表演的话剧节目。这种匪夷所思的“曲艺节”演出安排，尽管从2005年第五届中国曲艺节闭幕式安排济南市曲艺团演出方言话剧《泉城人家》时就已经有过，但10多年过去了，依然将许多戏剧节目不加说明地作为曲艺节的参演节目来对待，至少说明业界对于什么是曲艺、什么是戏剧，或者说对曲艺和戏剧的区别与关联，还

不是十分清楚，从而与相声表演的“小品化”、曲艺创演的“戏剧化”以及曲艺团改革的“改行化”一道，共同构成了当今一些曲艺创演相当严重的“非本体化”或“去曲艺化”倾向。折射出来的潜在问题是业界的许多人不太懂曲艺，或者不大情愿再去搞曲艺；艺术自觉很难达到，艺术自信缺乏。这样的曲艺盛会，由于这样掺杂进约占四分之一的“非曲艺”类节目，足见其中显现的艺术观念。即便在节目单上标示这些参演“曲艺节”的节目是属于“剧”而非纯正的“曲艺”，但并没有特别的说明，至少在坚守本体和弘扬自身的意义上，是不够坚定的。证之整个行业尤其是一些主流曲艺团体多年来纷纷将原本非常有限的人力、物力和财力，不是主要用来进行曲艺的创作和表演，而是去做非曲艺即搞戏剧节目的创演和经营，从而助长“不务正业”的行业习气，并在客观上放弃对于曲艺的坚守和弘扬。

6月7日至14日在天津举行的“全国非遗曲艺周”，是由文化和旅游部与天津市人民政府在2018年“文化和自然遗产日”期间主办的重要主场活动，也是我们国家由政府主导开展对非物质文化遗产的保护工作以来，第一次举办的集中交流和全面展示曲艺类非物质文化遗产保护成果的全国性活动。活动的宗旨在于贯彻落实党的十九大精神及《中华人民共和国非物质文化遗产法》和《关于实施中华优秀传统文化传承发展工程的意见》。活动的内涵也非常丰富：不仅第一次将全国范围由国务院公布的迄今4批共127个曲艺类国家级非遗代表性项目及所包含的134个曲艺品种汇集起来进行展演，堪称有史以来我国曲艺界参与曲种数量最多的一次专业聚会，而且使来自全国各地193个国家级曲艺类非遗保护单位的各级传承人、保护工作者和专家学者近1500人齐聚天津，共襄盛举，同时通过6天20多台分类专业观摩和60多台170多个节目的下基层惠民巡演，以及4个展览研讨和交流座谈，赋予活动多样的形式和丰富的意涵。本次活动既是艺术的展示，又是学术的交流；既是工作的检阅，又是成果的共享；既是近年曲艺类非遗保护工作面向社会和民众的一次集中汇报，更是进一步推动曲艺传承“活态”开展的有力举措。活动对于激发曲艺传承人的文化自信心和艺术自豪感，形成曲艺保护的良好社会环境及舆论氛围，都有重大而深远的影响。本次活动可谓盛况空前，意义非凡。但是，即便是这样的壮举和盛会，也难免折射出存在的问题，暴露着些微的遗憾。一方面，并非所有被公布为国家级非物质文化遗产保护项目的曲种样式及其保护单位都参加了此次盛会，得以接受检阅，也借机向祖国和人民做出更为全面和彻底的汇报。这说明个别地方的非遗保护工作，还存在着“重申报，轻保护”和“重规划，轻落实”的问题。另一方面，曲艺周期间推出的成果展览，由展品到释文，都不同程度地存在着一些错讹。除了工作不够细致的原因，对曲艺的缺乏了解及其知识的不够普及，也是其中的重要原因。同时，如《中国文化报》6月20日为配合对“全国非遗曲艺周”的专版宣传而刊发的“本报评论员”文章所指出的：作为演员以本色身份采用口头语言“说唱”叙述的表演艺术门类，曲艺的艺术存在样态及价值体现途径，就是通过从业人员不断推出优秀节目的创作和表演活动，持续服务于广大民众的日常娱乐和精神审美。这使曲艺的传承与保护必须要以“演出”的方式“活”在观众与听众中间，也使对于曲艺的传承与保护，必然要以人为核心加以体现。本次“全国非遗曲艺周”的参演者中，既有92岁高龄的天津时调国家级代表性传承人王毓宝，也有年仅5岁的陕北道情幼儿爱好者，老、中、青、少四代传承人同台献艺、争辉竞技，可谓传承有序。但也必须看到，观演的观众多属老年人，非常值得重视和警醒。这使对于曲艺的传承与保护工作，不能仅止于聚焦保护的对象即曲艺本身，也要兼顾生存的土壤包括培育青年观众。此外，曲艺的节目创演总体上还比较低迷，其中的曲本创作尤其较为滞后。这使节目的思想内容较难满足观众的欣赏需求。而本次“全国非遗曲艺周”最受欢迎的节目，主要是属传统经典的事实也充分表明，新创节目的不足和表演新秀的难见，是曲艺发展的主要短板；曲本创作的乏力和优秀新人的培养，因而成为扭转发展颓势的关键。而从“全国非遗曲艺周”个别参演节目所暴露的一些具体技术性问题去看，坚守曲艺本体、保持曲种特色是传承发展曲艺的核心；强化方言基础，张扬“说唱”特质，突出伴奏特点，讲求舞台美化，通过追求理论自觉来坚定文化自信，更是繁荣发展曲艺的基础与前提。只有新人的培养彻底跟上了，能使曲艺的特色充分张扬了，对于曲艺的传承与保护，才可说是达到了基本要求。

10 月 15 日在江苏省扬州市揭晓颁发的“第十届中国曲艺牡丹奖”，是由中国文学艺术界联合会和中国曲艺家协会共同主办的全国曲艺行业最高专业奖项。本届牡丹奖共收到符合参评资格的报送节目 312 个，涵盖曲种 87 个，参评作者 57 人，参评演员 140 人。经初选、分赛区比赛和终评，最后共评出中篇扬州评话《玉山子传奇》、杭州摊簧《夏母训子》、四川扬琴《守望》、相声《我爱诗词》、沁州三弦书《十七棵松》5 个节目奖，王勤、蔡小华、徐宁、庄丽芬、何菊芳、杨锦龙 6 个表演奖，陆锦花、袁国虎、纪鸣亮、李丁、王舜 5 个新人奖，中篇苏州弹词《焦裕禄》、绍兴莲花落《催生鸡》、鄱阳大鼓《晒秋》、小品《等爱回家》4 个文学奖，总共 20 个奖项。同时，为褒扬取得卓越成就并对曲艺事业有杰出贡献的老曲艺家，特授予 90 岁高龄的单弦牌子曲表演艺术家赵玉明和 85 岁高龄的上海独脚戏表演艺术家童双春“中国文联终身成就曲艺艺术家”荣誉称号。但是，作为最具权威性的业界最高专业奖项，本届中国曲艺牡丹奖仍然存在着将本属戏剧形式的小品纳入曲艺奖项评奖，并授予小品剧本《等爱回家》以中国曲艺牡丹奖“文学奖”。此前的多届中国曲艺牡丹奖评选已经有过此类情况。对于曲艺本体的深入思索和正确认识，成为业界许多人士亟待补上的必修“功课”。

此外，7 月 31 日至 8 月 3 日在江苏省张家港市举行的“第八届全国少儿曲艺展演”，是由中国关心下一代工作委员会办公室和中国曲艺家协会等单位主办的全国性曲艺品牌活动。本届活动从 3 月底开始启动，共收到全国 27 个省（自治区、直辖市）和台湾地区以及有关单位推荐选送的少儿曲艺节目 153 个。最终入选参加展演的优秀节目 65 个，涵盖曲种 45 个。其中最小的演员只有 6 岁，新编原创作品在一半以上。近 400 名小演员在 4 天的展演中，共参加 6 场交流演出及 1 场优秀节目汇报演出，集中展示了近年少儿曲艺创演的丰硕成果。展演期间，主办单位还邀请少儿曲艺作者、辅导老师、理论工作者及优秀小演员共同参加了以“少儿曲艺发展途径探索”为主题的研讨会，展现了全国少儿曲艺事业蓬勃发展的良好态势。但从参演节目的整体状况及其水平看，符合少儿特点、表现少儿题材的节目还不是很多；对于少儿表演的技能拓展尤其是自我伴奏能力的强调不是很够；集体表演和群口节目的数量也稍显偏多，亟须通过加强辅导，予以扎实提高。

通过上述对 2018 年度几个覆盖面较大且层级较高的全国性主要曲艺品牌活动的“热点”梳理与“盲点”抉隐不难发现：2018 年曲艺的艺术交流及展演活动尽管十分热烈，价值与意义均较重大，但隐含其间的一些观念偏误及实践盲目，仍然值得重视。有关曲艺的基础知识和基本理论有必要大力普及的必要；业界的专业学习和理论武装也有大力加强的必要。

二、事业发展冷热不均，学术关切动作频仍：冰点催生出亮点

习近平总书记在中共十九大报告中指出：“我国社会主要矛盾已经转化为人民日益增长的美好生活需要和不平衡不充分的发展之间的矛盾。”证之中国曲艺的发展实际，事实上也存在着“不平衡不充分”的问题与矛盾。换句话说，长期以来，中国曲艺的发展在地域、曲种、民族乃至内部的行当之间，都存在着事实上的不平衡或者说不均衡现象。比如区域之间，无论东部、中部和西部，还是北方与南方，尤其是城市和乡村，发展都很不平衡。再如曲种之间，由于历史和现实的种种原因，那些拥有较多专业团体的曲种，较之没有专业团体作为依托的曲种，发展较为良好；而那些具有音乐性本体构成的曲种，特别是以创演短篇节目为主的曲种，也比徒口讲说表演且以长篇节目为主的“大书”类曲种发展要好；各兄弟民族之间的曲艺发展，也存在着不够平衡的现象；而在行业内部，不同的行当之间，包括曲本创作和舞台表演、主体“说唱”和器乐伴奏、艺术创演和学术研究等之间，也存在着发展不够均衡的现象。凡此都使曲艺的事业发展存在着诸多的短板，出现了许多的偏颇，影响了全面的进步与整体的繁荣。

为了扭转这些偏差，破解这些瓶颈，有关方面本着勇于负责的态度和敢于担当的精神，从抓“冷门”出发、以补“短板”入手，于 2018 年度有针对性地举办了相关的活动，着眼“拾遗补缺”，力争

"雪中送炭"，使曲艺发展中那些长期以来鲜有人来问津的诸多"冰点"成为引人注目的工作"亮点"。

比如，10月13日至14日，在江苏省盐城市盐都区举办的"首届中国盐都·全国乡村曲艺发展论坛暨全国乡村优秀曲艺节目交流展演"活动，就是对于全国范围乡村曲艺当下发展的特别关切。由中国艺术研究院曲艺研究所、中国说唱文艺学会、江苏省曲艺家协会、江苏省群众文化学会和江苏省盐城市盐都区人民政府联合主办的此项活动，旨在贯彻落实《中共中央 国务院关于实施乡村振兴战略的意见》，通过推动乡村曲艺的繁荣发展，充实丰富"美丽乡村建设"内涵。来自北京、吉林、山西、陕西、湖南、四川、安徽、浙江、新疆、江苏的40多位专家学者、80多位乡村曲艺家及所携20多个曲种的3台近50个优秀节目参加了本次活动。该项活动的一个主要特点，就是通过学术座谈和艺术交流，高举弘扬乡村曲艺的大旗，搭建乡村曲艺家学习互鉴的平台，交流繁荣发展乡村曲艺的大计。论坛的主题也直白明了："如何发展乡村曲艺?"目的就是推动乡村曲艺在实施"乡村振兴战略"和"美丽中国建设"的过程中发挥更为积极的作用。正因如此，活动得到了业界同人尤其是乡村曲艺家们的热烈响应。主流媒体更是给予高度关注和积极报道：中央电视台不仅在10月17日综合及新闻频道的"朝闻天下"栏目做了及时报道，而且在11月8日11频道的"采风"栏目做了专题报道；《中国文化报》不只做了消息报道，而且刊发长篇通讯，全面宣传活动情况。尤其值得一提的是，来自新疆维吾尔自治区的蒙古族曲艺家带来的曲种"陶力"及所演出的节目《江格尔·序章》，不仅在全国曲艺的交流舞台上较为罕见，而且引发了展演同行的浓厚兴趣，受到了盐都观众的特别欢迎。参与主办的各有关方面特别是盐都区人民政府因此受到极大鼓舞，表示要将这个独特的全国性曲艺学术及艺术交流活动作为长期平台与工作品牌持续举办下去，为全国乡村的曲艺发展继续做出积极的贡献。

再如，11月30日至12月3日，在江苏省扬州市举办的"第七届中国曲艺团长高峰论坛"暨首届"中国扬州·全国曲艺大书发展论坛及全国曲艺大书'扬州书会'"，则是对重视一直不够、发展相对冷寂的"评书评话"类曲种即"说书"类曲艺中的"大书"所做的特别关切。尽管2016年5月，此项活动的牵头主办方就曾与浙江省文化厅及杭州市的有关方面在杭州举办过类似活动，但将对于曲艺大书的关切作为一项准备长期坚持的品牌活动予以确立和开展，此次活动则属首创。本次活动的目的是深入学习贯彻习近平总书记在文艺工作座谈会上的重要讲话精神，通过学术和艺术的双向互动，借助论坛和展演的相互激扬，结合曲艺大书在当今时代的发展实际，探讨并交流各地各类曲艺团体和机构在合力推动曲艺大书创演繁荣过程中的实践追求与现实路径，全面推进中国特色社会主义曲艺事业的发展繁荣。为此，主办方中国艺术研究院曲艺研究所、中国说唱文艺学会、江苏省曲艺家协会、中共扬州市委宣传部和扬州市文化广电新闻出版局不仅将论坛的主题确定为"如何发展曲艺大书"，而且将专门展演曲艺大书的"扬州书会"搭建成全国范围评书评话艺术家的交流平台。为此，首届"扬州书会"共组织了"名家示范""中坚展演""新秀展示"三类专场表演。来自北京、天津、上海、辽宁、湖北、四川、重庆、浙江、福建、江苏等地全国知名的曲艺大书（评书评话）艺术家，包括北京评书名家刘兰芳、连丽如，湖北评书名家何祚欢，苏州评话名家陈景声，扬州评话名家沈荫彭、杨明坤等老、中、青三代30余位代表性演员参加了演出，其中年龄最大的80多岁，最小的20多岁；涉及的曲种有北京评书、湖北评书、四川评书、扬州评话、苏州评话、常州评话、杭州评话、绍兴评话、宁波评话、福州评话共10种。同时，为尊重大书表演叙事、抒情、说理、明知与写人、状物、绘景、传神有机结合而细说慢表的艺术特点，彰显大书艺术丰富蕴藉的文化内涵，要求每个参加交流展演的节目必须达到30分钟左右的时长，以此张扬曲艺大书由徒口讲说表演和长篇连回节目共同构成的形态特征，矫正长期以来因急功近利的浮躁心态和"短平快"式的创演经营，使得"说收拾寻常有百万套，谈话头动辄是数千回"的曲艺大书所存在着的严重的"碎片化"偏向；引导蕴含着十分丰富的文学内涵与非常高超的语言魅力，具有激浊扬清艺术功能和惩恶扬善美学传统的曲艺大书艺术，按照自身特有的创演规律健康持续发展。

由于首届“中国扬州·全国曲艺大书发展论坛及全国曲艺大书‘扬州书会’”与“第七届中国曲艺团长高峰论坛”整合主办，所以，在论坛结束之际，全体与会代表还面向全国同行和社会各界发布了有关繁荣发展曲艺大书的《倡议书》，特别指出：“一个时期以来，以徒口讲说表演和长篇连回节目为基本特征的曲艺大书，生存发展面临许多困难，创演经营出现不少偏差。一方面，普遍浮躁的创演态度，严重影响着精品力作的出现和优秀人才的成长；另一方面，拼盘式、综艺化的单一性演出经营方式，以及片段化、时限性的表演比赛机制，极大地助长了急功近利的‘短平快’式创演，导致存在着‘碎片化’的艺术评价偏向。特别是新人的奇缺、原创的匮乏、书场的缺失和听众的老化，更使曲艺大书的生存与发展，缺少必要的人才条件与环境依托，出现了空前的困难与多重的危机。急需我们包括社会各界通过各种努力，加以关切和矫正。”同时表示：“如何繁荣和发展曲艺大书，首要任务是遵照曲艺界的良师益友、老一辈无产阶级革命家陈云同志生前的嘱托：‘出人、出书、走正路’。出人，就是要不断培养大批曲艺大书的创作和表演人才；出书，就是要持续推出大量优秀的曲艺大书节目，尤其是长篇连回节目；走正路，就是要按照曲艺的自身特点，遵循大书的创演规律，坚持长篇节目的主体格范，弘扬警世醒人的美学传统。不媚俗迎合，不低级趣味。当前情况下，尤其要全面领会和正确把握‘出人、出书、走正路’的思想内涵，统筹开展‘出人、出书、走正路’的艺术实践：通过不断创演优秀长篇新节目锻炼队伍也推出精品，借着持续满足听众观众的欣赏需求砥砺技艺也提升水平。不因循守旧，会开拓创新，在大力培育优秀新人和大量推出精品节目的实践中，造就大书繁荣的新时代，成就曲艺大书的新辉煌。”为此呼吁：“曲艺大书界尤其要树立远大理想，振奋艺术精神。要按照习近平总书记有关文艺工作的重要论述，坚定文化自信，坚守自身格范。既要传承好前辈先贤留下来的看家经典，又要加强新节目的编演特别是现实题材节目的创作，不断推出讴歌党、讴歌祖国、讴歌人民、讴歌英雄的精品力作；既要创作和表演现实需要的短篇节目，更要下大力气创作和表演能够真正代表大书特点和独特魅力的优秀长篇新节目。面对艺术传统日渐式微的客观实际，尤其要把曲本创作的文学性追求，放到更加重要的核心位置，通过对故事情节的引人编排、人物形象的丰满塑造、语言表达的生动运用及思想感情的丰沛酝酿，全面张扬说书表演的‘立体文学’传统。要牢记‘评书无评，如目无睛’的艺谚诫训，通过注重‘评说’表演的思想引领，彰显大书艺术丰富蕴藉的文化内涵。让英雄形象、美好情感、不屈精神与正义之声，成为曲艺大书所以引人入胜的‘立身之本’。在讲好中国故事、振奋民族精神的审美创造中，熔铸曲艺大书的自身精魂。”

又如，中国曲艺家协会的机关刊物《曲艺》杂志在2018年第10期也推出“让长篇书目再次‘长’起来”的“特别策划”专题，组织了5篇文章，对曲艺说书类曲种一个时期以来不够注重长篇节目创作、很少见有长篇节目演出和长篇节目在承续说书艺术方面的重要价值与意义等问题，进行了集中探讨。内容涉及长篇演出与书场机制、长篇传承与艺术发展、长篇创演与文化自信，等等。牵涉的曲种，包括苏州评话、苏州弹词、北京评书、河南坠子和四川评书。参与讨论的作者，有学者评论家，也有艺术家。对于推动曲艺长篇节目的创演，全面继承和弘扬曲艺的艺术传统，发出了可贵的警醒，具有积极的作用。

还如，由中国文学艺术界联合会理论研究室和中国曲艺家协会于9月26日至29日在广西壮族自治区百色市举办的“第三届全国曲艺理论学术研讨会”以“新时代新曲艺”为主题，就“新时代现实题材曲艺创作的社会价值与现实意义、中华美学精神与中华曲艺、文化自信与曲艺创新发展、曲艺艺术的接受美学研究等论题进行了深入交流和研讨”，对于当前曲艺的创作表演和发展繁荣，具有一定的思想启迪和理论意义。

与此同时，原本比较冷寂的曲艺学研究在2018年也有不同程度的推进。其中的一些成果，可以说实现了相应的拓展与深化。比如，作为2014年度立项的“国家社科基金资助重大项目”之“（苏州）评弹历史文献资料整理与研究”阶段性成果的《中国苏州评弹社会史料集成》（上、中、下三卷，360万字）于年初完成，并在5月由商务印书馆出版。这部由该项目首席专家、上海师范大学教授唐力行先生主编的大书，通过对明清之际即苏州评话和苏州弹词自形成以来，散见于报纸、期刊、档案、方志、笔记、回忆录、口述等资料中的相关文献进行钩沉爬梳和分类编订。一方面，该书完整直观地披露了苏州评弹自明末清初诞生以来的艺术发展与历史变迁，反映了苏州评弹与江南社会尤其是上海都市文化的密切关联，为学术界的相关研究提供了更为丰富和翔实的资料文献基础；另一方面，集中而又多向地反映了苏州评弹在上海都市发展起来以后的异常繁荣面貌，如书场众多、听众多样、与广播电台及报纸杂志等传媒关系密切等，对深化苏州评弹的历史研究，发掘上海都市的文化内涵，具有非常重要的基础性作用。再如，有关宋代唱曲形式"唱赚"与"覆赚"及其关系的研究有所推进。四川师范大学文学院赵义山教授发表在《文艺研究》2018 年第 7 期的文章《"唱赚"与"覆赚"考论》，通过对相关资料及文献的重新研究与解读，对宋代"唱赚"的体式构成、发展阶段及相关概念的名实关系，进行了较为全面和系统的梳理与考辨，指出："唱赚作为一种套曲体，有缠令、缠达两种构套方式，但学界或将唱赚与缠令、缠达放在同一逻辑层面，并列为三种曲式，不妥；在南宋初期，张五牛创制一种名为【赚】的曲调，有人据此认为唱赚产生于南宋，亦不妥；唱赚到南宋中后期又出现覆赚一体，或以为覆赚是南诸宫调，也不妥。"进而指出："宋代之赚曲，实即金元北曲之套数，覆赚即应相当于北曲之联套。"又如，为纪念改革开放 40 周年，一些媒体组织发表相关文章，对 1978 年至 2018 年间曲艺的观念碰撞、思潮演变及基础研究等状况，作了不同程度的回顾与梳理，对于思考当下的曲艺发展并推进曲艺学研究的深入开展，具有一定的参考意义。

三、艺术传承后继乏人，偏离本体让人忧心：痛点提醒着难点

曲艺是综合性较强的表演艺术，衡量其健康持续发展的根本，说到底是创演的繁荣。而创演繁荣的核心指标，是人才的辈出和节目的引人。

然而，2018 年度的中国曲艺界，许多艺术名家的纷纷离世，给整个行业带来了巨大的悲痛：1 月 18 日，73 岁的相声名家丁广泉在北京去世；8 月 5 日，81 岁的女相声名家魏文华在天津去世；9 月 7 日，88 岁的相声名家常宝华在北京去世；9 月 11 日，84 岁的评书名家单田芳在北京去世；9 月 21 日，82 岁的相声名家刘文步在天津去世；9 月 28 日，66 岁的相声名家师胜杰在哈尔滨去世；10 月 3 日，61 岁的弦师穆祥征在北京去世；11 月 30 日，76 岁的相声名家常贵田在北京去世。这些知名曲艺家的先后离世，在给广大曲艺界及爱好者带来一次又一次沉痛冲击的同时，引发的是对曲艺发展后继乏人的自然喟叹与深切忧思，从而也再一次触及了影响曲艺繁荣发展的真正"痛点"与"难点"。

更为不堪的是，放眼 2018 年，环顾整个业界，一些堪称主流和重镇的专业曲艺表演团体，纷纷举团排演大戏而疏于曲艺本职创演的现象，更是继续加剧着曲艺发展不断偏离本体的顽症与痼疾。如前所述，不但 2018 年度举办的"第九届中国曲艺节"上有四台实非曲艺的"剧目"上演，而且评出的"第十届中国曲艺牡丹奖"中，还有"小品"的剧本入选。一些省市级乃至国家级的曲艺表演艺术团体，更是排演着本非自身艺术的各式大戏。比如，重庆市曲艺团上半年排演了"曲艺剧"《啼笑因缘》并在天津和成都等地巡演；河南省曲艺团继前些年连续排演了《老汤》和《老街》两部方言话剧之后，2018 年又提出筹划排演第三部方言话剧《老家》；而中国广播说唱团在 6 月排演了"相声剧"《风吹水面层层浪》；广东音乐曲艺团 11 月也排演了"大型情景器乐剧"《扬帆大湾梦》。这些本属业界梁柱的专业团体，2018 年陆续排演戏剧节目的状况，很大程度上并非完全出于对自身团体"多才多艺"的刻意展示和"多种经营"的特殊考量，而是另有因由。一些排演大戏的团体及其主导此等作为的领导及艺术家们，有的认为他们所排演的"曲艺剧"或"相声剧"就是属于曲艺或者相声；或者更进一步认为，自己的这种做法是属"改革创新"的范畴，是对传统曲艺的"革新"与"发展"。而从此类似是而非的理念出发，许多同行并不认为自身的创演偏离了曲艺的本体，甚或是对曲艺本体的"丢弃"。对自身艺术革新发展的误解之深，以及坚守本体和弘扬本真之难，也就可见一斑。

而要弥补正确艺术观念的缺失，扭转这一现象的唯一的途径和办法，就是大力开展相应的专业学

习和深度的教育培训。因为，传统师徒收授机制的基本式微和现代曲艺教育的长期贫弱，致使大多数的曲艺从业人员无法得到相应全面和较为系统的专业基础训练，导致有关曲艺的基础知识和基本理论不够普及和牢固。客观地说，2018 年度曲艺界开展的各类培训活动并不少，但真正涉及专业技能及基本理论的培训确乎不多。如从 9 月初在北京举办的“中国曲协第八届理事会理事培训班”，到 6 月至 7 月和 8 月分别在西藏和新疆举办的“西藏自治区民族曲艺工作者培训班”“边疆民族地区（新疆）曲艺工作者培训班”，到 5 月和 7 月先后举办的两期“曲艺网络编辑创作推广人才培训班”，以及 8 月、9 月和 11 月分别在山西省长治市和陕西省延安市等地举办的“中国曲艺之乡（名城）管理服务培训班”“首期全国小剧场经营管理人才培训班”及“全国曲协业务干部培训班”等来看，组织管理性的工作培训居多而业务性的进修培训偏少。即便如 12 月在广东省惠州市举办的“第十期全国曲艺创作高级研修班”，虽然是对曲本创作高端人才的集中培训，但课程内容的设计却不甚理想，为数不多的几次专家讲座却请了戏剧小品表演及影视文学方面的老师，讲授的内容也主要是戏剧及影视的创演。尽管“他山之石，可以攻玉”，可面对整个行业普遍缺乏自身艺术基础知识和基本理论的堪忧现状，此等课程内容不太聚焦的高级创作研修班，效果势必大打折扣。而有的培训，如天津艺术职业学院及中国北方曲艺学校承担实施的“中国非遗传承人群（曲艺鼓曲）研培班”，由于学员多为基层的民间艺人或业余爱好者，真正专业的创演者报名前来参加学习的极为稀少。9 月在沈阳举办的国家艺术基金资助项目“全国北京评书表演人才培训班”，也有类似情况存在。所以，其所培训的社会效果，也就很难在负有提高职责的专业团队中发挥影响与作用。也正由于此，2018 年各地的小剧场相声演出虽然热闹，但从国庆假期播出的由央视等单位主办的“首届中国相声小品大赛”决赛的许多相声新秀之实际表现去看，小剧场相声的演出水平还远远谈不到上乘；主要来自各地小剧场相声班社的这些年轻演员，依然需要在基本技能和文化基础上多下功夫。这也使得 8 月在上海市嘉定区举办的“首期曲艺小剧场创作人才培训班”，看上去似是一场十分难得的“及时雨”，但从办班培训仅仅 3 天的简短时间及培训内容同样十分单薄的教学安排观察，“形式大于内容”已然成为 2018 年度曲艺行业开展培训的主要病症。

当然，2018 年也有一些学术及艺术交流活动，由于聚焦曲艺的传承与发展，客观上也为曲艺的艺术传承和人才孵化发挥了积极作用。比如，5 月 10 日至 13 日在浙江省绍兴市举办的第二届“中国浙江·全国曲艺传承发展论坛及观摩交流展演”暨“中国浙江（绍兴）·全国曲艺小书（弹词、走书）传承发展论坛及观摩交流展演”活动，由于汇集了来自上海、江苏、山东、新疆、四川、陕西、河南、湖北、江西、广东、浙江等全国 11 个省（区、市）的 30 多位专家学者和 20 多位曲艺保护工作者，聚拢了 28 个曲种的 150 多位各地曲艺传承人及 7 台近 50 个优秀曲艺节目，组织全国范围具有代表性的老、中、青三代弹词走书艺术家集中进行了“名家示范”、“传承中坚”、“新秀展示”及“绍兴曲艺（绍兴平湖调、绍兴摊簧、绍兴评话）中篇节目《陆游》等 7 个专场的交流演出，活动分“经验交流”“传承体会”“学术探讨”3 个板块集中探讨了曲艺小书（弹词、走书）的传人培养和未来发展，不仅让参加交流展演的各地曲艺传承人有机会相互观摩，而且让他们得以与参加论坛的专家学者互动交流，从而实现了互鉴学习和共同提高的活动初衷；再如，10 月 26 日至 27 日在重庆举办的 2018“沙坪坝文化杯”第四届全国故事交流展演活动，也为全国范围的故事讲述表演者搭建了一次集中交流和共同提高的平台；又如，11 月 1 日至 3 日在河北省河间市举办的第五届“中国河间·西河大鼓发展论坛及西河大鼓书会”，同样是对西河大鼓传承保护及传人培养的一次促进。还如，11 月 9 日至 11 日在广西壮族自治区桂林市举办的“2018 广西·桂林渔鼓交流展演及发展论坛”及 12 月 27 日至 28 日在上海市徐汇区举办的“曲集江南风，艺汇辉煌路——庆祝改革开放四十周年长三角地区（沪苏浙皖三省一市）曲艺类非遗精品节目交流展演”“曲艺传承保护工作座谈会”等，都是为了曲艺的保护和传人的培养所组织搭设的交流平台及提高手段。这些情形也在令人欣喜地表明，曲艺的艺术传承和人才培养虽是让人深感疼痛并且格外忧心的痛点与难点，却也是有关方面不应轻易忽视或者放弃努力的工作重点。

10 月 16 日至 25 日在苏州市举行的“第七届中国苏州评弹艺术节”，虽属苏、浙、沪两省一市的区域性曲艺交流和展演活动，但本届是由中国曲协和江苏省文联共同举办的组织架构，仍然表明其比较重要。虽然一些年轻新秀的舞台表现可圈可点，但从来自 15 个专业团体包括部分民营社团演出的全部 21 台节目去看，除了 19 个源自 13 部传统长篇的经典选回，其他新编中短篇节目的整体质量依然参差不齐；曲本的质量和演出的呈现，均有打磨的空间。其增设评话专场和票友专场的演出安排，对矫正重弹词轻评话的工作思路和培育能使苏州评弹持续发展的群众基础大有裨益，堪称本届活动的一大亮色。但以全国范围发展水平较高的这两个曲种的应有状态考量，本届艺术节的整体水准，仍然不够理想。

此外，国家艺术基金 2018 年度的青年艺术人才创作扶持项目中，也有重庆的袁国虎和申开宇等曲艺界新秀获得资助，所资助的小型节目和作品创作项目中，共有 12 个曲艺节目及作品获得立项。涉及的曲种，包括相声、二人转、长子鼓书、福州评话、四川竹琴、苏州弹词、常德丝弦、河南坠子、京东大鼓和三弦平调等。国家层面的这些对于节目创演的政策性扶持，同时也是对于创作人才的切实孵化，无疑会发挥积极的作用。

四、网络直播未艾方兴，创演水平亟待提升：看点引发的观点

近些年来，曲艺的艺术和文化传播，也与其他的艺术及文化传播一样，随着互联网的迅猛发展，既面临空前的挑战，也获得了难得的机遇。一方面，许多曲艺的音像节目在互联网上被野蛮盗用和无偿使用，导致曲艺家们的知识产权无法得到有效的保护，创演的动能和积极性受到严重挫伤；另一方面，网络传播的海量需求，使得现有的曲艺创演阵容及其视频制作质量，难以满足现实的需要。网络上的精品曲艺节目，总量依然十分稀少。同时，也有一些思想较为活络的曲艺工作者，非常注重运用互联网来传播自身的创演成果，并且收到了较好的社会效果及不菲的经济收益，取得了相当的艺术声名。特别值得一提的是，有些地方及曲种的中青年个体艺人，通过相应的网络平台如快手等注册开通自己的直播间，定时开展以曲艺品种相招徕的网络直播，为传统曲艺的现代发展注入了新的内涵，带来了新的生机。

如果说，过去两年间陆续开通的一些曲种艺人的网络直播还处于模仿适应即懵懂试探的阶段，从 2018 年起，在一些地区的曲种及其艺人那里，网络直播已然发展成为一个具有趋向性的时代看点。代表性的例子，就是陕北榆林和延安地区流行的陕北说书及其艺人们纷纷开通网络直播的普遍实践。

陕北说书作为曲艺“小书”的一种，表演形式通常为一人至二人自弹三弦兼击节子板或拉二胡等，说唱相间地叙述表演。唱词通俗，唱腔丰富；粗犷激昂，风趣生动；表演灵活，弹奏简劲；叙事抒情，十分引人。据不完全统计，现今从事陕北说书或者兼事陕北说书的职业性艺人，在榆林和延安地区多达 2000 余人；近年“触网”开通直播的在 1000 人左右；常年坚持并有自己稳定“粉丝”的“网红”性艺人，也在 300—500 人之间。这些“网红”艺人的影响力也各有差异，如榆林市靖边县的女艺人马美如，嗓音甜美，年轻可爱，拥有粉丝 120 多万，在线观看她直播表演的日均为 2 万多人，保守估计其每天的收入也在 10000 元左右；其次如延安的高小青、贺丽和榆林的张小飞，粉丝分别在 50 万、40 万和 30 万左右，每天观看其表演的在 2000 人左右，日均收入也在 1500 元上下；而像榆林的曹张萍、薛和平等艺人，每天也有 800 人左右观看他们的演出，日均收入不下 500 元。网络直播的开通，不仅极大地增加了艺人收益，在一定意义上传扬了陕北说书艺术，而且大大增强了艺人们的文化自信，有力激扬着作为国家级非物质文化遗产保护项目的陕北说书的艺术传承；同时，也突破了过去陕北说书主要是在庙会上和节日里演出的传统传播方式，使陕北说书在当今的艺术传播于时间和空间上大为扩展。目前，全国不仅 20 多个省区市都有陕北说书艺人的铁杆粉丝，就是海外的曲艺爱好者包括远在国外的陕北籍人，若想纾解乡愁、抚慰心灵，也能在手机上及时获得相应的艺术慰藉。

以陕北说书为代表的此类曲种艺人的“直播”表演搭上了互联网络的传播快车，也契合了曲艺传播的现实需求，更方便和满足了当今时代人们欣赏曲艺节目的即时性习惯和多样化要求，可以说打开了曲艺生存的新空间，开启了曲艺传播的新时代。只要技艺精湛、节目精彩、思想精深、服务精到，各类曲艺尤其那些主要是连回表演长篇节目的“说书”形式，必将迎来艺术发展的美好春天。但是，现在这些曲种艺人的网络直播，更多是对其他娱乐性直播的模仿与追随，甚至存在着远离本身作为曲艺艺人的技艺特长，而在直播中过多掺杂民歌演唱、段子述说乃至扮怪搞笑等内容，极大地稀释和扭曲着原本独特清新的曲艺直播形象。这使当下网络直播得以健康持续发展的核心与关键问题，即一定要有大量真正坚守曲艺本体而以曲艺节目作为直播主体的杰出曲艺家及其数量与质量都很高的精品力作来支撑。特色独具、内容为王和品质优良是网络时代一切成功传播的根本前提，也是曲艺发展顺应时代潮流的唯一出路。

当然，从现有的直播情形去看，除了要避免将所擅长的曲艺表演“噱头化”“碎片化”和“泛娱乐化”，另外存在的一些问题，尤其是与商业倾向关联的种种做法，更应引起特别的注意。比如前述陕北说书艺人的“直播”表演，那些已然成为“网红”的艺人已不只是“互联网＋陕北说书”的传播经营者，同时也已成为商家追逐的获利合作者。情境式的直播场景选择、嵌入式的产品组合摆设和应答式的网络互动话语，都属“软性广告”的刻意操作。一旦对于场景、摆设和应答的强调超出了艺术表演的审美范畴，或者占用直播表演的本应时间，则对作为曲艺表演的网络直播势必造成冲击乃至异化，必须引起相应的警惕。包括对直播节目的形式选择，也应本着品牌化的特色追求去经营。亦即要按品牌化的“专营门店”去打理，而非扁平性的“杂货铺子”去发展。换言之，对于作为表演艺术的曲艺传播而言，不管面对怎样的传播媒介，或者多样的欣赏需求，自身创演的基本规律和精神审美的根本要求不会变也不能变。曲艺审美的独有特色和受众对真善美的必然需求，应是两把永恒的标尺。此外的一切都可变通创新。尤其是题材内容和风格特点，必须丰富多彩。新的情节内容，新的思想意识，新的演员面孔，新的精神气质，新的嗓音条件，新的节奏韵味，应是永远的创演追求。当然，如何处理好继承与创新的关系，如何用旧瓶装好新酒，也是永恒的探索主题。而一些基本的理论观念，在此过程中必须辩证地理解并清醒地坚持。也就是说，曲艺固有的那些用以证明自身特征的所谓“老腔老调”，可不是有些人理解的“陈腔滥调”，必须深刻继承；推动艺术发展进步的改革创新，不是外行肆意操弄的“荒腔走板”，更不能变成胡乱革新的“遮羞阳伞”。万丈高楼平地起，树高千尺不离根，在发展创新中始终坚守曲艺的本体、强化曲艺的特点，才是最为根本的遵循。

至于考量曲艺发展的核心指标即创作表演，从可知的资讯观察，2018年整体上依然比较低迷。有数量缺质量、有高原缺高峰的问题，仍未得到根本扭转；真正引人注目的新人和新作十分稀缺和难见。即便2019年要在上海举办“第十二届中国艺术节暨第十八届全国群星奖”，各地2018年度都在创作排练、积极备战，但由推出的曲艺节目的综合情况去看，除了小部分较为优秀，大多数偏于平庸，并且存在不小的问题。比如，有的节目在曲本创作上追求甚至迷信“题材决定论”并有“主题先行”的倾向；有的节目在语言运用上热衷于“穿靴戴帽”和“标语口号”，缺乏形象思维，流于宣传说教；有的节目在“说唱”表演时偏离方言土语乃至丢弃特色唱腔，或者分不清“说唱”“歌唱”与“扮唱”的区别，将曲艺表演的“说唱”混同于歌曲的“歌唱”或戏曲的“扮唱”；有的节目在舞台呈现上存在着采用伴奏带伴奏而不让演员自行伴奏的情形，导致出现演员是为伴奏带伴唱而非伴奏带为演员伴奏的倒错怪象；至于舞台美化上不加注意地胡乱运用LED电子显示屏的动态背景，或者服饰化妆的不恰当“角色化”强调与“非曲艺”式误用等，均使曲艺的特色受到不同程度的扭曲或消解。用灌输置换审美、用技术替代艺术的倾向，由是非常严重。凡此都须引起切实的注意，以使艺术的创演远离庸俗的宣传，也使曲艺的特质得以充分的彰显。

总之，2018年度的中国曲艺发展，有活动集中且牵动面广的热点，也有其间暴露或透示出来的盲点，更有一些冰点催生出的亮点、痛点提醒着的难点，以及焦点引发出的看点等，很值得认真梳理、仔细思量和深度关切。作为年度性的盘点与考量，总结成绩固然重要，发现问题尤其需要。那些热闹之中的冷寂与光鲜背后的隐忧，包括成绩里的遗憾与前进中的问题，更是通过冷静理性的观察与思考，献给未来的警醒与滋养。为此，让我们感谢 2018 年度，也祝福 2019 年度。

吴文科　中国艺术研究院曲艺研究所所长、研究员

2018 年度中国曲艺创演发展研究报告

◎ 张祖健　周思明　张鑫　宋洪发　刘红英　段漉希　盛扬

2018 年，伴随着改革开放 40 年的春风雨露，中国曲艺艺术已站在了历史与未来交汇的重要节点上。这一年，我们不忘初心、砥砺前行，坚定不移推进深化改革；我们坚持以党在新时期的文艺思想理论方针政策为指导，大力开展全行业学习教育和培训研修，切实把广大曲艺工作者团结在党的周围；我们坚持以人民为中心的创作导向，将中华优秀传统文化、革命文化、红色文化融入时代语境，创演了一批凸显中华美学精神、涵养家国情怀的精品力作；我们潜心耕耘，说唱百姓，崇德尚艺，努力做有信仰有情怀有担当的新时代曲艺工作者；我们在传承经典、致敬名家的同时，把握新媒体带来的新机遇、新技术带来的新体验，顺势而为、借势而行，不断增强曲艺的艺术表现力、传播力和影响力；我们在助力构建人类命运共同体的进程中，向世界展示了曲艺之美与中国自信，推动了艺术的交流共融、和谐共生。

中国曲艺在取得丰硕成绩的同时，也面临诸多问题和挑战。正如习近平总书记指出：我们现在所处的，是一个船到中流浪更急、人到半山路更陡的时候，是一个愈进愈难、愈进愈险而又不进则退、非进不可的时候。“走过千山万水，仍需跋山涉水。”只有自觉承担起举旗帜、聚民心、育新人、兴文化、展形象的使命任务，不断攀登文艺高峰，才能成就新时代曲艺繁荣发展的壮丽篇章。

一、发展概况

（一）主题曲艺展演活动聚焦党和国家中心工作和重大决策部署

2018 年，曲艺界积极配合党和国家工作大局，开展了一系列有特色、有成效、有影响的主题曲艺展演展示活动。围绕改革开放 40 周年，“说唱新时代　共筑中国梦”优秀曲艺节目展演周在北京举办，200 多名老、中、青、少曲艺家和曲艺工作者为首都观众倾情演出 6 场，用当代曲艺人饱满的热情和说唱艺术的独特魅力，让首都观众在欢歌笑语中感受时代的沧桑巨变，体验伟大的改革开放精神。在天津举办的第九届中国曲艺节，用 15 场异彩纷呈的曲艺演出，集中展示了近年来曲艺创作表演取得的丰硕成果，为我国成功举办达沃斯世界经济论坛主场外交活动创造了良好的社会文化环境。第六届全国道德模范故事汇基层巡演先后在 10 省（区、市）18 地举办 31 场示范演出，曲艺家用至真至美、向上向善的思想精神，演绎道德模范的人性光辉和人间大爱，有力彰显了社会主义核心价值观的真谛和强大生命力。聚焦精准扶贫、乡村振兴等现实题材的“美丽乡村”曲艺原创优秀作品展演活动历时 8 个月，涵盖 11 个曲种 60 多名曲艺演员，集思想性、艺术性、观赏性于一体，为助力国家乡村振兴战略的实施作出了应有贡献。

（二）评奖办节更加突出导向性示范性，助推新人新作不断涌现

曲艺牡丹奖是曲艺界唯一的国家级艺术专业奖项，备受业界瞩目和社会关注。2018 年第十届中国曲艺牡丹奖共收到符合参评资格的报送节目 312 个，涵盖 87 个南北曲种。在评奖导向上，强化对深入生活、扎根人民创作道路的引导，强化对现实题材创作的引导，强化对讴歌党、讴歌祖国、讴歌人民、讴歌英雄精品力作的引导，推出了相声《我爱诗词》、四川扬琴《守望》、沁州三弦书《十七棵松》、苏州弹词《焦裕禄》、扬州评话《玉山子传奇》、杭州摊簧《夏母训子》、绍兴莲花落《催生鸡》、小品《等爱回家》等一批演绎民族和谐、致敬传统文化、歌颂时代楷模、弘扬社会主义核心价值观的优秀作品和王勤、李丁、纪鸣亮、袁国虎、徐宁等一批优秀演员。本届牡丹奖中，新曲艺群体所获奖项占比

20%，基层创演一线和新曲艺群体代表比重进一步加大。

2018 年，中国曲艺家协会还相继组织开展第十三届河南宝丰马街书会优秀曲艺节目展演、第三届“走马杯”讲好中国故事曲艺展演、第五届“包公杯”反腐倡廉曲艺作品征集、第八届全国少儿曲艺展演、第二届“通州杯”全国曲艺小剧场新作展演、第六届全国相声小品优秀节目展演等活动，积极引导鼓励广大曲艺工作者聚焦现实题材和历史题材，为人民抒情，为时代放歌，一批带着泥土芬芳的优秀曲艺作品应运而生，一批从基层成长起来的优秀人才脱颖而出。

（三）深入生活、扎根人民成为曲艺工作者的共同追求和自觉行动

承载时代记忆、在人们精神深处留下烙印的经典之作无不是来源于鲜活的生活，用心用情用功写就。二人转表演艺术家阎淑萍说：“曲艺创作犹如种庄稼，种子扎得深，遇到风吹雨打才不会倒伏。”对当代的曲艺工作者来说，扎根人民、扎根生活意味着对日常的生活要有深刻的观察力，对群众的情感要有敏锐的感受力。为激发创作灵感，使人民群众生动实践和伟大时代潮流相结合，130 多位曲艺家和曲艺工作者先后赴四川省彭州市、江苏省南通市、广东省珠海市、福建省厦门市和东山县开展采风创作和艺术帮扶，感受百姓生活的幸福气息，见证日新月异的社会变迁，创作了长子鼓书《沃土芬芳牡丹王》、情景快板《特殊婚礼》、二人转《心愿》等优秀曲艺作品。

“你离人民有多近，人民就跟你有多亲。”2018 年，中国曲艺家协会组织曲艺牡丹奖艺术团、文艺志愿服务团和乌兰牧骑式的曲艺小分队走进广东省越秀区、江苏省邗江区、西藏自治区拉萨市、贵州省息烽县、新疆维吾尔自治区阿拉尔市、甘肃省陇南市、陕西省铜川市、广西壮族自治区柳州市、四川省南江县等地区开展送欢笑到基层慰问演出 40 多场，为当地群众送去温暖和欢乐；在元旦、春节两节期间，相继到徐州市马庄村，宿迁市宿城区，张家口市崇礼区、小二台镇，德州市陵城区，泉州市南安开展“我们的中国梦——文化进万家”慰问演出，为基层群众送去党和政府的问候和祝福。

（四）注重引领，全行业教育培训和曲艺界行风建设深入开展

2018 年，中国曲艺家协会大力实施新时代曲艺队伍素质提升和形象建设工程，针对不同需求，分期分批分层分类分众组织开展了面向广大曲艺工作者的 18 个培训班，教育培训研修学员 1500 人。教育培训特别向基层边远地区少数民族曲艺工作者、中青年一线创作表演人才、新曲艺群体和新曲艺组织经营表演人才等方面倾斜。其中，中国曲艺之乡（名城）管理服务干部培训班，西藏、新疆地区曲艺工作者培训班，中国曲艺家协会理事会理事培训班，曲艺网络编辑创作推广人才培训班，曲艺小剧场创作人才、表演人才、经营管理人才培训班等班次的举办在曲艺家协会历史上和曲艺发展史上都属首次。

为推动曲艺界形成崇德尚艺、爱国为民、奋发有为、包容和谐的良好生态，中国曲艺家协会认真组织曲艺界和广大曲艺家深入学习落实习近平总书记给乌兰牧骑队员、老艺术家牛犇、中央美术学院老教授致信等重要指示精神，印发《关于开展做新时代有信仰有情怀有担当的曲艺人的通知》，中国曲艺家协会主席姜昆全程参加中国文学艺术界联合会“崇德尚艺，做有信仰有情怀有担当的新时代文艺工作者”巡回宣讲活动，通过知名党员艺术家的示范引领作用不断强化曲艺工作者个人道德自律和曲艺界行业自律。

（五）唱响“一带一路”，中华传统曲艺魅力日益彰显

在中非合作论坛北京峰会期间，含灯大鼓演唱让世界 30 多个国家和地区 50 余家媒体近百名记者拍手叫绝。在法国巴黎举办的第十一届巴黎中国曲艺节上，翔实精校的法文节目简介与唱词译文，让精彩的曲艺演出收获了更多法国本土“知音”。在日本东京的中日曲艺交流演出中，姜昆、戴志诚与日本落语表演艺术家林家三平的青年弟子青空一风（种田和彦）和青空千风（千叶孝政）分别表演了中文版、日文版《新虎口遐想》，受到中日观众的热烈欢迎。在张家港第六届国际幽默艺术周上，来自俄罗斯、日本、美国、法国、德国、意大利、乌克兰、塞尔维亚、巴哈马、中国、中国台湾等国家和地区的艺术家同台献艺，增进了中外幽默艺术的交流合作。

“国之交在于民相亲，民相亲在于心相通。”文化的交流互鉴，将有助于不同文化背景的人打开心扉，从而进一步拉近民族与民族、国家与国家的距离。曲艺作为一门说唱艺术，具有跨语言、跨国界、跨种族沟通人类思想感情的天然优势。2018 年，作为曲艺界对外交流的龙头工程——中华曲艺海外行进一步延伸拓展覆盖范围和交流深度，并借助多方力量推进“一带一路”沿线沿岸国家曲艺交流。赴波兰、巴拿马、以色列等国，选取具有中国特色、凸显中国精神、蕴含中国智慧的优秀曲艺节目，举办面向当地观众的展演。深入“一带一路”中以合作工程现场阿什杜德港项目慰问中以双方员工，助力“一带一路”国际合作建设。中国曲协正式加入国际说唱艺术联盟，姜昆被推举为该联盟首任主席，为中华曲艺艺术走到世界舞台的中央打开了全新的通道。

二、主要成就

（一）现实题材与历史题材曲艺创作长足发展

党的十九大报告中指出：要繁荣文艺创作，坚持思想精深、艺术精湛、制作精良相统一，加强现实题材创作，不断推出讴歌党、讴歌祖国、讴歌人民、讴歌英雄的精品力作。广大曲艺人把握时代脉动，更加主动地观照火热生活，艺术再现社会风貌、风俗人情。由梁定东执笔，毛猛达、沈荣海担纲的独脚戏集锦《石库门的笑声》，以上海标志石库门为背景，通过《万宝全“四”》《千变万化》《三喜临门》《一体世界》《我爱文化》《难与不难》《上海未来》七个既相互贯通又相对独立的原创独脚戏展现改革开放 40 年来大上海波澜壮阔的变革历程，民生小切口彰显大情怀。南音《海丝航标颂》，以海上丝绸之路起点城市之一的泉州六胜塔为题材，体现中华民族开放包容、走向世界的民族自信和伟大梦想。山东快书《顾赛丽》以“一带一路”伟大壮举为背景，通过讲述派往巴基斯坦的电力工程师的故事，展示了中国人的善良与智慧。鄱阳大鼓《晒秋》表现了中国最美乡村婺源的农俗景观，表达了人民丰收的喜悦和团圆的心愿。而聚焦社会热点、百姓生活，最具现实批判锋芒和针砭时弊锐气的相声小品类新作也不断涌现，如相声《现代病》《周日综合症》《钱不是问题》《单车问答》《租房租房》以及小品《快递到了》《共享单车的一天》《等爱回家》《换牙》《一个都不能少》等。

中华民族文化中自有荡气回肠的英雄情结，新时代更需要呼唤理想、信念、崇高、伟大，呼唤更多有血性、有风骨、有气概、有神采的作品，为当代的文化注入更多家国情怀。江苏演艺集团评弹团出品的中篇苏州评弹《大浪淘沙》再现了中国共产党党史上惊心动魄的特殊时期，刻画了钱壮飞、恽代英等共产党人的光辉形象；北京曲艺团章回体鼓书《驼峰行动》涵盖了众多曲艺形式，讲述了“白求恩”式法籍医生贝希尔在抗日战争时期坚守正义，历经险阻，多次帮助中共地下组织运送医疗药品的故事。绍兴莲花落《当代愚公黄大发》、故事《一次心灵的对话》、数来宝《贴心人》、长篇评书《启功传》等，都是以独特的视角和叙述方式，讲述了在改革开放和社会主义现代化建设中各行各业、各个岗位上的先进人物的感人事迹。

“中国不乏生动的故事，关键要有讲好故事的能力；中国不乏史诗般的实践，关键要有创作史诗的雄心。”优秀的曲艺工作者通过发掘深厚的文化资源，进行独具匠心的编排，创作了一批厚重隽永、文质兼美的新编历史题材书曲目。苏州评话《唐·三彩》借弹词之细腻婉转，扬评话之大气磅礴，以大唐为背景的三段情仇恩怨的故事或清新淡雅，或浓墨重彩，或回味悠长。四川扬琴《茶马古道》上演了茶马古道上的一段人生悲欢离合，哀婉缠绵。京韵梅花大鼓 MV《文成公主》文辞优美，唱腔生动，高扬民族团结的旗帜。

（二）曲艺在新时代乡村振兴战略中大放异彩

2018 年 2 月 4 日，中共中央、国务院发布一号文件《中共中央　国务院关于实施乡村振兴战略的意见》。《意见》明确提出，支持农村地区优秀戏曲曲艺、少数民族文化、民间文化等传承发展。

作为最贴近百姓生活，承载着乡音乡韵乡情的曲艺艺术成为实施乡村振兴战略中的排头兵。广大曲艺工作者怀着质朴情怀走进乡村生活，从泥土中寻找艺术的芬芳，从乡村优秀传统文化的深厚底蕴与内在价值中探寻时代内涵，努力发挥其聚民心、教民行、化民风的独特作用。

在北京，中国广播说唱团大型原创相声剧《风吹水面层层浪》以京郊农村生活为主线，讲述在城镇化进程中“拆迁”疑云下一系列让人啼笑皆非而又心怀感慨的故事。在宁夏，军旅曲艺家张保和的说唱《塞上花开香天外》让宁夏特色农产品得以全媒体推广传播。在湖北，湖北大鼓传承人吴健带领他的团队《说唱姚家集》《说唱李家集》，击鼓而歌家乡历史变迁、人文风情，激发人们情系故土、振兴乡村的正能量。在江苏盐城，全国乡村优秀曲艺节目交流展演中，长子鼓书《腊月天儿》、陕北说书《劝赌》、山东琴书《儒乡新貌》、安徽琴书《轧狗风波》、苏北大鼓《姑母求情》、盐城方言快板《如今农民真幸福》、群口相声《最美乡音》等节目，方言土语说唱老百姓自己的故事。在山西，首届“赵树理杯”曲艺说唱优秀节目展演中，乡村曲艺人写农民、演农民、为农民演，二人台《走西口》、沁水鼓儿词《谷子好》无不散发着乡间泥土气息，纯粹质朴而又欢欣鼓舞，为第一个中国农民丰收节留下了时代的印记。由中国曲艺家协会、四川省文学艺术界联合会、中共彭州市委市政府联合打造的“美丽乡村”曲艺原创优秀作品展演，聚焦“创新”“和谐”“美丽”“欢乐”主题，相声《变迁》、南音《村史馆》、四川谐剧《山乡趣话》、大同数来宝《咱也会会彭州人》、湖北大鼓《铁树开花》等均展示了改革开放40年来乡村建设和基层人民生活的巨大变化。“好曲好唱动地感天，离开了麦子地就断了琴弦。”生于民间、长于民间的曲艺只有回归于滋养它的热土、服务于养育它的人民才不会断了弦、失了魂，才能永葆生机与活力。

（三）曲艺理论学术研究有新的突破

在曲艺研究方面，包括对曲艺本体特征、各曲种基本规律的基础理论研究，对曲艺历史与现状、教育传承、艺术革新的研究，对曲艺产业发展、经营管理、传播推广的研究，对一些老艺术家艺术道路、艺术经验的研究等，都得到从事文学、艺术学、音乐学、民俗学研究的科研院所和高等院校专家学者的关注，进一步壮大了曲艺理论研究力量，取得了不少成绩。

中国曲艺家协会及各地举办的大量有影响的学术会议，形成了理论与实践创新发展、交融互动的良好局面。如第三届全国曲艺理论学术研讨会、第四届全国高等院校曲艺教育峰会、首届中国盐都·全国乡村曲艺发展论坛、首届中国扬州·全国曲艺大书发展论坛、首届黄河流域九省区 + 京津冀曲艺艺术高峰论坛、全国山东快书学术研讨会、军旅曲艺家刘洪滨艺术研讨会等。

在2018年国家社科基金年度项目、青年项目、后期资助项目中，青海民族大学的《〈格萨尔〉史诗中的传统民俗文化研究》、内蒙古师范大学的《好来宝的保护、传承与研究》、中央民族大学的《蒙汉说唱文学关系研究》、聊城大学的《中国曲艺生态研究》等获得立项资助。作为《关于实施中华优秀传统文化传承发展工程的意见》中所列出的十五项工程之一的《中国民间文学大系——民间说唱卷》编纂工作正式启动，内蒙古、湖北、江苏、山东、辽宁等省（区、市）民间说唱卷被列为第一批省级示范卷，无疑将促进民间说唱文本的发掘、传播、保护和发展。中国曲艺家协会设立的中国曲艺艺术研究基金10项课题历经两年圆满结项。《中国曲协在行业建设中如何发挥主导作用对策研究》《新形势下团结引导曲艺自由从业者对策研究》《推动曲艺与新技术、新业态、新模式、新媒体有机融合研究》《中国特色曲艺理论学术话语体系研究》等课题不仅对当前曲协系统深化改革做了有价值、有意义的探讨，还围绕曲艺基础理论、艺术流变、时代融合等进行了深入探索，具有很强的现实性、针对性和前瞻性。

作为国内唯一的曲艺专业刊物，《曲艺》杂志在2018年度的特别策划议题中为当下曲艺发展提供了诸多理论指引。如“对通俗文本曲艺创演之探索”，提出在当前通俗文本文库容积极大拓展的前提下，精确选材并加以曲艺化创演；“让长篇书目再次‘长’起来”，深度思考当前长篇书目传承中存在的问题，并试图找到一条创新发展之路；“不同传播方式对于曲艺发展的重要性”，梳理分析书场、舞台、广播电视、新媒体曲艺的不同传播路径和观众特点，探索研判新时代曲艺面临的形势和发展趋势。

在曲艺图书出版上，集史料性、知识性、文学性于一体的曲种史及人物传记类的新版图书极大丰富了曲艺基础研究。百花文艺出版社出版的《相声史话》《搭档》，以讲故事的方式呈现相声史或是相声人的从艺经历。天津人民出版社出版的相声表演艺术家常贵田的章回体自传《五“独”俱全》，在以诙谐手法讲述个人与常氏家族故事的同时，总结了相声表演和创作经验。北方联合出版传媒集团万卷出版公司的《铁杆曲艺话今生——耿瑛回忆录》，以父女对话的独特方式记述曲艺作家耿瑛跌宕的一生。天津社会科学院出版社出版的《我与曲艺七十年》，讲述了中国曲艺史奠基人倪钟之严谨的治学态度、敏锐的学术思维、忘我的工作作风，感染激励着每一个曲艺人。扬州广陵古籍刻印社出版的长篇扬州评话《艺说王少堂》，由青年扬州评话演员马伟录制40集音像，开创“说书人说说书人”先河。商务印书馆出版的《中国苏州评弹社会史料集成》是上海师范大学唐力行教授及其团队历经20年资料搜集编撰而成，共3卷360万字，从区域社会文化史的全新视野研究苏州评弹史，为构建苏州评弹学奠定了重要学术基础。

（四）各类曲艺联盟的成立形成协同发展新格局

在中国曲艺家协会主导和大力推动下，曲艺界各类自组织联盟相继成立。继2015年全国高等院校曲艺教育联盟，2017年曲艺媒体联盟、全国曲艺表演场所协作发展联盟成立以来，2018年4月，全国青年曲艺工作者联盟在四川省彭州市成立。6月，全国高校大学生曲艺社团联盟在江苏省南京市成立。10月，国际说唱艺术联盟在卢森堡成立。六大曲艺联盟集合了国内外曲艺创作表演、教学培训、理论评论、传播推广、管理服务等各领域各方面的优秀人才和优质资源，共建共享，互惠互利，为行业建设发展提供了更加宽阔的视野和宽广的平台，推动了行业内部交流互动、协同治理和世界说唱艺术的交流合作。

各联盟自成立以来，搭建平台，完善机制，按照各自章程积极开展工作。全国青年曲艺工作者联盟通过多种方式发掘新生力量、培育骨干力量，倡导引领行业新风，提升青年曲艺工作者精品创作能力。全国高等院校曲艺教育联盟连续四年在全国高教峰会上发出倡议，集结高等院校、研究机构等联盟成员力量，共同推动中国特色曲艺学学科建设和曲艺高等教育。曲艺媒体联盟持续组织“美丽中国看名城·百家媒体话曲艺”活动，扩大曲艺界舆论影响力和社会关注度。全国曲艺表演场所协作发展联盟举办曲艺小剧场创新发展研修班、“通州杯”全国曲艺小剧场新作展演等活动，通过名家讲座、现场研讨、剧场交流等方式着力提升专业院团、小剧场曲艺从业人员的创演水平。

在艺术门类日新月异的当下，由政府主导的区域性联盟助力包括曲艺在内的各文艺形式共同发展。如京津冀演艺联盟不断推进，苏浙沪皖长三角文艺发展联盟日益显现成效，曲艺在区域联盟中先做先为，作用不容小觑。在中国上海国际艺术节上亮相的中篇评弹《蒋月泉》，就是苏浙沪三地评弹名家打破地域之限、门户之见、院团之分，携手创新打造的佳作。

三、现象与趋势

（一）曲艺剧继续前行并引发争议

随着社会的发展，曲艺呈现的形式更加开放多元，多种艺术形式跨界融合和多曲种串联的曲艺剧热度不减。北京曲艺团推出的《驼峰行动》是第二部章回鼓书作品，相比第一部《古城暗战》，这部作品在舞台形式上用评书穿针引线，将故事讲述得更加完整生动；在舞台调度上将话剧色彩融入作品的舞台呈现，让观众能更直观地了解剧情，增添了画面感和代入感。河南曲艺团方言剧《老街》描绘了在跌宕起伏的时代变迁中曲艺人对民族艺术的传承和坚守，被称为麦子地里的“清明上河图”。天津市曲艺团的曲艺轻喜剧《情殇乌龙院》以人们熟悉的水浒故事为线索，用传统的曲艺思维架构了一个既在情理之中又跳出剧情评说当下的艺术模式，既富有曲艺特色又有辛辣、调侃的超现实主义色彩，让更多的人了解那些渐行渐远的檀板弦歌。

12月3日，《文艺报》发表署名文章《曲艺发展：创新莫丢本体》，对全国各地院团争相上演曲艺剧或跨界剧提出反对意见。认为此种“持续较长的经营风势”是“匪夷所思又令人深思的创演现象”，其原因是“自身认知的知识不足与创新发展的误入歧途，是对曲艺的基本理论与艺术观念普遍存在糊涂认识与思想迷误的错讹所致”。批评创演者“鄙视和贬低自身‘一人一台大戏’式的审美优长”，而“趋附‘人多即可势重’的大戏表演排场”。提出通过“大力发展曲艺的专业教育”“普及曲艺的专门知识”等措施，对这种热衷排演大戏“离开本行的经营乱象”进行规制。此文代表了一部分业内专家对新形势下曲艺本体有所弱化的担忧和疑虑。但是一线的曲艺作家则认为曲艺剧仍属于“移步不换形”范围之内。一是这些剧的主体部分是曲艺演员表演的，依然坚守了曲艺本体进行艺术呈现，如《老街》中的坠子“小院儿凉”；《情殇乌龙院》《驼峰行动》中原汁原味的曲种说唱，它不是鼓曲与话剧、流行歌曲的简单叠加，而是用融通的、丰富的表现手段去演绎故事。二是让观众们知道在“一人一台大戏”之外还有曲艺剧这种形式的单独存在，在欣赏精彩剧情的同时欣赏到传统曲艺，何乐而不为？青年编剧孙昊说：“很多传统艺术面临如何变革的问题，只要是为本体服务，不是祸害，任何形式都应该是包容和开放的。”一些研究中国曲艺发展史的专家认为，当下的曲艺剧与20世纪50年代曲艺剧兴起之缘由有相似的一面，即面对时代变革，人们的审美趣味发生转变，传统艺术不变革就会失去观众。而且，新时代的内容表达需要艺术增容来承载，如果一时找不到更合适的形式，与戏剧的结合或融合不失为一种有益的探索。

（二）曲艺创作以更加开放的姿态求新创新

1.《看今朝》的成功和启示

在2018年春节团拜会文艺演出以及在2018年中央电视台元宵晚会上，曲艺说唱《看今朝》大放异彩。它突破了以往传统曲艺单线叙事的固有模式，创造性地将粗犷的陕北说书与柔美的苏州弹词融合在一起。通过曲种对比的张力和故事性的演绎，“精准扶贫”和“绿水青山”的主题得到淋漓尽致的表现，时代精神、地域特征与曲艺元素被恰如其分地巧妙融合，艺术化、精致化地展现了中华曲艺特有的雅俗共赏与和合之美。

中国艺术研究院曲艺研究所副研究员蒋慧明认为：“曲艺创新，不仅是一个节目的简单创编，可能更是创作方式的革新。《看今朝》的成功就凝聚了集体智慧。南腔北调同唱一曲，除了在音乐调性和节奏速度上的统一，需要以更多打破常规的技术性手段来实现”，她提出了创作方式诸如强强联手的团队合作应该是这次成功的经验之一。词作者之一胡磊蕾则坦言：“要将精准扶贫与生态建设这两个主题在同一作品框架中进行鲜明的表达，本就是件极困难的事，且要通过风格形式迥异的南北曲种的首度嫁接，共同反映出人民的获得感与幸福感这一内涵深刻的大主题，这对作者的理解力、领悟力、审美力、创新力、沟通力、协调力提出了超乎寻常的要求。”但她认为这次大胆创新虽然很难，却很值，“因为美好的新时代对艺术创新的包容与呼唤，节目取得的巨大成功让每一位参与者获得了极大的自豪感与成就感，也让我们这些曲艺人看到了事业的春天”。这是一次对曲艺创作瓶颈的极大突破，对曲艺音乐、曲艺表演的创新都有着重要的借鉴意义。年末在“美丽乡村”曲艺原创优秀节目展演中，闪亮登场的四川清音、苏州评弹联唱《彭州牡丹苏州月》便又是一次成功的融合尝试。

2. 围绕“公式相声”的讨论

上海交通大学新语相声社团负责人李宏烨、郑钰夫妇可谓是相声界异军突起的一股新生力量。2018年他们携公式相声理论参加了《相声有新人》，首轮即遭淘汰。在中央电视台相声小品大赛上，他们的《暑道难》以“公式相声”为创作核心，弘扬了“二十四节气”这一中华传统文化。评委姜昆认为“他们的相声在取材、构思上都有过人之处，但离真正优秀的相声作品，还有很长一段路要走”。所谓“公式相声”，是指他们所写的《相声的有限元》这本著作中，把工程学模块建构的有限元理论套用到相声上，简单理解就是把一段相声分解成若干元素，这些元素包括笑点、掌点、台词句数、表演水平、时间等，然后把这些元素代入数学模型来创作相声。这对博士夫妻和他们的相声社团饱受表演基本功差、传统相声积淀不足等诟病。但即使伴随着各种讥笑、嘲讽等花式“批判”，他们还是在公式相声创作的路上坚定前行，忙于各种校园行、商演、社区公益、著书立说等，还成立了“新语相声大学生网络文化工作室”。任何艺术门类都需要遵循一定的创作规律。运用有限元理论解析相声创作，作为一种探索未尝不可，但如果一味公式化套用，脱离艺术本体，就很难说是创新了。

（三）相声小剧场市场化程度不断提高

由传统领地京津冀鲁辐射至全国的相声小剧场经过十几年的磨砺，已逐渐走出瓶颈期，摸索出一条符合市场规律的有序发展之路。各地小剧场在积极推进相声本土化，深入研究本地文化和思维方式，把相声融入当地生活的同时，注重树立全新的现代市场营销理念，建立现代企业管理制度。

北京嘻哈包袱铺于2015年获得宋城演艺A轮融资，成为相声界第一个融资成功的团体，而后又于2017年完成千万元级别A+轮融资；他们确立了现代企业制度，并为自己的员工留出期权池，坚持“线上+线下”并行发展，从线下拓展到网剧、话剧、电影等娱乐行业。听云轩创立人曹云金创办“喜聚现场”，集餐饮、相声、脱口秀、儿童剧等不同类型的艺术演出于一体，打破了现有剧场单一的场地租赁经营模式，尝试国内剧场复合功能体模式，让相声等喜剧艺术进入大众生活。哈哈曲艺社实现股份制转型，与专职演员全部签订经纪约，推动人才合理有序流动，促进人才链、创新链、市场需求有机衔接；他们利用新媒体甚至直播拍摄抖音视频进行宣传推广，在衍生品输出上推出“四格相声漫画”，积累了相当的市场经验。

一定意义来说，相声是“角儿”的艺术。相声小剧场在开拓市场的同时，大量新人的涌现为中国相声注入新生力量。一些年轻相声演员通过线上线下互动交流成为拥有相当粉丝的明星，如大逗相声的李寅飞、叶蓬，青曲社的苗阜、王声，品欢相声会馆的金岩，听云轩的曹云金等，引起了更多主流媒体关注，提升了相声的市场力和影响力。2018年度张云雷相声专场演出引来荧光棒应援成为舆论话题。有怒怼荧光棒相声为“追星的热闹，艺术的落寞”，批判偶像IP的流量经济；也有认为“通过张云雷，很多年轻人重新认识并热爱上传统曲艺，让相声这门艺术更显年轻化和时尚化”，各种声音纷至沓来，张云雷从相声演员成为流量明星。这也是相声行业深度市场化的重要表现之一。

（四）曲艺在全媒体时代拾级而上

新时期以来，广播电视节目的兴盛，网络文艺的繁荣，都深刻改变着曲艺的生态、格局、创作和传播。广大曲艺人也以更为开放的胸怀和包容的心态提升创演水平，努力实现继承与创新、艺术与技术、经典与时尚的融合，迎接全媒体时代的新曲艺。

2018年电视综艺类曲艺节目一改以往的泛娱乐化倾向，文化内涵丰富、形式内容多元，一批有深度、有温度、有热度的作品和一批有思想、有创意、有活力的新人脱颖而出，让观众看到了相声、小品等曲艺艺术在发展中的传承与创新，并起到一定的引领辐射作用。如央视三套综艺节目《我爱满堂彩》《金秋曲艺大联欢》《首届中国相声小品大赛》，天津卫视的《笑礼相迎》，东方卫视的《欢乐喜剧人》《相声有新人》等。尤其是相声类竞演节目《相声有新人》，诠释青春活力，掀起了全国相声热潮。据节目组介绍，到节目收官，35城季播综艺同时段第一，综艺超话榜第一，全网播放量累计破5亿，话题阅读量破6.3亿，更被国家广播电视总局确定为2018年第三季度广播电视创新创优节目，予以资金扶持。通过电视综艺类曲艺节目，不少默默无闻的曲艺小剧场和曲艺新人得到关注，如石家庄洪顺曲艺社的佛系单口相声演员周培岩，西安珍友社相声演员衡小珍，西安相声新势力相声演员卢鑫、玉浩，北京嘻哈包袱铺相声演员金霏、陈曦等。通过电视、网络直播，既凝聚了传统观众，也培养和收获了新的观众，更是带动了越来越多的年轻人走进剧场，走近曲艺。

以互联网为主导的大众传媒时代和数字新媒体平台为传统曲艺带来了重要的发展机遇，尤其是智能手机高度普及，成为个人可移动的娱乐平台。腾讯、爱奇艺、优酷、土豆等视频网站拥有海量曲艺资讯；快手、抖音、斗鱼等短视频平台上，语言类视频成为关注焦点，而素来接地气、以诙谐幽默见长的二人转、相声等演员便也实力圈粉，风生水起；喜马拉雅、懒人、蜻蜓、酷听、考拉、荔枝等网络电台中都开辟了专门的曲艺板块，甚至单独设立相声、评书频道，并开通直播平台。青年评书演员王封臣说：“茶馆、电台早已不是评书的主战场，一个剧场，坐满了也只有两三百人，我开网络直播，有时一场就有 10 万观众，特别是受众的参与性与互动性，更是传统形态难以具备的。”网络媒体无疑成为曲艺人努力抢占的新领域。一批中青年演员逐渐从传统书场转战新媒体书场，技艺日趋成熟，并拥有大量的粉丝群。新媒体平台上的金山书场、王玥波书场、孙一书场等都具有较高人气。他们用说书人独特的讲演评，信手拈来，旁征博引，不断激活优秀传统文化，开拓了属于自己的一片天地。

（五）曲艺艺术的区域流动性增强

中国曲艺出于历史成因，除了以普通话为基本语言的北方曲艺外，全国大部分曲种因方言唱腔、曲目故事、曲艺音乐等因素影响而受到区域限制。全国数百个曲种和十几万曲目被分割成大大小小千百个碎片化的曲艺流布区域，优秀曲目和艺术表演常常因流动受限而不能被各区域共享。

近些年来，全国性的曲艺展演及多媒体传播激活了传统曲艺，让更多人了解到曲艺的多姿多彩，了解到曲艺背后所蕴含的源远流长的中华文化。2018 年，文化和旅游部主办的全国非遗曲艺周首次实现了全部 127 个曲艺类国家级代表性项目的集中会演和交流研讨。2 万余名群众现场观看了演出，通过电视和网络直播平台观看活动的人数突破 2 亿人。绍兴摊簧、西宁贤孝、小热昏、榆林小曲、常德丝弦、永新小鼓、八音坐唱、新疆曲子等曲种走出地域，走进全国观众视野。由上海评弹团策划、上海市曲艺家协会共同主办的“南腔北调 · 说唱英雄会”，来自长三角和京津两地的各路曲艺在乡音书苑、长江剧场、兰心大戏院纷纷登台，弹词、评话、绍兴莲花落、淮河琴书、相声、单弦、双簧、快板书、京韵大鼓、温州鼓词、湖州三跳轮番亮相，不仅让大众观赏了曲艺盛宴，还打破院团壁垒，促进了南北交流、共同发展。

四、问题与对策

新时代新征程为我国社会主义文艺事业的发展开辟了更加宽广的舞台和繁荣昌盛的前景。2018 年，曲艺事业稳步发展，成绩骄人，但仍然存在不容忽视的困难和问题，需要我们认真思考并加以解决。

（一）新媒体视域下如何构建健康良性曲艺评论生态

曲艺评论对引导创作、引领风尚具有不可替代的重要作用，它既是“寻美”，又是“求疵”。依托新媒体、自媒体的便捷，曲艺评论的参与度、涉及话题虽然明显提高，但综观流行于媒体的评论，习惯于对具体作品的点评式批评和就事论事的评论，对曲艺领域的新特点、新动向缺乏及时关注和有效引导；情绪化、碎片化的表达，甚至恶意的人身攻击淹没真实声音，影响观演判断；言不由衷的假话、不痛不痒的套话、晦涩难懂的行话、清一色的颂歌此伏彼起，使得曲艺评论的权威性与公信力受到伤害。曲艺原创力匮乏、泛娱乐化现象突出的背后，是曲艺评论的缺位与失语。如何建立一支新媒体时代的曲艺评论人才队伍，推动建立全国曲艺评论联动机制，形成舆论场的聚焦点，搭建起观演创相互沟通、共同提升的桥梁需要进一步思考。

（二）市场培育与文化惠民之间的矛盾与平衡

文艺需要市场化发展，也需要公益性担当。近些年来，全国各地广泛开展文化惠民工程，让百姓共享文化发展成果。然而，使专业曲艺院团和小剧场经营者忧虑的是，低票价或者赠票方式滋长的“看白戏”风气日益干扰正常的市场秩序，不利于曲艺演出市场的培育，也不利于观众文艺消费观念的形成。湖北评书表演艺术家何祚欢认为，曲艺不仅是陶冶情操的艺术，而且它从一开始就是为市场而存在的。然而长期以来的免费演出、赠票等消费观念严重忽视了曲艺工作者的智慧和付出，有必要建立健康的市场秩序，规范曲艺产业。

文化消费市场的培育是一个漫长的过程，不能一蹴而就。2017 年，《中华人民共和国公共文化服务保障法》正式实施，要求政府履行公共文化服务的基本职能，引导和鼓励社会力量通过兴办实业、资助项目、提供设施等形式参与公共文化服务。北京、天津、上海、大连等城市通过向市民发放文化惠民卡，加大政府购买公共文化产品的力度，鼓励市民走进剧场观看演出，通过市场竞争激励演出机构进行艺术创新、提高作品质量。中共天津市委宣传部、天津市文广局、天津市财政局和北方演艺集团联合成立了我国首个文化惠民演出联盟，把国有院团和民营演出机构进行有机整合，在全国首创“变补贴院团为补贴市民”的政府文化惠民模式，将政府补贴的蛋糕切分权交给市场和观众，受到社会各界点赞。2018 年，天津谦祥益、西岸相声剧场等民营曲艺小剧场被列入文惠卡补贴名单。包括曲艺在内的文化产业如何兼及市场与惠民，通过平衡社会效益和经济效益实现健康良性发展仍需共同思考破题。

（三）新时代曲艺的创造性转化和创新性发展任重道远

2018 年，通过全国广大曲艺工作者的持续努力和创新创造，一批有温度、有态度、有深度、有情怀的优秀曲艺作品得以不断涌现，曲艺创作取得了一定突破并呈现出较高质量发展的良好态势。但与波澜壮阔的伟大时代相比，与人民群众日益增长的美好生活需要相比，能够被全国人民熟识并且成为几代人集体记忆的曲艺经典明显不足，曲艺创作仍然存在有数量缺质量、有“高原”缺“高峰”等问题。突出表现在新创作的鼓曲、快板等作品中，不少流于宣传任务需要，口号喊得多，故事讲得少，缺乏对典型人物形象的塑造，艺术感染力不强；创作中的虚无历史、泛娱乐、泛物质化的错误思潮有所抬头，2018 年度一些曲艺班社相声演出屡屡出现庸俗低俗现象，《光明日报》发表署名文章《相声病了，得治》痛批相声界庸俗伦理哏低俗包袱的“死灰复燃”；创作中的急功近利倾向导致快餐式作品泛滥，需要精耕细作的中长篇书目匮乏。首届扬州全国曲艺大书发展论坛针对大书传统江河日下的堪忧局面，面向全国同行和社会各界发出繁荣发展曲艺大书的《倡议书》，号召曲艺工作者遵循大书的创演规律，坚持长篇书目的主体格范，弘扬警世醒人美学传统，为人民奉献出无愧伟大时代的大书精品。

面对社会变迁、文化多元、技术变革，曲艺人如何坚持自觉自信，坚守“说书唱戏劝人方”的价值取向，吸收和借鉴姊妹艺术、科学技术成果、新型传媒手段，有效推动曲艺体裁内容、表现手法、业态样式的创新，实现新时代曲艺的创造性转化和创新性发展仍需要继续探索和共同努力。

（四）曲艺人才短缺问题仍不容忽视

2018 年，曲艺界痛失相声表演艺术家丁广泉、魏文华、常宝华、刘文步、师胜杰、张文霞、谢天顺、吴兆南、常贵田、尹笑声，评书表演艺术家单田芳，曲艺作家耿瑛，曲艺音乐家、教育家钟吉铨，曲艺音乐家、弦师穆祥征，京韵大鼓表演艺术家陆倚琴等，多位老一辈曲艺名家相继离世既是曲艺界的重大损失，同时也凸显出曲艺领军人才和青年拔尖人才培养的紧迫性、曲艺队伍梯队建设的严峻性。

目前，高素质人才的匮乏、曲艺传承的日渐式微等诸多困境，从深层次上制约着曲艺艺术的持续健康发展。专业的曲艺学校由于学历起点低、毕业生就业困难等原因致使生源并不理想。苏州评话表演艺术家吴新伯说：“评弹学校已经很多年没有招收学习评话的学生。今年新增评话专业，招收了五个学生，在感到欣慰的同时又觉杯水车薪，隐忧依然存在。”评书表演艺术家刘兰芳感慨：“就评书来说，人才培养的过程更是艰难，几乎 20 年才能培养出一个优秀的评书名家。”由于目前高职院校曲艺专业设置中没有曲艺文学创作，导致从事曲艺创作的人才奇缺；随着那些曾经代表着高超水平的琴师和弦师逐渐变老或者故去，曲艺伴奏人才断层严重，直接导致以伴奏作为重要构成的某些曲种面临没落甚至消失的危境。打造一支素质优良、构成多样、梯队合理的曲艺人才队伍迫在眉睫。

结合 2018 年中国曲艺的发展现状、趋势变化以及存在的问题，我们提出以下建议：

1. 加快推进中国特色曲艺学学科建设

2018 年，国家社科基金艺术学课题指南以及文化和旅游部艺术学科规划指南设项中包含了曲艺本体研究、曲艺史、表演学、文学和地域文化等多个方面，标志着曲艺学学科的独立性已得到认可并取得一定的学术地位。由此，应继续呼吁国家教育艺术行政管理部门和社会各界对创建新时代中国特色曲艺学学科给予更多的关注和更大的支持，从而使曲艺这一传统艺术纳入国家学科规划和教育发展的正常轨道。只有曲艺进入现代教育体制实现学科化，才能顺理成章地实现高等教育本科—硕士—博士的培养路径，从根本上解决曲艺专业教育和人才培养结构断层问题。

2. 多措并举推动曲艺创作

习近平总书记在文艺工作座谈会上特别强调必须把创作生产优秀作品作为文艺工作的中心环节，努力创作生产更多传播当代中国价值观念、体现中华文化精神、反映中国人审美追求，思想性、艺术性、观赏性有机统一的优秀作品。

对于曲艺来说，打造精品首先要坚持现实主义的创作传统。曲艺是文艺的轻骑兵，创作、表演都要接地气，真心、真情、真实地把人民作为表现主体，体现浓厚的百姓情怀。曲艺工作者要自觉贯彻文艺为人民服务的宗旨，遵循深入生活、扎根人民这一最牢靠的创作方法，积极投身火热的社会生活，出精品，出力作。各级宣传文化部门要加大对曲艺创作的财政投入，为曲艺创作人员搭建平台、整合资源，提高创作的组织化程度。呼吁在职业学院曲艺系恢复曲艺文本创作专业，在大学本科教育中的文学专业设置曲艺创作方向，设法培养一些爱曲艺、懂曲艺、能创作的人才。希望有地缘优势和师资雄厚的高等院校申报国家艺术基金曲艺创作人才培养资助项目，努力培养一批有创作实力的曲艺人才。

3. 促进曲艺艺术传承与校园文化建设有机融合

中共中央办公厅、国务院办公厅印发的《关于实施中华优秀传统文化传承发展工程的意见》明确要求“把中华优秀传统文化全方位融入思想道德教育、文化知识教育、艺术体育教育、社会实践教育各环节，贯穿于启蒙教育、基础教育、职业教育、高等教育、继续教育各领域”。由此，应积极推动曲艺进校园、进课堂、进教材，向广大青少年普及曲艺知识，使他们由现在对相声、快板的单一认知和喜爱扩大到对曲艺更多曲种的认知和喜爱。继续发挥全国少儿曲艺展演的牵引带动作用，大力培育曲艺新苗。

高校是传承民族优秀曲艺文化和开展曲艺教育的重要阵地。充分发挥全国高校大学生曲艺社团联盟的主导作用，支持指导全国 200 多家大学生曲艺社团开展表演、欣赏、交流、培训等活动，鼓励他们坚持原创，从大学生自己的生活中汲取素材，将专业知识和技能应用到曲艺创作、表演以及理论研究上，在大学生中培养有生力量和后备队伍；依托全国高等院校曲艺教育联盟的资源优势，在基本完成首批全国高等院校曲艺本科 12 本教材出版发行的基础上，将传统曲艺融入高校人文素质教育，广泛开设曲艺艺术鉴赏等各类通识课，促进曲艺艺术在校园和青年群体中传承传播。

4. 着力建构全域性曲艺工作网络

整合各类资源，建构引领我国曲艺艺术话语力的全域性工作网络，对一些重大敏感问题、曲艺话语中的各种纷争进行引导，对曲艺艺术进行历史审视和自我超越，从现实层面、价值层面和表达层面重塑当代曲艺艺术话语体系，助力曲艺发展与繁荣。建立覆盖全行业年度重大原创作品报告制度，既形成曲艺著作权保护依据，更促进各曲种原创节目的交流互鉴；建立曲艺舆论舆情监测报告制度，梳理年度曲艺在全国传媒上的关键词词频序列，研判年度曲艺发展的舆论汇总和舆情态势，形成年度全国曲艺资源养护及曲艺艺术生态监测报告；建立覆盖全行业的年度曲艺学术研究制度，联络科研院所、高等院校、专业院团和宣传文化管理部门，开展曲艺研究，尤其是曲艺现状的应用性研究；建立中华曲艺非遗保护的年度报告制度，关注全国范围内的曲艺非遗保护，开展曲艺非遗研究，引导曲艺非遗项目的合理传承及保护性开发。

张祖健　中国曲艺家协会曲艺教育与学科建设委员会委员、上海大学新闻传播学院广告系教授

周思明　深圳市评论家协会副主席

张鑫　中国曲艺家协会研究部副主任、副研究员

宋洪发　《曲艺》杂志社社长、主编

刘红英　中国文学艺术界联合会曲艺艺术中心教育培训处助理研究员

段漉希　中国文学艺术界联合会曲艺艺术中心综合部干部

盛扬　中国文学艺术界联合会曲艺艺术中心网络信息处干部

刍议 2018 年中国曲艺发展

◎ 周思明

2018 年，中国曲艺事业蓬勃发展，内容更加丰富，形式更加多元，创演水平明显提高，呈现出较为强劲的艺术生命力和市场号召力。但同时也要看到，由于各种原因，在曲艺发展道路上仍存在一些不容忽视的问题。针对这些问题，所有曲艺工作者都有责任、有义务进行反思，并提出积极有效的对策，以期来年取得新的进步，共同推动中华曲艺艺术繁荣发展，为人民群众奉献更多优质精神食粮。

一、曲艺发展中面临的问题

2018 年，中国曲艺展演赛事热烈红火，曲艺类电视综艺节目异彩纷呈，曲艺创演水平提升显著，彰显现实主义精神的曲艺创作欣欣向荣，中华曲艺艺术呈现出万紫千红、百花齐放的向好局面。但同时也要看到，由于各种原因，在曲艺发展道路上仍存在一些不容忽视的问题。

（一）检视曲艺创演现状，有三个方面值得反思：一是宏大叙事能力的羸弱，二是思想表达能力的弱化，三是对曲艺的传承创新缺乏清醒认知。在此背景下，一些曲艺作品不断重复同质的美学风格，远离古典喜剧隐含的价值立场和批判精神，更多的是止于“搞笑”，卖弄机灵抖个包袱或者展示一下“段子手”的俏皮。这种状况显然源于市场驱动。娱乐精神将喜剧节目遴选为市场“宠儿”，令一些创作者趋之若鹜，进而深刻地影响曲艺这一艺术形式在今天的表现形态。套路化的创作模式更抑制了艺术探索现实的冲动与可能。许多曲艺人已经意识到类型表面丰富之下的内在贫乏。他们感叹，现实生活的丰富程度已经远远超出艺术的想象范围和表现体系。这种感叹恰恰从另一个方面证明，力不从心是这些创作者的共同苦恼。于是，不少作品流于小叙事、微叙事、杯水风波、鸡零狗碎、小情小调。由于他们思想的肤浅、生活的缺席，表现时代变革的史诗之作终难出现。缺乏独立思考和深刻自省，使得一些创作者不会表现思想，无力描写思想交锋，不懂得如何讽刺，只满足于时尚叙事、命题作文，尤其是缺失表现现实题材、彰显现实主义精神的精品创作能力。

（二）曲艺创作上精品不多，有数量、缺质量，有高原、缺高峰的现象依然存在，创作者的整体素质、精品意识有待加强。从年度创作整体来看，形势不容乐观，与新时代突飞猛进的社会经济发展不尽相称。专业创作人员的匮乏，造成曲艺新作品生产的后劲不足，快餐化的创作方式也阻碍了精品的出现。创作人员过于依赖传统，使得创作缺乏新的思路，影响了精品的产生。水平一般的作品不缺，但思想性与艺术性高度统一的曲艺精品难以现身。直指时代症候、深刻揭示人性、无情批判社会人文痼疾、艺术水准较高的曲艺作品凤毛麟角。创作上顾此失彼，创演者在“搞笑”和“意义”之间拿捏不准，令人印象深刻的精品极少乃至阙如。归根到底是创作能力的孱弱所致，说明我们的曲艺创作者文化艺术功底还不够深厚，对生活的观察体验、提升冶炼的功夫下得不深。

（三）曲艺创作队伍青黄不接，曲艺艺术传承出现裂痕，年青一代曲艺人责任担当意识有待加强。在急剧的大时代社会变革中，传统曲艺的生存空间被挤压，曲艺前辈的宝贵技艺逐渐失落，曲艺事业的传承发展难以提振。受此影响，曲艺艺术在年青一代曲艺人中传承下去成为问题。迫于生计，越来越多的曲艺艺人转行，老段子也从原来的有限积累逐渐减少，而具有影响力的新段子乏善可陈。虽然相声、快板、评书等艺术拥有相当数量的年轻传承人，但仍面临着传承问题。尤其是，这些年轻演员并没有形成稳定的传承群体，相比较而言，年轻演员在艺术传承上的责任感也明显逊色于老一代曲艺艺术家，其责任担当意识亟待加强。

（四）在肯定曲艺对外文化交流取得成绩的同时，也要清醒地看到，中华曲艺在走出国门、走向世界，尤其在走近海外本土观众、让中国曲艺深入人心的创演效果上，仍存在一些问题。比如，有些曲艺节目在价值观上与人性深刻揭示还有距离，一些插科打诨流于低俗。对此，创作人员需要反思和研究。随着互联网技术和新媒体传播方式的更新换代，传统的曲艺艺术更需要与国际接轨，更需要利用先进的自媒体传播渠道，不断创新打造出被海外本土民众所接受和欣赏的艺术载体，通过曲艺微视频、曲艺微动漫、卡通曲艺形象等多元化、全方位、立体化的现代艺术传播形式，吸引更多的国外观众，传播中国的传统文化。

（五）曲艺受众仍然有限，曲艺普及工作仍有待加强。曲艺的普及，小剧场可谓功不可没。小剧场既是艺术展示的空间，也是一种经营手段，从业者必须熟练掌握市场动态，制定有针对性的经营策略。然而考察现今的各地小剧场，大多数没有专业经营者，曲艺院团或演员担任起经营与演出的双重任务，加之观众数量多寡的不平衡、欣赏者的分众，使得现今小剧场的运营举步维艰。小剧场在经历短暂的兴盛期后，迅速迎来尴尬期，僧多粥少、市场冷落，使得小剧场难以维持下去。这些看似是由外因所致，其实更在于缺失彰显现实主义精神、表现现实题材、充满现实感精品力作的内因之果。有些小剧场演出内容不乏“三俗”，也是问题所在。如何扭转这一不利局面，提高曲艺小剧场的普及功能，重振小剧场的市场号召力，推动小剧场市场化运作走上正轨，是曲艺界一个值得研究的重要课题。

（六）曲艺评论相对于曲艺创作严重滞后，具有专业精神、水准、能力的曲艺评论比较欠缺。流行在网络或媒体的评论，习惯于对具体作品进行点评式批评和就事论事的评论，而缺少宏观性、总体性、科学性、专业性的批评。曲艺界重创作、轻评论，重评奖、轻理论，重名利、轻研究的现象迄未改变。曲艺评论与曲艺创作的发展态势不适应、不协调、不平衡；曲艺评论对曲艺领域的新特点、新动向缺乏及时关注和有效引导；曲艺评论的针对性、实效性和说服力、感染力不够强，富有独到见解的曲艺评论不够多；炒作吹捧、低俗渲染等不良现象时有出现；言不由衷的假话、不痛不痒的套话、无的放矢的空话、晦涩难懂的“行话”此伏彼起，使得曲艺评论的权威性与公信力受到伤害。某种意义上，曲艺创作精品匮乏、泛娱乐化现象突出的背后，是曲艺评论的缺位与失语。

二、解决曲艺发展问题的对策

以上问题的指出不是目的，目的是由此引发思考，并做出相应的对策。

（一）曲艺界要以习近平新时代中国特色社会主义思想为指导，紧紧抓住并用好当前推动文艺事业繁荣兴盛、创新发展的重大战略机遇期，紧紧围绕做人的工作这一根本任务，努力推进曲艺事业的繁荣发展。抓党建、促改革、带队伍、出作品、强管理、正行风。要把深化改革视为重要发展机遇。各级曲协要从战略上把握，以强化“团结引导、联络协调、服务管理、自律维权”职能转型为重要抓手，稳步推动各项改革任务落实落地，在体制机制创新上取得实质性进展。要以更大的勇气、更大的力度、更实的举措、更强的韧性，在团结引导曲艺创作群体、强化对曲艺界思想政治引领、加强行风建设、加强协会工作、推动曲协系统改革等方面着力，倾力谋划和推进体制机制的深化改革，从而最大限度、最大范围、最大可能地团结和引领广大曲艺家和曲艺工作者奋发有为，繁荣创作、服务人民，开创新时代曲艺事业繁荣兴盛的新气象。

（二）树立宏观战略发展眼光，不断加大曲艺人才培养力度，进一步强化人才意识、精品意识。要增强“四个意识”，坚定“四个自信”，自觉承担起举旗帜、聚民心、育新人、兴文化、展形象的使命任务。要继续加大曲艺人才培训力度，通过举办各种形式的培训班，努力打造平台、锻炼队伍、拓宽渠道。新老曲艺人都要不断掌握新知识、熟悉新领域、开拓新视野，不断增强脚力、眼力、脑力、笔力。要立志攀登文艺高峰，除了具有艺术修养外，也要有科学素养。缺乏基本的科学知识可能导致大面积的生活盲区。从卫星电视、手机、高铁、互联网、大数据到转基因、人工智能、3D 打印，科学技术正在许多领域重塑人们的生活观念。创作者对涉及各门科学的题材如果不了解，作品多半走不远。

曲艺人要想出大作、力作，哲学修养必不可少。因为，哲学可以赋予艺术家仰望星空的心胸。艺术作品引申的内涵，可能突破传统哲学表述，催生新的哲学思考。此乃文艺与哲学的互动，感性审美与理性思辨的互动。曲艺家不仅应该是美学家，也应该是思想家。如此，方能登高望远，举重若轻。作品艺术形式可以千姿百态、摇曳多姿，但最终都应指向作品故事情节的跌宕起伏，思想内容上的曲径通幽，观众接受上的喜闻乐见。

（三）曲艺创演者要讲团结，讲协作，努力发扬团队精神，营造团结协作的良好氛围。要树立手足相亲、守望相助、互相补台的思想观念，共建学习型、服务型、创新型、阳光型的曲艺队伍。不忘初心、牢记使命，对党忠诚，为民分忧，在创作岗位上辛勤耕耘、担当奉献，以强烈的使命感、责任感和紧迫感，大胆创新、锐意进取、攻坚克难、扎实工作，焕发新担当新作为。要强化责任担当意识，从自我做起，从职责做起，明确个人定位、岗位职责，提高政治水平和艺术素养。做到守土有责、守土尽责、守土负责，在曲艺创演中见成效，用业绩、作风、效果来创造自身业绩。要坚守艺术的高标准，以精品曲目引领文化市场。创造无愧于新时代的新业绩，为推动曲艺事业和曲协工作繁荣兴盛，实现中华民族伟大复兴的中国梦而拼搏奋斗。

（四）不断提升曲艺创作水准，强化市场竞争意识，拓宽曲艺创演空间，满足人民群众对曲艺艺术欣赏需求。随着新时代的到来，文化的大发展，曲艺受众更加趋于多元，他们的趣味也日益多元。有鉴于此，广大曲艺工作者要认清形势，在曲艺艺术的创作和表演中关注受众的期待、市场的需求。要根据受众多样化、个性化的欣赏需要，有的放矢地释放曲艺艺术的功能、技艺、内容、情趣、演艺风格等，按照各个分众小群体的口味，创作出适合当下娱乐需求的艺术作品。当然，这并不意味着盲目迎合观众和市场。要自觉创作出既能在思想上、艺术上取得成功，又能在市场上受到欢迎的曲艺精品。这里，创新是曲艺作品永葆生机的第一动力，传统曲艺要和其他姊妹艺术形式、表演形式嫁接、结合，丰富艺术的表现形式，同时对曲艺的发展、传承、传播也会产生积极影响。

（五）政府主管部门要继续加大对曲艺艺术的扶持力度，根据新的形势，切实制定出台相关政策，助推中华曲艺艺术繁荣发展。主管部门可启动专项资金，或动员吸引企业资助，以加强对于曲艺创作的关注与投入。积极搭建提高曲艺创作者知名度的平台，加大对优秀曲艺创作者的奖励制度，使创作与表演均衡发展。对于传统曲目、曲种要实行政策保护，不仅对相关资料积极搜集、整理以及做好音像出版等基础工作，还应该注重传统曲目、曲种的活态传承。许多老传承人年事已高，为防“人去艺忘”，政府主管部门应采取得力措施，开辟可供传统曲艺发展的平台和载体，使传统曲艺得到可持续发展，为其提供非营利性表演活动的机会，以增强传统曲艺的生命力。

（六）高度重视曲艺评论工作，不断加大曲艺批评力度，推动曲艺创作繁荣发展。曲艺评论对于引导创作、引领风尚具有不可替代的重要作用，它既是“寻美”，又是“求疵”。面对曲艺存在的新问题、曲艺创演出现的各种话题热点，主流媒体要积极设置议题，曲艺评论工作者要主动发声，大胆发言，从而形成舆论场的聚焦点。曲艺评论者在开展曲艺评论时，要把科学的理论运用到评论工作中，找到理论和实践的结合点，避免从理论到理论、空对空地评论。要及时精准、有的放矢，深度进入曲艺创演现场，第一时间关注曲艺创作动态和思潮变化，打捞出新鲜而有价值的现象和线索，作出准确客观的判断。“隔靴搔痒赞何益，入木三分骂亦精。”当下曲坛，真正意义上的批评精神仍然十分稀缺，尤其是那种直指当代曲坛弊端，以说破皇帝新衣的勇气和回归常识的理性发出的独特而本真的批评。这本身就是一出“将无价值的撕破给人看”的人间喜剧。所以，这种真正意义上的批评是珍贵的，值得曲艺评论工作者重视和践行。

周思明　深圳市文艺评论家协会副主席

林莺啼到无声处——2018 年曲艺创作综述

◎ 王晶

2018 年，对于曲艺创作而言是充满了更多机遇和挑战的一年。作为中国改革开放 40 周年的关键节点，文艺界围绕改革开放的光辉历程创作了一大批文艺作品，长期围绕中心、服务大局的曲艺创作自然也不会缺席。2018 年对于曲艺界而言又是沉痛的一年，丁广泉、魏文华、常宝华、单田芳、刘文步、张文霞、师胜杰、常贵田等曲艺界的知名艺术家相继去世，如此沉痛的打击，让 2018 年的曲艺界乃至中国文艺界都蒙上了一层挥之不去的阴霾。当然在悲伤之余，出版行业与电视传媒等也在为曲艺创作添油助力，让 2018 年的曲艺创作能够在摸索中不断前进，接受观众的甄别与检阅。与往年相比，2018 年的曲艺创作呈现出更多新亮点，以适应着不断变化的新时代。

一、围绕中心，秉持初心进行重大主题创作

紧跟时代、反映生活、为人民发声是当下曲艺创作的重要特点，作为一支"文艺轻骑兵"，许多短小精悍的曲艺作品往往能够感时代之召唤，发时代之先声，一批批不断打磨的优秀传统作品不断在融入时代元素，一批批围绕中心、回应时代之声的新创作品又在不断接受着剧场、观众以及业内专家的检阅。

（一）把握时代脉搏，在重要历史事件和时间节点中寻找创作灵感

从 1978 年到 2018 年，中国的改革开放走过了 40 个年头，这 40 年翻天覆地的变化是有目共睹的。在这样一个特殊的年份中，以庆祝改革开放 40 年为主题的各类活动成为曲艺界以至整个文艺界的盛事，各地的曲艺家协会和曲艺从业者以此为契机，在该年度的各时间段中举办了多项专题演出。在这些繁杂的演出当中，有的是演出近年来的优秀作品，有的是演出新创作品，更多展演活动是以优秀传统作品、优秀近创作品和新创作品组合的形式进行演出。

在以近年优秀曲艺作品展演为主题的各项活动中，主要以中国文学艺术界联合会、中国曲艺家协会主办，中国文学艺术基金会、中国文学艺术发展专项基金资助的"说唱新时代 共筑中国梦"庆祝改革开放 40 周年优秀曲艺节目展演周为代表。本次展演周于 2018 年 9 月 4 日至 9 日在北京民族剧院举行，主要有《姜昆"说"相声》、方言话剧《老街》、优秀曲艺节目综合专场、四川曲艺专场等 6 场专题演出。与此类似的还有贵州举办的唱响新时代·圆梦新征程——纪念改革开放 40 周年"牡丹奖"贵州优秀曲艺节目展演活动以及青海所举办的以"为人民说唱、为时代放歌"庆祝改革开放 40 周年全省优秀曲艺节目展演等活动。其实对于展演中所选取的节目而言，无论是传统作品也好还是近年的优秀作品也罢，它们似乎与 2018 年的曲艺创作无关，但是这种优秀的传统作品和优秀近创作品的展演，在一定程度上为曲艺创作提供了一种可资借鉴的蓝本。新创作品可以在这些优秀作品中学习并成长，像《姜昆"说"相声》中相声艺术家、中国曲艺家协会主席姜昆，在作品内容上以"和李文华说相声""和唐杰忠说相声""和 80 后说相声""和 90 后说相声""世纪颂歌"等篇章谋划全局，在形式上结合传统相声、群口相声和相声剧等多种表演形式，整个作品既是姜昆对个人从艺生涯 40 年的纪念和追溯，同时也是在人物情景中带领观众一起重温 40 年来相声艺术的发展历程。这种回忆录式的曲艺作品无论是在形式和内容上都令人耳目一新，在围绕中心、纪念重大历史事件的同时，也为曲艺创作提供了一些新的想法。

在新创作品展演方面，主要以 12 月 19 日于北京民族宫大剧院举行的"美丽乡村"曲艺原创优秀

作品展演为代表。此次展演由中国曲艺家协会、四川省文学艺术界联合会、中共彭州市委市政府主办，选取来自全国8个省区市的专业院团和基层一线的60多名曲艺工作者所带来的10个风格各异的优秀乡村题材曲艺原创节目。此次的演出包含二人转、大同数来宝、长子鼓书、福建南音、瀏江鼓调、苏州弹词、四川清音、快板、相声、四川谐剧、湖北大鼓等11个曲种，展演的作品均在彭州乡村采风创作而成，曲艺名家阎淑萍、叮当、柴京云、柴京海、佟长江等倾力加盟，刘引红、赵梓琳、李丁等一批荣获中国曲艺牡丹奖的优秀青年曲艺演员齐聚一堂。主办方与作品的主创人员对此次展演也极为重视，将节目进行多次打磨和修改，各节目编导排演上百次，试图力求每一个节目都能最大限度地实现艺术价值和社会价值相统一。此次展演所呈现的整体效果与2018年的很多新创作品相比是较为成熟的，展演中所上演的《变迁》《特殊婚礼》《山乡趣话》等作品在呈现曲种自身艺术特点的同时，也将作品的意蕴呈现了出来。从一定程度上来讲，很多作品其实是具备了观赏性、艺术性、思想性的，在制作上也着实精良。可惜的是，一些作品传递的情感被思想淹没，无法让观众得到共鸣——这一点是可以随着不断打磨、修改而逐渐改善的。除此之外，还有一点美中不足，此次展演似乎在艺术呈现上有意追求视觉效果，而营造视觉效果的电子屏幕却在使用过程中干扰了演员整体的表演，使得观众的审美重心脱离了故事本身，让本身应该诙谐幽默、通俗易懂的乡村题材与展演的整体氛围显得格格不入。当然这些缺点都是演出中的细枝末节，并不伤筋动骨。此次展演中的诸多作品能够在把握时代脉搏、反映时代变迁的基础上寻求曲种创作的艺术规律，呈现出思想精深、艺术精湛的艺术作品实属不易，在曲艺从业者的不断打磨和修改中，这些作品中终会有一些能够成为立得住、传得开、留得住的精品力作。

新创作品和非新创优秀作品共同演出是围绕重大事件举办各种展演活动的主流。由北京市东城曲艺家协会、东城区第一文化馆和北京周末相声俱乐部共同承办的“新时代·新东城·新相声”纪念改革开放40周年专场曲艺演出于2018年5月11日至13日在北京市东城区第一文化馆风尚剧场持续上演。为期三天的纪念演出主题明确，内容丰富，三天的节目以传统节目、新创节目和新人新作等专场形式进行。首场的传统节目专场中，李金斗、孟凡贵、刘洪沂、付强、陈金立、王玥波、应宁、于磊、付朝奎、程磊等曲艺名家，为观众表演了《找堂会》《三国人物论》《同仁堂》《汾河湾》等经典作品，而这些知名艺术家的出现也为本次展演打下了良好的观众基础。而后的新创节目专场和新人新作专场中，前者的演员阵容主要以主流相声界中较为知名的中青年演员为主，如宋德全、陈印泉、侯振鹏、董建春、李丁、金霏、陈曦等，后者则是众多全国及市区曲艺大赛中获奖的曲艺新秀。从此次演出的初衷来看，一方面通过艺术的手段赞扬了改革开放以来的美好生活，另一方面也为曲艺新人新作提供了一个展示自我的平台，可谓用心良苦。可是，尽管这三场演出中新作的比重较大，新创作品的质量却良莠不齐，绝大多数作品仍有待提高和打磨，当然也出现了像《我要当演员》《爱心老人》等具有较好艺术底色的曲艺新作。而从三场演出的观众数量来看，新人新作所俘获的观众比知名演员所表演的传统节目稍显逊色，一方面有作品成熟度的原因，另一方面则与青年演员的知名度和曝光度不无关系，这也从一个侧面凸显出青年演员在打磨新作的同时，也需要有更多的锻炼平台和观众认知。此外，东城区在小规模的曲艺演出基础上，为深入学习宣传贯彻习近平新时代中国特色社会主义思想和党的十九大精神，营造崇尚廉洁、风清气正的良好氛围，于2018年8月28日举办了“不忘初心、牢记使命”廉政曲艺专场演出。整场演出所表演的节目均是围绕廉政题材展开，不仅选有评书《九卿吊工匠》、北京琴书《缝兜大夫》、相声《清官册》等优秀传统作品，还有京韵大鼓《铁面无私》这样获得2018年第三届京津冀鼓曲大赛特等奖的优秀新作，以及为宣传普及当年所出台的《中华人民共和国监察法》应时而作的《争说监察法》和《异口同声》等节目，尽管两部新创作品在艺术上有待成熟，但也起到了较为良好的宣传效果。而演出的这些作品无不是在积极发挥曲艺“轻骑兵”的优势，将政策或规定以艺术化的方式呈现给观众，令观众在获取艺术享受的同时能够接收到有用的信息。

（二）弘扬社会主义核心价值观，力主现实题材创作

围绕中心进行重大主题创作便离不开现实题材的扶助，而现实题材所表达的思想意蕴也无法从社会主义核心价值观中剥离。弘扬社会主义核心价值观是曲艺创作的一个基准，而现实题材创作则是曲艺创作的重要方向。以上述的各种展演为例，贵州举办的唱响新时代·圆梦新征程——纪念改革开放40周年"牡丹奖"贵州优秀曲艺节目展演活动中，精选了近年来省内外获奖的相声、快板、评书、谐剧、小品、群口溜、贵州琴书、侗族琵琶弹唱等作品，而这些作品多数都涉及现实生活中的点点滴滴。对口相声《新农家乐》以相声这种曲艺样式结合贵州方言，使得整个形式颇有谐趣，在这种诙谐中让观众感受到贵州群众从贫困走上小康之路的发展历程；曲艺小品《走访路上》讲述的是扶贫干部下乡走访的故事，通过下乡走访的这个事件，一方面表现群众对致富的渴望，另一方面也表现扶贫干部彻底解决基层群众生活问题的决心，而这个作品背后也是在讲述国家的庄严承诺与人民公仆的实干精神，立意高远，又能细致入微；配乐评书《一泓清泉》以贵州"当代愚公"黄大发为原型讲述他数十载为村民们在悬崖峭壁上凿渠引水的故事，烘托出一种持之以恒、坚持不懈的民族精神。此外，本次展演中的《移民新村喜事多》和《赠银》同样选自现实题材。

在其他展演活动中亦是如此。2018年12月10日，上海市以"笑着走过40年"为题举办了一场庆祝改革开放40周年的曲艺晚会。此次晚会中不仅演出了陈靓、潘前卫给农民工点赞的独脚戏《农民工点歌台》、王汝刚和李九松的经典独脚戏《补婚》以及曹雄等人所创作的反映改革开放40年以来人们的消费观、婚姻观所发生转变的滑稽小品《刷卡》等，徐开麟、曹哲维的说唱新作《贵客临门》也在此次晚会中演出。该作品以一群农村阿婆去4S店买车的趣事为切入点，在赞美新农村巨大变化的同时，也从侧面反映出国家对农村建设的重视和不懈努力。

以上只是2018年曲艺创作的凤毛麟角，无论是以重要事件为依托所开展的各类曲艺展演，还是诸多的曲艺比赛，现实题材创作逐渐成为曲艺创作的主流。而在这些现实题材创作中，把握艺术规律，弘扬社会主义核心价值观越来越受到曲艺创作者的重视，使得曲艺作品中的现实题材创作无论是在数量上还是在形式上都有一定的发展。尽管很多作品在创作的过程中意图将重大主题与曲艺艺术样式进行有机结合，但是许多作品所呈现出来的内容往往差强人意，在把握力度的同时并没有能够提升作品的温度，有些作品往往浮于表面，能够摆事实讲道理，却不动感情，使得现实题材作品更像是政策和政绩的解读，而并非具有审美价值的艺术作品。这是现实题材创作中很难避免的问题。曲艺创作者需要从自身出发，逐渐摸索创作出既能够符合艺术规律，又能够表现时代风貌且受观众欢迎的艺术作品。

二、赛事展演和评奖活动调动曲艺创作热情

赛事展演和评奖活动历来是曲艺创作中非常重要的环节和形式。当然赛事评奖是调动曲艺创作热情的有效手段和方法，但绝对不应该是曲艺创作的目的。2018年的赛事和评奖活动依然热度不减，在各类赛事活动中也出现了众多的新创作品。

（一）搭建平台增加曲艺新创作品的曝光度

2018年的曲艺赛事和评奖活动繁多，全国性的一些重要曲艺赛事主要有天津于3月、6月分别举办的"第九届中国曲艺节"和"全国非遗曲艺周"，江苏省张家港市于7月31日至8月3日举行的"第八届全国少儿曲艺展演"，以及10月在扬州市举行的"第十届中国曲艺牡丹奖"评选颁奖活动。

"第九届中国曲艺节"于3月25日至30日由中国文学艺术界联合会、中国曲艺家协会、中共天津市委宣传部、天津市文学艺术界联合会主办。参加此次曲艺节的曲艺工作者800余位，含老、中、青三代，在为期6天的展演过程中，一共组织15场多种类型的演出。其中大型曲艺演出五部，分别为《姜昆"说"相声》、河南方言剧《老街》、四川曲艺剧《望红台》、北京曲艺团章回鼓书《古城暗战》以及天津曲艺剧《漆爷》。在这五部作品中虽仅有两部表明为曲艺剧，但是就表演内容和形式来讲，除了《古城暗战》之外，其他四部作品都有较为浓重的戏剧色彩，《老街》虽标以"方言剧"，实则除了

儿段简单的曲艺唱段和曲艺场景外，无异于一出方言话剧。而这些作品中，《望红台》《古城暗战》和《澡爷》都并非新创作品，《姜昆“说”相声》和《老街》虽是新创作品，艺术形式却有些出格，如果不以曲艺的角度来讲的话，无论是形式的创新还是情感与情怀的表达，这两部作品都还有颇多可取之处，但回归到曲艺节这样的展演活动中来，回归到曲艺这种艺术样式来，两部作品就稍显不伦不类了。除了这些大型作品以外，本次曲艺节还设置了三台全国优秀曲艺节目专场，共计囊括 20 多个曲艺种类的 30 个节目，像彝族阿细大三弦弹唱《美丽家园老实扎》、蒙古族岱日查《酒戒》等少数民族曲艺节目，因其独特的地域特色，吸引了众多观众。而本次专场演出中几乎都是经典传统作品和近年的新创优秀作品，这些作品经过长时间的打磨和修改，艺术水平较高，常贵田、王佩元、李伯祥等知名相声表演艺术家的参与也为本次优秀曲艺节目专场的演出制造了较为浩大的声势。

“第八届全国少儿曲艺展演”由中国关心下一代工作委员会办公室、中国曲艺家协会、江苏省文学艺术界联合会、张家港市人民政府共同主办。此次展演于 3 月底启动以来，共收到全国 28 个省（区、市），以及中国曲艺家协会河南坠子委员会、北方鼓曲委员会、曲艺教育基地、全国青年曲艺工作者联盟等单位推荐选送的 153 个优秀节目。经过专家认真遴选，最终确定来自全国 25 个省（区、市）的 65 个节目入选现场展演。节目涵盖相声、快板、快书、评书、故事、单弦、苏州评弹、常德丝弦、广东粤曲、福建南音、四川车灯、湖北小曲、鄱阳大鼓、玉山小板、义乌道情、水族旭早、蒙古族好来宝等 45 个曲种。在这些节目中既有曲艺传统经典节目，又有反映当下生活和青少年心声的新作，而这类新创原创作品占全部展演作品的 65%。参与本次展演的入选节目演员近 400 名，其中最小的 6 岁，最大的也只有 16 岁。除了表演群体的特征之外，参演作品方面也流露出一些值得曲艺创作者和研究者关注和重视的问题。在类似于这种参演主题都是青少年儿童的展演中，无论是观众也好，评论研究者也罢，往往会比对待成年人的演出更为宽容，给青少年搭建展示自我的平台，为他们树立自信心似乎比高质量的演出更为重要，而这种心理往往从侧面加大了对青少年新创曲艺作品的容忍度。我们不应该将表演者和作品割裂开来，但是综观此次展演中的新创作品本身的艺术水准，往往不尽如人意。虽然此次展演中新创作品过半，但是关注现实生活的作品占比并不高，一些如快板《起飞雄安》、苏州弹词《我爱苏州我爱桥》等带有地域文化的作品，往往只能做到曲艺种类的风采展示，很难让观众因为作品而记住这个曲种。简而言之，在高比例的新创作品中非常缺少“活保人”的内容。当然由于演出群体都是青少年，所以艺术水平的落差大、演出质量良莠不齐等方面的问题也确实存在，但这样的问题是普遍存在于曲艺生产和展演中的常态，可谓是一种通病，并不仅仅是这场活动的问题。而在此次展演中真正值得我们注意的是通过这类演出让我们看到了曲艺界的新鲜血液，看到了青少年对于曲艺艺术的热情与热爱。他们的艺术可能是稚嫩的，舞台经验可能是缺少的，但这种懵懂和天真，却拨动着许多成年、成名的曲艺工作者的内心——在发出曲艺后续有人的感慨之时，能够让人回顾初心。

中国曲艺牡丹奖是中国曲艺界的最高奖项，每个曲艺人都共同关注品牌的赛事。“第十届中国曲艺牡丹奖”评奖、颁奖活动于 5 月 9 日在北京启动，共收到全国 28 个团体会员及中国广播艺术团、中国铁路文工团等文艺团体报送的 312 个参评节目，涵盖曲种 87 个，参评作者 57 人，参评演员 140 人，经过严格审核共计 165 个作品通过初评将进入分赛区比赛。本届牡丹奖分为 4 个子项，分别是节目奖 5 个、表演奖 6 个、新人奖 5 个、文学奖 4 个，共计 20 个。经过层层评选于 10 月 7 日在江苏省扬州市揭晓并颁奖，其中中篇扬州评话《玉山子传奇》、杭州摊簧《夏母训子》、四川扬琴《守望》、相声《我爱诗词》、沁州三弦书《十七棵松》获节目奖；中篇苏州弹词《焦裕禄》、绍兴莲花落《催生鸡》、鄱阳大鼓《晒秋》、小品《等爱回家》获文学奖；王勤、蔡小华、徐宁、庄丽芬、何菊芳、杨锦龙获表演奖；陆锦花、袁国虎、纪鸣亮、李丁、王舜等获新人奖。此次所颁发的 20 个奖项涵盖曲种 16 个。在这些作品中扬州评话《玉山子传奇》在扬州评话发展史上具有重要意义，从类型上讲它是扬州评话史上诞生的首部中篇评话作品，从内容上讲它以史为镜，以反腐倡廉为主题，以清朝雍正年间一座玉山子摆件的失与得、留与还为主线，设置辩玉、访玉、夺玉三个回目，将朝堂之上、君臣之间的罪与罚表现出来，展现国家间战与和、人民利益与个人利益的抉择与取舍；从艺术类型上来讲也是扬州评话自牡丹奖设立以来的首次获奖，可谓是开启了扬州评话的新征程。综观本次获奖的各项作品，除了相声《我爱诗词》可能在现实意义上较为薄弱，其他作品都有着较为强烈且浓厚的现实意义。四川扬琴《守望》和沁州三弦书《十七棵松》都表现了革命战争年代革命战士们坚定的信念和不屈的精神；鄱阳大鼓《晒秋》借中国最美乡村婺源农俗景观晒秋场景，表现丰收喜悦的同时，也融入了浓浓的乡愁；绍兴莲花落《催生鸡》以女儿怀孕娘家要送催生鸡的慈溪地方风俗为主线，讲述平常百姓邻里之间的故事，情节发展巧妙，内容通俗易懂，反映着中国特色社会主义新时代新农村建设过程中引导人与人之间理解、和谐与包容。小品《等爱回家》以关爱空巢老人为主题，整体呈现的思想内涵与情感着实令人动容。该作也多次参加不同类型的展演活动如"第八届安徽省优秀小戏小品展演"、深圳"中华颂"全国戏曲邀请展等，且在邀请展中获优秀编剧、优秀导演、优秀演员奖。这部作品在牡丹奖中夺魁却因为小品这一艺术形式而饱受争议，而联系到作品之前所获得的一些戏剧类奖项，这种争议的原因自然也就十分明显。从本次牡丹奖评奖的初审到最后的颁奖等环节来讲，还是非常严格的。初次审核过程中对于选送作品直接淘汰一半，这一半被淘汰的作品中不排除会有一些不成熟的作品，但相信在这个淘汰过程中其实存在一种良性的艺术竞技，而这种良性的艺术竞技其实也是在激励曲艺从业者能够从一次申报中寻找到作品自身的短板。作为曲艺界所打造的最具权威性的评奖平台，严进严出的要求对于作品的质量把控和曲艺创作的激励有着极为重要的价值。

（二）政策扶持为曲艺创作提供更为广阔的空间

文艺政策的扶持其实体现在曲艺生态的方方面面，并非赛事展演和评奖活动所独有，比如12月7日至12日在广东省惠州市由中国曲艺家协会、中国文学艺术界联合会人事部、中国文学艺术基金会等主办的"第十期全国曲艺创作高级研修班"，这种对曲艺创作有着直接关系的活动，也是在文艺政策的主导下，在各地文化单位不遗余力地扶持下举办的。与此相类似的活动还有很多，如"西藏自治区民族曲艺工作者培训班""第三期边疆民族地区（新疆）曲艺工作者培训班""中国非遗传承人群（曲艺鼓曲）研培班""北京评书表演艺术人才培养班""手气曲艺小剧场创作人才培训班"等。而我们不以这种直接相关联的创作研修班为例，而以赛事展演和评奖活动的角度切入，除了考虑到当前各类曲艺的培训和研修班存在教学薄弱和培训时间短等方面的原因外，更多的是考虑到演出本身所具有的广泛性。相较于研修班这种较为封闭式的且面向特定少数人群的活动，曲艺创作更广阔的实践基地是在舞台上。

"全国非遗曲艺周"由文化和旅游部、天津市人民政府主办，文化和旅游部非物质文化遗产司、艺术司及天津市文化广播影视局承办，于6月8日至14日在天津举办。本次活动首次实现了全国127个曲艺类国家级代表性项目集中亮相，134个曲艺品种的151位国家级代表性传承人，总计193个保护单位参与本次展演，整体涵盖900多名演员、170多支队伍，在为期一周的时间内上演十余场社区演出和非遗活动，吸引了2万余名观众进行观看。

此次曲艺周不仅在曲种的覆盖面上非常广泛，而且整体的演出阵容也十分强大。时年92岁高龄的天津时调国家级非物质文化遗产代表性传承人王毓宝在开幕式上与弟子们一同合作表演《军民鱼水情》仍是风采依旧，精神焕发。此外，70岁的国家级非物质文化遗产项目京韵大鼓代表性传承人、骆派名家刘春爱，评书表演艺术家刘兰芳等诸多名扬曲艺圈内外的艺术大家均在本次活动中出场，这场曲艺界的盛会圆满举行，可谓是让曲艺从业者的士气大振。而在这场盛会的背后，除了诸多曲艺家们精湛的艺术技巧和精彩的作品呈现之外，文艺政策的扶持往往被人忽略掉。

文艺政策的扶持是本次"全国非遗曲艺周"能够圆满举行的基础，而这样大规模的曲艺盛会也可见国家对于曲艺艺术的一种重视。诸多曲艺种类在本次活动中吃了一顿"团圆饭"。尽管在节目的选送和安排上大多是以传统作品和近年创作的优秀作品为主，捎带点缀一些如快板联唱《神州曲艺荟津门》等相类似的新创节目，但是此次活动所搭建的平台以及所汇聚的曲艺工作者都是前无仅有的，而这种前无仅有的活动，不仅是为优秀曲艺作品的展演搭桥，更是搭建了一座行业内部相互学习、借鉴的桥梁。当然我们并不能否认很多曲艺种类的生存状态并不乐观，文艺政策的帮扶只能是为曲艺生态发展提供基础保障，曲艺种类想要更好地发展还是需要解决自身创作与传播上的问题。一场“全国非遗文化周”在短暂的时间里让许多曲艺种类聚了又散，它无法解决整个生态的传承与发展问题，也无法将这样的重担强加于一项仅仅持续一周的全国性的曲艺展演活动上，但是在一周内的所见、所闻、所感，其实都在潜移默化地影响着许多曲艺从业者，为曲艺从业者树立自信心和行业自豪感，也是在为曲艺发展添砖加瓦。

三、传播媒体多途径助力曲艺创作

以上我们将主要的视野放在了各项线下演出和评奖中，换言之，我们主要是围绕剧场来展现2018年曲艺创作的新气象。而在剧场之外，借助出版行业、大众传媒和新媒体的力量，曲艺创作也呈现出一种别样的风貌。

（一）出版行业为曲艺创作添油助力

图书出版物有着极大的受众，能够为优秀曲艺作品的传播和保存提供助力。这些图书出版物涉及曲艺研究、曲艺创作、曲艺工作者传记等多个方面的内容。张雷主编、安徽文艺出版社出版的《“包公杯”全国反腐倡廉曲艺作品征集优秀作品集5》以及诸多以曲艺作品集为类型的图书得以出版让曲艺创作中优秀作品得以面向更多的观众。在这些作品集里中国曲艺家协会主编、中国文联出版的上下本《改革开放40年优秀曲艺作品集》，对改革开放40年以来的诸多优秀曲艺作品进行收集和整理，回顾40年来的曲艺发展和创作历程，其实也是对曲艺创作的一种重视，这种重视也会在一定程度上激发曲艺从业者们的创作热情。而且优秀作品所呈现的精神面貌和艺术底色也会潜移默化地影响着创作者向优秀作品看齐，在学习优秀作品的过程中不断超越自我，创作思想精神、情感浓郁的高质量曲艺新作。以《曲艺》杂志为主的纸媒也为新创曲艺作品的传播做出了积极贡献。

（二）广播、电视等传统大众传媒为曲艺创作持续发力

广播与电视综艺栏目长期和曲艺保持着紧密联系，2018年曲艺在借助广播发展方面，虽未有值得注意的创新之处，但仍能够保持长足发展，在广播中占据一席之地。在电视综艺栏目方面，一些曲艺从业者在各类的戏剧类竞技节目中崭露头角。东方卫视打造的明星戏剧竞赛真人秀《欢乐喜剧人 第四季》中，相声演员卢鑫、玉浩在节目中表演了《谁是英雄》《我是谁》《戏精的诞生》《瞧这俩儿》等相声作品；相声演员方清平也参与到该节目中，表演了相声《本命年》《春节记事》等作品；此外像宋小宝、丫蛋、程野等二人转演员出身的喜剧演员也在该节目中亮相，尽管呈现的并非曲艺作品，但他们的加盟也为诸多优秀曲艺从业者提供了可资借鉴的先例。

除了老牌喜剧节目外，2018年一档相声竞演类节目横空出世，这档栏目就是东方卫视所制作的《相声有新人》。该节目由程雷主持，张国立等人作为相声召唤师，在65组“相声”新人的对决中选出第一名。该节目中所上演的作品质量并不能属上乘，节目的许多环节需要设置命题，在调动参赛者创作积极性的同时，也让一些初赛晋级后的作品难免会出现拼凑的痕迹。但是从另一个角度来看，作为全平台首档曲艺类竞赛节目，它有以启山林之功，让许多观众了解到相声这一曲艺门类现存的许多困难，比如云南、东北、西安、山东等地相声小剧场或者相声艺人生存状况的严峻和坚守，更多的是让观众们认识并喜欢上像弓瑞、耿麟、金霏、陈曦、张番、刘铨淼、窦晨光、常鹏旭等较为优秀的青年相声演员。而且这种模式是可以复制的，除了相声之外的其他曲艺类型也可以借鉴相类似的形式，通过电视综艺和竞技比赛的方式展现在广大观众面前。

纵观2018年曲艺创作的发展，在围绕中心和重大历史事件的创作中产生了许多新作品，也在文艺

政策的指导下出现了许多具有重要意义和重大价值的展演和培训活动，但是新创作品多、精品少也成为本年曲艺创作的一个突出问题。对于这样的问题我们需要注意，但也不必过度夸大和恐慌，只要我们在演出实践中对新创作品不断进行改进和打磨，必将产生一批思想精深、艺术精湛的曲艺佳作。

王晶　中国艺术研究院曲艺研究所副研究员

专题

全国非遗曲艺周

【概况】

2018年6月7日至14日，由文化和旅游部、天津市人民政府主办的“2018‘文化和自然遗产日’非遗主场活动——全国非遗曲艺周”在天津市举行。

此次活动以“多彩非遗·美好生活”为主题，旨在充分展示非遗曲艺保护成果，更好传承曲艺艺术。6月8日，启动仪式暨全国非遗曲艺周开幕式在天津中华剧院举行，邀请了国家级曲艺类非遗项目代表性传承人以“师带徒”的方式，演出最具代表性的曲目；6月9日至13日，在天津市群星剧院和河西区文化中心连续举办20场曲艺非遗项目演出；6月9日至13日，在天津美术馆举办“全国非遗曲艺项目保护成果图文展”；6月8日至11日，艺术家们分赴天津全市16个区的社区（村）、企业、校园、军营、公共场所等开展演出讲座，期间举办了全国非遗曲艺周总结交流座谈会，专家与传承人进行现场交流，讲演结合；在天津艺术职业学院成立了京津冀非遗曲艺人才培养基地。本专题选取座谈会部分专家的文章，以飨读者。

【观点】中国曲艺：本体特征及前世今生

◎ 吴文科

曲艺是演员以本色身份采用口头语言说唱叙述的表演艺术门类。古今中外各个国家和地区的不同民族与人群，大都有着各自的曲艺表演形式。如古希腊著名的《荷马史诗》即《伊利亚特》和《奥德赛》的演述方式，就是古希腊的曲艺表演；这两部史诗的主要搜集整理与吟诵传唱者荷马，就是古希腊的曲艺艺人。联合国教科文组织公布的一些人类非物质文化遗产代表作项目，如埃及的“黑拉里亚史诗吟唱”、印度的“罗摩里拉—罗摩衍那传统表演”、巴勒斯坦的“伊卡耶”、蒙古国的“蒙古图利”、菲律宾的“达兰根”史诗唱叙、韩国的“盘索里”、土耳其的“麦达赫说书艺术”，以及日本的落语、漫才、浪曲、新内、漫谈、讲谈等，都是依然存活在这些国家和地区的曲艺形式。

我国不但是文化传统绵延5000年没有中断的文明古国，也是世界范围的曲艺大国。曲艺艺术不仅历史悠久，而且传统深厚，有据可查的历史，是从隋唐时期开始。这使中国曲艺的成熟发展至少绵延了1500年。

已知最早的曲艺品种，为隋唐时期的“说话”。之后历代均有其代表性样式，如唐代有“转变”，宋代有“诸宫调”“鼓子词”，元代有“散曲”“平话”，明代有“词话”“道情”，清代有“弹词”“子弟书”“莲花落”等。据“国家社科基金资助重大项目暨全国艺术科学规划重点项目”《中国曲艺志》（29卷）的初步统计，中华各民族古今拥有的曲艺品种为1000个左右，至今依然存活的在500个以上。这些品类繁多、异彩纷呈的曲艺形式，依照艺术审美的功能特点，可以分为“说书”“唱曲”“谐趣”三大类型。每个大类又由相应的小类构成。

中国曲艺品类虽然庞杂，特征却很鲜明，不管何种曲艺样式，都是采用形成地区的方言土语（或民族语言），运用或说、或唱、或连说带唱、或似说似唱的方式进行以语言性叙述为主的口头表演。这使“口述”表演和“听觉”接受成为曲艺审美的主要方式。其他如表情、动作、身姿、意态，以及乐器伴奏、口技模拟等，均为口述表演的辅助手段。这也使曲艺演员的表演姿态不似戏曲和影视剧，即由演员化装成故事中的人物，进行假托性的角色化代言模仿，而是以本色身份出现在观众面前，进行第三人称统领的口语性说唱式叙述。即便要表现故事中人物的言行举止，也仅是通过口吻、语音、动作、神态等的模拟和演示。与之相应，曲艺的“唱”亦即“曲唱”，也与唱歌的“歌唱”和唱戏的“扮唱”不同，属于“说唱”，即“说着唱”或“唱着说”，腔词关系是唱腔为唱词服务，即音乐为语言服务，是用音乐去包装和美化语言，而非遮蔽乃至扭曲语言。一个人、一张嘴，或两三个人、三五件乐器，就会演出一个曲种，表演一个节目。简便而不简单，“一人一台大‘戏’”，构成了曲艺有别于其他艺术的重要特征。

但形式的简便，并不意味着艺术的简陋。曲艺也是综合性很强的艺术样式，语言（材质）、文学（脚本）、音乐（唱腔、伴奏）、杂技（口技）、美术（化妆、服饰、道具、灯光、背景、音响）、舞蹈等，都是不同曲种的基本构成要素。并且，不同的曲种类型，在审美功能上有着不同的特点与侧重。“说书”类的曲种擅长叙事，节目形态也以长篇连回为主；“唱曲”类的曲种长于抒情，节目的篇幅较为短小；而“谐趣”类的曲种偏重说理，节目的篇幅通常较短。

曲艺的文化功能和历史作用，较之其他的艺术样式，可以说尤为独特。这是由于曲艺在历史上不只是供人娱乐和精神审美的表演门类即单一的“艺术之属”，同时还是“文化之舟”“文学之父”和“戏曲之母”。许多有语言无文字的少数民族的历史文化传承与传播，在过去主要是依托曲艺化的口述表演来完成的；“欲知后事如何，且听下回分解”式的中国章回体长篇小说样式，也是直接“克隆”曲艺说书的产物；大部分戏曲剧种的形成，更是各式曲艺孕育脱胎的结果。这使曲艺在其“本体价值”之外，还有着十分特殊的“载体价值”和“母体价值”。

凡此也都表明，曲艺的既往历史曾经非常辉煌，曲艺的文化价值十分厚重多样。“说书”“唱曲”“谐趣”的缤纷演绎曾是中华儿女主要的精神食粮。然而，随着经济全球化和社会现代化的快速发展，传统曲艺的当代发展遇到空前挑战，曲艺赖以生存的文化土壤包括语言“植被”遭受极大破坏。曲艺和其他非物质文化遗产一样，亟待保护和传承。而像人数较少的赫哲族，保护其濒危曲艺即被联合国教科文组织列入“急需保护的非物质文化遗产名录”的伊玛堪，也是对该民族已经基本退出日常生活的特有语言的保护与传承。因此，对于曲艺类非遗的保护，作用超出了本身，意义尤其重大。我们对于曲艺的态度，因而不只是要高看一眼，还更应当厚爱一点。

吴文科　中国艺术研究院曲艺研究所所长、研究员

【观点】浙江：保护传承　综合施策

◎ 罗群（整理）

浙江的曲艺文化源远流长，在不断衍变中形成了众多地域特色浓郁的地方曲种，现有国家级非遗代表性项目24个，涉及23个曲种，是拥有曲艺类非遗国家级代表性项目最多的省份，此外还拥有省级非遗代表性项目49个，涉及39个曲种。

浙江为曲艺类非遗保护搭建广阔平台，通过举办相关活动进行保护传承。首先，以开展本地专题展演、宣传活动为切入口，保护、传承、发展曲艺。2015年，浙江举办“非遗薪传”浙江省曲艺展演展评活动，该活动以中青年演员为主，全面展示浙江曲艺类非遗项目保护、传承与发展的情况。此外，杭州市已连续4年在每年的“文化和自然遗产日”前后举办杭州市传统戏曲曲艺巡回演出活动；杭州市滑稽艺术剧院于2016年4月至12月期间，组织了“钱塘余韵”——杭州地方戏曲曲艺国家级非遗项目展示系列活动，每月围绕一个非遗项目进行主题展演。此外，宁波、温州、绍兴也常态化地举办曲艺演出。

除了立足本土，浙江还实施高平台带动方案，全面推动浙江各地曲艺的传承发展。与中国艺术研究院曲艺研究所达成战略合作协议，从2017年开始启动振兴浙江曲艺“五年计划”，在浙江各地联合

举办“中国浙江·全国曲艺传承发展论坛及观摩交流展演”系列活动，推动曲艺持续传承发展。该活动目前已于2017年、2018年各举办一届，分别聚焦曲艺大书（评书、评话）、曲艺小书（弹词、走书），共有来自北京、上海、天津、重庆、辽宁、吉林、江苏、浙江、湖北、福建、四川、河南、山东、广东、陕西、新疆、江西等全国多个省（区、市）的艺术家、专家学者参与其中。

曲艺的根在民间。浙江一直大力推进曲艺文化惠民演出活动，各级政府面向各种曲艺艺术表演团体，采购文化惠民演出，送艺下乡、引艺进城，推进曲艺走进校园、走进社区、走进农村文化礼堂、走进景区等，发挥曲艺寓教于乐、服务百姓的功能优势。尤其是2017年“振兴浙江曲艺”计划启动后，曲艺进校园、进社区（企业）、进农村文化礼堂活动在全省基层广泛开展，2017年演出250余场，观众5.5万余人次。

曲艺的保护、传承、发展离不开平台，也离不开人才，浙江采取了多种方式培养传承人。一方面，推动包括浙江省曲艺杂技总团在内的专业团体与专业院校合作，定向培养曲艺传承人专业队伍；另一方面，通过免费培训班、传习所等发展业余曲艺爱好者，扩大传承人群，发现潜在人才。

此外，浙江注重对曲艺尤其是濒危曲种的抢救记录工作。将现代信息手段记录与文字、实物资料搜集整理相结合，为曲艺多样性保存火种。同时积极开展全省曲本征集，以新作品的不断充实为曲艺的传承发展积蓄力量。

【观点】湖南常德：以擂台赛激发曲艺活力

◎ *罗群（整理）*

常德是湖南省的曲艺之乡，拥有丝弦、鼓盆歌等多种曲艺形式。从20世纪末至今，常德始终把以常德丝弦为代表的传统曲艺作为重点保护、传承项目，在传统曲艺并不景气的大环境下，常德曲艺项目呈现出勃勃生机。其中，鼓书大王擂台赛是常德曲艺保护、传承、推广系列举措的一大亮点，不仅激发了当地曲艺创作、演出的活力，推出了一批名家名作，也在全国业界获得了良好反响。

常德鼓书大王擂台赛创办于2006年，截至2018年已连续举办11届，吸引了400余位鼓书艺人参与，观众突破40万人次，诞生了数十位“鼓王”和一批新人新作。鼓书艺人因擂台赛获得了展示交流的机会，知名度也大大提升，随之而来的则是演出场次的增加和收入的提高，大大提振了从业者的信心，也激发了鼓书以至曲艺创作、表演、保护、传承的活力，营造出利于曲艺发展的浓厚氛围。据了解，在擂台赛的推动下，常德地区的鼓书艺人由过去的200余人增至千余人，自发组成的鼓书演出队伍也从过去的几十支发展到百余支。

较量能激发人的斗志，能有效促进保护传承和创作创新。2012年，常德启动曲艺节目“百团大赛”，以政府搭平台、群众唱主角的形式，调动各类艺术团体参与，城乡互动、全民同乐。历年大赛都有曲艺类非遗项目参与并大放光彩，曲艺传承人也获得了更大的展示平台和更多的交流机会。

除了比赛，注重曲艺保护的学术指导和理论研究也是常德助推当地曲艺繁荣发展的一张“王牌”。早在2005年，常德就把开展普查、摸清家底作为曲艺保护的一项基础工作来抓，还积极联合其他机构、单位进行鼓书田野调查。2013年，在中国艺术研究院曲艺研究所、中国说唱文艺学会和湖南省文化厅的指导和北京大学中文系的参与支持下，常德市组织实施了常德鼓书传承保护田野调查（系列）活动，共调查鼓书艺人134位，采录传统经典书目、节目90个，录音时长157个小时，录像时长175个小时，拍摄图片1582幅，整理出74.6万字的文字资料。此次田野调查的所有数据都已进入常德市非遗保护中心数据库，为未来开展工作积累了资料、打下了基础。

在以学术研讨指明工作方向之外，常德还通过各类传承人研讨班、座谈会，从理论上打开了曲艺类非遗项目保护的视野，而对理论研究的重视和推进也催生了一批优秀的曲艺类非遗项目书籍相继出版，如常德市文化馆主编的《常德丝弦新创作品集》、常德市鼎城区文化局主编的《唱响丝弦》等。

【观点】黑龙江同江：保护一个曲种　延续一份记忆

◎ 罗群（整理）

伊玛堪是赫哲族独有的、以赫哲语表现的民间口头说唱艺术，历史十分悠久，说唱内容包括赫哲族历史上的英雄故事、萨满求神、渔猎生活、风俗人情和爱情故事等，表现手法是说与唱相结合，无乐器伴奏。由于赫哲族只有语言没有文字，伊玛堪成为赫哲族传承自身历史文化、宗教信仰、人文习俗的唯一形式，其价值不言而喻。

2015 年开始，黑龙江省同江市非遗保护中心制定了一系列关于伊玛堪抢救、保护和传承的规划。组织专家、研究员进行深度摸排，在彻底摸清目前人们对伊玛堪和赫哲族民族语言的掌握情况后，2015 年开始开展伊玛堪数字化采集工作，第一期已完成，采访了赫哲族老人、民间艺人共 12 人，采集视频总容量达 130G、图片 1500 余张、文字 2 万余字。2018 年，伊玛堪数字化采集第二期正准备启动。

加强对传承人的保护，是伊玛堪保护与传承的关键。同江市非遗保护中心每年为伊玛堪传承人和民间艺人免费体检一到两次，了解传承人的身体健康状况并努力提高其健康水平，同时建立有效的传习机制、管理督促机制和考核机制，要求传承人切实担负起保护传承的责任。

传承需要适宜的场域和平台。同江市非遗保护中心充分利用 3 座伊玛堪传习所开展传习工作，并与当地教育部门和社区合作，将伊玛堪纳入中小学相关课程，同时在同江市区设立“中国东极・赫哲故里”国家级赫哲族文化产业示范区，建立赫哲族婚俗基地、演艺舞台、婚俗广场等，组织编创人员以伊玛堪故事为主线创作歌舞剧、音乐剧等在此演出。此外，还通过举办各类赛事激发传承人和学员的传承热情。

传承还需要加大传播力度、扩大传播范围。同江电视台开设了赫哲族文化电视频道，通过重点栏目《永远的伊玛堪》宣传介绍伊玛堪的历史沿革、说唱形式、发展现状、代际传承和现代传承人及学员的基本情况，并开办《伊玛堪・赫哲族语讲堂》栏目，着重组织民间艺人、专家学者和从事民族研究的相关人员观摩学习，提高他们对民族语言的掌握与运用水平。同时加大伊玛堪相关项目的开发，由黑龙江省文化厅策划，同江市政府监制，黑龙江省艺术研究院、黑龙江省非遗保护中心联合创作的赫哲族伊玛堪歌舞剧《拉哈苏苏》于 2017 年 7 月首演成功，同年 9 月，该剧赴哈尔滨参加“第三届辽、吉、黑、内蒙古四省区优秀戏剧展演”，获优秀剧目奖，并于 2017 年年底参加全国少数民族地区艺术院团晋京展演，获得专家、观众的高度评价，向更多人宣传介绍了伊玛堪。

此外，有关伊玛堪的理论研究也取得了较大成果。2015 年起，同江积极编纂“赫哲族非物质文化遗产丛书”，目前已出版《中国・赫哲族伊玛堪说唱》《赫哲族非物质文化遗产项目集萃》《赫哲族伊玛堪语言教程》等。

【观点】向未来处眺望：多措并举保护传承曲艺

◎ 罗群

此次全国非遗曲艺周期间共举办了 20 场驻场演出、110 余场社区演出及社区非遗活动，现场观众 2 万余人，通过电视和网络直播平台观看活动的人数达 2 亿多人次。演出之余，主办方还举办了 3 场曲艺保护座谈会，让传承人、保护单位代表和专家学者得以畅所欲言、交流思想。全国非遗曲艺周是一件大事、好事，不仅让观众欣赏到全国各地的非遗曲艺项目，为从业者提供了交流学习的平台，也为业界从理论高度总结非遗传承保护经验提供了契机，可谓盛况空前、意义非凡。

全国非遗曲艺周是一次梳理和总结——我国非遗保护工作历史上首次实现全部 127 个曲艺类国家级代表性项目集中亮相，也是一次展望和出发——为今后非遗保护传承更上一层楼而积蓄力量。

与时俱进　融入时代

对于包括曲艺在内的诸多传统艺术来说，保持原汁原味不走样还是与时俱进向前走，是个值得思考的问题。毫无疑问，继承传统是重中之重，是发展、创新的基础和前提。湖北小曲省级代表性传承人姚俐玲建议，加大对传统作品的抢救、保护力度，守护曲艺的根脉。

许多传承人在继承的基础上正进行着开拓创新的艺术实践。京东大鼓名家崔继昌曾在美国林肯艺术中心、奥地利维也纳金色大厅等演出场所表演京东大鼓，用京东大鼓的曲调演唱英文字母歌。崔继昌说，这虽算不上什么创新发展，但至少意味着传统曲艺有可能开拓题材、求新求变、获得认可。

专家指出，广义上说，非物质的、活态的传承，必定会在传承中有所变化，变化是绝对的，而不变是相对的。对于曲艺来讲，传承的应该是宝贵的技艺而不是刻板的模式，很多古老的艺术形式发展到今天依然好看、接地气，恰恰是其紧跟时代、大胆创新的结果。曲艺传承要与时俱进。

与时俱进既指表演，也指作品。河南坠子国家级代表性传承人、表演艺术家宋爱华认为，对当今观众来说，部分传统唱腔甩腔过多、过门儿太长，进行"短平快"的艺术处理后则更容易被当下年轻人接受；在内容生产上，除了继承老作品，还要积极创作有时代气息的新作品。宋爱华给河南当地喜爱河南坠子的孩子排演了不少清新活泼的新节目，孩子喜欢演，观众也喜欢看。

培养人才　建立机制

像宋爱华这样在曲艺表导演多方面皆有造诣的艺术家并不多见，对许多曲种来说，优秀演员数量不足、创作人才匮乏已成为制约其发展的关键因素。创作曲本需要了解曲种所运用的方言和音乐系统，熟悉当地的地域文化和风土人情。徐州琴书国家级代表性传承人张巧玲建议，各地应设立专门的项目、计划，根据该地区、该曲种的特色培养创作人才，同时建立新作品征集、扶持机制，其他环节的人才建设也要相应跟上。

人才培养除了要覆盖各个工种，还要完善人才年龄梯队建设。参与全国非遗曲艺周的代表性传承人普遍感到，目前曲艺从业者年龄偏大，尽管经过传承人和非遗保护单位的努力，青年人才陆续涌现，但仍呈现出后继乏人、青黄不接的局面，更遗憾的是，有些好不容易培养出的青年才俊因种种原因无法从事相关专业工作。

成都市非物质文化遗产保护中心副主任、成都市曲艺团团长任平说，她所任职的曲艺团就面临培养了热爱曲艺、技艺过关的青年人才，却受限于编制而无法引进的问题。东北二人转国家级代表性传承人赵晓波也提出，目前，东北二人转演员缺乏机制体制性保障，流动性极大，不利于剧团和这门艺术的传承发展。

曲艺是一门综合艺术，虽然看起来形式简单，但实际上扎根深广的地域文化和独特的方言环境，其传承保护和发展是一项系统工程。中国曲艺家协会副主席、中国艺术研究院曲艺研究所所长吴文科呼吁，非遗曲艺保护不能仅局限于保护传承人，应当建立稳定的全方位、常态化机制，从曲本创作、音乐、导演、表演到服装、化妆、舞美等，从人才培养保障到演出场地维护等，实施覆盖各个工种与环节的总体保护方案，在目前所取得成就的基础上，进一步健全曲艺生存发展的完整生态，催生出适宜曲艺传承保护的社会文化大环境。

制定规范　加强宣传

传承保护是基础，代代相传是目标。中国曲艺家协会主席、相声国家级代表性传承人姜昆说："曲艺的传承需要抓住曲艺本体特征，走专业化、规范化之路。"

参与全国非遗曲艺周演出的非遗传承人身怀绝技、水平高超，体现出曲艺非遗保护传承工作取得的丰硕成果，同时也暴露出一些不够规范之处。例如：有的演员戴着手表登台，有的节目参演的 4 位演员穿着 4 种风格、款式不同的鞋，影响了演出效果。

专家呼吁，曲艺类非遗传承需要制定行业标准、规范，并严格落实执行。规范不仅体现于舞台表演，还应该落实到日常传承保护的每一个环节，尤其要注重曲艺理论的归纳、建立。山东省艺术研究院戏剧曲艺类非物质文化遗产保护传承研究所主任郭学东说："非遗传承保护走向专业、深入，必须加强理论建设和学术支撑。"

让古老的曲艺被更多人熟知，显然是保护传承的题中应有之义。多年以前，京韵大鼓骆派创始人骆玉笙为电视剧《四世同堂》演唱根据京韵大鼓曲调改编而成的歌曲《重整河山待后生》，随着电视剧的热播，这首歌也成了许多人的鼓曲启蒙。如今，几家直播平台也参与到全国非遗曲艺周的报道，在线直播各类演出，线上观看的观众接近 2 亿人次，充分说明了网络时代媒体平台对曲艺传播的作用和意义。

演员通过电视节目推广曲艺早已是常态，例如青海越弦、京东大鼓等曲艺项目的部分代表性传承人已经开始尝试新办法，比如在各大直播平台直播曲艺表演，收效颇佳，崔继昌还利用微信群开展"抢红包、唱大鼓"活动，吸引了很多爱好者了解、学习京东大鼓。代表性传承人、专家纷纷表示，曲艺人要加强对媒体尤其是新媒体的利用，同时也希望有更多媒体平台向曲艺敞开大门。

原载《中国文化报》2018 年 6 月 20 日

第七届中国曲艺团长高峰论坛暨首届中国扬州·全国曲艺大书发展论坛

【概况】

2018年12月1日至2日，由中国艺术研究院曲艺研究所发起组织、全国各地各类曲艺团体和机构及其主要负责人自愿参与的"第七届中国曲艺团长高峰论坛"在江苏省扬州市举行。本届论坛与中国艺术研究院曲艺研究所、中国说唱文艺学会、江苏省曲艺家协会、中共扬州市委宣传部、扬州市文广新局合办的首届"中国扬州·全国曲艺大书发展论坛及全国曲艺大书'扬州书会'"整合举行。活动主题为"如何发展曲艺大书"，旨在结合曲艺大书在当今时代的发展实际，探讨交流各地各类曲艺团体和机构在合力推动曲艺大书创演繁荣过程中的思考与做法，全面推进新时代中国特色社会主义曲艺事业的发展繁荣。

12月1日，举行了"扬州书会"两个"中坚展演"的专场演出，汇集了全国知名的老、中、青三代曲艺大书（评书评话）表演艺术家；12月2日，举行了"第七届中国曲艺团长高峰论坛暨首届中国扬州·全国曲艺大书发展论坛"。来自北京、天津、上海、辽宁、湖北、四川、浙江、福建等地曲艺大书（评书评话）表演艺术家、曲艺团体和机构代表、曲艺研究者共80余人，分别从大书人才的培养、大书曲本的创作、大书传统的继承、大书艺术的表演、长篇大书的传播等角度发表了各自的见解和建议。

会议结束时，全体代表还表决通过了面向全国同行和社会各界有关繁荣发展曲艺大书的《倡议书》，一致认为要以各地各类曲艺团体和机构为繁荣发展曲艺大书事业的主阵地，注重并扶持长篇节目的创作表演，关心和鼓励长篇书目的演出经营，创造和提供适宜长篇大书健康持续发展的必要条件；曲艺大书界要树立远大理想，振奋艺术精神，既要传承好前辈留下来的看家经典，又要加强新节目的编演特别是现实题材节目的创作；要借助新的技术手段和传播方式，拓展曲艺大书艺术的演出市场，在讲好中国故事、振奋民族精神的审美创造中，熔铸曲艺大书的精魂。

【倡议书】

12月1日至2日，"第七届中国曲艺团长高峰论坛"暨首届"中国扬州·全国曲艺大书发展论坛及全国曲艺大书'扬州书会'"在江苏省扬州市举行。通过展演观摩和论坛交流，我们来自全国60多个曲艺创演、研究、教育、传播、保护、服务团体与机构的80多名代表，在为曲艺大书发展的现实困境深感忧虑的同时，提出并形成了推动曲艺大书繁荣的诸多共识。为强化题旨认识，扩大交流效能，在论坛闭幕之际，特向全国同行及有关方面发出如下倡议：

一、徒口讲说表演的曲艺"大书"即各种评书和评话，与说唱相间表演的曲艺"小书"及吟咏韵诵表演的曲艺"快书"一样，是"说书类"曲艺的重要组成部分，蕴含着十分丰富的文学内涵与非常高超的语言魅力，具有激浊扬清的艺术功能和惩恶扬善的美学传统。历代大书艺术家创造流传下来的诸多经典代表性节目，包括《西汉》《东汉》《三国》《隋唐》《水浒》《岳传》《杨家将》《三侠五义》等，无不充盈着昂扬向上的精神气质，蕴含着警世醒人的思想能量：表的是爱国英烈，评的是忠孝节义，批的是奸佞恶霸，扬的是浩然正气，中华民族的传统美德与思想精髓，尽在其中。我们一定要深刻继承这些优秀的艺术遗产，努力弘扬大书表演叙事、抒情、说理与写景、状物、说明有机结合而细说慢表的审美特点，切实肩负起繁荣发展曲艺大书的历史责任。

二、一个时期以来，以徒口讲说表演和长篇连回节目为基本特征的曲艺大书，生存发展面临许多困难，创演经营出现不少偏差。一方面，普遍浮躁的创演态度，严重影响着精品力作的出现和优秀人才的成长；另一方面，拼盘式、综艺化的单一性演出经营方式，以及片段化、时限性的表演比赛机制，极大地助长了急功近利的“短平快”式创演，导致存在着“碎片化”的艺术评价偏向。特别是新人的奇缺、原创的匮乏、书场的缺失和听众的老化，更使曲艺大书的生存与发展，缺少必要的人才条件与环境依托，出现了空前的困难与多重的危机，急需我们包括社会各界通过各种努力，加以关切和矫正。

三、如何繁荣和发展曲艺大书，首要任务是遵照曲艺界的良师益友、老一辈无产阶级革命家陈云同志生前的嘱托：“出人、出书、走正路。”出人，就是要不断培养大批曲艺大书的创作和表演人才；出书，就是要持续推出大量优秀的曲艺大书节目，尤其是长篇连回节目；走正路，就是要按照曲艺的自身特点，遵循大书的创演规律，坚持长篇节目的主体格范，弘扬警世醒人的美学传统。不媚俗迎合，不低级趣味。当前情况下，尤其要全面领会和正确把握“出人、出书、走正路”的思想内涵，统筹开展“出人、出书、走正路”的艺术实践：通过不断创演优秀长篇新节目锻炼队伍也推出精品，借着持续满足听众观众的欣赏需求砥砺技艺也提升水平，不因循守旧，会开拓创新，在大力培育优秀新人和大量推出精品节目的实践中，造就大书繁荣的新时代，成就曲艺大书的新辉煌。

四、各地各类曲艺团体和机构是繁荣发展包括曲艺大书在内整个曲艺事业的主要阵地。在进行曲艺创作和表演、开展曲艺研究与评论，以及培养曲艺人才、传承曲艺艺术、传播曲艺文化、组织曲艺活动和提供曲艺服务的过程中，要把对曲艺大书的关切放在重要位置，注重并扶持长篇节目的创作表演，关心和鼓励长篇节目的演出经营，创造和提供适宜长篇大书健康持续发展的必要条件，为曲艺大书的传统继承和持续繁荣做出切实贡献。

五、曲艺大书界尤其要树立远大理想，振奋艺术精神。要按照习近平总书记有关文艺工作的重要论述，坚定文化自信，坚守自身格范。既要传承好前辈先贤留下来的看家经典，又要加强新节目的编演特别是现实题材节目的创作，不断推出讴歌党、讴歌祖国、讴歌人民、讴歌英雄的精品力作；既要创作和表演现实需要的短篇节目，更要下大力气创作和表演能够真正代表大书特点和独特魅力的优秀长篇新节目。面对艺术传统日渐式微的客观实际，尤其要把曲本创作的文学性追求，放到更加重要的核心位置，通过对故事情节的引人编排、人物形象的丰满塑造、语言表达的生动运用及思想感情的丰沛酝酿，全面张扬说书表演的“立体文学”传统。要牢记“评书无评，如目无睛”的艺谚诫训，通过注重“评说”表演的思想引领，彰显大书艺术丰富蕴藉的文化内涵。让英雄形象、美好情感、不屈精神与正义之声，成为曲艺大书所以引人入胜的“立身之本”。在讲好中国故事、振奋民族精神的审美创造中，熔铸曲艺大书的自身精魂。

六、新的时代和新的传媒，为曲艺大书的繁荣发展提供了空前良好的发展条件。传统的书场演出之外，广播和电视已然成为曲艺大书展现自身魅力与风采的主流平台，而互联网的崛起，更为曲艺大书走进千家万户、深入巷陌百姓，创造着空前的机遇。包括网络“直播”在内的全新技术手段与传播方式，展示给曲艺大书广阔而又迷人的演出市场前景。关键是要有足够的人才与精彩的节目去占领这些阵地。这就要求业界同人群策群力、奋发图强，首先强健自身的大书创造力，同时强健大书的艺术表现力。为此，一定要深入生活，加强学习，提高修养，提升境界，努力为人民奉献无愧于伟大时代的大书精品。

第七届中国曲艺团长高峰论坛暨首届中国扬州·全国曲艺大书发展论坛
全体与会代表 2018 年 12 月 2 日于江苏省扬州市
原载《中国艺术报》2018 年 12 月 12 日

【观点】唤起繁荣发展曲艺大书的信心和决心

◎ 吴文科

以徒口讲说表演和长篇连回节目为形态特征的曲艺“大书”即流布各地的各种评书和评话，与说唱相间表演的曲艺“小书”及吟咏韵诵表演的曲艺“快书”一样，是“说书”类曲艺的重要组成部分。不仅有着叙事、抒情、说理、明知和写人、状物、绘景、传神有机结合的综合表现特点，而且其传统经典节目无不拥有丰富的文学内涵、非凡的语言魅力、渊博的知识底色和悠长的文化意味，深蕴着惩恶扬善的价值追求和激浊扬清的美学传统。其擅长叙事的审美功能和“古事今说、远事近说、虚事实说、假事真说”的“共情”手法，以及历史演义、公案传奇、英雄征战、神仙灵怪的选材特点和家国天下、纵横捭阖、天上地下、大开大合的观照视野，使得看上去通常是一个人、一张嘴、一副醒木、一方手帕的极简艺术样式，具有了纯粹便捷、蕴藉清脱、以简驭繁、以少胜多而“一人一台大‘戏’”的舞台效果。

千百年来，身处社会底层的普通民众，正是通过欣赏这类表演，来了解历史、接受教育、体会事理、感悟人生的。中华五千年灿烂曲折的演进历史、历朝历代慷慨悲歌的英雄人物、中华民族忠孝节义的传统美德、社会人群不可或缺的浩然正气，相当程度上是通过“说书人的肚子”这个“杂货铺子”得以传播的；通俗历史、传统文化、主流思想、恒久价值，也借着“世间多少无穷事，历历从头说细微”的此等娱乐手段及高台教化得以发散和张扬。

然而，如此重要而又独特的曲艺品类，相当一个时期以来却出现了生存的困难和发展的困境：新人奇缺、原创匮乏、书场缺失、听众老化。再加上文艺生态的急剧变化及所带来的业态扭曲，以及急功近利的浮躁心态和“短平快”式的创演经营，均使“说收拾寻常有百万套，谈话头动辄是数千回”的曲艺大书存在着严重的“碎片化”偏向；“讲论只凭三寸舌，秤评天下浅与深”的思想引领传统，大有退化成单纯讲说故事的“浅表化”趋向，势必影响曲艺大书在当今时代的健康持续发展。

形成此等状况的原因是多方面的，但理论上的不够自觉和艺术上的缺乏自信，以及业界人士定力不足的随波逐流和相关团体消极经营的妥协退让，共同酿成了大书创演走向衰弱、大书格范频遭破坏、大书价值无法彰显、大书传统日渐式微的堪忧局面。

为此，急需通过搭建相关平台，凝聚业界共识，唤起曲艺大书发展的信心，提振曲艺大书繁荣的决心。而组织举办全国曲艺大书发展论坛及全国曲艺大书“扬州书会”，正是想借平台的托举与活动的撬动，通过学术交流和艺术观摩的有机结合，于同行切磋创演心得和同台观摩长篇节目的相互激扬中，聚拢并孵化曲艺大书的人才队伍，聚积并释放曲艺大书的发展动能。

衷心希望，通过这种业界同人的齐心努力，能为曲艺大书在今后的不断发展，奏响重新辉煌的昂扬乐章！

吴文科　中国艺术研究院曲艺研究所所长、研究员
原载《中国艺术报》2018 年 12 月 12 日

【观点】打造具有新时代鲜明印记的现代曲艺名城

◎ 姜龙

盛世牡丹别样红。2018 年 10 月，第十届中国曲艺牡丹奖颁奖系列活动在江苏省扬州市举行。12 月 1 日至 2 日，“第七届中国曲艺团长高峰论坛”暨首届“中国扬州·全国曲艺大书发展论坛及全国曲艺大书‘扬州书会’”又在扬州成功举行。两个月不到的时间内，扬州相继承办了全国曲艺界的两大重要活动，这充分表明了中国曲艺界对于扬州的信任与厚爱，也说明扬州作为南方曲艺重镇，拥有深厚

的历史底蕴和重要的现实地位。

扬州是中国历史文化名城，也是世界“双遗产”城市，历史上拥有兴盛于汉、鼎盛于唐、繁盛于清的三次辉煌。扬州曲艺历史悠久、名家迭出，尤其在清代，曲艺作为全民的娱乐形式风靡一时、蔚为大观，“千家有女先教曲，十里栽花算种田”，曲艺“飞入寻常百姓家”。扬州曲艺在中国曲艺史上具有举足轻重的地位，特别是在评话评书方面，名家辈出、流派纷呈、书目众多，如《水浒》有堂门章门、王派马派，《三国》有“八骏马”及康派、吴派，《清风闸》有文辣、武辣，《八窍珠》《绿牡丹》《施公案》《万年青》等也各有不同的派流与师承，至今仍有10多部传统长篇书目能够正常演出。

在上级相关部门的关心指导下，扬州的发展坚持文化为魂，在保护好、传承好、彰显好传统历史文化的同时，努力打造具有新时代印记的现代文化名城，扬州曲艺的各个曲种包括扬州评话、扬州弹词、扬州清曲等绽放出新的光芒。我们把曲艺书场开办到社区居民百姓的家门口，每年演出场次超过1000场，既培养了新的观众群体，也培育了传统艺术生态；新创的扬州评话《一代儒将陈毅》《王少堂》荣获中国曲艺牡丹奖的文学奖，《玉山子传奇》荣获第十届中国曲艺牡丹奖的节目奖。尤其令人自豪的是，中国曲协名誉主席刘兰芳先生曾将我们新创的扬州评话本《一代儒将陈毅》移植成北京评书节目表演并在全国播出。这充分说明，扬州曲艺并没有过时，而是随着时间的推移历久弥“馨”。

“第七届中国曲艺团长高峰论坛”暨首届“中国扬州·全国曲艺大书发展论坛及全国曲艺大书‘扬州书会’”是中国曲艺界的盛会，对科学引导曲艺传承保护、强力推进曲艺全面发展具有重要意义。同时也是扬州文化建设与发展中的一件大事，全国曲艺界的相关领导、专家及曲艺大书的名家、中坚与新秀齐聚扬州，充分展现当代曲艺的魅力和曲艺大家的才艺，在给扬州人民送来丰盛精神食粮的同时，也为扬州打造文艺精品创作高地、建设现代曲艺名城增添了新的动力。

我们坚信，在新时代的伟大征程中，扬州曲艺一定会创造出属于这个时代的、为人民群众所喜闻乐见的文艺精品。

姜龙　中共江苏省扬州市委常委、宣传部部长
摘自《中国艺术报》2018年12月12日

【观点】珍惜大好时机　传承扬州评话

◎ 姜庆玲

扬州评话是在扬州发展形成而以扬州方音讲说表演的曲艺大书形式，是首批列入国家级非物质文化遗产保护项目的扬州地方曲种。历史上的扬州评话名家辈出、节目众多，影响广泛，地位显赫。尤其是《水浒》《三国》等传统长篇经典节目的有序传承及《清风闸》(《皮五辣子》)、《飞跎传》等本土特有节目的殊异风采，以及近代以来“康（国华）《三国》”“王（少堂）《水浒》”等的独步一时，更使扬州在曲艺大书的文化版图中，具有举足轻重的作用。

然而，曾几何时，扬州评话的发展也出现了危机：人才断档、节目老化、演出稀少、影响消减。面临的困难超乎想象。为了扭转这种局面，赓续扬州评话的艺术传统，作为扬州评话传承保护责任单位的扬州市曲艺研究所，以习近平新时代中国特色社会主义思想为指导，在中共扬州市委市政府的领导下，在中共扬州市委宣传部和扬州市文广新局的直接关怀下，卧薪尝胆、发愤努力，在艺术传承、人才培养和书场建设等方面取得了一些成绩、积累了一些经验，也面临着不少需要继续破解的难题。

一是“两条腿走路”，继承传统也开拓创新。除了在前人的基础上继续学习和重点继承“康（国华）《三国》”的“三把火”即《火烧赤壁》《火烧新野》《火烧博望坡》和“王（少堂）《水浒》”的“四个十回书”即《宋江》《武松》《石秀》《卢俊义》，还根据手稿和录音，积极抢救整理或恢复上演了《西游记》《绿牡丹》《皮五辣子》等传统节目。同时在前人编演《棋高一着》《挺进苏北》《广陵禁烟记》等

新节目的基础上，创编上演了长篇节目《一代儒将陈毅》和《王少堂》等。

二是不遗余力培养新人。据载，扬州评话在民国时期艺人曾逾200人，20世纪90年代已不足10人。1997年、2007年和2017年，我们先后在扬州文化艺术学校开设了三届曲艺班，培养了几批青年演员。2017年，在扬州市委市政府和社会各界的关心下，扬州市曲艺研究所增加编制15个，为引进青年演员铺平了道路。而所有的青年演员，都安排了跟师或拜师学习，让每个人至少传承一部长篇书目。

三是推进书场建设。近年依靠政府扶持，在多个社区开设书场近20家，演出场次也从过去的每年几百场增加到1000多场。2018年，又在刚刚落成迁入的扬州戏曲园建成了主要开展精品节目演出的“少堂书场”。

当然，需要继续克服和解决的困难与问题也有不少。比如，话本创作力量薄弱，虽然新创的中篇节目《玉山子传奇》获得了第十届中国曲艺牡丹奖的节目奖，但整体创作力量仍然有待加强；再如，观众数量仍不尽如人意，部分书场有时只有十多个观众听书，亟待通过推出精品节目来培养受众、厚植土壤；又如，艺术传承任重道远，众多的传统经典节目尚未得到整埋保存和排演弘扬，需要我们持续不懈地去努力。

姜庆玲　江苏省曲艺家协会副主席、扬州市曲艺家协会主席

摘自《中国艺术报》2018年12月12日

纪事

展演·评比

【“中日曲艺赏鉴”交流会】

2018年1月19日，由中国曲艺家协会主办，上海曲艺家协会、上海评弹团承办的“‘中日曲艺赏鉴’交流会”在上海评弹团举行。

交流期间，上海的曲艺家与日本艺术家同台献艺。日本传统艺能代表团详细介绍了日本狂言与浪曲的历史、表演形式和艺术特点，并进行了现场演示。表演结束后双方进行交流研讨会。会上大家就彼此艺术种类及流派、形式特点和传承发展、表演模式及技巧、曲艺现状与观众组成等方面进行了交流分享与探讨，并希望未来能够进一步加强彼此之间的交往与交流，实现传统曲艺艺术的互鉴。

【第十三届马街书会全国优秀曲艺节目展演】

2018年3月5日，由中国曲艺家协会、河南省文学艺术界联合会、中共平顶山市委市政府主办的“第十三届马街书会全国优秀曲艺节目展演”在河南省平顶山市宝丰县举行。

在两天的展演中，来自16个省区市的150多名曲艺演员，演出了河南坠子、乐亭大鼓、东北大鼓、长子鼓书、徐州琴书等20个曲种的26个曲艺节目。这些节目均从各地曲艺家协会所申报的100个曲艺节目中挑选出来。

【第三届“走马杯”讲好中国故事曲艺展演】

2018年3月13日至14日，由中国曲艺家协会主办，重庆市曲艺家协会以及中共重庆市九龙坡区委宣传部、九龙坡区文化艺术界联合会承办的“第三届‘走马杯’讲好中国故事曲艺展演”活动在重庆市九龙坡区举行。

展演活动共收到来自全国26个省（区、市）报送的节目137个。节目内容有三分之二以上聚焦现实、关注民生；曲种以故事、评书为主，同时还有山东快书、京韵大鼓、河南坠子、单弦、快板书、二人转等58个南北曲种。报送单位广泛，包括全国各专业曲艺院团、曲艺小剧场、文化馆、群艺馆、高校、曲艺培训学校以及众多民间曲艺团体；曲艺演员老、中、青结合，其中不乏中国曲艺“牡丹奖”获得者。来自全国21个省（区、市）的25个节目入围此次展演，曲种涉及19个。在本届曲艺展演中，曲种虽有不同，但每个节目紧紧围绕“形式多样、鼓励创新、注重内涵、打造精品”的宗旨，紧扣“讲好中国故事、传播好中国声音”的主题，发挥曲艺在培育和弘扬社会主义核心价值观中的独特作用。

【纪念相声表演艺术家罗荣寿先生诞辰一百周年专场演出】

2018年4月7日，由北京市文学艺术界联合会主办、北京曲艺家协会承办的“纪念相声表演艺术家罗荣寿先生诞辰一百周年专场演出”活动在北京市民族文化宫大剧院举行。陈涌泉、于连仲、马玉萍等曲艺家，罗荣寿先生的弟子、学生和部分在京相声界人士参加活动。李金斗、李国盛、王谦祥、李增瑞、常贵田、王佩元、李建华、王文林、石富宽、方清平等相声表演艺术家参加演出。

罗荣寿（1918—1995）是北京相声代表人物之一，曾与侯宝林等相声名家共同筹备组建“北京相声改进小组”，致力于对传统相声进行改革创新，之后在北京曲艺团工作至退休。

【第十届中国曲艺牡丹奖评奖、颁奖活动】

2018 年 5 月 9 日，第十届中国曲艺牡丹奖评奖、颁奖活动在北京市启动。中国曲艺家协会共收到全国 28 个团体会员及中国广播艺术团、中国铁路文工团等文艺团体报送的 312 个参评节目，其中 165 个通过初评进入分赛区比赛。

本届牡丹奖共设包括 4 个子项，分别是节目奖 5 个、表演奖 6 个、新人奖 5 个、文学奖 4 个。按照曲种特点和地域特色，本届牡丹奖共设 4 个赛区，即浙江慈溪赛区、浙江余杭赛区、安徽合肥赛区和山西长治赛区。来自北京嘻哈包袱铺、大逗相声社、重庆逗乐坊等 23 个新曲艺团体的 32 名新曲艺群体人才参报了本届牡丹奖。本届牡丹奖把新曲艺组织的曲艺工作者纳入评选范围，为他们提供展示艺术才华和实践成果的平台。

【全国非遗曲艺保护成果图文展】

2018 年 6 月 9 日至 13 日，由文化和旅游部、天津市人民政府主办，文化和旅游部非物质文化遗产司、文化和旅游部艺术司等承办的“全国非遗曲艺保护成果图文展”在天津美术馆举行。

作为全国非遗曲艺周的重要组成部分，该展览关注曲艺的历史溯源、传承发展、学术研究，以及融入文化生活、创新示范等多个层面，凸显了 2018 年文化和自然遗产日“多彩非遗，美好生活”的活动主题。展览以“曲动乐心”为主题。“乐心”二字取自荀子的“君子以钟鼓道志，以琴瑟乐心”之句，意即敲钟击鼓，表达情志，弹奏琴瑟，使人愉悦。展览共分为四个单元：地方传承单元、学研文献单元、视听体验单元和天津传承单元。

【第十届中国曲艺牡丹奖合肥赛区评审活动】

2018 年 7 月 6 日，第十届中国曲艺牡丹奖全国曲艺大赛（合肥赛区）评审结果公布。

来自全国 21 个省区市的 100 多名曲艺演员，52 个相声、小品、三书（快板书、评书、山东快书）类作品参与评选。其中，相声《我爱诗词》、小品《一个都不能少》、故事《反“恐”行动》等 5 个作品获节目奖提名；相声《纠结》、小品《等爱回家》、快板书《局长回家》等 8 位节目创作者获文学奖提名；刘春山、王梦欢、赵海燕等 6 名优秀演员获表演奖提名；袁国虎、李寅飞、李丁等 10 位青年曲艺家获新人奖提名。

【首期全国青年曲艺工作者精品创作辅导班】

2018 年 7 月 18 日至 19 日，由中国曲艺家协会主办，全国青年曲艺工作者联盟、全国曲艺表演场所协作发展联盟承办的“首期全国青年曲艺工作者精品创作辅导班”在北京市举行。

此次辅导班有全国 30 名青年曲艺工作者参加，特别是新曲艺群体、曲艺自由职业者 17 人，占学员比例 57%。30 名学员此次共带来 39 篇作品，是从报名的 94 篇作品中选出。辅导班上，为了提高学员们的创作表演水平，提升作品质量，授课内容分为专家授课和辅导老师跟班教学。

【曲艺专家名家创作示范工程】

2018年7月19日，中国曲艺家协会曲艺专家名家创作示范工程启动仪式在北京市举行。

曲艺专家名家创作示范工程首批计划包括曲艺主题创作扶持和名师带高徒行动两个项目。在曲艺主题创作扶持项目中，依托中国曲艺家协会所属专业艺术委员会，遴选出王文水、黄震良、陈红旭3名曲艺名家，鼓励他们围绕改革开放40周年、中华人民共和国成立70周年、中国共产党成立100周年以及“讴歌新时代、共筑中国梦”为创作主题，通过一年时间，每人至少创作一部呈现于舞台之上的、思想性与艺术性俱佳的现实题材曲艺作品。中国曲艺家协会将给予创演补贴，支持他们开展创作活动。在名师带高徒行动项目中，从中国曲艺家协会所属专业艺术委员会中聘请王汝刚、范军、翁仁康3位曲艺艺术家，并选拔了曾懿、明男男、韩会稽3名具有发展潜质的中青年创演人才，结成师徒对子，通过师傅带徒弟的形式，进行一对一定向跟踪培养。培养期限两年，培养方式主要包括辅导授课、作品打磨、演出实践、学习观摩等，中国曲艺家协会将给予每对师徒教学补贴。

【第八届全国少儿曲艺展演】

2018年7月31日至8月3日，由中国关心下一代工作委员会办公室和中国曲艺家协会等单位主办的“第八届全国少儿曲艺展演”在江苏省张家港市举行。

全国少儿曲艺展演是全国性曲艺品牌活动。本届活动从3月底开始启动，共收到全国27个省（区、市）和台湾地区以及有关单位推荐选送的少儿曲艺节目153个。最终入选参加展演的优秀节目65个，涵盖曲种45个。其中最小的演员6岁，新编原创作品在一半以上。近400名小演员在4天的展演中，共参加6场交流演出及1场优秀节目汇报演出，集中展示了近年少儿曲艺的创演成果。

【中国曲艺牡丹奖山西长治赛区评审活动】

2018年8月14日，由中国文学艺术界联合会、中国曲艺家协会、山西省文学艺术界联合会等主办的第十届中国曲艺牡丹奖全国曲艺大赛（山西省长治市赛区）评审结果公布。

此次比赛，共有来自北京、天津、山东、江苏、吉林、河南、安徽、山西、甘肃等12个省（区、市）的200多名曲艺名家、新秀，共计39个鼓曲唱曲类节目参赛。其中，沁州三弦书《十七棵松》、章回鼓书《古城暗战》等4个作品获节目奖提名，长子鼓书《带娘改嫁》、三弦书《靠山》两个节目的创作者获文学奖提名，张春丰、王富贵、李爱红等9名优秀演员获表演奖提名，霍亚杰、路晨、王舜等5位青年曲艺家获新人奖提名。

【第十届中国曲艺牡丹奖颁奖活动】

2018年10月7日，第十届中国曲艺牡丹奖评奖结果在江苏省扬州市揭晓。

活动共评出节目奖5个、表演奖6个、新人奖5个、文学奖4个，总计20个。其中，中篇扬州评话《玉山子传奇》、杭州摊簧《夏母训子》、四川扬琴《守望》、相声《我爱诗词》、沁州三弦书《十七棵松》获节目奖；中篇苏州弹词《焦裕禄》、绍兴莲花落《催生鸡》、鄱阳大鼓《晒秋》、小品《等爱回家》获文学奖；王勤、蔡小华、徐宁、庄丽芬、何菊芳、杨锦龙获表演奖；陆锦花、袁国虎、纪鸣亮、李丁、王舜获新人奖。这20个奖项涉及16个曲种，其中获得表演奖、新人奖的新曲艺群体代表共4人。同时，为褒扬在曲艺艺术方面取得成就、为曲艺事业作出贡献的曲艺家，特授予单弦表演艺术家赵玉明、独脚戏表演艺术家童双春“中国文联终身成就曲艺艺术家”荣誉称号。

【首届“中国盐都·全国乡村曲艺发展论坛暨全国乡村优秀曲艺节目交流展演”活动】

2018 年 10 月 13 日至 14 日，由中国艺术研究院曲艺研究所、中国说唱文艺学会、江苏省曲艺家协会等联合主办的“首届‘中国盐都·全国乡村曲艺发展论坛暨全国乡村优秀曲艺节目交流展演’活动”在江苏省盐城市举行。相声表演艺术家姜昆、戴志诚，二人转表演艺术家阎淑萍、佟长江等，与来自陕西、湖南、四川等地的 80 多位优秀乡村曲艺家为观众奉上 3 场演出。

展演活动期间，主办方举办了首届“中国盐都·全国乡村曲艺发展论坛”，中国艺术研究院曲艺研究所所长吴文科、曲艺表演艺术家金丽生和曲艺作家李立山等与来自全国各地乡村及群文领域的基层曲艺家共 40 余人，围绕“如何发展乡村曲艺”的主题展开讨论。

【第七届中国苏州评弹艺术节】

2018 年 10 月 16 日至 25 日，由中国曲艺家协会、江苏省文学艺术界联合会主办的“第七届中国苏州评弹艺术节”在江苏省苏州市举行。

本届评弹艺术节由中国曲艺家协会苏州评弹艺术专业委员会、苏州市文广新局、苏州市文学艺术界联合会承办。活动旨在全面展示评弹艺术的独特魅力，进一步推动评弹艺术的繁荣与发展。此次活动为期 10 天，来自江苏、浙江、上海的各类评弹演出团体，表演了 21 台书（节）目，传统、现代、长篇、短篇形式多样，是近年来评弹创演整体实力的集中呈现。其中，现实题材 12 部，展现出评弹界“从火热的生活中汲取营养”的共同追求。

苏州评弹是首批国家级非物质文化遗产项目，已有 400 余年历史，被誉为曲艺形式的“活化石”。中国苏州评弹艺术节开始于 2000 年，此届为第七届。

【第二届“通州杯”全国曲艺小剧场新作展演活动】

2018 年 11 月 4 日至 7 日，由中国曲艺家协会、江苏省文学艺术界联合会、中国文学艺术界联合会曲艺艺术中心等共同举办的“第二届‘通州杯’全国曲艺小剧场新作展演活动”在江苏省南通市举行。

来自北京、天津、江苏、浙江、内蒙古、西藏以及香港特别行政区等 16 个省（自治区、直辖市）曲艺工作者进行了 3 场共计 27 个节目的演出。这些从全国 100 余个报送作品之中遴选而出的作品，包含了相声、小品、评书、快板、鼓书、南音、二人转、河南坠子、绍兴莲花落、藏族格萨尔说唱、蒙古族乌力格尔等 14 个南北曲种。本次展演旨在发现和培养全国曲艺小剧场优秀青年曲艺人才，为青年曲艺人才的成长搭建相互学习、交流平台的活动，传承了各地的文化传统，丰富了基层人民群众的精神文化生活。

【首届山东快书汇演决赛颁奖晚会】

2018 年 11 月 24 日，由山东省文学艺术界联合会、中国曲艺家协会山东快书艺术委员会主办，山东省曲艺家协会承办的纪念改革开放 40 周年“讲好中国故事——首届山东快书汇演决赛颁奖晚会”在山东电视台举行。

该比赛从全国进入复评的 150 余个参赛作品中评选出 33 个作品，在李鸿民、赵连甲、解喜兰、孙立生、慈建国等曲艺表演艺术家的评审下，经过选拔最终评选出了十佳表演之星、十佳表演新星等奖项。

【庆祝改革开放40周年——“美丽乡村”曲艺原创作品展演】

2018年12月19日，中国曲艺家协会、四川省文学艺术界联合会、中共彭州市委市政府主办的“庆祝改革开放40周年——‘美丽乡村’曲艺原创作品展演”在北京市民族文化宫大剧院举行。

本次曲艺展演活动的10个作品内容来源于四川省彭州市基层采风的乡村题材，蕴含着社会主义新时代的思想观念、人文精神和道德规范；把握以人民为中心的创作导向，用曲艺的艺术表现形式，说唱、颂扬、宣传、展示我国改革开放40年来乡村建设和基层人民生活的巨大变化，生动展现新时代曲艺工作者深入基层群众、扎根人民生活的最新实践成果，展示新时代曲艺工作者为百姓说唱的情怀和昂扬向上的精神风貌。

【2018“南腔北调·说唱英雄会”曲艺周】

2018年12月26日至31日，由上海评弹艺术传习所、上海市曲艺家协会主办的“2018‘南腔北调·说唱英雄会’曲艺周”在上海市举行。

本届“说唱英雄会”首次有十余种非遗曲种集中在上海汇集亮相，名家荟萃，新人集聚，充分展现了长三角文化融合交汇、南北曲艺交相辉映，也彰显了上海作为国际文化大都市和中华文化大码头的重要影响力。节目除了展现传统曲艺“说”和“唱”的技艺，还侧重于突出当代性。其间，各地艺术家还举办研讨会，共同探讨传统曲艺艺术与当代社会的融合以及未来的发展方向。

会议 · 论坛

【贯彻落实党的十九大精神 · 担当新使命实现新作为——曲艺原创作品采风研讨会】

2018 年 3 月 10 日至 15 日，由中国曲艺家协会快板艺术委员会、中国曲艺家协会山东快书艺术委员会、中国曲艺家协会全国曲艺小剧场艺术指导委员会主办的“贯彻落实党的十九大精神 · 担当新使命实现新作为——曲艺原创作品采风研讨会”在云南省丽江市举行。

侯耀华、杨子春、崔砚君、李少杰、高洪胜、崔琦、刘晓梅、奇志、史琳、马小平、刘际、赵宇、张弛等艺术家与来自全国各地的 30 余名曲艺工作者参加了研讨会。与会专家探讨了曲艺创作和表演中的诸多难点和困惑，剖析了曲艺界陈规陋习产生和存在的原因，会议一致认为，艺术工作者要领会此次研讨会的精神和主题，结合当前工作实际，求真务实，积极潜心投入创作，争取在下一次的采风创作活动中，能够拿出好的精品力作并进行二度创作，推出一台高水平的曲艺精品会演，奉献给广大群众，回报社会。

【2018 年全国曲艺家协会工作会议】

2018 年 4 月 9 日，“2018 年全国曲艺家协会工作会议”在天津市举行。

会议分析了当前曲艺家协会工作形势，部署了 2018 年各协会工作。安徽省曲艺家协会、福建省曲艺家协会、北京市昌平区曲艺家协会、四川省彭州市曲艺家协会、广东省深圳市曲艺家协会做大会交流。刘春雷、万镜明等天津市有关方面负责人及中国曲艺家协会第八届主席团成员、部分省区市文化与艺术联合会分管曲艺家协会工作负责人出席会议。首期全国曲艺家协会系统秘书长培训班同期举行。中国曲艺家协会各专委会秘书长、各团体会员负责人及秘书长、副省级城市曲艺家协会秘书长及部分院团和小剧场代表参加了培训。

【2018 年全国群众文艺创作（曲艺）培训班】

2018 年 5 月 29 日至 6 月 7 日，由文化和旅游部公共文化司主办、辽宁省艺术学校承办的“2018 年全国群众文艺创作（曲艺）培训班”在辽宁省沈阳市举行。

本次培训为期 10 天，来自全国 26 个省区市的曲艺编创人员 32 人参加了培训。培训班共收到 70 余部报送作品，包括相声、小品、快板、南曲、三跳书等 10 余种曲艺表演形式，主办方从中选择出 32 部作品，邀请其编创者参加培训班。辽宁省的戏剧和曲艺专家，一对一地对作品进行修改。为呈现培训成果，培训班联合沈阳市铁西区文化馆共同举办专场汇报演出。其间，安排了辽宁理论专家解读习近平总书记讲话的专题讲座，参观了“九一八”历史博物馆、中国工业博物馆，观看了辽宁非遗项目的演出，与辽宁曲艺名家郝赫、相声演员杨振华对话交流等活动。此次培训提升了学员的理论水平，多侧面汲取了辽宁曲艺文化的营养，开阔了文化视野，提升基层文化队伍创作能力，将助力涌现更多优秀作品。

【全国非遗曲艺周总结座谈会】

2018 年 6 月 14 日，由文化和旅游部、天津市人民政府主办，文化和旅游部非物质文化遗产司、艺术司及天津市文化广播影视局承办的“全国非遗曲艺周总结座谈会”在天津市举行。

文化和旅游部相关负责人，参演的各省区市领队、保护单位代表、部分代表性传承人，以及专家学者等 100 人参会。本次活动首次实现了全国 127 个曲艺类国家级代表性项目集中亮相，涉及 193 个保护单位、151 位国家级代表性传承人。总结座谈会上，文化和旅游部及天津市文化广播影视局有关负责同志肯定了全国非遗曲艺周在推进非遗保护传承、总结交流曲艺保护传承经验、推进保护成果全民共享、激发曲艺传承人艺术自豪感和文化自信等方面的显著成效和重要意义，表扬了参演人员和工作人员的热情和劳动，并提出了下一步工作的方向和重点。

【中国曲艺家协会西藏自治区民族曲艺工作者（山南）培训班】

2018 年 6 月 24 日，由中国文学艺术界联合会、中国曲艺家协会主办，西藏文学艺术界联合会等承办的“中国曲艺家协会西藏自治区民族曲艺工作者（山南）培训班”在西藏自治区山南市举行。来自山南市的 39 位曲艺工作者参加此次培训班。

会议强调，全市曲艺工作者要统一思想，充分认识举办培训班的重要性；认真学习，努力确保曲艺培训班取得实效；学以致用，力争通过曲艺培训班创新佳作；强化保障，全力推动曲艺培训班圆满成功；全力推动西藏曲艺发展，实现新局面；用习近平新时代中国特色社会主义思想武装头脑，提升政治水平、文化素养、道德修养；珍惜学习机会，注重学习效果，做到学有所成、学有所获，始终坚持正确的文艺导向，努力推出讴歌党，讴歌祖国，讴歌人民、讴歌英雄的优秀作品。

【首期曲艺网络编辑、创作、推广人才培训班】

2018 年 7 月 23 日至 27 日，由中国曲艺家协会主办、《曲艺》杂志社承办的“首期曲艺网络编辑、创作、推广人才培训班”在北京市举行。

参加此次培训的学员主要从事曲艺网络的创作生产、传播推广、媒体融合等各个行业，人员构成多样，区域分布广泛，以青年曲艺网络人才居多。其中，基层和创作一线 19 人，新曲艺组织、新曲艺群体 16 人，高校和教育系统 6 人。培训旨在贯彻落实《中国文联深化改革方案》及《中国曲协深化改革方案》和《全国曲艺工作者培训研修五年规划》的实际行动和具体举措，进一步提高曲艺网络编辑和创作推广人员的政治素质、职业素养和业务能力，加强曲艺网络人才队伍建设，打造健康向上的曲艺网络文化环境，提升新闻舆论的传播力、引导力、影响力和公信力。

【首期中国曲艺之乡（名城）管理服务干部培训班】

2018 年 8 月 11 日，“首期中国曲艺之乡（名城）管理服务干部培训班”在山西省长治市开班。

本次培训班为期 5 天，共邀请 4 位专家重点围绕党的十九大精神、中国曲艺之乡启示录、中国非物质文化遗产保护、曲艺创作表演等内容授课，来自全国曲艺之乡（名城）的 70 余位管理干部参加了此次培训。

【首期曲艺小剧场创作人才培训班】

2018 年 8 月 26 日，“首期曲艺小剧场创作人才培训班”在上海市开班。

50 位来自全国各地的曲艺创作者参加此次培训。培训班采用互动式教学的方法，以专家专场讲座为主，辅以案例教学、问题研讨、小组讨论等教学方式进行。此次培训班分为曲艺小剧场创作人才培训班、曲艺小剧场表演人才培训班、曲艺小剧场经营管理人才培训班三个班次，每个班次 50 人。培训期间，黄震良与编剧梁定东等为学员作题为《从故事创作着手来培养、扩展曲艺创作队伍》《曲艺创作漫谈》等的专题授课。

【“北京评书表演艺术人才培养”培训班】

2018 年 9 月 1 日，国家艺术基金 2018 年度资助项目“北京评书表演艺术人才培养”培训班开班仪式在辽宁省文化艺术研究院举行。

培训班通过社会报名和专家推荐等报名方式，遴选出 20 位学员，分别来自河南、贵州、陕西、山东、吉林、天津等地，以从事评书表演和曲艺教学为主。该项目于 10 月末举行汇报演出。项目结束后，经评定、考核合格者可获得由国家艺术基金管理中心颁发的“结业证书”。

【中国曲艺家协会第八届理事会理事培训班】

2018 年 9 月 2 日至 6 日，“中国曲艺家协会第八届理事会理事培训班”在北京市举行。

培训期间，与会专家进行了《我对中国曲艺发展的思考》《我们不能没有信仰——学习理解十九大精神中的重要思想》和《时代新变与思想创造——略论习近平关于文艺工作的重要论述的创新性》等主题授课。培训班还针对中国曲艺家协会会员信息管理系统建设情况、中国曲艺家协会会员工作网络管理平台等进行了说明，讲解了《中国曲协理事会理事履职规则》《理事履职情况登记表》。

【纪念山东快书杨派创始人杨立德先生诞辰九十五周年艺术研讨会】

2018 年 9 月 22 日，由山东省文学艺术界联合会、中国曲艺家协会山东快书艺术委员会主办，山东省曲艺家协会、中共东营市委宣传部、东营市文化广电新闻出版局等承办的“纪念山东快书杨派创始人杨立德先生诞辰九十五周年艺术研讨会”在山东省东营市举行。

本次活动旨在追忆杨立德，共同回顾和缅怀杨立德“从人民中来，到人民中去”的艺术之路和精神追求。与会专家及杨立德的家人与传人们纷纷表达了对杨立德的敬仰与怀念。大家表示要继承杨立德的精神，弘扬优秀传统文化，振兴曲艺事业，做新时代为人民服务的曲艺人。

【第三届全国曲艺理论学术研讨会】

2018 年 9 月 26 日至 29 日，由中国文学艺术界联合会理论研究室、中国曲艺家协会主办，中国文学艺术界联合会曲艺艺术中心、广西曲艺家协会、百色市文学艺术界联合会承办的“第三届全国曲艺理论学术研讨会”在广西壮族自治区百色市举行。

本届研讨会以“新时代新曲艺”为主题，来自曲艺界、教育界和宣传文化部门的专家学者 60 余人参加了研讨会。与会专家学者就新时代现实题材曲艺创作的社会价值与现实意义、中华美学精神与中华曲艺、文化自信与曲艺创新发展、曲艺艺术的接受美学研究等论题进行了交流和研讨。

【第五届“中国河间·西河大鼓发展论坛及西河大鼓书会”】

2018 年 11 月 1 日至 3 日，由中国艺术研究院曲艺研究所、河北省群众艺术馆、河北省曲艺家协会等主办的“第五届‘中国河间·西河大鼓发展论坛及西河大鼓书会’”在河北省河间市举行。

论坛与会专家和部分演职人员就西河大鼓的传承、发展，曲艺如何弘扬中国精神，发扬西河大鼓的传统精神等几个方面进行了交流发言。河北西河大鼓书会的举办，为弘扬优秀民族文化，保护、传承非物质文化遗产，振兴曲艺事业有着重要的意义。

【2018 广西·桂林渔鼓交流展演及传承论坛】

2018 年 11 月 9 日至 11 日，由中国艺术研究院曲艺研究所、中国非物质文化遗产保护中心曲艺（保护）研究室指导，桂林市文化新闻出版广电局、广西壮族自治区非物质文化遗产保护中心主办，桂林市群众艺术馆、桂林市非物质文化遗产保护传承中心承办的“2018 广西·桂林渔鼓交流展演及传承论坛”在广西壮族自治区桂林市举行。

本届论坛是首次全区的大型渔鼓活动。全区渔鼓表演艺术家、传承人、研究专家等 200 多人参与论坛。其间，来自广西各地的 13 支渔鼓演出团队为广大市民演出传统书目与新创曲目。本次活动共包含“2018 广西·桂林渔鼓交流展演”“2018 广西·桂林渔鼓交流展演传承人专场”“2018 广西·桂林渔鼓交流展演优秀曲目专场”“2018 广西·桂林渔鼓交流展演进社区专场”等 4 场渔鼓展演和 1 场论坛。

【第十期全国曲艺创作高级研修班】

2018 年 12 月 7 日至 12 日，由中国曲艺家协会、中国文学艺术界联合会人事部、中国文学艺术基金会等主办的“第十期全国曲艺创作高级研修班”在广东省惠州市举行。

来自全国 20 余个省（区、市）的 50 余名曲艺工作者参加培训。本次研修班围绕“发掘人才、鼓励创新、学研并举、打造精品”的目标，以“在讴歌新时代、共筑中国梦的文艺创作中打造曲艺精品力作”为主题。活动期间，与会专家为学员作了题为《学懂弄通十九大精神，做新时代人民喜爱的曲艺家》《人物、故事与戏剧性》《表演艺术漫谈》《笑匠无斧凿——我的曲艺表演心得》的专题授课。同时，研修班分组过稿、排演节目，邀请杨鲁平、戴志诚、冯阳、邱有源、杨妤婕等曲艺名家进行辅导、交流，并于 12 月 11 日举行了第十期全国曲艺创作高级研修班汇报演出。

人物纪念

【相声表演艺术家丁广泉逝世】

2018 年 1 月 18 日，相声表演艺术家丁广泉因病在北京市逝世，享年 73 岁。

丁广泉（1944—2018），回族。1944 年 10 月出生于河北省承德市。1973 年，成为侯宝林入室弟子。代表作品有《新抬杠》《改头换面》《错位》《唱相声》《对春联》《俏皮话》《趣味汉语》《学汉语逗逗哏》《大山说相声系列集》《论褒贬》《心声》《男人女人》《友谊颂》《向路》《三财》《盛开友谊花》《五洲四海同欢乐》《洋戏迷拜师》《集束相声系列》《洋腔洋调自多情》《入乡随俗》等。著有《论艺德与艺术》《我的工作二十年》《弘扬汉语言文化》等理论性文章。

【相声表演艺术家魏文华逝世】

2018 年 8 月 5 日，相声表演艺术家魏文华因病在天津市逝世，享年 81 岁。

魏文华（1937—2018），天津人。相声、北京琴书演员。1937 年出身于曲艺世家，其父魏雅山系曲艺乐师，其母魏墨香系曲艺演员，其弟为相声表演艺术家魏文亮，其丈夫为相声名家刘文亨。她 6 岁即随父母在东北各地演唱曲艺和地方杂曲。1947 年，拜张文彬（绰号“瞎朴”）为师，学习《六口人》《四辈》《反七口》《报菜名》等相声传统段子。1952 年，拜武魁海为师，学演了《八扇屏》《富贵图》《暗八扇》《黄鹤楼》《捉放曹》等。1956 年后，以学唱型的节目为主，代表曲目有《学评戏》《黄梅戏》《学梆子》《学大鼓》及《对坐数来宝》等。1964 年后兼学北京琴书，1965 年拜师关学曾，她的《杨八姐游春》《鞭打芦花》《洗油澡》等，颇受观众欢迎。1986 年，调入中国北方曲艺学校，从事教学管理。1996 年至 1998 年，参加了整理录制传统相声的活动，与魏文亮、王文玉等人合作完成了传统相声《洋药方》《杂学唱》《灯谜》《学大鼓》《学评戏》《汾河湾》《黄鹤楼》《天文学》《学梁祝》等节目。

【相声表演艺术家常宝华逝世】

2018 年 9 月 7 日，相声表演艺术家常宝华因病在北京市逝世，享年 88 岁。

常宝华（1930—2018），天津人。1930 年 11 月出生，1951 年拜马三立为师，加入“天津市曲艺工作团”，参与表演并创编了很多新的曲目。1976 年，与侄子常贵田创作演出相声《帽子工厂》，轰动一时。2006 年获“牡丹奖”终身成就奖。代表作品有相声、小品、快板等 170 多段，全国各报刊发表 50 余篇。授业徒弟有赵福玉、牛群、包长春等。

【评书表演艺术家单田芳逝世】

2018 年 9 月 11 日，评书表演艺术家单田芳因病在北京市逝世，享年 84 岁。

单田芳（1934—2018），中国评书表演艺术家、国家级非物质文化遗产北京评书代表性传承人。1934 年 12 月出生于辽宁省营口市。1958 年成为鞍山市曲艺团的正式演员。1988 年出版了长篇评书《白眉大侠》，1990 年在中央人民广播电台播出长篇评书《百年风云》的选段“天京血泪”，听众多达 6 亿，1995 年成立北京单田芳文化传播有限公司，2000 年录制了 200 集的电视评书《栾蒲包与丰泽园》，

2002 年为辽宁电视台录制电视评书《白眉大侠》续集，2005 年录制完成反映世界现代史的长篇评书《二战演义》(上部)，2011 年编写的自传《言归正传：单田芳说单田芳》正式发售。2012 年获第七届中国曲艺“牡丹奖”终身成就奖。代表作品有《白眉大侠》《隋唐演义》《童林传》《乱世枭雄》等。

【相声表演艺术家刘文步逝世】

2018 年 9 月 21 日，相声表演艺术家刘文步因病在天津市逝世，享年 82 岁。

刘文步 (1936—2018)，天津市人。1936 年出生。12 岁拜杨少奎为师学说相声。1950 年开始相声表演。他擅演说逗类曲目和闹活，尤其是在刻画小市民一类的人物时，入木三分。1959 年，加入天津市红桥区曲艺团，经常在京、津、冀等地演出。代表作品有《大双簧》《树没叶》《打灯谜》《杂学唱》《批行话》《借火儿》《大上寿》《醋点灯》等。他还兼演双簧，有“双簧第一人”和“太平歌词第一人”之称。

【相声表演艺术家张文霞逝世】

2018 年 9 月 28 日，相声表演艺术家张文霞因病在天津市逝世，享年 82 岁。

张文霞 (1937—2018)，相声表演艺术家田立禾之妻。1952 年拜相声名家武魁海为师，1956 年加入天津市南开曲艺团，1956 年至 1970 年在天津市南开区曲艺团工作。代表作有《夸住宅》《八扇屏》《洋药方》等，以贯口活见长。

【相声表演艺术家师胜杰逝世】

2018 年 9 月 28 日，相声表演艺术家师胜杰因病在黑龙江省哈尔滨市逝世，享年 66 岁。

师胜杰 (1953—2018)，一级演员，享受国务院政府特殊津贴，曾获“曲艺艺术贡献奖”。相声表演艺术家侯宝林关门弟子。1953 年 4 月出生。7 岁登台演出，8 岁拜朱相臣为师。1976 年年底，被调到省龙江剧院曲艺队成为专业相声演员。1975 年，被抽调到兵团文艺宣传队，与姜昆结成一对表演相声。1977 年，被调到黑龙江省曲艺团成了专业相声演员。1984 年，拜侯宝林为师，成为侯派传人。1985 年被评为十大笑星之一。他创作和表演的代表作品有《婆媳之间》《结婚》《知错就改》《我要补课》《姓名研究》《爱优点》《爱树》《叔叔你在哪里》《学评剧》《姑娘小伙别这样》《恋爱历险记》《洞房絮话》《同桌的你》等。

【三弦表演艺术家穆祥征逝世】

2018 年 10 月 3 日，三弦表演艺术家穆祥征因病在北京市逝世，享年 61 岁。

穆祥征 (1957—2018)，北京曲艺团二级演奏员。1957 年 4 月出生，自幼学习三弦伴奏艺术，后考入北京曲艺团，从事鼓曲伴奏和音乐创编工作。多次出访美国、法国、荷兰、比利时等国家及中国香港、台湾地区进行学术交流及演出教学，为促进北方曲艺的传承和发展做出了诸多贡献。

【相声表演艺术家谢天顺逝世】

2018 年 10 月 5 日，相声表演艺术家谢天顺因病在北京市逝世，享年 73 岁。

谢天顺 (1946—2018)，1946 年出生。祖父是单弦名家谢芮芝，父亲是谢舒扬（荣剑尘大弟子，常年为谢芮芝伴奏）。谢天顺幼年学艺，后拜郭荣启为师，是第五代“宝”字辈相声演员，擅长捧哏，早年与相声表演艺术家马志明合作，后来又与赵伟洲、刘俊杰、刘西雨等相声演员合作。代表作品有《白事会》《拴娃娃》《报菜名》《论拳》《纠纷》《话说天津卫》《治病》《夜来麻将声》等。

【相声表演艺术家吴兆南逝世】

2018 年 10 月 14 日，中国台湾地区相声表演艺术家吴兆南因病在美国洛杉矶逝世，享年 93 岁。

吴兆南（1924—2018），1924 年出生于北京。1982 年拜侯宝林为师。1998 年在纽约获“亚洲最杰出艺人金奖”。1999 年收徒授艺。2000 年，获美国林肯文化艺术中心终生艺术成就奖。2001 年，成立“吴兆南相声剧艺社”，在海外推展相声文化。代表作品有《口吐莲花》《夸讲究》《黄鹤楼》等。

【曲艺弦师钟吉铨逝世】

2018 年 11 月 21 日，曲艺弦师钟吉铨因病在天津市逝世，享年 92 岁。

钟吉铨（1927—2018），天津市人，1927 年出生。北方曲艺乐师、曲艺教育家。曾任天津市振北曲艺团四胡、琵琶弦师。1950 年拜弦师王文川为师，其兄长为曲艺音乐家钟吉瑞。钟吉铨自幼受到兄长艺术上的熏陶，从 20 世纪 40 年代开始为史文秀、王殿玉等艺术家伴奏，直至 2017 年年底。他操琴技法娴熟，善于伴奏北方鼓曲中的多个曲种，尤以梅花大鼓和天津时调的伴奏最为出色。晚年的钟吉铨先后参加民族曲艺团、长寿园曲艺团和振北曲艺团，培养了大量的年轻演员与爱好者，并且协助王毓宝、刘嘉昌整理挖掘时调小曲、金派梅花大鼓濒临失传的作品十余段，为后世留下了许多音像资料。

【相声表演艺术家常贵田逝世】

2018 年 11 月 30 日，相声表演艺术家常贵田因病在北京市逝世，享年 76 岁。

常贵田（1942—2018），北京市人。中国人民解放军海军政治部文工团一级演员、艺术指导。1942 年生于相声世家，父亲常宝堃、二叔常宝霖、三叔常宝霆、四叔常宝华均为相声表演艺术家。1954 年，拜赵佩茹为师学习相声。1958 年入伍中国人民解放军海军政治部文工团。常贵田不但有深厚的传统相声基础，而且能自编自演创作新的相声作品。代表作品有《喇叭声声》《动力研究》《帽子工厂》《祝你成功》等。

【相声表演艺术家尹笑声逝世】

2018 年 12 月 8 日，相声表演艺术家尹笑声因病在天津市逝世，享年 80 岁。

尹笑声（1938—2018），天津市人，天津众友相声艺术团团长，1938 年出生。为相声表演艺术家尹寿山之子，马三立的徒弟。6 岁随父尹寿山学习相声，7 岁开始演出，8 岁走红，艺名“小傻子”。他的嗓音条件极佳，说、学、逗、唱样样精通，还能兼演双簧。代表作品有《大上寿》《偷斧子》《托妻献子》《口吐莲花》《五行诗》《武坠子》《拉洋片》《学西河》《学吃喝》《五兴楼》等。

研究著述选目

【著作选目】

书名：《同安曲艺作品选》
编者：厦门市同安区文体广电出版局、厦门市同安区文化馆
出版时间：2018 年
出版社：厦门大学出版社
书名：《郭刚曲艺作品选》
作者：郭刚
出版时间：2018 年
出版社：金盾出版社
书名：《绕梁之美——曲唱的理论与实践》
作者：古兆申、陈春苗
出版时间：2018 年
出版社：黄山书社
书名：《评弹艺术的轻骑兵之路：十七年书目传承研究（1949—1966）》
作者：金坡
出版时间：2018 年
出版社：商务印书馆
书名：《青岛曲艺史：青岛与曲艺》
作者：吕铭康
出版时间：2018 年
出版社：青岛出版社
书名：《中国曲艺音乐作品分析》
编著：钱国桢
出版时间：2018 年
出版社：百花文艺出版社
书名：《同安曲艺作品选》
作者：宋永贤
出版时间：2018 年
出版社：厦门大学出版社
书名：《相声考论》
作者：吴文科
出版时间：2018 年
出版社：中国文联出版社
书名：《王秀春曲艺作品集》
作者：王秀春
出版时间：2018 年

出版社：北岳文艺出版社

书名：《曲坛之葩——谯城曲艺作品集》

主编：邢鸣林

出版时间：2018 年

出版社：中国文联出版社

书名：《义乌曲艺选（第 3 辑）》

编者：义乌丛书编纂委员会，蒋迎炜、叶英盛整理

出版时间：2018 年

出版社：上海人民出版社

书名：《曲艺老兵六十年：周安礼作品自选集》

作者：周安礼

出版时间：2018 年

出版社：中国戏剧出版社

书名：《中国曲艺艺术概论》

作者：中国曲艺家协会、辽宁科技大学组织编写

出版时间：2018 年

出版社：高等教育出版社

书名：《探索与思考——浙江曲艺研究论文选集 》

编者：浙江省曲艺家协会

出版时间：2018 年

出版社：杭州出版社

【文章选目】

题目：《“非遗”河南坠子艺术特色及传承保护》

作者：焦艺扬

发表：《北方音乐》2018 年第 3 期

题目：《浅析河南坠子濒危之因》

作者：杨云

发表：《北方音乐》2018 年第 11 期

题目：《试析山东大鼓的生存现状和保护工程》

作者：王童

发表：《北方音乐》2018 年第 13 期

题目：《广西文场扬琴音乐组织体系中的文化载体》

作者：王杰

发表：《北方音乐》2018 年第 15 期

题目：《关于山东快书“味”的研究》

作者：王靓颖

发表：《北方音乐》2018 年第 15 期

题目：《聊城八角鼓在高校民族民间音乐课堂上的传承》

作者：于秀慧

发表：《北方音乐》2018 年第 16 期

题目:《非遗保护视野下的四明南词研究》
作者：朱慧茜
发表:《北方音乐》2018 年第 17 期
题目:《蒙古族乌力格尔艺术漫谈》
作者：贾忠
发表:《北方音乐》2018 年第 21 期
题目:《论宋代鼓子词的审美品格与文学渊源》
作者：陶然、姚逸超
发表:《长江学术》2018 年第 2 期
题目:《西部少数民族曲艺传播展示路径的创新研究——曲艺文化复兴研究之二》
作者：李萍
发表:《创新》2018 年第 4 期
题目:《相声语言模仿风格的韵律特征研究——以卢鑫、玉浩〈众口难调〉为例的个案研究》
作者：宋雨蒙
发表:《才智》2018 年第 4 期
题目:《简析萍乡春锣的艺术特色和文化意蕴》
作者：黄莎莉
发表:《才智》2018 年第 32 期
题目:《新时期河南越调创新发展策略研究》
作者：刘新义
发表:《当代音乐》2018 年第 5 期
题目:《山东胶南藏马大鼓的艺术特点及传承保护初探》
作者：张钰婕
发表:《当代音乐》2018 年第 11 期
题目:《浙江鼓词艺术的分布及其艺术特征》
作者：余娜玮
发表:《大众文艺》2018 年第 9 期
题目:《中国曲艺的魅力——以河南省宝丰县马街书会为例》
作者：宋国平
发表:《大众文艺》2018 年第 16 期
题目:《河洛大鼓传承的思考》
作者：焦艺扬
发表:《大众文艺》2018 年第 19 期
题目:《广东木鱼歌及其艺术特色》
作者：刘苗苗
发表:《大众文艺》2018 年第 19 期
题目:《"听书时代"何以终结"评书时代"》
作者：夏莹
发表:《光彩》2018 年第 10 期
题目:《包袱背后的思考，段子之上的见解——记相声表演艺术家王佩元》
作者：张巍
发表:《歌海》2018 年第 6 期

题目:《西部少数民族曲艺宏观展演模式的创新构建——曲艺文化复兴研究之三》
作者:李萍
发表:《广西职业技术学院学报》2018 年第 4 期
题目:《曲艺非遗传承应在有条件的前提下创新发展》
作者:魏真柏
发表:《贵州民族报》2018 年 2 月 14 日
题目:《民族民间曲艺传承发展存在的问题和对策建议——以贵州少数民族曲艺为例》
作者:祝晓舟
发表:《贵州民族研究》2018 年第 8 期
题目:《镇江"道情"拾忆》
作者:潘春华
发表:《江苏地方志》2018 年第 5 期
题目:《平遥弦子书研究综述》
作者:乔志亮
发表:《交响(西安音乐学院学报)》2018 年第 2 期
题目:《论近代以来相声演出载体的变迁》
作者:苏全有、王淑杰
发表:《华北水利水电大学学报(社会科学版)》2018 年第 5 期
题目:《浅谈互联网时代下天津时调的传承与发展——网络互动直播和微平台将为时调迎来"第二春"》
作者:叶德敏
发表:《黄河之声》2018 年第 4 期
题目:《川东竹琴的艺术特色和人文价值——兼论非物质文化遗产的保护与发展策略》
作者:吴格妮、唐昊亮
发表:《黄河之声》2018 年第 5 期
题目:《论河南大调曲子的艺术特点与传承发展》
作者:蒋涵
发表:《黄河之声》2018 年第 12 期
题目:《天津时调研究现状综述》
作者:马卓周
发表:《黄河之声》2018 年第 11 期
题目:《关于山东木板大鼓的研究》
作者:王童
发表:《黄河之声》2018 年第 13 期
题目:《王仁和桂林渔鼓唱腔起腔手法初探》
作者:游红梅、李蔚琛
发表:《黄河之声》2018 年第 14 期
题目:《大数据时代非物质文化遗产天津时调传承研究》
作者:张新淼
发表:《黄河之声》2018 年第 17 期
题目:《湖北渔鼓与广西渔鼓的唱腔调式比较》
作者:游红梅

发表：《黄河之声》2018 年第 19 期

题目：《平舆丝弦道与开封鼓子曲关系考》

作者：姚征

发表：《河南教育学院学报（哲学社会科学版）》2018 年第 6 期

题目：《河洛大鼓的保护和传承问题研究》

作者：时爱华

发表：《河南科技学院学报》2018 年第 3 期

题目：《祁阳小调乡村现状调查及发展研究》

作者：邹林波、雷艺

发表：《湖南科技学院学报》2018 年第 12 期

题目：《“评书”的价值引导功能及其思政课教学启示》

作者：赵智

发表：《淮南师范学院学报》2018 年第 4 期

题目：《杭州评词恢复重生的启示》

作者：陈睿睿

发表：《杭州周刊》2018 年第 35 期

题目：《生态美育视域下的桂林渔鼓传承发展探究》

作者：唐韵萌

发表：《教育观察》2018 年第 21 期

题目：《浅谈东北大鼓与东北民俗文化》

作者：张超

发表：《开封教育学院学报》2018 年第 10 期

题目：《湖北大鼓的传承策略研究》

作者：焦雅萍、徐婵

发表：《绿色科技》2018 年第 3 期

题目：《近 15 年南阳大调曲子研究综述》

作者：闫榀

发表：《民族音乐》2018 年第 3 期

题目：《扎那和西日布胡尔奇说唱的胡仁乌力格尔〈封神演义〉相同选段比较研究》

作者：李彩花

发表：《内蒙古民族大学学报（社会科学版）》2018 年第 1 期

题目：《浅谈三少民族说唱艺术的保护和传承》

作者：张惠娟

发表：《内蒙古艺术》2018 年第 2 期

题目：《豫西南濒危曲艺的传承与发展研究——以新野槐书为例》

作者：高盼

发表：《南阳理工学院学报》2018 年第 5 期

题目：《深度融合旅游文化，促进非遗传承发展——以天津时调为例》

作者：叶德敏、郑书斌

发表：《齐鲁艺苑》2018 年第 2 期

题目：《戏曲、小说和世俗宝卷对莲花落的文化选择及文学书写》

作者：刘祎如

发表:《齐齐哈尔大学学报（哲学社会科学版）》2018 年第 10 期

题目:《民间性是曲艺活的灵魂——以阮世池艺术活动为例浅析民间性对曲艺存续的意义》

作者: 杜佳

发表:《曲艺》2018 年第 1 期

题目:《攻破相声艺术的“虎口”瓶颈——评〈《虎口遐想》三十年〉》

作者: 高玉琮、秦珂华

发表:《曲艺》2018 年第 1 期

题目:《谈地方曲艺创作中的音乐作为》

作者: 戎龚停

发表:《曲艺》2018 年第 1 期

题目:《邹城山头花鼓与民俗文化的互动关系》

作者: 王崇印

发表:《曲艺》2018 年第 1 期

题目:《机遇与挑战 曲艺的新媒体化之路》

作者: 吴可

发表:《曲艺》2018 年第 1 期

题目:《绿艳闲且静 红衣浅复深——吴新伯谈曲艺舞台的艺术呈现》

作者: 吴新伯

发表:《曲艺》2018 年第 1 期

题目:《浅论“微时代”下绍兴莲花落的“微”创新发展》

作者: 杨佳佳

发表:《曲艺》2018 年第 1 期

题目:《融合新时空下的曲艺传播初探——以〈苏州电视书场〉为例探析广电曲艺节目新发展路径》

作者: 姚萌

发表:《曲艺》2018 年第 1 期

题目:《秉承“赵派”风韵 探究表演真谛——兼叙〈玉堂春〉的表演处理》

作者: 朱迎春

发表:《曲艺》2018 年第 1 期

题目:《关于加强曲艺教育学科建设的几点思考》

作者: 陈晨

发表:《曲艺》2018 年第 2 期

题目:《全媒体时代的曲艺批评品格》

作者: 孙光圻

发表:《曲艺》2018 年第 2 期

题目:《侯、马、常氏相声比较研究——兼用笑料分类方法剖析三者风格》

作者: 刘季昌

发表:《曲艺》2018 年第 2 期

题目:《耕耘好这片希望的田野——浅议如何发挥青年在海峡两岸曲艺交流中的作用》

作者: 陈世海、阿诺

发表:《曲艺》2018 年第 3 期

题目:《曲艺挖掘保护与传承》
作者：崔银龙
发表:《曲艺》2018 年第 3 期
题目:《新时期北京城区八角鼓票房的类别与特点》
作者：刘禹
发表:《曲艺》2018 年第 3 期
题目:《社会主义新时代的曲艺观探讨》
作者：田海龙
发表:《曲艺》2018 年第 3 期
题目:《聚焦现实题材 提升曲艺原创力》
作者:《曲艺》编辑部
发表:《曲艺》2018 年第 3 期
题目:《时雨春风娇燕飞——记四川扬琴国家级非物质文化遗产项目代表性传承人刘时燕》
作者：温志航
发表:《曲艺》2018 年第 3 期
题目:《以手指月 曲艺跨文化传播的取径》
作者：瞿见
发表:《曲艺》2018 年第 4 期
题目:《讲好故事・引经据典・产生共鸣——以评书〈精忠说岳・断臂说书〉为例》
作者：梁彦
发表:《曲艺》2018 年第 4 期
题目:《对于相声〈我爱诗词〉的肯定与双重否定》
作者：王大胜
发表:《曲艺》2018 年第 4 期
题目:《新时代传统曲艺焕发现代活力的三个维度》
作者：张旭东、董子铭、丹妮
发表:《曲艺》2018 年第 4 期
题目:《加快互联网建设 打造曲艺新格局》
作者:《曲艺》编辑部
发表:《曲艺》2018 年第 5 期
题目:《南阳鼓词唱词句式及板式结构研究》
作者：别松梅
发表:《四川戏剧》2018 年第 4 期
题目:《“故事里的相声”和“相声里的故事”——评〈相声史话〉》
作者：马畅
发表:《曲艺》2018 年第 5 期
题目:《曲艺管理初探 苏州弹词的美学约束》
作者：张祖健
发表:《曲艺》2018 年第 5 期
题目:《求真务实 紧抓时代机遇 大力发展安徽曲艺》
作者：许文龙
发表:《曲艺》2018 年第 5 期

题目:《让“冷门”的绍兴评话活态发展》
作者：褚米兰
发表:《曲艺》2018 年第 5 期
题目:《浅谈当代河北省的西河大鼓演出方式》
作者：张鑫铭
发表:《曲艺》2018 年第 5 期
题目:《旧曲新唱——关于绍兴传统曲艺传承与创新的调查》
作者：陈芳原
发表:《曲艺》2018 年第 6 期
题目:《河南坠子的“二郎山”》
作者：陈红旭
发表:《曲艺》2018 年第 6 期
题目:《略论曲艺文学塑造历史人物形象的把握原则》
作者：郝赫
发表:《曲艺》2018 年第 6 期
题目:《浅谈曲艺悲剧美学的建构》
作者：刘雷
发表:《曲艺》2018 年第 6 期
题目:《王合义坠子书演唱的艺术审美》
作者：李梦华
发表:《曲艺》2018 年第 6 期
题目:《真实还是虚构——曲艺文学对历史人物再创造的思考》
作者：王晓娟
发表:《曲艺》2018 年第 6 期
题目:《浅论江苏曲艺与“非遗”文化》
作者：陈世海
发表:《曲艺》2018 年第 7 期
题目:《新时代曲艺与高校教育融合探析》
作者：罗勤、涂童童
发表:《曲艺》2018 年第 7 期
题目:《打造品牌 推出人才 立于潮流之先——西安青曲社小剧场运营案例研究》
作者：顺然、柳成荫
发表:《曲艺》2018 年第 7 期
题目:《小剧场如何闯出大天地——从云海曲社的运作模式说起》
作者：柴京云
发表:《曲艺》2018 年第 8 期
题目:《生如夏花 文雅幽兰——怀念姜昆女弟子夏文兰老师》
作者：曹奕林
发表:《曲艺》2018 年第 8 期
题目:《温州鼓词 不该孤独的“乡音”》
作者：侯蕴真
发表:《曲艺》2018 年第 8 期

题目:《曲艺创作需注入专一精神》
作者：姜昆
发表:《曲艺》2018 年第 8 期
题目:《曲艺艺术的时代风尚之培塑》
作者：戎龚停
发表:《曲艺》2018 年第 8 期
题目:《20 世纪三四十年代高德明相声事迹考》
作者：于嘉
发表:《曲艺》2018 年第 8 期
题目:《自述·书道·师训——纪念山东快书艺术家刘洪滨先生逝世十周年》
作者：赵学声
发表:《曲艺》2018 年第 8 期
题目:《曲艺小大辈 相声真将军——常贵田传记〈五“独”俱全〉读后》
作者：常祥霖
发表:《曲艺》2018 年第 9 期
题目:《谈评书艺术的形式特点——说、演、评、博》
作者：田连元
发表:《曲艺》2018 年第 9 期
题目:《初读〈苏州评弹社会史料集成〉之浅见》
作者：郁乃尧
发表:《曲艺》2018 年第 9 期
题目:《文艺轻骑道发展——以亲身实践谈如何让相声“深入生活、扎根人民”》
作者：于淞阳、张晓梅
发表:《曲艺》2018 年第 9 期
题目:《重建曲艺批评有效性的省思》
作者：周思明
发表:《曲艺》2018 年第 9 期
题目:《缘何来境闻鼓声——访曲艺创作者李志永》
作者：李志永、马瑜
发表:《曲艺》2018 年第 9 期
题目:《兢兢业业从艺，清清白白做人——追忆曲艺名家魏文华》
作者：王文玉
发表:《曲艺》2018 年第 9 期
题目:《白韵霞光——纪念京韵大鼓艺术家阎秋霞逝世三十年》
作者：于会江
发表:《曲艺》2018 年第 9 期
题目:《博采众家之长 丰富坠子之艺》
作者：杨秀玲
发表:《曲艺》2018 年第 9 期
题目:《经典故事之外的博弈场景——传统评书〈三国·美髯公温酒斩华雄（选段）〉赏析》
作者：鲍震培
发表:《曲艺》2018 年第 10 期

题目:《河南坠子大书传播现思考》
作者：刘景亮
发表:《曲艺》2018 年第 10 期
题目:《曲艺剧场品牌建设与运营发展》
作者：李家讴
发表:《曲艺》2018 年第 10 期
题目:《赏析“双琴”骆韵长馨》
作者：罗君生
发表:《曲艺》2018 年第 10 期
题目:《相声与扇子》
作者：姜昆
发表:《曲艺》2018 年第 10 期
题目:《中国古代曲艺表演的审美意识》
作者：马志飞
发表:《曲艺》2018 年第 10 期
题目:《评弹比翼 时空穿越 虚实辉映——原创中篇评弹〈大浪淘沙〉艺术结构评析》
作者：孙光圻
发表:《曲艺》2018 年第 10 期
题目:《文化自信下的使命与责任——传统大书的复兴思考》
作者：袁国虎
发表:《曲艺》2018 年第 10 期
题目:《“中国文化走出去”背景下的“洋相声”研究》
作者：鲍震培
发表:《曲艺》2018 年第 11 期
题目:《以相声为例看曲艺的传承和创新》
作者：党铁九
发表:《曲艺》2018 年第 11 期
题目:《“离开了麦子地就断了琴弦……”——我眼中的著名戏剧、曲艺文学作家王宏》
作者：孙立生
发表:《曲艺》2018 年第 11 期
题目:《浅谈相声创作中主题的作用》
作者：田海龙
发表:《曲艺》2018 年第 11 期
题目:《神奇的“意料之外，情理之中”——对一则相声艺谚的解读》
作者：王济忱
发表:《曲艺》2018 年第 11 期
题目:《现实题材相声创作的三个维度》
作者：王兴昀
发表:《曲艺》2018 年第 11 期
题目:《打造融媒新产品迎接时代新机遇 苏州评弹融合传播愿景探析》
作者：相军
发表:《曲艺》2018 年第 11 期

题目:《年轻人的相声应该怎么说?——从相声〈我爱北京〉说起》
作者:于梦欣
发表:《曲艺》2018年第11期
题目:《以说当先 以评为高——浅议“单田芳评书”艺术特色》
作者:张天来
发表:《曲艺》2018年第11期
题目:《加强曲艺理论建设 推动曲艺创作实践》
作者:董涛
发表:《曲艺》2018年第12期
题目:《尊重曲艺传统 拥抱网络时代——试论对当代通俗小说进行曲艺性创演的三个认识》
作者:楚子
发表:《曲艺》2018年第12期
题目:《曲艺与法治文化建设的交互关系探析》
作者:贾振鑫
发表:《曲艺》2018年第12期
题目:《“书”生意气说国虎》
作者:李多
发表:《曲艺》2018年第12期
题目:《略论南木特藏戏与安多藏区说唱艺术之关系》
作者:李淑琴
发表:《浙江艺术职业学院学报》2018年第2期
题目:《说唱故事的取材与演进初探》
作者:秦珂华
发表:《曲艺》2018年第12期
题目:《关于借鉴文学文本进行曲艺创作的一点思考》
作者:吴新伯
发表:《曲艺》2018年第12期
题目:《变文与演义 曲艺文本的通俗语境》
作者:瞿见
发表:《曲艺》2018年第12期
题目:《观察与思考 刍议2018年中国曲艺发展》
作者:周思明
发表:《曲艺》2018年第12期
题目:《相声的创演困境与发展出路》
作者:吴文科
发表:《人民日报》2018年4月19日
题目:《山东曲艺音乐概说》
作者:郭谂墨
发表:《人文天下》2018年第20期
题目:《基于数字技术的民间曲艺保护与传承研究——以四川扬琴数字化为例》
作者:张丽蓉
发表:《四川图书馆学报》2018年第6期

题目:《当代曲艺评论人才培养机制研究》
作者:骆平、徐燚
发表:《四川戏剧》2018 年第 3 期
题目:《新媒介时代如何打造传统文化品牌——相声表演艺术的生存与发展现状研究》
作者:韩奇
发表:《四川戏剧》2018 年第 6 期
题目:《四川扬琴传承展演现状调查及发展对策研究》
作者:刘婷婷
发表:《四川戏剧》2018 年第 9 期
题目:《明代文人视野中的民间说唱艺术》
作者:纪德君
发表:《社会科学》2018 年第 11 期
题目:《重庆民间说唱艺术“双槐善书”调查与研究》
作者:彭伟
发表:《三峡大学学报(人文社会科学版)》2018 年第 2 期
题目:《科举与政争:明清时期苏州弹词传统书目选编的历史因素分析》
作者:付楠、沈家悦
发表:《泰山学院学报》2018 年第 4 期
题目:《社会哲学视野下的天津曲艺保护研究》
作者:王家乾、吉梓瑶
发表:《天津音乐学院学报》2018 年第 3 期
题目:《改革开放四十年山西曲艺生态嬗变之研究》
作者:李成丽
发表:《太原学院学报(社会科学版)》2018 年第 4 期
题目:《居然别有弦歌曲——清末民初的说唱艺术与社会生活》
作者:平瑶
发表:《探索与争鸣》2018 年第 8 期
题目:《郓城坠子里的“水浒情”》
作者:马丽
发表:《文化创新比较研究》2018 年第 7 期
题目:《2017 年度中国曲艺发展研究报告》
作者:吴文科、蒋慧明、田莉、王晶、高苹
发表:《文化艺术研究》2018 年第 1 期
题目:《论弹词〈再生缘〉的主题思想及相关问题》
作者:谢桃坊
发表:《文史杂志》2018 年第 2 期
题目:《传承》
作者:曲言
发表:《文艺报》2018 年 1 月 29 日
题目:《内蒙古莲花落》
作者:王有国
发表:《寻根》2018 年第 5 期

题目:《当下曲艺戏曲化发展的历史依据、现实尴尬及现实可能——以永新小鼓为例》
作者：胡小东
发表:《戏剧文学》2018 年第 2 期
题目:《依附于〈茶馆风情〉的创作论四川曲艺的传承及保护》
作者：曾洁
发表:《戏剧之家》2018 年第 1 期
题目:《浅析四川金钱板的传承、改革与创新》
作者：林晓东
发表:《戏剧之家》2018 年第 2 期
题目:《浅析文化自信视域下的菏泽曲艺传承——以山东琴书为例》
作者：李梦华
发表:《戏剧之家》2018 年第 21 期
题目:《谈快板书艺术的传承与发展》
作者：孙铭泽
发表:《戏剧之家》2018 年第 20 期
题目:《浅谈相声作品中的声乐艺术》
作者：王雨琦
发表:《戏剧之家》2018 年第 19 期
题目:《宋代说唱艺术与民间风俗》
作者：唐姝娴
发表:《戏剧之家》2018 年第 22 期
题目:《曲艺表演与艺术创作》
作者：傅俊秀
发表:《戏剧之家》2018 年第 28 期
题目:《简述聊城八角鼓的传承现状》
作者：于秀慧
发表:《戏剧之家》2018 年第 34 期
题目:《传统曲艺的社交属性及其当代对接》
作者：马志飞
发表:《新闻爱好者》2018 年第 7 期
题目:《口传心授传曲韵 新旧舞台承新风——记湖南红星曲艺传承社的曲艺传播之路》
作者：唐海燕
发表:《艺海》2018 年第 9 期
题目:《西部少数民族曲艺文化复兴的现实依据与路径选择——曲艺文化复兴研究之一》
作者：李萍
发表:《沿海企业与科技》2018 年第 2 期
题目:《乐亭大鼓的器乐伴奏分析》
作者：刘新艺
发表:《乐器》2018 年第 9 期
题目:《东莞与台山木鱼歌的艺术渊源和艺术特色》
作者：刘苗苗
发表:《艺术教育》2018 年第 21 期

题目:《相声的“唱”——太平歌词》
作者：陈成
发表:《艺术科技》2018 年第 9 期
题目:《“八角鼓类型腔系”内部曲种关系研究》
作者：高乐
发表:《艺术评鉴》2018 年第 3 期
题目:《四川扬琴作为四川曲艺的唱曲曲种》
作者：吴瑕
发表:《艺术评鉴》2018 年第 6 期
题目:《非遗视野下苏北大鼓的传承与保护》
作者：陈超杰、姜娟萍、唐青
发表:《艺术评鉴》2018 年第 9 期
题目:《襄垣鼓书常用曲牌的应用》
作者：王瑞
发表:《艺术评鉴》2018 年第 23 期
题目:《关于苏州评弹三个终极问题的理论探索——读周良先生〈苏州评话弹词史补编〉》
作者：唐力行
发表:《艺术评论》2018 年第 1 期
题目:《坚守曲艺 创新形式——章回鼓书〈古城暗战〉研究》
作者：王倩
发表:《艺术评论》2018 年第 1 期
题目:《温州鼓词音乐文化探析》
作者：余娜玮
发表:《艺术研究》2018 年第 2 期
题目:《从〈晒秋〉谈当今传播语境下鄱阳大鼓的传承和发展》
作者：李芙
发表:《音乐传播》2018 年第 4 期
题目:《艺术跨界交融现象的探寻与思索——天津时调的创新与传承》
作者：叶德敏
发表:《音乐创作》2018 年第 1 期
题目:《天津时调〈秋景〉的创新分析及教学意义》
作者：张伟
发表:《音乐创作》2018 年第 10 期
题目:《传统与创新的对话——评“辽海情韵”辽宁省非物质文化遗产展演》
作者：曹洋
发表:《音乐生活》2018 年第 3 期
题目:《扶仗苦涉三冬雪，拥书笑谈单田芳》
作者：吴启川
发表:《音乐生活》2018 年第 7 期
题目:《沈阳相声的前世今生》
作者：曹洋
发表:《音乐生活》2018 年第 11 期

题目:《绍兴莲花落音乐特征中的体裁特性与地域属性》
作者：周丹
发表:《音乐文化研究》2018 年第 2 期
题目:《晚明说唱批评的新格局》
作者：田莉
发表:《中国美学》第 5 辑
题目:《试论云南白族民间曲艺的传承与发展》
作者：杨秀玲
发表:《中国民族博览》2018 年第 2 期
题目:《形式创造与表演创新——论当代四川金钱板艺术的变与不变》
作者：杨心先
发表:《中国民族博览》2018 年第 7 期
题目:《道情艺术的文化传承意义——长安道情〈隔门贤〉为例》
作者：李雪皎
发表:《中国民族博览》2018 年第 10 期
题目:《地方曲艺的荣光与衰落——新野槐书现状考察与分析》
作者：高盼
发表:《中国艺术时空》2018 年第 2 期
题目:《传承保护杭州曲艺的现实思考——由“全国非遗曲艺周”说开去》
作者：陈睿睿
发表:《中国艺术时空》2018 年第 5 期
题目:《中国民间说唱艺术鼓词知识图谱研究》
作者：李燕、胡智文
发表:《中国音乐》2018 年第 2 期
题目:《乐亭大鼓腔体结构之我见》
作者：江玉亭
发表:《中国音乐学》2018 年第 2 期
题目:《“说书”概念及其文化转移》
作者：孙越
发表:《中华文化论坛》2018 年第 9 期
题目:《明末说唱批评的突破》
作者：田莉
发表:《中华文化论坛》2018 年第 9 期
题目:《高校曲艺文化建设的必要性研究》
作者：宋辉
发表:《浙江工商职业技术学院学报》2018 年第 3 期

大事记

3月10日至15日，“贯彻落实党的十九大精神·担当新使命实现新作为——曲艺原创作品采风研讨会”在云南省丽江市举行。

3月13日至14日，“第三届‘走马杯’讲好中国故事曲艺展演”在重庆市九龙坡区举行。

3月25日，“第九届中国曲艺节”在天津市开幕。

4月7日，相声界纪念罗荣寿诞辰百年活动在北京市举行。

4月9日，“2018年全国曲艺家协会工作会议”在天津市举行。

4月23日，中国曲艺家协会赴波兰进行访演交流活动。

4月25日，“蜀曲流芳——成都市曲协原创作品”专场演出在四川省成都市举行。

5月9日，“第十届中国曲艺牡丹奖”评奖、颁奖活动在北京市启动。

5月10日至13日，“第二届‘中国浙江·全国曲艺传承发展论坛及观摩交流展演’暨‘中国浙江（绍兴）·全国曲艺小书（弹词、走书）传承发展论坛及观摩交流展演’”活动在浙江省绍兴市举行。

5月29日至6月7日，“2018年全国群众文艺创作（曲艺）培训班”在辽宁省沈阳市举行。

6月7日，京津冀非遗曲艺人才培训基地在天津市成立。

6月7日至14日，“全国非遗曲艺周”在天津市举行。

6月9日至13日，“全国非遗曲艺保护成果图文展”在天津美术馆举行。

6月10日，“济南市曲艺传承基地授牌暨传统文化进校园启动仪式”在莱芜艺术馆举行。

6月14日，“全国非遗曲艺周总结座谈会”在天津市举行。

6月24日，“中国曲艺家协会西藏自治区民族曲艺工作者（山南）培训班”开班。

7月1日，“走进新时代——中国曲艺家协会文艺志愿服务团送欢笑到基层演出”在西藏自治区上演。

7月17日，曲艺表演艺术家马小平在山西省太原市收徒。

7月19日，中国曲艺家协会曲艺专家名家创作示范工程启动仪式在北京市举行。

7月23日至27日，“首期曲艺网络编辑、创作、推广人才培训班”在北京市举行。

8月3日，“第八届全国少儿曲艺展演”在江苏省张家港市闭幕。

8月11日，“首期中国曲艺之乡（名城）管理服务干部培训班”在山西省长治市开班。

8月14日，“第十届中国曲艺牡丹奖全国曲艺大赛（山西长治赛区）”评审结果公布。

8月18日至19日，“首期全国青年曲艺工作者精品创作辅导班”在北京市举行。

8月22日，“2018北京少儿曲艺比赛”决赛在北京市举行。

8月24日，“崇德尚艺 做有信仰有情怀有担当的新时代文艺工作者巡回宣讲活动”在山东省济南市举行。

8月26日，“首期曲艺小剧场创作人才培训班”在上海市开班。

9月1日，国家艺术基金2018年度资助项目“北京评书表演艺术人才培养”开班仪式在辽宁省文化艺术研究院举行。

9月2日，宝坻电视台《马季相声会》栏目研讨会在天津师范大学举行。

9月2日至6日，中国曲艺家协会第八届理事会理事培训班在北京市举办。

9月7日，相声表演艺术家常宝华因病在北京市逝世，享年88岁。

9月7日，姜昆“说”相声在香港上演。

9月11日，评书表演艺术家单田芳因病在北京市逝世，享年84岁。

9月15日，“讲好中国故事”首届山东快书汇演聊城赛区初赛在山东省聊城市举行。

9月19日至21日，“首期全国曲艺小剧场经营管理人才培训班”在天津市举行。

9月22日，“纪念山东快书杨派创始人杨立德先生诞辰九十五周年艺术研讨会”在山东省东营市举行。

9月24日，西河大鼓表演艺术家刘建云因病在北京市逝世，享年80岁。

9月26日至29日，“第三届全国曲艺理论学术研讨会”在广西壮族自治区百色市举行。

9月28日，相声表演艺术家张文霞因病于天津市去世，享年82岁。

9月28日，相声表演艺术家师胜杰因病在黑龙江省哈尔滨市逝世，享年66岁。

10月3日，三弦表演艺术家穆祥征因病在北京市逝世，享年61岁。

10月5日，相声表演艺术家谢天顺因病在北京市逝世，享年73岁。

10月7日，第十届中国曲艺牡丹奖评奖结果在江苏省扬州市揭晓。

10月12日，中国文艺志愿者协会第二届第一次理事会在北京市举行。

10月13日至14日，首届“中国盐都·全国乡村曲艺发展论坛暨全国乡村优秀曲艺节目交流展演”活动在江苏省盐城市举行。

10月14日，中国台湾相声表演艺术家吴兆南因病在美国洛杉矶辞世，享年93岁。

10月16日至25日，“第七届中国苏州评弹艺术节”在江苏省苏州市举行。

10月21日，第二届“董湘昆杯”京东大鼓邀请赛颁奖暨汇报演出在天津市津南大剧院举行。

10月22日，三弦演奏家韩宝利在天津市收徒。

11月1日，“曲艺事业发展基金研讨暨曲艺家座谈会”在贵州省举行。

11月1日至3日，“第五届‘中国河间·西河大鼓发展论坛及西河大鼓书会’”在河北省河间市举行。

11月4日至7日，“第二届‘通州杯’全国曲艺小剧场新作展演活动”在江苏省南通市举行。

11月6日，2018年全国曲艺家协会业务干部培训在陕西省延安市开班。

11月9日，中国曲艺家协会文艺志愿服务团“送欢笑”演出在广西壮族自治区柳州市上演。

11月9日至11日，“2018广西·桂林渔鼓交流展演及发展论坛”在广西壮族自治区桂林市举行。

11月11日，相声表演艺术家李伟健收徒。

11月12日至14日，第四届全国公安系统相声小品大赛在天津市中华剧院举行。

11月15日，奥克兰举办“2018首届中国曲艺文化节”。

11月21日，曲艺弦师钟吉铨因病在天津市逝世，享年92岁。

11月22日，“崇德尚艺，做有信仰、有情怀、有担当的新时代文艺工作者”巡回宣讲活动在河北省石家庄市举行。

11月24日，“讲好中国故事——首届山东快书汇演决赛颁奖晚会”在山东电视台举行。

11月25日，“军旅曲艺家刘洪滨艺术研讨会”在山东省济南市举行。

11月28日，中国曲艺家协会曲艺APP上线。

11月30日至12月3日，首届“中国扬州·全国曲艺大书发展论坛及全国曲艺大书‘扬州书会’”在江苏省扬州市举行。

12月1日至2日，“第七届中国曲艺团长高峰论坛”在江苏省扬州市举行。

12月6日，姜昆获“海部俊树和平友好奖”。

12月7日至12日，“第十期全国曲艺创作高级研修班”在广东省惠州市举行。

12月11日，深圳市第十一届“鹏城杯”新人新作曲艺（表演）大赛颁奖暨纪念相声表演艺术家高英培诞辰九十周年晚会在深圳市华夏艺术中心举行。

12月16日，“天津市曲艺家协会第四次会员代表大会”在天津市举行。

12 月 19 日，“美丽乡村”曲艺原创作品展演在北京市举行。

12 月 26 日至 31 日，“2018‘南腔北调 · 说唱英雄会’曲艺周”在上海市举行。

12 月 27 日至 28 日，“曲集江南风，艺汇辉煌路——庆祝改革开放四十周年长三角地区（沪苏浙皖三省一市）曲艺类非遗精品节目交流展演及曲艺传承保护工作座谈会”在上海市举行。

中国艺术研究院基本科研业务费项目

（项目编号：2020-2-27）

中国艺术年鉴

2019 + 下

喻剑南　主编
中国艺术研究院《中国艺术年鉴》编辑部　编

文化艺术出版社
Culture and Art Publishing House

《中国艺术年鉴·2019》
编辑机构人员

主　编

喻剑南

执行主编

吴　昊

分卷主编（按内文卷本顺序排序）

高　苹

张乃锋

王　畔

陈　乾

杜　蕾

王　晶

耿春晓

耿春晓

周进生

顾骁瑾

丛玲玲

周　延　贾国元

陈诗红

中国艺术年鉴

2019 + 总目录

下册目录

电影卷……429

分卷主编：耿春晓

电视艺术卷……521

分卷主编：耿春晓

美术卷……607

分卷主编：周进生

书法·篆刻卷……907

分卷主编：周　延　贾国元

中国艺术年鉴·2019

电影卷

分卷主编：耿春晓

年度述评

2018 年度中国电影艺术发展研究报告

◎ 丁亚平　陈晓萌

2018 年的中国电影，风云激荡，充满变化。全国电影总票房跃升至 609.76 亿元，同比增长 9.06%；国产电影总票房为 378.97 亿元，同比增长 25.89%，市场占比为 62.15%。成功超越 2017 年 559.11 亿元的全年票房成绩，国产片占比也提高了 8.31 个百分点，创下国内电影市场新纪录。市场行业规范升级，为中国电影提供发展空间、增添内在动力。在创作层面，2018 年的中国电影呈现出新的发展趋势，首先是"新"现实主义影片的突破；其次是主旋律影片的进一步升级，类型的分化、杂糅与拓展引发观众热烈反响；最后，在动作、喜剧、爱情、青春、文艺等类型中，明显可见手法创新，题材的拓展与深化，为中国电影创作带来了创意与活力。2018 年的国产电影无疑处在一个新的转折阶段，尽管对电影改革的实际运作与走向的看法有很大差异，但不管怎样，许多重要的经验值得总结。

一、执拗的高音：电影怎样照见生活

2018 年，国产电影最重要的代表影片当推《红海行动》和《我不是药神》。以《红海行动》为代表的主旋律影片维持了《战狼 2》的热度，展示了重工业电影的产业升级，以《我不是药神》《无名之辈》为代表的影片彰显了现实主义题材影片的质感和影响力。毋庸置疑，真实的东西最能感动人，要真正记录时代，就要照亮人心，照见人性和生活。

《我不是药神》堪称 2018 年暑期档[①] 现象级影片，30.99 亿元票房的商业成功、85 万余人打出的 9.0 豆瓣评分（猫眼评分 9.6），加上热烈的全民话题讨论，是近年来罕见的"叫好又叫座"且拥有比较广泛的影响力的里程碑式佳作。影片是新人导演文牧野执导的一部现实主义题材电影，改编自轰动一时、引发过巨大争议的真实事件"陆勇案"。

"陆勇案"事涉疾病、金钱带来的生存困境，代购"假药"的违法行为与客观上的助人成绩、有罪的违法现实与病友们无罪的请愿诉求，以及司法机关经过多方博弈后最终无罪的判决，"情"与"法"的巨大冲突，陆勇从面临牢狱之灾到被主流媒体盖章报道为"药侠"的曲折经历，使得事件本身有着非常丰富的戏剧性、多元的指向性和解读空间。换句话说，"陆勇案"本身是一个非常有戏的电影选题，但如何才能改编得好却非常困难。

文牧野导演坦言，影片的改编经历了从文艺片、人物传记片到添加了更多商业类型元素，从"陆勇传"到"我不是药神"的曲折历程。影片的改编无疑是成功的。影片产生的巨大社会影响力：一部虚构的现实主义题材影片，所产生的力量甚至在人们心目中改写了部分现实。[②] 影片之所以能够达到这样的效果，与导演本人坚持的创作思维是分不开的。影片公映后，文牧野导演在媒体访谈中提及自己的创作思想：电影是需要三性统一的，即娱乐性、社会性与灵魂性。对于这三性的解释，导演提到娱乐性是最基本的，其作用是吸引观众持续观看下去。但仅有娱乐性是不够的，无法满足观众更深层次的诉求——社会性和灵魂性层面的诉求。社会性是当前中国电影最缺的特性，社会性事关个体，生老病死能够牵动各个社会阶层，满足观众的代入感。灵魂性指的是人性深处灵魂的救赎，一般与主角所

① 2018 年暑期档电影总票房为 173.8 亿元，较 2017 年同比增长 7%；观影总人次达到 5 亿，同比增长 6%。《我不是药神》摘下"暑期票房冠军"。本年暑期档上映的影片达 134 部，其中有 91 部电影票房不足千万元。

② 影片放映后，重新勾起人们对"陆勇案"的讨论，以至于作为影片原型的陆勇本人在此片公映时不得不出面澄清自己当年乃是无偿帮助病友代购，并未趁机发财。而这在某种程度上也是影片的成功之处。

要承担的成长任务密切相关。基于这一创作思维，文牧野导演进一步阐述了影片的创作难点："我们中国缺少的是三性打满的片子，并不是只缺少社会性片子，文艺电影都有社会性。但是三性全满是难做的，所以切到一个好的题材进去，三性打满，在剧作的时候想到社会性如何蔓延出来，灵魂性怎么布置，同时大家不相冲，因为有的时候娱乐性为高，社会性为少，怎么样在这个地方找到平衡，这是这个电影最难做到的。"① 从影片的最终成片效果来看，娱乐性、社会性、灵魂性的三性打满及平衡，导演和他的创作团队做到了。

在娱乐性的处理方面，影片充满了黑色幽默。大量用心打磨的细节，回归到生活本身的质感，贫穷、苦难的人生中亦有欢喜之味，经过严谨的笑点与泪点的编排、设置，引导观众情绪的流动与抒发。观影时观众有笑有泪，情绪张弛有度，满足感官层面的愉悦。在社会性的处理方面，影片取材于真实事件，经过创造性改编，表现了角色在疾病面前的无奈、生死之间的挣扎，结合当前社会医疗负担重的现实，影片在引发观众共情方面具有天然优势，但导演在处理苦难时，却十分克制，并未一味渲染苦难来煽情，反而将酸甜苦辣的人生滋味交融在一起，引导观众对这一现实展开反思。在灵魂性的处理方面，主角经历了从自私、家暴、游走在违法边缘的丑陋的市侩小人形象到无私、忘我而"封神"的灵魂转变。为了实现这一转变，主角得到了俗世财富、真挚友情，遭遇了假药集团的心机暗算，见识了人性的卑劣与高贵，最终在经历了吕受益的绝望自杀、黄毛为替自己顶罪车祸而亡之后，灵魂涅槃重生。影片在戏剧性、社会性、心灵性三个层面展开，并很好地掌控了三性之间的平衡。从而做到了引人入胜、催人泪下、发人深省多重观影体验，成为极少数商业与艺术完美结合的杰出作品。

影片的成功也离不开演员的表演，徐峥、王传君、章宇等演员以炉火纯青的演技，打磨出了程勇、吕受益、黄毛等真切、鲜活、动人的角色，影片掀起了观众对演员演技的探讨及热情，结合《演员的诞生》《我就是演员》《今日影评・表演者言》等相关的热门综艺节目的带动，助力好演员迎来春天。在商业成功、网络评论热捧与观众热议之外，影片也得到了主流评论界的不吝赞誉，先后斩获第 14 届中国长春电影节最佳青年编剧奖，第 55 届台湾电影金马奖最佳新导演、最佳原著剧本奖，以及澳大利亚影视艺术学院奖最佳亚洲电影奖。《我不是药神》是国产电影里程碑之作。影片对于当下的国产电影创作意义重大，这样一部颇具深度的现实主义题材作品，取得如此令人瞩目的成功，无疑将对国产电影的良性发展带来深远的影响。

《无名之辈》同样由新生代导演执导，导演饶晓志极具个人风格，由老戏骨陈建斌、演技派任素汐、章宇、王砚辉等主演。影片上映之初票房遇冷，其后口碑发酵逆袭，票房 7.9 亿元，豆瓣评分高达 8.2（猫眼评分 9.1），票房、口碑双赢。

《无名之辈》所走的中小成本荒诞喜剧路线，肇始于宁浩《疯狂的石头》，发扬于忻钰坤的《心迷宫》，虽然引起了一系列的跟风之作，却鲜见导演的独创性，也未能取得较大的社会影响力。因此，《无名之辈》的出现，适逢其时，从纵向的时间线来衡量，这一类型近年来缺乏佳作，观众的观影需求不能被满足，呈现出"饥渴"状态；从 2018 年度横向的时间线来对比，今年的喜剧作品质量与票房吸引力不成正比。特别是《李茶的姑妈》《捉妖记 2》等 IP 作品并不理想，拉低了观众的审美期待。在这一背景下，《无名之辈》以其诚意的制作、演员出色的表演以及西南官话的鲜活生命力、独特的"笑果"，打动了观众，成为荒诞喜剧类型的又一匹黑马。

影片采用多线叙事结构，将警察、讨债人、保安、蠢贼、瘫痪女、瘫痪女的追求者、保安女儿、欠债人及其儿子、小三、妓女、小混混等形形色色的人物安排得明明白白，形成了一个完整的闭环。在这个结构之中，又以陈建斌饰演的保安马先勇"寻枪"和任素汐饰演的马嘉旗"寻死"为主线，串联起了众多人物的行动。人物的行动与现实不断错位，在荒诞的表象之下，包裹着一个关于"爱"的拯救力量的内核。马先勇在现实中有多落魄，他的破案就多孤勇有力；同样，蠢贼有多自负，他们的

① 张玮：《专访文牧野：〈药神〉本是文艺片，我要把它做成〈辩护人〉》，公众号《毒眸》2018 年 7 月 6 日。

抢劫就有多鬼畜。他们都是现实世界里的小人物，每个人都有各自的现实困扰，两个蠢贼一个想出人头地被社会认可，一个想发财然后迎娶女神，马先勇想做辅警而不可得，马嘉旗被困于轮椅无人关心，做房地产开发的老板高明欠债带着小三跑路，讨债人刘五找不到高明想出了举办活人追悼会的狠招，现实与荒诞，只在一念之间。然而，就在这样的一个世界中，我们看到了角色身上人性的一面，不同处境的小人物，通通被撕下了面具，展示出了最为不堪的一面，毒舌瘫痪女马嘉旗在陌生人面前小便失禁，梦想出人头地的蠢贼被制作成鬼畜视频沦为笑柄，一心想要当上辅警的马先勇拼命破案却被当成嫖客误抓，而这一幕刚好被自己女儿看见，每个人都很用力地对抗生活的困境，却不得不面对越努力越难堪的现实。值得称赞的是，这些出场时或荒诞或悲情的小人物，在限定的影像时空里，都顽强地活出了自己的面孔，从“无名之辈”成长为马嘉旗、胡广生、李海根。小人物在现实世界的头破血流，以及头破血流后的抗争，正是影片为观众所创建的共情时刻。演员出色的表演，为这个时空奠定了现实基底，提供了真实质感，特别是任素汐的表演，有力与无力、冲动与收敛之间微妙的平衡，把握得相当细腻，赢得了观众的普遍赞誉，豆瓣高关注度短评称赞她“有的人坐着演戏就能封神”。马嘉旗与眼镜、大头的段落，也因此成为影片的华彩乐章。影片主创团队并没有大牌流量明星，却拿下豆瓣年度喜剧类型电影最高评分，展现了国产片强大的生命力和对观众的吸引力。当然，《无名之辈》并不是完美的。在结构方面，导演对多线叙事的处理，逻辑上不够严谨，很多联系依赖于人物的设定，过多的巧合消解了故事自身应有的悬疑感和节奏的紧张感；在人物角色方面，由于影片时长的限制，人物群像的处理未能一一展开，部分角色难免陷入符号化、脸谱化境地，这就进一步导致了影片有些情感线索转变不合理；在视听语言方面，导演的处理更多地依赖于演员的表演，场面调度缺乏电影感，特别是影片最后，当所有的线索交叉汇集到一起，想象中热血沸腾的场景，最终因混乱沦为了一场尬戏。但总体来看，影片瑕不掩瑜，努力表现现实主义创作精神，展现出了相当高的制作诚意和水准。

《找到你》改编自韩国悬疑片《迷失：消失的女人》。由吕乐执导，姚晨、马伊琍主演。影片豆瓣评分 7.4，高于原版的 6.8 分。在本土化改编过程中，导演选择将其改编为一部主打亲情、母爱，兼具悬疑元素的剧情片。影片片名为《找到你》，从原版的“迷失”到新版的“找到”，预示了影片不同的侧重点。影片采用双女主的设定，姚晨饰演的职场白领女律师李捷与马伊琍饰演的底层农村妇女孙芳由于医院床位的问题而有了交集，孙芳在因无钱付医疗费被逐出医院痛失爱女和情人，及因欠下巨额高利贷面临生命威胁的双重绝境下，决意报复李捷，假意上门应聘保姆，伺机拐卖李捷的女儿多多。然而，孙芳在照顾多多的过程中，对多多产生了亲情，所以，当她最终带着多多离开后，并没有按照原定计划将多多带给同伙，而是神秘消失了。由于这一设定，片名的《找到你》具有双重指向性，表面线索是李捷找到女儿多多，深层却是李捷对孙芳的人生的追寻，并通过这样的追寻，最终找到一个女性在现实社会所遭遇的悲惨命运，以及在这悲惨命运之下，一个女性对女儿不惜一切的母爱深情。揪心的经历，使得李捷从一个片面的自认为强大的职场女性，完成了灵魂的转变，认识到了自己作为母亲的身份，以及对女性所面临的艰辛现实的共情。

故事开始时，李捷是职场上叱咤风云的女律师，在负责的离婚案中，对客户做全职妈妈的妻子朱敏盛气凌人，对其请求不仅无动于衷，反而加以嘲讽。然而，回到家中，由于忙于工作，李捷并不能很好地履行母亲应有的职责，对女儿的关爱只能依赖保姆孙芳。职场与家庭生活的难以兼顾是李捷的人生困境，而李捷丈夫对女儿抚养权的争夺，更使这一困境雪上加霜。深谙法律规则的李捷也不免因此陷入焦虑。这时，李捷并不能理解同为女性的朱敏、孙芳的困境与诉求。失去多多后，李捷突然发现自己的天塌了。为了找回多多，李捷顺着孙芳留下的线索，找到了孙芳的朋友，失足女、小摊贩……清晰地勾勒出孙芳苦难的人生轨迹。孙芳所面临的悲惨境遇，和她绝境之下为了孩子不惜一切的努力，令人动容。鲁迅先生写过，人类的悲欢并不相通。但影片告诉我们，母亲对孩子的爱在某种程度上是相通的。失去孩子的李捷，对同样失去孩子的孙芳以及将要失去孩子的朱敏，剧痛之下产生了共情，她理解了孙芳，也理解了朱敏。影片结尾，完成灵魂转变的李捷，散发出了人性的光辉，在法庭辩护时，以一个母亲的身份和角度，支持法院将孩子判给朱敏。

影片可贵的地方在于聚焦女性，从女性面临的婚姻、家庭、育儿与职场生涯的博弈，表达了对当下女性的现实境遇和生存困境的关注、悲悯和反思。对于广大女性观众来说，是一部真诚的感人之作。作品由女性职场和母爱的相通，反映出底层人物和女性现实困境的相通，对底层社会的观照，让人感叹女性和底层人物的命运，引起了观众极大的共鸣，是一部优秀的现实主义作品。影片获第 21 届上海国际电影节金爵奖最佳影片提名。

二、不同时空的共振：超越单维的历史叙述传播

中国电影市场的韧性和巨大体量，展现了极大的可能。主旋律影片类型化，证明了电影市场的吸引力。中式商业大片，特别是动作片，推进更大力度、更高水平的影像书写，成为超乎人们预想的在不同时空共振的中国电影行动力。

从《战狼》系列到《湄公河行动》《红海行动》，我们欣喜地看到，主旋律题材片正在进行不同方向的探索，而票房成绩也证明了观众乐于见到这种尝试。主旋律题材电影是人们融合民族情绪的情感表达，能给予观众超脱于日常生活的情感体验和回应。爱国之情既是丰富电影创作的一个重要元素，也是电影创作者不容忽视的表达需要。在关于它如何表达的探索上，《红海行动》无疑迈出了强有力的一大步。

《红海行动》是香港导演林超贤执导的一部主旋律战争动作片，由张译、黄景瑜、海清、杜江等主演，2018 年春节档[①] 上映后不久即引发了观众的观影热潮。《红海行动》在大年初一票房仅为 1.3 亿元，但凭借口碑传播，春节档收获 12.06 亿元的票房，最终收获票房 36.51 亿元，林超贤凭这部电影荣获第 17 届纽约亚洲电影节最佳动作片导演奖。

影片根据 2015 年 3 月海军第十九批护航编队赴也门撤离中国公民的真实事件改编而成，在拍摄过程中得到中国海军的大力支持。影片运用临沂号导弹护卫舰、主战坦克、直升机、装甲车等涵盖海陆空全方位的真实军方装备，不仅在银幕上呈现了生动激烈、悲壮残酷的战争场面，带给观众无与伦比的观影体验，更展现了中国海军强大的实力和威慑力，增强了国人的爱国热情和民族自豪感。主演海清说："这是我第一次如此近距离地体会到海军的军威，这种威慑力让我觉得作为一个中国人是一件如此骄傲的事！"这也是绝大多数观众的观影感受。

作为主旋律题材商业化的电影，《红海行动》的探索取得了口碑与票房的双重成功。它的成功不仅是来自剧组在形式上的求实求精，更离不开林超贤对影片内容广度与深度的把控。林超贤有着清醒的认识："我希望除了展现我们海军的强大、担当，同样也可以展示当面对有可能威胁到全人类的恐怖主义的时候，一个普通人的勇气和使命感。"

就影片内容来说，林超贤超额完成了他的目标。《红海行动》用画面和声音传递的真实力量打动了观众，并带给观众观影过瘾后深刻思索的空间。在呈现我们海军的强大、担当上，影片除了展示先进精妙的武器装备，更充分展现了我国军人强大的作战能力、永不屈服的意志力和对国家与人民的忠诚守卫。在紧张、激烈的营救人质间隙，影片巧妙地穿插蛟龙队员身为普通人的一面，如庄羽在战场上的自我怀疑、李懂对战争压力的畏惧、石头喜欢吃糖和对佟莉的暗恋等，迅速拉近了人物与观众的距离，实现了把他们从蛟龙队员到血肉之躯的还原。英雄不再是空洞的符号，变成了有血有肉的普通人。这使得电影人物形象更加饱满真实，既增加了影片的深度，也唤起了观众的共鸣。当观众意识到军人就是我们身边的普通人，他们是出于对国家和人民深沉的爱而义无反顾地献出一切乃至生命时，他们的付出和牺牲就显得更加可贵。"只解沙场为国死，何须马革裹尸还"，既是电影主题"勇者无畏，强者无敌"的展示，更是我国军人甘愿用生命守卫国家的精神风貌的体现。我国军人用誓死保卫国家和

① 2018 年春节档作为"史上最强春节档"，票房达 57.71 亿元（大年初一票房为 12.77 亿元），相比 2017 年春节档 34.31 亿元总票房增长 68.29%。

民族的精神意志，铸就了千年不倒的长城，成为中华民族最强大坚定的守护者！

影片结构上的精心设计也衬托了普通人面对恐怖主义的勇气和使命感的主题，为调动观众的反战情绪做好了心理铺垫，再配合暴力血腥的战争画面，让观众深刻认识到战争的残酷与和平的宝贵。“我们没有生在和平的年代，但我们有幸生在和平的国家”，维护和平的使命感通过影片顺利传达给每一位观众。可贵的是，影片并没有一味地抨击战争，而是怀着悲悯之心，冷静呈现了战争对人类个体的伤害。通过一根手链串起夏楠失去丈夫和孩子的悲痛，“炸弹汽车”上被救下的无辜平民对孩子的牵挂，徐宏把炸飞的手指接回尸体上并用土掩埋，恐怖分子中杀人不眨眼的狙击手还是个爱吃零食的少年……通过这些微小、生动的细节，充分表现了恐怖主义的残忍暴虐和战争对人类精神和肉体的践踏戕害，让影片在展现祖国强大的文化自信之外，用旗帜鲜明的反战反恐主题，提升了影片的审美。

动作片是使人荷尔蒙激发的影片类型，具有中国特色的武侠片、功夫片一度是中国类型电影的门面担当。2018 年的动作片有庄文强导演的《无双》、张艺谋的《影》、姜文的《邪不压正》、徐克的《狄仁杰之四大天王》、韩延的《动物世界》，从古代到民国、现代，从现实时空到架空、虚构世界，变换的时空叙述着不变的荷尔蒙。

《无双》是由庄文强执导，周润发、郭富城、张静初、冯文娟主演的高智商犯罪动作片。2018 年国庆档[①]上映，以 6.85 亿元获国庆档票房冠军，豆瓣评分 8.1，最终累计票房 12.73 亿元，堪称票房与口碑双赢。影片以周润发饰演的画家和郭富城饰演的李问为主角，通过不断反转的剧情走向，给观众提供了新奇刺激的观影体验。难得的是，影片没有止步于用新鲜诡奇的剧情反转给观众感官刺激，而是通过对李问人性和情感的不断挖掘，让剧情的反转变得合理、流畅，并把人与命运对峙的迷思巧妙地嵌入其中，蕴含的人文色彩给了观众不断回味的余地，也增加了影片的深度。

替身、警匪、伪钞、暗恋，无论哪一个元素，在大银幕上都不鲜见，但通过精心编排设计的剧情，影片《无双》给了观众别样的震撼。对这种题材的电影故事而言，面临的一个很大的问题是故事被剧透以后观众观影的戏剧趣味就会降低。导演庄文强用了十年的时间，仔细打磨剧本，用角色和节奏深深吸引观众的注意力，演员们对人物心理的准确把握、与画面和主题相互呼应的插曲、复古而充满质感的画面和片中对老港片的“致敬”复现，增强了观影时的生理趣味和影像趣味，使得影片经受住了剧透的考验。影片名为“无双”，有双重含义，既暗示片中周润发饰演的画家与郭富城饰演的李问是同一人，又喻意为个体价值的独一无二。然而，个体价值在影片中迅速被解构，李问作为一个十年卖不出一幅画的失败艺术家，在残酷的现实面前认识到“这个世界只有一个凡·高，其他的都没有价值”，由此走上画假画、制假钞的道路，并发出了“如果我的价值就是作假，你能接受吗”的叩问，把个体价值放在不可抗拒命运的背景下质询、探索。在访谈中，庄文强表示，“我现在讲的不是两个人物，是讲两个时代的观念，是在讲一个人物他内心的两种想法之间的冲击”。理性与感性，欲望与道德，是人性中真实存在的两面。影片中李问对画家的反问、质疑，把一个人生价值是作假的人在实现自我价值和遵守群体道德之间的内心挣扎展现得淋漓尽致。这也是普通人为成为主角、获得成功不得不付出相应代价的困窘写照，因此，虽然大多数人在生活中不会遭遇这样极端特殊的困境，影片依然因为能准确刻画出个体在命运和现实前的无奈与挣扎，而引发人们情感上的共鸣。

虚实相生是中国传统美学的重要原则。影片真假结合、以假乱真，真与假的精心设置，不仅使影片情节充满了颠覆性，增强了观影刺激，而且使人生的虚妄性和现实的残酷性对比更加强烈，突出了影片主题。影片可按内容真假分为四部分，李问在警局里的叙述是假中有真，秀清与李问在房间里的交流是假中求真，而阮文与何警官、李问与鑫叔的交流都是真的。李问对阮文、秀清对李问的感情都是炽热浓烈的，同样以不可得的悲剧收场。秀清不顾生命危险救出李问，失望之下选择了与李问同归

① 2018 年国庆档上映《影》《无双》《李茶的姑妈》等 11 部影片，电影总票房为 21.75 亿元，较 2017 年同比下降 20%。

于尽，而李问为了阮文买下她所有的画、把秀清整容成她当替身、为了救她与同伙发生内讧枪战等，然而阮文却只知道他以前就住在她隔壁。影片前半部分对李问与阮文的感情铺陈得越细致、越动人，李问的暗恋与阮文的“无知”对比就越强烈，就越容易打动观众。然而，李问对阮文的暗恋同样是注定没有结果的，这一悲剧是命运的不可抗性于个体的有力体现。《无双》叙事内容的创新，获得了观众和业内的高度认可。但在拍《无双》之前，不少人曾提醒过庄文强，观众受不了高智商的犯罪片。这提醒着电影从业者，电影创作不能罔顾观众，更不能因为盲目迎合观众而自我设限。只有努力做到专业度高，把电影拍好，才能收获观众的理解和共鸣。

《影》是张艺谋导演古装武侠动作片的回归之作。与之前同类型的作品《英雄》《十面埋伏》色彩浓烈的影像风格不同，这次以独特的视听语言、水墨画的影像风格来打造一种充满东方意境的电影美学。这是一部充满野心的应时之作，张艺谋本人也直言不讳：“水墨画是中国传统文化的象征，我希望用《影》传递我们的传统文化和美。”《影》改编自朱苏进的作品《三国·荆州》，小说文本更侧重作家个人对于历史的探索与思索，有一种接近正史的质感。创作团队在改编时，为了突出人物，对时空做了架空处理，故事的核心人物是一个作为替身出现的影子镜州，在王侯将相之间诡谲阴暗的政治权谋博弈中挣扎求生。影片以都督、沛王、将军、帝王将相退场为背景，为这个影子粉墨登场做铺垫。

《影》全片采用素雅写意的水墨画风格，以黑白灰三色入画，搭配东吴伞、围棋、古琴、屏风、竹林、书法、太极八卦图等传统文化元素，并以舞台化的画面风格，创造出了具有独特个人风格的东方美学意象。采用这种风格是有原因的，张艺谋说道：“水墨画恰巧能去阐述人物的复杂性，水墨画不是非黑即白的，人性也是如此。它就像中间晕染和流动的部分，非常有层次，而这就是人性。”这种匠心独具的视觉呈现，令观众重新感受影像之美，影片在威尼斯电影节甫一亮相即惊艳外媒，受到广泛好评。

在水雾氤氲、光影晕染的影像之下，包含着一个人性逆转的故事。这是一个发生在王侯将相间的隐秘传奇，也是一则人性扭曲的寓言。影片把镜头对准了一个身份隐秘奇特的小人物影子镜州。在外人面前，他扮演大都督，一人之下万人之上，出入朝堂、战场，手握重权，地位高贵；在真身子虞面前，他却不过是一个被囚禁被训练为主人而活的奴隶，不知自己是谁，也不被允许有自我，卑微下贱。人前的荣华富贵，人后的残酷训练，高贵与卑贱交错，撕扯着这个人物。影子身上附着了终极的哲学命题：我是谁？我从哪里来？又到哪里去？如果说，在对战之前，这个以出生地镜州命名的影子还有一个具体的目标，回到母亲身边，那么对战结束，镜州破，母亲死，遭遇刺杀与拯救的影子，在被迫直面了人性黑暗深渊之后，不得不回答这一终极拷问。影片对这一灵魂之问的提出与回答，是围绕着子虞、影子、小艾三人关系来设置的。影片伊始，影子与小艾假扮夫妻，真身、影子有着明确的分野，子虞与小艾夫妻恩爱，两人琴瑟和鸣美名在外，影子不敢与小艾“心意相通”，放弃学乐器，却差点因此在沛王面前露出马脚。在学乐器、寻找破杨苍刀法的过程中，影子与小艾日渐亲密，并在小艾“以女人身形入伞”合作训练中达到了“心意相通”，小艾陷入了影子与真身的真假迷茫，真身是已经变异了的真身，而影子却成了未变身前的真身。由此，小艾对影子真假难辨、情愫暗生，当得知影子出战必死时，小艾情难自禁，与影子发生了关系。而这一切被躲在暗处偷窥的真身看在眼里。真身与影子的位置在这一刻颠倒。真身已然不是子虞，影子也不再是镜州。真假虚实交错。关系的错位与逆转注定了悲剧。子虞视镜州为棋子，镜州不过是他实现自己野心的工具，信奉“没有真身，何来影子”，当他发现影子与小艾越界之后，狠辣地为影子安排了必死之局。镜州的视角较为复杂，他从小被囚禁、被洗脑、被训练，只知有主人不知有自己，在主人受伤养伤期间，被迫以主人身份现身。扮演主人是镜州走入人性黑暗的开始，失散的母亲是唯一的良善归途。然而，一入江湖身不由己，既入棋局又如何能全身而退？“你比都督还像都督”暗示了他的存在价值，也意味着外界对他无尽的诱惑。镜州战胜了不可能战胜的敌人、完成了不可能完成的任务，却被更高的权力之手切断了归途。团聚之欢喜原来只是一场幻梦，等待他的是母亲的死亡还有险恶的刺杀。镜州已归，真正的悲剧渐次上演，懦弱的沛王露出了癫狂残忍的真面目，决意除掉子虞，子虞将计就计拟弑君上位，沛王、子虞、镜州、小艾当堂对峙，沛王与子虞血溅宫殿，镜州翻云覆雨逆转棋局。镜州手弑子虞，灵魂之问有了答案：“没有影子，也有真身。”影子蜕变成了真身。目睹一切的小艾惊惧交加，跑向宫殿外却在推门时发生了迟疑，影片戛然而止。开放式的结局给了观众更多的解读空间。

影片直面人性的复杂，镜州从单纯的少年，被囚禁之时弱小无助，到最后为权力所囚，成为真正的都督。这一个灵魂转变的过程，是他心里的“恶之花”绽放的过程。诚如尼采所言，“当你凝视深渊的时候，深渊也在凝视你”。密室中的特训、朝堂上的博弈，生存在黑暗中的少年，内心的野兽不断被黑暗召唤，最后屠龙的少年，身上长出了鳞片，完成了人性的逆转。

影片形式层面的影像之美与内容层面的人性之恶相互交融，引发了各种争议。特别是对人性黑洞的窥探，给部分观众带来了强烈的不适感。影片最终票房6.29亿元，豆瓣评分7.3。相比而言，评论界的反馈要正面得多，影片入围第75届威尼斯国际电影节非竞赛展映单元、第43届多伦多国际电影节主展映单元，受到外媒一致好评。除此之外，《影》入围第55届台湾电影金马奖最佳剧情长片、最佳导演、最佳男主角、最佳女主角等12项提名，最终斩获最佳导演、最佳视觉效果、最佳美术设计、最佳造型设计4项。由此可见，评论界对《影》的认可，也是集中在视效、美术、造型层面的，即影像奇观的艺术形式之美。对于普通观众来说，美则美矣，灵魂过于黑暗，可以说，影片所传达的阴暗负面的价值观，影响了影片最终的质感和普通观众的接受、认可程度。

《狄仁杰之四大天王》是徐克执导的狄仁杰IP系列的第三部作品。从《狄仁杰之通天帝国》的惊艳问世，到《狄仁杰之神都龙王》的品质延续，狄仁杰系列作品一以贯之的想象丰富、画面瑰奇、风格鲜明，具有强烈的个人色彩。也正因此，影片获得第4届豆瓣电影年度榜单最值得期待的华语电影（提名）。

《狄仁杰之四大天王》是优点与缺点同样明显的一部影片。影片的优点在于视觉特效的营造。借助强大先进的特效技术和充满想象力的设计，尽情展现徐氏脑洞，给观众们带来了酣畅淋漓的视觉体验。如片中异人组幻天、水月等四人在武后前的表演；封魔族追杀水月时的三人合体动作设计；大殿柱上金龙在众目睽睽之下变成真龙，杀人后破顶而去；沙陀去找圆测大师时，与大金鱼在深海中交流对话；封魔族族长幻化出的全身长满眼睛的血色怪物，与大猩猩屋顶作战……这些画面巧妙地糅合了大胆想象与传统元素，炫丽瑰奇，引人注目，让人不得不叹服。影片获得第55届台湾电影金马奖最佳视觉效果（提名）。

尽管如此，本片的缺憾仍然十分明显。首先是狄仁杰的神化，狄仁杰英明睿智，重情重义，算无遗策，对皇帝忠心耿耿，是唐朝当之无愧的护国栋梁。因为主角光环，狄仁杰时刻保持完美、正确，这种形象的固化不仅让狄仁杰这个角色变得单调刻板，严重损害了他的个人魅力，而且大大限制了故事的多样性和发展空间。不管反派多诡异多凶残，狄仁杰一切尽在掌握之中的开挂表现，极大地削弱了故事的悬疑性和观影乐趣。其次是反派的外强中干，影片中设定了两组反派，即明线的方士反派和暗线的封魔族反派。两组反派各有目的，本可以发展更多的矛盾冲突，然而故事设定里对于两组反派的处理十分潦草，反派表面强大，实际表现却相当不给力。最后是故事的逻辑性太弱，情节发展经不起推敲。封魔族行为表面神秘诡谲，实际行动缺乏逻辑。潜入大殿的封魔族完全具备斩杀皇帝皇后的实力，却幻化真龙表演杀了方士一走了之。封魔族与方士无冤无仇，还在借助方士的力量兴风作浪，杀方士不杀正主，情节十分不合理。水月的正邪立场转变也非常生硬。

简而言之，《狄仁杰之四大天王》是一部影像出彩但总体架构混乱的作品，视效拯救不了剧情的薄弱，影片豆瓣评分仅6.1，是狄仁杰系列评分最低的一部，票房仅6亿元，相较于高达5亿元的制作成本，可谓十分惨淡。从“最值得期待”到票房口碑双输，《狄仁杰之四大天王》的功过得失值得国内电影人深思借鉴。

《邪不压正》是姜文继《让子弹飞》《一步之遥》之后，暌违数年的魔幻现实主义力作。影片改编自张北海的新派武侠小说《侠隐》，以李天然的复仇为主线，带出风云诡谲、暗潮汹涌的时代氛围。小说独到之处在于对老北京，对于一个时代的乡愁与旧韵的遥望。电影的改编是更加个人化的，姜文自称是“李小龙闯入卡萨布兰卡”式的故事。

影片的争议之处在于创作者在商业类型与自我艺术表达之间的博弈。一方面，是影片商业类型片的表象，前半段叙事节奏紧凑，情节推进较快，吸引观众的注意力，与此同时，男主角彭于晏屋顶“跑酷”的帅气身姿，打斗动作的利落潇洒；女性角色中，许晴饰演一代名媛的妖娆风情，周韵独立端庄的大家韵致，组成了一个侠客佳人纵横江湖、快意恩仇的故事，加上颇为独到的视听语言表达，从电影工业、工艺层面来看，品质颇佳，能够带给观众视听层面的观影快感。

另一方面，姜文的个人表达，对时代、历史、政治的深沉思考，又使他技痒难忍，一路埋下大量“彩蛋”，建构了一个极为复杂的暗喻世界。影片英文名为*Hidden Man*，暗示了故事真正的主角并非李天然，而是隐藏在背后的神秘男人蓝青峰。他为了抗日暗地布局，在各方势力的角逐中冲突奔走，以江山、未来为赌注，安排了一场赌局。这是一场不惜一切、只许胜利不容失败的豪赌。在这场赌局里，李天然只是一枚棋子，他的爱恨情仇都是有利用价值的，一切必须经过价值衡量，包括李天然的命。这就导致表面上的男主李天然失去了作为影片主角的能动性，表层的快意恩仇与深层的家国大义相互掣肘，搭配过多的机锋满满、余味悠长的台词，导致影片自身也在商业类型与作者自然表达之间互相撕扯。对普通观众来说，形形色色的暗喻彩蛋无异于地雷，表层江湖复仇故事的类型表述，反而影响观影体验；对影迷群体来说，商业类型化的表达与姜文独特的“恶”趣味的嫁接，使得影片不伦不类。影片上映时首日破亿元，证明了观众对姜文导演的期待，可惜未能达到观影预期，首日后口碑跳水，票房随之高开低走，最终票房仅收入 5.77 亿元。

《动物世界》是由韩延执导，改编自日本漫画《赌博默示录》的一部商业电影。影片豆瓣评分为 7.3，在及格线以上，投资近 3 亿元，最终票房仅 5.09 亿元，未能收回成本。虽然不能单纯以票房成绩衡量一部电影的价值，但票房成绩从另一方面讲，是观众自发用“脚”投票的结果，能在一定程度上反映一部商业电影是否具有打动人心的效果和观众对该电影的认可与喜爱程度。

《动物世界》的失利绝非偶然。在访谈中，韩延导演提到创作理念，“人和动物最基础的区别是直立行走和使用工具。但从精神层面来讲，人之所以高级，在于我们存在文明体系，有道德约束，做人要守住这个底线，这个世界才能变得更有秩序”“年轻人在这个世界上，应该用什么样的态度活着”。他的创作意图鲜明深刻，但在电影里的表达却不尽如人意。

影片设定了一个密闭空间——轮船命运号，里面有形形色色的人物，通过一场剪刀石头布的卡牌游戏，试图对人性进行深度剖析和挖掘。这个摆脱道德约束、天马行空的环境设定，本是一个很好的与观众灵魂深入交流的契机，可以通过生死抉择带给观众对人性善恶极端化探索的观影体验。遗憾的是，导演侧重于在电影中输出自己的理念，而忽略了一点——电影创作中的有效输出，必须建立在通过共同的、饱满的、丰富的人性，使观众与电影人物强烈共情的基础之上。不通过共情打破电影与观众的心理隔阂，即使情节再新奇、画面再酷炫、明星再耀眼，那种输出依然是苍白的、无力的、浮于表面的，无法触动观众的内心。《动物世界》之所以票房失利，根本原因正在于此。

从影片情节的本土化改编、快节奏、酷炫感特别强的镜头语言、精心打磨的特效画面，能看出韩延导演带领观众进入电影世界的投入和用心。影片一开始通过动画片提出“我守住了我信的道”，到影片结尾时重提“我守住了我信的道”，经过两个小时的酝酿，首尾呼应的环形结构本该增强影片表达的力量，实际效果却因为观众难以与主角产生共鸣而大打折扣。

对电影创作来说，除表达方式、表达内容以外，还有一个重要命题就是如何让观众认同创作者的表达。创作者必须借助电影人物的力量，因此需要精心设计情节、让观众爱上人物。影片中角色人性单薄，扁平化、符号化、脸谱化导致人物形象设计缺乏说服力，大大削弱了影片张力与艺术感染力。

电影归根到底是一门用虚构画面展现真实人性的艺术。观众坐在电影院里，与片中角色同呼吸、共命运，即使影片结束，感动的涟漪依然激荡在观众心中，这样的电影才具有真正的生命力，能吸引观众一次又一次走进影院。人性应该是丰满的、多面的、复杂的，集魔鬼与天使于一体的。纯粹的善与恶，或许能起到加强戏剧冲突、增强观影感官刺激的作用，但无法从内里真正地打动观众。因为缺乏真实的人性，《动物世界》的表达注定是不完整的，票房失利也就成了必然。

三、商业电影原创力的释放与 IP 的衰颓

商业电影作为电影市场的中坚力量，在 2018 年仍然收获了相当高的票房和关注度。从上映的作品来看，类型的拓展也展现出多元的走向，既有《一出好戏》《无名之辈》这种基于现实的荒诞喜剧，《唐人街探案 2》科幻、动作、悬疑杂糅的喜剧，《西虹市首富》《李茶的姑妈》白日梦式的喜剧，又有《捉妖记 2》这样的奇幻、爱情的演绎。可惜的是，这些商业电影作品毁誉参半，其中《一出好戏》《唐人街探案 2》《西虹市首富》等几部作品收获高额票房。但《唐人街探案 2》《西虹市首富》在斩获高额票房的同时，口碑有所下滑。而《李茶的姑妈》《捉妖记 2》《西游记女儿国》作为 IP 的再次改编，同样 IP+ 流量明星的配置，却票房口碑双输，未能达到预期。

《一出好戏》是演而优则导的黄渤的处女作，由黄渤、王宝强、舒淇、张艺兴、于和伟等主演，是一部融合了灾难、爱情、人性的寓言式喜剧影片。影片讲述了一群人在公司团建时被海浪冲到一个与世隔绝的岛上，灾难性的经历让他们误以为世界已经被毁灭，他们作为仅存的人类不得不在荒岛上挣扎生存的荒诞故事。

表面上看，这是一部荒野求生剧嫁接的喜剧，实则导演通过陨石报道、死去的北极熊和被海环绕的地理环境，巧妙地塑造了一个游离于旧世界、规则秩序不得不重建的新世界，并通过岛上人物关系的不断变化，用三个阶段演绎了一部小型“人类简史”，人性和情感也得到较深的挖掘。

第一个阶段是以司机小王为“王”的原始社会，众人的目标是生存。小王因为会爬树、体力好，为大家找来满足生存的山洞、野果和水，因此被拥立为“王”，团队中的美女也被众人献给小王。这一阶段众人和小王的关系类似于猴群，但生活在现代文明社会的众人并不能完全接受这样的生活状态。因此，当地位的扭转使得小王极速膨胀，并日渐变得专制、暴戾之后，众人开始表达不满。这为张总分化众人奠定了基础。第二个阶段，张总利用资源和技术，建立初级文明体系。生存问题已经解决，众人的目标演变成更好地活下去。在这一阶段，占据统治地位的张总，利用制定的规则剥削手下人的劳动，并用暴力维护制定的秩序。这是一个初级的专制社会，饶有兴味的是，完成这一壮举的是现代文明中的成功者、既得利益者张总，对现代企业管理规则的熟悉使得张总能够轻而易举地完成人员分化，成为荒岛新规则、新秩序的制定者。第三个阶段是马进和小兴用换取的资源创造了电，因此受到大家的推崇。马进承诺带着大家去找寻另一个能长久活下去、活得更好的新世界，最终赢得了所有人的支持，实现了从什么都不是的小人物到新世界的领导者的逆袭。三个阶段的情节通过史教授为了生存放弃尊严、小王和张总在登上权力顶峰后私欲的膨胀和最后两方派别为了食物而大打出手的情节，将人性的脆弱与阴暗暴露无遗。

小人物马进和小兴的各自转变，使影片对人性的探讨达到了一定高度。马进在海啸来临前发现自己中了 6000 万元彩票，这一刻意的安排将马进放入了一个更具有戏剧冲突的境地。而冲突性、矛盾性越强，人性和情感挖掘的空间就越大。失去兑彩希望的马进，凭借运气和努力，在岛上取得了大家的认可，并赢得了姗姗的爱情。然而就在这时，他却意外地发现外面的世界并未消失。导演通过“冰淇淋”的隐喻，为小兴的黑化作出注解，也是导演对人性与现实关系的思考。小兴用张总女儿的视频勒索他的全部家产，并决定将众人抛弃在荒岛。马进在姗姗爱情的召唤下恢复良知，将真相公之于众。其实，影片中的马进和小兴的转变，马进从自私到无私的选择，小兴从单纯到腹黑的变化，代表了人性善恶两面相互转化。人性或许会在现实中迷失和扭曲，但亦能在艰难的困境中，坚守道德的底线，散发希望的光芒。在纷杂的演出背后，《一出好戏》是一曲温暖的人性赞歌。

首次执导的黄渤充分发挥想象力，用荒诞离奇的故事片表达自己的想法和感悟。影片新鲜有趣，虽然存在情节太过巧合、爱情线略显牵强的遗憾，但就总体而言，《一出好戏》恰如其名，是一次真诚、有力的艺术表达。

作为一部类型片，《唐人街探案 2》无疑是导演陈思诚建构“唐探宇宙”的野心之作。影片承接《唐人街探案》不俗的票房与口碑[①]，继续深挖癫狂喜剧与犯罪推理的类型杂糅路线，将主要场景设置在纽约打造异域风情，再加上流量明星与喜剧演员极具化学反应的另类组合搭档，以熟悉的配方炮制出了不同的味道，充分体现了导演在流行娱乐文化方面的敏感度与掌控力。

影片走的是社会派推理路线，内核紧扣对人性的反思与深层拷问。现代科学推理与古老的中国道教文化结合，风水、咒符、阴阳五行与连环变态杀人案深度勾连，不仅打造了炫目的视觉效果，而且构建了一个悬念迭出、离奇诡异的罪案世界。东西方文化的迷离交锋引人深省，世界名侦探竞技设置引出了宏大的推理宇宙，推理爱好者津津乐道，普通观众也觉得打开了新世界的大门。

癫狂喜剧层面，王宝强与刘昊然的搭档令人忍俊不禁，王宝强喜剧天赋满点，表演收放自如，土味方言、邋遢形象搭配猥琐动作，一举一动笑点满满，刘昊然清隽的少年感，清新气质与王宝强的 CP 组合极具反差感，由此带来的审美、性别错位桥段喜感十足，例如，两人当街大闹被追杀，闯入一个同性恋酒吧时，酒吧老大突然出手帮忙吓退了反派，观众吃惊之余，发现原来酒吧大佬对他们中的一个一见钟情，这时候导演让观众误以为被看中的是刘昊然，随后给出答案是王宝强，这种喜剧桥段的设置虽然略显刻意，但是联想到现实社会中东西方文化的审美错位，不禁令人捧腹；王宝强带着刘昊然寻找自己师父时，神神叨叨地给出了高大上的大师印象，结果师父却是一个沉迷手机直播、喜欢美女、毫无记性的老混混，甚至连王宝强都不记得了，更别提能够为他们破案提供线索，观众在为他们着急之余，导演给出的解决方案是让师父误以为刘昊然是美女，刘昊然假戏真做撒娇求助，师父对刘昊然予取予求顺利解决问题，这种反差巨大的搞怪人设，剧情也随之反转再反转，十分欢脱，喜剧完成度较高。

鉴于以上因素，《唐人街探案 2》成为春节档的票房赢家。令人遗憾的是，影片在收割票房之余，未能保持相应的口碑。相较《唐人街探案》7.5 分的豆瓣成绩，《唐人街探案 2》下滑至 6.7 分。这是由于影片未能把控好癫狂喜剧与犯罪悬疑的平衡，另外，世界名侦探大 PK 的设置固然宏大，然而剧情走向的原因，未能深挖人物，吸引眼球的妻夫木聪光速下线，其他名侦探的展现也局限于表面，导致人物群像比较单薄。叙事方面也多有漏洞，推理过程更多地聚焦于视觉效果的炫技式展现，而忽视了内在逻辑的合理性，秦风被真凶恐吓而放弃追逐，医生已经发现了被杀人物的置换，在被揭发后却选择了自杀，“顺风车杀人案”案情陡转，看似炫酷，实则不能令人信服。

《西虹市首富》和《李茶的姑妈》是喜剧团队开心麻花的作品。然而，两部作品有着截然不同的命运。《西虹市首富》拿下 25.21 亿元票房，《李茶的姑妈》却出师不利，遭遇断崖式下跌，票房止步于 5.99 亿元。更可怕的是观众对开心麻花系列作品出现了审美疲劳，以票房与豆瓣评分综合来看，第一部作品《夏洛特烦恼》以黑马之姿横空出世，拿下票房 14.41 亿元，豆瓣评分 7.5，可谓叫好又叫座；第二部作品《驴得水》作为一部文艺片票房 1.72 亿元，豆瓣评分高达 8.3，进一步提升了开心麻花作品的质感与口碑；第三部作品《羞羞的铁拳》票房 22.13 亿元，豆瓣评分略有下滑，为 6.9 分；第四部作品《西虹市首富》票房 25.21 亿元，豆瓣评分 6.6；《李茶的姑妈》再创新低 5.1 分，票房与口碑双输。口碑的渐次下滑本应令人警醒，这一切却被票房的一路高升冲淡了。这一现实最终导致了开心麻花团队的创作路径依赖，以及过度迎合观众走向媚俗。

《西虹市首富》是一部非开心麻花戏剧的翻拍片，影片翻拍自美国影片《布鲁斯特的百万横财》，这是一部饶有趣味的改编片，改编自 20 世纪初美国小说家乔治·巴尔·麦卡奇翁的作品《布鲁斯特的

---

① 《唐人街探案 2》票房 19.1 亿元，超越 2015 年年底的《唐人街探案》的 8.24 亿元票房。

百万横财》，小说探讨了“钱”“欲望”与“梦想”“快乐”的关系，对于拜金的价值观提出了人性的拷问。小说跌宕起伏的情节设置、深刻动人的灵魂之问备受影视界青睐，先后经历了十余次改编。

《西虹市首富》的出现并非偶然。其本土化改编，呼应了当前中国社会的种种乱象。当前社会已经进入消费社会，人们被社会舆论不断放大、无限膨胀的欲望与消费降级的现实成为整个社会的焦虑之源，拜金、浮躁的不良价值观侵袭着人性，“何以解忧，唯有暴富”成为普通人自嘲背后的共识。“有钱是可以为所欲为的”“有钱人的快乐你根本想象不到”“贫穷限制了想象力”……互联网上充斥着拜金言论，财富的流动牵动着人们的神经。商业资本的刻意操控更将这一现象放大了，最有代表性的就是转发锦鲤营销。支付宝锦鲤“信小呆”一跃成为最新网红，天降横财成为普通人渴求的致富神话。正是在这样的社会环境中，《西虹市首富》打造的“一个月花光10个亿”的白日梦想才得以安放。主角解决人生困境无须奋斗，仅通过血统和金钱就可以实现，消费欲望得到无限膨胀，这样的核心戏剧情节设置提供了普通人现实中遥不可及的白日幻梦，加上密集的搞笑包袱，成为影片吸睛、吸金之源。

客观而论，《西虹市首富》笑料频出但失之肤浅。影片力图体现对于社会拜金现象的讽刺，却因对待金钱的方式用力过猛，未能很好地处理搞笑与讽刺的平衡，导致搞笑压过了讽刺，金钱的威力碾压了一切。对于观众来说，这样的处理提供了轻松的娱乐以及逆袭的快感，称得上可口的爆米花电影。然而，对于娱乐、爽感的追求，也是一把双刃剑，搞笑段子的堆积，使得影片过于单调、平面化，丧失了应有的批判性和发人深省的力量。除此之外，影片的爱情线也非常尴尬、生硬，王多鱼为了花钱而追求夏竹，目的并不纯粹。一场为了烧钱而盛放的烟花，一次次为了花钱而公开的示爱，强行浪漫，迷了双眼，却看不到真爱。究其原因，开心麻花团队一贯以对女性的物化来编排故事。影片中，不管是作为女主角的夏竹，还是被反派利用的女配角，都是男性世界的奖品，被利用的符号化、脸谱化的工具。女主清纯可爱、女二妖艳性感，但从头到尾，她们没有自我，没有选择的权利，一个被迫成为衡量男主人性的工具，另一个更是为了钱而出卖自己。作为国内顶级的喜剧团队，开心麻花早已以系列作品证明了自身的影响力，而其作品中毫不在意地对女性角色进行单调、刻板的描述，以此强化喜剧色彩，不能不说是一种败笔。票房20亿元以上级别的影片，应当为自己所传达的社会价值观负责，开心麻花团队无视社会影响，忽视性别平等，在影片中固化性别刻板印象，既是为了迎合大众的庸俗趣味与审美，也体现了团队自认为凌驾于众生之上的傲慢。这是一种不可取的创作态度。这种创作态度，消耗观众的热情，损耗开心麻花团队的品牌，迟早会对作品形成反伤。从这一角度来说，《李茶的姑妈》的滑铁卢正是这一现实的验证。

作为一部“话剧IP改编喜剧电影”，《李茶的姑妈》的失败并不是意外。梳理开心麻花系列作品，可以发现，开心麻花的剧情套路是“美梦成真”，无论是回到青春岁月重新活一次，灵魂互换，素人逆袭，还是一夜暴富，都是普通人意淫的白日梦。在这样的剧情结构中，围绕着主角的“爽”去设置密集的搞笑段子，为了搞笑而未免流于低俗，忽略了价值观的传达。实际上，从《夏洛特烦恼》开始，开心麻花作品对女性的物化就令人诟病。《李茶的姑妈》正是这一缺陷的集中爆发。影片中为了所谓的搞笑，充斥着下流玩笑，更令人发指的是，结尾人物关系关键的转换竟然是由于“春药”造成，男女主角在春药作用下发生关系，激情过后女主态度发生180度转变，心甘情愿臣服于男主，没有看到爱情，只看到被性征服，这种刻板的人物关系设定迎合了部分男性观众的意淫心理，却对广大女性观众是一种冒犯，透露出来的审美趣味低俗不堪，观影体验极其不适。最终获得“直男癌”差评，口碑崩坏，票房下跌，透支了开心麻花团队的口碑信誉，无疑在未来也会影响后续作品的观影预期。所谓“水能载舟，亦能覆舟”，希望开心麻花团队在将来的创作中，能够反思这一现象，在对性别的表述上，给予女性平等和尊重。

《捉妖记2》延续了第一部的奇幻喜剧路线，梁朝伟、李宇春、大鹏等明星的加入，拉高了影片的期待值，成为第4届豆瓣电影年度榜单最值得期待的华语电影。影片动作设计别出新意，开场不久妖怪假扮的大唐风妇人的伏地姿势的打斗动作让人眼前一亮，动作流畅，胡巴一如既往地专注卖萌，并与善良妖怪笨笨组团，视觉效果精致、细腻，获得第55届台湾电影金马奖最佳动作设计和最佳视觉效果提名。

《捉妖记2》打破了单片单日最高票房纪录（5.41亿元），但令人遗憾的是，《捉妖记2》在口碑方面有所下滑，《捉妖记》豆瓣评分6.7，好于44%的喜剧片和44%的奇幻片；而《捉妖记2》豆瓣评分仅为5.0，好于7%的喜剧片和9%的奇幻片。口碑的下滑对影片票房产生了负面影响，累计票房17.18亿元，被《唐人街探案2》《红海行动》反超。在很大程度上，团队追逐合家欢、建构捉妖宇宙的野心将影片创作引入了误区，卖萌、搞笑、段子堆砌、精致画面组成了影片不错的卖相，而故事也在这些元素的堆砌与磨合之中被切得支离破碎。碎片化叙事导致画面中的每一个当下都在用力娱乐观众、迎合观众，卖弄笑点，但整体情节成为一盘散沙，生硬地拼凑到一起，却没能串联起来，甚至不能说是一个完整的故事。男女主角的目标从找父亲到找胡巴过渡得不够充分；保护胡巴的妖怪将胡巴丢出去流浪后销声匿迹了；梁朝伟与李宇春渣男骗傻女的"爱情"纯属生搬硬套，完全是在消费两个明星的热度，既不搞笑也不感人；反面角色单薄如纸，也缺乏行动力，之所以能够抓到胡巴，居然靠主角团"卖"，反转毫无想象力；大鹏饰演的捕妖亭亭主与霍小岚关系设定也十分模糊。总体来说，影片对喜剧细节的铺陈导致了整体格局的失控，而细节中，性别转换调侃"月事"、赌博……低俗尴尬。如此一来，最值得期待的华语电影高开低走，沦为低幼搞笑片也就不足为奇了。

《西游记女儿国》是郑保瑞导演西游IP系列作品的第三部。《西游记》古典神魔题材极为适合影像化表达，因此，成为史上最大的IP，历经多次影视动漫开发。其中，女儿国的故事在电视剧版《西游记》（1986）的渲染之下，成为观众讨论热点，剧中对唐僧和女儿国国王之间"唯情劫难渡"的创造性虚构和古典浪漫化表达，每每牵动观众的心绪。因此，女儿国的故事天然具备热点优势，同时，也难逃与经典作品的比较。

如何在新的时代环境中，讲述唐僧和女儿国国王的爱情故事成为影片面临的最大挑战。从影片的完成度来看，无疑是不及格的。唐僧与女儿国国王的爱情故事之美在于爱情与信仰之间的抉择，以及未能实现而带来的巨大遗憾。从《西游记》小说到电视剧再到电影《西游记女儿国》，唐僧与女儿国国王之间的关系发生了巨大的变化，小说中女帝爱慕唐僧，但只是一厢情愿，唐僧只思拜佛未动凡心，原著中明确指出"女帝真情，圣僧假意"；电视剧《西游记》创造性地虚构了两人关系，唐僧的一句"来世若有缘分"，平添几多浪漫，给了观众无尽的遐想空间。女儿国国王从一厢情愿的花痴到温柔多情的爱慕，唐僧从无心到有情，浪漫诗意的表达打动了一代又一代观众。相较而言，电影的表达更为直白、粗暴，影片中两人一见钟情的"玛丽苏"桥段，极其恶俗、老套，且违背唐僧应有的人设，令人难以接受。换言之，观众喜欢唐僧与女儿国国王的故事，是因为观众想看到自律、坚持信仰的唐僧，可以被真爱打动。这份情，让唐僧这个人物真正从天选之人下降到凡尘。只有有情的唐僧，才是一个有血有肉的唐僧。这是电视剧改编大获成功的根本原因。《西游记女儿国》名为改编，实际上不过是披着西游外衣的古典"玛丽苏"言情，打着IP的旗号收割票房而已。这样的改编是违背原著精神的，一个以爱情与信仰为基底的故事，在影像化过程中表现得毫无做电影的信仰，观众不买账也在情理之中。影片投资高达5.5亿元，收获7.2亿元票房，豆瓣评分4.4，仅好于6%的奇幻片、4%的爱情片，可谓票房口碑双输之作。《西游记女儿国》的失败值得国内电影人警醒。

年度商业电影最为失败的案例当数《阿修罗》。这部号称投资7.5亿元的华语巨制真人CG电影，上映三天票房不到5000万元，被同档期的《我不是药神》远远甩在身后。

四、艺术表现的拓展与审美经验的多样开掘

把电影或文化赋予单一的市场，电影的整体活力便不可避免地被蚕食。电影的发展寄寓于文艺和思想的融入与艺术表现创新性的努力中。文艺与电影的结合，深深吸引着一代又一代的观众。2018年度上映的国产文艺电影，题材拓展跨度较大，影片所传达的情感、思想和审美经验大异其趣。

其中，表现主题蕴含情感心理、历史人文和心灵纠葛的广义的艺术电影，不无观赏价值，对观众尤有着谜之吸引力。《超时空同居》是一部融合了科幻、奇幻、喜剧色彩的爱情片，《你好，之华》是岩井俊二对其经典作品《情书》的中国化诠释，延续了他的日式青春、文艺，《后来的我们》则是刘若英的歌曲大 IP，流量明星的阵容，打造了一个高票房低口碑的北漂爱情故事，而《无问西东》则讲述了一个横跨百年时空的故事，对于不同层次和面向的观众而言，片中包含的历史符码，就像是中止或者改变谈论话题的工具，成为接受国产文艺电影观察的检验。

《超时空同居》通过“互动”的模式表现不同时代人们共同的情感、人性和日常生活，堪称年度国产片赢家。影片投资 4000 万元，获得票房 8.91 亿元。爱情、喜剧嫁接奇幻，类型的拓展加上影片对空间功能的极致运用，给观众带来了极大的新鲜感、愉悦感。男女主角因为遭遇时空重叠的意外事件而跨越时空相遇，被迫在同一屋檐下生活，浪漫奇情的设定给了现实中几乎不可能有交集的两个人相处的可能，而两个人在相差 19 年的不同时空中的穿越，时空的碰撞、交织，带来了无数的笑料和动人的浪漫。与此同时，通过时空的变换对两人生活的改变，对物质与爱情的关系做了深入的探讨。

反差巨大的两个人阴差阳错、误打误撞陷入爱情本是传统浪漫爱情喜剧的套路，处于同一时空通道中的陆鸣、谷小焦毫无疑问地在互相陪伴中爱上了彼此，影片出彩之处在于，两人的人物关系转变过程中，外人面前谷小焦颇为适度的浮夸带来的喜剧色彩，与内在纯真善良对真情的渴求，被演绎得真实、用心，佟丽娅、雷佳音出色的演技触动了观众的内心。更可贵的是，影片设置了当两人的相爱有可能改变未来时，分别陷入必须艰难抉择的人生困境。令人茫然惶惑的是，谷小焦选择陆鸣还是 19 年后的陆石屹，他们究竟是不是同一个人？隔着 19 年的时空，“他”有没有变？拜金的谷小焦与陆石屹看上去完美配对，金钱、房子，人财两全，然而，她的心却感受不到真诚的爱，物欲的满足弥补不了两人相处时的尴尬与局促，而推开那扇门，她爱的那个陆鸣就在那里，触手可及。在反派的设计下，她为了陆鸣的安全而选择离开，在离开时终于确认了那是真爱；她从陆石屹那里得到金钱、物质，却无法说服自己爱上那个不再是“陆鸣”的男人。如果说谷小焦的选择终究是一种为了陆鸣着想的别无选择的付出，那么陆鸣面临的考验就更为艰难和纠结，听从未来的自己的建议去飞黄腾达，成为那个名利双收、耀眼夺目的陆石屹，还是坚持正义和初心，选择一条更为艰难的人生之路？后面这条路，因着反派的存在和干扰，更为艰险、危机重重。至此，在爱情、喜剧、奇幻的外衣之下，影片人生成长的价值内核悄然破壁而出，时空的重叠是一场幻梦，但梦中人的互相成全最终也成长了自己，两个人忠于内心的抉择，使得他们最终寻回了自己的生活，各自完成了人生蜕变，成长为更美好的自己，谷小焦回到了白富美的正常生活轨迹，陆鸣也走上了靠自己的拼搏之路。当命运的陀螺再次旋转，他们在真实的时空中再次邂逅。奇幻的设定，新鲜、愉快的观影体验，给了观众出乎意料的惊喜，轻松俘获了万千观众的心。

影片豆瓣评分 6.9，在同一类型中，业界反馈不错，获得多个专业奖项。其中，导演苏伦借此斩获第 21 届上海国际电影节电影频道传媒关注单元最佳新人导演奖和第 17 届中国电影华表奖优秀青年电影创作奖，女主角佟丽娅获得第 21 届上海国际电影节电影频道传媒关注单元最佳女主角奖，男主角雷佳音获得第 3 届“金鹤奖”最佳男主角奖。除此之外，影片在广州“2018 电影嘉年华”被评为年度最受瞩目爱情电影。

《你好，之华》是一部特殊的中日合作影片，由日本知名导演岩井俊二自编自导，陈可辛、岩井俊二共同监制，周迅、秦昊、杜江、胡歌、张子枫一众演技派搭档谭卓、吴彦姝等黄金配角出演，幕后中日合作班底也十分优秀，阵容不可谓不强大。导演自言“这是一部给喜欢《情书》的中国观众的电影”。岩井俊二执导与《情书》升级版的噱头一经曝光，《你好，之华》便成为一众文艺青年年度最期待的文艺爱情片。

《情书》是岩井俊二导演爱情文艺片的封神之作，影片简洁唯美的日式纯爱风格极为动人，是一代又一代的文艺青年心目中的白月光。豆瓣评分 46 万多人打出 8.8 分，高于 98% 的爱情片和 96% 的剧情片。作为《情书》的“升级”版、中国版，岩井俊二在日本文艺故事中国化的改编过程中，展现了更大的野心，试图勾勒出贯穿老、中、青三代人的更为复杂的人物关系。同为暗恋与错过，《情书》有着明确的情感指向，书信的错位安排极其自然，而人物对过往的追寻令被隐藏的一腔柔情浮出水面，最后，女孩从这份情感中收获了继续生活下去的力量。这种剧情结构的巧妙与简洁、影像语言的清纯唯美以及人物情感的真挚美好，是《情书》得以实现跨文化传播的内在力量。《你好，之华》却因为更为复杂的人物关系，在情感的指向上有些暧昧不明而失控。影片刚上映时，豆瓣评分 7.8，随后口碑不断下滑，最终定格在了 6.9 分。在岩井俊二导演的作品中，属于评分较低的作品之一。

《你好，之华》在视听语言方面，延续了岩井俊二清新唯美的美学特质，取景地在大连，跨越三十年时空的影像，岩井俊二以特有的严谨、认真细致打光、布景，使影像光影色调呈现出了日式清新风格，将人物的青春表现得清新动人，而跨入中老年的角色，则更低调地展现出了现实生活质感。影片中尹川在旧日学校偶遇睦睦、飒然的时候，虽然情节略显刻意，但极具岩井俊二特色的光影布置，令尹川的回眸有了近乎穿越的力量，瞬间的恍惚与青春的鲜明指向，击中了观众内心的柔软。影片中这种极为精致的段落，展现了岩井俊二导演用视听语言雕刻时光的技巧和力量。在视听语言的加持之下，演员的表演也各有光彩，周迅所呈现的生活真实感、张子枫的少年之华与之华女儿飒然的青春灵动，秦昊的文艺气质，胡歌的落魄与阴暗，邓恩熙的少年之南与睦睦的单纯美好，这是一部表象达到了岩井俊二水准、质感的影片。

既然工业水准达标，那么影片为何不被认可呢？甚至不少影迷认为这是一部毫无诚意的、打着《情书》旗号的圈钱之作，讥讽岩井俊二江郎才尽。笔者认为影迷的这种反应是由中日文化、思维的差异造成的。日本文艺纯爱电影中深藏的“物哀”文化，向死而生的审美意趣，以及深沉、内敛的表达方式，因着文化之隔而被观众接受、理解，从而定义为一种“日本的”文艺之美。《你好，之华》是一个中国故事，虽然导演是日本人，幕后班底也不乏日本工作人员，但是观众更希望看到的是岩井俊二如何以他的方式处理一个属于中国人的中国故事，而不是一群中国人在中国城市演绎日本人的故事。影片里中国演员给出的高质量表演与人物自身所带有的日式思维方式，恰恰导致了影片呈现出一种不中不日或亦中亦日的尴尬感。之南的死，单纯美好的开始与抑郁自杀的惨烈结局，家人所表现出的克制对于国人来说是过于冷静、疏离的。之华代替姐姐去参加同学聚会，告知同学姐姐去世的消息，却在被误认为是姐姐之后即兴扮演姐姐，这种“没有机会说出来”的含蓄内敛，固然是人物性格所致，但这个事件本身是不符合国人思维方式的。之华与之南淡漠的姐妹情谊，之南与家人之间的冷漠关系在日本文化中习以为常，但在中国主流文化中是难以接受的。尹川的感情指向也在观众接受中引起了巨大的争议，影片开始时，尹川给假扮之南的之华发了表白短信，后来却说第一次见面就认出之华。这样的安排使得观众难以判断尹川所爱到底是谁。尹川与之南、张超的爱恨情仇藏头露尾的表现，使得人物感情的走向扑朔迷离，观众自行脑补推断出了各种狗血走向，纯爱电影不再纯粹。失去了文化之隔的安全审美距离，《你好，之华》的遇冷也就不难理解了。值得注意的是，岩井俊二对这个剧作十分满意，因此决定一本两拍，日版片名《最后一封信》，岩井俊二编导，松隆子、福山雅治、广濑铃、神木隆之介、庵野秀明主演，预计 2020 年上映。观众回归到安全审美距离，或许对故事有不同的感受、理解。

《后来的我们》是年度大热的 IP 爱情电影，由歌手刘若英执导，井柏然、周冬雨、田壮壮主演。影片旨在通过主角的人生经历探讨爱情的变与不变，然而，由于台词矫揉造作、叙事单薄混乱，视听语言表达酷似超长 MV 而遭到差评。周冬雨和井柏然的演绎，拯救不了情怀吸金片。豆瓣评分 5.9，仅高于 18% 的爱情片和 8% 的剧情片。影片中唯一击中我们的是真实、动人的日常片段，田壮壮写给周冬雨的信，让人感动，但在一部爱情电影中，显得过于喧宾夺主。相较于影片内容，《后来的我们》更值得一提的是营销。在各个平台上以情怀营销绑架观众，在猫眼操作“买票、退票”假数据制造热度绑架影城排片，生生制造出“爱情电影 16 小时破 3 亿”的票房纪录。上映首日，此片出现大量集中退票的“异常情况”。如此映前通过互联网售票平台恶意刷单，制造所谓的“口碑”假象，是一个教训。尽管影片票房13.5亿元，获得高额市场回报，但一波热度操作，不能及格的影片内容，透支了国产电影的信用，消耗了观众的观影热情，若这种情况不加管理、遏制，恐怕中国电影市场距离劣币驱逐良币不远了。

《无问西东》是一部文艺气质明显的特别的青春片，其定位是一部清华大学百年校庆献礼片，影片名《无问西东》出自清华大学校歌歌词“器识为先，文艺其从，立德立言，无问西东”。这部完成于2012年的影片，兜兜转转于2018年才上映。作为一部命题作文，在横跨百年的时空中，选取素材，其艰难可想而知。导演紧扣“对生命的思索，对自己的真实”这一主题，选取了不同年代的青春故事，讲述了张果果、陈鹏、李想、王敏佳、沈光耀、吴岭澜等年轻人在不同时代所面临的人生困境，以及每个人所做出的选择。

从民国到现代，不同的时空中有不同的青春迷茫，民国时期的吴岭澜迷茫求知，由“因为最好的学生都读实科”的盲从、生活交给书本的踏实，在老师梅贻琦的引导下去思考生命的真实，“你看到什么，听到什么，做什么，和谁在一起，有一种从心灵深处满溢出来的不懊悔，也不羞耻的平和与喜悦”，随后印度著名诗人泰戈尔的演讲“对自己的真实”“不要忘记你们自己的真心与真性”，吴岭澜的眼睛从迷茫到清明，毅然选择转系。其后，吴岭澜成为一名文科教授，致力于将自己的领悟传授给学生。抗战时期，家境优越的沈光耀迷茫于从军，家人“你还没想好怎么过这一生，你命都没了”的思虑担忧，与教官“这个时代缺的不是完美的人，缺的是从自己的心里给出的真心、正义、无畏和同情”的时代呼号相互博弈，在亲情、生命与家国危难之中，沈光耀选择了献身从军。“文革”前后，陈鹏与李想同时喜欢着女同学王敏佳，王敏佳目击了师母对老师的恶劣行径，与李想仗义写信，试图帮助老师，不料事发，遭遇恶意报复，被殴打至毁容，陈鹏不顾别人的目光，救下王敏佳。现代职场中，张果果遭遇领导间的明争暗斗，卷入了四胞胎求助事件，成为职场替罪羊、牺牲品，最终承担起了照顾四胞胎的责任。梅贻琦引导了吴岭澜，吴岭澜教出了沈光耀，沈光耀救助了陈鹏，李想救了张果果的父母，张果果帮助了四胞胎，短短百年的时空之中，几代人被命中的羁绊相连，生命的延续隐喻了精神、价值的传承。当前浮躁的社会环境，社会上不绝于耳的对“精致的利己主义者”的批判，不由得令人反思大学的教育内核，究竟什么才是应有的大学精神？梅贻琦的回答是“所谓大学者，非谓有大楼之谓也，有大师之谓也”。《无问西东》影片聚焦价值的选择与人生意义的思索，设置了极端情境下的选项，将世俗意义的功名利禄与人性的真实、善良、高尚等美德二元对立，并通过主要角色的人生选择，交出了自己的答卷。大学之大，不仅要有大师，还要看培养出了什么样的人才。梅贻琦、吴岭澜、沈光耀、王敏佳、陈鹏、李想、张果果……绵延数代的对真理求知、对国家社会有责、对弱势群体有情的人物群像，才是真正的清华大学之魂。影片不完美，但导演的回答真诚、走心，发人深省。

狭义的文艺片创作，在2018年的中国影坛创意逐新、各自精彩，不断推陈出新，既有贾樟柯的集大成式作品《江湖儿女》，又有藏族题材的特殊公路片《阿拉姜色》，忻钰坤的犯罪悬疑片《暴裂无声》，以及不乏形式感的探索气质的《地球最后的夜晚》《米花之味》。

《江湖儿女》是贾樟柯商业化程度最高的一部作品，票房6928万元，较之前的影片《山河故人》翻了一倍。豆瓣评分7.6，在贾樟柯作品中显得较为平庸。颇有意思的是，对贾樟柯作品的豆瓣评分进行梳理，可以发现，得分较高的《小武》（8.3分）、《站台》（8.2分）、《三峡好人》（8.1分），其评分人数也相对较少，《小武》《三峡好人》6万余人，而《站台》仅3万余人；评分相对较低的《山河故人》（7.9分）和《江湖儿女》（7.6分），评分人数则达到了14万余人。这一现象引发笔者对商业片与文艺片的思考。更符合小众审美趣味的作品获得了更高的评价，赢得了更多观众的作品反而被批评，这究竟是一种妥协、媚俗，还是创作理念的更新与探索？

千古文人侠客梦，武侠、江湖是自古以来文人的浪漫想象，有着自己的运行秩序、规则。江湖是一个浪漫、传奇、高度理想化，同时又非常真实、残酷、充满变数的世界。贾樟柯的独创之处在于，他把一个带有浪漫想象的时空放到了现代社会，放到了自己亲身体验过的当下，以自己对现实的描摹能力，给了这部片名带有浪漫主义色彩指向的作品坚实的现实基础。贾樟柯导演夫子自道："'江湖'是我浪漫的想象世界，更是我真实体验过的世界。……江湖首先是一种剧变的危机社会，还有复杂的人际关系。历练过后就像高温后纯净的灰烬。"[①] 基于这一创作理念，影片聚焦当下社会中的江湖情义，描述了从2001年到2018年17年间的时代变迁和社会转变。影片时间跨度较大，为了保持真实时空的质感，贾樟柯用了6部不同的摄影机，还从自己以往拍摄的资料中选取素材，使得影片中随着时间的推进，影像也相应地呈现出不同的质感。在这一过程中，贾樟柯借助早期影片元素巧妙地完成了自我影像世界的串联，形成了一个集大成式的，有着深层内核和丰盈外延的堪称"贾樟柯电影江湖"的影像世界。影片的呈现和影片外的延展，共同建构起属于"江湖""儿女"的传奇。

这个传奇是通过巧巧、斌哥两个主角人生的转换完成的。从这个角度，可以说这是一部真正意义上的大女主作品。影片开始时，巧巧与斌哥的关系是甜蜜而又疏离的，巧巧是大哥斌哥的女人，一心一意想把大哥变成家属；大哥却满足于这种情感关系，把巧巧作为点缀自己江湖生涯的绚烂花朵，并不愿更进一步。巧巧和斌哥之间，隔着一个江湖。这个阶段，世俗的稳定与江湖的漂泊对立但并不界限分明。当斌哥教巧巧举起了枪，开玩笑说巧巧是江湖中人，一切将发生改变。斌哥遭遇仇敌算计，街头血战，被打得血肉模糊之际，巧巧举起了枪，救下了斌哥，就此告别世俗的稳定，并替斌哥背下了非法持枪的罪名。一腔热恋，一场拯救，5年牢狱之灾。江湖之花蜕变成了牢狱之囚。天平就此倾覆，世俗的稳定不再，江湖的漂泊不远。出狱后，没有等来斌哥探监的巧巧，追着斌哥要一个说法。然而，情深义重的付出，换来的却是斌哥无情无义的移情别恋。时间改变了一切，山河、人情，江湖规则。与斌哥作别后，巧巧开始浪迹江湖，为了生存，敲诈包养小三的有钱人，差点儿与邻座乘客前往新疆。当男人说着我们都是宇宙的囚徒打动巧巧，却介怀巧巧的过去时，巧巧终于梦醒了，她半路下车，看到了飞碟，找到了该走的路——巧巧回到了故乡，成了新的江湖"大哥"。斌哥中风瘫痪后，回到大同求助，巧巧收留斌哥，对斌哥说自己现在对他无情，照顾他是因为要讲江湖义气。至此，巧巧完成了从对斌哥"有情"的情人、情义深重的情人，到"无情有义"的江湖大哥身份的转变。故事的最后，巧巧融入了江湖，而斌哥已经被逐出江湖。身份互换，巧巧和斌哥之间，还是隔着一个江湖。斌哥无法接受这一现实，悄然离去。影片结尾的处理，没有再去追寻斌哥的去向，而是利用监控影像，把关注点转向了巧巧，监控镜头不带任何感情色彩，真实、冷静地旁观、记录着巧巧，而巧巧的身影越来越模糊。斌哥已走远，巧巧的心思无人知。这是一个不加评判的、余味悠长的结局。我们站在上帝视角，却无法确定看到了什么。影片获得了第71届戛纳电影节（2018）主竞赛单元金棕榈奖（提名），女主角赵涛获得第55届台湾电影金马奖最佳女主角（提名）。

《阿拉姜色》是藏族导演松太加的新作，容中尔甲等主演。影片名称来自藏族地区的祝酒歌。影片采用公路片的类型模式，将镜头对准了神秘的川藏普通人，描述了这些普通人转山磕长头的朝圣之旅，以及这场朝圣之旅背后的夫妻、父子等伦理、血缘层面的世俗情感。

影片表现了一个普通的再婚家庭，丈夫罗尔基不能接受妻子俄玛跟前任丈夫生的儿子诺尔吾，只能将诺尔吾交给俄玛的父母照顾。不被接受的孩子日渐叛逆，俄玛却突然得了重病，命不久矣。在生存与死亡面前，俄玛选择达成前夫的心愿，到拉萨朝圣。罗尔基不理解妻子的做法，在得知真相之后，选择陪伴俄玛。诺尔吾也任性跟随。各怀心思的三个人由俄玛连接在一起，相依相伴。然而，俄玛病情恶化，很快去世了。为了完成俄玛的夙愿，没有血缘关系的罗尔基和诺尔吾，只能以父子身份相处，接替俄玛前往拉萨。俄玛去世之后，影片真正的内核才渐渐水落石出。褪去宗教、信仰的外衣，这是一个再婚家庭融合的伦理故事。饱受情感创伤的叛逆孩子，不知如何与继子相处的父亲，在艰辛、枯

① 《贾樟柯：我为什么要拍〈江湖儿女〉?》，2018年9月18日，腾讯网（https：//new.qq.com/omn/20180918/20180918A24BUL.html）。

燥的旅途中互相扶持，这种真实日常中滋生出来的暖意，逐渐消解了孩子心中的隔阂，罗尔基的付出与情感的自私，也让人看到他作为一个普通人所面对的艰难困境和心中的情意，正因如此，后面的和解才格外动人。两个人灰头土脸走在路上，走出了父子情，迎来了爱之光，最终共同悟到了生活的真谛，接受了命运的安排，各自成长。影片剧情很简单，但情感十分丰沛、真挚、细腻，演员的表演也非常真实、质朴、动人。影片荣获第21届上海国际电影节金爵奖评委会大奖、最佳编剧奖和最佳影片（提名）。

《暴裂无声》是由忻钰坤执导，宋洋、姜武、袁文康、谭卓主演的犯罪悬疑题材影片。影片豆瓣评分高达8.2，是一部具有厚重感，能引起观众反思的作品。影片不仅对个体人性进行了深刻挖掘，更借助错综复杂的人物关系，展现社会不同阶层的利益冲突和由此导致的人性扭曲，使得影片的格局更为广阔，成为当代社会生活的一种映射。寻找儿子的农民张保民是社会底层的代表，律师徐文杰是中产阶级的代表，而矿主昌万年是上层社会的代表。选用矿主的身份作为上层社会的代表，是影片的一个精心设计，开矿造成的生产事故和环境污染，都是由底层农民承担。而本该作为法律和正义维护者的律师，被金钱收买，为资本服务，帮助维护上层的利益，加强了影片的讽刺力度。张保民的艰难困境，无疑是底层农民悲惨生活的写照。他因为坚持不签协议扎瞎了屠夫丁海的眼睛，结果不仅没有拦住开矿，反而因此欠下一大笔债。他丢了儿子，也只能以到路边发传单、到处找人打听的低效方式寻找。而开矿导致的环境污染使村民患病和昌万年射杀张保民的儿子，蕴含了出身即原罪的隐喻。处于社会底层的人，不仅难以凭借奋斗和努力改善自身处境，反而因为社会上层和中产的勾结，生存环境变得更加恶劣。

影片中充满了丰富的意象隐喻，使得影片主题与故事互相融合，既增加了影片的戏剧性和趣味性，又借助生动鲜明的画面，提高了影片表达的冲击力。磊子玩石头、张保民失语、宰羊、西红柿、吃羊肉、猎物陈列室、“金字塔”坍塌……这些画面背后，都有深刻的文本含义，是对现实的压缩、浓缩和概括。更为可贵的是，影片采用中立客观的角度呈现故事，没有对其中任何一方进行批判鞭挞。影片把审视、反思的主动权递交到观众手里，因此达到了既反映时代，又超脱于时代的高度。张保民的儿子被昌万年杀死，他在机缘巧合下救了徐文杰的女儿，而徐文杰却依然为了自身利益选择为昌万年保守秘密。影片的最后，随着徐文杰戴上眼镜，说出“没了”两个字，标志着正义、良心、律师的职业道德全部屈从于自身利益。人性的堕落在银幕上并不罕见，而徐文杰的沉默与中国传统的报恩思想相左，这带给观众情感上的压抑、抗拒。这种情感上的回应引导着观众主动评判、反思，影片也因此爆发出让人改变的力量。

无论从剧作结构还是画面呈现，《暴裂无声》都是一部完成度非常高的影片。影片票房仅有5425.58万元，虽然略显遗憾，但对于一部好的电影作品，票房的暂时失利并不能说明什么，电影的品位、格调会让它经受时间的考验，赢得更多观众的共鸣和喜爱。

此外，还有毕赣表现浪漫爱情故事的《地球最后的夜晚》（汤唯、黄觉主演），鹏飞执导的留守儿童题材的文艺片《米花之味》（英泽、叶不勒主演）。前者获得第55届台湾电影金马奖最佳剧情片提名，第5届豆瓣电影年度榜单年度华语独立佳作提名，也是第56届纽约电影节最受关注的影片；后者入围第74届威尼斯电影节“威尼斯日”单元，获得“特别提及奖”，荣获芝加哥电影节新导演金雨果奖，并在首届平遥国际影展上一举获得中国新生代单元观众票选“最受欢迎影片”。两部影片在有限的时空里，分别对传统与现代之间的碰撞与融合进行了深入挖掘与思考，其丰富的意蕴和人文主义关怀，为观众提供了解读本片的多种角度，一方面展现了导演细腻惊人的观察力，另一方面通过真诚客观的事件呈现，“让我们看见了这个时代最珍贵的东西”，影片更为开放多元，也给观众留足了想象和思考的空间。

令人遗憾的是，虽然《地球最后的夜晚》《米花之味》获得了业界的诸多认可，但前者仅获得了高开低走的有争议的两亿多元票房，后者更是累计票房仅为243.78万元。要想电影市场健康持续发展，除了电影从业者在创作内容上不断探索创新外，也要探索如何破除优秀的文艺片叫好不叫座的票房怪圈。目前，全国艺术电影放映联盟已经在国内 226 个城市的 1656 家影院中拥有了 2131 块银幕，或许，这才是文艺电影营销与放映的切实平台和归宿。

五、电影的中国声音：发展作为最为坚固的东西

2018 年的中国电影，现实题材电影有了新突破，电影市场充满新的能量和多样性，创作质量进一步提升，优秀作品不断涌现，创作更加多元、市场更趋理性。电影创作和市场发展构成联动态势，中国电影全年共生产故事片 902 部，动画电影 51 部，科教电影 61 部，纪录电影 57 部，特种电影 11 部，总计 1082 部。全年票房过亿元影片 82 部，其中国产电影 44 部。2018 年，仅在城市院线看过电影的就有 17.16 亿人次。全国银幕总数达到 60079 块，其中 2018 年新增 9303 块。电影类型化不断发力，推动了市场的规模发展，为当下和未来的中国电影创作增添了动力和色彩。而互联网技术向“互联网 +”的电影新形态的转变和跃升，成为电影生态及其结构化变革的核心标志，为本土化的电影创作提供了转折发展的重要条件。

2018 年，全球电影市场增长低于 5%，中国电影继续保持着全球最具增长势头的产业和市场地位。中国电影在全球电影市场版图中有着举足轻重的位置。但是，当下的中国电影在取得成绩的同时，也存在诸多问题，如：主题、题材、类型的同质化禁锢着电影的创新性发展；中国电影市场仍然缺乏规范，“唯票房论”还是很突出；在类型不健全和不成熟的语境下，国产片的票房往往依赖于那些极少数的强势影片，精品力作比例不高。

40 年前的 1978 年 12 月，中国电影走上重新面向世界开放的道路。在市场规模发展的趋向下，电影在快速发展的巨大的市场空间中自发生长，枝繁叶茂，百花盛开，这是 40 年来中国电影发展的文化逻辑，作为最值得珍视的遗产，它也彰显了电影进一步改革的方向。

内容为王成为共识。网生代的年轻人已经成为观看电影的生力军，在全媒体语境下，“网感”也成为电影创作的热点。经过市场的淘漉，“IP+ 流量明星”不再是票房灵药，观众不再唯“IP+ 流量明星”而论，而更加关注影片内容本身，在新语境下，唯有优质原创作品才会受到追捧，引发热议，成为票房黑马。没有创新就没有未来，创新会成为中国电影的主题，只有创新才能赢得未来。

2018 年 11 月，广电总局发布了最严限薪令，要求演员片酬不超过制作总成本的 40%，其中主要演员不超过总片酬的 70%，随后，爱奇艺等 6 家公司发出联合声明，又给明星的片酬划出了 5000 万元的红线。显而易见，这一政策将倒逼投资者、创作者放弃哗众取宠，回归影片内容本身，为中国电影下一阶段的艺术创作进入良性循环提供了正能量。

类型化成为抗拒逆改革势力的可靠力量。一个不能忽视的现实是，2018 年的中国电影市场上，引进了大量叫好又叫座的优质外国电影：科幻片（科幻、动作、冒险）《复仇者联盟 3：无限战争》《侏罗纪世界 2》《毒液：致命守护者》《头号玩家》《狂暴巨兽》《蚁人 2：黄蜂女现身》《黑豹》《环太平洋：雷霆再起》《湮灭》《游侠索罗：星球大战外传》；动作、奇幻、冒险片《神奇动物：格林德沃之罪》《海王》；动作、惊悚、冒险片《碟中谍 6：全面瓦解》《巨齿鲨》《摩天营救》；印度电影《神秘巨星》《印度合伙人》，日本电影《小偷家族》，动画电影《无敌破坏王 2：大闹互联网》《蜘蛛侠：平行宇宙》《龙猫》等。其中科幻、动作、冒险等类型元素广受欢迎，展现了国内观众对这些类型的偏好。如何把观众，特别是年青一代观念装在创作者的心坎里，是一个重要课题。对比 2018 年的中国电影创作，除去动作之外，科幻、冒险恰恰是短板，偌大的观众需求与供应不足的现实，提醒、激励中国电影人特别是新锐导演们在这方面开疆拓土、砥砺前行。

进一步打开视野，坚持改革，具有情怀的文化视野和格局，提升电影艺术与市场博弈的能力和水平，是中国电影最需要的定力，它是主动性的源泉，也是在这个挑战与希望并存年代中国电影的生命线。

2018年，电影艺术研究成果源源不断，电影理论和评论呈现出研究维度和涉猎面越来越广、交叉性和文化内涵越来越强的特点，电影史、电影批评和应用性评论，进一步显出其现实与历史评价的科学性与活力。电影研究增强了实践感，显示出它的多向度的现实与历史价值取向。而其研究重点渐趋明确，即加快构建中国电影学派话语体系及其观念建构，已成当务之急。目前，研究队伍空前扩大，学术梯队已经形成，学术研究后继有人。这推动了领风气之先的新时代电影文明共生共荣局面的出现，但还是要回归专业。而在其他方面，如电影史研究，一方面，出现了不少扎实的学术力作，研究方法不拘一格，研究领域不断拓展，显示出它的多向度的历史价值取向；另一方面，在通过对史料的实证，寻求历史背后发生的动力，填补和完善当下电影研究领域的薄弱环节方面，还需要对中国电影文化史、产业史、思想史和政治史的研究内涵等方面做出更大的拓展和进一步研究。现在国际间的学术交流活动已经成为常态，如何将学术研究目的和我们所站立的历史高度与对时代社会发展的密切关注联系起来，焕发出有血有肉的生命活力，值得思考。

因为有改革开放，所以才有了中国电影40年发展的成就；有改革开放40年来的发展，才有了电影现在比较大的影响和生命力，也才有了2018年中国电影艺术的发展和收获。继续顺应这样的要求，以文化天下，去为中国电影及其探索注入更多的能够照见生活的时代元素、中国元素，体现真正配得上我们这个时代的民族影视艺术更富活力与影响的创造性与辐射力，值得期待。

丁亚平　中国艺术研究院电影电视艺术研究所所长、研究员
陈晓萌　浙江工业大学设计艺术学院讲师

2018 年中国电影产业发展概况

◎ 支菲娜　张若琪　邓桂垚

2018 年，站在全面贯彻党的十九大精神开局之年和改革开放 40 周年的重大节点，中国电影，剜去顽疾，再出发。

2018 年，中国电影面临外部环境的重重挑战，国内外形势发生了深刻复杂变化。中国经济由高速增长转向高质量发展阶段，供给侧结构性改革深入推进，产业发展形势越发复杂，金融风险加剧，中美经贸摩擦也引发了国内经济环境的一系列变化。国际上，世界经济复苏乏力，国际战略机遇不甚明朗，以大数据、云计算、人工智能、数字制造、工业机器人等为特征的新一轮科技革命和产业革命对各行各业带来颠覆性冲击。在面临转变发展方式、优化经济结构、转换增长动力的发展关键期和矛盾凸显期，社会思想意识更加纷繁复杂，使电影产业的发展机遇与危机并存。

2018 年，中国电影在党的宣传思想阵地中的作用得到空前重视与提高。党中央加强对电影工作的领导，电影管理再次进行机构改革，电影行业积极适应我国发展新的历史方位。

2018 年，中国电影取得了来之不易的成绩。在以习近平同志为核心的党中央坚强领导下，经过十几年电影产业化改革蓄力，市场规模稳步扩大，2018 年实现全国总票房 609.76 亿元（约合 90 亿美元），同比增长 9.06%。国产电影票房 378.97 亿元，占比 62.15%，较 2017 年略有提高。全年票房过亿元影片 82 部，其中国产电影 44 部，国产过亿元影片占总过亿元影片的 53.66%。影院数量、银幕数量、观影人次等指标持续增长，其中全年观影人次达 17.16 亿人，同比增长 5.93%。

2018 年，电影聚焦高质量发展。全国共生产故事电影 902 部。行业不断提高生产水平，努力推动产品结构优化升级。立足“高原”攀“高峰”，回归电影艺术规律，作为艺术本体进行创新突破，佳作不断涌现，创作活力大大增强，作品品质明显提升，涌现了一大批杰作，尤其是《我不是药神》等在现实题材创作方面大有突破的佳作。

2018 年，电影也经历着自身改革进入深水区的种种阵痛。多年高速发展的积弊，在脆弱的大众舆论环境和严谨的政策环境中暴露出来。代表性明星“人设崩塌”“天价片酬”“阴阳合同”和影视公司大规模撤离霍尔果斯等多年积累的行业投机乱象、浮躁之风，成为阻碍行业高质量发展的病灶。经由多部门联手治理，市场规范得以进一步加强，行业强化自律，行风进一步清朗。在产业结构上，产业链各环节淘汰冗余产能，挤去投机的游资泡沫，行业阵容变动急遽，电影生产制作发行放映机构经历大规模调整。

也要看到，与 2017 年相比，电影业所处的宏观环境运行稳中有变、变中有忧，股市不断下挫，消费降级有虞。影视股不断探底，大部分影视公司市值大幅缩水，市场流动性进一步紧缩，电影总票房和观影人次等指标增速放缓，影院上座率、单银幕票房产出都有明显下降。国产电影在国际电影节的地位并未显著提高，电影“走出去”方面仍待开拓，电影作为文化名片的作用仍待进一步发挥。

站在改革开放 40 周年的节点，回望中国电影发展进程，电影管理部门不断推动产业结构向高质量发展，电影产业化改革一路披荆斩棘，电影人一路风雨同舟，才迎来建成世界第二电影大国的成就，实现了电影在国际视域中从“追跑”向“并跑”再到“领跑”的转变。中国电影的发展，任重道远。

一、2018 年中国电影产业发展概述

2018 年，中国电影产业总体指标理性增长，发展向好。城市电影票房收入 609.76 亿元；观影人次

17.16 亿人；故事片产量增长 104 部，增幅显著。总体而言，2018 年的中国电影产业发展虽然经历阵痛、跌宕起伏，但电影人依旧紧抓电影行业高速发展的机遇，砥砺前行。（见表 1）

表 1　2014—2018 年电影产业发展基本指标一览

指标＼年份	2014	2015	2016	2017	2018
故事片产量(部)	618	686	772	798	902
票房(亿元)	296.39	440.69	492.83	559.11	609.76
院线(条)	47	48	48	49	48
银幕数(块)	23592	31627	41179	50776	60079
观影人次(亿人)	8.34	12.6	13.72	16.2	17.16
平均票价(元)	35.54	34.98	35.92	34.51	35.53

（一）电影产品供应：数量稳健增长，品质持续提升

2018 年，中国电影产量保持稳健增长，电影生产更加聚焦高质量发展，作品品质明显提升，市场供给影片类型更加丰富。

1. 本土作品生产数量平稳增长

电影立项热度复苏。2018 年，全国电影剧本（梗概）备案、立项公示数量 3563 部，同比增长 8.5%。（见表 2）受宏观经济态势变化、电影票房大盘增速放缓等因素影响，相比 2014—2016 年每年 30% 左右的增幅来看，近两年电影生产市场趋于冷静，资本投入较为理智，部分游资退缩。2018 年与上年相比，已扭转负增长态势，生产热情有所回涨。

表 2　2014—2018 年全国电影剧本（梗概）备案、立项公示情况[①]

年份	2014	2015	2016	2017	2018
剧本立项公示情况(部)	2193	2904	3811	3284	3563
同比增幅(%)	25.96	32.42	31.23	-13.83	8.50

电影产量稳中有升。2018 年，全国各类电影片总产量达到 1082 部，突破千部大关，电影产品生产总体保持充足活力。其中，纪录影片产量近几年呈稳中有升趋势，产量达到 57 部；科教影片和特种影片产量均略有下滑。（见表 3）全年有约 400 部影片在院线上映。

表 3　2014—2018 年各类电影片生产情况[②]

电影片种类/年份		2014	2015	2016	2017	2018
合计(部)		758	888	944	970	1082
故事片	故事片(部)	618	686	772	798	902
	在总产量中的占比(%)	81.54	77.36	81.78	82.27	83.36

① 根据国家新闻出版广电总局电影局公布数据整理。数据来源：www.sapprft.gov.cn。
② 数据来源：中国电影家协会编各年度《中国电影产业研究报告》，中国电影出版社。

续表

电影片种类/年份		2014	2015	2016	2017	2018
其他各类影片	动画影片(部)	40	51	49	32	51
	纪录影片(部)	25	38	32	44	57
	科教影片(部)	52	96	67	68	61
	特种影片(部)	23	17	24	28	11
	在总产量中的占比(%)	18.46	22.74	18.22	17.73	16.64

2. 合拍片市场开放与合作深化

2018 年，中国电影市场开放程度不断深化，逐步融入全球电影工业体系。优秀的合拍作品，在思想价值取向上助力于推动构建新型国际关系，对外传播中国文化，推动构建人类命运共同体，意义重大。

一方面，国家层面持续积极推动中外电影合作。5 月，中日两国政府签署了关于合作摄制电影的协议。至此，中国已与 21 个国家和地区签署了合拍协议。

另一方面，电影合拍片的作品质量明显提升，票房成绩明显进步。2018 年，中国合拍片（含协拍片）立项由 2017 年的 84 部下滑到 49 部，数量明显减少，但是审查通过数为 47 部，占比显著提高。（见表 4）其中，中美合拍片《巨齿鲨》在北美上映首周即以 4450 万美元夺冠，在中国最终收获 10.52 亿元人民币的高票房，全球总票房超过 5.3 亿美元，列全球年度榜单第 15 位。以《红海行动》《唐人街探案 2》为代表的合拍片内容质量与工业化水平明显提升，既在市场收获了良好的票房成绩，又赢得了影迷们的广泛赞誉。

表 4　2014—2018 年合拍片（含协拍片）立项和通过审查影片情况[①]

年份	2014	2015	2016	2017	2018
合拍片立项(部)	77	94	97	84	49
协拍片(部)	—	—	—	2	—
审查通过(部)	43	60	71	60	47
涉及合作对象国家和地区(个)	12	13	17	21	21

3. 市场供给影片品种类型丰富

2018 年，中国电影市场上各类影片百花齐放、佳作频出，为观众带来了丰富、多元的观影体验。思想精深、艺术精湛、制作精良相统一的国产佳作不断涌现，观众满意度显著提高，国产片竞争力越发增强，“主场优势”显现。

国产影片品种丰富，品质提升。2018 年，全年院线上映国产影片 398 部，尽管在数量上较上年的 412 部略有下降，却取得了 378.97 亿元的票房成绩，国产片票房收入占比达到 62.15%。“有数量缺质量、有高原缺高峰”现象有所改善。商业类型片制作上，既有《红海行动》《唐人街探案 2》等一系列制作精良、颇受市场认可的大制作影片，也有《我不是药神》《无名之辈》这类描写小人物现实生活的电影作品；既有《影》《风雨咒》《邪不压正》这类极具中国风格的电影产品，也有《江湖儿女》《地球最后的夜晚》这类具有独特表达的探索作品。

进口影片扩大开放。2018 年，全年共上映进口影片 118 部，同比增长 25.53%，票房成绩 230.79 亿元，同比下跌 10.57%，票房总量首次出现下降。除了以《头号玩家》《海王》为代表的动作和科幻片

① 数据来源：中国电影合作制片公司。

仍为进口片观影主流外，进口影片电影市场包容度也在不断提升。例如，来自印度的《神秘巨星》是继《摔跤吧！爸爸》之后引入中国且取得进口片票房前十成绩的音乐类电影；《奇迹男孩》等中小成本类型故事影片也收获了中国市场观众青睐。

（二）电影销售渠道：服务水平提升，效率亟待优化

2018 年，中国电影放映市场体量增长、稳中有进，作为世界第二大电影市场的地位更加稳固。年度新增银幕 9303 块，银幕总数 60079 块，稳居世界第一。[①] 城市院线影院年度放映总场次 11102.03 万场，同比增长 17.09%，增速放缓。[②] 影院数量和银幕数量的增速快于总票房和观影人次的增速。

受到宏观经济态势变化、票房大盘增速持续放缓、行业市场主体数量显著增多等因素影响，院线、影院竞争激烈，普遍效益不佳。院线市场格局变化不大，尽管总票房收入有所增加，但经营利率却在下降。单体影院的票房收入降幅显著。

1. 银幕与影院建设继续铺开

2018 年，中国电影市场票房大盘增长、影投资本化、行业龙头跨界入局，持续推动银幕与影院建设快速增长。

2018 年，全国新增银幕 9303 块，银幕总数 60079 块，稳居全球首位。（见表 5）日均新增银幕 25.49 块，与 2017 年相比略有下降。银幕增速连续三年下滑，新建投资降温。新增银幕主要集中在四、五线城市，市场布局优化。全国 3D 银幕总数 53470 块，约占银幕总数的 89%；巨幕 878 块，包括中国巨幕 319 块。高新技术银幕已经成为影院标配，但上映影片格式不再盲目追求视觉特效，而是更加注重为内容本身服务。

表 5　2014—2018 年中国电影市场院线和银幕增长情况 [③]

年份	院线数(条)	银幕数(块)	新增银幕(块)
2014	47	23592	5397
2015	48	31627	8035
2016	48	41179	9552
2017	49	50776	9597
2018	48	60079	9303

2018 年，全国新增城市影院 1438 家，增长数量与 2017 年相比略有下降；影院总数 11031 家，影院总数同比增长 16.06%。[④] 影院的新增、关闭数量较往年都有所增长，影院迭代速度加快。2018 年，全国共有县级城市影院 5152 家，银幕 21677 块，分别占比 48%、37%。[⑤] 从地域分布看，广东、江苏、浙江位列影院数量前三甲。从院线分布看，广东大地、中影数字、中影南方新干线位列影院数量前三甲。

2018 年，高动态范围、广色域、沉浸式、云平台、大数据、人工智能等先进技术在电影放映中的应用进一步深化、更新。随着 IMAX 激光影厅、LED 银幕、ScreenX 放映厅、沉浸音频技术、新一代 4K 激光电影放映机等新产品陆续投入应用，观众观影体验不断提升。云播控系统、影城智慧运营系统等产品方便影院实现无人放映、集中智能化运营管理。此外，AI 人工智能、区块链技术、5G 在电影业的运用实例增加，为电影放映业未来发展开拓了更广阔的想象空间。经过设备更新，影院更适用于

① 数据来源：国家电影局。
② 数据来源：国家电影事业发展专项资金管理委员会办公室。
③ 数据来源：2014—2017 年数据来自国家新闻出版广电总局电影局，2018 年数据来自国家电影局。
④ 数据来源：中国电影科学技术研究所。
⑤ 数据来源：国家电影事业发展专项资金管理委员会办公室。

举办企业活动、体育比赛、游戏竞技、音乐会、剧场剧院演出等多种类型活动，拥有了更多商业机会。

2. 电影院线：格局相对稳定，整合机遇到来

2018 年，全国共有跨省城市院线数量 48 条。较 2017 年相比，末位安徽星空院线退出。全国城市放映院线市场格局变化不大，各院线与市场大盘共同起伏；单体院线盈利压力普遍增大、利率下降；院线发展两极分化的情况并未改变。院线市场呈现如下特点：

一是市场集中程度高，格局相对稳定。万达院线、广东大地、上海联和位列票房收入前三甲，连续三年保持一致。头部院线排名稳定，整体市场格局变动小。其中，万达院线继续保持行业领军地位，年度票房 81.92 亿元，在全国占比 13.43%。票房前十位院线票房收入占总票房的 68.41%，市场份额增大。（见表 6）票房梯队差距缩小，两极分化严重，冠亚军院线万达院线与广东大地票房增长迅速，市场规模差距由 2017 年的 49.2% 缩小至 36.4%，另有 27 条院线的全国票房占比不足 1%，经营效率低下。

表 6　2018 年票房排名前 20 位院线经营情况①

序号	院线名称	总票房（亿元）	票房占市场份额(%)	总场次（万场）	总人次（万人）	平均票价（元）
1	万达院线	81.92	13.43	945.25	20016.46	40.93
2	广东大地	60.06	9.85	1162.75	17837.93	33.67
3	上海联和	48.39	7.94	668.69	12959.11	37.34
4	中影南方	44.97	7.38	850.46	12835.73	35.04
5	中影数字	44.53	7.30	949.98	13046.44	34.13
6	中影星美	38.74	6.35	610.83	10897.54	35.55
7	广州金逸	30.36	4.98	463.98	8283.53	36.65
8	横店影视	26.31	4.32	507.45	7916.62	33.24
9	华夏联合	21.09	3.46	429.94	6196.67	34.03
10	幸福蓝海	20.75	3.40	346.32	6061.31	34.24
11	浙江时代	18.83	3.09	355.44	5481.21	34.35
12	四川太平洋	17.51	2.87	283.53	5070.27	34.54
13	保利万和	14.36	2.36	222.91	3975.50	36.13
14	河南奥斯卡	11.81	1.94	258.88	3664.67	32.23
15	北京红鲤鱼	11.26	1.85	441.77	3128.03	35.99
16	完美世界	10.50	1.72	242.33	3216.59	32.66
17	北京新影联	10.07	1.65	123.00	2623.73	38.39
18	湖北银兴	9.35	1.53	149.90	2869.46	32.59
19	浙江星光	7.75	1.27	132.81	2188.35	35.41
20	中影北方	7.26	1.19	161.03	2336.75	31.07

二是大盘普遍增长，部分院线经营效率低下，盈利压力增大。一方面，有 10 条院线票房增幅逾 20%，有 26 条院线票房增幅高于全国票房收入增幅，14 条院线票房增幅介于 0 ～ 10%。另一方面，有 10 条院线出现票房负增长情况，中小体量院线经营风险增大，更需精耕细作、谨慎经营。

三是院线重组、整合、并购持续推进，通过所有权结构调整优化、资本合作等方式实现资源整

① 数据来源：国家电影事业发展专项资金管理委员会办公室。平均票价为作者计算。

合、联手协作。例如，完美世界以约16.65亿元人民币的价格，将一年前刚刚完成收购的院线业务相关资产转让给母公司完美世界控股集团有限公司，实现剥离。恒大旗下嘉凯城宣布进军院线领域，以近6亿元收购北京明星时代影院投资有限公司和艾美（北京）影院投资有限公司100%股权，获得院线牌照。河南奥斯卡院线、江苏幸福蓝海院线、浙江时代院线、峨影集团四川省电影公司和珠江影业传媒股份有限公司宣布共同成立北京国影纵横电影发行有限公司，五大国有院线联合力量，强化行业话语权。

四是分线发行实现初步探索。11月27日，纪录片《生活万岁》在万达、大地、上海弘歌、中广国际四条院线开始为期三个月的放映。这是国产电影在中国实体院线第一次实现真正意义上的分线发行。受制于院线集中度低、内容供给不足，短期内大规模普及尚有困难，但从长远来看，分线发行有助于行业实现差异化竞争，为各类影片提供生存空间。

3. 影院服务：经营效率下跌，生存压力增大

2018年，新建影院增速降缓，部分老旧、低效影院退出市场。单体影院票房持续摊薄，盈利能力与经营效率普遍下跌，影院生存压力显著加大。影院发展呈现如下特点：

一是影院经营效率显著下跌。全国影院场均人次有所下降，单银幕产出从2015年最高的139.34万元下滑到101.49万元，降幅达到27.16%。即使是占据区位和品牌优势的头部影院，单店票房产出也在普遍下滑。例如，北京耀莱成龙国际影城五棵松店以7992万元成绩蝉联影院票房冠军，观影人次178.06万人，票房及观影人次较2017年相比均有显著下跌，票房收入已跌至近2011年水平。（见表7）

表7　2018年票房排名前十的影院①

排名	影院名称	总票房（万元）	总场次（万场）	总人次（万人）	平均票价（元）
1	北京耀莱成龙国际影城（五棵松店）	7992.00	3.84	178.06	44.88
2	北京金逸影城（朝阳大悦城店）	6960.05	1.88	103.27	67.40
3	北京首都电影院（西单店）	6347.19	2.86	115.21	55.09
4	北京UME影城（双井店）	5589.68	2.30	88.51	63.15
5	江苏幸福蓝海国际影城——南京新街口影城	5524.96	3.71	133.88	41.27
6	上海百丽宫影城（环贸iapm店）	5477.36	1.37	69.77	78.51
7	武汉武商摩尔国际电影城	5422.77	3.92	159.24	34.05
8	广东省广州飞扬正佳影城	5403.21	1.69	97.02	55.69
9	卢米埃北京长楹天街IMAX影城	5322.40	2.16	93.01	57.22
10	上海市杨浦区万达影城（五角场店）	5248.41	2.33	91.39	57.43

二是影院投资业务主体喜忧参半。一方面，传统影投公司经营压力增大。以星美国际影城为代表的影院大面积关停事件引发行业波澜。另一方面，影院投资领域不乏新入局者。新城控股、泰禾集团、华润集团、保利集团、红星美凯龙、苏宁集团、华联集团、居然之家等企业纷纷跨界布局影院建设。

三是影院平台的社交属性强化。众多影投公司、影院已经意识到了强化影院阵地社交平台属性的重要性，打造线下文化娱乐空间。不少影城尝试打造网红拍照打卡墙、抓娃娃、博物馆高知风格影城、懒人沙发影厅等，从年轻人热衷的娱乐活动出发，在影城为观众提供放松、愉悦的用户体验。部分创业公司也瞄准这一细分市场，将自身定位为“C2B”电影社交平台，从某一群体的观影需求出发，反向安排影院排片，促成观影行为。

① 数据来源：国家电影事业发展专项资金管理委员会办公室。平均票价为作者计算。

四是影院发展向复合型业态过渡。众多影院着手开发演出、VR、营销等具有与电影消费类似文化娱乐属性的新业务，强化影院场景消费功能，填补非黄金时段影院闲置资源，培养用户在电影之外的消费习惯，增加经营收入。

（三）电影产业收入：指标增速放缓，市场更加理性

2018 年，中国电影产业增速放缓，销售渠道更加多样，销售能力有所提升，反映出市场的不断成长和观众的不断成熟。

1. 产业发展：增长趋于理性，效率有待提高

总体来看，2018 年，全国电影市场增长趋于理性。（见表 8）

2018 年，中国电影市场票房收入在产业改革以来增速首次低于 10%，由高速发展进入更为理性的稳健发展阶段。春节档、暑期档、国庆档、贺岁档四大档期的票房成绩喜忧参半。强片云集的春节档创造年度新高；暑期档向进口片敞开大门，票房产出小幅上升；贺岁档市场规模持续萎缩；国庆档意外大跌成为年度销售冰点。

观影人次增速降缓。2018 年，全年城市放映市场观影人次 17.16 亿人，同比增长 5.93%，是近五年年度观众人次增幅最小的一年。广东、江苏、浙江、四川等省份人口密集、经济发达，仍为主要观影人群来源。“票补受限”的三、四线观众流失。付费视频网站、短视频网站等流媒体的爆发，以及电影在线播映平台窗口期缩短均分流了部分观众。

平均票价小幅上升。2018 年，平均票价为 35.53 元，较 2017 年同比增长 2.96%。全国平均票价连续多年小幅波动，基本保持稳定。春节档期间，各大制片方携手实行“票补限价”，抵制资本层面恶意竞争，虽然有部分对票价敏感的观众观影行为受到影响，但从客观上避免了业界恶性竞争，长远来看有利于促进产业良性发展。

影院经营效率连续三年下跌。银幕建设数量稳步提升的同时，单银幕票房收入与影院场均收入却连续三年下跌，影院运营压力凸显。上一轮高速扩张带来的落后产能出清、效率优化阶段即将到来。纵观近五年，单银幕票房收入从 2015 年最高的 139.34 万元下跌至 2018 年的 101.49 万元，跌幅达到 27.16%；全国影院场均收入从 2015 年最高的 810.47 元 / 场下跌至 2018 年 549.23 元 / 场，跌幅达到 32.23%。

表 8 2014—2018 年电影产业收入基本指标[①]

年份	票房		人次		平均票价		单银幕票房产出	
	总额(亿元)	同比增幅	总数(亿人次)	同比增幅	票价(元)	同比增幅	票房(万元)	同比增幅
2014	296.39	36.15%	8.34	35.17%	35.54	0.73%	125.63	5.01%
2015	440.69	48.69%	12.60	51.08%	34.98	-1.58%	139.34	10.91%
2016	492.83	11.83%	13.72	8.89%	35.92	2.70%	119.68	-14.11%
2017	559.11	13.45%	16.2	18.08%	34.51	-3.92%	110.11	-7.99%
2018	609.76	9.06%	17.16	5.93%	35.53	2.96%	101.49	-7.83%

2. 票房收入：国产影片深受观众喜爱

2018 年，全年票房过亿元影片 82 部，同比下滑 13.68%。其中，国产电影 44 部，同比下滑 18.52%。

2018 年，国产电影票房市场占比显著提高。进口电影上映数量虽增加了 24 部，达到 118 部，票

① 据国家新闻出版广电总局电影局公开数据整理计算。

房占比与收入总量却均有下降，反映出观众对于进口电影的审美疲劳与国产电影产品竞争力的提高。（见表9）

表9　2014—2018年国产电影和进口电影市场份额情况[①]

类别	年份	2014	2015	2016	2017	2018
国产	票房(亿元)	161.55	271.36	287.47	301.04	378.97
	票房比例(%)	54.51	61.58	58.33	53.84	62.15
进口	票房(亿元)	134.84	169.33	205.36	258.07	230.79
	票房比例(%)	45.49	38.42	41.67	46.16	37.85

从国产影片单片市场表现来看，主旋律影片《红海行动》赢得广泛赞誉，获得年度票房冠军。现实主义题材深受观众喜爱，暑期档上映的影片《我不是药神》以30亿元票房，列年度电影榜单第三位；《无名之辈》成为年度票房黑马。《狗十三》《悲伤逆流成河》等青春片市场均有喜人的市场表现。

从进口影片单片市场表现来看，动作、冒险、科幻类型仍为观影主流。在消费淡季，进口片尤其是超级大片的上映起到了刺激消费的作用。进口片年度票房前十位影片仍旧以续集电影为主，《复仇者联盟3：无限战争》《毒液：致命守护者》《海王》《侏罗纪世界2：堕落王国》《头号玩家》等都是动作或科幻类型影片。非美国家如印度影片《神秘巨星》《小萝莉的猴神大叔》、日本影片《哆啦A梦：大雄的金银岛》《小偷家族》等也都找到分众市场。

3. 海外销售收入：深入拓展空间

当前，国产片的海外市场拓展仍是中国电影产业发展难点，需要电影产业链上的多个主体共同合作，只有了解国际观众喜好，才能将中国电影推向国际化，在海外获得更多票房及影响力。

国产电影的海外销售收入并不乐观，国内热映影片的海内外票房收入相差悬殊。影片《红海行动》的海外票房仅为154万美元（约1042万元人民币），《唐人街探案2》的北美票房仅为198万美元（约1340万元人民币）。自2016年《美人鱼》在北美拿到323万美元的票房后，再没有一部国产电影在北美票房突破200万美元。

也有部分影片在海外拓展上做出了积极探索。影片《巨齿鲨》"走出去"和"请进来"互补，其成功为中国电影的国际化进程带来了成功经验，具有一定的可复制性和可操作性。影片《妖猫传》改编自日本作家梦枕貘的畅销小说，在日本上映时取得了17亿日元（约1.06亿元人民币）的票房成绩。

二、2018年中国电影产业发展的发展环境与政策分析

（一）产业发展环境

2018年，中国电影迎来时隔32年的再一次机构改革，这将更好地发挥电影在宣传思想和文化娱乐方面的特殊重要作用，提升发展质量，改善发展环境。

1. 机构改革，电影发展更受党中央重视

2018年2月28日，党的十九届三中全会决定调整完善电影管理体制，由中央宣传部统一管理电影工作。这是加强党对电影工作全面领导的战略安排，是以习近平同志为核心的党中央对电影工作的高度重视和亲切关怀，有利于更好发挥电影在宣传思想和文化娱乐方面的特殊重要作用，发展和繁荣电影事业。

3月，中共中央印发《深化党和国家机构改革方案》。其中第十二条规定，"中央宣传部统一管理电影工作。为更好发挥电影在宣传思想和文化娱乐方面的特殊重要作用，发展和繁荣电影事业，将国家新闻出版广电总局的电影管理职责划入中央宣传部。中央宣传部对外加挂国家电影局牌子"。

① 数据来源：中国电影家协会编各年度《中国电影产业研究报告》，中国电影出版社。

4 月 16 日，新组建的国家广播电视总局和国家新闻出版署（国家版权局）、国家电影局分别挂牌，原国家新闻出版广电总局一分为三。国家电影局搬至北京市宣武门原国家新闻出版总署旧址办公。原国家新闻出版广电总局下属的电影频道、中国电影股份有限公司、中国电影集团公司、中国电影科学技术研究所等事业单位和企业，也划转中央宣传部管理。

5 月 24 日，国务院任命中央宣传部常务副部长王晓晖兼任国家电影局局长。

9 月以来，全国各省（区、市）原新闻出版广电局（厅）的机构改革陆续推进到位，省级行政管理部门的电影职能划转到省委宣传部。

电影管理职责的划转，标志着党管电影的手段更加有力，电影产业和电影事业发展的目标更加明确，更加有利于发挥电影在宣传思想方面的重要作用和作为文化产业排头兵的表率作用。

机构改革后，中央宣传部关于电影管理的主要职责有五方面：（1）管理电影行政事务；（2）指导监管电影制片、发行和放映工作；（3）组织对电影内容进行审查；（4）指导协调全国性重大电影活动；（5）承担对外合作制片、输入输出影片的国际交流等。

机构改革以后，关于电影方面的文件，由中央宣传部或国家电影局发布。

此外，根据军队改革方案中关于军队非作战体系的改革要求，撤销军队各级专业文工团、体工队、出版社、电影制片厂和解放军艺术学院等文体机构。八一电影制片厂和总政歌舞团等组成解放军文化艺术中心，改革后更名为解放军文化艺术中心电影电视制作部，由副军编制降为正师编制，除部领导和机关保留少量军人外，其他全是军内文职人员。

2. 电影从高增长发展方式向高质量发展转变

经过改革开放 40 年的洗礼，尤其是自 2003 年正式启动的电影产业化改革，电影产业取得了较为明显的成就。经过一个时期的迅猛发展，具有资质的电影机构达约 5000 家，有 14 家影视制作企业上市，社会投资活跃，成为电影繁荣发展的重要力量。当前，中国电影产业已经站在了新的发展起点，最鲜明的特征就是走向高质量发展，这既是适应经济发展新常态的必然选择，也是适应大国产业升级和社会进步的必然选择。新时代对电影行业提出了新要求，增强了推动电影产业高质量发展的使命感。受经济下行压力影响，电影行业发展模式需要继续深入转变。

从行业增速看，电影行业补偿式的高增长时代已基本结束，电影产业走向成熟，传统的铺摊子等策略已经很难奏效，市场发展进入平稳发展阶段。

从市场结构看，电影产业是文化产业中市场竞争较为充分的门类，高成本盲目扩张不仅无法带来竞争优势，甚至可能带来沉重的负担。

从价格水平看，尽管制作发行费用和影院建设成本不断上升，但在长期市场化改革中，电影平均票价波动一直较为平稳，增幅不大，促使电影成为最为普遍而大众化的文化消费。

从服务水平看，传统电影企业优化升级，对接国际标准，现代化服务水平不断提高。影视企业与文化创意、数字内容、主题娱乐融合发展，各类影视技术和作品成果 IP 应用于开发游戏、音像、书籍、休闲旅游、演艺等衍生产品，产业品牌价值、衍生价值提高。尤其是 2018 年电影创作生产质量的明显提高，是 15 年市场化改革的果实。

从竞争环境看，电影行业面临着越来越多跨界、跨领域的非传统竞争对手的挑战。由于电影是文化、科技与商业相结合的行业，技术飞速进步不断带来颠覆式的竞争模式和竞争对手，如近几年在制作领域出现的各种新技术、新应用，在产品领域出现的网络大电影，在放映领域出现的点播院线与点播影院，都在倒逼电影行业传统发展模式的更新迭代。

3. 电影产业发展的政治经济社会科技环境

2018 年，中国电影产业发展的宏观背景主要涉及如下方面。

宪法修订，全面深化改革取得突破。中国共产党第十九届中央委员会第二次全体会议于 2018 年 1 月 18 日至 19 日在北京举行，审议通过《中共中央关于修改宪法部分内容的建议》。2018 年 3 月 11 日，第十三届全国人大一次会议第三次全体会议经投票表决通过《中华人民共和国宪法修正案》，标志着全面深化改革取得突破。《宪法修正案》中写进了习近平新时代中国特色社会主义思想，并从“刀制”向“水治”转变。法治体系日益完善，全社会法治观念明显增强。

经济由高速增长转向高质量发展，贯彻新发展理念。当前，我国经济已由高速增长阶段转向高质量发展阶段，正处在转变发展方式、优化经济结构、转换增长动力的攻关期，供给侧结构性改革深入推进、经济下行压力增大。

新一轮技术革命带来电影产业链格局深刻变化。虚拟现实、云计算、大数据、人工智能、物联网、区块链等技术快速发展，短视频、微博、微信、客户端日益成为传播主渠道，5G 等一些新业务、新应用不断出现。

以城市群为主体，构建大中小城市和小城镇协调发展的城镇格局，营造电影人口红利，推动电影特色小镇发展。振兴乡村经济趋势下，小城镇居民享受电影文化服务的品质有望继续提升。两岸经济文化交流合作扩大。2 月 28 日，国务院台湾事务办公室、国家发展和改革委员会发布《关于印发〈关于促进两岸经济文化交流合作的若干措施〉的通知》，明确提出“台湾人士参与大陆广播电视节目和电影、电视剧制作可不受数量限制。大陆电影发行机构、广播电视台、视听网站和有线电视网引进台湾生产的电影、电视剧不做数量限制。放宽两岸合拍电影、电视剧在主创人员比例、大陆元素、投资比例等方面的限制；取消收取两岸电影合拍立项申报费用；缩短两岸电视剧合拍立项阶段故事梗概的审批时限”等，有利于两岸经济文化共同发展。

（二）把牢正确政治方向，强化价值引领

党的十九大以来，电影管理深入贯彻党的十九大精神，努力开创新时代中国电影新局面，进一步发挥优秀主旋律影片在思想引领和教育人民方面的重要作用。

尤其是机构改革以来，电影内容管理进一步加强，坚持团结稳定鼓劲、正面宣传为主的宣传舆论指导方针与工作原则进一步贯彻，电影自觉承担起举旗帜、聚民心、育新人、兴文化、展形象的使命任务，在振奋民族精神、增强文化自信，夯实全国人民共同团结奋斗的思想基础，推进中国特色社会主义事业提供强大精神力量方面，不断发挥重要作用。

1. 突出主题主线，加大主旋律电影放映力度

组织好主旋律电影展映活动。国家电影局成立后，文件由中央宣传部办公厅代为发布。2018 年，国家电影局共发布四个文件，其中的 1 号文件和 3 号文件分别于暑期档和岁末档期间发布，分别要求加大《李保国》和《黄大年》等主旋律影片的展映展播，旨在加强电影在弘扬主旋律、传播正能量的重要作用。这些政策，紧扣改革开放 40 年纪念活动，加强重大主题宣传、重大活动宣传和重大典型宣传，体现了机构改革之后，电影在坚持正确政治方向、坚定文化自信方面的变化。

建设好主旋律电影展映空间。机构改革前的 2018 年 1 月 30 日，国家新闻出版广电总局电影局下发《关于申报人民院线影厅的通知》（影字〔2018〕27 号），要求全国选出 5000 个座位数不低于 100 座的影厅，组建“人民院线”“专厅专用”，采取组织观看、优惠票价、政策资金扶持或奖励方式保证主旋律影片的放映阵地。在此基础上，国家电影局 4 号文件专门强调了加快发展“人民院线”、为国产优秀主旋律影片提供更大放映空间的精神。

强调弘扬传承优秀电影文化。2018 年 11 月，国家电影局下发关于《国产电影复映暂行规定》的 2 号文件，下发单位除各省（区、市）电影主管部门外，亦发至中央和国家机关有关部委、有关人民团体宣传部门和中央军委政治工作部宣传局，目的是“为进一步弘扬和传承优秀电影文化”等。

进一步提高主旋律影片综合上座率，做好优秀主旋律影片发行放映的工作。在前述国家电影局 1 号文件、3 号文件的基础上，国家电影局 4 号文件重申，加快发展“人民院线”，为国产优秀主旋律影片提供更大放映空间。对加入“人民院线”并开展相关放映业务的影院，按有关规定予以资助。

表 10　2018 年国家电影局发布文件一览

发文时间	文号	文件名	主要内容
6月27日	国影发〔2018〕1号	国家电影局关于认真组织观看电影《信仰者》《李保国》的通知	为庆祝中国共产党成立97周年，要求精心做好《信仰者》和《李保国》这两部电影的发行放映工作，认真组织广大党员干部观看这两部电影，并积极配合影片的发行放映做好推介
11月8日	国影发〔2018〕2号	国家电影局关于印发《国产电影复映暂行规定》的通知	依据《中华人民共和国电影产业促进法》和相关法规，制定规定规范和完善电影复映管理。要求首次公映结束超过两年的国产电影复映，需要严格保护版权相关方合法权益，需按属地管理原则报属地电影主管部门重审，并将重审意见和放映安排报国家电影局。中央和国家机关有关部委、有关人民团队、军队所属电影单位为第一出品单位的影片直接报国家电影局重审。复映影片全部放映范围不超过2500个影厅，每家影院放映单部复映影片的影厅不超过1个
11月26日	国影发〔2018〕3号	国家电影局关于开展庆祝改革开放40周年影片展映展播活动的通知	为庆祝改革开放40周年，自12月1日起全国城市院线、全国各电影频道、全国农村、城市社区、校园开展“庆祝改革开放40周年优秀国产影片展映”活动，并部署相关安排
12月11日	国影发〔2018〕4号	国家电影局印发《关于加快电影院建设促进电影市场繁荣发展的意见》的通知	为深入贯彻落实党的十九大精神，深化电影供给侧结构性改革，健全现代电影产业体系和市场体系，加强电影院建设的统筹规划和分类指导，加大政策支持力度，有效激发社会资本投资积极性，构建覆盖全面、分布合理、设施先进、惠及城乡的电影院建设发展格局，形成统一开放、管理科学、竞争有序、充满活力的电影市场。要求到2020年，全国加入城市电影院线的电影院银幕总数达到8万块以上；县级城市影院数量稳步增长，有条件的地区加入城市院线的乡镇电影院数量快速增长；深化院线制改革等

2. 强化价值引领，严肃创作导向

2018 年，行业主管部门在内容管理上主要着力如下两个方面：

加强电影内容不规范问题治理。3 月 16 日，原国家新闻出版广电总局办公厅出台《关于进一步规范网络视听节目传播秩序的通知》（新广出办发〔2018〕21 号），坚决禁止非法抓取、剪拼改编视听节目的行为，加强对各类节目接受冠名、赞助的管理；加强网上片花、预告片等视听节目管理，严格落实属地管理责任。

加强电影在维护社会公共利益方面的管理。4 月 27 日，《中华人民共和国英雄烈士保护法》出台，7 月 10 日，国家广播电视总局下发《国家广播电视总局关于学习宣传贯彻〈中华人民共和国英雄烈士保护法〉的意见》的通知。《意见》第十八条要求，“文化、新闻出版、广播电视、电影、网信等部门应当鼓励和支持以英雄烈士事迹为题材、弘扬英雄烈士精神的优秀文学艺术作品、广播电视节目以及出版物的创作生产和宣传推广”。第二十二条要求，“禁止歪曲、丑化、亵渎、否定英雄烈士事迹和精神。英雄烈士的姓名、肖像、名誉、荣誉受法律保护。任何组织和个人不得在公共场所、互联网或者利用广播电视、电影、出版物等，以侮辱、诽谤或者其他方式侵害英雄烈士的姓名、肖像、名誉、荣誉。任何组织和个人不得将英雄烈士的姓名、肖像用于或者变相用于商标、商业广告，损害英雄烈士的名誉、荣誉。公安、文化、新闻出版、广播电视、电影、网信、市场监督管理、负责英雄烈士保护工作的部门发现前款规定行为的，应当依法及时处理”。

3. 党对电影创作的要求进一步提高

与电影产业化改革以来的往年相比，2018 年，党中央对电影工作更加关心，对电影人的工作提出更严格的要求。

6 月 26 日，习近平总书记写信勉励新近入党的电影表演艺术家牛犇，继续在从艺做人上作表率，带动更多文艺工作者做有信仰有情怀有担当的人。

4 月 13 日，中共中央政治局委员、中宣部部长黄坤明在北京主持召开电影创作调研座谈会，强调要深入学习贯彻习近平新时代中国特色社会主义思想特别是习近平文艺思想，聚焦坚持和发展中国特色社会主义、实现中华民族伟大复兴的中国梦这个时代主题，用当代中国的影像和故事表现崇高价值、美好情感，用时代发展的光影和色彩呈现恢宏画卷、万千气象，推动我国从电影大国向电影强国迈进。

4 月 16 日，黄坤明同志出席国家广播电视总局、国家新闻出版署（国家版权局）和国家电影局揭牌仪式并召开座谈会时，强调要坚持以习近平新时代中国特色社会主义思想为指导，切实把思想和行动统一到党中央决策部署上来，用机构改革的新成效，激发宣传思想文化工作的新能量新作为。尤其要求电影切实贯彻党的全面领导，推动中国电影走进新时代、迈上新台阶、开创新局面。

12 月 28 日，中国电影家协会第十次全国代表大会在北京举行。黄坤明同志出席开幕式并讲话，要求电影人“礼赞伟大时代，谱写光影华章，团结一心向着电影强国目标奋力迈进”。

4. 空前重视电影在青少年教育中的重要作用

2018 年 12 月，教育部和中央宣传部联合出台《关于加强中小学影视教育的指导意见》，显示了政府和党中央对影视教育的空前重视。这一意见的出台，具有如下方面的重要意义：

一是落实相关政策文件精神，深化影视教育工作。十八大以来，党中央和国务院对青少年影视教育工作空前重视。根据 2015 年 1 月中共中央办公厅、国务院办公厅下发的《关于加快构建现代公共文化服务体系的意见》，2016 年 12 月出台的《中华人民共和国公共文化服务保障法》和 2017 年 3 月 1 日施行的《中华人民共和国电影产业促进法》等相关法律和政策文件精神，国家鼓励和支持包括电影在内的公共文化服务与学校教育相结合，充分发挥其社会教育功能，提高青少年思想道德和科学文化素质，并明确要求相关部门开展向中小学生推荐优秀影片等工作，将为中小学生每学期提供 2 部爱国主义教育影片纳入公共文化基本服务项目。

二是有助于进一步发挥优秀影视作品在弘扬主旋律、传递正能量，尤其是培养青少年良好的思想道德素质和科学文化素质方面的独特作用。“青年的价值取向决定了未来整个社会的价值取向”，电影在帮助青少年确立正确价值观方面有重要作用。

三是有助于丰富学校育人方法，加强青少年美育教育。多个文化大国都很重视中小学影视教育。近年来，《国务院办公厅关于全面加强和改进学校美育工作的意见》《教育部关于加强和改进普通高中学生综合素质评价的意见》《中小学德育工作指南》等政策文件，对各地各校开展好影视教育提出了明确要求。2015 年、2017 年教育部与原国家新闻出版广电总局先后举办了两届“全国中小学生电影周”活动。加强影视教育，对提高学生人文底蕴和综合素质、培养学生审美观念作用明显。

（三）2018 年中国电影市场发展相关政策分析

2018 年，针对影视产业发展过程多年来积累的天价片酬、“阴阳合同”、偷逃税等乱象，中央层面有针对性出台严格措施进行治理。此外，也陆续出台一些鼓励措施，推动电影市场继续扩大规模。

表 11　2018 年出台的电影市场发展政策一览

发文时间	文号	发文单位	文件名	主要内容
2月27日	—	国家新闻出版广电总局改革办公室	《关于印发〈新闻出版广播影视企业版权资产管理工作指引(试行)〉的通知》	强调高度重视版权资产管理工作的重要性，积极推动落实版权资产管理工作落地实施，提出总结推广先进经验予以表扬及推广
2月28日	—	国务院台湾事务办公室、国家发展和改革委员会	《关于印发〈关于促进两岸经济文化交流合作的若干措施〉的通知》	台湾人士参与大陆广播电视节目和电影、电视剧制作可不受数量限制。大陆电影发行机构、广播电视台、视听网站和有线电视网引进台湾生产的电影、电视剧不做数量限制。放宽两岸合拍电影、电视剧在主创人员比例、大陆元素、投资比例等方面的限制；取消收取两岸电影合拍立项申报费用；缩短两岸电视剧合拍立项阶段故事梗概的审批时限
3月1日	新广出办发〔2018〕14号	国家新闻出版广电总局办公厅	《关于印发〈国家新闻出版广电总局改革发展项目库项目评价指引(试行)〉的通知》	强调高度重视项目评价管理工作的重要性，推动落实开展项目评价管理工作，并总结推广先进经验
3月6日	国家新闻出版广电总局令第14号	国家新闻出版广电总局	《点播影院、点播院线管理规定》	明确规定点播影院、点播院线的相关业务许可、经营规范、监督管理及法律责任
3月16日	新广电办发〔2018〕21号	国家新闻出版广电总局办公厅	《关于进一步规范网络视听节目传播秩序的通知》	坚决禁止非法抓取、剪拼改编视听节目的行为；加强网上片花、预告片等视听节目管理；严格落实属地管理责任
4月27日	中华人民共和国主席令第五号	第十三届全国人民代表大会常务委员会第二次会议通过	《中华人民共和国英雄烈士保护法》	要求电影发挥传承和弘扬英雄烈士精神、爱国主义精神，培育和践行社会主义核心价值观，激发实现中华民族伟大复兴中国梦的强大精神力量方面的作用。鼓励和支持以英雄烈士事迹为题材、弘扬英雄烈士精神的优秀作品创作。禁止歪曲、丑化、亵渎、否定英雄烈士事迹和精神
6月14日	财文〔2018〕48号	中华人民共和国财政部	《财政部关于下达2018年补助地方国家电影事业发展专项资金预算的通知》	下达2018年补助地方国家电影事业发展专项资金74142万元，支持电影事业发展
6月16日	财税〔2018〕67号	中华人民共和国财政部	《财政部关于调整国家电影事业发展专项资金使用范围的通知》	将资助国产电影宣传推广和购买农村电影公益性放映版权纳入国家电影事业发展专项资金使用范围
6月16日	财文〔2018〕46号	中华人民共和国财政部	《财政部关于调整中央级国家电影事业发展专项资金使用范围和分配方式的通知》	明确中央电影专项资金使用范围、中央补助地方电影专项资金分配方式，及关于《深化党和国家机构改革方案》机构调整后省级财政部门会同电影主管部门的中央补助地方电影专项资金预算编制下达工作相关事宜

续表

发文时间	文号	发文单位	文件名	主要内容
6月27日	—	中央宣传部、文化和旅游部、国家税务总局、国家广播电视总局、国家电影局	《关于治理影视行业天价片酬"阴阳合同"偷逃税等问题的通知》	要求加强对影视行业天价片酬、"阴阳合同"、偷逃税等问题的治理，控制不合理片酬，推进依法纳税，促进影视业健康发展
7月10日	—	国家广播电视总局	《国家广播电视总局关于学习宣传贯彻〈中华人民共和国英雄烈士保护法〉的意见的通知》	
9月18日	影协字〔2018〕10号	中国电影发行放映协会	《关于电影票"退改签"规定的通知》	强调有关各方对所制定的"退改签"规定，均要优化流程，简化手续，充分体现公平合理、亲民便民的原则，履行对观众的告知义务，便于观众查阅和社会监督
9月20日	—	中共中央、国务院	《中共中央　国务院关于完善促进消费体制机制 进一步激发居民消费潜力的若干意见》	鼓励和引导农村居民增加交通通信、文化娱乐、汽车等的消费
9月29日	—	国家电影专项资金管委会办公室	《2018年中央级专项资金资助国产电影发行(推广)工作申报指南》	对国产电影海外推广和发行具有文化特色、艺术创新国产电影的工作给予资助
10月	—	国家电影专项资金管委会办公室	《关于开展"云播控"试点实验项目的通知》	"云播控"系统可通过技术手段将售票系统、检票系统、放映系统、监播系统进行有效串联，将影院管理整体上移至云端，对放映场次和观影人次数据实施有效监控，强化对电影市场的监管
10月12日	财办文〔2018〕56号	财政部办公厅、中共中央宣传部办公厅、商务部办公厅	《财政部办公厅　中共中央宣传部办公厅　商务部办公厅关于申报2019年度文化产业发展专项资金(重大项目方面)的通知》	一是推动影视产业发展(中央宣传部牵头负责)，采取对重点影视项目直接补助的方式，重点支持用于增强文化自信、保障国家文化安全的重大革命历史题材，反映改革开放和中国特色社会主义伟大实践取得重大成就和宏伟业绩题材的重点影视剧 二是推动对外文化贸易发展(商务部牵头负责)，采取对文化服务出口后奖励方式，鼓励和支持我国文化企业参与国际竞争，扩大文化服务出口，推动中华文化走出去。对列入《2017—2018年度国家文化出口重点企业目录》且在2018年1月1日至8月31日具有较好文化服务出口业绩的企业，根据其期间内文化服务出口额按比例予以奖励

续表

发文时间	文号	发文单位	文件名	主要内容
10月31日	国家广播电视总局令第2号	国家广播电视总局	《国家广播电视总局关于取消部分规章和规范性文件设定的证明事项材料的决定》	对现行有效的广播电视规章和规范性文件设定的证明事项材料进行了全面清理 1. 取消《广电总局关于进一步加强和改进境外影视剧引进和播出管理的通知》(广发[2012]9号)第一条第二项以及第二条第二项规定的、立项通过的境外影视剧，或申报续约后再次引进的境外影视剧，应向总局报审并按规定提交的“供片机构资质证明”，此证明事项材料为《广播电视节目制作经营许可证》复印件，改由总局和省局通过内部政务系统数据信息共享核查替代 2. 取消《国家新闻出版广电总局办公厅关于印发〈专门用于信息网络的境外影视剧引进计划申报办法〉等文件的通知》(新广电办发[2014]142号)中的《专门用于信息网络的境外影视剧内容审核实施办法》第三条第六项规定的“其他相关证明材料”
10月31日	广电发[2018]60号	国家广播电视总局	《国家广播电视总局关于进一步加强广播电视和网络视听文艺节目管理的通知》	为确保广播电视和网络视听文艺节目健康有序发展，需牢牢把握正确的政治方向，强化价值引领；坚持以人民为中心的创作导向，坚决遏制追星炒星、泛娱乐化等不良倾向；鼓励以优质内容取胜，不断创新节目形式，严格控制嘉宾片酬；加大电视剧网络剧(含网络电影)治理力度，促进行业良性发展；坚持同一标准、同一尺度，维护广播电视与网络视听节目的健康有序发展；加强收视率(点击率)调查数据使用管理，坚决打击收视率(点击率)造假行为；落实意识形态工作责任制，强化主管主办责任和属地管理责任
12月18日	国办发[2018]124号	国务院办公厅	《国务院办公厅关于印发文化体制改革中经营性文化事业单位转制为企业和进一步支持文化企业发展两个规定的通知》	进一步深化文化体制改革，继续推进国有经营性文化事业单位转企改制，促进文化企业发展，延续增值税优惠政策
12月21日	工信部电子[2018]276号	工业和信息化部	《关于加快推进虚拟现实产业发展的指导意见》	该文件的出台，有利于加快我国虚拟现实产业发展，推动虚拟现实应用创新，培育信息产业新增长点和新动能
12月21日	教基[2018]24号	教育部和中共中央宣传部	《关于加强中小学影视教育的指导意见》	为深入学习贯彻习近平新时代中国特色社会主义思想和党的十九大精神，落实全国教育大会精神，要充分发挥优秀影片在促进中小学生德智体美劳全面发展中的重要作用，要加强中小学影视教育

1. 重拳治理影视行业沉疴，遏制浮躁之风

电影产业积弊已久的浮躁之风，为行业发展带来明显风险。针对影视行业天价片酬、“阴阳合同”、偷逃税等问题，党和政府强化治理手段，控制不合理片酬，推进依法纳税，促进影视业健康发展。经过整治，天价片酬问题得到遏制，影视行业税收秩序进一步规范，依法纳税者的合法权益得到保障，营造和维护了公平竞争的税收环境，有利于提升影视行业在薪酬、资本、核算等财务方面的管理水平，促进行业健康发展。

（1）政府强力规范，遏制影视行业天价片酬

影视行业过高片酬的矛盾存在多年，早在2012年就见诸报端，近年更是愈演愈烈，演变成为影视明星天价片酬问题。这一现象不但助长了浮躁之风、降低作品品质、败坏行风行规，而且明星浮华奢侈的不良生活作风也对社会风尚造成恶劣影响，是人民群众意见较大、行业发展不堪重负的严重问题。

2018年，党和政府规范引导、行业加强自律、各方协同综合治理，遏制明星片酬过高、影视制作浮躁之风取得明显效果。

一是政府强力规范引导，严格落实限制片酬比例为“70%”和“40%”。2017年，中国广播电影电视社会组织联合会电视制片委员会等行业协会曾联合发布《关于电视剧网络剧制作成本配置比例的意见》，其中提到“各会员单位及影视制作机构要把演员片酬比例限定在合理的制作成本范围内，全部演员的总片酬不超过制作总成本的40%，其中，主要演员不超过总片酬的70%，其他演员不低于总片酬的30%”。6月，中央宣传部、文化和旅游部、国家税务总局、国家广播电视总局、国家电影局发布《关于治理影视行业天价片酬“阴阳合同”偷逃税等问题的通知》（下称“五部委《通知》”），由官方正式将这一“意见”的要求以“通知”形式推及电影、电视剧、网络视听节目。

五部委《通知》强调，要制定出台影视节目片酬执行标准，明确演员和节目嘉宾最高片酬限额，现阶段，严格落实已有规定，每部电影、电视剧、网络视听节目全部演员、嘉宾的总片酬不得超过制作总成本的40%，主要演员片酬不得超过总片酬的70%。影视行业主管部门要加强监管，对影视明星参与综艺娱乐节目、亲子类节目、真人秀节目等进行调控，严格执行网络视听节目审批制度，严格规范影视剧、网络视听节目片酬合同管理，加大对偷逃税行为的惩戒力度。电视台、影视制作机构、电影院线、互联网视听网站、民营影视发行放映公司，不得恶性竞争、哄抬价格购买播出影视节目，坚决纠正高价邀请明星、竞逐明星的不良现象。政府资金、免税的公益基金等不得参与投资娱乐性、商业性强的影视剧和网络视听节目、助长过高片酬。五部委《通知》要求，坚持把社会效益放在首位，坚决反对唯票房、唯收视率、唯点击率。要加强影视行业征信体系建设，强化行业协会组织管理能力，健全经纪公司、经纪人管理机制，加强对从业人员的教育监督。各级各类媒体要加强宣传引导和舆论监督，强化对娱乐新闻报道的总量控制，为影视业健康发展营造良好舆论氛围。

二是行业加强自律。五部委《通知》发布后，8月，中国电影导演协会发表《团结一致，自律自强，维护影视行业健康发展中国电影导演协会声明》，强调“支持从政府到民间显示出的对于影视产业的关心和维护产业发展的积极态度”，也指出“行业内某些问题的原因是多方面的”，比“天价片酬”“偷税漏税”更重要的问题是“市场公平”，对于影视业内的薪酬和制作经费等问题应交由市场调节、政府监督，强调在法律的基础之上，政策指导、市场调节、行业自律并行，方可保障影视业正常发展。同时，首都广播电视节目制作业协会发表《关于加强行业自律 遏制行业不正之风的倡议》，横店影视产业协会发表《关于“加强行业自律、规范行业秩序、促进影视精品创作”的倡议》，倡议加强行业自律、规范行业秩序，营造良好的影视文化创作氛围。

三是各方协同综合治理。五部委《通知》发布后，8月，爱奇艺、优酷、腾讯视频、正午阳光、华策影视、柠萌影业、慈文传媒、耀客传媒、新丽传媒等三家视频网站和六家影视制作公司发布《关于抑制不合理片酬，抵制行业不正之风的联合声明》，强调共同抵制艺人“天价”片酬现象，倡导成本用于制作，投入服务品质，演员戏比天大的行业风气。

（2）重点规范影视行业税收秩序

6月下发的五部委《通知》还有另一重要政策，即“阴阳合同”和治理税收秩序问题。根据这一方针，10月2日，国家税务总局部署开展规范影视行业税收秩序工作。从2018年10月10日起，各地税务机关通知本地区影视制作公司、经纪公司、演艺公司、明星工作室等影视行业企业和高收入影视从业人员，根据税收征管法及其实施细则相关规定，对2016年以来的申报纳税情况进行自查自纠。对自查自纠并到主管税务机关补缴税款的影视企业及相关从业人员，免予行政处罚，不予罚款。从2019年1月至2月底，税务机关根据纳税人自查自纠等情况，有针对性地督促提醒相关纳税人进一步自我纠正。对经提醒自我纠正的纳税人，可依法从轻、减轻行政处罚；对违法情节轻微的，可免予行政处罚。从2019年3月至6月底，税务机关结合自查自纠、督促纠正等情况，对个别拒不纠正的影视行业企业及从业人员开展重点检查，并依法严肃处理。2019年7月底前，对在规范影视行业税收秩序工作中发现的突出问题，要举一反三，建立健全规范影视行业税收管理长效机制。在规范影视行业税收秩序工作中，对发现税务机关和税务人员违法违纪问题，以及出现大范围偷逃税行为且未依法履职的，要依规依纪严肃查处。

影视行业税收秩序失范问题，是当前影视产业发展过程中必须正视和解决的矛盾，它已明显侵害到影视产业肌体的健康，也是人民群众较为关注的问题。现行国家税收法律和地方优惠政策之间、既有政策和执行方式之间，存在局部的、具体的矛盾。理应在明确统一的法律依据的前提下，以公开、公平、公正的程序手段推动进行。

2. 着力加快影院院线建设，要求提升影院服务水平

2018年12月11日，国家电影局印发《关于加快电影院建设 促进电影市场繁荣发展的意见》的4号文件（以下简称国家电影局4号文）。其中将电影院的作用空前提高，专门提到“只有加快建设电影院，大幅度提高银幕数量，才能适应新时代新要求，增强人们的文化获得感、幸福感，才能促进电影市场持续繁荣，为实现电影强国提供坚实支撑，才能落实城乡统筹发展要求，让中国电影发展成果更多惠及广大人民群众”。

关于今后一段时间内的影院院线建设，重点需要关注的内容如下。

（1）加快银幕建设，旨在让人民共享电影发展成果

一是加快银幕建设速度。到2020年，全国加入城市电影院线的电影院银幕总数达到8万块以上。

二是要求大中城市电影院建设提质升级。除延续《中华人民共和国电影产业促进法》等此前相关政策的原则性要求外，将鼓励政策落到实处，给予安装先进技术设备的影院每家不超过50万元的资助。

三是继续加快中西部地区县级城市影院建设。国家电影局4号文认为，有条件的地区加入城市院线的乡镇电影院数量快速增长。通过国家电影事业发展专项资金资助中西部地区（含国务院规定全面比照享受西部开发政策的地区）县城（县级市）新建（改扩建）影院。

（2）加快院线制改革，提升行业集中度

国家电影局4号文鼓励发展电影院线公司，鼓励院线并购重组，并推行年检制度，完善奖惩机制和退出机制。按照这一政策，国内目前院线数量有望缩减，有助于提升院线核心竞争力，进一步规范院线市场，加快骨干院线的示范作用，也引导前几年雨后春笋般遍地开花的影投公司进行市场整合。此外，国家电影局4号文鼓励加快发展人民院线、艺术电影放映联盟和校园院线等特色院线。这些措施除有利于加大主旋律电影放映力度外，也有助于多样化放映市场的成长成熟，有效应对市场分层和观众个性需求的电影消费趋势。

3. 规范播映秩序，加强市场规范

2018年，面对网络传播的多样快速发展，行业主管部门日趋重视，按照“同一标准、同一尺度”加强网上网下管理治理。

（1）将点播影院、点播院线纳入治理范围

点播影院和点播院线于2012年在市场上萌芽，并于2014年呈蔚然成风之势头。基于点播影院和点播院线发展的成熟情况，原国家新闻出版广电总局曾于2017年4月发布《关于规范点播影院、点播院线经营管理工作的通知》（新广电发〔2017〕81号），又于同年6月公布《关于点播影院、点播院线管理暂行规定（征求意见稿）》。在此基础上，2018年3月6日，《点播影院、点播院线管理规定》（国家新闻出版广电总局令第14号）正式出台，并于2018年3月30日起施行。机构改革后，前述国家电影局4号文也特别强调了规范发展点播影院和点播院线，要制定完善相关技术标准和业务规则，推动点播影院和点播院线规范发展，积极拓展电影放映创新业务。

这些文件的出台，对促进电影产业健康繁荣发展、弘扬社会主义核心价值观、规范电影产业新业态、发挥电影在满足人民日益增长美好生活需要方面的作用而言具有积极意义，预示着点播影院、点播院线将会沿着法治轨道健康繁荣发展。

作为《中华人民共和国电影产业促进法》实施以来行业主管部门出台的第一部针对电影业的部门规章，《点播影院、点播院线管理规定》根据《中华人民共和国电影产业促进法》和《电影管理条例》等制定，体现了促进电影产业发展的精神，是《中华人民共和国电影产业促进法》部分条款的细化补充和完善，使《中华人民共和国电影产业促进法》部分相关条款的落地执行有了精准的依据，有利于《中华人民共和国电影产业促进法》落地实施。

《点播影院、点播院线管理规定》进一步体现了“放管服”精神，在推动简政放权、放管结合、优化服务改革方面进行了探索。例如，在业务许可（第二章第六条）、经营规范（第十条）、监督管理（第四章第二十六条）等方面的相关规定，有利于促使市场在资源配置中进一步发挥作用，更好发挥政府作用，降低制度性交易成本，优化营商环境，激发市场活力。

《点播影院、点播院线管理规定》在加强市场监管、建立全国点播影院经营管理信息系统和影片著作权授权信息公示查询系统、依法获得放映许可、防范偷漏瞒报票房等不规范现象、保证放映质量等方面，作出了相应规定，其中对著作权的保护尤显突出。这一规定体现了加强电影市场管理规范的宗旨，有利于进一步拓展电影市场、增加电影渠道供给、延长电影盈利周期、促进电影产业链各环节协调发展。

（2）推动简政放权和职能划转

机构改革后，国家广播电视总局继续推动电影方面的简政放权和职能划转，2018年10月下发《关于取消部分规章和规范性文件设定的证明事项材料的决定》，对引进境外影视剧相关工作去繁就简。

（3）细化市场规范，加强行业自律

行业管理部门细化市场规范。2018年11月，国家电影局发布2号文，即《国产电影复映暂行规定》，在肯定了旧片复映对丰富电影市场产品供给的意义外，也强调要规范和完善电影复映管理，复映复审、属地审查、结果报备、规模控制。

行业加强自律。2018年9月，中国电影发行放映协会下发《关于电影票“退改签”规定的通知》；10月，电影资金办下发了《关于开展“云播控”试点实验项目的通知》，与2017年年底行业主管部门提出的2018年“市场规范加强年”方针相呼应，有明显延续性，有利于行业沿着正轨发展。

此外，行业主管部门还发布了一些政策。在版权方面，2018年2月，原国家新闻出版广电总局改革办公室发布《关于印发〈新闻出版广播影视企业版权资产管理工作指引（试行）〉的通知》，旨在推动落实版权资产管理工作。因国家版权局也划入中宣部，电影相关版权资产管理的工作如何展开，仍待进一步明确。

4. 财税政策继续支持行业发展

（1）规范专资管理

2018年6月16日，财政部发布《财政部关于调整国家电影事业发展专项资金使用范围的通知》

和《财政部关于调整中央级国家电影事业发展专项资金使用范围和分配方式的通知》，明确中央电影专资使用范围、中央补助地方电影专资分配方式，及关于《深化党和国家机构改革方案》机构调整后省级财政部门会同电影主管部门的中央补助地方电影专资预算编制下达工作相关事宜，并将资助国产电影宣传推广和购买农村电影公益性放映版权纳入国家电影事业发展专项资金使用范围。

（2）推动财政政策支持

2018 年，《财政部办公厅 中共中央宣传部办公厅 商务部办公厅关于申报 2019 年度文化产业发展专项资金（重大项目方面）的通知》，以及 9 月由国家电影专项资金管委会办公室发布的《2018 年中央级专项资金资助国产电影发行（推广）工作申报指南》，都体现了中央财政在两个方面的着力：一是“文化自信”——以直接补助重点项目方式推动影视产业发展尤其是重大题材、重点作品；二是“讲好中国故事”“文化走出去”——以事后奖励方式推动国产电影的海外推广。

2018 年 12 月 18 日，国务院办公厅发布《国务院办公厅关于印发文化体制改革中经营性文化事业单位转制为企业和进一步支持文化企业发展两个规定的通知》，旨在进一步深化文化体制改革，继续推进国有经营性文化事业单位转企改制，多角度促进文化企业发展。

（3）推动税收政策支持

2018 年 12 月 18 日，国务院办公厅发布《国务院办公厅关于印发文化体制改革中经营性文化事业单位转制为企业和进一步支持文化企业发展两个规定的通知》。其中，在《进一步支持文化企业发展的规定》第一条第二款特别提到，延续部分电影相关税收优惠，即：对电影制片企业销售电影拷贝（含数字拷贝）、转让版权取得的收入，电影发行企业取得的电影发行收入，电影放映企业在农村的电影放映收入免征增值税。一般纳税人提供的城市电影放映服务，可以按现行政策规定，选择按照简易计税办法计算缴纳增值税。

上述政策是相关政策的到期延续。根据《财政部　海关总署　国家税务总局关于继续实施支持文化企业发展若干税收政策的通知》（财税〔2014〕85 号）、《财政部　国家发展改革委　国土资源部　住房和城乡建设部　中国人民银行　国家税务总局　新闻出版广电总局关于支持电影发展若干经济政策的通知》（财教〔2014〕56 号），2014 年 1 月 1 日至 2018 年 12 月 31 日，新闻出版广电行政主管部门（包括中央、省、地市及县级）按照各自职能权限批准从事电影制片、发行、放映的电影集团公司（含成员企业）、电影制片厂及其他电影企业取得的销售电影拷贝（含数字拷贝）收入、转让电影版权（包括转让和许可使用）收入、电影发行收入以及在农村取得的电影放映收入免征增值税。

5. 扩大和引导电影文化消费

2018 年 9 月 20 日，中共中央、国务院出台《中共中央　国务院关于完善促进消费体制机制　进一步激发居民消费潜力的若干意见》，强调完善现代文化市场体系和现代文化产业体系。构建更加成熟的消费细分市场，壮大消费新增长点，促进实物消费不断提档升级，推进服务消费持续提质扩容，推动农村居民消费梯次升级，逐步缩小城乡居民消费差距。鼓励和引导农村居民增加交通通信、文化娱乐、汽车等消费。

6. 电影科技环境与科技相关政策分析

2018 年，电影迎来更深层的科技进步，也获得更好的科技发展契机。电影的高质量科技供给，有助于构建电影产业体系新支柱。尤其是近年来，虚拟现实（含增强现实、混合现实，简称 VR）融合应用了多媒体、传感器、新型显示、互联网和人工智能等多领域技术，能够拓展人类感知能力，改变产品形态和服务模式，给经济、科技、文化、军事、生活等领域带来深刻影响。全球虚拟现实产业正从起步培育期向快速发展期迈进，我国面临同步参与国际技术产业创新的难得机遇，虚拟现实技术在电影领域应用广泛且前景看好。

2018 年 5 月 28 日，习近平同志在中国科学院第十九次院士大会、中国工程院第十四次院士大会上发表讲话，强调要充分认识创新是第一动力，提供高质量科技供给，着力支撑现代化经济体系建设。

此外，在外交活动中，习近平总书记也多次强调科技创新的重要性。

2018 年 12 月，工业和信息化部发布《关于加快推进虚拟现实产业发展的指导意见》，强调对虚拟现实发展的重视。针对当前虚拟现实存在关键技术和高端产品供给不足、内容与服务较为匮乏、创新支撑体系不健全、应用生态不完善等问题，该文件给出了一系列解决方案，并提倡“VR+ 文化”，即在文化等领域丰富融合虚拟现实体验的内容供应，推动现有数字内容向虚拟现实内容的移植，满足人民群众文化消费升级的需求；发展虚拟现实影视作品和直播内容；打造虚拟电影院、虚拟音乐厅，提供多感官体验模式，提升用户体验等。该文件的出台，有利于加快我国虚拟现实产业发展，推动虚拟现实应用创新，培育信息产业新增长点和新动能，更有利于电影科技的进一步发展。

三、2018 年世界电影产业发展情况及中国的定位

（一）中国在全球电影产业发展中的定位

2018 年，全球电影票房 411 亿美元。其中北美票房最高，全年总票房 118.88 亿美元[①]，超过全球电影总票房的四分之一。中国全年总票房合计 90 亿美元，与北美相差约 30 亿美元，相比 2017 年的 22.23 亿美元，两国票房差距有所扩大。中国仍是全球票房增长最快的国家，增幅为 9.06%。

亚洲地区，日本继续保持本土票房过亿水平，全年票房 2225.11 亿日元，同比下降了 2.65%。韩国电影 2018 年同比增长了 8.1%，全年票房 18140 亿韩元，增幅较为明显（见表 12）。

表 12　2018 年部分主要电影国家的票房收入情况[②]

序号	地区/国家	票房(亿美元)	票房(本土货币)	同比增幅[③](%)
1	北美	118.88	118.88亿美元	7.4
2	中国	88.41[④]	609.76亿元人民币	9.06
3	日本	20.07	2225.11亿日元	-2.65
4	英国	17[⑤]	13.28亿英镑	-20.24
5	韩国	16.15	18140亿韩元	8.1
6	德国	10[⑥]	8.99亿欧元	-14.87

2018 年，中国电影银幕数新增 9303 块，银幕总数达到 60079 块，同比增长 18.32%，幕均覆盖人口 2.31 万人。相较于 2017 年的 2.72 万人，幕均覆盖人口数在逐渐减少。影院数量 11031 家，同比增长 16.06%。3D 银幕数 53470 块，同比增长 22.11%。从全球范围来看，美国的幕均覆盖人数最少，日本幕均覆盖人数最多。中国幕均覆盖人数接近美国幕均覆盖人数的三倍，银幕建设仍有一定空间（见表 13）。

表 13　2018 年部分主要电影国家的银幕建设情况

序号	国别	银幕数(块)	幕均覆盖人口(万人)
1	中国	60079	2.31
2	美国	40837[⑦]	0.80

① 数据来源：www.boxofficemojo.com。
② 数据来源：www.boxofficemojo.com。
③ 为避免汇率波动引起统计数值偏差，本表中“票房同比增幅”依据本土票房计算所得。
④ 为避免汇率波动引起统计数值偏差，此数据由 2019 年 1 月 1 日中国银行公布的汇率计算所得。
⑤ 数据来源：HIS Markit，local sources。
⑥ 数据来源：HIS Markit，local sources。
⑦ 数据来源：NATO（截至 2018 年 7 月），http://www.natoonline.org/data/us-movie-screens/。

续表

序号	国别	银幕数(块)	幕均覆盖人口(万人)
3	英国	4264①	1.55
4	日本	3561	3.56
5	德国	4803	1.72
6	韩国	2937	1.75

2018 年，中国电影观影人次 17.16 亿人，同比增长 5.93%。相当于年人均观影 1.23 次，同比增长 5.13%。中国总观影人次于 2017 年超过美国，年均人观影次数与美国和韩国相比仍有较大差距，但与世界其他电影大国如日本、德国相比已不相伯仲。韩国年均人观影次数最高，为 4.2 次，观影习惯最为成熟（见表 14）。

表 14　2018 年部分主要电影国家的观影人次情况

序号	地区/国家	总人次数(亿人)	总人口(亿人)②	年均人观影次数(次)
1	中国	17.16	13.90	1.23
2	北美	13.05	4.30	3.59
3	日本	1.69	1.27	1.33
4	韩国	2.16	0.51	4.24
5	德国	0.84③	0.83	1.02

2018 年，中国电影平均票价 35.53 元人民币（约合 5.16 美元）。与其他国家相比处于中等偏低的位置。北美电影平均票价有小幅增长，日本、德国和韩国平均票价相对平稳。

表 15　2018 年部分主要电影国家的平均票价情况

序号	地区/国家	平均票价(美元)④
1	中国	5.16
2	北美	9.11
3	日本	11.86
4	韩国	7.46
5	德国	10.39

（二）中国与全球电影产业的交流

近年来，中国电影不断加强对外交流，主要通过合拍片、电影节展等形式进行合作交流。

2018 年，中国继续加强与“一带一路”沿线国家的电影合作。6 月，上海国际电影节设立全新板块“一带一路电影周”。8 月，中国电影集团与老挝新闻文化旅游部电影局在北京签署电影合作备忘录，帮助老挝农村地区推广电影放映，支持老挝电影产业的发展。9 月，中国电影博物馆主办的首届“一带一路国际电影交流活动”在俄罗斯莫斯科举办。

2018 年，中国继续积极推动金砖国家电影合作与交流。7 月，第三届金砖国家电影节在南非德班

① 数据来源：statista，https：//www.statista.com/statistics/297393/number-of-cinema-screens-in-the-uk/。
② 数据来源：国家统计局、美国人口调查局、世界银行、德国联邦统计局。
③ 数据来源：INSIDEKIN。
④ 为避免汇率波动引起统计数值偏差，本表中平均票价根据 2019 年 1 月 1 日中国银行公布的汇率计算所得。

举办，此外还举办了“中国日”活动。继2017年的首部金砖电影《时间去哪了》后，由金砖国家电影工作者合作制作的新版金砖电影《半边天》在“中国日”活动中亮相。

2018年，中国加强中非合作，携手打造文化共兴的中非命运共同体。7月，华夏电影公司与南非博斯沃德影业和南非国家电影基金会就合拍、发行放映、影院投建事宜签署了协议。

此外，6月，为配合上合组织青岛峰会，首届上合组织国家电影节在青岛举办。在金边、阿联酋、葡萄牙里本斯等地举办了“中国电影周”，增进了国家之间互相了解，拓展了交流互动。

支菲娜　中国艺术研究院电影电视艺术研究所副研究员
张若琪　北京北奥会展有限公司高级经理
邓桂垚　北京电影学院管理学院硕士研究生

变与不变：2018 年香港电影综述

◎ 类成云

最近几年，关于“香港电影已死”的说法不断出现在各种媒体的报道、介绍和讨论中，学界也有人对这个“论题”颇为关注。纵观香港电影从 20 世纪 90 年代开始走下坡路以来，香港电影的表现确实难以让人满意。但是，多年过去了，香港电影仍然活着，依然保持着它的那副傲骨，尤其是和内地的合拍片保持着强劲的势头，在不断深入内地并内地化的过程中依旧绽放着香港电影独特的魅力，更是在 2018 年创造了“现象级”的影片《红海行动》，让香港电影在华语影坛中的强势地位更加稳固。在香港本土，港产电影在挣扎中求生存，依然保持了其独有的味道和气质，具体表现在市场、产量等产业层面，香港本土电影延续了前几年的下滑态势，整体状况堪忧。但在创作方面，本土特色浓郁的文艺片类型较为引人注目。

一、产业概况

2018 年，香港电影市场一共上映影片 353 部，是 2014 年以来数量最多的一年，相比 2017 年的电影上映数量增加了 22 部，增幅为 6.97%，实现了从 2017 年的负增长到 2018 年的正增长。尽管相比 2016 年，2018 年香港地区全年上映的影片数量只增加了 4 部，但仍然给低谷中的香港电影以信心。在上映的影片中，香港电影维持了和 2017 年相同的数量，但所占比例却下降了 1%；相应地，非香港电影所占比例上升了 1%。这看似不多的 1% 却让香港电影仅剩 15.01% 的比例。相比香港电影黄金时期，这样的情形不能不令人唏嘘（见表 1）。

表 1　2014—2018 年香港地区影片上映情况

年份	上映电影总数(部)	香港电影(部)	非香港电影(部)	香港电影所占比例
2018	353	53	300	15.01%
2017	331	53	278	16.01%
2016	349	62	287	17.77%
2015	332	59	273	17.77%
2014	310	43	267	13.87%

从票房数据来看，2018 年香港电影总票房报收 19.57 亿港元，与 2017 年同期 18.54 亿港元相比，上升 5.57%。① 香港上映首轮电影数为 353 部，其中香港电影的数量与 2017 年持平，但非香港电影的数量则上升了 8.3%。② 从市场表现来看，2018 年的香港电影市场，不论是香港本土影片还是华语影片，均无缘票房榜的前 10 名，整个香港电影市场被好莱坞影片和韩国影片瓜分。（见表 2、表 3）这样的情况已经是自 2017 年以来的第二次。2018 年度，票房最高的香港影片是《栋笃特工》，为 4471 万港元，比同期的非香港电影排名第 10 名的韩国影片《与神同行：终极审判》少了 353 万港元，与排名第 1 名

① 数据来源：香港电影工业协会网站。根据香港电影发展局《香港电影业资料汇编 2018》的数据，2018 年香港全年总票房为 18.99 亿港元，比 2017 年的总票房上升 4.8%。

② 数据来源：《香港电影业资料汇编 2018》，https：//www.fdc.gov.hk/doc/tc/HK_Film_Industry_Info2018_Preview.pdf。

的《复仇者联盟 3：无限战争》更是相差一亿多港元。可见，在香港电影市场，不论是香港电影还是华语电影，已经很难与外片竞争和抗衡，而这个曾经的“东方好莱坞”已然沦为好莱坞的海外市场之一，不复当年的辉煌。

表 2　2018 年香港地区上映影片票房前十名统计[①]

排名	片名	累计票房（万港元）
1	《复仇者联盟 3：无限战争》（美）	15330
2	《侏罗纪世界：迷失的国度》（美）	8865
3	《超人总动员 2》（美）	7121
4	《黑豹》（美）	6331
5	《碟中谍 6：全面瓦解》（美）	6045
6	《蚁人 2：黄蜂女献身》（美）	5707
7	《海王》（美）	5507
8	《死侍 2：我爱我家》（美）	5460
9	《与神同行》（韩）	5443
10	《与神同行：终极审判》（韩）	4824

表 3　2018 年香港地区上映香港影片票房前十名统计[②]

排名	片名	累计票房（万港元）
1	《栋笃特工》（合拍）	4471
2	《无双》（合拍）	3441
3	《我的情敌女婿》（港产）	1743
4	《反贪风暴 3》（港产）	1741
5	《捉妖记 2》（合拍）	1609
6	《逆流大叔》（港产）	1566
7	《黄金兄弟》（合拍）	1089
8	《叶问外传：张天志》（合拍）	1080
9	《西游记 · 女儿国》（合拍）	894
10	《红海行动》（合拍）	872

从表 2、表 3 可以看出，2018 年香港电影呈现出比较明显的特征：第一，香港电影的发展后劲不足，持续在低谷中徘徊。从产量来看，2018 年香港共开拍影片 58 部，其中港产片 17 部，香港与各地的合拍片 41 部，[③]是 2016 年以来的新低。从上映数量来看，从 2015 年开始，香港本土电影的年度上映量占香港电影上映总量的比例持续微弱下滑，2018 年仅占到 15.01%，是 2015 年以来的新低，发展动力明显不足。尽管该年的香港电影票房有所回升，但依旧不能挽回影片产量和上映量的颓势。

第二，2018 年香港电影共上映 53 部，其中合拍片占 25 部，港产片 28 部。在香港本土的电影票

① 数据来源：香港电影工业协会网站。
② 数据来源：香港电影工业协会网站。
③ 数据来源：香港电影发展局网站。

房前 10 名中，港产片占据了 3 席，累计票房 5050 万港元；合拍片占据 7 席，累计票房 1.34 亿港元。[①]这 3 部港产片分别占据了香港影片票房的第三、四、六名，可以说，在以“90 后”“00 后”为主要观影群体的当下，这 3 部影片的票房成绩可圈可点。当然，这与近几年香港特区政府的文化培育政策是分不开的。另外，经过 15 年的合作发展，香港和内地的合拍片已经被大多数香港观众适应并接受，成为香港电影的主体部分。但是，就市场表现来看，两地合拍片的主要盈利地区仍然在内地。比较明显的例子是《红海行动》，该影片以 36.5 亿元的高额票房成为 2018 年内地电影票房冠军，无论市场影响力还是观众口碑都成为当年的“话题王”。但是，该影片在香港市场仅有 872 万港元票房，着实让人大跌眼镜。可见，对于《红海行动》这样大投资的影片，内地是主要的盈利地区。这也从侧面印证了香港电影导演纷纷北上内地并内地化的原因。值得注意的是，票房排名第一、集聚港片的传统特色的《栋笃特工》是一部地道的合拍片，区别于两地合拍以内地主创为主的模式，保持了影片的香港特色。或许，这种方式可以为香港本土电影的复兴探索出一条新路。

二、商业片创作

回溯香港电影繁荣时期，其能够行销东南亚，甚至世界电影市场的一个重要因素是其商业美学的发达和完备。在类型上，不论是成为香港电影名片之一的武侠动作片，还是香港独有的类型——僵尸片，抑或传统的戏曲影片和充满各种搞笑噱头的喜剧片，都曾经成就过香港电影的一段又一段传奇。在内容表达上，浓烈的人文气息和港式人文价值理念、对个体的关注和对香港社会生活的展现、对本土文化的观照等均带有较强的“港味”。在形式上，极致化的各式桥段和细节建构了香港电影的“港味美学”。CEPA 以后的香港电影商业片经过了一个较为曲折的发展过程。进入内地的一支创作力量从一开始的为了合拍而合拍，不顾内地市场接受程度的“水土不服”阶段，到两地合作的“大片”时代，再到逐渐向内地化转型和靠近，再到近几年的后融合时期，合拍片融合了两地商业电影的优点，在延续传统“港味美学”的前提下，在类型、价值理念等方面进行了创新。而留在香港的一支创作力量则在保持“港味”的前提下寻求市场的认可和发展，只是由于各方面的制约，港产商业片的发展步履维艰。2018 年的香港电影市场份额，可以说是这两支电影力量的“战果”。

在香港和内地合拍的大趋势下，多数的类型影片创作都受到内地的影响，逐渐内地化，但喜剧类型由于其独特性，并没有实现“内地化”，因而保持了比较纯粹的“港味”。《栋笃特工》作为贺岁片，延续了香港贺岁片的喜剧传统，并在类型元素中增加了“悬疑”的元素。在影片中，粤语及其内部的关联词、谐音等成为构建笑料的重要元素，同时配合剧情和桥段的无厘头，让生活在香港的观众能够轻松自在地找到笑点。虽然在传统的香港喜剧电影中，用粤语制造笑料、无厘头等方式都是常用的元素，但此时的喜剧片已然是经过了两地合拍影响后的“回流”。这部影片在加上了一定的“悬疑”“侦探”特色元素后，已经成为一部具有复合类型元素的贺岁喜剧，加上影片中展现了比较强的怀旧情绪，表现出港产喜剧片经过合拍的杂糅之后的新变化和复兴。当然，这部影片不能算为成功，即使票房第一也无法摆脱影片本身存在的各种问题：剧情松散堆砌、剪辑混乱等不断被观众诟病。《我的情敌女婿》与之类似，同样是贺岁喜剧，拥有较强的主创阵容和香港本地化的笑话，但上映以后也难逃被观众诟病的命运，认为导演叶念琛江郎才尽，贺岁片尬笑等。

与之相反，另一部商业影片《无双》却赢得了观众的喜爱。虽然在票房上，《无双》比《栋笃特工》少了约 1000 万港元，但并不妨碍《无双》凭借其精巧的叙事、跌宕起伏的剧情以及浓浓的港味成为香港观众和内地观众的心头好。影片的导演是香港著名编剧兼导演庄文强，他的影片在叙事上往往出人意料。影片讲述的是警方引渡了跨国假钞制贩组织的李问，并不惜使用假罪证逼其就范，交代出“画家”的下落。但就在观众和警方都信以为真的时候，故事突然转变，原来“画家”另有其人，且就

① 数据来源：香港电影工业协会和香港电影发展局。

在身边。影片融合了警匪、动作、爱情、悬疑、犯罪等类型元素，让影片在复合类型的相互作用下呈现喜剧张力，但导演很好地控制了影片的主类型，在警匪类型之下，将悬疑、动作和犯罪等作为调节影片节奏和叙事的方法及元素，让剧情从简单的爱情文艺风转变为黑白对垒的犯罪类型，叙事的主线也在谎言被拆穿的时候完成“跳轴”，一波三折。这部影片于 2018 年 9 月 30 日在内地取得了 12.73 亿元人民币的票房。庄文强作为坚守香港本土“港味”商业影片阵地的导演之一，一直在为香港电影的“港味”复兴努力。他的影片从色调到人文理念，从叙事到类型，从对白到节奏都带有浓浓的“港味”。《无双》如此，《非凡任务》、《窃听风云》系列等影片亦如此。观众在选择观看《无双》的时候是冲着故事去的，但看过之后才发现，自己是被从内到外透着“港味”的故事和怀旧风吸引。

当然，2018 年的港产商业片不只有这两部，像《反贪风暴 3》《逆流大叔》《黄金兄弟》等影片都备受关注。尤其是《反贪风暴》系列，已经形成了比较典型的影片风格。而像《闺蜜 2》《某日某月》《一家大晒》《逆向诱拐》《起底组》等爱情、悬疑、喜剧类型的商业影片在市场中的表现可圈可点。总结这些港产片可以发现，不论是《栋笃特工》还是《反贪风暴 3》，抑或《逆流大叔》都遵循了香港商业电影的创作法则：明星制 + 类型化 + 极致性。明星制是现在通行的做法，不再赘述。类型化是指香港电影改变了单一类型的风格，加以多种类型的复合元素，并在使用类型元素时节制辅类型，有效保证主体类型的效益最大化。极致性是香港电影一直遵循的标准和风格，即无论在细节还是桥段上，无论在题材还是表现形式上，都要做到极致，让影片成为“经典”。2018 年的港产商业片，怀旧和“港味”成为共同特点，经过影海沉浮、涅槃之后，“不变”中带着“变”的香港电影又重新成为我们熟悉而又不熟悉的“港味”美学。

三、文艺片创作

在类型电影的商业美学之外，文艺美学创作在香港电影中占据一席之地。自 2003 年以后，香港电影创作者大量“北上”，商业类型片创作的主体力量纷纷“北上”，文艺片在香港本土的影响力逐渐凸显和被重视起来。这些年来，文艺片在香港持续发力，成为维系香港本土电影的重要力量。

与商业类型片对市场的重视相比，港产文艺片更加注重港式人文理念的表达，意图从香港生活方式和文化身份等角度来观照香港本土生活和与此相关衍生的本土情怀。2018 年的港产文艺片主要是表现香港当下社会生活及价值观念的影片，如《黄金花》《沦落人》等。从写实的角度反映香港底层人民的生活，延续传统港产片中对“草根”生活和文化的关注，摒弃跌宕起伏的情节叙事，用朴素平淡的叙事手法积蓄情节张力和情感张力是这类影片的共同特征。《黄金花》讲述的是一对有自闭症儿子的夫妻在长期巨大的精神压力之下摇摇欲坠的情感和即将破裂的家庭的故事。这部影片是香港文艺片内在精神的延续和发展，与萧芳芳和乔宏主演的《女人，四十》，许鞍华的《桃姐》、“天水围”系列，黄进的《一念无明》等一样，都是保持了港式人文理念不变、关注纯粹个体的影片，平实却饱含生活的温情。影片一开始的一系列极具生活化的镜头展现了一个充满了市井生活气息的香港，这种符号化、空间化和地域化的表现是影片展开的背景，让故事在充满生活气息的同时具备了持续的后劲。对于影片结尾，这个家庭的三个人都在彼此身上找到了身份认同和理解，让家庭重归正轨。然而，影片仍然让人感到绝望和悲观，因为黄金花平静地说：“白发人送黑发人，对我们来说是种幸福。”对一位母亲而言，是何等的痛苦加身才能让她说出这样的话我们不得而知，但是这句话所透露的希望与无奈的态度让人心生悲凉。与此相反的，《逆流大叔》表现的则是香港人的拼搏精神和正能量的故事。影片反映了三位处在中年危机中的大叔面临生活困境时展现出来的人生韧性和积极态度。影片中，小市民的奸猾与狡黠、自嘲，甚至吊儿郎当的状态非但没有减损立体的人物形象，反而把中年男人面对生活压力的那种包容、逃避、上进与怠惰等看似矛盾的人物形象、行为表现得更加丰富，也在某种程度上让影片背后略显沉重的主题显得轻松、幽默。

另一部颇具人文关怀和香港本土情怀的影片是《沦落人》。这部影片虽然有点像好莱坞影片《不可触碰》，但在整体处理上契合了香港文艺片的方法，将一个因意外被迫瘫痪的人和一个因生活困境而放弃梦想的人放到一起，相互之间的照顾让陷入困境和迷茫的两个人重新找到了人生方向。这部影片似乎充满了真善美，但实际上，创作者在处理剧情的时候，是将生活的琐事、生理和心理的煎熬等堆叠在一起，虽然杂乱却乱而有序。生活的琐事让影片具备了香港本土生活的质感，心理的煎熬让人物或者说创作者的精神理念表现出来，于平淡中见本真，于细节中见功力。最终两个人都走出困境也正应和了生活向真善美的方向发展，无形中给人以面对生活的勇气和积极的力量。

另外，《非同凡响》《毛侠》《告别之前》等影片也将关注的重点放到展现当下香港社会的生活和价值观念上，用对个体的关注展现群体生活状况和价值观，体现港产影片的本土情怀和人文理念。

实际上，在港产文艺片的人文理念中，创作者们的关注人群经历了一系列变化：群体或符号性个体—真实个体—兄弟情义—卧底或夹心人等，这个变化过程既是港产文艺片创作关注点的变化，也是港产文艺片人文关怀和人文理念的变化。这是符合香港电影发展规律和香港社会人文流变规律的。这种对人的关注，以人为本的理念既是香港电影的精神核心，也是香港电影“港味”美学的精神内核，更是香港社会核心价值观念的集中体现形式。

总体而言，2018 年的香港商业电影延续和发展了传统香港类型电影的特质，并有新的变化，让香港电影依然坚立在世界影坛。在文艺片领域，对边缘人、社会底层个体的关注，表现当下社会生活及其价值观，尤其是年青一代港人的感情生活和价值观念是较为集中的内容。这两种类型的影片都不约而同地带有怀旧色彩，并复现或者追求传统“港味”美学。

类成云　中国艺术研究院电影电视艺术研究所编审

2018 年国产动画电影创作研究综述

◎ 张啸涛

2018 年，国产动画电影创作及产业稳步发展，无论在创作质量、数量，还是在票房总体收入上都高于 2017 年。据国家电影事业发展专项资金管理委员会办公室统计，2018 年度，进入我国主流院线公映的国产动画电影 35 部，共获得票房约 16 亿元，其中票房破亿的有 4 部影片：《熊出没 · 变形记》获得约 6.05 亿元票房，《新大头儿子和小头爸爸 3：俄罗斯奇遇记》获得约 1.58 亿元票房，《风语咒》获得约 1.12 亿元票房，《神秘世界历险记 4》获得约 1.04 亿元票房（见表 1）。

表 1　2018 年国内放映动画电影票房排行 ①

排名	影片	上映时间	票房(亿元)	制片国家/地区	类型
1	《熊出没 · 变形记》	2018.2.16	6.05	中国大陆	喜剧/冒险
2	《蜘蛛侠 · 平行宇宙》	2018.12.21	4.27	美国	动作/科幻
3	《超人总动员 2》	2018.6.22	3.54	美国	动作/冒险
4	《无敌破坏王 2：大闹互联网》	2018.11.23	2.71	美国	喜剧/冒险
5	《精灵旅社 3：疯狂假期》	2018.8.17	2.23	美国	喜剧/奇幻
6	《哆啦 A 梦：大雄的金银岛》	2018.6.1	2.09	日本	冒险
7	《龙猫》	2018.12.14	1.73	日本	冒险/奇幻/家庭
8	《公牛历险记》	2018.1.19	1.72	美国	喜剧/冒险
9	《比得兔》	2018.3.2	1.68	美国/英国/澳大利亚	喜剧/冒险
10	《新大头儿子和小头爸爸 3：俄罗斯奇遇记》	2018.7.6	1.58	中国大陆	冒险/奇幻
11	《名侦探柯南：零的执行人》	2018.11.9	1.27	日本	动作/悬疑
12	《风语咒》	2018.8.3	1.12	中国大陆	冒险/奇幻
13	《神秘世界历险记 4》	2018.8.3	1.04	中国大陆	冒险/奇幻

《熊出没 · 变形记》是“熊出没”系列电影的第 5 部，由华强方特（深圳）动漫有限公司原创的“熊出没”系列已经连续两年获得国内放映动画电影的票房冠军，从 2015 年开始，《熊出没之雪岭熊风》获得接近 3 亿元的票房，此后保持每年春节档一部的频率，“熊出没”系列所获得的观众认同充分表明，华强方特（深圳）动漫有限公司已经成功打造出符合受众观影期望的国产动画 IP 品牌，并且通过产品系列的拓展已经收获了近 20 亿元的票房。《新大头儿子和小头爸爸 3：俄罗斯奇遇记》也是常年经营、深入人心的经典电视动画 IP《大头儿子和小头爸爸》的衍生之作。1995 年，中央电视台开始制作出品《大头儿子和小头爸爸》，经过 20 余年的播出，在青少年观众中深具影响力，从 2014 年开始，陆续推出电影版。“神秘世界历险记”系列影片不同于“熊出没”系列和“大头儿子和小头爸爸”系列，它并没有电视动画片常年的品牌经营作为支持，“神秘世界历险记”系列利用影片叙事的吸引

① 根据国家电影事业发展专项资金管理委员会办公室统计。

力和精良的制作逐渐获得观众的认可。2012 年，北京其欣然影视文化传播有限公司等联合制作、出品的《神秘世界历险记》收获约 2197.5 万元票房后，分别在 2014 年和 2016 年推出系列动画电影，票房分别约为 6194.7 万元和 6194.7 万元。2018 年，《神秘世界历险记 4》的票房首次冲破亿元关口。《风语咒》是“画江湖”系列的首部电影，是以电视动画片《侠岚》的世界观为故事架构的全新创作，也是 4 部票房过亿的动画电影中唯一有成人向因素的作品。

2018 年，共有 14 部国产动画电影票房达到千万元级别，5 部作品票房在 5000 万元以上，9 部作品票房在 500 万元以下。票房在 500 万元以下的影片不乏制作精良、非常有创意的作品，如表现美食文化的《美食大冒险之英雄烩》（票房 489.5 万元）、《吃货宇宙》（票房 485.6 万元）；现实题材的《大世界》（票房 261.8 万元）、《肆式青春》（票房 282.7 万元）、《八只鸡》（票房 18.2 万元）；冒险题材的《嘻哈英熊》（票房 297.91 万元）、《禹神传之寻找神力》（票房 205.4 万元）、《旅行吧！井底之蛙》（票房 37.1 万元）；体育题材的《足球王者》（票房 185.2 万元），这些作品在主题表达、叙事结构、角色塑造、环境设计等方面都颇具新意。

一、创作题材有所拓展的国产动画电影

2018 年，国产动画电影市场基本上由系列动画电影支撑，《熊出没・变形记》是“熊出没”系列的第 5 部动画电影，出品方丰富的创作和发行经验，延续了《熊出没》良好的市场表现；电视动画 IP 续作《新大头儿子和小头爸爸 3：俄罗斯奇遇记》用电影的制作规模将电视动画全新创作，准确定位年轻观众，获得了很好的市场反响；《神秘世界历险记 4》等系列动画电影通过多年努力已经建立起品牌影响力，在影片故事的叙述上不断创新，进一步倾向成人视角的设置，定位于合家欢的观众群，制作品质的提升和准确的受众定位延续了系列动画电影的市场。就题材而言，低幼题材作品的泛滥还是制约国产动画电影发展的关键因素。由北京若森数字科技有限公司、华青传奇（北京）文化传媒有限公司等联合出品的《风语咒》希望将东方美学元素融入角色扮演游戏的故事架构中，阴阳五行的东方哲学，糖葫芦、风筝等经典符号的运用，以及人物形象设计、叙事环境设置、情节构建逻辑等都刻意表现出传统元素，但是情节建构简单、形象设计刻板、角色设定高度重复，这些问题使《新大头儿子和小头爸爸 3：俄罗斯奇遇记》《熊出没・变形记》《神秘世界历险记 4》等作品中的角色的性格并不明显，因此，虽然制作水平整体有所提高，无论是故事开发还是三维动画技术都高于往年，但是总体制作水平还有待全面提升。

2018 年，原创动画电影虽然没有出现如《西游记之大圣归来》《大鱼海棠》等影响力很大的作品，但也不乏亮点，现实题材作品《大世界》及青春题材作品《昨日青空》等是其中的代表。2017 年，社会现实题材动画电影《大世界》连续获得了多个国际奖项，不仅荣获第 54 届台湾电影“金马奖”最佳动画长片奖，而且入围了第 67 届柏林国际电影节主竞赛单元，并于 2018 年 1 月 12 日进入国内主流院线公映。导演刘健在《动画电影〈大世界〉创作手记》一文中阐释了对影片风格的设定，希望是“黑色幽默的、荒诞的、类型片风格的动画电影……设定了一个类型片的外壳，融合了黑帮片、公路片的元素，然后以自己的社会生活经验为出发点来写”①，而且“突出了荒诞性和超现实的魔幻性”②。表现少年男女成长经历的青春题材动画电影《昨日青空》画风抒情优美，角色的服装设计和环境的设置十分注重与现实生活的一致性。影片中，少年们身着宽大的运动服，穿行在喧闹的教室和校园，影片洋溢着青春的气息。这是一部面向青春少年的动画创作，影片的叙事时间设定为高三这段热血又迷茫的时期。《昨日青空》改编自获奖同名漫画作品，该作品不仅在 2012 年出版了汉语单行本，而且出版了法语版本，在 2016 年举办的中国国际漫画节上获得第 13 届中国动漫“金龙奖”最具网络人气漫画奖金奖。与原作比较，在改编的动画电影中，角色的情感发展因为抒情性的风格设定而显得过于游离于实

---

① 刘健：《动画电影〈大世界〉创作手记》，《当代电影》2018 年第 2 期。

② 刘健：《动画电影〈大世界〉创作手记》，《当代电影》2018 年第 2 期。

际生活，为受众的情感代入设置了障碍，市场反响并不理想。同样，《大世界》在创作美学上呈现出的实验性，也挑战了观众的观影体验，最终，只收获了约 262.5 万元的票房。

2018 年，“熊出没”系列再次展现出成熟 IP 的号召力，由华强方特（深圳）动漫有限公司、霍尔果斯彩条屋影业有限公司等联合制作、出品的《熊出没·变形记》改变了面向低幼儿童观众动画作品的单线叙事结构，采用了多线并进、主次分明的结构方式，既有光头强父子之间的情感冲突和最后的互相理解，又有熊大、熊二与光头强因为被意外缩小而在放大的世界中的冒险经历。同时，为了呼应“熊出没”系列持续的环保主题，展开了生物学爱好者贝丝与熊大、熊二、光头强为了疏通大马哈鱼洄游产卵的河道，与反派角色智斗力搏的第三条叙事线。多条线索的展开并没有让面向低幼儿童观众群体的影片呈现出不易理解的状况。影片着重表现的是光头强与其父亲不断冲突的情节，光头强对父亲有着复杂的情感冲突，他既佩服父亲的勇敢智慧，又渴望在各个方面超越父亲。这一经典弗洛伊德心理学范式的情节建构在面向低幼儿童受众的影片中出现，并没有给观众带来突兀的感受，反而扩大了影片的受众群体，提升了剧作的品质。在制作技术上，创作者运用动态、迅速、流畅的镜头语言，凸显角色在三维空间的运动感；在静态场景的创作上，着意营造意蕴悠长的东方美学；在冒险场域的设计上，发挥想象空间，从壮阔到微小，从微观世界的魔宫到宁静的乌苏里江，都显示着“熊出没”系列动画电影的进步。

《风语咒》之所以能够取得很好的票房成绩，得益于“画江湖”品牌矩阵的建立。从 2012 年开始，北京若森数字科技有限公司开始制作系列动画片，在品牌外延的项目上也开始发力，并且将受众群体定位为全年龄层人群。除了制作《换世门生》《不良人》《侠岚》《杯莫停》《灵主》等系列动画片外，还制作了《灵主》《不良人》《不良人 2》三部手机游戏，H5 网页游戏《画江湖之杯莫停 H5》，网页游戏《风月江户侠岚篇》，小说及改编的舞台剧《画江湖之不良人》，最终还在爱奇艺制播了网剧《画江湖之不良人》，“每个子品牌占据了广义武侠题材下的主要细分市场，将不同需求的粉丝聚集于同一个主品牌‘画江湖’之内”[①]。《风语咒》是“画江湖”品牌矩阵推出的第一部动画电影。影片中的主要人物设置另起炉灶，放弃了《画江湖》和《侠岚》中的主要角色，在整体的故事构架中衍生出新的人物，但在《画江湖》和《侠岚》中获得观众认同的主要角色在影片中不断客串，这样的设置不仅能够吸引原系列受众的情感认同，还能够开发出更宽阔的叙事构架；既能够吸引“画江湖”系列的忠实受众，又可以让新的受众在不了解系列动画片的情况下进入影片设置的叙事情景和人物角色。从整体上观察，《风语咒》的情节结构设置参考了角色扮演类游戏的范式，从热血、战斗、冒险、友情等元素中建构庞大的“画江湖”宇宙。

《风语咒》在影片的美学建构上，力求东方的古韵之美。在影片的“侠岚”世界中，人物的超能力源于道教的阴阳五行学说，角色的设置，如“饕餮”“罗刹”等也源自中国的上古传说，音乐形象也使用了琵琶、唢呐、二胡等民族乐器精心打造。中国古典的哲学意象和神话传说在影片中用无限的想象力得到了具象的呈现。用古典的美学展现现代的叙事是制作团队的创作初心，影片因此具备了表象与内核之间撕扯与互动的张力，“以科技的介入与推动为前提，在记录现实具象之外，电影得以建构起基于记忆、梦境乃至幻觉的超现实银幕奇观”[②]。中国 3D 动画制作技术一直无法克服的短板是影片角色面部表情和肢体语言的僵硬感，技术的短板经常导致角色情绪传达的怪异和游离。北京若森数字科技有限公司从 2003 年就开始研发专门制作 3D 动画的引擎软件“曼陀罗”，2010 年使用这套系统制作了《侠岚》，在持续不断的改进中，《风语咒》的制作更趋成熟，角色的肢体和表情表现得更加合理。影片的各项组成元素在制作团队严谨的规划下取得了惊人的效果，但是不足之处也非常明显，叙事逻辑的突兀和高潮段落缺乏铺垫，让影片在情节设置上出现“硬伤”。在人物的对白设计上，为了吸引年轻观

① 任晓宁：《若森数字：曼陀罗技术画出动漫江湖》，《中国新闻出版广电报》2018 年 4 月 25 日。
② 聂伟、杜梁：《从感官惊奇、银幕奇观迈向心灵景观：国产电影的技术进阶》，《当代电影》2016 年第 11 期。

众而运用了大量的网络词汇和无厘头的搞笑元素，与影片表现出的整体美学风格并不相符，拖慢了情节的发展，降低了影片整体的质量。《风语咒》是“画江湖”宇宙孕育出的优质产品，开拓出更加开阔的表现领域，从 2012 年开始，若森数字每年都会推出开疆辟土的优质产品，不断扩展的 IP 阵容加强了“画江湖”粉丝的黏着度。在不断扩展的庞大情节建构和元素杂糅的“画江湖”体系中，若森数字的项目团队在情节管理和统筹上，展现出严谨的态度，能够将诸多产品统一在一个大的叙事逻辑之中，而且保持着“画江湖”宇宙的纵深感和开放度。

社会现实题材动画电影《大世界》是继 2017 年不思凡导演的《大护法》之后，在主流院线公映的又一部面向成人受众的动画电影。该片是导演刘健在 2010 年创作《刺痛我》之后的第二部批判现实主义风格的动画长片。《大世界》原名《好极了》，秉承《刺痛我》的创作方式和关注视角，此外，《大世界》也是刘健一个人担当除了配音、音乐以外所有创作、制作职能的动画电影，除了编剧、导演、制片人外，800 多个镜头的原画以及动画、特效、剪辑等都由他一个人完成，他说“希望每一缕线条都是我的风格”[①]。这种创作上的偏执，从他第一部动画电影《刺痛我》就已经开始，该片被法国《电影手册》以《中国的新突破》为评论文章的题目，获得了很高的评价，并入围了 15 个电影节。

《大世界》也继续了《刺痛我》的关注视角，表现出社会底层生存状态的残酷，以及当代社会在物质主义价值观驱动下显现出的人性之恶。影片颇有昆汀・塔伦蒂诺在《低俗小说》中运用的多线索平行蒙太奇，最后众多线索交叉闭合的叙事结构。影片中，为了给女友整容，司机小张抢了一包钱，老板派出的“杀手”、黑社会团伙、女友姐姐及其男友，几条叙事线围绕这包钱展开，几组社会边缘人被欲望驱使，挣扎在生死边缘。刘健在《动画电影〈大世界〉创作手记》一文中说：“《大世界》描绘的是一幅群像图，没有绝对的人物主角，那包钱才是电影中真正的主角。”[②] 为了充分传达出影片黑色幽默及犀利反讽的主题，导演在形式上刻意使用了昏暗和偏色的影调。此外，因为动画长片巨大的工作量需要由刘健一个人完成，所以他使用了在电视动画中经常使用的“有限动画”技术，即减少动画中间帧数、减少背景变动、背景多使用静帧、减少角色动作的原动画，并使用 PS 技术将实景拍摄模拟成动画效果等，再加上影片大量使用的定格镜头和空镜头等。这一系列的反常规操作造成的“低帧卡顿”，以及刻意为之的数十组漫长的空景，都挑战着观众的观影习惯。不细腻的画面、不流畅的视像、非常规的结构、角色怪异的动作和表情等，影片呈现的制作技术的粗糙反倒传递出影片角色压抑的痛苦感。形式上的技术性减缓节奏、视像卡顿、配音如念书般的疏离情绪、“闭环叙事”的刻意及内容上的底层关注、对物质主义价值观的黑色反讽形成了刘健作品的“作者性”。

动画电影《昨日青空》具有明显的“诗电影”叙事风格。影片没有起、承、转、合的线性叙事，而是通过几个在叙事上并没有太多因果关联的情节段落的累砌，传达出丰富的社会信息，展现出广阔的社会背景。每个相对独立的故事段落，通过人物角色传达出的情绪和画面展现出的意蕴搭建出影片希望表达的主题。不同的段落中，角色之间在共同的希望下，因为不同的个性而呈现出的矛盾情绪和对立关系推动着情节的发展。对未来的抉择、对友情和爱情的态度，是影片关注的焦点。对角色情绪交错的内敛表达，将推动影片情节发展的动力聚集在营造影片整体意境和氛围的呈现上，这种内在的推动力将影片展现得流畅而完整。这种寓浓烈于平淡的诗意呈现与影片触及社会现实的题材形成叙事的张力，拓展出国产动画电影的新形式，也让观众对动画电影的表现形式有了更丰富的认识。《昨日青空》的出现在国产动画电影类型题材的拓展上提供了一个新的方向，发展出国产动画电影的多元局面。

追光人动画设计（北京）有限公司是于 2013 年成立的动画电影制作公司，2016 年就推出了口碑、票房双赢的《小门神》，当年取得了约 7849.2 万元的票房。2017 年出品的《阿唐奇遇》，虽然在制作技术上取得了很大的进步，但是因为剧作的不成熟与观众定位的模糊，取得约 3039.6 万元票房。2018 年

---

① 刘健：《动画电影〈大世界〉创作手记》，《当代电影》2018 年第 2 期。
② 刘健：《动画电影〈大世界〉创作手记》，《当代电影》2018 年第 2 期。

出品的《猫与桃花源》所遇到的问题与《阿唐奇遇》相同，影片制作团队将主要的注意力放到了技术层面的开发上，动物角色的毛绒质感已经可以与世界一流制作水平相媲美，追光人动画设计（北京）有限公司利用其强大的技术建构了庞大的素材库，在城市景观、植被系统、角色的皮毛质感和表情、动作等制作设计层面构造出几近完美的动画世界，但是，剧作上存在的硬伤损害了影片的整体质量。《猫与桃花源》在叙事结构上借鉴了2003年迪士尼出品的《海底总动员》，是一部讲述爸爸与朋友寻找儿子的冒险故事，但是角色之间的情感联结、角色性格发展的同一性、反派角色的性格逆转等方面都缺乏说服力，在叙事线的设置上也缺乏主次关系，对传统文化的硬性植入也显得刻意造作，似乎是为了建构更宏大的主题而放弃了冒险故事。在讲述人与动物以及父子亲情的关系时，道德立场并没有很好地融入故事，而只是流于表面的说教。在文化产品以"内容为王"的时代，"内容"的缺损没有让影片获得很好的评价，《猫与桃花源》以7500万元的投资仅获得约2180.5万元的票房。

2018年，《神奇马戏团之动物饼干》《新灰姑娘》《妈妈咪鸭》等多部中外合拍动画电影都取得了千万元以上的票房成绩。其中，具有代表性的是由万达影视传媒有限公司、江苏原力电脑动画制作有限公司联合出品，赵锐、克里斯·詹金斯联合执导的《妈妈咪鸭》，影片讲述两只鸭子跟着一只大雁南飞的故事，表达了关于个人成长和责任之间的联系。《妈妈咪鸭》投入中美两国近400名制作人员，经过2年时间的精心制作，投资2亿元人民币的影片只获得约3700万元人民币的票房。江苏原力电脑动画制作有限公司是国内三维动画技术成长最快的公司之一，该公司凭借技术优势曾经取得《驯龙高手》TV版的外包公司资格，长期与世界一流动画公司合作，公司培养出许多能力强的制作人员，也优化了公司的设备。《妈妈咪鸭》中的动物角色在表情与动作的设计制作上摆脱了国内三维动画制作的生硬和夸张，在微表情和大幅度挤压拉伸的动作上达到了很高的制作水平。虽然总体票房不高，但是该片却是国内首部全球发行的动画电影。

二、"民族性"成为理论研究热点

2018年中国动画理论研究的资料来源主要依靠中国学术期刊全文数据库（中国知网），文章检索目标是中文核心期刊（南京大学核心期刊目录和北京大学核心期刊目录）及中国国家数字图书馆等。研究范围主要集中在动画片本体理论研究、动画片创作研究、动画片教育与传播研究、动画片产业研究、动画片历史研究等几个方面。

（一）本体理论研究

所谓本体研究，也就是对动画电影的基本属性的研究，包括美学风格研究和文化研究等。2018年出版的动画片本体研究著作有韩文利著《动画学》（河南大学出版社2018年版），该书对整个动画学科发展现状及建构做出了整体性论述，内容不仅包括动画理论和动画历史，还将动画批评和动画产业纳入动画学科的研究之中；王灵丽著《中美动画电影叙事比较研究》（东方出版中心2018年版），该书阐述的重点是中美动画电影在叙事方面的差异，并从动画电影的语言要素、中美动画电影的题材来源及母题、角色、叙事结构等方面的差异，在动画电影叙事与技术之间的关系、叙事与市场的内外部联系等方面，分析中国动画电影叙事创意不足的原因；姜艳琴著《中国动画的民族性与中国学派研究》（中国纺织出版社2018年版），该书对中国动画的发展史进行梳理，分析了中国动画的发展现状与存在的问题，并对动画"中国学派"的整体发展历程做了全面的阐述；刘书亮著《元动画研究》（四川美术出版社2018年版），该书认为元动画（meta-animation），也就是关于动画的动画，对应的是在动画里谈论与揭示动画自身的一种特殊现象和文本生产行为，主要阐释了动画师与动画角色的权力关系、动画形式对表达的渗透作用、动画中的套层叙事与双重幻觉、当代艺术语境下的元动画等内容。在论文发表方面，王莹认为："以'吐槽'为类型标签的动画片，在动画的理论研究领域并没有明确其定义和归类，针对现有日本和中国的吐槽动画影片应该展开对吐槽动画定义、归类和特征的相关研究。”[①] 谢韫认为：“宫崎老人在青年时代学习了马克思主义，然后将马克思主义真理融化在自己的艺术中，在他看来，真理与艺术是统一的，追求艺术的过程，也就是追求真理的过程。”[②]

（二）创作研究

动画片创作研究主要对动画片的创作进行总体性的讨论。2018 年出版的动画片创作研究著作中，有两本译著比较突出，日本秋元大辅著《从吉卜力动画学起：宫崎骏的和平论》（丁超译，浙江大学出版社 2018 年版），该书以宫崎骏的作品为媒介，选取《风之谷的娜乌西卡》《天空之城》《红猪》《哈尔的移动城堡》及《起风了》五部动画电影，探讨其中表述的和平学，从综合的学科视点出发，研究宫崎骏艺术创作的思想脉络；日本川上量生著《龙猫的肚子为什么软绵绵》（王鹤译，浙江大学出版社 2018 年版），该书探讨了吉卜力动画的美学形成，从内容、形式、制作理念等方面就日本动画的形成发展进行了深入的研究。在论文发表方面，聂欣如认为：“在今天的美国动画电影中，儿童成长的问题和责任往往被归咎于长辈，日本动画电影中的成长问题则相对集中在儿童自身的励志，中国动画电影在新世纪以来的影片中，青少年并不需要成长过程。”[③] 毕露予认为：“国产动画电影暴露出一些审美上的失衡和偏谬问题，正是这些问题使得部分动画电影与普通观众真正的审美需求之间存在一定的疏离。”[④] 马华认为：“从《超人总动员》到《超人总动员 2》，形成了一个系列整体，因为其独特的创作观念和手法在动画电影、超级英雄电影两个领域都获得了巨大成功。”[⑤] 何荣认为：“动画角色造型设计是几何形组合创新的过程，几何形的选择和组合方式对于动画角色造型设计草图具有指导意义，几何形的概括性、象征性、发散性与动画角色造型设计具有的适应性和可应用性，为动画角色造型设计提供一种途径。”[⑥]

（三）产业研究

动画片的产业研究关注动画产业的发展状况，在著作方面有朱玉卿、周晔主编的《中国动画电影发展报告（2017）》（中国电影出版社 2018 年版），该书通过市场数据、产业分析以及众多案例，对 2017 年度的动画电影发展情况进行呈现和分析，读者可以观察到动画产业的发展轨迹和未来趋势。在论文发表方面，苏锋认为：“中国动画产业在不同的发展阶段存在着动画内容创意的问题，应从人才供给、人才需求和产业秩序三个方面剖析中国动画创意缺失的原因，并从技术、政策、学术研究和教育四个角度提出解决中国动画创意问题的方案。”[⑦]

（四）历史研究

动画片历史研究对中国动画发展的地域性和发展类型进行了更加细化的分析。在著作出版方面，孙立军主编《中国动画史》（商务印书馆 2018 年版），该书总结和梳理了中国动画 90 年来的发展历程，吸收了近年来动画史研究成果，并且提供了一个史学框架，勾勒出中国动画的发展轨迹和历史样貌；秦海伦著《动画王国的追梦人——严定宪传》（江苏人民出版社 2018 年版），该书记录了“美猴王之父”严定宪的人生经历，作为著名的美术电影导演、上海美术电影制片厂前厂长、动画片《大闹天宫》首席动画设计，通过书写他的人生经历，反映出中国动画事业发展的历程；李铁编著《中国动画史》（上，清华大学出版社 2018 年版；下，北京交通大学出版社 2018 年版），该书以时间为纵轴，以地区为横轴，在两个维度上详细讲述了中国动画发展的历史，不仅结合社会政治、经济、外交、教育、

---

① 王莹：《吐槽动画的界定及研究》，《当代动画》2018 年第 2 期。
② 谢韫：《作为马克思主义艺术家的宫崎骏》，《文艺理论与批评》2018 年第 6 期。
③ 聂欣如：《“成长烦恼”之美日中动画电影比较》，《当代动画》2018 年第 1 期。
④ 毕露予：《国产动画电影创作中的审美偏谬现象分析》，《电影文学》2018 年第 10 期。
⑤ 马华：《从〈超人总动员〉系列看超级英雄电影的动画突围与挑战》，《当代动画》2018 年第 2 期。
⑥ 何荣：《几何形在动画角色造型设计中的应用》，《装饰》2018 年第 5 期。
⑦ 苏锋：《动画创意——中国动画产业再升级的关键因素》，《同济大学学报（社会科学版）》2018 年第 3 期。

艺术、技术对动画发展进行动因分析，而且详细介绍了上海美术电影制片厂、长春电影制片厂、上海科学教育电影制片厂、北京科学教育电影制片厂、辽宁电影制片厂、上海电视台动画制片厂、中央电视台等具有代表性的国有动画制片单位和众多动画制片公司的发展历史，讲述了香港和台湾地区动画制片领域发展的历史，涉及优秀动画作品近千部。在论文发表方面，张玲玲认为："中国民族动画从中国戏曲的程式化表现中借鉴吸收艺术元素形成了自身的表现体系，而且从戏曲的本源——傀儡戏直接提取表演、造型、行当等艺术元素，形成民族动画所特有的表现风格。"①李镇研究了"抗战时期，钱家骏创作的动画片《农家乐》的历史背景、创作过程、作品特点、放映情况、评价与影响和关联事件"。②聂欣如认为："新时期是中国动画的高峰，动画民族风格的确立使中国动画有了自身的主体性并得到了世界动画艺术圈的认可。"③游宇认为："中国动画创作的民族化表达普遍呈现出传统文化'在场的形式'和'缺席的价值'并存的虚弱表达，未能将'民族化'从形式审美提升到传达传统文化精神内涵的表现高度。"④

（五）教育与传播研究

在动画教育方面，杨华主编《动画：技术时代的艺术教育》（上海人民出版社 2018 年版），该书以甘肃省为例，围绕动画产业人才培养系统展开分析，对动画产业发展现状、基于高等教育的动画人才培养、动画专业课程体系及教材建设、动画专业教师的职业认同研究等方面进行了全面论述。在动画传播方面，何威认为："'宅文化'作为亚文化始于日本，进入英语世界后，衍展出'迷文化'的特征，在中国语境下，这种亚文化成为'二次元'文化，这种演变与这种文化本土实践所遭遇的政经权力和知识同构密切相连。"⑤王念祖等认为："限播令的出台，虽然大幅减少了日本动漫在国内电视频道的播出时数，但随着网络与新媒体使用的日趋频繁，从主流媒体撤出的日本动漫转而大幅通过网络渠道在国内进行传播，动漫亚文化提供了青少年纾解社会现实压力的出口，青少年得以从中构建自我认同，并创造出特殊的消费文化。"⑥

三、结语

与往年相比较，面向成年受众群体的国产动画电影创作，在 2018 年呈现出多元发展的趋势。表现突出的有：关注社会现实的《大世界》、展现青春成长的《昨日青空》、建立架空异世界的《风语咒》等。面向成年人的动画电影进入主流院线，有利于打破以低幼龄动画电影作为市场主体的"天花板"。在现阶段的国产动画电影市场，低幼龄动画电影无论在创作数量上还是在市场占有率上都居于主流地位。但是，由于观影受众为低幼龄儿童的总体数量限制，这一类型的动画电影市场基本趋于饱和状态。即便在低幼龄动画电影的市场竞争中，因为面对儿童受众不能拥有自觉选择的权利，儿童家长会根据自己的信息来源决定孩子对影片的选择，而家长的选择基本上倾向于自己已经非常熟悉的成熟动画 IP。例如，在 2018 年国产动画电影创作中，投资规模和宣发成本巨大的《妈妈咪鸭》，该片质量也属上乘，结果只获得了约 3700 万元人民币的票房，而投资规模和宣发成本小于《妈妈咪鸭》的《熊出没·变形记》，虽然影片质量与《妈妈咪鸭》不分伯仲，却取得约 6.05 亿元人民币的票房，形成非常巨大的差距。究其原因，就是"熊出没"系列经过多年的经营，已经成为国内知名度最高的动画 IP 之一，儿童家长出于对孩子的保护心理会做出比较有保障的、相对保守的选择，所以，2018 年国产动画电影票房

① 张玲玲：《探索中国民族动画之源》，《中国电视》2018 年第 8 期。
② 李镇：《抗战动画片〈农家乐〉史料考释》，《当代动画》2018 年第 1 期。
③ 聂欣如：《新中国动画的"民族性"问题》，《艺术百家》2018 年第 1 期。
④ 游宇：《中国动画 40 年：理想的声音与艰难的历程》，《电影艺术》2018 年第 6 期。
⑤ 何威：《从御宅到二次元：关于一种青少年亚文化的学术图景和知识考古》，《新闻与传播研究》2018 年第 10 期。
⑥ 王念祖、李常庆、陈婷：《限播令后日本动漫在中国的传播与衍生的动漫亚文化影响研究》，《中国海洋大学学报（社会科学版）》2018 年第 2 期。

基本集中于《熊出没·变形记》《新大头儿子和小头爸爸 3：俄罗斯奇遇记》《神秘世界历险记 4》等知名 IP 品牌。因此，如《妈妈咪鸭》等原创性的、面向低幼龄儿童的动画电影如何能够取得儿童家长在选择影片的倾向性上，突破“信息茧房”的固封和保守心态，发展多样性的、原创性的面向低幼龄儿童的动画电影，这是国产动画电影制创者们亟须解决的问题。

近年来，国产动画电影制创企业受到迪士尼动画电影影响，在影片宣传上经常打出“全年龄动画电影”的旗号。在电影宣发界，“全年龄电影”一直被称为“合家欢电影”，简单来说，“全年龄电影”最大的特点就是“老少咸宜”，影片的创作必须考虑到儿童观众和成年人观众不同的审美要求，低幼龄儿童的审美普遍建立在具体直观的电影角色形象基础上，对影片角色的情感代入较为直接；成年观众对影片的叙事逻辑和理性分析则有比较高的需求。如果影片角色情感表达过于直白或者影片叙事逻辑过于复杂，都达不到“合家欢电影”的标准，所以既要有“童趣”又要有“深度”，还必须够“干净”的“全年龄电影”，对影片剧作和视觉造型的要求非常高。创作出艺术品质优异的“全年龄电影”是国产动画电影发展的必经之路。

2018 年动画理论研究稳步发展，专著与论文数量都有所增加。而且动画研究学术期刊《当代动画》的创刊，标志着动画学术研究进入一个新阶段。近几年关于中国动画“民族性”问题的探讨，在 2018 年更为热烈，大量与此有关的论述出现显然与舆论的导向有关。

张啸涛　中国艺术研究院曲艺研究所副研究员

文件辑录

【国家电影局关于印发《国产电影复映暂行规定》的通知（国影发〔2018〕2号）】

各省、自治区、直辖市电影主管部门，中央和国家机关有关部委、有关人民团体宣传部门，中央军委政治工作部宣传局：

现将《国产电影复映暂行规定》印发给你们，请认真贯彻执行。

国产电影复映暂行规定

为进一步弘扬和传承优秀电影文化，丰富电影市场产品供给，规范和完善电影复映管理，依据《中华人民共和国电影产业促进法》和相关法规，制定本规定。

一、复映影片是指取得《电影公映许可证》或公映许可，距首次公映结束超过两年再次进行发行放映的国产电影。

二、电影复映应严格保护各版权相关方合法权益，应由出品单位、发行单位签订正式合同，明晰各方权利义务和法律责任。

三、复映电影应按照属地管理原则，报电影第一出品单位所在省（自治区、直辖市）电影主管部门重审，重审意见及放映安排报国家电影局。中央和国家机关有关部委、有关人民团队、军队所属电影单位为第一出品单位的影片直接报国家电影局重审。

四、为了维护电影创作积极性和市场秩序，复映影片应控制放映规模，全部放映范围不超过2500个影厅，每家影院放映单部复映影片的影厅不超过1个。

五、本规定自2018年12月1日起施行。

国家电影局

2018年11月8日

【国家电影局印发《关于加快电影院建设 促进电影市场繁荣发展的意见》的通知（国影发〔2018〕4号）】

各省、自治区、直辖市电影主管部门，各电影院线公司：

现将《关于加快电影院建设 促进电影市场繁荣发展的意见》印发给你们，请认真贯彻执行。

关于加快电影院建设 促进电影市场繁荣发展的意见

为深入贯彻落实党的十九大精神，更好满足人民日益增长的美好生活需要，推动中国电影在新时代迈上新台阶，实现由电影大国向电影强国迈进，现就进一步加快电影院建设、促进电影市场繁荣发展提出以下意见。

一、重要意义

党的十八大以来，中国电影发展取得了显著成就，在不断提高电影创作质量的同时，电影市场保持快速增长，电影基础设施建设得到长足发展。

目前，我国已经成为世界第二大电影市场，电影银幕数量稳居全球第一，观影人次不断攀升，电影越来越成为深受人民群众喜爱的重要文化娱乐形式。但是，在影院建设快速发展、银幕数量快速增长的同时，影院建设发展不平衡不充分、中西部地区特别是县级城市及以下地区覆盖不足、电影院线制改革亟须深化等问题越来越突出。

电影院是电影产业的重要基础设施，是人民群众观赏电影的主要场所，也是实现电影价值、回收电影投资的关键环节。

只有加快建设电影院，大幅度提高银幕数量，才能适应新时代新要求，增强人们的文化获得感、幸福感，才能促进电影市场持续繁荣，为实现电影强国提供坚实支撑，才能落实城乡统筹发展要求，让中国电影发展成果更多惠及广大人民群众。

各级党委、政府及宣传、文化、广电等部门要把加快建设电影院作为推动电影产业高质量发展的战略举措摆上重要位置，采取切实有效的措施，推动电影院建设发展实现更大跨越。

二、总体要求与目标任务

（一）总体要求

以习近平新时代中国特色社会主义思想为指导，坚持以人民为中心的工作导向，深化电影供给侧结构性改革，健全现代电影产业体系和市场体系，加强电影院建设的统筹规划和分类指导，加大政策支持力度，有效激发社会资本投资积极性，构建覆盖全面、分布合理、设施先进、惠及城乡的电影院建设发展格局，形成统一开放、管理科学、竞争有序、充满活力的电影市场。

（二）目标任务

1. 到 2020 年，全国加入城市电影院线的电影院银幕总数达到 8 万块以上，电影院和银幕分布更加合理，与城镇化水平和人口分布更加匹配。

2. 大中城市电影院建设提质升级，先进放映技术和设施广泛应用，舒适度等观影体验进一步提升。

3. 县级城市影院数量稳步增长，有条件的地区加入城市院线的乡镇电影院数量快速增长。

4. 院线制改革不断深化，涌现出一批实力较强、经营规范、资产联结为主的大型骨干电影院线，特色院线形成差异化优势。

三、主要措施

（一）加快电影院建设发展

认真贯彻实施《中华人民共和国电影产业促进法》，落实支持电影发展的若干经济政策，鼓励加快电影院建设发展。

1. 鼓励企业积极投资建设电影院。各级电影主管部门及有关部门对投资建设电影院提供审批便利，对影院选址分布加强规划指导。

2. 鼓励电影院积极采用先进技术，对放映环境和设备设施进行升级改造，提高放映质量。通过国家电影事业发展专项资金对电影院安装巨幕系统、激光放映机等先进技术设备给予资助，资助金额不超过设备采购支出的 20%，每家影院不超过 50 万元。

3. 通过国家电影事业发展专项资金资助中西部地区（含国务院规定全面比照享受西部开发政策的地区）县城（县级市）新建（改扩建）影院，每家新建影院资助不超过 30 万元，每家改扩建影院不超过 20 万元。对位于“集中连片特殊困难地区”的县级城市影院的运营发展，给予每家 10 万—15 万元的资助。

4. 对新建或改扩建并加入城市院线的乡镇电影院给予资助，每家不超过 30 万元。

5. 开展电影院星级评定工作，引导电影院提升建设质量和服务水平。

（二）深化电影院线制改革

鼓励发展电影院线公司，按照“统一品牌、统一排片、统一经营、统一管理”的要求，投资建设或收购电影院，扩大规模，加强管理，提升服务。

1. 成立电影院线公司须具备以下条件：

（1）控股影院数量不少于 50 家或银幕数量不少于 300 块。

（2）控股影院上一年度合计票房收入不低于 5 亿元。

（3）所属影院正常上缴电影事业发展专项资金。

（4）最近三个年度申请主体无违法违规经营行为，未受到行政处罚或其他处理。

（5）最近三个年度所属影院因违法违规经营行为受到行政处罚或其他处理的不超过 3 家，且处罚期已满，处罚措施已执行落实并整改到位。

成立电影院线公司应按照国家电影主管部门相关规定办理手续。成立跨省电影院线公司的，由国家电影局审批；成立省内电影院线公司的，由所在地省级电影主管部门审批，报国家电影局备案。

2. 鼓励电影院线公司依法依规并购重组。鼓励跨地区、跨所有制进行院线整合，推动电影院线规模化、集约化发展。在整合过程中，应遵守和履行院线与所属电影院原所签协议，尊重和维护电影院自主选择电影院线的权利。

电影院线公司并购重组须报国家电影局审批。各级电影主管部门应依法依规进行审核，为院线并购重组提供便利和保障。

3. 实施电影院线年检制度，完善电影院线奖惩机制和退出机制。对电影院线公司每两年进行年检，跨省院线由国家电影局负责年检，省内院线由省级电影主管部门负责年检。对于严重违法违规经营且整改不力的院线公司及影院，将依法取消其电影发行放映资质。对于长期管理不善、经营乏力的院线公司，实行市场退出。

（三）加快特色院线发展

加快发展“人民院线”，为国产优秀主旋律影片提供更大放映空间。对加入“人民院线”并开展相关放映业务的影院，按有关规定予以资助。

加快发展艺术电影放映联盟，为优秀艺术影片提供更大放映空间。对加入艺术电影放映联盟并开展相关放映业务的影院，按有关规定予以资助。

鼓励发展校园院线等特色院线，面向特定观众群体发挥积极作用。

（四）规范发展点播影院和点播院线

根据《点播影院、点播院线管理规定》，制定完善相关技术标准和业务规则，推动点播影院和点播院线规范发展，积极拓展电影放映创新业务。

四、保障落实

各级党委、政府有关部门要按照本意见加大对本区域内电影院建设发展的推进力度，加强规划引导，做好协调服务，推动各项措施落实到位。要加强本区域内电影市场的监管，严厉打击偷、漏、瞒报票房等违法违规行为，切实推动电影院建设加快发展，促进电影市场持续健康繁荣。

本意见自印发之日起施行，由国家电影局负责解释。

国家电影局

2018 年 12 月 11 日

作品

【电影《我不是药神》】

电影《我不是药神》，导演文牧野，编剧韩家女、钟伟、文牧野，制片人王易冰、刘瑞芳，主演徐峥、周一围、王传君、章宇、谭卓、杨新鸣、王砚辉。出品公司：花满山（上海）影业有限公司、北京真乐道文化传播有限公司、欢欢喜喜（天津）文化投资有限公司、北京京西文化旅游股份有限公司、北京乾坤星宇文化发展有限公司、北京唐德国际电影文化有限公司、霍尔果斯坏猴子影视文化传播有限公司。2018 年 7 月 5 日国内公映。

影片讲述中年男子程勇经营一家保健品店，交不起房租，婚姻也失败了。白血病患者吕受益的出现，让他开辟了一条去印度买药做“代购”的新事业，并做起治疗慢粒白血病的印度仿制药的独家代理商。在此过程中，他认识了几个病患及家属，几个人合伙做起了代购仿制药的生意，原本只是生意赚钱逐渐变成对生命救赎的故事。

获奖：

1. 第 32 届中国电影“金鸡奖”最佳导演处女作（文牧野）；
2. 第 55 届台湾电影“金马奖”最佳新导演（文牧野）、最佳男主角（徐峥）、最佳原著剧本奖（韩家女、钟伟、文牧野）；
3. 东京国际电影节中国电影周“金鹤奖”特别电影贡献奖（徐峥）、评审委员会特别奖；
4. 第 42 届蒙特利尔国际电影节最佳剧本奖（韩家女、钟伟、文牧野）；
5. 第 5 届丝绸之路国际电影节金丝路传媒荣誉最佳故事片；
6. 第 14 届中国长春电影节最佳故事片、最佳青年男主角（徐峥）、最佳青年编剧（韩家女、钟伟、文牧野）、最佳青年男配角奖（王传君）；
7. 第 8 届澳大利亚影视艺术学院奖最佳亚洲电影奖；
8. 第 1 届海南岛国际电影节年度电影、年度导演（文牧野）、年度男主角（徐峥）；
9. 第 13 届亚洲电影大奖最佳男配角（章宇）；
10. 第 26 届北京大学生电影节最佳导演（文牧野）、最佳男演员（徐峥）、最佳新人奖（章宇）；
11. 第 15 届精神文明建设“五个一工程”优秀作品奖；
12. 2018 年度导演协会年度表彰大会年度影片。

【电影《邪不压正》】

电影《邪不压正》，导演姜文，编剧姜文、何冀平、李非、孙悦，制作人周韵，出品人姜文、理查德·福克斯（Richard Fox）、杨受成等，主演姜文、彭于晏、廖凡、周韵、许晴。出品公司：无锡自在影视有限公司、和和（上海）影业有限公司、英皇影业有限公司、旗舰影业有限公司、天津猫眼微影文化传媒有限公司、蓝色星空影业有限公司、北京不亦乐乎影视文化有限公司。2018 年 7 月 13 日国内公映。

影片改编自张北海的小说《侠隐》。讲述 1937 年“七七事变”前夕，一心想要报仇、从美国归国的特工李天然，在国难之时破除重重阴谋上演的复仇记。

获奖：

1. 第 1 届海南岛国际电影节年度编剧（姜文、何冀平、李非、孙悦、张北海）；
2. 第 55 届台湾电影“金马奖”最佳动作设计（何钧、谷垣健治、严华）。

【电影《红海行动》】

电影《红海行动》，导演林超贤，编剧林超贤、冯骥、陈珠珠、林明杰，总制片人于冬、唐静、陆振华，主演：张译、黄景瑜、海清、杜江、蒋璐霞、张涵予。出品公司：北京博纳影业集团有限公司、博纳影业集团股份有限公司、中国人民解放军海政电视艺术中心、星梦工场文化传媒（上海）有限公司、英皇影业有限公司。2018 年 2 月 16 日国内公映。

影片根据也门撤侨事件改编，讲述中国海军“蛟龙突击队”8 人小组奉命执行撤侨任务，粉碎叛军武装首领的阴谋，解救人质的故事。

获奖：

1. 第 32 届中国电影“金鸡奖”最佳导演（林超贤）；

2. 第 34 届大众电影“百花奖”最佳故事片、最佳导演（林超贤）、最佳男配角（杜江）、最佳女配角（蒋璐霞）、最佳新人（王雨甜）；

3. 第 17 届中国电影“华表奖”优秀故事片、优秀导演（林超贤）；

4. 第 38 届香港电影“金像奖”最佳动作设计（林超贤）、最佳音响效果（诺帕瓦特·里基特王、萨荣育·拿恩赛）、最佳视觉效果（李仁浩、姜泰均）；

5. 第 13 届亚洲电影大奖 2018 年度亚洲票房最高电影大奖、最佳新人（黄景瑜）；

6. 第 8 届北京国际电影节“天坛奖”最佳视觉效果；

7. 第 14 届中国长春电影节“金鹿奖”最佳华语故事片、最佳女配角（蒋璐霞）、最佳摄影（冯远文）；

8. 第 25 届北京大学生电影节最佳影片奖。

【电影《狗十三》】

电影《狗十三》，导演、制片人曹保平，编剧焦华静，主演张雪迎、果靖霖、智一桐、曹馨月、黄诗佳。出品公司：北京标准映像文化传播有限公司、上海阿里巴巴影业有限公司、麦特影视文化传媒（天津）有限公司、北京光线影业有限公司、北京云图影视文化传媒有限公司、上海不那么空文化传播有限公司。2018 年 12 月 7 日国内公映。

影片讲述 13 岁的少女李玩，由于父母离异，和爷爷奶奶生活在一起。正值青春期的她渴望了解、陪伴和爱。再婚并与继母生了一个弟弟的父亲，希望通过给她买一条宠物小狗完成与女儿的和解与沟通。李玩为小狗取名“爱因斯坦”。“爱因斯坦”意外走失引发的一系列事件，让李玩在中国式教育里，完成了属于她的“成人礼”。

获奖：

1. 第 21 届北京大学生电影节最佳影片奖；

2. 第 64 届柏林国际电影节国际评委会特别奖。

【电影《江湖儿女》】

电影《江湖儿女》，编剧、导演贾樟柯，制片人张冬，主演赵涛、廖凡、徐峥、梁嘉艳、刁亦男、张一白等。出品公司：上海电影（集团）有限公司、北京西河星汇影业有限公司、台州欢喜文化投资有限公司、欢欢喜喜（天津）文化投资有限公司。2018 年 9 月 21 日国内公映。

影片描述了从 2001 年到 2018 年 17 年间的时代变迁和社会变化。故事发生在 2001 年的山西大同，巧巧和当地“江湖大哥”斌斌是一对恋人，巧巧一心希望能和斌斌成家过安稳的生活。一次意外中，斌斌遭竞争者袭击危在旦夕，巧巧拿着斌斌私藏的手枪挺身而出救了斌斌，自己却因为非法持枪被判处五年监禁。出狱后的巧巧发现世界发生了翻天覆地的变化。

获奖：

1. 第 13 届亚洲电影大奖最佳编剧奖（贾樟柯）；

2. 第 54 届芝加哥国际电影节最佳导演银雨果奖（贾樟柯）、最佳女演员银雨果奖（赵涛）。

【电影《影》】

电影《影》，导演张艺谋，编剧李威、张艺谋，制片人张昭、程武、廉洁，主演邓超、孙俪、郑恺、王千源、胡军、王景春。出品公司：乐视影业（北京）有限公司、上海腾讯影业文化传播有限公司、完美威秀娱乐（香港）有限公司。2018 年 9 月 30 日国内公映。

该片讲述了一个从小就被秘密囚禁的“影子”替身，不甘心被当成傀儡，努力寻回自由的故事。

获奖：

1. 第 55 届台湾电影“金马奖”最佳导演（张艺谋）、最佳视觉效果（王星会）、最佳美术设计（马光荣）、最佳造型设计（陈敏正）；

2. 第 13 届亚洲电影大奖最佳造型设计（陈敏正）、最佳美术指导（马光荣）、最佳声音效果（杨江、赵楠）；

3. 第 26 届北京大学生电影节最佳观赏效果。

【电影《无双》】

电影《无双》，编剧、导演庄文强，监制黄斌，主演周润发、郭富城、张静初、冯文娟、廖启智、周家怡、王耀庆。出品公司：上海博纳文化传媒有限公司、英皇影业有限公司、上海阿里巴巴影业有限公司。2018 年 9 月 30 日国内公映。

影片讲述以代号“画家”为首的犯罪团伙，掌握了制造伪钞的技术在全球交易获利。“画家”身份一直成谜，擅长绘画的李问打开了破案的突破口，然而“画家”的真实身份却出人意料。

获奖：

1. 第 38 届香港电影“金像奖”最佳电影、最佳导演（庄文强）、最佳编剧（庄文强）、最佳摄影（关智耀）、最佳剪辑（彭正熙）、最佳美术指导（林子侨）、最佳服装造型设计（文念中）；

2. 第 10 届中国电影导演协会 2018 年度奖年度港台导演（庄文强）；

3. 第 13 届亚洲电影大奖最佳视觉效果奖（林洪峯）。

【电影《无问西东》】

电影《无问西东》，编剧、导演李芳芳，主演章子怡、黄晓明、张震、陈楚生、铁政。出品公司：上海腾讯企鹅影视文化传播有限公司、中国电影股份有限公司、北京太合娱乐文化发展股份有限公司。2018 年 1 月 12 日国内公映。

影片讲述四个不同时期清华学子的故事，四代人面对民族危亡、战火纷飞、支边运动和现代商业社会，都展现出知识分子的气节。

获奖：

第 10 届澳门国际电影节最佳女主角（章子怡）。

【电影《阿拉姜色》】

电影《阿拉姜色》，导演松太加，编剧扎西达娃、松太加，制片人廖希，主演容中尔甲、尼玛颂宋、赛却加。出品公司：小金斯古拉旅游文化投资有限公司。2018 年 10 月 26 日国内公映。

影片是一部藏语片，“阿拉姜色”是一首藏族民歌歌名，意思为“请您干了这杯美酒”。影片讲述妻子俄玛身患绝症，现任丈夫罗尔基与俄玛和前夫所生的儿子诺尔吾陪她踏上为前夫尽遗愿的拉萨之旅。俄玛半路病发死去，罗尔基带着诺尔吾，继续俄玛未完的行程的故事。

获奖：

1. 第 21 届上海国际电影节“金爵奖”评委会大奖、最佳编剧奖（扎西达娃、松太加）；

2. 第 26 届北京大学生电影节最佳艺术探索奖。

【电影《暴裂无声》】

电影《暴裂无声》，编剧、导演忻钰坤，制片人高一天，主演宋洋、姜武、袁文康、谭卓。出品公司：并驰（上海）影业有限公司、和和（上海）影业有限公司。2018 年 4 月 4 日国内公映。

影片从一个放羊孩子的失踪展开，通过不会说话的矿工父亲张保民寻找儿子的过程，展现了中国社会不同阶层人群的真实面貌和生存境遇。

【动画电影《大世界》】

动画电影《大世界》，编剧、导演刘健，出品人杨城、覃宏、李德来，配音朱昌龙、曹凯、杨思明。出品公司：映川文化传媒（杭州）有限公司、北京嘉美春天影业有限公司、霍尔果斯彩条屋影业。2018 年 1 月 12 日国内公映。

该片讲述工地司机小张为挽回和女友的爱情抢劫 100 万元巨款，被心怀鬼胎的各路人马追逐引发的一连串荒诞故事。

获奖：

1. 第 54 届台湾电影“金马奖”最佳动画长片；

2. 第 1 届平遥国际电影展费穆荣誉最佳导演（刘健）。

【动画电影《风语咒》】

动画电影《风语咒》，导演刘阔，编剧周铁男、于奥、舒敦杭，制片人刘瑞芳，配音路知行、阎萌萌、边江、褚珺。出品公司：华青传奇（北京）文化传媒有限公司、北京若森数字科技有限公司、北京真乐道文化传播有限公司、渠荷文化传媒股份有限公司、娱跃影业（天津）有限公司。2018 年 8 月 3 日国内公映。

《风语咒》是“画江湖”系列首部电影，讲述双眼失明但怀揣侠岚梦想的少年郎明，在上古神兽“饕餮”现世生灵涂炭的时刻，使用秘术“风语咒”将其封印的英雄故事。

获奖：

第 32 届中国电影“金鸡奖”最佳美术片。

【纪录电影《厉害了，我的国》】

纪录电影《厉害了，我的国》，导演卫铁，编剧陈昌业，制片人赵海城、赵赫，出品中央电视台、中国电影股份有限公司。2018 年 3 月 2 日国内公映。

该片在 6 集电视纪录片《辉煌中国》的基础上改编而成，将党的十八大以来中国的发展和成就，以及十九大报告中习近平总书记提出的“中国特色社会主义进入新时代”这一重大论述，以纪录电影的形式首次呈现在大银幕上。

纪事

节展·评奖

【中国金鸡百花电影节第三届国际微电影展映盛典】

2018年3月28日，由中国电影家协会指导，中共海口市委宣传部、中国电影家协会微电影工作委员会、中国电影家协会国际传播工作委员会、中国教育电视台等联合主办的“中国金鸡百花电影节第三届国际微电影展映盛典”在海南省海口市举行。本次活动共征集微电影作品7300部，经三轮评选，最终评选出优秀作品173部，优秀组织单位15家。

【第25届北京大学生电影节】

2018年4月14日至5月6日，由北京市新闻出版广电局支持，北京师范大学主办，北京师范大学艺术与传媒学院承办的“第25届北京大学生电影节”在北京市举行。

电影节期间，除了进行国产电影（含合拍片）评奖、开闭幕式之外，还举办了主会场入围影片展映、20余所分会场活动、大学生原创影片大赛、青年剧本与创意大赛、“改革开放四十年优秀电影评选”及系列学术研讨活动等形式多样的学术活动。

［获奖名单］

奖项	奖项人或作品
最佳影片奖	《红海行动》
评委会大奖	《嘉年华》《村戏》
最佳编剧奖	《相爱相亲》
最佳导演奖	张艾嘉、游晓颖、冯小刚《芳华》
最佳男演员奖	张震《绣春刀Ⅱ：修罗战场》
最佳女演员奖	周迅《明月几时有》
最佳新人奖	钟楚曦《芳华》、苗苗《芳华》
最佳处女作奖	董越《暴雪将至》
最佳观赏视觉奖	《妖猫传》
最佳艺术探索奖	《不成问题的问题》
组委会大奖	《血战湘江》《十八洞村》
最受大学生欢迎影片奖	《唐人街探案2》
最受大学生欢迎导演奖	李晨《空天猎》
最受大学生欢迎男演员奖	董成鹏《缝纫机乐队》
最受大学生欢迎女演员奖	杨幂《绣春刀Ⅱ：修罗战场》

【第八届北京国际电影节】

2018年4月15日至22日，由北京市人民政府、中央广播电视总台主办，北京市新闻出版广电局、北京市怀柔区人民政府、北京电视台、北京北控置业有限责任公司承办的“第八届北京国际电影节”在北京市举行。

电影节包括主竞赛单元“天坛奖”评奖、开幕式、北京展映、北京策划·主题论坛、电影市场、电影嘉年华、闭幕式暨颁奖典礼7大主体活动，以及“注目未来”单元、纪录单元、网络电影单元、电影音乐会、电影沙龙、新片发布等300余项活动。

北京策划·主题论坛共包括4个论坛：中外电影合作论坛、国际电影市场论坛、电影科技国际论坛和探寻电影之美高峰论坛。

[“天坛奖”获奖名单]

奖项	奖项人或作品
最佳影片	《惊慌妈妈》导演：安娜·乌鲁沙泽（格鲁吉亚、爱沙尼亚）
最佳导演	玛丽安·卡琪瓦尼《妈妈》（格鲁吉亚、卡塔尔、爱尔兰、荷兰、克罗地亚）
最佳男主角	乔·科尔《目视朱丽叶》（加拿大）
最佳女主角	娜塔·墨文耐兹《惊慌妈妈》（格鲁吉亚、爱沙尼亚）
最佳男配角	保罗·贝坦尼《旅程尽头》（英国）
最佳女配角	米娜·萨达缇《灼热之夏》（伊朗）
最佳编剧	阿米查伊·格林伯格《证言》（以色列、奥地利）
最佳摄影	康斯坦廷·艾萨泽《妈妈》（格鲁吉亚、卡塔尔、爱尔兰、荷兰、克罗地亚）
最佳视觉效果	《红海行动》（中国）
最佳音乐	希尔都·古拿托蒂尔、娜塔莉·霍尔特《旅程尽头》（英国）

【第九届中国电影导演协会2017年度盛典】

2018年4月22日，由中国电影导演协会主办的“第九届中国电影导演协会2017年度盛典”在北京市举行。中国电影导演协会会长李少红，副会长冯小刚，执行委员尹力、王红卫、李玉、张一白、徐峥，终评评委张艺谋、张建亚、杨凤良、章明、陆川、程耳等出席。

正值改革开放40周年，本届表彰盛典增设了评委会特别贡献奖，并颁给了北京电影学院78届学生，也就是中国电影第五代，表彰他们为中国电影行业做出的巨大贡献。典礼上公布了年度导演等9项大奖与第3届青葱计划的五强学员。本届“青葱五强”是：高临阳《团圆》、梁鸣《对岸是否艳阳》、毛泽翔（团队）《野马》、王猛《春心荡漾》、姚文逸《野摩托》。

[获奖名单]

奖项	奖项人或作品
年度导演	文晏
年度影片	《芳华》
年度男演员	涂们
年度女演员	周冬雨
年度青年导演	周子阳

年度编剧	游晓颖
年度港台导演	张艾嘉
年度杰出贡献导演	韩三平
年度评委会特别表彰	《村戏》
年度评委会特别表彰	中国电影第五代

【首届上合组织国家电影节】

2018 年 6 月 13 日至 17 日，由国家电影局、山东省人民政府主办，青岛市人民政府承办的“首届上合组织国家电影节”在山东省青岛市举行。电影节邀请中国、印度、哈萨克斯坦、俄罗斯等上合组织的 8 个成员国和 4 个观察员国的电影代表团参加，由开幕式、电影论坛、影片评奖、聚焦单元、电影市场、电影展映、上合之夜、闭幕式暨颁奖典礼 8 大活动板块构成，23 部影片参赛，参展影片 55 部。本届上合组织国家电影节参赛参展影片都是近两年来各国出品的新片，代表了各国电影发展的较高水平，从不同角度展现上合组织各国电影魅力和文化传统。评奖以“金海鸥奖”命名，设置了最佳影片、最佳导演、最佳编剧、最佳男演员、最佳女演员、评委会特别奖共 6 项大奖。

[“金海鸥奖”获奖名单]

奖项	奖项人或作品
最佳影片奖	《进京城》(导演：胡玫)
	《米娜向前走》(阿富汗)
评委会特别奖	《路在天堂下》(乌兹别克斯坦)
	《白日梦想家萨法尔》(塔吉克斯坦)
	《美人鱼》(伊朗)
	《爱的力量》(巴基斯坦)
	《寻亲记》(白俄罗斯)
最佳编剧奖	安德烈・塔拉图金、迪米特里・兰奇金《活鲤鱼》(俄罗斯)
	马赫什・纳拉亚南、P.V. 沙吉库马《起飞》(印度)
最佳导演	优素福・巴拉基《米娜向前走》(阿富汗)
最佳男演员	阿基尔别克・阿卜迪卡科夫《夜间事故》(吉尔吉斯斯坦)
	托尔尤别克・艾拉尔拜《大城市的小王子》(哈萨克斯坦)
最佳女演员	欧东奇梅格・阿西多《疯母亲》(蒙古国)
	周迅《明月几时有》(中国)

【第 21 届上海国际电影节】

2018 年 6 月 16 日至 25 日，由国家电影局指导，中央广播电视总台、上海市人民政府共同主办的“第 21 届上海国际电影节”在上海市举行。第 21 届上海国际电影节以“光影城市美好生活”为主题，共征集了来自全球 108 个国家和地区的 3447 部影片。

本届上海国际电影节首次在主题板块设立“一带一路”电影周，举办“一带一路”电影展映和圆桌论坛。电影节首日，由来自 29 个国家的 31 家电影节机构签约成立了“一带一路”电影节联盟。来自“一带一路”近 50 个国家和地区的 1300 多部电影报名参赛参展，其中 154 部影片脱颖而出，被列入电影节各展映单元。

［获奖名单］

奖项	奖项人或作品
金爵奖	
最佳影片	巴特巴雅尔·绰格索姆《再别天堂》（瑞士、蒙古国）
评委会大奖	松太加《阿拉姜色》（中国）
最佳编剧	扎西达娃、松太加《阿拉姜色》（中国）
最佳导演	罗德里戈·巴里鲁索、塞巴斯蒂安·巴里鲁索《翻译家》（古巴、加拿大）
最佳男演员	泰伊·谢里丹《星期五的孩子》（美国）
最佳女演员	伊莎贝拉·布莱斯《塔杜萨克女孩》（加拿大）
最佳摄影	杰夫·比尔曼《星期五的孩子》（美国）
艺术贡献奖	杰瑞米·雷乃、亚尼克·雷乃《食肉动物》（法国 / 比利时）
最佳纪录片	伦纳德·雷特尔·埃尔姆里奇《漫长的离乡》（荷兰）
最佳动画片	冈田麿里《朝花夕誓：于离别之朝束起约定之花》（日本）
亚洲新人奖	
最佳影片	《未择之路》（中国）
最佳编剧	希瑞·赛诺《翻译的焦虑》（菲律宾）
最佳摄影	欧阳永锋《蓝色琥珀》（中国澳门）
最佳男演员	丁溪鹤《寻狗启事》（中国）
最佳女演员	内加尔·莫加达姆《盛装舞步》（伊朗）
最佳导演	清原惟《我们的家》（日本）
电影频道传媒大奖	
最受传媒关注影片	《进京城》
最受传媒关注导演	胡玫《进京城》
最受传媒关注编剧	邹静之《进京城》、李睿珺《路过未来》
最受传媒关注男主角	富大龙《进京城》
最受传媒关注女主角	佟丽娅《超时空同居》
最受传媒关注男配角	赵毅《信仰者》
最受传媒关注女配角	马伊琍《那些女人》
最受传媒关注新人导演	苏伦《超时空同居》
最受传媒关注新人男演员	尹昉《路过未来》
最受传媒关注新人女演员	王婷《路过未来》
评委会特别荣誉（演员）	阿吉《骑士阿吉》
评委会特别荣誉（影片）	《信仰者》
组委会特别荣誉	《让我怎么相信你》

【第 12 届 FIRST 青年电影展】

2018 年 7 月 21 日至 30 日，由青海省西宁市人民政府主办的“第 12 届 FIRST 青年电影展”在青海省西宁市举行。本届青年电影展导演陈国富担任评委会主席。纪录片首次被纳入“最佳艺术探索”奖项的评选范围中。

[获奖名单]

奖项	奖项人或作品
最佳剧情片	《郊区的鸟》
最佳导演	拉华加（《旺扎的雨靴》）
最佳演员	池韵（《美丽》）
最佳艺术探索	《驯马》（剪辑：古涛）
一种立场	《狂热自白》
最佳纪录片	《四个春天》
最佳剧情短片	《运转法则》
评委会大奖・长片类	《我，散落人间的太阳》（*I Am Truly A Drop of Sun on Earth*）
评委会大奖・短片类	《困兽》（*Fauve*）
特别提及	《夜班》（*The Burden*）

【第 14 届中国长春电影节】

2018 年 9 月 1 日至 8 日，由国家电影局指导，中央广播电视总台、吉林省人民政府、长春市人民政府共同主办的“第 14 届中国长春电影节”在吉林省长春市举行。本届电影节以“聚集中国电影新生代、培育中国电影新力量”为宗旨，以“新时代・新摇篮・新力量”为主题，包括“金鹿奖”评奖、影片展映、电影论坛、电影市场、群众电影文化活动、开闭幕式等系列主体活动。

[“金鹿奖”获奖名单]

奖项	奖项人或作品
最佳故事片奖	《红海行动》《我不是药神》
最佳青年编剧奖	韩家女、钟伟、文牧野《我不是药神》
最佳青年导演奖	董越《暴雪将至》
最佳青年男主角	徐峥《我不是药神》
最佳青年女主角	章子怡《罗曼蒂克消亡史》
最佳青年男配角	王传君《我不是药神》
最佳青年女配角	蒋璐霞《红海行动》
最佳摄影奖	冯远文《红海行动》
最佳音乐奖	陈光荣《建军大业》
最佳处女作奖	方军亮《守边人》、张末《28 岁未成年》

【第五届丝绸之路国际电影节】

2018 年 10 月 8 日至 13 日，由国家电影局指导，陕西省人民政府、福建省人民政府主办，西安市人民政府、陕西省新闻出版广电局、西部电影集团有限公司承办的“第五届丝绸之路国际电影节”在陕西省西安市举行。本届电影节以“新时代、新丝路、新视界”为主题，包括“大师嘉年华·青蓝计划”“电影辩世界·首届全国高校电影辩论赛”“国际青年导演交流会”、青年电影B计划发布盛典四大主体活动以及六大主题论坛。本届电影节参评影片均来自丝绸之路沿线国家和地区，共有来自中国、俄罗斯、印度、意大利、法国、波兰等国家和地区的几百部影片参评，最终确定18部入围影片。

[第五届丝绸之路国际电影节获奖名单]

奖项	奖项人或作品
2018金丝路传媒荣誉最佳纪录片	《黄河尕谣》
2018金丝路传媒荣誉最佳动画片	《萌犬流浪记》
2018金丝路传媒荣誉最佳女演员	达莎·普拉蒂《继续前行》
2018金丝路传媒荣誉最佳男演员	雅库布·吉尔萨《挣脱限制》
2018金丝路传媒荣誉评委会特别奖	《暂时困难》
2018金丝路传媒荣誉最佳故事片	《羞辱》《第十二个人》《我不是药神》

【第二届平遥国际电影展】

2018年10月11日至20日，由电影导演贾樟柯发起创立，马可·穆勒担任艺术总监，平遥电影展有限公司具体运作的“第二届平遥国际电影展”在平遥古城举行。

本届电影展以“电影回归市集”为主题，分为影片展映、学术交流、产业活动三大板块。展映活动包括卧虎、藏龙、首映、影展之最、华语新生代、回顾，以及特别策划的“从山西出发”7大单元，收到报名影片1200部，与2017年首届电影展的400余部相比，增长近3倍。展映来自25个国家和地区的55部影片，其中43.4%的影片为全球首映，75%的影片为亚洲首映，98%的影片为中国首映。“电影人”系列学术活动聚集世界级电影大师、电影行业前沿从业者，举办了多场大师班、主题论坛和工作坊。产业项目“发展中电影计划”“学校日”形式的“平遥一角”等也是第二届平遥国际电影展的亮点。

10月17日，平遥国际电影展举行了“平遥之夜”，电影展各项荣誉得主最终揭晓。

[“平遥之夜”获奖名单]

奖项	奖项人或作品
交流贡献荣誉	
2018卧虎藏龙东西方交流贡献奖	杜琪峰、李沧东
罗伯托·罗西里尼荣誉	
最佳影片	《索妮》[导演：伊凡·埃尔（印度）]
最佳导演	奥格根·格拉夫《空间》（塞尔维亚）
评审荣誉	《幻土》[导演：杨修华（新加坡/法国/荷兰）]
费穆荣誉	
最佳影片	《过春天》[导演：白雪（中国）]
最佳导演	霍猛《过昭关》（中国）
最佳男演员	杨太义《过昭关》
最佳女演员	黄尧《过春天》
华语新生代·青年评审荣誉	《过昭关》（导演：霍猛）

发展中电影荣誉

最佳影片	《拉姆与嘎贝》(导演：松太加)
最佳导演	《慕伶，一鸣，伟明》(导演：黄梓)
评审荣誉	《蓝色列车》(导演：张大磊)
添翼计划荣誉	《裂流（失落的天使）》(导演：杨平道)
无限自在荣誉	《蕃薯浇米》(导演：叶谦)
又见平遥荣誉	《森林》(导演：常标)

观众票选荣誉

卧虎单元最受欢迎影片	《众人惊异之人》[导演：娜塔莎·马尔库洛娃、阿列克谢·楚波夫（俄罗斯 / 法国 / 爱沙尼亚）]
藏龙单元最受欢迎影片	《火山》[导演：罗曼·邦达尔丘克（乌克兰 / 德国）]
华语新生代单元最受欢迎影片	《桃源》[导演：吕聿来（中国）]
首映单元最受欢迎影片	《红花绿叶》[导演：刘苗苗（中国）]
影展之最单元最受欢迎影片	《女孩》[导演：卢卡斯·德霍特（比利时 / 荷兰）]

【第九届“中国影协杯”优秀电影剧作揭晓】

2018年10月30日，由中国电影家协会、中央宣传部电影卫星频道节目制作中心、湖北省潜江市人民政府联合主办的第九届“中国影协杯”优秀电影剧作评比结果在北京揭晓。《战狼2》《绣春刀Ⅱ：修罗战场》等10部影片的剧作获得年度“优秀电影剧作”荣誉。

[第九届“中国影协杯”优秀电影剧作表彰名单]

《不成问题的问题》(编剧：梅峰、黄石)

《你若安好》(编剧：赵葆华)

《老兽》(编剧：周子阳)

《战狼2》(编剧：吴京、董群、刘毅、高岩)

《那年八岁》(编剧：林和平)

《相爱相亲》(编剧：张艾嘉、游晓颖)

《绣春刀Ⅱ：修罗战场》(编剧：陈舒、路阳、禹扬)

《八月》(编剧：张大磊)

《龙之战》(编剧：邢原平、陈文贵)

《暴雪将至》(编剧：董越)

【第27届中国金鸡百花电影节】

2018年11月7日至10日，由中国文学艺术界联合会、中国电影家协会、佛山市人民政府共同主办的“第27届中国金鸡百花电影节”在广东省佛山市举行。

电影节期间举办了影展活动、学术活动、提名者表彰仪式、百花奖终评及颁奖典礼暨电影节闭幕仪式等多项主体活动。其中，影展活动包括国产新片推介展映、金鸡国际影展、港澳台影展、少数民族影展、改革开放40年中国电影成就展暨粤港澳大湾区影展等；学术活动包括中国电影高峰论坛、国有电影企业发展论坛、中国电影教育与产业发展高峰论坛、中国电影科技论坛、中国电影文学论坛、

“学术论坛——大师对话”、中国电影产业投资影响力论坛、“金鸡百花杯”中小学生影评大赛等。11 月 10 日，“第 27 届中国金鸡百花电影节闭幕式暨第 34 届大众电影百花奖颁奖典礼”上揭晓了获奖名单。

[获奖名单]

奖项	奖项名或作品
最佳故事片	《红海行动》
优秀故事片	《建军大业》
最佳编剧奖	林咏琛、李媛、许伊萌、吴楠《七月与安生》
最佳导演	林超贤《红海行动》
最佳男主角	吴京《战狼 2》
最佳女主角	陈瑾《十八洞村》
最佳男配角	杜江《红海行动》
最佳女配角	蒋璐霞《红海行动》
最佳新人奖	王雨甜《红海行动》
终身成就奖	祝希娟、张勇手、郑国恩

【第 17 届中国电影华表奖】

2018 年 12 月 8 日，由中共中央宣传部、国家电影局主办的“第 17 届中国电影华表奖”颁奖典礼在北京市举行。“华表奖”是中国电影最高荣誉，由国家电影局组织评选和颁奖。本届参评影片包括 2015 年 11 月 1 日至 2018 年 6 月 30 日期间上映的国产优秀影片。经过“华表奖”评选委员会评选，28 部影片进入各奖项提名名单。

[获奖名单]

奖项	奖项名或作品
优秀故事片奖	《红海行动》《战狼 2》《十八洞村》《建军大业》《湄公河行动》《大鱼海棠》《大唐玄奘》《老阿姨》《龙之战》《明月几时有》
优秀男演员	吴京《战狼 2》
优秀女演员	陈瑾《十八洞村》
优秀导演奖	林超贤《红海行动》
优秀编剧奖	苗月《十八洞村》
优秀电影摄影奖	曹郁《妖猫传》
优秀电影音乐奖	王晓锋《大唐玄奘》
优秀青年电影创作奖	《超时空同居》
优秀少儿影片奖	《旋风女队》
优秀少数民族题材影片奖	《塔克拉玛干的鼓声》
优秀农村题材影片奖	《丢羊》

【首届海南岛国际电影节】

2018年12月9日至16日，由国家电影局指导，海南省人民政府主办的“首届海南岛国际电影节”在海南省三亚市举行。本届电影节以“透过电影与世界对话”为主题，设置国际影展、国际制片人论坛、中国电影市场2019新片推介会、首届全国拍摄景点推介大展、星光扶贫行动等多个活动。

8个展映单元包括以海岛电影为主的海角国际单元、以北方电影为主的天涯国际单元、采珠——中国电影单元、拾贝——世界优秀电影单元、国韵——京剧电影单元、沉浸式VR电影单元、沉默之声——默片现场配乐单元以及推介海南本土电影人的海南新力量单元等，放映共计逾30个国家和地区的近百部佳作，其中多部在国际电影节获奖的影片是在亚洲首次放映。系列论坛活动包括国际制片人论坛、女性电影论坛、国际电影教育论坛、国际电影节主席论坛、大师嘉年华。

[首届海南岛国际电影节华语电影荣誉推选单元名单]

奖项	奖项名或作品
年度男演员	郭富城《无双》
	徐峥《我不是药神》
年度女演员	姚晨《找到你》
年度导演	文牧野《我不是药神》
年度影片	《我不是药神》
年度男配角	杜江《红海行动》
年度女配角	冯文娟《无双》
年度新人演员	容中尔甲《阿拉姜色》
年度新导演	董越《暴雪将至》
年度编剧	姜文、何冀平、李非、孙悦《邪不压正》
年度动画电影	《风语咒》

会议 · 论坛

【《亚洲电影蓝皮书 2017》新书发布会暨第五届亚洲电影论坛“亚洲电影影响力研究”】

2018 年 3 月 31 日，由北京师范大学亚洲与华语电影研究中心、北京师范大学艺术与传媒学院影视系、《当代电影》杂志社联合主办的“《亚洲电影蓝皮书 2017》新书发布会暨第五届亚洲电影论坛‘亚洲电影影响力研究’”在北京师范大学举行。

《亚洲电影蓝皮书 2017》由北京师范大学亚洲与华语电影研究中心周星教授和张燕教授联合主编，以蓝皮书的形式介绍亚洲主要电影创作国家的电影现状。全书共有 13 章，分别介绍了中国（包括中国台湾、中国香港）、韩国、日本、印度、泰国、马来西亚、越南、伊朗、新加坡、菲律宾、以色列等国家或地区 2017 年的电影产业和创作状况。

亚洲电影论坛旨在促进亚洲电影研究学者们的学术交流，是积极响应国家“一带一路”倡议的学术研究平台。本届亚洲电影论坛以“亚洲电影影响力”研究为核心，放眼于亚洲电影的大格局，以当下亚洲电影产业、美学演变、文化表达为切入点，探讨了亚洲电影的对话机制、合拍片现状、类型片的嬗变与发展、美学及商业探索等相关议题，描绘出亚洲电影在创作、产业和政策等方面的蓝图。

【电影创作调研座谈会】

2018 年 4 月 13 日，由原国家新闻出版广电总局电影局主办的“电影创作调研座谈会”在北京市举行。会议强调要深入学习贯彻习近平新时代中国特色社会主义思想特别是习近平文艺思想，聚焦坚持和发展中国特色社会主义、实现中华民族伟大复兴的中国梦这个时代主题，用当代中国的影像和故事表现崇高价值、美好情感，用时代发展的光影和色彩呈现恢宏画卷、万千气象，推动我国从电影大国向电影强国迈进。

【中国电影学派研究部 2018 年学术年会暨“中国艺术传统与当代中国电影的创新发展”学术论坛】

2018 年 6 月 9 日，由北京电影学院未来影像高精尖创新中心主办，中国电影学派研究部、中国电影文化研究院、中国文艺评论基地（北京电影学院）承办的“中国电影学派研究部 2018 年学术年会暨‘中国艺术传统与当代中国电影的创新发展’学术论坛”在北京电影学院举行。

全国各地包括港台地区的 60 余位专家学者参与此次论坛。论坛下设 5 个分会场，主题分别为“中国电影学派的构建”“电影叙事与造型艺术”“作者与文本中的美学”“电影表演中的中国学派”“承袭与流变的文化风貌”。专家学者们就如何挖掘并有效运用中国文化艺术传统资源，促进电影理论与创作发展，提升中国电影质量等问题进行研讨。本次论坛深化了各方面对构建“中国电影学派”倡议的认识和理解。

【“当下社会现实题材影片发展探讨”专题研讨会】

2018 年 8 月 13 日，由北京市文学艺术界联合会主办，北京市文学艺术界联合会研究部、北京文艺评论家协会承办的“‘当下社会现实题材影片发展探讨’专题研讨会”在北京市举行。研讨会上，专家们对现实题材电影的发展问题进行探讨，梳理了中国社会现实题材影片的发展历史，讨论总结了社会现实题材影片有别于其他电影类型的艺术特性，研究探讨了未来此类影片在电影艺术和产业格局方面的发展途径。此次研讨会是北京市文联“2018 北京文艺评论热点现象研究”系列研讨活动的第六场。

【第十五届中国·北京数字电影论坛】

2018 年 8 月 23 日至 24 日，由中国电影股份有限公司主办，中国电影资料馆、中国电影发行放映协会、中影电影数字制作基地有限公司、中国电影制片人协会、中国电影学院未来影像高精尖创新中心、SAC 跨媒体创新中心协办的“第十五届中国·北京数字电影论坛”在北京中国电影资料馆举行。本届论坛以“未来之变”为主题，涵盖市场之变、影院之变、思维之变、制作之变四大板块，业内专家、学者围绕政策的发布解读、电影市场的导向分析、前沿高科技技术的探讨等议题展开讨论。

【2018 年中国电影美学年会】

2018 年 9 月 5 日，长春电影节期间，由中国电影艺术研究中心（中国电影资料馆）主办，中国电影艺术研究中心电影文化研究室、中国长春电影节组委会承办的“2018 年中国电影美学年会”在吉林省长春市举行。本次年会以“中国电影的美学形态：变迁与传承”为主题，来自全国各地的近 20 位专家学者借助具体影片或实例，围绕“中国电影现实主义创作新态”“当下电影创作的视觉伦理与价值建构”“当代中国电影与审美教育”等论题，从方法、态度、发展、创新等多个方面表达了对于中国电影美学的感受和建议。

【第四届中国电影新力量论坛】

2018 年 9 月 8 日，由国家电影局主办，中国电影艺术研究中心、中国长春电影节组委会承办的“第四届中国电影新力量论坛”在吉林省长春市举行。

本届论坛以“信仰、情怀、担当”为主题，70 余位近年来在电影创作中卓有成就的出品人、导演、编剧和专家学者一起，分析中国电影新形势，总结中国电影新经验，研究中国电影新问题，探讨中国电影新对策。

出品制片人代表聚焦“观众”和“责任”两个关键词，他们认为当下的中国电影应该在关注内容的同时注意研究观众，了解观众喜好、发现观众需求，用以人民为中心的创作导向指导创作生产，体现电影人的责任担当。

导演代表表示，电影创作应该扎根现实、坚持以人民为中心的创作导向，聚焦于本土化创作，致力于满足人民对美好生活的需求，要用艺术表达现实，让自己的作品跟观众产生共鸣。

编剧代表则认为，电影创作类型应该创新、题材需要丰富，把市井、民俗等生活细节和情怀、担当等时代主题结合起来，但同时必须面向社会大众，承担更多的社会责任，产生积极的社会影响。

评论家代表们提到，电影评论应该体现知识和理性的功能，影评人应该在不断学习，大量积累的同时，秉持公信，尺度统一，发挥专业影评人的力量，占据舆论场，努力和创作者建立有效的沟通机制，积极帮助中国电影“新力量”成长壮大。

【第 13 届华语青年影像论坛】

2018 年 9 月 12 日至 16 日，由中国电影家协会、武汉市人民政府联合主办的“第 13 届华语青年影像论坛”在湖北省武汉市举行。论坛旨在推介华语电影新人，鼓励华语原创作品，汇聚全球新锐青年电影创作力量，努力构筑优秀青年影像创作者之间，青年影像创作者与华语电影投资人、影评人及市场之间的互动交流平台，让年轻人的创意真正成为带动电影工业发展的重要力量。论坛主体活动包括影像展、高峰会、“新青年制造”项目创投、年度青年导演峰会、年度新锐影人推介盛典等。

9 月 16 日，“年度新锐影人推介盛典”举行，从 29 部入围的海内外华语影片的 51 个提名者中产生了 23 位年度新锐影人和 4 部年度影片。

[获奖名单]

奖项	奖项人或作品
年度故事片	《暴雪将至》
年度纪录片	《罗长姐》
年度动画片	《大护法》
年度动画短片	《霾海》
年度新锐编剧	张林子《镜像人·明日青春》
	杨明明《柔情史》
年度新锐导演	董越《暴雪将至》
	郭修篆《光》（马来西亚）
年度新锐男演员	周游《镜像人·明日青春》
	庄仲维《光》（马来西亚）
年度新锐女演员	尼玛颂宋《阿拉姜色》
	田天《北方一片苍茫》
年度新锐摄影师	王维华《阿拉姜色》
	巴日虎《镜像人·明日青春》
年度新锐美术师	郑辰、宋晓杰《动物世界》
	李昂《镜像人·明日青春》
年度新锐录音师	李丹枫《暴裂无声》
	梁爽《镜像人·明日青春》
年度新锐剪辑师	才让项秀、桑斗杰《阿拉姜色》
	张琪《芳华》
年度新锐原创音乐	王宇波《暴裂无声》
	黄艾伦、翁玮盈《某日某月》
年度新锐制片人	肖乾操《暴雪将至》
	焦峰《北方一片苍茫》

【第七届中国电影史年会】

2018 年 10 月 19 日至 21 日，由中国电影艺术研究中心（中国电影资料馆）和南京艺术学院共同主办的“第七届中国电影史年会”在江苏省南京市举行。本届年会的主题是“20 世纪 40 年代的中国电影：战争风云、历史转折、多元形态”，设置了主论坛、分论坛、学术放映等环节，通过理论梳理、影人研究、影史钩沉、产业观察、性别表达、文本研究、电影与社会、沦陷区电影、大后方电影等12个主题，对20世纪40年代的中国电影史展开全面而深入的讨论与互动。

中国电影史年会自2012年创办以来，逐渐成为国内社会科学研究领域的高端学术会议。主办方坚持“盲审准入制”，本届年会报名人数超过230人，论文淘汰率接近50%，最终共有80篇论文入选并受邀进入年会交流。

【2018“夏衍杯”优秀电影剧本征集活动证书颁授仪式暨电影编剧论坛】

2018年10月30日，由国家电影局、电影剧本规划策划中心、中国夏衍电影学会共同主办，中共杭州市江干区委、杭州市江干区人民政府承办的“2018‘夏衍杯’优秀电影剧本征集活动证书颁授仪式暨电影编剧论坛”在夏衍的故乡浙江省杭州市举行。此次征集活动共收到合格剧本898部，经过多轮评选产生了34部入选作品。《归程》等4部作品荣获“优秀电影剧本”；《告白无声》等12部作品获“创意电影剧本”；《对决》等18部作品获“潜力电影剧本”。在颁授仪式之后的电影编剧论坛上，专家们围绕“新时代现实题材电影创作”，就夏衍现实主义电影创作的时代性与人民性、以人民为中心的现实主义创作、现实题材创作与现实主义精神、新时代现实主义电影的美学表达与审美价值创新、新时代现实题材电影创作的题材选择与拓展、新时代现实题材电影创作类型化探索，展开了深入的探讨。

【第五届全国电影学青年学者论坛】

2018年11月7日至8日，由北京电影学院研究生院举办的“第五届全国电影学青年学者论坛”在北京市举行。此次论坛从数百篇投稿中挑选出40篇入围思路，最终甄选出24篇论文作为论坛发言论文，论坛议题包括“重访巴赞”和“东方美学与亚洲电影”。学者徐立虹获得“第五届全国电影学青年学者论坛”论文金奖。

【中国电影家协会第十次全国代表大会】

2018年12月28日至29日，由中国电影家协会主办的“中国电影家协会第十次全国代表大会”在北京市举行。会议选举产生了新一届主席团，陈道明当选中国电影家协会主席。于冬、尹力、尹鸿、成龙、任仲伦、苏小卫、吴京、张宏、张涵予、黄渤、喇培康当选副主席。

【2018十大国产影片推介发布会暨2018中国电影回顾座谈会】

2018年12月30日，由中国电影评论学会主办的“2018十大国产影片推介发布会暨2018中国电影回顾座谈会”在北京市举行。会议公布中国电影评论学会2018十大国产影片推选结果：《我不是药神》《红海行动》《无双》《影》《无名之辈》《邪不压正》《暴裂无声》《阿拉姜色》《一出好戏》《找到你》。

与会专家们对2018年的中国电影做了分析与回顾，不仅肯定了中国电影所取得的成绩，而且也不回避行业中存在的突出问题。专家们一致认为，2018年中国电影创作者们坚持以人民为中心的创作导向，在各个方面都取得了长足进步。2018年是中国电影创作的大年，首先在现实主义创作上成绩斐然：《我不是药神》《找到你》《红海行动》《后来的我们》《暴烈无声》《春天的马拉松》《狗十三》等一批优秀的现实主义题材影片比较深刻地反映了现实，有些作品引起了观众的强烈反响；反映电影工业实绩的类型电影《无双》《唐人街探案2》《捉妖记2》《西虹市首富》《超时空同居》《前任攻略3》等作品既取得了不俗的票房成绩，也表达了主流的价值观，探索电影语言和人性深度的《阿拉姜色》《无名之辈》等艺术电影表现出探索者的不懈追求。

与会专家一致表示，中国电影评论要为中国电影的质量提升创造更好的生态环境和舆论环境，评论界要引导舆论认知，要帮助优化舆论环境、建立大家都需要的主流批评，既让观众接受，又让管理者认可，为实现电影强国助力。

人物纪念

【电影表演艺术家王丹凤逝世】

2018 年 5 月 2 日，电影表演艺术家王丹凤因病在上海市逝世，享年 94 岁。

王丹凤（1924—2018），原名王玉凤。原籍浙江省宁波市，出生于上海市。1941 年，王丹凤以剧情片《肉》进入影坛。同年，主演音乐剧情片《新渔光曲》。1944 年，主演剧情片《教师万岁》。1946 年，主演剧情片《民族的火花》。1947 年，主演爱情故事片《青青河边草》。1949 年，在香港拍摄《瑶池鸳鸯》《锦绣天堂》等影片。1951 年，主演古装电影《彩凤双飞》。1956 年，在剧情片《家》中扮演鸣凤。1957 年，主演的剧情片《护士日记》上映，并演唱插曲《小燕子》。1962 年，主演喜剧电影《女理发师》，被选为新中国“二十二大影星”之一。1963 年，主演古装爱情片《桃花扇》。1978 年，主演喜剧电影《儿子，孙子和种子》。1980 年，在拍摄完成剧情片《玉色蝴蝶》后淡出影坛。1996 年，获中国电影世纪奖。2013 年，获第 14 届中国电影表演艺术学会“金凤凰奖”终身成就奖。2017 年，获第 20 届上海国际电影节终身成就奖。

【导演张军钊逝世】

2018 年 6 月 9 日，导演、编剧张军钊因病在辽宁省大连市逝世，享年 66 岁。

张军钊（1952—2018），出生于北京市，原籍河南省。毕业于北京电影学院导演系。1982 年，张军钊担任电视剧《路》的执行导演。1983 年，执导个人首部电影《一个和八个》，该片获得中国广西艺术节一等奖“铜鼓奖”。1988 年，执导心理电影《弧光》，该片获得莫斯科国际电影节“生活之毯特别奖”。1990 年，执导犯罪剧《生死之间》，该剧获得西南六省市电视剧一等奖（金奖）、中南六省市电视剧一等奖（金奖）。1993 年，执导剧情电影《花姊妹风流债》。1997 年，执导剧情电影《伍千万美金归你》。2002 年，执导民国爱情剧《玲珑女》。2008 年，执导纪实警匪剧《福州国际绑架案》。2011 年，执导刑侦犯罪剧《重刑犯》。

【电影事业家、制片人邹文怀逝世】

2018 年 11 月 2 日，电影事业家、制片人邹文怀因病在香港逝世，享年 91 岁。

邹文怀（1927—2018），出生于香港，籍贯广东省大埔县。电影事业家、制片人，嘉禾电影公司创办人，嘉禾电影（集团）主席兼执行董事。邹文怀与邵逸夫被视为香港电影界的泰山北斗。

在进入电影行业之前，邹文怀曾前后在《南华早报》《英文虎报》等任职。1957 年，邹文怀加盟邵氏电影公司。1970 年，邹文怀担任邵氏首席执行官，后因不满公司的薪金制度离开邵氏公司，与何冠昌、梁风共同创立嘉禾公司。

嘉禾成立之初，邹文怀高薪从美国聘请刚刚崭露头角的李小龙，邀其加盟。李小龙主演的《唐山大兄》成为香港开埠以来电影最高票房纪录。之后，两人合作推出《精武门》《猛龙过江》《龙争虎斗》，票房不断打破此前纪录，进一步巩固了嘉禾的地位。1973 年，李小龙猝死，给嘉禾带来了不小的影响。此后，许氏兄弟的到来，为嘉禾带来了新的生机。成龙、洪金宝、张曼玉、邓光荣、梅艳芳、李连杰、吴思远、徐克、赵文卓等电影人都受过他的栽培，来到嘉禾麾下。20 世纪 90 年代末期之后，随着香港电影日渐式微，嘉禾也不复往日辉煌。2007 年，邹文怀将嘉禾股份全部出售给橙天娱乐集团。嘉禾娱乐事业有限公司融资并制作了 600 多部电影，缔造了李小龙和成龙两位享誉世界的明星。嘉禾不但使华语功夫电影扬名世界，还创造出香港搞笑片和动作喜剧电影。嘉禾也是最早打入好莱坞的亚洲制片公司。

邹文怀最早在香港实行独立制片人制度，这是李小龙电影成功的一个重要原因。香港电影黄金时代的一大门类“武侠”也是邹文怀和何冠昌一起谋划，成就了香港电影第一个辉煌时期。邹文怀 1998 年获香港特别行政区政府颁发的金紫荆星章；2008 年获香港电影“金像奖”终身成就奖。

【导演林岭东逝世】

2018 年 12 月 29 日，导演林岭东因病在香港逝世，享年 63 岁。

林岭东（1955—2018），祖籍广东省潮州市，出生于香港。导演、编剧、制片人。1973 年，林岭东进入香港无线电视台艺员培训班学习。1974 年，获得导演王天林赏识，担任助理制片。1978 年，转入佳艺电视台，制作了刑警电视连续剧《急先锋》。1982 年，因执导首部电影《阴阳错》获得关注。1987 年，执导并参与编剧了动作剧情片《龙虎风云》，获第 7 届香港电影金像奖最佳导演。1989 年，制作了爱情动作片《伴我闯天涯》，获第 26 届台湾电影金马奖最佳导演提名。1996 年，赴美执导了惊悚动作片《硬闯 100% 危险》。1997 年，以心理警匪片《高度戒备》回归香港影坛，获第 17 届香港电影金像奖最佳导演提名。1999 年，因编导惊悚片《目露凶光》获得第 36 届台湾电影金马奖和第 19 届香港电影金像奖最佳导演提名。2001 年，再次赴美，执导了科幻动作片《复制杀人魔》。2007 年，林岭东与徐克、杜琪峰合作拍摄了动作片《铁三角》，影片作为观摩影片入围第 60 届戛纳电影节竞赛单元。2015 年，拍摄了警匪动作片《谜城》。2015 年 9 月，林岭东拍摄动作电影《飞霜》。

大事记

3 月 28 日，“中国金鸡百花电影节第三届国际微电影展映盛典”在海南省海口市举行。

3 月 31 日，“《亚洲电影蓝皮书 2017》新书发布会暨第五届亚洲电影论坛‘亚洲电影影响力研究’”在北京师范大学举行。

4 月 3 日，“习近平新时代中国特色社会主义文艺思想与电影创作研讨会”在北京市举行。

4 月 9 日，2018 年度“看中国·外国青年影像计划”启动仪式暨第四届“金目奖”颁奖典礼在北京师范大学举行。

4 月 13 日，“电影创作调研座谈会”在北京市举行。

4 月 14 日至 5 月 6 日，“第 25 届北京大学生电影节”在北京市举行。

4 月 15 日至 22 日，“第八届北京国际电影节”在北京市举行。

4 月 15 日，“第 37 届香港电影金像奖”颁奖典礼在香港文化中心举行。

4 月 22 日，“第九届中国电影导演协会 2017 年度盛典”在北京市举行。

4 月 25 日至 26 日，“2018 年春季·第十六届全国院线国产影片推介会”在山东省青岛市举行。

5 月 2 日，电影表演艺术家王丹凤因病在上海市逝世，享年 94 岁。

6 月 9 日，“中国电影学派研究部 2018 年学术年会暨‘中国艺术传统与当代中国电影的创新发展’学术论坛”在北京电影学院举行。

6 月 9 日，导演、编剧张军钊因病在辽宁省大连市逝世，享年 66 岁。

6 月 13 日，“2018 年中外影视译制合作高级研修班”在上海市开班。

6 月 13 日至 17 日，“首届上合组织国家电影节”在山东省青岛市举行。

6 月 16 日至 25 日，“第 21 届上海国际电影节”在上海市举行。

7 月 21 日至 30 日，“第 12 届 FIRST 青年电影展”在青海省西宁市举行。

8 月 13 日，“当下社会现实题材影片发展探讨”专题研讨会在北京市举行。

8 月 23 日至 24 日，“第十五届中国·北京数字电影论坛”在中国电影资料馆举行。

9 月 1 日至 8 日，“第 14 届中国长春电影节”在吉林省长春市举行。

9 月 10 日，“第四期中国影协新文艺群体电影人才培训班”在陕西省西安市开班。

9 月 12 日至 16 日，“第 13 届华语青年影像论坛”在湖北省武汉市举行。

9 月 14 日，“‘改革开放 40 年的中国电影’高峰会”在湖北省武汉市举行。

9 月 28 日，“第 11 届中国国际漫画节开幕式暨第 15 届中国动漫金龙奖颁奖大会”在广东省广州市举行。

10 月 8 日至 13 日，“第五届丝绸之路国际电影节”在陕西省西安市举行。

10 月 11 日至 20 日，“第二届平遥国际电影展”在山西省平遥古城举行。

10 月 19 日至 21 日，“第七届中国电影史年会”在江苏省南京市举行。

10 月 20 日，“2018 中国（横店）影视文化产业发展大会”在浙江省横店镇举行。

10 月 30 日，“2018 年‘夏衍杯’优秀电影剧本征集活动证书颁授仪式暨电影编剧论坛”在浙江省杭州市举行。

10 月 30 日，第九届“中国影协杯”优秀电影剧作评比结果在北京市揭晓。

11 月 2 日，电影事业家、制片人邹文怀因病在香港逝世，享年 91 岁。

11 月 7 日至 8 日，“第五届全国电影学青年学者论坛”在北京市举行。

11 月 7 日至 10 日，“第 27 届中国金鸡百花电影节”在广东省佛山市举行。

11 月 21 日，第四届“CFDG 中国青年电影导演扶持计划暨青葱计划”在北京市正式启动。

12 月 8 日，“第 17 届中国电影华表奖”颁奖典礼在北京市举行。

12 月 9 日至 16 日，“首届海南岛国际电影节”在海南省三亚市举行。

12 月 10 日至 14 日，“2018・中国艺术研究院电影电视评论周”在北京市举行。

12 月 28 日至 29 日，“中国电影家协会第十次全国代表大会”在北京市举行。

12 月 29 日，导演林岭东因病在香港逝世，享年 63 岁。

12 月 30 日，“2018 十大国产影片推介发布会暨 2018 中国电影回顾座谈会”在北京市举行。

中国艺术年鉴·2019

电视艺术卷

分卷主编：耿春晓

年度述评

2018 年度中国电视艺术发展研究报告

◎ 许婧

2018 年注定是不平凡的一年，正逢中国改革开放 40 年和中国电视事业诞生 60 年，也将是中国电视编年史上极为重要的转折之年。国家宏观政策和行政主管部门对影视业祛俗扶正、正本清源的调控收紧，定调宣传重点、规范网络视听、管控偶像选秀、治理天价片酬、整合收视数据等广电管理一系列拨乱反正的实干举措，释放出行业降速、去产能、散泡沫、肃清数据、坚守现实主义、台网融合的蝶变信号，电视产业由此呈现出高速发展后修正“暴利思维”，进行价值转型的冷静和理性。

2018 年是“现实题材回归年”，中国电视剧发展已届一个甲子，其成长与成熟恰与改革开放同步，受益并尽享改革带来的艺术福祉，在各种题材、类型上奉献出扛鼎之作。如果说，现实题材创作和现实主义精神始终是中国电视艺术的优良传统，那么，改革开放 40 年间的中国社会面貌和国人心态变化都如影随形地被电视剧同步摄取，电视剧细腻地记录着时代变迁，从《最美的青春》《北部湾人家》到《正阳门下小女人》《大江大河》概莫能外，清晰地记录了“中国梦”的足迹。而文化类节目经过多年的市场培育，接地气、有人气，可喜地呈现出“主旋律化”的自觉意识，越来越多形态节目的研发在开阔国人视野、丰富大众精神生活方面，于国家、民族都不失为功德善举，提振了行业信心。今天的综艺节目已经超越了简单地娱乐大众、为人民服务的基本功能，通过讲故事、音乐剧、情景戏剧等多种艺术方式和电视化的视听手段，拉近历史和现实的距离，激发大众参与互动的热情，从形式到内容创新“寓教于乐”潜移默化的路径，让文化的陪伴成为一种令人向往的生活方式。

一、破冰与春雷：2018 年中国电视业亮点解读

被视为改革开放 40 年来之最的“党和国家机构改革”，于 2018 年 5 月 31 日全部完成 25 个新组建或重新组建部门的挂牌。最大特点是：党和国家机构改革并行，将党的领导置于突出位置，全面加强党的领导，统筹设置党政机构，构建系统完备、科学规范、运行高效的党和国家机构职能体系。其中，文化部和旅游局合并（简称“文旅部”），将以往偏重保护的文化部和侧重开发的旅游局合二为一，有助于实现文化资源与旅游业的融合，通过文化和旅游最终实现“优秀传统文化的创造性转化”[①]。

4 月 16 日，新组建的国家广播电视总局（简称“广电总局”）完成挂牌。文化领域里从 1982 年的文化部、广播电影电视部、国家出版局的“三足鼎立”，到 2013 年文化部和新闻出版广电总局“署局合并”后两个文化管理机构的“大部门制”，至今作为国务院直属的新机构，实现了全国广电行业事业与产业分开、宣传与经营分开、制作与播出分开。广电总局的主要职责是落实党的宣传方针政策，制定行业政策措施并实施，统筹规划并指导协调广播电视事业和产业的发展，推进广播电视领域的体制机制改革，监管、审查广播电视与网络视听节目内容和质量等工作。[②]

4 月 19 日，新组建的中央广播电视总台正式揭牌，它整合了中央电视台（中国国际电视台）、中央人民广播电台、中国国际广播电台，作为国务院直属事业单位，归口中宣部领导，对内保留原呼号，对外统一呼号为“中国之声”。意在“加强党对重要舆论阵地的集中建设和管理，增强广播电视媒体整

① 郭全中：《组建文化和旅游部 打通保护与开发的“任督二脉”》，《新京报》2018 年 3 月 15 日。
② 《广电 / 电影 / 新闻 / 四十年的分与合，“三台合一”成历史拐点》，搜狐网（http://www.sohu.com/a/226142989_211289）。

体实力和竞争力，推动广播电视媒体、新兴媒体融合发展，加快国际传播能力建设”①。

2018 年下半年席卷中国影视业的税务稽查风暴，正是在此背景下展开的，“寒冬论”一时鹊起。电视业全年略显疲态，但贴近现实生活、提倡正能量、弘扬主旋律、注重文化品质的节目和剧集成为主流内容。

（一）双向推动行业洗牌和行风建设

2018 年，广电总局紧抓电视剧题材规划、献礼制播重点的同时，没有松懈对综艺娱乐、歌唱选秀节目的从严调控。1 月 24 日举行的全国广播电视宣传管理工作会议，明确着重解决明星薪酬过高的问题，引导各广播电视机构工作重心向节目创意研发和高水平制作转移，用内涵和品质取胜，而不靠炒作、用明星提高知名度，推动文化类节目转型升级。一方面，实施“舆论引导能力提升工程”和“节目质量提升计划”，提高广播电视宣传传播力、引导力、影响力、公信力；另一方面，启动“记录新时代”工程，加大现实题材作品创作扶持力度。4 月 4 日，广电总局在宁波举行全国电视剧创作规划会议，从记录新时代、淘汰冗余产能、再造网台关系、打击虚假收视、加快“走出去”等五个方面确定推进电视剧高质量发展的具体工作，发布未来四年百部重点电视剧选题。

自 5 月 29 日开始，影视圈阴阳合同等黑幕被揭开，相关部门高度重视，之后，天价片酬、偷税漏税、明星证券化、“避税天堂”霍尔果斯林立的影视皮包公司、深度捆绑的影视制作业及其艺人经纪一体化模式等各种愈演愈烈的资本寻租乱象浮出水面。6 月，中宣部、文旅部、国家税务总局、广电总局、国家电影局等五部门联合印发《通知》，要求加强影视业阴阳合同、偷税漏税、天价片酬等问题的整治，规定每部影视剧、网络视听节目全部演员、嘉宾的总片酬不得超过制作总成本的 40%，其中，主要演员不得超过总片酬的 70%。8 月 11 日，“爱优腾”三大流媒体和正午阳光、华策影视、柠萌影业、慈文传媒、耀客传媒、新丽传媒六大影视公司联合声明：单个演员的单集片酬（含税）不超过 100 万元人民币，总片酬（含税）不超过 5000 万元人民币；8 月 12 日，横店影视产业协会发出《关于“加强行业自律、规范行业秩序、促进影视精品创作”的倡议》。

2018 年，广电总局对“劣迹艺人”零容忍，坚持广播电视邀请嘉宾“四个绝对不用”的标准：对党离心离德、品德不高尚的演员坚决不用；低俗、恶俗、媚俗的演员坚决不用；思想境界、格调不高的演员坚决不用；有污点、有绯闻、有道德问题的演员坚决不用。明确要求节目中文身艺人、嘻哈文化、亚文化（非主流文化）、丧文化（颓废文化）不用。被高调定义为“偶像团体元年”的 2018 年也同时迎来“限秀令”，偶像养成类、选秀类节目中多名男偶像因浓妆招致大众反感被批为“娘炮”，央视率先全面禁用“娘炮”艺人。7 月 10 日，广电总局发布《关于做好暑期网络视听节目播出工作的通知》，指示“对于偶像养成类节目、社会广泛参与选拔的歌唱才艺竞秀类节目，要组织专家从主题立意、价值导向、思想内涵、环节设置等方面进行严格评估，确保节目导向正确、内容健康向上方可播出”，坚决遏制过度娱乐化、宣扬拜金享乐、急功近利的不良倾向。此后，偶像选手参与的节目和卫视真人秀不再有未成年人身影。“偶像”“练习生”成为年度敏感词，《偶像练习生》第二季改名为《青春有你》，节目中“练习生”被代以“训练生”的称谓。9 月以后播出的多档综艺节目中男明星的耳钉、文身和怪异的染发颜色的画面都被“马赛克”覆盖。其实，偶像类音乐节目，除了注重音乐的原创和专业以外，最重要的是选手的“饱满少年气”（指间沙语），纯净无邪感是最直观的正能量形象。

11 月 9 日，广电总局下发《关于进一步加强广播电视和网络视听文艺节目管理的通知》，明确统筹管理台网在导向、题材、内容、尺度、嘉宾、片酬等方面执行统一标准，以及市场价值服从社会价值的硬指标；继续严控偶像养成类节目和综艺节目嘉宾片酬，须提前报备出现在上星综合频道 19：30—22：30 播出的综艺节目中的嘉宾相关信息，确保台网每部剧集的片酬和成本占比。11 月中旬，湖

① 《广电/电影/新闻/四十年的分与合，“三台合一”成历史拐点》，搜狐网（http://www.sohu.com/a/226142989_211289）。

南卫视被中央第八巡视组点名批评“过度娱乐化”的七大问题，湖南省委指导、督促其改变“过度集中综艺娱乐、过度依赖明星艺人、过度追求商业价值和市场效果”等三个倾向。湖南卫视遂调整黄金时段和周末晚间编排，增加新闻专题、公益类节目、公益广告和相关“中国故事”纪录片的播出量，减少娱乐类节目日均播出时长，如推出《平“语”近人——习近平总书记用典》等多个新闻类节目，明星亲子类节目《爸爸去哪儿6》《想想办法吧！爸爸》等在“延期”声明中消失。

（二）收视统计改良和“熵变”思维

高片酬、收视率、拖欠款被从业者视作压垮行业的“三座大山”。9月15日，导演、编剧郭靖宇公开发表言论，再次揭露电视剧行业收视率造假内幕，呼吁清除行业假收视率毒瘤，得到广泛声援，“一个本该输出价值观的行业不断在毁掉价值观”①的批评一针见血。广电总局介入调查，于12月26日宣布“广播电视节目收视综合评价大数据系统”基本建成并开通试运行。该系统针对时下电视节目观看方式多渠道、多样化的新趋势，采用精准到户的“全网络、全样本、大数据、云计算”的节目收视综合评价系统，全流程自动化、封闭化处理，可有效防范人为操纵，解决收视造假问题。

互联网出现后，“窄播”取代了电视单向的“广播”，电视媒介环境因之巨变。多年来，综合用户各社交平台的讨论度、互动量、口碑指数、弹幕量、流媒体播放等“社会化观剧”的内容热度上升，传统单一平台收视样本统计已无法量化跨平台、跨媒体、跨样态、跨时空等多维度的内容传播。爱奇艺和优酷在2018年先后关闭了前台播放量，关闭流量后的内容热度值评估体系的具体计算方法和衡量标准，仰赖于单个视频平台的自主统计，更大作用是为用户提供选择。从长远看，无论是媒体单方还是第三方机构改进统计方式，都是趋向完善的多维数据监测，不断修补规则漏洞，防止互联网时代技术风险导致的“破窗效应”和人为因素对收视数据的污染扩散。

广电总局历年叠床架屋的政策发布意在引导调控，然而，简单修规无法从根源上杜绝资本将文化产品降为牟利“金融品”的危害，技术进步和资金充裕也无法促使从业者的精神世界同步进化实现“善的主观性”。自从美国学者里夫金、霍华德颇具洞见地将“熵”视作“一种崭新的世界观”后②，“系统熵理论”日益被看重甚至引为思想资源管理社会问题。中国影视产业目前违反市场规律的现象，反映了行业功能紊乱、熵值增加的症候。若“熵变”值不断集聚上升将损害行业的结构性肌理，乃至引发系统性崩溃。在中宣部等五部门联合整饬影视业税收秩序的3个月时间里，投机性圈钱资本开始撤资离场，专注于内容、懂创作、谙制作的专业团队入场。演员范冰冰自6月阴阳合同事发，到10月初国家税务机关调查核实后，令她限期内悉数缴纳总计8.55亿元税款、滞纳金、罚款，成为年度被依法惩治并缴纳巨额罚金的首位中国演员。

“IT桔子”发布的一则数据披露了2018年多部门联动并非偶发而是“改革在路上”的结果：2016年至2018年的3年间，影视行业内投融资事件总量逐年下降，2018年比2017年投融资事件总量减少46%，但投融资总金额同比增长65%。涌向影视业的资金非但没有减少，相反，规模在扩大，只是向头部企业聚集，创投市场的“马太效应”加剧，被市场边缘化和淘汰的影视公司，是那些难以生产品质内容、创新乏力、专业不精的公司。③所谓“影视寒冬”的提法，是放大了非理性资本退潮的负面影响，这不过是又一次行业洗牌，更深一步是广电系统积年的“负面清单”到了必须清算的时候。改变“头疼医头脚疼医脚”的应激工作思维，运用物理学的“熵定律”进行税务和收视数据的双根源治理，兼顾广电管理、经济赋权和行业自律的动态设计与多方平衡，才能确保电视产业稳行在良性发展的正确轨道上。

无论是电视剧还是综艺节目、真人秀，未来对内容进行“价值投资”将是文化娱乐行业投资者和

---

① 武艺、张赫、刘玮：《〈天盛长歌〉收视低，就是数据造假吗？》，《新京报》2018年8月17日。

② ［美］杰里米·里夫金、特德·霍华德：《熵：一种新的世界观》，吕明、袁舟译，上海译文出版社1987年版。

③ 《观察：2018年涌向影视行业的430亿元投资都去了哪？》，公众号电视剧鹰眼2019年1月12日。

制作者的首选，并且兼顾政策底线和行业标准。

（三）业界焦点与学术动态

2018 年，围绕重点、热播电视剧的研讨会，纪念中国电视剧诞生 60 年的座谈会，改革开放 40 年来中国电视剧的发展历程和辉煌成就的主题论坛，是贯穿全年从业界到学界的主线，也是剧评、时评到论文的共同主题。关于综艺节目的文章涵盖了创新节目的流程设计、效益评估、类型突破和发展历史 4 个方面。在出版方面，除了常规机构部门定期发布的年度电视收视、产业、艺术发展等年鉴、蓝皮书、报告以外，重要的丛书著作有：由广电总局挂帅，中国广播影视出版社联合中国传媒大学和中国广播电影电视社会组织联合会，组织国内专家历时 4 年编撰的《中国电视剧 60 年大系》丛书（1958—2018），丛书共 6 卷 9 本："编年史"、"法规卷"、"创作卷"、"产业卷"、"剧目卷"（上、下）、"人物卷"（上、中、下），从不同角度"百科全书"式地勾勒了中国电视剧 60 年来的发展历程，是资料性工具书；由中国电视艺术家协会艺术评论委员会策划编撰，中国广播影视出版社出版的《中国电视文艺通论》（10 月发布），该书从中国电视文艺的历史沿革、市场环境、文化批评的角度分别梳理了中国电视剧、综艺节目、戏曲节目、文艺栏目等电视文艺节目，有一定的参考作用。

每年春秋两季定期举办的北京电视节目交易会（简称"春推会""秋推会"），被誉为行业"风向标"，除了新剧交易，还把脉行业政策走向、诊断行业问题、发布年度电视剧产业发展报告、举办由领域专家和行业代表参加的主题性高峰论坛。

在 3 月 25 日至 28 日的"春推会"上，古装 IP 哑火，流量剧式微，翻拍剧抬头，现实题材剧成最大热门，都市职场类是主流，行业题材涉及面既广且新，《大江大河》《归去来》等"强时代性"的作品涌现，《最美的青春》《初心》《奔腾年代》等根据先进事迹为原型的创作富有时代特色和艺术感染力。网剧高峰论坛以"我们离高峰还有多远"为题，凸显了诞生在更新的时代、体制、人才、技术、媒介、受众等语境下的网剧潜力无限的发展空间，以及在多样化、故事性、动作性、趣味性、现代性等方面较电影、电视剧的优势。北京电影学院教授侯克明关于网剧发展"类型多样化、创作专业化、审美人文化、思想现代化"的"四化"观点切中根本。

在 10 月 10 日至 12 日的"秋推会"上，坚守现实主义成为"一面旗帜"，反映改革开放的 10 部电视剧集中亮相，台网两端购剧、播剧格局在发生"逆转"：卫视购剧能力降低，首轮剧发行数量连续两年走低，从 2016 年 267 部、2017 年 247 部到 2018 年 227 部，承接网剧"二轮"播出的情况增加；相反，网络消化电视剧的能力提高，从 2017 年 95 部到 2018 年 128 部，显示了从"二轮"播剧平台升位"首轮"继而"反哺"电视台的趋势。① 这只是过渡状态，随着网剧的精品化，网络平台购剧一定会提高筛选标准，将不再是"积压剧"的收容所。三场高峰论坛在回顾历史和聚焦现实的双重坐标上，讨论行业时弊及未来趋势，即：北京论坛"继往开来，再铸辉煌——电视剧质量发展之路"、创作论坛"电视剧生产有序性的保障之道"、大数据论坛"智能大数据时代影视行业发展与前瞻"。

3 月底举办的上海电视节制播年会上，与会专家学者肯定了"内容为王"时代来临、现实题材剧升温、台网联动易推爆款的趋势，并给出公式："品质爆款剧 = 主流价值 + 热点话题 + 符合当下审美的超级人设 + 经典戏剧叙事模式 + 精美制作。"同时，对电视剧剧名长、集数长和剧本孵化时间越来越短的"两长一短"的套路予以批评，预警国产剧的三大新套路："谈判都去华尔街，恋爱都去巴黎秀；打枪都去唐人街，开炮都去索马里；大女主演满街走，帝王嫔妃多如狗……"② 现实题材回暖后数量上的"一窝蜂"、过度消费古装女性的成长励志题材，是两大投机取巧的新跟风套路。

二、融媒体时代：台网深度融合的内容格局

电视曾一直稳居中国人日常生活中"第一媒介"的地位，即便是在互联网和新媒体夹击下相当时

---

① 张赫：《小鲜肉和大 IP 退"视"，现实题材回归》，《中国电视报》2018 年 10 月 12 日。

② 韩平：《国产剧多点爆款少点套路》，《中国电视报》2018 年 3 月 22 日。

间段里的状态调整。电视从当年彼时的“新媒体”对报纸电台的冲击，到接受“新新媒体”对自己的挑战，在融合中重新确定自身核心竞争力的内容价值与传播影响力，变身“超媒体”/“泛媒体”中的关键一环，“互联”成为一把钥匙。未来媒体趋势必然是“泛媒体”，特别是全球化时代。媒体融合不仅是对信息革命成果纵深运用的伟大实践，打破平台差异，让内容传播全方位覆盖、全天候延伸、多领域拓展，也是必须由“电视”承担的刻不容缓的变革使命，其借助各类用户终端的互动和体验，在满足娱乐之余，重要的是让主流的声音、主流的价值成为主流舆论。这也是从政治领域延及自媒体语境下“后真相时代”不容忽视的“真相”，是谨防各种“来路不明的事实”“黑天鹅事件”频发的政治武器。[①]

2018年，文娱消费的环境、渠道、形态都发生了巨大变化，中国电视融媒体的步伐走向深入，推动技术创新的“智慧广电”建设。继央广总台“三台合一”后，北京电视台与北京人民广播电台、北京新媒体集团成立“北京广播电视台融媒体中心”。“三台三网”优化融合、台网并重的媒介整合，意味着打通了人才和渠道的融合，提升了公益传播的力度。无论是纪念马克思诞辰200周年之际融媒体平台同步推出的通俗理论节目、纪录片、短视频等新媒体产品矩阵，还是致敬改革开放40年的节目访谈、专题片、微纪录片和电视剧，都是多层次合作开创舆论新阵地的结晶。“总台时代”的融媒体通过“聚资源、聚用户、聚平台”强化了主流传播，不失为有效控制“舆论熵”的前瞻之举。

（一）“后喻文化时代”的内容孵化

随着当代人生活的日益原子化，在都市中大多处于独生独居状态的90后、95后的交流渴望越发强烈。弹幕自2007年日本首创，传入中国经“A站”“B站”的推广，迅速成为抚慰孤独重塑沟通的新社交方式，最终，由小众变为大众喜爱的观剧模式，影响着剧集产业链的上下游，并已纳入监管审核和新收视统计系统。[②]而在社会生活和国民消费中，“单身经济”的走红和“悦己型消费”的兴起，也揭示了新兴阶层和新的生活态度，以及取代价格因素对于“体验”和“品质”的刚性需求，这是2018年视频网站纷纷进行“头部内容”+“细分受众”内容布局的根本原因。再从近年来较热的文博类、相亲类节目和户外快/慢综艺观察，会发现在90后、95后“非主流”“任性”外表下独特的代际个性——相对保守的不屑于相亲的爱情观、面对购房较为超脱的理性态度、物质欲望淡然却热衷文化和旅游的旺盛消费力等，这些都是导致纪录片和文旅类节目崛起的重要因素。他们是“富养”的一代，也是在相对“文化自觉”的年代里接受良好启蒙成长起来的一代，《我在故宫修文物》《航拍中国》《国家宝藏》通过主力受众群为95后的“B站”传播带热的现象，说明世俗低估了年轻人长知识、开阔眼界、活出精彩自己的价值观。

这是一个弹幕实时传递社会动态、“抖音”“快手”短视频15秒内便可吸引注意力的时代。自媒体技术赐予用户的自我赋权能力是商业逻辑的成功，彼此双赢，借此打通泛影像、泛娱乐媒介叙事中创作和消费的两端，拓展了文化再生产的空间，中国社会步入文化消费年轻化的“后喻文化时代”[③]。少年尤其是90后的成长背景与互联网发展同步，围绕他们的新现象、新思维、新价值、新趣味、新语言层出不穷，既是当下社会和文化的重要内容构成，也是电视综艺研发和电视剧创作取材的内容生产温床。2018年在全国“两会”上，有委员对“佛系青年”“丧文化”等词报以“不轻易否定年轻人”的宽容之见。文化学者张颐武指出“佛系青年”非中国独有，与日本学者大前研一“低欲望社会”的提法相近，他认为理想的状态是：用“佛系”调剂心灵，健康成长，在多元选择中，为理想努力，实现自我价值；

① 陈龙：《舆论熵的控制与防范：一种关于网络治理的认识方法论》，《新闻与传播研究》2018年第8期。

② 中国网络视听节目服务协会2019年1月9日公布《网络短视频平台管理规范》，规定网络短视频平台实行节目内容先审后播制度，平台上播出的所有短视频须经内容审核后方可播出，包括节目的标题、简介、弹幕、评论等内容。

③ “后喻文化”是指年轻人因为对新观念、新科技良好的接受能力，而在许多方面都要胜过他们的前辈，年长者反而要向他们的晚辈学习。释义见《“60后懂点90后语言”让管理跟上趟》，《新京报》2018年2月27日。

演员冯远征也认为，有些词只是自我标榜个性的口头禅，并非年轻人自甘衰弱或堕落。

一些理论性、政论性电视节目为了吸引年轻人，在继承真实、准确的传统基础上放低身段，改用生动走心、可亲可感、新鲜有趣的表达方式，清新地讲述“中国故事”。比如央视新闻频道（CCTV-13）播出的7集通俗理论电视节目《改革开放　关键一招》，它由《档案》栏目承制，沿用擅长的重造故事场景手段，一改宏大叙事沧桑巨变的说教方式，以具有感召力的青春视角和青春故事讲述中国变化。每一集主题命名其实都是时代之问——“这个时代超级燃”“这个民主很有范儿”“中国文化很有味”“幸福就要稳稳的”“中国山水很养眼”“大国形象很有样”“中国共产党为什么能”，节目在形象的“解惑”中唤醒了人们“亲历者”“见证者”“参与者”的共鸣和感慨。科教类电视节目成为爆款很难，却吸引着一批科技迷，央视纪录频道（CCTV-9）播出的6集纪录片《创新中国》豆瓣评分高达9.3，涉及信息、制造、生命、能源、空间、海洋等深具影响力的领域的中国创新发展，是世界上首部利用人工智能模拟人声完成配音的大型纪录片。2018年的纪录片在网络平台上的活跃度和接受度均优于往年，中国纪录片研究中心4月发布的《中国纪录片发展报告（2018）》封纪录片为“互联网新晋网红”，由传媒行业大数据监测研究机构泽传媒发布的一份关于90后最喜欢的节目类型的调查结果，确证了这一现象：平时泡在视频网站上的90后被调查者中，喜爱综艺节目的占55.63%，喜爱纪录片的则占57.27%。[①] 可见，“曲高和寡”或“象牙塔”里的知识，只要撬动接地气的表现方式都可以抵达不同受众，深入人心。

牛津大学互联网研究院院长卢西亚诺·弗洛里迪在《第四次革命》一书中指出“任何技术都有一个显著的特性——媒介”，在某种意义上，每一次与媒体有关的技术变革，都是对未来媒体的开启。传统媒体在互联网升级与融合后，将转型为一个内容生态孵化器，而流媒体“可零可整”“社交互动”“便捷灵活”的优势牵引着主流的传播语态和叙事方式的同步更新，受众分化及其进步也将引导市场从初级阶段对IP和流量的盲目崇拜中抽身，重塑着内容生产者对“内容为王”及其双效益的认知。

（二）所有平台都将“为内容打工”

2018年，台网播剧差距缩短，网剧和网综的多元化、精品化发展方向，为反哺电视台奠定了基础。付费用户和传统受众奠定了各取所需的“双买方市场”，差异化的垂直内容和全民向的优质内容需求量大增。介于主流引导和大众喜好间的官方审查制度，对于裨益的创新或前卫的逾矩，将延续一种约束性红线和“有保留的接受”的重要思想基础。“网台内容标准一致”是方向，网台播剧仍有差别，即便剧集筹备之初获得上网、上星的“双证”许可，严于网络的电视审查也会把最后一道关，《如懿传》《天坑鹰猎》《许你浮生若梦》改网播就是证明。《延禧攻略》、《为了你我愿意热爱整个世界》、《最好的我们》（电视播出时更名为《遇见最好的我们》）反向输出卫视后，收视不俗，卫视购买网络出品“超级剧集”的意愿增强。近两年，每年逾10部网剧成功上星，2018年“优爱腾”出品17部剧上星，要么进入卫视周播剧场联动播出，要么网播全剧后上星二轮播出，头部内容效应显著，如《结爱·千岁大人的初恋》《沙海》《疯人院》等。

年度IP热度虽在衰减，但网文IP改编剧的商业价值不可低估。腾讯娱乐白皮书统计的年度电视剧播放量TOP50中，32部为IP改编剧，占比64%。其中，17部改编自网络文学，依然对网台两端的年轻观众和女性群体保持着足够的吸引力。腾讯视频凭借《如懿传》《扶摇》《沙海》3部网文IP改编剧吸纳2100万新会员，《扶摇》创下平台单剧会员拉新纪录，改编自丁墨同名小说的剧集《你和我的倾城时光》，将浙江卫视、东方卫视的收官收视率拉升至全国第一、第二位。[②] “爱优腾”网站会员总量在2018年超过2亿，远超美国流媒体Netflix的全球会员数量，中国用户为内容付费的市场规模越来越大。受众的代代更迭，是中国网络文学兴盛的基础，最终造就了与好莱坞电影、日本动漫、韩国电视

① 波斯：《纪录片成“新晋网红”，视频网站早已加紧布局》，公众号传媒头条2018年12月22日。
② 夏天：《回望2018，迎战2019，网络文学IP价值进阶时》，公众号骨朵网络影视2019年1月16日。

剧并驾齐驱的“世界四大文化现象”（唐家三少语），影视与文学在互联网时代的“联姻”让文字产生了“应有的价值”（麦家语）。

新媒体、B站、弹幕、网络文学与年轻受众的“脐带”关系，正在为电视节目“文化中国”的传播添砖加瓦。B站如同一个“蓄水池”，覆盖多个社区、圈层，有文艺青年和各类“粉丝”，容易将“小众喜好”的涓涓细流汇成江河，拥有集趣成雅的娱乐活力，这是“弹幕社交”受到欢迎的圈层原因。老剧、新剧都能在此通过弹幕达成跨越时空不论亲疏远近的即时沟通。此外，文创类节目和文创产品、网台综艺和剧集中的“某某明星同款”，都是借助多平台N频次转播放送和“种草”功能，收获“广而告之”效果，媒介融合不仅有内容传播、价值传播的意义，也是电视产业商业化升级的必然结果。

弹幕作为年轻人喜爱的追剧方式，时时折射着时代变化。2018年12月底，B站联合中国社会科学院推出第二届年度弹幕盘点，“真实”位列年度十大弹幕词首位，B站用户共发送弹幕逾10亿条，“真实”弹幕出现了477065次[①]，显示了年轻人对贴近现实创作的喜爱和寻求共鸣的愿望，侧面回答了2018年网络IP热度衰微、现实题材剧回归的原因。观察2018年各视频网站的弹幕，结论一目了然：古装剧是最热类型，低龄观众和女性是主力人群；既带动老剧播放，又可推高新剧关注指数创造爆款，也能发现遗珠；吐槽剧集的腐朽套路，厌弃剧情违背史实，较真情节发展节奏和逻辑上的漏洞，不断生产“新梗”；精彩的剧情、细节和人设容易激发讨论，赞好剧集中的“细节之美”，同样，反面人物之恶会招致人神共愤，“劝你善良”字幕扎堆出现，很能体现善恶美丑的价值观分野。换言之，有了弹幕，一部剧如同进入阅兵场，从头到尾接受观众检阅，不留情面的挑剔和由衷的好评同时划过屏幕。弹幕已成为数字化时代的“新客厅”，唤起了传统电视时代集体露天看电视或一家人围坐厅堂共赏电视剧的国民记忆，独有“阐释社群”之效。

网络平台时下还无法撼动卫视传统观众对现实题材剧、抗战剧、谍战剧的喜爱，但加快了现实题材剧集生产的步伐，按照播出媒介区分电视剧和网剧的类别已经过时，网台双播价值最大化效应日趋常态。网台融合改写了内容和收视格局，带给行业4个变化：一是网台合作模式从先网后台、网台联动到网生内容反哺卫视，不限于电视剧。《见字如面》从“先台后网”到第三季的网络首播再登陆黑龙江卫视，优酷自制纪录片《了不起的匠人》精编版在央视科教频道（CCTV-10）播出，成为网生纪录片反向电视台输出内容的先例。二是传统影视公司和电影导演大举“触网”，赋予剧集艺术品质的提升。2018年，正午阳光、完美影视出品的网剧、电视剧位列年度统计榜单之最的剧集关联度最高，万达、博纳、蓝港、恒业等纷纷入局，海峡两岸及香港的核心电影人先后上阵监制或执导网剧。三是媒介融合牵引叙事新潮流，“轻叙事”成为讨喜的艺术潮流。四是收视率、点击量数据统计在不断改良中趋于完善。

总之，受众分层在2018年格外显著，各平台专注服务“圈层”的趋势突出，类型意识因此强化，剧集生产提质诉求迫切，内容生产的专业性空前重要。

三、综艺节目：文化品质和破圈创新

2018年，中国原创节目模式网台同步发力，创新力“向阳而生”[②]。中国综艺节目经过十多年竞争激烈的规模性产业扩张后进入快车道，从版权引进、模仿借鉴、联合研发到原创自制，在学会自己走路后具备了国际竞争力。4月7日举办的法国戛纳春季电视节MIPFormats主舞台上，中国电视人首次以“原创节目模式”集体亮相，推出《国家宝藏》《朗读者》《经典咏流传》《天籁之战》《声临其境》《跨界歌王》《明日之子》7个台网爆款原创节目和《功夫少年》《好久不见》尚未播出的2个节目“纸模

① 《B站公布2018年度弹幕“真实”最受欢迎》，人民网（http://media.people.com.cn/n1/2018/1229/c40606-30494263.html）。

② 系腾讯视频爆款网综——中国首档女团青春成长节目《创造101》口号“逆风翻盘，向阳而生”。

式”[①]；10 月 15 日，中国首次作为主宾国出现在戛纳秋季电视节上，更多的原创节目走出国门，如《我就是演员》《这！就是灌篮》与美国公司签署节目模式海外输出协议。国产综艺的“模式出海”，标志着中国自主知识产权节目模式研发步入正轨。

2018 年的综艺市场有两个关键词：破圈、创新。它得益于台网垂直题材节目的胜出，以及由“小众”渐至品牌和大众化的趋势，给跟风严重的同质化市场带来“潮流”风尚。电视综艺中，文博类和演艺类节目胜出，网站得益于偶像团体的声势所带动的粉丝经济链和粉丝群在扩大，各有风光所在。当音乐、竞技、相亲、旅游类节目经过了风光鼎盛的阶段相继进入瓶颈期时，更为陌生、幕后和专业的有趣领域进入创新视野，飚演技、赛配音、音乐剧、高科技、篮球、街舞、机器人、电子竞技、电音等皆是有可能引发小众或大众关注的“奇点”。大浪淘沙后的存量综艺节目，才可能有相对较长的生命力，长盛不衰的节目一定是走心、真实、有情感共鸣、代入感强，尤其是跟家庭、美食、文化相关的，既能观照现实又可参考对比自己的生活，即便没有明星，也能吸引观众积极参与并形成互动。因为“家”是最基本的社会组织，能为个体提供温暖庇护，“民以食为天”是亘古不变的道理，文化可以安放孤独、不安、焦虑的灵魂，是人们心灵栖息的港湾。未来，更多源于生活的节目将进入节目模式研发的创新视野。

（一）台网综艺节目“向阳而生”

2018 年的电视荧屏共有 93 档综艺节目播出，其中，音乐（18 档）、竞技（17 档）、文化（12 档）、表演（8 档）4 类是主流节目模式。在收视 TOP10 中，位列前 8 名的季播综艺皆为“综 N 代”，仅有两档新节目入围。[②] 湖南卫视、浙江卫视、东方卫视 3 家卫视是综艺大户，在口碑指数 TOP10 中，湖南卫视占 6 席，《声临其境》《声入人心》《我家那小子》等三大原创综艺表现惊艳，浙江卫视的《这！就是灌篮》《我就是演员》同样口碑出色（见表 1）。

豆瓣网评出的 2018 年度最受关注的大陆电视综艺 TOP10 是：《声入人心》（9.2 分）、《经典咏流传》（8.7 分）、《声临其境》（8.2 分）、《这！就是灌篮》（8.1 分）、《向往的生活 2》（8.1 分）、《极限挑战 4》（7.6 分）、《幻乐之城》（7.0 分）、《我就是演员》（6.8 分）、《中餐厅 2》（6.6 分）、《歌手 2》（6.6 分）。入围综艺悉数被央视和 3 家卫视包揽，湖南卫视 6 档，央视 1 档，浙江卫视 2 档，东方卫视 1 档。《经典咏流传》和诗以歌，以流行歌曲的演唱方法传唱经典诗词，如《送别》《明日歌》《将进酒》《陋室铭》《梁祝》等，独具匠心别有韵味的混搭、跨界，赢得观众喜爱。

表 1　2018 年度卫视综艺节目收视率、网播量、口碑指数 TOP10[③]

排名	季播综艺	播出平台	收视率（%）	季播综艺	网播量（亿）	季播综艺	播出平台	口碑指数
1	奔跑吧2	浙江卫视	1.941	奔跑吧2	74.32	声入人心	湖南卫视	88.2
2	中国好声音2018	浙江卫视	1.675	王牌对王牌3	37.51	声临其境	湖南卫视	85.7
3	极限挑战4	东方卫视	1.334	极限挑战4	35.71	向往的生活2	湖南卫视	85.3
4	欢乐喜剧人4	东方卫视	1.280	向往的生活2	29.12	这！就是灌篮	浙江卫视	84.9
5	向往的生活2	湖南卫视	1.218	歌手2018	28.34	极限挑战4	东方卫视	84.5
6	王牌对王牌3	浙江卫视	1.142	中餐厅2	26.18	幻乐之城	湖南卫视	84.2

① 《组队走向海外，九大中国原创节目模式登陆戛纳电视节》，搜狐新闻（http://www.sohu.com/a/227573658_260616）。

② 《2018 综艺白皮书：产量稳中有升、类型出新、同质化竞争成风险》，公众号看电视 2019 年 1 月 17 日。

③ 表格自制。数据来自“2018 腾讯娱乐白皮书”。

续表

排名	季播综艺	播出平台	收视率（%）	季播综艺	网播量（亿）	季播综艺	播出平台	口碑指数
7	跨界歌王3	北京卫视	1.086	我是大侦探（湖南）	23.68	我就是演员	浙江卫视	83.6
8	歌手2018	湖南卫视	1.015	我就是演员	17.93	中餐厅2	湖南卫视	83.4
9	新舞林大会	东方卫视	0.961	欢乐喜剧人4	17，37	我家那小子	湖南卫视	83.1
10	声临其境	湖南卫视	0.959	我想和你唱3（湖南）	16.78	王牌对王牌3	浙江卫视	82.8

2018年的网综大放异彩，上线播出124档[①]，为四年来之最，远超电视综艺，且一年四季都有节目闪亮登场，“优爱腾”分别出品的爆款《这！就是街舞》《偶像练习生》《创造101》成为拉新会员的引擎。目前，台网综艺节目已臻饱和，触及综艺产能天花板，最重要的是如何保持品牌影响力并进一步创新。2018年，出现了一些市场留白的“高冷”综艺，如展示演员声音表演的配音节目《声临其境》、美声音乐剧竞演节目《声入人心》。前者通过演员对影视作品中角色形象的配音模仿，从语言角度丰富了演员塑造角色的艺术完整性和全面的艺术素养；后者通过有才华的专业选手的竞演普及高雅艺术。

综艺节目推出的新品还包括小众的机器人竞技节目《铁甲雄心》《这！就是铁甲》、非遗主题的《高能少年团2》《非遗公开课》《行走的声音》，以及观察类综艺节目。灵感依然来自韩综的观察类综艺，由于具备本土扑面而来的生活气息和热点话题而毫无违和感，全年有7档观察类节目：湖南卫视的《我家那小子》、北京卫视的《但愿人长久2》、芒果TV的《妻子的浪漫旅行》《童言有计》《真心大冒险》、腾讯的《心动的信号》《幸福三重奏》。其中，《我家那小子》《妻子的浪漫旅行》《心动的信号》《幸福三重奏》等受到好评，口碑指数均超过80。节目取材日常生活，在演播室的“拟态环境”中开辟第二现场，熟人视角的信息补充和专家的同步点评，带领观众在熟悉和关心的话题分享中获得满足，与“他人即地狱”的西方哲学问题不同，观察类节目给人的代入感、新鲜感、参与感、认同感，仿若大千世界的“一面镜子”，可以从中照见自己的生活。

2018年综艺节目的内容结构分布进一步优化，呈现了复合化、场景化、大型化和垂直精品节目的多元立体开发意识。网综5年、电视综艺15年，均有了质的飞跃和商业化升级，各自形成了品牌类“综N代”（如电视综艺《歌手》《奔跑吧》《非诚勿扰》，网综《奇葩说》《吐槽大会》）、影响广泛的头部综艺（如电视综艺《朗读者》《见字如面》《国家宝藏》，网综《创造101》《偶像练习生》《这！就是街舞》）、针对不同圈层垂直开发的腰部综艺（如电视综艺《我就是演员》《声临其境》《声入人心》，网综《心动的信号》《一本好书》《奇遇人生》）等3类节目布局。网综在类型、题材上不断创新发力，观察类、机器人、航天等专业团队竞技类真人秀节目影响不俗，“出爆款”和“吃老本”是2018网台综艺节目的最大区别。网台间优胜劣汰的品牌竞争和互补性的节目开发格局，提升着中国娱乐节目在国际节目产业链中的水平。

（二）综艺节目架起通往现实的桥梁

2018年，文化类电视综艺全面进入转型升级，打造文化与娱乐、商业、人性和日常生活千丝万缕的关系。文化类节目格外强调品质，重在传递文化内涵，往往创新较难，题材相对单一，很难出现爆款。但随着表现幕后故宫文物修复人员匠心独运的纪录片《我在故宫修文物》（2016）和综艺节目《中国诗词大会》《朗读者》《见字如面》等文化节目的多年热播，唤醒了观众对传统文化的内在需求，央视大型文博、朗读、诗词等综艺节目起到了“火车头”的作用。关正文导演的《中国汉字听写大会》《中国成语大会》《见字如面》《一本好书》等都是市场与口碑兼具的爆款，他的节目理念“从来都是单品的

① 《2018综艺白皮书：产量稳中有升、类型出新、同质化竞争成风险》，公众号看电视2019年1月17日。

胜利，而不是类型的胜利”，点中了文化节目是“内容价值类节目”的实质[①]，不同于“类型”的盈利模式，很难与经济利益进行简单直接的挂钩和量化，享受价值传播远比即时快感更能传承文化、造福后代。

社会历史文化记忆的形态随着现代电子技术的更新和互联网“活性”发展，扩容了以往通过文字、身体、纪念碑、博物馆、档案馆等物质载体的保存方式[②]，传播范围、途径和影响力发生了巨变。文博综艺节目的意义与文旅部的初衷一致，都意在调动一切手段，保障大众充分享受文化权益，创新文物资源利用模式，焕发中华文化在新时代的勃勃生机。《中国诗词大会 3》照例在央视科教频道连播 10 天，节目延续“人生自有诗意”的主题，扩展题库达数百篇经典诗词，加入非遗元素，特别制作与节目同步播出的 10 集伴随式纪录片《诗词来了》；中国电视综艺节目介入文化保护的能量是可喜的，严肃的文博探索节目《国家宝藏》采用记录、定格、传承、守护等“仪式性”手段，会聚明星、专家，以情景剧的方式讲述国宝传奇故事，揭秘尘封已久的历史，让观众感受到守护历史、守护文化、守护身份的骄傲；《上新了・故宫》创造了文创类产品开发的节目模式。这些创意性节目通过各种“讲故事”或“游戏”的方式融会贯通古今，让文物活起来，让历史发声，将思想性融入艺术性、趣味性、实用性之中，激发人们对历史文化的兴趣。

文化类综艺带火了文博热、旅游热、收藏热、读书热，催生出一批批“网红”景点并成为消费者选择旅游目的地的参考指南，发布节目同名图书提升全民读书兴趣和阅读水平，打造沉浸式阅读新体验。2018 年，全国 5136 家博物馆中八成多免费开放，年接待观众 9 亿多人次。中国旅游研究院（文旅部数据中心）发布的《2018 旅游经济运行盘点系列报告：旅游产业》显示了文旅融合对产业投资的有力推动，大众旅游行为和文化 IP 已从过去“拍照”“打卡”向更具文化意味的“体验型”旅游产品延伸，旅游产业呈现“跨界式”发展。同样，音乐综艺《幻乐之城》《声入人心》播出后立竿见影，小众的音乐剧演员立刻受到关注而“破圈”，音乐剧的原版引进、中文版和本土原创的数量激增。据北京演出行业协会统计，2018 年北京地区全年各大中小剧场上演的音乐剧场次达 775 场，观众人次 42.9 万，同比上年分别增长 16.9%、26.7%。[③]

《中国式相亲》《新相亲大会》《新相亲时代》等子女带父母一起相亲的“家庭式”中国新型代际相亲节目在 2018 年热播，一方面引发两代人婚恋观念的讨论，另一方面折射出中国适婚青年的婚恋态度由被动到主动，以及不肯将就和屈从长辈催婚的积极变化。共青团中央发布的《当代青年群体婚恋观调查报告》指出：交际圈小、工作忙和不主动是青年单身的三大原因。[④]天猫 2018 年“双 11”榜单显示了单身经济来临，“一人量”在过去十年成为购物新潮流。但是，中国的单身群体与《低欲望社会》《无缘社会》提到的“无欲无求、孤独终老”的日本单身社会有所不同，中国年轻人对生活品质的追求越来越高，呈现出“社交降级、消费升级”的趋势。[⑤]因此，相亲节目的兴起有深刻的现实诱因，传统的“父母之命，媒妁之言”，在新时代变为电视台牵线搭桥父母掌眼的“合家欢”场景，缩短了长辈的经验和年轻人心愿之间的距离，也为场外观众提供看点和代入感，又成为时代的一面镜子。

2018 年，电视综艺节目全面升级，传播了文化、知识，增强了服务性、实用性，有意思也有意义，不止于娱乐。

---

① 冷成琳：《专访关正文：做创作这件事儿，你就别想着挣钱了》，公众号广电独家 2019 年 1 月 17 日。

② ［德］阿莱达・阿斯曼：《回忆空间：文化记忆的形式和变迁》，潘璐译，北京大学出版社 2016 年版，第 198 页。

③ 刘臻：《走出小众，观众需要什么样的音乐剧?》，《新京报》2019 年 1 月 28 日。

④《团中央“青年之声”发布青年群体婚恋观调查报告》，搜狐网（http://www.sohu.com/a/232399946_119038）。

⑤《单身经济走红 商品越来越“小”》，中国财经网（http://finance.china.com.cn/consume/20181109/4804532.shtml）。

四、电视剧创作：守正与创新，正剧与爽剧

2018 年现实题材电视剧播出呈现出先抑后扬、年末井喷的态势。遗憾的是，全年缺乏足够引以为傲的现象级“单品”，更多的是数量优势。其实，2017 年的 3 部界碑之作《人民的名义》（反腐题材）、《鸡毛飞上天》（浙商题材）、《情满四合院》（年代剧）真正显示了现实主义创作在各类型上的胜利，甚至成为 2018 年“言必称”的参照系。

政策调控是现实题材回归的一个重要原因，广电总局明确鼓励以“2018 年改革开放 40 周年、2019 年新中国成立 70 周年、2020 年全面建成小康社会、2021 年中国共产党成立 100 周年等重要时间节点”为坐标进行电视剧相关题材的献礼创作。2019 年 1 月底，“2018 中国电视剧选集”出炉，入选的 23 部剧代表了官方认可、提倡的创作方向。① 其中，20 部是当代题材，以奏响时代主旋律，献礼改革开放的剧集为主。仅有的 2 部古装剧《天盛长歌》《琅琊榜之风起长林》，抒发的也是理想主义和家国情怀。年度选集与广电总局每个季度一期的佳剧推荐和题材调控呼应。②

用“回归”形容 2017 年、2018 年的现实题材创作，意味深长。因为自 2011 年现实题材剧获得年度发行许可证的部数、集数占比分别跌至 50.53% 和 47.61% 后，就出现了一条现实题材创作的“分水岭”。之后的 2012 年至 2016 年，部、集比例双双盘桓在 51% ~ 57% 之间，之前的 2004 年至 2010 年，部、集占比均高于显露“回归之相”的 2017 年（即 60.51%、56.40%）和 2018 年（即 63.16%、60.25%）③，最高占比是 2007 年的 73.35%、70.85%。④ 用 8 年时间换回中国现实题材电视剧创作的“回归”，这是一组沉重的数字，指涉复杂。

（一）年度扫描：波澜不惊与艺术重、轻之态

2018 年剧集市场网热台冷，头部效应减弱，上新量不及网络，且大多波澜不惊，只有 2 部自带话题的古装剧《延禧攻略》《如懿传》和跨年剧《大江大河》泛起浪花。《武动乾坤》《天盛长歌》《远大前程》《橙红年代》《创业时代》《脱身》等被寄予厚望的电视剧，因剧作质量、演员演技、受众定位等关键指标不同程度的失控，未达预期。2018 年播出剧集总量是 383 部 11778 集，上星 113 部，较 2016 年减少 55 部、2017 年减少 10 部。央视仅 1 部《娘亲舅大》全国网络收视率破 2%；卫视播剧连续 3 年下降，52 城收视率破 1% 的新剧 14 部，较 2017 年减少 8 部；网剧从前两年的 201 部、211 部升至 260 部，没有网播量过 200 亿的剧集，100 多亿的 7 部，较 2017 年减少 5 部。⑤ 卫视全年收视率前 3 的电视剧依次是《恋爱先生》《娘道》《正阳门下小女人》，网播量位列前 3 的是《延禧攻略》《恋爱先生》《如懿传》（见表 2），可见，台网两端的受众对年代传奇剧、古装剧各有偏爱，而对都市情感剧则是出于共同的兴趣。

表 2　2018 年度电视剧 CSM52 城收视率、网播量 TOP10 及豆瓣网评分⑥

排名	剧集	播出平台	收视率（%）	豆瓣评分	剧集	播放方式	网播量（亿）	豆瓣评分
1	恋爱先生	东方卫视	1.56	5.7	延禧攻略	爱奇艺独播 · 先网后台	181.81	7.2

① 23 部电视剧是：《换了人间》《勿忘初心》《大江大河》《那座城，这家人》《北部湾人家》《最美的青春》《归去来》《黄土高天》《那些年，我们正年轻》《创业时代》《你迟到的许多年》《正阳门下小女人》《美好生活》《恋爱先生》《灵与肉》《爱情的边疆》《天盛长歌》《老男孩》《啊，父老乡亲》《莫斯科行动》《琅琊榜之风起长林》《楼外楼》《娘亲舅大》。

② 广电总局电视剧司自 2014 年起，汇总社会评价较好的优秀剧目，按季编发《好剧选介》，进一步增强国产优秀电视剧对创作、播出的引导和示范作用。

③ 2018 年全年全国生产完成并获得《国产电视剧发行许可证》的剧目 323 部 13726 集。其中，现实题材剧目共计 204 部 8270 集，分别占总部数、集数的 63.16%、60.25%。数据参见国家广电总局官网。

④ 许婧：《中国电视艺术史》，文化艺术出版社 2013 年版，第 213 页。

⑤《2018 腾讯娱乐白皮书 · 电视剧篇：“剧人”的迷途》，公众号腾讯娱乐 2019 年 1 月 17 日。

⑥ 表格自制。收视率网播量来自《2018 腾讯娱乐白皮书 · 电视剧篇》，豆瓣评分截至 2019 年 2 月 9 日。

续表

排名	剧集	播出平台	收视率（%）	豆瓣评分	剧集	播放方式	网播量（亿）	豆瓣评分
2	娘道	北京卫视	1.54	2.5	恋爱先生	三家联播 · 台网剧	164.91	5.7
3	正阳门下小女人	北京卫视	1.41	7.8	如懿传	腾讯独播 · 先网后台	162.48	7.4
4	香蜜沉沉烬如霜	江苏卫视	1.30	7.7	香蜜沉沉烬如霜	三家联播 · 台网剧	151.15	7.7
5	幸福一家人	北京卫视	1.27	6.8	扶摇	腾讯独播 · 先网后台	144.31	4.7
6	美好生活	东方卫视	1.27	5.0	归去来	四家联播 · 台网剧	102.70	5.3
7	大江大河	北京卫视	1.24	8.9	谈判官	五家联播 · 台网剧	102.49	3.5
8	面具	北京卫视	1.23	8.0	猎毒人	三家联播 · 台网剧	94.07	4.5
9	谈判官	湖南卫视	1.19	3.5	温暖的弦	三家联播 · 台网剧	83.74	4.8
10	猎毒人	东方卫视	1.13	4.5	烈火如歌	优酷独播 · 网剧	82.68	5.9

表 3　2018 年度电视剧豆瓣评分 TOP10 主创团队和出品公司[①]（排名来自 VLinkage）

排名	剧集	豆瓣评分	编剧	导演	制片人	主要出品公司
1	大江大河	8.9	袁克平等	孔笙、黄伟	侯鸿亮	正午阳光
2	最美的青春	8.4	郭靖宇、杨勇	巨兴茂	秦振贵、薛鑫	完美影视
3	教室的那一间	8.3	贾炳祺	贾炳祺	钟承霖	有仙则名文化
4	天盛长歌	8.2	路怡 等	沈严、刘海波	钮继新、全浩进	华策影视
5	忽而今夏	8.2	赵夏盈等	吕赢	李尔云、李峥	完美影视
6	假如没有遇见你	8.2	郎雁平、倪骏等	杨龙	吴燕、唐锐	曼荼罗
7	灵与肉	8.1	杨真鉴	楼健	王浩	宁夏电影集团
8	啊，父老乡亲	8.0	贾兴安、徐文雁	张鑫、赵镭	鲁莽	春天影业
9	面具	8.0	王小枪	楼健等	张海东	海东明日影视文化
10	和平饭店	7.9	张莱	李骏、白涛	刘燕铭	海润影视

从表 3、表 4 可以发现一个有意思的现象：央视全国网剧集普遍呈现低分高收视率，卫视收视数据和豆瓣评分反差相对较小。最典型的是郭靖宇担任编剧或兼编、导一身的两部剧《最美的青春》《娘道》，分别占据豆瓣 TOP10 第 2 位和最低分，在全国网评分人次双双最高。郭靖宇多次谈及“深入生活，融入生活，感受生活”的创作感受，他对民间艺术趣味的谙熟决定了创作上精确的受众定位和纯熟的戏剧技巧、导演功力。低分高收视率不可一概论好坏，电视剧是大众文化艺术样式，既要制作兼顾传统受众青睐的价值观相对稳定的剧集，又要生产受众定位精准的多样化产品。《大江大河》激发的是“全民向”的情感共鸣，“黑马”级爆款网剧《镇魂》完全是对特定圈层所思所爱命中靶心的定向创作。被批为“封建残余思想”的《娘道》收视和口碑分野如此巨大，显示了中老年观众与年轻人的格格不入，实际受众和打分者是两拨喜好泾渭分明的收视群体，愿看免费电视剧的大龄观众不会成为网站会员，更不会将豆瓣评分作为追剧还是弃剧的依据。这预示了一线卫视和主流视频网站未来一定会强化彼此差异化的“头部内容”+“腰部内容”+“细分受众”内容孵化策略，2018 年网台节目内容的

① 表格自制。豆瓣评分截至 2019 年 2 月 9 日。《风筝》卫视首播于 2017 年 12 月 17 日至 2018 年 1 月 11 日，故不列入 2018 年豆瓣榜单。

“圈层”定位生产特点已经做出了回答。

表 4　2018 年全国网、CSM52 城电视剧 TOP30 及豆瓣网评分 ①

	2018全国网电视剧收视				2018CSM52城电视剧收视			
排名	剧集	播出频道	收视率/份额	豆瓣	剧集	播出频道	收视率/份额	豆瓣
1	娘亲舅大	CCTV-8	2.04% 8.3	4.7	风筝	北京卫视	1.62% 5.18	8.8
2	初婚	CCTV-8	1.88% 8.02	2.9	恋爱先生	东方卫视	1.56% 4.97	5.7
3	我的继父是偶像	CCTV-8	1.85% 6.67	3.1	娘道	北京卫视	1.54% 5.8	2.5
4	谈判官	湖南卫视	1.76% 5.84	3.5	风筝	东方卫视	1.53% 4.91	8.8
5	猎豺狼	CCTV-8	1.71% 6.94	3.5	岁岁年年柿柿红	CCTV-1	1.45% 5.42	4.3
6	一千零一夜	湖南卫视	1.68% 6.8	5.2	换了人间	CCTV-1	1.45% 4.86	6.6
7	甜蜜暴击	湖南卫视	1.62% 6.49	2.7	正阳门下小女人	北京卫视	1.41% 5.16	7.8
8	惊蛰	CCTV-8	1.61% 6.68	无	天下粮田	CCTV-1	1.41% 4.75	6.3
9	回家的路有多远	CCTV-8	1.53% 6.56	3.3	最美的青春	CCTV-1	1.39% 5.18	8.4
10	开封府	CCTV-8	1.49% 6.53	6.6	楼外楼	CCTV-1	1.35% 5.24	5.0
11	浴血十四年	CCTV-8	1.48% 6.09	无	娘亲舅大	CCTV-8	1.33% 5.21	4.7
12	天下粮田	CCTV-1	1.43% 5.02	6.3	香蜜沉沉烬如霜	江苏卫视	1.3% 4.82	7.7
13	岁岁年年柿柿红	CCTV-1	1.39% 5.44	4.3	我的继父是偶像	CCTV-8	1.3% 4.58	3.1
14	姥姥的饺子馆	CCTV-8	1.38% 5.5	3.9	幸福一家人	北京卫视	1.27% 4.54	6.8
15	熊爸熊孩子	CCTV-8	1.33% 4.74	6.2	美好生活	东方卫视	1.27% 4.28	5.0
16	奔腾岁月	CCTV-8	1.32% 5.5	无	大江大河	北京卫视	1.24% 4.42	8.9
17	区小队	CCTV-8	1.32% 5.56	无	面具	北京卫视	1.23% 4.56	8.0
18	换了人间	CCTV-1	1.31% 4.49	6.3	初心	CCTV-1	1.22% 4.27	5.1
19	大牧歌	CCTV-8	1.24% 5.32	无	谈判官	湖南卫视	1.19% 4.02	3.5
20	最美的青春	CCTV-1	1.23% 4.73	8.4	美好生活	北京卫视	1.18% 3.99	5.0
21	执行利剑	CCTV-8	1.22% 5.19	无	初婚	CCTV-8	1.18% 4.76	2.9
22	龙门飞甲	CCTV-8	1.22% 5.09	4.6	猎毒人	东方卫视	1.13% 4.28	4.5
23	幸福有配方	CCTV-8	1.21% 4.13	4.9	亲爱的她们	湖南卫视	1.12% 3.82	6.2
24	战天狼	CCTV-8	1.2% 4.94	无	红蔷薇	江苏卫视	1.1% 3.56	7.1
25	我的父亲我的兵	CCTV-8	1.2% 4.45	5.0	开封府	CCTV-8	1.09% 4.39	6.6
26	楼外楼	CCTV-1	1.19% 4.76	5.0	老男孩	湖南卫视	1.08% 3.86	6.0
27	大话红娘	CCTV-8	1.19% 4.43	2.9	猎豺狼	CCTV-8	1.07% 4.13	3.5
28	我的青春遇见你	湖南卫视	1.15% 3.96	7.1	好久不见	东方卫视	1.06% 3.76	4.3
29	娘道	北京卫视	1.14% 4.23	2.5	猎毒人	江苏卫视	1.06% 4.03	4.5
30	娘道	江苏卫视	1.14% 4.24	2.5	我的青春遇见你	湖南卫视	1.03% 3.49	7.1

数据来源：央视索福瑞。

① 表格自制。豆瓣评分截至 2019 年 2 月 9 日。全国网央视播剧豆瓣评分人次大多为几百人，少数剧达到上千人，最多的是《最美的青春》的 6067 人、《楼外楼》的 1828 人；表格中最多评分人次的两部均来自卫视：《娘道》26838 人、《我的青春遇见你》7447 人。这种差异主要缘于不同年龄受众群的观剧习惯。

2018年全年以都市剧和献礼剧为主的现实题材电视剧大行其道，正剧、爽剧并行，新的叙事变奏和现实主义创作传统交相辉映。年度艺术品质最高的电视剧是两部分别在年头和年尾播出的跨年剧，同样都超越了类型框架且具有年代史诗意味：谍战剧《风筝》和献礼剧《大江大河》，就类型创新、思想内涵和审美趣味而言，非"思想精深、艺术精湛、制作精良"足以道尽，既是2018年的挽尊佳作，也是全年豆瓣评分最高的剧集。另外，同"沉重"相对照的另一种"轻文化"也成为重要的时代表征。与《风筝》《大江大河》所代表的有思想深度、人文重量、意义厚度、时代温度的作品相比，无论是远离历史正剧叙事逻辑，追随轻松、愉悦、快感的游戏打怪模式的《延禧攻略》，还是跳脱时代沉重视角，以轻快、萌化的叙事隐性而柔软地传递价值观、正能量、主旋律等调性的《正阳门下小女人》，都充分显示了2018年中国电视剧深谙互联网受众和全球文化潮流的创作趋势。

今天，处于商业包围圈中的艺术，擅长为生活重负下的人们提供赖以"喘息"的休闲消费型娱乐，佐证着黑格尔理想化的"绝对心灵的领域"的艺术活动渐行渐远的事实。[①] 特别是在与宗教脱钩、失去了革命时代"政治乌托邦光环"的动员力量后，艺术已经完成了面向"流着奶和蜜的国度"的解放使命，转身热情拥抱"有趣"，与技术、市场一道膜拜追求经济现实核心——"轻"的逻辑中，实现着"符号上的变革"。它与梭罗式返璞归真的极简追求近似，又没有走向"反文明"的极端。艺术仍然"承载着文化里最突出的价值观"，但无法回避"轻文明"作为第二种现代性的倾向，"轻"在第二层意思上"承载了正面的价值"，满足"超现代时代"中的个体活得更好更轻的愿望，对时尚、酷、轻盈、放松的热爱已是全球"超现代性的主流"。这便是法国哲学家利波维茨基在《轻文明》中阐释的思想，"无论是从字面上还是从寓意上，我们都生活在一个'轻'大获全胜的时代。统治我们的是一种由大众传媒传播的日常的轻文化，消费领域不断宣扬着享乐主义、趣味至上的参考标准"[②]。

《延禧攻略》的影响之所以能够波及港台、东南亚国家和地区，甚至引发全球关注，并非空穴来风。其版权销售到90多个国家和地区，刷新YouTube华语剧集最高观看纪录，开创中国电视剧首登谷歌2018年全球电视剧"热搜"榜首的纪录，是国剧近年来影响、规模最为特殊的一次"现象级输出"文化案例。这应该是继艺术创作中继"高雅"和"雅俗共赏"之后又一件需要严肃看待的事情。

（二）献礼情结：话语生产和文化记忆的调用

对于"真理""真实""历史""文化"的探寻和兴趣，是贯穿2018年全年电视节目的"最强音"。文化记忆和文明历史是通过媒介实现记录、分享、传播和传承的，并在互动、建构、重构中代代相传着较为一致的价值观和认同感。关于"集体记忆""文化记忆"通过传媒实践尤其是现当代借助电子网络保存记忆的形态研究，西方学者提供了理论视野，法国的莫里斯·哈布瓦赫、皮埃尔·诺拉，德国的扬·阿斯曼、阿莱达·阿斯曼、艾斯特里德·埃尔等有精辟阐述。新中国成立的思想资源和伟大实践、改革开放40年，都关乎时代变迁、个体幸福的集体记忆，对国家和民众都是具有特殊意义的"非常岁月"。电视节目用各种艺术样式，调用共同的文化资源，运用差别性的象征符号，与意识形态主流话语达成一致的话语建构，形成电视艺术领域年度响亮的"记忆场域"。还有什么比回顾电视和中国人的"共同往事"，更能激发起共有身份的文化认同和一个民族恒定的核心价值观？

2018年，央视整体收视排名依然位列全国上星频道首位，央视电视剧频道（CCTV-8）黄金档首播的28部剧目中，24部剧的平均收视率超过1%，创全年电视剧收视最高。[③] 央视肩负着国家主流媒体的责任、使命和价值引领作用，播剧突出时代精神和"正能量"。如以原新疆军区后勤部部长、"将军农民"甘祖昌和妻子举家返乡改变家乡落后面貌的《初心》；以塞罕坝几代造林人50年绿化荒漠，建成"世界上最大的人工林海"事迹为原型的《最美的青春》；展现"十八大"以来中国法制建设进程

---

① ［德］黑格尔：《美学》第一卷，朱光潜译，商务印书馆2015年重印版，第121页。

② ［法］吉勒·利波维茨基：《轻文明》，郁梦非译，中信出版集团2017年版，"引言"和第27、155页。

③ 韩平：《17部央视首播剧上榜全国20强》，《中国电视报》2019年1月10日。

和司法者群像的《阳光下的法庭》；致敬积极投身"大三线"建设，将青春和生命献给中国航天事业的《那些年，我们正年轻》；反映农村40年来历史变迁的"三农"题材电视剧《黄土高天》；等等。剧中主人公拥有共同的精神品格，集中展现了时代赋予的昂扬向上的青春风貌：在那个理想年代，将祖国需要与个人价值、个人命运与国家发展勾连、"对这片土地爱得深沉"的青春之歌，才是值得后人铭记、感佩和仰慕的时代楷模。此外，央视配合年度重大主题播出了献礼中华人民共和国成立69周年的《右玉和她的县委书记们》、宁夏回族自治区成立60周年的《灵与肉》、广西壮族自治区成立60周年的《北部湾人家》等主旋律电视剧，以及讲述乱世中浙商诚信厚德、富有进取精神的文化名楼故事《楼外楼》。

在改革开放40年的进程中，从未缺席反映国企改革、商战风云、下海创业、进城务工、平凡人生等以"小人物大时代"为主题的电视剧，以一个家庭或家族反映时代变迁隐喻"家国同构"的叙事模式，更是受到肯定和推崇的经典范式。中国电视剧创作的"献礼情结"和"纪念传统"，对国家民生大事"逢十"必有的逐代"定格""回溯""重述"的隆重艺术整合与致敬，通过集中播放达成的"想象共同体"，赋予2018年的荧屏岁月静好的温馨氛围。那些关涉每个中国人切身利益和感受的改革开放题材，也便不只是"怀旧"，更多了些亲历者意气风发的豪迈畅快。从不同行业和视角反映改革开放的电视剧从年头播到年尾，强化着国人共有的民族身份和全民记忆，如《最美的青春》《南方有乔木》《你迟到的许多年》《正阳门下小女人》《我们的四十年》《北部湾人家》《那座城，这家人》《大江大河》《外滩钟声》《江河水》《大浦东》等。这些电视剧的艺术成色参差不齐，口碑不一，却不约而同地唤起人们对昔日岁月的缅怀情愫，获得"重回现场"让时间不朽的力量。[①] 如同美国电影理论家托马斯·沙兹对属于意识形态范畴的电影的主要魅力和社会文化功能的阐释那样，"不论它的商业动机和美学要求是什么……实际上在协助公众去界定那迅速演变的社会现实并找到它的意义"。

2018年的献礼剧集中抒写了"不尽狂澜走沧海，一拳天与压潮头"的改革乐章，营造了感恩时代的氛围。《大江大河》之所以成为市场口碑双赢的剧目，是因为承载了一个纯真年代国人共同走过的悲欢岁月。"弄潮三子"是那个时代"典型环境"中3类典型人物的缩影，他们不负时代不负青春、一往无前九死不悔地不懈追梦，是改革年代最执着的精神画像，回答了中华人民共和国走向富裕强大的"中国原因"。该剧触及的第一个改革10年里的苦痛和欢畅，亦显亦隐地巧妙蛰伏在3位男主角所隐喻的改革开放的3种主流经济模式的群像叙事中，也毫不回避奋斗不息中的时代悲剧、改革中的习惯势力牵制、基层党政和办公室政治间"权力的游戏"。但3位"逐梦人"矢志不渝地前行，碾压了激流下的灰色和压抑，展示出历史车轮不可阻挡的必然轨迹。该剧是年度最好看的激情澎湃的正剧，与寄托了致敬讴歌情怀的《最美的青春》，都是以炙热的青春热血共同谱写了不同时代的现实主义底色，后者革命的乐观主义精神于今仍是饱满而稀缺的。

被业内专家盛赞为"不负天下不负农"的良心之作《黄土高天》，改编自陕西作家莫伸的报告文学《一号文件》，该剧具体生动地反映了当代中国农村40年的变迁，从"活下去，富起来，新农民"的农村新思想的表现，一展中国改革开放的成就，剧中典型的人和事，得益于原作"用双脚走出来"的独有的扎实史料价值和毋庸置疑的真实性，已故作家陈忠实曾对该报告文学给予高度评价。

《正阳门下小女人》不同以往年代剧的正剧叙事路线，而是融入"一山二虎、瑜亮相争"的商战剧手法，并将轻快、昂扬、逗贫的轻喜剧风格和"京味儿"文化内涵相结合。两个女人的CP成为曲折人生的欢乐励志交响曲，唱出了该剧的魂："原谅别人就是原谅自己"，以及"知者减半，省者全无"的人生境界。剧中女主角徐慧真是家庭顶梁柱，有着干大事的绝对权力和资质，并非"半边天"，但这个"小女人"不同于"大女主"，也不是"女汉子"，而是一种将残缺的人生过成"圆满"的理想化的智慧女性，倾注了创作者对拥有完美人格和生活品位的女性形象的现代性投射：家境殷实、通情达理、

① 许婧：《中国电视剧40年与中国人的"共同往事"》，《中国艺术报》2018年12月19日。

刚柔相济、才貌双全、柔婉而坚毅、妩媚却独立，风风火火立门户，是“风一样的女人”，一种双性合璧的完人形象，所谓“女慕贞洁，男效良才，知错必改，得能莫忘，罔谈彼短，靡恃己长，信使可复，器欲难量”。该剧是《情满四合院》的编剧、导演的接续合作，同是描写“老北京”的人情人事，但后作的“小酒馆文化”，与前部剧中男主角“傻柱”悲催却乐观的人生和四合院文化有着区别鲜明的韵致与趣味。该剧以女性为主角，男性是远比“绿叶”还要重要的故事支撑。健康的基调、一帆风顺的人生、启智的剧情、有趣的人物、绝不给观众添堵的善恶有报的及时兑现等，不时缀以“爽点”，观感更加“畅快”，与时俱进地更新故事话语表述系统。

《北部湾人家》的家庭线叙事渗透出来浓浓的亲情和宽严相济的家风家教，相比官场线叙事更加让人感到充满善意的家庭伦理剧的建设性出路。对家庭、都市剧而言，平实的叙事与宽容的引导尤为可贵。现实家庭中没有那么多动辄鸡飞狗跳、惊心动魄的“事故”，更多的是观念不同的冲突、不同代际与阶层的隔阂，并非二元对立非黑即白的极端和非理性，平和智慧地挖掘生活本真的戏剧性与暧昧多义，更能彰显中国人伦社会的包容性。这也是《正阳门下小女人》《远方的家》《陪读妈妈》《美好生活》可贵的现实主义价值所在——发掘生活的戏剧性和智慧，在合理性基础上辩证审视人性的善与非善。《归去来》的剧情并不扎实，有将留学生活简单化的毛病，角色戏份平均用力，难分主次，但它将海外留学生所归属的4类主要阶层与中国的反腐现实、官商文化和代沟等结合，是一种表现价值观博弈的叙事类型，理想化地传达了“成为更好的自己”的人生理念。

（三）年度创作喜忧参半：话题纷扰大剧匮乏

2018年是改革开放40年和中国电视剧诞生60年，吊诡的是，全年一派献礼的热闹和现实题材剧的繁荣，然而，除了《风筝》《大江大河》，竟无可抚掌击节的现象级大剧，反倒是郭靖宇、于正和他们各自的2部剧，构成了2018年现象级最大反差的电视人及作品。整体看来，年度创作献礼40年有余，诚意致敬60年欠奉，追风盖过艺术品质。

1. 都市剧、行业剧依然是悬浮剧

上半年播出的《恋爱先生》《美好生活》有亮点却未大热，原因是“失真”，炫酷的故事背景和太多巧合自绝于生活逻辑，这也是都市剧、行业剧已成套路的缺陷。对细节的处理是评鉴一部剧集品质的重要指标，俄裔美籍作家纳博科夫谈到文学对细节的热爱时这样说：细节所能提供的美和善集合了“科学家的热情和艺术家的精确”①。

《恋爱先生》是《好先生》系列的续集，都是讲述受伤男人迷失后在“寻找回来的世界”中获得自我的爱情故事。两部剧仅是主题性相似，质地悬殊，《好先生》可贵地探索了心理现实主义，《恋爱先生》不免浮夸，脱离生活实感的诊所场景、跨国取景和不接地气的情节，有哗众取宠之嫌，情节中“配方式”地叠加了斜杠青年、海归、直播、网红、网络暴力、高科技新贵、互联网创业、出国做全职太太等社会热点和现代生活方式，还有单亲家庭、独居老人的辛酸。比比皆是的植入广告和生硬的台词，脱离生活实际，尤显中产阶级趣味和高端消费心理，让人质疑该剧的现实主义含量。《美好生活》讲述一个悲催海归接受手术“换心”后人生重设的爱情故事，中年大叔、劫后余生、一无所有等跌到谷底的人设，扒自韩剧老梗。然而，随即展开的年轻人、老年人的两段情感线立刻成为亮点，配角叙事线出彩，几段逗趣的三角关系，金句频出的台词，都市人的孤独、栖遑和寻找，真实的老年人心理，主要演员在线的演技，都适宜地中和着太多巧合造成的剧作硬伤，散发出一种扑面而来的哀而不伤的气息，让该剧叙事出没在反常和正常交叉的疯癫中。比起讲述熟男熟女爱情的《下一站，别离》中“早更”的女主和“爱无能”男主的契约婚姻，《美好生活》中的萝莉之爱、恐婚女性、“胭脂扣”式的不醒痴情更加落地；至于《老男孩》，是一个简单到看了开头就知道结尾的故事，靠平庸套路和任

① 刘佳林：《坏的艺术家亵渎了好的文学吗？》，《新京报》2017年5月20日。

性“互怼”推动剧情。《新京报》统计了近两年12部都市剧相似桥段的10个套路[①]，《老男孩》全部收齐，《恋爱先生》《谈判官》紧随其后。不尊重戏剧规律、疏于挖掘生活细节、机械罗织套路剧情、回避高级的性格冲突、呈现光怪陆离的花花世界等，是都市剧似曾相识的配方模式。

行业剧普遍存在的误区，要么拘泥于行业素材，在畏手畏脚的恪守中失去戏剧性，要么无视行业特性，权当编故事的背景毫无真实感，大多沦为讲述无差别爱情的偶像剧和披着行业剧外衣的“伪现实”剧。《谈判官》是其中的典型代表，缺乏职业伦理、职场规则、职人面貌，弱化精英的专业能力，以幼稚的卖萌打造人设表面的“出色”，招致多方诟病，《人民日报》也点名批评。行业时空错位的《创业时代》在肤浅猎奇的情路和失真的商战硝烟中讲述创业故事，局限于偶像、中产和高干阶层的廉价想象，重复着国剧中的行业剧短板。虽然该剧后面对职业理想与多种心态的展现渐入佳境，但对情感始于新终于乱的离奇处理，还是给观众留下了男主角终究是靠资源上位的“渣男”印象，事业线与爱情线兼顾的野心落空。时装职场剧《你和我的倾城时光》之所以高开低走，也是服装行业背景下失真的商战与偶像剧的爱情套路。而彼岸同是女性为主角的两部剧——法医题材的日剧《非自然死亡》和聚焦媒体行业的韩剧《迷雾》——让观众领略了真正“称职”的行业剧的纹理，年度国剧的行业想象相形见绌。

2. 谍战剧、抗战剧的创新意涵

2018年有新意的抗战剧、谍战剧基本上都是非典型意义的类型剧，在叙事、题材、元素上有态度，演员阵容搭配也很用心，饶有“实验”意味。但很遗憾，除了《风筝》《面具》，其他都反响平平。

《风筝》延宕4年多终于在2017年年底跨年面世，该剧正视并摆脱了党派之争阴影下的人性偏见，艺术地体现政治上的进步，反衬中国共产党的政党先进性，其“现实主义”的极致意味不言而喻。其在谍战外衣下渗透了时代剧的庄重，所有的悲虐和机锋都准确又极致地“事关未来”，含蓄、隐忧而犀利。[②]如果说《暗算》将反特剧进化到谍战剧是基于更大格局与视野的类型提升，《风筝》则是将谍战剧升华到有史诗意味的年代剧，两部谍战剧的导演柳云龙十年间的两次作者式提升，终至形而上的哲理化境界，不虚“谍战教父”的称谓。《面具》是一部真实再现特殊人群“复杂心理”，有统战内涵的反特谍战剧，节奏紧凑，悬疑十足。谍战和家庭两条线相得益彰，从潜伏在公安解放系统里的两名特务的视角讲故事，展现了他们掩藏在“面具”背后的挣扎、痛苦、困惑，以及不同抉择命运悬殊的人生况味，投诚法医李春秋与双重身份两个面具下的丁战国的人生形成鲜明对比。法医和侦查科科长的身份设置、大量法医角度专业破案细节的可信处理、特务生涯带给家庭的致命危害，成就了该剧的卓尔不群。

《和平饭店》《誓言》《脱身》也是年度非典型意义的抗日谍战剧。《和平饭店》的“历史想象”是气质性的还原，非一般意义上的抗日剧，显示了叙事和主题上的双重野心。文艺范儿的东北土匪和共产党高智商美女特工的反差人设新颖别致，行为痕迹分析的侦讯破案手段有新意，在封闭空间中充分调动巧合、悬念、喜剧等戏剧化技巧极速推进剧情颇见功力，“人不光是利己还要利他”是对“信仰”又一次富有亲和力的通俗讲述。《誓言》是首次在战争、谍战题材中加入“兵棋推演”的新元素，中日两国高手围绕兵棋推演，殊死较量。剧中的“达华旅社”是上海滩情报交易中心，远东各国间谍云集于此，与《和平饭店》一样，是世界的一个缩影，都多少汲取了近年来流行的“密闭空间叙事”和场景集中的元素。《脱身》并非在传统谍战剧的框架内叙事，融入情感、生活、喜剧、悬疑等元素，展现了20世纪40年代的上海风情、市井气息、兄弟情义、日常生活，是将一对男女阴差阳错的情感发展和他们成长中不同寻常的“革命之路”结合在一起讲故事，互为背景。男主角奋不顾身地为革命者身份的女主角做事，甚至甘愿做双胞胎哥哥的替身瞒天过海，都只是出于爱情和亲情的立场，用自己的聪

① 张赫：《都市剧10个套路，〈老男孩〉全中》，《新京报》2018年4月5日。
② “一周语文”黄集伟专栏，《新京报》2018年1月22日。

明才智保全自己心爱的女人和家人。相对于“谍战”，该剧更像一出民国版的家庭生活剧。

无独有偶，《脱身》与《和平饭店》都是通过描写爱情、革命来表现男人的成长，女性成为男性的精神导师，美好的爱情将“他”塑造成一个“更好的人”。描写女性力量是当下中国电视剧现实、历史题材中的潮流，透露了女性作为观剧主力的市场密码。

3. 古装剧另辟蹊径的精致策略

向来被视作收视保证的“大女主”古装剧，在 2018 年情势急转而下。《巴清传》因主演涉事播出无望，《如懿传》话题不断，反复定档改期网播后终上卫视，但大势已去。随着《延禧攻略》“强情节、快节奏”爽剧模式先网播出后，一路开挂地反哺卫视，一种更符合互联网趣味、戏仿游戏闯关打怪、大快朵颐的“爽剧”叙事模式开始流行。

制作精良的两部清宫剧又成为全年焦点，正如一位网友的感叹“被清朝三位皇帝锁死的电视剧人生啊”，确证了古装剧对清宫题材的青睐和过度开采。网剧“虐不如爽，男性向不如女性向”风格向电视剧迁移，过于伤感的悲剧气息和沉郁思想让正剧叙事、艺术气质更佳的《如懿传》不讨喜，有些生不逢时，尽管其豆瓣评分高于《延禧攻略》。前者以严肃的态度呈现了紫禁城里“青樱弘历，兰因絮果”的皇家爱情，初时美好，最终离散，情深缘浅的悲伤，为宫廷爱情的异化做了深刻的注解。后者则是白日梦般的意淫，魏璎珞进入后宫的动机、始于复仇的探案、忠于自我的爱情、笑到最后的全胜，相较于《如懿传》情感幻灭的真切，不过是又一则现代爱情的幻想。

《凤囚凰》和《延禧攻略》造就了“于正剧”在 2018 年天壤之别的反差，前者改编自与《甄嬛传》《琅琊榜》齐名的晋江三大奇书，年初首播便口碑扑街收获豆瓣 3.1 低分。而《延禧攻略》从剧作到制作一反常态的叙事模式和审美风格，引发年度“现象级”热议。相对于坊间激赏该剧引入莫兰迪色系的高级灰，一改“于正剧”以往宫廷服饰“阿宝色”的高饱和度俗艳，备受好评的是颠覆传统宫斗叙事和人设的“爽剧”模式。“爽剧”衍生于起点中文网形容网文的熟词“爽文”，也即“小白文”，情节以“打怪升级”为主，遵循简单快乐原则，用“高度幻想”实现逻辑自洽，符合人们现实无望后的期待视野。初看与“阿 Q 胜利法”式的意淫叙事相似，都是经过短暂的“闷”后迅速无节制地满足看者压抑的欲望，极度释放快意，必要时会忽略经典叙事中故事和人物的逻辑，其核心功能是“心理按摩”，情节完全服膺于“爽”的基础设定。几乎每一集都有战斗和凯旋，通过“加快打怪升级的节奏，大幅度缩短主人公的‘蛰伏期’和‘被打压期’，以一个胜利接着一个胜利来作为全剧（全文）的主线”①。然而，此类游戏化叙事简化历史的反智倾向、暴力对抗的合理性、观众被完全代入游戏状态的非理性观战与期待，需要格外注意。毕竟，艺术不是玩游戏，历史的意义是启智，浸入权力浑然不觉地享受权力的照拂和以暴制暴的快感而毫无反思，是危险的，并非艺术的初衷。或许，《延禧攻略》最该为业界师表的是，在天价片酬甚嚣尘上时，没有押宝 IP 和流量明星，演员 2400 万元的总片酬只占总制作费 3 亿元的 8%。

爽剧叙事与网站倍速推进剧情的“节奏感”，基于心理同源，其在 2018 年的“逆风翻盘”得益于网络文学的滋养孕育。

4. “十翻九渣”仍屡败屡战的翻拍剧

中国电视剧市场的翻拍剧素有“十翻九糊”的尴尬说法。2018 年，翻拍数量增至 23 部，翻拍来源主要有 3 类：国产剧（大陆经典、台湾偶像、香港武侠）、日韩剧和经典电影，据不完全统计，待播翻拍剧尚有 90 部之多。② 其中，古装武侠剧减少，都市爱情剧最热，网播路线决定了多数由新人挑大梁的特点。

---

① “一周语文”黄集伟专栏，《新京报》2018 年 9 月 4 日。

② 《艺恩发布〈翻拍剧市场研究报告〉》，搜狐娱乐（https://www.sohu.com/a/292161734_100271596?sec=wd）。

表5显示，除了1部严格讲不算翻拍只是根据原著小说改编的剧版，以微弱比分高于电影版，其他22部全低于原版，原版越是经典，翻版越是扑街。其中,《新笑傲江湖》和新版《泡沫之夏》都是选角不当、演技生硬和情节改动过大，资本主导的翻拍只是在重复着相似的失败原因，前者更像是剧版《笑傲江湖》的“同人创作”，与金庸小说相去甚远；翻拍于2001年《寻秦记》的同名剧集缺乏诚意，浮夸廉价、粗制滥造，满盘皆输，两版评分差别最大；翻拍自2000年同名剧集的新版《流星花园》投机取巧地吃老本，与时代脱节，全无长进，比比皆是的逻辑漏洞和尴尬演技，被网友奉为“土味视频”，沦为三流之作。

形成鲜明对照的是，2018年恰逢《还珠格格》播出20周年，湖南卫视与琼瑶因起诉于正剧《宫锁连城》抄袭《梅花烙》官司而生嫌隙，在琼瑶收回版权4年后，双方一笑泯恩仇，“暑期神剧”年初复播，再现经典欢颜，剧情频上热搜，收视可喜。《西游记》《雍正王朝》《康熙王朝》等老剧仍在霸屏，且收视稳定。

表5　2018年23部翻拍剧及其来源、豆瓣评分[①]

国产剧	豆瓣评分		日韩剧	豆瓣评分		经典电影	豆瓣评分	
	翻拍剧	原作		翻拍剧	原作		翻拍剧	原作
新笑傲江湖	2.6	8.3	北京女子图鉴	6.2	8.7	原来你还在这里	6.9	4.1
新圣水湖畔	暂无	7.8	上海女子图鉴	6.7	8.7	合伙人	4.8	7.6
天乩之白蛇传说	6.1	9.0	最亲爱的你	7.2	8.2	龙门飞甲	4.6	6.7
开封府	6.6	7.3	高兴遇见你	暂无	无	梦想合伙人	暂无	3.9
钟馗捉妖记	4.1	8.2	如果，爱	4.2	6.6	新万家灯火	暂无	8.3
流星花园	3.2	8.2	柒个我	5.4	8.8	新刑警本色	暂无	8.4
泡沫之夏	5.2	5.9	重返20岁	6.2	8.3			
爱情进化论	5.3	8.3						
寻秦记	2.3	8.3						
再创世纪	6.8	8.9						

（四）从现实和历史双向重提艺术门槛的必要

回顾2018年并不让人乐观的电视剧创作，以下几点应该有清醒的认知：

1. 2018年电视行业的产业整顿只是亡羊补牢，无法根治中国电视剧20年来持续恶化的产能失调，“提质减量”不是简单的空话。1995年中国电视剧产量超过6000集时，以创作了现实题材剧作《西部警察》《车间主任》而著称的张宏森的良知告诫一语成谶，于今回想振聋发聩：“数字诞生不了美，数字也诞生不了道德和品格。如果中国电视剧创作界不正视在文化生产和文化建设的同时文化道德的严重下降和沦落，那么，数字的庞大只能说那是病入膏肓者的闪烁发光的浮肿。”[②]

2. 优秀剧作出自有限的专业影视公司，与电视产业规模关系不大，回归“文化事业”的长远之计是认真思考“文化例外”。一位网友的统计显示了每况愈下的创作生态：“2010年之后，国产剧8分以上作品数量大幅减少，2000年到2009年之间，8分以上的剧集有346部，但是2010年到2018年只有206部。不仅如此，2分到5分的作品大幅增长，2000年到2009年，5分以下作品仅有41部，2010

① 表格自制。豆瓣评分统计截至2019年2月9日。其中,《新圣水湖畔》无评分，原作系拍摄于2005年的《圣水湖畔》，且仅有110人评价。

② 宋强：《人民记忆》，江西人民出版社2008年版，第442页。

年后这一数字直接飙升到610部。”[①]中国电视产业化是在中国总体性社会改革基础上开始的，打破体制内、国有经济主体的垄断性运行机制，引入市场因素，激发民营活力，释放出生产力，进而引发投资结构主体分化和再结构化。然而，行业内经济自主空间发育的无序，不可避免地导致无艺术标准门槛投资的获利愿望膨胀，冲击着电视剧的文化品质和艺术内涵，在多元化利益主体运行中的不良异质深深危害着行业生态。从历年行业几大奖项和各种评奖看，中流砥柱的仍是术有专攻、流程严谨、有内容生产积淀的专业制作力量。

3. 谨防题材创作上避重就轻的投机性选择，从而放大机制缺陷，有没有现实主义佳作无关审查制度，广电管理终究是趋利避害的底线把关。2018年现实题材创作井喷，但真正的胜利在于质量而非数量，应该是现实主义创作精神和作品艺术品质的回归。多年来，现实题材创作中“四不像”——不像真都市，不像真奋斗，不像真人性，不像真面容的“伪现实主义”批评仍不绝于耳。失去“生活底色”的现实生活场景无论多么华丽光鲜，依然是披着现实主义外衣的“悬浮剧”，掉入编剧刘和平指出的“商业上的投机”和“内容上的虚无”病灶。应当注意的是，从《你迟到的许多年》可见悬浮已开始侵蚀军事题材，主旋律剧创作若不尊重戏剧规律，终将是“低级红、高级黑”。

4. 不能说“限古令”的贡献是推动了古装剧创新、制作的精品化方向，深刻认识古装剧戏说对历史真实的消减，绝非数量的限制。《北京日报》发文批评热播宫廷剧使宫廷文化传播不断升温，即便丰富着大众的娱乐生活，负面影响仍不容忽视，并列举宫斗剧五大罪状：热衷追崇皇族生活方式，使之成为流行时尚；精心演绎“宫斗”情节，恶化当下的社交生态；不吝美化帝王臣相，淡化今朝英模光辉；宣扬奢华享乐之风，冲击克勤克俭美德；片面追逐商业利益，弱化正面精神引导。[②]

5. 剧情注水和随意更改单集播出时长，不尊重编剧，应予以重视。古装神话剧《香蜜沉沉烬如霜》由36集加到63集，引发编剧和制片方的口水仗。此外，湖南卫视播剧常年不规范，随意叠加剧情，剧集长短不一，过度追求商业价值全然不顾观众心理和市场效果。爱奇艺发布一组数据：“近年来长剧的弃剧率越来越高，对于45集以上的电视剧，2016年的观众弃剧率是47%，2017年是50%，2018年达到56%。短剧集观众追看到最后一集的比例是长剧集的4倍。”[③]根据大数据进行行业立法，规范剧集市场势在必行。

6. 广电管理应该健全全剧集的品质审查指标。“黄金前3集”的观念是圈内人熟知的创作规律，在2018年腾讯V视界大会上进一步升级为“生死7分钟，黄金前3集”。腾讯视频年度指数报告显示：“在第1集弃剧的用户中35%是发生在前7分钟内，与此同时40%的用户会在前3集弃剧。此外，前7分钟的弹幕发出率也是最高的，7分钟后倍速观看和拖拽的比例会增加20%。”[④]互联网时代，观众不断被新技术训练牵引，注意力被海量信息和选择分散，精彩和瑕疵都会被瞬间放大，演变成一个文化现象或一场大众狂欢的舆论场，这迫使创作者必须面对这一充满巨大焦虑感的情势调整叙事惯性。同时，也会造成剧集顾头不顾尾越来越难看的急功近利的后果。

五、结语：2018年并非中国电视业的至暗时刻

回顾全年，中国电视业在改革开放之年致敬国家和电视剧艺术的黄金时代，在检视产业乱象中根治危害行业肌体的毒瘤，开始扭转“财务思维”做产业的误区，从规模经济转向文化价值的考量。电视剧年度创作上折射出的主旋律精神融入各类型的主流化趋势、抗战剧和谍战剧类型元素延展后的年代史诗意味、职场剧日益广泛地探幽中国各行各业、网络文学改编剧上位打破亚文化圈层的两相受益、

① 董雨晴：《后流量时代，影视业出路何在？》，公众号看电视2018年12月25日。
② 《北京日报列举“5宗罪”宫斗剧疑遭卫视全面禁播》，腾讯网（https://new.qq.com/omn/20190129/20190129C0TJHV.html）。
③ 马思瑶：《观众动不动就“弃剧”，“弃剧雷区”有哪些？》，公众号编剧帮2019年1月24日。
④ 赵春晖：《四位少壮编剧妙解流行剧作法》，公众号影艺独舌2019年1月23日。

现实主义和新历史主义创作方法的并行不悖及亦庄亦谐美学风格的流行倾向、献礼剧在一年又一年抚今追昔中的致敬历史、感恩当下，成为2018年电视艺术的显著标签。同时，文化类综艺节目在文化内涵和视听感受上同步提升，垂直类综艺甘冒创新风险探索平衡娱乐和提高大众艺术鉴赏力的内容创新路径，“三台合一”走出了融媒体发展历史性的一步。台网深度融合中的差异性内容布局和殊途同归的标准规范，在引导网剧步入精品时代，与电视剧共同创造新时代的艺术“高峰”。

年度语录和金句总能形象地勾勒出全年普遍的社会心态和执念，在各式花样用语中，两句话格外抢眼，一是华为CFO孟晚舟的“我以祖国为傲”，二是网络金句“岁月不饶人，我也未曾饶过岁月”。这两句话形容改革开放40年令国人越发自信的面貌格外贴切。事实上，电视屏幕上，很多电视剧都在书写“国家”和“个人”双重意义上“最美的青春”，在岁月沧桑中描述国家与人民是如何在艰难困苦中“玉汝于成”，在与岁月的赛跑中并未虚度光阴，活出了该有的精气神，才最终在无悔岁月中成就了“最好的自己”和“最美的家园”。“家国同构”折射了根深蒂固的民族心理，是中华民族悠久历史和优良文化传统沉淀的结果，也是中国电视剧经典的叙事策略和价值取向。

2018年，正是在电视剧、专题片、纪录片、电视综艺、网综网剧绽放的新意中，让人们嗅到了电视行业进入“融媒体时代”守正出新、砥砺前行的讯息。

许婧　中国艺术研究院电影电视艺术研究所研究员

2018 年度中国广播电视产业发展研究报告

◎ 李秋红　周菁　王羽　胡祥

2018 年中国广播电视产业认真贯彻中央决策部署，坚持正确发展方向，进一步深化改革创新，取得新进展新成效，整体呈现稳中求进、深度调整、创新发展的良好态势。

一、内容产业进入创新发展新时代

2018 年，全年综艺节目、电视剧、纪录片、动画等产量保持快速稳定增长。无论数量规模品种，还是质量效益经营，广播电视内容产业发展正加快以数量规模增长为主向质量效益提高为主的转变。

二、视听节目精品迭出，提升平台价值

2018 年，国家广电总局（以下简称总局）继续强化节目特别是上星频道节目的结构化管理和宏观调控，把精品原创放在突出位置，持续推动节目创新创优，节目所呈现的主题更丰富、反映的领域更宽广、融合的形态更多元。推出了一大批优秀的原创节目，如《国家宝藏（第二季）》《朗读者（第二季）》《最强大脑之燃烧吧大脑》《行稳致远新航程》等，从中央到地方，各广电制播机构精品迭出、好戏连台，掀起收视热潮，完成了新形势下宣传思想工作的使命任务，媒体平台价值进一步提升。

伴随着广播电视节目的不断创新发展，我国一批原创电视综艺节目模式走向国际市场。《国家宝藏》《朗读者》《经典咏流传》《天籁之战》《声临其境》《跨界歌王》《明日之子》《功夫少年》《好久不见》九大中国原创节目模式集体亮相 2018 年法国戛纳春季电视节，引发国际普遍关注。依托于互联网分众化特质的垂直细分类综艺成为重要趋势，《声入人心》《我就是演员》《这！就是灌篮》等节目，激发了更多原创可能，综艺与更多行业内容产生关联，释放出更多活力。优秀传统文化与现代流行方式“搭手配合”，也是分众时代国产原创综艺弯道超车的有效路径，“国产原创”变得底气十足。

三、电视剧现实题材主流地位进一步凸显

2018 年现实主义电视剧创作成为主流，纪念改革开放 40 年展播剧流光溢彩。以人民为中心、以现实题材为主体是我国电视剧创作持续繁荣的命脉所在。2018 年 1 月至 10 月，总局受理申报备案的电视剧剧目共 1386 部、54333 集，通过备案公示剧目共 980 部、38828 集，分别占申报总数的 70.71%、71.46%。通过备案公示审核的剧目中，当代题材共 585 部、21925 集，分别占公示剧目总数的 59.69% 和 56.47%。现代题材共 53 部、2007 集，分别占公示剧目总数的 5.41% 和 5.17%。2018 年电视剧产业发展最突出的特点是回归内容本质，现实主义创作如火如荼，而此前热门 IP 加流量明星加大制作的创作模式遇冷失灵。在现实题材主流地位的进一步凸显中，在强化以人民为中心的创作导向中，不断拓宽广度、开掘深度、提升高度，电视剧创作整体品质明显提升，精品佳作不断涌现。

四、国产纪录片综合效益和影响力显著提升

纪录片生产取得长足进步，发展步入黄金时期。2018 年，总局加大国产纪录片扶持力度，要求每个上星综合频道全年在 19 : 30—22 : 30 时段播出国产纪录片总量不得低于 7 个小时。支持和鼓励开设纪录片栏目，扩大国产纪录片播出需求。纪录片的创作生产日趋活跃，产量、质量不断提高，涌现出一批思想性、艺术性、观赏性俱佳的优秀作品，引发社会关注。实施的“记录新时代”纪录片创作传播工程，开展编制百部纪录片重点选题规划工作，鼓励带有鲜明时代印记、彰显时代精神的纪录片精品，进一步推动了纪录片产业的繁荣发展。

2018中国广州国际纪录片节上，来自五大洲122个国家与地区的4542部/集作品参展，53个“一带一路”沿线国家的65件作品参评参展，达成意向成交额8.62亿元，同比增长66%，完成超过46000分钟的交易量。

五、电视动画片发展上新台阶

2018年，电视荧屏上涌现一批价值导向正确、具有较高艺术水准和制作水平的优秀作品，如《新大头儿子和小头爸爸（第五季）》《熊熊乐园2》《酷跑英雄》《京剧猫之乘风破浪》《天眼归来》《孟姜女》《赛尔号（第九季）》《多宝成长记（第一季）》等，这些作品以丰富的想象力展现色彩斑斓的动画世界，具有积极向上的教育导向，极大地丰富了儿童的精神生活。其中，童话类、教育类、现实题材类作品成为主流。

仅以2018年10月经总局备案公示的38部国产电视动画片为例，总计10879.5分钟。按题材划分，童话题材18部、5615分钟，占备案公示总数的47.4%、51.6%；现实题材4部、1305分钟，占备案公示总数的10.5%、12%；科幻题材3部、1290分钟，占备案公示总数的7.9%、11.9%；教育题材5部、1002.5分钟，占备案公示总数的13.2%、9.2%；历史题材3部、269分钟，占备案公示总数的7.9%、2.5%；其他题材5部，1398分钟，占备案公示总数的13.2%、12.8%。由此可以看出，文化历史、现实题材更加突出，童话、科幻、科教等各类题材日趋均衡。国产电视动画将正确价值观与生动的艺术巧妙结合，做到“有意思更有意义”，大力弘扬真善美，传播人间正气，引导青少年崇尚理想、道德、奋斗，认清对错、美丑，自觉做有自信、尊道德、讲奉献、重实干、求进取的时代新人。

六、网络产业奋力创新，在变革中前行

2018年中国广电传输产业可谓冰火两重天，一方面，有线电视行业在用户流失的困局中苦苦挣扎，努力寻求各种转型之道；另一方面，IPTV和互联网电视（OTT TV）日渐活跃不断占领市场。据了解，截至2018年10月末，中国三大通信运营商的电视用户数已突破2亿户，直逼传统有线电视。日益激烈的市场竞争，必将加速产品和服务的优化升级，广电传输产业在激烈博弈中，一方面加强网络建设改造的力度，另一方面加强业务的融合开发力度，加快由专网向兼具宣传文化和综合信息服务特色的新型网络转化。

七、有线电视转型升级

2018年是有线电视行业转型升级的关键阶段。

一是相关管理部门以强管理促发展，强化顶层设计部署重点领域。如对全国有线电视网络整合和互联互通平台建设多次部署，提出发展重点，为未来开展实质性业务奠定良好基础，同时积极整治有线电视网络节目传输秩序，对违规开办的电视频道、违规传送非法频道、违规插播广告等问题进行严肃查处。

二是高附加值用户持续增加，成为行业发展的重要力量。2018年有线电视离网用户不断增加，用户流失趋势加剧，但高附加值用户稳步提升，成为保收入的重要支撑。我国有线电视双向业务渗透率持续提升，据《2018年第三季度中国有线电视行业发展公报》显示，截至2018年第三季度，有线双向网络覆盖用户1.71亿户，比2017年同期增加1200万户，双向网络渗透用户9475.3万户，比2017年同期增加1529.8万户，高清用户、智能终端用户、4K视频点播等高附加值用户也有较大增长，正成为增加ARPU值、拉动产业发展的重要力量。2018年前三季度，4K终端用户增长345.1万户，增幅达37.55%，其中内蒙古、贵州和北京三地的4K终端用户增幅较大。2018年9月，总局向各省广电局、中央广播电视总台和总局直属各单位印发了《4K超高清电视技术应用实施指南（2018版）》，对4K电视进行规范，中央广播电视总台4K超高清频道正式开播，四川广电、江苏有线等多家有线网络公司也积极布局高清、超高清电视业务，开展光网建设、布局超高清智能终端等，4K电视产业的发展即将进入“快车道”。

三是产业收入降低，各级有线网络公司积极谋求专业化特色化业务。全国有线网络产业收入呈现下滑趋势，据全国11家有线网络上市公司2018年中报显示，大部分上市公司的主营业务收入和净利润均有不同程度减少，有线网络产业正进入下行拐点。面对一系列考验，各级有线网络公司努力寻求新突破，不断向智慧化、融合化演进。一方面，夯实内功做强基础产业，依托有线网络优势构建广播电视新视听；另一方面，积极探索融合业务、智慧业务，创新经营思路，拓展业务范畴，实现“有线网络+”，形成更具创意更有活力的融合新形态，打造有线网络新型生态圈。如积极布局高清、超高清电视业务，深入开展智慧城市建设，大力争取宽带接入服务，等等。有线网络还进军新零售产业，建设集广电网、人工智能、新零售、社区服务于一体的创新旗舰店，打造“线上多屏交互+线下体验”的“一站式”社区服务。此外，有线网络着眼绿色农业、旅游观光等产业，实行异业联合，实现特色化发展，其创新发展模式未来可期。

八、IPTV 保持增长势头

2018年IPTV继续保持增长势头，全国IPTV业务走上加快发展、加强管理的规范发展之路。IPTV用户规模保持稳步扩大，根据《2018年第四季度中国有线电视行业发展公报》数据显示，“全国一张网”取得新进展，截至2018年第四季度，IPTV用户净增3315.9万户，同比增长27.1%，用户总量达到1.55亿户，收视渗透率达到34.68%。到2018年12月，IPTV总平台已在全国27个省开通业务，覆盖43个运营商平台，IPTV在业务发展、内容建设、技术创新等方面不断探索。

一是用户规模不断扩大，合作模式探索推进。总平台以对接聚焦重点项目为抓手，将安徽电信、青海全省三大运营商等纳入播控，用户数量不断增长，同时强化与电信、联通的合作，探讨新的集约式合作模式，随着深化运营和合作地区的拓展，IPTV用户和收入持续增长。

二是加强内容建设，做优特色内容。2018年，IPTV总平台配合台网完成主题主线报道10余项，配合台网各部门宣传栏目共计460余条，并结合实际情况对“新闻专区”“熊猫专区”“精准扶贫专区”等专区产品功能进行优化，丰富内容产品及EPG系统开发设计。以数据精准运营积极研发“我的IPTV”，打造个性化的内容传播体系，提升用户体验。

三是不断探索创新，布局重点领域。如积极研发部署新版专区及4K专区，开发“可见即可得”及主模板配置专题工具，满足各个地区的EPG个性化需求及更新迭代。

九、互联网电视（OTT TV）快速崛起

作为“电视+互联网”高度融合的创新产物，互联网电视用户规模近年来一直快速增长。2018年OTT TV行业在传统电视厂商、互联网企业带动下快速崛起，用户增速不断加快，客厅注意力经济的价值越来越大。OTT终端整个产业链的日渐完善，为把观众从手机小屏拉回电视大屏提供了可能。根据《2018年第四季度中国有线电视行业发展公报》的数据显示，截至2018年第四季度，OTT TV用户净增超5300万户，同比增速48.2%，用户总量达到1.64亿户，收视渗透率达到36.69%，占据了宽带接入家庭约一半的市场份额。基于新技术、新应用，互联网电视不断成熟，新的服务模式、消费场景促使互联网电视新体验不断涌现，互联网电视作为物联网时代智慧家庭的信息集成入口与智能娱乐平台入口，价值逐步得以体现。

一是以BAT为代表的阿里数娱、腾讯视频及爱奇艺正进一步快速抢占OTT TV平台市场，日活规模已达到三线卫视水平，其中银河奇异果（爱奇艺）和云视听极光（腾讯）日活规模分别超过了700万台。二是主流OTT终端厂商开始向内容运营、广告运营、服务变现等方面综合发展，建立新的盈利模式。三是OTT广告营销逐渐从新兴投放渠道转化为稳定存在于品牌营销策划中的重要营销资源，并被资本市场看好，如酷开网络估值达到95.6亿元，成为OTT行业的第一家独角兽企业。OTT将成为未来营销的重要平台。

根据有关数据显示，2018年8月，OTT广告总体收入突破60亿元，高达69万户，是PC端到达

率的两倍。2018 年世界杯期间，众多品牌商纷纷抓紧 OTT 营销布局，其中家电行业及休闲娱乐的投放增幅超过了 100%。OTT 营销进入精细化发展阶段，以大数据为支撑，结合情景化体验，实现精准投放，为各大品牌商们提供了更多投放策略的选择。2018 年借助世界杯重大体育赛事的契机，多家 OTT 硬件终端与品牌携手布局多样的营销玩法，为品牌营销提供了巨大推力。

十、广播电视广告产业加大经营创新

从整体来看，2018 年广告总量趋于饱和，广告时长小幅降低，单价相对固定的情况下，行业广告总收入趋于稳定。同时，在竞争加剧的情况下，广播电视广告收入两极分化加大。中央级媒体广告收入呈现出小幅增长的趋势，各大卫视着力分众化差异化发展，扩大与新媒体平台合作，全年广告收入在传统广播电视机构广告收入中所占比例进一步加大。特别是头部卫视，广告收入呈现出增长态势。各级地面频道强化本地化、差异化、特色化服务，广告收入基本趋稳。

一方面，在广告主市场预算被众多媒体和渠道日益分流的情况下，各级各地广播电视机构愈加积极推动广告产业经营创新，更深层次开拓市场空间。综合观察，2018 年广播电视媒体广告运营创新采用的模式有多种：一是“平台 + 平台 + 广告”的模式，广播电视平台之间特别是广播电视平台与网络新媒体平台之间的联合，积极利用融媒体双向传播、互动交流的便捷性，提高受众黏性和广告精准到达率，其整合营销与融合营销更加娴熟。二是“平台 + 活动 + 广告”模式，一些平台内外、线上线下、平台与受众之间的互动、共享营销可谓风生水起。三是“平台 + 活动 + 广告 + 电商”的模式，这方面整合了广告与电商等其他经营，进一步延伸平台（节目）的价值链，不断开发衍生产品、周边产品服务，节目、广告、产品、服务等有机交融，持续挖掘节目深层价值，进一步加强综合效益的开发。为创新广告营销，赢取更大收益，一些媒体还根据平台（节目）的不同特性与实际运营情况，把“平台 + 平台 + 广告”“平台 + 活动 + 广告”“平台 + 活动 + 广告 + 电商”这三种模式糅合起来，互为补充，综合实施，实践效果很好。

另一方面，各级广播电视机构积极践行媒体社会责任，依托公益广告、公益活动，不断提升平台价值和广告吸纳力。特别是近两年来，全国各级广播电视机构在总局公益广告扶持项目评审工作的有力引导下，紧紧围绕学习贯彻习近平新时代中国特色社会主义思想和党的十九大精神，加快落实四个全面战略布局，围绕“一带一路”、纪念改革开放 40 周年、扶贫攻坚、生态环保、时代楷模等主题主线，创制播出了一大批导向正确、主题鲜明、思想精深、艺术精湛、制作精良的优秀公益广告作品。一些媒体积极探索公益广告品牌植入，为受众奉献浓浓暖意、满满正能量的同时，获得价值不菲的广告收入。

虽然广告仍然是广播电视机构收入的主要来源，但同时各级广播电视机构注重持续打造多元化生态体系建设，涵养生发新的创收格局。传统媒体利用新型视听服务形态，打通不同平台界限，挖掘不同用户价值，拓展更多收入来源，构建起多元产业生态体系，不断推动收入模式向多元化、可持续化发展，形成全新的发展与盈利模式。

十一、新媒体新业务再度引爆新增长点

随着政府管理部门的日益重视和政策的日益完善，特别是 2018 年 9 月总局出台了《关于进一步加强广播电视和网络视听文艺节目管理的通知》，更加明确网上网下统一标准，明确要求网上网下“导向一致、标准一致、尺度一致”，推动广播电视和网络文艺高举旗帜，守正创新，进一步唱响主旋律，传播正能量。网络视听新媒体已成为传播党的声音的重要阵地、传播社会主义文艺的重要力量、人民群众文化信息消费的重要平台，也成为实施创新驱动战略、培育新经济的重要引擎。

十二、传统媒体与新媒体一体化运营

加快发展新媒体新业态，强化传统媒体与新兴媒体涵盖资源、业务、体制、机制等的有机整合和一体化运营，加大融合发展和媒体合作的广度深度，共同构建舆论引导新格局。各级播出机构都充

分利用新媒体传播主流声音，弘扬主流价值，讲好中国故事，提升自身影响力。在新闻报道方面，从“中央厨房”革新内容生产，到“媒体大脑”试水新闻制作，再到大小屏互动、移动化播出颠覆传播模式，各媒体不断创新，推出形态各异、精彩纷呈的报道，彻底改变单向传播格局，用户参与、跨平台联动成为新特征，直播化、移动化和产品化成为新闻报道新趋势。

如2018年全国两会期间，央视整合台网资源以及“两微一端”打造融媒体报道矩阵，多个智能终端同步推出以“新时代的春天里”为主题的两会报道专区。“两会微表情”“新时代”“V观两会”等主题报道，总浏览量突破1亿次。中国国际进口博览会期间，上海人民广播电台整合优质资源打造的进口博览会专属频率“东广新闻台·进宝FM”，与上海新闻广播、阿基米德、话匣子APP联合推出8小时进博会特别直播节目《新时代，共享未来》，以“图文音视”四位一体，H5新媒体形式进行多角度、多维度的实时综合呈现，实时滚动刷新。

内容方面，短视频、H5等新形态逐渐崛起。艾媒咨询发布的《2018年中国社交类短视频平台专题报告》显示，中国短视频用户规模达3.53亿户，随之而来的是短视频拥有很强的商业变现能力。2018年12月5日艾瑞发布的最新数据显示，短视频收入已达140.1亿元，同比增长520.7%。预计短视频市场在2020年可达550亿元，届时市场规模可超广电收入预期。随着手机用户沉浸时间的增加，网络视频行业移动化、精品化、生态化不断推进。短视频必将迎来爆发式增长，短视频影响力持续增大。除此之外，还有H5等形式的新媒体爆款产品。传统广电媒体也在利用这些新兴形态的传播优势，提升影响力。

十三、视听网站发力内容业务

2018年中国网络视频用户规模进一步加大，截至12月，中国网络视频用户规模达6.12亿户，较2017年年底增加3309万户，占网民总体的73.9%，5年累计增幅75.0%；手机网络视频用户规模达5.9亿户，较2017年年底增加4101万户，占手机网民的72.2%；网络短视频呈爆发式增长，用户数量快速攀升至6.48亿户，占网民总数的78.2%。通过腾讯、优酷、爱奇艺三大平台收看过网络视频节目的用户占整体网络视频用户的89.6%，头部视频平台优势进一步凸显，与第二、三梯队之间差距拉大。

2018年是网络综艺不断创新、颇具引领性质的一年，全年网络综艺数量达385部，综艺整体市场规模331亿元，相比2017年的270亿元增长了18%。新上线网络综艺节目的数量、影响力进一步攀升，节目主题更加多样化。上半年，新上线播出网络综艺节目194档，播放量总计308亿次，节目数量较2017年同比增长73%。真人秀类、才艺竞秀类节目持续领跑，数量成倍增长；互动娱乐类节目、文化科技类节目数量均是2017年的7倍；谈话讨论类和脱口秀类节目数量与2017年同期持平；婚恋交友类和生活服务类节目数量有所减少。网络综艺特别是头部综艺的低俗现象已较少见，但泛娱乐化倾向似有抬头。上半年网络综艺在数量上呈爆发式增长，与大量衍生节目的出现有一定关系。在194档节目中，43档是衍生节目，占22%，比2017年同期增长207%。一些节目将正片、花絮片段等进行重新剪辑，推出“粉丝版”“会员版”“升级版”“揭秘版”等衍生节目。

内容自制成重点，主要视听网站自制合制内容与购买内容体量大致相当。2018年网络综艺发展呈现两大新特点：一是网络综艺头部机构在内容上进一步垂直细分，差异化竞争态势明显。网络综艺不断深耕垂直内容，竞相在以年轻受众为主的音乐、美食、科技、游戏等潮流文化领域深耕挖掘、开疆拓土，节目题材愈加多样化。形成品牌差异化优势，满足用户不同的细分收视需求，大大增强了用户收视黏性。爱奇艺充分挖掘小众圈层的开发潜力，如《机器人争霸》；优酷聚集青年文化，致力于提供对青年人具有直接影响力的文化，如“这！就是”系列；腾讯坚持内部孵化IP和外部引进IP相结合。二是网络综艺和卫视综艺的互相影响初现端倪。近年来，卫视综艺不仅仅看重收视率，也非常重视旗下作品的网络播放量，与视频平台的深化合作也是卫视的重要发展战略，第一梯队卫视正在大力发展自有视频平台，通过自有平台将自主生产的头部综艺作品进行互联网流量变现。未来，商业开发成为网络综艺的重要发展方向，随着网络综艺不断加大投入，播放时长也随之增长，如何将广告主的需求和节目发展自然融合，将是网络综艺编排的重点内容。

有关数据显示，2017 年 10 月至 2018 年 10 月，网络剧生产数量为 218 部，共 4245 集，与 2017 年同期相比数量略有上升，总部数增长 12 部，总集数增长 18%。2018 年网络剧整体内容品质有所提升，如《北京女子图鉴》《延禧攻略》《沙海》《远大前程双龙会》等作品，无论是画面呈现还是叙事方式都有较大进步，引发关注。头部视频平台持续发力，爱奇艺、腾讯、优酷深度参与重点剧策划、制作、宣发，采用全流程首播、网络独播等方式打造自身平台内容优势。圈层文化对网络剧发展影响明显，受众细分更加清晰。

2018 年，从整体上看，电视剧台弱网强的趋势依然存在，先网后台的播出模式成为新趋势，付费观看成为网络剧通行的收看模式。2018 年视听行业市场规模 1871.3 亿元，同比增长 52.8%，三年翻了三番；网络视频付费用户比例达 53%，同比增长 23.8%。96% 的网络剧需要付费观看，同比增长 11%。从在线视频行业近三年数据可看出，内容付费占比逐年上升。

目前，视听网络平台方与内容方正由产购关系走向共生关系。未来，双方在内容端要素整合将进一步加强，平台方与内容方共建自制剧将成为趋势。2018 年主要视频网站优质内容和年轻化社交的聚合效应凸显，用户付费收入可期，视频广告收入也不断增长。特别是不断开拓具有创意的广告形式，有力带动了平台广告营收的增长。如《延禧攻略》总投资为 3 亿元，广告收入 2.1 亿元。不仅广告收入破纪录，广告形式方面更是有新突破。

《延禧攻略》前期共招商 13 个品牌，没有剧内植入，均为后期植入，“有趣”及“与剧情强关联”成为这类创新广告的首要要求。

李秋红　国家广电总局发展研究中心产业研究所研究员
周菁　国家广电总局发展研究中心产业研究所副研究员
王羽、胡祥　国家广电总局发展研究中心产业研究所助理研究员
（本文以《2018 年广播电视产业大盘点》为题已发表于《新闻战线》2019 年第 1 期，收入本年鉴有所改动）

2018 年度中国纪录片发展研究综述

◎ 张啸涛

2018 年，是中国改革开放 40 周年，中国纪录片创作围绕国家重大历史节点，涌现出一批反映时代面貌、充满人文关怀的优秀作品。在此阶段，国家广播电视总局出台了多项措施和政策鼓励纪录片的发展，多次展开全国性的优秀纪录片作品评选、优秀纪录片创作人才评选和优秀纪录片作品推荐播出等推动反映时代精神的纪录片创作和培养纪录片创作人才的工作。并且，在纪录片的传播方面，规定国内各大卫视平台的综合频道，在黄金时段播出国产纪录片的总量时长，支持和鼓励地方电视台各频道开设纪录片栏目，扩大国产纪录片播出需求，规划彰显新时代精神的优秀国产纪录片在世界范围的推广和传播等。因此，2018 年国产纪录片创作在类型题材、创作形态、传播平台、国际交流等方面出现了不同以往的新时代面貌。虽然 2018 年国内经济环境有所波动，但是，因为传播媒介的多元化发展，纪录片产业格局出现较大调整，中国纪录片创作依然能够保持逆势增长的发展态势。在传统纪录片创作传播领域，增速逐渐趋缓，新媒体在产业格局中变得举足轻重，互联网成为纪录片的新主场。

2018 年，中国纪录片创作的最大亮点是纪录电影的生产量、公映量和票房均创历史新高，纪实题材纪录片集中登陆主流电影院线，纪录电影正在步入新的快速发展周期。题材设置、引导市场、资金扶持、调控播出、人才培养等引导扶持政策在主管部门的有效规划下，多元媒介平台的不断深入发展，极大地开拓了中国纪录片创作传播的范围，中国纪录片创作整体呈现持续上升的态势。

一、多元的制播形态推动中国纪录片创作持续发展

党的十八大以来，国家进入新的发展阶段，反映国家重大成就、宣传国家主流意识形态、展现国家新风貌、记录社会前进步伐的大型系列纪录片不断出现，并且艺术品质逐步提高，中国纪录片创作从边缘化状态进入主流大众的视野。展现中华传统文化与呈现中国现代化发展的纪录片已经成为中国纪录片创作领域中制作理念非常成熟的题材，作品质量精湛。在描摹社会现实、讲述中国人现实生活的纪录片创作中，题材视角有所拓展，内容深度上更为突破。2018 年，中国纪录片创作及产业发展形成新的多元格局，新媒体平台成为纪录片创作和资本投入的后发力量，传统媒体制播平台、新媒体平台、主流院线等创作、传播主体组成了国产纪录片发展的矩阵。

（一）理念成熟、制作精良的电视纪录片创作

2018 年是纪念中国改革开放 40 周年的重大历史性节点，以此为创作内容的纪录片作品呈现出不同的美学特征和鲜明的社会价值观。其中，由中央电视台纪录频道制作播出了《我们的四十年》《生于 1978——一起走过四十年》《必由之路》《我们一起走过——致敬改革开放 40 周年》《四十年 40 个第一》《相爱 40 年》《中关村》等一系列从历史宏观视角呈现的国家叙事，又从个体视角切入的主题主线创作。18 集系列纪录片《我们一起走过——致敬改革开放 40 周年》是由中共中央宣传部、中央广播电视总台联合制作。该片在中国经济发展的各个领域中选取典型事例、展现发展历史，呈现出改革开放取得伟大成就的 40 年中，中华人民共和国在中国共产党的带领下以历史性变革为基础，实践着宏伟的发展道路。6 集系列纪录片《我们的四十年》由中央广播电视总台央视纪录频道制作播出。该片以普通的建设者所经历的改革开放出发，去表现宏大的历史景观，制作团队通过 40 个人讲述切身经历的 40 年，表现出变革发展的历史。6 集系列纪录片《中关村》是由中共北京市委宣传部、中央广播电视总台央视科教频道、中关村科技园区管理委员会、北京三多堂传媒股份有限公司等联合制作。该片以

中关村的创业故事作为载体，以中关村发展的历程作为线索，从各个角度探讨了中关村在改革开放 40 年中不断取得进步的原因，给观众呈现出中关村 40 年发展过程中的经验教训。在主流传播渠道，多部作品的集中推出，通过不同的篇幅体量及不同的表达层面，表现出改革开放以来波澜壮阔的发展历程。在回顾改革开放的重要记忆和历史节点中，振奋了民族精神、激发了爱国热情。

地方卫视制播的《四十年　四十家》《小岗纪事》等优秀纪录片也讲述了不同地区改革开放后的发展历程和改革故事。5 集系列纪录片《浦东传奇》由上海广播电视台纪实频道制作播出。该片的制作团队收集了大量的历史文献，通过采访获得了精彩的历史故事，用客观的事实和生动的呈现方式为观众展现出浦东的建设发展在改革开放的伟大时代所代表的样本价值。单集片长 10 分钟的 26 集系列纪录片《我们正年轻》由江苏省广播电视总台纪录片创作中心制作，该系列纪录片用简短的故事展现伴随改革开放成长的普通年轻人，他们为理想而奋斗，为中国的发展所付出的艰辛劳动，表现出改革开放的史诗图景中，每一个个体在各行各业中勇敢开拓、探索、进取的精神，致敬改革开放 40 年来的历史性变革，追寻改革创新的时代精神。大时代涌现出众多的英雄、模范人物，但是众多的普通人也是大时代的建设者和追梦者。对普通人的关注，无论是现实生活的际遇，还是人生理想的寄托，都是此类纪录片对置身于宏大历史叙事中的生存个体进行的深入探索，在对其生命意义的深切关怀中，具体呈现为表述时代景观的影像。

40 年改革开放彻底改变了中国的落后面貌。展现中国科技创新及大型工程与装备的纪录片，从实证的角度呈现改革开放的伟大成就，其中的代表作品有《创新中国》《超级工程》《珠港澳大桥》《大国重器》等。这些表现中国在科技、装备、工程领域取得重大发展的纪录片创作，以科技创新为主题，展现中国新兴技术和新型工业的跨越发展，表现出建设者不畏艰辛的探索精神和建设国家的深沉情怀。经过多年的政策支持和资源投入，这一类型的纪录片以工业美学的形态批量出现，其艺术品质的精良和制作流程的体系化成为中国纪录片质量整体提升的重要组成部分，获得了观众的普遍认同，系列品牌效益也更为显现。

在纪录片创作领域，美食、历史文化、传统工艺、医疗等题材的创作，经过多年的经验积累，创作理念日渐成熟，作品质量逐步提高，已经打造出非常具有吸引力的商业品牌，纪录片数量及 IP 也不断增多。2012 年《舌尖上的中国》在中央电视台的制作、播出建构了美食题材纪录片的创作范式，经过多年的发展，其商业化的制播操作日趋成熟。2018 年，《舌尖上的中国》第三季的推出，表现出成熟 IP 的影响力，制造出现象级传播，并且吸引了商业资本的极大关注。但其过于商业化的表现方式，也引起部分观众的争议。如何对成熟 IP 进行拓展和深入挖掘，使其愈加健康和壮大地可持续性发展，是纪录片创作和运营者需要不断思考的问题。2018 年，美食题材纪录片不断开拓新的领域，从食材介绍到味道探索，从食物制作到情怀传达，一系列品质优良且广受欢迎的美食纪录片形成系列品牌。首播于腾讯视频和浙江卫视的 8 集系列纪录片《风味人间》由北京稻来传媒科技有限公司、上海腾讯企鹅影视文化传播有限公司联合制作，陈晓卿担任总导演，该片用成熟的工业化制作，试图从多种角度展现和阐释食物所代表的文化及蕴含的历史，获得了非常好的收视效果，并带动了《风味实验室》《风味原产地》两档节目。《风味人间》对饮食文化的追寻拓展到世界范围，并且大量运用显微摄影等高新技术投入到现场的拍摄中。该片从世界不同文化角度讲述生存与食物以及人与土地的内在联系。由哔哩哔哩和旗帜（上海）数字传媒有限公司联合出品，哔哩哔哩和广东卫视播出的 6 集系列纪录片《人生一串》将镜头对准中国各地的街头巷尾，试图用草根饮食文化解读普通百姓的生活方式。由云集将来集团、安徽卫视出品的 6 集系列纪录片《水果传》，用微观的视角将观众带入前所未见的水果世界。这两部作品也相继成为广受关注的美食纪录片。

展现中华文明的历史文化，长期以来一直是中国纪录片创作的重要题材，也形成了众多的品牌。从 2015 年《故宫》在央视播出，受到极大关注开始，相继出现《故宫 100》《我在故宫修文物》等展现中华民族历史悠久的文化艺术，吸引广大的观众群体的纪录片创作。由中宣部、国家文物局、中央电视台共同出品，中央电视台纪录频道制作播出的75集系列纪录片《如果国宝会说话》，通过对100件国宝文物的介绍，展现出中国古代文明的创造力，以每集5分钟的简短形式精练地陈述中国古代器物所蕴含的文化价值。该片一反历史文化片的常规套路，汲取新媒体形式的表现手法，迅速获取年轻受众的追捧，为历史文化纪录片开辟了新空间，2018年第二季的播出，为了给观众提供更好的视觉体验，更加注重新科技的运用，再次获得观众的认可。工匠精神的价值重塑，在2018年的中国纪录片创作中，同样占有重要的比重，如《了不起的匠人（第三季）》《中国手作》等对中国传统技艺进行挖掘和展示的纪录片创作也都取得了较好的社会效应。

对历史人物和历史事件的追寻和呈现是历史题材纪录片创作的主要方式，近年来，这类纪录片创作更加重视对历史真相和文化源流的发掘和考察。中央电视台纪录片频道制作播出的6集系列纪录片《三国的世界》用文化分析和历史考证的方式再现出三国那段智力、勇气激荡的历史风云，通过对三国文化现代传播的现象分析去探寻其文化本源和对中国人影响深刻的精神价值。

中央电视台纪录频道制作播出6集系列纪录片《中山国》，该片对神秘的历史遗存——中山国的文物进行了全面的考察和整理，通过对专家的采访和资料的收集为观众展示出海内外中山国研究的最新学术成果，重现在历史长河中逐渐消逝的神秘国度。由云南省委宣传部与中央新影集团联合出品的5集系列纪录片《西南联大》再现了抗日战争时期，西南联大80年前在云南的筹建历史，用史料的收集和亲历者的访谈，表现清华大学、北京大学与南开大学三所著名学府在卢沟桥事变之后，师生们经过艰难险阻举校南迁并在战火中筑学城，创建西南联大的经历。

反映社会现实的纪录片《人间世》表现医院里发生的世间百态，在2016年产生了非常大的社会影响，对这一领域的关注也成为中国纪录片创作的重要题材。2018年，东方卫视播出的《生命时速·紧急救护120》、中央电视台综合频道播出的《医道无界》、湖南卫视播出的《生机无限》、在新媒体平台播出的《永不言弃》等医疗急救题材的纪录片，其表现出的人间真情和对生命意义的思考引起观众的共鸣。

（二）佳作迭出的纪录电影创作

2018年，中国纪录片创作引人注目，纪实题材纪录片集中登陆主流电影院线，纪录电影的生产量、公映量和票房均创历史新高。全年生产纪录电影57部，主流院线公映达16部，创近10年最高纪录，超过70%由民营公司出品。其中，《厉害了，我的国》以7000多万美元票房成为世界票房成绩排名第一的纪录电影。[①]该片由卫铁执导，中央电视台、中国电影股份有限公司联合出品，是在6集系列纪录片《辉煌中国》的基础上改编而成的。

2018年在主流院线上映的纪录电影中，半数以上是社会现实题材，以娓娓道来的现实叙事打动人心。《大三儿》《自行车与旧电钢》《地层深处》《一百年很长吗》《生活万岁》《出山记》等片在主流院线的放映中获得关注，加上由法国引进的《帝企鹅日记2：召唤》和从土耳其引进的《爱猫之城》两部进口片，纪录电影年度总票房约为5.34亿元。其中，《出山记》由焦波执导，遵义市广播电视台和焦波光影（北京）文化传播有限责任公司联合出品。该片用翔实记录的考察方式表现了贵州省遵义市务川仡佬族苗族自治县的农民从山区进入城镇，摆脱落后和贫穷的经历。在主管部门政策扶持、道路建设、乡村产业发展的规划中，对大山深处的农民用易地扶贫的方式实践脱贫攻坚的过程。《四个春天》是青年导演陆庆屹的处女作，该片以真实的家庭生活为背景，记录了导演4年间回家探望南方小城中父母的经历，用真挚的情感表现出普通家庭的喜怒哀乐，引起观众的共鸣。《生活万岁》由程工、任长箴联合执导，北京当代春晖文化传播有限公司出品。该片呈现出14组普通中国人一年当中真实的生活状态，讲述了他们在些许无奈和苦涩的境遇中对人生的坚持和对生活的热爱。《黄河尕谣》由张楠执导，讲述了民间文化的衰落和传承，记录了黄土高原上的民间歌手张尕怂的生活，以及他边走边唱的

① 张同道、胡智锋主编：《中国纪录片发展研究报告（2019）》，中国广播影视出版社2019年版，第4页。

人生与对故乡的回望。《藏北秘岭·重返无人区》由饶子君执导，中视影业（海南）投资有限公司出品，该片展示出藏北无人区普若岗日冰原的绚丽和壮美，人类面对着原生态的大自然，在生命禁区中用激情和勇气寻找着爱、自我与人生的意义，自然奇观与人性拷问的融合赋予此片一种粗粝的力量。

（三）活力四射的新媒体纪录片创作

根据中国互联网络信息中心（CNNIC）第43次《中国互联网络发展状况统计报告》显示，截至2018年12月31日，我国网民规模为8.29亿人，互联网普及率达59.6%；手机网民规模达8.17亿人；短视频用户规模达6.48亿人。①2018年，中国纪录片创作及产业发展形成新的多元格局，新媒体平台成为纪录片创作和资本投入的后发力量，传统媒体制播平台、新媒体平台、民营公司等共同推动了国产纪录片的平稳前行。新媒体平台，如：哔哩哔哩、腾讯视频、爱奇艺、优酷、土豆等都增加了纪录片制播的资金投入，与传统电视媒介平台的投入差距正在逐步缩短，新媒体自制纪录片的数量正在快速提升。

随着国家各职能部门对传统媒体和新媒体平台制播文艺节目的政策导向进一步明确，以及新媒体平台在技术和资金保障上更加完善，新媒体公司已经拥有独立进行内容创作的实力，在与传统媒体联合制作播出节目内容的同时，不再满足只是成为单纯的播出平台，开始向产品输出的上游发展，成为独立制作播出文化产品的产业主体，从而改变了中国纪录片创作的原有格局。

新媒体平台在继续与各大卫视联合制作播出《纪实72小时》《讲究》《三日为期》《人生一串》等一批颇受好评的纪录片的同时，结合各自平台播出的，并广受瞩目的综艺节目和热播剧，开发出衍生的纪录片作品，例如：腾讯视频在网络剧《如懿传》热播之际，制作播出了纪录片《生活在古代·乾隆与如懿》作为补充叙述、丰富内涵和增加关注度的衍生产品；优酷视频为综艺节目《这！就是街舞》拍摄了花絮纪录片《这！就是舞者》，为《这！就是灌篮》拍摄了《灌篮吧！兄弟》等，花絮纪录片的创作成为新媒体平台打造独立市场品牌，开发IP全链条机制的重要手段。2018年，腾讯视频、优酷视频、爱奇艺、哔哩哔哩等新媒体平台都在开发自己的纪录片内容，并且在影片类型和表现方式上展现出与传统纪录片创作不同的样态。

新媒体拥有灵活的制播机制和资源优势，播出平台在年轻受众群中拥有突出优势，市场潜力巨大。为吸引年轻受众群体，在创作和美学建构上也与传统纪录片有非常大的区别，并且影响了传统纪录片创作的形式。例如，哔哩哔哩自制播出的系列纪录片《历史那些事》，选取了8个有趣的片段鲜活地呈现历史，使用"小剧场"的表现形式，用谐趣的表现形式展现人物、美食、文物、兵器等多种历史元素。在新媒体平台完成纪录片制播"全链条"开发之后，各新媒体公司创作出一批类型形态有别于传统纪录片的作品，如：腾讯视频制作播出的《十三邀》，该节目在场景、事件、人物的拍摄上体现出鲜明的纪录特征，将人物访谈与主持人和嘉宾的思想纪录、事件纪录相结合，创造出一种新的节目样态；《生命时速·紧急救护120》记录了三组九位120急救人员的日常工作，在素材的选择上强调了戏剧冲突，使这部纪录片既有真实感又有故事性；《纪实72小时》将新闻采访融合到纪录拍摄中，制作团队在13个城市的特定区域连续72小时的观察纪录和采访拍摄，从平凡人的所思所想中展现时代的面貌。类似作品的出现拓展了纪录样式的界限，在纪录片概念的内涵和外延上打破壁垒，催生出"新纪实"的概念，也为各种类型的节目开辟出新的表现形式。

在新媒体技术快速发展的阶段，移动终端日益成为互联网流量的主要使用平台，快节奏、短体量与受众交互的作品非常适应通过移动终端观看的受众，在新媒体环境下，碎片化传播以及信息超载造成短视频纪录片成为受众喜闻乐见的新类型。

短视频纪录片又被称为"微纪录"，这一纪录形态在新媒体平台的成功，也迫使传统媒体更为重

① 中国互联网络信息中心：《中国互联网络发展状况统计报告（2019年2月）》，http://www.cac.gov.cn/wxb_pdf/0228043.pdf。

视其强大的传播功能。随着主管部门推动媒体融合的政策力度不断加强，优秀的短视频纪录片成为传统主流媒体网络平台的重要传播内容，新华社、人民日报、中央电视台等在各自的网络平台上推出了《红色气质》《国家档案》等微纪录片，收到了很好的社会效益。中央电视台及各地方卫视，在传统播出平台上也制播了《如果国宝会说话》《超简中国史》《见证》《丝路——我们的故事》等各类题材的微纪录片，引起业界的关注。科技的快速发展使智能手机的功能日益强大，每个人都可以用手机纪录生活，自拍的纪实短视频在抖音、快手、西瓜视频等移动终端 APP 短视频平台大量上线，移动终端 APP 改变了传统媒体平台的运营方式，使“观众”变成“用户”，用户不但可以观看，还能够与创作者互动以及与其他用户互动，最重要的是，还可以独立制作播出。自制微纪录的创作美学从传统的他者纪录到更多的自我呈现，数字技术的进步改变了纪录片的制作播出形态，普通大众的大规模纪录、表达和传播，让微纪录片表现出“即时”“交互”“丰富”“生动”的文化特质，可以从各种角度观察到社会的面貌。

（四）民营企业出品与独立制片作品成为中国纪录片创作的重要组成部分

随着播出渠道的多元化发展，新媒体播出平台建设的日趋成熟，民营公司出品与独立制片作品更容易获得关注，促进了他们在作品质量和数量上的提升。2018 年，在新媒体播出平台上，众多民营公司出品的作品获得极大关注和经济效益，如云集将来传媒（上海）有限公司制作的《中国老总》《中国美》《生命里》，湖南知了青年文化有限公司制作的《了不起的匠人》和《了不起的村落》，北京三多堂传媒股份有限公司制作的《四十不惑》《如实呈现》《步履不停》《成人・成年》，环宇兴业（北京）影视文化传媒有限公司制作的《我们的侣行第二季》、《地球之极・侣行》，北京伯璟文化传播有限公司制作的《粤韵芬芳》，北京稻来传媒科技有限公司制作的《风味人间》《纪实 72 小时》等。

2018 年，独立制作纪录片对中国社会不同层面的深刻观照，在国内外都取得了很大的反响。由米娜、苏青执导的纪录电影《梧桐树》避开猎奇的拍摄方式，以强烈的镜头形式感让观众与残障人群产生通感，放大了生活中被忽视的情感。该片入选第 12 届 FIRST 青年电影展。由佟晟嘉执导的纪录电影《大三儿》讲述了每天朝九晚五工作的普通人“大三儿”，为了实现去西藏旅行这一梦想，不顾众人的非议，克服身体的病痛，想尽各种办法，最终在朋友的帮助下，实现梦想的故事，该片入选第八届北京国际电影节纪录片单元。由潘志琪执导的纪录电影《二十四号大街》以观察式纪录片的方式，用 7 年时间记录了 24 号大街的变化，也呈现出农民工群体在都市里越来越小的生存空间，该片在国际展映中受到关注，入选“第九届韩国 DMZ 国际纪录片电影节”“第 30 届阿姆斯特丹国际纪录片节”“第 48 届瑞典哥德堡电影节”“第二届西湖国际纪录片大会”“第 55 届金马影展”等。这些作品题材内容各有侧重，却都以不同的角度、不同的层面观察展现出当代中国普通人的现实生活和梦想。

二、建构立体的纪录片传播格局

2018 年，中国纪录片传播平台渐趋多元化，形成了台网联合互动的传播格局。主流传播平台进行了重大调整。根据中共中央《深化党和国家机构改革方案》，撤销中央电视台（中国国际电视台）、中央人民广播电台、中国国际广播电台建制，组建中央广播电视总台，对外统一称号为“中国之声”，对内保留原称号。6 月，国家广播电视总局发布《关于实施“记录新时代”纪录片创作传播工程的通知》，要求“每个电视上星综合频道全年在 19：30—22：30 时段播出国产纪录片总量不得低于 7 小时”。因为主管部门的政策扶持，中央电视台在传统媒体中，成为纪录片制作播出的主要组成部分。“中央电视台综合频道、新闻频道、财经频道等，与纪录频道一起占据了 2018 年纪录片电视收视前 30 名榜单里的 23 部，如《舌尖上的中国》第三季、《我们的四十年》、《记住乡愁》第四季、《医道无界》、《我们一起走过——致敬改革开放 40 周年》等。”[①] 地方卫视成为纪录片生产与传播的重要平台，制作和播出了一批面向市场、制作精良、体现主流价值观的系列纪录片，如《风味人间》《小岗纪事》《最美公

① 数据来源：中国广视索福瑞媒介研究有限公司。

路》《巡逻现场实录 2018》《我的青春在丝路》等。

在新媒体制播平台发展日趋完善的 2018 年，新媒体与传统媒体联合播出的形式继续加强，新媒体“全链条”的制播模式日趋完善，纪录片传播呈现立体化发展的结构，全媒体传播局面基本形成。例如，《我们一起走过——致敬改革开放 40 周年》在央视播出的同时，也在芒果 TV 视频平台上热播，三个月内网络点击量达 381 万次[①]，实现了良好的传播效果。从传播流向观察，越来越多的新媒体制作平台出品向电视台输出，如《了不起的匠人》已经反向输出至中央电视台和地方卫视，形成了纪录片传播的新格局。

随着中国国力的日益提升，纪录片作为跨文化交流的重要载体，东方智慧、中国故事引起了越来越多的国际关注。2018 年，五洲传播中心与 Discovery 探索频道合作出品的《神奇的中国》第二季，获得了更大的传播效益。受到广泛关注的《运行中国》《智慧中国》《习近平治国方略：中国这五年》等系列纪录片也相继推出第二季。五洲传播中心与 Discovery 探索频道、优酷联合出品的《中国：变革故事》，通过优酷和 Discovery 探索频道在国内外同步播出，该片以国际视角展现了在改革开放 40 年的进程中，涌现出的建设者和经济、文化及人民生活水平发生的巨大变化。“五洲传播中心与美国国家地理合作的《华彩中国》系列纪录片在 41 个频道播出，覆盖全球 170 多个国家和地区逾 3 亿用户，超过 4.4 亿人。”[②]2018 年，五洲传播中心与美国国家地理频道拍摄制作了《鸟瞰中国》第二季与《极致中国》等系列纪录片，引起广泛关注。“2018 年，五洲传播中心与来自 34 个国家和地区的 67 家成员组成‘一带一路’媒体传播联盟，其中，有 25 家电视台播出《丝路时间》。中央电视台纪录频道与新西兰自然历史公司（NHNZ）、美国公共广播电视台（PBS）等机构联合摄制的《大太平洋》，拍摄了太平洋两岸主要国家的海域珍稀动物与自然奇观。”[③]

纪录片联合制作与国际传播，除主流电视台和制作机构之外，越来越多的网络平台也开始与国外纪录片制播机构合作。2018 年，腾讯视频与 BBC Studios 联合出品的 5 集系列纪录片《王朝》讲述动物家族的史诗，哔哩哔哩与 BBC 共同制作的《神奇的月球》探索了月球对人类的影响，表现出月球在各种阶段的神秘和美丽。这两部纪录片都以精美的制作和国际化的视野，受到观众的欢迎。

展现中国的发展和进步，讲好中国人的故事是中国纪录片国际合作与传播的主要内容，由中央电视台纪录片中心制作的《港珠澳大桥》呈现出中国超级工程的建设状况；五洲传播中心与 Discovery 探索频道联合制作的《运行中国》从城市的变迁、科技的创新、民生的提高等方面关注中国发生的巨大变化，两部纪录片从全球视野出发，以国际主流纪录片的风格经验来展示迅速发展中的中国。使用世界一流的创作理念和表达方式传播中国价值，是国际合作最主要的目的。

三、蓬勃发展的中国纪录片产业

纪录片产业受宏观经济形势的影响并不明显，2018 年总体走势继续保持上扬态势，但是增速趋缓。“根据不完全统计，2018 年中国纪录片生产总投入约为 46.02 亿元，同比增长 16.4%，生产总值约为 64.45 亿元，同比增长接近 7%。”[④]“传统主流媒体的纪录片产业稳步发展，电视台年度总投入约 22.02 亿元，同比增长 4.2%，占行业总投入的 48%。国内电视台全年共播出纪录片近 7 万小时，首播节目总量 2.2 万小时。”[⑤]同比指标有所下滑，“主要原因在于纪录片栏目萎缩，行业资源进一步向大项目集中，像《舌尖上的中国》第三季单片就创造了 5000 余万元的版权收益和数倍于此的广告收益”[⑥]。中

① 数据来源：芒果 TV 视频网站，统计截至 2019 年 2 月 28 日，https：//www.mgtv.com。
② 张同道、胡智锋主编：《中国纪录片发展研究报告（2019）》，中国广播影视出版社 2019 年版，第 217 页。
③ 张同道、胡智锋主编：《中国纪录片发展研究报告（2019）》，中国广播影视出版社 2019 年版，第 153 页。
④ 张同道、胡智锋主编：《中国纪录片发展研究报告（2019）》，中国广播影视出版社 2019 年版，第 13 页。
⑤ 张同道、胡智锋主编：《中国纪录片发展研究报告（2019）》，中国广播影视出版社 2019 年版，第 13 页。
⑥ 张同道、胡智锋主编：《中国纪录片发展研究报告（2019）》，中国广播影视出版社 2019 年版，第 13 页。

央电视台在纪录片制作与传播中建立了绝对优势地位，央视主要纪录片栏目共有28档，2018年首播节目3700多小时。[①]地方卫视成为纪录片生产与传播的重要平台，在黄金时段播放量增加，节目购买总量却整体下降。地方卫视节目生产主要依赖地方政府，地域特色浓郁，市场化程度不高。

2018年，"新媒体纪录片产业快速发展，总投入约11亿元，同比增长83%，部分新媒体机构的涨幅在200%~300%之间；2018年新媒体投入占比24%，产值占比19%，都创历史新高"[②]。民营公司依托新媒体播出平台的发展，进一步开拓市场。2018年，北京三多堂传媒股份有限公司与腾讯新闻合作出品《我的时代和我》；北京五星传奇文化传媒有限公司与腾讯视频合作制作了《我们身边的40个细节》；北京上造影视文化有限公司与哔哩哔哩合作出品《历史那些事》等。

纪录片产业已经构建起传统媒体、新媒体和线下活动相结合的产业结构，屏幕、移动终端、院线等全面覆盖的立体发展模式。2018年，"除了《厉害了，我的国》以4.8亿元独揽全年90%的纪录电影票房之外，票房在400万元到600万元之间的纪录片有4部，《燃点》超过800万元"[③]。虽然在主流院线上映的大部分纪录电影票房并不理想，但是多窗口体系让纪录电影赢得生存空间，版权经济、IP营销、互联网付费收看是纪录电影市场的增长点，一些纪录电影的后影院开发收益远远超过票房。"截至2019年1月中旬，《生活万岁》在优酷的播放量就已超过4000万。"[④]《生门》票房不高，但电视和新媒体渠道的市场运作很成功。纪录电影制作成本较低，附加值高，开发空间大，目前刚刚进入新的发展周期，未来将有更多纪录片进入电影院。

2018年，中国纪录片产业进入一个新的发展阶段，传播媒介的拓展带来产业格局的深度整合。传统平台仍然是纪录片产业最重要的组成部分，新媒体为纪录片产业带来新的活力，纪录电影成为年度发展亮点，也是整体产业链中重要的一环。

四、成果丰富的纪录片理论研究

2018年的纪录片理论研究，既有创作理论研究，也有创作实践总结。主要集中在纪录片的本体理论研究、类型研究、传播研究、产业研究、历史研究等几个方面。

2018年度纪录片研究的学术专著有：王华著《民族影像与国家形象塑造：中国少数民族题材纪录片研究（1979— ）》（复旦大学出版社2018年版），该书考察了中国少数民族题材纪录片的发展历程，试图对民族影像的确立与国家形象的塑造之间出现的文化含义做出探讨；司达著《重塑公共领域：迈克尔·摩尔纪录片研究》（中国社会科学出版社2018年版），该书以纪录片制作人迈克尔·摩尔为例，讨论了纪录片作为媒介对社会问题的介入及影响，并用媒介传播的角度考察了文化名人与媒介从业者的社会责任问题；黎煜主编《时代影志：新闻纪录电影卷》（中国电影出版社2018年版），是中国电影资料馆及电影频道合作项目"中国电影人口述历史"丛书的第11卷，收录了7位新中国新闻纪录电影人的口述历史访谈录，为纪录电影研究提供了珍贵史料。此外，还有陆敏著《理智与情感的博弈：纪录片艺术传播研究》（中国社会科学出版社2018年版）、邹细林著《纪录片创作伦理》（中国传媒大学出版社2018年版）等学术著作。

（一）纪录片本体理论研究

在纪录片本体理论研究方面，饶曙光、刘晓希认为："'伦理'问题不仅应当重新回归到纪录电影研究者的视野，更应当成为纪录电影研究的重要课题。"[⑤]聂欣如认为："尼科尔斯'声音'的概念从

---

① 张同道、胡智锋主编：《中国纪录片发展研究报告（2019）》，中国广播影视出版社2019年版，第13页。
② 张同道、胡智锋主编：《中国纪录片发展研究报告（2019）》，中国广播影视出版社2019年版，第13页。
③ 张同道、胡智锋主编：《中国纪录片发展研究报告（2019）》，中国广播影视出版社2019年版，第123页。
④ 张同道、胡智锋主编：《中国纪录片发展研究报告（2019）》，中国广播影视出版社2019年版，第134页。
⑤ 饶曙光、刘晓希：《与他者相逢：2016—2017年中国纪录电影伦理分析》，《北京电影学院学报》2018年第3期。

内容游移到形式，造成了一部分的分类不能符合他自己提出的纪录片需要面对真实人物、真实世界的说法，从而不能自圆其说。”①李勇、臧元春子认为：“纪录片市场化浪潮下，纪录电影成为文化商品的‘新宠’。对纪录片而言，以电影的商业化方式进行运作固然能够带来极大利好，但也因此会使自身的艺术创作受到限制。”②倪祥保、陆小玲认为：“动画在纪录片创作中的运用，能够很好地弥补其中部分内容或是因为无法直接拍摄或是难以直接生动展现的不足，从而具有几乎难以替代的一定传播功能及影响力。”③张龙、张澜认为：“航空摄影、间隔摄影、高速摄影等特殊摄影技术在纪录片中的运用，对建构纪实影像‘真实性’与‘真实感’产生很大的影响。”④聂欣如“从‘治愈’‘真实’‘建构’及案例的角度，对《跨界对话与心灵表达：动画纪录片的艺术疗愈功能》一文提出质疑”。⑤陈树超认为：“重提自然素材之于纪录片的意义，关涉到纪录片本体的稳固性，也关涉到人文精神在纪录片理论和创作中的地位。”⑥

（二）纪录片类型研究

在纪录片类型研究方面，皇甫钰、杜珺认为：“应该通过回溯纪录片《幸存者：见证南京1937》的创作历程，在传播学、心理学、戏剧学等领域解读该片立足于人文观照的多维表达，挖掘其获得良好传播效果。”⑦张宏、李有兵认为：“重大题材文献纪录片在创作中坚持以人民为中心的创作导向和叙事主题，形象展示了不同年代中国共产党和人民骨肉相连的关系。”⑧刘煜、张红军认为：“政论纪录片中图像、声音和文字的多模态呈现复经转喻与隐喻的话语表达，能够有效地塑造与传递出正向的国家形象，同时带给观众丰富的感官体验。”⑨赵鑫、高玉忠认为：“近年来涌现的‘一带一路’题材纪录片，在故事讲述、影像呈现和情感表达等方面，都努力尝试将政治话语和国家政策通过纪实影像进行柔性传播，并取得了较好的传播效果。”⑩李文英认为：“在‘一带一路’倡议背景下，‘讲好中国故事’可增强中国话语和国际话语的通约性表达，引起国际共鸣，摆脱‘只有中国人讲中国’和‘中国人只讲中国’的弊病。”⑪陈清洋、黄亚利认为：“电视媒介是丝绸之路文化传播的重要载体，反之，丝路文化也对我国当下电视行业的发展产生着深远影响。”⑫王庆福认为：“中国的海外民族志纪录片对异文化的书写方面呈现出‘美美与共’的艺术境界，并在塑造华人形象，重建文化认同方面均有突破，但在‘写文化’的深度方面依然欠缺。”⑬王晓宇认为：“我国社会现实类纪录片创作要勇于为现实中的问题寻求答案，并正视理性精神的价值，需提升公共事务意识。”⑭张欣“以中央电视台为主要制播单位的‘故

---

① 聂欣如：《尼科尔斯纪录片分类刍议》，《华东师范大学学报（哲学社会科学版）》2018年第1期。
② 李勇、臧元春子：《边界问题抑或边界不是问题　再谈真实电影创作手法及其对当下中国纪录电影创作的现实意义》，《北京电影学院学报》2018年第5期。
③ 倪祥保、陆小玲：《动画元素运用于纪录片创作初探》，《中国电视》2018年第6期。
④ 张龙、张澜：《“非常规”视角下的真实镜像——论特殊摄影技术对纪实影像真实性的建构》，《中国电视》2018年第8期。
⑤ 聂欣如：《治愈·真实·建构——纪录片争论中的诸观念》，《中国电视》2018年第9期。
⑥ 陈树超：《论自然素材之于纪录片本体的意义》，《当代电影》2018年第2期。
⑦ 皇甫钰、杜珺：《重大题材文献纪录片中人文观照的多维表达——以〈幸存者：见证南京1937〉为例》，《电视研究》2018年第8期。
⑧ 张宏、李有兵：《试论重大题材文献纪录片的人民性叙事》，《中国电视》2018年第3期。
⑨ 刘煜、张红军：《政论纪录片塑造国家形象的多模态话语分析》，《现代传播（中国传媒大学学报）》2018年第9期。
⑩ 赵鑫、高玉忠：《国家政策的影像化传播策略研究——以“一带一路”题材纪录片为例》，《电视研究》2018年第3期。
⑪ 李文英：《“讲好中国故事”与“一带一路”题材纪录片叙事探析》，《电视研究》2018年第4期。
⑫ 陈清洋、黄亚利：《寻根与追梦：改革开放40年“丝绸之路”的影像呈现》，《中国电视》2018年第8期。
⑬ 王庆福：《海外民族志：中国民族志纪录片新视野》，《现代传播（中国传媒大学学报）》2018年第2期。
⑭ 王晓宇：《浅析当前社会现实类纪录片创作的不足与改进方向——以医疗题材为例》，《中国电视》2018年第1期。

宫’题材作品为例，从符号空间、形象空间到隐蔽空间等空间转型的角度，分析作品在原有材料基础之上的填充或另辟蹊径的再创作”①。

在新形态纪录片研究方面，王庆福、宣莉认为：“不同类型的生态纪录片通过差异化的视角切入生态议题，从而建构出多元立体的生态中国形象。”② 罗薇认为：“20 世纪 80 年代以来，在虚构与非虚构界限日益模糊的纪录片发展版图中，以‘体验’为核心的创作因其独特的审美价值和叙事功能，受到许多新生代导演的青睐。”③ 程思认为：“西方现代化进程中，影像元素得以实现舞蹈在电影发明之前不存在的身体呈现，而形成独特的摄影机编舞学。”④

（三）纪录片传播研究

在纪录片传播研究方面，王鑫认为：“随着新时代中国对外传播战略的调整，他者叙事也从叙事角度和讲述心态上发生‘新变’，这为自我陈述提供了新的契机。自我陈述的‘入乡’策略，用共通感稀释政治归因和奇观化以及利用‘五维价值域’达成文化互通，都是可期的路径和做法。‘自我陈述’与‘他者叙事’也将在互动中建立中国形象的意义交集。”⑤ 张烨认为：“对纪录片影像文本真实性的理解应该由传统的‘真实影像’向更具当代性意义的‘事实影像’转变，泛屏话语的内在逻辑要求我们应以一种更加开放和包容的观念看待纪录片的影像文本。”⑥ 孙莉认为：“新媒体时代，具有前瞻意识的中外纪录片制片人正以此为准调试生产实践，在社会化媒体场域中发掘其全新的生产和消费图景。”⑦ 陈婷认为：“通过对电视纪录片生产现状的梳理，分析在政策和市场的双重作用下，电视纪录片如何适应形势，寻求更多的叙述主题和表达空间。”⑧ 赵鑫、刘钰认为：“技术的发展，为纪录片的内容提供了不同的呈现技巧。”⑨ 赵华森认为：“从拍摄、传播、体验等角度对虚拟现实的在场、移情等要素对影视人类学和人类学纪录片的影响展开论述。”⑩

（四）纪录片产业研究

纪录片产业研究方面，任伯杰、樊启鹏认为：“各产业主体在强化市场意识的同时，社会意识和公益意识也在提升，并且都在呼唤生态优化和产业升级，部分制播机构朝产业聚合平台转化，产业融合加快。”⑪ 徐锦、何苏六认为：“政策红利仍然是当前纪录片发展的重要驱动力量，新媒体为纪录片的发展带来更加多元的发展契机和更加广阔的发展空间。”⑫ 李瑞华、樊启鹏认为：“2017 年中国纪录电影迎来市场拐点，10 部国产片和 6 部进口片收获 2.69 亿元票房，其中国产片票房 2.63 亿，同比增长 237%，不仅创造了单片票房 1.7 亿的最高纪录，而且 3 部纪录片单片票房超过 3000 万，迎来历史性突破。”⑬ 梁君健、王静认为：“《二十二》的发行团队在精准定位分众的基础上充分利用在线票务的技术环境，将好口碑转化为高网售，从而成功地说服影院提高排片。”⑭ 赵曦、王廷轩认为：“Netflix 公司投资生产

① 张欣：《从“故宫”题材作品看纪录片叙事的空间转型》，《中国电视》2018 年第 2 期。
② 王庆福、宣莉：《生态纪录片的“生态中国”形象建构》，《电视研究》2018 年第 10 期。
③ 罗薇：《“体验”形态在纪录片中的美学探析》，《当代电影》2018 年第 2 期。
④ 程思：《与摄影机共舞——舞蹈影像的形成与发展（20 世纪 80 年代之前）》，《北京电影学院学报》2018 年第 4 期。
⑤ 王鑫：《从自我陈述到他者叙事：中国题材纪录片国际传播的困境与契机》，《现代传播（中国传媒大学学报）》2018 年第 8 期。
⑥ 张烨：《以“屏”为名：泛屏话语下对纪录片影像文本的辨与思》，《电视研究》2018 年第 5 期。
⑦ 孙莉：《新媒体背景下纪录片的发展创新研究》，《现代传播（中国传媒大学学报）》2018 年第 4 期。
⑧ 陈婷：《回顾与反思——从栏目化到融媒体时代的纪录片生产》，《中国电视》2018 年第 9 期。
⑨ 赵鑫、刘钰：《技术驱动下纪录片内容呈现技巧的嬗变研究》，《电视研究》2018 年第 5 期。
⑩ 赵华森：《虚拟现实对人类学纪录片及影视人类学的影响》，《北京电影学院学报》2018 年第 5 期。
⑪ 任伯杰、樊启鹏：《2017 年中国纪录片产业发展研究报告》，《当代电影》2018 年第 8 期。
⑫ 徐锦、何苏六：《2017 年中国纪录片行业盘点》，《电视研究》2018 年第 3 期。
⑬ 李瑞华、樊启鹏：《拐点——2017 年中国纪录电影观察》，《电影艺术》2018 年第 4 期。
⑭ 梁君健、王静：《基于数据的中国纪录电影发行研究——以〈二十二〉为例》，《电影艺术》2018 年第 4 期。

纪录片的策略，依据互联网大数据和算法的优势，以市场盈利为目标，以国际化、区域化为布局，呈现出与传统媒体差异化的互联网纪录片产制、运营的特质。”①

（五）纪录片历史研究

纪录片历史研究方面，卜学海、栗洪武等认为：“国际联盟中国教育考察团的代表萨尔地主要贡献有三个方面，即摄制了《大上海》教育影片，发布了《电影与中国》考察报告，为中国教育电影组织的成立建言献策。”② 熊鹰认为：“德国乌发电影的出现打破了好莱坞电影一家独大的垄断地位，丰富了早期中国电影市场的外片类型，是民国时期欧洲电影重入中国的缩影。”③ 李洁、邵小龙认为：“由‘南满州铁道株式会社’在伪满洲国制作的一批纪录片，可以解读成乌托邦的‘幻影’，曾经掩盖并促成残酷的现实，而最近又作为历史记忆的幽灵再次浮现。”④

2018 年度的纪录片研究理论成果丰富，纪录片与新技术相结合而产生的新业态获得了学界关注。本体研究及类型分析促进了纪录片学科体系的完善。多样的理论方法进入纪录片研究领域，通过不同领域知识的引入与学科视野的拓展来打通对纪录片发展现状的多样化理解通道，拓展了纪录片理论研究方法的范围。

五、结语

2018 年，中国纪录片创作继续承担着反映国家发展和社会变迁的历史使命，中国纪录片在工业化生产、品牌化运营上取得了重大进步。纪录片主流传播平台迎来重大变化，形成了台网联合互动的传播格局。新的纪录片创作形式样态不断成熟，制播平台不断扩展，视频网站成为新力量。纪录电影的快速发展，成为产业链中非常重要的一环。民营企业出品与独立制片作品成为中国纪录片创作的重要组成部分。在学术研究领域，研究成果丰富，研究范围不断拓展。

张啸涛　中国艺术研究院曲艺研究所副研究员

① 赵曦、王廷轩：《网络自制纪录片的产制与运营研究：基于 Netflix 的经验》，《现代传播（中国传媒大学学报）》2018 年第 8 期。

② 卜学海、栗洪武等：《萨尔地对中国早期教育电影发展的推动与影响　以 1931 年国联中国教育考察团为案例的考察》，《北京电影学院学报》2018 年第 4 期。

③ 熊鹰：《论民国时期德国乌发公司电影在上海的传播与接受》，《北京电影学院学报》2018 年第 1 期。

④ 李洁：《幻影重重的伪满洲国——“南满铁路株式会社”（1932—1940）制作的纪录片研究》，邵小龙译介，《当代电影》2018 年第 11 期。

2018 年度中国电视动画发展研究综述

◎ 裴琦旎

2018 年是改革开放 40 周年，也是进一步实施国家“十三五”规划的关键之年。在党和国家的高度重视和坚强领导下，2018 年我国的文化体制改革进入攻坚阶段，文化市场建设的步伐也更加坚定。同时，伴随各项扶持政策的落地实施、数字技术的快速迭代及市场强劲的需求拉动，新兴文化消费模式得以激活，文化创意产业具备巨大的市场潜力。作为文化领域重要分支的动画产业，借力“互联网 +”在 IP 孵化、生产制作、营销宣传、后期衍生品开发等环节进一步实现资源整合、提质增效，以现代化、产业化和创意化的方式推出优质原创动画，讲好中国故事、弘扬民族精神和社会主义核心价值观，在国民经济体系、文化软实力及国际影响力等领域释放出独特优势。在动漫产业领域，2018 年中国部分动漫企业和平台在行业迅速发展、市场优胜劣汰、文娱监管逐步严格的背景下，经历了上市、收购、整改、短暂关停等行业内调整，但仍处于积极转型和协同融合的探索阶段，并在逐步摸索中寻找适合国情的多样化商业模式，呈现出多种经营模式并存，多渠道盈利方式互补的特征。

总体而言，受整体市场经济环境有所紧缩、互联网红利逐步冷却消退的影响，2018 年的中国动漫行业开始出现后劲不足的迹象。然而“在资本、新媒体和消费人群的多重驱动下，动漫产业产值仍持续快速增长，总产值达到了 1712 亿元（包括动漫内容开发、生产制作、发行传播及衍生开发）”[①]。

一、国家政策为中国电视动画发展保驾护航

自 2002 年起，为促使国产电视动画的生产力和创作力得到解放，国家相关各部委及广电总局实施以需求拉动增长的战略，相继出台多项利好政策，分别从战略上提升动漫产业在国家整体经济中的地位；在战术上对发展动漫产业的硬件和软件建设给予了实施指导意见；在宏观调控上对动画片的播出时间、播出比例、题材规划、发行许可等制定了详尽的政策；在具体实施上建立激励机制，以行之有效的优惠政策鼓励动画企业的创作和生产。

随后，《关于发展我国影视动画产业的若干意见》于 2004 年 6 月出台，该意见为国产动画的快速发展奠定了政策导向基础，在促进动画产业繁荣、构建国产动画片播映体系、培育影视动画市场、发挥国产动画创作生产主力军的作用、鼓励影视动画产业的开发与经营等方面发挥了重要作用。为扶持国产动画的创作和传播，《关于促进我国动画创作发展的具体措施》于 2005 年 5 月出台，提出鼓励全国各级电视台增加动画片播出时段，并要求在黄金时段播放优秀国产动画片等相关措施。在播出比例上，2006 年 8 月推出的《广电总局关于进一步规范电视动画片播出管理的通知》规定在 17：00—20：00 的黄金时段，各级电视台“禁播国外动漫节目，并且在每日所有动漫播出的总量中，国产动漫的比例不少于 70%”[②]，这一举措为国产电视动画的创作生产、制作发行、播出放映的健康发展提供了极为有力的鼓励与支持。2008 年出台的《文化部关于扶持我国动漫产业发展的若干意见》，则对我国动漫产业发展的各方面提出强有力的指导意见，包括构建支撑体系、完善产业链条、加快平台建设、鼓励民族原创、改进管理服务、优化发展环境等。2010 年、2011 年和 2012 年相继推出的《关于金融支持文化产业振兴和发展繁荣的指导意见》《动漫企业进口动漫开发生产用品免征进口税收的暂行规

① 数据来源：艾瑞咨询《2019 年中国动画行业研究报告》，www.useit.com.cn/thread-23940-1-1.html。

② 《广电总局关于进一步规范电视动画片播出管理的通知》，载廖祥忠《中国动画年鉴》，中国广播电视出版社 2007 年版，第 83 页。

定》《文化部“十二五”时期文化产业倍增计划》，则分别从融资、信贷、保险等金融领域和免征进口税收政策等方面为国产动画行业营造了良好环境，国产电视动画产量由此逐年上涨，并于2011年达到顶峰。

但是，几年来在数量上得到迅速增长的电视动画制作却在质量方面凸显出低质粗糙、缺少精品的问题，具备良好口碑、较高知名度和广泛影响力的精品佳作少之又少，甚至出现部分动漫企业变相套取政策补贴的现象。因此，为了突破有产量没质量，有作品无精品的困境，从2014年起，广电总局相继出台《关于进一步加强和改进电视动画片创作和播出工作的通知》《2015年扶持成长型小微文化企业工作方案》等相关政策，不断提高动画扶持补贴政策的精准性，将工作重心从动画制作的政策导向逐步转移到质量的提升和精品的推出上，从鼓励投入动画制作转向了扶优奖优、扶持高品质精良作品，强调把内容优势作为动画作品的核心竞争力，并鼓励小微文化企业推出原创作品，将提高原创能力作为推动精品创作、品牌搭建的主要着力点和关键突破口，促使国产电视动画生产的目标由数量增长转向质量提升，在稳步发展中逐步向实施精品工程战略转变。

2015年，在国家政策和相关部委的大力支持下，“国家动漫精品工程”“国家动漫品牌建设和保护计划”以及“‘原动力’中国原创动漫出版扶持计划”相继推出，为优秀动漫创意和品牌搭建产业化推广平台，组织开展宣传推广活动，大力推荐优秀国产动画片，鼓励原创精品出现，试图以品牌为核心促进动漫“全产业链”和“全年龄段”发展。此外，各级政府部门严厉打击侵权、盗版行为，积极保护知识产权和原创作品，为动漫产业及其自有品牌产权的健康发展保驾护航。

2017年2月，《文化部“十三五”时期文化发展改革规划》中将动漫和游戏行业分别纳入“十三五”重点发展行业，并提出要推动中国国际动漫游戏博览会等重点文化产业展会转型升级、推进国家动漫产业综合示范园建设，制定动漫游戏产业“一带一路”国际合作行动计划，“发挥动漫游戏产业在文化产业国际合作中的先导作用，面向‘一带一路’沿线各国，聚焦重点，广泛开展”[①]，并且“培育重点企业、实施重点项目、开展国际产能合作，实现中国动漫游戏产业与沿线国家合作规模显著扩展、水平显著提升，为青少年民心相通发挥独特作用”[②]。

2018年5月，财政部和税务总局发布《关于延续动漫产业增值税政策的通知》，提出“动漫企业增值税一般纳税人销售其自主开发生产的动漫软件，对其增值税实际税负超过3%的部分，实行即征即退政策”[③]。并提出对动漫软件出口免征增值税，为原创动画品牌的建设和动画公司版权市场环境都提供了强有力的支持。在十多年来政策持续利好的前提下，2018年全国电视动画国内投资额达15.69亿元，比2017年（13.77亿元）增加1.92亿元，同比增长了13.94%。[④]

二、全国电视动画生产总量触底反弹，质量持续提升

2018年，在国家出台各项文艺发展新政策、大力推进供给侧结构性改革、实施创新驱动发展战略的背景下，中国电视动画生产数量较2017年相对增长，质量上保持水准并有所提升，全年备案作品439部、总时长达18.72万分钟，完成发行241部、8.62万分钟。[⑤]（见图1）其中有247家生产机构参与了制作备案，备案数量排名前十强中，老牌企业有央视动画有限公司、浙江中南卡通股份有限公司、深圳市欢乐动漫股份有限公司、广东咏声动漫股份有限公司等；而新兴动漫企业也势头迅猛，有深圳

① 《文化部关于印发〈文化部“一带一路”文化发展行动计划（2016—2020年）〉的通知》，《中华人民共和国国务院公报》，2017年8月10日。

② 《文化部关于印发〈文化部“一带一路”文化发展行动计划（2016—2020年）〉的通知》，《中华人民共和国国务院公报》，2017年8月10日。

③ 艾瑞咨询：《互联网文档资源》，2019年7月1日，http://www.doc88.com。

④ 数据来源：国家广播电视总局《2018年全国广播电视行业统计公报》，http://www.nrta.gov.cn/art/2019/4/23/art_2555_43207.html。

⑤ 数据来源：国家广播电视总局，http://www.sapprft.gov.cn/。

琦萌传媒有限公司、西安中南卡通文化创意有限公司、宁波熙盛文化传媒有限公司、七彩森林（北京）教育科技有限公司等。总体看来，在政策调控和市场杠杆的双重引导下，2018 年国产电视动画呈现出产量企稳回升、质量不断突破的发展态势。同时，在创作题材的选择和经典 IP 产业链打造方面也呈现出显著特点。

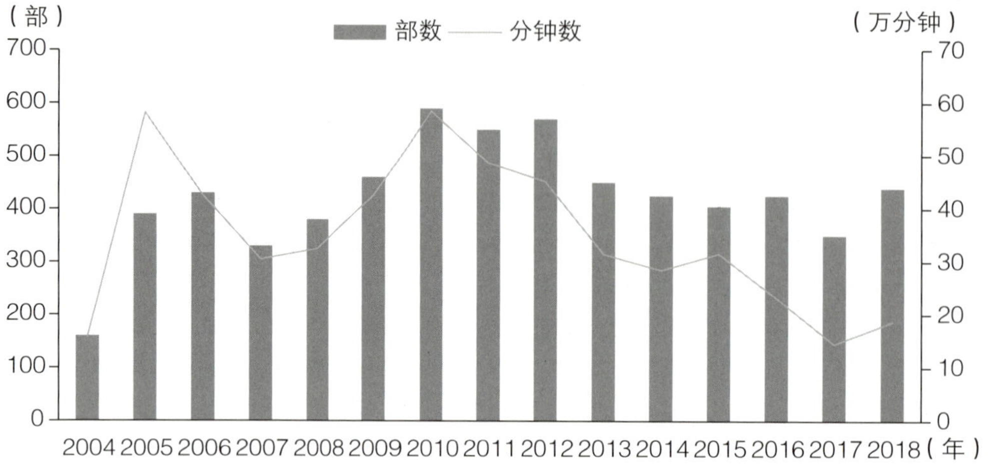

图 1 2004—2018 年国产电视动画片生产备案数量和增长率

（一）创作题材仍倾向于儿童受众，电视动画市场范畴亟待拓展

据广电总局网站数据显示，2018 年电视动画中童话题材、科幻题材、教育题材、现实题材、历史题材、神话题材等题材备案数在每个月的所占比例较为稳定。但值得注意的是，若对全年 439 部动画片纵向考察，童话题材备案数达到 217 部，占比 49%，成为绝对主流题材；教育题材、科幻题材动画片数量紧随其后，以 16% 和 11% 的占比分列第二和第三位；神话题材的占比仅为 5%，比现实题材电视动画片占比少 3 个百分点。

据统计数据显示，2016 年至 2018 年童话题材和面向低幼群体的电视动画项目在数量上始终具有巨大优势，未来一段时间这一现象也将持续存在。从 2018 年开始，在诸多电视动画生产制作企业中，出现不少此前主攻网络渠道和面向青少年的制作公司看到了儿童动画的市场空白，投入作品开发，也转向主攻童话题材。一方面，因为网络平台制作的视频内容反向输入电视渠道，个别动画企业立项不再限定于成年人与二次元，因而尝试制作全年龄向内容，在网络播出之后亦可登陆电视台播出，一举两得；另一方面，从收入结构上看，面向儿童的电视动画市场，无论是从收视占有率、利用原创动画成功 IP 改编大电影的票房收入，还是动画衍生品收入等方面，其成功的可持续性都在不断被证明。因此可以说，儿童动画在动画后续周边衍生品消费市场占有的极大份额比例，决定了学龄前后儿童方向的生产趋势仍占电视动画创作的主体。相较而言，当前电视动画的成人市场仍属于空白状态。在随后的产业化布局中，电视动画受众可针对全年龄段受众进行策略设计，进一步细分为幼儿、儿童、青少年、成人等不同受众市场，为动画产业提供更多经济增长的可能性。

（二）以“IP+”战略持续打磨优秀动漫品牌，利用跨媒介融合方式开发经典 IP 新形式

近年来，得益于“国家动漫精品工程”的实施和深入推进，我国动画企业逐步树立起品牌意识，制作出了一批优秀的动画精品，打造出了专属的经典动画品牌。2018 年，国产电视动画加大以经典 IP 为核心，持续深挖和延展经典动画 IP 品牌价值的市场运作，如《熊出没》《新大头儿子和小头爸爸》《猪猪侠》《京剧猫》《超级飞侠》《燃烧的蔬菜》等系列动画片收视成绩喜人，以经典 IP 衍生动画大电影的《熊出没 · 变形记》收获 6 亿多元票房，《新大头儿子和小头爸爸 3：俄罗斯奇遇记》收获 1.58 亿元票房，充分显示出经典 IP 动画项目高度的消费黏性，并能实现相当可观的收益。

IP 动画的连续开发是动画片市场健康发展的重要衡量指标，在 IP 的基础上进行开发，不仅能够有效节约研发和宣传成本，还因为经典 IP 动画作品经过长时间的打磨提升和积累沉淀，在故事内容、角色塑造、展现形式和制作技术上相对成熟，在受众群体中拥有较高的认知度。经典 IP 电视动画系列片之一《猪猪侠》于 2018 年推出了其系列中的第 14 部动画片——《猪猪侠之竞球小英雄》，播出后颇受小观众欢迎，收视率居高不下，并在湖南金鹰卡通频道 2018 年 7 月档收视率排名第一。《猪猪侠》动画系列片 IP 自 2005 年首次推出至今，在出品制作方的精心打造下，14 年来共发布了 4 部大电影、4 部舞台剧，屡屡创造最高收视纪录，有力证明了优质动画 IP 不仅能够形成并维护稳定的收视群体，有效增强消费黏性，并从横向持续拓展动漫产业内相关各行业的发展，从纵向不断延伸 IP 作品内容的深度和维度。经典 IP 动画系列片是国产动画中的重要组成部分，IP 动画作品生命力越强，意味着相关作品艺术生命力越长久。

在对于国产动画的相关研究中，有学者认为，"近年来，包括文学、动漫、电影、电视剧、游戏等在内的文娱形态加速跨界融通，形成'泛娱乐'的生态体系。优质的 IP 资源成为整个文化娱乐产业维持用户黏性的纽带，以 IP 为核心的布局成为国内文化娱乐产业的发展趋势"[①]。的确，近年来奥飞娱乐、腾讯动漫、哔哩哔哩等许多知名动漫企业和平台大大提高了对优质 IP 的重视程度，以自身实践"直接推动了围绕 IP 为核心'一源多用'的'IP+'战略，作品创作呈现出系列化、品牌化、连续化、迭代化的特点"[②]。其中，《新大头儿子和小头爸爸》《秦时明月》《熊出没》《喜羊羊和灰太狼》《赛尔号》《超级飞侠》等经典 IP 品牌，通过推出续集、新番、新一季作品等，保持了经典品牌价值的持续性并加以升级，凸显出 IP 品牌的杠杆作用。

三、聚焦中华文化主题，推出具备民族审美特色的精品力作

2018 年，在党和国家的高度重视下，国家广播电视总局深入贯彻落实习近平总书记十九大报告及系列重要讲话精神，"始终坚持以人民为中心的工作导向，紧紧抓住创作生产优秀作品这一中心环节，大力推进国产电视动画发展，着力提高讲好中国故事的能力，广泛推动优秀作品传播，积极促进国内外交流，形成政府扶持引导、行业齐心协力、社会广泛参与的良好氛围"[③]，从而涌现出一大批体现中国文化精神、反映民族审美追求、传播当代中国价值观、聚焦时代热点、口碑与收益双赢的优秀动画作品。

2018 年，围绕"庆祝中国改革开放 40 周年"的主题，广电总局指导扶持，共青团中央网络影视中心制作了"青年之声"系列动画短片《那些你一定知道的事》。该片在形式上采用青少年喜爱的动画短片，在内容层面则将改革开放 40 年的辉煌成就逐一展示。可以说，是"在讲述个人命运变化和家庭生活变迁的故事之中，展现出国家经济建设、政治建设、文化建设、社会建设、生态文明建设取得的显著成果，在情感上引起广大青少年强烈共鸣"[④]，并"从青年的视角，生动活泼地展现出改革开放顺应了中国人民要发展、要创新、要美好生活的历史要求，说明改革开放不仅深刻改变了中国，也深刻影响了世界"[⑤]。改革开放 40 年来，我们的祖国发生了巨大的变化，从"票证时代"到"移动支付"，从"砖瓦平房"到"明媚小楼"，从"永久自行车"到"复兴号"，从"的确良"到"美丽七十二变"……改革开放 40 年，衣食住行的变迁见证了几代人生活的巨变，每个人都体会到了实实在在的改革开放福

---

① 关文旭：《2018 年中国动画发展扫描》，《中国广播电视学刊》2019 年第 2 期。

② 关文旭：《2018 年中国动画发展扫描》，《中国广播电视学刊》2019 年第 2 期。

③ 王亚奇：《聚焦美好生活，勇攀创作高峰——十八大以来国产电视动画发展综述》，《中国广播电视学刊》2017 年第 10 期。

④ 曼文娇、黄婧媛：《改革开放系列动画短片〈那些你一定知道的事〉第一集〈时代的号角〉》，http://news.youth.cn/gn/201812/t20181220_11820700.htm。

⑤ 曼文娇、黄婧媛：《改革开放系列动画短片〈那些你一定知道的事〉第一集〈时代的号角〉》，http://news.youth.cn/gn/201812/t20181220_11820700.htm。

利。通过紧扣改革开放的时代主题，这部短片以生动活泼的画面、平易近人的讲述，向青少年阐释了改革开放是当代中国发展的必由之路这一理念，也是我们最终实现中国梦的关键之举。

在2018年度国产动画发展专项资金项目评审会上，经广电总局季度推荐优秀国产动画片项目初审、总局专项资金项目评审委员会终审，最终评选出2018年度国产动画发展专项资金获奖作品20部，优秀制作机构4家、推优工作优秀组织机构2家，奖励资金共计330万元，并予以公示。其中，一等奖3部，奖金30万元，由《可爱的中国》（江苏省广播电视总台、江西省上饶市广播电视台）、《丝路传奇大海图》（央视动画有限公司）、《小鸡彩虹》第五季（杭州天雷动漫有限公司）获得；二等奖5部，奖金20万元，获奖作品为《熊熊乐园2》[华强方特（深圳）动漫有限公司]、《梦幻乐园奇遇记》（央视动画有限公司）、《猪猪侠之竞球小英雄2》（广东咏声动漫股份有限公司）、《冰雪冬奥村》（北京电视台）、《开心超人联盟之神奇实验室》（广东明星创意动画有限公司）；三等奖12部，奖金10万元，获奖作品包括：《京剧猫之乘风破浪》（北京璀璨星空文化发展有限公司）、《阿优的奇妙实验室（一）》（杭州阿优文化创意有限公司）、《布袋小和尚》第三季（宁波大慈文化传播有限公司）、《秦时明月5：君临天下（续）》（杭州玄机科技信息技术有限公司）、《洛宝贝》第三季（杭州漫奇妙动漫制作有限公司）、《宇宙护卫队》[完美鲲鹏（北京）动漫科技有限公司]、《疯了！桂宝》（上海优其文化传媒有限公司）、《哈哈！地球人》（上海炫动传播有限公司）、《酷跑英雄》（重庆甲辰影视动画有限公司）、《天眼归来》（浙江中南卡通股份有限公司）、《鹿精灵之寻找兵马俑》（梦东方电影有限公司）、《核晶少年3》（广东咏声动漫股份有限公司）。

在创作题材上，2018年动画创作展示出更加丰富的特点。在广电总局推荐播出的优秀作品中，有传播中国文化传统、讲述中国历史、展现中国元素的《丝路传奇特使张骞》和《丝路传奇大海图》；有传播红色文化的内涵与意义，并面向青少年，积极培育和践行社会主义核心价值观的《可爱的中国》；有呼应2022年北京冬奥会、展现奥运精神的《冰雪冬奥村》；有契合当下生态环保理念的《熊出没之探险日记2》；有以熊猫为主要角色，展示中国诸多节日文化起源故事的《探探猫过大节》；也有通过科学实验或展现奇妙人体内部旅行的《开心超人联盟之神奇实验室》《阿优的奇妙实验室》《酷杰的科学之旅——人体奥秘》等，通过采用少年儿童喜爱的故事手法从不同角度普及科学知识，避免生硬灌输，增强趣味性。这些作品都受到了小观众及家长的欢迎，发挥了引领示范作用。

（一）创作展示中华历史文化、展现民族审美特色的优秀作品

在"一带一路"背景下，为积极响应习近平总书记提出的"一带一路"倡议，央视少儿频道与央视动画有限公司以中国历史文化为创作基底，历时3年之久，精心打造出大型历史人文系列动画片《丝路传奇》，其中包含《丝路传奇特使张骞》与《丝路传奇大海图》两部共104集，于2018年10月在中央广播电视总台少儿频道《银河剧场》栏目晚间黄金档进行首播。该系列片讲述了中国古代海上与陆地两条丝绸之路发生的历史事件和传奇故事，激励青少年、儿童能够在未来的生命历程中慢慢磨砺出不畏艰难、勇敢进取、珍惜友谊、胸怀天下的品质。

其中，《丝路传奇特使张骞》充分发挥了动画片生动活泼、极富想象力的表现特点，以西汉张骞出使西域各国、首开丝绸之路的历史事件为素材，以一对现代兄弟的穿越为视角，带领小观众在现代与古代两个平行空间中穿梭，身临其境地感受特使张骞出使西域、开启东西方文明交流新纪元的传奇过程。据史书记载，公元前138年，张骞奉汉武帝派遣，踏上出使西域各国之路，然而过程中历经千难万险，几经生死攸关，耗尽一生，可谓开通陆上丝绸之路的奠基者。在当前我国深入推进"一带一路"倡议建设的时代背景下，这部系列动画片体现出的历史意义和时代精神为"一带一路"建设做出了注脚。在动画片拍摄制作的前期工作中，"主创团队特地前往甘肃、新疆等地实地采风，收集了大量素材，从而设计出丰富多彩、极富特色的丝路场景，包括天山、天池、火焰山等知名自然景观，瓜州城、坎儿井、楼兰城等人文景观"①，尽可能地还原了真实的西域风貌及民俗风情，在片中不仅展现了中国的自然地理、物产资源、历史文化、科技水平等，还在叙述中巧妙重申了张骞开辟陆上丝绸之路的重要性，为青少年儿童树立文化自信的意识起到了引导作用。

《丝路传奇大海图》系列动画片则借用"海上丝绸之路"的历史符号，展现了元朝航海家汪大渊游历亚非各国沿海的历史故事。为当代孩子们讲述中华民族航海的辉煌历史，传递中华文明自古以来勇于探索、开放进取的海洋精神，让小观众们在快乐看动画的同时学习知识，体会海上丝绸之路的重要意义，认识到"一带一路"倡导的沟通、交流、共同发展的理念正是和平共处、民族团结、自由通商和文化交流的重要基石。

《丝路传奇》系列动画片的制作耗时三年，一经播出，广受好评，并当选为2018年度优秀国产动画片。这部系列动画片还将深度开发短视频、游戏、漫画、广播剧等多种形式，与游戏、动漫、FM等渠道进行融媒体战略合作，并将翻译成英语、阿拉伯语等语种在"一带一路"沿线国家播出。

（二）社会主义核心价值观题材动画创作充满活力

习近平总书记曾在"加强和改进党对文艺工作的领导"论述中指出："现在，文艺工作的对象、方式、手段、机制出现了许多新情况、新特点，文艺创作生产的格局、人民群众的审美要求发生了很大变化，文艺产品传播方式和群众接受欣赏习惯发生了很大变化。"②因此，"在新的历史条件下，要以践行社会主义核心价值观为根基，为各形态文艺创作不断注入新的时代活力。弘扬主旋律、传播正能量，重温伟大历史，把红色资源利用好、把红色传统发扬好，让'红色基因'代代相传，使其发挥出长期和潜移默化的作用。通过主旋律电视动画等更容易被观众所接受的艺术形式，积极探索当代革命历史传播教育的新路子"③。

在这一背景下，由江苏广播电视总台、江苏省新闻出版广电局、江西省新闻出版广电局、中共上饶市委宣传部、上饶市广播电视台联合出品的12集动画系列片《可爱的中国》应时而生。该片于2018年10月5日起在上饶市广播电视台播出，取材自革命烈士方志敏的传奇一生，是一部讲述英雄信仰与成长的国庆献礼动画。片中讲述了中学生陈天乐在虚拟图书馆体验时，阴差阳错进入了《可爱的中国》电子书世界中，来到英雄方志敏成长生活的年代，并在方志敏成长过程中扮演了他身边不同的角色，与他共同经历了少年时期立志报国，青年时期革命救国，入狱后以身殉国的三个人生阶段，亲眼见证了方志敏作为共产党人面对敌人时的不卑不亢和高风亮节，见证了受人敬仰的热血英雄一步步历练的全过程。这部以反映革命英雄方志敏为主题的动画作品一经播出即引起了强烈的社会反响。

《可爱的中国》利用未来科技与历史情怀的精彩碰撞，不仅传递了翔实的历史内容和知识，还展示出未来中国的高度科技化和人民生活的便利。在讲述方式上，采用让主角通过高新科技进入电子书世界，避免了传统生硬的穿越模式，也为历史类主旋律动画开创了全新的架构形式。在人物设计上，片中力求尊重历史、贴近历史人物原型，因此在造型细节的刻画上十分细腻，并结合了当下主流的国漫、日韩欧美等二次元风格，画风严谨的同时力求创新，人物形象自然饱满，更加接近青少年喜好。场景设计方面则进行了大量的实地实景采风，确保真实自然。后期特效采用了电影的三级调色方案，在出片前进行最终的电影级校色，后期剪辑多达5遍，其中部分特写镜头达到插画级别。

（三）立足本土文化、把握当前热点，对经典IP进行多元纵深开掘

《猪猪侠》原创3D动画系列片始创于2005年，迄今已雄霸荧屏14年，共发行14部动画长片、2部番外篇、1部总集篇，另有4部大电影、1部番外电影，内容覆盖全国20家网络平台、400家电视

① 李莉：《"一带一路"主题动画片〈丝路传奇〉在央视开播》，http://news.ts.cn/system/2018/10/09/035405971.shtml。

② 《习近平：在文艺工作座谈会上的讲话》，2015年10月15日，中国社会科学网（http://www.cssn.cn/index/index_focus/201510/t20151015_2495516_9.shtml）。

③ 米高峰、赵梦飞：《主旋律电视动画："红色经典"传播与"红色基因"传承》，《新闻知识》，2017年第8期。

台、5000家影院、50万终端播放。同时，4部舞台剧全国上映1000多场，上座率高达90%，覆盖受众上万人次。该系列动画片多次蝉联国产动画片最高收视纪录，曾获“白玉兰奖”国产动画片金奖、十大卡通形象奖、年度最具产业价值动画奖等荣誉，并入选“五个一工程”，以其丰富的情节和互动效果深得小朋友们的喜爱。2018年，“猪猪侠”被少儿动画权威数据机构“动漫收视榜”评选为年度影响力IP，更以《猪猪侠之竞球小英雄》《猪猪侠之环球日记》这两部电视动画长期盘踞各大卡通卫视黄金时段的冠亚榜首，并入围被誉为亚洲电视行业“艾美奖”的第23届亚洲电视大奖，一举斩获最佳儿童节目提名。番外篇《猪猪侠之环球日记》亦荣获国家广播电视总局推荐的“优秀国产电视动画片”称号。

在内容上，“猪猪侠”系列动画片不断推陈出新，在每一部作品中为“猪猪侠”等经典角色的形象和性格设计上进行更加立体的塑造，使角色人物随着系列片的一部部推出更加血肉丰满，个性突出，形象真实有趣。同时，通过制作技术上的不断创新，“猪猪侠”系列动画片也力求走在世界动漫的前列，使画面效果更具吸引力。从第五部作品开始，“猪猪侠”系列动画采用1080P的超清拍摄模式、5.1杜比音效，并以制作3D立体电影的技术标准进行尝试，力求在播出效果上精益求精。有影评人指出，其“角色造型设计立足于本土文化，融合了中国元素，创造出一个个极具民族化特征的动画形象。同时，随着品牌影响力的提升，基于造型设计与儿童认知发展水平契合，猪猪侠这一形象已经由单一的动画角色拓展为电影、剧目、教育、游戏、主题公园营销等全方位的品牌代言人”①。而在品牌授权领域，“猪猪侠”品牌形象授权及自主研发的衍生产品涵盖了玩具、食品、游戏、文旅等50多个行业领域，衍生产品年零售市值超过40亿元。

四、电视动画播出稳步增长，播出渠道传统与新兴并存

据广电总局数据统计，目前我国开播有6个少儿动画卫星频道和33个少儿地面频道，除动画专业频道、少儿频道外，还有各电视上星综合频道和各地各级电视频道中的动画栏目，以及3套付费数字电视动画频道，共同组成了国产动画播出平台的播映体系。② 其中，央视少儿频道、湖南金鹰卡通频道、上海炫动卡通频道和北京卡通频道财力雄厚，频道和所辖栏目比较成熟，体例设置科学合理，公益题材的动画片播出量大，影响深远。特别值得一提的是，其中几家少儿频道的高层管理人员，基本都曾从事过新闻行业或曾专攻财经专题，专业素质普遍较高，项目策划定位准确，由他们担纲制片人之后，频道选择的动画题材和策划的动画栏目均获得较好的反响。

播出机构和平台作为中国电视动画的承载体系和传播介质，在内容管理方面也应发挥播出机构和平台的调节引导功能，使优秀作品及时与受众见面。通过历年全国36个主要城市动画节目播出的数据可以看出，目前能够形成IP效益的动画片多投放在省级上星频道和省级非上星频道上，能够保证一定的播出时长和收视时长。2013年，国家广播电视总局为建立选优播优、质优价良的良性机制，积极推行选取各少儿动画频道负责人参与优秀动画片评选的新举措，并在评选之后鼓励其购买、播出优秀动画片。并且，“2014年起，国家广播电视总局要求每个电视上星综合频道平均每天8:00至21:30之间至少播出30分钟的国产动画或少儿节目”③，为扶持国产电视动画片提供了优越的播出平台。在国产电视动画播出的行政管理方面，广电总局也积极开办少儿频道和上星动画频道，着力构建各级电视台动画栏目构成的动画播映体系，将播出机构与平台的建设作为振兴国产动画产业的强力推手。

2018年，中国电视动画在播出时长方面仍保持稳步增长。全国各级电视频道动画片播出数量为

---

① 魏鹏：《电视动画的表现形式与儿童认知的契合性——以动画片〈猪猪侠〉系列为例》，《中国电视》2018年第12期。

② 数据来源：国家广播电视总局，http://www.sapprft.gov.cn/。

③ 王小亮：《新时期电视动画内容管理研究》，《中国广播电视学刊》2015年第3期。

37.45 万小时，相比 2017 年（36.28 万小时）增加 1.17 万小时，同比增长 3.22%。[①]“中央电视台少儿频道是我国电视动画节目播出的主力军，是全国最具影响力的少儿频道，也是国产动画片首播量最大的电视频道，全年首播 5 万多分钟，每天首播国产动画片 230 分钟”[②]。据酷云 EYE Pro 电视大数据平台统计，央视少儿频道 2018 年各季度观众关注度分别为 0.22%、0.16%、0.19% 和 0.13%，市场占有率分别为 3.03%、2.39%、2.74% 和 2.15%，远高于其他少儿 / 动画类卫星频道。收视数据显示，《熊出没之环球大冒险》《熊出没之探险日记》《汪汪队立大功》《熊出没》《大头儿子和小头爸爸》《新猫和老鼠》《棉花糖和云朵妈妈》《神兵小将》《新大头儿子和小头爸爸》《熊出没之年货》《大耳朵图图・美食狂想曲》《百变马丁》《猪猪侠》《熊熊乐园》等动画片取得了较高的观众关注度。[③]2018 年经典系列动画品牌继续维持了前两年的强劲势头，在收视和市场份额排名上占据了重要位置。可见，优秀动画片源的核心品牌效应、忠实观众群以及内容创作、技术制作达到较高水准是播出和收视同步提升的前提。无论是老牌经典作品，还是产业化后生产的原创动画片，电视动画的故事内容、人物形象以及优质口碑才是其获得更多播出机会、延续良性收视的决定性因素。

21 世纪以来，互联网尤其是移动互联网的迅猛发展促使网民数量稳步增长、互联网普及率激增。新媒体的出现极大地拓宽了动画播出的平台和渠道，不仅催生了许多专类动漫平台，如有妖气网站（已被奥飞娱乐收购）、快看漫画 APP 等，还刺激各大视频网站纷纷布局动漫板块，如爱奇艺、腾讯视频、优酷视频等，通过对全年龄段精品动漫的开发强势占领动漫市场。根据艺恩视频智库对国内主流视频网站的统计，2018 年动画网络平台播放总量达到 2761 亿次，较上年增长约 11.42%，各视频平台播放动画内容数量达到 3222 部，其中新上线动画超过 600 部。[④]目前，经典 IP 项目因具备强大的流量吸引优势，是视频网站布局旗下动画领域的重中之重。因此，达到亿级播放量以上的优质 IP 动画作品作为稀缺资源，在每月播出作品中的播放量依然排名前位。从全年播放量来看，排名较高的国产动画作品包括《熊出没之探险日记》《斗破苍穹》《贝乐虎儿歌》等（见表 1）。

表 1　2018 年视频网站播放量前 10 名国产动画作品[⑤]

排名	学龄前动画	青少年动画	成人向动画
1	熊出没之探险日记	斗破苍穹第 2 季	斗罗大陆
2	贝乐虎儿歌	一人之下第 2 季	魔道祖师
3	萌鸡小队	喜羊羊与灰太狼之奇幻天空岛	狐妖小红娘
4	宝宝巴士儿歌	峡谷重案组第 2 季	武庚纪第 2 季
5	可可小爱	乌龙院之活宝传奇	画江湖之侠岚
6	超级飞侠全集	巨神战击队之超救分队	超神学院之雄兵连
7	超级飞侠第 4 季	兽王争锋第二季原石之力	妖神记第 1 季
8	熊熊乐园	妖神记之影妖篇	我的逆天神器
9	宝宝巴士亲子游戏	雄兵连（下）乾坤篇	斗罗大陆 2 绝世唐门
10	帮帮龙出动之恐龙探险队	聪明的顺溜之雄鹰小子第 1 季	天行九歌

近年来，国家广播电视总局在政策上要求充分利用互联网、平板电脑、移动通信、VR 等新兴多

① 数据来源：国家广播电视总局网站《2018 年全国广播电视行业统计公报》，http://www.nrta.gov.cn/art/2019/4/23/art_2555_43207.html。

② 关文旭：《2018 年中国动画发展扫描》，《中国广播电视学刊》2019 年第 2 期。

③ 数据来源：酷云 EYE Pro，http://pro.eye.lab.kuyun.com/。

④ 数据来源：艺恩视频智库，http://www.endata.com.cn/Project/product.html？index_type=1。

⑤ 资料来源：艺恩视频智库，http://www.endata.com.cn/Project/product.html？index_type=1。

媒体的迅猛发展，通过推出一系列相关政策和措施，促进上星频道和地面频道、专业频道和非专业频道、传统媒体和新媒体等动画播出渠道共同发展、互为补充，为国产电视动画的传播扩展了渠道和途径。同时，动画制作出品机构会主动根据互联网等新兴媒体需求有针对性地进行创作，为互联网、移动电视、网络平台、手机终端视频号等新兴媒体提供适合其播出的优质动画作品，从而满足不同年龄层次和观看渠道的受众需求。播出渠道的多样化，不仅促使国产动画一如既往地在电视播出频道领域抓牢学龄前儿童用户，同时通过在网络播出平台上的投放形式，扩展了动画作品的播出范围和收视范围，将受众对象范围由学龄前扩展到全年龄段，并通过网络的便捷性和交互性，在动画企业和动画片的相应网站、公众号、微博上和观众形成了互动，进一步拓宽了动画作品的播放空间，延续了口碑的效应，从而加大了作品的影响力，为构建核心品牌、保持消费黏性和培养观众忠诚度提供了有利条件。

裴綺旎　中国艺术研究院文化发展战略研究中心副研究馆员

文件辑录

【国家新闻出版广电总局电视剧司关于做好2018—2022年重点电视剧选题规划工作的通知（剧字〔2018〕14号）】

各省、自治区、直辖市新闻出版广电局，新疆生产建设兵团新闻出版广电局，中央军委政治工作部宣传局，中央电视台，中直各有关单位：

为深入学习贯彻习近平新时代中国特色社会主义思想和党的十九大精神，以习近平关于文艺工作的重要思想为指导，按照总局工作统一部署，为加强电视剧创作规划，坚持以人民为中心的创作导向，贯穿体现社会主义核心价值观，促进电视剧整体品质提升，引领创作方向，总局决定开展编制2018—2022年百部重点电视剧选题规划工作。

一、指导思想

以习近平新时代中国特色社会主义思想和党的十九大精神为指引，以坚定文化自信，推动社会主义文化繁荣兴盛为引领，重点电视剧选题规划要着力表现源自中华民族五千多年文明历史所孕育的中华优秀传统文化，着力表现熔铸于党领导人民在革命、建设、改革中创造的革命文化和社会主义先进文化，着力表现植根于中国特色社会主义的伟大实践。重点电视剧选题要坚守中华文化立场，立足当代中国现实，坚持为人民服务、为社会主义服务，坚持百花齐放、百家争鸣，坚持创造性转换、创新性发展。

二、选题要求

坚持以人民为中心的创作导向，在“深入生活、扎根人民”中进行无愧于时代的文艺创造。以登上“高原”、力攀“高峰”为目标追求，站在时代的高起点上，展现新时代、新气象、新作为。

坚持思想精深、艺术精湛、制作精良相统一，旗帜鲜明地倡导现实题材创作，突出作品品位、格调、责任，力争推出一大批讴歌党、讴歌祖国、讴歌人民、讴歌英雄的精品力作，发挥示范引领作用。

紧紧围绕庆祝改革开放40周年、新中国成立70周年、全面建成小康社会、建党100周年等党和国家重大宣传期和宣传节点开展重点选题工作。同时，除了上述重大宣传期和宣传节点，兼顾其他题材类型，精选其他类型的重点选题列入百部规划。

三、加强管理

根据全国各省局、电视台、制作机构的上报情况，总局统筹协调、综合遴选，确定了第一批百部重点电视剧选题（其中，前28部为庆祝改革开放40周年推荐剧目）。各省级新闻出版广电行政部门要切实做好本省重点电视剧选题创作指导工作，协调配置资源，加强管理和服务保障，对列入规划的剧目给予重点倾斜、重点扶持；各级电视台尤其是中央电视台、省级卫视，要切实增强媒体阵地意识，关注重点选题，提早介入重点选题创作指导、跟进和洽谈选购，按照宣传期节点倒排编播计划；各制作机构要高标准严要求，配备最优质的团队进行创作。要动员各方，形成合力，力争推出一批思想精深、艺术精湛、制作精良的优秀电视剧作品，深化对精品生产规律的探索，以重点突破带动整体品质提升，推动中国电视剧再上新台阶。

2018—2022年百部重点电视剧选题规划实行动态管理，各省级新闻出版广电行政部门要列为中长期任务抓紧抓实，并对本省的重点选题不断进行调整和补充，如有新的重点选题，可向总局申报纳入规划。各省级新闻出版广电行政部门要及时上报本省重点电视剧选题的创作生产进展情况，原则上每季度上报一次。

［2018—2022年百部重点电视剧选题剧目名单］

1.《第一声春雷》

2.《初心》
3.《阳光下的法庭》
4.《谷文昌》
5.《最美的青春》
6.《大浦东》
7.《都是一家人》
8.《一号文件》
9.《大江大河》
10.《外滩的钟声》
11.《创业时代》
12.《你迟到的许多年》
13.《西京故事》
14.《青春抛物线》
15.《奔腾岁月》
16.《啊，父老乡亲》
17.《飞行少年》
18.《北部湾人家》
19.《归去来》
20.《花开时节》
21.《岁岁年年柿柿红》
22.《我们的四十年》
23.《新外来妹的故事》
24.《最好的时代》
25.《新一年又一年》
26.《锅盖头》
27.《面向大海》
28.《太阳出来喜洋洋》
29.《钢铁丝路》
30.《共和国血脉》
31.《灵与肉》
32.《长江大桥》
33.《中国天眼》
34.《月亮上的篝火》
35.《航天儿女》
36.《奔腾年代》
37.《礼赞》
38.《运河人家》
39.《风雨中关村》
40.《伟大的母亲》
41.《温州三家人》
42.《风再起时》
43.《启航》

44.《红房子》
45.《中国制造》
46.《沙海老兵》
47.《呦呦寻蒿》
48.《走进华尔街》
49.《在远方》
50.《援非医生》
51.《江河水》
52.《天骄》
53.《北京人与纽约客》
54.《法援律师》
55.《山哈闹海》
56.《风起东方》
57.《青年外交官》
58.《镜海长虹》
59.《孙光明下乡记》
60.《小欢喜》
61.《妈妈别走》
62.《我们的小康时代》
63.《姥姥的饺子馆》
64.《第十二村民小组》
65.《乌兰牧骑》
66.《库尔班大叔和他的子孙们》
67.《少年盾》
68.《猎狐》
69.《国家任务》
70.《人民警察》
71.《热血珠峰》
72.《流金岁月》
73.《我的中国心》
74.《山河之间》
75.《我爱北京天安门》
76.《奔跑的高跟鞋》
77.《老同学》
78.《小巷总理》
79.《光荣与梦想》
80.《外交风云》
81.《毛泽东寻乌调查》
82.《建国大业》
83.《柳亚子与毛泽东》
84.《大地之子》
85.《恰同学少年 2》

86.《人民总理周恩来》
87.《觉醒年代》
88.《共产党人刘少奇》
89.《一大代表》
90.《日出百年》
91.《永恒的信仰》
92.《长河落日》
93.《红色福尔摩斯》
94.《可爱的中国》
95.《天宝》
96.《老中医》
97.《南迁》
98.《大运河》
99.《北斗南箕之歌》
100.《北魏王朝》

国家新闻出版广电总局电视剧司
2018 年 3 月 22 日

【国家广播电视总局关于进一步加强广播电视和网络视听文艺节目管理的通知（广电发〔2018〕60 号）】

各省、自治区、直辖市新闻出版广电局，新疆生产建设兵团新闻出版广电局，中央广播电视总台办公厅，中国教育电视台：

党的十八大以来，各广播电视播出机构和网络视听节目服务机构围绕中心、服务大局，积极创新创优，不断推出人民群众喜闻乐见的优秀节目，文艺创作呈现出良好态势。但是，一些文艺节目出现了影视明星过多、追星炒星、泛娱乐化、高价片酬、收视率（点击率）造假等问题，不仅推高制作成本、破坏行业秩序生态，而且误导青少年盲目追星，滋长拜金主义、一夜成名等错误价值观念，必须采取有效措施切实加以纠正。为确保广播电视和网络视听文艺节目健康有序发展，现就有关事项通知如下。

一、牢牢把握正确的政治方向，强化价值引领

各广播电视播出机构、网络视听节目服务机构、节目制作机构要坚持以习近平新时代中国特色社会主义思想为指导，深入学习贯彻党的十九大精神和全国宣传思想工作会议精神，坚持政治家办台办网办节目，坚持“二为”方向、“双百”方针，着力营造清朗的文化环境和健康的精神空间，承担启迪思想、滋养心灵、涵育审美、成风化人的重要使命。广播电视和网络视听文艺节目要坚持讲品位、讲格调、讲责任，抵制低俗、庸俗、媚俗，大力弘扬社会主义核心价值观，传播正能量，坚守底线红线。各节目制作和传播机构要始终坚持把社会效益放在首位，力争社会效益与经济效益统一，当二者发生冲突时，经济效益要无条件服从社会效益，绝不能在市场经济大潮中迷失方向，绝不能做市场的奴隶，使作品充满铜臭气。

二、坚持以人民为中心的创作导向，坚决遏制追星炒星、泛娱乐化等不良倾向

各广播电视播出机构和网络视听节目服务机构要从讲政治的高度深刻认识追星炒星、泛娱乐化等

问题的严重危害，坚决摒弃以明星为卖点、靠明星博眼球的错误做法，严格控制偶像养成类节目，严格控制影视明星子女参与的综艺娱乐和真人秀节目。各广播电视主管部门要进一步加强结构化管理和宏观调控，减少影视明星参与的娱乐游戏、真人秀、歌唱类选拔等节目播出量，积极扩大新闻、经济、文化、科教、生活服务、动画和少儿、纪录片、对农等公益节目播出量，制作播出更多富有时代气息、格调积极健康、具有文化内涵的原创节目。

三、鼓励以优质内容取胜，不断创新节目形式，严格控制嘉宾片酬

各广播电视播出机构、网络视听节目服务机构、节目制作机构要坚持以优质内容取胜，不断开拓创新人民群众喜闻乐见的节目形式，摒弃浮华，注重节俭，力戒高价追星、铺张浪费，对影视明星参与节目的片酬要控制合理额度，倡导影视明星以社会责任心和使命感积极参与公益性节目，坚决纠正高价邀请明星、竞逐明星的不良现象。各电视上星综合频道 19∶30—22∶30 播出的综艺节目要提前向总局报备嘉宾姓名、片酬、成本占比等信息，每个节目全部嘉宾总片酬不得超过节目总成本的 40%，主要嘉宾片酬不得超过嘉宾总片酬的 70%。重点网络视听节目服务机构的网络综艺节目也要符合上述规定，上线前向国家广播电视总局报备以上信息。地面电视频道和其他网络视听节目服务机构综艺节目的嘉宾管理均要符合上述规定，由当地广播电视主管部门负责备案管理和日常监督。

四、加大电视剧网络剧（含网络电影）治理力度，促进行业良性发展

严格执行已出台的电视剧网络剧（含网络电影）成本配置比例行业自律规定，每部电视剧网络剧（含网络电影）全部演员片酬不超过制作总成本的 40%，其中主要演员不超过总片酬的 70%。如果出现全部演员总片酬超过制作总成本 40% 的情况，制作机构需向所属协会（中广联制片委员会、电视剧制作产业协会或中国网络视听节目服务协会）及中广联演员委员会进行备案并说明情况。无正当理由或隐瞒不报的，一经查实，由所属协会上报国家广播电视总局，视情况依法采取暂停直至永久取消剧目播出、制作资质等处罚措施。中广联制片委员会、电视剧制作产业协会、中国网络视听节目服务协会要积极推进，调研论证并制定出台切实可行的电视剧网络剧（含网络电影）片酬执行标准，明确演员最高片酬限额，并作为行业自律规定发布施行。同时，行业主管部门要加大惩戒力度，对违反规定的电视剧网络剧（含网络电影）演员，定期向社会公布名单并实施联合惩戒。广播电视播出机构、节目制作机构、网络视听节目服务机构、发行公司不得恶性竞争、哄抬价格购买播出电视剧网络剧（含网络电影），不得以明星为唯一议价标准。政府资金、免税的公益基金等不得参与投资娱乐性、商业性强的电视剧网络剧（含网络电影）。演员片酬超过配置比例规定或最高片酬限额的电视剧网络剧（含网络电影）不得参加党委政府部门和群团组织的评选奖励，不能享受政府资助补贴。

五、坚持同一标准、同一尺度，维护广播电视与网络视听节目的健康有序发展

广播与电视、上星频道与地面频道、网上与网下要坚持统筹管理、统一标准。各级广播电视主管部门要探索建立网台联动的有效管理机制，严把文艺节目的内容关、导向关、人员关、片酬关，存在问题的节目，网上网下均不得播出。要积极顺应信息技术发展趋势，充分发挥各自特色优势，推进广播电视和网络视听文艺节目在理念、内容、体裁、题材、形式、方法、手段等方面的创新，努力做到思想精深、艺术精湛、制作精良。

六、加强收视率（点击率）调查数据使用管理，坚决打击收视率（点击率）造假行为

各广播电视播出机构、网络视听节目服务机构要建立节目综合评价体系，正确开展节目综合评价，正确看待、合理运用收视率（点击率）数据，坚决反对唯收视率（点击率）倾向。严禁播出机构对制作机构提出收视率承诺要求，严禁签订收视对赌协议。严禁任何机构和个人干扰、造假收视率（点击率）数据。相关行业协会和社团组织要有效发挥行业协会自律作用，督促全体会员自觉抵制收视率（点击率）造假行为。建立健全深化宣传、广电和公安等部门联合协调打击收视率（点击率）造假工作

机制，对从事、参与收视率（点击率）造假等违法违规行为的机构和人员坚决予以惩戒。对于典型案例及时向社会曝光，维护行业良好秩序。

七、落实意识形态工作责任制，强化主管主办责任和属地管理责任

各级广播电视主管部门要坚持党管媒体的原则，认真落实意识形态工作责任制，强化主管主办责任和属地管理责任，层层传导，步步压实，形成对广播电视和网络视听文艺节目追星炒星、泛娱乐化、高价片酬、收视率（点击率）造假等问题齐抓共管、长抓不懈的局面。对违反本通知规定的单位，由广播电视主管部门依照《广播电视管理条例》《广播电视播出机构违规处理办法（试行）》等法规、文件的规定予以处罚、处理，定期向社会公布，并会同有关部门建立健全违规失信联合惩戒机制；违规单位的主管部门或者有权处理单位，应当依法对负有责任的主管人员或者直接责任人员予以处分、处理。造成严重社会影响的，相关作品不予发行播出，并依法予以查处，吊销其有关许可证；广播电视主管部门可以向被处罚、被处理单位的主管部门或者有权处理单位通报情况，提出对有关人员的处分、处理建议，并可函询后续处分、处理结果，各级收听收看、监测监管机构要加强节目监听监看工作，做到及时发现、及时研判、及时报告、及时处置。

特此通知。

国家广播电视总局
2018 年 10 月 31 日

作品

电视剧

【电视剧《风筝》】

电视剧《风筝》46集。导演柳云龙，编剧杨健、秦丽，出品人曹华益、杨健，制片人杨健，主演柳云龙、罗海琼、李小冉、齐欢、孙斌、马驰。出品公司：新丽传媒股份有限公司、北京东方联盟影视文化传播有限公司。2017年12月17日国内首播。

该剧以潜伏于军统内部代号为“风筝”的共产党员郑耀先的人生与情感经历为主线，讲述了一个共产党情报员坚守信仰的故事。

【电视剧《延禧攻略》】

电视剧《延禧攻略》70集。导演惠楷栋、温德光，编剧周末，制片人于正，主演吴谨言、秦岚、聂远、佘诗曼、许凯等。出品公司：东阳欢娱影视文化有限公司。2018年7月19日国内首播。

该剧讲述少女魏璎珞为寻求长姐死亡真相，以宫女身份进入紫禁城，凭借其勇往直前的勇气、机敏灵活的头脑，化解在宫内遇到的重重困难，成为乾隆皇帝令贵妃的故事。

获奖：

2018中国（深圳）国际电视剧节目交易会年度优秀剧目。

【电视剧《香蜜沉沉烬如霜》】

电视剧《香蜜沉沉烬如霜》63集，改编自电线的同名小说。导演朱锐斌，编剧马佳，总出品人卜宇、池宇峰，制片人刘宁，主演杨紫、陈钰琪、罗云熙。出品公司：北京完美影视传媒有限责任公司、幸福蓝海影视文化集团股份有限公司、霍尔果斯时代众乐影视传媒有限公司、霍尔果斯鲲池影业有限公司、重庆盛美、北京新片场传媒股份有限公司。2018年8月2日国内首播。

该剧讲述了花神之女锦觅与天帝之子旭凤三世轮回千年之恋的故事。

获奖：

1. 2018中国（深圳）国际电视剧节目交易会年度优秀剧目；
2. 第14届首尔国际电视节最受欢迎海外电视剧奖。

【电视剧《如懿传》】

电视剧《如懿传》87集，改编自流潋紫小说《后宫·如懿传》。导演汪俊，编剧流潋紫，制片人黄澜，主演周迅、霍建华、张钧甯、董洁、童瑶、辛芷蕾、李纯、何泓姗、邬君梅。出品公司：新丽电视文化投资有限公司。2018年8月20日国内首播。

该剧讲述乌拉那拉·如懿与乾隆皇帝爱新觉罗·弘历从恩爱相知到迷失破灭的婚姻历程的故事。

【电视剧《正阳门下小女人》】

电视剧《正阳门下小女人》48 集。导演：刘家成，编剧：王之理、郝金明，总制片人 / 总发行人郝金明，制片人于灏，主演蒋雯丽、倪大红、田海蓉、乔大韦。出品公司：大前门（北京）文化艺术有限公司。2018 年 10 月 16 日国内首播。

该剧以小酒馆几十年的变迁为线索，从女性创业者徐慧真的叙述视角，讲述其从 1955 年至改革开放后的几十年间，带领身边人创业致富、走向小康的故事。

获奖：

第 25 届上海电视节白玉兰奖最佳女主角（蒋雯丽）。

【电视剧《大江大河》】

电视剧《大江大河》47 集，改编自阿耐小说《大江东去》。导演孔笙、黄伟，编剧袁克平、唐尧，制片人侯鸿亮，主演王凯、杨烁、董子健、童瑶、杨立新。出品公司：上海广播电视台、东阳正午阳光影视有限公司、SMG 尚世影业。2018 年 12 月 10 日国内首播。

该剧讲述了在 1978 年到 1988 年改革开放的时代背景下，以宋运辉、雷东宝、杨巡为代表的先行者们在改革浪潮中不断探索和突围的故事。

获奖：

1. 第 25 届上海电视节白玉兰奖最佳中国电视剧、最佳导演（孔笙 / 黄伟）、最佳编剧（改编）、最佳女配角（童瑶）、最佳美术（邵昌勇）；

2. 第十五届精神文明建设“五个一工程”奖优秀奖。

【电视剧《知否知否应是绿肥红瘦》】

电视剧《知否知否应是绿肥红瘦》共 78 集，改编自关心则乱同名小说。导演张开宙，编剧曾璐、吴桐，制片人侯鸿亮，主演赵丽颖、冯绍峰、朱一龙。出品公司：东阳正午阳光影视有限公司。2018 年 12 月 25 日国内首播。

该剧通过北宋官宦家庭少女盛明兰的成长、爱情、婚姻故事，从她由闺阁少女到侯门主母的历程，讲述家宅兴荣，古代礼教制度下的女性的奋斗传奇。

电视纪录片

【电视纪录片《如果国宝会说话》】

电视纪录片《如果国宝会说话》，总导演徐欢，总监制张宁、顾玉才，总制片人史岩、陈培军。制作公司：中央电视台纪录频道。联合摄制：中央广播电视总台、国家文物局。《如果国宝会说话》第一季2018年1月1日首播，第二季2018年7月23日首播。

百集纪录片《如果国宝会说话》从新石器时代到宋元明清，时间跨越8000年，摄制组拍摄了全国近百家博物馆和考古研究所，50余处考古遗址，1000余件文物。用文物讲文物，用文物梳理文明，试图通过古今对话的想象，实现现代人对古人的解读与致敬。

获奖：

第15届精神文明建设“五个一工程”奖优秀作品奖。

电视综艺

【电视综艺《声入人心》】

电视综艺《声入人心》，导演任洋，总制片人黄宏彦。出品：湖南广播电视台。2018 年 11 月 2 日国内首播。

本节目是一档原创新形态声乐演唱节目，节目由舞台公演和真人秀两部分组成，由 3 位出品人在 100 天内对 36 位演唱成员进行分组打磨、陪伴成长，最终选出 6 位首席演唱者获得美声音乐会全国巡演和发行音乐专辑的机会。

获奖：

第 25 届上海电视节白玉兰奖最佳电视综艺节目。

【电视综艺《上新了・故宫》】

电视综艺《上新了・故宫》，导演毛嘉，出品人单霁翔、李春良，联合出品人刘兵，主持人周一围。出品：故宫博物院、北京广播电视台华传文化。2018 年 11 月 9 日国内首播。

本节目是首档聚焦故宫博物院的文化创新类真人秀节目。每期节目中，嘉宾作为新品开发官跟随故宫专家进宫识宝，探寻故宫历史文化，并与顶尖跨界设计师和高校设计专业的学生联手，每期诞生一个引领热潮的文化创意衍生品，打造“创新”与“故宫”相结合的制作模式。

获奖：

第 25 届上海电视节白玉兰奖最佳电视综艺节目。

纪事

国家扶持项目

【国家广播电视总局公布2017年度广播电视创新创优节目】

2018年3月30日，国家广播电视总局向各省、自治区、直辖市新闻出版广电局，新疆生产建设兵团新闻出版广电局，中央广播电视总台，中国教育电视台发布“国家广播电视总局关于公布2017年度广播电视创新创优节目的通知（新广电发〔2018〕49号）”。为了发挥优秀广播电视节目的示范引领作用，经评议，确定中央人民广播电台《那年我高考》等8个广播节目、中央电视台《中国诗词大会（第二季）》等18个电视节目为“2017年度广播电视创新创优节目”，并给予每个广播节目15万元、每个电视节目20万元的资金扶持。扶持资金由总局下拨至各省新闻出版广电局和中央广播电视总台，各省局负责将扶持资金分发至所属相关广播电视机构。详细信息见国家广播电视总局官方网站。

【国家广播电视总局公布第二届“社会主义核心价值观动画短片扶持创作活动”优秀作品】

2018年4月12日，国家广播电视总局向各省、自治区、直辖市新闻出版广电局，新疆生产建设兵团新闻出版广电局，中央广播电视总台，中国教育电视台发布“国家广播电视总局关于公布第二届‘社会主义核心价值观动画短片扶持创作活动’优秀作品的通知（新广电发〔2018〕56号）”。2017年，总局联合教育部高等学校动画、数字媒体专业教学指导委员会，开展了第二届“社会主义核心价值观动画短片扶持创作活动”。全国动画专业高校、院系和社会动画制作机构踊跃参与，共创作了100余部动画短片。

经专家评议推荐，确定30部作品为第二届“社会主义核心价值观动画短片扶持创作活动”优秀作品，总局公布对这30部作品予以资金扶持。其中，第二届“社会主义核心价值观动画短片扶持创作活动”优秀作品一类5部，每部10万元；二类10部，每部5万元；三类15部，每部2万元。同时，对在此次活动中表现突出的组织机构，一并公布名单。详细信息见国家广播电视总局官方网站。

【国家广播电视总局公布2017年度优秀国产电视动画片】

2018年4月23日，国家广播电视总局向各省、自治区、直辖市新闻出版广电局，新疆生产建设兵团新闻出版广电局，中央广播电视总台办公室发布“国家广播电视总局关于公布2017年度优秀国产电视动画片的通知（新广电发〔2018〕60号）”。经总局组织动画机构、专家和观众代表评议推荐，并向社会公示，最终确定2017年度优秀国产电视动画片19部。总局对优秀作品予以资金扶持，共计300万元。扶持资金由总局拨付至各省（区、市）广电局和中央广播电视总台，各省（区、市）广电局负责将扶持资金分发至所属相关单位。总局要求，扶持资金要严格按照有关规定专款专用，获扶持单位应将扶持资金用于国产动画作品的制作、购买和播映。详细信息见国家广播电视总局官方网站。

【国家广播电视总局办公厅公布 2017 年度国产纪录片及创作人才扶持项目名单】

2018 年 7 月 16 日，国家广播电视总局办公厅向各省、自治区、直辖市新闻出版广电局，新疆生产建设兵团新闻出版广电局，中央广播电视总台办公厅，电影频道节目中心，中央新影集团，中国农业电影电视中心，中国教育电视台，国务院国资委办公厅，中央军委政治工作部宣传局发布“国家广播电视总局办公厅关于公布 2017 年度国产纪录片及创作人才扶持项目名单的通知（广电办发〔2018〕47 号）”。

为了进一步从制作、播出、产业、人才等多个环节加大对国产纪录片的扶持引导力度，发挥优秀作品、制作机构、播出机构和创作人才的引领示范作用，国家广播电视总局坚持客观公正、优中选优的原则，经评审委员会评审，并通过总局政府网站公示，最终确定 12 类 64 个优秀作品、人才、栏目和机构等获评 2017 年度国产纪录片及创作人才扶持项目。优秀国产纪录片扶持项目获评作品由总局安排，在中国纪录片网和“纪录中国”APP 移动平台展播。总局要求，中国纪录片网和“纪录中国”APP 移动平台须按国家法律规定确保总局扶持项目版权不因展播受到侵犯。详细信息见国家广播电视总局官方网站。

【国家广播电视总局公布 2018 年度电视剧引导扶持专项资金剧本扶持引导项目评审结果】

2018 年 12 月 5 日，国家广播电视总局办公厅向各省、自治区、直辖市广播电视局，新疆生产建设兵团文化体育新闻出版广电局，中央广播电视总台办公厅，中央军委政治工作部办公厅，中国教育电视台，中直有关单位发布“关于公布 2018 年度电视剧引导扶持专项资金剧本扶持引导项目评审结果的通知（广电办发〔2018〕143 号）”。

根据《电视剧精品发展扶持专项资金项目评选章程（暂行）》（新广电发〔2017〕185 号）和《关于 2018 年度电视剧引导扶持专项资金剧本扶持项目申报评审工作的通知》（剧字〔2018〕29 号）确定的原则和标准，2018 年度电视剧引导扶持专项资金剧本扶持引导项目评审委员会对入围电视剧作品进行了评审并公示，最终确定了 2018 年度电视剧引导扶持专项资金剧本扶持引导项目 34 部。其中，重点扶持项目 8 项，一般扶持项目 26 项。专项资金由总局下拨至各省局和中央级机构，各省局负责将资金分发至所属获扶持的单位并负责监督使用。总局要求，专项资金须严格按照有关规定专款专用。详细信息见国家广播电视总局官方网站。

节展·评奖

【第十届全国德艺双馨电视艺术工作者表彰大会】

2018年1月21日，由中国电视艺术家协会主办的“第十届全国德艺双馨电视艺术工作者表彰大会”在北京市举行。乙福海等47人获授“全国德艺双馨电视艺术工作者”荣誉称号。获得荣誉称号的电视艺术工作者、中国视协相关领导以及新闻媒体记者等，共计170余人参加了此次表彰大会。

本届全国德艺双馨电视艺术工作者评选表彰工作在2017年3月正式启动。评选采取自下而上、逐级推荐、差额评选、民主择优的方式进行，侧重推选活跃在基层及一线的电视艺术工作者。通过基层推荐、媒体公示、推选委员会的复选，最终共推选产生了47人获得荣誉称号。中国电视艺术家协会自1998年开始举办“全国百佳电视艺术工作者”推选活动，后改为“全国德艺双馨电视艺术工作者表彰活动”，至今已历时20年。其间，一大批品德高尚、艺术精湛的电视艺术工作者通过推选活动脱颖而出，树立了电视人的良好形象。

【2018北京电视节目交易会（春季）】

2018年3月25日至28日，由中共北京市委宣传部、北京市新闻出版广电局、北京市怀柔区人民政府联合主办的“2018北京电视节目交易会（春季）”在北京市举行。

本届交易会共收集参展项目1221部，近60000集，其中，推介电视剧项目867部，网络剧95部，电影、网络大电影27部，纪录片、电视栏目69部，动画片33部，网络文学作品130部。大会设置大型影视节目展示区，参展剧目海报448幅，创历史新高，参会人员近4000人。

交易会由四大主体组成，分别是开幕式、主题展览、新剧发布及专项推介。其中，开幕式设置了“致敬过去”板块，纪念改革开放40周年，回顾60年来中国电视剧发展历程，通过宣传短片展示新时代、新思想、新目标、新征程；“把握当下和展望未来”板块，组织2017年北京电视台电视剧京榜发布；举行了“首都影视发展智库”签约仪式；与北京市对口支援和经济合作工作领导小组办公室签署战略框架协议等活动。交易会三大主题论坛产业论坛、编剧论坛、网剧论坛探讨中国电视剧、网络剧发展的生命力和趋势走向。

【第31届电视剧“飞天奖”暨第25届电视文艺“星光奖”颁奖典礼】

2018年4月3日，由国家广播电视总局和浙江省人民政府主办，中国电视艺术委员会、中央电视台、浙江省新闻出版广电局、中共宁波市委宣传部等单位承办的“第31届电视剧‘飞天奖’暨第25届电视文艺‘星光奖’颁奖典礼”在浙江省宁波市举行。

本届“飞天奖”和“星光奖”的评选范围为2015年10月1日至2017年9月30日，在中央电视台或各地卫视频道播出的电视剧。经过初评、复评、终评三个阶段，以无记名投票的方式，共评选出优秀电视剧大奖16部、优秀电视剧提名作品32部以及优秀编剧、优秀导演、优秀男演员、优秀女演员4个单项奖，本届“星光奖”共评选出特别奖5个、广播电视节目大奖14个、广播电视节目大奖提名作品51个。这些获奖作品和个人都有着较好的社会反响，体现了政府奖的评价态度，在行业内具有示范引领作用。

[第 25 届电视文艺“星光奖”获奖名单]

特别奖

《中央电视台春节联欢晚会（2016 年、2017 年）》 中央电视台
《壮丽航程——喜迎党的十九大胜利召开特别节目》 中央电视台
《辉煌中国》 中央电视台财经频道、中共中央宣传部
《筑梦路上》 中央电视台纪录频道、中共中央宣传部、中共中央文献研究室、中共中央党史研究室、国家发展和改革委员会、国家新闻出版广电总局、中央军委政治工作部、中央档案馆
《长征》 中央电视台科教频道、中共中央宣传部、国家新闻出版广电总局、中央军委政治工作部

大奖

1. 电视文艺栏目大奖

《朗读者（第一季）》 中央电视台综艺频道、央视创造传媒有限公司、中广天择传媒股份有限公司
《中国诗词大会（第二季）》 中央电视台科教频道、国家语言文字工作委员会、共青团中央
《老妈驾到（第一季）》 江苏省广播电视总台、唯众传媒
《加油！向未来（第二季）》 中央电视台综合频道、央视创造传媒有限公司

2. 电视纪录片大奖

《航拍中国（第一季）》 中央电视台纪录频道、央视纪录国际传媒有限公司
《记住乡愁（第三季）》 中央电视台中文国际频道
《黄大年》 吉林电视台、中共吉林省委宣传部、吉林省新闻出版广电局

3. 电视综艺节目大奖

《耳畔中国（第一季）》 安徽广播电视台
《北京电视台 2017 年春节联欢晚会》 北京电视台

4. 电视戏曲节目大奖

《〈走进大戏台〉中国戏曲公开课·北大行——如歌的行板》 山西广播电视台
《喝彩中华（第 1 期）》 上海广播电视台东方卫视中心

5. 电视动画节目大奖

《熊猫和小鼹鼠》 央视动画有限公司、小鼹鼠卡通有限公司
《梦娃》 天津北方动漫集团、天津广播电视台少儿频道

6. 少儿电视节目大奖

《音乐大师课（第三季）》 北京电视台、北京世熙传媒文化有限公司

[第 31 届电视剧“飞天奖”获奖名单]

优秀电视剧大奖

《海棠依旧》 河北电影电视剧制作中心、中央电视台、八一电影制片厂等
《彭德怀元帅》 中央军委后勤保障部电视艺术中心、福建电影制片厂有限公司、中央电视台等

《绝命后卫师》	中央电视台、中国电视剧制作中心有限责任公司、中共福建省委宣传部等
《鸡毛飞上天》	江苏省广播电视总台、杭州佳平影业有限公司等
《于成龙》	山西影视（集团）有限责任公司、中共山西省委宣传部、中央纪委中国方正出版社等
《深海利剑》	北京鑫宝源影视投资有限公司、海军政治部电视艺术中心、北京电视台等
《刑警队长》	北京金盛信马影视文化有限公司、上海 SMG 尚世影业有限公司等
《彝海结盟》	凉山文化广播影视传媒集团有限公司、中央电视台等
《白鹿原》	陕西光中影视投资有限公司、新丽电视文化投资有限公司等
《欢乐颂》	东阳正午阳光影视有限公司、山东影视制作有限公司、山东影视传媒集团有限公司等
《安居》	山东影视传媒集团有限公司、山东影视制作股份有限公司、中央电视台等
《热血军旗》	广东南方领航影视传播有限公司、北京中视精彩影视文化有限公司、重庆萌梓影视传媒股份有限公司等
《大军师司马懿之军师联盟》	霍尔果斯不二文化传媒有限公司、DMG 印记娱乐传媒股份有限公司、东阳盟将威影视文化有限公司等
《小别离》	上海柠萌影视传媒有限公司、陕西文投（影视）艺达投资有限公司、风火石文化发展（北京）有限公司等
《三八线》	北京嘉仁文化传媒有限公司、北青传媒股份有限公司、中共北京市委宣传部等
《那年花开月正圆》	西安曲江影视投资（集团）有限公司、华视娱乐投资集团股份有限公司、霍尔果斯华视娱乐制作有限公司等

[第 31 届电视剧“飞天奖”单项奖获奖名单]

优秀编剧	申捷《鸡毛飞上天》《白鹿原》
优秀导演	陈力《海棠依旧》
优秀男演员	张桐《绝命后卫师》
优秀女演员	孙俪《那年花开月正圆》

【第 14 届中国国际动漫节】

2018 年 4 月 26 日至 5 月 1 日，由国家广播电视总局、浙江省人民政府主办，杭州市人民政府、浙江新闻出版广播电影电视局和浙江广播电视集团承办的“第 14 届中国国际动漫节”在浙江省杭州市举行。

本届动漫节以“国际动漫，美丽杭州”为主题，举办会展、论坛、商务、赛事、活动五大板块共计 50 余项活动，共有来自 17 个国家的 89 个国外动漫品牌与形象参展，143.35 万人参与。动漫节实际成交及达成签约交易、意向合作项目 1291 项，涉及金额 138.35 亿元，动漫节消费涉及金额 24.86 亿元，总计 163.21 亿元。

在动漫节上，腾讯视频“超级 IP 发布日”以“燃情中国动画”为主题，发布了涵盖青春国漫与少儿动画两大板块在内的数十个重磅 IP，包括国漫《完美世界》《观海策》，少儿动画《动物合唱团》《豆乐国学》《奇奇怪怪》等，以中国传统文化为内核，用全新的演绎方式传递中华文化魅力。“第 14 届中国国际动漫节国际动画联盟杭州峰会”以“合作共赢”为主题，邀请全球 11 个动画节展主办方和执行机构共同探讨动画节展国际化的品牌运营策略，签署了《国际动画联盟杭州议定书》，发布了《国际动画联盟杭州峰会白皮书（2018）》。

中国国际动漫节是唯一国家级的动漫专业节展，也是目前规模最大、人气最旺、影响最广的动漫专业盛会，先后被国家“十一五”和“十二五”文化发展规划纲要列为重点扶持的文化会展项目。

【第 15 届中国国际影视节目展】

2018 年 5 月 17 日至 19 日，由国家广播电视总局指导，中央广播电视总台主办，中国国际电视总公司、中国广播电影电视节目交易中心承办的“第 15 届中国国际影视节目展”在北京市举行。本届展会以“新时代、新作为、新篇章”为主题，全面展示了党的十九大以来，我国广播影视创作、产业发展、国际合作等方面取得的成果。参展公司超过 300 家，其中包括来自 50 多个国家和地区的国际展商；展出节目共约 8 万部集，汇集了国内外优秀的电视剧、电影、纪录片、动画片、电视栏目等。除常规展区外，本届展会还设立了现场直播间，提供全媒体全方位融合报道，举办“数据的力量——节目测量与价值研究”论坛、“中国影视的国际化之路——影视文化进出口企业协作体系列活动”、“2018 中国电视剧创作高峰论坛”等多场活动，围绕行业发展核心议题进行现场互动交流，并发布《2017—2018 电视节目传播研究报告》。

【第 24 届上海电视节】

2018 年 6 月 11 日至 15 日，由国家广播电视总局、中央广播电视总台和上海市人民政府主办，上海市广播电视局、上海广播电视台、上海电影（集团）有限公司承办的“第 24 届上海电视节”在上海市举行。本届电视节举办了白玉兰奖国际电视节目评选、白玉兰电视论坛、纪念中国电视剧诞生 60 周年盛典、国际影视市场电视市场、国际影视市场跨媒体技术展、“白玉兰绽放”颁奖典礼、互联网影视峰会等多场活动。白玉兰奖吸引了来自世界各地 50 多个国家和地区的 800 多部节目报名，共入围 55 部作品，其中包括 10 部中国电视剧和 10 部海外电视剧。

6 月 15 日，“白玉兰绽放”颁奖典礼举行，揭晓了最终获奖名单。为鼓励电视剧工作者发扬工匠精神以及迈开“走出去”步伐，评选还增设了最佳摄影、最佳美术两个制作类技术奖项和组委会特别奖国际传播奖。

［获奖名单］

电视剧单元

奖项	奖项人或作品
国际传播奖	《父母爱情》《媳妇的美好时代》
最佳中国电视剧	《白鹿原》
最佳导演	刘进（《白鹿原》）
最佳编剧	秦雯（《我的前半生》）
最佳男主角	何冰（《情满四合院》）
最佳女主角	马伊琍（《我的前半生》）

最佳男配角	于和伟（《大军师司马懿之军师联盟》）
最佳女配角	许娣（《我的前半生》）
最佳摄影	黄伟（《白鹿原》）
最佳美术	《大军师司马懿之军师联盟》
最佳海外剧（长）	《巴比伦柏林》
最佳海外剧（短）	《接线女孩》
纪录片单元	
最佳系列纪录片	《阿颂塔之死》(《睡莲行动》)
最佳纪录片	《无人之地》
动画片单元	
最佳动画片	《扎克和呱呱》
最佳动画剧本	《艾拉，奥斯卡与云朵呼呼》
综艺类单元	
最佳季播电视节目	《国家宝藏》第一季、《经典咏流传》第一季
最佳周播电视节目	《等着我》

【第十届中国电视南方论坛暨第八届中国电视满意度博雅榜发布会】

2018 年 7 月 29 日，由中国电视艺术家协会、广东广播电视台、北京大学新闻与传播学院、中广联广播电视研委会、黑龙江广播电视台主办的“第十届中国电视南方论坛暨第八届中国电视满意度博雅榜发布会”在黑龙江省哈尔滨市举行。全国近百家电视媒体与网络媒体的负责人、博雅榜上榜单位代表、广电研发机构代表、电视理论期刊代表和广电学界专家参加。

本届论坛以“新时代　新跨越　新格局”为主题，探讨了广电媒体创新发展理念和体制机制，促进融媒发展，有效构建舆论引导新格局，围绕超高清电视发展路径、新媒体平台内容发展战略、“一带一路”传播创新等议题展开研讨交流。论坛期间，中国电视满意度博雅榜第 8 次发布了卫视 10 强、地面频道 10 强等 11 个奖项。

中国电视满意度博雅榜是由北京大学视听传播研究中心使用网络搜索加语义分析软件技术，结合专家主观评价而推选出来的电视节目评价系统。该中心运用软件技术，将过去一年网民和微博用户对数以千计的电视频道和电视栏目的海量评价进行搜集、分类和量化分析，根据网民关注量、满意度和市场份额等指标，初选出一定量的候选栏目和频道，由北京大学、中国人民大学、复旦大学、清华大学、武汉大学、四川大学、中国传媒大学等 15 所大学新闻学院的 15 位专家组成的评委会，按照“创新能力、文化品位、社会价值、人际口碑和总体印象”的标准进行打分评选，最后和软件分析评比的结果按照 4 ∶ 6 的权重，评选出最后的博雅榜单。

【记录新时代——第六届国产纪录片及创作人才推优活动】

2018 年 8 月 4 日，由国家广播电视总局主办，北京市新闻出版广电局、北京广播电视台承办的“记录新时代——第六届国产纪录片及创作人才推优活动”在北京市举行。

本届活动以“记录新时代”为主题，回顾了改革开放 40 年来国产纪录片取得的发展成就，展示了 2017 年国产纪录片发展的丰硕成果。经过严格评选，共有 12 类 64 项国产纪录片、人才、机构入选 2017 年度国产纪录片及创作人才扶持项目。其中，《辉煌中国》、《希望的田野——拉林河畔》、《航拍中国》第一季等 8 部作品获选优秀国产纪录片系列片；《将改革进行到底》、《寻找手艺》、《传家本事》

第二季等5部作品获选优秀国产纪录片长片；《田埂上的芭蕾》《把梦想点燃·荧屏里的中国》《当他们渐渐老去》等8部作品获选优秀国产纪录片短片；《强军》、《大国外交》、《幸存者——见证南京1937》第二辑等5部作品获选优秀理论文献片；《智慧中国：众创时代》《港珠澳大桥》《21世纪海上丝绸之路》《记录北京的人》4部作品获选新增的"优秀国际传播类"纪录片。周密、葛维国、杨光照等获评优秀国产纪录片导演，贾永、黄康源、程乐平等获评优秀撰稿，赵阳、范永东、张靖煜等获评优秀摄像。此外，还有5档优秀纪录片栏目、6家优秀制作机构、5家播出机构和3家优秀组织机构获得推荐鼓励。

【第27届北京国际广播电影电视展览会（BIRTV2018）】

2018年8月21日至25日，"第27届北京国际广播电影电视展览会（BIRTV2018）"在北京国际展览中心举行。

北京国际广播电影电视设备展览会（Beijing International Radio, TV & Film Exhibition，简称BIRTV），是由国家广播电影电视总局主办的"中国国际广播影视博览会"的主体活动之一。BIRTV于1987年由中央电视台创办，中国广播电视国际经济技术合作总公司执行承办。

BIRTV2018以"品质融媒体　智享新生活"为主题，汇聚500多家广播影视生产厂家和运营机构，集中展示一年来广电领域的最新发展成果。展览会内容涵盖广播影视采集、编辑、制作、存储、播出、传输、接收和管理等各个环节；4K、融媒体、网络全IP化制播、中国数字电影和VR成为本届展会的五大热点；以"展览与论坛并重"的形式来探讨行业发展，以多项不同主题的会议论坛和现场活动聚焦广电领域热点。

【2018北京电视节目交易会（秋季）】

2018年10月10日至12日，由中共北京市委宣传部、北京市新闻出版广电局、北京市怀柔区人民政府联合主办的"2018北京电视节目交易会（秋季）"举行。本届交易会以"不忘初心，推动电视文艺高质量发展"为主题，举办了节目交易、发展论坛、新剧发布会、看片会、专项推介会等多项活动。新剧发布聚焦庆祝改革开放40周年，从广电总局"致敬改革开放40周年经典电视剧"片单中选出《启航》《那座城，这家人》《大江大河》等10部优秀电视剧，多视角反映改革开放40年的艰苦耕耘与丰硕成果。高峰论坛把脉行业发展，围绕电视剧行业发展趋势、电视剧创作发展和智能大数据时代影视行业发展等议题，举办了"发展""创作""大数据"3场论坛，为推动电视剧高质量发展提供智力支持和交流平台。主题展览呈现40载辉煌成就，本届交易会共设置两个主题展区，分别展示广电总局公布的庆祝改革开放40周年重点剧目和40部改革开放40周年经典电视剧，全面回顾40年来中国电视剧行业的发展历程。

【第12届中国金鹰电视艺术节】

2018年10月12日至14日，由中国文学艺术界联合会、湖南省人民政府、中国电视艺术家协会主办，长沙市人民政府、湖南省新闻出版广电局、湖南广播电视台承办的"第12届中国金鹰电视艺术节"在湖南省长沙市举行，其间揭晓了第29届中国电视金鹰奖，颁出金鹰奖优秀电视剧、最佳编剧、最佳导演和观众喜爱男演员、女演员，以及金鹰节最具人气演员奖男演员、女演员等奖项。电视节期间还举办了金鹰论坛、金鹰奖颁奖晚会暨闭幕式等主体活动。

[第 29 届中国电视金鹰奖获奖名单]

奖项	奖项人或作品
观众喜爱的男演员	张译
观众喜爱的女演员	迪丽热巴、丁柳元
最佳摄像奖	智磊（《那年花开月正圆》）
最佳美术奖	王绍林（《情满四合院》）
最佳编剧奖	申捷（《鸡毛飞上天》）
最佳导演奖	陈力（《海棠依旧》）
中国文联终身成就电视艺术家奖	李准、王朝柱
最具人气演员奖	迪丽热巴
最佳电视剧	《海棠依旧》
优秀电视剧	《白鹿原》《鸡毛飞上天》《绝命后卫师》《换了人间》《情满四合院》《天下粮田》《初心》《漂亮的李慧珍》《热血军旗》《春风十里不如你》《春天里》

【第二届西湖国际纪录片大会】

2018 年 10 月 18 日至 20 日，由浙江省新闻出版广电局与中国美术学院联合主办的“第二届西湖国际纪录片大会”在中国美术学院举行。大会以“我纪录事实”为学术宣言，倡导纪录片回到真实本源，回归人文关怀的正能量价值观。

本届大会的年度主题为“世・界”，设有“D20 提名”评优、“纪录之光”展映、“IDF 论坛”峰会等单元。经过遴选，共有来自 4 大洲 14 国的 20 部作品脱颖而出，包含纪录长片、纪录短片及系列纪录片三种类型，入围作品涵盖社会人文、历史文化、民俗风情、亚文化等题材。

【第 10 届中国国际影视动漫版权保护和贸易博览会】

2018 年 11 月 15 日至 18 日，由国家广播电视总局、广东省人民政府共同主办，东莞市人民政府、广东省文化厅、广东省新闻出版广电局（版权局）、广东广播电视台承办的“第 10 届中国国际影视动漫版权保护和贸易博览会”在广东省东莞市举行。本届中国国际影视动漫版权保护和贸易博览会以“新时代　新动漫”为主题。一是集中展示，举办广东省 40 年影视动漫成果展，着力弘扬社会主义核心价值观，展示改革开放 40 年来国家尤其是广东省动漫产业发展历史变迁及进入新时代后取得的佳绩。二是聚焦前沿，设立“新时代　新动漫”国际影视动漫品牌邀请展，集中展示国际国内知名机构及其优秀原创影视动漫作品；设置 4K 超高清影视动漫产业展，集中展示国内 4K 技术研发、内容制作等方面取得的成就。三是对接产业，举办“动漫 + 电商”“动漫 + 百货”等产业对接会，延伸出动漫技术制作、动漫周边产品设计、制造、销售等产业链条，带动动漫产业经济的发展。四是挖掘精品，开展“动感金羊”推优活动，大力扶持原创作品。本届中国国际影视动漫版权保护和贸易博览会共收到全国各地影视动漫机构参评作品 1260 件，经评审产生 10 个最佳作品和 31 个优秀作品。

【第四届“世界电视日”中国电视大会暨首届中国—东盟国际影视季】

2018 年 11 月 21 日至 22 日，由中国电视艺术家协会媒体融合推进委员会、广西壮族自治区广播电视局、北京国际广播电影电视展览会（BIRTV）组委会、北京电视台、中国传媒大学等联合主办，中广互联承办的第四届“世界电视日”中国电视大会在广西壮族自治区南宁市举行。大会主题为“从电视到大视频”，设1个主论坛和10个专题论坛，内容涉及国内电视生态产业链各环节，包括中国电视媒体融合峰会、4K与未来视听趋势峰会、人工智能与电视场景论坛等。

为深化中国和东盟在文化媒体领域的合作，本届大会特别设置了“中国—东盟影视文化产业合作论坛”和“中国—东盟媒体合作发展论坛”，邀请柬埔寨、泰国、缅甸、老挝等东盟国家的传媒从业人员一起进行热点讨论。

【第九届中国国际新媒体短片节】

2018年11月26日至12月2日，由国家广播电视总局、深圳市政府主办，深圳市文体旅游局、光明区人民政府、深广集团承办的“第九届中国国际新媒体短片节”在广东省深圳市举行。该活动主要包括国际短片交流展映、高校日、“金鹏短片导演原创扶持计划”竞赛、短片交易市场等活动。本届短片节共收到116个国家和地区的参展参赛作品4898部，注册嘉宾6158人，24个国家和地区2000多名专业人士参与相关活动。短片节期间共举办了六大板块约80场活动，专业活动包括高峰论坛、创投会、推介会、发布会、大师班讲座、创作问诊会等；群众性活动包括光明草地短片嘉年华和国际短片交流展映，共展映了20个国家和地区的56部短片。

【2018中国（广州）国际纪录片节】

2018年12月10日至13日，由国家广播电视总局、广东省人民政府主办，广州市人民政府和广东省新闻出版局承办的“2018中国（广州）国际纪录片节”在广东省广州市举行。本届纪录片节包括纪录片产业峰会论坛、纪录片展映、惠民放映、内容提案及推介活动等，122个国家和地区的4542部（集）纪录片参展参评。13日晚纪录片节闭幕式上“金红棉”优秀纪录片名单同时揭晓，13部影片摘得荣誉。

本次纪录片节上，意向交易额再创新高。参会机构688家，其中民营企业比例接近70%。意向交易额达8.62亿元，比2017年增长66%。纪录片商店入驻发行商200余个，收录纪录片896部（集），完成逾4.6万分钟的交易量，其中4K纪录片交易板块入驻4K纪录片158部（集），比2017年增长了一倍多。

纪录片节期间，由国家广播电视总局国际合作司主办，广东省广播电视局承办的“纪录片制作与营销国际研讨班”同期举行。40家来自全国各级电视台和影视机构从事纪录片制作和营销的70多位代表参加研讨，来自国家地理、BBC等媒体机构的专家举办了专题讲座。

[2018“金红棉”优秀作品]

奖项	奖项人或作品
优秀纪录长片	《出山记》（中国）
优秀纪录短片	《暗波》（比利时、法国、瑞士）
优秀纪录片导演	《脚下的旅程——回家的路》导演：金韩硕（韩国）
优秀系列纪录片	《蓝色星球2》（英国）
优秀新媒体纪录片	《如果国宝会说话》（中国）
优秀首作纪录片	《爱与痛的裂痕》（美国）

评审团特别推优纪录片	《粤韵芬芳》（中国）
优秀中外联合制作纪录片	《来自喜马拉雅的天河》（中国、奥地利）
优秀国际传播中国纪录片	《家园 生态多样性的中国》（中国）
“庆祝改革开放四十周年”特别推优纪录片	《创新中国》（中国）
	《港珠澳大桥》（中国、美国、新加坡）
	《希望的田野·拉林河畔》（中国）
2017 最受观众欢迎纪录片	《航拍中国·第一季》（中国）

【2018 中国（深圳）国际电视剧节目交易会】

2018 年 12 月 19 日至 21 日，由中国电视剧制作产业协会、深圳市影视产业联合会主办，深圳广电集团承办的“2018 中国（深圳）国际电视剧节目交易会”在广东省深圳市举行。会上对优秀制作人、优秀制作机构以及优秀电视剧进行了表彰。本次入选的优秀电视剧共有 50 部（含网剧 5 部）。

【第八届“光影纪年——中国纪录片学院奖”颁奖典礼】

2018 年 12 月 28 日，由国家广播电视总局指导、中国传媒大学主办的第八届“光影纪年——中国纪录片学院奖”颁奖典礼在北京市举行。2018 年是中国电视事业发展 60 年，也是中国电视纪录片诞生 60 年。本次颁奖典礼设立“致敬中国电视暨中国电视纪录片 60 年特别单元”，下设“中国纪录片特殊贡献奖”“致敬中国电视教育工作者”“纪录片传承者说”三个环节。特别单元以“坚守、发展、传承”为主题词，授予童国平、陈光忠、田本相、李绍武、孙玉平、刘湘晨等 6 位中国纪录片事业的开拓者和坚守者“特殊贡献奖”。中国传媒大学被誉为“中国电视和传媒人才的摇篮”，本届学院奖“致敬中国电视教育工作者”环节追溯电视行业的活水源头，致敬以矫广礼、朱羽君、高鑫等为代表的在电视教育领域耕耘多年，培育出诸多电视和纪录片人才的老师们。“纪录片传承者说”环节，邀请王冰笛、郝梦、赵航三位优秀纪录片传承人，讲述他们与父辈和纪录片之间的情缘和动人故事。此外，本届中国纪录片学院奖将摄影奖、剪辑奖和音乐音响奖三个技术奖作为特别颁奖单元独立出来，以致敬纪录片技术领域的匠人精神。

除颁奖典礼外，中国纪录片学院奖系列活动还包括中国纪录片学院奖优秀作品展映和 2018 中国纪录片论坛暨中国高校影视学会纪录片专业委员会年会。优秀作品展映集中了以本届学院奖为主的优秀参赛纪录片；年会论坛以“融媒体时代纪录片的演进”为主题，吸引了来自全国各地的数十位纪录片学者和纪录片人参与。

［获奖名单］

奖项	奖项人或作品
最佳新人奖	《藏北秘岭·重返无人区》
最佳大学生作品奖	《红毛皇帝》
最佳创新奖	《五百元的幸福》
最佳摄影奖	《天山脚下》
最佳网络纪录片奖	《伟大的舞者·追梦者》
最佳纪录电影奖	《张艺谋和他的“影”》
最佳外语作品奖	《戴妃的独白》

最佳剪辑奖	《王朝》
最佳微纪录片奖	《丝路—我们的故事》
最佳短纪录片奖	《步履不停》
最佳长纪录片奖	《黄河尕谣》
最佳音乐音响奖	《风味人间》
最佳国际传播奖	《创新中国》
最佳系列纪录片奖	《西南联大》
评委会大奖	《何有此生》

会议·论坛

【全国新闻出版广播影视工作会议】

2018年1月3日至4日，国家新闻出版广电总局在北京市举行“全国新闻出版广播影视工作会议”。会议针对2018年新闻出版广播影视工作作出部署：一要不断把学习宣传贯彻习近平新时代中国特色社会主义思想和党的十九大精神引向深入；二要打造精品力作，为人民提供更加优质丰富的精神食粮；三要加快优化升级，推动事业产业高质量发展；四要强化阵地管理，牢牢掌握意识形态工作领导权、主导权、话语权；五要深化国际传播，着力讲好中国故事、增强国际话语权和影响力。各省、自治区、直辖市、计划单列市、新疆生产建设兵团新闻出版广电局局长等参加会议。

【首届“中国软IP大会”】

2018年1月13日，由中国传媒大学、中国广告协会、中国版权保护中心联合主办，中国传媒大学IP跨界传播研究中心和中国广告协会软IP分会共同承办的“首届‘中国软IP大会’”在北京市举行。

这是我国首次举办覆盖IP全产业各个相关领域的产学研协作的大会，大会包括行业专家的主旨演讲、IP年度榜单揭晓暨颁发仪式、IP跨界传播研究中心成果发布、主题演讲、圆桌对话、IP基金成立暨项目签约仪式、优质IP项目推荐等主要环节。

中国传媒大学IP跨界传播研究中心发布了《2017年IP年度发展全景报告》，报告通过研究多部IP作品的大数据，分析了IP大热的重要因素，还有IP投资方向热度分析、星盘·明星偶像圈地榜、IP衍生系列产品、IP主题商业活动、IP运营与粉丝运营等受到业界关注的IP话题。

【全国电视剧创作规划会】

2018年4月4日，国家广播电视总局在浙江省宁波市举办“全国电视剧创作规划会”，从记录新时代、淘汰冗余产能、再造网台关系、打击虚假收视、加快“走出去”5个方面规划推进电视剧高质量发展的具体工作，发布未来4年百部重点电视剧选题。

【中德电视纪录片创作研讨会】

2018年4月25日，由中国文学艺术界联合会、中国电视艺术家协会、柏林竹苑德中文化交流促进会主办，德国科隆媒体艺术学院、路德维希博物馆电影论坛承办的“中德电视纪录片创作研讨会”在德国科隆举行。

来自中德两国的纪录片专家、制作人和纪录片爱好者共110余人参加会议，研讨会研讨交流了中德两国纪录片的创作现状和美学特点，介绍了两国纪录片研究领域的最新学术成果，进一步推进了中德电视文化交流和人文领域合作。

【首届中国电视剧网剧制作播出艺术合作会】

2018 年 9 月 26 日，由中国电视艺术家协会、中国文学艺术界联合会网络文艺传播中心、中共武汉市委宣传部主办，中国电视艺术家协会影视机构委员会等承办的“首届中国电视剧网剧制作播出艺术合作会”在北京市举行。全国各级电视台、各省影视公司等有关单位的代表 200 多人参加会议。

中国电视剧网剧制作播出艺术合作会是全国首家电视剧网剧制作播出艺术与产业融合的平台，致力于电视剧网剧政策产业信息发布、电视剧网剧项目孵化、电视剧网剧制作播出资本对接、电视剧版权交易、电视剧网剧影响力数据发布。本届电视剧网剧制作播出艺术合作会还举办了“首届中国电视剧网剧制作播出艺术合作论坛”，并发布了《中国电视剧网剧制播艺术影响力报告》。

【纪念改革开放 40 周年电视剧创作与展播高峰论坛】

2018 年 10 月 19 日，由国家广播电视总局电视剧司主办，中国电视艺术委员会承办，以“时代　品质　创新”为主题的“纪念改革开放 40 周年电视剧创作与展播高峰论坛”在北京市举行，重点剧目主创人员、播出平台代表、行业协会代表等出席了本次论坛。论坛主要分为三大环节：主创人员谈创作体会、播出方代表谈选购排播、行业协会代表谈行业趋势。与会代表从内容生产、传播方式等层面，围绕电视剧创作个案、选购排播情况、多屏融合互动等话题进行了互动交流。

【第 18 届中日韩电视制作者论坛】

2018 年 10 月 21 日至 24 日，由中国电视艺术家协会、韩国制片人联合会和日本放送人会共同主办的“第 18 届中日韩电视制作者论坛”在韩国光州举行，共有中日韩三国 200 余位电视人出席。

中日韩三国电视制作人以“更多地参与，更好地发展”为主题，对三国选送的《猎场》《人生一串》《天工开物——古法制造传习之旅》《非自然死亡》《要先接吻吗？》等 9 部剧作进行了观摩和研讨。

【2018 中国影视艺术创新峰会暨第六届中国影视产业推介会】

2018 年 12 月 13 日至 14 日，由中国电视艺术委员会、中国电视艺术交流协会、浙江省广播电视局、中共杭州市委宣传部、西湖区人民政府、中国（浙江）影视产业国际合作实验区等共同主办的“2018 中国影视艺术创新峰会暨第六届中国影视产业推介会”在浙江省杭州市举行。本次峰会以“守正创新，自信前行”为主题，聚焦影视寒冬下行业如何破局突围、自信自律、健康发展，来自国内领军企业、一线主创、播出平台、关联产业的 400 多位嘉宾和数十家媒体参会。

活动现场举行了中国（浙江）影视产业国际合作实验区启用仪式，发布了《中国电视艺术发展报告（2018）》蓝皮书，启动了“新力量创未来”首届中国影视新力量创意营。与会嘉宾还围绕“从数据到口碑，内容如何评价”“从政策到观众，精品如何打造”“探索新空间创建新秩序”等主题进行了探讨。

机构·业态

【全国首家影视产权交易中心正式运营】

2018年7月16日，全国首家影视产权交易中心在浙江横店正式运营。交易中心于2016年10月29日挂牌成立，是按照国家和浙江省有关金融支持影视文化产业发展政策的精神，经浙江省人民政府批准设立的专注于影视产权交易及相关服务的地方资本市场平台。交易中心依托横店影视文化产业实验区，以市场化方式引进和整合专业服务商，围绕信息发布、资产定价和风险管理三大核心区块，充分利用互联网、大数据、区块链等信息技术和金融工具，打造线上线下相结合、文化与资本相融合的全产业链影视产权交易平台。

开业仪式后，清华启迪之星、杭州网艺文化有限公司等首批合作企业与交易中心，就“横店·启迪之星影视文创孵化器”项目进行合作签约。

【广播电视节目收视综合评价大数据系统开通试运行】

2018年12月26日，国家广播电视总局在北京市举行新闻发布会，宣布国家广播电视总局广播电视节目收视综合评价大数据系统基本建成并开通试运行。

国家广播电视总局、中央广播电视总台、国家统计局，全国多家省级有线电视网络公司、IPTV传输服务企业、广播电视台等相关部门和来自部分科研院所、高校的专家参加了新闻发布会。

近年来，广电总局适应行业发展需要，深入调查研究，以加快建设广播电视节目收视综合评价大数据系统为抓手，积极构建中国特色收视调查体系。2016年，广播电视规划院牵头，组织多家广播电视台、网络传输机构、科研院所、高校、企业开展技术研发，先后制定发布了收视数据元素集、交换接口、清洗规则等多项行业规范。2018年，广电总局组织十余家单位完成涵盖有线电视、IPTV、互联网电视的千万级样本规模收视调查技术实验。专家对实验的评审结果表明，该系统可以满足对超大规模、多源异构收视数据分析与节目综合评价的需要。

此次开通试运行的广播电视节目收视综合评价大数据系统，主要通过建立与网络传输机构之间的安全通道，汇聚大样本用户收视行为数据，经清洗、转换、分析与挖掘，输出开机用户数、观看用户数、收视率、市场占有率等30项核心指标。该系统具有以下显著优势：一是样本多、覆盖广，超规模海量信息源；二是大数据、云计算，实时处理精准到户；三是防操纵、抗污染，解决收视造假；四是多维度、全方位，综合评价引领发展；五是全媒体、开放性，面向未来全新定位。

研究出版

【《中国电视剧 60 年大系》丛书（1958—2018）出版】

2018 年 6 月 11 日至 12 日，由国家广播电视总局牵头指导，中国广播影视出版社携手中国传媒大学和中国广播电影电视社会组织联合会，组织国内权威专家，历时四年策划编撰的《中国电视剧 60 年大系》丛书（1958—2018），在上海电视节“中国电视剧 60 年主题展”上发布。

《中国电视剧 60 年大系》丛书由国家出版基金资助出版，共 6 卷 9 本——“编年史”、“法规卷”、“创作卷”、“产业卷”、“剧目卷”（上、下）、“人物卷”（上、中、下），从不同角度勾勒中国电视剧 60 年来的发展历程。《中国电视剧 60 年大系》丛书既是对中国电视剧行业进行全面梳理的“电视剧史”，更是一部资料齐全的中国电视剧百科全书，为推动新时代中国电视剧高质量发展提供参考和启示。

【《中国电视文艺通论》新书发布会】

2018 年 10 月 13 日，由中国电视艺术家协会艺术评论委员会策划编撰，中国广播影视出版社出版、盛伯骥主编的中国首部电视文艺通论专著《中国电视文艺通论》新书发布会在湖南省长沙市举行。

《中国电视文艺通论》从中国电视文艺的历史沿革、市场环境、文化批评的角度系统梳理了中国电视剧、综艺节目、戏曲节目、文艺栏目等电视文艺节目。发布会上，还举行了“中国电视文艺未来趋势与猜想”主题论坛。

人物纪念

【导演李大为逝世】

2018 年 4 月 10 日，导演李大为因病在北京逝世，终年 47 岁。

李大为（1970—2018），毕业于北京电影学院 1993 届摄影系，导演、摄影师。2003 年，李大为凭借执导的电视剧《金粉世家》获第三届中国电视艺术“双十佳”评选十佳导演。2009 年凭借电影《走着瞧》获得第 18 届金鸡百花电影节导演处女作奖。2010 年，执导电视剧《大丽家的往事》。2011 年 5 月，拍摄年代剧《大道通天》。2014 年 1 月，执导电视剧《济公传之活佛登基》。2016 年 12 月，执导《你的名字我的姓氏》。

大事记

1月3日至4日，“全国新闻出版广播影视工作会议”在北京市举行。

1月13日，首届“中国软IP大会”在北京市举行。

1月21日，“第十届全国德艺双馨电视艺术工作者表彰大会”在北京市举行。

3月25日至28日，“2018北京电视节目交易会（春季）”在北京市举行。

3月30日，国家广播电视总局公布2017年度广播电视创新创优节目评选结果。

4月3日，第31届电视剧“飞天奖”暨第25届电视文艺“星光奖”颁奖典礼在浙江省宁波市举行。

4月4日，国家广播电视总局“全国电视剧创作规划会”在浙江省宁波市举行。

4月10日，导演李大为因病在北京逝世，终年47岁。

4月12日，国家广播电视总局公布第二届“社会主义核心价值观动画短片扶持创作活动”优秀作品评选结果。

4月23日，国家广播电视总局公布2017年度优秀国产电视动画片评选结果。

4月25日，“中德电视纪录片创作研讨会”在德国科隆举行。

4月26日至5月1日，“第14届中国国际动漫节”在浙江省杭州市举行。

5月17日至19日，“第15届中国国际影视节目展”在北京市举行。

6月6日至7日，“第二届法国戛纳电视节”中国（杭州）国际影视内容高峰论坛在浙江省杭州市举行。

6月11日至12日，《中国电视剧60年大系》丛书（1958—2018），在上海电视节“中国电视剧60年主题展”上发布。

6月11日至15日，“第24届上海电视节”在上海市举行。

7月16日，全国首家影视产权交易中心在浙江横店正式运营。

7月16日，国家广播电视总局办公厅公布2017年度国产纪录片及创作人才扶持项目名单。

7月29日，“第十届中国电视南方论坛暨第八届中国电视满意度博雅榜发布会”在黑龙江省哈尔滨市举行。

8月3日至9日，“第二届北京纪实影像周”在北京市举行。

8月4日，“记录新时代——第六届国产纪录片及创作人才推优活动”在北京市举行。

8月21日至25日，“第27届北京国际广播电影电视展览会（BIRTV2018）”在北京国际展览中心举行。

9月26日，“首届中国电视剧网剧制作播出艺术合作会”在北京市举行。

10月10日至12日，“2018北京电视节目交易会（秋季）”在北京会议中心举行。

10月12日至14日，“第12届中国金鹰电视艺术节”在湖南省长沙市举行。

10月13日，“《中国电视文艺通论》新书发布会”在湖南省长沙市举行。

10月18日至20日，“第二届西湖国际纪录片大会”在中国美术学院举行。

10月19日，“纪念改革开放40周年电视剧创作与展播高峰论坛”在北京市举行。

10月21日至24日，“第18届中日韩电视制作者论坛”在韩国光州举行。

11月15日至18日，“第10届中国国际影视动漫版权保护和贸易博览会”在广东省东莞市举行。

11月21日至22日，第四届“世界电视日”中国电视大会在广西壮族自治区南宁市举行。

11月26日至12月2日，“第九届中国国际新媒体短片节”在广东省深圳市举行。

12 月 5 日，国家广播电视总局公布 2018 年度电视剧引导扶持专项资金剧本扶持引导项目评审结果。

12 月 10 日至 13 日，“2018 中国（广州）国际纪录片节”在广东省广州市举行。

12 月 13 日至 14 日，“2018 中国影视艺术创新峰会暨第六届中国影视产业推介会”在浙江省杭州市举行。

12 月 19 日至 21 日，“2018 中国（深圳）国际电视剧节目交易会”在广东省深圳市举行。

12 月 26 日，国家广播电视总局广播电视节目收视综合评价大数据系统基本建成并开通试运行。

12 月 28 日，第八届“光影纪年——中国纪录片学院奖”颁奖典礼在北京市举行。

中国艺术年鉴·2019

+

美术卷

+

分卷主编：周进生

年度述评

2018美术：回望与启程

◎ 尚辉

2018年注定是历史进程中的一个节点，40年前开启的改革开放彻底改变了中国的历史命运，也极大地推动了中国美术的深度现代性转型，这便使得2018年各种创作展览都具有了某种回望与前瞻的意味。当年激进的变革在当下早已平复，甚至某些被反思、被更新的创作理念也再次回潮。艺术的变革与传承其实就是个不断往复轮回的过程，激荡时代的变革也因平缓时代的继承而凝聚新一轮力量的爆发，新的启程就成为平缓之际一种理性的远望观测。

青年美展折射新时代美术教育

6月8日在中国美术馆举办的"第六届全国青年美术作品展览"，成为该年度美术界最引人注目的展览。此届青年美展包括中国画、油画、版画、雕塑、水彩·粉画、漆画、插图、连环画和综合材料绘画等多个美术门类，入选的387件作品足显其壮观规模；而创作上的突破既在工笔、水彩画与漆画等领域达到前所未有的写实深度，也在以具象或表现性绘画的方式进行时空穿越，以象征与隐喻来容纳更多的思想内涵。此届青展这种看似波澜不惊的探索，已将传统造型艺术与现代理念铆焊在一起，成为折射青年艺术家人文思考的一种当代性表述。2018年度其他颇有影响的青展，还有以"视野与使命"为主题的北京靳尚谊艺术基金会青年教师扶植计划创作研究展、以"铸时代篇章"为主题的青年雕塑家作品展和以"勇立潮头"为主题的"浙江省第七届青年美术作品展览"等。和40年前借助外力打开艺术视野、突破思想藩篱不同，这些青展不再以引进西方现当代艺术为审美突破的先锋，而着重在艺术多元化格局形成之后如何深入构建中国的当代美术。

青年美展的这种创作样态，也在很大程度上折射出中国当代美术教育的现状与水准。《美术》杂志从2018年第1期始，即以百年纪念的方式对蔡元培提出的"以美育代宗教说"进行历史的学术梳理，以此探讨这一教育思想对中国当代美术教育体系形成所产生的深刻影响。的确，中国当代美术教育所具有的全球性与在地性，显然是20世纪新兴的现代美术教育历经百年变革与积淀的结晶。蔡元培对美育的倡导，直接促进了国立高等美术教育学府的创建和中国现代美术教育体系的形成。2018年度迎来中央美术学院建校100周年、中国美术学院建校90周年、延安鲁艺建校80周年，她们规模宏大的系列校庆展览与研讨活动，不仅是对20世纪新兴美术教育的纪念，而且是对中国美术教育现代精神的历史寻绎。

新时代对美术教育提出了哪些新要求，这无疑是中国当代美术教育学科建设与教学改革的重要课题。11月2日，作为中央美术学院百年校庆重要学术活动的"国际美术教育大会"在北京举行，来自30余个国家和地区114所美术院校、艺术机构的校长、负责人和知名学者出席大会。这个以"新时代的美术教育"为主题的大会，旨在让艺术教育作为改变世界的独特力量，构建未来艺术的全新模式，书写全球艺术史的崭新篇章。国际美术教育大会诸多教育管理者与学者提出的未来艺术教育方向，让中国新时代高等美术教育具有了新的全球视野。显然，新时代高等美术教育既和过去的百年以中国对西方众多美术学科的引进与移植不同，也和21世纪之初因中国经济腾飞而引发高等美术教育大规模扩建与扩招相区别，新时代中国高等美术教育是立足于不断满足人民日益增长的美好生活需求这一宏大目标、从规模化向品质化的转型而展开。这表明在高等美术教育领域，中国与发达国家既存在差距，也具有在地的某些独特性。因而，创建高等美术教育的国际一流水准，就不仅要具备国际高等美术学科群的结构模式与前沿性，而且要凸显中国高等美术学科群建设的在地性与独特性。

创作工程促进主题性美术创作的当代探索

主题性美术创作的大回潮，是 2018 年度美术创作最为凸显的艺术现象。由文化和旅游部组织实施的国家主题性美术创作项目入选草图已达 132 个，该项目 2018 年历经多轮草图完善与观摩评审，已进入放大绘制阶段；中国国家画院组织实施的“一带一路”国际美术创作工程，已有 188 件国内部分作品在 11 月 21 日通过评审验收。而已经展出并获得好评的是，以“真理的力量”为主题的“纪念马克思诞辰 200 周年主题展览”和以“古代文明与当代社会”为主题的“中国国家画院油画院‘一带一路’艺术考察专题研究展”所推出的优秀主题性美术作品。

应当说，受 20 世纪八九十年代西方现当代艺术思潮的影响，国内美术创作有关人物形象的真实塑造曾一度被淡化和消解，代之的则是消费性、碎片化的日常生活描写与私密身体描绘。而造型艺术在图像时代遭遇的困窘，不仅使众多画家将照相图像直接搬进画面、混淆照相图像和造型艺术形象之间的界限，而且，图像经验的形成，也在很大程度上改变了人们认知世界的方式。纪念马克思诞辰 200 周年主题绘画创作之所以能够成为 2018 年度的创作亮点，就在于这些作品既运用图像又能跳出图像而进行造型艺术形象的再创作。马克思生活的时代才发明了照相机，并为其中年后留下极其珍贵的照相图像，这些作品的创作正是借助于这些有限的图像，而对马克思生平进行了较为真实的视觉还原。这里涉及“合理的情节虚构使主题形象化”“性格、心理对人物形象塑造的深化”“主题性绘画独特的多人物组合与场景再造”“历史题材创作的多场景与多种表现手法”等当代主题性创作问题，正是这些问题的恰当解决，才使得此次创作涌现出的众多优秀作品成为当代历史题材美术创作的一次美学突破。

有关图像时代造型艺术的境遇以及主题性美术创作的当代价值，显然不只是创作实践问题，人们对此的漠视或误解，显然是受到西方现当代艺术理论影响的结果，因而理论探讨成为破解创作思想问题所急需的钥匙。由《美术》杂志发起的“图像时代的造型艺术”和“主题性美术创作的当代性”专题研讨会成为 2018 年度美术界引人关注的学术事件。一些国内主流媒体不仅以充足的篇幅予以传播，而且引发了广大美术家的高度关切和积极参与。人们不能回避的一个事实是，经历改革开放艺术洗礼的人都无形地抱有一种观念，即西方现代主义的崛起，便意味着对再现性艺术存在价值的否定；当代艺术的产生，从根本上说是艺术生产与消费民主化、大众化的结果。因而，在经历现代主义对艺术本体价值的追问和新媒体对艺术观念性的探索之后，如何认知或重建主题性美术创作的当代价值，也便成为时代为美术界提出的一个重要理论命题。这其中关涉了两个最重要的基础理论：一是对图像时代造型艺术独特性的价值认知，二是对造型艺术独特叙事性特征的理论重识。纪念马克思诞辰 200 周年主题绘画创作的突破以及带给人们的理论反思，就在于从过度个人经验的书写转向了对历史宏大主题的叙事；在尊重历史真实的前提下，回到情节的艺术虚构，回到人物性格、心理的深层发掘，也才能真正回到造型艺术本不该丢弃的独特叙事方式。

全球与在地深蕴的文化交互转换

3 月 15 日举办的“第二届中国画学会展：时代华章 · 2018”和 7 月 15 日举办的“中国精神——第四届中国油画进京展”，都试图以较大的规模梳理与呈现国画、油画的当下创作风貌。油画对于“中国精神”意涵的凸显，显然不只是指表面的“写意性”或“意象性”，而在于油画在具象写实、抽象表现、象征寓意等方面所表达的当下中国社会的精神心理，是当下社会的某种人文思潮通过油画呈现出的审美特征。中国油画的这种当代风貌，从以“中华意蕴”为主题的中国油画艺术国际巡展于 7 月 18 日在意大利首都罗马维多利亚诺宫展出时所获得的异国回响中，能够得到更加明确的印证。此展是继 2016 年 7 月中国油画国际巡展在法国巴黎布隆尼亚宫成功举办后，再度将中国当代油画的整体面貌呈现于油画故乡的展览。意大利艺术史学家、策展人克劳迪奥 · 斯特里纳蒂在该展研讨会发言指出，中国油画不想成为西方的油画，但是中国油画接受了西方的技术。他认为，不是中国人来摸索西方的艺术技法，而是他们吸纳了西方对艺术的看法，吸纳了西方的文化和传统艺术，同时没有抛弃中国的传统文化。意大利艺术史学家加布里艾莱·西蒙基尼在发言中表示，从这个展览的油画作品中可以看到一个比较关键的差别，中国的概念和西方的概念有很大的差别。中国的绘画传统在逐渐改变，中国艺术家和世界的关系在逐渐改变，中国艺术家的艺术语言也在改变。应当说，意方学界对中国油画的评价是中肯而准确的，他们从中国油画里既看到了中国艺术的改变和与世界艺术的联系，也看到了中国从文化角度对这种外来艺术的再度创造。

如果说中国艺术这种与世界发展的紧密关联同样还可以在“第二届中国画学会展：时代华章·2018”得以窥见的话，那么“中国新水墨艺术展（1978—2018）”则让人们更多地看到了西方现当代艺术对于中国传统水墨艺术的影响。前者，以“当代中国画的时代格局”为学术内涵，力图通过“文脉传薪”“时代丹青”“都市心象”3个单元来展示传统笔墨的现代转换。后者于2018年12月18日在北京民生美术馆开展，规模庞大的展览既系统梳理了新时期从传统国画到将笔墨与图式融于一体的新水墨的演变历程，也清晰呈现了从“85美术新潮”而兴起的实验水墨到以实物、现成品等多种媒材介入的观念水墨的多元拓展。展览以作品的方式呈现了这40年间水墨画坛的数次激烈论争，其间所包含的创作理念的突围与回归，实际上都是在开放的语境下，中国画受到西方现当代艺术的冲击并进行激进变革之后对施行何种现代性转型的探讨。这个展览或还可以反用意大利学者对中国油画的评介，即中国艺术内部的变革更多体现了与世界艺术的某种同步性，只不过是借用外来思想与观念对中国本土媒材与技术进行的再造。

12月18日在昆明开幕的“水墨之上——2018·第四届昆明美术双年展”，展示了来自亚洲18个国家与地区的艺术家共同通过水墨这个中国媒材来讲述不同国家、不同民族的艺术故事。该展通过“水墨原典”“介质引用”“多维形态”3个单元结构，呈现了来自亚洲不同国家与民族对水墨艺术的理解和再创。一方面，人们通过此展看到了亚洲国家近现代以来受到西方文明的深刻影响，其水墨之中极其鲜明地体现了西方写实艺术以及现当代艺术的技艺与理念；另一方面，也看到了他们对中国水墨拥有一种更深的文化领悟力与文化亲近感。毕竟，与中国邻近的一些国家所处的汉语文化圈，他们的水墨之作本能地更接近中国画的笔墨意蕴。这个展览与中国新水墨展所形成的文化比照，就在于新水墨展以40年时间用欧美的艺术观念来接近世界，而“水墨之上”展则揭示了亚洲其他国家用中国水墨媒材而自然呈现的对中国文化的敬仰与探究，尽管这其中都不免深含其国家与民族的在地文化身影。而如若将该展和中华意蕴油画展比较，则意义也非常鲜明，这就是艺术的“全球”与“在地”，往往也只是文化的“他乡”与“故乡”的某种有意味的转换。

40年美术现代性变革成为新的起点

以全国及各省、市举办专题美展的方式庆祝改革开放40年，无疑已成为2018年度美术界最重要的创作主题与展览项目。正像当年小岗村以包产到户拉开农村改革的序幕一样，5月30日中国美术馆率先迎来“新时代　新徽派——安徽书画四十年精品晋京展”，继之，则有7月27日“大潮起珠江——庆祝改革开放四十周年全国美术作品展”、8月9日“能量——改革开放40年山东美术发展成果展”、9月30日“从长江走来——湖北优秀美术作品展”等。其中，以“大潮起珠江”为主题的庆祝改革开放40周年全国美展分“春潮澎湃”“激流勇进”“扬帆逐梦”3个板块，以从全国征集与广东经典作品共同组成的270件主题创作，再现了改革开放40年一些重要历史瞬间，而以广东为主办方之一也在于凸显其在改革开放中的前沿作用。应当说，改革开放40年全国美术作品展览的举办，不仅再度彰显了历史主题性绘画对于当下中国美术创作发展的重要性，而且也再度提示人们，已打开国际艺术视野的当代中国美术如何能够在国际艺术发展的格局中找准自我发展的定位。

的确，改革开放40年中国社会的巨大变迁，尤其能够通过美术作品对农民形象的塑造得到直观解读。1980年第二届全国青年美术作品展览拔得头筹的罗中立的《父亲》，之所以能够迅疾引起广泛的社会反响，不只是首度借鉴照相写实主义手法、画出精细刻画的农民头像，而且是作品让我们看到了一个真实的仍然贫瘠落后的中国农村。此后，获第六届全国美术作品展览金奖的詹建俊《潮》，对青年农民形象的塑造，恰恰表达了思想解放的时代大潮对中国乡村的唤醒。作品以富于想象的浪漫主义手法，为人们描绘了包产到户的农村改革在整个中国乡土大地焕发出的时代激情。而第八届全国美术作品展览中郑艺的《走近永恒》、第九届全国美术作品展览中王宏剑的《阳关三叠》、第十届全国美术作品展览中忻东旺的《早点》和第十一届全国美术作品展览中李节平的《小夫妻》等，早已成为改革开放40年中国美术的经典。这些作品对改革开放以来农民进城打工并成为城市新兴阶层——农民工的表现，也已成为这一时代最典型的农民形象。这些作品传递出来的，既有打工者的艰辛、拼搏与喜悦，更有对中国农民从土地的守望而积极投身现代社会建设并改变命运的奋斗精神的发掘。

历数改革开放40年中国美术创作各个阶段那些让人激情难掩的经典名作，都不难发现这些作品对当代文化思潮与人文精神的审美刻录。从对“内容决定形式”的诘问到“85美术新潮”的“观念更新”，从“中国画穷途末日”的激烈论辩到“新文人画”的逆潮而兴，从“自我表现”的现代主义运动到“新古典主义”兴盛而崛起的写实画派，从“笔墨等于零”的质疑到“守住中国画的底线”而促成的“黄宾虹热”，这40年中国美术思潮与运动的跌宕起伏，似乎都和社会审美诉求的表达及艺术探索的开放度相同步。由此形成的中国当代美术形态，无不以关注现实、贴近民生、书写情思的现实主义为其基本创作方法；而在艺术表达方式上，则又从某种单一的表现禁锢中解放出来，从具象到表现，从意象到抽象，从再现到象征，从挪用到隐喻，从观念到实物，艺术的个性化追求与探索被普遍视作艺术之生命。尽管改革开放40年来，中国美术不断占位于全球艺术的发展空间，但中国美术的当代性却始终对现实主义创作方法不离不弃，并与在潜意识里寻求创作灵感、在梦幻心理内探求形象来源、在行为表演中实现社会效应保持着某种距离。

岁尾，上海博物馆以“丹青宝筏”为主题开幕的“董其昌书画艺术大展”再度引发社会的观展潮，在经历20世纪以来屡次文化革命、艺术变革之后，人们反而开启了对中国古代书画艺术审美的重识旅程，中国文化的传承性似乎本能地具备了一种不断穿越历史的基因。这意味着，改革开放40年中国美术所发生的剧烈现代性变革已成为一个新的起点，人们更期待中国美术在全球艺术发展的未来空间占位中，能够更多地从民族艺术养分里获得能量与启示，从而为人类艺术发展探寻一条中国式的现代艺术发展道路。

尚辉　中国美术家协会美术理论委员会主任，《美术》杂志主编、编审

2018 年度中国美术发展研究报告

◎ 牛克诚　孔德平

2018 年是全面贯彻党的“十九大”精神的开局之年，是决胜全面建成小康社会、实施“十三五”规划承上启下的关键一年，又逢中国改革开放 40 周年，中国美术界全年以各种形式隆重纪念改革开放 40 年，围绕“美育”“一带一路”两个中心展开研讨与展览，主题性美术创作持续开展，传统与经典魅力依旧，近现代美术大家话题常新，新青年美术力量健康成长，艺术博览会多地开花，双年展向各专业领域展开，外国美术多渠道引入，美术“走出去”步子依然强健，艺术品市场仍处于调整期。中国美术人以饱满的姿态、冷静的思考、精湛的艺术及多彩的活动，迎接中华人民共和国 70 年华诞。

一、年度热点：纪念改革开放 40 周年

2018 年恰逢中国改革开放 40 周年。回溯中国美术 40 年的发展历程，梳理 40 年的发展脉络，突显 40 年的发展成就，总结 40 年的发展经验，成为贯穿 2018 年中国美术界的活动主线。

9 月，由中国美术馆主办的中国美术馆庆祝改革开放 40 周年系列展“东方风来满眼春——中国美术馆典藏精品展（1978—2018）”，展出中国美术馆收藏的、创作自 1978 年至今的水墨画、油画、版画、雕塑、水彩・粉画、装置作品 101 件，分为“春风又绿”“春潮涌动”“春意盎然”3 个部分，梳理了 1978 年至 2018 年改革开放 40 年来当代中国美术的发展历程，映现中国社会 40 年的进步与发展。该展览也成为中国国家博物馆展出的“伟大的变革——庆祝改革开放 40 周年大型展览”的一个组成部分。

各省也纷纷举办以“纪念改革开放 40 周年”为主题的晋京展览。5 月，由中共安徽省委宣传部、中国美术家协会、中国书法家协会、中国美术馆等单位主办的“新时代　新徽派——安徽书画 40 年精品晋京展”在中国美术馆举行，集中展示改革开放 40 年来徽派书画艺术新成就。7 月，由中国美术家协会、中共广东省委宣传部、中国美术馆等单位联合主办的“大潮起珠江——庆祝改革开放四十周年全国美术作品展览”，围绕改革开放的主题，由中国美术家协会向全国征集中国画和油画作品 100 件。由广东省有关部门列出关于广东改革开放各个时期重要事件及重要人物的选题，分别由广州美术学院、广东画院、广州画院、广州雕塑院及深圳的艺术家分别从中挑选 78 个选题承担创作任务。另由广东省挑选反映改革开放以来所创作的优秀作品 100 件。共展出 278 件作品，生动展现广东省作为改革开放最前沿，领风气之先的精神风貌。8 月，中共山东省委宣传部、中国美术馆等单位联合主办的“能量——改革开放 40 年山东美术发展成果展”在中国美术馆举行，展览集合 301 名山东籍艺术家的中国画、油画、版画、雕塑、水彩・粉画、壁画、综合材料绘画等 10 余个门类的作品共 283 件进行综合陈设展示。9 月，由中共湖北省委宣传部、湖北省文化厅、中国美术馆联合主办的“从长江走来——湖北优秀美术作品展”在中国美术馆举行，以“情系长江”“击水中流”“扬帆启航”3 个板块呈现湖北百年来的优秀美术作品，向改革开放 40 年献礼。9 月，由中国美术馆与南京艺术学院共同主办的“闳约深美——南京艺术学院中国画、书法专业改革开放 40 年教学成果展”在中国美术馆举行，展出南京艺术学院众多杰出校友和现任教师共 42 位书画家的 140 余件作品。11 月，由中国文学艺术界联合会、中国书法家协会、中国楹联学会主办的“庆祝改革开放四十周年全国书法大展”在北京民族文化宫展览馆开幕。此外，上海市浦东新区人民政府主办的“今日浦东——庆祝中国改革开放 40 周年暨浦东开发开放 28 周年浦东美术作品展”，12 月在中国国家画院美术馆开幕，以文献展、主题创作展两部分，见证

改革开放为浦东带来的发展、巨变和成就。

各省市政也相继举办了相关主题大展。比如，在上海市中华艺术宫举办的“风生水起逐浪高——纪念改革开放四十周年长三角美术作品展”，通过改革开放以来江苏、浙江、安徽、上海三省一市的知名美术家创作的 120 件作品，展现新时期、新面貌。由中国美术家协会、湖南省文学艺术界联合会主办的“美丽中国——纪念改革开放 40 周年全国中国画作品展”，从 3700 余件征稿中精选 200 件作品展出，反映了当代中国画发展现状。内蒙古美术馆举办的“庆祝改革开放 40 周年全区美术、书法、摄影作品展”，展出 180 件美术作品、154 件书法作品和 180 件摄影作品。西安国际美术城美术馆举办的“纪念改革开放四十周年 2018 陕西省中国画学术年度展”，展出中国画作品 120 幅。由贵州省文化厅主办的“2018 多彩贵州文化艺术节：庆祝改革开放四十周年主题美术作品展”在贵州省美术馆举行，展出贵州画院的艺术家创作的优秀作品 70 余件。12 月，“新时代·新思想·新征程——天津美术学院纪念改革开放四十周年主题作品展”在天津美术学院美术馆举行，汇集天津美术学院几代艺术家和青年学子的 200 余幅主题性作品，全面展示改革开放 40 年以来所取得的丰硕创作成果。

在实验艺术领域，上海龙美术馆（西岸馆）举办的“转折点——中国当代艺术四十年”、上海宝龙美术馆举办的“艺术史：40×40——从四十位艺术家看改革开放四十年的中国当代艺术”，分别从不同角度勾画 40 年的中国当代艺术史。北京民生现代美术馆的“中国新水墨作品展 1978—2018”则是首次对中国改革开放 40 年来水墨艺术进行系统大规模的梳理。深圳 OCAT 联合三影堂摄影艺术中心共同推出“中国当代摄影 40 年”，约 200 人的艺术家名单几乎覆盖中国所有重要摄影艺术家。

《美术观察》杂志“观察家”栏目 11 月、12 月连续两期，开辟了“我与中国美术这四十年”，通过对改革开放 40 年来在中国美术史上具有标志意义的 20 余位美术家的采访，回溯中国美术 40 年的发展历史，用个人的历史书写中国美术乃至中国社会的历史。

二、年度关键词：“美育”“一带一路”

（一）“美育”

8 月 30 日，习近平主席给中央美术学院 8 名老教授回信，指出：做好美育工作，要坚持立德树人，扎根时代生活，遵循美育特点，弘扬中华美育精神，让祖国青年一代身心都健康成长。引发社会广泛关注，美术界以习近平总书记重要指示精神为指引，围绕美育展开系列研讨。2018 年又恰逢中央美术学院迎来建校 100 周年、中国美术学院迎来建校 90 周年，也带动起美术教育及美育的话题。美术教育包含在美育之中，并且是其重要的组成部分。这一年有关美术教育的学术活动频繁举行。

1 月，教育部正式颁发《普通高中美术课程标准（2017 年版）》，较于实验版分别从基本理念、选课模式、课程内容等方面进行转变与更新，尤其是提出“核心素养”这一概念，标志着中国基础美术教育正式走进核心素养时代。6 月，由首都师范大学主办、首都师范大学美术学院和亚洲美术教育研究发展中心共同承办的“为师　传艺　树人——首届首都基础美术教育论坛暨京津冀美育高峰会议”在北京举行。7 月，中国国家画院举行美育研究所成立揭牌仪式。7 月，由北京师范大学艺术与传媒学院、人民美术出版社《书法教育》杂志等共同主办的“第十一届汉字书法教育国际研讨会”在北京师范大学举行。8 月，“中国高校美术教师教育联盟”在上海华东师范大学成立，该联盟旨在凝聚高等师范院校的美术学科力量、整合优质教育资源，共同承担起引领美术教师教育发展方向使命。11 月，国际美术教育大会在中央美术学院举行。大会以“新时代的美术教育”为主题，来自 30 余个国家和地区的 114 所美术院校、艺术机构的院校长与机构负责人及相关学科知名专家教授近 300 人汇集中央美术学院，其中有 67 名院校长与艺术机构负责人，是迄今为止规模最大、规格最高的国际美术教育盛会。大会分为“校长论坛”“设计论坛”“建筑论坛”“艺术史论坛”“艺术管理论坛”“美术馆论坛”6 个论坛。同时，在中央美术学院的倡议下，中国高校艺术博物馆联盟正式成立。11 月，由中国美术馆主办的“共享·交融——2018 年全国美术馆公共教育年会”在中国美术馆举行，主题为“共享·交融”，来自全国各地约70家美术馆的业界同行和各方面特邀专家学者等120余人齐聚中国美术馆，共同探讨我国美术馆公共教育事业在新时代的新面貌和新发展。11月，中国美术家协会理论委员会筹划“美育的知与行”2018年会，强调理论来自实践，倡导知行合一的美育实践。11月，由中国美术家协会中国画艺术委员会主办的“学院——中国画教学与创作论坛暨全国青年教师中国画邀请展”开幕式在北京市炎黄艺术馆举行，论坛围绕“新时代中国画的创新与发展”“中国画的教学的现状与问题”等会议主题展开讨论；展览立足时代，关注当下全国青年中国画家创作状况，发掘和培养青年中国画教师，集中展现当代青年中国画教师创作研究风貌。11月，由华东师范大学美术学院主办的“2018视觉艺术教育研讨会”举行，来自中国、日本、加拿大、英国、澳大利亚等国家的70余名美术教育和理论界专家学者参加，围绕“AI时代的视觉艺术教育创新发展”这一主题展开研讨。12月，由中国美术学院美术博物馆总馆发起的“新时代全国高校博物馆、美术馆的建设与发展——全国高校博物馆、美术馆工作年会”在中国美术学院举行，包括馆长工作年会，博物馆、美术馆展览主题、研究与典藏，公共教育及推广3个工作座谈会，探讨高校博物馆的现状与发展。同时，还举行“全国高校艺术博物馆联盟”成立大会，达成的首届“杭州共识”则为艺术教育的深度延展提供更好更落地的中介。12月，西安美术学院举行“重塑艺术的美育功能座谈会”，以“坚持立德树人、扎根时代生活、遵循美育特点、弘扬中华美育精神”为主题。此外，中国美术馆“大师讲大美”等公共教育新品牌活动，进一步发挥“审美教育大课堂”的作用，为美术馆与公众建立起“超级链接”。

（二）“一带一路”

贯彻“一带一路”倡议精神的美术活动频繁举行。“丝绸之路国际美术馆联盟”成立仪式6月在中国美术馆举行，来自“一带一路”沿线19个国家和地区的国家美术馆和重点美术机构加入丝绸之路国际美术馆联盟。“包容与共进——丝绸之路国际美术馆联盟论坛”暨联盟第一次会议同时举行，来自法兰西艺术院、俄罗斯国家艺术科学院、白俄罗斯国家美术馆、乌克兰国家艺术科学院等机构的代表就相关议题进行深入研讨。此外，中国美术馆还同期举办“包容与共进——丝绸之路国际美术馆联盟艺术展”，展出来自14个沿线国家的17件艺术精品。10月，“2019年第八届北京国际美术双年展”筹备工作在北京启动，确定本届主题为“多彩世界与共同命运”。该主题融合“一带一路”倡议和“构建人类命运共同体”理念，在指向世界文化多样性，呈现多姿多彩的世界各国故事、形象、愿景和启示的同时，也共同响应、绘制和平发展、合作共赢的人类命运共同体的宏伟蓝图。

反映“一带一路”沿线国家文化艺术交流历史与现状，是“一带一路”主题重要的艺术展现形式。由湖南省博物馆主办的“在最遥远的地方寻找故乡——13—16世纪中国与意大利的跨文化交流”展览1月在湖南省博物馆举行，通过“从四海到七海”“指南针指向东方”“大都的日出”“马可·波罗的行囊”“来而不往非礼也”展览单元，为观众讲述一段多元共生的中西文化交融故事。6月，中国国家博物馆与湖南省博物馆合作，推出“无问西东——从丝绸之路到文艺复兴”，通过“大漠之舟”“跨越七海”“帝国剪影”“凤凰西行”“丝绸之梦”“世界交融”6个单元，还原意大利文艺复兴艺术中的中国元素，以及中国艺术中的西方影响，呈现出不同文明之间彼此交融、共同发展、兼收并蓄的千年史诗。11月，由中国国家博物馆和平山郁夫丝绸之路美术馆联合主办的“平民情怀——平山郁夫藏丝路文物”展览在中国国家博物馆举行，通过“伟大的海——文明交汇的地中海”“四方之王——两河流域与伊朗地区”“宙斯·佛陀——文明交融的中亚与印度”“东土惊鸿——丝路东端的景象”4个展览单元，不仅全景式展现丝绸之路近3000年的历史面貌，而且深刻揭示文明之间交流互鉴的本质，昭示文明在相互交流碰撞的过程中最终走向“人类命运共同体”的历史路径。此前，由敦煌研究院与日本平山郁夫丝绸之路美术馆联合主办的“平山郁夫的丝路世界——平山郁夫丝绸之路美术馆文物展”8月在敦煌市莫高窟举行。

反映“一带一路”沿线国家当代文化艺术交流的展览有：由中国艺术研究院、今日美术馆主办的“合作·共赢——‘一带一路’国际版画邀请展”1月在北京市今日美术馆举行，展出包括中国、保加利亚、波兰、俄罗斯、匈牙利、希腊、印度等国家的51名艺术家的作品；7月，由保加利亚文化部与索非亚中国文化中心共同举办的“中国·中东欧国家当代艺术展”在索非亚中国文化中心举办，来自中国和16个中东欧国家的27名艺术家的130余件作品参展，以“异同与共生”为主题，体现以和平、独立、发展与和谐为内涵的“一带一路”精神；由中国驻孟加拉国大使馆主办的“丝路彩云”中孟师生画展暨中国民族服装展7月在孟加拉国首都达卡举行；“劳动创造幸福·相约丝绸之路系列展览：沿巴尔干山到黑海——中保当代美术交流展”12月在太庙艺术馆举办，汇集中国、保加利亚两国数十位代表艺术家的170余件精品力作，展示和讴歌丝绸之路沿线丰富的人文、历史、自然风情。

“一带一路”沿线国家来华艺术展有：由中国艺术研究院、匈牙利艺术研究院和今日美术馆共同主办的“灵之所在，魂之所系——匈牙利艺术研究院作品展”5月在北京市今日美术馆举行，全方位、多视角地介绍和展示了匈牙利现当代艺术的发展概貌；由匈牙利驻华大使馆、北京匈牙利文化中心、中国美术馆共同主办的“匈牙利当代艺术展”6月在中国美术馆举行，展出来自匈牙利艺术家的99件绘画作品及24件雕塑作品，综合展现匈牙利的当代艺术景观；9月，“流金溢彩——乌克兰博物馆文物及实用与装饰艺术大展”在故宫博物院举行，展出乌克兰珍稀的考古文物和当代艺术家的作品，展现乌克兰丰富的文化遗产以及文化的多样性；10月，由中国文化和旅游部、阿拉伯国家联盟等共同主办的“意会中国——阿拉伯知名艺术家访华采风10周年大展”在中国国家大剧院东展览厅举行，是对2009年开启的“意会中国——阿拉伯知名艺术家访华采风活动”十年成果的梳理和总结，展现阿拉伯艺术家们访华写生创作的十年历程以及在此期间诞生的杰出作品；11月，由中国美术馆、白俄罗斯驻华大使馆联合举办的“文化风景——白俄罗斯当代艺术展”在中国美术馆开幕，展览展出8位白俄罗斯艺术家的10余件作品。

由文化和旅游部主办、中国国家画院承办的“一带一路”国际美术工程有新进展。11月进行国内作品验收评审，验收评审203件作品，涵盖中国画、油画、版画、雕塑、公共艺术等美术类别，是5年工作成果的集中展示；“一带一路”国际美术工程完整收官后所有作品将会被国家收藏并集中进行国内外巡展。12月，由中国国家画院主办的2018中国国家画院“一带一路”采风写生作品展在北京市炎黄艺术馆举行，展出100余名研究员近期创作的近400幅作品，其中既有参与“一带一路”国际美术工程的创作草图、初稿、手稿，也有在采风写生中的速写、水彩画、水墨作品，还有拍摄的影像资料等，涵盖中国画、油画、版画、雕塑、公共艺术等多种类型。此外，由中国国家画院主办的“写意中国——古代文明与当代社会：中国国家画院油画院‘一带一路’艺术考察专题研究展”1月在中国美术馆举行，展出中国国家画院油画院研究员和参加“一带一路”国际美术创作工程的36位油画家的近100幅作品。

以“一带一路”为主题的学术研讨有：6月，由中国美术馆、甘肃省文学艺术界联合会主办的“丝路文化的传与承”国际学术研讨会在敦煌研究院举行；9月，由中国艺术研究院和敦煌研究院共同主办、中国艺术研究院美术研究所承办的“2018敦煌美术学国际学术研讨会”在甘肃省敦煌市举行，来自中国、英国、美国、日本、越南等国家的学者30余人参加会议，主要议题包括敦煌美术色彩学、材料学、造型学等基础理论（技法）研究，敦煌美术历史研究，敦煌美术比较研究，敦煌美术与现代发展研究，史前美术、少数民族美术和出土简牍书法研究。

三、年度大事

（一）习近平主席给中央美术学院8位老教授回信引热议

8月30日，习近平给周令钊、戴泽、伍必端、詹建俊、闻立鹏、靳尚谊、邵大箴、薛永年8名中央美术学院老教授回信，强调做好美育工作弘扬中华美育精神，让祖国青年一代身心都健康成长。习近平主席的回信，充分体现了对美育的高度重视以及对中国美术教育发展的亲切关怀，对于如何在美术教育中加强美育，如何通过美术教育来推进美育，具有十分重要的指导意义，为美术工作者立德树人、搞好艺术创作指明了新的方向。回信在全国美术界引起热烈反响。8月30日，中央美术学院举办“学习贯彻习近平总书记回信精神座谈会”，美院领导班子成员、中层干部及师生代表参加座谈会。在8月31日举行的中国美术家协会第八届理事会第三次会议闭幕会上，中国美术家协会分党组书记、驻会副主席、秘书长徐里带领与会理事集中学习习近平总书记给中央美术学院8名老教授的回信。9月4日，中国艺术研究院举办“学习贯彻习近平总书记给中央美术学院老教授回信精神”座谈会，院属各科研机构、创作机构相关负责人、艺术家、专家代表及研究生院学生代表等深入学习回信内容，并就回信精神及今后如何做好美育工作表达各自体会。全国各地的美术机构也都组织学习座谈活动。

（二）中国美术家协会第九次全国代表大会举行

12月20日至24日，中国美术家协会第九次全国代表大会在北京举行。这次会议是中国美术家协会在中国特色社会主义进入新时代举行的第一次代表大会，也是在决胜全面建成小康社会、夺取新时代中国特色社会主义伟大胜利的新形势下举行的一次十分重要的代表大会。大会回顾工作、总结经验，分析形势、规划未来，号召大家为繁荣发展社会主义文艺事业，实现中华民族伟大复兴中国梦而努力奋斗。会议于23日选举产生新一届理事会和主席团等领导机构。

此前，中国美术家协会多个艺术委员会完成换届工作。7月24日，“中国美术家协会壁画、水彩画、环境设计、工业设计艺术委员会换届大会”在北京举行；12月11日，“中国美术家协会漫画、少儿美术、雕塑、民族美术艺术委员会换届大会”在北京举行。

（三）中央美术学院、中国美术学院分别迎来100年、90年校庆

4月1日，中央美术学院百年校庆于校庆日正式启动。系列活动主要包括“百年辉煌，校史建馆”“名家大师，立像校园”“悲鸿生命，空前大展”“国家形象，设计彰显”“时代丹青，经典永传”“典藏十卷，学术领衔”“学院大奖，树立标杆”“师生同绘，寄情百年”“金币邮票，珍贵纪念”“校友欢聚，展望明天”。以“梳理百年积淀，致敬历代先贤”为主旨，以“百年校庆，十大活动”的系列策划开始了持续一年的庆祝活动。通过经典作品展览、学术研讨、著述出版和校园文化活动，敬仰先师风范，传承美院学脉，承载新时代的使命，发挥中央美术学院在美术事业和美术教育事业中的引领作用。

中国美术学院以建校90周年为契机，策划12项校庆学术活动。3月25日至4月8日，由中国美术学院、中国美术馆共同主办的“中国·美术·学院——中国美术学院九十周年纪念展”在中国美术馆举办，展览围绕“中国艺术的先锋之旅、美术教育的核心现场、学院精神的时代宣言”三条线索展开，回望中国美术学院90年办学历程，叩问中国高等艺术教育的实践路径与发展路径。历时8年、300余名教师合力编成的39册巨著《国美之路大典》新书发布会也在中国美术馆与展览同时举行。4月7日是校庆首日，中国美术学院主办了“我与改革开放40年——77、78级校友座谈会”“东方竹——亚洲竹生活艺术展”“寄言2028——中国美术学院建校九十周年特展”等活动。

此外，10月20日，鲁迅美术学院开启“我们从延安走来”80周年校庆系列活动，包括大型展览、文献出版、书画笔会等6大主题活动。鲁迅美术学院的前身为1938年建于延安的鲁迅艺术学院，以此次校庆为契机，鲁迅美术学院从厚重的历史积淀和精神之源中汇集新力量，为其在新时代的发展注入精神动力。10月18日，“山东艺术学院建校60周年庆祝大会”在山东省济南市举行；11月22日，“纪念改革开放40周年：时代的温度——山东艺术学院建校60周年美术作品展”在中国美术馆开幕，展览全面回顾与梳理山东艺术学院美术学科60年来的创作和教学成果。

（四）“首届全国工艺美术作品展”开幕

8月20日，“首届全国工艺美术作品展”在上海市龙现代艺术中心开幕。展览由中国美术家协会和上海市文学艺术界联合会主办。展览以“传统工艺的活力”为主题，意在推动传统工艺融入当代生活、重塑工艺文脉的特征。展览包括玻璃、金属、纤维、漆器、首饰、刺绣、纺织、编制、雕刻各个类别，覆盖面广泛，并重点将高校手工艺创作群体作为作品征集的主要对象，旨在发挥高校手工艺在连接乡村手工艺、城市手工艺方面的传承与创新作用。“首届全国工艺美术作品展”的举办，不仅在于展现当代工艺美术的发展现状，也将通过此次展览引起社会大众的关注与思考，开启工艺美术一个新的时期，从而弘扬工匠精神，坚定文化自信。

（五）中国古代绘画拍卖创新高

11 月 26 日晚，流失日本 80 余年的苏轼《木石图》在香港佳士得 2018 年秋季拍卖“不凡——宋代美学一千年”专场拍卖中，以 4.636 亿港币拍出（约合人民币 4.112 亿元），成为佳士得于亚洲举行拍卖以来成交价最高的拍品。据悉，买者来自大中华区的收藏机构，这意味着《木石图》在流失日本近百年之后，将回归中国人手中。

此外，5 月 26 日，香港佳士得则迎来在亚洲举行拍卖以来首个“十亿之夜”的诞生——“亚洲二十世纪及当代艺术 / 融艺”晚间拍卖成交总额达 10.40 亿港元。11 月 20 日，2018 嘉德秋拍大观之夜，安思远藏善本碑帖 11 种以 1.926 亿元超高价成交，创造了世界最贵善本的最高价纪录。

（六）首届全国美术高峰论坛

9 月 11 日，由中共山东省委宣传部、中国美术家协会等单位联合主办的“首届全国美术高峰论坛”在山东省济南市开幕。论坛旨在加强当代美术理论建设及美术批评对艺术创作的指导与引领，挖掘培养美术理论、美术评论人才。论坛分为“美术思潮与学术方位”“美术创作”“美术理论”“山东美术”四大板块，汇聚国内知名美术理论家 60 余人及征稿优秀论文入选作者 60 余人。论坛专家表示，美术理论、评论界的专业学者应该充分发挥学术引领、专家智库作用，同中国美术家协会一起，团结带领广大美术家和美术工作者深入生活、扎根人民，把提高质量作为文艺作品的生命线，用心用情用功抒写伟大时代，为筑就中华民族伟大复兴时代的美术高峰做出积极贡献。

（七）“中国策展学”的提出

12 月 15 日，由中国美术家协会策展委员会主办、陶溪川美术馆承办的首届“策展在中国”论坛暨中国美术家协会策展委员会 2018 年年会在景德镇市陶溪川美术馆开幕。中央美术学院院长范迪安从时代文化语境下中国策展的勃兴、中国策展的文化坐标和建立中国策展学的初步思考三方面，作了“建立中国策展学”的主题演讲。他指出，中国策展有着自己的经验，中国策展人在艺术历史和理论、艺术批评、艺术传播等方面都努力形成了一个自己成长和成熟的基地，中国的策展学在过去的 30 年里，在一种内外交往中，形成自己的脉络。最后他提出从“以审视之思，提前沿问题”“谋特色之维，树品牌影响”“持学术新见，成学术气象”“立文化主体，构全球对话” 4 个方面着手建立中国策展学。

（八）故宫成为全球年参观人数最多的博物馆

12 月 13 日 11 时 40 分，随着一名 20 岁刘姓大学生观众从午门检票入院，故宫博物院迎来了 2018 年度第 1700 万名观众。这也是故宫博物院年接待观众数量首次突破 1700 万，创造了新的历史纪录。2009 年，故宫年度接待观众人次首次突破 1000 万。之后每年参观人数都以百万计持续增长，2012 年度突破 1500 万，2016 年突破 1600 万，到 2018 年突破 1700 万，不断刷新年度参观人数的纪录，当之无愧地成为全球年参观人数最多的博物馆。

（九）草间弥生作品展真伪遭质疑

10 月 24 日，日本《经济新闻网》报道，中国广州、上海等五地城市打着草间弥生和村上隆的旗号举办多场展览，展品皆为赝品；随后各家媒体纷纷跟上，此事在日本国内舆论持续发酵，同时引发中国艺术爱好者的关注。11 月 1 日，草间弥生方首度对此事给出官方表态，并发表严正声明，对此事件表达愤怒和谴责，指责相关展方缺乏道德、行为恶劣、亵渎艺术，同时确认了所展作品皆为赝品，对草间弥生女士在国际间的品牌与信誉造成恶劣影响。另外，该声明还表示，除新闻中报道的中国几大一线城市之外，此前中国的广州、武汉、天津、青岛、淄博、重庆、新疆等地也曾举办草间弥生作品展会，这些展览上的展品有可能也为赝品。草间弥生方已勒令相关展方停止所有的侵权展出行为，并打算以涉嫌违反著作权和《反不正当竞争法》为由，从刑事和民事两个层面推进法律程序。上海等地的相关展览因此叫停。

四、年度现象及动态

（一）主题性美术创作持续开展

2005年的“国家重大历史题材美术创作工程”、2012年的“中华文明历史题材美术创作工程”、2017年的“中国共产党与中华民族伟大复兴——国家重大题材美术创作工程”及“‘中华家园’美术创作项目”等主题性创作，是国家文化战略的体现，对于弘扬中华民族精神及展现时代风采具有重要意义。2018年的主题性美术创作继续与时代同行，或深化既有主题或创立新主题。

5月5日，在马克思诞辰200周年到来之际，由中共中央宣传部、中共中央党史和文献研究院、中国文学艺术界联合会主办的“真理的力量——纪念马克思诞辰200周年主题展览”在中国国家博物馆开幕，展览分为“伟大革命导师马克思的壮丽人生”“马克思主义中国化的光辉历程”“新创作马克思主义题材美术作品”3个部分，由中国美术家协会组织新创作的《马克思、恩格斯与工人代表们在一起》《在国际工人协会（第一国际）成立大会上》《革命的一家人》等24件马克思题材美术作品展出。参观人数达300万人次。

4月12日，“《中华家园》美术创作项目”草图观摩展在中国美术馆举办。展览展出入围作品111幅，是“《中华家园》美术创作项目”创作草图阶段的展示汇报，也是一次专家、作者共同观摩交流评议的活动。《中华家园》美术创作项目由中国文学艺术界联合会、国务院参事室、中央文史研究馆、中国美术家协会共同主办实施，中央文史研究馆书画院承办，于2017年正式启动，计划历时3年，用视觉艺术语言呈现中华56个民族丰富多彩的生活风情和时代新貌，表现祖国大好河山、历史遗迹、人文风物、当代新姿，融汇中国之美。《中华家园》美术创作项目使主题性创作拓展到中国山水画、花鸟画与西方风景画。

此外，各省市也相继推出主题性美术创作工程，如“时代风采——上海现实题材美术创作工程”、“美丽湖南·三湘巨变”湖南省现实题材美术创作工程、宁波市重大历史题材美术创作工程等，涌现出一批水平较高的主题性美术创作。

12月，由《美术》杂志社和上海美术学院共同主办的“中国当代美术建设专题研讨会系列：主题性美术创作的当代性（第二回）”学术研讨会在上海大学美术学院举行，围绕“当代主题性美术创作实践与问题”“美术创作中的叙事模式及其当代创新”“20世纪主题性美术研究”3个主题展开讨论。

（二）传统与经典魅力依旧

以古代书画大师为主题的展览陆续推出。由故宫博物院主办的“故宫博物院藏清初‘四王’绘画特展”9月至10月在故宫博物院文华殿书画馆举行，分为“‘师古’为宗”“融古出新”“霑溉后学”3个单元，展出文物多达113件（套）。同时，由故宫出版社与湖南美术出版社联合推出的《故宫藏四王绘画全集》也于9月11日首发，共10卷，收录包含此次展览全部作品在内的近700件（套）文物藏品，全面展示故宫藏四王绘画的整体风貌和艺术成就；由故宫博物院主办的“‘四王’暨清前期书画研讨会”同期在北京举行。12月，上海博物馆主办的“丹青宝筏——董其昌书画艺术大展”在上海博物馆举行，展览集合上海博物馆、故宫博物院、美国大都会艺术博物馆等海内外15家收藏机构藏品，是大陆举办规模最大的董其昌艺术大展，展览以“以古为师——董其昌和他的时代”“宇宙在手——董其昌的艺术成就与超越”“一代宗师——董其昌的艺术影响和作品辨伪”为主题。10月，“千载清风——古代墨竹名迹展”在浙江省博物馆举行，展出北宋文同以及李衎、赵孟頫、倪瓒、徐渭、朱耷、金农、郑燮等名家在内的元明清三代墨竹名迹38件（组），体现文人墨竹画的传承与发展。5月，“清代中期绘画特展”在天津博物馆举行，通过“四王、吴、恽传派绘画”“宫廷绘画”“扬州地区绘画”“其他重要画家绘画”4个单元，较系统地呈现清代中期的画坛面貌。2月，由浙江公望美术馆主办的“乾隆皇帝南巡行李箱中的书画”特展“君圣臣贤——乾隆与董家父子书画特展”在杭州市公望美术馆开幕，展出乾隆皇帝弘历与富阳的两位乡贤——董邦达和董诰父子的书画作品。5月，由中国国家图书馆（国家典籍博物馆）与潍坊市博物馆共同主办的“清官板桥　三绝传世——郑板桥专题展”在国家典籍博物馆举行，展出潍坊市博物馆精选馆藏郑板桥书画、石刻拓本以及扬州画派的墨迹67件。9月，由旅顺博物馆联合辽宁省博物馆等单位主办的“回望十七世纪——金陵书画艺术展”在旅顺博物馆举行，展览分为“古都纪胜”“金陵八家”“一代宗师”“名家辈出”4个单元，展出包括金陵八家、龚贤和石涛、髡残在内的23名书画家的80余件作品。

一批在书画史上有极具影响的名品巨迹纷纷与观众见面。8月，辽宁省博物馆展出“中国古代书法展”“中国古代绘画展”，顾恺之《洛神赋图》（宋摹本）、周昉《簪花仕女图》、张旭《草书古诗四帖》、欧阳询《仲尼梦奠帖》、董源《夏景山口待渡图》、宋徽宗《瑞鹤图》《草书千字文》、赵孟頫《红衣西域僧图》等名迹重磅登场。12月，“中国古代书法展（第二期）”在辽宁省博物馆开展，作为最接近王羲之真迹的国宝——《万岁通天帖》再次走进观众的视线，怀素的《论书帖》也同时展出。12月，“传移模写——中国古代经典绘画摹本展”在辽宁省博物馆举办，展品包括宋代《天水摹张萱虢国夫人游春图》等4件宋画。此外，天津博物馆“守望文明　百年荣光——天津博物馆1918—2018特展”6月至8月展出，同时，常设展览“耀世奇珍——馆藏文物精品陈列”调整陈列，范宽《雪景寒林图》、西周太保鼎、清乾隆款珐琅彩芍药雉鸡纹玉壶春瓶3件镇馆之宝同时亮相。12月，上海博物馆“董其昌书画艺术大展”展出王献之《鸭头丸帖》，唐人《草书法华玄赞卷·第六》首次露面。10月，中国台北故宫博物院推出“国宝再现——书画菁华特展”，展出26件精品文物，包括王羲之《平安何如奉橘帖》、唐玄宗《鹡鸰颂》、夏圭《溪山清远图》、赵孟頫《鹊华秋色图》。4月，由中央美术学院主办的“悲鸿生命——徐悲鸿艺术大展”上，封存10年之久的《八十七神仙卷》再次与观众见面。4月，“予所收蓄　永存吾土——张伯驹先生诞辰120周年纪念展”上，展出李白传世的唯一书迹《上阳台帖》。1月，“石鼓墨影”展览在宁波市天一阁博物馆开展，展出明清以来十数件《石鼓文》旧藏善拓。

在传统美术及艺术史研究方面，11月，由中国艺术研究院美术研究所主办的“2018中国传统色彩学术年会”在中国艺术研究院举行。来自中国大陆和港台地区，以及日本的色彩研究专家、传统色彩爱好者和院校师生400余人参加研讨会，《2018中国传统色彩学术年会论文集》同日出版发行。会议的宗旨是搭建中国传统色彩研究的高端学术平台，建立中国传统色彩研究的交流对话机制，形成具有共同理想和目标的中国传统色彩学术共同体。1月，由清华大学艺术博物馆学术研究部和清华大学美术学院中国艺术学理论研究所联合主办的“艺术史与博物馆学术研讨会”在清华大学艺术博物馆举办，与会专家学者围绕“西方博物馆和中国重要博物馆的艺术品收藏、展览特点”“博物馆的艺术藏品对艺术史研究的作用”“艺术史研究方法与博物馆藏品研究之间的关系”3个议题展开讨论。

（三）近现代美术大家话题常新

作为新中国成立后中央美术学院首任院长的徐悲鸿，在中央美术学院百年校庆活动中被特别纪念。3月至4月，由中央美术学院主办的“中央美术学院百年校庆特展：悲鸿生命——徐悲鸿艺术大展”在中央美术学院美术馆举行，为首次大型、综合、全面回顾徐悲鸿的研究展。展览汇集徐悲鸿重要作品200余件及多种首次披露的珍贵文献资料，囊括他各历史时期几乎所有代表作。在此基础上，又依托中央美术学院美术馆藏精品，策划“徐悲鸿与他的时代”展，在江苏省美术馆、内蒙古美术馆、石家庄美术馆、宜兴美术馆、湖北美术馆、关山月美术馆巡展。此外，2月，由北京画院与徐悲鸿纪念馆联合推出的“白石墨妙·倾胆徐君——徐悲鸿眼中的齐白石”专题展在北京画院美术馆举行，通过相关作品、文献、信札全面梳理了两位艺术大师相识、相交、相知的过程。

2018年适逢丰子恺、张伯驹、李苦禅、王个簃、韩乐然等诞辰120周年，何香凝诞辰140周年，各地举行纪念展或座谈会。1月，“王个簃诞辰120周年书画精品暨文献展”在上海中国画院举行，展出王个簃（1897—1988）各个时期的书、画、印精品100余件，以及王个簃艺术人生的宝贵文献资料。5月，由中国美术馆主办的“丝路飞虹——韩乐然诞辰120周年中国美术馆藏韩乐然作品展”于中国美术馆举行，以20世纪40年代“丝路文化”探索浪潮为背景展出韩乐然作品97件，依次对应“革命与艺术人生”“丝路考古”“丝路写生”3个部分。10月，浙江美术馆举办“此境风月好——丰子恺诞辰

120周年回顾展”，展出丰子恺作品125件、师友作品72件、文献120件，全面展现丰子恺的文艺人生。11月，“法古禅心——纪念李苦禅诞辰120周年艺术展”在中国国家博物馆举行，以众多的作品真迹、手稿速写、图片影像、文献资料等向观众近距离呈现李苦禅的人生历程与艺术魅力。12月，“纪念张伯驹诞辰120周年：高山仰止——张伯驹、潘素伉俪艺术文献展”在清华大学艺术博物馆举行，从张伯驹、潘素的笔墨耕耘、诗文唱和、师友交往等角度，详细讲述张伯驹、潘素伉俪的艺术人生。6月，“腕底烟云未等闲——纪念何香凝诞辰140周年艺术精品展”在深圳市何香凝美术馆举行，展出何香凝的艺术精品画作70余件以及征集的与何香凝相关的历史照片和文献资料。6月，由民革中央、中国美术家协会共同主办的“纪念何香凝先生诞辰140周年暨首届‘香凝如故’全国美术作品展”在中国美术馆举行。1月，由中国文学艺术界联合会、中国美术家协会主办的“纪念潘天寿、李桦、李可染、叶浅予、张仃百年诞辰座谈会”在北京举行。5月，由文化和旅游部、中央文史研究馆、国家文物局共同主办的“纪念张伯驹先生诞辰120周年座谈会”在人民大会堂举行。12月，中国文学艺术界联合会、中国美术家协会在北京举办纪念何香凝诞辰140周年、丰子恺诞辰120周年、吴作人诞辰110周年、王琦诞辰100周年座谈会。

此外，由中国美术馆主办的“宝藏经典、活化精神——中国美术馆典藏精品展Ⅱ”2月在中国美术馆开展，展出近代绘画大师徐悲鸿的《奔马》、齐白石的《螃蟹》，以及于右任、林散之、高二适书法，还有王悦之、卫天霖、吴大羽、常书鸿、李瑞年、艾中信等的油画，张充仁、滑田友、周轻鼎、袁晓岑等人的雕塑作品。2月，由关山月美术馆、李可染艺术基金会共同主办的“二十世纪中国美术家的记忆——大雅宝胡同甲2号文献展”在深圳市关山月美术馆举行，展览将曾经居住在北京大雅宝胡同甲2号的主要艺术家齐白石、徐悲鸿、李苦禅、吴冠中、董希文、李可染、张仃、黄永玉等的代表作、日常生活与艺术交往的细节、美院教学与艺术创作的场景，与大的时代背景相结合，用文献展的方式展现一段特殊时期的新中国美术史。4月，“大雅宝胡同甲2号——二十世纪中国美术的传奇”在上海市宝龙美术馆举行。12月，“大雅宝胡同甲2号——二十世纪中国丨美术·历史·现场”在北京市嘉德艺术中心举行。1月至3月，“张大千艺术展”在中国国家博物馆举行，以“集古得新”“临摹敦煌”“大风堂收藏”“大千师友”“大千用印”5个单元，系统展示张大千一生的创作历程。5月，由中国美术馆主办的国家美术作品收藏和捐赠奖励项目“为万世开太平——于右任书法作品展”在中国美术馆举行，展览遴选于右任代表作品100余件，并有部分碑志拓片，多方位展示于右任多年以来的书法创作成果。6月至7月，“铁笔生花——故宫博物院藏吴昌硕书画篆刻特展”在故宫博物院文华殿举行，通过“融古开今”“缶庐花香”“石交传馨”“铁笔柔毫”4个单元，从吴昌硕绘画的艺术渊源、绘画风格、交游与影响以及书法篆刻方面，展出绘画、书法、篆刻三类作品100余件。7月至8月，“时代风华——二十世纪中国美术名家精品展”在广东美术馆举行，分为“传承革新（清末至1949年）”“转型建构（1949年至1978年）”“开放多元（1979年至2018年）”3个部分，涵盖20世纪中国画坛京津画派、海上画派、长安画派、新金陵画派、岭南画派，以及新时期以来几乎所有重要流派的代表艺术家的作品。7月至10月，由故宫博物院与北京画院合作举办的“清平福来——齐白石艺术特展”在故宫博物院展出，分为“天道酬勤”“扶梦还乡”“老当益壮”“白石篆字”4个板块，全方位、多角度地呈现了“人民艺术家”齐白石勤勉艰辛的探索、心系故土的乡愁、老而不颓的豪情、刀锋印痕的心相。8月至10月，由浙江省博物馆主办的“吴昌硕与他的‘朋友圈’”展于浙江省博物馆武林馆区开展，展出吴昌硕与友人们的诗文唱和、印篆题跋、书画酬答和往来书札多件。8月至11月，“海派巨擘——任伯年绘画作品展”在辽宁省博物馆举行，展览分为“艺术成就”“师承起源”“游历交友”“后世影响”4个部分，展出任伯年及其相关艺术家绘画精品98件（组），是近年来全国首次举办大规模任伯年作品展览。8月，“刘开渠与中国美术馆”展览在中国美术馆举行，精选刘开渠最具代表性的60余件雕塑原作和相关珍贵历史文献，分为“艺术启蒙与专业学习”“为中国现代雕塑艺术‘开渠’”“立民族之碑”“向新时代致敬”4个单元，全面呈现刘开渠的艺术人生。

（四）青年美术力量健康成长

6月，由中华全国青年联合会、中国文学艺术界联合会、中国美术家协会共同主办的“第六届全国青年美术作品展览”在中国美术馆举行。全国青年美术作品展览自第一届全国青年美展1957年创办至2018年，已成功举办5届，成为发现、培养、展示青年美术人才的重要平台。本次展出中国画、油画、版画、雕塑、水彩·粉画、漆画、插图·连环画、综合材料绘画8个类别的入选作品387件。3月，由国家艺术基金管理中心、中华世纪坛艺术馆主办的以“中国艺术新视界2018”为主题的“国家艺术基金青年艺术创作人才（美术、书法、摄影、工艺美术）滚动资助作品巡展”首展在北京市中华世纪坛艺术馆举行，汇聚国家艺术基金自2013年年底成立以来，在2014年至2016年3个年度立项资助的美术类项目成果，包括绘画、雕塑、书法、摄影、工艺美术等艺术门类，共展出244名艺术家的499件（组）作品，分为“历史国魂”“吾土吾民”“都市景观”“林泉造物”“翰墨心印”“影像叙事”六大主题板块，从不同维度展现新时代中国美术新生力量的创作实力与艺术风貌。由中国艺术研究院主办的“文化传承·丹青力量——中国艺术研究院中青年艺术家系列展”2018年继续在中国美术馆举行，李贵君“万物有灵”、张崴“交汇的空间”、徐小东“自然·性灵”、李继飞“初心”、徐青峰“尽我所能”、张爱玲“静逸”、肖文飞“轻与重”、刘波“不染尘”、周延“笃行”、阴澍雨“故园”、王桂勇“一点素心”、常磊“尽我所能”、徐晨阳“记忆·流星”、韩洪伟“亮光的指引”、李传真“暖阳”、韩学中“借月观山”分期展出。3月，由湖北美术馆主办的“开放式——青年漆艺创作研究展”在湖北美术馆举行，展览为“文化部2017年度全国美术馆优秀青年策展人扶持项目”，展览分为3个单元：从工艺到物语、从装饰到趣味、从器用到空间。6月，“西部少数民族青年美术家作品展暨第七届西部少数民族青年美术家高研班开学典礼”在中国文艺家之家展览馆举行。7月，“最绘画——第三届中国青年油画作品展（2018）”在内蒙古美术馆新馆举行，展出青年艺术家的油画作品近200幅。8月，由中国美术家协会、中共天津市委宣传部主办的“品真格物——全国青年工笔画作品展”在天津现代美术馆举行，展出中国工笔画作品230余幅。10月，“2018学院本色——美院在校生创作展”在中国美术学院美术馆举办，展出由各校择优推荐的中国画、书法、油画、版画、壁画、雕塑等造型类艺术作品160件（套）。11月，由中国国家画院主办、中国国家画院版画院承办的国家艺术基金2018年度艺术人才培养资助项目“水印版画人才培养计划”汇报展在中国国家画院美术馆举行。11月，由中国书法家协会、郑州大学、国家典籍博物馆共同主办的“全国第二届大学生书法篆刻作品展”在国家典籍博物馆举行，展出包括15位评委监委作品在内的212件作品，是我国当代高等书法教育成果的一次集中展示。

2018年度的国家艺术基金“艺术人才培养资助项目”72项。其中有：中国国家画院的“水印版画人才培养”，中央美术学院的“艺术科技创新人才培养”“游戏设计艺术人才培养”，中国美术学院的“‘一带一路’汉字力量——中国汉字水墨国际交流创作人才培养”，清华大学的“麦积山雕塑研究与创作人才培养”，中国人民大学的“艺术品修复人才培养”，北京服装学院的“中国传统服饰图案传承与创新应用设计人才培养”，西安美术学院的“家具艺术当代设计人才培养”“丝路文创产品设计人才培养”，广州美术学院的“国际青年美术创作人才培养”，中国油画学会的“青年油画创作人才培养”，等等。

国家艺术基金支持的一些项目已着手实施。5月，由文化和旅游部文化艺术人才中心组织实施的国家艺术基金人才培养资助项目“艺术品营销人才创新能力培养”2018年培训班在北京开班。7月，国家艺术基金2018年度艺术人才培养资助项目“综合材料绘画创作人才培养”培训班开学典礼在北京市房山区举行。8月，国家艺术基金2018年度艺术人才培养资助项目“艺术品修复人才培养”开班仪式在北京举行。此外，由中国美术家协会主办、中国美术家协会综合材料绘画与美术作品保存修复艺术委员会承办的“中国文学艺术发展专项基金文艺人才培训（培养）资助项目——2018中国美协艺委会（综合材料绘画）青年文艺人才培训”8月在北京举办开班仪式。

2018年度“中国中青年美术家海外研修工程”终评会于4月在中国美术家协会举行。中国艺术研究院李妍“冷战时期美国对当代艺术资助的策略研究”、浙江大学毛秋月“美国抽象表现主义绘画与国家意识形态研究”、清华大学高远“意大利文艺复兴艺术的空间与展陈方式研究”、四川大学汪燕翎“中国民间工艺美术在英国的收藏与研究”、中国艺术研究院陈散吟“中国宋画对日本南画的影响”等入选。

中国艺术研究院美术研究所开办“美研所大学堂”，为美术院校青年教师推广学术成果搭建平台。11月1日，大学堂第一讲在中国艺术研究院学术报告厅举行。中央美术学院人文学院副院长黄小峰、广州美术学院美术史系主任郭伟其、四川大学艺术学院院长韩刚、中国美术学院人文学院副院长万木春4名学者，分别就“公主的婚礼：《百子图》与南宋婴戏绘画”“超越了石头的纸上建筑”“也谈《江行初雪图》制作的时代：三论南唐画院有无”“远离荒野：中国古代山水观的一个侧面”等标志性研究进行授课。

（五）山水画题材受关注

9月，北京画院“齐白石艺术国际研究中心”与“传统中国绘画研究中心”举行年会，年会聚焦“山水”，通过研究、展览、研讨呈现一个“山水年”。年会探讨4个主题：“交流·传播·合作”“跨界·融合”“中国山水画的时代性、精神性与永恒性”“齐白石与20世纪中国山水画”。这一年，“齐白石研究中心”还配合展览举办4场齐白石山水画讲座。围绕“齐白石研究”“传统中国书画研究”“中国山水画走向何方？”3个专题进行学术研讨，其中“中国山水画走向何方？”专题包含3个主题：中国山水画走向何方，艺术家的社会身份和责任，山水精神与多维度思考。与此相关，7月至9月，由北京画院主办的“胸中山水奇天下——齐白石笔下的山水意境之二”专题展览在北京画院美术馆举办，共展出齐白石山水画作逾160件（套），是齐白石山水画最为集中的一次展览。11月3日，北京画院主办的“我向毫端寻往迹——明清山水画的古意今情”展览，从明代的沈周、文徵明、董其昌到清初“四王”、蓝瑛等名家画作均有展出。

3月至4月，由中国国家画院指导、中国画学会联合多家美术机构主办的“造化心源——当代山水画系列展”于广州、郑州、重庆举行。此次系列展推出“坐望云起·全国山水画名家学术邀请展”“天地栖境·方向水墨作品展”“游心方外·艺术家眼中的山水”“院风新锐·当代青年山水画提名展”4个板块，以不同的展览主题来梳理和诠释当代山水画的历史文脉及承传发展。7月，由广东省博物馆策划的“解密中国传统山水画”在广东省博物馆举行，展出书画、自然矿物标本、陶瓷、玉器杂项、古籍等多门类的文物近130件（套），从颜料、墨、宣纸、毛笔、印章等入手，还原绘画元素，将绘画技法与馆藏山水画作一一对应，归纳绘画的创作规律及用途，品味中国传统山水之魅力。9月，由中国艺术研究院美术研究所主办的“山水本色——第二届中国当代青绿山水画学术邀请展”在中国美术馆举行。展览邀请卢禹舜、牛克诚、许俊、何加林、祁恩进、范扬、林容生等11名当代中国画坛卓具创作实力与学术影响力的青绿山水画家参展，展览力求通过11位艺术家的固定组合，形成一个关于中国当代青绿山水画创作研究的学术个案，借此映射出中国当代青绿山水画创作的总体趋势与特征。6月，由中央数字电视书画频道主办的第二届“绿水青山——青绿山水画名家学术邀请展”在书画频道美术馆举行。

（六）艺术博览会多地开花

走过13个年头的“艺术北京”5月在北京农业展览馆举行，展览面积扩容近3万平方米，是自2006年创办以来展出规模最大的一届。基于“立足本土，完整亚洲”的核心理念，集结20个国家和地区约160家艺术机构，分为“当代艺术”“经典艺术”“设计艺术”3个板块，另设有公共艺术区和新加入青年艺术市集品牌“Hi21”等。此外，上海廿一当代艺术博览会、西岸艺术与设计博览会、上海艺术博览会、上海青年艺术博览会等四大艺术博览盛会同期开幕。9月，为期4天的“2018艺术深圳”当代艺术博览会在深圳会展中心举行。

北京新增两场艺博会：艺览北京（JINGART）、北京当代艺术展。5月，首届“艺览北京JINGART”登陆北京，开启ART021的双城模式。邀约的展商中涵盖现代、战后等现当代艺术，以及古董、珠宝、设计等品牌，为北京艺术市场带来更多元选择。8月，首届“北京当代”艺术展在全国农业展览馆举办，展会致力于中国当代艺术的价值推广，把与中国密切相关的当代艺术画廊作为核心的合作伙伴与命运共同体，旨在打造一个与当下艺术生态及社会各层级密切相关的艺术交易、展示、交流的顶层平台。

此外，艺术博览会向二、三线城市延伸的趋势明显。4月，艺术成都Art Chengdu在成都春熙路揭幕，作为中国中西部地区首个国际化艺术博览会，吸引31家来自全球的当代艺术画廊。5月，中国内地首个聚焦“水墨”的艺术博览会艺术西湖·国际水墨艺术博览会在杭州举办。10月，首届南京扬子当代艺术博览会于南京玄武区国际展览中心举行。

（七）双年展向各专业领域展开

8月，“第八届中国北京国际美术双年展”在北京启动。此次双年展以“多彩世界与共同命运”为主题，计划2019年8月至9月在中国美术馆举行。“多彩世界与共同命运”母题下分设相应子题，力求多角度、多层次地呈现国际美术创作的立体面貌，题材除涉及环境保护、战争威胁、难民潮、金融危机、贫富差距、流行病等全球性问题外，更重要的是着力表现当今世界追求和平发展、共享繁荣、共建人类命运共同体的伟大进程。目前已顺利完成前期征稿工作，为2019年大规模评选、展览积极准备。此外，第12届上海双年展11月在上海当代艺术博物馆举行，以“禹步”（Proregress）为主题，用诗性和艺术回应充满矛盾性的时代。本展共有26个国家和地区的67名（组）艺术家参展，第一次大规模展出拉美作品。

此外，以某一专业领域为主题的双年展陆续举办。4月，“首届深圳国际水彩画双年展”在深圳市罗湖美术馆举行，来自英国、法国、俄罗斯、加拿大、澳大利亚等18个国家与地区的艺术家的248件作品亮相本届双年展。11月，以“开放与融合”为主题的“2018首届深圳大芬国际油画双年展”在深圳市龙岗红立方公共艺术馆开幕，展出来自中国、俄罗斯、美国、德国、法国、土耳其、阿根廷、荷兰、日本等65个国家和地区艺术家的264件作品，涵盖五大洲、50余个国家和地区，在数量、质量、国际参与度以及艺术广度上都凸显了国际性和多元性。9月，“2018北京媒体艺术双年展（BMAB2018）”在中央美术学院美术馆举行，邀请来自10个国家和地区的30余名艺术家、5个工作室在这里展示他们的作品。8月至9月，由中国油画学会、中华艺术宫主办的“语言之在——第四届中国油画双年展（2018）”在上海市中华艺术宫举行，展览以“塑造之功”“形色之力”“东方之象”三大部分呈现全国油画的状态和作品面貌。12月，由中国美术家协会、厦门市文化广电新闻出版局主办的“2018厦门全国工笔画双年展”在厦门美术馆举行。1月，“第六届全国插画双年展”在深圳市关山月美术馆开展，设置广告品牌、出版物、游戏交互多媒体和自由创作4个类别，反映本民族传统文化、民俗的作品增长迅猛。

（八）外国美术多渠道引入

2018年度国际美术交流不断扩大。6月至7月，由中国美术馆主办的“美美与共——中国美术馆藏国际艺术作品展”在中国美术馆举行，从中国美术馆收藏的外国艺术家的3500件作品中，遴选出涉及60个国家和地区的100余位艺术家创作的200余件精品，形式上涵盖油画、版画、雕塑、摄影等多种类型。1月，由中国国家博物馆、法国国家造型艺术中心、巴黎国立高等美术学院主办的“学院与沙龙——法国国家造型艺术中心、巴黎国立高等美术学院珍藏展”在中国国家博物馆举行，展览分为“巴黎国立高等美术学院：美的圣殿”和“沙龙：美术舞台犹如时代的镜子”两部分，是19世纪法国“学院派”美术的集中展示。6月，由荷兰王国驻华大使馆、中国国家博物馆、莱顿收藏共同主办的“伦勃朗和他的时代：美国莱顿收藏馆藏品展”于中国国家博物馆举行，展览分为“肖像画”“历史画”“风俗画”三大部分，展出70余件古典绘画藏品，主要呈现来自莱顿收藏的荷兰黄金时代绘画大师艺术佳作。5月，由中国文化和旅游部外联局与阿根廷驻华大使馆、厄瓜多尔驻华大使馆等共同举办的“异彩共生——拉美及加勒比艺术展”在北京市民族文化宫举行，汇集拉美及加勒比地区7国7名艺术家的88幅作品，其中包括当代绘画、摄影作品等。11月，由中国美术馆、希腊雅典国家当代美术馆共同主办的“道之为物：由象及神”展览在中国美术馆举行，展出40名希腊国内外艺术家创作的近80件作品，是继2017年秋在希腊雅典国家当代美术馆举办的“中国写意：来自中国美术馆的艺术”展览后，中希两国艺术的再次碰撞。9月，由清华大学艺术博物馆和美国印第安纳大学埃斯凯纳齐艺术博物馆联合主办的“穿越大洋的艺术——美国印第安纳大学埃斯凯纳齐艺术博物馆藏19—20世纪风景画展”在清华大学艺术博物馆举行，展出19世纪时期前往欧洲的大量美国艺术家创作的优秀作品。

此外，由各地方主办外国美术作品展的趋势明显。1月，“国立俄罗斯博物馆典藏——莫伊谢延科作品展”在上海市刘海粟美术馆举行，展览聚焦莫伊谢延科13件大尺幅的军事题材作品。9月，“心灵的风景：泰特不列颠美术馆珍藏展（1700—1980）”在上海博物馆举行，展出透纳、庚斯博罗、康斯太勃尔、米莱斯等英国画家作品，全面追溯英国风景画300余年的发展历程，是迄今国内最大规模的英国风景画展。5月，“穆夏·欧洲新艺术运动瑰宝展”在南京博物院举行，展览依循穆夏的生活变迁与艺术发展脉络，诠释穆夏的美学风格与新艺术运动带来的影响。6月，“安格尔的巨匠之路——来自大师故乡蒙托邦博物馆的收藏”展览在浙江美术馆举行，分为“安格尔看自己”“安格尔看世界”和“世界看安格尔”3个角度进行展出，展品中有40余件安格尔本人作品，其余则是他人为安格尔创作的画像、塑像以及安格尔个人收藏。11月，由南京博物院主办的“世界巨匠——意大利文艺复兴三杰特展”在南京博物院特展馆举行，展览从意大利引进“文艺复兴三杰”的原作数件，包括绘画、雕塑、手稿等。7月，由广东美术馆主办的“绘画在绘画之后：德国当代艺术中形式的创造”在广东美术馆举行，展出4名德国当代具有代表性的艺术家弗兰兹·艾稞曼、本杰明·阿普尔、托马斯·塞比茨以及卡佳·施特龙茨的作品多幅。8月，“天才狂想曲——毕加索与达利的版画艺术视界”在甘肃省博物馆举行，展览囊括毕加索在各个时期创作的109幅版画作品，以及达利超现实主义的17幅版画作品及15件雕塑和瓷盘画。

由中国艺术研究院美术研究所编译的《海外中国艺术史研究》（第一辑）8月由湖南美术出版社出版发行。本辑以“图像与媒介”为主题，编译《变化的媒介：元代绘画的图像转译》《徽宗的新衣——〈捣练图〉中的欲望与寓意》《媒介转换与模件构造——宋代中国〈法华经〉雕版扉画》等海外研究者的深度学术论文9篇。该刊为国内学者了解海外中国艺术史研究的前沿话题及学术动态打开窗口，为中外艺术史学者的知识共享及学术交流提供平台。

（九）美术“走出去”步子依然强健

2018年度中国美术助推国际传播能力建设，用艺术形式讲好中国故事、传播中国声音、宣扬人类和平理想的展览频频举办。

中国美术家协会主办的“中国美术世界行”首次同时走向四大洲重要国家，作品水准、数量和尺幅为近年赴外展中少有，在传播广度、深度方面实现突破。5月，由中国美术家协会主办的“艺术与和平——中国当代美术作品展”在希腊马其顿当代艺术博物馆举行，开启中国美术家协会2018年度“中国美术世界行”首展，40余件中国画、油画、版画、雕塑作品展现出中华民族“以和为贵”的价值观和中国人民对和平、和谐生活的美好向往与不懈追求，讲述中国美术家眼中的“艺术与和平”故事。7月，“艺术与和平”在马耳他瓦莱塔展出；9月5日，“艺术与和平”在西班牙马德里中国文化中心开幕；9月26日，“艺术与和平”在捷克国家会议中心开幕，为2018年度国际巡展完美收官。

由中国文化部与中国驻纽约总领馆主办的第四届“欢乐春节·艺术中国汇”于2月12日至20日亮相美国纽约，活动由公共艺术与庆典活动、艺术展览与公共艺术教育活动3个板块构成，贯穿美国纽约市上、中、下城的多个主流文化与建筑地标，在春节期间为纽约市民带来一系列丰富多样的艺术文化活动。威尼斯当地时间5月25日，2018威尼斯建筑双年展中国馆展览在意大利威尼斯军械库

（Arsenale）开幕。展览以“我们的乡村”为主题，包含“居”“业”“文”“旅”“社”“拓”六大板块，从诗意栖居、乡土制造、文化实践、自在游憩、社区营造、开拓创新6个方面勾勒出一个呈现当下、放眼未来的中国当代乡村建设现场。7月至9月，由中国国家画院、中国文学艺术基金会主办的“中华意蕴——中国油画艺术国际巡展（意大利）”在意大利罗马举办。7月至8月，由中国国家画院主办的“写意中国——中国国家画院美术作品欧洲巡展”在乌克兰国家美术家协会大厦展厅举行。中央美术学院美术馆、英国泰特美术馆、英国华人当代艺术中心共同主办的“兴起：中国当代艺术中的女性声音”（NOW：A Dialogue on Female Chinese Contemporary Artists），2月至9月在英国八家公共美术馆同期举办。3月，由中国少年儿童新闻出版总社、中国图书进出口（集团）总公司等单位承办的“东方书韵——中国古代插画艺术展”在意大利博洛尼亚市政厅举行，展出350余幅图文精品，涉及领域横跨哲学、社会、文学、艺术和科学技术五大板块。

2018年度国家艺术基金赞助的美术出国展览项目有：中国当代女性艺术家加拿大展览、儿童互动装置艺术意大利展览、中国绘画法国俄罗斯加拿大巡展、中国拓片文化艺术法国意大利巡展、中德实验影像交流艺术展览、中国宣纸绘画意大利展、国家画院美术作品俄罗斯法国泰国坦桑尼亚巡展、海派文艺土耳其泰国巡展、全国高等书法教育优秀成果日本展览、20世纪以来中国摄影作品美国日本法国新加坡巡展、丝路艺术作品俄罗斯哈萨克斯坦蒙古交流巡展、中国陶瓷艺术瑞士芬兰巡展、中国传统服饰文化创新设计作品美国巡展、吉州窑传统技艺创新作品日本巡展、巴彦淖尔阴山岩画艺术埃及希腊意大利巡展、中国文博创意作品美国法国德国阿联酋巡展。

（十）艺术品市场仍处于调整期

2018艺术品拍卖市场陆续出现了几个亮点，如：苏轼《木石图》创古代绘画拍卖新高；中国嘉德创38项拍卖成交纪录，17个百分百成交专场；香港苏富比秋季拍卖“当代艺术晚间拍卖”专场中，赵无极创作尺幅最大油画《1985年6月至10月》以5.1亿港元天价成交，成为香港拍卖史上最高成交价画作，同时刷新赵无极个人世界拍卖纪录；在中国嘉德秋拍暨25周年庆典拍卖邮品专场中，一枚横板《全国山河一片红》未发行8分面额邮票（俗称“大一片红”）以1380万元人民币的高价拍出，让中国单枚邮票第一次进入了千万元级别，跻身世界珍邮价格前列；等等。即使这样，艺术品市场的总体规模并未得到拓展甚至还略有萎缩，市场的整体信心有待提升，高端收藏投资市场与中低端消费市场这两个特质差异非常大的板块仍停滞在当前的趋势中，高端艺术品受到热烈追捧，大众作品仍处于调整期。核心拍品主要集中于书画板块的现象依然有待市场的多元开发。中国书画艺术市场的收藏投资进一步向资本化、机构化、企业化发展的趋势明显。中国书画艺术市场的金融服务、国际化及支撑服务体系的发展，跨界融合开始初步尝试。拍卖行已开始减量增质以应对变化，在波动中寻求发展。

五、问题与建议

（一）要提升与美好生活需求相适应的美术创作与服务

习近平总书记在党的十九大报告中指出，中国特色社会主义进入新时代，中国社会主要矛盾转化为人民日益增长的美好生活需要和不平衡不充分的发展之间的矛盾。文化艺术消费是“美好生活需要”的重要内容，多元、高质、跨界的文化产品是未来经济结构调整升级的内在需求。据有关数据统计，中国的艺术消费人群中30岁左右的占了一半，年均收入在6万元以上的消费人群占了近六成；中产阶层正以每年1%的速度增长，90%的中国中产阶层有收藏艺术品的意向。这两部分人群数量的持续增长，必然带来艺术品需求的不断提升。新时代的社会主要矛盾也带来服务及消费的新要求。一是美术馆、博物馆的服务能力有待提升。随着民众日益增长的美好生活需求，到美术馆、博物馆参观、体验已日益成为民众休闲生活的重要形式之一，这就要求美术馆、博物馆要进一步提升接待能力，营造良好环境，提供优质内容。二是艺术市场要将目光向下。在继续做好高端群体的“掐尖”式服务的同时，也要从以前的金融、投资的目标群体向中等收入人群的品位及能力贴近。

（二）要增强主题性美术创作的艺术感染力

自2005年以来的重大题材或主题性美术创作工程，在政策导向、官方组织及艺术家努力下，涌现一批高品质的时代佳作。但是，在创作上也或多或少存在一些问题，如主题先行问题、图解历史问题、简单化问题、概念化问题、形式雷同问题、矫饰问题等。

主题性美术创作的思想性与艺术性统一尤为重要，在正确表现历史、现实及政治主题的同时，尤其要尊重美术创作的艺术规律。要处理好历史真实与艺术真实的关系，既要尊重史实，通过文献史实的认真学习而进入到历史情境之中，通过深入生活而进入到现实情境之中。同时，也要关注艺术语言的生动与深入，用精湛的技艺表现历史与现实，用精粹的艺术手段烘托主题。要提倡创作观念、语言表现及艺术风格的多样，做到重大主题表现与艺术家个人艺术追求相统一。要避免对历史做简单图解，要融入艺术家对于历史的理解和共情；避免题材的标签化处理，要通过实地调研的“深扎”体验，捕捉对于人物、事件的深切感受，用真情实感驱动创作。要用当代人的历史叙述与当代视角思考主题，用新时代艺术家的观念与情感表现主题，从而实现对20世纪以来历史题材及现实题材美术经典的超越。

（三）要大力提倡社会美育

美育并非只是专业艺术院校的技艺传授，而是包括情感取向、价值导向、道德修为等在内的人的整体素质的培养，是通识教育的有机构成部分，是通过大、中、小学及社会合力而形成的素质教育。既要重视小学、中学的美术、音乐等基础美育，也要鼓励大学建设博物馆或美术馆，使之成为与普通专业互为补充的第二课堂。要提升美术馆、博物馆硬件设施及服务水平，吸引更多的观众接受艺术熏陶。鼓励专业艺术机构及从业人员到中小学及社区中进行艺术普及工作。要加强博物馆、美术馆方面的人才培养，通过艺术史系或艺术教育系的设置培养公共艺术教育人才。加强美术馆、博物馆的文创产品开发，以延伸馆藏品艺术感染力的社会传递。画廊、拍卖行等在内的相关商业机构要通过藏品的宣传推广，促进艺术市场与艺术教育之间的良性互利发展。新闻、出版、广播、电视及网络等传播媒体，要着力打造公共美育平台，以实现美育熏陶的日常化。

（四）要加强艺博会的特色经营

艺术博览会在从北京、上海等一线城市向二、三线城市延伸的过程中，有模仿和套用一线城市艺博会的做法，脱离了当地的经济、文化环境及消费水准，因此，整体成交量并不理想，艺博会的整体布局也不甚合理。艺博会向二、三线城市延伸的趋势释放出更多竞争压力和发展可能，但从长远来看，二、三线城市的艺博会能否获得足够的市场支撑也不甚明朗。今后，各艺博会应当在经营理念上积极寻求艺博之间的差异化，特别是要与所在地消费群体的审美品位及消费能力相适应，办出自己的特色。拉开各艺博会之间的定位，从针对高端人群的单一思维中走出，形成服务不同人群的艺博会及其品牌。同时，艺博会也要克服短期经营思路，而要在与优质参展机构的长期合作中，在对藏家的耐心发掘与长期培养中，在向更广泛受众支撑的市场的长期拓展中，逐步建立起艺博会的规模及品牌。

（五）要从中国美术“走出去”迈向“走进去”

自21世纪初国家实施文化“走出去”战略以来，中国美术已通过展览形式走到四大洲的重要国家。随着综合国力的日益提升，中国美术“走出去”已不成问题，但是否能够“走进去”则是未来一个长期的工作主题。“走进去”意味着中国美术在国际间的有效传播，意味着中国美术的国际影响力的全面提升，意味着在世界美术格局中中国画、中国书法等中国样式被广泛理解和接受，意味着中国风格、中国气派、中国精神的中国艺术对世界人心的深刻感召力。而目前，中国美术“走出去”主要停留在展览层面，而同样作为传播方式的出版、研讨、教学等则严重不足。因此，要从带作品到国外办展览的简单思路中走出，要通过更多的传播主体、传播方式形成中国美术走向世界的集合效应。包括通过基金赞助的形式在国外培养所在国的中国艺术翻译者，在国外大学开设中国艺术课程，也包括在国内以“艺术营”的形式集中培训中国艺术的外国学员，以及集中翻译一批有关中国艺术高品质的著作，派遣对中国艺术有深刻理解的学者、艺术家、理论家、策展人等到国外讲学、讲座，在国外举办各种形式的中国艺术研讨会，等等。

（六）要着力培育基于本土消费能力与文化价值判断的艺术品市场

在艺术品市场调整的过程中，一批新藏家纷纷入场。据悉，亚洲苏富比拍卖新客户占整体买家人数的27%，40岁以下的年轻买家占整体买家人数的23%。针对年轻藏家收藏品味的“当代艺术专场：TURN IT UP”专场拍卖当中，年轻买家比率更高达40%。同时，国内藏家拍卖份额保持高水平增长，在美国纽约佳士得销售总额达到7.45亿美元的春季夜场拍卖会上，中国客户贡献了总销售额的30%，并在成交额前十位的交易中占据了一半席位。中国嘉德方面，“活跃于大中华地区的收藏机构、企业美术馆以及私人收藏家依然信心十足，在各自的收藏体系建设上积极投入顶级艺术品的竞买，并实现了新老藏家队伍的融合和更替”。“新买家的入场，是社会代际交替和社会财富增长后，富裕阶层资产配置需求的必然结果。”

另外，2018年度各大公司的拍卖中，超过5000万元的中国古代书画拍品数量极少，大多数拍品价格在3000万左右徘徊，甚至许多古书画大师的作品很难突破2000万元，前几年的明清书画、宋元书画及晋唐书画的热度板块在2018年没有呈现。也即是说，新藏家的投资选择大多集中在西方艺术形态的油画及当代艺术方面，中国古代书画很少进入他们的投资视野之中。

因此需要着力培育基于本土消费能力与文化价值判断的艺术品市场。这既包括早期艺术教育中古典书画的学习，从而形成对于中国古代书画的亲和感与欣赏能力；也包括艺术市场进行过程中拍卖公司的宣传推广活动中，以培育新生藏家对于古代书画的价值取向；还包括相关政策法规的对于传统艺术的政策性保护，因为艺术品市场并非只是一个商业市场，也是一个文化角逐场。

牛克诚　中国艺术研究院美术研究所所长、研究员
孔德平　中国艺术研究院美术研究所副研究员

回顾和展望：2018 中国当代水墨艺术创作和展览述评

◎ 魏祥奇

2018 年是中华人民共和国改革开放 40 周年的重要历史节点，在政治领域、经济领域、思想和文化领域中都有很多总结性的研究文章，回顾 40 年来中国现代化建设取得的伟大成就。如果从 1979 年吴冠中在《美术》杂志发表文章《绘画的形式美》算起，中国现代水墨运动至 2018 年已经整整 40 年。关于水墨艺术创作、水墨艺术理论的阐释，也从 20 世纪 80 年代至 90 年代的语言和形式探索，转向 2000 年以来的图像和观念探索，其中关于文化主体性的讨论贯穿始终。水墨从来就不仅仅是水墨而已，而是融合着文化身份的论题：水墨象征着从传统中国画走向现代艺术和当代艺术的实践，被赋予能够与西方现代艺术和当代艺术相扛鼎的民族性的艺术语言和思想形态。在这里，水墨已经超出了所谓的中国画的范畴，在理论和实践上可以走得更远——水墨成为一座可能的桥梁，连接起中国绘画和西方现代艺术和当代艺术，而不再使中国绘画孤立于现代艺术和当代艺术发展之外。

当代水墨艺术的尴尬处境在于，恪守中国传统绘画笔墨和图式的艺术家（中国画家），并不接纳甚至是无视当代水墨艺术家的实践经验，将之视为西方现代艺术和当代艺术的模仿者；而中国当代艺术家则认为，纠结于水墨的语言和形式没有意义，不应该局限在水墨的范畴之内。所以，当代水墨艺术的实践状态、理论状态，是处于前两者之间的模糊地带。并且，很多当代水墨艺术家不同时期、不同语言风格和主题的创作，会时而参加中国画家群体的展览，时而参加当代艺术家群体的展览，说明这些艺术家大多没有很强的身份边界意识。并且，很多从事当代水墨创作的艺术家更愿意自己被称为艺术家或者是当代艺术家，而非水墨艺术家——尽管他们的主要艺术语言仍然是水墨。

如果说 20 世纪 80 年代现代水墨运动发端之初，水墨艺术家非常注重水墨的概念对于中国画概念的超越性的话，那么在今天艺术创作的语言和观念极具有开放性的形态下，水墨反而是一个显得封闭和固化的概念。当然，也只有极少数水墨艺术家在实践层面上超出了平面绘画的范畴，进入了装置、影像和行为的空间维度，甚至是介入了公共生活空间，目前大部分水墨艺术家仍然耕耘在水墨画的土壤之上。应该说，主张变革的现代水墨、当代水墨艺术家，大多不愿意放弃笔墨，不愿意放弃绘画的语言方式。在相当长的时间里，可以说从郎世宁等洋画家进入清代宫廷绘画伊始，尤其是在 20 世纪中国画变革的历史语境中，一个普遍的看法是，中国画家赋予笔墨的审美旨趣是独有的，是有精神内涵的，而西方国家的绘画材料是没有语言质感的，是乏善可陈的。在改革开放的 40 年中，当我们越来越了解和熟悉西方国家的艺术之后，就发现认为"中国画的笔墨的精神性是独有的"是极为狭隘的偏见。中国画的笔墨有精神性，源于西方的油画艺术的语言也有精神性，不管是拉斐尔的内敛典雅，还是伦勃朗的深厚细腻、毕加索的磅礴雄强、安塞姆·基弗的惊心动魄，这些绘画语言的笔触质感和表现力度，与中国传统画学理论中的笔墨性都是可以齐驱并骤的。更应该说，伟大的艺术创作的媒介语言必然是有质感的，中国绘画和西方绘画是一样的，而拙劣的艺术创作的媒介语言也肯定是糟糕的，中国的水墨艺术也是如此。如果今天我们还不能正视这一点，40 年来水墨艺术理论的发展就只能说是陷入了自我沉浸和呓语的困境。

个展

2018 年，蔡广斌、曹鑫、曾健勇、陈雨、岛子、丁立人、杜小同、方向、杭春晖、杭法基、郝量、郝世明、金沙、李超、李宁、李婷婷、林于思、刘庆和、刘婷、刘子建、卢小根、陆沉、罗寒蕾、罗颖、吕鹏、毛冬华、秦修平、邱黯雄、任钊、桑火尧、邵帆、沈忱、沈勤、石齐、舒勇、孙子垚、谭军、田卫、王秉复、王超、王公懿、王璜生、王劲松、王濛莎、王牧羽、邬一名、肖旭、邢庆仁、杨迎生、张天幕、张羽、郑重宾、朱岚、朱伟、朱振庚、祝铮鸣、左正尧等50余名艺术家举办了个人展览。这些展览大部分都是在一些画廊性质的艺术机构举办的，只有极少数是在公立性质的美术馆举办，也在某种程度上说明当代水墨艺术创作在空间维度上，是朝着当代艺术生产机制的方向上发展的。其中也有像蔡广斌[①]、郝量[②]、桑火尧[③]、沈勤[④]、王公懿[⑤]在海外举办了个人展览，蔡广斌和桑火尧的展览得到画廊的赞助，郝量、沈勤和王公懿的展览也是在画廊的空间中举办，这也从很大程度上反映出中国当代水墨艺术离走向国际舞台的目标还有很长的路要走。近年来，最受中国艺术家欢迎的就是能够与海外的画廊和艺术机构合作，或者是在海外的艺术机构，尤其是在美术博物馆举办展览，形成“墙外开花墙内香”的局面。在这5名艺术家中，蔡广斌、桑火尧的展览属于特定机缘促成的，具有临时性的特征，而郝量、沈勤和王公懿的展览则是进入了国际性的画廊销售体系之中，如果是画廊深入合作关系，展览的文化影响力具有延续性。在其中，郝量的展览是在美国纽约高古轩举办的，高古轩是世界顶级画廊，是很多中国艺术家梦寐以求的艺术机构，能够在高古轩举办展览，意味着艺术家拥有了国际艺术收藏和展示的最高平台，以至于很多国际性的美术馆和博物馆都会关注和收藏这些艺术家的作品。

郝量是一位出生于1983年的年轻艺术家，在工笔画创作领域广受推重，2017年就受邀参加了“第57届威尼斯双年展”、在美国纽约大都会博物馆举办的“溪山无尽：中国的山水传统”和在法国巴黎蓬皮杜艺术中心举办的“成立四十年纪念馆藏展”。由此，郝量的绘画也很快影响了一些更年轻的工笔画家，最具代表性的就是曾志钦，2016年他在蜂巢当代艺术中心举办了个展“暗合之处”[⑥]；而2014年，蜂巢当代艺术中心也曾为郝量举办个展“幽邃之地”[⑦]。

在郝量以外，被归入新工笔绘画的创作者杭春晖[⑧]、金沙[⑨]、肖旭[⑩]、祝铮鸣[⑪]也在2018年举办了个展。杭春晖近年来的创作不断转变，是从图像转向观念、从内容转向形式、从绘画性转向制作性的过程。最新个展中的作品，几乎都不能称为绘画。杭春晖不再像传统画家那样使用方形的画面，而是有菱形、十字形，还有各种模仿书的透视角度的形状——他不是在一个画面上画出一本书，而是把书本以外的画面全部裁减掉，仅保留书的形状。我们在看这些作品时，一个明显的感受就是这些作品更像是绘制的“雕塑”。杭春晖越发注重艺术创作形式感的统一，不再使用画框，或者直接用画框拼接成作品，这使他的作品越来越远离绘画。杭春晖显然借鉴了极简主义艺术的创作和理论思考，只是他还保留着用艺术创作“状物”的基本特征。金沙近年来的创作是以“向大师致敬”系列为主，将欧洲文艺复兴至现代艺术史上的名作，诸如凡·德尔·维登、安东尼奥·德尔·波拉伊奥罗、玛格丽特等人的作品，尤其是宗教性绘画和肖像绘画作品，用工笔画的语言方式对原作进行描摹，但将原作中的人物形象抽离，形成一种超现实主义绘画的视觉景观，但又有欧洲古典主义绘画纯净和典雅的气质。我们

---

① 2018年7月22日至9月20日，“此刻：水墨意境与当代图像——蔡广斌艺术展”在意大利威尼斯奎里尼基金会博物馆举行。

② 2018年5月8日至6月23日，“肖像与奇观：郝量个展”在美国纽约高古轩画廊举行。

③ 2018年8月18日至10月8日，“境象主义：桑火尧个展”在新加坡MOCA当代美术馆举行。

④ 2018年1月11日至2月28日，“玄：沈勤个展”在日本东京UNAC TOKYO举行。

⑤ 2018年11月17日至2019年1月19日，“温莎蓝：王公懿个展”在美国纽约前波画廊举行。

⑥ 2016年6月4日至7月9日，“暗合之处：曾志钦个展”在北京市蜂巢当代艺术中心举行。

⑦ 2014年3月22日至4月20日，“幽邃之地：郝量个展”在北京市蜂巢当代艺术中心举行。

⑧ 2018年12月8日至2019年1月27日，“齐物：杭春晖个展”在台北亚洲艺术中心举行。

⑨ 2018年12月15日至2019年3月5日，“受胎告知：金沙个展”在北京市在3画廊举行。

⑩ 2018年3月26日至5月9日，“潺沄：肖旭个展”在中国香港方由美术举行。

⑪ 2018年10月13日至11月25日，“空行：祝铮鸣”在北京市蜂巢当代艺术中心举行。

在金沙的作品中，能看到中国工笔画所能达到的逼真的再现欧洲油画造型和油彩语言质感的能力。这种绘画似乎在明清时期宫廷画家的人物肖像画中可以看见一些端倪，但由于这些可以称为工笔画的画作与欧洲油画并没有描绘相同的题材和内容，我们无法准确描述二者在语言表现力方面所可能达到的贴近度。金沙的绘画，让我们看到工笔画和欧洲古典油画在视觉语言质感方面的相似性，就像在现代水墨运动和抽象水墨运动以来的40年的历史中，看到很多水墨画家的艺术实践，与欧美国家的表现主义艺术和抽象表现主义艺术的相似性一样。肖旭与郝量是同学，两个人常年在同一个工作室中作画，共同生活和工作。应该说，两个人有着极为相近的视觉经验，因此肖旭在创作上尽量避免郝量绘画的影响，但他们对中国道教文化中的画境的兴趣是一致的，这从他们2010年左右进入新工笔画的创作伊始便可以看出来。最初，肖旭的绘画更追求传统的图像资源，他的绘画显现出内敛的文人气质，郝量的创作则更多引入了一些复杂的西方现代艺术，尤其是超现实主义艺术的视觉元素，将一些动漫中的视觉形式、观念艺术的视觉符号等暧昧和晦涩的内容堆砌在一起。随后肖旭没有继续鹿、鹤等传统祥瑞题材的创作，可能这让他的绘画在解读上过于直接和简单，他要在画面中置入更复杂的文学、史学和宗教的内容。肖旭新个展的主题“潺湲”，来自宋代文学家和书法家蔡襄《答葛公绰求猿》诗句“朝栖乔木之苍莽，夕饮幽涧之潺湲”，意思是缓流的水。肖旭和郝量在创作上的相同之处在于，他们都在中国古代典籍和文献中寻找画题，或者是说画作的题目，都注重画题的隐喻性，尤其是消失在我们日常生活和写作中的用语，将画面营造成一个剧场。当我们面对他们画作的题目时，都需要查询其背后的含义，引导我们去想象他们究竟想表达什么内容。毫无疑问，“时间”所指向的生死寂灭，生命的有常与无常，是他们一直在玩味的主题，而这些恰都是佛教和道教的典籍和文献中，或者是中国古代文人撰述的佳作中最多的内容。现在我们很难说肖旭和郝量的绘画中有西方艺术史的影响，他们描绘的乃是古今中外文化史和思想史关注的哲学命题，他们将中国绘画史中并非主流的“搜山图”与“十王图”等图式不断扩展，注重画面中视觉形象的隐喻性、象征性，这倒是与西方学者用符号学、图像学对欧洲文艺复兴以来的艺术史研究有紧密的联系。相较而言，祝铮鸣在工笔画创作上很少造境，如果说肖旭和郝量是风景画家的话，祝铮鸣就是一位肖像画家。祝铮鸣绘画中的人物形象和衣饰主要取自菩萨像，描绘出端庄、静穆、典雅之感，辅之搭配鹿、猴、鹰、豹、梅、松、竹、鸢尾等动物和植物，可以看出大多与佛教故事相关。祝铮鸣可谓是新工笔画家群体中画人物功夫最深者，因为她的关注点都在像雕塑一样塑造形象，而不是用人物讲故事。要知道，很多同龄工笔人物画家都在画日常生活中的美丽的都市青年女孩，祝铮鸣显得特立独行，她画笔下的带有高古气息的人物形象，让观众莫不由衷产生一种远离尘世喧嚣的玄想，可谓创造了一种古典主义风格的中国工笔人物肖像画样式。

在工笔画创作方面，还有罗寒蕾[①]、吕鹏、朱伟等人的个展。罗寒蕾是当代工笔人物画创作的代表性画家之一，她和王冠军在青年一代工笔人物画家群体中影响巨大，他们描绘的都市青年男女的人物形象极富有时代气息，气质蓬勃和健美，可谓是表现现代中国青年人物形象的典范之作，所以他们的作品经常代表中国画“至精微”的层面，在由中国美术馆组织的赴外文化交流展览中展出。从另外一个层面上来说，学界并不认为罗寒蕾和王冠军的作品属于当代水墨的研究范畴，就在于他们的绘画非常注重视觉性的表达，注重描绘现实题材，人物形象描绘得非常妍美和谨细，是属于中国官方美术和主流美术研究领域的创作。罗寒蕾和王冠军是以线描双勾造型，探索和研究多种表现技法再现都市人物的衣饰质感，可以说是“线描性”的，与新工笔注重叙事性、象征性和隐喻性，可以说是“涂绘性”的不同，他们的绘画更注重造型的形式感、对画面细节的表现。吕鹏和朱伟虽然是用工笔画的语言形式作画，但他们的绘画是受20世纪90年代中国当代油画艺术创作中波普艺术和艳俗艺术图像的直接影响，与新工笔画家群体的创作有着较大的差异。在追求工笔画艺术的当代性转化方面，吕鹏和朱伟的创作也相当有代表性，还有20世纪90年代便将卡通人物形象融入水墨画创作的黄一瀚，他创作了

① 2018年7月21日至30日，“信徒：罗寒蕾工笔画展”在珠海市古元美术馆举行。

很多所谓“新人类”形象的绘画，都是将波普艺术形式直接引入水墨画的有益实践。这些创作的实验性显而易见，其戏谑、调侃抑或反叛世俗生活的价值观与90年代以来中国当代艺术的发展脉络是契合的，但这种反叛是破坏而不是构建，带有很强的历史和文化价值的局限性。

在举办个展的艺术家中，可以看到出生于1970年至1979年的比较多，像曾健勇、陈雨、杜小同、方向、郝世明、李宁、罗颖、林于思、毛冬华、秦修平、谭军、田卫、王牧羽、张天幕等，还有出生于20世纪80年代的艺术家，如曹鑫、李婷婷、刘婷、任钊、孙子垚、王濛莎等，这些艺术家的创作基本上都被归入新水墨的研究范畴。新水墨的含义较为宽泛，是近年来被广泛使用和接受的一个热词，主要是用来描述新一代青年水墨艺术家的创作的概念，尤以概括出生于20世纪70年代的水墨艺术家群体的创作为主。在很多以推荐青年新水墨艺术家的展览和文章中，很多出生于80年代的更年轻一代的水墨艺术家的创作也以新水墨之名涵盖之。新水墨的新，是相较于传统水墨画而言的，并不是相较于80年代以来的现代水墨、抽象水墨、实验水墨创作而言的。所谓的传统水墨画，不仅仅指的是摹古风格的山水画、花鸟画和人物画，还指的是今天美术学院山水画教学体系中受黄宾虹影响追求笔墨表现的创作，还有受李可染、关山月影响追求写生的创作；花鸟画造型体系中受徐渭、吴昌硕、潘天寿等影响的大写意花鸟画创作，受于非闇、陈之佛影响的工笔花鸟画创作；人物画造型体系中受徐悲鸿、蒋兆和、黄胄、方增先、杨之光、刘文西等影响的写实人物画创作，受何家英影响的工笔女性人物画创作等。与新工笔画家制作性的语言形式不同，新水墨艺术家更注重水墨材质的表现性，但也有很多学者认为新水墨在概念上具有更大的包容性，并将新工笔放入新水墨之中作为一个分支。相较而言，新工笔成为一个热词更早。近年来，新工笔和新水墨都是艺术市场上常见的热词，像嘉德拍卖、保利拍卖、佳士得拍卖等拍卖公司很早并多次推出专场和专题，可见由策展人、商业画廊、艺术品投资机构和拍卖公司合作推出的新工笔和新水墨，是在艺术市场机制下建立起来的新的水墨画创作的面貌。值得注意的是，新工笔和新水墨不仅仅受到北京凯撒世嘉文化①、北京蜂巢当代艺术中心②、北京新绎空间③、

① 2010年，凯撒世嘉文化传播有限公司推出了《新工笔文献丛书》，在时代出版传媒股份有限公司、安徽美术出版社出版，出版了崔进、陈林、杭春晖、雷苗、郑庆宇、秦艾、张见、高茜、徐华翎、姜吉安共10本；2011年，资助了由文化艺术出版社出版的《图像的游历——中国当代新工笔画家图文集萃》；2012年，资助了由中国艺术研究院主办、在中国美术馆举办的“概念超越——2012新工笔文献展”；2016年，资助了在今日美术馆举办的“若轻——徐华翎个展”；2016年，与亚洲艺术中心合作主办，在亚洲艺术中心举办的“应物绘影——姜吉安个展”。不仅如此，还代理很多新工笔艺术家的作品，参加2016年、2017年、2019年的艺术北京博览会，参加2019年艺览北京博览会。

② 2013年6月22日至7月22日，“幻象：中国当代水墨大展Ⅰ”在北京市蜂巢当代艺术中心举行，展出了梁铨、李华弌、刘丹、李津、刘庆和、徐累、季云飞、武艺、雷子人、潘汶汛、刘琦、黄丹、郝量、肖旭的作品。2014年12月20日至2015年1月20日，“变异：中国当代水墨大展II”在北京市蜂巢当代艺术中心举行，展出党震、何剑、江宏伟、姜吉安、金沙、彭薇、秦艾、宋陵、王天德、魏东、魏青吉、徐华翎、张见、张羽、朱伟、曾健勇的作品。2013年10月26日至11月24日，“搜神记——肖旭个展”在北京市蜂巢当代艺术中心举行；2014年3月22日至4月20日，“幽邃之地——郝量个展”在北京市蜂巢当代艺术中心举行；2014年4月26日至5月26日，“迁想：刘琦”在北京市蜂巢当代艺术中心举行；2016年6月4日至7月9日，“暗合之处——曾志钦个展”在北京蜂巢当代艺术中心举行。2018年10月13日至11月25日，“空行：祝铮鸣”在北京市蜂巢当代艺术中心举行。

③ 2013年4月，北京新绎爱特艺术发展有限公司在798艺术区开设了新绎空间。2013年4月6日至5月6日，“言——新水墨·切片系列展第一回”在北京市新绎空间举行，参展艺术家有陈林、党震、郝世明、李戈晔、秦修平、郑庆余；2013年6月30日至7月30日，“色——新水墨·切片系列展第二回”在北京市新绎空间举行，参展艺术家有杭春晖、刘琦、涂少辉、杨珺、曾健勇；2014年3月1日至4月1日，“质——新水墨·切片系列展第三回”在北京市新绎空间举行，参展艺术家有沈勤、张诠、伊瑞、颜海蓉、李婷婷。

杭州信雅达·三清上艺术中心[①]、上海玉衡艺术中心[②]等艺术机构的关注，很多公立美术馆[③]也积极策划和举办了展览。从某种意义上而言，艺术家、策展人、艺术机构和公立美术馆进行着较为积极的互动，就像2016年年底在中国美术馆举办的“工·在当代——2016第十届中国工笔画大展”[④]，新工笔和新水墨作为学术提名板块，成为展览的亮点。值得注意的是，不同于历史回顾板块对重要艺术家和评委的邀请，也不同于投稿参加全国评选的获奖作品，学术提名板块是由刘庆和、陈湘波、吴洪亮、杭春晓、何桂彦提名的，他们都是活跃在美术馆和多个艺术机构之间的策展人，通过他们的关系，新工笔和新水墨画家能够自由穿梭在两者之间。

曾健勇[⑤]的个展展出了新近两年创作的“诸野”系列，是其将中国传统山水画与西方风景画融合的新探索，这些作品在笔墨、色彩、空间、物象和意境方面均有探讨。陈雨[⑥]个展展出的是他近年来用水墨给中外著名诗人画的肖像画，这些肖像参考拍摄诗人的照片，用笔追求酣畅淋漓的恣肆之意，与其在油画创作上接受表现主义绘画风格相关。杜小同[⑦]个展展出的是新创作的“海滩”系列，相较于先

---

① 2015年6月27日至7月8日，“终朝采蓝：潘汶汛作品展”在杭州市信雅达·三清上艺术中心举行；2016年12月3日至2017年1月15日，“这世间唯一的花”在杭州市信雅达·三清上艺术中心举行，参展艺术家有党震、李金国、马宏法、姚媛、曾健勇、陈文焕、杜小同、潘汶汛、秦修平、俞洁、李关关、李桐、刘琦、徐华翎、杨东鹰；2017年5月6日至6月6日，“水墨清上：信雅达文化艺术五周年邀请展”在杭州市信雅达·三清上艺术中心举行，参展艺术家有尉晓榕、周京新、卢志强、茹峰、赵跃鹏、李金国、高茜、潘汶汛、郑力、李桐、张见；2017年11月19日至12月12日，“南音：潘汶汛作品展”在杭州市信雅达·三清上艺术中心举行；2018年9月16日至10月21日，“诸野：曾健勇作品展”在杭州市信雅达·三清上艺术中心举行。

② 2014年4月19日至6月10日，“中国当代水墨状态·鸿蒙变——玉衡艺术中心开幕展”在上海市玉衡艺术中心举行，参展艺术家有党震、丁蓓莉、杜小同、高茜、李军、刘琦、马骏、沈勤、王冠军、张见、曾健勇、朱建忠。2014年6月7日至7月30日，“双瞳记——党震个展”在上海市玉衡艺术中心举行。2014年7月26日至8月31日，“本墨志——青年新水墨推介展（第一回）”在上海市玉衡艺术中心举行，参展艺术家有程保忠、黄岑、李娜、刘辉、鹿野骋、单鼎凯、宋忠山、杨士奎、张富军、赵方方；2014年9月26日至10月31日，“山外山——沈勤、朱建忠作品展”在上海市玉衡艺术中心举行；2014年11月13日至12月13日，“狗托邦——李军个展”在上海市玉衡艺术中心举行；2015年4月11日至5月3日，“境象·灵光——桑火尧、田卫个展”在上海市玉衡艺术中心举行；2015年5月17日至6月14日，“复象的幽灵”在上海市玉衡艺术中心举行，参展艺术家有白砥、陈侗、陈彧凡、陈彧君、董文胜、姜吉安、梁硕、李舜、潘汶汛、潘小荣、王豪、魏青吉、吴俊勇、萧亢、余极、张洁白；2015年6月27日至7月31日，“我们山呼万岁从远古走来：林于思个展”在上海市玉衡艺术中心举行；2015年9月4日至10月18日，“四维向度”在上海市玉衡艺术中心举行，参展艺术家有陈琦、梁铨、沈勤、朱建忠；2015年11月28日至2016年1月10日，“微物之辞——当代水墨的文本意识及其叙述”在上海市玉衡艺术中心举行，参展艺术家有党震、高茜、姜吉安、刘琦、沈勤、张见。

③ 2014年12月27日至2015年1月20日，“在路上·2014：中国青年艺术家作品提名展”在深圳市关山月美术馆举行，参展艺术家有：于童、马军、王雷、王煜、王霄、石博文、朱小坤、朱玺、伍诗妮、刘礼宾、刘俐蕴、刘琦、汤柏华、孙晓枫、孙源、杜小同、杜松儒、花俊、肖映河、肖般若、何剑、冷墨、汪化、张莞、陈锦潮、杨牧石、杨鹏、林蓝、杭春晖、宗锡涛、倪有鱼、贾秋玉、徐加存、涂少辉、阎盈汐、梁硕、曾健勇、撒旦君、魏久捷。2015年7月4日至21日，“人与大地——李宁当代水墨叙事展”在广东美术馆举行；2018年3月20日至4月15日，“天高云淡——杜小同作品展”在广东美术馆举行；2016年12月28日至2017年2月12日，“第三届当代水墨空间 变相——水墨的维度”在广东美术馆举行，参展艺术家有王天德、王璜生、朱岚、杭春晖、梁铨、韩冬、蔡广斌、刘庆和、李纲、陈侗、张诠、武艺、雷子人、魏青吉、朱芳琼＋王集云、汤南南、佟飚、郝量、梁硕、曾翰、王牧春、王煜、闫锡聪、杜小同、梁雨。

④ 2016年12月23日至2017年1月3日，由中国美术家协会、中国工笔画学会主办的“工·在当代——2016第十届中国工笔画大展”在中国美术馆举行。学术提名板块参展艺术家有：安佳、白桦、陈林、程保忠、董婷竹、方政和、高茜、杭春晖、何剑、贺祖斌、黄欢、黄威、贾宝锋、姜吉安、焦洋、金沙、李传真、李戈晔、李金国、李月林、栾剑、罗翔、马灵丽、彭剑、秦艾、任力翰、谭斐、谭军、涂少辉、王宏州、王牧羽、王煜、魏为、夏荷生、徐华翎、徐累、颜海蓉、叶紫、曾健勇、张见、张天幕、章燕紫、郑庆余、朱小坤。

⑤ 2018年9月16日至10月21日，“诸野：曾健勇作品展”在杭州市信雅达·三清上艺术中心举行。

⑥ 2018年11月17日至12月9日，“对弈的梦游者：陈雨诗人肖像画展”在青岛市如是美术馆举行。

⑦ 2018年9月20日至27日，“寥：杜小同水墨作品展”在中国美术馆举行。

前“竹石”系列的柔弱之气，新作展现出浑然而又静穆的新特质，对其个人创作而言，可谓是质的跃升。方向[①]的创作一直围绕都市题材展开，从“南国庭院”“香港街景”到“天下游观”系列，其以变化微妙的笔墨处理都市的建筑和街道与山林的空间关系，能够将山水画的形式语言巧妙运用其中，使画面描绘现代题材但又不失传统山水画的韵致，可谓是相得益彰。郝世明[②]的个展展出了他在石头上进行细微雕刻并勾勒线条的新创作，从而使他繁复勾勒、叠加的线条形成的抽象视觉结构从平面（绢本、直面）转移到立体（一块真石头）的表面。这种变化和杭春晖的方式有相通之处，而且他的工作方式也类近于工笔画的制作方式。李宁的水墨画充满哲学意味，就像在海德格尔的《林中路》中找到了创作的灵感，其“林中路”系列描绘的是繁茂的森林深处的寂静。罗颖[③]从某种意义上而言是一个传统型的画家，她注重笔墨和传统的绘画展示形制，但是在题材上选择了一些中国古代画史中鲜有人注意的略显怪异的画题，诸如像明代吴彬的《十面灵璧图》之类的图像，描绘出《层岩飞瀑图》等带有上古玄幻色彩的画面。就像策展人邱志杰借《山海经》画“寰宇图”，他试图在罗颖的绘画中解读出时序和地理秩序。林于思[④]的创作追求有趣，泼墨泼彩营造的情境中勾描画眼，多是祥瑞奇异之兽，或者是较为卡通化的小人的形象，呈现出人独自遨游于天地万物之间的叙事空间感。毛冬华[⑤]用淡墨画上海和北京的建筑，带有人类学的视角，注重墨色浓淡变化带来的光影质感，工作方式非常理性，可以说是在用写意的方式画工笔画。秦修平[⑥]的绘画追求图式化，总是有一个带有波普艺术特征的肥胖的人的形象出现在画面中，或翻转或坠落，或置身于一个玄幻的空间中，但有些画面又处理得较为烦琐和造作。谭军[⑦]、秦修平和杜小同都是“柒舍雅集”[⑧]成员，都是广受艺术机构和“新水墨”推手推崇的新的水墨画家，他的创作也较为图式化，有时会用拼贴的方式制作画面，会有造型欠深入的问题。田卫[⑨]近年来一直在表现光感，需要一遍又一遍地用淡墨层层渲染出一道光的层次感。在他的创作中，毛笔已经没有任何书写性，画面也成为纯抽象的形式，在视觉上与西方抽象艺术关系更为密切。王牧羽[⑩]从宋代马远的《十二水图》中引申出来，也参照了日本摄影师杉本博司拍摄的海景图，创作了用淡墨描绘水的波纹的系列绘画，气质典雅。他挪用了中国绘画史上很多描绘水的波纹的名作，不再描绘山石、人物和草木等，与徐累、郝量等新工笔画家的创作思路一致。

纵观这些可以被笼统称之为“新水墨”一代的“70后”艺术家的创作，总能感觉到他们在创作上追求新思想和新观念的表达，但是在笔墨性和表现力上仍显得过于稚嫩，甚至是为了追求图像和视觉形式而忽视了对水墨语言本体应有表现力的锤炼，因而显得浅薄和焦躁不安。也许有人会认为欣赏新水墨画家的创作不应像欣赏中国传统书画那样品评笔墨的质感，追求用笔上的苍劲高旷、浑厚华滋，抑或平淡天真、简远超迈，而应该主要看其思想和观念的创新。值得深思的是，新水墨画家在观念上的创新相较于参与了“现代水墨”运动和“实验水墨”运动的艺术家而言并未有新的突破，与中国当代艺术家群体的创作思想和观念更是相去甚远，尤其是放到世界当代艺术的空间维度中去考察时，其

---

① 2018年10月11日至17日，“天地栖境：方向水墨作品展”在陕西省美术博物馆举行。
② 2018年1月20日至3月3日，“出石：郝世明个展”在北京市HdM画廊举行。
③ 2018年7月12日至8月25日，“罗颖：叠山纪”在中国香港汉雅轩画廊举行。
④ 2018年5月12日至6月18日，“家宴：林于思作品展”在广州市逵园艺术馆举行。2018年7月7日至9月1日，“林于思：人间烟火”在北京市东京画廊+BTAP举行。
⑤ 2018年11月8日至18日，“观海望京：毛冬华水墨作品展”在中国美术馆举行。
⑥ 2018年2月4日至3月4日，“黑暗来临之处：秦修平水墨作品观摩展”在烟台市秦美术馆举行。
⑦ 2018年11月3日至12月2日，“秋狝：谭军个展”在上海市亦安画廊举办。
⑧ “柒舍雅集”发起于2011年，活跃至2015年，主要参与者是杜小同、秦修平、谭军、徐加存、王煜、刘琦、孙浩，后来杭春晖加入，有了“柒舍捌人”的别称。他们都是画水墨的青年艺术家，大多是“70后”。他们主要通过自筹经费的方式举办了多次展览，在“新水墨”最受市场关注的时期颇受艺术机构和媒体追捧。
⑨ 2018年5月26日至7月16日，“田卫个展”在上海市秋水空间举行。
⑩ 2018年12月22日至2019年1月19日，“以水为水：王牧羽水墨个展”在北京市美博空间举行。

思想和观念的贡献更是乏善可陈。那么，如果新水墨画家在水墨语言本体上的实践也缺失的话，那么支撑其思想和观念表现力的基础也就崩塌了。就像我们看伦勃朗、戈雅、塞尚、毕加索、安塞尔姆·基弗的绘画一样，他们的艺术之所以伟大和不朽，不仅在于他们的作品中展现的历史和思想厚度，还在于他们的油画艺术语言本体的表现力度。这和我们中国画学中谈的笔墨问题是一样的。前文中我也谈到，我们认为只有中国画家谈笔墨精神的问题，在西方艺术史中没有这个问题，这是一种自以为是的偏见。我们在观看新水墨艺术家的创作时，会自然而然地将我们引向对画作中笔墨表现力的关注，这也意味着新水墨艺术与传统中国绘画之间的联系事实上更紧密。在这里我们不禁要提及 20 世纪 80 年代末至 90 年代的“新文人画”运动，似乎新水墨艺术是新文人画的一个新面目。

在新工笔和新水墨艺术家以外，还有很多在当代水墨艺术领域耕耘多年的艺术家，诸如丁立人、刘庆和、刘子建、石齐、王公懿、王璜生、张羽、朱振庚、左正尧等。丁立人[①]是中国当代水墨艺术领域创作的传奇人物，他很少参与当代水墨的群体活动，是一位在创作上特立独行的艺术家。他对于中国古代民间艺术造型的语言和形式的研究非常深入，将之与西方现代艺术，诸如马蒂斯的艺术都能连接起来，创作出一种别开生面的独特的艺术形式。他的创作题材并不复杂，戏曲人物和山水画都展现出朴拙率真的特质，让观者有观看上溯至两晋之前壁画的感觉。新个展展出了他多年来的代表性创作，还有很多剪纸作品，成绩斐然。刘庆和[②]的个展是他近年来非常大型的新创作的展示，为了更有空间感和戏剧感，他将自己画面中的很多形象截取出来悬挂在墙壁上。刘庆和在 20 世纪 90 年代创作的一系列反映都市人生活空虚的作品较有影响力，但是近年来的创作迟滞不前，仍然在画一些带有很强情色意味的绘画，还有很多描绘被制度规范化的、带有批判色彩和政治波普意味的儿童形象的创作，在笔墨的表现力上都欠深入，在观念上也缺乏新的深度。刘子建[③]是中国现代水墨运动的重要参与者之一，他多年来住在深圳，创作了很多用水墨和金粉描绘时空浑沌之象的抽象视觉形态。刘子建沉浸于水墨氤氲的视觉效果之间，他定是在水墨激烈碰撞的瞬间感受到了神力，以至于他不愿意抽身而出。应该说，刘子建仍然在 20 世纪 80 年代现代水墨运动的回响中行进着。石齐[④]的新创作提出是将具象、印象和抽象融合于一体，画面呈现出泼辣和猛烈的视觉性。他在绘画上既保留有人物形象的平面性刻画，还有很多凭空而出的色块像是跟着人物形象走又似悬浮在画面之前，尤其是很多恣意的条状的色块甚至像要从画面中挣脱出来，极具有热情洋溢的欢快气氛。这与他早期追随黄胄追求造型准确生动的写实性绘画差异很大。王公懿[⑤]是现代水墨和实验水墨运动的重要实践者之一，她以版画创作的语言入手，取得了很多不同于水墨画家的新经验。新个展中的作品，她使用了通透的蓝色水彩和墨进行碰撞，在生宣纸上呈现出块面感、节奏感很强的风景画，有些还直接来自花鸟画和山水画图式的启发。这些新创作在气质上文雅，有平淡天真之气，令观者无不感佩她的旺盛的艺术生命力。王璜生[⑥]原是广东美术馆馆长，是中国现代水墨和实验水墨理论和创作实践的重要推动者之一，他从中央美术学院美术馆馆长卸职后一直从事与当代水墨相关的创作。在广东美术馆的展览更是脱离了绘画，借用了美国极简主义艺术家塞拉的空间形式，在空中悬吊很多带刺的铁丝网，在搭建的墙体上投掷下朦胧的犹若水墨的影子，还在铁丝网上包裹很多布条，而一些布条则沾墨在画纸上拓印出痕迹。无疑，这些创作带有很强的历史和国际政治的隐喻性，阐释的空间非常大，几乎和水墨没有什么关系了。张羽[⑦]也是中国现代水墨和实验水墨的重要参与者和推动者，他近年来写作了很多回顾水墨运动的文章，并提出自

---

① 2018 年 3 月 23 日至 4 月 22 日，“回归之心：丁立人艺术展”在浙江美术馆举行。
② 2018 年 6 月 15 日至 11 月 15 日，“刘庆和：同尘”在武汉市合美术馆举行。
③ 2018 年 10 月 19 日至 11 月 19 日，“雅债系列之刘子建作品展”在深圳市紫苑蛇口文化艺术中心举行。
④ 2018 年 12 月 29 日至 2019 年 1 月 22 日，“三象合一：石齐艺术展”在厦门市传世艺宫美术馆举行。
⑤ 2018 年 4 月 22 日至 6 月 10 日，“笔墨等于零：王公懿个展”在北京市前波画廊举行。
⑥ 2018 年 3 月 31 日至 4 月 20 日，“边界空间：王璜生个展”在广东美术馆举行。
⑦ 2018 年 4 月 30 日至 5 月 31 日，“水墨山：张羽种山计划”在中国台湾逢甲大学学思园举行。

己的“指印”系列作品终结了中国当代水墨画，开启了“水墨”艺术的新篇章。意思是说，他不再用笔作画，而是直接用手指沾墨按压，不像中国画史中的指画仍追求笔性，由此他的艺术就不再是“画”了，而是行为和观念结合后留下的痕迹。这一思考非常有价值和意思，也将他的艺术推向一个更艰难的境地。他的新创作诸如不断向摆开的白瓷碗中上水、上茶、上墨，没过碗口的水、茶、墨会流在瓷碗下的一沓宣纸上，每天进行一次，如是多日，最后揭开宣纸，不同层级的宣纸上会有微妙差异的痕迹，展开后是为作品。在新的作品《种山计划》中，他找到产自印度尼西亚海边的吸水性很强的咕噜石，向透明的亚克力盒子中注入加入墨汁的水，而后将咕噜石下半身放置其中，每日向盒子中加入水，咕噜石不断吸入墨水后变色，成为作品。他的新创作带有很强的观念性，但也变得更加玄虚。观众对于水渍、茶渍、墨渍的观感有些像日本物派艺术的感觉。朱振庚①的艺术思想和丁立人有相近之处，只是朱振庚的笔墨更为黏稠和浑沌，表现形式也更为繁复多变。朱振庚 2012 年去世后，当代水墨创作领域对他的艺术的关注不断增多，中国美术馆 2017 年也为他举办了规模很大的回顾展。确实，朱振庚留下了一笔异于寻常的丰厚文化遗产，但过于个性化的表现形式使后学者定然会望而却步。他的创新精神极具有破坏力和表现力，也使一般的研究者难以接近他那复杂而敏感的内心深处。左正尧②虽然多年参与现代水墨和实验水墨的展览活动，但是在创作上一直未能有新的进步。

另外还有几名艺术家更多是在当代艺术领域中工作，其创作也是以水墨的形式呈现，诸如邱黯雄、王劲松、邵帆、沈忱、郑重宾、邬一名。邱黯雄③以水墨动画的形式创作了《新山海经　异兽录》，展览以水墨画稿和动画等形式展现他对《山海经》的认知和理解。他的艺术和邱志杰等用奇幻的想象创作十分相近。王劲松④是创作带有强烈表现主义绘画色彩的水墨画历史照片，描绘洪水、冲锋的士兵和战舰，与中国画家追求的笔法和墨法有着较大的距离，作品有很强的影像性。邵帆⑤做装置和油画，新作是用近乎工整的水墨画大尺幅的兔子和老猿的肖像。老猿在中国传统文化史中是仙人的象征，邵帆通过老猿的形象，呈现中国古代文化思想中神秘的面相。这些作品以线条构造，通过繁复的叠加构成兔子和老猿的形体，就像用铁线完成雕塑的堆塑一样。沈忱⑥近作都是以抽象艺术称著，展览对他 20 世纪 80 年代带有强烈构成意味的水墨画创作进行了回顾，一些画作似乎受到美国抽象艺术家玛瑟·韦尔、韩国艺术家李禹焕等艺术家的直接影响，较少有书法性的书写，而是用排刷刷写。郑重宾⑦的新创作使用了多种媒体语言，诸如光、声音，创作了很多影像和装置作品，其用水墨和丙烯创作的作品，很多时候并不是以绘画的形式展示给观众的，而是成为一个雕塑或者是装置物体的表面。因此，如果我们以绘画的视角去观看郑重宾的创作，往往只能看到墨和丙烯在搅动和交织时留下的痕迹，而没有画。郑重宾应该是在安塞姆·基弗的绘画中找到很多灵感，墨和丙烯成为现成品，在他所处的文化空间和创作逻辑中生出新的含义。邬一名⑧对待水墨的态度非常轻松，他知道水墨这种语言形式的难度，直接用之描绘生活中的物体，或者一种感觉。我们在他的画作中反而看不到各种复杂的理论和观念的困扰，他的绘画也显得很轻松和自然。这一点，是我们在新水墨艺术家的作品中看不到的。在邬一名的水墨画中，只有绘画的愉悦。

还有几名值得讨论的艺术家的创作。一者是几名鲜为人知的画家举办了个展，诸如杭法基、陆沉

---

① 2018 年 8 月 10 日至 9 月 12 日，“生为变法：朱振庚作品展”在武汉市美术馆举行。
② 2018 年 11 月 16 日至 12 月 8 日，“度物象：左正尧作品展”在深圳市巢美术馆举行。
③ 2018 年 11 月 8 日至 12 月 16 日，“山海异兽：邱黯雄作品展”在上海市 MAB 现代艺术基地举行。
④ 2018 年 11 月 14 日至 12 月 7 日，“执白落黑：2018 王劲松个展”在广州美术学院大学城美术馆举行。
⑤ 2018 年 3 月 23 日至 5 月 6 日，“邵帆近作展”在北京市麦勒画廊举行。2018 年 11 月 10 日至 2019 年 1 月 13 日，“你：昱寒（邵帆）的艺术世界”在苏州博物馆举行。
⑥ 2018 年 11 月 3 日至 12 月 22 日，“沈忱：1980 年代抽象水墨展”在北京市今格空间举行。
⑦ 2018 年 3 月 24 日至 5 月 27 日，“郑重宾：行影支离”在北京市墨斋举行。
⑧ 2018 年 9 月 8 日至 10 月 21 日，“写物：邬一名个展”在上海市香格纳画廊举行。

和王秉复。杭法基[①]文献展展出了自20世纪80年代与自身创作有关的文献以及多种形式探索的实验性的水墨作品，由于他的艺术活动是孤立的，观众在展览中可以看到他回应现代水墨运动、实验水墨运动的各种尝试，但他也面临着没有明晰个人面目的尴尬。陆沉[②]是一名从传统泼墨写意画出发的艺术家，他描绘天地四方的抽象性的彩墨作品显得过于追求彩墨的形式效果，而过于接近装饰性绘画，欠乏气象的深度。王秉复[③]也是一名孤立独行的艺术家，他的绘画近乎漫画，像是受到陈师曾《北京风俗画》和丰子恺绘画的启发，简笔画边题写的图解，皆是他经历的往事。二者是多年来生活在国外的艺术家，回国举办展览，诸如朱岚和杨迎生。朱岚[④]此前一直生活在加拿大，近几年开始在国内比较活跃，举办了多次展览活动。她的作品也是带有强烈的构成性和表现性，与康定斯基的“热抽象”较为接近，充满了即兴和音乐性，观众在画面中可以看见榎仓康二等日本物派艺术家的绘画元素，也可以看到谭平抽象绘画的元素。从20世纪80年代现代美术思潮以来，进行抽象艺术探索的艺术家为数不少，尤其是2000年以来的抽象热，很多艺术家在阐释自己的抽象艺术思想时并无法说清楚，他们的绘画与欧美和日韩抽象艺术家的区别在哪里。有研究者认为抽象本身代表着一种反现实主义创作方法的态度，是一种纯艺术的语言形式，但这并无法摆脱抽象艺术坠入庸俗化的困境。就像20世纪80年代的现代水墨运动和抽象水墨运动，对其艺术史价值的回顾同样也要面对这一论题。杨迎生[⑤]一直生活在英国，他的创作更准确地说是一种综合性的版画艺术，但是在视觉性上有水墨画的形态和韵味。杨迎生多年来从事艺术品的修复工作，他对物质的特性有着十分敏感，他通过拼贴、摩擦、拓印和电脑技术制造了中国宋元山水画雪景寒林图式的视觉趣味，非常难得。

群展

水墨艺术群展方面，2018年共举办了40余项，除海外两个不太重要的展览在波兰华沙[⑥]和韩国全罗南道[⑦]举办外，其余主要在北京、上海、广州、武汉、深圳、杭州、南京举办，还有个别在东莞、成都、昆明、济南、桂林、绍兴、嘉兴、临沂、香港、台北等城市举办。尽管展览主题各有倾向，但受邀参展的艺术家基本上差异不大，由此可见各美术馆和艺术机构对于水墨艺术创作的关注还是很多的。群展与个展的不同，群展往往是要提出一些问题，提出一些新的思考，这是组织展览的理由。在这些展览中有一些更注重整体性的问题意识，其中有代表性的莫过于站在改革开放40周年历史节点上，对现代水墨、抽象水墨、都市水墨、实验水墨和当代水墨发展进行回顾和总结性展望的展览策划项目。广东美术馆举办的“后笔墨时代：中国式风景”、中国美术馆举办的“体用一源：面向未来的水墨艺术”、北京民生现代美术馆举办的“中国新水墨作品展1978—2018”，可谓是其中最具代表性的。

项苎苹在广东美术馆策划的“后笔墨时代：中国式风景”[⑧]，“从风景题材入手，以对待笔墨规范、水墨媒介的方式以及呈现形态为依据，将当代中国水墨的发展归纳为三种类型：立足笔墨传统继续探索创新的传统型，从西方现代艺术出发进行改革试验的现代型和超越笔墨甚至水墨、使用多元媒介加以拓展的当代型”，即用传统型、现代型和当代型，对应“国画—水墨画—水墨艺术”3个概念的转变逻辑和发展线索，在展览的具体呈现上，分为自足自在的山水、抽象的通感风景和多元的当代景观

---

① 2018年10月28日至11月28日，“无相・独行：杭法基艺术文献展”在北京市宋庄当代艺术文献馆举行。
② 2018年9月6日至16日，“墨彩万钧：陆沉的水墨艺术”在中国美术馆举办。
③ 2018年1月13日至3月18日，“多彩人生：常道画自传”在北京市空间站举行。2018年4月18日至25日，“画中国故事：王秉复个展”在北京画院美术馆举行。
④ 2017年11月5日至2018年1月5日，“东/西：朱岚个展”在北京市EGG画廊举行。
⑤ 2018年9月8日至11月10日，“循迹：杨迎生个展”在北京市东京画廊+BTAP举行。
⑥ 2018年8月29日至9月2日，“言・相：新水墨海外系列展之波兰站”在波兰华沙MYSIA艺术中心举行。
⑦ 2018年8月30日至10月31日，“全罗南道国际水墨双年展”在韩国全罗南道木浦与珍岛举行。
⑧ 2018年3月23日至4月26日，“后笔墨时代：中国式风景”在广东美术馆举行，参展艺术家有姬子、梁巨廷、卢甫圣、许雨仁、罗建生、陈履生、徐累、柴一茗、林淼、刘国松、李华生、杨诘苍、梁铨、张浩、黄致阳、王绍强、申凡、张羽、郑重宾、沈烈毅、魏青吉、谭勋、石至莹、倪有鱼、李舜。

三部分。这个展览展示了不少具有代表性的当代水墨艺术家的创作，最终指出展览的主题“中国式风景”，表明了对西方影响的超越和对中国传统、本土文化的回归。虽然这个展览中也有个别艺术家和作品有通过关系纳入之嫌，但整体上是一个完成度非常高的项目，能在一定程度上展现中国当代水墨艺术近 40 年里取得的成绩。

笔者在中国美术馆策划的“体用一源：面向未来的水墨艺术——2018・中国当代水墨年鉴三周年特展”①，亦是回顾整个 20 世纪中国文化和思想史的变化，探究和展望改革开放 40 年来的当代水墨发展的历史新语境。展览展示了不同年龄阶段的 30 余名水墨艺术家的新创作，根据作品的内容和形式，分为 6 个部分：“显微无间：形式与观念”“至著者象：书写与表现”“至微者理：格物与致知”“随时变易：博古与新知”“廓然大公：历史与空间”“得辞通意：寓言与异象”。展览主题要回应的是 19 世纪后期洋务运动时便提出的“中学为体，西学为用”的思想建构的 20 世纪至今的水墨景观，重提“体用一源”的理念，旨在反思这一体用观的规范：当艺术家强调自身的直觉意识，在其思想深处抛开二元壁垒，没有体用差异时，才能直指本心，达到艺术的本源。当代水墨艺术在经历了 40 年的积累和发展后，面向未来，必然要回到考量艺术本体的精神内核，要显现全世界、全人类共享的思想形态，才可能进入新的历史进程之中。

鲁虹等在北京民生现代美术馆策划的“中国新水墨作品展 1978—2018”②，是立足于回顾改革开放 40 年来中国水墨艺术创作的成果。“新水墨”，在这里可以被理解为新时期以来的水墨，不同于 1949 年中华人民共和国成立后至 1978 年改革开放之前的新国画思想，其核心还是要“系统梳理呈现水墨艺术变革发展的动态历程、多样形态和丰富面貌，并通过展览进一步引深理论研究，推动艺术创新发展”。展览分为“新中国画”和“新水墨”两个部分，每一个部分都按照作品的创作时间分为“20 世纪 80 年代”“20 世纪 90 年代”“2000 年至今”3 个单元，通过从中国美术馆、中国国家画院美术馆、中央美术学院美术馆等 10 余个艺术机构借展的藏品，呈现出一种很有趣的景象，就是 40 年来中国画的发展和 40 年从现代水墨、实验水墨到当代水墨艺术的发展并置的形态。可谓是为 2018 年回顾和总结中国当代水墨的历史画上了一个圆满的句号。

在这些展览以外，还有一些没有明确学术目标的梳理性的群展，但也算是回应了改革开放 40 年来当代水墨艺术的发展。代表性的有上海市秋水空间举办的的“极地：新水墨系列展之一”、杭州市和平国际会展中心举办的“水墨无极：艺术西湖・国际水墨博览会”展览、上海市明圆美术馆策划的“锋向——2018 中国当代水墨邀请展”第一单元“水墨新意象”、上海市中华艺术宫举办的“水墨概念”

---

① 2018 年 12 月 20 日至 2019 年 1 月 2 日，“体用一源：面向未来的水墨艺术——2018・中国当代水墨年鉴三周年特展”在中国美术馆举行，参展艺术家有仇德树、朱建忠、王天德、陆春涛、毛冬华、刘国松、王冬龄、张正民、王舒野、杜松儒、徐累、曾健勇、高茜、徐华翎、涂少辉、李津、王晓辉、刘西洁、朱雅梅、杜小同、潘汶汛、陈苏平、袁武、邢庆仁、冯斌、王劲松、武艺、刘子建、左正尧、李彦伯、魏青吉、王煜、张卫。

② 2018 年 12 月 18 日至 2019 年 2 月 23 日，“中国新水墨作品展 1978—2018”在北京民生现代美术馆举行，展出周思聪、朱新建、谷文达、田黎明、杨诘苍、刘进安、沈勤、卢沉、贾浩义、聂干因、洪耀、朱振庚、王炎林、李华生、王孟奇、梁铨、胡明哲、石果、陈心懋、王彦萍、阎秉会、刘子建、周京新、李孝萱、左正尧、刘庆和、徐累、邱志杰、王怀庆、王冬龄、李邦耀、徐龙森、黄一瀚、樊枫、袁晓舫、林延、邵戈、岳敏君、周湧、蔡广斌、方力钧、魏立刚、崔进、章燕紫、姜吉安、韩三之、魏青吉、杜小同、彭薇、杭春晖、郝世明、刘海粟、黄君璧、李苦禅、关良、李可染、吴作人、陆俨少、谢稚柳、陈子庄、于希宁、黄秋园、魏紫熙、潘絜兹、张仃、宋文治、程十发、赵无极、黄永玉、周昌谷、杨之光、方增先、刘文西、袁运甫、顾莲塘、蒋采萍、冯今松、卢坤峰、刘勃舒、王子武、袁运生、朱理存、吴山明、杜滋龄、李少文、杨力舟、贾又福、林墉、卓鹤君、韩书力、陈向迅、曾宓、崔振宽、陈家泠、张立辰、张桂铭、李世南、姜宝林、方骏、李延声、罗平安、施大畏、聂鸥、陈永锵、唐勇力、王明明、冯远、江宏伟、龙瑞、潘公凯、董小明、张立柱、杨晓阳、林容生、李劲堃、袁武、刘文洁、纪连斌、刘赦、喻慧、徐惠泉、姜怡翔、王非、郭子良、乔宜男、张译丹、张羽、范扬、魏东、邹明、周韶华、石齐、刘健、朱伟、徐冰、韩硕、许勇、赵建成、王迎春、刘罡、赵奇的作品。

展、南京师范大学美术学院美术馆举办的“墨变：实验水墨艺术作品邀请展”。最早的一个展览是贾方舟在上海市秋水空间策划的“极地：新水墨系列展之一”①，他认为评判一名当代水墨艺术家的创作可以从四个方面考量，即激活传统、介入当代、转换媒介、终极本体，而展览的主题是要呈现终极本体，即艺术家“对水墨本体语言的极致呈现，单纯的画面从现实的感悟中游离出来，昭示出一种挑战语言极限和类似于自我修行的禅宗精神”，形成了“鲜明的东方性和当代性”。这都让我们很容易想到2003年栗宪庭在北京市东京艺术工程策划的“念珠与笔触”展的主题。王泊乔、蒋非默策划，王春辰任学术主持，在杭州市和平国际会展中心举办的“水墨无极：艺术西湖·国际水墨博览会”展览②，意在“用全球化的视角，梳理改革开放40年来中国水墨艺术在全球的发展状况”，其潜在的价值观是要对抗中国的当代艺术价值体系，“当代艺术的本质是沿着西方艺术史脉络、运用西方的方法论建立起来的艺术体系，它脱离了中国传统思维”。鲁虹在上海市明圆美术馆策划的“锋向——2018中国当代水墨邀请展”第一单元“水墨新意象”③，也试图梳理中国当代水墨40年的发展，他的目标是“着重展出与当下文化、特别是与当下消费文化或都市文化紧密相关的新型人物画创作”，所邀请的艺术家“在艺术创作中更加强调‘再传统’与‘再中国化’的价值观”。由上海视觉艺术学院“当代水墨艺术研究院”主办的首个展览“水墨概念艺术大展”④，作为第二十届中国上海国际艺术节的系列展演活动之一，也是强调以改革开放40年为路径，以民族、现代、传承为主题，就当代水墨的发展态势、创作衍化的格局，对民族文化DNA的当代表述进行全新的呈现。皮道坚在南京师范大学美术馆担任学术主持的“墨变：实验水墨艺术作品邀请展”⑤，也是一个带有回顾性质的展览，目的在于呈现参与实验性水墨运动的艺术家的创作现状。

另外，还有一些更专题性的展览，诸如武汉美术馆和深圳画院美术馆推出的关于“都市水墨”论题的研究展。董小明在武汉美术馆策划的“风景这边独好——首届‘都市水墨学术邀请展’”⑥，是对“都市水墨”专题的较为系统的回顾和展望。“深圳国际水墨双年展”的核心推动者和策划者董小明和武汉美术馆馆长樊枫本来就是创作都市水墨为主的艺术家，他们对都市水墨方面的创作向来极为关注。2000年伴随着“第二届深圳国际水墨画双年展”明确提出“水墨与都市”的专题，鼓励艺术家创作反映现代都市风景和都市人的生存状态，使很多水墨艺术家关注这一课题，除董小明、樊枫外，还有方向、张培成、李孝萱、田黎明、王冠军、罗寒蕾等艺术家都创作了很多出色的画作。在深圳画院美术

---

① 2018年2月4日至3月4日，“极地：新水墨系列展之一”在上海市秋水空间举行，参展艺术家有王劼音、仇德树、贾海泉、桑火尧、陶艾民、王川、陈九、张羽、南溪、张朝晖、田卫。

② 2018年5月25日至28日，“水墨无极：艺术西湖·国际水墨博览会”在杭州市和平国际会展中心举行，参展艺术家有李华弌、张天军、徐累、杨诘苍、沈勤、秦风、张正民、梁铨、王劼音、沈忱、魏青吉、雷子人、靳卫红、刘庆和、王天德、杨泳梁、张羽。

③ 2018年10月13日至11月25日，2018年10月13日，“锋向——2018中国当代水墨邀请展”第一单元“水墨新意象”在上海市明圆美术馆举行，参展艺术家有田黎明、郑强、李津、黄一瀚、周京新、南溪、刘庆和、邵戈、周湧、冯斌、蔡广斌、武艺、朱伟、靳卫红。

④ 2018年11月11日至12月5日，“水墨概念”在上海市中华艺术宫举行，参展艺术家有周韶华、刘国松、冯钟睿、陈家泠、李厚、梁栋材、卓鹤君、王冬龄、张雷平、仇德树、董小明、陈成球、张洪、谷文达、刘子建、杨诘苍、陈九、KOO KYUNG SOOK、郑重宾、卢禹舜、石墨、徐累、桑火尧、李君毅、陆春涛、林海钟、秋麦、丘挺、邱黯雄、彭薇、杨泳梁。

⑤ 2018年12月12日至2019年1月7日，“墨变：实验水墨艺术作品邀请展”在南京师范大学美术学院美术馆举行，参展艺术家有一了、仇德树、方力钧、田黎明、朱雅梅、曲健雄、刘庆和、刘进安、刘敖、孙晓枫、杜小同、何玮明、张正民、张江舟、周京新、周湧、纪京宁、袁武、党震、徐累、章燕紫、梁铨、靳卫红、蔡广斌、魏青吉、曹俊、朱伟、刘刚、刘旭光、李津、陈建辉、武艺、南溪、黄一翰。

⑥ 2018年3月16日至4月15日，“风景这边独好——首届‘都市水墨学术邀请展’”在武汉美术馆举行，参展艺术家有董小明、樊枫、方向、郭维李、黄孝逵、梁宇、林海钟、林容生、刘建、刘永涛、卢禹舜、罗青、宋玉明、杨晓洋、王立星、王秋童、熊海、徐加存、赵卫、周京新、周凯、卓鹤君、邹明。

馆举办的“水墨双城：第八届深港都市水墨作品展”[①]，仍是为董小明围绕都市水墨问题为主线，推动深圳和香港文化艺术交流的项目。还有一些青年工笔画家和水墨画家的推荐展，诸如北京市方圆美术馆举办的“转音：青年当代工笔研究展”[②]、上海市八号桥艺术空间举办的“对岸：工笔新势力年度作品邀请展（第二季）”等，也反映出了新的青年艺术家的创作面貌和状态，他们基本上不再关注 20 世纪 80 年代以来的水墨论题，而是更关注具体画面的图像性，他们的思想语境与当代水墨的历史维度已经相去甚远。

当然，这些群展在组织和策划的时候，都会面临各种各样的问题，诸如因为展览空间和经费限制的问题，邀约参展艺术家范围的问题，艺术家是否愿意或者能够展出自己最代表性的作品的问题，最终都会使展览留下很多遗憾。但不管怎样，从 20 世纪 80 年代的现代水墨、抽象水墨，到 90 年代的实验水墨、都市水墨，到 2000 年以后的新工笔、新水墨等，接受当代水墨概念的年轻艺术家越来越多，试图对中国当代水墨 40 年发展的历史和现状进行梳理和研究的美术馆和艺术机构越来越多，其中不乏有专注于推动中国当代水墨艺术市场发展的画廊机构存在。问题是，这些展览在美术史的叙事结构上也非常稳定，受邀参展的艺术家也基本上比较固定，使得很多当代水墨的好展览基本上是大同小异的，如果有差异，可能就是展览现场的效果优劣了。中国当代水墨 40 年的历史值得回顾和总结，但现在看起来相关系统性的整体研究仍是很匮乏的，之所以深入不进去，也与关注水墨艺术创作的理论家队伍比较稳定有关，他们的知识系统也相对稳定或者说固化，使他们无法从更开阔的视野看待 80 年代以来的中国水墨艺术发展史。我们注意到，很少有西方学者或者是策展人关注中国的当代水墨艺术发展，中国当代水墨艺术如何进入全球化的艺术史语境，其在全球化的当代艺术发展史上的位置是怎样的，我们尚没有一个明晰的印象。就像在 2018 年，我们没有看到关于中国当代水墨艺术的回顾和总结的展览登上欧美国家的美术馆和博物馆的舞台那样，我们的总结仍然在中国自身的文化土壤中进行，就使得其叙事空间被局限在狭窄的地域性文化范围之内。我们是否能够像第二次世界大战以后美国在全世界巡回展览推广“抽象表现主义”的美国艺术那样推广中国的当代水墨艺术呢？至少现在看起来，今天的艺术家们已经准备好了，很多艺术家的创作是有说服力的，周韶华、刘巨德、李华生、梁铨、王冬龄、仇德树、朱建忠、王天德、王舒野、袁武、谷文达、施大畏、张羽等一批艺术家的作品都是能够展示出中国当代水墨艺术的历史性成就的。我们作为策展人，还需要尽可能地将他们的作品推向国际舞台，这或者是未来 10 年中国当代水墨艺术领域想取得突破性的历史成就要努力去做的。

魏祥奇　中国美术馆副研究馆员

① 2018 年 9 月 29 日至 10 月 16 日，“水墨双城：第八届深港都市水墨作品展”在深圳画院美术馆举行。

② 2018 年 9 月 1 日至 9 月 18 日，“转音：青年当代工笔研究展”在北京市方圆美术馆举行，参展艺术家有毕晓慧、胡箫桐、栗玉莹、戚聿顺、杨怡、叶紫、张苛。

专题

学习贯彻习近平总书记给中央美术学院老教授回信精神座谈会

【概况】

2018年8月30日，中共中央总书记、国家主席、中央军委主席习近平给中央美术学院周令钊、戴泽、伍必端、詹建俊、闻立鹏、靳尚谊、邵大箴、薛永年8名老教授回信，向他们致以诚挚的问候，并就做好美育工作，弘扬中华美育精神提出殷切期望。

8名中央美术学院老教授给习近平总书记写信，表达了老一代艺术家和艺术教育家对中华民族伟大复兴的坚定决心，对进一步加强美育，培养德智体美全面发展的社会主义建设者和接班人的心声。随后，中央美术学院、中国美术家协会、中国艺术研究院等纷纷举办“学习贯彻习近平总书记给中央美术学院老教授回信精神”座谈会，深入学习回信内容和重要精神。

【中央美术学院举办“学习贯彻习近平总书记回信精神座谈会”】

2018年8月30日，中共中央总书记、国家主席、中央军委主席习近平给中央美术学院8名老教授回信。习近平总书记的回信迅速传遍了中央美术学院校园，总书记的关切之情和殷切希望，极大地鼓舞和激励了全院师生。中央美术学院党委第一时间组织了“爱国为民、崇德尚艺，以大爱之心育莘莘学子、以大美之艺绘传世之作——学习贯彻习近平总书记回信精神座谈会”，与会的戴泽、詹建俊、闻立鹏、靳尚谊、邵大箴、薛永年等老教授、老艺术家和师生代表纷纷表达了对习近平总书记回信的兴奋之情，并结合自身感悟，畅谈了对回信精神的理解。他们一致表示，要以习近平总书记在回信中提出的“发扬爱国为民、崇德尚艺的优良传统，以大爱之心育莘莘学子，以大美之艺绘传世之作”为精神指引和根本遵循，坚持立德树人，扎根时代生活，遵循美育特点，弘扬中华美育精神，让祖国青年一代德智体美全面发展。

100年前，在教育家蔡元培的倡导下，中央美术学院前身——国立北京美术学校创建，这也是中国第一所现代形态的美术专门学校。百年来，中央美术学院一代代教育家、艺术家始终以美育为己任，为国家培养了大批优秀艺术人才，在中国现代美术教育中发挥了重要的引领作用。薪火相传，如今仍健在的老教育家、艺术家，始终满怀热情、心系祖国，虽身处高龄仍“初心不改”，对中国美术教育、美术事业充满殷切期待。

不久前，年近百岁的周令钊和耄耋之年的戴泽、伍必端、詹建俊、闻立鹏、靳尚谊、邵大箴、薛永年等8名老教授给习近平总书记写信，表达了他们对中华民族伟大复兴的坚定决心，以及希望进一步加强美育、培养德智体美全面发展的社会主义建设者和接班人的心声。他们在信中表示，“建设社会主义现代化强国必须加强美育，实现中华民族复兴加强美育非常紧迫”。“以新时代的美育提升人民大众的审美素养和精神境界，培育深厚的家国情怀，激发全民族的创新活力和创造精神。”“从富起来到强起来，中国人民和中华民族的精神首先要强起来，心灵要美起来。”

座谈会上，中央美术学院党委书记高洪宣读习近平总书记的回信。高洪说，习近平总书记的回信，为加强新时代美育工作指明了方向，提出了要求，意义十分重大。习近平总书记对老教授们的情感和问候，表达了党和国家对一代代优秀艺术家和艺术教育家社会贡献的充分肯定和高度评价。百年美院历史伴随着百年美育的历程。央美师生要按照习近平总书记的要求，进一步加强美育研究，建设中国特色的美育体系，在教育教学中融入美育、在艺术创作中突出美育、在学术研究中重视美育、在服务社会中彰显美育、在文化传承中发展美育、在国际交流中弘扬中华美育精神，为建设社会主义文化强国，建设美丽中国、美好中国作出新贡献，把中央美术学院办成社会主义建设者和接班人的摇篮。

99岁高龄的周令钊，曾在天安门城楼亲历了开国大典，作为新中国发展建设的参与者、美术教育事业和中央美术学院发展的见证者，他深知美育对国家建设和个人成长及未来发展的重要性。座谈会当天，周令钊因身体原因未能到会，他在发来的录音中表示，习近平总书记的回信令他对国家在新时代、新形势下推动美育教育充满信心。

作为徐悲鸿的弟子，年逾九旬的戴泽谈道，徐悲鸿一直非常重视美育，重视中央美术学院在推动美育中的独特作用，中央美院要按照习近平总书记要求，进一步加强美育建设，使青年一代在美育环境中健康成长、全面发展。

中央美术学院老院长靳尚谊回顾了中央美术学院在中华人民共和国成立初期的教育、教学情况，他在谈及中央美术学院长期以来积淀的优秀传统时说："当下我们正处在新的历史时期，要按照习近平总书记在回信中提出的办学方向和要求，继续把美术学院办好，培养出优秀学生。"

詹建俊谈道，习近平总书记在回信中提及的"崇德尚艺"非常重要，"德""艺"作为重要的美育精神，在当前社会有突出的价值和意义。"美育不仅仅是让人民懂艺术，还要让他们拥有美的心灵和美的修养。作为美院教师，我们要秉承对精神与心灵的高标准追求，来培养学生和创作作品。"詹建俊说。

在薛永年看来，美是要"走心"的，要塑造人的灵魂，表现生命的升华。他说："要把美术教育做好，首先是要做一个有信念、有情怀、有担当的人。习近平总书记的回信多次强调'心'字，表达了他对美术教育工作者的深切关怀、鼓舞和期望。"

闻立鹏表示，习近平总书记在信中提出了很多重要的指导思想和具体的意见，美术学院要仔细体会、学习贯彻，思考如何进一步发展美术教育，提升整个社会的审美水平。

邵大箴提出，当前的美术教育或大众美育在传播过程中遇到的问题，实际上是当前政治、经济、文化涉及问题的一部分。在中西文化大融合的背景下，中国的美术教育一定要坚持民族自信和文化传统，坚守艺术特色，借鉴外国经验，使两者科学融合。习近平总书记的回信是对中央美院百年来所做成绩的肯定，希望央美继续深抓美育，在全国起到模范作用。

其实，早在1919年，蔡元培在《文化运动不要忘了美育》一文里就认定，国民塑造、文化进步和社会变革都亟待美育的发达，"文化进步的国民，既然实施科学教育，尤要普及美术教育"。中国社会对于美育的推崇，不仅在于它有使人革新之功用，更在于美育在中国的悠久传统始终未断裂。今年是蔡元培诞辰150周年，而他所提出的以体育、智育、德育、美育来塑造健全人格的观点，仍是基础教育的方针。他的"以美育代宗教"的呼吁，更是发人深思。

中央美术学院领导班子成员、中层干部及师生代表参加座谈会。

【中国美术家协会学习贯彻习近平总书记给中央美术学院老教授的回信精神】

2018年8月30日，习近平总书记给中央美术学院老教授回信，向他们致以诚挚的问候，并就做好美育工作，弘扬中华美育精神提出殷切期望。回信引发了社会各界，尤其是美术界的热烈关注和积极讨论。在8月31日举行的中国美术家协会第八届理事会第三次会议闭幕会上，中国美术家协会分党组书记、驻会副主席、秘书长徐里带领与会理事集中学习了习近平总书记给中央美术学院8名老教授的回信。

徐里首先传达了习近平总书记的回信，并表示这既是中央美术学院的一件大喜事，更是中国美术界的一个大盛事。我们一定要在中国美术家协会理事会上率先掀起学习贯彻习近平总书记重要指示精神的热潮。一要全面把握习近平总书记回信的重要内涵，深刻领会习近平总书记对老一辈艺术教育家的关爱之情，对美育工作、美术事业的高度重视，对坚持正确办学方向、弘扬美育精神、以大爱之心育莘莘学子、培养社会主义建设者和接班人的殷切期望。二要更加全面深入地学习贯彻习近平总书记回信的重要指示精神。中国美术家协会分党组、各级和各条战线美术家协会党组织、全国美术界都要持续深入地组织学习，切实在学原文、读原信、悟原理上下功夫见成效。三要紧密联系实际，以习近平总书记回信精神指导实践、推动工作，坚持不忘初心、牢记使命，扎扎实实做好新时代中国美术工作，以实际行动回报习近平总书记对中国美术界的关心和厚爱。

习近平总书记给中央美术学院老教授的回信，为加强新时代美育工作指明了方向、提出了要求，意义十分重大。与会理事纷纷表达了对习近平总书记回信的激动、兴奋之情，畅谈对习近平总书记回信精神的理解和感悟。

【中国艺术研究院学习习近平总书记给中央美术学院老教授回信精神】

2018 年 9 月 4 日，中国艺术研究院举办“学习贯彻习近平总书记给中央美术学院老教授回信精神”座谈会，院属各科研机构、创作机构相关负责人、艺术家、专家代表及研究生院学生代表等深入学习回信内容，并就回信精神及今后如何做好美育工作表达了各自体会。

座谈会上，全面主持中国艺术研究院和中国非物质文化遗产保护中心党政工作的韩子勇谈道：“习近平总书记给中央美术学院老教授回信发表的第二天，我就想着中国艺术研究院应该开一个学习总书记回信精神的座谈会。和其他同志商量后，就有了今天的这个会。我讲三段话，与大家共勉，把时间留给院里的专家、学者和艺术家们。

“一、2017 年 11 月 21 日，习近平总书记给内蒙古苏尼特右旗乌兰牧骑队员回信、2018 年 6 月 25 日给新近入党的电影表演艺术家牛犇写信、2018 年 8 月 30 日给中央美术学院 8 位老教授回信。这三封信：一封是肯定红色文艺轻骑兵几十年如一日服务牧民，让优秀文艺作品“接地气、传得开、留得下”，永远以人民为中心的工作方向；一封是肯定一辈子不争名、不为利，甘当配角、精益求精、追求高尚人格，“有信仰、有情怀、有担当”，永远跟党走的老一辈电影表演艺术家牛犇的人生追求；一封是肯定 8 位中央美术学院老教授们爱国为民、尚德崇艺，坚持立德树人，扎根时代生活，遵循美育特点，弘扬中华美育精神，让祖国青年一代身心健康成长的园丁精神。

“二、习近平总书记这三封信，都是慎终追远，在弘扬一种精神、一种品格。几十年如一日的红色文艺轻骑兵，一辈子做人平凡朴实、为艺术全身心投入、不改初心跟党走的老电影人牛犇，爱国为民、尚德崇艺的 8 位中央美术学院老教授，在他们身上，有一个共同特点，就是中国文艺工作者最可宝贵的精神品质。

“三、中国艺术研究院是党和国家重要的艺术机构，也有一种非常突出的学术传统和优良品格，享有“前海学派”的美誉。昨天下午，我去看望中国艺术研究院的老学者、中国戏曲理论体系的奠基人、101 岁的郭汉城老先生，为郭老庆生。相处时间虽短，但我在他身上感受到了乐观向上的积极力量，感受到了谦逊朴实、扎实为学的温暖，感受到了我们中国艺术研究院弥足珍贵的学术传统。这力量、这温暖、这传统——我想，正是习近平总书记三封信所肯定的那种精神。千流归海。我们每个人，就像一小股溪流、一小朵飞溅的浪花。但永远不要忘了大海的方向，不要忘了我们从踏上这条路、从事这项事业开始，就抱有的一颗为国、为民、为善、为美的心。心丢了，就失魂落魄；心在，就燃烧如炬。”

与会专家纷纷表示，习近平总书记对美育工作和美术事业发展的高度重视，对艺术创作和艺术教育机构的亲切关怀和殷切期望，令人备受鼓舞；给中央美术学院老教授的回信为加强新时代美育工作指明了方向，为全国各类艺术机构的发展指明了道路，意义重大。与会学生代表积极发言，大家表示，习近平总书记的回信体现了党和国家对美术教育事业及莘莘学子的关心，体现了美育工作对个人成长、国家建设及未来发展的重要性，在今后的学习中不仅要成为艺术的创作者，还要成为中华美育的传播者。

中国艺术研究院将在今后的工作中结合自身实际，在艺术教育、艺术科研、艺术创作、智库建设和非遗保护五大业务板块中凸显美育的重要性，贯彻落实党的文艺理论方针和教育方针，坚持立德树人，弘扬中华美育精神。

纪念改革开放 40 周年系列美术活动

【概况】

2018 年是中国改革开放 40 周年。为表现和记录这一波澜壮阔的光辉历程，深入刻画党的十八大以来在以习近平同志为核心的党中央坚强领导下党和国家事业取得的历史性成就、发生的历史性变革，体现改革开放 40 年来中华大地上的火热实践对艺术的丰沛滋养，抒写时代华章，彰显民族精神，凝聚新时代继续前行的豪迈激情与坚定信念，全国各地举办系列美术活动，纪念改革开放取得的辉煌成就及老一辈革命家、重要人物、重大历史事件、经济社会巨大变迁、人民生活面貌的巨大变化。

【纪念改革开放 40 周年：黄河之魂·长城博览·大美太行美术作品展】

2018 年 5 月 15 日，由山西省文化厅、山西省旅游发展委员会、山西省文化旅游投资控股集团有限公司主办的“纪念改革开放 40 周年：黄河之魂·长城博览·大美太行美术作品展”在太原美术馆开幕。展览展出 212 幅作品，其中中国画 117 件，油画 61 件，特邀作品 20 件。

【大潮起珠江——庆祝改革开放 40 周年全国美术作品展】

2018 年 7 月 27 日至 8 月 5 日，由中国美术家协会、中共广东省委宣传部、广东省文学艺术界联合会等主办的“大潮起珠江——庆祝改革开放 40 周年全国美术作品展”在中国美术馆举行。展览分为“春潮澎湃”“激流勇进”“扬帆逐梦”3 个板块展出约 270 件美术作品，涵盖中国画、油画、版画、雕塑、水彩画等。

【春风春雨中国——庆祝改革开放四十年新文艺群体版画提名展】

2018 年 8 月 8 日至 17 日，由中国美术家协会新文艺群体（组织）展览与推广中心、文化和旅游部恭王府博物馆展览活动部、中国国家画院版画院主办的“春风春雨中国——庆祝改革开放四十年新文艺群体版画提名展”在文化和旅游部恭王府博物馆举行。展览展出 90 余件老、中、青三代版画人的版画作品。参展艺术家包括 13 名特邀版画家和 34 名新文艺群体版画家。

【能量——改革开放 40 年山东美术发展成果展】

2018 年 8 月 9 日至 19 日，由中共山东省委宣传部、中国美术馆、中国美术家协会等主办，山东美术馆、山东省美术家协会承办的“能量——改革开放 40 年山东美术发展成果展”在中国美术馆举行。展览展出 301 名山东籍艺术家的中国画、油画、版画、雕塑、水彩·粉画、壁画、综合材料绘画、连环画、环境艺术、装置艺术、年画、漫画、实验艺术、陶艺、宣传画、招贴画等 10 余个门类的作品 283 件。

【纪念改革开放四十周年——2018 陕西省中国画学术年度展】

2018 年 8 月 25 日至 31 日，由陕西省美术家协会、西安市美术家协会、西安中国画院主办，陕西美术事业发展基金会，西安中国画院・国际美术城美术馆协办的“纪念改革开放四十周年——2018 陕西省中国画学术年度展”在西安市中国画院・国际美术城美术馆举行。展览展出中国画作品 120 幅。

【2018 多彩贵州文化艺术节——庆祝改革开放四十周年主题美术作品展】

2018 年 9 月 1 日至 8 日，由贵州省文化厅主办、贵州画院等承办的“2018 多彩贵州文化艺术节——庆祝改革开放四十周年主题美术作品展”在贵州省美术馆举行。展览展出贵州画院艺术家创作的优秀作品 70 余件，涵盖中国画、油画、版画三大种类。

【纪念改革开放 40 周年——川浙文化交流・四川省诗书画院创作成果（浙江）联展】

2018 年 9 月 10 日至 16 日，由四川省文化厅、浙江省文化厅、四川省文学艺术界联合会等主办，四川省诗书画院、浙江画院承办的“纪念改革开放 40 周年——川浙文化交流・四川省诗书画院创作成果（浙江）联展”在浙江展览馆举行。展览展出四川、浙江两省 42 名专职书画家的作品 200 余幅。

【闳约深美——南京艺术学院中国画、书法专业改革开放 40 年教学成果展】

2018 年 9 月 29 日至 10 月 21 日，由中国美术馆、南京艺术学院主办，南京艺术学院美术学院承办的中国美术馆庆祝改革开放 40 周年系列展“闳约深美——南京艺术学院中国画、书法专业改革开放 40 年教学成果展”在中国美术馆举行。展览展出南京艺术学院校友和现任教师 42 名书画家的 140 余件作品。

【东方风来满眼春——中国美术馆典藏精品展（1978—2018）】

2018 年 9 月 30 日至 10 月 21 日，由中国美术馆主办的中国美术馆庆祝改革开放 40 周年系列展“东方风来满眼春——中国美术馆典藏精品展（1978—2018）”在中国美术馆举行。展览分为“春风又绿”“春潮涌动”“春意盎然”3 个部分，展出中国美术馆收藏、创作于 1978 年至今的水墨画、油画、版画、雕塑、水彩・粉画、装置作品 101 件，旨在梳理 1978 年至 2018 年改革开放 40 年来当代中国美术的发展历程，反映社会的进步与艺术的革新，多角度展现改革开放 40 年中国美术事业的创作和发展成就。

【神木市庆祝改革开放四十周年暨 2018“翰墨神木”全国中国画作品展】

2018 年 10 月 21 日至 27 日，由中国美术家协会、神木市人民政府主办，中国文学艺术界联合会美术艺术中心、陕西省美术家协会承办的“神木市庆祝改革开放四十周年暨 2018‘翰墨神木’全国中国画作品展”在陕西省神木市举行。展览展出从全国近千幅投稿作品中评选出的 59 幅入会资格作品、235 幅入选作品。

【庆祝改革开放40周年和广西壮族自治区成立60周年——广西文化艺术作品展】

2018年10月29日至11月20日，为庆祝改革开放40周年和广西壮族自治区成立60周年，广西壮族自治区党委、自治区人民政府在北京举行文化艺术展览展演活动。11月1日，“庆祝改革开放40周年和广西壮族自治区成立60周年——广西文化艺术作品展”在北京市民族文化宫举行，展览包括美术作品展、书法摄影作品展、民族服饰文化展、广西好书展。其中，60幅美术作品整体呈现广西美术创作面貌和创作成果；60幅书法作品彰显“八桂书风”的艺术深度和创新活力；60幅摄影作品用灵动的光影、鲜活的画面讲述数个美丽的广西故事、中国故事。

【美在京津冀——纪念改革开放40周年美术作品展】

2018年11月8日至15日，由北京市文学艺术界联合会、天津市文学艺术界联合会、河北省文学艺术界联合会主办，北京美术家协会、天津市美术家协会、河北省美术家协会承办的“美在京津冀——纪念改革开放40周年美术作品展”在北京市炎黄艺术馆举行。展览展出北京、天津、河北三省美术家创作的176幅作品，其中中国画119件、油画57件。

【四川省诗书画院纪念改革开放40周年系列展览】

2018年11月13日至30日，由四川省文化和旅游厅主办，四川省诗书画院、四川中国书画美术馆承办的“四川省诗书画院纪念改革开放40周年系列展览”在四川中国书画美术馆举行。展览将“大美四川创作成果”“脱贫攻坚看凉山——重走习总书记温暖之路写生作品”“四川省诗书画院2018年创作成果”一并展出，180余件作品充分展现改革开放和社会主义现代化建设新时期取得的辉煌成果。

【第七届福建艺术节·庆祝改革开放40周年福建省美术书法作品展】

2018年11月16日至12月2日，由福建省文化和旅游厅主办的“第七届福建艺术节·庆祝改革开放40周年福建省美术书法作品展”在福建美术馆和福建省博物院举行。展览涵盖中国画、油画、版画、雕塑、水彩画、书法、篆刻等。展品是从663件征集作品中评选而出，其中美术类作品50件、书法类作品30件。

【纪念改革开放40周年：时代的温度——山东艺术学院建校60周年美术作品展】

2018年11月22日至12月2日，由中共山东省委宣传部、山东艺术学院主办，山东艺术学院美术学院承办的“纪念改革开放40周年：时代的温度——山东艺术学院建校60周年美术作品展”在中国美术馆举行。展览展出美术作品150余件，涵盖中国画、油画、版画、雕塑、壁画、陶瓷、水彩画和综合材料等。

【美丽中国——纪念改革开放40周年全国中国画作品展】

2018年12月4日至10日，由中国美术家协会、湖南省文学艺术界联合会主办，中国文学艺术界联合会美术艺术中心、湖南省美术家协会、湖南省画院等承办的“美丽中国——纪念改革开放 40 周年全国中国画作品展”在湖南省展览馆举行。展览展出从全国 3700 余幅投稿作品中评选出的 218 幅作品，其中入会资格作品 35 件，特邀作品 19 件，入选作品 164 件。

【纪念改革开放 40 周年：师造化境　匠心独行——徐匡艺术展】

2018 年 12 月 15 日至 2019 年 1 月 2 日，由中国美术家协会、中国国家画院、四川省文学艺术界联合会等主办，四川省美术家协会、四川美术馆、四川美术出版社承办的“纪念改革开放 40 周年：师造化境　匠心独行——徐匡艺术展”在四川美术馆举行。展览展出徐匡 162 幅绘画作品，其中包括 36 件版画、31 件素描、78 幅独版、17 幅油画作品和部分文献资料。《师造化境　匠心独行——徐匡艺术文献集》首发式同期举行。

【庆祝改革开放四十周年：青春·足迹——第八届中央美术学院学生主题创作展】

2018 年 12 月 17 日至 21 日，由中央美术学院主办的“庆祝改革开放四十周年：青春·足迹——第八届中央美术学院学生主题创作展”在中央美术学院举行。展览以“庆祝改革开放 40 周年”为主题，展出 100 余件作品，涵盖中国画、油画、水彩画、版画、雕塑、摄影和综合材料等。同时，展览评出罗工柳青年创作奖 20 名、罗工柳青年集体创作奖 6 名。

【新时代·新思想·新征程——天津美术学院纪念改革开放四十周年主题作品展】

2018 年 12 月 18 日至 2019 年 1 月 10 日，由天津美术学院主办的“新时代·新思想·新征程——天津美术学院纪念改革开放四十周年主题作品展”在天津美术学院美术馆举行。展览展出天津美术学院几代艺术家和青年学子的 200 余幅主题性作品，包括中国画、油画、版画、雕塑、书法、艺术设计、摄影、新媒体艺术等。

【大潮起之江——纪念改革开放 40 周年浙江美术书法精品工程作品展】

2018 年 12 月 22 日至 2019 年 1 月 20 日，由中共浙江省委宣传部、浙江省文学艺术界联合会主办，浙江省美术家协会、浙江省书法家协会组织实施的“大潮起之江——纪念改革开放 40 周年浙江美术书法精品工程作品展”在浙江展览馆举行。展览展出浙江省美术、书法创作团队“百年追梦”美术书法创作精品工程（二期）作品 20 件。其中包括 12 件美术作品和 8 件书法作品。

文化传承·丹青力量——中国艺术研究院中青年艺术家系列展

【概况】

“文化传承·丹青力量——中国艺术研究院中青年艺术家系列展”是中国艺术研究院为进一步贯彻落实习近平总书记在文艺工作座谈会上的讲话等系列重要讲话精神，全面展示中国艺术研究院的创作力量所推出的第四次学习贯彻习近平总书记在文艺工作座谈会重要讲话精神系列展。展览为系列双个展，由“守望经典”“抱朴含真”“图像寓言”“消解重构”4个部分组成，2018年分批在中国美术馆举行。

【文化传承·丹青力量——中国艺术研究院中青年艺术家系列展：徐小东、徐晨阳】

2018年1月10日至21日，由中国艺术研究院主办的“文化传承·丹青力量——中国艺术研究院中青年艺术家系列展：徐小东、徐晨阳”在中国美术馆举行。展览展出徐小东和徐晨阳油画作品多幅。其中，徐小东的展览主题是“自然·性灵”，徐晨阳的展览主题是“记忆·流星”。

【文化传承·丹青力量——中国艺术研究院中青年艺术家系列展：韩学中、韩洪伟】

2018年4月11日至22日，由中国艺术研究院主办的“文化传承·丹青力量——中国艺术研究院中青年艺术家系列展：韩学中、韩洪伟”在中国美术馆举行。展览展出韩学中中国画作品和韩洪伟油画作品多幅。其中，韩学中的展览主题是“借月观山”，韩洪伟的展览主题是“亮光的指引”。

【文化传承·丹青力量——中国艺术研究院中青年艺术家系列展：肖文飞、刘波】

2018年4月25日至5月6日，由中国艺术研究院主办的“文化传承·丹青力量——中国艺术研究院中青年艺术家系列展：肖文飞、刘波”在中国美术馆举行。展览展出肖文飞、刘波分别以个人书法、绘画创作相呼应的近60件作品。其中，肖文飞书法展览的主题是“轻与重”，刘波中国画展览的主题是“不染尘”。

【文化传承·丹青力量——中国艺术研究院中青年艺术家系列展：李传真、张爱玲】

2018年5月9日至20日，由中国艺术研究院主办的“文化传承·丹青力量——中国艺术研究院中青年艺术家系列展：李传真、张爱玲”在中国美术馆举行。展览展出李传真、张爱玲中国画作品多幅。其中，李传真的展览主题是“暖阳”，张爱玲的展览主题是“静逸”。

【文化传承·丹青力量——中国艺术研究院中青年艺术家系列展：李继飞、张崴】

2018年6月27日至7月8日，由中国艺术研究院主办的“文化传承·丹青力量——中国艺术研究院中青年艺术家系列展：李继飞、张崴”在中国美术馆举行。展览展出李继飞以“初心”为主题的雕塑作品18件、张崴以“交汇的空间”为主题的由树脂创作的雕塑作品10余件。

【文化传承·丹青力量——中国艺术研究院中青年艺术家系列展：阴澍雨、周延】

2018年7月11日至22日，由中国艺术研究院主办的“文化传承·丹青力量——中国艺术研究院中青年艺术家系列展：阴澍雨、周延”在中国美术馆举行。展览展出阴澍雨以“故园”为主题的中国画作品、周延以“笃行”为主题的书法作品近100幅。

【文化传承·丹青力量——中国艺术研究院中青年艺术家系列展：徐青峰、常磊】

2018年8月25日至9月2日，由中国艺术研究院主办的“文化传承·丹青力量——中国艺术研究院中青年艺术家系列展：徐青峰、常磊”在中国美术馆举行。展览展出徐青峰、常磊以“尽我所能”为主题的油画作品30余幅。

【文化传承·丹青力量——中国艺术研究院中青年艺术家系列展：李贵君、王桂勇】

2018年9月5日至16日，由中国艺术研究院主办的“文化传承·丹青力量——中国艺术研究院中青年艺术家系列展：李贵君、王桂勇”在中国美术馆举行。展览展出李贵君以“万物有灵”为主题的油画作品20余幅、王桂勇以“一点素心”为主题的油画作品20余幅。

中央美术学院百年校庆系列活动

【概况】

2018 年是中央美术学院建校 100 周年。4 月 1 日，中央美术学院百年校庆启动。持续一年的庆祝建校百年系列活动主要包括“百年辉煌，校史建馆”“名家大师，立像校园”“悲鸿生命，空前大展”等“百年校庆，十大活动”。系列活动通过经典作品展览、学术研讨、著述出版和校园文化活动，致敬先师，传承学脉，力求进一步发挥中央美术学院在美术事业和美术教育事业中的引领作用。

【与时代同行——中央美术学院百年校庆精品展】

2018 年 3 月 22 日至 4 月 25 日，由中央美术学院主办的“与时代同行——中央美术学院百年校庆精品展”在中央美术学院美术馆举行。展览展出中国画、油画、版画、雕塑等作品 140 余件，展览以中央美术学院美术馆馆藏为基础，还得到中国国家博物馆、中国美术馆、北京画院等单位和个人提供的藏品。

【悲鸿生命艺术展——丝路方舟・驻华外交官赏鉴专场】

2018 年 4 月 20 日，作为百年校庆系列活动之一，来自阿联酋、巴基斯坦、波黑、德国、马尔代夫等近 20 个国家和地区的驻华使节以及联合国、欧盟驻华机构高级代表，应“丝绸之路”城市联盟之邀，汇集中央美术学院美术馆，出席由中央美术学院与“丝绸之路”城市联盟主办的“悲鸿生命艺术展——丝路方舟・驻华外交官赏鉴专场”活动。中央美术学院院长范迪安介绍中央美术学院百年校庆三大特展“为中国设计——中央美术学院设计学科成果展”“与时代同行——中央美术学院百年校庆精品展”“悲鸿生命——徐悲鸿艺术大展”的主题与立意，并带领各驻华外交官参观展览，感受中国美术和美术教育的发展轨迹。

【2018 中央美术学院百年校庆毕业季】

2018 年 5 月 8 日至 6 月 26 日，由中央美术学院主办的“2018 中央美术学院百年校庆毕业季”在中央美术学院举行。2018 年中央美术学院研究生毕业作品展 5 月 8 日开幕，展览展出 2018 届 380 名博士、硕士毕业生的 1200 余件毕业创作。

【百年华诞・不忘初心——2018・中央美术学院研究生院硕博导师作品展】

2018 年 8 月 30 日至 9 月 13 日，由中央美术学院研究生院、保利艺术博物馆主办的“百年华诞・不忘初心——2018・中央美术学院研究生院硕博导师作品展”在北京市保利艺术博物馆举行。展览展出一批教学一线硕博导师的新近创作，作品涵盖中央美术学院各造型专业，宏观展示一个既有深厚传统又有当代开放视野的专业导师队伍。

【耕耘者——戴泽油画艺术展】

2018 年 9 月 30 日至 10 月 21 日，由中央美术学院主办，中央美术学院美术馆、北京靳尚谊艺术基金会承办的中央美术学院百年校庆特展“耕耘者——戴泽油画艺术展”在中央美术学院美术馆举行。展览展出戴泽创作的油画代表作品 150 余件。

【传统是一种发明——中央美术学院・百年校庆・教师作品展】

2018 年 10 月 5 日至 18 日（当地时间），由中国中央美术学院美术馆、中央美术学院实验艺术学院、英国王储基金会传统艺术学院策展的中央美术学院百年校庆展“传统是一种发明——中央美术学院・百年校庆・教师作品展”在伦敦王储基金会传统艺术学院举行。展览展出中央美术学院教师 20 余件不同形式的艺术作品，包括中国画、油画、版画、雕塑、装置艺术等，传达出艺术家对于当下东西方艺术形式和文化的多元思考。

【意义的回归——中央美术学院油画系教师进行时】

2018 年 10 月 12 日至 11 月 4 日，中央美术学院主办，中央美术学院油画系、中央美术学院美术馆承办的中央美术学院百年校庆特展“意义的回归——中央美术学院油画系教师进行时”在中央美术学院美术馆举行。展览展出中央美术学院油画系 22 名在职教师的近期代表作品 40 余件（组）。

【国际美术教育大会】

2018 年 11 月 2 日至 3 日，作为百年校庆之年的重要学术活动之一，由中央美术学院主办的“国际美术教育大会”在中央美术学院举行。大会以“新时代的美术教育”为主题，来自 30 多个国家和地区的 114 所美术院校、艺术机构的负责人及相关学科知名专家教授近 300 人共商新时代美术教育的全球交流与合作。大会分为“校长论坛”“设计论坛”“建筑论坛”“艺术史论坛”“艺术管理论坛”“美术馆论坛”等板块，构成立体式的对话交流平台，探讨美术教育的时代机遇与挑战、美术教育的文化使命、人才培养的创新方式、创作科研的社会协作等具有全球共性的美术教育议题。

【苦旅心语——宋源文个案研究】

2018 年 12 月 9 日至 2019 年 1 月 3 日，由中央美术学院主办，中央美术学院造型学院版画系、中央美术学院美术馆协办的文化和旅游部 2018 年度国家美术作品收藏和捐赠奖励项目中央美术学院百年校庆特展“苦旅心语——宋源文个案研究”在中央美术学院美术馆举行。展览从 3 个文化身份：版画艺术家、版画活动家、版画教育家，以及三者之间的动态关系展开对宋源文的个案研究，全面展现他的艺术历程中不同阶段的代表作品，以及相关文献资料。

【远志四韵——李斛的艺术步履】

2018 年 12 月 9 日至 2019 年 1 月 3 日，由中央美术学院主办、中央美术学院美术馆承办的文化和旅游部 2018 年度国家美术作品收藏和捐赠奖励项目“远志四韵——李斛的艺术步履”在中央美术学院美术馆举行。展览得到中国国家博物馆、中国美术馆、北京画院的作品和图像支持。展览分为“土地”“百炼”“心潮”“斛殇”4个主题，展出李斛不同历史时期的100余件艺术作品和大量珍贵文献，李斛家属代表李斛将21件代表作品捐献给中央美术学院永久收藏。

【至诚无息——李瑞年与美术教育】

2018年12月9日至2019年1月3日，由中央美术学院主办、中央美术学院美术馆承办的文化和旅游部2018年度国家美术作品收藏和捐赠奖励项目“至诚无息——李瑞年与美术教育”在中央美术学院美术馆举行。展览展出李瑞年代表作品以及美术教育相关的语录和生平文献等多件。李瑞年子女精选李瑞年各时期代表作品6件捐献给中央美术学院永久收藏。

纪事

综合展览

【美好生活——传统优秀民间美术系列展】

2018年1月1日至3月11日，由江苏省美术馆主办的“美好生活——传统优秀民间美术系列展”在江苏省美术馆举行。展览由江苏省美术馆藏桃花坞木版年画等民俗纪念物和南通蓝染工艺传承人龚建军收藏及自创的手工蓝染作品组成。观众欣赏展品的同时，还可以通过展厅的视频讲解，了解“蓝染工艺”的制作过程。

【西南中国：茁壮生长的力量——四川美术学院教师作品展】

2018年1月5日至14日，由四川美术学院承担的国家艺术基金2017年度传播交流推广资助项目“西南中国：茁壮生长的力量——四川美术学院教师作品展”汇报展在北京市中华世纪坛艺术馆举行。展览展出四川美术学院20名教师的50余件当代艺术作品，涵盖中国画、油画、版画、综合材料、雕塑、影像等。

【放歌新时代　共筑中国梦——第三届山东省青年美术大展】

2018年1月6日至21日，由山东省文学艺术界联合会主办，山东省美术家协会、山东美术馆、中天鼎璨文化传播有限公司承办的“放歌新时代　共筑中国梦——第三届山东省青年美术大展”在山东美术馆举行。展览展出从全国1136余件投稿作品中评选出的208件美术作品，涵盖中国画、油画、水彩·粉画、版画、综合材料等。

【根茎——中国当代艺术的自主性研究展】

2018年1月14日至3月4日，由今日美术馆主办的“根茎——中国当代艺术的自主性研究展”在北京市今日美术馆举行。展览展出8位艺术家的近作，作品涵盖雕塑、摄影、录像、装置和绘画等多种媒介。通过对8名艺术家个案的梳理，挖掘艺术家各自成长期的节点作品，勾画出艺术作品背后观念的变化轨迹，洞悉这些变化的成因和动力，并窥探其艺术生产与这个特殊时代的关联性。

【文明的回响·系列展览·第三部：时代肖像】

2018年1月16日至3月11日，由北京市总工会、中央美术学院主办，太庙艺术馆、中央美术学院造型学院、中央美术学院丝绸之路艺术研究协同创新中心承办的“文明的回响·系列展览·第三部：时代肖像”展在北京市太庙艺术馆举行。展览分为“中华英杰”“高风文心”“平凡人生”3个板块，展出近300件艺术作品，涵盖中国画、油画、版画、雕塑、摄影等。

【漆启墨续——湖北美术馆迎新春馆藏作品展】

2018 年 1 月 19 日至 3 月 11 日，由湖北美术馆主办的“漆启墨续——湖北美术馆迎新春馆藏作品展”在湖北美术馆举行。展览展出湖北美术馆馆藏作品中遴选出的一批漆艺、中国画与书法作品。向公众展示美术馆的收藏工作成果，呈现艺术家在时代精神启发下形成的漆趣与墨韵。

【时代叙事——山东美术馆年度典藏精品展（2017）】

2018 年 1 月 28 日至 4 月 7 日，由山东美术馆主办的“时代叙事——山东美术馆年度典藏精品展（2017）”在山东美术馆举行。展览展出山东美术馆 2017 年馆藏的中国画、油画、版画、水彩画、壁画、综合材料、雕塑等作品 127 件。

【“一带一路”——河北美术家云南写生创作作品展】

2018 年 2 月 1 日至 3 月 4 日，由河北省文化厅主办、河北美术馆（河北画院）承办的“‘一带一路’——河北美术家云南写生创作作品展”在河北美术馆举行。展览展出 29 名河北美术家赴云南采风写生所创作的中国画、油画、版画 150 余件。

【岁朝宓穆——戊戌迎春小品画展】

2018 年 2 月 1 日至 3 月 18 日，由浙江美术馆主办的“岁朝宓穆——戊戌迎春小品画展”在杭州国画院美术馆举行。展览展出浙江美术馆馆藏及当代艺术家创作的以春节习俗、岁朝清供、狗年生肖、迎接春天为主题的中国画、版画、水彩画等小幅绘画作品 150 余幅。

【宝藏经典、活化精神——中国美术馆典藏精品展Ⅱ】

2018 年 2 月 2 日至 12 月 30 日，由中国美术馆主办的“宝藏经典、活化精神——中国美术馆典藏精品展Ⅱ”在中国美术馆举行。展览展出 20 世纪以来中国美术大家的中国画精品 11 件，油画 11 件，雕塑 4 件，从审美角度萃集小幅经典，由“小”切入，让观众在笔触、色彩、线条、墨韵中体验精神的感性显现，从而在图像中领悟艺术的真谛。

【绿色时空——当代美术名家上海邀请展】

2018 年 2 月 3 日至 27 日，由中国美术家协会、中国人民解放军美术书法研究院、上海市文化广播影视管理局主办的“绿色时空——当代美术名家上海邀请展”在上海市刘海粟美术馆举行。展览展出 80 余名当代艺术家的 160 余件美术作品，作品内容大多以军事题材为主，通过中国画、油画、版画等不同的美术表现形式，从不同角度描绘了中华民族在实现伟大复兴的中国梦进程中的精神风采。

【第六届四川省青年作品展】

2018 年 2 月 8 日至 3 月 13 日，由四川省美术家协会、四川美术馆主办的“第六届四川省青年作品展”在四川美术馆举行。展览展出来自全省 570 余件参评作品评选出的中国画、油画等入选作品 308 件。

【中国汉画大展】

2018年3月12日至4月9日，由中国汉画学会、山水美术馆主办的国家艺术基金2018年度传播交流推广资助项目“中国汉画大展”在北京市山水美术馆举行。展览展出全国23家文博单位、中国汉画学会会员单位提供的汉画拓片581件（套）。“卓有成就的汉画研究专家奖”颁奖活动同期举行，对14位长期在汉画领域坚持学术研究并取得杰出成就的专家学者进行表彰。

【中国艺术新视界2018·国家艺术基金青年艺术创作人才（美术、书法、摄影、工艺美术）滚动资助作品巡展】

2018年3月13日至20日，由国家艺术基金管理中心、中华世纪坛艺术馆主办的“中国艺术新视界2018·国家艺术基金青年艺术创作人才（美术、书法、摄影、工艺美术）滚动资助作品巡展”首展在北京市中华世纪坛艺术馆举行。展览分为“历史国魂”“吾土吾民”“都市景观”“林泉造物”“翰墨心印”“影像叙事”六大主题板块，展出“2014年度青年艺术创作人才资助项目”“2015年度青年艺术创作人才资助项目”“2015年度艺术人才培养资助项目”“2016年度青年艺术创作人才资助项目”“2016年度艺术人才培养资助项目”244名艺术家的499件（组）作品，包括绘画、雕塑、书法、摄影、工艺美术等艺术门类。

【中国·美术·学院——中国美术学院九十周年纪念大展】

2018年3月25日至4月8日，由中国美术学院、中国美术馆主办的“中国·美术·学院——中国美术学院九十周年纪念大展”在中国美术馆举行。展览围绕中国艺术的先锋之旅、美术教育的核心现场、学院精神的时代宣言三条线索展开，由在中国美术学院的教学实践中撷取中国画、油画、书法、雕塑、设计、建筑等学科的15个案例组成，分为“历史巨擘”“烽火艺程”“天地绘心”“艺术家书”“含弘写心”等15个单元，回望中国美术学院90年办学历程，叩问中国高等艺术教育的实践路径与发展路径。

【新时代　新湖南——现实题材创作美术作品展】

2018年3月28日至4月2日，由湖南省文学艺术界联合会主办，湖南省美术家协会、湖南省画院承办的“新时代　新湖南——现实题材创作美术作品展”在湖南省画院美术馆举行。展览展出湖南省画家的现实题材作品50余幅，涵盖中国画、油画、版画、水彩画、雕塑等。

【写意中国——2018中国国家画院美术作品展（郑州）】

2018年4月8日至14日，由中国国家画院、河南省文化厅、河南省文学艺术界联合会主办，河南省美术家协会、中国国家画院艺术交流部、郑州美术馆等承办的“写意中国——2018中国国家画院美术作品展（郑州）”在郑州美术馆举行。展览同时邀请河南省内部分优秀艺术家的作品参展，展出160余名优秀艺术家的美术作品，作品形式涵盖中国画、书法、版画等。4月18日至5月9日，该展巡展在洛阳美术馆举行。

【《中华家园》美术创作项目草图观摩展】

2018年4月11日至22日，由中国文学艺术界联合会、国家民族事务委员会、国务院参事室等主办实施，中央文史研究馆书画院承办的“《中华家园》美术创作项目草图观摩展”在中国美术馆举行。展览展出由主办单位、美术专业和民族研究等各领域知名专家共同遴选确定的111个选题的111件入围作品。

【血脉传承　不忘初心——江西美术家“深入生活、扎根人民”主题实践活动汇报展】

2018年4月25日至27日，由江西省文学艺术界联合会主办的“血脉传承　不忘初心——江西美术家‘深入生活、扎根人民’主题实践活动汇报展”在中国文艺家之家展览馆举行。展览展出的130余件作品，反映了江西人民对革命传统的继承，描绘了江西改革开放40年来的巨大变化。

【开放的西美——西安美术学院2018届硕士研究生毕业作品展】

2018年5月6日至20日，由西安美术学院主办的“开放的西美——西安美术学院2018届硕士研究生毕业作品展”在西安美术学院西部美术馆举行。展览展出美术学、设计学、艺术学理论3个学科、12个研究生培养单位、221名硕士研究生的1000余件作品，作品涵盖中国画、油画、版画、雕塑、水彩画、实验艺术、设计、建筑环境艺术、公共艺术、服装设计、影视动画及美术史论等20余个研究方向。

【2018广州美术学院研究生毕业作品展】

2018年5月15日，由广州美术学院主办的“2018广州美术学院研究生毕业作品展”在广东省广州市开幕。285名硕士生作品分三场展出：第一场为油画系、版画系、雕塑系、实验艺术系、造型艺术基础部美术类全日制硕士研究生专场，于5月15日至25日在广州美术学院美术馆展出；第二场于5月29日至6月8日展出，其中广州美术学院美术馆展出中国画学院、艺术与人文学院、美术教育学院美术类全日制硕士研究生毕业作品，岭南画派纪念馆展出中国画学院、美术教育学院、油画系、版画系、雕塑系、实验艺术系美术类在职硕士研究生毕业作品；第三场于6月12日至22日展出，广州美术学院美术馆展出工业设计学院、建筑艺术设计学院、视觉艺术设计学院设计类全日制硕士研究生作品，以上3个学院及美术教育学院设计类在职硕士研究生毕业作品则在岭南画派纪念馆展出。

【清华大学美术学院、清华大学深圳研究生院2018届夏季毕业硕士研究生毕业作品展】

2018年5月16日至6月8日，由清华大学美术学院、清华大学深圳研究生院主办，清华大学美术学院教务办公室、研究生工作组承办的“清华大学美术学院、清华大学深圳研究生院2018届夏季毕业硕士研究生毕业作品展”在清华大学艺术博物馆举行。展览展出染服系、视传系、工业系、环艺系、陶瓷系、信息系、绘画系、雕塑系、工艺美术系、艺术史论系和基础教研室等11个培养单位的220名硕士毕业生的作品近900件。

【Ctrl+Alt+Del 重启——湖北美术学院 2018 届本科生毕业作品展】

2018 年 5 月 17 日至 6 月 9 日，由湖北美术学院主办的“Ctrl+Alt+Del 重启——湖北美术学院 2018 届本科生毕业作品展”在湖北美术学院举行。展览展出 1777 名 2018 届本科毕业生的作品 1583 件，涵盖中国画、书法、油画、版画、插画、壁画与综合材料绘画、公共艺术、雕塑、陶瓷艺术、水彩画、动画、影像媒体艺术、数字媒体艺术、视觉传达设计、摄影、印刷图形设计、环境艺术设计、风景园林、服装与服饰设计、服装设计与表演、纤维艺术设计、产品设计、展示设计、美术教育、艺术教育等专业。

【2018 中国精神·中国梦——美丽乡村行写生采风作品展】

2018 年 5 月 23 日，在毛泽东《在延安文艺座谈会上的讲话》发表 76 周年之际，由中国文学艺术界联合会、中国美术家协会、中国文学艺术基金会主办的“2018 中国精神·中国梦——美丽乡村行写生采风作品展”在文化和旅游部恭王府博物馆开幕。展览展出全国 80 余名知名美术家创作的中国画、油画、水彩画作品 87 件。

【新时代　新徽派——安徽书画 40 年精品晋京展】

2018 年 5 月 24 日至 6 月 3 日，由中共安徽省委宣传部、中国美术家协会、中国书法家协会等主办的“新时代　新徽派——安徽书画 40 年精品晋京展”在中国美术馆举行。展览展出美术书法作品 346 件，其中美术作品 196 件，包括中国画、版画、油画、水彩·粉画、雕塑等；书法篆刻作品 150 件，包括真草隶篆行书和篆刻等。

【寄言 2028——中国美术学院 2018 年毕业创作展】

2018 年 5 月 25 日至 6 月 11 日，由中国美术学院主办的“寄言 2028——中国美术学院 2018 年毕业创作展”在浙江省杭州市举行。中国美术学院 2018 届毕业生 2505 人，其中本科 1717 人，各层次研究生 492 名，艺术设计职业技术学院 2018 届专科毕业生 296 人。2018 届全院本科毕业作品 4000 余件，按照各专业教学单位毕业生人数，根据金、银、铜奖的不同比例分配，遴选出优秀作品 374 件（金奖 79，银奖 112，铜奖 183），参加 6 月 6 日至 15 日在中国美术学院美术馆（南山校区）的优秀毕业作品展。

【2018 中央美术学院本科生作品展】

2018 年 5 月 26 日至 6 月 26 日，由中央美术学院主办的“2018 中央美术学院本科生作品展”在中央美术学院美术馆举行。展览展出中央美术学院 8 个二级学院 873 名毕业生的 2000 余件作品。

【广州美术学院 2018 届本科毕业展】

2018 年 5 月 26 日至 6 月 27 日，由广州美术学院、广东美术馆主办的“广州美术学院 2018 届本科毕业展”在广东省广州市举行。本届毕业展展出 35 个专业（方向）、1200 余名毕业生的作品，分别在广东美术馆和广州美术学院大学城校区展出，广东美术馆部分展出中国画、油画、版画、实验艺术、美术教育、艺术与人文学院等装置类和人文研究类毕业作品。广州美术学院大学城美术馆、雕塑分馆、影像分馆展出工业设计、视觉艺术设计、建筑艺术设计以及雕塑、美术教育学院（平面、工艺）、艺术与科技、摄影、影视摄影与制作专业作品。

【2018 四川美术学院本科毕业作品展】

2018 年 5 月 28 日至 6 月 18 日，由四川美术学院主办的“2018 四川美术学院本科毕业作品展”在四川美术学院举行。展览展出 1952 名本科毕业生的近万件作品。大学城虎溪校区展出美术学类、设计学类、戏剧与影视学类、艺术理论类、教育学类和建筑类等毕业作品，包括中国画、书法、油画、版画、雕塑、水彩画、综合艺术、实验艺术、公共绘画、摄影以及视觉传达设计、环境设计、产品设计、服装与服饰设计、工艺美术、数字媒体艺术、戏剧影视美术设计、动画等，艺术理论类专业也进行有特色的展示。黄桷坪校区展出设计学类的毕业创作，包括公共艺术学院公共艺术和艺术与科技的两个专业类作品。

【第六届全国青年美术作品展览】

2018 年 6 月 8 日至 24 日，由中华全国青年联合会、中国文学艺术界联合会、中国美术家协会主办，中国美术馆、中华艺文基金会支持的“第六届全国青年美术作品展览”在中国美术馆举行。展览展出从全国 12030 件参评作品中评选出的 387 件作品，包括中国画、油画、版画、雕塑、水彩·粉画、漆画、插图·连环画、综合材料绘画 8 个类别。11 月 16 日至 12 月 10 日，该展巡展在淮安市美术馆举行。

【开放的西美：时空留痕·未来见——2018 本科毕业季展览】

2018 年 6 月 9 日至 20 日，由西安美术学院主办的“开放的西美：时空留痕·未来见——2018 本科毕业季展览”在西安美术学院、西安美术馆举行。展览展出中国画系、油画系、版画系、雕塑系、公共艺术系、设计系、建筑环艺系、服装系、实验艺术系、史论系、影视动画系、艺术教育学院 12 个教学单位，1450 余名本科毕业学生 5000 余件创作学习成果。囊括绘画、雕塑、摄影、艺术设计、工艺美术、数字媒体艺术、美术史论、服装与服饰设计等 16 个专业方向。

【清华大学美术学院 2018 届本科生毕业作品展】

2018 年 6 月 13 日至 7 月 7 日，由清华大学美术学院主办的“清华大学美术学院 2018 届本科生毕业作品展”在清华大学美术学院举行。展览展出 272 位毕业生的 500 余件（套）作品，作品涵盖绘画、雕塑、陶瓷、玻璃、漆艺、染织等类别。其中陶瓷艺术设计系、视觉传达设计系、绘画系、工艺美术系、信息艺术设计系（摄影专业）毕业生的作品在清华大学艺术博物馆展出；染织服装艺术设计系、环境艺术设计系、工业设计系、信息艺术设计系、雕塑系毕业生的作品在清华大学美术学院美术馆各展厅展出。

【在花园——天津美术学院 2018 届毕业生优秀作品展】

2018 年 6 月 15 日至 30 日，由天津美术学院主办的“在花园——天津美术学院 2018 届毕业生优秀作品展”在天津美术学院美术馆举行。展出来自实验艺术学院、造型艺术学院、中国画学院、设计艺术学院、环境与建筑艺术学院、产品设计学院、研究生部等教学单位的19个专业与方向的1240名应届本科、研究生毕业生创作的4000余件作品。学校通过本次2018届优秀毕业作品奖——学院奖的评选，对34名硕士毕业生、205名本科毕业生进行表彰。

【勇立潮头——浙江省第七届青年美术作品展览】

2018年6月15日至7月22日，由浙江省文学艺术界联合会、浙江省青年联合会、浙江省美术家协会等主办的“勇立潮头——浙江省第七届青年美术作品展览”在浙江美术馆举行。展览展出从全省1200余件投稿作品中评选出的287件作品，其中优秀作品50件，涵盖中国画、油画、版画、雕塑、水彩·粉画、漆画、综合材料7个艺术门类。

【中国艺术研究院研究生2018年度毕业作品展】

2018年6月24日至28日，由中国艺术研究院主办的“中国艺术研究院研究生2018年度毕业作品展”在北京市炎黄艺术馆举行。展览展出中国艺术研究院研究生院美术学系、设计学系和艺术学系博士、硕士研究生140余人的毕业作品300余件，包括中国画、书法、油画、雕塑、陶艺设计，传统技艺中的刺绣、玉雕、越窑青瓷、雕漆、牙雕等作品以及非物质文化遗产保护实践和书画鉴定与文物保护实践图片及视频。这是中国艺术研究院第三次在公共展览空间面向社会大规模公开展示毕业生的毕业作品。

【美美与共——中国美术馆藏国际艺术作品展】

2018年6月27日至7月8日，由中国美术馆策划、主办的中国美术馆构建人类命运共同体主题展“美美与共——中国美术馆藏国际艺术作品展”在中国美术馆举行。展览展出从中国美术馆收藏的外国艺术家的3500件作品中遴选出的涉及60余个国家的100余名艺术家创作的200余件艺术作品，涵盖油画、版画、雕塑、摄影等类型。

【纪念何香凝先生诞辰140周年暨首届“香凝如故”全国美术作品展】

2018年6月28日至7月8日，由民革中央、中国美术家协会主办，中国文学艺术界联合会美术艺术中心、民革中央画院、民革中央企业家联谊会等承办的“纪念何香凝先生诞辰140周年暨首届‘香凝如故’全国美术作品展”在中国美术馆举行。展览展出作品81件，是从全国近4000件投稿作品中评选出的109件作品，包括何香凝等同时期革命先贤真迹、民革中央画院主题创作作品等。

【“八八战略”15年·浙江书画展】

2018年7月11日至21日，由中共浙江省委宣传部、浙江省文学艺术界联合会主办，浙江省美术家协会、浙江省书法家协会、浙江展览馆承办的“‘八八战略’15年·浙江书画展”在浙江展览馆举行。展览以“新时代·新气象·新作为”为主题，以浙江实施“八八战略”15年来取得的巨大成果为切入点，展出浙江美术书法界深入改革一线、深入建设前沿、深入人民群众创作的56件优秀美术书法作品，涵盖中国画、油画、版画、水彩·粉画、书法、篆刻等艺术形式。

【见字如晤　纸短情长——深圳美术馆现代书画艺术大家信札暨典藏精品展】

2018年7月20日至8月19日，由深圳美术馆主办的2018年文化和旅游部全国美术馆馆藏精品展出季项目“见字如晤　纸短情长——深圳美术馆现代书画艺术大家信札暨典藏精品展”在深圳美术馆举行。展览展出141封艺术家与美术馆交流的老信件。该展以展览为线索，展出邵宇、徐希、蒋兆和、吴冠中、黄胄等近70名名家与深圳美术馆往来信札，同时还展出蒋兆和、唐云、关山月、邵宇、宋文治、吴冠中、黄胄、周昌谷等画家的馆藏精品。

【朝圣·敦煌——甘肃画院美术作品展】

2018年7月24日至8月2日，由贵州省文化厅、甘肃省文化厅主办的“朝圣·敦煌——甘肃画院美术作品展”在贵州美术馆举行。该展为“朝圣·敦煌——甘肃画院美术创作工程”的成果展示，展览展出甘肃画院艺术家100余幅美术作品，涵盖甘肃画院自1990年成立以来，老、中、青三代书画家及院聘画家的作品。

【四川省第九届新人新作美术作品展】

2018年7月28日至8月15日，由四川省美术家协会、四川美术馆主办的“四川省第九届新人新作美术作品展”在四川美术馆举行。展览分期展出60件优秀作品以及版画、水彩·粉画、综合材料、雕塑、油画、中国画作品200余幅。

【城市触觉——2018港澳视觉艺术双年展】

2018年8月31日至9月6日，由文化和旅游部、香港特别行政区政府民政事务局、澳门特别行政区政府社会文化司主办的“城市触觉——2018港澳视觉艺术双年展”在北京市民生美术馆举行。香港展区的参展艺术家由8位香港青年建筑设计师组成，以“城市触觉：建谈城市相遇”为主题，通过“分隔”“印象”“家”“记忆”4个部分展出艺术家的装置和互动媒体创作。澳门展区以“城市触觉：穿城越市”为主题展出6名澳门艺术家的装置、互动及平面作品，反映出丰富的澳门历史及人文底蕴及本土澳门人对这座城市的深情。内地展区以“城市触觉：空间衍生”为主题展出活跃在北京、杭州、上海等城市的近20名青年艺术家、建筑师与设计师作品。10月30日至11月11日，该展巡展在浙江美术馆举行。

【中国梦·燕赵雄风——全国中国画、油画作品展】

2018年9月1日至11日，由中国美术家协会、中国文学艺术基金会、河北省文化厅等主办，中国文学艺术界联合会美术艺术中心、河北省美术家协会、《时代书画报》等承办的中国文学艺术基金会资助项目“中国梦·燕赵雄风——全国中国画、油画作品展”在石家庄美术馆举行。展览展出中国画、油画作品270件。

【北京市文联、北京美术家协会第十七届新人新作展览】

2018年9月12日至18日，由北京市文学艺术界联合会、北京美术家协会主办的“北京市文联、北京美术家协会第十七届新人新作展览”在首都图书馆举行。展览展出从全市688件投稿作品中评选出的130余件作品，涵盖中国画、油画、雕塑等。

【绘事之“素”——中国美术馆藏素描作品展】

2018年9月22日至11月25日，由中国美术馆主办的“典藏活化”系列展“绘事之‘素’——中国美术馆藏素描作品展”在中国美术馆举行。展览展出141件中国美术馆馆藏素描作品以及部分艺术家同题材油画和雕塑作品。

【多维景观——湖北女性艺术家作品展】

2018年9月26日至10月10日，由湖北省美术家协会、湖北美术学院主办的“多维景观——湖北女性艺术家作品展”在湖北美术学院美术馆举行。展览展出85组、89名艺术家的油画、水墨、陶艺、版画、装置、摄影、影像、动画等艺术作品。

【从长江走来——湖北优秀美术作品展】

2018年9月30日至10月21日，由中共湖北省委宣传部、湖北省文化厅、中国美术馆主办的“从长江走来——湖北优秀美术作品展”在中国美术馆举行。展览一方面用美术作品反映改革开放40年的历史变迁，另一方面反映改革开放过程中湖北美术发展的历程。展品时间跨度近100年，遴选湖北省中国画、油画、版画、雕塑、水彩画领域100余名艺术家的100余件代表作品。

【画说运河——江苏美术家采风写生创作作品展】

2018年10月9日至16日，由中共江苏省委宣传部、江苏省文学艺术界联合会主办，江苏省美术家协会、江苏省现代美术馆承办的“画说运河——江苏美术家采风写生创作作品展”在江苏省文学艺术界联合会艺术剧场举行。展览展出采风写生创作活动汇集的省内老、中、青三代美术家的代表作品82件。

【良好实践：2018学院本色——美院在校生创作展】

2018年10月11日至17日，由中央美术学院、中国美术学院、清华大学美术学院等主办，中国美术学院承办的“良好实践：2018学院本色——美院在校生创作展”在中国美术学院美术馆举行。展览展出由各校推荐的中国画、书法、油画、版画、壁画、雕塑等造型类艺术作品160件（套）。

【师严道尊——中央美术学院油画系第三工作室教学研究展】

2018年10月12日至11月4日，由中央美术学院主办，中央美术学院造型学院、中央美术学院美术馆承办的“师严道尊——中央美术学院油画系第三工作室教学研究展”在中央美术学院美术馆举行。展览分为“民族风格、中国气派”“建构油画艺术的中国学派”“立足传统、面对当代”3个展览单元，通过对第三工作室不同历史阶段的作品、照片、教学文献进行有机编排，展出自1959年董希文工作室成立以来各个阶段教师和学生的作品60余件。

【山东艺术学院建校 60 周年美术作品展】

2018 年 10 月 13 日至 28 日，由山东省文化厅、山东艺术学院主办的“山东艺术学院建校 60 周年美术作品展”在山东美术馆举行。展览展出中国画、油画、版画、雕塑、壁画、陶瓷、水彩画和综合材料等不同类型的作品 208 件（组）。既是山东艺术学院建校 60 周年的经典作品集萃，也是山东艺术学院美术事业发展的大型综合回顾。

【向人民汇报——30 位中青年美术家“深入生活、扎根人民”主题实践活动作品展】

2018 年 10 月 19 日至 24 日，为纪念习近平总书记主持召开文艺工作座谈会并发表重要讲话四周年，由中国文学艺术界联合会、中国美术家协会、中国文学艺术基金会主办的“向人民汇报——30 位中青年美术家‘深入生活、扎根人民’主题实践活动作品展”在北京市炎黄艺术馆举行。展览展出 30 名美术家的 230 余幅作品。

【融合·跨界：中国当代玻璃艺术三年展】

2018 年 10 月 19 日至 11 月 4 日，由清华大学主办，中国工艺美术协会、中国国家画院协办的国家艺术基金 2017 年度传播交流推广资助项目“融合·跨界：中国当代玻璃艺术三年展”在河南省美术馆举行。展览展出从国内各大艺术院校、独立艺术家的玻璃艺术作品 327 件评选出的 130 件（套）作品，其中 20 件（套）特邀艺术家作品。学术论坛同期举行，论坛针对当代玻璃艺术的融合和跨界、艺术创作和艺术教育等方面展开讨论。

【绿水青山——全国高校名家主题作品邀请展暨第七届苏州高校教师美术作品三年展】

2018 年 10 月 26 日至 11 月 9 日，由中国美术家协会艺术委员会支持，江苏省美术家协会、苏州市文学艺术界联合会主办的“绿水青山——全国高校名家主题作品邀请展暨第七届苏州高校教师美术作品三年展”在苏州工艺美术职业技术学院美术馆举行。展览展出 100 余件来自中国艺术研究院、中央美术学院、中国美术学院、清华大学美术学院等近 20 所高校的美术家和苏州高校教师的美术作品。

【影像北京——全市书法美术摄影展】

2018 年 10 月 31 日至 11 月 13 日，由中共北京市委宣传部、北京市文化局主办，北京文化艺术活动中心承办的 2018 首都市民系列文化活动“影像北京——全市书法美术摄影展”在北京市中华世纪坛专题展厅举行。展览展出从北京市各区文化馆征集评选出的书法、美术、摄影作品 150 幅。

【图像 n 次方——2018 清华大学美术学院教师作品展（美术）】

2018 年 11 月 1 日至 15 日，由清华大学美术学院学术委员会、北京清尚建筑设计研究院主办，清华大学艺术与科学研究中心承办的“图像 n 次方——2018 清华大学美术学院教师作品展（美术）”在清华大学美术学院美术馆举行。展览展出清华大学美术学院绘画系、雕塑系、基础教研室和信息艺术设计系摄影专业的65位教师的108件（组）作品，包括绘画作品、雕塑作品、影像及装置作品等。

【异彩飞扬——首届中国少儿绘画作品展】

2018年11月2日至6日，由中国美术家协会少儿美术艺术委员会、江苏省美术家协会主办，江苏省美术家协会少儿美术艺术委员会承办的“异彩飞扬——首届中国少儿绘画作品展”在江苏美术馆举行。展览展出从全国1万余件投稿作品中评选出的280幅作品，涵盖儿童画、中国画、书法、油画、版画、素描、水彩画等。

【中国美术家协会美术理论委员会委员作品展】

2018年11月2日至17日，由中国美术家协会美术理论委员会、中共常州市委宣传部、常州市文学艺术界联合会等主办，西太湖美术馆承办的“中国美术家协会美术理论委员会委员作品展”在常州市西太湖美术馆举行。展览展出中国美术家协会美术理论委员会书画家的近60件美术作品，包括中国画、油画、线描、书法等。

【视界・无界——中国当代综合材料绘画作品邀请展】

2018年11月3日至12月2日，由中国美术家协会综合材料绘画艺术委员会、中共张家港市委宣传部、张家港市文广新局主办的“视界・无界——中国当代综合材料绘画作品邀请展”在张家港美术馆举行。展览展出15名全国当代综合材料艺术家的90件作品。

【界面效应 Becoming】

2018年11月4日至27日，由中国艺术研究院主办，中国艺术研究院国家当代艺术研究中心、今日美术馆承办的“界面效应 Becoming”展览在北京市今日美术馆举行。展览由中国艺术研究院和中国艺术研究院国家当代艺术研究中心持续推动的“中国当代艺术现状与生态研究”项目而形成。参展的24位艺术家则是中青年一代抽象艺术的群体性思考，艺术作品涉及架上绘画、雕塑、装置和数字媒介等艺术领域。

【新时代　青春志——2018北京青年美术双年展】

2018年11月8日至18日，由共青团北京市委员会、北京市文学艺术界联合会、北京市青年联合会等主办，北京青少年艺术服务中心、北京市美术家协会、北京青年艺术发展促进会承办的团中央新兴青年群体“筑梦计划、美绘梦想”项目“新时代　青春志——2018北京青年美术双年展”在北京市中华世纪坛举行。展览展出从全国近3000位艺术青年的3000余件报名作品中评选出的243名艺术青年的260余件作品，涵盖中国画、油画、版画、雕塑、影像装置等。

【岭南艺萃——广东省人民政府文史研究馆馆藏名家书画精品展】

2018年11月8日至23日，广东省人民政府文史研究馆、广东美术馆主办的“岭南艺萃——广东省人民政府文史研究馆馆藏名家书画精品展”在广东美术馆举行。展览展出广东省人民政府文史研究馆遴选出的200余件从明代到现代150余名已故名家的馆藏书画作品。

【58同行画展】

2018年11月11日至18日，由山东画院、山东省文化馆、山东省书画学会主办的“58同行画展”在济南市博物馆举行。展览展出8名书画家的作品40余幅，包括山水、花鸟、人物、书法等。参展艺术家皆为1958年出生，多为一级美术师，大学院长、教授，中国美术家协会会员。

【千里之行——中国重点美术院校2018届毕业生优秀作品展】

2018年11月11日至12月2日，由中央美术学院、广州美术学院、天津美术学院等9所美术院校主办的“千里之行——中国重点美术院校2018届毕业生优秀作品展”在中央美术学院美术馆举行。来自9所院校的270名本科毕业生的优秀作品得以全面呈现。展览专设“千里之行”项目回顾板块，全面呈现以往八届的展览历程，还精选出9件作品（每学院1件）代表9所院校本年度的突出成果，在美术馆一楼展示。

【时代华彩——首届中国女美术家作品展】

2018年11月19日至12月5日，由中国美术家协会、中国女画家协会、中国妇女儿童博物馆主办的“时代华彩——首届中国女美术家作品展”在中国妇女儿童博物馆举行。画展展出以表现女性与儿童题材为主的美术作品160幅，涵盖中国画、油画、综合材料等。

【扎根人民·描绘古风——中国艺术研究院艺术家采风写生展】

2018年11月24日至12月3日，由中国艺术研究院主办、中国艺术研究院文学艺术创作研究院美术创作中心承办的“扎根人民·描绘古风——中国艺术研究院艺术家采风写生展”在北京市炎黄艺术馆举行。展览展出中国艺术研究院36名画家的写生作品69幅。

【广东画院创作年度展2018】

2018年11月27日至12月5日，由广东画院、广东美术馆主办的“广东画院创作年度展2018”在广东美术馆举行。展览展出66名广东画院在职画家、签约画家、青年画院画家年度精心创作的200余件作品，涵盖中国画、油画、版画、漆画等。

【2018年“新峰计划”创作成果展】

2018年11月29日至12月5日，由中共浙江省委宣传部指导，浙江省文学艺术界联合会主办，浙江省美术家协会、浙江省书法家协会、浙江省摄影家协会等承办的2018年度浙江省造型艺术青年人才培养项目“2018年‘新峰计划’创作成果展”在浙江省文化会堂举行。展览展出42名青年艺术家的400余件艺术作品。

【2018·第三届中国民族美术双年展】

2018年12月5日至16日，由中国美术家协会主办，中国文学艺术界联合会美术艺术中心、中国美术家协会民族美术艺术委员会承办的“2018·第三届中国民族美术双年展”在中国美术馆举行。展览展出从全国6000余件征集作品中评选出的260件作品。其中，中国画130幅，油画130幅。

【行千里，致广大——2018年四川美术学院教师作品年展】

2018年12月5日至16日，由四川美术学院主办的“行千里，致广大——2018年四川美术学院教师作品年展”在四川美术学院大学城校区美术馆举行。展览展出四川美术学院专业教师的代表性成果346件作品，来自全校14个院系及研究机构，其中专业创作与设计作品299件、专业论文30篇及学术著作17部，本届学校评审专家组评选出的“院长提名奖”2件。

【清华大学美术学院二零一九届硕士研究生毕业作品展】

2018年12月5日至19日，由清华大学美术学院主办的“清华大学美术学院二零一九届硕士研究生毕业作品展”在清华大学美术学院美术馆举行。展览展出清华大学美术学院染织服装艺术设计系、陶瓷艺术设计系、环境艺术设计系、工业设计系、信息艺术设计系、雕塑系23名硕士研究生的150余件创作、设计作品。

【北京意象——诗化海淀绘画作品展】

2018年12月6日至16日，由北京市文学艺术界联合会、中共海淀区委区政府主办，北京美术家协会、北京画院、中共海淀区委宣传部等承办的“北京意象——诗化海淀绘画作品展”在中国美术馆举行。展览展出从400余幅征集作品评选出的102幅作品，其中油画52幅、中国画50幅。12月8日，在海淀美术馆北馆展出170幅作品。

【春华秋实——2018江苏省书画院年度写生创作作品汇报展】

2018年12月10日，由江苏省文学艺术界联合会主办、江苏省书画院承办的“春华秋实——2018江苏省书画院年度写生创作作品汇报展”在江苏省现代美术馆开幕。展览展出老、中、青三代20余名书画院在职书画家、特聘画家作品100余件，其中每名画家3幅创作、3幅写生作品。

【2018江苏省优秀美术家系列展】

2018年12月14日至21日，由中共江苏省委宣传部、江苏省文化和旅游厅、江苏省文学艺术界联合会主办的“2018江苏省优秀美术家系列展”在江苏省美术馆举行。展览展出7名美术家的700余幅作品，涵盖中国画、油画、版画等。

【2018山东画院年展】

2018年12月14日至2019年1月6日，由山东画院、山东美术馆主办的“2018山东画院年展”

在山东美术馆举行。展览展出55名画家的150余件作品，作者由山东画院在职画家、特邀选聘和公开招聘的签约画家组成。

【2018中国国家画院“一带一路”采风写生作品展】

2018年12月18日至27日，由中国国家画院主办的“2018中国国家画院‘一带一路’采风写生作品展”在北京市炎黄艺术馆举行。展览展出100余名研究员的近400幅作品，包括参与“一带一路”国际美术工程的草图、初稿、手稿，在采风写生中的速写、水彩画、水墨作品，以及沿途拍摄的影像资料，涵盖中国画、油画、版画、雕塑、公共艺术等。

【体用一源：面向未来的水墨艺术——2018中国当代水墨年鉴三周年特展】

2018年12月20日至2019年1月2日，由西安美术学院中国画系、广州美术学院大学城美术馆、鲁迅美术学院中国画学院等主办的“体用一源：面向未来的水墨艺术——2018中国当代水墨年鉴三周年特展”在中国美术馆举行。展览展出全国35名2018年代表性水墨艺术家作品60余件，涵盖综合绘画、影像、新媒体、装置等。

【写意中国——2018中国国家画院年展青年画院作品展】

2018年12月21日至26日，由中国国家画院主办、中国国家画院青年画院承办的“写意中国——2018中国国家画院年展青年画院作品展”在中国国家画院美术馆举行。展览展出中国国家画院青年画院30名聘请画家和参加青年画院历届展览的优秀画家作品116件，涵盖中国画、油画、版画、雕塑等。

【西部绘画作品展】

2018年12月25日至2019年1月3日，由国家艺术基金资助，国家广电总局美术家协会、四川省文学艺术界联合会、西藏自治区文学艺术界联合会等指导，四川省古玩收藏协会主办的“西部绘画作品展”在上海市长宁区举行。展览分为“雪域情怀”“敬畏生命”“和谐共生”3个部分展出西部7个省、自治区、直辖市的51名画家的代表作品100余幅。

【心源·新源——2018中国艺术研究院研究生院学生习作展】

2018年12月26日至2019年1月10日，由中国艺术研究院研究生院主办、中国艺术研究院研究生院承办的“心源·新源——2018中国艺术研究院研究生院学生习作展”在中国艺术研究院举行。展览展出60名在校研究生创作的139件中国画、书法、篆刻作品。

【艺彩新锋——山东美术新人新作展（2018）年度精品展】

2018年12月28日至2019年1月8日，由山东省文化和旅游厅、山东美术馆主办的“艺彩新锋——山东美术新人新作展（2018）年度精品展”在山东美术馆举行。展览集中展示“艺彩新锋（2018）”18名入选作者的190余件作品，涵盖中国画、油画、水彩画、雕塑、综合材料、书法、摄影等。

中国画

【工逢盛世——中国工笔画名家学术邀请展】

2018年1月9日至14日，由中国工笔画学会等主办的“工逢盛世——中国工笔画名家学术邀请展”在北京市炎黄艺术馆举行。展览展出以“工逢盛世”为主题创作的61名画家的182件工笔画作品和9件名家题词。

【梦的起点——全国首届学院派优秀毕业生作品展】

2018年1月25日至31日，由中国美术家协会中国画艺术委员会、中国画学会指导，文化部艺术发展中心主办，中国画创作研究院承办的“梦的起点——全国首届学院派优秀毕业生作品展”在北京市炎黄艺术馆举行。展览展出从全国各个院校毕业生的3251件来稿中评选出的201幅中国画作品。

【笔墨当随时代——重走万里路　弘扬新金陵画派精神江苏美术采风成果展】

2018年1月25日至2月26日，由中国美术馆、中共江苏省委宣传部、江苏省文学艺术界联合会等主办的“笔墨当随时代——重走万里路　弘扬新金陵画派精神江苏美术采风成果展”在中国美术馆举行。展览分为两个部分。第一部分为傅抱石等新金陵画派代表人物作品；第二部分展示当代29名江苏画家的作品，配合展出的还有新金陵画派1960年、江苏画家2016年两次采风的文字、图片及影像资料。

【花开盛世——中国美术馆藏花鸟画精品展】

2018年1月25日至3月4日，由中国美术馆主办的“花开盛世——中国美术馆藏花鸟画精品展”在中国美术馆举行。展览展出中国美术馆馆藏花鸟画精品100余件，将中国宋元以来的花鸟画发展脉络通过具体作品集中展现与梳理。展览分为三个部分：第一部分展出宋、元、明、清的花鸟画作品，第二部分展出近现代花鸟画作品，第三部分展出当代花鸟画作品。

【姹紫嫣红开遍——山东美术馆迎新春馆藏花鸟题材绘画精品展】

2018年2月2日至3月24日，由山东美术馆主办的“姹紫嫣红开遍——山东美术馆迎新春馆藏花鸟题材绘画精品展”在山东美术馆举行。展览展出馆藏花鸟画精品81件，既有老艺术家的代表作品，也有中青年艺术家的近期新作。

【戊戌大吉——全国实力派名家迎春展】

2018年2月3日至10日，由山东省美术家协会、山东美术馆、山东省文化馆等主办的“戊戌大吉——全国实力派名家迎春展”在山东省文化馆举行。展览展出北京、山东两地中国画家的近作100

余幅，涵盖山水、花鸟、人物等。

【盛世春光——2018 江苏省国画院新春献礼·贺岁大展】

2018 年 2 月 8 日至 3 月 11 日，由江苏省文化厅主办，江苏省国画院、江苏省美术馆、《现代快报》承办的“盛世春光——2018 江苏省国画院新春献礼·贺岁大展”在江苏省美术馆举行。展览展出江苏省国画院 60 余名老、中、青书画家新近创作的近 400 件书画作品。

【纪念周恩来同志诞辰 120 周年中国画作品展】

2018 年 2 月 27 日至 3 月 20 日，由中国美术家协会、淮安市人民政府主办，中国文学艺术界联合会美术艺术中心、江苏省美术家协会、中共淮安市委宣传部等承办的“纪念周恩来同志诞辰 120 周年中国画作品展”在淮安市美术馆举行。展览展出从全国 3834 件投稿作品中评选出的 120 件作品，涵盖山水、人物、花鸟等。7 月 22 日至 29 日，该展巡展在国家典籍博物馆举行。

【第二届中国画学会展：时代华章·2018】

2018 年 3 月 8 日至 18 日，由中国画学会、中国美术馆主办的“第二届中国画学会展：时代华章·2018”在中国美术馆举行。展览展出近 300 幅中国画学会理事画家创作的作品，反映了当代中国画的艺术成果。

【后笔墨时代：中国式风景】

2018 年 3 月 23 日至 4 月 26 日，由广东美术馆、浙江美术馆主办的“后笔墨时代：中国式风景”展览在广东美术馆举行，展览展出 25 名艺术家的作品多幅。展品归纳为 3 个类型：立足笔墨传统继续探索创新的传统型，从西方现代艺术出发进行改革试验的现代型，超越笔墨甚至水墨、使用多元媒介加以拓展的当代型。

【时代印迹——中国艺术研究院中国画院第四届院展】

2018 年 4 月 12 日至 22 日，由中国艺术研究院主办的“时代印迹——中国艺术研究院中国画院第四届院展”在中国美术馆举行。展览展出中国艺术研究院在职、外聘画家及特聘艺术家的新作 150 余幅。

【第八届中国画节】

2018 年 4 月 20 日至 24 日，由第十一届中国（潍坊）文化艺术展示交易会组委会主办的“第八届中国画节”在潍坊市鲁台会展中心举行。本届画节围绕“新”和“颂”的主题，在公益性的基础上，强化其学术性、专业性和引领性，彰显“走进新时代　翰墨颂中华”的主题思想，全面展示中国画艺术。画节划分为主题展、特别展、专题展、特邀展、名家特展 5 大展区，由 100 余个单元板块组成，3 项专题活动展出 8000 余幅作品。

【花间逸趣·当代中国花鸟画作品邀请展（条屏、小品、手卷专题）】

2018年4月28日至5月6日，由北京画院、广东省美术家协会、广州美术学院等主办的“花间逸趣·当代中国花鸟画作品邀请展（条屏、小品、手卷专题）”在北京画院美术馆举行。展览展出25名当代艺术家的作品近100件，呈现了当下花鸟画的创作状态。

【邮驿路　运河情——全国中国画作品展】

2018年4月28日至5月18日，由中国美术家协会、高邮市人民政府主办的“邮驿路　运河情——全国中国画作品展”在江苏省高邮市举行。展览展出从全国4200余件参评作品中评选出的204件作品，涵盖山水、人物、花鸟等。7月7日至28日，该展巡展在扬州市美术馆举行。

【吉祥五台山——中国画艺术展】

2018年5月3日至12日，由中国画学会、山西省文学艺术界联合会、人民美术出版社主办的“吉祥五台山——中国画艺术展”在北京市人美美术馆举行。展览展出从数千件海内外应征作品中评选出的入选作品和特邀作品190件。

【清代中期绘画特展】

2018年5月16日，由天津博物馆主办的“清代中期绘画特展”在天津博物馆开幕。展览分为“‘四王、吴、恽’传派绘画”“宫廷绘画”“扬州地区绘画”“其他重要画家绘画”4个单元，在遴选天津博物馆馆藏精品展出的同时，商借故宫博物院、上海博物馆、辽宁省博物馆、浙江省博物馆等单位收藏的珍品20件，系统地呈现这一时期的画坛面貌和艺术成就。该展览分两期进行，第一期展出时间为5月16日至8月12日，更换部分展品后，第二期展出至11月中旬。两期展览共展出84名画家的160余件作品。

【不仅仅看见——新现实主义水墨研究展巡展（北京站）】

2018年5月25日至29日，由山东省文化厅、大众报业集团、山东省文学艺术界联合会等主办的“不仅仅看见——新现实主义水墨研究展巡展（北京站）”在中国国家画院美术馆举行。展览展出全国31名艺术家以“新的人文关怀”“新的社会形态”“新的观察视角”“新的表现语言”为理念创作的“新现实主义水墨”作品80件。8月3日至25日，该展巡展在山东美术馆举行；9月28日至10月7日，该展巡展在广东美术馆举行。

【水墨融情海丝梦——首届全国中国画作品展】

2018年5月26日至6月10日，由中国美术家协会、福建省文学艺术界联合会、福清市人民政府主办的“水墨融情海丝梦——首届全国中国画作品展”在福清市美术馆举行。展览展出从全国4000余件投稿作品中评选出的265件作品和16件特邀名家作品。

【墨香诏安——中国画作品展】

2018 年 6 月 15 日至 7 月 3 日，由中国美术家协会、福建省文学艺术界联合会、漳州市人民政府主办的“墨香诏安——中国画作品展”在福建省漳州市举行。展览展出从全国 4000 余件参评作品评选出的 238 件作品，涵盖人物、山水、花鸟等。

【江海门户通天下——全国中国画作品展】

2018 年 6 月 17 日至 7 月 8 日，由中国美术家协会、海门市人民政府主办，中国文学艺术界联合会美术艺术中心、中国美术家协会中国画艺术委员会、江苏省美术家协会等承办的“江海门户通天下——全国中国画作品展”在江苏省海门市举行。展览展出从全国 4255 件投稿作品中评选出的 250 幅作品，涵盖人物、山水、花鸟等。

【第四届傅抱石・中国画作品双年展】

2018 年 6 月 22 日至 7 月 1 日，由江苏省文化厅主办，江苏省国画院承办、江苏省美术馆协办的“第四届傅抱石・中国画作品双年展”在江苏省美术馆举行。展览展出入选及获奖作品 100 件。其中包括 3 位“傅抱石奖”获奖作者以及 7 名提名作者的 20 件独创作品。

【入蜀方知画意浓——全国美术作品展（中国画）】

2018 年 6 月 22 日至 7 月 8 日，由中国美术家协会、四川省文学艺术界联合会主办，中国文学艺术界联合会美术艺术中心、四川省美术家协会、四川美术馆承办的“入蜀方知画意浓——全国美术作品展（中国画）”在四川美术馆举行。展览展出从全国 4259 件投稿作品中评选出的 231 件作品，涵盖人物、山水、花鸟等。

【清平福来——齐白石艺术特展】

2018 年 7 月 17 日至 10 月 8 日，由故宫博物院、北京画院主办的“清平福来——齐白石艺术特展”在故宫博物院举行。展览分为“天道酬勤”“扶梦还乡”“老当益壮”“白石篆字”4 个板块，从两家机构收藏的齐白石艺术中选展 200 余件绘画、篆刻、文献作品。

【河山如画图——中国美术家协会河山画会成立 30 周年巡回艺术展暨江苏山水画名家邀请展】

2018 年 7 月 19 日至 29 日，由中国美术家协会、江苏省文学艺术界联合会、中央数字电视书画频道主办，中国美术家协会河山画会、江苏省美术家协会、江苏省现代美术馆等承办的“河山如画图——中国美术家协会河山画会成立 30 周年巡回艺术展暨江苏山水画名家邀请展”在江苏省现代美术馆举行。展览展出 127 名河山画会画家、76 名江苏画家作品 200 余件。

【时代风华——二十世纪中国美术名家精品展】

2018 年 7 月 27 日至 8 月 18 日，由广东省文化厅主办、广东美术馆承办的“时代风华——二十世纪中国美术名家精品展”在广东美术馆举行。展览分为“传承革新（清末—1949 年）”“转型建构（1949—1978 年）”“开放多元（1979 年至今）”3 个部分，展出从馆藏作品中遴选的 160 余件作品，涵盖 20 世纪中国画坛京津画派、海上画派、长安画派、新金陵画派、岭南画派等流派。

【国风盛典——首届全国中国画作品展】

2018 年 8 月 1 日至 10 日，由中国美术家协会、中国文学艺术基金会主办，中国文学艺术界联合会美术艺术中心等承办的“国风盛典——首届全国中国画作品展”在中国国家画院（国展）美术中心举行。展览展出从全国 3321 件来稿中评选出的 263 件作品。

【海丝情·中国梦——中国福州“海上丝绸之路”全国中国画作品展】

2018 年 8 月 17 日至 23 日，由中国美术家协会、福建省文学艺术界联合会、福州市人民政府主办的“海丝情·中国梦——中国福州‘海上丝绸之路’全国中国画作品展”在福州市海峡国际会展中心举行。展览分为“海丝情·中国梦”“丝路扬帆”“闽韵丹青”3 个主题展区，展出 300 余幅作品。

【深入生活　扎根人民——中国美术家协会中国画艺术委员会写生作品展】

2018 年 8 月 23 日至 29 日，由中国美术家协会、安徽省文学艺术界联合会、中共合肥市委宣传部等主办，中国美术家协会中国画艺术委员会、安徽省美术家协会、亚明艺术馆承办的“深入生活　扎根人民——中国美术家协会中国画艺术委员会写生作品展”在合肥市亚明艺术馆举行。展览展出 50 位画家的 120 余幅作品，出自中国美术家协会中国画艺术委员会的 40 名当代名家一年来开展采风活动的创作收获。

【品真格物——全国青年工笔画作品展】

2018 年 8 月 28 日至 9 月 28 日，由中国美术家协会、中共天津市委宣传部主办，中国文学艺术界联合会美术艺术中心、天津画院承办的“品真格物——全国青年工笔画作品展”在天津现代美术馆举行。展览展出特邀作品 64 件，入选作品 166 件。

【八荒通神——第四届哈尔滨美术双年展（中国画）】

2018 年 9 月 9 日至 10 月 9 日，由中国美术家协会、中共哈尔滨市委宣传部主办，中国文学艺术界联合会美术艺术中心、黑龙江省美术家协会、黑龙江禹舜文化艺术研究院等承办的“八荒通神——第四届哈尔滨美术双年展（中国画）”在哈尔滨市禹舜美术馆举行。展览展出从全国 5507 件参评作品中评选出的 199 件作品。

【故宫博物院藏清初“四王”绘画特展】

2018 年 9 月 11 日至 10 月 30 日，由故宫博物院主办的“故宫博物院藏清初‘四王’绘画特展”在故宫博物院举行。展览分为“‘师古’为宗”“融古出新”“霑溉后学”3 个单元，展出 113 件（套）作品，展示了“四王”的绘画艺术造诣和画学思想。

【山水本色——第二届中国当代青绿山水画学术邀请展】

2018 年 9 月 19 日至 26 日，由中国艺术研究院美术研究所主办、大井艺术馆承办的“山水本色——第二届中国当代青绿山水画学术邀请展”在中国美术馆举行。展览展出 11 名当代中国画坛青绿山水画家 5 年来的新作 60 余幅。

【回望十七世纪——金陵书画艺术展】

2018 年 9 月 21 日至 2019 年 1 月 3 日，由旅顺博物馆、辽宁省博物馆、南京博物院等 7 家单位主办的“回望十七世纪——金陵书画艺术展”在旅顺博物馆举行。展览分为“古都纪胜”“金陵八家”“一代宗师”“名家辈出”4 个单元，展出包括金陵八家、龚贤和石涛、髡残在内的 23 位书画家的 80 余件作品。

【2018 浦江·第十一届中国书画节暨 2018“万年浦江”全国中国画工笔作品展】

2018 年 9 月 26 日至 10 月 8 日，由中国美术家协会、浙江省文化厅、浙江省文学艺术界联合会主办的“2018 浦江·第十一届中国书画节暨 2018‘万年浦江’全国中国画工笔作品展”在浙江省浦江市举行。书画节集文化展示、书画交流、展销为一体，安排 14 项活动，其中有 12 项书画活动。展览展出从全国 2263 件投稿作品中评选出的 200 件作品。

【金城流韵——21 世纪新丝绸之路全国中国画作品展】

2018 年 10 月 16 日至 22 日，由中国美术家协会、甘肃省文学艺术界联合会主办，中国文学艺术界联合会美术艺术中心、甘肃省美术家协会、中共兰州市委宣传部等承办的“金城流韵——21 世纪新丝绸之路全国中国画作品展”在甘肃省兰州市举行。展览展出从全国 3800 余件投稿作品中评选出的 184 件作品，其中入会资格作品 40 件，入选作品 144 件。

【山水砚都　多彩肇庆——全国中国画作品展】

2018 年 10 月 28 日至 11 月 20 日，由中国美术家协会主办，中国文学艺术界联合会美术艺术中心、广东省美术家协会、中共肇庆市委宣传部等承办的“山水砚都　多彩肇庆——全国中国画作品展”在肇庆美术馆举行。展览展出从全国 3000 余件参评作品中评选出的 203 幅作品。

【第四届广东岭南美术大展】

2018 年 11 月 1 日至 15 日，由广东省美术家协会、广州美术学院、广州市海珠区人民政府主办，岭南画派纪念馆、海珠区文化广电新闻出版局承办的“第四届广东岭南美术大展”在广州市岭南画派纪念馆举行。展览展出从广东省内外及中国港澳地区、美国等地 1200 余件送评作品中评选出的 128 件作品，其中金奖 2 件，银奖 5 件，铜奖 10 件，优秀奖 65 件。

【写意长江——湖北省中国画作品展】

2018 年 11 月 14 日至 18 日，由中国文学艺术界联合会、中国美术家协会、中共湖北省委宣传部指导，湖北省文学艺术界联合会主办，湖北省美术家协会、湖北省国画院承办的“写意长江——湖北省中国画作品展”在中国文艺家之家展览馆举行。展览展出以“长江”为主题的作品和湖北省名家作品 127 件，展示了湖北中国画创作者的基本面貌。

【纪念文同诞生一千周年：千载清风——中国当代墨竹大展】

2018 年 11 月 14 日至 25 日，由浙江省文化和旅游厅、中共杭州市委宣传部、中国美术学院主办，浙江美术馆、杭州国画院、浙江省中国画家协会等承办的“纪念文同诞生一千周年：千载清风——中国当代墨竹大展”在浙江美术馆举行。展览展出从全国各地来稿中评选出的入展作品 220 件。

【大哉孔子——中国画创作工程作品展】

2018 年 11 月 23 日至 12 月 2 日，由中共山东省委宣传部、山东省文化和旅游厅、中国孔子基金会等主办，山东画院、山东美术馆、山东省美术家协会等承办的“大哉孔子——中国画创作工程作品展”在山东美术馆举行。展览展出 80 余名画家的 101 幅作品，创作题材涵盖孔子生平、孔子思想、论语故事、儒家文化的发展与传播等。

【感恩海洋　潮起象山——全国中国画作品展】

2018 年 12 月 5 日至 2019 年 1 月 4 日，由中国美术家协会、浙江省文学艺术界联合会主办，浙江省美术家协会、宁波市文学艺术界联合会、象山县人民政府承办的“感恩海洋　潮起象山——全国中国画作品展”在浙江省宁波市举行。展览展出从全国 3455 件投稿作品中评选出的 194 件作品。

【丹青宝筏——董其昌书画艺术大展】

2018 年 12 月 7 日至 2019 年 3 月 10 日，由上海博物馆主办的“丹青宝筏——董其昌书画艺术大展”在上海博物馆举行。展览分为“董其昌和他的时代”“董其昌的艺术成就与超越”“董其昌的艺术影响和作品辨伪”3 个部分，作品以上海博物馆馆藏作品为主，同时向北京故宫博物院、美国大都会艺术博物馆、日本东京国立博物馆等海内外 15 家重要收藏机构商借藏品，遴选董其昌及相关作品 154 件（组）。

【金陵盛迹——十七世纪的金陵画坛】

2018年12月8日至2019年1月1日，由中国美术馆、南京博物院主办的“金陵盛迹——十七世纪的金陵画坛”在中国美术馆举行。展览通过“金陵先声”“金陵八家”“金陵别样”“金陵妍丽”“金陵余韵”5个部分，展出中国美术馆和南京博物院收藏的40余名书画家的81件（套）作品。

【写意中国——2018中国国家画院年展国画作品展】

2018年12月9日至13日，由中国国家画院主办、中国国家画院国画院承办的“写意中国——2018中国国家画院年展国画作品展”在中国国家画院美术馆举行。展览展出中国国家画院国画院68位研究员的158幅中国画作品。

【新中国美术家系列——广东省国画作品展】

2018年12月15日至20日，由中国国家画院、广东省文化和旅游厅主办的“新中国美术家系列——广东省国画作品展”在中国国家画院美术馆举行。此展览为“新中国美术家系列”5年来的收官之展。展览展出广东省老、中、青三代15名艺术家的90余幅中国画作品。

【写意·苏州——中国画双年展（山水篇）】

2018年12月15日至2019年1月1日，由中国美术家协会主办，中国文学艺术界联合会美术艺术中心、苏州市文化广电新闻出版局承办的“写意·苏州——中国画双年展（山水篇）”在苏州美术馆举行。展览展出从全国2200余件作品中评选出的105件入选作品和60余件特邀作品。

【2018厦门全国工笔画双年展】

2018年12月18日至2019年1月17日，由中国美术家协会、厦门市文化广电新闻出版局主办，中国文学艺术界联合会美术艺术中心、厦门市美术馆承办的“2018厦门全国工笔画双年展”在厦门市美术馆举行。展览展出从全国2365件来稿中评选出的257件作品。

【南田风骨——第三届恽南田全国花鸟画作品展】

2018年12月28日至2019年1月15日，由中国美术家协会、中共武进区委宣传部主办，中国文学艺术界联合会美术艺术中心、江苏省美术家协会、江苏环太湖文化艺术城有限公司承办的“南田风骨——第三届恽南田全国花鸟画作品展”在江苏省常州市举行。展览展出从全国2852件投稿作品中评选出的187件作品，其中入会资格作品41件。“传承与创新——南田风骨的当下意义”学术研讨会同期举行。来自全国的30余名专家学者就新时代语境下全国花鸟画发展状况，本届“南田风骨”全国花鸟画展所体现的艺术成就、创新点，恽南田花鸟画风在当代的传承与创新等话题进行了研讨交流。

【和风屏山——第五届杭州中国画双年展】

2018年12月28日至2019年2月19日，由中国美术家协会、浙江省文学艺术界联合会、浙江省文化和旅游厅等主办，浙江省美术家协会、浙江美术馆、浙江画院承办的“和风屏山——第五届杭州中国画双年展”在浙江美术馆举行。展览由“横山”“叠境”“踏歌”“暗香”4个板块组成，由写意、横卷、册页、中堂等形式切入，展出38名当代中国画坛艺术家作品多幅。

油画

【中国精神：第四届中国油画展（第三区段）抽象——当代中国非具象油画艺术展】

2018 年 1 月 11 日至 3 月 17 日，由中国美术家协会主办，中国美术家协会油画艺术委员会、山东美术馆承办的“中国精神：第四届中国油画展（第三区段）抽象——当代中国非具象油画艺术展”在山东美术馆举行。展览展出评委作品、特邀作品、入选作品 103 幅。4 月 14 日至 30 日，该展巡展在鲁迅美术学院美术馆举行；5 月 5 日至 6 月 3 日，巡展在西安美术馆举行；10 月 12 日至 11 月 4 日，巡展在四川美术学院美术馆举行。

【写意中国——古代文明与当代社会：中国国家画院油画院“一带一路”艺术考察专题研究展】

2018 年 1 月 12 日至 21 日，由中国国家画院主办、中国国家画院油画院承办的“写意中国——古代文明与当代社会：中国国家画院油画院‘一带一路’艺术考察专题研究展”在中国美术馆举行。展览展出以中国国家画院油画院研究员为主体，以及参加“一带一路”国际美术创作工程的 36 名油画家的作品近 100 幅。

【中国艺术研究院中国油画院名师提名展、特邀青年艺术家作品展】

2018 年 1 月 12 日至 2 月 4 日，由中国艺术研究院中国油画院、岭南画院主办，岭南美术馆承办的“名师提名展：直观与初心——赵宪辛、孙文刚油画展”和“澄怀观道——中国油画院 2017 特邀青年艺术家作品展”在东莞市岭南美术馆举行。展览展出赵宪辛、孙文刚以及中国艺术研究院中国油画院 10 名中青年画家的作品近 100 幅。

【油画中原——十年回顾展】

2018 年 1 月 16 日至 20 日，由河南省文学艺术界联合会、河南省美术家协会主办的“油画中原——十年回顾展”在中国文艺家之家展览馆举行。展览展出河南美术家的 80 件油画作品。

【澄怀观道——中国油画院 2018 年新春联展】

2018 年 2 月 5 日至 3 月 5 日，由中国艺术研究院中国油画院主办、中国油画院美术馆承办的“澄怀观道——中国油画院 2018 年新春联展”在中国艺术研究院中国油画院美术馆举行。展览展出中国艺术研究院中国油画院中青年艺术家近作 50 余幅。

【中华意蕴——中国油画艺术国际巡展国内汇报展（杭州站）】

2018年2月10日至25日，由中国国家画院、中国美术学院主办，中国国家画院油画院、中国美术学院美术馆承办的“中华意蕴——中国油画艺术国际巡展国内汇报展（杭州站）”在中国美术学院美术馆举行。参展画家以中国国家画院油画院研究员为主体，以及部分来自中国油画界的其他油画家，展出60余名艺术家的油画作品约150幅。3月3日至9日，该展巡展在广州美术学院美术馆举行。

【可见之诗——第三届中国油画风景作品展】

2018年4月20日至5月20日，由中国油画学会、山东省文学艺术界联合会、潍坊市人民政府主办的“可见之诗——第三届中国油画风景作品展”在山东省潍坊市举行。展览以风景为创作主题，展出从全国近7000件投稿作品中评选出的224件作品，其中包括优秀奖20幅，学术奖10幅。

【视野与使命·北京靳尚谊艺术基金会青年教师扶植计划创作研究展】

2018年4月28日至5月11日，由北京靳尚谊艺术基金会主办，中国艺术研究院中国油画院、北京彩枫文化传播有限公司协办的“视野与使命·北京靳尚谊艺术基金会青年教师扶植计划创作研究展”在中国艺术研究院中国油画院美术馆举行。展览展出9名青年教师参与该项目的创作成果多幅，为该项目的成果汇报展。

【聚焦新时代——中国油画名家邀请展】

2018年5月8日至20日，由中国美术家协会油画艺术委员会、江苏省油画学会、苏州美术馆主办的“聚焦新时代——中国油画名家邀请展”在苏州美术馆举行。展览展出中国美术家协会油画艺术委员会委员代表作品76件。

【中国精神——第四届中国油画进京展】

2018年7月13日至22日，由中国美术家协会主办的“中国精神——第四届中国油画进京展”在中国美术馆举行。展览是对中国美术家协会主办、中国美术家协会油画艺术委员会承办的“表现、写实、抽象”三个区段展览的总结性展览，共展出表现性油画、写实性油画、抽象性油画187件。展览由两部分组成，分别是在中国美术馆展出的“中国精神——第四届中国油画进京展”和在中国艺术研究院中国油画院美术馆展出的“中国精神——第四届中国油画邀请展”。

【最绘画——第三届中国青年油画作品展（2018）】

2018年7月13日至8月2日，由中国油画学会、中共内蒙古自治区党委宣传部、呼和浩特市人民政府等主办，内蒙古油画学会、内蒙古美术馆等承办的国家艺术基金传播交流推广资助项目“最绘画——第三届中国青年油画作品展（2018）”在内蒙古美术馆新馆举行。展览展出全国青年艺术家的油画作品近200幅。

【中国精神——第四届中国油画邀请展】

2018 年 8 月 11 日至 9 月 3 日，由中国美术家协会、四川省文化厅主办的“中国精神——第四届中国油画邀请展”在四川博物院举行。展览展出来自全国 37 名画家的 71 幅油画作品，呈现中国油画发展的百年进程中几代艺术家历经写实、表现和抽象的流变。

【美丽右玉——山西省油画风景展】

2018 年 10 月 20 日至 11 月 1 日，由山西美术家协会、山西省油画艺术委员会主办，山西大学美术学院、右玉杀虎口写生基地承办的“美丽右玉——山西省油画风景展”在山西大学美术学院美术馆举行。展览展出从近 300 幅送选作品中评选出的 100 余幅作品，汇集来自山西、北京、天津、重庆、吉林、河北、四川、湖北、云南、山东、广东、浙江、陕西、江苏、新疆等地的职业画家、美术教师和大学生在油画和水彩画专业方面的学习、研究与探索成果。

【逐梦·威海卫——2018 全国风景、静物油画作品展】

2018 年 10 月 21 日至 11 月 4 日，由中国美术家协会、中共威海市委宣传部主办的“逐梦·威海卫——2018 全国风景、静物油画作品展”在山东省威海市举行。展览展出从全国 3300 余幅投稿作品中评选出的 293 幅风景、静物油画作品。

【艺术的精神——第十届江苏省油画展】

2018 年 11 月 2 日至 11 日，由江苏省文化和旅游厅主办，江苏省美术馆、江苏省油画学会承办的“艺术的精神——第十届江苏省油画展”在江苏省美术馆举行。展览展出从全国近千件投稿作品中评选出的 207 件作品，其中 31 件获优秀作品奖，10 件获凤凰艺术奖。

【在地与间离——首届重庆油画双年展】

2018 年 12 月 26 日至 2019 年 1 月 13 日，由重庆市油画学会主办，重庆市文学艺术界联合会、重庆市美术家协会、重庆美术馆承办的“在地与间离——首届重庆油画双年展”在重庆美术馆、四川美术学院美术馆举行。展览采用少数作品邀请制和征集评选制两种方式确定参展作品，展出从 1176 件投稿作品中评选出的 180 余件油画作品，以及特邀作品和评委作品。

【弘扬生态文明建设的典范：美丽塞罕坝——全国油画名家作品展】

2018 年 12 月 28 日至 2019 年 1 月 14 日，由中共河北省委宣传部、文化和旅游部艺术发展中心主办的“弘扬生态文明建设的典范：美丽塞罕坝——全国油画名家作品展”在中国国家博物馆举行。展览展出 40 余名老、中、青三代油画家的 190 余幅作品。

版画

【水印千年——中国水印版画大展】

2018 年 1 月 19 日至 3 月 11 日，由浙江美术馆、中国美术学院主办的“水印千年——中国水印版画大展”在浙江美术馆举行。展览分为“版刻千秋——中国传统水印版画”“汲古镌今——中国现当代水印版画”“东方意蕴——中国木版年画与浮世绘”“湖山胜概——西湖主题水印版画”“拓山印湖——公共艺术项目”5 个板块，展出 140 余幅古今中外水印版画作品。

【生态家园——福建松溪版画作品展】

2018 年 4 月 24 日至 5 月 6 日，由福建省文学艺术界联合会、福建省南平市人民政府主办的“生态家园——福建松溪版画作品展”在中国美术馆举行。展览展出福建省松溪县 39 名本土版画艺术家创作的 89 幅作品。

【雕刻中国——2018 中国青年版画家搜索展】

2018 年 6 月 21 日至 7 月 30 日，由中国国家画院版画院、银川市人民政府主办，银川市文化新闻出版广电局、中国国家画院版画院银川国际版画创研中心承办的“雕刻中国——2018 中国青年版画家搜索展”在银川国际版画创研中心艺术馆举行。展览展出 33 名中国当代青年版画家近年创作的 99 件作品。

【时代印迹——河南省美术馆馆藏版画展】

2018 年 6 月 22 日至 7 月 22 日，由河南省美术馆主办、黑龙江省美术馆协办的国家艺术基金 2017 年度传播交流推广资助项目“时代印迹——河南省美术馆馆藏版画展”在黑龙江省美术馆举行。展览展出馆藏刘岘、刘铁华、马基光、沙清泉的版画作品 150 余幅以及艺术家生前的手稿、信札等文献资料 40 余件。

【版画中国・版画艺术在民间】

2018 年 6 月 24 日至 7 月 8 日，由中国美术家协会版画艺术委员会、中央美术学院、宝隆艺术区主办，上方美术馆承办的“版画中国・版画艺术在民间”全国系列巡展首展在北京市上方美术馆举行。展览展出 33 名国内版画名家以及 134 名青年艺术家的近 200 件作品。

【戊戌迹相——河北美术馆馆藏版画展】

2018 年 7 月 5 日至 11 月 30 日，由河北美术馆主办的“戊戌迹相——河北美术馆馆藏版画展”在河北美术馆举行。展览展出河北美术馆多年来收藏的版画作品 61 幅，涵盖木版、铜版、石版、纸版、丝网版等版种，展示了近当代中国版画的创作状态和河北地区的民俗风情。

【行远及众——中国水印木刻版画文献展】

2018 年 7 月 10 日至 8 月 10 日，由江苏省美术馆主办，水印版画材料与技术研究文化和旅游部重点实验室、江苏版画院协办的 2017 年度国家艺术基金传播交流推广交流项目“行远及众——中国水印木刻版画文献展”在江苏省美术馆新馆举行。展览分为“典藏水印木刻版画作品展”“木刻版画史料展”“水印木刻版画邀请作品展”“青年水印木刻版画作品展” 4 个部分，展出版画作品和相关文献 300 余件。

【桃坞镌印——2018 年（苏州）全国版画邀请展】

2018 年 7 月 16 日至 30 日，由中国美术家协会版画艺术委员会、中共苏州市委宣传部、苏州市文学艺术界联合会主办，苏州市美术家协会、苏州高新区文体中心寒山美术馆承办的“桃坞镌印——2018 年（苏州）全国版画邀请展”在苏州市寒山美术馆举行。展览展出国内 80 余名当代艺术家的近作 100 余件。

【重庆木刻版画巡展】

2018 年 7 月 26 日至 8 月 23 日，由重庆美术馆主办的国家艺术基金 2018 年度传播交流推广资助项目“重庆木刻版画巡展”在合肥市赖少其艺术馆举行。展览分为“从看见到改变：工人形象篇”“从改变到创新：工业建设场景”“从创新到创造：工业感篇” 3 个部分，展出版画作品 80 余件、机器实物 10 余件、文献 30 余件。

【黑龙江省首届版画作品双年展】

2018 年 11 月 2 日，由黑龙江省文学艺术界联合会、黑龙江省美术家协会主办，黑龙江省美术家协会版画艺术委员会、龙广 958 艺术馆承办的“黑龙江省首届版画作品双年展”在黑龙江省哈尔滨市举行。展览展出 138 件作品，其中金奖作品 3 件、银奖作品 6 件、铜奖作品 11 件、优秀作品 31 件、入选作品 87 件。

【大道有痕——2018・中国百家金陵画展（版画）】

2018 年 11 月 15 日至 30 日，由中国美术家协会、中共江苏省委宣传部、江苏省文化和旅游厅等主办的“大道有痕——2018・中国百家金陵画展（版画）”在江苏省美术馆举行。展览展出从全国 1000 余件征稿作品中评选出的 99 件作品，包括 9 件江苏省美术馆典藏作品和 10 件江苏省现代美术馆收藏作品。

【水印版画人才培养计划汇报展】

2018 年 11 月 27 日至 12 月 1 日，由中国国家画院主办、中国国家画院版画院承办的国家艺术基金 2018 年度艺术人才培养资助项目“水印版画人才培养计划汇报展”在中国国家画院美术馆举行。展览展出人才培养计划学员的 113 件版画作品。

【写意中国——2018 中国国家画院版画院作品展】

2018 年 11 月 28 日至 12 月 1 日，由中国国家画院主办、中国国家画院版画院承办的“写意中国——2018 中国国家画院版画院作品展”在中国国家画院美术馆举行。展览展出中国国家画院版画院 14 名研究员的 42 幅近作，展现了版画家对现实生活的关注和艺术追求。

【湖山胜概・绵延千年的雕版印刷展】

2018 年 12 月 7 日至 2019 年 2 月 24 日，由浙江美术馆、香港大学美术博物馆主办的文化和旅游部 2018 年度内地与港澳文化交流重点项目“湖山胜概・绵延千年的雕版印刷展”在香港大学美术博物馆举行。展览展出 25 余件（组）作品，均为明清两代的雕版印刷作品。此外，还展出 20 世纪 80 年代至今的当代水墨山水画，呈现杭州西湖地区印刷与木板版画技术的历史。

雕塑

【铸时代篇章——青年雕塑家作品展】

2018 年 3 月 31 日至 4 月 13 日，由中国美术馆、中华艺文基金会主办的“铸时代篇章——青年雕塑家作品展”在中国美术馆举行。展览展出全国当代 28 名青年雕塑家的主题性创作 135 件。

【超越——青年艺术家雕塑邀请展】

2018 年 10 月 30 日至 11 月 20 日，由汤湖美术馆策划、湖北美术学院雕塑系协办的“超越——青年艺术家雕塑邀请展”在武汉市汤湖美术馆举行。展览主要以中央美术学院、中国美术学院、湖北美术学院、湖北省美术院、武汉理工大学艺术与设计学院、中南民族大学美术学院、江汉大学美术学院等高校和研究机构的青年艺术家团队为主，还有部分来自白俄罗斯、韩国的青年艺术家参加，展出雕塑作品 60 件（组），展示了当代青年雕塑艺术家的观念和思想。

【不期而遇——四川美术学院雕塑系 2018 教师学生作品年展】

2018 年 12 月 14 日至 30 日，由四川美术学院主办的“不期而遇——四川美术学院雕塑系 2018 教师学生作品年展”在四川美术学院举行。展览展出四川美术学院雕塑系教师作品 31 件、学生作品 120 件（组）。年展学生优秀作品暨“青云艺术奖”颁奖典礼同期举行。

水彩·粉画

【中国当代水彩系列研究展】

2018年1月12日至22日，由中国美术家协会水彩画艺术委员会、北京美术家协会、天津市美术家协会等主办，中国国家画院美术馆、北京美术家协会水彩画艺术委员会、天津市美术家协会水彩画艺术委员会等承办的“中国当代水彩系列研究展（北京、天津、河北）”在中国国家画院美术馆举行。展览展出京津冀三地老、中、青三代43名水彩画家的157件作品。6月13日至21日，“中国当代水彩系列研究展（黑龙江、吉林、辽宁）”巡展在中国国家画院美术馆举行，展览展出黑龙江、吉林、辽宁三省作品100余幅。

【水彩在山东——山东美术馆馆藏山东籍水彩画作者作品选展】

2018年8月10日至9月2日，由山东美术馆主办的文化和旅游部2018年全国美术馆馆藏精品展出季入选展览“水彩在山东——山东美术馆馆藏山东籍水彩画作者作品选展”在山东美术馆举行。展览展出山东美术馆馆藏山东籍画家的水彩画作品149件，基本呈现了山东水彩画家的艺术追求和创作成果。

【2018第五届中国大学生粉画作品展】

2018年8月11日至9月9日，由中国艺术教育促进会、中国大学生粉画作品展组委会主办，苏州市美术家协会等协办的“2018第五届中国大学生粉画作品展”在苏州市明·美术馆举行。展览展出从全国129所院校的974件投稿作品中评选出的20幅优秀作品和80幅入选作品。

【五大经济特区水彩画联展】

2018年8月22日至9月11日，由深圳美术馆主办，海南省美术家协会、海南省美术家协会水彩画艺术委员会、广东省美术家协会水彩画艺术委员会等协办的深圳美术馆3W+水彩交流计划“五大经济特区水彩画联展”在深圳美术馆举行。展览展出深圳、珠海、汕头、厦门、海南五地水彩画家的100余幅作品。

【2018上海水彩、粉画作品展】

2018年10月31日至11月9日，由上海市美术家协会主办，上海市美术家协会水彩粉画艺术委员会、水彩画工作委员会、粉画工作委员会等承办的“2018上海水彩、粉画作品展”在上海市东外滩艺术空间举行。展览展出水彩、水粉画作品110余件，反映了上海水彩、水粉画的发展面貌。

【水色现场——首届四川·重庆水彩艺术联展】

2018年12月27日至2019年1月2日，由四川省美术家协会、重庆市美术家协会主办，四川省美术家协会水彩画艺术委员会、重庆市美术家协会水彩画艺术委员会、四川美术馆等承办的“水色现场——首届四川·重庆水彩艺术联展”在四川美术馆举行。展览展出四川省和重庆市艺术家的水彩画作品100件。

【中国美术家协会水彩画艺术委员会年度提名展2018】

2018年12月29日至2019年2月24日，由中国美术家协会水彩画艺术委员会、中共东莞市委宣传部等主办，莞城美术馆承办的“中国美术家协会水彩画艺术委员会年度提名展2018”在东莞市莞城美术馆举行。展览展出由中国美术家协会水彩画艺术委员会在全国范围内推选的18名艺术家的80幅水彩画作品。

壁画、漫画、漆画、岩绘、连环画、插画、唐卡

【雪域丹青·匠心筑梦——青海唐卡绘画艺术精品展】

2018 年 1 月 17 日至 28 日，由中共青海省委宣传部、中国美术馆、青海省文化和新闻出版厅主办的“雪域丹青·匠心筑梦——青海唐卡绘画艺术精品展”在中国美术馆举行。展览以热贡唐卡为重点，展出手绘唐卡 48 幅。作品出自青海省西宁市、玉树藏族自治州、果洛藏族自治州、海南藏族自治州、海北藏族自治州的老、中、青三代 31 名中国工艺美术大师、省级工艺美术大师之手，类别包括彩绘唐卡、红唐卡、黑唐卡、金唐卡等。

【第六届全国插画双年展】

2018 年 1 月 23 日至 2 月 4 日，由中共深圳市委宣传部、深圳市文体旅游局等主办，深圳市插画协会、关山月美术馆承办的“第六届全国插画双年展”在深圳市关山月美术馆举行。展览设置广告品牌、出版物、游戏交互多媒体和自由创作 4 个类别，分专业组和学生组两个组别，有 363 件作品获奖。

【开放式——青年漆艺创作研究展】

2018 年 3 月 30 日至 6 月 3 日，由湖北美术馆主办的文化部 2017 年度全国美术馆优秀青年策展人扶持项目“开放式——青年漆艺创作研究展”在湖北美术馆举行。展览分为“从工艺到物语”“从装饰到趣味”“从器用到空间”3 个单元，选择部分湖北美术馆漆艺藏品和本地及少量外地的青年漆艺家作品参展。

【讲中国故事——第五届全国架上连环画展】

2018 年 5 月 12 日至 26 日，由中国美术家协会主办的“讲中国故事——第五届全国架上连环画展”在重庆美术馆举行。展览展出来自全国 100 套 800 件架上连环画作品和中国连环画领域代表性艺术家作品，以及 12 套 96 件重庆艺术家作品。6 月 10 日至 21 日，该展巡展在福建省泉州市举行；7 月 2 日至 15 日，巡展在湖北美术学院举行；7 月 27 日至 8 月 12 日，巡展在绍兴市美术馆举行；8 月 19 日至 29 日，巡展在天津美术馆举行；9 月 20 日至 29 日，巡展在鲁迅美术学院美术馆举行；10 月 27 日至 11 月 26 日，巡展在天津市滨海文化中心美术馆举行；12 月 12 日至 20 日，巡展在鲁迅美术学院大连校区艺术博物馆举行。

【镶嵌中国——马赛克艺术邀请展全国巡展】

2018 年 6 月 8 日至 18 日，由中国美术家协会壁画艺术委员会主办的“镶嵌中国——马赛克艺术邀请展全国巡展·武汉”在武汉美术馆举行。展览展出 70 余名艺术家以“综合镶嵌”为主要材料的 79 幅马赛克艺术作品，艺术家来自中国主要美术院校及专业研究院所，包含老、中、青几代壁画家及其他画种的代表。8 月 12 日至 26 日，该展巡展在安徽博物院老馆举行。

【第三届中国漆画学术提名展】

2018年7月20日至8月5日，由中国美术家协会漆画艺术委员会、宁波市文学艺术界联合会主办，宁波美术馆、宁波市美术家协会承办的“第三届中国漆画学术提名展”在宁波美术馆举行。展览展出27名中青年漆画家的代表作品110幅，基本代表了当前漆画领域的研究形态和风格走向。

【朔地恋歌——宁夏岩画特展】

2018年8月9日至28日，由民族文化宫、宁夏回族自治区文化厅主办，民族文化宫博物馆、展览馆和宁夏回族自治区博物馆承办的“朔地恋歌——宁夏岩画特展”在北京市民族文化宫展览馆举行。展览展出93幅岩画拓片、6件岩画实物和36幅岩画原址照片，展示了宁夏地区先民所创造的远古文明。

【绘本之美——2018中国优秀儿童绘本原画艺术巡展】

2018年8月10日至28日，由中国美术家协会少儿美术艺术委员会、南京美术馆主办的“绘本之美——2018中国优秀儿童绘本原画艺术巡展”在北京市山水美术馆举行。展览展出10名插画艺术家的90件绘本原画作品。

【第三届“一带一路”壁画论坛——传统壁画的复制与修复研究暨作品展】

2018年9月7日至28日，由中国美术家协会壁画艺术委员会、四川美术学院、重庆市美术家协会主办的“第三届‘一带一路’壁画论坛——传统壁画的复制与修复研究暨作品展”在四川美术学院举行。展览汇集敦煌研究院、龟兹研究院、陕西历史博物馆、永乐宫壁画保护研究院、中央美术学院修复研究院、江苏理工学院刘海粟艺术学院、四川美术学院的传统壁画复制与修复作品，全面呈现中国传统壁画复制与修复研究最新成果。论坛于9月14日在四川美术学院举行，与会专家围绕如何推进“一带一路”沿线传统壁画的复制与修复、“一带一路”沿线传统壁画复制与修复研究与实践现状等主题进一步探索传统壁画的研究与保护路径，促进建立壁画艺术互动交流的长效机制。

【步漆而语——湖北省首届高等院校漆艺作品展】

2018年9月15日至22日，由中国美术家协会漆画艺术委员会为学术指导，湖北美术学院、湖北省美术家协会主办的“步漆而语——湖北省首届高等院校漆艺作品展”在湖北美术学院美术馆举行。展览展出湖北美术学院、中南民族大学美术学院、江汉大学美术学院、华中师范大学美术学院、湖北工业大学艺术设计学院、武汉科技大学艺术与设计学院、湖北工业职业技术学院7所高校近几年的师生作品300余件。

【魅力红谷——首届全国小幅漆画展】

2018年10月13日至27日，由中国美术家协会、南昌市人民政府、江西省文学艺术界联合会主办，中国文学艺术界联合会美术艺术中心、中国美术家协会漆画艺术委员会、南昌市红谷滩新区管委会等承办的“魅力红谷——首届全国小幅漆画展”在江西省美术馆举行。展览展出从全国1392件投稿作品中评选出的260件作品，其中入会资格作品57件。

【第五届“三毛杯”中国漫画大展】

2018年10月21日至11月8日，由中国美术家协会漫画艺术委员会、海盐县人民政府、上海三毛形象发展有限公司主办，海盐县文学艺术界联合会承办的“第五届‘三毛杯’中国漫画大展”在嘉兴市张乐平纪念馆举行。展览展出从全国600余件参展作品中评选出的100件作品。

【“子恺杯”第十二届漫画大展】

2018年10月29日至11月2日，值丰子恺诞辰120周年之际，由中国美术家协会、桐乡市人民政府主办，中国文学艺术界联合会美术艺术中心、中国美术家协会漫画艺术委员会、桐乡市文化广电新闻出版局承办的“‘子恺杯’第十二届漫画大展”在中国文艺家之家展览馆举行。展览展出从全国近千件投稿作品中评选出的115幅作品。

【丝路明珠——中国古代壁画现状模写作品展】

2018年11月9日，由文化和旅游部恭王府博物馆主办的“丝路明珠——中国古代壁画现状模写作品展”在西安美术学院美术馆举行。该展为国家艺术基金2016年度传播交流推广资助项目“中国古代壁画现状模写与展览推广”的西安首展。展览展出壁画“现状模写”作品及大量相关研究作品。11月21日至12月9日，该展巡展在宁波美术馆举行。

【中国传统壁画修复创作人才培养结项汇报展】

2018年11月22日至12月20日，由国家艺术基金资助、中央美术学院主办、中央美术学院修复研究院承办的2017度国家艺术基金资助项目“中国传统壁画修复创作人才培养结项汇报展”在北京市爱慕美术馆举行。“中国传统壁画修复创作人才培养”项目面向国内博物馆、美术馆、高等教育、文化事业单位的文物保护与修复、艺术创作部门遴选骨干人才30人，培训内容从史论通识，到造型能力培养、材料技法研究，到古代壁画遗迹实地考察与研究机构调研，再到科学仪器操作、壁画修复实践等，最终完成传统壁画临摹及模写作品。此次展览以壁画临摹作品为主，兼以现状模型展示，是对“中国传统壁画修复创作人才培养”项目的梳理总结及成果展示。

【中国唐卡艺术精品展国内巡展北京展】

2018年11月23日至12月2日，由西藏自治区文化厅指导、西藏文化发展促进会主办，西藏唐卡之都画院承办、中国藏学研究中心协办、李可染艺术基金会支持的国家艺术基金资助项目“中国唐卡艺术精品展国内巡展北京展”在中国美术馆举行。展览展出60余幅历届中国国际唐卡艺术节获奖作品和国家级非遗代表性传承人以及知名刺绣、堆绣、镶嵌工艺大师等唐卡艺术作品，囊括唐卡艺术齐吾岗巴、勉唐、钦孜、嘎玛噶赤、勉萨等五大流派和其他风格。

【甘肃、陕西、山西三省漆画邀请展】

2018 年 11 月 28 日，由西北民族大学、中国美术家协会漆画艺术委员会、甘肃省美术家协会等主办，西北民族大学美术学院、陕西省美术家协会漆画艺术委员会、山西省美术家协会漆画艺术委员会承办的“甘肃、陕西、山西三省漆画邀请展”在西北民族大学美术馆开幕。展览展出甘肃、山西、陕西三省漆画作品 71 件，以及特邀全国中青年漆画家作品 9 件。

【安徽省首届漆画艺术作品展暨高校巡展（池州站）】

2018 年 12 月 1 日至 4 日，由中国美术家协会漆画艺术委员会、安徽省美术家协会主办，安徽省美术家协会漆画艺术委员会、池州学院美术与设计学院、池州市美术家协会承办的“安徽省首届漆画艺术作品展暨高校巡展（池州站）”在池州学院美术与设计学院举行。展览展出安徽省内外艺术家的 100 余幅漆画作品。

【第四届全国高校插图艺术作品展暨首届全国高校书籍装帧艺术展】

2018 年 12 月 12 日，由中国美术家协会插图装帧艺术委员会、北京印刷学院主办，北京印刷学院设计艺术学院承办的“第四届全国高校插图艺术作品展暨首届全国高校书籍装帧艺术展”在北京印刷学院美术馆开幕。展览展出从包括中央美术学院、清华大学美术学院、中国美术学院、南京艺术学院、广西艺术学院、中国戏曲学院在内的 179 所高校选送的 1200 余（套）插图与装帧作品中评选出的 336 件（套）作品。以“规则与规矩——插图艺术概念的内涵与延伸”为题的学术研讨会同期举行，研讨会与会专家学者对插图的定义和扩延意义等问题进行探讨。

个人展览

【还携笔墨向高丘——欧豪年八十回顾展】

2018年3月2日至13日，由中国美术馆主办的2018年度国家美术作品收藏和捐赠奖励项目、中国美术馆捐赠与收藏系列展“还携笔墨向高丘——欧豪年八十回顾展”在中国美术馆举行。展览分为“岭南传馨者”“笔落生寰宇”“腕底造物功”“涵泳古今气”“吐纳皆豪情”5大篇章，展出欧豪年中国画、书法等作品近130件。

【匠心独行——徐匡独版画艺术展】

2018年3月17日至4月1日，由中国美术家协会、中国国家画院、四川省文学艺术界联合会等主办的“匠心独行——徐匡独版画艺术展”在北京画院美术馆举行。展览展出从徐匡100余幅独版画中精选的40余幅作品，从3个方面梳理徐匡的“匠心独行”历程：一是1954年至1958年在中央美术学院附中求学时期的习作，二是附中毕业进入四川美术家协会后的获奖作品，三是20世纪80年代后期至今创作的独版画作品。

【大山大水　大美四川——“巴山蜀水”朱常棣中国画展】

2018年3月24日至28日，由中国美术家协会艺术委员会、四川省文学艺术界联合会、四川省美术家协会等主办的“大山大水　大美四川——‘巴山蜀水’朱常棣中国画展”在北京市荣宝斋大厦举行。展览展出朱常棣近年来创作的80余件山水、花鸟、海瓷作品。

【乾坤清气——邓福星画梅作品展】

2018年4月3日至8日，由中国艺术研究院、中国画学会、北京画院主办，北京画院美术馆、北京雍阳文化发展有限公司承办的“乾坤清气——邓福星画梅作品展”在北京画院美术馆举行。展览展出中国艺术研究院美术史论家、书画家邓福星的80余幅画梅作品。

【戴泽艺术展】

2018年4月20日至5月20日，由中国国家博物馆、中国美术家协会、中央美术学院等主办的“戴泽艺术展”在中国国家博物馆举行。展览展出戴泽各个时期代表作170余件，结合日记、手稿、信札、照片等历史文献，呈现了戴泽现实主义艺术创作历程。

【吞吐大荒——许钦松山水画展】

2018年4月22日至5月2日，由中国文学艺术界联合会、全国政协书画室、广东省人民政府等主办的“吞吐大荒——许钦松山水画展”在深圳市关山月美术馆举行。展览分为“妙不自寻——造境中的文化自觉”“行气如虹——笔墨中的宏大抒情”“日出月入——实践中的现代转型”“写泄万壑——时代的地平线”4个部分，展出许钦松90余件作品。12月7日至23日，该展巡展在山东美术馆举行。

【乘物游心——吕品田绘画作品展】

2018年4月26日至5月6日，由中国艺术研究院、中国美术馆、中国美术家协会主办的“乘物游心——吕品田绘画作品展”在中国美术馆举行。展览展出中国艺术研究院常务副院长兼研究生院院长吕品田水墨山水和速写作品70余幅，是其兼得生活和理论涵养之艺术面貌的集中反映，亦为中共中央宣传部文化名家暨“四个一批”人才自主选题资助项目的结项展览。

【闳约逸致——苏百钧中国工笔画展】

2018年4月26日至5月6日，由中央美术学院、中国艺术研究院、中国美术馆等主办的“闳约逸致——苏百钧中国工笔画展”在中国美术馆举行。展览展出苏百钧创作、扇面、白描和长卷作品130余幅。

【苍穹与大地——陈芳桂艺术作品展】

2018年5月6日至15日，由中国美术家协会艺术委员会、中国军事文化研究会、中国画学会等主办的“苍穹与大地——陈芳桂艺术作品展”在中国美术馆举行。展览以“为山河立传，为民族造魂”为主题创作思想，分为“主题创作”“人物克坚”“家山在眼”“笔墨寻迹”“融古贯今”“教学相长”6个部分，展出陈芳桂作品120幅。

【史海寻贝——美术史论家李松的治学与收藏】

2018年5月9日至13日，由中国美术家协会、中央美术学院、北京画院主办，北京画院美术馆承办的“史海寻贝——美术史论家李松的治学与收藏”展在北京画院美术馆举行。展览分为“问学之路”“左图右史”“习书说篆”“藏古论今”4个单元，展出李松20世纪50年代至今的学术著作、文章、书法、绘画临摹与创作、收藏以及手稿、手拓、通信等100余件。同期，李松向北京画院捐赠碑石砖瓦原拓和民间美术等100余件。

【切真——王力克油画艺术展】

2018年5月24日至6月23日，由中国美术家协会、山东省文化厅、山东省文学艺术界联合会等主办的“切真——王力克油画艺术展”在山东美术馆举行。展览展出王力克油画作品80余件，集中展现了其从艺40余年的求索历程和艺术成就。

【安放时代——王桂勇油画作品展】

2018年5月31日至6月3日，由中国艺术研究院艺术创作院主办、三恒美术馆等协办的“安放时代——王桂勇油画作品展”在中国国家画院美术馆举行。展览展出中国艺术研究院青年画家王桂勇人物、风景和花卉等主题作品120余幅。王桂勇油画作品集《物观化境》及研讨会同期发布举行。

【寻迹——赵龙水彩画作品展】

2018 年 6 月 9 日至 24 日，由中国美术家协会水彩画艺术委员会、黑龙江省美术家协会、哈尔滨师范大学、北京画院主办，黑龙江省美术家协会水彩画艺术委员会、哈尔滨师范大学美术学院、黑龙江省龙美美术馆等协办的“寻迹——赵龙水彩画作品展”在北京画院美术馆举行。展览展出青年画家赵龙的 65 件作品，呈现了他对水彩画艺术的思考和实践。

【追源溯本　汲古涵新——萧晖荣教授艺术展】

2018 年 7 月 6 日至 15 日，由中国文学艺术界联合会、中国美术家协会、西安美术学院等主办的“追源溯本　汲古涵新——萧晖荣教授艺术展”在深圳市关山月美术馆举行。展览分为“一带一路鸟鸣花开”“日出东方万象更新”“咫尺妙笔千里风韵”“古今文字追本穷源”“文人雕塑独辟蹊径”5 个系列，展出萧晖荣的中国画、书法、雕塑作品近 200 件。

【大美高原——林跃藏地油画展】

2018 年 7 月 12 日至 22 日，由中国美术家协会艺术委员会、中国文化艺术发展促进会、四川省美术家协会主办的“大美高原——林跃藏地油画展”在中国美术馆举行。展览展出四川省美术家协会副主席林跃近 10 年深入藏区创作的油画作品 40 余幅。

【笔墨铸魂——邢少臣中国画作品展】

2018 年 7 月 18 日至 29 日，由中国画学会、中国美术家协会中国画艺术委员会指导，广州美术学院、陕西省美术博物馆、广东省美术家协会等主办的“笔墨铸魂——邢少臣中国画作品展”在陕西省美术博物馆举行。展览展出邢少臣中国画新作 40 余件。

【书林写意——马书林中国画作品展】

2018 年 8 月 5 日至 12 日，由中国美术家协会、中国美术馆、中国艺术研究院等主办的“书林写意——马书林中国画作品展”在中国国家博物馆举行。展览展出马书林自 20 世纪 80 年代初以来创作的工笔花鸟、写意花卉和水墨人物等作品 80 组 160 件。

【大山大水　大美四川：巴山蜀水——朱常棣八十寿辰中国画展】

2018 年 8 月 19 日至 9 月 19 日，由中国美术家协会艺术委员会、四川省文学艺术界联合会、四川省美术家协会等主办，成都市文学艺术界联合会等承办的“大山大水　大美四川：巴山蜀水——朱常棣八十寿辰中国画展”在四川美术馆举行。展览展出朱常棣中国画作品近 100 幅。

【千岩竞秀——陆秀竞中国画作品展】

2018 年 8 月 25 日至 9 月 2 日，由中国美术家协会、中国美术馆、浙江省文学艺术界联合会主办，浙江省美术家协会、西泠书画院等承办的“千岩竞秀——陆秀竞中国画作品展”在中国美术馆举行。

展览分为“乡关何处”“去塞求通”“畛域无限”“湖山胜览”“闲情偶寄”5大部分，展出陆秀竞中国画作品100余幅。

【浑沌的光亮——刘巨德艺术展、寻归自然——钟蜀珩绘画作品展】

2018年9月1日至24日，由清华大学、中国美术馆、中国美术家协会等主办的“浑沌的光亮——刘巨德艺术展”“寻归自然——钟蜀珩绘画作品展”在山东美术馆举行。刘巨德和钟蜀珩伉俪皆任教于清华大学美术学院。其中，“寻归自然——钟蜀珩绘画作品展”展出钟蜀珩创作的油画、中国画、水彩画等艺术形式作品近50件；“浑沌的光亮——刘巨德艺术展”展出刘巨德创作的中国画、油画、雕塑、装置、陶艺等作品150余件。

【江山如画——金志远、徐孅伉俪艺术展】

2018年9月6日至16日，由中国美术馆主办的中国美术馆捐赠与收藏系列展“江山如画——金志远、徐孅伉俪艺术展”在中国美术馆举行。展览分为“时代新篇章”“俊得江山助”“执笔妍江南”3个篇章，展出两位艺术家的中国画作品100余件，展示了金志远、徐孅的艺术风格和艺术成就。艺术家的子女将其52幅代表作品捐赠给中国美术馆永久收藏。

【质朴的精神——陈坚水彩作品展】

2018年9月8日至16日，由中国美术馆、中国美术家协会、中国美术学院主办的中国美术馆学术邀请系列展“质朴的精神——陈坚水彩作品展”在中国美术馆举行。展览展出中国美术家协会水彩画艺术委员会主任、中国美术学院特聘教授陈坚的人物和风景作品170余幅，涵盖其艺术创作各个时期的代表作品。

【写意的海——吴晓林油画展】

2018年11月7日至18日，由中国美术家协会艺术委员会、山东省美术家协会、中共威海市委宣传部主办的“写意的海——吴晓林油画展”在中国美术馆举行。展览展出吴晓林油画作品50余幅，包括其表现胶东大海的部分代表作品和求学生涯的代表作品。

【吴丽珠画展——暨从艺60周年汇报展】

2018年11月8日至18日，由中国美术家协会、中央美术学院、中央数字电视书画频道主办的“吴丽珠画展——暨从艺60周年汇报展”在中国美术馆举行。展览分为3个部分，展出60幅作品。第一部分为在校期间临摹作品、毕业作品和课堂示范作品，第二部分为山水题材作品，第三部分为花鸟题材作品。

【雪域放歌——李焕民艺术展】

2018年11月9日至18日，由中国美术家协会、中国国家画院、四川省文学艺术界联合会等主办的20世纪中国美术大家系列“雪域放歌——李焕民艺术展”在北京画院美术馆举行。展览展出70余件作品，包括版画、油画、素描、创作稿、写生稿等，梳理了李焕民艺术的创作脉络和艺术人生。

【净途——于承佑版画作品展】

2018 年 11 月 23 日至 12 月 25 日，由中国美术家协会版画艺术委员会、中国版画博物馆主办，黑龙江省美术馆、黑龙江省版画院协办的“净途——于承佑版画作品展”在深圳市中国版画博物馆举行。展览展出第二代北大荒版画家、黑龙江版画家于承佑的 154 件作品。

【如境——李象群当代艺术展】

2018 年 12 月 15 日至 2019 年 1 月 10 日，由中共中央党校、中国美术家协会、鲁迅美术学院主办的“如境——李象群当代艺术展”在广东省深圳市举行。展览展出李象群各个阶段创作的 17 件代表性作品，包括传统雕塑艺术形式、大型装置作品，以及跨媒介综合艺术形式。

交流

【中国·苏州首届国际木版年画展暨“传承·创新·交流”——中国木版年画研究国际学术研讨会】

2018年1月7日至9日，由江苏省文化厅、中共苏州市委宣传部指导，苏州市文化广电新闻出版局、苏州工艺美术职业技术学院主办的“中国·苏州首届国际木版年画展暨‘传承·创新·交流’——中国木版年画研究国际学术研讨会”在苏州工艺美术职业技术学院举行。展览展出年画400余幅，以苏州桃花坞木刻年画为主，还包括天津杨柳青，山东潍坊和四川绵竹等不同地域、不同类型和风格的民间木刻年画。学术研讨会与会专家围绕中国各地域年画的历史与艺术特色、生产制作模式、姑苏版画在海外的收藏和研究、中西方木刻版画的对比、中外年画的非遗保护路径等问题进行讨论与交流。

【2018第三届江西当代艺术展暨景观2018国际艺术交流展】

2018年1月9日至15日，由江西省文化厅、中共南昌市委宣传部、江西省美术家协会主办的“2018第三届江西当代艺术展暨景观2018国际艺术交流展”在江西省南昌市举行。展览展出从中外艺术家艺术作品中筛选出的100余件作品，既有架上绘画，也有装置、历史档案现成品等。

【合作·共赢——“一带一路”国际版画邀请展】

2018年1月19日至3月8日，由中国艺术研究院、今日美术馆主办，中国艺术研究院深圳观澜创作与教育基地、北京文奇首艺版画机构承办的“合作·共赢——‘一带一路’国际版画邀请展”在北京市今日美术馆举行。中国、保加利亚、波兰、塞尔维亚、柬埔寨、俄罗斯、伊拉克、巴基斯坦、孟加拉国、尼泊尔、匈牙利、希腊、埃及、波黑、巴林、斯洛文尼亚、克罗地亚、印度、土耳其、乌克兰、印度尼西亚、泰国等国家和地区的51名艺术家（国内26名，国外25名）参展。活动同期举行捐赠活动，除捐赠给国内外美术馆、博物馆、专业艺术机构，还将部分作品捐赠给“一带一路”相关学校、医院、图书馆、剧院等社会公共机构。

【中国当代女艺术家作品展】

2018年3月6日至26日，由德国柏林中国文化中心、RH新德意志有限责任公司主办的“中国当代女艺术家作品展”在德国柏林文化中心举行。展览展出9名中国女艺术家的50余幅作品，涵盖油画、水彩画、水墨画等艺术形式。

【中国风格——中国国家画院水墨人物艺术展】

2018年3月14日至4月5日（当地时间），由中国国家艺术基金资助，中外文化交流中心、中国国家画院、法国巴黎中国文化中心主办的“中国风格——中国国家画院水墨人物艺术展”在法国巴黎中国文化中心举行。展览展出近年来活跃在中国当代水墨艺术领域的16名中国当代艺术家带来的水墨人物作品30余幅。

【匈牙利当代艺术展】

2018年4月9日至27日，由匈牙利驻华大使馆、北京匈牙利文化中心、杭州市文化广电新闻出版局主办的“匈牙利当代艺术展（杭州展）”在杭州图书馆展览艺术中心举行。展览展出的97幅绘画作品均系20世纪末、21世纪初匈牙利当代艺术家的画作，涵盖抽象主义、几何主义和建构主义等风格。6月17日至7月20日，该展巡展在中国美术馆举行。

【首届深圳国际水彩画双年展】

2018年4月11日至30日，由中国美术家协会、深圳市文学艺术界联合会、深圳罗湖区人民政府主办的“首届深圳国际水彩画双年展”在深圳市罗湖美术馆举行。该届双年展是经文化和旅游部批准的国际性展览。展览展出从中国、英国、法国、俄罗斯、加拿大、澳大利亚等18个国家和地区的艺术家的2762件作品中甄选出的248件水彩画作品。

【特色　融汇——金砖国家美术馆联盟特展】

2018年4月12日至22日，由中国美术馆主办的文化和旅游部外事交流项目“特色　融汇——金砖国家美术馆联盟特展”在中国美术馆举行。中国美术馆作为美术馆联盟的中方牵头机构，在主办论坛的同时，策划本次展览，展出金砖五国美术馆和博物馆提供的62件艺术作品。

【千里之行——古巴艺术展】

2018年4月20日至5月11日，由中国文化和旅游部对外文化联络局、古巴文化部、古巴驻华大使馆主办，中国对外文化集团公司、古巴国家造型艺术委员会承办的“千里之行——古巴艺术展”在北京天桥艺术中心举行。展览展出23名古巴知名艺术家的作品多件。

【溯古融今——中国漆画展】

2018年4月21日至24日，由中国文学艺术界联合会、波中友好协会主办，江苏省文学艺术界联合会承办的“溯古融今——中国漆画展”在波兰华沙举行。展览展出中国当代老、中、青三代漆画艺术家的40幅代表作品，第一次规模化、系统化地将中国当代漆画艺术展示在欧洲观众面前。

【艺术与和平——中国当代美术作品展国际巡展】

2018年5月10日至27日，由中国美术家协会主办的“艺术与和平——中国当代美术作品展”在希腊马其顿当代艺术博物馆举行。展览展出40余幅作品，包含中国画家围绕“一带一路”沿线国家风情进行的主题创作、历届北京国际美术双年展所藏优秀作品和中国中青年美术家海外研修工程成果三部分，涵盖中国画、油画、版画、雕塑等艺术形式。7月6日至11日，该展巡展在马耳他首都瓦莱塔举行；9月5日，该展巡展在西班牙马德里中国文化中心举行；9月26日，该展巡展在捷克布拉格会议中心举行。

【异彩共生——拉美及加勒比艺术展】

2018 年 5 月 14 日至 22 日，由中国文化和旅游部外联局、阿根廷驻华大使馆、厄瓜多尔驻华大使馆等举办，中国对外文化集团公司实施的 2018 第五届拉美艺术季“异彩共生——拉美及加勒比艺术展”在北京市民族文化宫举行。展览以联展的方式展出拉美及加勒比地区 7 国 7 名艺术家的 88 幅作品，其中包括当代绘画、摄影作品等。

【灵之所在　魂之所系——匈牙利艺术研究院作品展】

2018 年 5 月 14 日至 6 月 10 日，由中国艺术研究院、匈牙利艺术研究院、今日美术馆主办的“灵之所在 魂之所系——匈牙利艺术研究院作品展”在北京市今日美术馆举行。展览分为“美术”“应用艺术与设计”“民间美术”3 个板块。其中“美术”板块涵盖油画、雕塑、版画、视频等艺术形式；“应用艺术与设计”板块展示海报设计、玻璃艺术、染色工艺、挂毯等艺术形式；“民间美术”板块展出典型作品《角状火药桶》《来自西外多瑙的蕾丝边刺绣头巾》等。展览通过艺术作品，全方位、多视角地介绍和展示匈牙利现当代艺术的发展概貌，呈现艺术家在艺术创作上探索性与创新性的成果。

【2018 艺术厦门国际博览会】

2018 年 5 月 25 日至 28 日，由 2018 艺术厦门国际博览组委会主办的以“共建城市艺术生态系统”为主题的“2018 艺术厦门国际博览会”在福建省厦门市举办，展览展出 11 个国家和地区的百余家艺术机构的最新作品。博览会分为三大展区，其中，经典艺术展区包括中国美术家协会策展的“全国著名人物画邀请展”、福建省美术家协会主办的“意之大者——第五届福建省写意画大展”等；当代艺术区以国际画廊和艺术机构为主，包括国内一线城市的画廊，以及来自日本、韩国、澳大利亚等地的国际画廊；公共艺术区以“生命的思考”为策展主题，展出的系列作品体现了对当下生态环境的关注。

【伦勃朗和他的时代：美国莱顿收藏馆藏品展】

2018 年 6 月 17 日至 9 月 3 日，由荷兰王国驻华大使馆、中国国家博物馆、莱顿收藏主办的“伦勃朗和他的时代：美国莱顿收藏馆藏品展”在中国国家博物馆举行。展览分为“肖像画”“历史画”“风俗画”三大主题，展出 70 余件古典绘画藏品，主要呈现来自莱顿收藏的荷兰黄金时代绘画大家的艺术作品。

【丝绸之路国际美术馆联盟成立仪式】

2018 年 6 月 19 日，“丝绸之路国际美术馆联盟成立仪式”在中国美术馆举行。来自“一带一路”沿线 19 个国家和地区的国家美术馆和重点美术机构加入丝绸之路国际美术馆联盟。中国美术馆举办“包容与共进——丝绸之路国际美术馆联盟论坛”暨联盟第一次会议，来自法兰西艺术院、俄罗斯国家艺术科学院、白俄罗斯国家美术馆、乌克兰国家艺术科学院等机构的代表就相关议题进行研讨。“包容与共进——丝绸之路国际美术馆联盟艺术展”同期举办，展览展出来自 14 个沿线国家和地区的 17 件艺术作品。

【中华意蕴——中国油画艺术国际巡展（意大利展）】

2018 年 7 月 18 日至 9 月 9 日，由中国国家画院、中国文学艺术基金会主办，中国国家画院油画院承办的中国文学艺术基金会资助项目“中华意蕴——中国油画艺术国际巡展（意大利展）”在意大利罗马举行。此次意大利巡展的 63 名参展画家以中国国家画院油画院研究员为主体，并邀请中国油画界的部分油画家的作品参展，展出作品 146 幅。

【写意中国——中国国家画院美术作品欧洲巡展】

2018 年 7 月 20 日至 8 月 5 日，由中国国家画院主办的“写意中国——中国国家画院美术作品欧洲巡展”在乌克兰国家美术家协会大厦展厅举行。展览展出中国当代水墨画领域老、中、青三代 64 名艺术家的 113 件（组）作品，内容涵盖人物、山水、花鸟等。

【首届平遥国际雕塑节】

2018 年 7 月 20 日至 8 月 20 日，由山西平遥县人民政府、奥地利莫比乌斯艺术基金会主办的“首届平遥国际雕塑节”在山西省平遥古城举行。雕塑节设有“国际对话”、“中国写意精神”、“平遥国际雕塑节达利画廊”、“平行展览（包括平遥国际雕塑节非物质文化遗产展、平遥国际雕塑节院校青年艺术家展两场展览）”等多个板块。中国以及来自美国、德国等 10 余个国家和地区的 80 余名艺术家、策展人带来的 100 余件雕塑作品参展。联合国工业发展组织举办文化艺术与城市投资软环境国际论坛，国际专家在论坛上分享国际先进经验，旨在推进城市软环境建设，进而吸引投资、推动城市发展。此外，平遥国际雕塑节还设有瑞银艺术论坛专题演讲以及中国艺术高校学术论坛等系列学术活动。

【麦积山国际雕塑论坛・2018】

2018 年 7 月 27 日至 28 日，由中国雕塑学会、敦煌研究院、西安美术学院等主办，麦积山石窟艺术研究所、西安美术学院雕塑系、清华大学美术学院雕塑系承办的“麦积山国际雕塑论坛・2018”学术年会在甘肃省天水市举行。论坛以“中国传统雕塑的融合与创新”为主题，设有中国传统雕塑的审美特征、中国传统雕塑的形式语言研究、中国雕塑史与思想史研究、新时代下文化遗产的活化 4 个分论题。与会专家围绕论坛主题和各自研究方向展开对话、研讨、交流，以雕塑艺术为主题、以中国传统雕塑艺术为重点、以传统雕塑艺术对中国当代雕塑的作用与影响为学术研究目标，旨在通过论坛，加强对麦积山石窟雕塑艺术的研究，推动当代雕塑的创作实践，使之成为引领中国雕塑艺术与创作研究的重要平台。“麦积山国际雕塑论坛・2018——雕塑作品展”于 7 月 27 日至 8 月 7 日在麦积山石窟景区广场举行，展览展出来自全国各美术学院中国传统雕塑教学成果以及知名雕塑家的特邀作品 50 件。

【2018 首届中国・民勤沙漠雕塑国际创作营】

2018 年 8 月 22 日，由中国工艺美术学会、甘肃省文化厅、甘肃省文学艺术界联合会等主办的“2018 首届中国・民勤沙漠雕塑国际创作营”在甘肃省武威市开幕。国际创作营以“自然・创新・共享”为主题，邀请国内外艺术家以民勤县当地文化为创作题材，进行沙漠雕塑创作，建成大型沙雕艺术主题公园。该次创作营共收到 52 个国家和地区 273 名艺术家的 1569 件作品方案，评选出 55 件作品方案参展，其中国内作品 22 件、国外作品 21 件、特邀作品 12 件。同期举行“公共艺术的新方式——沙漠雕塑的文化意义”主题研讨会、首届民勤沙漠雕塑室内作品邀请展暨致尚美术馆开馆典礼、民勤沙漠雕塑创作实践座谈会等活动。

【银川对话——2018 中国·意大利版画作品联展】

2018 年 9 月 3 日至 11 月 3 日，由中国国家画院版画院、银川市人民政府、意大利国立版画研究中心主办，银川市文化新闻出版广电局承办的“银川对话——2018 中国·意大利版画作品联展”暨国际艺术论坛在银川国际版画创研中心举行。展览展出 61 名中意两国当代版画艺术家的 181 幅作品，大部分参展艺术品首次亮相宁夏。

【后生命——2018 北京媒体艺术双年展（BMAB2018）】

2018 年 9 月 5 日至 24 日，由国家艺术基金支持、中央美术学院主办的 2018 年度国家艺术基金资助项目“后生命——2018 北京媒体艺术双年展（BMAB2018）”在中央美术学院美术馆举行。展览邀请来自世界 10 个国家、30 余名艺术家、5 个工作室以“后生命”为主题，分为“主题展览”“实验空间”“超链接展”“试听演出”“主题论坛”“工作坊”6 个板块，展出艺术家在艺术与科技领域的跨学科探索。

【来自中国美术馆的艺术：美丽中国——色彩意象中的世界】

2018 年 9 月 7 日至 10 月 14 日，由中国美术馆、柏林中国文化中心、中外文化交流中心主办的“来自中国美术馆的艺术：美丽中国——色彩意象中的世界”展览在德国柏林中国文化中心开幕。展览展出中国美术馆藏油画作品和当代艺术家的油画、水彩画 39 件。

【“一带一路”·黑龙江艺术家国际艺术交流项目——2018 中日韩国际交流美术展】

2018 年 9 月 8 日至 13 日，由黑龙江省文学艺术界联合会、日本北海道文化团体协议会、韩国忠清北道文化团体总联合会等主办的“‘一带一路’·黑龙江艺术家国际艺术交流项目——2018 中日韩国际交流美术展”在黑龙江省美术馆举行。展览展出三地代表艺术家的各类艺术作品 60 余件，是黑龙江、北海道、忠清北道三地首度联合交流活动。

【视觉的诗——中国美术学院跨媒体艺术学院与卡塞尔大学艺术学院实验影像交流展】

2018 年 9 月 12 日至 22 日，由中国美术学院跨媒体艺术学院、中国美术学院美术馆、国家艺术基金主办的 2018 国家艺术基金传播交流推广资助项目“视觉的诗——中国美术学院跨媒体艺术学院与卡塞尔大学艺术学院实验影像交流展”在中国美术学院美术馆举行。展览展出德国卡塞尔艺术学院和中国美术学院 59 名艺术家的 68 件作品。

【心灵的风景：泰特不列颠美术馆珍品展（1700—1980）】

2018 年 9 月 13 日至 11 月 6 日，由伦敦泰特美术馆、中国美术馆主办的“心灵的风景：泰特不列颠美术馆珍品展（1700—1980）”在中国美术馆举行。作为中英两国文化交流的重要项目，展览分为“凝望与梦想”“古典与浪漫主义”“自然主义与印象主义”“早期现代风景画”“晚期现代风景画”5 个部分，精选泰特不列颠美术馆珍藏的 70 余件 18 世纪以来的英国风景画作品，涵盖油画、水彩画等画种，囊括从传统到现代的多种绘画流派。

【2018 敦煌美术学国际学术研讨会】

2018 年 9 月 21 日至 22 日，由中国艺术研究院、敦煌研究院主办，中国艺术研究院美术研究所、敦煌文化学会承办的“2018 敦煌美术学国际学术研讨会”在甘肃省敦煌市举行。与会专家以敦煌为地理标识，以美术为核心语汇，围绕敦煌美术话题进行研讨与交流。主要议题包括：1. 敦煌美术色彩学、材料学、造型学等基础理论（技法）研究；2. 敦煌美术历史研究；3. 敦煌美术比较研究，包括敦煌美术与丝绸之路沿途同一文化类型中的敦煌以西、敦煌以东地区美术的比较，与丝绸之路以外地区不同文化类型美术的比较；4. 敦煌美术与现代发展研究，探讨敦煌美术传统与现代发展的关系，探索在新时代社会背景和文化环境下如何立足敦煌美术传统，开创当代敦煌美术新局面，谱写当代美术新篇章；5. 史前美术、少数民族美术和出土简牍书法等研究。

【走向现代主义：美国艺术八十载（1865—1945）】

2018 年 9 月 28 日至 2019 年 1 月 6 日，由芝加哥艺术博物馆、泰拉美国艺术基金会和上海博物馆主办的“走向现代主义：美国艺术八十载（1865—1945）”展览在上海博物馆举行。展品选自芝加哥艺术博物馆以及泰拉美国艺术基金会的重要收藏，集中展示 80 件美国艺术大师的经典绘画和纸本作品。展览以时间为序，分为“南北战争之后”“现代西部”“东方元素”“世界主义”“都市生活”“激进派的探索”“美国景象”“自画像”“新的探索”9 个板块，以及“聚焦惠斯勒”与“聚焦霍普”两个专题，使观众能以聚焦的目光洞彻美国艺术的特性。

【丝路艺蕴——中欧女性艺术交流展】

2018 年 10 月 15 日至 22 日，由清华大学主办，清华大学美术学院、文化和旅游部恭王府博物馆承办的国家艺术基金 2018 年度传播交流推广项目“丝路艺蕴——中欧女性艺术交流展”在文化和旅游部恭王府博物馆举行。展览展出中外 50 余名女性艺术家的美术作品多幅，涵盖中国画、水彩画、油画、素描等。

【西方绘画 500 年——东京富士美术馆馆藏作品展】

2018 年 10 月 23 日至 12 月 23 日，由清华大学艺术博物馆、东京富士美术馆主办的“西方绘画 500 年——东京富士美术馆馆藏作品展”在清华大学艺术博物馆举行。展览展出 60 幅来自东京富士美术馆的西方艺术藏品。

【首届“一带一路”非中艺术交流展暨非中文化论坛】

2018年10月24日至31日，由肯尼亚体育与文化遗产部主办，肯尼亚非中文化交流协会、中国国家图书馆、中国清华大学美术学院承办的“首届‘一带一路’非中艺术交流展暨非中文化论坛”在国家典籍博物馆举行。展览以“走进肯尼亚・感知新非洲”为主题，参展的110余件美术作品中有近半数出自肯尼亚、卢旺达、乌干达、津巴布韦、坦桑尼亚等非洲国家和地区的40余名艺术家之手。30余位中国艺术家40余件作品参展，包括油画、中国画、版画及雕塑等。论坛专家学者分别围绕深化“一带一路”倡议下的非中文化交流进行发言，并颁发“非中文化交流大使”荣誉证书。同期，肯尼亚非中文化交流协会分别与中国河北青竹画材科技有限公司和鲁迅美术学院继续教育学院签署设立“非中文化交流基金”和“文化教育交流”战略合作协议。

【文化风景——白俄罗斯当代艺术展】

2018年11月1日至18日，由中国美术馆、白俄罗斯驻华大使馆主办的“文化风景——白俄罗斯当代艺术展”在中国美术馆举行。展览展出白俄罗斯8名艺术家的10余件绘画作品。参展艺术家是20世纪50年代至60年代的人，基本代表白俄罗斯成熟的当代艺术。

【罗马尼亚油画大师柯尔内留・巴巴作品中国巡展】

2018年11月16日至2019年1月13日，由中国文化和旅游部、罗马尼亚文化与国家身份部批准，罗马尼亚国会直属的罗马尼亚文化学院、罗马尼亚美术家协会文化基金会、全山石艺术基金会主办的“罗马尼亚油画大师柯尔内留・巴巴作品中国巡展”（首展）在杭州市全山石艺术中心举行，此后陆续在南昌、宁波、上海、邯郸巡展。展览选取罗马尼亚17个国家艺术博物馆、美术馆及私人藏家收藏的罗马尼亚油画大师巴巴创作的60余幅各时期代表性作品。

【丝路怀古——古龟兹壁画摹制特展】

2018年11月20日至12月5日，由中国艺术研究院、中外文化交流中心、首尔中国文化中心主办，中国艺术研究院工笔画艺术研究院承办的“丝路怀古——古龟兹壁画摹制特展”在韩国首尔中国文化中心举行。展览展出44幅龟兹石窟壁画的摹制作品，旨在完整呈现古丝路沿线壁画图像系统、风格样式、造型语言和色彩演绎变化的逻辑脉络，以深化的历史和审美认知促进壁画艺术在丝绸之路上继续互动交流，产生跨越时空的深远影响。本次展览是“古丝绸之路沿线地区壁画摹制及推广项目”的阶段性成果。项目于2018年7月在龟兹石窟启动，由中国艺术研究院主办、工笔画艺术研究院承办，已完成百余幅壁画摹制作品。

【净・化——中国当代艺术邀请展】

2018年11月22日至2019年1月14日（当地时间），由中国对外文化交流协会、葡萄牙东方基金会主办，中国对外文化集团承办的“净・化——中国当代艺术邀请展”在葡萄牙东方博物馆举行。展览展出23名中国青年艺术家的29件作品，涵盖装置、绘画、综合材料、多媒体、雕塑作品等。

【荆楚问漆——2018国际学术研讨会暨全国漆艺邀请展】

2018年11月24日至25日，由文化和旅游部非遗司、湖北省文化和旅游厅支持指导，荆州市文化新闻出版广电局、湖北荆州传统工艺工作站、传统工艺与材料研究文化和旅游部重点实验室主办的“荆楚问漆——2018国际学术研讨会暨全国漆艺邀请展”在湖北省荆州市举行。研讨会由“主题演讲”“专题发言”“圆桌论坛”组成。与会漆艺家、手工艺传承人、材料科学家、文博专家、艺术史家、批评家、策展人、企业家等从不同角度探讨了“漆艺创作与文化交流”“材料科学与博物研究”“行业发展与工艺振兴”“漆艺教学与非遗传承（漆器）”“漆树种植与材料应用”等理论和实践前沿问题。“荆楚问漆——2018全国漆艺邀请展”展出31名漆艺传承人和青年漆艺家的40余件（套）作品。

【第五届中国（湘潭）齐白石国际文化艺术节】

2018年11月26日至27日，由湖南省人民政府、中国文学艺术界联合会主办，湘潭市人民政府、湖南省文化厅、湖南省文学艺术界联合会承办的“第五届中国（湘潭）齐白石国际文化艺术节”在湖南省湘潭市举行。艺术节举办开幕式暨齐白石艺术品赏会、故宫博物院院藏齐白石原作回乡展、当代书画名家作品邀请展暨“大美湘潭”书画作品展、优秀文创作品展、“白石探源”、花鼓戏《齐白石》展演等活动。其中，主办方在故宫博物院院藏的齐白石原作中挑选88件作品首次对外展出，同时设计“你与齐白石面对面”互动区、齐白石画案场景还原、观众留言墙和录音笔等体验环节。还邀请俄罗斯、希腊、西班牙、乌克兰、日本等国家的艺术家和政府团体来湘潭参加活动。

【道之为物：由象及神】

2018年11月28日至2019年1月17日，作为中希两国文化交流的重要项目，由中国美术馆、希腊雅典国家当代美术馆主办的中国美术馆国际交流系列展“道之为物：由象及神”展在中国美术馆举行。展览展出40名希腊国内外艺术家创作的近80幅作品，为中国观众展示来自希腊雅典国家当代美术馆珍藏的希腊艺术精品。

【当代国际藏书票巡展】

2018年12月1日至11日，由广州美术学院主办的国家艺术基金2018年度传播交流推广资助项目“当代国际藏书票巡展”在陕西省美术博物馆举行首展。展览以“丝绸之路与世界文明”为主题，以“璀璨文明”“英雄史诗”“人文之光”“多彩文化”“穿越之旅”“民族交融”6个板块，展出丝路沿线国家的相关主题藏书票作品300件。

【来自中国美术馆的艺术——似与不似：对话齐白石】

2018年12月5日至2019年2月18日，由中国美术馆、韩国艺术殿堂主办的“来自中国美术馆的艺术——似与不似：对话齐白石”在韩国首尔艺术殿堂书艺博物馆举行。展览展出八大山人、吴昌硕、齐白石、吴作人、李斛、靳尚谊等艺术家的117件（71套）作品，这些主要来自中国美术馆的作品均为首次在韩国展出。

【承继、拓展与建构——中国现当代美术史论国际研讨会】

2018 年 12 月 8 日，由四川大学主办，四川大学艺术学院承办的中国当代美术建设专题研讨会系列“承继、拓展与建构——中国现当代美术史论国际研讨会”在四川大学艺术学院美术馆举行。来自巴黎国立高等美术学院、美国西东大学、德国波恩大学、四川大学、中国艺术研究院等 20 余名专家学者围绕会议主题展开讨论。会议分为“社会变革与中国现当代美术的转变”“20 世纪中西方美术的交汇与融通”“20 世纪中国美术史研究方法论的转向”“中国现当代美术教育与美术发展”4 个板块。与会学者从不同的视野和角度对中国现当代美术史论的相关议题展开论述，重新审视中国现当代美术史论的学术传统与当代价值，并从具体的视点出发，对当下中国现当代美术史论的研究实践与新时代背景下的发展方向进行探讨。

【我在·西双版纳——2018 西双版纳国际美术展】

2018 年 12 月 12 日至 28 日，由澜沧江·湄公河流域国家文化艺术节组委会、中国美术家协会版画艺术委员会、西双版纳州文体广电局等主办的“我在·西双版纳——2018 西双版纳国际美术展”在西双版纳民族博物馆举行。展览分为“中国版画家艺术工作室（国际）联盟作品展暨大英博物馆部分典藏中国版画名家作品展”“综合架上绘画展”两个板块，展出来自东南亚、南亚、东北亚以及欧洲的 14 个国家和地区 60 名艺术家的 160 幅作品。

【水墨之上——2018·第四届昆明美术双年展】

2018 年 12 月 18 日至 2019 年 2 月 11 日，由云南省文化和旅游厅、云南省文学艺术界联合会主办的“水墨之上——2018·第四届昆明美术双年展”在云南美术馆举行。展览展出 18 个国家和地区 52 名艺术家运用宣纸、毛笔等创作的中国传统水墨艺术作品，包括油画、版画、水彩·粉画、雕塑等。

【诚如所思：加速的未来——第六届广州三年展】

2018 年 12 月 21 日至 2019 年 3 月 10 日，由广东美术馆主办的“诚如所思：加速的未来——第六届广州三年展”在广东美术馆举行。展览分为“主题展”“文献展”两部分，探讨由技术构建的时空从真实到虚拟所产生的多重影响。主题展分“叠加：数字中的艺术”“同类演化”“机器不孤单”三部分，邀请来自 15 个国家和地区的约 50 名（组）艺术家参展。文献展全面回顾过往五届“广州三年展”的历史发展，梳理学术脉络，深入探讨“广州三年展”的品牌策略、展览机制和未来的发展走向。此外，广东美术馆还联合广东地区多个艺术空间组成平行展，共同深化当代艺术问题的探讨。

纪念展览

【张大千艺术展】

2018年1月16日至3月4日，由中国国家博物馆主办的“中国国家博物馆20世纪名家系列展”之“张大千艺术展”在中国国家博物馆举行。展览分为“集古得新”“临摹敦煌”“大风堂收藏”“大千师友”“大千用印”5个单元，展出100余件（套）作品，系统展示张大千一生的创作历程。

【仅仅是速写？——叶浅予个案研究展系列一】

2018年1月23日至2月25日，由中央美术学院美术馆主办的文化部2017年全国美术馆青年策展人扶持计划并获现金支持的“仅仅是速写？——叶浅予个案研究展系列一”在中央美术学院美术馆举行。展览通过对中央美术学院美术馆馆藏叶浅予不同时期速写作品的展示，并配以相关文献、艺术年表、速写理论著述等，以近180幅作品呈现叶浅予的速写精髓，梳理其速写艺术风格的演变历程。

【民族与时代——徐悲鸿主题创作大展】

2018年1月25日至3月4日，由中国美术馆、徐悲鸿纪念馆主办的中国美术馆新年展“民族与时代——徐悲鸿主题创作大展”在中国美术馆举行。展览分为三大篇章：第一篇章“民族精神”展示《田横五百士》等三幅油画作品；第二篇章“图稿叙事”展示创作于1940年的中国画《愚公移山》以及为创作而绘制的20余幅人物图稿、为印度诗人泰戈尔创作的肖像及速写以及以喜马拉雅山为题材创作的风景系列作品；第三篇章“家国忧思”陈列徐悲鸿为李济深、马寅初等民主人士绘制的速写肖像以及以奔马、雄鹰、雄狮、雄鸡等动物为题材具有民族象征意义的创作。同时，展览辅以速写、画稿，呈现了徐悲鸿的艺术造诣。

【王个簃诞辰120周年书画精品暨文献展】

2018年1月26日至2月2日，由上海中国画院、南通市文化广电和旅游局主办，南通市个簃艺术馆、王个簃艺术研究会、上海吴昌硕艺术研究会协办的“王个簃诞辰120周年书画精品暨文献展”在上海中国画院举行。展览展出王个簃各个时期的书画印100余件和文献资料。其中，文献资料分为“王个簃艺术人生”和“王个簃篆刻、诗文、书法、绘画艺术”两部分，全面展示王个簃一生对艺术的执着追求和“敦品励学、继往开来”的文化精神。

【白石墨妙·倾胆徐君——徐悲鸿眼中的齐白石】

2018年2月2日至4月11日，由北京画院、徐悲鸿纪念馆主办的“白石墨妙·倾胆徐君——徐悲鸿眼中的齐白石”在北京画院美术馆举行。展览以徐悲鸿旧藏齐白石作品为基础，同时展出北京画院收藏的齐白石、徐悲鸿作品70余件（套），并通过相关作品、文献、信札全面梳理两人相识、相交、相知的过程。

【黑沙骆：李骆公先生艺术与文献展】

2018年3月7日至4月1日，由天津美术学院、黑龙江省美术馆主办，天津美术学院美术馆承办的“黑沙骆：李骆公先生艺术与文献展”在黑龙江省美术馆举行。展览展出李骆公油画34幅、书法42件、篆刻印石32件、拓片14件、历史照片和文献150余件。

【自我有乾坤——吕寿琨与早期水墨运动】

2018年3月16日至4月14日，由中国美术馆、香港中文大学文物馆主办的“自我有乾坤——吕寿琨与早期水墨运动”在中国美术馆举行。展览以吕寿琨20世纪40年代末至70年代初的重要创作为梳理线索，展出代表作品50余幅，呈现了吕寿琨的艺术创作脉络。

【彦青百年——山东美术馆藏张彦青捐赠作品暨张彦青百年诞辰纪念展】

2018年3月31日至5月5日，由山东美术馆、山东艺术学院、山东省美术家协会主办的“彦青百年——山东美术馆藏张彦青捐赠作品暨张彦青百年诞辰纪念展”在山东美术馆举行。展览展出张彦青中国画作品113幅，其中包含无偿捐赠给山东美术馆的80幅馆藏作品，展现了张彦青数十年的艺术研究、创作成果。

【予所收蓄　永存吾土——张伯驹先生诞辰120周年纪念展】

2018年4月2日至5月6日，由故宫博物院、张伯驹潘素文化发展基金会、中国国家博物馆等主办的“予所收蓄　永存吾土——张伯驹先生诞辰120周年纪念展”在故宫博物院举行。展览以国有博物馆中经张伯驹鉴藏的古书画为限，分为故宫博物院、中国国家博物馆、吉林省博物院3个部分展出33件（套）书画作品。

【司徒乔、司徒杰捐赠作品展】

2018年4月18日至5月18日，由中国国家博物馆主办的“司徒乔、司徒杰捐赠作品展”在中国国家博物馆举行，展览分为两个部分，有“国殇纪行”“东方曙光”“以碑立传行”“融贯东西”4个主题，展出司徒乔和司徒杰兄弟的80件代表作品。

【丝路飞虹——韩乐然诞辰120周年中国美术馆藏韩乐然作品展】

2018年5月19日至7月3日，由中国美术馆主办的中国美术馆“典藏活化”系列展“丝路飞虹——韩乐然诞辰120周年中国美术馆藏韩乐然作品展”在中国美术馆举行。展览分为“革命与艺术人生”“丝路考古”“丝路写生”3个部分，展出韩乐然美术作品135件，捐赠作品包括油画、水彩画、素描3个门类，大部分为20世纪40年代西部写生和丝路考古临摹作品。

【艺林风华——梁长林作品展】

2018年5月23日至6月6日，由北京美术家协会、北京画院、中央美术学院中国画学院主办的“艺林风华——梁长林作品展”在北京画院美术馆举行。展览分为“风·民族风情”“雅·时代风貌”“颂·历史风神”3个板块，展出梁长林不同风格与主题的中国画、素描、速写等作品70余件。

【徐悲鸿与他的时代】

2018年6月5日至18日，由中央美术学院、江苏省文化厅主办，中央美术学院美术馆、江苏省美术馆承办的国家艺术基金资助项目“徐悲鸿与他的时代”江苏巡展在江苏省美术馆新馆举行。展览展出作品200余件，主要依托中央美术学院美术馆藏精品，涉及中国画、油画、雕塑、版画、水彩画等艺术门类。8月11日至9月10日，该展巡展在石家庄美术馆举行。

【浙派人物画溯源研究系列——李震坚写生创作展】

2018年7月25日至9月2日，由浙江美术馆主办的2018年文化和旅游部全国美术馆馆藏精品展出季项目“浙派人物画溯源研究系列——李震坚写生创作展”在浙江美术馆举行。展览分为4个板块：“浙派人物开山祖”板块介绍浙派人物画的产生背景和5名创始人及代表作；“大笔如椽绘巨作”板块将李震坚的主要创作和对应的写生作品及手稿并列展示；“生活蒙养写激情”板块则从3000余件生活速写中甄选60件代表性作品；“水墨人体新天地”板块展示李震坚晚年的水墨人体画和相关素描、速写作品。

【艺道寻真——张安治的艺术人生】

2018年7月26日至8月7日，由中国美术馆主办的文化和旅游部2018年国家美术作品收藏与捐赠奖励项目、中国美术馆捐赠与收藏系列展“艺道寻真——张安治的艺术人生”在中国美术馆举行。展览分为“真中之梦”“梦中之真”“学人·文心”3个篇章，展出张安治油画、中国画、素描、速写、水彩·粉画、书法作品139件。

【回望归鸿——徐悲鸿抗战时期绘画作品展】

2018年7月31日至10月31日，由重庆中国三峡博物馆、徐悲鸿纪念馆主办的“回望归鸿——徐悲鸿抗战时期绘画作品展”在重庆中国三峡博物馆举行。展览分为“风雨如晦 鸡鸣不已”“哀鸣思战斗”“真宰上诉”3个部分，展出徐悲鸿抗战时期绘画作品75件（套），涵盖中国画、油画、素描等。

【刘开渠与中国美术馆】

2018年8月11日至21日，由中国美术馆、刘开渠艺术研究院主办的“刘开渠与中国美术馆”展览在中国美术馆举行。展览分为“艺术启蒙与专业学习”“为中国现代雕塑艺术‘开渠’”“立民族之碑”“向新时代致敬”4个单元，展出刘开渠具有代表性的60余件雕塑原作和相关历史文献，呈现了刘开渠的艺术人生。

【光华——袁运甫艺术之美】

2018年8月16日至10月7日，由清华大学、中国美术家协会、中国国家画院主办，清华大学艺术博物馆、清华大学美术学院承办的“光华——袁运甫艺术之美”展在清华大学艺术博物馆举行。展览展出清华大学美术学院教授袁运甫油画、水粉画、水墨画、彩墨画等作品 123 幅。

【工精重彩——任率英绘画艺术展】

2018 年 9 月 2 日至 9 日，由中国美术家协会、中国美术学院主办的“工精重彩——任率英绘画艺术展”在中国美术学院美术馆举行。展览展出工笔重彩画家任率英的 100 余幅作品，包括从中国美术馆借展的代表作品《嫦娥奔月》《送戏到村》等。

【执手同道——吴作人、萧淑芳合展】

2018 年 9 月 21 日至 27 日，由中国美术馆、中国美术家协会、中央美术学院等主办的“执手同道——吴作人、萧淑芳合展”在中国美术馆举行。展览通过两人的四段经历——“同进学，初见”“同道，不相见”“重逢，结同心”“同路，各千秋”展出作品近 300 件，梳理了他们从各自的艺术发展到相濡以沫的曲折过程。

【1949 年的廖冰兄——历史转型期的廖冰兄漫画作品文献展】

2018 年 9 月 28 日至 10 月 28 日，由广东美术馆主办的 2018 年文化和旅游部全国美术馆馆藏精品展出季项目“1949 年的廖冰兄——历史转型期的廖冰兄漫画作品文献展”在广东美术馆举行。展览按作品的题材分为“时代强音”“底层视角”“文艺旗手”3 个部分，辅以与作品相关的包括照片、期刊、报纸等在内的丰富的历史文献和档案，展出广东美术馆藏廖冰兄 1949 年的漫画创作，梳理了廖冰兄在中国近现代漫画史上的艺术贡献。

【色彩交响——武德祖艺术展】

2018 年 11 月 8 日至 18 日，由中国美术馆主办的文化和旅游部 2018 年度国家美术作品收藏和捐赠奖励项目、中国美术馆捐赠与收藏系列展“色彩交响——武德祖艺术展”在中国美术馆举行。展览展出武德祖 20 世纪 50 年代以来创作的油画、版画、宣传画、连环画、速写等作品 100 余件，呈现了武德祖各个时期的艺术特点和成就。同期，武德祖家属向中国美术馆捐赠武德祖油画、速写、版画作品 22 件，其中包括武德祖在马克西莫夫油画训练班时期的油画习作，以及走上油画创作道路后的代表性油画作品。

【法古禅心——纪念李苦禅诞辰 120 周年艺术展】

2018 年 11 月 21 日至 12 月 22 日，由中国国家博物馆、中共山东省委宣传部、中国美术家协会等主办的“法古禅心——纪念李苦禅诞辰 120 周年艺术展”在中国国家博物馆举行。展览展出李苦禅艺术作品 100 余件，包括绘画作品、论画手稿、书法习作和通信信札等。

【人中奇逸——李铁夫艺术精品展】

2018 年 12 月 12 日至 2019 年 1 月 3 日，由广州美术学院、广东省美术家协会、广东美术馆等主办，广州美术学院美术馆、北京画院美术馆承办的北京画院20世纪中国美术大家系列展“人中奇逸——李铁夫艺术精品展”在北京画院美术馆举行。展览涵盖李铁夫创作的油画、水彩画、中国画、书法等艺术门类，汇聚广东省3家艺术机构所珍藏的李铁夫艺术作品73件（套）。

【纪念张伯驹先生诞辰120周年：高山仰止——张伯驹潘素伉俪艺术文献展】

2018年12月13日至2019年1月13日，由吉林省文化和旅游厅主办的“纪念张伯驹先生诞辰120周年：高山仰止——张伯驹潘素伉俪艺术文献展”在清华大学艺术博物馆举行。展览展出张伯驹潘素伉俪不同时期的书画作品53件、文稿书信60余件，以及师友张大千、谢稚柳、黄君坦等文人雅士的书画、诗稿和信函30余件。

通知

【文化和旅游部办公厅关于公布2017年度全国美术馆优秀项目评选结果的通知（办艺函〔2018〕30号）】

2018年4月18日，文化和旅游部办公厅向各省、自治区、直辖市文化厅（局），新疆生产建设兵团文化广播电视局，中央军委政治工作部宣传局，中国美术馆、中国国家画院发布“关于公布2017年度全国美术馆优秀项目评选结果的通知（办艺函〔2018〕30号）”。

通知显示，2017年度全国美术馆优秀项目评选工作已经顺利完成。经过专家小组认真评审，并经文化和旅游部审核与公示，共评出优秀展览项目7个、优秀公共教育项目9个、优秀展览提名项目25个、优秀公共教育提名项目12个。现将上述项目名单予以公布。北京市文化局、上海市文化广播影视管理局、江苏省文化厅和广东省文化厅4家单位在此次活动的组织工作方面表现突出，特提出表扬。

通知后附2017年度全国美术馆优秀项目名单。（略）

【文化和旅游部办公厅关于公布《2018年全国美术馆馆藏精品展出季活动目录》的通知（办艺发〔2018〕3号）】

2018年4月27日，文化和旅游部办公厅向各省、自治区、直辖市文化厅（局），新疆生产建设兵团文化广播电视局，中央军委政治工作部宣传局，中国美术馆、中国国家画院发布“关于公布《2018年全国美术馆馆藏精品展出季活动目录》的通知（办艺发〔2018〕3号）”。

通知显示，2018年全国美术馆馆藏精品展出季活动项目评审工作已经顺利完成。经过专家认真评审，并经文化和旅游部审核通过，共有30个项目入选《2018年全国美术馆馆藏精品展出季活动目录》。现予以公布。

通知强调，各省（区、市）文化厅（局）及相关单位，应根据《文化部办公厅关于印发〈2018年全国美术馆馆藏精品展出季活动方案〉的通知》（办艺函〔2018〕15号）要求，督促和指导相关美术馆根据既定方案，做好展览项目的实施工作。在申报时提供巡展计划或意向的，应积极推动巡展工作计划落实，并在验收评审时提供相关证明材料（验收工作安排另行通知）。

通知后附2018年全国美术馆馆藏精品展出季活动目录。（略）

【文化和旅游部办公厅关于公布2018年全国美术馆馆藏精品展出季活动优秀项目名单的通知（办艺发〔2018〕102号）】

2018年11月20日，文化和旅游部办公厅向各省、自治区、直辖市文化和旅游行政部门，新疆生产建设兵团文化体育新闻出版广电局，中央军委政治工作部宣传局，中国美术馆、中国国家画院发布“关于公布2018年全国美术馆馆藏精品展出季活动优秀项目名单的通知（办艺发〔2018〕102号）”。

通知显示，按照《文化部办公厅关于印发〈2018年全国美术馆馆藏精品展出季活动方案〉的通知》（办艺函〔2018〕15号）要求，2018年全国美术馆馆藏精品展出季活动验收工作已经顺利完成，经专家小组认真评审，并经文化和旅游部审核，共评选出优秀项目11个。文化和旅游部将对优秀项目的巡展给予奖励性补贴，用于支持巡展等相关工作的开展。

在此次活动中，上海市文化广播影视管理局、湖北省文化和旅游厅、广东省文化和旅游厅组织工作表现突出，被评为优秀组织单位。

通知后附 2018 年全国美术馆馆藏精品展出季活动优秀项目名单。（略）

会议 · 论坛

【2018 年中国美术家协会漆画艺术委员会工作会议】

2018 年 1 月 12 日，由广西美术家协会、桂林理工大学主办，中共桂林理工大学党委宣传部、桂林理工大学艺术学院、广西美术家协会漆画艺术委员会承办的“2018 年中国美术家协会漆画艺术委员会工作会议”在广西壮族自治区桂林市举行。会议总结 2017 年中国美术家协会漆画艺术委员会在学科建设、人才培养、展览活动、学术交流等漆画发展中取得的多方面的成绩，并对中国美术家协会漆画艺术委员会 2018 年工作计划进行讨论。同期，广西美术家协会漆画艺术委员会在桂林理工大学成立。

【纪念潘天寿、李桦、李可染、叶浅予、张仃百年诞辰座谈会】

2018 年 1 月 15 日，由中国文学艺术界联合会、中国美术家协会主办，中央美术学院、中国美术学院、潘天寿纪念馆等协办的“纪念潘天寿、李桦、李可染、叶浅予、张仃百年诞辰座谈会”在北京举行。活动旨在纪念美术家潘天寿诞辰 120 周年，李桦、李可染、叶浅予诞辰 110 周年，张仃诞辰 100 周年，追忆和缅怀 5 名艺术家为开拓和建设新中国美术事业做出的重大贡献。与会美术家从 5 位艺术家的生活事迹、为人为艺等方面进行了追忆和缅怀。

【2018 年中国美术家协会工作会议】

2018 年 1 月 16 日，由中国美术家协会主办的“2018 年中国美术家协会工作会议”在北京举行。100 余位各地美术家协会代表和中国美术家协会各艺术委员会和研究会代表为 2018 年中国美术发展、中国美术家协会过去一年工作成果和 2018 年工作重点等问题进行探讨。会议做了题为《抒写新征程壮丽史诗　绘制新时代最美华卷》的工作报告，回顾 2017 年主要工作。通报 2017 年和 2018 年中国美术家协会对外交流工作、2018 年中国美术家协会展览情况和第十三届全国美展实施办法。主席团成员、各地协会代表、艺术委员会和研究会代表分组讨论学习十九大精神体会，通报各自活动计划，总结工作经验，拓展开阔视野，提出意见和建议。艺术委员会和研究会代表在分组讨论中就各艺术门类在学术引领、创作的高原和高峰等问题上展开探讨。

15 日，中国美术家协会举行八届七次主席团会议，审议通过《工作会议程》和《工作报告》、团体会员提出的替换工作理事的申请、《中国美术家协会主席团成员、理事会成员履职工作规则》。

【中国美协综合材料绘画与美术作品保存修复艺委会 2018 西安年会】

2018 年 3 月 26 日，“中国美协综合材料绘画与美术作品保存修复艺委会 2018 西安年会”在西安美术学院举行。与会委员、专家共同梳理与讨论艺术委员会的学术理论框架与未来发展方向。同期，由中国美术家协会、浙江省文学艺术界联合会、中共宁波市委宣传部主办，中国美术家协会综合材料绘画与美术作品保存修复艺术委员会、西安美术学院、陕西省美术家协会承办的“第二届全国（宁波）综合材料绘画双年展西安巡展”在西安美术学院美术馆举行。研讨会艺术家、理论家、批评家以及从事综合材料绘画创作的师生代表共同探讨综合材料绘画新时代的未来发展前景。

【纪念张伯驹先生诞辰 120 周年座谈会】

2018 年 5 月 7 日，由文化和旅游部、中央文史研究馆、国家文物局主办的“纪念张伯驹先生诞辰 120 周年座谈会”在人民大会堂举行。文化和旅游部有关司局、国家文物局、故宫博物院、吉林省博物院等有关单位负责人，文博界相关专家学者参会。文化和旅游部、国家文物局、中央文史研究馆、吉林省博物院相关负责人及张伯驹之女张传綵等家属代表参加座谈会并发言。

【以形写神——2018 全国高等艺术院校中国画人物造型主题交流展暨研讨会】

2018 年 5 月 8 日至 14 日，由南京艺术学院主办、南京艺术学院美术学院承办的“以形写神——2018 全国高等艺术院校中国画人物造型主题交流展暨研讨会”在南京艺术学院美术馆举行。展览展出全国 36 所高等艺术院校从事人物画教学、创作与研究的教师以及画院的专业画家的 420 余件作品，总结、展示、交流和促进了全国高等艺术院校人物画专业造型教学，尤其是在创作方面的最新成果。研讨会邀请全国高等艺术院校从事人物画教学、创作与研究的专业教师以及全国重要画院的专业画家一道参加展览，以人物画造型教学、创作与研究进行学术研讨，分享感受与经验。并就美术高考、美术教学、写实与具象等问题展开对话。交流展暨研讨会展示各高等艺术院校中国画专业人物画教学、创作、科研的整体面貌的同时，也是传统人物画教学理念、方法和内容的一次梳理和总结。

【西部少数民族青年美术家作品展暨第七届西部少数民族青年美术家高研班开学典礼】

2018 年 6 月 12 日，由中国文学艺术界联合会、中国美术家协会、中国文学艺术基金会等主办的“西部少数民族青年美术家作品展暨第七届西部少数民族青年美术家高研班开学典礼”在中国文艺家之家展览馆举行。来自主办方以及中国美术家协会各处室主任、干部、少数民族班学员和新闻媒体出席展览开幕式和开学典礼。展览展出第五届和第六届高研班 36 名学员、第七届 23 名学员创作的中国画、油画、版画作品 85 件。展期至 6 月 15 日。

【“艺术品修复人才培养”培训班】

2018 年 8 月 1 日，国家艺术基金 2018 年度艺术人才培养资助项目“艺术品修复人才培养”培训班开班仪式在北京举行。该项目于 1 月 30 日正式立项，主体单位为中国人民大学，实施单位为中国人民大学文艺复兴研究院，学术指导单位为中国美术家协会综合材料绘画与美术作品保存修复艺术委员会，支持单位为中国人民大学艺术学院。项目整合中国人民大学教育与科研资源及国内知名专家学者，招揽具有一定专业素养、理论基础和实践能力的国内艺术院校青年教师与科研人员、艺术机构从业人员，以培养兼具专业性与创造性、适应社会重大现实需求的艺术人才为目的，并探索艺术人才培养如何与国家大政方针与社会重大现实需求对接，强调科研成果转化成文化生产力，打造非学历培训教育新模式。项目持续至 9 月中旬。

【中华艺术大家讲习班】

2018 年 8 月 13 日，由中央文史研究馆、华鼎国学研究基金会主办的“中华艺术大家讲习班”在中央文史研究馆开班。讲习班坚持公益性，采取导师负责制，开设诗词班、书法班、人物画班、花鸟画班、山水画班 5 个班，导师均由中央文史研究馆馆员担任。学员由导师提名、组委会审定，每个班 10 人左右，共 50 人。讲习班采用集中教学、分班授课，学员在导师的指导下开展创作练习与学习研讨。集中教学阶段结束后，学员分别进行结业创作。经中期辅导举行作品观摩展暨结业仪式。成绩合格者颁发结业证书。此后，中央文史研究馆及导师对学员进行长期跟踪培养，选择优秀学员和作品参加该馆组织的展览、研究、教学、出版等专业活动。

【“综合材料绘画创作人才培养”结业展】

2018 年 9 月 1 日至 10 月 8 日，国家艺术基金 2018 年度艺术人才培养资助项目“综合材料绘画创作人才培养”结业展在北京市智慧长阳美术馆举行。展览展出来自全国各地的 30 位学员在培训期间创作的 100 余幅综合材料绘画作品。该项目是由清华大学美术学院作为申报主体，清华大学美术学院绘画系和中国美术家协会综合材料绘画与美术作品保存修复艺术委员会共同承办。培训为期 8 周，教学内容包括专题学术讲座、社会考察、创作素材收集整理与综合材料绘画技法培训，以及专题性创作草图或阶段性作品制作。培训期间，专家学者进行多次专业学术讲座和外出考察采风。此外，学员们还参加了中国文学艺术发展专项基金文艺人才培训（培养）资助项目 2018 中国美术家协会艺术委员会（综合材料绘画）青年文艺人才培训。

【首届全国美术高峰论坛】

2018 年 9 月 11 日至 12 日，由中共山东省委宣传部、中国美术家协会、山东省文学艺术界联合会主办，山东省美术家协会承办的“首届全国美术高峰论坛”在山东省济南市举行。论坛旨在加强当代美术理论建设及美术批评对艺术创作的指导与引领，挖掘培养美术理论、美术评论人才。论坛分为“美术思潮与学术方位”“美术创作”“美术理论”“山东美术”四大板块，汇聚国内美术理论家 60 余人，以及征稿优秀论文入选作者 60 余人。

【“年画艺术创新人才培养”专家研讨会】

2018 年 9 月 15 日，“‘年画艺术创新人才培养’专家研讨会”在潍坊国际展览中心举行。由国家艺术基金、四川大学主办，四川大学艺术学院承办的 2017 年国家艺术基金人才培养项目“年画艺术创新人才培养”进入项目验收结项阶段。该项目有学员 50 人，分别来自全国 10 余个年画产地，涵盖 9 个省市。课题组李振宇介绍项目实施的教学情况和创作成果，广东省佛山市青年年画从业者刘钟萍代表项目全体学员汇报在四川大学学习的心得体会。中央美术学院的薄松年、李振球等年画专家对项目的教学和成果给出见解和评价，肯定项目在年画创新实践中进行的有益探索。同时，专家希望年画班学员回到家乡后，积极开展年画培训，将培训期间收获的教学艺术理念结合当地的年画传承实际情况，通过年画创新推动年画回归现代社会，真正将年画传承发展。

【中国百年雕塑研究】

2018 年 9 月 27 日，国家社科基金艺术学重大项目“中国百年雕塑研究”开题论证会在中国美术馆举行。会议对该项目的目标任务、研究思路、任务分工以及特色与创新、视角与方法等方面进行研讨。该项目结合中国美术馆的雕塑藏品资源，吸收 2017 年由中国美术馆主办的“全国首届雕塑艺术大展”的学术积累，全面研究百年来中国的主题性雕塑、人物雕塑、城市雕塑、民间雕塑、写意性雕塑的探索与发展历程。一是从雕塑艺术本体角度，分析中国百年雕塑的发生与发展，对中西传统的选择以及内容与形式、构成与语言、材料演变与风格创新等进行专题讨论。二是从历史学视角，研究中国百年雕塑在中华文明中的角色与地位，分析中国百年雕塑史的内涵与外延以及在大文化视野下尤其是世界雕塑史中的地位及价值。三是从社会学视角，阐释中国百年来民族精神的整体积淀，中国百年雕塑所彰显出的文化精神及其对于中国当代社会文化发展的意义。由中国美术馆、中国艺术研究院共同主办的文化和旅游部国家主题性美术创作项目雕塑专题班同期举行，专题班汇聚多名全国青年雕塑艺术家。法国法兰西学院三位院士齐聚中国美术馆授课。

【作品——美术史的内涵与外延：第十二届全国高等院校美术史学年会】

2018 年 10 月 12 日至 15 日，由全国高等院校美术史学年会组委会、鲁迅美术学院主办的“作品——美术史的内涵与外延：第十二届全国高等院校美术史学年会”在鲁迅美术学院举行。来自全国多所院校的 200 余名专家学者参会。会议就“中国美术史研究专题之一：卷轴画研究”“中国美术史研究专题之二：墓葬美术”“中国美术史研究专题之三：宗教美术”“中国美术史研究专题之四：近现代美术”“外国美术史研究专题”“中外美术交流史研究专题”“美术理论与方法研究专题”等方面展开评议与讨论。

【向内向外：版画的学院教育与公众审美——第十四届全国高等艺术院校版画教学与创作年会暨首届清华大学版画艺术节】

2018 年 10 月 27 日至 30 日，由清华大学美术学院主办、清华大学美术学院绘画系承办的“向内向外：版画的学院教育与公众审美——第十四届全国高等艺术院校版画教学与创作年会暨首届清华大学版画艺术节”在清华大学美术学院美术馆举行。全国近 30 所高等艺术院校版画系或专业的系主任、学术带头人、教学骨干参会。与会版画界专家学者展开多角度、多层面的思考，通过论文与作品进行探讨与交流，同时还带来 550 余件版画作品。版画年会和首届清华大学版画艺术节期间，美术学院面向清华大学各院系学生举办 8 次版画体验活动，包括木刻版画、铜版版画、丝网版画等。

【2018 · 全球化视角下美术教育的传承与创新——第四届全国师范大学教师作品展暨美术设计教育论坛】

2018 年 11 月 2 日至 5 日，由北京师范大学、81 美术馆主办的“2018 · 全球化视角下美术教育的传承与创新——第四届全国师范大学教师作品展暨美术设计教育论坛”在北京举行。展览汇聚艺术教育领域重要艺术家和部分高校教师作品，展现了当下师范院校教师的创作水准与艺术面貌。论坛分为“全球化视角下美术教育的传承与创新中外专家论坛”“国外专家前沿学术讲座”“师范大学美术教育教学现状与发展专家教学论坛”3 个板块。130 余名来自国内 30 余所师范大学的专家、教师代表，与来自美国、俄罗斯、德国等国的 6 名专家，共同针对当前美术教育与美术创作中的理念、课程体系、教学方法、创新能力培养等话题进行研讨。

【批评的现场——第十二届中国美术批评家年会】

2018 年 11 月 10 日至 11 日，由中国美术批评家年会组委会、上海艺术博览会、上海美术学院当代艺术研究所主办的“批评的现场——第十二届中国美术批评家年会”在上海举行。出席本次年会的包括48名年会学术委员、出席嘉宾、特邀嘉宾等80人。来自北京大学、中国艺术研究院、中国人民大学的专家学者分别以“批评的人文社会语境”“困惑与清醒真相与执作”“中西体用与损益”为议题做主题发言。批评家从“批评的理论现场”“批评的文化现场”“批评的艺术现场”3个方面进行分组讨论。小组召集人分别汇报小组讨论综述，产生一系列富有学术价值的理论和观点。

【“丝路文明与佛教造像艺术”学术研讨会】

2018年11月11日，由中国社会科学院东方文化研究中心主办、河北省佛像艺术博物馆承办的“丝路文明与佛教造像艺术”学术研讨会在河北省石家庄市举行。来自中国社会科学院、北京大学、中国人民大学、中国艺术研究院、香港中文大学、香港浸会大学、复旦大学、北京科技大学、中国国家博物馆、故宫博物院、中国文化报社、美国圣达菲艺术设计大学、河北省文物部门、河北省美术研究所、河北师范大学美术学院、河北美术出版社等专家学者参加研讨，共同探讨佛教造像艺术与中印传统文化之间的关系，推动佛教造像艺术进一步发展，传承佛教造像艺术的文化精髓。

【2018中国传统色彩学术年会】

2018年11月15日至16日，由中国艺术研究院美术研究所主办的“2018中国传统色彩学术年会”在中国艺术研究院举行。年会聚集国内外色彩研究专家以及来自全国各地的450余位相关研究者，旨在搭建中国传统色彩研究的高端学术平台，建立中国传统色彩研究的交流对话机制，形成具有共同理想和目标的中国传统色彩学术共同体。年会主题为“东方色彩：历史与现状”，从东方民族特有的感知方式与哲学思维出发，探究东方色彩的历史形态与现实价值，让东方色彩所凝聚的古老智慧贡献于当代社会。基于前两届年会参会专家的国籍分布和学术交流频率，又恰逢中日和平友好条约缔结40周年，该次学术年会选择日本作为专家特邀国。中日专家围绕色彩词、色彩观念、色彩历史、色彩应用以及颜料制作等方面展开讨论。

【学院——中国画教学与创作论坛暨全国青年教师中国画邀请展】

2018年11月25日至12月3日，由中国美术家协会中国画艺术委员会主办的“学院——中国画教学与创作论坛暨全国青年教师中国画邀请展”在北京市炎黄艺术馆举行。旨在弘扬中华传统优秀文化，立足时代，关注当下全国青年中国画家创作状况，发掘和培养青年中国画教师，集中展现当代青年中国画教师创作研究风貌，营造高端良好的学术平台。论坛与会专家学者围绕“新时代中国画的创新与发展”“中国画的教学的现状与问题”等主题展开深入研讨。展览展出110余名画家的中国画作品100余幅。

【2018·中国美术家协会实验艺术委员会年会暨2018·中国（西安）青年实验艺术展】

2018年12月1日，由中国美术家协会实验艺术委员会、陕西省美术家协会学术支持，西安美术学院主办的“2018·中国美术家协会实验艺术委员会年会暨2018·中国（西安）青年实验艺术展”在西安美术学院举行。年会听取秘书处关于2017—2018年实验艺术委员会的工作报告和今后的任务目标等，重点讨论第十三届全国美术展览实验艺术展等事宜。“2018年中国（西安）青年实验艺术展”邀约30个国内活跃的青年艺术家和小组，以“行动主体”为题，编排展览的思路，从“以新知为目标的教育行动主体、以社会为对象的艺术实践主体、个人化创作的文化自觉主体”三种主体的层面，观察艺术“行动”的线索与特征。

“西安美术学院2015—2018实验艺术专业教学展”同期举办。展览旨在展示实验艺术专业在研究生和本科教育方面的认识和着力点，呈现其独特的教学面貌和学术精神。嘉宾和本院师生还进行深度学术研讨会。展期至12月15日。

【静待花开——第四届中国西部基础美术教育论坛】

2018年12月6日，由中国美术家协会美术教育委员会、四川美术学院、重庆市教研科学研究院等主办的“静待花开——第四届中国西部基础美术教育论坛”在四川美术学院举行。论坛围绕“未来美术教育发展方向”“人工智能在美术教育领域的运用”“中小学生美术核心素养提升路径及艺术素质测评标准探索”“互联网视野下的基础美术教育”“创新教育改革背景下基础美术教师的观念改革与技能提高”“美育服务于社区的可能性实践探索”等6个主题进行研讨，共同探讨开创深化基础美术教育改革新局面，推动西部美术教育创新发展。论坛特别推出基础美术教育优秀作品展，既展示西部中小学生美术创作水平和能力，又为论坛提供具有西部地域审美元素和教学特色的基础美术教育话题。

【2019年度中国中青年美术家海外研修工程成果汇报会】

2018年12月14日，由中国美术家协会主办的“2019年度中国中青年美术家海外研修工程成果汇报会”在中国文学艺术界联合会举行。第九批中国中青年美术家海外研修工程派出的13名研修人员及全程参与该批人员遴选、成果评改的7名专家评委齐聚中国美术家协会举行汇报会。13名研修人员结合幻灯片，依次进行成果汇报。评委对第九批成果进行深度点评。本批课题更加注重全面性和深研性，研修目的国大多为首次前往，其中既有欧洲的西班牙、克罗地亚、罗马尼亚、挪威、白俄罗斯、匈牙利、瑞典，也有非洲的摩洛哥，亚洲的尼泊尔，以及大洋洲的新西兰等，以往对这些地区的关注与研究较为薄弱，此次派出国家在某种程度上填补了这一空白。

【首届“策展在中国”论坛暨2018年中国美协策展委员会年会】

2018年12月15日至16日，由中国美术家协会策展委员会主办、陶溪川美术馆承办的“首届‘策展在中国’论坛暨2018年中国美协策展委员会年会”在景德镇市陶溪川美术馆举行。论坛同期举行陶溪川美术馆“72人青策项目”启动仪式，并确定第二届“策展在中国”论坛的举办地为北京市中华世纪坛艺术馆。论坛旨在打造中国文化艺术领域具有学术高点、国际视野的策展交流平台。美术馆策展人、艺术机构策展人、独立策展人与行业专家学者围绕“策展与城市文化创新”“策展与国际艺术交流”两个方面的主题，紧随主题发言分别以各自的策展经验和实际案例，阐明策展在城市文化创新和国际艺术交流中发挥的推动作用。中国美术家协会策展委员会举行工作会议，总结并汇报2018年的工作情况，委员就全年工作中存在的有益经验和问题提出讨论，并初步勾勒出2019年策展委员会主要的工作脉络，重点讨论推进学术研究、发挥策展委员会专业职能的方法和路径。16日，与会专家分为两个会场展开主题发言和共同讨论。

【中国美术家协会第九次全国代表大会】

2018年12月22日至24日，“中国美术家协会第九次全国代表大会”在北京举行。中共中央政治局委员、中央宣传部长黄坤明出席开幕式并讲话。会议于23日选举产生新一届理事会。宣布新当选的中国美术家协会第九届主席、副主席名单，以及秘书长、名誉主席、顾问名单。

【第十三届全国美术作品展览展区申办工作会】

2018年12月24日，由中国美术家协会主办的“第十三届全国美术作品展览展区申办工作会”在北京举行。该次全国美术作品展览设13个画种分展区，分别是中国画、油画、版画、雕塑、水彩·粉画、漆画、陶艺、艺术设计、实验艺术、综合画种·动漫、综合材料绘画、壁画、港澳台·海外华人展区。来自10个地区的代表宣读“申办第十三届全国美术作品展览展区报告”，并播放申办宣传片、幻灯片，分别对各自竞选展区的相关组织机构、经费筹措、场馆展厅等情况做汇报。经评委投票最终确定申办城市：中国画展区在山东省，油画展区在重庆市，漆画展区在福建省厦门市，综合画种·动漫展区在广东省广州市。其余展区承办方为：版画展区由四川省承办，雕塑展区由重庆市承办，水彩·水粉展区由广东省深圳市承办，陶艺展区由江西省景德镇市承办，艺术设计展区由山东工艺美术学院承办，实验艺术展区由河北省廊坊市承办，综合材料绘画展区由浙江省宁波市承办，壁画展区由河南省承办，港澳台、海外华人展区由广东省广州市承办。“第十三届全国美术作品展览暨第三届中国美术奖·创作奖、获奖提名作品展”在北京举行。

【纪念何香凝、丰子恺、吴作人、王琦百年诞辰座谈会】

2018年12月25日，由中国文学艺术界联合会、中国美术家协会主办的“纪念何香凝、丰子恺、吴作人、王琦百年诞辰座谈会”在北京举行，以缅怀4位艺术家为中国美术事业做出的杰出贡献。2018年是何香凝诞辰140周年、丰子恺诞辰120周年、吴作人诞辰110周年、王琦诞辰100周年，中国文学艺术界联合会、中国美术家协会相关负责人，美术界知名专家学者以及4名艺术家的家属代表等参加座谈会。与会专家从不同角度回忆和评价4位艺术家的生平事迹和艺术成就，回顾与老一辈艺术家学习、交往的往事。会议认为，4名艺术家的艺术精神和人生信念值得大力弘扬和提倡，他们不仅具有很高的传统文化修养，学贯中西，而且在从艺做人上都堪称楷模，德艺双馨，值得后辈铭记和学习。

机构

【中国美术家协会青少年美术展览与推广中心成立】

2018年7月9日，中国美术家协会青少年美术展览与推广中心在北京时代美术馆举行挂牌仪式。中心由中国美术家协会与华熙集团联合创立，致力于探索青少年美术教育领域的科学途径，规划青少年审美教育体系建设。“童画时代——中国前沿少儿美术作品展”同期举办。展览从当前具学术和前沿实践价值的10余所幼儿园、学校和校外美术机构选出近300余件作品在华熙美育基地、时代美术馆展出。展期至7月29日。

【中国美术家协会壁画、水彩画、环境设计、工业设计艺术委员会换届大会】

2018年7月24日，“中国美术家协会壁画、水彩画、环境设计、工业设计艺术委员会换届大会”在北京举行。壁画艺术委员会名誉主任为湖北省美术家协会主席唐小禾，主任为中央美术学院修复研究院院长王颖生；水彩画艺术委员会名誉主任为湖南省美术家协会名誉主席黄铁山、文化和旅游部艺术司司长诸迪，主任为中国美术学院特聘教授陈坚；环境设计艺术委员会名誉主任为中央美术学院教授张绮曼，主任为清华大学美术学院副院长苏丹；工业设计艺术委员会名誉主任为清华大学美术学院教授王明旨，主任为清华大学美术学院院长鲁晓波。

【中国高校美术教师教育联盟成立暨2018年度工作会议】

2018年8月18日，“中国高校美术教师教育联盟成立暨2018年度工作会议”在华东师范大学举行。来自全国师范院校的美术学院（包括设计学院、艺术学院）院长及相关负责人50余人参与会议。“中国高校美术教师教育联盟”的成立，通过有效的联盟机制，凝聚高等师范院校的美术学科力量、整合优质教育资源，共同承担起引领美术教师教育发展方向之使命，促使新时代中国美术教育的繁荣与振兴。会后举行相关工作计划的部署，并进行专题讨论，研讨会明确“中国高校美术教师教育联盟”的关键词是“美术教师”，其核心使命是对“美术教师”进行教育培养，并由中国师范性质的高校组成一个联合体来共同担当。该联盟是由全国师范院校美术学科自发组织的非盈利民间团体。

【中国国家画院海外书法研究所成立】

2018年9月1日，“中国国家画院海外书法研究所成立揭牌仪式”在中国国家画院举行。聘任曾来德为中国国家画院海外书法研究所所长（兼任），聘任邹涛、屠新时、叶欣为副所长，并为他们颁发聘任证书。中国国家画院海外书法研究所，是由中国国家画院书法篆刻院发起成立的集海外书法资料收集、整理、编辑、出版，以及中国书法与海外书法之关系研究、中国书法文化海外传播推广等一系列学术课题与活动的专业书学机构，也是国内最高层次的海外书法研究机构，通过研究课题和一系列学术活动，使其具有广泛的国际学术影响力。

【中国美术家协会美术工作者职业道德建设委员会成立大会暨第一次全体会议】

2018年10月30日，“中国美术家协会美术工作者职业道德建设委员会成立大会暨第一次全体会议”在中国文艺家之家举行。聘任许江为第一届职业道德建设委员会主任，吴为山、何家英任副主任，王书平任秘书长，朱凡任副秘书长。

【全国高校艺术博物馆联盟成立】

2018年12月6日，由中国美术学院美术博物馆总馆发起的“新时代全国高校博物馆、美术馆的建设与发展——全国高校博物馆、美术馆工作年会”在中国美术学院象山校区中国国际设计博物馆举行。同期举行“全国高校艺术博物馆联盟”成立大会，会议决定设立联盟秘书处，并宣布主席、副主席名单。

【中国美术家协会艺术委员会换届大会】

2018年12月11日，“中国美术家协会艺术委员会换届大会”在北京举行。会议宣布中国美术家协会漫画、少儿美术、雕塑、民族美术艺术委员会4个艺术委员会成员的聘任决定。漫画艺术委员会名誉主任为《人民日报》社高级编辑徐鹏飞，主任为《济南日报》社高级编辑陈黎青；少儿美术艺术委员会主任为首都师范大学美术学院教授尹少淳；雕塑艺术委员会主任为广州美术学院教授黎明；民族美术艺术委员会主任为中央民族大学教育基金会理事长殷会利。

人物纪念

【美术史论家叶喆民逝世】

2018 年 1 月 2 日，美术史论家叶喆民因病在北京逝世，享年 94 岁。

叶喆民，原名叶广明，字丹枫。1924 年生于北京，满族人。1943 年毕业于北京大学文学院。1962 年至 1979 年在故宫博物院从事古陶瓷研究，兼及书画。1979 年任教于中央工艺美术学院陶瓷系，后调至工艺美术史论系。叶喆民先后任清华大学美术学院（原中央工艺美术学院）教授、咨询委员会委员，故宫博物院客座研究员，中央美术学院、首都师范大学美术学院特聘教授，中国硅酸盐学会古陶瓷委员会顾问，中国古陶瓷学会理事、顾问，日本“中国陶艺交流协会”顾问，北京艺术博物馆“中国古瓷窑大系”项目总顾问等。2004 年被国家民族事务委员会评选为“民族优秀艺术家”，2008 年被中国美术家协会评选为“卓有成就的美术史论家”。

【版画家陈天然逝世】

2018 年 1 月 5 日，版画家陈天然因病在河南省郑州市逝世，享年 92 岁。

陈天然，1926 年生于河南省巩义市。曾任中国美术家协会常务理事、中国书法家协会常务理事、中国版画家协会常务理事、河南省美术家协会副主席、河南省书法家协会副主席、河南省书画院首任院长、河南省美术家协会名誉主席等职。曾荣获中国版画家协会颁发的“鲁迅版画奖”，日本国际版画研究会特别设立的凤凰金奖。曾任第六、第七届全国人大代表。出版有《陈天然书画集》《陈天然速写集》《陈天然诗稿》《当代美术家·中原画风——版画卷陈天然》等著作；作品入选《中国新兴版画五十年选》《中国新文艺大系·美术集》《中国新文艺大系·书法集》《中国现代美术全集》《新中国美术 50 年》《新中国美术 60 年》《20 世纪中国美术》等。

【美术史家金维诺逝世】

2018 年 2 月 17 日，美术史家、中央美术学院教授、中国国家文物鉴定委员会委员、敦煌吐鲁番学会副会长金维诺因病在北京逝世，享年 93 岁。

金维诺，1924 年出生。笔名若金。湖北省鄂州市人。擅长油画，长期从事美术史研究和教学。1946 年毕业于武昌艺术专科学校艺术教育专业，主修油画。先后赴美国、英国、法国、瑞典、德国、日本、韩国、印度等国访问和讲学，1986 年任德国海德堡大学客座教授，1987 年任美国斯坦福大学东亚研究中心路斯基金学者。金维诺是中央美术学院美术史学科的主要创建人。著有《中国美术史论集》《中国绘画史籍概论》，曾任敦煌吐鲁番学会副会长、《中国大百科全书·美术卷》编委会副主任、中日合编《中国石窟》图录中国编委。主编《中国美术全集·隋唐五代绘画》《中国美术全集·寺观壁画》《中国美术全集·原始社会至战国雕塑》《藏传寺院壁画》等著作。

【美术家徐昌酩逝世】

2018 年 2 月 24 日，美术家徐昌酩因病在上海逝世，享年 89 岁。

徐昌酩，又名徐昌明，1929年生，浙江省桐乡市人，中共党员，曾任上海美术家协会常务理事、副主席兼秘书长，一级美术师，上海市文学艺术界联合会委员，上海中国画院兼职画师，上海大学美术学院兼职教授。徐昌酩早年从师学纺织图案并设计织造纹样，1951年至1954年在上海山河美术研究室进修。1955年，徐昌酩从事对外贸易宣传工作，并长期辅导全国大专院校装潢工艺系的实习生和研究生，1985年调入上海市美术家协会。出版有《徐昌酩装饰画》《徐昌酩动物装饰画集》《徐昌酩漫画集》等著作。

【美术理论家马鸿增逝世】

2018年2月25日，美术理论家马鸿增因病在江苏省南京市逝世，享年78岁。

马鸿增，1940年4月出生，江苏省高邮县人。擅长美术史论、评论。1966年毕业于中央美术学院美术史系。1973年起在江苏省美术馆从事研究工作。曾任江苏省美术馆副馆长，中国美术家协会理论委员会副主任，江苏省文艺评论家协会副主席，江苏省美术馆研究员、艺术顾问，江苏省国画院特约研究员。出版有《新金陵画派五十年》《钱松岩研究》《陈之佛》《王齐翰》《北方山水画派》《荆浩·关仝》《马鸿增美术论文集》《中国历代线描经典》《画学经纬》等多部著作。

【油画家郑艺逝世】

2018年2月28日，油画家郑艺因病在北京逝世，终年57岁。

郑艺，1961年出生于黑龙江省哈尔滨市。1981年至1985年在鲁迅美术学院油画系学习。1985年至2003年任职于哈尔滨画院。2003年调入清华大学美术学院。曾任哈尔滨画院副院长，哈尔滨市第十一届、第十二届人大代表，哈尔滨市青年联合会常委，哈尔滨市美术家协会主席，哈尔滨市文学艺术界联合会副主席，黑龙江省美术家协会副主席，黑龙江省油画艺术委员会主任。清华大学美术学院党委副书记、绘画系主任、教授、博士生导师，中国美术家协会油画艺术委员会、民族美术艺术委员会委员，中国油画学会理事，俄罗斯列宾美术学院名誉教授。作品《北方》获第七届全国美术作品展览银奖，《走近永恒》获第八届全国美术作品展览优秀创作大奖，《凡心已炽》获第九届全国美术作品展览银奖，《稻草人》获第十一届全国美术作品展览优秀作品奖，《眺望新世纪》获“走向新世纪——中国青年油画展”优秀创作大奖，《炽心已飞》获第三届中国油画展优秀创作大奖。

【中国画家卢坤峰逝世】

2018年4月5日，中国画家卢坤峰因病在浙江省杭州市逝世，享年85岁。

卢坤峰，1934年生，山东省平邑市人。1964年毕业于浙江美术学院中国画系并留校任教。曾任中国美术学院国画系教授、浙江省中国画家协会主席、浙江省花鸟画家协会主席、杭州国画院首席导师。出版有《卢坤峰画集》《卢坤峰画选》《卢坤峰兰竹谱》《墨竹要述》《卢坤峰墨兰说》《林於庐画谈》等大型画册和专著。

【油画家刘依闻逝世】

2018年5月7日，油画家刘依闻因病在湖北省武汉市逝世，享年99岁。

刘依闻，1919年出生于湖北省武汉市。1941年毕业于国立杭州艺术专科学校并留校任教，1946年进入武昌艺术专科学校任副教授。随后伴随着武昌艺术专科学校在时代中的变迁，历任湖北教育学院副教授，华中师范学院艺术科主任、副教授，武汉艺术师范学院美术系绘画基础课教研室主任、副教授，湖北艺术学院美术系主任、副教授、院务委员，湖北美术学院副院长、院学术委员、教授。湖北书画院院士。代表作品有《老妇》《街头儿童》《乞讨者们肖像》《自画像》《画家与其妻》《静物》《景颇少女》《傈僳族姑娘》《黄麻起义》《丝绸之路》《藏族牧女》《牧童》《苗族妇女》等。

【漫画家方成逝世】

2018 年 8 月 22 日，漫画家方成因病在北京逝世，享年 100 岁。

方成，原名孙顺潮。1918 年出生于广东省中山市。17 岁开始画漫画，28 岁担任上海《观察》周刊漫画编辑，31 岁任北京《新民报》副刊主编，33 岁担任《人民日报》编辑，“文革”后担任中国新闻漫画研究会会长，其漫画创作生涯长达 83 年。出版画册和理论著作 50 余册，主要作品有《武大郎开店》《别叫我“老爷”，叫“公仆”》等。

【美术史论家汤池逝世】

2018 年 12 月 7 日，美术史论家汤池因病在北京逝世，享年 85 岁。

汤池，1933 年 10 月出生。浙江省武义县人。擅长美术史与美术考古。1961 年毕业于北京大学历史系考古专业，先后任中央美术学院美术史系副教授、教授、美术史系副主任、图书馆馆长。出版有《中国美术全集・绘画编 12・墓室壁画》《中国美术全集・雕塑编 2・秦汉雕塑》《中国美术简史》等，论文有《黄河流域的原始彩陶艺术》、《曾侯墓漆画初探》(合作)、《秦及西汉时期的雕塑艺术》等。

【油画家靳之林逝世】

2018 年 12 月 9 日，油画家靳之林因病在北京逝世，享年 90 岁。

靳之林，1928 年生于河北省滦南县。1951 年毕业于中央美术学院油画系留校任教，任中央美术学院教授、油画博士生导师。历任中国美术家协会陕西分会副主席，中央美术学院民间美术研究室主任、学术委员会会员，原文化部艺术（美术）专业人员高级职务评审委员会委员，中国民间剪纸研究会会长。代表作品有《南泥湾》《毛主席在大生产运动中》《罗盛教》《公社女书记》等。享国务院政府特殊津贴。获法国功勋与敬业最高颁奖委员会金质十字勋章。多年来一直从事民间艺术考察与研究，开办农民剪纸、壁画、农民画等各种农民美术班和美术小组，普查、挖掘和抢救陕北原生态民族民间文化，包括古代石窟、秦直道、早期文化、民俗民艺等。出版有《抓髻娃娃》《生命之树》《绵绵瓜瓞》《中国民间美术》等著作。

大事记

1月1日至3月11日，“美好生活——传统优秀民间美术系列展”在江苏省美术馆举行。

1月2日，美术史论家叶喆民在北京逝世，享年94岁。

1月5日，版画家陈天然因病在河南省郑州市逝世，享年92岁。

1月6日至21日，“放歌新时代　共筑中国梦——第三届山东省青年美术大展”在山东美术馆举行。

1月8日，文化部办公厅发布关于开展2017年度全国美术馆优秀项目评选工作的通知。

1月9日至14日，“工逢盛世——中国工笔画名家学术邀请展”在北京市炎黄艺术馆举行。

1月10日至21日，“文化传承·丹青力量——中国艺术研究院中青年艺术家系列展：徐小东、徐晨阳”在中国美术馆举行。

1月11日至11月4日，“中国精神：第四届中国油画展（第三区段）抽象——当代中国非具象油画艺术展”巡展在山东美术馆、鲁迅美术学院美术馆、西安美术馆、四川美术学院美术馆举行。

1月12日至21日，“写意中国——古代文明与当代社会：中国国家画院油画院‘一带一路’艺术考察专题研究展”在中国美术馆举行。

1月12日至6月21日，“中国当代水彩系列研究展（北京、天津、河北）”“中国当代水彩系列研究展（黑龙江、吉林、辽宁）”先后在中国国家画院美术馆举行。

1月12日至2月4日，“名师提名展：直观与初心——赵宪辛、孙文刚油画展”“澄怀观道——中国油画院2017特邀青年艺术家作品展”在东莞市岭南美术馆举行。

1月15日，“纪念潘天寿、李桦、李可染、叶浅予、张仃百年诞辰座谈会”在北京举行。

1月16日，“2018年中国美术家协会工作会议”在北京市举行。

1月16日至3月4日，“中国国家博物馆20世纪名家系列展”之“张大千艺术展”在中国国家博物馆举行。

1月17日至28日，“雪域丹青·匠心筑梦——青海唐卡绘画艺术精品展”在中国美术馆举行。

1月19日至30日，“国立俄罗斯博物馆典藏——莫伊谢延科作品展”在上海市刘海粟美术馆举行。

1月19日至3月11日，“漆启墨续——湖北美术馆迎新春馆藏作品展”在湖北美术馆举行。

1月19日至3月11日，“水印千年——中国水印版画大展”在浙江美术馆举行。

1月20日至2月5日，“2017天津画院青年美术创作研究中心中国画作品展”在天津画院青创美术馆举行。

1月20日至3月11日，“回乡——忻东旺的艺术人生”在山西省博物院举行。

1月22日至28日，“印象派之前——巴比松画派与十九世纪油画展”在中国艺术研究院中国油画院美术馆举行。

1月23日至2月4日，“第六届全国插画双年展”在深圳市关山月美术馆举行。

1月25日至31日，“梦的起点——全国首届学院派优秀毕业生作品展”在北京市炎黄艺术馆举行。

1月25日至2月26日，“笔墨当随时代——重走万里路　弘扬新金陵画派精神江苏美术采风成果展”在中国美术馆举行。

1月25日至3月4日，“花开盛世——中国美术馆藏花鸟画精品展”在中国美术馆举行。

1月25日至3月4日，“民族与时代——徐悲鸿主题创作大展”在中国美术馆举行。

1月26日至2月2日，“王个簃诞辰120周年书画精品暨文献展”在上海中国画院举行。

1月28日至2月28日，“金陵风骨·其命惟新——2018江苏省国画院中国画书法作品展”在宁波美术馆举行。

1月28日至4月7日，“时代叙事——山东美术馆年度典藏精品展（2017）”在山东美术馆举行。

1月31日至5月6日，“学院与沙龙——法国国家造型艺术中心、巴黎国立高等美术学院珍藏展”在中国国家博物馆举行。

2月1日至3月4日，“‘一带一路’——河北美术家云南写生创作作品展”在河北美术馆举行。

2月2日至12月30日，“宝藏经典、活化精神——中国美术馆典藏精品展Ⅱ”在中国美术馆举行。

2月2日至3月24日，“姹紫嫣红开遍——山东美术馆迎新春馆藏花鸟题材绘画精品展”在山东美术馆举行。

2月3日至10日，“戊戌大吉——全国实力派名家迎春展”在山东省文化馆举行。

2月5日至3月5日，“澄怀观道——中国油画院2018年新春联展”在中国艺术研究院中国油画院美术馆举行。

2月8日至3月11日，“盛世春光——2018江苏省国画院新春献礼·贺岁大展”在江苏省美术馆举行。

2月8日至3月13日，“第六届四川省青年作品展”在四川省美术馆举行。

2月17日，美术史家金维诺因病在北京逝世，享年93岁。

2月24日，美术家徐昌酩因病在上海逝世，享年89岁。

2月25日，美术理论家马鸿增因病在江苏省南京市逝世，享年78岁。

2月28日，油画家郑艺因病在北京逝世，终年57岁。

3月2日至13日，“还携笔墨向高丘——欧豪年八十回顾展”在中国美术馆举行。

3月2日至30日，“世纪同心——中国美术学院师生捐赠作品特展”在中国美术学院美术馆举行。

3月7日至4月1日，“黑沙骆：李骆公先生艺术与文献展”在黑龙江省美术馆举行。

3月8日至18日，“第二届中国画学会展：时代华章·2018”在中国美术馆举行。

3月12日至4月9日，“中国汉画大展”在北京市山水美术馆举行。

3月13日至20日，“中国艺术新视界2018·国家艺术基金青年艺术创作人才（美术、书法、摄影、工艺美术）滚动资助作品巡展”首展在中华世纪坛艺术馆举行。

3月16日至4月14日，“自我有乾坤——吕寿琨与早期水墨运动”在中国美术馆举行。

3月16日至5月18日，“回家：萧勤艺术大展”在上海市中华艺术宫举行。

3月17日至4月1日，“匠心独行——徐匡独版画艺术展”在北京画院美术馆举行。

3月22日4月25日，“与时代同行——中央美术学院百年校庆精品展”在中央美术学院美术馆举行。

3月25日至4月8日，“中国·美术·学院——中国美术学院九十周年纪念大展”在中国美术馆举行。

3月26日，“中国美协综合材料绘画与美术作品保存修复艺委会2018西安年会”在西安美术学院举行。

3月28日至4月2日，“新时代　新湖南——现实题材创作美术作品展”在湖南省画院美术馆举行。

3月30日至5月3日，“2017上海油画雕塑院年度展”在上海油画雕塑院美术馆举行。

3月31日至4月13日，“铸时代篇章——青年雕塑家作品展”在中国美术馆举行。

3月31日至5月5日，“彦青百年——山东美术馆藏张彦青捐赠作品暨张彦青百年诞辰纪念展”

在山东美术馆举行。

4月2日至5月6日，“予所收蓄 永存吾土——张伯驹先生诞辰120周年纪念展”在故宫博物院举行。

4月3日至8日，“乾坤清气——邓福星画梅作品展”在北京画院美术馆举行。

4月5日，中国画家卢坤峰因病在浙江省杭州市逝世，享年85岁。

4月11日至22日，“文化传承·丹青力量——中国艺术研究院中青年艺术家系列展：韩学中、韩洪伟”在中国美术馆举行。

4月11日至22日，“《中华家园》美术创作项目草图观摩展”在中国美术馆举行。

4月12日至22日，“时代印迹——中国艺术研究院中国画院第四届院展”在中国美术馆举行。

4月14日至5月6日，“在东方——意象·新媒体作品展”在北京市今日美术馆举行。

4月18日，文化和旅游部办公厅发布关于公布2017年度全国美术馆优秀项目评选结果的通知。

4月18日至24日，“庆祝改革开放40周年·2018深圳水彩画展”在深圳美术馆举行。

4月18日至5月18日，“司徒乔、司徒杰捐赠作品展”在中国国家博物馆举行。

4月20日至24日，“第八届中国画节”在潍坊市鲁台会展中心举行。

4月20日至5月20日，“戴泽艺术展”在中国国家博物馆举行。

4月24日至5月6日，“生态家园——福建松溪版画作品展”在中国美术馆举行。

4月25日至27日，“血脉传承 不忘初心——江西美术家‘深入生活、扎根人民’主题实践活动汇报展”在中国文艺家之家展览馆举行。

4月25日至5月2日，“不忘初心——全国书画名家作品邀请展”在北京市炎黄艺术馆举行。

4月25日至5月6日，“文化传承·丹青力量——中国艺术研究院中青年艺术家系列展：肖文飞、刘波”在中国美术馆举行。

4月25日至5月6日，“谜踪记——当代水墨实践中的个案”在中国美术馆举行。

4月26日至5月6日，“乘物游心——吕品田绘画作品展”在中国美术馆举行。

4月26日至5月6日，“闳约逸致——苏百钧中国工笔画展”在中国美术馆举行。

4月27日，文化和旅游部办公厅发布关于公布《2018年全国美术馆馆藏精品展出季活动目录》的通知。

4月28日至5月11日，“视野与使命·北京靳尚谊艺术基金会青年教师扶植计划创作研究展”在中国艺术研究院中国油画院美术馆举行。

5月6日至20日，“开放的西美——西安美术学院2018届硕士研究生毕业作品展”在西安美术学院西部美术馆举行。

5月7日，“纪念张伯驹先生诞辰120周年座谈会”在人民大会堂举行。

5月7日，油画家刘依闻因病在湖北省武汉市逝世，享年99岁。

5月8日至14日，“以形写神——2018全国高等艺术院校中国画人物造型主题交流展暨研讨会”在南京艺术学院美术馆举行。

5月8日至6月26日，“2018中央美术学院百年校庆毕业季”在中央美术学院举行。

5月9日至20日，“文化传承·丹青力量——中国艺术研究院中青年艺术家系列展：李传真、张爱玲”在中国美术馆举行。

5月10日至9月26日，“艺术与和平——中国当代美术作品展”巡展在希腊马其顿当代艺术博物馆、马耳他首都瓦莱塔、西班牙马德里中国文化中心、捷克布拉格会议中心举行。

5月11日至6月9日，“展颜五彩飞翰墨——山东美术馆馆藏李波捐赠作品展”在山东美术馆举行。

5月12日至12月20日，“讲中国故事——第五届全国架上连环画展”巡展在重庆美术馆、福建省泉州市、湖北美术学院、绍兴市美术馆、天津美术馆、鲁迅美术学院美术馆、天津市滨海文化中心、鲁迅美术学院大连校区艺术博物馆举行。

5月16日至6月8日，“清华大学美术学院、清华大学深圳研究生院2018届夏季毕业硕士研究生毕业作品展”在清华大学艺术博物馆举行。

5月17日至6月9日，“Ctrl+Alt+Del 重启——湖北美术学院2018届本科生毕业作品展”在湖北美术学院举行。

5月19日至7月3日，“丝路飞虹——韩乐然诞辰120周年中国美术馆藏韩乐然作品展”在中国美术馆举行。

5月22日，“版刻春秋——中华文明历史题材美术创作工程四川美术馆馆藏版画作品文献展”在四川省美术馆开幕。

5月24日至6月3日，“新时代　新徽派——安徽书画40年精品晋京展”在中国美术馆举行。

5月25日至6月2日，“2018中国美术学院毕业展示周”在浙江省杭州市举行。

5月30日至6月1日，“寻找时代美丽乡村——福建省青年画家‘深入生活、扎根人民’创作成果汇报展”在中国文艺家之家展览馆举行。

5月31日至6月3日，“安放时代——王桂勇油画作品展”在中国国家画院美术馆举行。

6月2日至12日，“俊采星驰——江西省美术作品学术邀请晋京展”在中国美术馆举行。

6月2日至7月21日，“安格尔的巨匠之路——来自大师故乡蒙托邦博物馆的收藏”在浙江美术馆举行。

6月8日至24日，“第六届全国青年美术作品展览”在中国美术馆举行。

6月9日至20日，“开放的西美——时空留痕·未来见·2018本科毕业季展览”在西安美术学院、西安美术馆举行。

6月12日至30日，“期颐艺境　德承百年——湖北美术学院世纪艺术家馆藏精品展”在湖北美术学院美术馆举行。

6月13日至7月7日，“清华大学美术学院2018届本科生毕业作品展”在清华大学举行。

6月15日至30日，“在花园——天津美术学院2018届毕业生优秀作品展”在天津美术学院美术馆举行。

6月15日至7月22日，“勇立潮头——浙江省第七届青年美术作品展览”在浙江美术馆举行。

6月22日至7月1日，“第四届傅抱石·中国画作品双年展”在江苏省美术馆举行。

6月22日至7月8日，“入蜀方知画意浓——全国美术作品展（中国画）”在四川美术馆举行。

6月22日至7月22日，“时代印迹——河南省美术馆馆藏版画展”在黑龙江省美术馆举行。

6月23日至7月4日，“庆祝香港回归祖国20周年——全国中国画作品展”在中国美术馆举行。

6月24日至28日，“中国艺术研究院研究生2018年度毕业作品展”在北京市炎黄艺术馆举行。

6月27日至7月8日，“文化传承·丹青力量——中国艺术研究院中青年艺术家系列展：李继飞、张崴”在中国美术馆举行。

6月27日至7月8日，“美美与共——中国美术馆藏国际艺术作品展”在中国美术馆举行。

6月28日至7月8日，“纪念何香凝先生诞辰140周年暨首届‘香凝如故’全国美术作品展”在中国美术馆举行。

7月4日至20日，“薪火相传——上海中国画院藏品特展”在上海中国画院美术馆举行。

7月5日至11月30日，“戊戌迹相——河北美术馆馆藏版画展”在河北美术馆举行。

7月10日至8月10日，“行远及众——中国水印木刻版画文献展”在江苏省美术馆新馆举行。

7月11日至21日，“‘八八战略’15年·浙江书画展”在浙江展览馆举行。

7月11日至22日，“文化传承·丹青力量——中国艺术研究院中青年艺术家系列展：阴澍雨、周延”在中国美术馆举行。

7 月 13 日至 22 日，“中国精神——第四届中国油画进京展”在中国美术馆举行。

7 月 13 日至 8 月 2 日，“最绘画——第三届中国青年油画作品展（2018）”在内蒙古美术馆新馆举行。

7 月 16 日至 30 日，“桃坞镌印——2018 年（苏州）全国版画邀请展”在苏州市寒山美术馆举行。

7 月 17 日至 10 月 8 日，“清平福来——齐白石艺术特展”在故宫博物院举行。

7 月 18 日至 9 月 9 日，“中华意蕴——中国油画艺术国际巡展（意大利展）”在意大利罗马举行。

7 月 19 日至 29 日，“河山如画图——中国美术家协会河山画会成立 30 周年巡回艺术展暨江苏山水画名家邀请展”在江苏省现代美术馆举行。

7 月 20 日至 8 月 5 日，“花开山东——今世岭南花鸟画大展”在山东美术馆举行。

7 月 20 日至 8 月 5 日，“第三届中国漆画学术提名展”在宁波美术馆举行。

7 月 20 日至 8 月 5 日，“写意中国——中国国家画院美术作品欧洲巡展”在乌克兰国家美术家协会大厦展厅举行。

7 月 20 日至 8 月 20 日，“首届平遥国际雕塑节”在山西省平遥古城举行。

7 月 24 日，“中国美术家协会壁画、水彩画、环境设计、工业设计艺术委员会换届大会”在北京举行。

7 月 24 日至 8 月 2 日，“朝圣 · 敦煌——甘肃画院美术作品展”在贵州美术馆举行。

7 月 25 日至 8 月 22 日，“文脉传薪——2018 中国写意油画学派作品年展”在深圳市关山月美术馆举行。

7 月 25 日至 9 月 2 日，“浙派人物画溯源研究系列——李震坚写生创作展”在浙江美术馆举行。

7 月 26 日至 8 月 7 日，“艺道寻真——张安治的艺术人生”展在中国美术馆举行。

7 月 27 日至 28 日，“麦积山国际雕塑论坛 · 2018”学术年会在甘肃省天水市举行。

7 月 27 日至 8 月 5 日，“大潮起珠江——庆祝改革开放 40 周年全国美术作品展”在中国美术馆举行。

7 月 27 日至 8 月 18 日，“时代风华——二十世纪中国美术名家精品展”在广东美术馆举行。

7 月 31 日至 10 月 31 日，“回望归鸿——徐悲鸿抗战时期绘画作品展”在重庆市中国三峡博物馆举行。

8 月 5 日，“庆祝改革开放 40 周年全区美术、书法、摄影作品展”在内蒙古美术馆新馆开幕。

8 月 9 日至 19 日，“能量——改革开放 40 年山东美术发展成果展”在中国美术馆举行。

8 月 10 日至 9 月 2 日，“水彩在山东——山东美术馆馆藏山东籍水彩画作者作品选展”在山东美术馆举行。

8 月 11 日至 21 日，“刘开渠与中国美术馆展览”在中国美术馆举行。

8 月 11 日至 9 月 3 日，“中国精神——第四届中国油画邀请展”在四川博物院举行。

8 月 13 日，“中华艺术大家讲习班”在北京中央文史研究馆开班。

8 月 14 日至 16 日，“中国美术家协会 2018 年第三期中青年文艺骨干和文艺管理干部培训班”在北京举行。

8 月 18 日，“中国高校美术教师教育联盟”在华东师范大学成立。

8 月 18 日至 31 日，“智者创物——国际当代漆艺展”在江西省美术馆举行。

8 月 22 日，漫画家方成因病在北京逝世，享年 100 岁。

8 月 22 日至 9 月 11 日，“五大经济特区水彩画联展”在深圳美术馆举行。

8 月 23 日至 29 日，“深入生活、扎根人民——中国美术家协会中国画艺术委员会写生作品展”在合肥市亚明艺术馆举行。

8月23日至9月2日，“丝路起点　回望长安——长安画派与长安画坛国画作品晋京展”在中国美术馆举行。

8月25日至9月2日，“文化传承·丹青力量——中国艺术研究院中青年艺术家系列展：徐青峰、常磊”在中国美术馆举行。

8月25日至9月5日，“语言之在——第四届中国油画双年展（2018）”在上海市中华艺术宫举行。

8月28日至9月28日，“品真格物——全国青年工笔画作品展”在天津现代美术馆举行。

8月28日至11月25日，“海派巨擘——任伯年绘画作品展”在辽宁省博物馆举行。

8月30日，中共中央总书记、国家主席、中央军委主席习近平给中央美术学院8名老教授回信。

8月30日，中央美术学院举办“爱国为民、崇德尚艺，以大爱之心育莘莘学子、以大美之艺绘传世之作——学习贯彻习近平总书记回信精神座谈会”。

8月30日至9月2日，首届“北京当代·艺术展”在全国农业展览馆举行。

8月31日，中国美术家协会集中学习习近平总书记给中央美术学院8名老教授回信精神。

9月1日至8日，“2018多彩贵州文化艺术节——庆祝改革开放四十周年主题美术作品展”在贵州省美术馆举行。

9月2日至9日，“工精重彩——任率英绘画艺术展”在中国美术学院美术馆举行。

9月4日，中国艺术研究院举办学习贯彻习近平总书记给中央美术学院老教授回信精神座谈会。

9月5日至16日，“文化传承·丹青力量——中国艺术研究院中青年艺术家系列展：李贵君、王桂勇”在中国美术馆举行。

9月5日至16日，“中国印刷术的活化石：十竹斋木版水印艺术作品展”在中国美术馆举行。

9月7日至28日，“第三届‘一带一路’壁画论坛——传统壁画的复制与修复研究暨作品展”在四川美术学院举行。

9月8日至16日，“质朴的精神——陈坚水彩作品展”在中国美术馆举行。

9月11日至12日，“首届全国美术高峰论坛”在山东省济南市举行。

9月11日至10月30日，“故宫博物院藏清初‘四王’绘画特展”在故宫博物院举行。

9月15日至22日，“步漆而语——湖北省首届高等院校漆艺作品展”在湖北美术学院美术馆举行。

9月19日至26日，“山水本色——第二届中国当代青绿山水画学术邀请展”在中国美术馆举行。

9月21日至22日，“2018敦煌美术学国际学术研讨会”在甘肃省敦煌市举行。

9月21日至27日，“执手同道——吴作人、萧淑芳合展”在中国美术馆举行。

9月22日至11月25日，“绘事之‘素’——中国美术馆藏素描作品展”在中国美术馆举行。

9月27日，“中国百年雕塑研究”开题论证会在中国美术馆举行。

9月28日，“黄胄与20世纪中国美术学术研讨会”在北京市炎黄艺术馆举行。

9月28日，文化和旅游部艺术司发布关于2018年全国美术馆馆藏精品展出季活动总结验收工作的通知。

9月28日至10月28日，“1949年的廖冰兄——历史转型期的廖冰兄漫画作品文献展”在广东美术馆举行。

9月29日至10月21日，“闳约深美——南京艺术学院中国画、书法专业改革开放40年教学成果展”在中国美术馆举行。

9月30日至10月21日，“东方风来满眼春——中国美术馆典藏精品展（1978—2018）”在中国美术馆举行。

9月30日至10月21日，“耕耘者——戴泽油画艺术展”在中央美术学院美术馆举行。

9月30日至10月21日，“从长江走来——湖北优秀美术作品展”在中国美术馆举行。

10月12日至17日，“良好实践：2018学院本色——美院在校生创作展”在中国美术学院美术馆举行。

10月12日至11月4日，“师严道尊——中央美术学院油画系第三工作室教学研究展”“意义的回归——中央美术学院油画系教师进行时”在中央美术学院美术馆举行。

10月13日至14日，“作品——美术史的内涵与外延：第十二届全国高等院校美术史学年会”在鲁迅美术学院举行。

10月13日至27日，“魅力红谷——首届全国小幅漆画展”在江西省美术馆举行。

10月13日至28日，“山东艺术学院建校60周年美术作品展”在山东美术馆举行。

10月19日至24日，“向人民汇报——30位中青年美术家‘深入生活、扎根人民’主题实践活动作品展”在北京市炎黄艺术馆举行。

10月20日至28日，“第二届中国画双年展”在石家庄美术馆举行。

10月21日至23日，“2018第九届亚洲国际美术交流展”在山东省青岛市举行。

10月21日至11月4日，“逐梦·威海卫——2018全国风景、静物油画作品展”在山东省威海市举行。

10月27日至30日，“第十四届全国高等艺术院校版画教学与创作年会暨首届清华大学版画艺术节”在清华大学美术学院美术馆举行。

10月30日，“中国美术家协会美术工作者职业道德建设委员会成立大会暨第一次全体会议”在中国文艺家之家举行。

11月2日至3日，“国际美术教育大会”在中央美术学院举行。

11月2日至5日，“2018·全球化视角下美术教育的传承与创新——第四届全国师范大学教师作品展暨美术设计教育论坛”在北京举行。

11月2日至6日，“异彩飞扬——首届中国少儿绘画作品展”在江苏省美术馆举行。

11月2日至11日，“艺术的精神——第十届江苏省油画展”在江苏省美术馆举行。

11月3日至2019年2月3日，“第二届江南国际版画艺术节”在江苏省无锡市举行。

11月9日，文化和旅游部办公厅发布关于印发第十二届中国艺术节展览相关工作方案的通知。

11月10日至11日，“批评的现场——第十二届中国美术批评家年会”在上海举行。

11月11日至12月2日，“千里之行——中国重点美术院校2018届毕业生优秀作品展”在中央美术学院美术馆举行。

11月14日至18日，“写意长江——湖北省中国画作品展”在中国文艺家之家展览馆举行。

11月15日至16日，“2018中国传统色彩学术年会”在中国艺术研究院举行。

11月15日至30日，“大道有痕——2018·中国百家金陵画展（版画）”在江苏省美术馆举行。

11月16日至12月2日，“第七届福建艺术节·庆祝改革开放40周年福建省美术书法作品展”在福建美术馆、福建博物院举行。

11月19日至12月5日，“时代华彩——首届中国女美术家作品展”在中国妇女儿童博物馆举行。

11月20日，文化和旅游部办公厅关于公布2018年全国美术馆馆藏精品展出季活动优秀项目名单的通知。

11月21日至12月22日，“法古禅心——纪念李苦禅诞辰120周年艺术展”在中国国家博物馆举行。

11月22日至12月2日，“纪念改革开放40周年：时代的温度——山东艺术学院建校60周年美术作品展”在中国美术馆举行。

11月23日至12月2日，“中国唐卡艺术精品展国内巡展北京展”在中国美术馆举行。

11 月 23 日至 12 月 2 日，“大哉孔子——中国画创作工程作品展”在山东美术馆举行。

11 月 24 日至 12 月 3 日，“扎根人民·描绘古风——中国艺术研究院艺术家采风写生展”在北京市炎黄艺术馆举行。

11 月 25 日至 12 月 3 日，“学院——中国画教学与创作论坛暨全国青年教师中国画邀请展”在北京市炎黄艺术馆举行。

11 月 27 日至 12 月 1 日，“水印版画人才培养计划汇报展”在中国国家画院美术馆举行。

11 月 27 日至 12 月 5 日，“广东画院创作年度展（2018）”在广东美术馆举行。

11 月 28 日，“甘肃、陕西、山西三省漆画邀请展”在西北民族大学美术馆开幕。

11 月 28 日至 12 月 1 日，“写意中国——2018 中国国家画院版画院作品展”在中国国家画院美术馆举行。

12 月 1 日，“2018·中国美术家协会实验艺术委员会年会暨 2018·中国（西安）青年实验艺术展”在西安美术学院举行。

12 月 4 日至 10 日，“美丽中国——纪念改革开放 40 周年全国中国画作品展”在湖南省展览馆举行。

12 月 5 日至 15 日，“游艺往来——广州美术学院中国画学院青年教师访学交流作品展”在广东省广州市举行。

12 月 5 日至 16 日，“行千里，致广大——2018 年四川美术学院教师作品年展”在四川美术学院大学城校区美术馆举行。

12 月 5 日至 16 日，“2018·第三届中国民族美术双年展”在中国美术馆举行。

12 月 6 日，“新时代全国高校博物馆、美术馆的建设与发展——全国高校博物馆、美术馆工作年会”在中国美术学院举行。

12 月 6 日，“静待花开——第四届中国西部基础美术教育论坛”在四川美术学院举行。

12 月 6 日至 16 日，“北京意象——诗化海淀绘画作品展”在中国美术馆举行。

12 月 7 日至 2019 年 3 月 10 日，“丹青宝筏——董其昌书画艺术大展”在上海博物馆举行。

12 月 7 日，美术史论家汤池因病在北京逝世，享年 85 岁。

12 月 8 日，“承继、拓展与建构——中国现当代美术史论国际研讨会”在四川大学艺术学院美术馆举行。

12 月 8 日至 2019 年 1 月 1 日，“金陵盛迹——十七世纪的金陵画坛”在中国美术馆举行。

12 月 9 日，油画家靳之林因病在北京逝世，享年 90 岁。

12 月 9 日至 13 日，“写意中国——2018 中国国家画院年展国画作品展”在中国国家画院美术馆举行。

12 月 9 日至 2019 年 1 月 3 日，“远志四韵——李斛的艺术步履”“至诚无息——李瑞年与美术教育”在中央美术学院美术馆举行。

12 月 11 日，“中国美术家协会艺术委员会换届大会”在北京市举行。

12 月 12 日，“第四届全国高校插图艺术作品展暨首届全国高校书籍装帧艺术展”在北京印刷学院美术馆开幕。

12 月 12 日至 2019 年 1 月 3 日，“人中奇逸——李铁夫艺术精品展”在北京画院美术馆举行。

12 月 13 日至 2019 年 1 月 13 日，“纪念张伯驹先生诞辰 120 周年：高山仰止——张伯驹潘素伉俪艺术文献展”在清华大学艺术博物馆举行。

12 月 14 日，“法古禅心——‘纪念李苦禅诞辰 120 周年艺术展’学术研讨会”在中国国家博物馆举行。

12 月 14 日，“2019 年度中国中青年美术家海外研修工程成果汇报会”在中国文学艺术界联合会举行。

12 月 14 日至 21 日，“2018 江苏省优秀美术家系列展”在江苏省美术馆举行。

12 月 14 日至 2019 年 1 月 6 日，“2018 山东画院年展”在山东美术馆举行。

12 月 15 日至 2019 年 1 月 2 日，“纪念改革开放 40 周年：师造化境　匠心独行——徐匡艺术展”在四川美术馆举行。

12 月 17 日至 21 日，“庆祝改革开放四十周年：青春·足迹——第八届中央美术学院学生主题创作展”在中央美术学院举行。

12 月 18 日至 27 日，“2018 中国国家画院‘一带一路’采风写生作品展”在北京市炎黄艺术馆举行。

12 月 18 日至 2019 年 1 月 10 日，“新时代·新思想·新征程——天津美术学院纪念改革开放四十周年主题作品展”在天津美术学院美术馆举行。

12 月 18 日至 2019 年 2 月 11 日，“水墨之上——2018·第四届昆明美术双年展”在云南美术馆举行。

12 月 20 日至 2019 年 1 月 2 日，“体用一源：面向未来的水墨艺术——2018 中国当代水墨年鉴三周年特展”在中国美术馆举行。

12 月 21 日至 26 日，“写意中国——2018 中国国家画院年展青年画院作品展”在中国国家画院美术馆举行。

12 月 21 日至 2019 年 3 月 10 日，“诚如所思：加速的未来——第六届广州三年展”在广东美术馆举行。

12 月 22 日，“中国美术家协会第九次全国代表大会”在北京举行。

12 月 22 日至 2019 年 1 月 20 日，“大潮起之江——纪念改革开放 40 周年浙江美术书法精品工程作品展”在浙江展览馆举行。

12 月 24 日，“第十三届全国美术作品展览展区申办工作会”在北京举行。

12 月 25 日，“纪念何香凝、丰子恺、吴作人、王琦百年诞辰座谈会”在北京举行。

12 月 26 日至 2019 年 1 月 10 日，“心源·新源——2018 中国艺术研究院研究生院学生习作展”在中国艺术研究院举行。

12 月 26 日至 2019 年 1 月 13 日，“在地与间离——首届重庆油画双年展”在重庆美术馆举行。

12 月 27 日至 2019 年 1 月 2 日，“水色现场——首届四川·重庆水彩艺术联展”在四川美术馆举行。

12 月 28 日至 2019 年 1 月 8 日，“艺彩新锋——山东美术新人新作展（2018）年度精品展”在山东美术馆举行。

12 月 28 日至 2019 年 1 月 14 日，“弘扬生态文明建设的典范：美丽塞罕坝——全国油画名家作品展”在中国国家博物馆举行。

12 月 28 日至 2019 年 2 月 19 日，“和风屏山——第五届杭州中国画双年展”在浙江美术馆举行。

12 月 29 日至 2019 年 2 月 24 日，“中国美术家协会水彩画艺术委员会年度提名展 2018”在东莞市莞城美术馆举行。

中国艺术年鉴·2019

+

摄影卷

+

分卷主编：顾骁瑾

年度述评

2018年度中国摄影艺术发展研究报告

◎ 李树峰　王保国　阳丽君

2018年度摄影艺术从“影像”与“历史”的相互关系中延伸出“影像中的历史”和“历史中的影像”，以及影像与真实、现实、记忆、意识等关系的思考与探究。在180年的摄影艺术发展历史中，静态摄影艺术本体不断交替呈现消散与聚合两种运动方式，也呈现为广大摄影家在大众化和艺术化两个方向上的努力，最终形成更高时空结构下的影像形式。创作活动和学术研究方面的突出现象有：为纪念改革开放40年，出现了大量纪实类的回顾展；当前国际摄影界的前沿话题在一些摄影节上有所体现；在第13届全国摄影理论研讨会上，自然观与风景摄影发展脉络得到了较为清晰的梳理；对摄影史的挖掘进一步深入；高等摄影教育面临转型；西方摄影理论、评论书籍和画册的翻译及引进越来越多元丰富；影像的价值与收藏越发受重视。主要问题在于近几年的中国摄影缺少明显潮流性的东西，未来可见社交摄影和图像社区会更加膨胀，纪实摄影的分化趋势更加明显。总的来说，中国摄影在思、史、艺三方面还有巨大的提升空间。

一、现象与热点

（一）影像与历史和记忆

2018年，虽然摄影艺术发展缺少明显的跃升和令人惊叹的力作，但这一年注定会因全社会借助影像对改革开放40年历史多层次、多方位、多角度的回顾而在中国摄影史上留下富有学术内涵的一笔。这种学术性体现为从“影像”与“历史”的相互关系中延伸出的两个方面：一是“影像中的历史”和“历史中的影像”；二是由此对影像与现实、影像与记忆、影像与作者读者、影像与人类文化形式等关系的进一步探究。

首先是国家层面影像化的改革开放40年历史记忆的建构，国家博物馆举办的“伟大的变革——庆祝改革开放40周年大型展览”就是明证和体现。这个展览以影像、图表、文字、言语、实物及模型等形式，建构起了一个系统化的话语系统，与习近平总书记“在庆祝改革开放40周年大会上的讲话”相呼应。在这个展览中，影像的运用极具典型性，充分发挥了摄影现场性、客观性的特征，用不可重复的历史瞬间印证了习近平总书记对改革开放的高度概括——“一次伟大觉醒”“一次伟大革命”“重要法宝”“关键一招”，并以令人信服的见证方式凸显了历史进程中的代表性细节。以此展为思想统领，全国各地、各行业都对本地区、本行业40年的改革开放历史进行了影像化的回顾，所有这些，构成了“影像中的改革开放史”。

“改革开放历史中的影像”，是指截至目前有关改革开放的研究，无论是在传统纸媒上传播的，还是在互联网媒体上传播的，都没有离开影像的支撑和见证。在与文字和言语的融合运用中，影像越来越成为主体，而言语和文字成为影像周边缠绕着的辅助成分。这是技术进步给社会带来的变化，也是文化演进的必然结果。

中国摄影界在改革开放40周年纪念活动中，立足于“影像记忆”的梳理，请大批纪实摄影家出场，或者他们主动出场，在各种媒体上以系列化的形式、专题性的内容不断呈现中国社会这40年的各个侧面，他们以自己特有的方位感和时代意识，一方面重温走过的场景和道路、记忆中的人物与形象，另一方面从历史建构的角度再次重温摄影的记录职责、影像的客观力量和摄影人的天职与任务。其中笔者所参与的北京国际摄影周“时代与方位——中国当代摄影家作品展”在影像叙事中特别注重时间轴上日常生活场景的呈现，并试图在空间方面建立起摄影家的方位感。这是一种关于影像与社会关系的本体经验。

由影像与改革开放40周年回顾引发的学术思考仍在继续，并且必将在2019年纪念五四运动100周年、纪念中华人民共和国成立70周年的历史回顾和影像叙事中获得更加丰富和深入的延伸。此次学术思考涉及的话题很多：有关于影像真实性问题、影像中的现实与虚拟现实问题、社会纪实摄影的价值和当代延续问题，还有影像与集体意识和无意识问题、影像与记忆建构和治理问题、影像与文本和传播问题、影像与国家形象建构和意识形态建构问题，等等。这样的讨论和研究对推进摄影艺术的学术积累大有裨益。这种探索也是2018年视觉文化和影像研究的主要收获。

关于影像与真实的关系，30年前，我们说摄影的真实性问题时面对的是全球每年可以估量的胶片化影像生产量；而现在，我们面对的是难以计数的电子影像。20年前，我们焦灼的是摄影人如何拍摄出更加真实的影像，如何让社会公众接受这些自以为真实的影像。现在的情况显然更加复杂了，我们除了有对上述问题的担忧，还担心这些费尽心力拍出来的有真实性的影像究竟在多大程度上被人们注意，这些影像会不会为影像的海洋所淹没。过去的摄影人常常在摆拍与抓拍、导演与纪录之间纠结而困惑，现在的摄影人不仅有此类传统延续下来的纠结，还不得不为了避免被淹没而对其个人数量庞大的影像进行自己的梳理和价值判断。所以在当下，所谓影像的真实性除了需要在拍摄中坚持原则和底线外，还需要在面对众声喧哗的淹没感时挺立起来。

关于影像与现实的问题，这一问题包括现实中利用影像在代复一代的人际交替中建构现实概念的问题，也包括在影像建构起的虚拟现实中阅读和理解现实的问题。摄影发展到今天，静态的、动态的，局部的、全景的，二维的、立体的，拍摄的、后期制造的，影像的、文字和话语的，都融合在一起，构成了我们现实概念得以形成的基础。可以说，影像成为支撑现实概念的主体力量，话语是围绕在影像旁边的解说角色。我们在上下、大小、高低、前后等方位概念上使用影像，在影像所举证和呈现的内容里，进行真假、美丑、善恶这样的认知体系、审美体系、道德体系的价值判断。在当今社会，充斥和包围着人类意识的是影像，而不是第一现实的信息。在某种意义上说，影像已经成为人类与现实之间的玻璃墙。人类被这种玻璃墙全方位包围着，难以自拔。

关于社会纪实摄影的价值和当代延续问题，业界已经给予足够多的关注和讨论。从纪录与传播方式的角度和艺术发展的角度来看，全民日常纪录式摄影正在成为现实，社会纪实摄影作为艺术创新的意义在消退，但作为有力量的和专题化的纪录和传播方式，会一直被摄影人操持。在此过程中，社会纪实摄影是更加趋向于主观、个人化还是更加客观化是两个自然的方向，并没有固定的标准和边界，并且仍然具有穿透玻璃墙、突破我们对内外认知局限的可能。

关于影像与记忆的问题，从记忆生成的要素和过程来看，摄影过程就是选择性记忆的过程，没有被纳入镜头中的东西等于不存在；而在4G或5G的网络时代，一个东西上网后迅速被淹没，不被识别和传播，也几乎等于它不存在。将拍摄素材编辑成可以言说、理解的文化成品在网络上传播，要想不被淹没，本身就需要对前期镜头进行选择性记忆的再选择、再过滤、再提炼。其中当然蕴含着意识形态的方向和规划，也体现着个人趣味和思想走向，决定成败的常常是作品对当下人们心理活动和预期的反映是否直接和强烈，而不仅仅是作品的特异性。这样就会面临一种局面：影像直接构成现实概念，有的现实不被纪录，有的现实制成影像后不被看到、不被重视；掌握和控制了影像的生产和传播，就掌握了关于现实、历史的描述和建构的权力。大众记忆的生成、消费意象的提炼，表面看起来与社会治理关联不大，但真正将二者植根于其中的是影像的生产和把控。

关于影像与集体意识和无意识问题，在大众记忆里，集体意识和无意识占据怎样的地位，发挥怎样的作用？个人意识如何突破集体的意识而被群体认可？以影像化的手段塑造起来的政治意象、社会意象和消费意象如何编织在一个序列里，构成有序的逻辑体系？类似的问题在影像艺术和文化现象的研究中应该属于重要内容。在2019年对中华人民共和国历史的回顾中，在当代中国形象的建构中，在人类命运共同体的书写中，影像是新时代离不开的视听书写手段。2019 年注定会延续 2018 年改革开放的历史回顾，成为国家历史和记忆的再度建构之年，影像必将在其中发挥主体作用。所有致力于历史记忆的人都应该充分地认识影像的属性，掌握影像的力量。

（二）摄影艺术本体之惑

2018 年是摄影术诞生 180 周年。纵观 180 年来技术发展的态势，静态摄影之后出现的电影、电视和现在的快手、抖音，以及 VR（Virtual Reality）、AI（Artificial Intelligence）等不断发展壮大，越来越进化的强大技术系统可以超越前人的想象，生产更加多样化、多层级的产品，这些技术和所产生的作品成为全社会的传播媒介，并形成重要的文化力量；而作为静态方式存在的摄影，一直在其后代的不断壮大和冲击中局促于末端，越来越被社会边缘化，即使偶尔以作品集群、摄影家集群等方式，或者以特殊形势下的生动瞬间露一下峥嵘的头角，但从作品内容含量、社会大众的关注度、作品影响力来看，还是没办法与其他样式相比。静态摄影艺术创作的无声、静态、单幅等特点，与作为工业化生产的电影、电视和当代视听方式比较，在涵盖力和表达力方面自然是弱势的，其作为大众喜闻乐见的个人化、日常化创作方式的优势可以集合起一个人几十年的力量，也可以集合起一个摄影群体的力量，朝某一个主题或者表达目标集中发力，但不可能改变其固有的弱势特点。如果从媒介与作品关系的角度梳理 180 年摄影艺术发展的历史，可以概括地说：静态摄影艺术本体不断交替呈现消散与聚合两种运动方式，也呈现为广大摄影家在大众化和艺术化两个方向上的努力，最终形成更高时空结构下的影像形式，为记录、表达和传播提供更多角度、更具真切质感、融合更多感知方式的可能性。

因为这些固有特点，传统静态摄影在每次的技术革命包括介质、观看方式、画幅的变化以及连拍等新技术面前，都出现了本体的动摇，引发业界人士对摄影艺术本体属性的重新界定，在这些摄影技术发展和革命的节点上都将触及摄影艺术的本体边界和属性的探讨。这是因为用影像方式记录和表达，本身就有一个从“不能”到“能”的过程。当我们把原来的“不能”变成了“能”的时候，原来的“能”的边界被突破了，立足点和根基也需要重新锚定。

在 2012—2013 年，摄影技术实现了日常化和大众化；之后的 2015—2018 年，VR、AI 等技术手段让原有的电影、视频技术冲破原来的界限，每个人都可以进入一个虚拟空间参与创作，并且后期技术让拍摄得来的影像和虚拟制造得来的影像天衣无缝地实现了融合。日常动态拍摄和传播即拍即得、即得即播，也实现了日常化和大众化。在这样的媒介形式、记录手段、传播方式、创作可能下，传统静态摄影的无力感越来越强。虽然业内仍然有人坚持“一图胜千言”，坚持“此地无声胜有声”（事实上在特定的范畴里确实如此），但从大众文化和社会文化的层面上看，能方便做“5”的作品效果的时候，谁还坚持做“3”呢？从时空结构的角度看，能在四次元中存在和发展，谁还一定坚持二次元的存在呢？

当然，高时空影像形式并不能代替低时空影像形式存在的价值，二者并不是替代关系，而是互补关系。

而摆在摄影业界面前共同的问题是：热爱摄影的大众不断从低时空影像形式介入摄影，在对影像时空形式的追索中不断成长，自然而然地走向了高时空影像形式的创造，客观上造成了传统静态摄影团队和人员的大量流失。我们看到，传统静态摄影的艺术本体还在那里，其记录本性使它作为要素永远被归类在内容框架里；其艺术方向也在辐射性拓展，技术指数仍然可以提升；其哲学意义依然产生在有意味的形式里……消散和聚合的交替，使本体若明若暗、若有若无，我们困惑在二维和瞬间的时空结构里，困惑在记录与表达的纠缠中，困惑在全景扫描与片段取舍的斗争中……这是当前传统静态摄影之感，也是传统静态摄影之惑，还是 2017—2018 年度摄影艺术发展研究中绕不开的现实处境。

二、活动与问题

站在 2018 年的坐标上可以看到，前几年在中国摄影中潜行的因素变得明晰起来。其一，随着移动互联网技术的发展，今天摄影作品中数量最大的一部分是由手机完成并发布在社交媒体（微信、微博、脸书、推特及个人公众号等）上的图像，其主要功能不是艺术创作而是社交，并以兴趣为中心结成了各类图像社区。可以预见，社交摄影和图像社区在未来几年会更加膨胀。其二，纪实摄影的分化趋势更加明显。欧美国家的纪实摄影（含报道摄影）在20世纪90年代之后也大体朝两个方向分化：一个是转向了艺术化的纪实摄影方向，进入了“记者—艺术家时代”[reporter–artist era，法国评论家克里斯汀·考约勒（Christian Caujolle）语]；另一个则是演变成更加激进的行动主义摄影（photography as activism）。在中国没有出现行动主义摄影，演变的情况是较为接近艺术化的纪实摄影，很多摄影师处理传统的纪实性题材不用传统的纪实/报道手法，而是结合纪录片、视频和当代艺术的表现方法，游走于纪实、艺术、人类学、社会学等多学科边缘（陈荣辉近年的创作即是一个例子）。导致这种变化的原因是多方面的。自20世纪90年代纪实摄影在中国大兴，经历了二十余年发展，纪实摄影的基本概念、历史脉络、价值观、与社会和人的复杂关系越来越明晰。“时代的观看——安哥、张新民、李伟坤摄影作品展暨纪实摄影研讨会”（广东省大沥镇，广东摄影家协会主办）是2018年度颇有深度的一次纪实摄影研讨，从众人的发言可以看出，今天中国摄影界不再简单地认为纪实摄影是推动社会变革、促进公平正义的手段，而认识到政府和各种社会权力机构都在利用甚至操纵纪实摄影来实现各自的目的；就纪实摄影所赖以自傲的真实性与文献性而言，认识到其所呈现的生活具有天然的片面性，虽然可能有力地揭示现象，对于现象背后的原因却难以呈现。此外，随着纸媒衰落，纪实摄影师生存日艰。20世纪二三十年代搞艺术摄影的没饭吃，所以酷爱超现实主义诗歌和绘画的卡蒂埃·布列松只好去搞新闻摄影，今天的情况正好反了过来。其三，以2018年为基点做一个回望，就会发现近几年的中国摄影缺少“故事”，或者说缺少明显的潮流性的东西。将眼光放得更长一点可以看得更清楚：20世纪80年代，中国摄影与那个时代拨乱反正、改革开放的精神高度一致，努力建立摄影艺术自身的主体性，图像内涵与文字陈述都具有强烈的启蒙意味。20世纪90年代纪实摄影突起，在“摄影人要有责任担当、不给历史留下空白”的认知之下，纪实摄影既有力配合了中国社会的进程（比如解海龙的希望工程系列），也广泛深入地开展了自身特性的探索，中国“50后”一代纪实摄影师的力作大多诞生在这一阶段。进入21世纪的前10年，吕楠沉潜十余年完成的《三部曲》达到了国际一流水平，并完成了对传统纪实摄影的超越，成为“记者—艺术家时代”的标杆人物；艺术摄影方面，摄影成为当代艺术的利器，出现了王庆松的《老栗夜宴图》等一批力作。直到2015年前后，中国摄影中尚有新风景摄影（也有人称为景观摄影）引领一时之风尚，但到了近年，纪实摄影与艺术摄影领域似乎进入了一种“上不着天、下不着地”的状态。所谓“上不着天”，是因为这几年的中国摄影对人类意识、未来意识（比如关于人类纪、超人类主义的话题）等前沿话题缺少敏感，对虚拟/混合/增强现实和人工智能等当代最新影像技术方面也触及较浅，而国际上在这些领域都有力作出现。所谓“下不着地”，是指对于当下中国复杂、尖锐的社会问题缺少深度介入，当代摄影没有与大众共享沉重而广泛的忧患意识，反而在相当程度上退回到个人情绪表达，沉醉于时髦的观念游戏和视觉技巧，在商业和权力面前透出媚俗之气。这种创作中的没有潮流和突起实际上是缺少精神和思考的外现，正所谓“运思的人越稀少，写诗的人越寂寞”（海德格尔语）。

虽然创作方面相对平淡，但2018年是改革开放40周年，摄影活动仍然多过往年，规模较大、影响较广且具有一定学术水平的摄影活动主要有以下20项（以举办时间为序排列）：

时代的观看——安哥、张新民、李伟坤摄影作品展暨纪实摄影研讨会（2018年3月31日，广东省大沥镇）；

中国国际摄影艺术节暨中国第17届国际影展（2018年5月18日，河南省郑州市）；

第二届深圳国际摄影大展（2018年6月9日，广东省深圳市）；

第二届映·纪实影像奖（2018年7月10日，北京）；

第五届中国·长安摄影周暨第十三届全国摄影理论研讨会（2018年8月18日，广东省东莞市长安镇）；

韶影华章——石少华摄影回顾展（2018 年 8 月 23 日，北京）；

影像见证 40 年全国摄影大展（2018 年 8 月 30 日，北京）；

平遥国际摄影大展（2018 年 9 月 19 日，山西省平遥县）；

上海国际摄影节（2018 年 9 月 20 日，上海）；

“正在到来的图像”论坛（2018 年 10 月 15 日，北京）；

北京国际摄影周（2018 年 10 月 20 日，北京）；

第七届济南国际摄影双年展（2018 年 10 月 25 日，山东省济南市）；

第三届深圳国际摄影周（2018 年 10 月 26 日，广东省深圳市）；

第三届宁波（国际）摄影周（2018 年 10 月 27 日，浙江省宁波市）；

首届河北摄影双年展暨“文人与史诗（Ⅱ）—— 摄影作为武器”（2018 年 11 月 15 日，河北省石家庄市）；

第二届三门峡白天鹅·野生动物国际摄影大展（2018 年 11 月 18 日，河南省三门峡市）；

集美·阿尔勒国际摄影季（2018 年 11 月 23 日，福建省厦门市）；

第二届汕头摄影周暨广东省第九届摄影理论研讨会（2018 年 11 月 24 日，广东省汕头市）；

连州国际摄影年展（2018 年 12 月 1 日，广东省连州市）；

西双版纳国际影像展（2018 年 12 月 22 日，云南省西双版纳傣族自治州）。

就以上摄影活动来看，至少反映出以下三个具有学术意义的热点。

（一）关于纪念改革开放 40 年

在主题内容上，回顾中国改革开放 40 年的艰巨历程，呈现发展成就和生活巨变，歌颂人民的奋斗精神，是 2018 年各地摄影活动的主旋律，海量影展在宣传成就、传播共识、凝聚力量方面起了重要作用。但从摄影艺术的专业角度来看也有美中不足：面对改革开放 40 年这一史诗性实践，在策展、呈现与评论方面本应出现高水平的鸿篇巨制，但现实情况是许多展览满足于线性、平面、单一、概念化、符号化地展示过去 40 年的老照片，用满墙笑脸代表幸福，用高楼大厦、高铁、高速公路代表成就，却忽视对艰难历程的呈现。因此，许多展览给人的感觉不但“史”乏力而且“诗”不足，一股糖水味儿，缺少历史的力量、艺术的力量、人性的力量。就摄影本身而言，在改革开放 40 年的背景之下，摄影界一度期待出现深度思考摄影自身变化的总结性、回顾性、学术性的展览和成果，遗憾的是这个层次的成果和活动也很少。因此，中国摄影在思、史、艺三方面还有巨大的提升空间。

（二）关于当前国际摄影界的前沿话题

虽然中国摄影师的创作较少涉及人工智能、未来意识、未来世界、未来人类这样的主题（随着人工智能时代的到来，这类主题在国际摄影界热度很高），但“正在到来的图像”论坛（清华大学主办）、连州国际摄影年展和集美·阿尔勒国际摄影季都敏锐地意识到这类主题在人类生活和当代艺术中正变得日益重要，并通过研讨和展览将人工智能时代的图像可能性、超人类主义等话题带入中国摄影界，为摄影创作开阔视野提供了借鉴。简单讲，超人类主义（transhumanism，常简写为 H+）主要源于这样一种西方近代思想：人如同一台精确的机器，随着科学技术的发展，人类可以通过技术手段和相关装置来有效修复自身的器官缺陷，提升学习能力，增强生理机能，从而获得超人能力，直至获得多次生命甚至长生不老。投身这一实践的艺术家卢卡斯·泽皮拉（Lukas Zpira）在《人体黑客主义宣言》（*Body Hacktivism Manifesto*）中写道：“为了反对以部落人类学为基础的现代原始人，受日本漫画、滑稽连环画和科幻小说影响，身体黑客活动家发明并实践了有先锋派和未来主义色彩的人体改造，并提出了自己的理论。由于对技术 / 医学突破的持续好奇，这些实验和实践被定义为‘人体黑客行为’。”这个术语表达了这些艺术家、研究人员和思想家的目标，即打破生物界限，而当代生物科学、医学、纳米技术、认知科学和信息技术的发展，确实为这一目标提供了可能。本质上这是西方传统的理性主义世界观和近代以来技术崇拜在人类身体上的实践行为，但其所涉及的社会问题、伦理问题、当下践行超人类思想的群体（即热衷于佩戴或置入各类技术装置以改善或提升自身某种机能的超人类主义者）在日常生活中的情况、超人类主义者的情感状态等，却对当下人类认知自己、重新思考生活和未来带来许多启示。如果我们考虑到中国科学家贺建奎通过伪造伦理评估证书进行转基因人类实验的行为给世界带来的震惊，就不难明白超人类主义这样一种思想及其越来越普遍的实践带给人类生活的冲击——这样的人在世界上将会越来越多，这样的生活方式将日益流行，这类主题超前但不空泛，具有很高的艺术价值。集美·阿尔勒国际摄影季展出的瑞士摄影家马修·加弗苏（Matthieu Gafsou）的"H+"（超人类主义）专题，表现出了出色的策展眼光。这个专题以冷静中立的态度提出了很有深度的前瞻性话题，既展示了高科技将人类提升为全能物种的可能性，又展示了社会对这一结果的忧心忡忡，是具有新人文主义思想的摄影力作。

（三）关于中国风景摄影 40 年

结合东莞摄影周"中国风景摄影 40 年"的主题展、传统风光摄影与新风景摄影论坛的对谈以及同时在东莞举行的第十三届全国摄影理论研讨会（主题是"风光摄影与自然观"），风景摄影（本文中意同风光摄影）的两个核心问题即自然观与风景摄影发展脉络得到了较为清晰的梳理。

先说说"自然观"。在中西方文化中，自然观都是不断发展、模糊多义、需要借助语境确认的概念，但略做梳理就可以看出其流变轮廓。就西方哲学而言，"自然观"的流变大体可分为三个阶段，所言及的"自然"之概念也有差异。第一阶段是在古希腊时期，按照英国哲学家罗素在《西方哲学史》中的说法，"自然"（nature）一词可以追溯到亚里士多德在其《物理学》中所言的"物理"（phusis 或 physis），二者意思相近，指事物之本性、自身内在的运动规律；一颗橡树种子之"物理"或"自然"是长成一棵橡树，这是其自身内在的运动规则，也是其本性。亚里士多德的"自然观"初步明晰了"自然"之物乃是依其本性运动变化、不在人的意志或干预之内这样一种意思。到文艺复兴之后，"自然"的概念发生分化，一方面在自然科学价值方面展开，另一方面在人文价值方面展开。16—18 世纪，随着欧洲天文学、物理学、解剖学等的发展，开普勒、伽利略、牛顿等将自然观奠定在近代科学的基础之上，他们所谓的"自然"，乃是指"事物规则之总和"（康德语）；所谓"事物规则"，是指如地球作为行星围绕太阳运转这样的客观规律，它不受一切世间权力的干扰，也不是运行于教会或宫廷编造的各类虚妄的神话或谎言之中，而是独立地自行其是。这一点具有鲜明的时代性，卢卡奇在《历史与阶级意识》中做了进一步阐释："……在自然法的历史中，'自然'从根本上来讲打上了资产阶级革命斗争的印记：即将到来的，发展着的资产阶级社会的'合规律的'、能预计的、形式上抽象的特点作为自然的东西出现在封建主义和极权主义的虚伪、专擅和混乱的旁边。"这一自然观即延伸到今天的自然科学自然观的基本含义。"自然"之人文价值的展开，主要是随着资本主义的发展，人不断被资本主义生产关系所异化，"自然"是作为与"异化"对立、使人重新成为人的那个东西而出现的，具有社会批判的意义。卢梭在《论人类不平等的起源和基础》（1755）中说，私有财产的出现破坏了人类社会的自然状态，使人失去了他作为人的本质，他占有的文明和物质越多，他就越不会是人（离人越远）。席勒也将回归自然列为治疗异化的药方，他在《审美教育书简》（1795）中写道："自然是我们过去曾经是的东西，也是我们将来应该重新成为的那个东西。"正是在这样的理论脉络下，卢卡奇说"自然"这个概念就在无意识中成了一个容器，"所有一切反对不断增长的机械化、丧失灵魂、物化的内在倾向都汇聚在这个容器中。这时它就获得了和人的文明的、人文的结构相对立而有机地成长起来的东西的意义。它同时被看作是人的内心的一个方面，这一方面依旧是自然的，或至少具有重新成为自然的倾向或渴望"（《历史与阶级意识》）。卢卡奇认为从 18 世纪开始"自然"就成了人对抗物化的利器，"这时自然就意味着真正的人的存在，意味着人的真正的、摆脱了社会的错误的令人机械化的形式的本质：人作为自身完美的总体，他内在地克服了或正在克服着理论和实践、理性和感性、形式和内容的分裂；对他来说，他要赋予自己以形式，这种倾向并不意味着是一种抽象的、把具体内容扔在一边的理性；

对他来说，自由和必然是同一的”（《历史与阶级意识》）。卢卡奇以杰出的眼光结合“自然”概念延伸了马克思关于“异化”的理论及其批判学说，对此后法兰克福学派的理论家有深远影响。今日西方的“自然观”进一步认识到“自然”这一概念本身乃是人类意识的产物，自然观中天然地包含了人类社会的权力、性别、种族、历史、科技等内涵，这是西方自然观的第三个阶段，上述“自然”诸含义在当代西方摄影中均有反映。

中国文化中的“自然”与西方的“自然”（nature）就其本义而言相去甚远（中文将英语的nature译为“自然”乃是借自日语）。近代之前，中国文化中的“自然”很长时间并没有今日作为常识的“与人类社会相区别的物质世界之总和”之义，更多的是在两个方面展开，一个是宗教性的个人精神修为和实践境界，另一个是悬于人类或国家王道之上的天道。近代西学东渐之后，作为客观存在的“物质世界之总和”的“自然”概念才传入中国。改革开放40年背景下的中国风光摄影之嬗变，其自然观和审美观虽与中国传统文化相连，但更多的是受当下社会巨变、文化潮流和个人生存状态的刺激与影响。

我们可以以美国风光摄影作为参照。简言之，过去百余年美国风光摄影的演进路径大体可说是从地形学摄影过渡到新地形学摄影；而改革开放40年背景下的中国风光摄影则是从传统风光摄影转向了新风景摄影；而这个“新风景摄影”，与美国的“新地形学摄影”貌合且神似，其实是新地形学摄影的中国版。

“风景”一词在中国魏晋南北朝时期的文献（《世说新语》）中就已出现，而在西方艺术史中，“‘风景’一词首次出现在1549年博学的人文主义者罗贝尔·埃斯蒂安的笔下，指的不是乡间风景，而是乡间风景这一类画作。两个世纪后，在《百科全书》里，‘风景’一词还专指表现乡间和其中所遇物品的一类绘画”（雷吉斯·德布雷：《图像的生与死》）。“风景摄影”（landscape photography）一词出现得更晚，这个术语借自“风景画”（landscape painting），当时英国的“风景画”指的是18世纪末、19世纪上半叶托马斯·庚斯博罗、约翰·康斯坦布尔这样的风景画家的作品，其特征是面对风景做精确的透视性描绘，对自然地理地貌有极高的忠诚度，批评家又将这类风景画称为“地形学绘画”（topographic painting，或称为地志学绘画）。英国的这种风景画极大地影响了美国。19世纪美国重要画家托马斯·科尔、弗雷德里克·埃德温·丘奇及哈德逊河画派的画家都是这个调调，阿尔伯特·比尔施塔特的作品乍看完全就是风景照片，与后来安塞尔·亚当斯的风景摄影简直一模一样。因此，英文的landscape photography，原意指的就是像地形学绘画那样有客观真实之特征的摄影，或曰“地形学摄影”，其代表人物是美国摄影家欧·沙利文和安塞尔·亚当斯。正是出于这个原因，1975年威廉·詹金斯策划了“人为改变了的风景照片”展览（photographs of a man-altered landscape），他称之为“新地形学摄影”（new topographics），旨在强调现代性进程中人对自然的改变，以便与沙利文和亚当斯的那种传统地形学摄影区别开。风景摄影在20世纪成为艺术，经历了以安塞尔·亚当斯为代表的细腻、深入、繁杂的材料征服过程，将风景摄影中的技术工艺升华为现代性美学，新地形学摄影则实现了向社会的转向，从此风景之概念大为开阔，气象一新。

20世纪的中国风景摄影走的是另一条路子。20世纪大部分时间里，中国风景摄影的精神还是附着在传统山水画的精神里。在中国农业社会的视觉文化中，山水具有神圣性、超越性和永恒性（“三性”）。神圣性：山水入画（此为图像之泛指）源于当年秦始皇为求长生派人寻找海外仙山，寻找不得便把自然山水入画做替代品。超越性：文人遁庙堂而入江湖，亲近山水意在脱俗明志。永恒性：农业社会改变自然山水极为困难，自然山水也就天然地具有了一种永恒不变的属性。比如愚公移山，即便天天挖山不止，但最后移走大山还是要靠神仙帮忙。古人信仰无论人力如何强大，也“不废江河万古流”。但到了21世纪，三峡大坝横截长江，如果杜子美再次行走长江，会否感叹一句“风景殊好，而山河殊异”？

新风景摄影的这个“新”字，代表的与其说是“新”的人造景观，不如说是急速工业化背景之下人与自然的新关系，以及由此挤压出的新情绪、新焦虑、失控感……社会力量如江河，个人存在如泥沙，个中滋味，岂是一个“新”字了得？

新风景摄影是最近十余年中国摄影中最具当代性、最引人关注的一个潮流，它不是单纯的摄影运动和艺术风格；它的意义是全球化运动、互联网思维、WTO与二次思想启蒙背景下，出现的以影像为手段，对当前中国社会变化与社会问题的反思性、反讽性、批评性的社会文化活动。它追求的不是单纯的审美结果，而是社会与审美的复合结果；它撕下了传统风景摄影的诗意外衣，揭示了现代化与自然之间的残酷关系——它的确是“新”的。

三、研究与学术

（一）摄影史挖掘深入

中国摄影史的研究在史料的挖掘、搜集、整理方面已是越来越深入、越来越翔实，一大批摄影研究者投入大量精力、时间和心血，致力于中国摄影史的重构和再书写。这些新史料的发现和个案研究的推进，可以促成中国摄影史的新的讨论。如《中国摄影家》杂志2018年刊登的几个专题，《被遗忘的“文革”摄影史——1972—1978“全国摄影艺术展览办公室”史料发掘》不偏不倚、客观公正地挖掘了当年的文献史料，为研究者提供了更多的第一手资料；《百年韶光念少华》对诞辰一百周年的摄影前辈石少华生平进行回顾及史料、研究论文展示。这些系列材料的发掘和整理为摄影史写作提供了新的机会。正如王保国在《中国摄影家》第4期卷首语《重写中国摄影史，如何？》中指出的：“今日之中国摄影史研究，已积累完成四大新发现：1949年之前中国本土摄影史料更加完备清晰；因涉及‘文革’长期避而不谈的全国影展办时期的摄影有了翔实资料；与当代艺术并行的当代摄影40年的历程正可做一总结；自摄影术传入以来外国摄影师在中国的拍摄活动的研究也有长足进步（这一部分虽然难称是中国摄影史的组成部分，但可与同时代中国摄影师的作品对比阐释）——这四大发现，与今日更加开阔的视野、更加多元的研究方法相结合，不正是重写中国摄影史的好机会吗？”

（二）高等摄影教育面临转型

十年树木，百年树人。摄影的未来和可持续性发展归根结底在年轻人，在教育。2018年10月25日，第七届济南国际摄影双年展上，在山东工艺美术学院开办“中国高校影像教育论坛”，北京电影学院视听传媒学院院长宿志刚和西安理工大学教授张辉主持中国高校影像教育论坛，与会嘉宾50余人进行了主题为“大时代·全媒体·新影像”的学术研讨会，会议针对高校摄影教育及国家艺术基金等话题做了深入研究探讨。正如宿志刚在会上所说：“在重要的转型时期，高校教师面临新媒体时代的发展，他们在思考什么？他们决定要做什么？这可能会给中国高校带来一个强转型的、理念性的、纲领性的发展态势问题。如何从教育入手实现当下与未来的一个破冰，如何在传统文化发芽时代实现传统影像教育与新影像教育的融合与创新，如何从教育工作者和创造者双重角度实现理论实践的真正结合等，都将成为值得探讨的重要议题。”此次研讨会的意义在于针对全媒体时代，高校摄影教育随之做出转变，当摄影教育与时俱进，未来的摄影之变化亦可期待。

（三）“西方”出版繁荣

中国摄影出版社、中国民族摄影出版社、浙江摄影出版社三家专业出版社，平均每家每年出版摄影类书籍150种左右，其中摄影史论10本左右，从这个数据来看，研究摄影史论的书籍在各类摄影书中占比并不大，这与摄影大军的蓬勃壮大不成比例，摄影史论研究急需更多的力量。

综观这几年的出版态势，基本上集中于老照片的展示、摄影史的钩沉与西方经典摄影作品的引进这几方面。2018年值得关注的较重要的出版物如下。

史论方面，西方摄影理论书籍和批评文集的翻译和引进几乎占据史论类大半江山，国内优秀的值得称道的史论研究著作屈指可数，一方面国外优秀史论书籍的引进可以促进国内摄影研究的进步和发展，另一方面也反映出国内摄影研究的窘况和尴尬。上海译文出版社出版的《苏珊·桑塔格全集》（套装16册）可谓2018年这方面书籍出版的重头戏，影响深远，其中《论摄影》至今仍被誉为“摄影界的《圣经》",《关于他人的痛苦》则聚焦战争摄影，探讨影像反映出的人的痛苦与观者之间的关系。[英]伊斯特·莱斯利《本雅明论摄影》(中国摄影出版社)记录了本雅明对摄影的诸多重要论点与看法，是一本对本雅明1931年起摄影历史方面的作品的新译本，还增补了大量其他作品。[英]约翰·伯格、[瑞士]让·摩尔合著的《另一种讲述的方式：一个可能的摄影理论》(中国美术学院出版社)探索了摄影师与被拍摄之物、图片与观众、被拍摄的瞬间与回忆之间的张力。由杰夫·戴尔编选，收录约翰·伯格撰写的20多篇文章的新选集《理解一张照片：约翰·伯格论摄影》(中国美术学院出版社)一如既往地将对照片的阅读置于政治、社会、历史的语境中，从而加以审视。[英]戴维·卡帕尼《摄影与电影》(南京大学出版社)以希区柯克的电影《后窗》的一张宣传剧照为起点，分析卢米埃尔兄弟、安东尼奥尼、戈达尔、诺兰、沃霍尔等导演与布尔津、沃克、沃尔、雪曼等摄影艺术家的作品，从时间性、叙事、先锋艺术等角度，挖掘了近一个世纪以来摄影与电影两者间互相启发、不可分割的关系图谱。[法]米歇尔·赛邦、茜尔维·多维利耶编著的《四十年新闻摄影：希帕时代》(湖南美术出版社)讲述了世界四大图片社之一、创建于1969年的希帕(SIPA)图片社的故事。[英]琳赛·史密斯《刘易斯·卡罗尔：摄影漫记》(中国摄影出版社)从卡罗尔在牛津大学基督教堂的工作室开始，到伦敦的剧院、海滨小镇伊斯特本，以及1867年的俄国之旅，追溯了卡罗尔对摄影的热爱。[英]夏洛特·科顿《作为当代艺术的照片》(第三版)(浙江摄影出版社)为当代艺术摄影的故事赋予了现代性，将摄影从纪实工具发展到艺术形式的历史叙述做了修订，并且更新了最后一章的内容，使之聚焦更年轻一代的艺术家。[法]安德列·胡耶《摄影：从文献到当代艺术》(浙江摄影出版社)研究摄影的多样性、演变性和历史性，即摄影如何从文献向当代艺术进行转变。[英]汤姆·昂《伟大的摄影》(北京美术摄影出版社)从19世纪30年代摄影术发明之初起，每20～30年为一个时间跨度，详细地介绍了摄影发展史。[英]克里斯·迪基《改变摄影的摄影师》(浙江摄影出版社)呈现了摄影史上50名重要的摄影大师的创作理念以及他们引人入胜的作品，同时还通过10个专题探讨了对摄影的发展产生重要影响的事件、思潮和运动。[巴西]塞巴斯蒂昂·萨尔加多《萨尔加多传》(中国摄影出版社)讲述了萨尔加多如何从一名巴西的小镇青年，经历经济学专业的培训，成为世界著名摄影家的成长历程和心路历程。[日]饭泽耕太郎《私摄影论》(湖南美术出版社)从日本摄影谱系出发，以中平卓马、深濑昌久、荒木经惟、牛肠茂雄四名代表性摄影家为例，讲述他们各自传奇的人生历程，观察、深入其作品中的"私性"表现。

国内重要的史论著作有：陈勃《摄影往事七十年：陈勃回忆录》(中国摄影出版社)以图文并茂的形式对中华人民共和国成立前后近70年与摄影有关的历史记忆进行了梳理，从历史亲历者和事件执行者的视角对诸多重大史实进行了回忆和描述。崇秀全《表征的图像——当代非洲摄影文化研究》(浙江大学出版社)通过扫描当代非洲摄影地理生态，分析当代非洲摄影与政治、社会、文化的关联，思考非洲摄影发展中的重要理论和现实问题。陆晔《影像都市：视觉、空间与日常生活》(复旦大学出版社)聚焦新技术背景下影像传播对中国都市日常生活的影响和意义，力图讨论从户外电子媒介到基于互联网的各类影像传播如何重塑公众的日常生活。赵刚《世界摄影美学简史》(中国摄影出版社)阐述摄影术诞生之初直至当代，世界范围内主要摄影美学的产生、发展与传承。

"老照片"是这些年摄影出版长盛不衰的"宠儿"，既契合社会及人们集体的怀旧情绪，也是摄影记录功能和文献价值的体现。早期历史影像由于众所周知的多方面原因，大多为外国人所拍摄，如单霁翔主编的《故宫藏影：西洋镜里的宫廷人物》(故宫出版社)收录的是从故宫博物院收藏的上万张照片中遴选出的精品，以故宫博物院院藏19世纪至20世纪初的老照片为主要内容，是清末到民国时期宫廷人物形象的缩影。[英]德博拉·爱尔兰《伊莎贝拉·伯德：中国影像之旅1894—1896》(中国摄影出版社)展现了女探险家伯德1894—1896年在中国拍摄的180多张照片。张明编著的《外国人拍摄的中国影像：1844—1949》(中国摄影出版社)以类似辞典的形式梳理了1844年至1949年百余年间近百名外国来华摄影师在中国的摄影行为：他们的身份、来华原因、在华经历和拍摄成果等。[英]詹尼·瓜达卢皮《天朝掠影——西方人眼中的中国》（商务印书馆）讲述了从马可·波罗到清帝退位几百年间西方对中国的认识不断深化的历史过程。秦风照相馆编《岁月中国 1965：斋藤康一摄影作品精选》（山东画报出版社）汇集了日本摄影家斋藤康一于 1965 年到北京、上海、杭州、武汉、长沙、韶山、延安、南昌、广州等地所拍摄的照片。除了这些外国人的作品，浙江摄影出版社还整理出版了中国摄影教育先驱孙明经的珍贵纪实照片，在孙明经摄影、孙健三著的《中国百年影像档案：孙明经纪实摄影研究Ⅰ——1938：从重庆到自贡》《中国百年影像档案：孙明经纪实摄影研究Ⅱ——1938：从峨眉到乐山》《中国百年影像档案：孙明经纪实摄影研究Ⅲ——1938：雷马屏峨》三卷本中，孙明经通过影像全景展现了 20 世纪初期中国社会的现实景象，忠实记录了华夏大地民众的生存状态与历史细节；既有人文纪实，也有壮美风物；既提供了珍贵的影像史料，也为研究中国早期纪实摄影史提供了文字资料。

在 2018 年“纪念改革开放 40 周年”的大环境之下，关于历史与影像的书写不仅通过各种展览得以展示，更得以通过各类画册、摄影集的形式来展现，他们或以宏观视野对几十年中国经济、政治、科技、教育、文化等各方面的变迁进行影像化的梳理和展示，如《百名摄影师聚焦中国改革开放四十年 1978—2018》（王浩主编，中国文联出版社）、《时间的力量：改革开放 40 年影像记》（柴继军主编，中信出版社）；或从摄影师个人几十年如一日对百姓生活的记录展开，以生动鲜活的普通百姓的生活为内容，在细节的流淌中展示时光的消逝和岁月的变迁，书写摄影师个人的“影像史”，如安哥《百姓足迹：生活在 1979—2018》（岭南美术出版社）、王福春《火车上的中国人：中国改革开放 40 年影像记录》（中国铁道出版社）、《工业时代 1978—2017：中国摄影家王玉文》（中国摄影出版社）、任曙林《不锈时光》（新星出版社）、赵钢《摄汇万象：我的大学》（浙江摄影出版社）、布仁巴雅尔《呼伦贝尔·万岁》（新世界出版社）、仝冰雪《一站一坐一生：一个中国人 62 年的影像志》（中央编译出版社）等；或从一个特殊的地点展开，同样观注影像的时间性和历史性，以及对影像的记录功能和文献价值的思考，如庄学本、徐献摄影的《羌族影像志——从叠溪大地震到汶川大地震》（四川美术出版社）、邱焰《汶川地震·十年》（中国摄影出版社）等。

其他如王庚飞等著、邹盛武摄影的《永定长流》《凝视西山》（门头沟西山永定河人文地理图像志丛书，2 册，中华书局），宋群编著的《市井西仓》（陕西师范大学出版总社），［美］那仲良著、［菲］王行富摄影的《图说中国民居》（生活·读书·新知三联书店）等摄影书，更多地从地理志、市井生活、建筑等方面入手，充分展现摄影的人文性和社会性。而沱沱《将进酒》（新星出版社）、李颀拯《怒海谋生》（浙江摄影出版社）、肖全《金川》（中国青年出版社）、刘立宏《风物一城》（浙江摄影出版社）、《中国摄影艺术家：于云天》（浙江摄影出版社）、邵大浪《境生象外 1985—2018》（中国摄影出版社）等摄影集则展现了摄影家的个人艺术风格和独特的摄影语言。

名人影集的出版和热卖无疑释放出一个信号：图像已无处不在，不管你是做文学，还是研究经济。如《鲁迅影集（1881—1936）》（人民文学出版社）收录了鲁迅一生保留下来的照片共 140 余张。《缓流总比急流宽》（商务印书馆）由经济学界泰斗厉以宁先生题诗、其夫人何玉春先生摄影，是两人为纪念钻石婚而出版的纪念册。

自制图书从早几年的新鲜状态进入一个普遍情况，中国摄影图书榜年度自制摄影图书上榜的便有三种，分别是：王丽珠摄影、编辑并设计的《蝉音》，陆元敏摄影、姚瑶编辑、胡佳颖设计的《陆元敏：无题》，吕格尔摄影、程音和与吕格尔设计的《羌的山》。

这些年，对国外优秀摄影师尤其是被视为摄影大师或摄影史上重要人物的作品的引进和出版一直是出版的重头戏之一，也为广大读者所喜爱，2018 年亦不例外。如［美］约翰·洛恩加德《银盐时代：与伟大摄影师相遇》（湖南美术出版社）在艺术家的工作室、家中或外景中捕捉他们的身影，精彩的肖像照和富有表现力的抓拍展示了艺术家工作和休息时的状态，让读者得以从内部观察摄影师们的艺术创作过程。［英］罗斯·霍迪诺特《风景之眼》（中国摄影出版社），［美］艾略特·厄威特《艾略特·厄威特的巴黎》(湖南美术出版社),[美]史蒂夫·麦凯瑞《阅读》(湖南美术出版社)、《东南偏南》(湖南美术出版社)、《看东方》(北京联合出版公司)、《印度》(北京联合出版公司)、《我与这个世界的距离:薇薇安·迈尔自拍精选摄影集》(九州出版社)、《我是这个世界的间谍:薇薇安·迈尔街拍精选摄影集》(九州出版社),[美]弗兰斯·兰廷《非洲的眼睛》(中信出版社),[日]寺山修司、森山大道《剧场写真帖》(四川文艺出版社),[日]荒木经惟《荒木经惟:道》(人民邮电出版社),[日]森山大道《犬的记忆终章》(中信出版社),[日]蜷川实花《蜷川实花:光》(云南美术出版社),[英]简·鲍恩《一生的凝视:摄影大师简·鲍恩精选集》(湖南美术出版社)等摄影集,让摄影师、摄影研究者、爱好者有了一睹名家名作简便直观的机会,对促进摄影师的进步和研究的深入裨益良多。

(四)知网条目数锐减

2018年,中国知网以摄影为主题词搜索有2139条,以摄影理论为主题词搜索有19条,以摄影艺术为主题词搜索有186条,硕士学位论文68条,博士学位论文一条——为中央美术学院设计学博士迟鹏《悬置的情感——数字化操控下当代影像艺术的审美表述》。2017年,中国知网以摄影为主题词搜索有3576条,以摄影理论为主题词搜索有35条,以摄影艺术为主题词搜索有736条,硕士学位论文38条。与2017年相比,2018年条目数锐减,即便硕士学位论文数量有所增加,但与摄影的相关性、主题的重要性以及理论价值并未增加。

在中国知网上,真正从理论上探讨摄影艺术有关问题的论文并不多,在专业摄影刊物中,只有《中国摄影报》的文章能搜索到,其他如《中国摄影》《中国摄影家》《摄影世界》《摄影之友》《人民摄影报》等报刊,都未与中国知网合作。摄影媒体从业者们未曾有意识地把摄影刊物纳入整个学术研究系统之内,但这些刊物一直努力在学术研究上有更深的建树。如《中国摄影家》杂志2018年刊登的专题和学术文章《最美的风景在前线——王建民军事摄影40载》《纪念陈复礼先生》《摄影师的"暗室"与"景深"——李前进摄影作品阅读札记》《西德尼·甘博的三峡影像》《摄影与木刻的战时宣传——一场围绕着"平型关大战"的艺术宣传战》《研究"中国摄影史"需要一个严肃的开端》等,《中国摄影》杂志的专题《四十年河南》《当别人的照片成为你的作品》《快门声响之后》《摄影的田野调查》《非洲,看我的》《看,这40年》《山水,摄影的乡愁与愿景》等,或紧扣摄影史上的重要事件,对重要史料进行再挖掘,为摄影史的再书写提供新的材料和研究视野;或对为中国摄影史的发展做出重大贡献的摄影家的创作进行全面回顾和展示;或对摄影的当代问题进行探讨,并对摄影未来的新方向进行摸索,既有深度又有广度,在业界反响较大。

(五)国家艺术基金项目期待创新

从2018年国家艺术基金传播交流推广资助项目,如"20世纪以来中国摄影作品美国、日本、法国、新加坡巡展""纪念改革开放40周年摄影作品展览""人工智能时代摄影作品巡展""齐鲁大地影像艺术作品巡展""振兴东北纪实摄影作品巡展""丝路艺术作品俄罗斯、哈萨克斯坦、蒙古交流巡展"等来看,摄影纪录专题的功能还在发挥,艺术的探索也在延伸。从青年艺术创作人才资助项目来看,获得资助的青年人才中有戴翔、金西鸣、孙建辉、陈荣辉等正活跃在当下摄影界的年轻摄影师,可见在国家艺术基金的推动之下,越来越多从事影像创作的人才申请艺术基金并获得资助。从这两年艺术基金资助的项目来看,其突出问题在于没有大的突破,没有特别亮眼的选题和创意,这方面期待有所创新。

(六)影像的价值与收藏越发受重视

随着时代的进步和发展,影像的价值和意义越发为有识之士所重视。这些年,从国家层面的博物馆、美术馆,到民营影像馆、艺术馆,无不有意识地收藏大量珍藏历史照片、当代影像作品、摄影书籍和文献资料。中国美术馆捐赠与收藏系列展收藏了高帆、牛畏予、吴印咸、石少华、赵羡藻等十几位老一辈摄影家的珍贵历史照片,丰富了国家摄影艺术宝藏。而民营影像馆的繁荣更是为摄影艺术的收藏和展览添砖加瓦,从各个层面丰富了国内对影像的收藏和传承,具有重要的展示和交流意义。规模和影响比较大的如湖南省的谢子龙影像艺术馆在早期历史影像、经典影像画册、早期影像器材、当代影像作品等方面进行了系统收藏，馆藏作品已达10000多件，并以馆藏影像作品为基础，持续对影像艺术发展史进行全面系统的梳理和研究。北京的拾光影像博物馆收藏了各类照片35万余张。山东省的云志艺术馆集结了当代摄影艺术领域百余大师的经典名作。浙江省的嘉兴影上书房摄影史料馆收藏了大量的国内外摄影书籍、影像史料。这些影像和史料的收藏和整理必将推动摄影艺术的进一步深入研究和发展。

四、发展趋势

2019年是多个重要事件的节点，如中华人民共和国成立70周年、五四运动100周年、澳门回归20周年等，由此可见，2019年各类回顾展还会延续，但因为有了2018年的铺垫和积蓄，相信业界对影像与历史关系的思考与书写将更深入、更富有学理性。

随着流媒体、动态媒体的广泛传播和使用，摄影业界普遍存在着迷茫的情绪，摄影的发展与技术的发展息息相关，在现今技术泛滥的时代，摄影的边界在哪里？摄影的立足点、方向又在哪里？当所有人大量造像的时候，摄影艺术又在哪里？当娱乐化驱赶艺术化之时，摄影该何去何从？这些是值得思考和探究的问题。

李树峰　中国艺术研究院摄影艺术研究所所长、研究员
王保国　中国艺术研究院摄影艺术研究所编审
阳丽君《中国摄影家》杂志社常务副社长、主编、副编审

专题

庆祝中国改革开放40周年相关主题摄影展览

【概况】

回顾中国改革开放40年的艰巨历程，呈现发展成就和生活巨变，歌颂人民的奋斗精神，是2018年各地摄影活动的主旋律，海量摄影展览在宣传成就、传播共识、凝聚力量方面起了重要作用。

【影像见证40年——庆祝中国改革开放40周年摄影大展】

2018年8月30日至9月12日，由中国文学艺术界联合会、中国摄影家协会主办的“影像见证40年——庆祝中国改革开放40周年摄影大展”在中国国家博物馆举行。该项目被纳入中共中央宣传部重点文艺创作项目。展览展出从20000余幅征集作品中评选出的216幅作品。展览全面反映改革开放40年所取得的卓越成就，反映了人民群众生活居行、教育、卫生、社会保障、自然环境等各方面的变化，集中彰显我国改革开放40年在经济、政治、文化、社会、生态、民生等各方面所取得的伟大成就。

【庆祝改革开放40周年暨影像见证40年全国摄影大展研讨会】

2018年9月12日，由中国摄影家协会主办的“庆祝改革开放40周年暨影像见证40年全国摄影大展研讨会”在北京举行。

研讨会为庆祝改革开放40周年，回顾改革开放40年伟大成就，对“影像见证40年全国摄影大展”进行经验总结，不断推动摄影事业和中国摄影家协会工作进步而举办。与会专家学者及部分参展摄影家进行了经验总结和深入交流。

【“潮涌两江——庆祝改革开放40周年”摄影展】

2018年10月15日至22日，由中共重庆市委宣传部、重庆市文化委员会、重庆市文学艺术界联合会主办的“‘潮涌两江——庆祝改革开放40周年’摄影展”在重庆市文学艺术界联合会美术馆举行。展览展出从7000余件征集稿件中评选出的100余幅作品，体现了几代重庆摄影人眼中家乡的变迁和发展，集中反映了改革开放40年来重庆取得的巨大成就和可喜成绩。

【庆祝改革开放40周年国家主题形象展——航拍中国主题展】

2018年10月20日至29日，由中国新闻摄影学会、北京国际摄影周组委会、光明网主办的北京国际摄影周2018“庆祝改革开放40周年国家主题形象展——航拍中国主题展”在中华世纪坛举行。

展览展出从15000余幅征集图片中评选出的400余幅作品。本次展览以裸眼3D技术与大幅无人机航拍图片相结合，着重强化了科技融合与体验感，参展作品既展示了北上广深及沿海开放城市、“一带一路”重要节点城市的发展巨变，也记录了事关民生福祉的南水北调、西电东送、港珠澳大桥建设、生态建设等重大工程，更反映了“观天巨眼”“航母出海”等前沿科技与国防事业的辉煌成就。

【云南省庆祝改革开放 40 周年摄影展】

2018 年 11 月 12 日至 30 日，由中共云南省委宣传部、云南省文学艺术界联合会主办的“云南省庆祝改革开放 40 周年摄影展”在云南省昆明市举行。展览以“春华秋实四十载，高歌猛进新时代”为主题。展览展出从 5000 余幅投稿作品中评选出的 200 幅摄影作品。

【勇立潮头　走在前列——山东省庆祝改革开放 40 周年主题摄影展】

2018 年 11 月 19 日至 12 月 31 日，由中共山东省委宣传部、中共山东省委党史研究院、大众报业集团、山东省文学艺术界联合会、山东省档案馆、山东广播电视台、山东出版集团主办的“勇立潮头　走在前列——山东省庆祝改革开放 40 周年主题摄影展”在山东省济南市举行。

展览以创新、协调、绿色、开放、共享五大发展理念为统领，分为“崇尚创新　砥砺奋进”“注重协调　行稳致远”“倡导绿色　岱青海蓝”“厚植开放　拥抱世界”“推进共享　成就梦想”“从严治党　不忘初心”“聚焦生活点滴　记录社会进步”7 个部分，精选 420 幅图片，辅以媒体、实物、图表等多种手段进行展览展示，以此向改革开放 40 周年献礼。

【庆祝改革开放 40 周年·2018 第二届“乡土中国”纪实摄影展】

2018 年 11 月 30 日至 12 月 9 日，由中国摄影家协会和重庆市黔江区人民政府主办的“庆祝改革开放 40 周年·2018 第二届‘乡土中国’纪实摄影展”在重庆市举行。

展览由 20 余名摄影师拍摄的全国各地 20 多个村落的长期影像项目组成。展览包括“乡土中国”“乡土重庆”“乡土黔江”3 个单元。

2018 中国国际摄影艺术节暨中国第 17 届国际摄影艺术展览

【概况】

2018 年 5 月 18 日至 6 月 18 日，由中国摄影家协会、郑州市人民政府主办的“2018 中国国际摄影艺术节暨中国第 17 届国际摄影艺术展览”（以下简称“节展”，本专题中适用）在河南省郑州市举行。节展以“与新时代同行”为主题，旨在展示近年来国内外摄影艺术发展的新成就，通过中外摄影艺术的交流相融、互学互鉴，来丰富当代摄影文化，推动世界摄影文化发展。

节展分为第 17 届国际摄影艺术展览和 2018 郑州影像双年展两部分。第 17 届国际摄影艺术展览展出从 109 个国家和地区投寄的 23 万余幅作品中评选出的 296 件作品，分为“方向 · 视界”主题类、纪录类、艺术类三类作品。2018 郑州影像双年展分为邀请展和交流展两个单元，包括“中外摄影对着拍——庆祝中国改革开放 40 年专题展”“鸟瞰地球”“马与马”“四季无限”“工业景观 & 空间城市”“视觉——主宾国影像展（意大利）”“城是城非”“当代影像的界限”“影像丝路——‘一带一路’国际青年影像展”“逐梦——建设国家中心城市影像展”“像豫——本土影像展”“现实的分离与重构——国际创意影像展”“景像——法国普罗旺斯摄影节三人联展”“让世界重现——影像如诗”“解构——雨本 · 塔可当代影像展”“一山一水一世界——史飞风光影像展”等展览。节展还组织了 9 项活动，包括名家对话、专家见面会、影像工作坊、国际青年摄影扶持计划、无人机展演、跨界影像展映、手机晒照展演等。

【中外摄影对着拍——庆祝中国改革开放 40 年专题展】

该展在“2018 中国国际摄影艺术节暨中国第 17 届国际摄影艺术展览”期间举行。展览展出阿德里亚诺 · 马达罗（Adriano Madaro）、马克 · 吕布（Marc Riboud）、布鲁诺 · 巴贝（Bruno Barbey）、阎雷（Yann Layma）、伊芙 · 阿诺德（Eve Arnold）5 名国际摄影家的 40 幅作品，这些影像都是作者在 20 世纪 70 年代至 80 年代中国改革开放前后来中国拍摄的。40 年后的 2018 年，“中外摄影对着拍”项目，邀约全国摄影师以外国摄影家曾经拍摄的 40 幅图片为蓝本，拍摄当下或近几年相近场景、相似内容、相同地点的影像。展览用对比的手法再现时空的前后变化，聚焦新时代的发展变迁，用影像印证中国人民众志成城、砥砺奋进的身影；用影像追溯发展的足迹，感受改革的力量。

【影像丝路——“一带一路”国际青年影像展】

该展在“2018 中国国际摄影艺术节暨中国第 17 届国际摄影艺术展览”期间举行。“影像丝路——‘一带一路’国际青年影像展”展出的作品从 15 个“一带一路”沿线国家诸多摄影师的投稿中精选而来，旨在将“一带一路”沿线国家的自然地理地貌、人文风土人情，用影像的方式呈现出来，增强对这些国家的了解与理解，从而促进文化交流与融合、经济交往与融通，使文化在经济建设方面起到积极的作用。

【逐梦——建设国家中心城市影像展】

该展在“2018 中国国际摄影艺术节暨中国第 17 届国际摄影艺术展览”期间举行。展出的作品由北京、天津、上海、广州、重庆、成都、武汉、郑州、西安九个国家中心城市选送。摄影家们在新的历史节点上，关注和记录着城市的发展变化，见证着一个个国家中心城市崛起的历程。

【现实的分离与重构——国际创意影像展】

该展在“2018 中国国际摄影艺术节暨中国第 17 届国际摄影艺术展览”期间举行。“现实的分离与重构——国际创意影像展”精选了欧美商业摄影发达国家中著名的摄影师作品。其中很多作品不是摄影师个人的独立创作，而是从创意策划、布景搭建、服饰化妆、拍摄到后期电脑制作、专业输出等一系列创造性活动的整合，是创作者们相互协作的结晶。

【景像——法国普罗旺斯摄影节三人联展】

该展在“2018 中国国际摄影艺术节暨中国第 17 届国际摄影艺术展览”期间举行。3 名来自法国的艺术家通过自己的镜头语言创作出专属的“景观影像”，从法布雷斯（Fabrice）创作的黑白散文诗，艾米丽（Emily）搭建拍摄的人造景观，到安东尼（Anthony）通过传统工艺记录的别样风景，3 名艺术家通过此次摄影节的交流平台，为中国摄影人带来了新的思索和探讨。

第五届中国·长安摄影周

【概况】

2018年8月18日至24日，由东莞市摄影家协会、东莞市长安镇人民政府主办的“第五届中国·长安摄影周”在广东省东莞市举行。

本届摄影周以“中国风景40年”为主题，包括10个展览、4场学术对话和1项评比活动，有160多名摄影家参展。其中，主题展“中国风景摄影40年”，从风光到景观，再到新风景，用图像梳理中国风景摄影40年来的发展、兴起、争议及演变的过程。其他摄影展有“域外·风景摄影展”、“探索·对话——中国当代风景摄影展”、“景观·新风景”摄影展、“神州掇英”——最受国内外摄影师欢迎的10个中国风景拍摄地、“东莞风景40年”、“长安风景”，以及“第17届中国国际影展”、全国青年摄影大展部分作品巡展等。

本届摄影周还邀请了摄影家、批评家、理论家、策展人进行4场对话，围绕40年来中国风景摄影发展历程的重要话题展开研讨。

【“中国风景摄影40年”主题展】

2018年8月18日至24日，“中国风景摄影40年”主题展在广东省东莞市举行。

展览分为8个单元，共有80名摄影家参展。第一单元名为“风景初醒”，展出对中国风景摄影产生重要影响的摄影家作品。第二单元展出的是1990年“三军”西部万里行拍摄的作品。第三单元展出2005年《摄影之友》杂志评选的“中国十大风光摄影家”的作品。第四单元名为“地理·景观”，展出11名代表性摄影家的作品。第五单元“技术之美”展出8名中国摄影家的作品。第六单元“观念风景”是3名当代艺术家创作主题展。第七单元名为“不一样的风景”，7名摄影家将镜头对准了更为“当代”的社会景观。在第八单元中，33名中国纪实摄影家展出纪实题材的风景作品。

【域外·风景摄影展】

2018年8月18日至24日，“域外·风景摄影展”在广东省东莞市举行。

展览由王保国策展，展出安德里亚斯·塞博特（Andreas Seibert）、道格拉斯·埃斯里奇（Douglas Ethridge）、阎雷（Yann Layma）3名国际摄影师的作品，以西方摄影师的视角展现中国从20世纪80年代到当代变化的社会风景。

【探索·对话——中国当代风景摄影展】

2018年8月18日至24日，“探索·对话——中国当代风景摄影展”在广东省东莞市举行。该展览由姚璐和蔡焕松策展，邀请了传统风光摄影师与当代影像艺术家参展。参展艺术家以不同的视角、不同的手法、不同的态度，通过探索和对话表达出个人的风景观。

【第十三届全国摄影理论研讨会】

2018 年 8 月 18 日至 20 日，由中国摄影家协会、广东省文学艺术界联合会、广东省摄影家协会、广东省东莞市长安镇人民政府主办的“第十三届全国摄影理论研讨会”在广东省东莞市举行。

研讨会由“文本征集”、1 场主旨报告、2 个分论坛和 2 个主题展览组成。其中，主旨报告以“风景摄影与自然观”为主题，邀请国内知名摄影家作报告。研讨会系统梳理了风景摄影的特征和沿革，探索了风景摄影的发展方向，将这一广受摄影人关注的摄影形式引向更具学术水准和思想深度的层面。

理论研究

著作选目

西方摄影理论

［英］克里斯·迪基（Chris Dickey）著：《改变摄影的摄影师》，王之光译，浙江摄影出版社 2018 年 1 月版。

［英］戴维·卡帕尼（David Kapani）著：《摄影与电影》，陈畅译，南京大学出版社 2018 年 2 月版。

［英］杰夫·戴尔（Jeff Dale）编、［英］约翰·伯格（John Berger）著：《理解一张照片：约翰·伯格论摄影》，任悦译，中国美术学院出版社 2018 年 3 月版。

［美］苏珊·桑塔格（Susan Sontag）著：《论摄影》，黄灿然译，上海译文出版社 2018 年 4 月版。

［美］苏珊·桑塔格（Susan Sontag）著：《关于他人的痛苦》，黄灿然译，上海译文出版社 2018 年 4 月版。

［法］安德列·胡耶（Andre Huye）著：《摄影：从文献到当代艺术》，袁燕舞译，浙江摄影出版社 2018 年 4 月版。

［英］夏洛特·科顿（Charlotte Cotton）著：《作为当代艺术的照片》（第三版），陆汉臻、毛卫东、黄月译，浙江摄影出版社 2018 年 5 月版。

［英］约翰·伯格（John Berger）、［瑞士］让·摩尔（Jean Moore）合著：《另一种讲述的方式：一个可能的摄影理论》，沈语冰译，中国美术学院出版社 2018 年 6 月版。

［英］汤姆·昂（Tom Ang）著：《伟大的摄影》，罗晨、王丁丁译，北京美术摄影出版社 2018 年 9 月版。

［法］米歇尔·赛邦（Michel Setboun）、茜尔维·多维利耶（Sylvie Dauvillier）编著：《四十年新闻摄影：希帕时代》，易艺译，湖南美术出版社 2018 年 10 月版。

［英］琳赛·史密斯（Lindsay Smith）著：《刘易斯·卡罗尔：摄影漫记》，黄东黎译，中国摄影出版社 2018 年 10 月版。

［巴西］塞巴斯蒂昂·萨尔加多（Sebastian Salgado）著：《萨尔加多传》，赵迎新译，中国摄影出版社 2018 年 11 月版。

［日］饭泽耕太郎著：《私摄影论》，林叶译，湖南美术出版社 2018 年 11 月版。

［英］伊斯特·莱斯利（Esther Leslie）编：《本雅明论摄影》，高瑞瑄译，中国摄影出版社 2018 年 12 月版。

摄影史论

赵刚著：《世界摄影美学简史》，中国摄影出版社 2018 年 3 月版。

陈勃著：《摄影往事七十年：陈勃回忆录》，中国摄影出版社 2018 年 4 月版。

陆晔主编：《影像都市：视觉、空间与日常生活》，复旦大学出版社 2018 年 6 月版。

崇秀全著：《表征的图像——当代非洲摄影文化研究》，浙江大学出版社 2018 年 7 月版。

老照片

单霁翔主编：《故宫藏影：西洋镜里的宫廷人物》，故宫出版社 2018 年 1 月版。

张明编著：《外国人拍摄的中国影像：1844—1949》，中国摄影出版社 2018 年 1 月版。

秦风照相馆编：《岁月中国 1965：斋藤康一摄影作品精选》，山东画报出版社 2018 年 1 月版。

孙明经摄影、孙健三著：《中国百年影像档案：孙明经纪实摄影研究Ⅰ——1938：从重庆到自贡》，浙江摄影出版社 2018 年 1 月版。

孙明经摄影、孙健三著：《中国百年影像档案：孙明经纪实摄影研究Ⅱ——1938：从峨眉到乐山》，浙江摄影出版社 2018 年 4 月版。

孙明经摄影、孙健三著：《中国百年影像档案：孙明经纪实摄影研究Ⅲ——1938：雷马屏峨》三卷本，浙江摄影出版社 2018 年 6 月版。

［英］詹尼·瓜达卢皮（Gianni Guadalupi）著：《天朝掠影——西方人眼中的中国》，何高济、何正译，商务印书馆 2018 年 8 月版。

［英］德博拉·爱尔兰（Deborah Ireland）著：《伊莎贝拉·伯德：中国影像之旅 1894—1896》，马茜译，中国摄影出版社 2018 年 10 月版。

影像史

庄学本撰文、徐献摄影：《羌族影像志——从叠溪大地震到汶川大地震》，四川美术出版社 2018 年 1 月版。

李颀拯著：《怒海谋生》，浙江摄影出版社 2018 年 1 月版。

刘立宏著：《风物一城》，浙江摄影出版社 2018 年 1 月版。

王庚飞、邹盛武著，邹盛武摄影：《永定长流》（门头沟西山永定河人文地理图像志丛书），中华书局 2018 年 2 月版。

王玉文摄影，赵迎新编：《工业时代 1978—2017：中国摄影家王玉文》，中国摄影出版社 2018 年 2 月版。

肖全著：《金川》，中国青年出版社 2018 年 3 月版。

任曙林著：《不锈时光》，新星出版社 2018 年 4 月版。

赵钢著：《摄汇万象：我的大学》，浙江摄影出版社 2018 年 5 月版。

邱焰著：《汶川地震・十年》，中国摄影出版社 2018 年 5 月版。

沱沱著：《将进酒》，新星出版社 2018 年 7 月版。

王福春著：《火车上的中国人：中国改革开放 40 年影像记录》，中国铁道出版社 2018 年 7 月版。

于云天著：《中国摄影艺术家：于云天》，浙江摄影出版社 2018 年 8 月版。

布仁巴雅尔著：《呼伦贝尔・万岁》，新世界出版社 2018 年 8 月版。

仝冰雪编著：《一站一坐一生：一个中国人 62 年的影像志》，中央编译出版社 2018 年 8 月版。

［美］那仲良（Ronald G. Knapp）著、［菲］王行富（A. Chester Ong）摄影：《图说中国民居》，生活・读书・新知三联书店 2018 年 9 月版。

安哥著：《百姓足迹：生活在 1979—2018》，岭南美术出版社 2018 年 9 月版。

宋群编著：《市井西仓》，陕西师范大学出版总社 2018 年 9 月版。

王浩主编：《百名摄影师聚焦中国改革开放四十年 1978—2018》，中国文联出版社 2018 年 10 月版。

王庚飞、邹盛武著，邹盛武摄影：《凝视西山》（门头沟西山永定河人文地理图像志丛书），中华书局 2018 年 10 月版。

邵大浪著：《境生象外 1985—2018》，中国摄影出版社 2018 年 10 月版。

柴继军主编：《时间的力量：改革开放 40 年影像记》，中信出版社 2018 年 12 月版。

名人影集

何玉春摄影，厉以宁诗词：《缓流总比急流宽》，商务印书馆 2018 年 1 月版。

黄乔生编著：《鲁迅影集（1881—1936）》，人民文学出版社 2018 年 5 月版。

国外优秀摄影师及摄影史重要人物作品集

［美］弗兰斯·兰廷（Frans Lanting）著：《非洲的眼睛》，杜雪译，中信出版社 2018 年 1 月版。

［美］约翰·洛恩加德（John Loengard）著：《银盐时代：与伟大摄影师相遇》，朱鸿飞译，湖南美术出版社 2018 年 3 月版。

［美］史蒂夫·麦凯瑞（Steve McCurry）著：《看东方》，荣非译，湖南美术出版社 2018 年 3 月版。

［美］薇薇安·迈尔（Vivian Mayer）著、［美］约翰·马卢夫（John Maloof）编：《我与这个世界的距离：薇薇安·迈尔自拍精选摄影集》，oneone 译，九州出版社 2018 年 5 月版。

［美］薇薇安·迈尔（Vivian Mayer）著、［美］约翰·马卢夫（John Maloof）编：《我是这个世界的间谍：薇薇安·迈尔街拍精选摄影集》，oneone 译，九州出版社 2018 年 5 月版。

［日］森山大道著：《犬的记忆终章》，金晶译，中信出版社 2018 年 5 月版。

［美］艾略特·厄威特（Eliot Hewitt）著：《艾略特·厄威特的巴黎》，王雨辰译，湖南美术出版社 2018 年 6 月版。

［美］史蒂夫·麦凯瑞（Steve McCurry）著：《印度》，荣非译，湖南美术出版社 2018 年 7 月版。

［英］简·鲍恩（Jane Bowen）著、［英］卢克·多德（Luke Dodd）编：《一生的凝视：摄影大师简·鲍恩精选集》，钱卫译，湖南美术出版社 2018 年 10 月版。

［英］罗斯·霍迪诺特（Ross Hoddinott）著：《风景之眼》，张悦译，中国摄影出版社 2018 年 12 月版。

［美］史蒂夫·麦凯瑞（Steve McCurry）著：《阅读》，荣非译，湖南美术出版社 2018 年 12 月版。

［美］史蒂夫·麦凯瑞（Steve McCurry）著：《东南偏南》，荣非译，湖南美术出版社 2018 年 12 月版。

纪事

综合展览

【第三届“农民工·我的兄弟姐妹”摄影大展】

2018 年 1 月 10 日，由中国摄影家协会、安徽省文学艺术界联合会、安徽省总工会、安徽省农民工工作领导小组办公室、中国中铁四局集团有限公司主办的第三届“农民工·我的兄弟姐妹”摄影大展在广东省广州市农民工博物馆开幕。展览展出从 8 万余幅（组）投稿作品中评选出的 140 幅（组）反映农民工等基层劳动者群体工作和生活的摄影作品。

【找寻文化基因　留住乡愁记忆——2018 中国（洪江）公益摄影展】

2018 年 1 月 12 日至 3 月 31 日，由中国摄影家协会、中国文艺志愿者协会、湖南省文学艺术界联合会主办的“找寻文化基因　留住乡愁记忆——2018 中国（洪江）公益摄影展”在湖南省怀化市举行。

活动分为“找寻文化基因　留住乡愁记忆——2018 中国（洪江）公益摄影展”和“百家幸福 2018 新春公益摄影行”两大板块。其中，“2018 中国（洪江）公益摄影展”包括“梦想中国”“乡土中国”两大版块五大主题展。“百家幸福 2018 新春公益摄影行”不仅有各类影展，还有“为洪江古商城留下怎样的影像档案”专题研讨暨公益大讲堂等各类公益活动。

【好山好水、好人好事——弘扬社会主义核心价值观大型摄影创作征集主题展览】

2018 年 2 月 5 日至 3 月 2 日，由中国文学艺术界联合会、中国摄影家协会主办的“好山好水、好人好事——弘扬社会主义核心价值观大型摄影创作征集主题展览”在北京市举行。参展作品将社会主义核心价值观的深刻内涵转化为视觉表达和时代记忆，展现美丽中国、生态文明，记录时代变迁、民族复兴。

【东风骀宕花正红——周恩来等老一辈革命家与文艺家关怀邯郸娃娃剧团图片展】

2018 年 2 月 28 日至 3 月 28 日，在纪念周恩来总理诞辰 120 周年之际，由中国国家博物馆与中共河北省委宣传部、中共邯郸市委、邯郸市人民政府举办的“东风骀宕花正红——周恩来等老一辈革命家与文艺家关怀邯郸娃娃剧团图片展”在中国国家博物馆举行。

展览分为“老一辈革命家的亲切关怀”“文艺家的辛勤培育”“喜看东风新蕾绽”“艺苑东风‘梅’争艳”四个单元，共展出 225 张照片、13 幅书法作品、5 封贺信等内容。

【2017“伯奇杯”中国创意摄影展】

2018 年 3 月 30 日至 4 月 16 日，由中国摄影家协会、广东省文学艺术界联合会、广东省摄影家协会、广东省佛山市南海区人民政府、佛山市文化广电新闻出版局主办的“2017‘伯奇杯’中国创意摄影展”在广东省佛山市举行。

本届摄影展通过多组作品整体衡量，推出在创意摄影方面具备鲜明个人风格并取得突出成绩，作品有着较广泛传播力、影响力的摄影师。摄影展除征集到众多中国本土创意摄影作品外，还有来自海外摄影师的优秀创意作品。活动还向在校大学生征集摄影作品。2017“伯奇杯”首次设立了“创意微视频”单元和“手机创意摄影”单元，鼓励各种形式与题材的摄影创作。

【浮生数梦——北京电影学院摄影学院 2018 届研究生毕业展】

2018 年 5 月 7 日至 17 日，“浮生数梦——北京电影学院摄影学院 2018 届研究生毕业展”在北京电影学院举行。

北京电影学院摄影学院 2015 级研究生包括全日制研究生、“少数民族计划”艺术硕士生和国际留学生，其中有 10 人为中国摄影家协会与北京电影学院联合招收的少数民族摄影艺术硕士。本届毕业季摄影展涵盖新闻纪实、社会经济、城市风情、民族民俗、非物质文化遗产、舞台表演、野生动物、商业时尚、水下摄影等多种题材，既有图片作品，也有视频作品。

【首届吴印咸摄影艺术双年展暨中国·沭阳主题学术摄影展】

2018 年 5 月 25 日至 6 月 5 日，由中国摄影家协会、江苏省文学艺术界联合会、沭阳县人民政府主办的首届“吴印咸摄影艺术双年展暨中国·沭阳主题学术摄影展”在江苏省沭阳市举行。

本届双年展以“投身时代，扎根人民”为主题，通过“投身时代，扎根人民”“历史”“现实与再现”三个单元的 40 余名不同时代摄影师的 21 个展览，展现摄影在不同时代，以不同视角和方式对历史、社会的记录、思考和艺术再现。

本届双年展最重要的组成部分——“吴印咸致敬展”展出吴印咸摄影作品 100 幅，全面呈现了吴印咸的摄影艺术历程和成就。致敬展之余，又遴选了与吴印咸同时代的 4 名中国摄影家沙飞、石少华、徐肖冰、孙明经的作品，以上述摄影家的视角及各自的摄影实践延展和丰富历史主题，折射出革命年代的历史印记。“投身时代，扎根人民”单元的“中央党校主题雕塑摄影展”呈现了中国共产党一脉相承、与时俱进的奋斗发展历史。在“投身时代，扎根人民”单元中，展出摄影家朱宪民、王玉文自 20 世纪 60 年代以来拍摄的普通百姓和共和国的建设者们。

“历史”单元，“外国人眼里的中国烽烟”展览呈现 1927 年至 1945 年，14 名来华外国摄影师的作品，再现外国摄影师眼中烽烟中国的历史截面。“历史”单元的“丰碑之城，不易之城——百年唐山影像简史”通过 60 幅历史照片，串联起 140 年的唐山历史。

“现实与再现”单元展出“弄戏——王岳君古法湿版摄影作品展”“地标——宋明昌摄影作品展”“不易的前行——杨凯生大巴山、大凉山扶贫纪实影像作品展”。

此次双年展设立了“吴印咸摄影资助计划”，资助优秀摄影师和高校学生。吴印咸摄影艺术研讨会以及吴印咸摄影艺术双年展高级研修班同期举行。

【影像见证 40 年 继往开来新时代——2018 中国（雄安）公益摄影展】

2018 年 5 月 26 日至 27 日，由中国文学艺术界联合会摄影艺术中心、中国文艺志愿者协会、河北省摄影家协会主办的“影像见证 40 年 继往开来新时代——2018 中国（雄安）公益摄影展”在雄安新区举行。展览分为“中国梦影像公益广告主题展”和“好山好水好人好事——弘扬社会主义核心价值观主题展”，集中展出了摄影家郭建设、叶健强的作品。

【镜头中的“一带一路”·第 11 届中国西南六省区市摄影联展】

2018 年 6 月 2 日至 8 日，由中国西南摄影联展组委会主办的“镜头中的‘一带一路’·第 11 届中国西南六省区市摄影联展”在广西壮族自治区南宁市举行。展览展出了 210 幅（组）摄影作品，宣传了西南六省区市在“一带一路”建设中的精神面貌，展示了西南各地区河川大山、风土人情和脱贫攻坚战、生态文明建设成果。

【第 30 届中国·华北摄影艺术展览】

2018 年 6 月 21 日至 25 日，由河北省文学艺术界联合会、北京摄影家协会、河北省摄影家协会、天津市摄影家协会、山西省摄影家协会、内蒙古自治区摄影家协会主办的“第 30 届中国·华北摄影艺术展览”在河北省保定市举行。展览共展出摄影作品 360 件，其中华北五省市自治区邀请展作品 200 幅，以白石山旅游为主题的摄影作品 60 幅，以美丽涞源为主题的摄影作品 100 幅。

【与时代同行——全国摄影艺术展览 60 年摄影精品回顾展】

2018 年 6 月 28 日至 8 月 12 日，由中国文学艺术界联合会、中国摄影家协会主办的“与时代同行——全国摄影艺术展览 60 年摄影精品回顾展”在湖南省长沙市谢子龙影像艺术馆举行。

“与时代同行——全国摄影艺术展览 60 年摄影精品回顾展”是在全国摄影界积极贯彻落实党的十九大精神，开拓社会主义文化深入发展的重大历史时期举办的一次摄影展览。展览精选历届全国影展经典作品近 300 幅，以生动直观的影像语言，讲述中国故事、传递中国声音、阐发中国精神、展现中国面貌。

【“简单图像奥秘——人工智能时代摄影图像的空间转换”展览】

2018 年 10 月 10 日至 25 日，由清华大学主办的国家艺术基金 2018 年度传播交流推广资助项目“简单图像奥秘——人工智能时代摄影图像的空间转换”展览在清华大学美术学院举行。

展览特邀 39 名中西艺术家及团队参展，90 余件作品媒介涉及摄影、超高清 4K 影像、交互影像、摄影装置、超短焦距动态摄影、光学影像装置、交互摄影、机械摄影装置，呈现出综合学科和科技对摄影的表现形式及艺术语言带来的新的可能性，以及摄影作为一种传播及表现的形式在新时代的作用。

【“影像见证新时代　聚焦扶贫决胜期 2018—2020 大型影像跨界驻点调研创作工程”2018 年汇报展】

2018 年 10 月 17 日至 27 日，由中国文学艺术界联合会、中国摄影家协会、中国民间文艺家协会主办的“‘影像见证新时代　聚焦扶贫决胜期 2018—2020 大型影像跨界驻点调研创作工程’2018 年汇报展”在中国文艺家之家举行。

“影像见证新时代　聚焦扶贫决胜期 2018—2020 大型影像跨界驻点调研创作工程”是中国文学艺术界联合会和中国摄影家协会、中国民间文艺家协会为深入学习贯彻习近平新时代中国特色社会主义思想和党的十九大精神，生动记录扶贫攻坚的伟大历程，于 2017 年年底共同启动的。该项目被列为中共中央宣传部《中国当代文学艺术创作工程规划（2017—2021）》创作项目、中国文学艺术界联合会

“讴歌新时代，共筑中国梦”主题文艺创作实践活动项目、中国文学艺术界联合会 2018 年“深入生活，扎根人民”主题实践活动重点项目。

该项目在全国选择 17 个扶贫点进行调研创作，邀请包括摄影和民间文艺、文学、戏剧、音乐、舞蹈、影视等多个艺术门类的艺术家和经济、社会、人类等多学科多领域专家学者共同参与互动联合，运用摄影、绘画、视频、文字等媒体手段，进行多元化创作、多角度呈现，并形成了一批阶段性成果。这些影像，反映了参与创作的艺术家们进驻深度贫困村寨，对基层干部群众团结一心、攻坚克难的奋斗历程进行跟踪记录和持续挖掘，通过典型人物和鲜活故事，表现国家精准扶贫战略给贫困地区带来的深刻变化，讴歌扶贫攻坚战中的先进事迹和精神力量。

【初心——全国十大青年摄影家（1992 年）摄影作品回顾展】

2018 年 12 月 14 日至 18 日，由山东东方国际摄影艺术促进会主办的“初心——全国十大青年摄影家（1992 年）摄影作品回顾展”在中国摄影展览馆举行。

展览共展出李前光、刘占坤、王文扬、王建军、梁达明、钱捍、姜振庆、刘开明等 10 名摄影家的 130 幅摄影作品。12 月 15 日，“聚焦时代——摄影家捐赠作品陈列展暨全国十大青年摄影家作品捐赠仪式”在中国美术馆举行，10 名青年摄影家向中国美术馆捐赠 20 幅摄影作品。

个人展览

【朱宪民“变迁”摄影展】

2018年1月4日至30日，由巴黎中国文化中心策划和主办的“朱宪民‘变迁’摄影展”在法国巴黎中国文化中心举行。

朱宪民自20世纪60年代开始进行“中国百姓变迁”的摄影创作。他在镜头中所展现的各种现场，是中国社会和生活变迁的证明，是中国四五十年来各个历史节点时期百姓生存状态的呈现。

【赵有强“洞庭西·30年”摄影展】

2018年1月21日至2月23日，由中国摄影展览馆、中华世纪坛艺术馆主办的“赵有强‘洞庭西·30年’摄影展”在中国摄影展览馆举行。

该展览是“见证——改革开放40年中国摄影家系列作品展”的活动之一，精选国内摄影家反映改革开放以来社会经济、人民生活的代表作，重温改革开放的壮志豪情和斗志昂扬的奋斗精神。

【情满黄山——李松茂黑白艺术摄影展】

2018年3月30日至4月30日，由安徽省人民政府台湾事务办公室、黄山风景区管理委员会、安徽省摄影家协会主办的“情满黄山——李松茂黑白艺术摄影展”在安徽省黄山市举行。展览展出了李松茂拍摄的黄山题材的黑白摄影作品。

【深致——陈茂盛个人摄影艺术作品展】

2018年4月21日，由中共深圳市福田区委宣传部、福田区文学艺术界联合会主办的“深致——陈茂盛个人摄影艺术作品展”在广东省深圳市开幕。展览展出陈茂盛历时7年拍摄的98幅摄影作品。

【艺术人生·三人行——廖衍强、蔡江瑶、黄汝广摄影作品展】

2018年5月26日至6月4日，作为广东省摄影家协会成立60周年系列活动之一，由中共广东省委宣传部、广东省文学艺术界联合会、广东省摄影家协会主办的“艺术人生·三人行——廖衍强、蔡江瑶、黄汝广摄影作品展”在广东省广州市举行。展览展出3名老摄影艺术家的99幅摄影作品。

【厚土——仵晓中摄影作品展】

2018年5月26日至29日，由陕西省摄影家协会、陕西省图书馆主办的“厚土——仵晓中摄影作品展”在陕西省图书馆举行。展览共展示仵晓中的摄影作品48幅。5月26日举行研讨会，就仵晓中的摄影创作、陕西摄影当下面临的问题进行了探讨。

【王福春“火车上的中国人”中国改革开放40年影像记录展】

2018年7月11日至22日，由中国铁路总公司文学艺术界联合会、铁路摄影家协会主办的“王福春‘火车上的中国人’中国改革开放40年影像记录展”在中国美术馆举行。王福春从事纪实摄影40年，他以不同时代“火车上的中国人”为对象，通过捕捉他们的表情、神态，实现中国式喜怒哀乐的表达，呈现出中国改革开放的历史印迹。

【韶影华章——石少华摄影回顾展】

2018年8月23日至9月2日，值石少华百年诞辰之际，由中国美术馆主办的“韶影华章——石少华摄影回顾展”在中国美术馆举行。此展为“文化和旅游部2018年度国家美术作品收藏和捐赠奖励项目”“中国美术馆捐赠与收藏系列展”。石少华家属将石少华不同时期摄影作品200幅捐赠给国家，由中国美术馆永久收藏。此次展览通过战争年代的新闻摄影，解放后的纪实、艺术摄影等作品从多个角度呈现了石少华60年的摄影历程与成就。

【道·道——王达军摄影艺术展】

2018年11月9日至18日，由中国摄影家协会和中国艺术摄影学会主办的“道·道——王达军摄影艺术展”在中国美术馆举行。展览展出的38幅作品从摄影家王达军历时15年拍摄的近20万张图片中精选而出，分为“道观道人”“道的仪式”“道在民间”三个主题。

交流

【洞察——亚洲女性摄影师作品联展】

2018年3月24日至5月20日，“洞察——亚洲女性摄影师作品联展”在湖南省长沙市谢子龙影像艺术馆举行。

展览展出7名女性摄影师的110幅纪实摄影作品。7名艺术家来自不同的国家，不同的文化环境，她们的作品都蕴含着一个相同的主题，即现代文明的开发对传统生活模式产生的巨大冲击。

【老挝摄影家赴华创作图片展】

2018年4月2日，由老挝中国文化中心主办的“老挝摄影家赴华创作图片展”在老挝首都万象开幕。

展览展出的40幅摄影艺术作品是2017年11月老挝中国文化中心邀请老挝摄影家丰佩·西迪冯、杜来丰·匹萌赴中国湖北开展交流创作活动成果的展现。展出作品展示了湖北的自然景色、人文景观、民族风情，讲述了湖北的灿烂文化。

【她的瞬间——中国当代女性摄影展】

2018年4月26日，由中国文学艺术界联合会、中国摄影家协会、竹苑德中文化交流促进会主办的“她的瞬间——中国当代女性摄影展”在德国柏林开幕，拉开了第6届柏林中德文化节的序幕。展览展出了40幅以中国女性为主题的摄影作品，从生活场景到艺术肖像，呈现出当代中国女性风貌。

【“梦想·记忆——中国民生40年之变迁”摄影展】

2018年6月6日，由中国摄影家协会和瓦伦斯拜克市政府主办的“梦想·记忆——中国民生40年之变迁”摄影展在丹麦哥本哈根瓦伦斯拜克市开幕。展览展出的40件摄影作品兼具艺术性和纪实性，反映了改革开放40年来中国人民为追求美好生活而努力奋斗的历程。

【水乡遇见水城·中国古镇双面影像展】

2018年6月14日，由江苏省人民政府新闻办公室和五洲传播中心主办的“水乡遇见水城·中国古镇双面影像展”在意大利威尼斯开幕。

展览为中华人民共和国国务院新闻办公室组织的2018“感知中国·意大利行”的一部分，以“中国·欧盟旅游年”为契机，借助传统显像技艺——银盐影像和当代高科技影像技术——CAVE沉浸式虚拟现实显示系统，呈现出“中国第一水乡”古镇周庄亦古亦今、宜静宜动的双面形象，在加强两国交融、交往的同时，展现文化中国、科技中国意蕴。

【第二届深圳国际摄影大展】

2018年6月19日至24日，由中国摄影家协会、深圳市文学艺术界联合会主办的“第二届深圳国际摄影大展”在深圳市会展中心举行。

展览主题为“城市·体温”，大展在主展馆设“征稿主题展”“手机摄影展”“专题邀请展”“摄影企业展”“主题研讨会”五大板块，另在全市各区设立26个互动性分会场、平行展。

大展征集到来自美国、俄罗斯、英国、法国等19个国家和中国34个省级行政单位的近3万幅作品，从中精选出139件在“征稿主题展”板块展出。“手机摄影展”“专题邀请展”和26个分会场平行展，展出近3000件摄影作品。“专题邀请展”由主办方与国内外机构团体合作，邀请来自7个国家的摄影师举办了15个专题展览。大展期间举办了主题研讨会，邀请专家和部分参展摄影家就“城市·体温”主题发表演讲，并邀请国内外摄影家举办系列讲座。

【第四届中俄蒙国际摄影节】

2018年7月17日，由内蒙古自治区乌兰察布市政协、内蒙古餐饮与饭店行业协会、内蒙古摄影家协会、内蒙古旅游摄影家协会、内蒙古人像摄影协会主办的“第四届中俄蒙国际摄影节”在内蒙古自治区乌兰察布市开幕。

本次摄影节主题为“生命与生活”，共展出180余名摄影师450幅作品。此次影展分为三个板块：第一个板块由中、俄、蒙三国48名摄影家的200幅作品构成；第二个板块是“食色世界·舌尖上的记忆”，50名摄影师的100幅作品参展；第三个板块是“大美乌兰察布”获奖作品展，从征集的2000多幅作品中评选出150幅，有80名位摄影师的作品入选。

【2018第18届中国平遥国际摄影大展】

2018年9月19日至25日，由中共山西省委宣传部、山西省文化厅、中共晋中市委、晋中市人民政府主办的“2018第18届中国平遥国际摄影大展”在山西省平遥县举行。

本届大展以“众创·共享”为主题，推出展览、交易、论坛、评选、教育、多媒体六大板块，集中在平遥古城内的九大展区中展出。共有来自中国、俄罗斯、美国、英国、德国、法国、澳大利亚、古巴、印度、新加坡等35个国家和地区的3223名摄影师参展。其中国外展览49个，参展摄影师262名，作品1762幅。美国当代摄影大师尼尔·斯莱文（Neil Slevin）首次在华展出其代表作《团体与秩序》。马格南的重要成员马丁·帕尔（Martin Parr）和12名英国最重要、最具影响力的新老摄影师也在此参展；法国著名策展人多米尼克·夏莱（Dominic Charley）集欧洲五国摄影师之力，打造了名为“回声”的展览；德国策展人托马斯·凯尔纳（Thomas Kellner）以静物摄影呈现了德国摄影的一贯严谨；本届大展的古巴摄影师作品中有已故的世界现代主义摄影先驱何塞·曼努埃尔·阿科斯塔（Jose Manuel Acosta）的作品。

国内展部分，第18届平遥国际摄影大展向安哥致敬。摄影师安哥在几十年中拍下十几万张底片，用胶卷书写中国民间生活史，用民间立场记录急剧变化的改革开放时代。

院校展单元，参展院校包括18所国外院校、84所国内院校，共102所院校的作品全方位呈现了新一代摄影人的面貌。

【图遇时代·上海改革开放40年——2018上海国际摄影节】

2018年9月20日至10月7日，由上海市文学艺术界联合会、上海市摄影家协会主办的“图遇时代·上海改革开放40年——2018上海国际摄影节”在上海市举行。

本届摄影节以“图遇时代·上海改革开放40年”为主题，从多个角度反映上海改革开放40年来的建设发展、人民生活、人文景观、情感记忆等内容，展览共展出包括邀请展在内的作品879幅，分为“今日上海”“时光隧道”“时代万象”“明日更美好”四大篇章，“中外摄影家看上海”“上海摄影家看上海”等33组系列邀请展展出。

摄影节期间举办了“图遇时代·上海改革开放40年摄影论坛”，从不同的影像维度，解读上海改革开放40年的历史进程与核心价值，探讨影像背后所指向的上海改革开放40年的视觉密码。展览期间还开设了30余场摄影公益讲座。

【中国大连首届“一带一路”国际海洋城市文化摄影周】

2018年9月23日至30日，由中国摄影家协会、中共大连市委宣传部和大连市旅游发展委员会主办的“中国大连首届‘一带一路’国际海洋城市文化摄影周”在辽宁省大连市举行。

“中国大连首届‘一带一路’国际海洋城市文化摄影周”由大连现代博物馆6大展区的36场展览组成。在本届摄影周的主题展——“世界之眼聚焦大连”摄影展中，10名中外摄影家记录了新时代大潮中的大连新风貌。包括“醉美大连”“闯海人生”“大连远洋渔业在非洲”“致敬，两极”4场展览在内的大连本土摄影家专题摄影展，呈现了近年来大连摄影创作的成果。在“一带一路”倡议提出5周年之际，组委会选择越南、希腊、埃及、意大利及马达加斯加5个“海上丝路”沿线国家，通过这些国家的专业摄影机构、摄影家的作品，组成“海上丝路国家海洋城市摄影展”。此外，“国内海洋城市摄影联展”精选上海、宁波、厦门、烟台4个海洋城市的摄影作品，展示了“向海而兴，开海则强”的画卷。国内邀请展部分包括“‘一带一路’营口港”“祭海谢洋”“黄海渔民”“福建马尾造船厂”“守望·旅顺口”“岛屿的孤傲与缠绵——中国岛屿影像志”“大美渔村平安渔业”“我们的海洋”“正月十三放海灯”“百年遗迹（唐山）”10场专题摄影展。“世界摄影工艺发展史原作回顾”藏品实物展及“中交一航局第三工程有限公司参与‘一带一路’建设工程纪实”影像展也同期展出。

【2018首届中国·北镇国际摄影大展】

2018年9月28日至10月28日，由辽宁省文学艺术界联合会、中共锦州市委、锦州市人民政府主办的“2018首届中国·北镇国际摄影大展”在辽宁省北镇市举行。

大展以“记忆与失忆”为主题。150多个展览、3000余幅作品分别在北镇文化产业中心、北镇庙、北镇鼓楼广场步行街和忠仁美术馆展出。围绕摄影影像文化的“记忆与失忆”“混合的公共性与私密性”“高校摄影艺术教育现状”等话题的多场讲座、论坛、研讨会在此期间举办。

【北京国际摄影周2018】

2018年10月20日至29日，由文化和旅游部、北京市人民政府主办的“北京国际摄影周2018”在中华世纪坛举行。

摄影周以“影像：时代·方位”为学术主题，涵盖开幕活动、系列展览、摄影市场、摄影讲堂、特约活动五大板块，由31个国家摄影师创作的3047幅摄影作品及52个视频作品所组成的66个展览、33 场论坛和讲座以及 10 余场推介活动组成。此外，还开展了“走进社区”“走进学校”“走进艺术空间”活动，在北京市东城区建国门街道西总布社区、北京市朝阳区三里屯小学、中国人民大学、中国传媒大学、Roca 北京艺术廊、尚巴美术馆以及王府井步行街设立了 7 处分会场，通过举办摄影图片展、摄影活动、摄影讲座等多种形式，让摄影周走进市民生活。

【第七届中国济南国际摄影双年展】

2018 年 10 月 25 日至 11 月 25 日，由中国艺术摄影学会、山东工艺美术学院、山东国际文化交流中心和中共济南市委宣传部主办的“第七届中国济南国际摄影双年展”在山东工艺美术学院举行。

双年展特别组织了“世界摄影家眼中的丝绸之路”“‘一代宗师’郎静山经典作品展”“聚焦 40 年・投身新时代——‘1992 首届全国十大青年摄影家’作品展”“从长安到罗马——中意高校摄影邀请展”“欧美亚十国摄影组织主席作品联展”“齐鲁新生代——当代话语的自我确认”等 15 项展览。学术展推出了“‘一代宗师’郎静山经典作品展”，展出郎静山的 69 件经典摄影作品。邀请展“欧美亚十国摄影组织主席作品联展”展出希腊、孟加拉国、阿根廷、捷克、土耳其、新加坡、塞尔维亚、斯洛文尼亚、中国等欧美亚十国摄影组织主席的作品。“中国摄影师影像图书（1978—2018）文献展”评选出“十大‘影响中国’摄影师”和 40 本“‘影响中国’影像图书”，以及 60 本入围影像图书，表彰他们以摄影为载体，在“留住历史岁月、留住时代变迁”的摄影实践中所付出的努力。

双年展组织了多场学术论坛和专题讲座活动，包括“‘回眸中国摄影四十年’座谈会”“美之流变——艺术摄影的前世今生”“中国高校影像教育论坛”“言语碎片——借影像之手描绘别样的人间故事”“摄影的独特性：艺术与纪实之间”“超越复制——艺术摄影的前世今生”等学术讲座。

【第 12 届中国摄影艺术节暨第二届三门峡白天鹅・野生动物国际摄影大展】

2018 年 11 月 18 日至 27 日，为庆祝改革开放 40 周年，由中国文学艺术界联合会、中共河南省委宣传部、中国摄影家协会主办的“第 12 届中国摄影艺术节暨第二届三门峡白天鹅・野生动物国际摄影大展”在河南省三门峡市举行。

艺术节以“聚焦新时代　金像映初心”为主题，设立了包括主题展、专题展、精品展、体验展在内的 100 余个展览，汇集 50 多个国家和地区摄影师的 6000 余幅作品。第 12 届中国摄影金像奖颁奖典礼 11 月 18 日举行。为了集中呈现金像奖获得者的摄影成果，摄影节专门设立“第 12 届中国摄影金像奖作品展”。此外，摄影节还设立了“庆祝中国改革开放 40 周年摄影主题展”“阿尔金山主题展”“第二届三门峡白天鹅・野生动物国际摄影展”“从‘日常’出发——中外青年摄影师作品联展”“‘大美渔村　平安渔业’中国渔业摄影展”等多项专题展览。

【第 14 届连州国际摄影年展】

2018 年 12 月 1 日至 2019 年 1 月 3 日，由清远市人民政府、连州市人民政府、中国艺术摄影学会主办的“第 14 届连州国际摄影年展”在广东省连州市举行。

年展主题为“时间之风”。本届年展分为主题展、群展和个展三部分，其中主题展展出来自中国、美国、英国、法国、德国、荷兰、挪威、意大利、苏丹的 25 位艺术家的作品。群展由 4 位年轻策展人对摄影进行不同角度的探讨与呈现，分别策划了“打扑克的人”“在克诺索斯的迷宫中”“没有被控制的身体”“英国新摄影”4 个展览。个展展出了中国、日本、新加坡、英国、德国、波兰、巴西等国 30 余位摄影师的作品。

会议

【“影像见证新时代 聚焦扶贫决胜期 2018—2020 大型影像跨界驻点调研创作工程”项目调研阶段总结研讨会】

2018 年 3 月 21 日，由中国文学艺术界联合会、中国摄影家协会和中国民间文艺家协会主办的“影像见证新时代 聚焦扶贫决胜期 2018—2020 大型影像跨界驻点调研创作工程”项目调研阶段总结研讨会在中国文艺家之家举行。

“影像见证新时代 聚焦扶贫决胜期 2018—2020 大型影像跨界驻点调研创作工程”是中共中央宣传部《中国当代文学艺术创作工程规划（2017—2021）》重点文艺创作项目、中国文学艺术界联合会“讴歌新时代 共筑中国梦”主题文艺创作实践活动项目、中国文学艺术基金会中国文学艺术发展专项基金资助项目。来自新疆、广西、宁夏、贵州、陕西、云南、内蒙古 7 个驻点调研组的摄影家代表先后在会上发言，展示了调研影像。会议对前一阶段调研情况进行了总结和研讨，对下一步的工作进行了研讨和部署。

【“纪实摄影的功能与责任”研讨会】

2018 年 3 月 31 日，由广东省摄影家协会、中山大学纪实摄影研究中心、佛山市南海区人民政府主办的“纪实摄影的功能与责任”研讨会在广东省佛山市举行。

来自全国各地的专家学者及广东本土研究者展开研讨，就纪实摄影在中国发展的历史脉络、阶段特征、成就及问题进行梳理和回顾，围绕“纪实摄影的功能与责任”展开讨论，从视觉文化、图像范式、概念界定的学理层面，与变动不居、多元丰富的生态层面，并结合世界格局和艺术版图下的摄影现象、思潮观察，对纪实摄影的局限与困境进行了反思，对纪实摄影的突破与创新做出了展望。

【中国摄影家协会 2018 年全国摄影工作会议】

2018 年 4 月 12 日，中国摄影家协会 2018 年全国摄影工作会议在湖南省长沙市举行。

本次会议是在中国摄影家协会第九次全国代表大会后举行的第一次全国摄影工作会议。中国摄影家协会 58 家团体会员单位负责人参会，共商新时代中国摄影事业繁荣发展大计。会上对 3 个获集体嘉奖的单位、5 名荣立记功人员、42 名获嘉奖人员、40 名获个人表扬人员进行了通报表彰和表扬。会议还发布了《中国摄影家协会个人会员入会细则》《全国性产（行）业摄影组织、全国性摄影社会组织申请加入中国摄协实施细则》《中国摄协团体会员单位举办摄影艺术“届次展”指导意见》《关于以中国摄影家协会名义举办各类摄影活动的管理办法》等文件。

【中国摄影著作权协会 2018 年工作会议】

2018 年 4 月 12 日，中国摄影著作权协会 2018 年工作会议在湖南省长沙市举行。

会议旨在学习传达党和国家有关会议精神，加强与各省、区、市和各行业协会首席代表的沟通与交流，总结 2017 年工作，通报 2018 年重点工作。同时，会议对 17 个优秀首席代表处、291 名首席代表进行了通报表彰和表扬。

【“正在到来的图像”论坛】

2018 年 10 月 15 日，由清华大学主办的“正在到来的图像”论坛在清华大学举行。

本次论坛旨在通过讨论“摄影艺术”与“人工智能时代”到来以后关系的复杂性，来探讨摄影作为艺术在面对新科技媒介介入后的图像美学延长体特征和与之而来的新的美学可能。研讨会在大的历史背景下探讨了三方面内容：一是如何面对新的科技介入后艺术格局的变化，二是从信息时代到人工智能时代读图方式和方法的变化，三是科技目标模糊化后摄影艺术策略的变化。

【纪念石少华同志诞辰 100 周年座谈会】

2018 年 12 月 19 日，由中国文学艺术界联合会、中国摄影家协会主办的“中国文联文化名人纪念活动”之“纪念石少华同志诞辰 100 周年座谈会”在北京市举行。

座谈会上，与会者追忆石少华根植人民群众无私奉献的艺术人生，缅怀他为我国摄影事业做出的杰出贡献，学习他矢志不渝忠诚于党的事业的精神。

人物纪念

【摄影家李开聪逝世】

2018 年 1 月 4 日，厦门日报社原主任记者、厦门市摄影家协会原主席、中国摄影家协会会员李开聪因病在福建省厦门市逝世，享年 86 岁。

李开聪，1932 年出生于福建省厦门市。曾当选全国第三届、第五届文学艺术界代表大会代表，厦门市政协委员。曾出版发行《海上花园——厦门》《鹭岛春秋——李开聪摄影作品选》等摄影专集，其中《劈石》《中朝姐妹花》等十余幅作品入选全国摄影艺术展览。

【摄影记者梁文骏逝世】

2018 年 3 月 5 日，新闻摄影人梁文骏因病在北京逝世，享年 80 岁。

梁文骏，1938 年生于浙江省杭州市。1961 年毕业于清华大学电机系。1956 年至 1961 年任清华大学校报学生记者。1984 年至 1998 年任《中国环境报》高级记者，并担任《摄影与摄像》等杂志编委、摄影作品评审人。1990 年被中华全国新闻工作者协会授予“全国优秀新闻工作者”称号。1997 年被中共中央国家机关工作委员会授予“优秀共产党员”称号。

【摄影家汪芜生逝世】

2018 年 4 月 7 日，摄影家汪芜生因病在上海逝世，享年 73 岁。

汪芜生，1945 年出生于安徽省芜湖市。毕业于安徽师范大学物理系。1972 年开始从事摄影工作，1974 年开始拍摄黄山。20 世纪 80 年代初，出版《黄山——汪芜生影集》。1983 年，受聘为日本国际交流基金会研究员。1989 年担任东京女子大学比较文化研究所客座研究员。

【出版家殷德俭逝世】

2018 年 6 月 15 日，中国民族摄影艺术出版社社长兼总编辑、编审，中国摄影家协会会员殷德俭因病在北京逝世，终年 54 岁。

殷德俭，1964 年生于北京。从事民族新闻出版和摄影艺术出版工作 34 年。多年来，他带领同人着力打造民族专业影像出版品牌形象，出版了《中国少数民族戏剧通史》《吕楠三部曲》《天域黄山》《侯登科的世界》等一大批民族文化、民族影像艺术精品图书，以图文并茂的形式，展示我国各少数民族人民真实的生活状态，以影像的方式弥补少数民族文化的知识图景。

【摄影家陈复礼逝世】

2018 年 9 月 11 日，中国文学艺术界联合会荣誉委员、中国摄影家协会顾问，曾在中国摄影家协会成立 50 周年之际被评为“中国摄影大师”的香港摄影家陈复礼在中国香港逝世，享年 103 岁。

陈复礼，1916 年出生于广东省潮安县。他是中国当代最负盛名的风光摄影大家。在 50 余年的艺术生涯中，陈复礼的足迹遍及中国大江南北。他的作品题材广泛，风景、人物、静物等无不涉猎，尤其风景摄影的表现技法独树一帜。代表作有《坚毅》《流浪者》《搏斗》《矣乃一声山水绿》《朝晖颂》《千里共婵娟》等。主要著作有《中国画意和风景摄影》《再论中国画与摄影》《陈复礼摄影作品集》《中国风景》等。1959 年开始在中国、越南、泰国、印度等地举办多次个人摄影作品展。

大事记

1月4日至30日，“朱宪民‘变迁’摄影展”在法国巴黎中国文化中心举行。

1月4日，摄影家李开聪因病在福建省厦门市逝世，享年86岁。

1月10日，“第三届‘农民工·我的兄弟姐妹’摄影大展”在广州市农民工博物馆开幕。

1月12日至3月31日，“找寻文化基因 留住乡愁记忆——2018中国（洪江）公益摄影展”在湖南省怀化市举行。

1月21日至2月23日，“赵有强‘洞庭西·30年’摄影展”在中国摄影展览馆举行。

2月4日，“中国·三河‘摄影小镇’授牌暨‘一庄，一城，蝶变40年’主题摄影展”在安徽省合肥市举行。

2月5日至3月2日，“好山好水、好人好事——弘扬社会主义核心价值观大型摄影创作征集主题展览”在北京市举行。

2月28日至3月28日，“东风骀宕花正红——周恩来等老一辈革命家与文艺家关怀邯郸娃娃剧团图片展”在中国国家博物馆举行。

3月5日，摄影记者梁文骏因病在北京市逝世，享年80岁。

3月21日，“影像见证新时代 聚焦扶贫决胜期2018—2020大型影像跨界驻点调研创作工程”项目调研阶段总结研讨会在中国文艺家之家举办。

3月24日至5月20日，“洞察——亚洲女性摄影师作品联展”在湖南省长沙市谢子龙影像艺术馆举行。

3月30日至4月16日，“2017‘伯奇杯’中国创意摄影展”在广东省佛山市举行。

3月30日至4月30日，“情满黄山——李松茂黑白艺术摄影展”在安徽省黄山市举行。

3月31日，“纪实摄影的功能与责任”研讨会在广东省佛山市举办。

4月2日，“老挝摄影家赴华创作图片展”在老挝万象开幕。

4月7日，摄影家汪芜生因病在上海市逝世，享年73岁。

4月12日，中国摄影家协会2018年全国摄影工作会议在湖南省长沙市举办。

4月12日，中国摄影著作权协会2018年工作会议在湖南省长沙市举办。

4月21日，“深致——陈茂盛个人摄影艺术作品展”在广东省深圳市开幕。

4月26日，“她的瞬间——中国当代女性摄影展”在德国柏林开幕。

4月28日，“陈复礼、陈勃摄影艺术长廊”在湖南省张家界市设立。

5月7日至17日，“浮生数梦——北京电影学院摄影学院2018届研究生毕业展”在北京电影学院举行。

5月18日至6月18日，“2018中国国际摄影艺术节暨中国第17届国际摄影艺术展览”在河南省郑州市举行。

5月25日至6月5日，首届“吴印咸摄影艺术双年展暨中国·沭阳主题学术摄影展”在江苏省沭阳市举行。

5月26日至27日，“影像见证40年 继往开来新时代——2018中国（雄安）公益摄影展”在雄安新区举行。

5月26日至6月4日，“艺术人生·三人行——廖衍强、蔡江瑶、黄汝广摄影作品展”在广东省广州市举行。

5月26日至29日，“厚土——仵晓中摄影作品展”在陕西省图书馆举行。

6 月 2 日至 8 日，“镜头中的‘一带一路’· 第 11 届中国西南六省区市摄影联展”在广西壮族自治区南宁市举行。

6 月 6 日，“梦想 · 记忆——中国民生 40 年之变迁”摄影展在丹麦哥本哈根瓦伦斯拜克市开幕。

6 月 8 日至 20 日，“‘努比亚手机’第三届全国青年摄影大展”首展在北京中华世纪坛举行。

6 月 14 日，“水乡遇见水城 · 中国古镇双面影像展”在意大利威尼斯开幕。

6 月 15 日，出版家殷德俭因病在北京逝世，终年 54 岁。

6 月 19 日至 24 日，“第二届深圳国际摄影大展”在深圳市会展中心举行。

6 月 21 日至 25 日，“第 30 届中国 · 华北摄影艺术展览”在河北省保定市举行。

6 月 24 日至 7 月 9 日，“牵引线——李志良东莞制造摄影展”在中国摄影展览馆举行。

6 月 28 日至 8 月 12 日，“与时代同行——全国摄影艺术展览 60 年摄影精品回顾展”在湖南省长沙市谢子龙影像艺术馆举行。

7 月 11 日至 22 日，“王福春‘火车上的中国人’中国改革开放 40 年影像记录展”在中国美术馆举行。

7 月 15 日至 8 月 30 日，“1000 个俯卧撑——区志航作品展”在广东省广州市举行。

7 月 17 日，“第四届中俄蒙国际摄影节”在内蒙古自治区乌兰察布市开幕。

8 月 18 日，“第 13 届全国摄影理论研讨会”在广东省东莞市举行。

8 月 18 日至 24 日，“中国风景摄影 40 年”主题展在广东省东莞市举行。

8 月 18 日至 24 日，“域外 · 风景摄影展”在广东省东莞市举行。

8 月 18 日至 24 日，“探索 · 对话——中国当代风景摄影展”在广东省东莞市举行。

8 月 23 日至 9 月 2 日，“韶影华章——石少华摄影回顾展”在中国美术馆举行。

8 月 30 日至 9 月 12 日，“影像见证 40 年——庆祝中国改革开放 40 周年摄影大展”在中国国家博物馆举行。

9 月 11 日，摄影家陈复礼在中国香港逝世，享年 103 岁。

9 月 12 日，“庆祝改革开放 40 周年暨影像见证 40 年全国摄影大展研讨会”在北京市举行。

9 月 19 日至 25 日，“2018 第 18 届中国平遥国际摄影大展”在山西省平遥县举行。

9 月 20 日至 10 月 7 日，“图遇时代 · 上海改革开放 40 年——2018 上海国际摄影节”在上海市举行。

9 月 23 日至 30 日，“中国大连首届‘一带一路’国际海洋城市文化摄影周”在辽宁省大连市举行。

9 月 28 日至 10 月 28 日，“2018 首届中国 · 北镇国际摄影大展”在辽宁省北镇市举行。

10 月 10 日至 25 日，“简单图像奥秘——人工智能时代摄影图像的空间转换”展览在清华大学美术学院举行。

10 月 15 日至 22 日，“潮涌两江——庆祝改革开放 40 周年”摄影展览在重庆市举行。

10 月 15 日，“正在到来的图像”论坛在清华大学举行。

10 月 17 日至 27 日，“‘影像见证新时代 聚焦扶贫决胜期 2018—2020 大型影像跨界驻点调研创作工程’2018 年汇报展”在北京市中国文艺家之家举行。

10 月 20 日至 29 日，“北京国际摄影周 2018”在中华世纪坛举行。

10 月 20 日至 29 日，“庆祝改革开放 40 周年国家主题形象展——航拍中国主题展”在北京市中华世纪坛举行。

10 月 25 日至 11 月 25 日，“第七届中国济南国际摄影双年展”在山东工艺美术学院举行。

11 月 9 日至 18 日，“道 · 道——王达军摄影艺术展”在中国美术馆举行。

11 月 12 日至 30 日，“云南省庆祝改革开放 40 周年摄影展”在云南省昆明市举行。

11 月 18 日至 27 日，“第 12 届中国摄影艺术节暨第二届三门峡白天鹅·野生动物国际摄影大展”在河南省三门峡市举行。

11 月 19 日至 12 月 31 日，“勇立潮头　走在前列——山东省庆祝改革开放 40 周年主题摄影展”在山东省济南市举行。

11 月 30 日至 12 月 9 日，“庆祝改革开放 40 周年·2018 第二届‘乡土中国’纪实摄影展”在重庆市举行。

2018 年 12 月 1 日至 2019 年 1 月 3 日，“第 14 届连州国际摄影年展”在广东省连州市举行。

12 月 4 日，“共绘‘一带一路’——第二届中国义乌国际摄影大展”在中国摄影家协会开幕。

12 月 7 日，“中外摄影对着拍——庆祝中国改革开放 40 年摄影大展”北京首展在中华世纪坛开幕。

12 月 14 日至 18 日，“初心——全国十大青年摄影家（1992 年）摄影作品回顾展”在中国摄影展览馆举行。

12 月 19 日，“纪念石少华同志诞辰 100 周年座谈会”在北京市举行。

中国艺术年鉴·2019

+

艺术设计卷

+

分卷主编：丛玲玲

年度述评

2018 年中国信息与交互设计述评

◎ 吴琼　郭馨蔚

一、序言

2018 年时逢中国改革开放 40 周年，在国家经济快速发展过程中，设计行业发展迅速，承载了上关国家建设和发展、下至民生改善的使命和职责。“创新是引领发展的第一动力，是建设现代化经济体系的战略支撑。”① 在北京光华设计发展基金会举办的“改革开放 40 周年　中国设计 40 人荣誉功勋”颁奖现场有一段话：“从第一台激光汉字照排机到第一台自主品牌笔记本，从第一艘无人飞船升空——神舟号飞船到嫦娥一号发射，从葛洲坝的建成到中国尊的崛起，从复兴号驰骋京沪到蛟龙号深潜，从中国海尔到中国华为等众多中国名牌的崛起，每一次重大创新突破的背后都能看到中国设计人的身影。”② 这段话也是中国设计发展的一个阶段性总结。当前，我国社会的主要矛盾已经转化为人民日益增长的美好生活需要和发展的不平衡、不充分之间的矛盾，如“2018 北京国际设计周”以“致敬生活”为题，以“设计之都・智慧城市”为名，将如何满足新时代民众对美好生活的新需求作为关注重点。

在信息技术向各行业广泛渗透并与各行业深度融合的大背景下，信息与交互设计成为服务国家和民生的重要领域，也面临着重大的机遇与挑战。2017 年 10 月，人工智能写入党的十九大报告，工业和信息化部制定了《促进新一代人工智能产业发展三年行动计划（2018—2020）》，作为与信息技术结合最为紧密的设计学科，人工智能国家战略下的信息与交互设计肩负重任。2018 年中国的信息与交互设计知识体系进一步完善，跨学科的前沿研究与产业实践互动频繁，与此同时，人们开始反思人工智能等技术的发展与人类命运之间的关系。9 月，“后生命——北京媒体艺术双年展”在中央美术学院举行，作品通过交互装置、新媒体艺术、声音与影像、互联网艺术、视觉艺术、生物材料、动态雕塑等丰富的形式展现。展览以“后生命”为主题，重点探讨在生物基因、人工智能和机器人等科技飞速发展的影响下，在后人类主义语境下，“生命”这一古老概念的拓展和延伸，以及人在与地球上其他物种共处时，从“人类中心主义”到“非人类中心主义”伦理观转变的问题。③

二、对信息与交互设计的认识

（一）设计概念和内涵不断延伸和扩展

技术、商业和文化是设计发展的三个根本支撑，人工智能把深度计算与智能协同进一步应用在设计过程中，互联网与实体经济的整合推动着新经济模式的发展，新的文化理念、内容和形式层出不穷。设计的概念和内涵的延伸、扩展不断加强，交互设计面对新的设计对象，在设计哲学、设计方法和设计原则上都需要做出相应的调整。④ 上述变化越来越受到设计研究和实践领域的关注，除了“2018 北京国际设计周”对民生的关注，“2018 深圳设计周”也以“设计的可能”为主题，对设计与产业、设

---

① 习近平：《决胜全面建成小康社会　夺取新时代中国特色社会主义伟大胜利》，2017 年 10 月 27 日，新华网（http：//cpc.people.com.cn/19th/n1/2017/1027/c414395-29613458.html ？ from=groupmessage&isappinstalled=0）。

② 《“改革开放 40 周年　中国设计 40 人荣誉功勋”名单出炉》，12 月 14 日，中国经济网（http：//bgimg.ce.cn/culture/gd/201812/14/t20181214_31038421.shtml）。

③ 参见康俐《从数据生命到合成生命跨入 AI 时代的设计》，《艺术与设计》2018 年第 10 期。

④ 参见覃京燕《人工智能对交互设计的影响研究》，《包装工程》2017 年第 10 期。

计与社会生活的相互关系及影响进行再讨论。

2018 年 10 月 19 日，由清华大学美术学院主办、韩国科学技术院（KAIST）联合主办的“设计 3.0”论坛在清华大学举行。会议着重围绕人工智能与下一代用户体验展开，探讨设计研究、实践、教育在新技术和新观念的背景下的未来走向。会议认为工业时代设计研究的主体是围绕“物”的本体展开，围绕“生产—消费”去解决问题；进入信息时代，设计从关注“物”转向关注“人”，围绕“以人为本”提供解决方案。清华大学美术学院院长鲁晓波发表主旨演讲，指出“以计算为中心的社会发展趋势必将促进设计学科发生根本性的变革，非物质的信息成了设计的本体，因此需要建构新的设计理论、设计思维、设计方法和程序，以及设计美学方式和设计评价准则，形成一个适合非物质社会发展趋势的新的设计学科体系”[①]。2018 年 10 月 31 日至 11 月 3 日，“2018 国际艺术、设计与媒体院校联盟 Cumulus 国际会议”在江南大学举行，会议以“广泛转型与设计机会”为主题，探讨了新时代设计的状态、走向和新内容，反思设计的新属性、新作用和新文化。

（二）人工智能与创新设计的深度融合

作为研究如何使用计算机模拟人的思维过程和智能行为的学科，人工智能也被认为是“新一轮科技革命的核心技术，推动经济社会发展的巨大引擎”。在设计领域，人工智能的参与重构了设计流程的诸多环节，从计算机辅助设计到计算与设计深度结合的变化，产生了复杂智能体的设计问题和设计过程中的人机智能深度协同的问题，这些变化和问题产生了智能化的新需求，也催生了很多新理论、新模式、新产品、新方法、新业态，引发了设计思维和方法体系的变革。[②]

特赞创始人范凌在其主编的《2018 设计和人工智能报告》中指出，“人工智能系统的复杂在于一个因并不只创造一个果，而人工智能跨越领域、无处不在的连接，进一步加深了系统的复杂程度，系统性的宏观问题（隐私、气候、交通、老龄化、教育等）都是人类解决某个问题时创造出来的副产品”。他从多元价值的系统、非结构性的数据、有 EQ 的运算智能三个方面总结了设计与人工智能之间的关系。2018 年 5 月 29 日，由北京科技大学举办的“首届人工智能与创新设计展览暨论坛”讨论了如何将复杂的人工智能系统以合理的设计法则和友好的交互流程呈现给用户的问题。

人工智能提高了很多设计环节的工作效率，借助大数据和智能算法，可以帮助设计师准确并快速地获取真实用户的数据与需求，以及在真实使用情景中的量化设计和体验。UCAN 是由阿里巴巴设计（Alibaba Design）主办的全球性专业设计峰会。阿里 Idea Lab 负责人、浙江大学国际设计研究院副院长孙凌云在“UCAN 2018”设计大会上做了题为“人工智能维度下的设计范式挑战”的演讲，他指出“设计智能、体验计算、感知增强成为设计实践和学术研究面临的新维度，也带来了新的范式挑战”，阐释了人工智能背景下的设计新问题。Adobe 设计副总裁杰米·米罗德在会上发布了 Adobe XD 的体验设计工具，它能更快地让灵感概念转换为设计原型，快速高效而且实用，颠覆了传统的设计规则和流程。尽管人工智能已经开始介入创意产出的过程，但其本质仍是对规律、模式的学习和计算，杰米·米罗德表示：“人工智能永远不会取代人类所拥有的创意火花。”

（三）跨学科研究和实践更加深入

随着技术、经济和社会的发展，近年来设计行业也发生了很大变化，各个领域的界限越来越模糊，传统的单一学科的知识和技能，已难以满足实践的需要，交叉研究的方式越来越成为一种普遍的主张。[③] 人们越发认识到科学技术与人文艺术都是人类认识自然界与构建人类社会过程中的智慧结晶，其和谐统一是战略性、基础性与前瞻性创新的动力源泉。信息与交互设计是工业设计、传达设计、人机交互设计、认知心理学、人类学和社会学等学科交叉的领域，科技创新与设计思维寻求深度融合的大

---

① 本刊记者：《清华大学美术学院院长鲁晓波教授专访》，《工业设计》2017 年第 1 期。

② 参见吴琼《人工智能时代的创新设计思维》，《装饰》2019 年第 11 期。

③ 参见吴琼《交叉研究视野中的信息与交互设计》，《装饰》2014 年第 12 期。

背景为深入地跨学科研究和实践提供了利好条件。

2018年7月18日至22日，“IXDC 2018国际体验设计大会”在北京国际会议中心举行，会议围绕“构建体验新框架”的主题，探讨了未来交互与体验设计发展的方向与关键问题。阿里巴巴菜鸟网络设计总监陈晓华认为，“艺术没有技术边界，跨域能力的整合能够让它寻求更多的可能”。会议中，广州美术学院工业设计学院教授童慧明重申了用设计思维去驱动商业活动的重要性，他认为“科技+设计+商业融合才能创新未来”。2018年12月15日，清华大学未来实验室揭牌成立，未来实验室主要围绕“技术+科技”进行创新型的研究和实践，在艺术、科学、技术、人文领域展开大跨度、多层次的探索与创新，并以激发交叉性、原创性和颠覆性为目标，探寻信息与交互的设计变革，力求构建交叉原创基础理论高地，推动产业跨越式引领发展。未来实验室为中国科技与设计的整合创新提供了新的模式。

（四）在文化内容的数字化展示与传播领域中的价值凸显

“‘万物有灵’清华大学文化遗产保护与创新研究成果展”于2018年9月在清华大学美术学院开幕。展览通过运用交互体验、VR虚拟现实、全息投影等交互技术来表现文化遗产的艺术探索过程，以“信息乃万物之灵”的核心理念来呈现数字化文化遗产。2018年11月13日在国家博物馆举办的“伟大的变革——庆祝改革开放40周年大型展览”中，物联网、虚拟现实、体感交互等各项信息技术得到充分运用，实现了艺术与技术的高度融合，观众通过多感官的沉浸式体验参与到展览中。“2018上海设计之都活动周”将传统文化、非遗手工艺与当代审美相融合，沉浸式公共艺术装置《百鸟林》集合了蓝印花布、丹寨蜡染、阿坝羌绣、苗族百鸟衣四种非遗织染绣技艺，“喜鹊登梅”“花开凤舞”“凤凰牡丹”等吉祥纹样皆以“鸟”为主题，营造出百鸟飞舞的场景。

运用数字技术进行中国传统文化的创造性转化与创新性发展是信息与交互设计的一个发展迅速的领域。信息与交互设计在记载传统文化、传承文化遗产、弘扬当代文明中扮演着举足轻重的角色，肩负着重大责任。近些年来，故宫博物院运用大量科技与设计融合的手段，提升了文化遗产的数字化保护和传播的水平，故宫APP和网站集群吸引了大量的关注，取得了良好的效应。

三、信息与交互设计产业情况

互联网深刻地改变了人类社会衣食住行各个领域，从“互联网+”到产业互联网，互联网的发展不断递进与深化。《中国“互联网+”指数报告（2018）》指出2018年中国数字经济规模已经达到29.91万亿元，数字经济占比继续提升，2018年中国GDP总量的三分之一借助数字技术实现，“数字中国”初具规模。中国商业智能服务商北京贵士信息科技有限公司（Quest Mobile）在其发布的《中国移动互联网2018年度大报告》中指出，移动互联网应用形态除了社交、娱乐、购物等基础需求之外，以拼多多、趣头条为代表的社交裂变增长模式备受关注。“UCAN 2018”设计大会围绕人工智能和新零售环境下的设计产业升级进行了探讨，其中阿里巴巴新零售设计事业部资深总监杨光认为，通过信息与交互设计将线上线下服务连接是2018年新零售领域的热点，实体商业将全面拥抱数字化与线上商业进行无缝衔接。WeWork的首席创新官多米尼克·佩纳洛扎同样提到了新零售体验设计，重申了我们构建的数字时代需要利用新零售和用户体验帮助人们更有趣地生活，而不是仅仅生存或者活着。

汽车的人机界面设计是信息与交互设计中探索性实践较为集中的领域。汽车从一个运载工具，发展为包含个人空间、公共空间和社交空间的设计对象，汽车的内部空间、人机界面、操作方式和交互过程正在发生革命性的变化。①“蔚来”品牌在“2018北京车展”上推出了全球首个车载人工智能系统“NOMI”，该系统承载语音交互模块与情感技术引擎，借助云计算平台，创造出了一种全新的人车交互方式。2018年“首届中国国际智能产业博览会”上，阿里“AliOS”的车载智能交互系统亮相，该

① 参见谭浩等《智能汽车人机交互发展趋势研究》，《包装工程》2019年第20期。

系统通过融合视觉、语音等能力，打造触屏、语音、人脸、手势相结合的顺畅交互效果，借助人脸识别技术，针对不同的驾驶者进行智能化场景服务，通过车内摄像头对驾驶员进行面部识别来提供个性化服务。多模态交互系统的设计解决了目前传统的单一触控操作方式带来的专注力与操作精准度问题，也为未来汽车人机界面设计的发展提供了新的思路。

伴随计算机算法、自然语言处理、生物识别等技术的发展，人类的需求和表达可以更好地被机器所理解，用户与机器更自然的交互方式降低了用户的学习成本。新一轮科技革命和产业变革正在萌发，智能化成为技术和产业发展的重要方向。2018 年 7 月 4 日，在“第二届百度 AI 开发者大会”上，百度人工智能交互设计院发布了机器人的自然情感人机交互模型“NIRO”。这款机器人由自然语言交互模型、人类情绪应对模型、机器人主动交流交互模型三部分组成，是百度对未来 AI 机器人的设计探索。2018 年 7 月 6 日，获 CES2018 最佳创新奖（机器人类别）的物灵科技，发布了 3 款卢卡绘本阅读机器人（Luka），这些机器人具备多模态、多感官的交互能力，在设计上通过注意力系统、情感计算、行为驱动等构建起有生命感的人机交互体验。

新型显示技术为用户界面的呈现提供了新的载体，促使传统用户界面中的信息展示和产品服务从平面化陈列向多维空间延伸。在 2018 年亚洲消费电子展（CES ASIA 2018）中，苏宁公司发布了 21.5 英寸超大显示屏的智能魔镜，镜面屏幕和高清显示完美融合，无处不在的计算借由嵌入环境的显示向人们展示了未来生活场景的无限可能。此外，小米公司、华为公司也在 2018 年陆续发布了双折叠手机的工程样机和 5G 折叠手机。

除了传统的家电产业，智能化的家居体验与设计已经成为互联网企业的重要内容，2018 年，智能家居的产品和设计更为广泛和深入。阿里巴巴旗下的天猫精灵可以通过自然的语音交互来帮用户播放歌曲、新闻、打电话等，同时还为近 400 家家电品牌、近 300 个 IoT 平台提供了语音交互入口，在 2018 年的云栖大会上，阿里宣布将全面进军物联网领域，精深布局未来的发展。在 2018 小米公司的 AIoT 开发者大会上，宜家宣布与小米公司达成战略合作，并将其全部照明类产品智能化并进驻小米 IoT 平台。创始人雷军定义了公司的战略和定位：“小米是一家以手机、智能硬件和 IoT 平台为核心的互联网公司。”华为公司在“2018 华为全联接大会”（HUAWEI CONNECT 2018）上也描述了公司发展的新愿景和使命：“把数字世界带入每个人、每个家庭、每个组织，构建万物互联的智能世界。”华为希望每个人、每个家庭、每个组织都能“+ 智能”，从智能中受益。在“2018 年国际消费电子展”（CES 2018）上，百度为 DuerOS 2.0 推出了智能音箱、智能灯以及一款集智能扬声器与投影仪于一身的智能产品，三款新品都应用了百度的人工智能技术，能够响应用户的语音命令，用户可以通过语音交互的形式与其互动并控制其他的智能家居设备。

2018 年 7 月，华为公司发布了《5G 时代十大应用场景白皮书》，简要描述了未来网络技术的十大应用场景，其中位于首位的是云 VR/AR。2018 年中国 VR/AR 设备市场总出货量超过 120 万台，独立头显成为最大细分产品类别。VR 移动应用场景的进一步丰富，内容生态扩充以及产品迭代促成了更完善的设备体系和用户体验更好的线下消费场所，例如 2018 年 11 月网易携手 OYO 酒店联合打造 AR 主题酒店，入住酒店的用户可扫描酒店房间内的标识参与游戏领取奖励。在电商领域，各品牌方也趋向于与 VR/AR 等新热点的结合，如全景营销、AR 营销等方式，阿里巴巴、京东、苏宁和网易严选均配备有线上 AR 体验和 3D 商品展示功能。全新的交互方式将虚拟世界与现实世界有效连接起来，全方位提升了用户体验，也将引领技术与生活碰撞出更多的火花。

四、设计研究与教育

2018 年在信息与交互设计领域依然有众多科研工作者不断地强化基础研究，推进前瞻性探究并促成原创性成果的落地与实施。一些论文对信息与交互设计的新特征、新理论、新方法和新实践进行了论述。其中在理论研究方面，覃京燕的《信息维度与交互设计原理》，吴琼的《用户体验设计之辨》，代福平的《体验设计的历史与逻辑》，胡飞、姜明宇的《体验设计研究：问题情境、学科逻辑与理论动向》，胡晓的《重新定义用户体验：文化·服务·价值》等论文对信息与交互设计的理论与延展进行了思考与论述。谭浩的《基于情境的产品交互设计思维研究》，贺蕾锟、何人可的《基于心流理论的移动学习应用交互设计研究》，宋志昌、陈虹、毕雷的《新零售行业中的用户体验设计研究》等论文围绕不同的交互应用场景讨论了具体的设计流程及方法。在课题研究方面，信息与交互设计方向的研究在设计类科研课题中占据相当大的比例，内容上更偏重具体解决面向不同类型人群、产品的信息与交互需求的问题，如彭辉的"基于老龄用户的产品信息交互设计策略与应用研究"、王毅的"多感官联觉效应下的无屏智能产品交互设计研究"、张艳河的"失智老人可穿戴产品的交互设计研究"、安娃的"面向生活方式的跨学科交互设计方法论研究"等。

产业的转型与发展对人才的培养范式提出了全新要求。中国正处在从"工业社会"向以创新为主要驱动力的"知识社会"的过渡期。2018 年 4 月 3 日，阿里巴巴联合清华大学成立了"自然交互体验联合实验室"，这是阿里与学术界在全球设立的首个人机交互联合实验室，双方希望打造一个产学研平台，在自然交互体验这一前沿领域开展深入合作并探索"下一代人机交互"。2018 年 7 月 7 日，百度人工智能交互设计院与湖南大学设计艺术学院、汽车车身先进设计制造国家重点实验室达成战略合作，双方共同建设"百度—湖南大学智能设计与交互体验联合创新实验室"，并设立博士后基地，致力于解决人工智能与交互设计领域的重大关键基础问题和产业应用问题，并于 10 月发布了《智能汽车人机交互设计趋势白皮书（2018）》。2018 年 11 月 23 日，由中国工业设计协会信息与交互设计专业委员会（IIDC）和广州美术学院共同主办的"新时代设计教育与产业未来——国际设计教育高峰论坛暨中国工业设计协会信息与交互设计专业委员会（IIDC）年会"举行。会议围绕未来信息与交互设计专业的发展，以及设计教育与设计产业的互动等问题进行了较为深入的讨论。

五、结语

2018 年，在"人工智能"国家战略以及加速建设"创新型国家"的号召下，在信息与交互设计领域，不论是学科研究的深度还是产品应用的广度都有较大提高。智能时代已经来临，信息与交互设计的学科属性和特征仍会不断延伸、扩展，深度的跨学科交叉、人工智能与设计的融合方面仍有诸多迫切需要解决的问题。

信息与交互设计学科是设计领域的新生力量，受益于信息技术的高速发展，呈现出勃勃生机。"创新是引领发展的第一动力"，毫无疑问，信息与交互设计应当参与到艺术与科技、人文与自然，传统文化与当代文明的共融中。通过进一步加强学科基础研究、完善人才培养体系、扩大产学研合作，可以实现原创性成果的重大突破；应当通过技术的运用，审美的思考和人文关怀来达成人机之间更自然的沟通，从而推动社会发展、时代创新和文明的传承。

吴琼　清华大学美术学院信息艺术设计系教授，博士生导师
郭馨蔚　北京科技大学工业设计系讲师

2018 年环境艺术设计综述

◎ 李力

2018 年是全面贯彻党的十九大精神的开局之年，是实施“十三五”规划承上启下的关键一年。2018 政府工作报告提出的年度工作有四项与环境艺术（以下简称“环艺”）设计有关。环艺设计作为跨越建筑和园林两个传统学科的专业，应时代技术需要以及认知需要而出现，不断发展自己以弥合传统学科之间的边界，让学科架构更有机、更整体、更连续。

中国最初的“环艺设计”在普及和推广室内设计方面做出了一定贡献，培养了大众对室内设计的认知和需求。之后，环艺设计将建筑室内、室外的空间完全纳入设计范围，弥合了建筑设计与园林设计之间的空隙。2000 年，环艺设计将设计对象从建筑室内空间扩展到建筑外部空间，强调室内外一体化设计。再往后，“环艺设计”更名为“环境设计”，将全球环境纳入设计范围，又弥合了人居环境设计与自然保护地设计之间的空隙。2011 年国务院学部委员会颁布新的高等院校本科目录，设计学成为一级学科，下属的二级学科“环境艺术设计”更名为“环境设计”。环境设计将设计对象从人居环境拓展到人的干扰尽可能弱化的环境，比如国家公园。本文应年鉴艺术设计卷约稿而做，所以仍使用“环境艺术设计”一词。

一、2018 年环艺设计状态

关于 2018 年环艺设计的状态，将从作为整体的环艺设计的角度，以及室内和景观这两个主要专业的角度来描述。从环艺设计整体角度描述，主要以教育以及行业协会主导而发生的事件为代表。从室内和景观专业的角度描述，主要以专业学会和政府主导而发生的事件为代表。

（一）高等学校环境设计教育状况

2003 年，由中国建筑学会室内设计分会教育委员会主办，全国高等学校共同搭建了名为“中国环境艺术设计学年奖”的专业交流平台。其宗旨在于推动全国高校环艺设计专业教学与学科建设，促进环艺设计人才培养与教育理念交流，检阅环艺设计专业的教学改革与实践成果，激发学生学习热情。2011 年教育部高等院校本科目录将设计学下属的二级学科命名为“环境设计”，“在这样的形势下，环境设计作为面向生态文明建设的前沿学科，有理由成为中国可持续设计教育在高等学校众多设计学学科的专业前导。中国环境艺术设计学年奖的专业导向，和所有参与本项活动的高等学校，都需要从现在开始重新思考各自学科建设的定位与发展”[①]。2012 年，第十届学年奖正式更名为“中国环境设计学年奖”。当年学年奖参选的专业包括城市设计、室内设计、景观设计、光与空间、城市空间景观设计、建筑空间景观设计、公共建筑室内设计、居住建筑室内设计。2015 年，“中国环境设计学年奖”由清华大学与教育部教学指导委员会联手改组，更名为“中国人居环境设计学年奖”。

2018 年 4 月 2 日“2018 第四届中国人居环境设计学年奖”启动。本届学年奖主办方是清华大学和教育部高等学校设计学类专业教学指导委员会，协办方是住房和城乡建设部高等学校土建学科教学指导委员会下属委员会。评委构成涉及建筑学、城乡规划学、风景园林学、设计学四个一级学科。学年奖面向中国各类开设城市设计、建筑学、景观学、风景园林设计、环境设计、室内设计、艺术设计等专业的高等院校大二、大三在校大学生、应届毕业生、研究生。全国（含港澳台地区）1700 多所

---

① 郑曙旸主编：《中国环境艺术设计学年奖》，中国建筑工业出版社 2011 年版，前言。

高校参与，充分展现了环境设计专业横向联合的状态。“2018第四届中国人居环境设计学年奖”共收到1715件作品，400余所院校参赛，其中城市设计作品175件，建筑设计作品218件，景观设计作品608件，室内设计作品714件，最终入围作品168件，参加展览的作品有160件。

（二）专科学校环境艺术设计教育状况

2018年国内高校开设环境设计专业的有510所，三本专科学校开设环境艺术设计专业的有404所。本科阶段在毕业证打印“环境设计”的字样，专科阶段在毕业证打印“环境艺术设计”的字样。虽然名称不同，但可理解为本科与专科共900多所院校开设环艺设计专业。与1990年全国1000多所高校开办环艺系的情况相比，数量有所下降。专科教育尤其是职业技术教育院校保留“环境艺术设计”专业名称，说明在社会接受层面，这一专业名称具有大众认知基础，在现实生活中具有生命力。

2018年环艺设计专业基本信息

专业名称	专业代码	门类	学科	学历	学位	开设学校	备注
“环境设计”（教育联展网2018年7月27日）	130503	艺术	设计学类	本科	艺术学学士	510所	主要开设课程：设计基础、设计造型基础、设计理论、计算机辅助设计、装饰工程构造、装饰材料、园林树木与花卉、景观设计、居住空间设计、公共空间设计、施工技术、装饰工程概预算等
“环境艺术设计”（高三网2018年6月19日）	560105	土建	建筑设计类	专科	土建学士	404所	部分高校按以下专业方向培养：景观设计、室内设计、园林设计、展示设计、建筑与装饰、城市园林设计、建筑艺术设计、建筑装饰设计、室内环境设计、室内装饰设计、园林景观规划、园林景观设计、室内外装饰设计、建筑室内外装饰设计、装饰工程预算与管理等。报考硕士较集中的专业：艺术设计、设计学、美术、风景园林

（三）美术家协会继续举办年度环艺设计大赛

“全国环境艺术设计大展暨学术论坛”由中国美术家协会主办，自2004年首次在中央美术学院成功举办，现已成为中国环境艺术设计界的盛会。2018年“为中国而设计——第八届全国环境艺术设计大展暨学术论坛”于2018年10月20日至21日举行。此次大展得到了全国各大、中专院校，企事业单位，以及独立设计师工作室的广大设计从业者的关注。活动共征集到投稿作品867件（包括专业组306件，学生组561件）、投稿论文173篇。经过环境设计艺委会专家组成的评委会和监审委员会的公开、公平和公正的严格评选，共评出241件入选作品和79篇入选论文。

设计大展主题定为“新时代•新设计”，将探讨环境艺术设计应如何倾听时代的声音，紧跟时代的步伐，同时应如何面对新时代、新任务与新发展的责任与挑战，勇于设计创新、技术创新、领域创新，让设计在提升产品附加值、产业竞争力，以及经济转型升级中焕发新的时代光芒。在此次大展的各类作品中，乡村建设与城市复兴项目占比约60%，充分回应了当下环境艺术设计者对国家建设的责任担当。

（四）室内装饰行业优胜劣汰

根据中国建筑装饰协会发布的《中国建筑装饰蓝皮书》统计，尽管中国建筑装饰市场的市场规模不断扩大，整个市场的企业数量却在持续减少，从2011年的14.5万家减少到2018年的12.5万家，7年共有2万家企业退出了市场，退出的企业以承接散户装修的低资质小企业为主，而资质优良的中高端的企业得以持续发展。

虽然装饰行业企业呈现优胜劣汰，但企业规模仍较为庞大。从业人员总量由 2005 年的 1100 万人增加到 2016 年的 1630 万人；2017 年，行业从业人员数量开始减少，截至 2018 年年底，全行业就业人口约 1300 万人。①

2018 年室内装饰行业发生的大事与互联网有关。2015 年开始出现“互联网 + 装饰”运营模式，2018 年则出现了大批互联网装饰公司倒闭卷款逃亡的情况，涉及多家知名互联网装饰企业，对人们的生活造成了很大影响。

（五）室内装饰设计企业整合景观公司

装饰背景的景观企业身体力行推进室内外一体化设计以及施工，它们逐渐介入风景园林行业，在风景园林行业中崭露头角。室内设计企业通过资本注入方式，从生产环节上溯教育环节，校企合作培养人才。用环艺设计的整体思维整合建筑、城乡规划和环境设计、风景园林及艺术设计。

苏州金螳螂园林绿化景观有限公司是苏州金螳螂建筑装饰股份有限公司的全资控股公司。2006 年，苏州金螳螂建筑装饰股份有限公司在装饰行业内第一个成功上市。2008 年，苏州大学与苏州金螳螂建筑装饰股份有限公司合作，共同将苏州大学城市科学学院建成为苏州大学金螳螂建筑学院（公办性质不变）。学院设有建筑学（含室内设计方向）、城乡规划、风景园林（含植物应用与设计方向）、历史建筑保护工程 4 个本科专业，设有 1 个二级学科博士点（建筑与城市环境设计及其理论）、2 个一级学科硕士点（建筑学、风景园林学）、1 个二级学科硕士点（城乡规划与环境设计）、1 个专业学位硕士点（风景园林），另在艺术设计（专业学位）硕士点下设有建筑与城市专业设计研究方向。

2018 年，苏州金螳螂园林绿化景观有限公司作为有装饰背景的景观公司，在风景园林行业承办了风景园林设计大赛。2018 年 9 月 15 日，由江苏省风景园林协会主办，江苏省风景园林协会设计专委会、苏州金螳螂园林绿化景观有限公司承办的“江苏省首届青年设计师风景园林设计大赛（金螳螂杯）”颁奖典礼在南京市隆重举行。江苏省风景园林协会理事长王翔，东南大学教授杜顺宝，南京市建设委员会总工程师叶菊华，江苏省城市规划设计研究院风景园林院院长吴弋，苏州金螳螂园林绿化景观有限公司董事长张军等领导、业内专家、设计师、高校老师、学生代表等 300 余人出席颁奖典礼。本次设计大赛于 2017 年 12 月正式启动，大赛报名人数近 2000 人，接收参赛作品总计 457 件，最终评选出 203 件获奖作品。

（六）风景园林行业发展迅速

全国生态环境保护大会于 2018 年 5 月 18 日至 19 日在北京市召开。中共中央总书记、国家主席、中央军委主席习近平出席会议并发表重要讲话。他强调，要自觉把经济社会发展同生态文明建设统筹起来，充分发挥党的领导和我国社会主义制度能够集中力量办大事的政治优势，充分利用改革开放 40 年来积累的坚实物质基础，加大力度推进生态文明建设、解决生态环境问题，坚决打好污染防治攻坚战，推动我国生态文明建设迈上新台阶。

生态文明建设导向下生态园林行业投资需求旺盛，行业维持较高景气度。在生态文明建设导向下，生态治理是政府投资的重点领域，生态治理固定资产投资增速显著高于固定资产投资整体增速以及基建投资增速。2018 年前 3 月生态治理行业固定资产投资增速高达 34.2%，而同期固定资产投资增速达 7.5%。政策鼓励支持下，生态环类 PPP 项目落地率明显高于整体 PPP 项目落地率。2018 年 3 月底生态环境类 PPP 项目落地率高达 53.4%。园林公司纷纷转型涉足水系治理、污水处理等毛利率较传统市政园林更高的新兴业务领域。

但是，由于项目运营模式带来的风险，2018 年北京东方园林环境股份有限公司遭遇到上市以来的最大危机。东方园林于 2009 年成为中国园林行业第一家上市公司，专注于环保、生态及循环经济三

① 新浪前瞻产业研究院：《2018 年中国建筑装饰行业市场分析》，2019 年 8 月 10 日，新浪财经（http://finance.sina.com.cn/stock/relnews/cn/2019-08-10/doc-ihytcitm8251844.shtml）。

大核心业务，公司业务集规划设计、技术研发、工程建设、投资运营为一体，从事水环境治理、矿山与土壤修复、危废固废处置、工业园区循环化改造、对循环经济园区进行智能化升级等改善生态环境的业务。公司拥有400多项环保处置、生态修复与水环境治理知识产权，140多项固危废处理技术专利。①2018年5月，东方园林公司发债失利，股价暴跌，市值蒸发百亿元，遭遇多家机构抛售，紧急停牌。随着东方园林控股股东何巧女向多家机构质押股权，2018年度第二期超短期融资券发行成功，先后获得民生银行等超过64亿元的授信，与国资背景的长江三峡集团签订战略合作协议，农银金融资产投资有限公司出资参股等，东方园林的资金困境出现了逐步缓解的迹象。②但是危机期间，作为东方园林环境股份有限公司在北京的核心技术机构，拥有2500名设计师的设计集团受到重创。

（七）环艺设计积极参与并回应国家乡村振兴战略

2018年5月31日，中共中央政治局召开会议，审议《乡村振兴战略规划（2018—2022年）》和《关于打赢脱贫攻坚战三年行动的指导意见》。9月，中共中央、国务院印发了《乡村振兴战略规划（2018—2022年）》，并发出通知，要求各地区、各部门结合实际认真贯彻落实。乡村振兴战略规划部署了一系列重大工程、重大计划、重大行动。这是中国出台的第一个全面推进乡村振兴战略的五年规划，是统筹谋划和科学推进乡村振兴战略这篇大文章的行动纲领。

“2018第四届湖湘景观设计艺术大赛”由湖南省文学艺术界联合会、中共祁东县委、祁东县人民政府、湖南省设计艺术家协会、新湖南湘设计频道主办。本届大赛以“设计下乡”为主题，秉承促进湖南乡村振兴发展，构筑人与自然和谐共生的宗旨。从2018年6月24日启动，历时7个月，参与调研的院校共20余所，参赛团队近百组，涉及参赛人员300余人。竞赛内容主要以祁东风石堰镇沙井村、金桥镇深宫夏村、步云桥镇岸塘村、归阳古镇等为对象，依据各地特色，结合乡村振兴战略和美丽乡村建设从规划、景观、建筑、品牌、农产品包装、文创产品等角度对各乡村进行整体规划及设计。

“2018中国公益乡村设计大赛”由中国扶贫基金会、黍苗公益和在库言库（ikuku）联合主办。关注贫困乡村的发展问题，从规划、建筑、景观、设计等方面综合考虑，从一栋建筑做起，为建设美丽乡村、实现乡村复兴贡献一份力量。同时，让更多人认识到传统村落传承与保护的重要意义，为下一代保留千年古村落的珍贵记忆。竞赛针对国家级贫困县域内的8个特色村落开展，从中挑选8处主题场所作为此次大赛的参赛项目点，包括四川省绵阳市平武县伊瓦岱惹村特色民宿设计、四川省雅安市碧峰峡镇碧峰村特色民宿设计、湖南省凤凰县廖家桥镇拉毫村乡创中心设计、河南省濮阳市台前县姜庄村乡创中心设计、河南省濮阳市范县韩徐庄村乡创中心设计、四川省彭州市磁峰镇蟠龙村文化中心设计、甘肃省东乡族自治县唐汪镇马巷村景观提升、贵州省黎平县双江乡黄岗村生态厕所设计。第一轮入选“百美之星”团队均可争取最终方案落地机会，第二轮评选出的最终落地方案将获得大赛组委会提供的18万元至500万元不等的工程基金。

浙江省遂昌县人民政府、嫩鸟计划（Young Bird Plan）与深圳乐领生活发展有限公司主办的遂昌乡村新公厕国际设计竞赛，旨在从小处着眼、从实处入手，为新时代推动旅游业发展、实施乡村振兴战略树立新典范。设计要求既尊重当地文化，又彰显建筑特色，让厕所成为遂昌景观的组成部分。设计成果将由遂昌县人民政府和乐领生活负责在遂昌县的茶园村、刘坑村、苏村村、红星坪村等多个自然村进行落地建设。

（八）环艺设计在“城市双修”工作中大有作为

“城市双修”是指“生态修复、城市修补”，是指用再生态的理念，修复城市中被破坏的自然环境和地形地貌，改善生态环境质量；用更新织补的理念，拆除违章建筑，修复城市设施、空间环境、景

① 《东方园林企业简介》，东方园林官网（http：//www.orientscape.com/index.php/About/）。
② 《2018年中国建筑园林行业发展现状及行业发展趋势分析（图）》，2018年6月5日，中国产业信息网（http：//www.chyxx.com/industry/201806/646608.html）。

观风貌，提升城市特色和活力。按照居民出行“300米见绿、500米入园”的要求，想方设法增加公园绿地，采用拆迁建绿、破硬复绿、见缝插绿、立体绿化等措施，增加绿色空间规模，并且让分散绿地成网成荫。中国城市规划学会理事长孙安军认为生态修复包括四大任务——加快山体修复、开展水体治理和修复、修复利用废弃地、完善绿地系统，城市修补包括六大任务——填补基础设施欠账、增加公共空间、改善出行条件、改造老旧小区、保护历史文化、塑造城市时代风貌。[①]

“北京公共空间城市设计大赛2018”主办方是北京市规划和国土资源管理委员会、北京市发展和改革委员会、北京市城市管理委员会。竞赛提交日期为2018年11月2日。大赛聚焦公共空间，以“人人营城，共享再生”为主题，自上而下和自下而上相结合，选取北京市副中心的三个竞赛单元和10个项目竞赛点，通过人人参与的城市营建来吸引各方对城市公共空间的关注。通过树立标杆式的典范，推动实施，从而提升公共空间质量，实现建设人人共享、和谐宜居之都的目的。从竞赛公告发布到截至报名，短短8天的时间，组委会收到了将近1500个团队的报名。而报名者除了国内高校、著名的设计机构之外，还吸引了英、美、日、法、意、荷兰等全球各国的参赛者，其中包括来自哈佛大学、耶鲁大学、米兰理工大学等国际高校的参赛团队。

大赛邀请规划、城市设计、建筑、景观、环境艺术方面的几十位专家，以及责任规划师和属地管理者，共同组成了评审团。在北京长安公证处全程公证下，经过三轮专家评审，共评出获奖作品85个，其中特等奖1个、最佳奖10个、优秀奖共20个，入围奖54个。本次大赛从策略到设计都为北京公共空间的建设提出了建议与设想。

二、2018年环艺设计发展趋势

（一）环艺设计边界泛化的趋势

环艺设计的边界泛化源自建筑外部空间的不确定性。建筑外部空间是单向限定的空间，明确的边界是建筑外表皮，另一个边界则有多种可能性：也许是另一个建筑物的外边界，也许是非建设区域比如农田或山林，也许是道路。建筑外部空间的尺度跨度极大：可能几米，也可能几公里。外部空间有可能服务于建筑物，也可能与建筑物无关联。作为环艺设计对象的外部空间，从仅将受建筑物控制的外部空间作为环艺设计的对象，泛化到在建筑物维护结构之外的所有空间，即使与建筑物无关，也作为环艺设计的对象，更进一步泛化到设计对象包含建筑物本身。让建筑物及其所属的空间从艺术层面呈现完整性和一体性，这样的设计边界泛化符合环艺设计实现其一体化的目标。这成为环艺设计当前的一个趋势。

于是，环艺设计介入建筑设计、大尺度环境设计领域，环艺设计包含的景观设计与建筑学、风景园林学和规划学的设计对象出现重合。

（二）环艺设计呈现生态美学引领趋势

环艺设计初衷是造型设计，讲究形式美的原则。所谓形式美，是以人作为主体来判断的审美。随着生态问题对社会生活的影响加大，在生态问题上产生了新的价值观，产生了新的美学——生态美学。新美学带来新的设计出发点，产生新的形式，这是环艺设计的另一个新趋势。

生态美学是从生态学的方向研究美学问题。分为广义和狭义两个方向。狭义生态美学仅研究人与自然的生态审美关系，广义生态美学研究人与自然、个体的人与人类社会的生态审美关系，源自生态存在论哲学。生态存在论哲学反对人和自然生态分离的观点，认为人和自然系统具有整体性；反对人类中心主义，认为人、自然、社会三者协调统一；反对自然无价值的观点，认为自然具有独立价值，具有环境权利。

“生态美学以生态学为理论范式，将人与生态系统之间的审美互动作为理论基点，将人类的审美偏

① 参见《什么是“城市双修”，如何进行城市双修》，中国景观网（园林景观每周专题）（https：//www.cila.cn/zhuanti/chengshishuangxiu.html）。

好及其生态后果作为重要的理论命题，站在是否有利于生态系统之稳定与平衡的高度，探讨审美价值、审美满足与生态健康之间的矛盾及其化解之道，其核心主张是承认自然的优先性，努力将审美愉悦与生态关怀统一起来。”①

符合生态的即是美的，这成了环艺设计的出发点和判读依据。不仅影响到室外景观设计，也影响到室内设计。绿色设计、生态设计成为设计主要原则。

（三）环艺设计中以装配化为主导的趋势

推进装配式建筑是当前国家战略之一。装配式建筑是以构件工厂预制化生产、现场装配式安装为模式，以标准化设计、工厂化生产、装配化施工、一体化装修和信息化管理为特征，整合研发设计、生产制造、现场装配等各个业务领域，实现建筑产品节能、环保、全周期价值最大化的可持续发展的新型建筑生产方式。发展装配式建筑能有效支持城市化发展需求，使建筑行业从劳动密集型向技术密集型转变，缓解劳动力成本上升及劳动力短缺的情况，并能提高建筑质量，有利于节能环保。

2018 年“两会”的召开，提出了加快推进装配式建筑产业发展，2017 年 3 月 23 日，住房和城乡建设部印发《“十三五”装配式建筑行动方案》《装配式建筑示范城市管理办法》《装配式建筑产业基地管理办法》。《“十三五”装配式建筑行动方案》明确提出：到 2020 年，全国装配式建筑占新建建筑的比例达到 15% 以上，其中重点推进地区达到 20% 以上，积极推进地区达到 15% 以上，鼓励推进地区达到 10% 以上；培育 50 个以上装配式建筑示范城市，200 个以上装配式建筑产业基地，500 个以上装配式建筑示范工程，建设 30 个以上装配式建筑科技创新基地，充分发挥示范引领和带动作用。

在自上而下密集出台的政策强势推动下，作为装配式建筑重要分支的装配式内装行业，也同样正在历经传统革新的重要节点。从建筑工业化到内装工业化，它们成为建筑未来发展趋势。越来越多的室内设计领域成立了装配式研究机构，建筑开发企业开始推广室内部品装配化。

（四）环艺设计 BIM 化趋势

建筑信息模型 BIM 为“Building Information Modeling”之简称。传统的环艺设计是对空间的设计，而 BIM 设计则是为空间附加上数据信息，并将空间用数据的方式呈现。于是，数据与空间之间建立了转换的途径。设计空间被转换为数据，空间数据输入机器设备，可以被机器加工成产品，或是一个建筑物，或是一个室内部品，或是一个景观的构件。于是，数控生产和施工成为可能。3D 打印、数控挖掘机等当前出现的生产技术，都是基于 BIM 设计。BIM 颠覆了传统空间设计的概念，将空间设计从空间技术转化为信息技术，将空间与信息之间建立转换通道。于是，BIM 设计将工程行业与信息行业整合为一体。

这是一个非常重要且不可阻挡的设计趋势，将为建筑空间、建筑环境以及城市环境带来跨时代的改变。国家正在推进建筑设计 BIM 化。因为室内设计是建筑设计在室内空间的延伸，尤其是室内设计对建筑管线末端的调整，其往往需要反映到建筑 BIM 模型之中，所以室内设计 BIM 化的趋势更加明显。景观设计 BIM 化则刚刚开始，开始尝试在室外场地整理时采用数控挖掘机施工。室外地下管线信息化模型，以及植物信息化模型的建立，是景观设计的发展趋势。最终，城市所有有形的实体均具有对应的信息，无形的信息和有形的实体无缝衔接。

（五）环艺设计中 VR 化趋势

VR 是 Virtual Reality 的缩写，中文的意思就是虚拟现实，是多媒体技术的一种应用形式。VR 主要依赖于三维实时图形显示、三维定位跟踪、触觉及嗅觉传感技术、人工智能技术、高速计算与并行计算技术，以及人的行为学研究等多项关键技术的发展。随着 VR 技术的发展，真正地实现虚拟现实，将引起整个人类生活与发展的很大变革。人们戴上立体眼镜、数据手套等特制的传感设备，面对一种三维的模拟现实，似乎置身于一个具有三维的视觉、听觉、触觉甚至嗅觉的感觉世界，并且人与这个

---

① 程相占：《生态美学：迈向生态文明的美学转型》，《光明日报》2019 年 7 月 15 日。

环境可以通过人的自然技能和相应的设施进行信息交互。①

“VR+ 室内设计”的方式颠覆了传统的设计思维，设计师可以通过 VR 技术来展示设计作品在真实环境中的效果，让用户感受真实空间，观察设计细节，尝试不同的空间改造或材质选择，并可在虚拟的三维世界里进行自由设计，进一步优化设计方案，完善设计表达。在当前室内设计以及景观设计中，VR 展示以及协同设计已经运用得越来越多。

三、结语

环艺设计是个经历复杂的设计学科，学科的内涵和外延不断发展变化，学科的名称也不断发展变化。环艺设计的对象庞大宽泛，涉及人与环境的关系，从这一点来讲，环艺设计具有哲学的属性，需要认知人与环境的关系，然后才能做好环境的设计。2018 年，国家政策的层面有很多重大的事情发生。环艺设计作为与人的生活密切相关的专业，参与了这些重大事件，甚至在重大事件中成为主角。环艺设计从装饰性的边缘的角色，开始参与到国家方针政策的执行层面，环艺设计逐渐彰显出在国民生活以及国土安全方面的重要性。对于环艺设计而言，2018 年是个值得被记录的年度。

李力　中国建筑设计研究院景观生态环境建设研究院教授级高级建筑师，国家一级注册建筑师

① 参见“虚拟现实”词条，维普中国 科学百科，(https：//baike.baidu.com/item/ 虚拟现实？ sefr=cr)。

2018 年度中国工艺美术发展研究报告

◎ 邱春林

导 言

2018 年中国工艺美术行业稳步向前发展，国家在政策上仍有显著倾斜，支持工艺美术的文化创意产业，也取得了一些成效。因文化和旅游部非遗研修培训计划在高等院校广泛实施，加上国家艺术基金工艺美术培训项目在高校开展，2018 年在全国各省市高等院校和职业技术学院里形成一股工艺美术专业人才的培训热潮，推动了传统手工艺与现代设计以及综合材料工艺的结合，产生许多让人耳目一新的作品。各地政府在《中国传统工艺振兴计划》的推动下，纷纷结合自己的具体情况有针对性地出台了实施办法或实施意见。这些办法或意见的出台无疑增加了政府对工艺美术行业的直接干预手段。与此同时，工艺美术行业真正的从业人员却普遍感到市场没有真正热起来；因销售方面普遍受阻，许多企业压缩产能，或者纷纷转向少量创意产品的生产。2018 年，因中美贸易战、全球消费市场疲软等一些国际经济不稳定因素的影响，工艺美术全行业的发展势头有所减缓，总体上是 2017 年工艺美术“市场冷、文化热”形势的延续。

一、现象与热点

（一）工艺美术行业的第一个热点也是最大的热点是开展第七届中国工艺美术大师评审工作

此项工作牵动着全行业从业人员的神经，甚至引起了行业之外的广泛社会关注。根据国务院 2013 年修订颁布的《传统工艺美术保护条例》（国务院令第 217 号），经国务院批准，中国工艺美术大师的组织评选工作由工业和信息化部转交中国轻工联合会。这一决定标志着这个自 1979 年开始有的工艺美术界的最高荣誉的组织评审和授予正式由国家部委移交给了社会团体。在没开始评之前，坊间舆论就起来了：由社会团体评出来的“大师”还算不算国家级？第七届的证书上不可能有国徽，与前面六届能不能等值？面对质疑，中国轻工联合会顶住压力，把功夫下在如何严格制定评审制度上，只有评得公开、公正、透明，才有可能打消行业从业人员的思想顾虑。在工业和信息化部指导下，中国轻工联合会成立了第七届中国工艺美术大师评选工作领导小组和评审专家委员会。参照第六届的评审办法，在各省（区、市）牵头单位推荐申报的基础上，在上海开展全封闭式的评审工作。经评审专家初评、评审委员会复评、领导小组审定，确定了 89 名候选人入选第七届中国工艺美术大师。

“中国工艺美术大师”荣誉称号不仅代表了个人的最高荣誉，更是行业的标杆。不可否认，过去这个荣誉的获得者曾起到过行业示范的作用，尤其是全行业经过 20 世纪 90 年代初经济体制改革之后遇到了长约 10 年的震荡期、过渡期，在这个困难时期里有大师荣誉称号的手艺人发挥个人声望，率先在市场经济条件下办起了民营工艺美术企业，他们团结了工友，恢复了生产，并且很快在各个门类中发挥了技艺标杆的作用。2004 年以后，又是这批人承担起了非物质文化遗产传承人的工作，他们很快适应了非物质文化遗产（以下简称“非遗”）保护的工作机制，理解了工作要义，自觉地担负起了为文化续命的重任。所以客观地讲，中国工艺美术大师群体的的确确在近 20 年里发挥了全行业中流砥柱的作用。当然，这 20 年也是商业环境大为改变、商品经济意识普遍高涨的年代，不排除也有个别大师以利为重、失去诚信，造成一些不良社会影响。

第七届中国工艺美术大师结果公布之后，一个特别值得关注的现象是，往届评审结果一公布就会直接掀起市场波澜，新晋大师的作品一定会出现价格暴涨、众人抢购的场景。但这一届不同，市场反应普遍冷淡，根本没有出现市场异动，说明全社会已趋于理性消费，对于大师评审这件事的看法和态度也趋于理性。这种现象不是异常，恰恰是回归正常。一来是因为"八项规定"措施出台之后，工艺美术的礼品市场大幅度萎缩，不正常消费之风被扼制；二来是因为经济普遍不景气，艺术品收藏也遭遇寒流，前些年艺术品收藏的泡沫还没有完全挤掉，各类艺术品投资基金出现烂账，投资人在选择新藏品时更是谨慎又谨慎；三来是各类荣誉称号五花八门，如"大国非遗工匠""中国工美艺术大师""中国陶瓷艺术大师""中国刺绣艺术大师""中国雕刻艺术大师"等层出不穷，高密度的评审和荣誉授予直接干扰了"中国工艺美术大师"这一荣誉制度，劣币逐良币，导致所有工艺美术行业的荣誉称号的社会公信力都减弱了。

（二）工艺美术行业的第二个热点应该是振兴传统工艺，关键词是"振兴"

为落实党的十八届五中全会关于"构建中华优秀传统文化传承体系，加强文化遗产保护，振兴传统工艺"和《中华人民共和国国民经济和社会发展第十三个五年规划纲要》关于"制定实施中国传统工艺振兴计划"的要求，制定了《中国传统工艺振兴计划》。该计划提出了10项主要任务，可以概括为以下5个方面：一是要建立振兴目录，以国家级非物质文化遗产代表性项目名录为基础，对具备一定传承基础和生产规模、有发展前景、有助于带动就业的传统工艺项目，建立国家传统工艺振兴目录，予以重点支持；二是要扩大非物质文化遗产传承人队伍，形成合理梯队，调动年青一代从事传统工艺的积极性，并通过多种方式为收徒授艺等传习活动提供支持；三是要将传统工艺作为中国非物质文化遗产传承人群研修研习培训计划实施重点，依托相关高校、企业、机构，帮助传承人群提高传承能力，增强传承后劲，同时开展巡回讲习活动，鼓励同行之间或跨行业切磋互鉴，提高技艺水平，提升再创造能力；四是要加强传统工艺相关学科专业建设和理论、技术研究，支持具备条件的高校开设传统工艺的相关专业和课程，积极推行现代学徒制，支持有条件的学校帮助传承人群提升学历水平，鼓励高校、研究机构、企业等设立传统工艺的研究基地、重点实验室等；五是要提高传统工艺产品设计、制作水平和整体品质，强化质量意识、精品意识、品牌意识和市场意识，改进设计，改善材料，改良制作，鼓励拥有较强设计能力的企业、高校和相关单位到传统工艺项目集中地设立工作站，开展多种形式的传统工艺大赛、技能大赛，发现、扶持传统工艺创意人才，同时对拓宽传统工艺产品的推介、展示、销售渠道，加强行业组织建设，加强文化生态环境的整体性保护，促进社会普及教育和开展国际交流与合作等多个方面提出了具体要求。

2018年5月，文化和旅游部、工业和信息化部联合发布了第一批国家传统工艺振兴目录，全国共计383个传统工艺项目入选，涉及纺染织绣、服饰制作、编织扎制、雕刻塑造、家具建筑、金属加工、剪纸刻绘、陶瓷烧造、文房制作、漆器髹饰、印刷装裱、食品制作、中药炮制、器具制作14个门类。建立国家传统工艺振兴目录旨在选取并重点支持一批具备传承基础和生产规模、有发展前景、有助于带动就业的传统工艺项目，推动形成可推广的经验案例，带动全国范围内传统工艺的发展和振兴。自国家颁布《中国传统工艺振兴计划》以后，全国各省、区、市都迅速开展了相关工作，就如何落实这一计划，一些省、区、市举办了非遗保护干部和传承人培训班，开展振兴计划的培训。各省、区、市还陆续制定并出台了有针对性的《振兴计划实施办法》。比如2018年11月，北京市文化局委托中国艺术研究院工艺美术研究所研究制定《北京市振兴传统工艺实施意见》，结合北京市首都文化定位，拿出了北京市的第一批振兴目录和具体工作办法。一些省份甚至连地级市也拿出了自己的实施意见。总之，《中国传统工艺振兴计划》公布后，全国各地政府职能部门都高度关注，并迅速落实到具体工作中。工艺美术行业从业人员对于振兴计划的出台自然是欢欣鼓舞，都十分期待政府能在这方面有所投入，对产业有所扶持。

（三）工艺美术行业的第三个热点是传统工艺与精准扶贫

文化和旅游部印发的《关于大力振兴贫困地区传统工艺助力精准扶贫的通知》（以下简称《通知》）指出，近年来，许多地方大力探索和实践"非遗＋扶贫"工作，取得了很多典型经验和显著成效。许多传统工艺企业、作坊、合作社主动招收当地贫困劳动力就业，帮助贫困家庭脱贫增收，取得了实实在在的效果。《通知》要求加大贫困地区传统工艺振兴力度，支持高校、企业或相关单位在条件成熟的贫困地区设立传统工艺工作站，帮助贫困地区传统工艺企业和从业者解决工艺难题，提升设计水平，提高产品品质，培育品牌，拓展市场。《通知》强调应加强贫困地区非遗传承人群培养，各省（区、市）要将贫困地区和贫困家庭的非遗传承人群作为重点推荐研培学员，支持各省（区、市）将贫困地区和贫困家庭的非遗传承人群作为本省份研培计划的实施重点；支持研培高校结合精准扶贫，面向国家贫困县开展整建制培训，为贫困地区有意愿、有一定基础的非遗传承人群提供免费研修研习培训。《通知》还强调，要搭建贫困地区传统工艺产品设计、展示和销售平台。文化和旅游部将结合传统工艺工作站，组织由设计师、专家、高校教师、非遗传承人等参加的团队，帮助贫困地区发展提升传统工艺产品；引进有阵地、渠道和平台的知名电商企业和相关企业，采取订单生产、以销定产等多种形式，扩大销售贫困地区的传统工艺产品；将贫困地区传统工艺产品展示销售与各类相关博览会、展销会相结合，鼓励和支持各省（区、市）每年专门针对贫困地区举办传统工艺展示交流活动。

（四）工艺美术行业的第四个热点是传承人群研培计划的实施，关键词是“研培”

自文化部 2016 年开展传承人研培计划以来，该项工作推进速度极快，每年在全国各地的高校中有数十个班举办各个门类的研培班。4 月 26 日，文化和旅游部、教育部、人力资源社会保障部公布关于印发的《中国非物质文化遗产传承人群研修研习培训计划实施方案（2018—2020）》指出，传承人群研修研习培训计划是《国家“十三五”时期文化发展改革规划纲要》提出的重要任务，是非物质文化遗产保护事业的一项基础性、战略性工作。该计划旨在为非遗保护工作提供高校的学术和教学资源支持，通过组织非遗项目持有者、从业者等传承人群到高校学习专业知识、研究技艺和技术、开展交流研讨与实践，提高传承实践能力，促进非遗的可持续发展。比较有代表性的研培班有北京市文化和旅游局主办、中央美术学院承办的“非遗保护与现代生活”——中青年非遗传承人高级研修班，中国美术学院的青瓷技艺研修班、银饰锻造技艺研修班，清华大学美术学院的北京市非物质文化遗产传承人研修班，中南民族大学主办的传统漆艺研修班，太原理工大学主持的陶瓷烧造技艺和传统大漆髹饰技艺研修班，等等。

工艺美术传承人的培养也形成风潮，不仅文化和旅游部在抓这个工作，中国民艺家协会、中国工艺美术协会、中国轻工联合会等社会团体都在开展这方面的工作。

（五）工艺美术行业第五个热点是对话和交流频繁

在文化和旅游部推动下，全国各地开展了“对话传承人”的活动。处于传承一线的工匠与从事文化创意的设计师、互联网销售平台的运营官以及专家学者们被请到一起，就如何让非遗走入生活等问题展开现场对话。国际在线非遗频道（http://ich.cri.cn）于 6 月 6 日全新上线。非遗频道依托国际在线的国际传播力及多语种渠道资源，秉承“传播非遗文化，促进文明多样性”的宗旨，运用图、文、音视频等多媒体手段，将优质的非遗内容向全球进行传播，搭建了一个非遗信息交流和非遗传播的国际化平台。目前，国际在线非遗频道除现有栏目外，还将推出四大精品栏目：《非遗中国说》《非遗中华行》《匠心对话》《非遗生活观》。其中《非遗中国说》是首档以短视频、脱口秀形式推出的非遗题材文化类节目，聚焦中国非物质文化遗产中传统技艺、美术、戏曲等内容背后的故事。《非遗中华行》是第一档大型寻访中国非物质文化遗产的文化旅游类节目，是传播中华文化瑰宝、讲述中国故事的重要文化活动和影视栏目。《匠心对话》栏目通过与非遗代表性传承人多维度对话与访谈，解密传承密码，讲述非遗背后的故事，并从艺人、艺品、艺道等角度揭示匠人的内心世界。《非遗生活观》聚焦非遗与人、空间及生活的关系，通过一个个成功的非遗美学样本，呈现出古老非遗的现代性与品质感，以艺术点亮人生，让传统文化活起来、火起来。此外，2017 年首播的北京卫视《非凡匠心》在 2018 年推出了第二季系列专题节目。类似这些对话和交流的电视节目在一些地方台还有许多，如江苏卫视的

《非遗江苏》、湖南卫视的《非遗湖南》等。

2018 年起，工艺美术从业人员可以加入中国美术家协会，这引起了热议，也成为 2018 年的热点话题之一。

8 月 23 日，中国美术家协会官方发布了最新修订的《中国美术家协会入会细则（试行）》（以下简称《入会细则》）。最新《入会细则》首次启用积分制考核申报人的业绩条件，只要积满 9 分及以上即达到申报入会的条件。中国美术家协会下辖 22 个专业艺委会，其中就包括工艺美术艺术委员会。在一般人的思维中，工艺美术属于实用艺术，与纯美术的关联比较微弱。而绝大多数工艺美术从业者一来受自身学艺经历的影响，美术理论、美术基础相对薄弱，二来对中国美术家协会的认知度也没有对工艺美术协会、学会那么高。此次中国美术家协会采取积分制的方式吸纳会员，无疑增加了工艺美术从业者加入中国美术家协会的机会。工艺美术从业者只要能获得五年一届的全国美术作品展览金奖、银奖，就可获得积分，其中金奖积 9 分，银奖积 6 分。参加其他符合中国美术家协会规定的相关展览等也可获得相应积分，与人合作创作作品也可按相应规定给予积分。不仅如此，中国美术家协会最新《入会细则》还规定，工艺美术从业者等参与工艺美术文物作品修复，获得正高级、副高级职称，出版美术理论著作，发布美术学术论文等，都可获得相应积分。有人认为，中国美术家协会将与工艺美术协会和学会组织形成竞争关系。也有人认为，这是中国美术家协会对工艺美术行业进行的“跨界打劫”。

二、政策与导向

（一）关于工艺美术职称改革

2017 年年底，国家人力资源社会保障部办公厅印发了《关于在部分职称系列设置正高级职称有关问题的通知》，指出要增设工艺美术“正高级”职称。2018 年 6 月 8 日，由工业和信息化部主办的“全国 2018 年工艺美术行业管理座谈会”在广西壮族自治区钦州市举行，各省（区、市）工信委及工艺美术主管部门等相关单位的领导齐聚钦州。会议提出，各省（区、市）要把树立行业领军人物作为引领行业发展的第一抓手，抓特色行业集聚，培育区域品牌，加强产品宣传和推广，促进形成发展合力；要推动融合创新，结合文化、旅游、非遗传承保护等各方资源，进一步提高工艺美术行业的文化含量；要围绕国家传统工艺振兴目录做好传承创新，将传统工艺产品与现代生活更好地结合起来，进一步拓展市场，促进产品品质提升；要把工艺美术职称制度改革作为下一步工作重点，广泛调研、征求意见，以改革激发活力，推动工艺美术行业实现新发展。会上，关于工艺美术职称制度改革引起热议，因为工艺美术职称序列中所谓高级工艺美术师仅相当于副高，只有个别省份如江苏、广东试行了研究员级高级工艺美术师的评审制度，其余各省都遵照老办法。工业和信息化部消费品司工业司轻工二处处长就《关于深化工艺美术专业人员职称制度改革的指导意见（讨论稿）》起草情况进行说明，提出要顾及工艺美术的行业特点，也要顾及部分地方的实际情况（即专业类别应考虑传统工艺美术和现代工艺美术），提出全国统一基本条件，推进行业内全国职称互认，建立全国统一的工艺美术人员职称和信用管理系统，开展工艺美术人员职称评审网上申报、职称证书网上查询验证和信用档案电子管理等服务。未来人事部和工信部将联合发布工艺美术人员职称制度改革的相关指导意见。

（二）关于工业遗产资源的利用

11 月 19 日，工业和信息化部印发《国家工业遗产管理暂行办法》（以下简称《办法》），对开展国家工业遗产保护利用及相关管理工作进行了明确规定。工业文化是在中国工业化、现代化进程中形成并渗透进工业发展中的物质文化、制度文化和精神文化的总和，是中国特色社会主义文化的重要组成部分。工业遗产是工业文化的重要载体，记录了我国工业化进程不同阶段的重要信息，承载了行业和城市的历史记忆和文化积淀。《办法》鼓励利用国家工业遗产资源，建设工业文化产业园区、特色小镇（街区）、创新创业基地等，培育工业设计、工艺美术、工业创意等业态。注重活化利用，如打造工业博物馆、工业文化主题公园、工业旅游精品线路或产品，以及发展文化创意产业等。这是一个重要举措，事实上，景德镇市遗留下来的工业遗产有的已经被改造成了陶瓷工艺美术的文化创意园区，如建国瓷厂、宇宙瓷厂、为民瓷厂、雕塑瓷厂等都成功地实现了工业遗产的资源再利用。

（三）关于传统工艺精准扶贫

6月27日，文化和旅游部办公厅发布了《关于大力振兴贫困地区传统工艺助力精准扶贫的通知》，文件指出，为深入贯彻落实党的十九大精神和习近平扶贫思想，全面贯彻落实党中央关于深度贫困地区脱贫攻坚的总体部署，将通过加大贫困地区传统工艺振兴力度，加强贫困地区非遗传承人群培养，支持传统工艺项目优秀代表性传承人、工艺师到贫困地区开展讲习活动，支持贫困地区探索设立非遗扶贫就业工坊，搭建贫困地区传统工艺产品设计、展示和销售平台等途径振兴贫困地区传统工艺，发挥非遗尤其是传统工艺在助力精准扶贫方面的重要作用，大力推进文化扶贫工作。

7月11日，文化和旅游部办公厅、国务院扶贫办综合司发布的《关于支持设立非遗扶贫就业工坊的通知》明确提出，文化和旅游部、国务院扶贫办以深度贫困地区“三区三州”为重点，兼顾部分少数民族地区国家级贫困县，选取确定了第一批“非遗＋扶贫”重点支持地区，支持设立非遗扶贫就业工坊。

9月13日，“振兴传统工艺　助力精准扶贫”主题论坛在山东省济南市（“第五届中国非物质文化遗产博览会”期间）举办。本次论坛分为“主旨交流”和“圆桌对话”两个部分，国务院扶贫办开发指导司副司长从脱贫攻坚的形势和任务、非遗扶贫就业工坊的设置、如何更好促进扶贫工作三个方面做主题发言。他强调，非遗扶贫就业工坊的相关工作因地制宜，突出特色，及时总结，加强推广，国务院扶贫办将继续积极支持该项工作的深入开展。圆桌对话阶段，来自政府、学界、高校、企业等方面的嘉宾针对当前传统工艺振兴助力精准扶贫的政策、经验和做法，以及现阶段面临的困难、问题及对策措施等开展交流讨论并达成广泛共识。通过发展非遗传统美术类和传统技艺类来实现精准扶贫，这是2018年的一个重要政策导向。

（四）关于传统工艺与乡村旅游

11月15日，文化和旅游部等17部门印发《关于促进乡村旅游可持续发展的指导意见》，提出为丰富文化内涵，提升产品品质，突出乡村旅游文化特色，要“支持农村地区地域特色文化、民族民间文化、优秀农耕文化、传统手工艺、优秀戏曲曲艺等传承发展，创新表现形式，开发一批乡村文化旅游产品。依托乡村旅游创客基地，推动传统工艺品的生产、设计等和发展乡村旅游有机结合。鼓励乡村与专业艺术院团合作，打造特色鲜明、体现地方人文的文化旅游精品。大力发展乡村特色文化产业”。

三、创作与作品

工业和信息化部工业文化发展中心发布的《工艺美术产业白皮书（2018）》中显示，近几年来受宏观经济整体增速趋缓的影响，我国工艺美术产业增长面临较大的压力，明显增速放缓。

尽管近几年工艺美术的生产和销售势头减缓，但并未影响珍品（精品）的出现。从2018年3月起，广东省工艺美术协会、广东省工艺美术珍品馆向行业公开征集工艺美术珍品（精品），共收到各地送来的234件捐赠作品，最终有206件作品被收藏。目前，广东省工艺美术珍品馆共收藏珍品（精品）600多件，涵盖陶塑、雕刻、剪纸、刺绣、漆器等传统工艺美术的10多个门类，这些作品具有浓厚的岭南文化特色。由中国工艺美术大师辜柳希创作，名为《双层龙虾蟹篓》的金漆木雕珍品引人注意。作品除了运用传统的镂空雕技艺外，还融合了浮雕、圆雕、镂通雕等多种技艺。《九龙屏风》由中国工艺美术大师林智成和团队创作，作品用999纯金线和纯银线来刺绣，耗费金线长达20万米。画面上有九条姿态各异的蛟龙腾空飞舞，色彩浓郁鲜艳，肌理立体感强，具有绚烂富丽的风格。潮彩《百花百鸟图》由国家级非物质文化遗产“潮彩”项目代表性传承人谢金英创作，作品以百花百鸟为题材，描绘出四季花卉争艳竞放的景象。

江苏工美馆主导推出了以青年工艺美术家为主要参与对象的行业展览——“工美新力量”展览，报名作品近千件，从中遴选出300余件作品进入复赛，通过大众投票产生出了票数最高的10件作品。其中有闵欣鉴创作的紫砂壶《暗香》，灵感来源于李清照《醉花阴》：“东篱把酒黄昏后，有暗香盈袖。”壶把上缓缓缠绕的藤蔓，犹如悠悠茶香四溢弥漫。壶身如一位婀娜柔美的女子，上面的花儿只在暗处散发着清香。小花上停歇着一只瓢虫，它爬上细细的藤蔓。作品整体呈现出一种自由自在的田园风光，给人心旷神怡之感。张万敏创作的紫砂壶《新姿》的设计灵感来源于一盆案头水仙。“幽姿冉冉弄晴烟，玉蕤晕碧晓肌鲜”，作品精选黄龙山原矿红降坡泥料，色泽红润，油脂好。制作时充分考虑三位一体的空间理念，把握线条的美感与整体的协调性，于明暗转折、虚实对比中凸显了出此壶的温润、凝重、古雅之风。

“杭州西湖博览会”展会方征集了近20件故宫和中国国家博物馆等单位的收藏品，既有明、清制作的景泰蓝8件，又有福建莆田木雕精品。江苏省扬州市送展的加拿大碧玉《清明上河图》长2米，宽0.8米，厚0.04米，选用整块优质碧玉，由中国工艺美术大师薛春梅策划、田翔等设计制作。主场馆的主题为“中国梦·劳动美——杭州工匠·为你喝彩”，展示的作品中有很多杭州工匠最新的作品，如嵇锡贵大师创作的釉上彩瓷瓶“水仙花”、青花斗彩瓷瓶“牡丹”，陈水琴大师的手绣双面绣“白孔雀”、王文瑛大师机绣双面异色绣“快乐的小贵宾”、朱炳仁大师新创作的熔铜艺术作品等。

在“2018·工艺美术双年展”上，苏绣大师姚惠芬的作品《骷髅幻戏图》引起观众兴趣。这一系列作品参加过“威尼斯双年展”。从技术层面而言，作品运用了传统打籽绣、平针绣、盘金绣、滚针绣等近50种针法。姚惠芬一反传统刺绣的运针方式，将几十种传统针法在《骷髅幻戏图》中进行矛盾与冲突的构成，打破原来刺绣语言的指向次序及表现形式，构建了一种全新的刺绣语言表现形式，并赋予其当代的审美形式与内涵。

由中国美术家协会和上海市文学艺术界联合会主办的“首届全国工艺美术作品展”的展览主题为“传统工艺的活力”，与以往的其他展览不同，此次参展者大多来自全国各大高校，参展作品也以玻璃、金属、纤维、漆器等为主。这次展览不是原封不动地重复过去的技艺和形式，而是在传统的文脉上注入时代的新的活力，结合新的材料、新的科技、新的生活需要，创作既有传统文化韵味，又适应现代生活与时代审美风尚的新的工艺美术品。

在工艺美术作品的投资理财方面，2018年仍旧是盘整下行、分化加剧，是极为艰难的一年。除少数“生”“鲜”（指从未或极少出现在市场中的藏品）、高端精品行情逆市上扬外，高价“熟货”（指多次出现在市场中的藏品）及中低端艺术品价格继续下滑。尽管稀有的、艺术价值较高的清宫旧藏并没有受到行情冲击，甚至有逆势上涨之势，但艺术水平不高而价格随着这波高古瓷行情一起上扬的普品、粗品高古瓷已经出现颓势，价格在这两年将出现较大跌幅。顶级的工艺美术品价格还在上扬，一般的中国工艺美术大师作品不仅是价格下跌而且无人问津。这证明艺术品市场逐步走向理性，从高峰期的投机市场慢慢转变成真正的投资、收藏市场。

对于工艺美术从业人员而言，2018年继续拓展销售渠道，店面销售、送拍、代售、微拍交叉进行，细分市场，不同档次的作品在不同的渠道销售，建立立体的销售网络。2018年，工艺美术品的在线销售著名的有东家APP、微拍堂、阿里巴巴匠仓等。

四、活动与交流

4月6日，由工业和信息化部工业文化中心主办的“独具匠心——工艺美术四十年回顾展”在中华世纪坛开幕，此次回顾展也属国家艺术基金的资助项目。展览共征集了百余位一至六届中国工艺美术大师作品近300件（套），涉及陶瓷、织绣、雕刻、印染、金属工艺等工艺美术品类。此次展览既是对中国工艺美术精湛技艺的展示，也是对中国工艺美术最近二三十年发展变化的一次回顾总结。

6月9日，“流动的文化——大运河文化带非遗大展暨第四届京津冀非遗联展”在中国农业展览馆举行。

6月15日，“2018中国（扬州）大运河文化旅游博览会暨第十三届中国玉石雕精品博览会”开幕，来自全国各地的数百家工艺美术企业共聚扬州，交流传统工艺与现代文创理念。

6月16日，“2018全国手工艺产业博览会暨非物质文化遗产传统技艺展”在上海市青浦区世界手工艺产业博览园开幕，本届博览会以“复兴中国传统文化，创新时代作新篇章”为主题，汇聚国内工艺美术、书法艺术、非遗传承的杰出大师和代表性作品，分设中国木雕、中国玉石雕、中国陶瓷、中国古典家具、艺术品全球购等主题展区。

8月29日，位于陆家嘴上海中心大厦38楼的宝库匠心馆正式开馆。宝库匠心馆是以中国工艺美术、非遗为主要艺术方向，集典藏、展览、交易、营运、推广、交流为一体的文化产业平台。此次对外开放的宝库匠心馆由三大主题展馆、28个大师空间与多功能厅组成，馆区共约2000平方米，涵盖的工艺门类包括陶瓷、玉石雕刻、金属工艺、织染绣、唐卡、玻璃类、漆器、竹木雕刻等，全面展示丰富厚重的中国工艺美术文化与非遗艺术。宝库匠心馆将助力中国匠人向艺术家的转变，实现大师工艺向品牌化发展，支持民族工艺走上国际舞台。

9月13日至17日，由文化和旅游部以及山东省人民政府主办的“第五届中国非物质文化遗产博览会”在山东省济南市开幕。本届中国非遗博览会的主题为“活态传承、活力再现”，旨在通过多种形式进行展演、展示，让非遗走近大众，贴近生活，充分体现我国非遗的丰富性和多样性，体现非遗与人民群众生活的密切联系，体现非遗传承与发展的活力。本届博览会大量使用互联网和音视频技术，线上线下同时举办，并设立第五届中国非物质文化博览会官方网站，进行非遗产品、传统工艺制作流程、非遗传承人故事等的直播、记录、展示。为拓展本届中国非遗博览会的影响，组委会还与阿里巴巴等电商平台联系，推动参展单位和传承人与电子商务平台开展多种形式的合作。

9月15日，淘宝网在西湖畔举办了“2018淘宝造物节”。在古筝、长笛、二胡等乐器接棒演奏的造物节主题曲中，众多以“创造力”为共性的淘宝商家代表在西湖一一登场。但与前两届不同，本届淘宝造物节除了深受年轻人喜爱的“黑科技”和“亚文化”外，还专门为传统工艺和手艺人单独设置了文市“非遗”板块。其中大漆无忧鼓、仙居花灯、苏绣、石湾公仔、传统纸灯以及金箔锻造技艺等传统工艺品都安放在装潢与其艺术特色相符的店铺，参观者还可以现场免费学习体验非遗技艺。除了18家非遗店铺，现场设置了非遗故事电影院，讲述300多名手艺人的传承与坚守。

9月22日至10月7日，“2018北京国际设计周”在中华世纪坛、歌华大厦、北京设计之都大厦、全国农业展览馆及经组委会认定的其他分会场、活动站点举办，包括开幕活动、主题展览、主宾城市、北京设计博览会、设计周奖项、北京设计论坛、非遗设计、创新设计服务大会、设计之旅、时尚北京等十项主体内容板块，与文化创意、设计相关的活动达到近千项。本届设计周以“致敬生活”为主题，以设计满足人民日益增长的美好生活需要为关注点和出发点。围绕这一主题，设计周增设了“传统工艺设计奖”和“服务设计奖”两个专项奖，重点鼓励传统工艺非遗项目通过创意设计与现代生活方式相结合，促进设计思维在社会生产、生活服务中更为广泛的应用。非遗设计是本届设计周的新增板块，旨在推动传统工艺的创造性转化、创新性发展，促进设计力量参与传统美学的挖掘，让传统工艺在现代生活中得到新的广泛应用，增强我国非物质文化遗产的传承实践能力，让“现代设计走进传统工艺，传统工艺融入现代生活”。

10月10日至14日，“第十九届中国工艺美术大师作品暨手工艺术精品博览会”在厦门国际会展中心举办。本届展览共有来自全国28个省、自治区、直辖市的400余家参展商参展。展品包含珠宝玉石、金属工艺品、雕塑工艺品（玉、木、石、牙等）、漆器、抽纱刺绣、地毯挂毯、美术陶瓷、民间工艺品、工艺花画等。展品琳琅满目，涵盖了工艺美术全部类别。

10月18日至22日，“2018中国（杭州）工艺美术新文创展”在浙江展览馆举办。它鼓励特色文化元素、传统手工技艺与创意设计、现代科技、时尚元素结合，擦亮杭扇、杭剪等一批“老字号”金字品牌，打造具有时代感的良品美器。“新文创”让手工艺界更多着眼于产品的创意设计、大数据管理、科技探索与新零售的发展。

10月18日至22日，“2018中国（杭州）工艺美术精品博览会”在杭州和平国际会展中心隆重开展。本届博览会以“弘扬大国工匠精神，展示传统工艺风采”为主题，来自北京、深圳、辽宁、浙江、江苏、江西、福建、广东、重庆等多个省、市参展商组团参展。在展会现场与杭州市文化产权交易所及浙江心选拍卖有限公司合作，共同举办线上线下大师作品拍卖活动。

10月25日至28日，主题为“引领文化产业高质量发展，助推全国文化中心建设”的“第十三届中国北京国际文化创意产业博览会”在中国国际展览中心举行，展出了北京市第七届中国工艺美术大师设计制作的精品，还有诸多来自国家级、北京市级工艺美术大师、工艺美术从业者及知名工艺美术企业的精品，以及60余件2018年“工美杯”传统设计大赛的获奖作品。展品在设计上匠心独具，制作上工艺精良，将传统工艺美术深厚的文化底蕴展现得淋漓尽致。

11月14日，“2018年广东省工艺美术行业职工职业紫砂、朱泥壶创作技能大赛”顺利开幕，本次大赛由广东省总工会、广东省人力资源和社会保障厅、广东省科学技术厅、广东省经济和信息化委员会主办，旨在弘扬工匠精神，提高广东省工艺美术从业人员的技能水平，进一步推动紫砂、朱泥壶的创作传承及创新发展。从全省超过150名报名者中筛选出来的73名手拉壶设计和制作者参加了决赛。决赛选手在两天内要参加理论考试，并现场制作完成手拉壶作品1件。大赛评出金奖1名、银奖4名、铜奖6名，前五名获广东省四家主办单位颁发证书，金奖获得者可申请广东省“五一劳动奖章”。

11月23日，由江苏省政府主办的“第四届江苏技能状元大赛总决赛”在镇江开幕，全省近5万名企业职工、技能技艺工作者、职业院校学生参加选拔，463名优秀选手进入了总决赛。而作为本届首次新增的乡土人才项目，紫砂陶制作（制壶）项目受到了多方的关注与肯定，经过几天的激烈角逐，来自宜兴的吴奇敏凭借深厚扎实的技艺功底、具有代表性的创新能力和独具内涵的艺术审美，从参赛者中脱颖而出，成为紫砂陶制作项目（制壶）的江苏省技能状元。“江苏技能状元大赛”是江苏省职业技能大赛中规格最高、范围最广、表彰奖励力度最大的赛事活动，大赛共设立职工组和青苗组两个组别，每个组别10个项目，每个项目分设一等奖1名、二等奖3名、三等奖6名。获得职工组一等奖的选手由省政府授予“江苏技能状元”荣誉称号，享受省劳动模范待遇，给予10万元奖励，直接认定为“江苏工匠”，直接列入“333工程”项目的培养对象，原专业技术职称和职业资格晋升一级。

五、研究与学术

潘鲁生在中央美术学院举行的“国际美术教育大会”上做“传统工艺与设计教育”主旨发言。从“重新认识传统工艺价值”“发展传统工艺造物体系”“传统工艺与设计教育探索”等角度对我国的工艺美术与设计教育问题进行了阐述，并结合目前工艺美术教育现状，提出应建立四个层面的工艺美术国民教育体系。第一个层面是学前及中小学传统工艺美术教育：学前及小学以体验式教育为主，培养儿童的传统文化情操以及对材料、结构和日常生活的感知；中学工艺美术教育面向学生未来发展及职业规划而培养解决问题的能力、精益求精的精神。第二个层面是工艺美术职业教育：包括中等职业教育和高等职业教育，培养工艺美术职业型、技能型人才。第三个层面是高等工艺美术专业型教育及普及型教育：这是传承传统工艺美术最重要的方式，专业型教育培养高级工艺美术专门人才，此类教育逐渐得到加强；普及型教育则是在非工艺美术类专业中传播工艺美术知识，承担着普及和传承工艺美术的使命。第四个层面是社区的工艺美术教育：承担在城镇化、老龄化社会进程中丰富人民精神生活的任务。

上海大学举办了“首届传统工艺国际论坛”，与会专家学者探讨了传统工艺的传承、保护与发展以及传统工艺研究与艺术史构建、传统工艺的案例研究及方法、传统工艺与物质文化交流、传统工艺的当代叙事方式等话题。

“北京国际设计周”非遗设计板块主论坛“传统工艺设计的启示——找寻当代设计与传统文化、艺术间的译码”在故宫紫禁书院举行。近些年来，以传统工艺融合当代设计的探索尝试在设计界形成了一种风潮，并由此引领了当下一股新的审美与生活风尚。传统工艺与当代设计的各类跨界合作使二者之间的界限逐渐模糊，取而代之的是一种更高层次的表现形式和对传统文化多维度的诠释与表达。许多设计师、设计机构以“出新意于法度之中”的态度，从传统文化、工艺中提取相关元素，通过解构与演变，在当代艺术与当代设计的共通、碰撞中寻找设计灵感。这些有价值的个案体现着大设计的文化视野与当代格局，为创新设计思维和设计理念、推动传统文化与艺术融入当代生活提供了重要启示。黄永松认为，民间艺术可以横贯古今，也能够融汇中西。中国民间艺人所创作的剪纸图案与博物馆中陈列的文物、西方艺术家的作品有惊人的相似之处。在他看来，民间艺术既可以与中国历史相衔接，也可以与西方艺术相交汇。哪怕普通人充满情谊的日常手作也蕴含着中国人的智慧与来自东方的审美启示。中国的风筝、瓷器、古建筑、竹制品等传统艺术和民间美术形式都是中国传统文化的重要组成部分，随着历史的演变，逐渐在生产和生活的各个方面成为不可或缺的重要工具或者用具，并渗透宗教、艺术、伦理等各个领域，成为文化的表征，传导并表现着中华民族的审美情感和人格理想。对这些艺术形式与内涵的理解及挖掘可以为当代设计提供一些有价值的参考。李挺伟认为，未来国与国、人与人的竞争是创造力的竞争，而美育则是连接传统文化、审美与公众的桥梁。因此，要借助科技手段，打造文化、艺术与公众之间的“方便之门”和艺术教育的“入口”。未来的展览形式，无论科技将一件作品打造得多么酷炫，都无法替代艺术品原作的意义。在中国式器物的研究方面，吴学夫及其团队搜集了民间日常生活中最鲜活、最常用的一些中国式物品，这些东西带有鲜明的中国特色，包含了传统习俗、古老美学和文化的影响，同时又受到社会体制和西方外来文明的影响，比如前几年在春运和中国人旅行途中常见的红白蓝编织袋。在“中国房子”的研究中，吴学夫对中国式居所进行了大量调研，从传统四合院到居民楼、20 世纪 50 年代政府统一分配的筒子楼，再到房地产商开发的毫无特色的商品房，这些东西无不带有强烈的社会体制的烙印。在中国人的日用物品及居所的演变中，包含着非常深刻的中国人的生命观及契约精神，这是中国式器物和居所背后折射出的深刻的文化密码。

“2018 第二届工匠中国论坛”在北京市举行。本届论坛以“新时代背景下工匠精神突破和创新”为主题，聚焦行业改革与创新，围绕解读新工匠精神的全新定义、新时代工匠精神如何打造品牌升级、如何实现产教融合培养现代工匠、企业家精神与工匠精神如何同频共振、传统工艺如何焕发新的工匠之路、老艺人的工艺传承之道等议题，展开思想的碰撞、研讨和交流。

由中国艺术研究院工艺美术研究所指导，中共深圳市龙华区委宣传部（文化体育局）等主办的“国匠荣耀·第三届手工艺创新盛会”在深圳观澜湖举行。《中华手工》杂志与“手艺”App 前期展开了对当前我国手工艺发展现状的调查，并将 3 万余份生态调查报告做了整合发布。邱春林、袁佳君子详细分析了 2018 年《中国手工艺生态调查报告》中的各种数据，解读了每项数据所反映的手工艺当前发展中遇到的问题：一方面，不同于现代高新技术职业，手工艺的学习过程具有其独特性，需要漫长的岁月积累与沉淀，经验性知识的获得往往要求艺徒不断地重复技艺、感受物性以求游刃有余的身心体悟，因此手工艺行业内甚少见得到年少成名者，而以耐得寂寞、踏实勤学的手艺人为众；另一方面，伴随手工艺在当代社会中的“回归”，传统亦成为时下年轻人所追捧的时尚元素之一，有越来越多的青年学者关注手工艺文化的价值，与此同时，大量年轻人从一线城市走向二、三线城市，从高科技产业走向手工艺生产，许多手艺人的子女也愿意跟随父辈学艺。跻身大城市、进入企业或成为政府公职人员已不再是 80 后、90 后走出校园的唯一出路，而留在家乡、守住自然也不再是安于一隅的表现。伴随着社会对“手工艺”文化整体认可度的攀升，许多美术与设计专业毕业的学生也投入到手工艺的学习或经营中，当前，47.4%的手艺人及业余爱好者拥有大学本科及以上学历，可见“手艺人”的身份与相对自由的生活方式成为时下的人们特别是成长于我国工业技术飞速发展的这二三十年内的年青一代所向往的美好生活。“报告”反映出的数据也显示男女性别比例存在不平衡：在非遗传承人与工艺美术大师这一群体中体现得较为明显，男女分别占总数的65%、35%；而在手艺人与业余爱好者这一群体中男女分别占总数的58.5%、41.5%，较为均衡。之所以如此，可能一方面由于大众潜意识中对男性与女性社会角色的区别对待，另一方面受制于古代“传男不传女”工艺传习思想残留的影响。

“传统手工艺的当代转换——2018中国工艺美术理论与批评论坛”在北京市举行。本次活动由中国艺术研究院、中国非物质文化遗产保护中心主办，中国艺术研究院工艺美术研究所、传统技艺研究室承办，来自全国各地的专家学者、工艺美术大师、非物质文化遗产代表性传承人等50余人参加论坛，就传统手工艺在当代社会的功能以及工艺美术如何应对社会变迁等议题展开学术讨论。邱春林从宏观层面回顾了百年来中国工艺美术所经历的三次文化转型，并着重指出，1990年之后工艺美术迎来的第三次文化转型发生在大工业化社会、信息化社会这一时代背景之下，工艺美术从整体上由轻工业转变为文化创意产业和非物质文化遗产，具有产业和文化事业的双重特性。尤其是在非物质文化遗产保护工作的推动下，工艺美术逐渐成为弘扬我国优秀传统文化的重要实践领域，向全社会释放出越来越多的文化服务功能。面对这一转型，传统工艺美术行业应重视自身发展规律，回归手工艺的本位，按照本色来发展，这才有未来。李砚祖则认为工艺美术是一个复杂体系，伴随着时代发展，其传承和创新问题日益凸显。他提出传统手工艺当代转换的四个途径：一是走向艺术，或者说与艺术结合，与当代审美情趣共振；二是走向大生产，即手工艺与现代生产方式相结合，传统手工艺向文化创意产业转型，走大批量生产之路；三是走向设计，与现代设计相结合，适度创新；四是走向精致，以不变应万变，传承即创新。黄永松在演讲中重点谈及传统文化和新创意的结合问题，通过对缭绫、竹子等材质的介绍，解析了工艺美术设计与材料呈现的关系。比如一些传统织物，以及敦煌石窟壁画、塑像上相关纹样、图案的运用，不仅为今人了解传统染织技艺提供了可靠资料，也为当下中国设计提供了取之不尽的传统素材。他强调，在进行传统手工艺转换的过程中，应当温故而知新，学会古为今用。许平从实践层面探讨了传统手工艺的当代转换问题。他结合相关设计案例指出，当代工艺美术已与设计、艺术等领域并存，成为当代社会一个重要的文化构成。应当重视和研究新时代条件下工艺美术生存姿态的调整与发展方式的变化，为之正名、正形、正业、正心，使工艺美术行业在恢复对传统的感知、恢复精良品质和优雅气质的基础之上寻求更为清晰的发展路径。

通过此次论坛的探讨，与会专家就传统手工艺的当代转换与发展达成几点共识：发展手工艺，有助于传承和弘扬中华优秀传统文化，涵养文化生态，丰富文化资源，增强文化自信；有助于释放人的创造性，提高动手能力，在全社会培育和弘扬精益求精的工匠精神；有助于为全社会提供个性化、艺术化产品，满足人们追求美好生活的愿望；有助于促进年轻人自主择业，提高城乡居民收入，增强传统街区和村落活力；有助于缓解快速社会变迁中可能出现的心理焦虑问题，促进社会和谐；有助于文化和旅游的深度融合，改变旅游产品的同质化现象，增强文化体验的魅力。只有在继承传统手工艺核心本质、要义、精髓的基础上有所创新，有所前进，才能够自觉、主动、清晰地去创造当今时代手工艺新的文化形态、新的风貌和新的辉煌。与会的专家学者指出，手工艺的生产不单纯是商品生产，还是文化再生产，是手艺人对传统文化符号进行自觉利用、加工改造的过程。他们指出，当工业化程度越来越高、信息化时代又紧随而至的时候，传统手工艺面临着严重危机，其生产力的增长及创造经济财富的能力都远不如大工业和人工智能生产。在这种情况下，手工艺在国民经济生活中居于什么位置？在国家文化战略中又居于什么位置？未来手工艺在社会生活中将担负什么功能角色？学者们从各自的地域和不同学术研究的视角去观察这些年的中国手工艺实践。

“2018中国工艺美术文化产业创新发展论坛”在厦门国际会展中心举行。本次论坛以“聚焦工艺美术文化，谋划产业创新发展”为主题，探讨中华传统工艺美术如何实现传承与创新并举，与时俱进地讲好工艺美术这篇中国故事。现场，文化节目主持人王鲁湘与邱春林、高常梓、马佩等几位工美专家展开对话。王鲁湘表示：“20世纪50年代提出工艺美术概念时，是为满足人民群众日益增长的艺术需求，美化人民的生活。”在工业化、现代化浪潮下，费时费工制作的手工艺品反而越来越不实用，一度脱离人民群众的日常生活。而在供给侧改革、多样化消费兴起的当下，工艺美术正在迎来复兴契机。笔者表示：“曾经大陆工艺美术与台湾存在很大差距，但经多年交流和发展，两岸现在至少是齐平的状态，甚至有些方面大陆还超过台湾，开始向台湾输出工艺美术创意产品。”而在这一过程中，厦门作为承接两岸交流的平台，作用不可忽视。高常梓表示，两岸工艺美术市场要实现真正融合，未来同样在于模式创新。通过厦门等重点地区的努力，两岸工艺美术在创作理念、技法方面已取得深度交流，但仍要在通关模式、交易模式等方面取得突破，才能实现工艺美术作品在两岸之间的畅行流通。

笔者所著《手工技艺保护论集》一书出版。笔者认为，联合国教科文组织《保护非物质文化遗产公约》中指出保护非遗的目的是“促进人类文化多样性和人类的创造力”。这两个目标看似统一在非遗保护的框架下，其实是一对相互依存的矛盾：因为人类有无法遏制的创造力，才造成文化的多样性面貌；反过来，也正是因为创造力的发展才导致全球化的到来，文化多样性的现有格局可能被一再打破，发展中国家向发达国家的文化趋同现象日益严重。在开放程度越来越大的中国，跨文化交流和文化产业化十分活跃，政府对文化的干预也很主动，手艺人对新材料、新工艺、新科技的尝试冲动、产品创新冲动以及占有国际市场的愿望都十分强烈，这些有关人类创造力的释放都无时无刻不在挑战文化多样性的现有面貌。在市场经济条件下，共同市场必将对手工艺的发展方向产生实质性的影响，尤其不同地域环境中的同类别的手工艺容易发生文化特质的借用现象。比如说，中国的手工刺绣在全国有十分广泛的分布，我们56个民族的刺绣各具特色，但在最近20年共同市场的作用下，它们互融互渗，其结果是各个绣种原有的文化特质消失较快，技艺和艺术特色逐渐趋同。类似这种文化变迁遵循利益原则，即像李泽厚所说的有实用理性在起作用，人们习惯于选择那些有意义的、相对优越的、强势文化的、可行性和利益可预见的方向去做适应性改变，否则消费者的排拒态度至少会延缓手艺人对传统样貌的改变。

宋武、李艳、吴荻帆合著的《图说福建传统手工艺与闽台文化》出版，该书记载了包括福州脱胎漆器、厦门漆线雕、漳州木偶头、泉州金苍绣等当地所熟知的传统手工技艺，也记录了诸如石狮锡雕、漳绒漳缎等濒临失传的传统手工技艺，并从文化、工艺、产业等角度对各门类传统手工艺进行了解说。

张西昌的《传统手工艺的知识产权保护研究》出版。该书是《西安美术学院优秀博士文丛》中的一本。作者从历史和现实、理论和实践各个角度探讨了有关传统手工艺的知识产权保护问题，涉及传统手工艺知识产权保护的历史、理论、焦点争端、现状，以及传统手工艺知识产权立法的路径选择和制度完善等，具有一定的理论价值和现实指导意义。

由盛羽撰写的《中国传统镂版印花工艺研究》出版。该书追溯了镂版印花艺术的历史源流与演绎概况，分别对全国各地的镂版印花工艺进行了调研，详细记录了该工艺的流程与艺术特色，同时通过大量翔实精美的实物图片对镂版印花艺术进行了剖析，从造物观与审美观入手，探讨了其背后所蕴含的文化特性，并借鉴日本对传统工艺的保护措施，提出了手工技艺保护与传承的设想。

刘若琳著的《中国传统服装的嬗变：民国服装》出版。该书分析中国传统服装风格，阐述民国期间中国服装的演变，讲解了西方服装对民国服装的影响，分别解析了民国男装和女装的发展演化，通过具体的图像阐述了民国时期服装样式的来源、结构及工艺。

李锐文著的《砚工新曲：端州程氏的砚艺源流与艺术发展研究》出版。该书图文并茂，是对端州程氏的砚艺源流与艺术发展进行研究的著作，作者根据自己的教学实践和研究，从美学的角度对端州程氏端砚世家的工艺源流、工艺技巧与发展进行了总结。

由王文章主编的大型学术丛书《中国工艺美术大师全集》中的《甘而可卷》《刘伟卷》《王芝文卷》《李艳卷》等出版，延续了这套书及时总结当代工艺美术成就的宗旨。

由连辑主编，中国艺术研究院工艺美术研究所出品的《中国好手艺展作品集》正式出版发行。吕品田在序言中说，本着立标准、明取向、领风尚的宗旨，“中国好手艺展”力扣“好”字做文章。基于广泛磋商和研讨，活动确定以“材美、工巧、器韵、时宜”为甄选和评判好手艺作品的标准。所谓材美，意指珍惜天材、巧用物料；所谓工巧，意指因材施艺、工契意匠；所谓器韵，意指形完神足、宛若天成；所谓时宜，意指制随时变、合宜适用。合此四者，方可谓好。邱春林在《中国好手艺的当代构成要素》一文中说，“材美、工巧、器韵、时宜”既是一个制度性的学术展所持的遴选展品的标准，更是我们推出的一个衡量当代手工艺作品好坏的评判标准。在《考工记》诞生了两千多年之后，该有一个契合我们这个时代发展变化的新的价值导向出现。

六、趋势与对策

政府接连推出非物质文化遗产保护、传统工艺振兴等方面的政策措施，各种媒体、社会团体、学术机构也大力推动，促使社会上出现“手工艺热”。但文化热不一定直接成就经济热。2018 年工艺美术规模企业普遍在压缩生产规模，大型工艺美术聚集区、园区难以为继的居多数，只有青年人的文化创意小企业、小作坊得到互联网销售平台的支持，从而出现快速增长势头。有 24.5% 的工艺美术从业者年收入在走下坡路，43.6% 的从业者年收入呈现小幅增长势头，总体上反映出我国 2018 年工艺美术的发展仍处于以调整为主、压缩规模、小幅震荡上扬的态势中。

工艺美术发展存在的主要问题体现在传承人缺乏符合现代审美的设计能力、老龄化且后继乏人以及社会大众的认知不足三个方面。根据中国非物质文化遗产保护中心公布的“国家级非物质文化遗产代表性项目代表性传承人数据统计”显示，截至目前五批入选传承人共 3068 位，其中男性 2327 人，女性 741 人，其中最近公布的第五批入选人平均年龄为 63.29 岁。此项数据亦从一定程度上解释了中国手工艺群体的年龄分布及非遗传承人与工艺美术大师群体中的明显性别比例差现象。尽管年轻、高学历背景的新力量不断注入手工艺行业内部，但传统手工艺的传承中断层现象依旧突出。年轻人更多倾向于企业管理、现代设计、手工艺与工业化结合等领域内的发展，专注于手工技艺传承的群体相对较少。

根据 2018 年《中国手工艺生态调查报告》，有 25.1% 的工艺美术从业者最为关注的现实问题是当前如何获得营销渠道，只有 14.4% 的受访者关注与时俱进的设计理念与产品开发思路。有 46.2% 的人在对自己的手工艺品售价核算中并未对产品的设计费用进行过计算，也就是说不太重视创意设计的智力投入。传承人更希望通过研修研习的培训了解当前市场的实时动态以及有关手工艺产品的切实销售方式。

2018 年《中国手工艺生态调查报告》显示有关“手工艺消费与市场现象”，消费者更加看重具有日用功能（茶具、食器、装饰物等）、设计个性（表达创作者鲜明个性的产品）、体现传统文化内涵（带有非物质文化遗产属性的产品）的手工艺品。单价 500 元以下的手工艺品更易被消费者接受。这就说明，工艺美术的生产越来越要重视面向日用的创意产品的生产，而不是一味脱离市场需求去生产工艺礼品或做仿古的器物。

销售渠道方面，在各大展会、市集以及实体店铺中工艺美术大师的粉丝与品牌效应作用突出，所占比例均超过 50%，而普通手艺人及业余爱好者更多地选择借助微信这一综合性的社交网络平台进行产品的宣传、推广和销售，价格相对低廉、易于物流运输的手工艺产品被互联网消费时代接纳，进而从某种程度上减少了部分初期创业者的额外成本支出。

从投资和经营的角度来看，行业标准的缺失问题备受重视，建立行业标准、发掘传统文化的内在潜力是投资者所强调的打造手工艺品核心竞争力的主要方式。这反映出手工艺不同于工业产品的生产特性及文化价值在投资领域内已得到较好的认知。接下来所面对的问题即如何从投资、经营者的角度上正确把握手工艺的文化属性，进行合理推广及适度产业化发展，进而避免手工艺的市场化完全趋同于机械技术生产的营销模式，被工业化所同化。

工艺美术嵌入现代工业化大生产的发展模式并非适应所有门类。机械技术中加入“传统”元素的“时尚产品”，已经脱离了手工艺的核心特征。大批量工业产品出现在旅游市场中，并被赋予“手工”“非遗”一类的标签，大量纯艺术作品中硬性插入“传统”的符号，却置其文化内核于不顾，成为传统的传承与创新的代表，如此“玩传统”的现象在市场中屡见不鲜。恰是这种产业化发展盛景所造成的假象令不少人坚信我国优秀的手工艺文化已繁荣复兴，但是，手工艺文化的繁荣时期尚未到来，目前仍处于调整适应期，大规模工业化的形式并不能取代传统的手工艺经营模式。

伴随我国社会整体对手工艺保护与传承意识的逐步增强，居民可支配收入的提升，手工艺行业的未来发展将呈现出以下主要趋势：1. 越来越多的青年人加入手工艺行业内，但专门从事传统技艺的新生代较少，传承人老龄化问题并不会在短期内得以改善；2. 旅游观光、生态体验将成为手工艺向社会进行自我宣传、推广的主要方式，手工艺中承载的传统文化价值属性将成为当下发展的重要支点；3. 机械化产业模式下的手工艺品将逐渐从传统手工艺品的圈子中独立出来，以文化工业产品的形势继续存在，但纯正手工艺生产的“慢”节奏将在后工业社会中更多地发挥其精神文化价值；4. 手工艺品向纯艺术化发展的趋势与适应当代人生活日用的产品风格将在未来的发展道路中并行，不少工艺美术大师、学院派手工艺人渴望向艺术家的方向发展，收藏品市场亦刺激着大量凸显装饰、礼仪之用的手工艺品的创作，而具有使用功能的手工艺品一方面满足了大众在生活中亲近手工、感受传统的精神诉求，另一方面为手艺人、青年创业者提供了一定的收入保障。总体而言，开放的社会环境将促进手工艺的多元发展，将其“回归”之路引向旅游、文化、教育、创新设计等多个不同领域。

今后，政府应该继续扩大非物质文化遗产传承人队伍。鼓励技艺精湛、符合条件的中青年传承人申报各级非物质文化遗产代表性项目并进入代表性传承人队伍，形成合理梯队。尤其要引导返乡下乡人员结合自身优势和特长，发展工艺美术文化创意等产业。提高工艺美术产品的设计、制作水平和整体品质。鼓励工艺美术从业者在自己的作品或产品上署名或使用手作标识，支持发展基于手工劳动、富有文化内涵的现代手工艺。鼓励工艺美术企业和从业者合理运用知识产权制度，注册产品商标，保护商业秘密和创新成果。支持有条件的地方注册地理标志证明商标或集体商标，培育有民族特色的工艺美术知名品牌。工艺美术企业符合现行小微企业和高新技术企业等税收优惠政策条件的可按规定享受税收优惠政策。拓宽工艺美术产品的推介、展示、销售渠道。鼓励在传统工艺集中的历史文化街区和村镇、自然和人文景区、工艺美术项目集中地设立工艺美术产品的展示展销场所，集中展示、宣传和推介具有民族或地域特色的传统工艺产品，推动工艺美术与旅游市场的结合。利用现有资金渠道，对符合规定的工艺美术相关项目以及特色文化产业予以适当支持。将传统工艺展示、传习基础设施建设纳入“十三五”时期文化旅游提升工程。开展国际交流与合作。通过双边、多边渠道组织工艺美术传承人、企业和行业组织代表开展国际交流和研修培训以及技术领域的研究与合作，开阔视野，借鉴经验。

今天，我们有十几亿的人口，其中 8 亿在城镇，正处于新型工业化、信息化、城镇化、农业现代化同步发展跃升期。习近平总书记在党的十九大报告中指出：“中国特色社会主义进入新时代，我国社会主要矛盾已经转化为人民日益增长的美好生活需要和不平衡不充分的发展之间的矛盾。”不平衡，表现在区域差距、城乡差距、收入差距，以及经济建设水平与文化、社会、生态建设水平之间的差距；不充分，表现在发展的质量和效益不够高，供给的水平不够高，还不能完全满足人民群众美好生活的需求。中国工艺美术的未来发展要紧跟社会形势，任重而道远。尤其是作为大工业化和智能化生产方式的合理补充，工艺美术生产商要给全社会供应个性化、差异化、高质量的兼具实用性与美的产品，同时还要提供高水平的文化服务。一方面，工艺美术的生产要充分利用大数据精细研究社会分层和消费需求；加强各平台经济信息的互联互通；加大力度扶持本土工艺美术品牌，实施品牌战略；继续增强创新活力，以创新兴产业。另一方面，我们要看到，工艺美术在文化服务方面的竞争力与大工业化和智能化生产相比有其鲜明优势，要考虑如何扬长避短，尽可能在人文旅游、传统村落保护、乡村振兴、精准扶贫、解决就业、治愈都市焦虑症等方面发挥其独特的社会文化功能。让工艺美术的传统生产方式成为人人都可看得见的“乡愁”，走向未来的“历史”；让工艺美术的新产品成为人人都欣赏的文化，可尽情拥抱的“活着”的传统。

邱春林 中国艺术研究院工艺美术研究所所长、研究员

2018年度中国工艺美术理论研究综述

◎ 徐艺乙　王钰雯

2018年度，工艺美术理论研究主要关注了基础概念、历史发展、传统工艺振兴与当代价值及传承和创新等当前热点话题。在传统工艺振兴的背景下，社会的发展需要情感的满足和人性的回归，将工艺美术融入现代生活，是2018年度工艺美术理论研究的核心主题。

一、工艺美术的定义与功能

"工艺美术"的定义与内涵在学界存在着不同的声音，主要表现在概念上混乱不清。侯样祥对"工艺美术"一词进行了初步的学理梳理与解析，认为"工艺美术"一词是中西方文化相结合的产物，"工艺"从字义的解释来看，"工"即"技术"，"艺"即"才能、技能、本领"，"工艺"则是指"手工工艺"或"手工技能"，换言之强调了"手工"和"技艺"。具体而言"手工"强调的是"人工"在艺术创作中的重要性，"技艺"则是艺术创作中除审美、思想等因素之外的技能本领。而"美术"一词最早源于日文，王国维将"美术"作为"艺术"之意广泛使用，后蔡元培又将"工艺"与"美术"结合起来使用。同时文中还提出了"'工艺美术'是艺术，是美术，是造型艺术，'工艺美术品'是产品"①这一判断。基于此，侯样祥又在《再为"工艺美术"正名》一文中进一步对"工美的艺术性"和"工艺品的生活性"进行了阐释。文中以《中国美术全集》与秦汉陶俑为例，展现了工美与艺术的联系：工艺美术中追求艺术性的创作；工艺品中"任何艺术追求，都是以不损害产品的生活实用性为前提的"。这样看来，工艺的内涵与外延极其丰富，"工艺不仅创造艺术品，也创造生活日用品"②，与之对应"工艺"既具"美"的因素，同时又具有"用"的因素。

工艺美术的功能是工艺美术理论中的一个重要问题。工艺美术不但是物化的一种精神产品形式，也是具有精神因素的一种物化存在，工艺美术兼具物质性与精神性，因此学术界一般认为工艺美术主要具有实用和审美两大功能。工艺美术与普通民众的生活密不可分，"实用性是传统工艺最本原、最重要的特征"③，其实用价值意义不言而喻。同时工艺美术也是造福于生活的艺术，其审美的特点在于"造型上的本原性、内容中的共通性和色彩里的象征性"④，其价值在于"记录、表现和传承"，打造独具民族传统与时代特点的艺术风格工艺美术作品。

在当今的情境下，"工艺美术"的定义经常会与相近的词义概念相混淆，内涵与外延也在不断被扩大。在这种情况下，需要用历史的眼光对与其相近的概念进行比较研究。基础概念的正确解读是一切研究的基础，只有辨析厘清"工艺美术"与其他相近词义，相关研究工作才能更加深入。

二、工艺美术的历史理论再梳理

中国工艺美术历史源远流长，内涵博大精深，历史理论的研究应当体现内容层面的深度与范围覆盖的广度，从纵向工艺美术发展历程的梳理，到横向工艺美术史论体系的完善，特别关注到少数民族地区的工艺美术，使得研究更加具有理论价值意义。

---

① 侯样祥：《为"工艺美术"正名》，《美术报》2018年9月1日。
② 侯样祥：《再为"工艺美术"正名》，《美术报》2018年9月22日。
③ 华觉明、刘培峰：《传统工艺研究、保护与学科建设——中国科学院华觉明研究员访谈录》，《阅江学刊》2018年第6期。
④ 肖柏：《略论民间工艺美术的审美特点与价值》，《艺术评鉴》2018年第18期。

关于晚清时期的中国工艺美术历史研究，苏茂财在其《1840—1912年中国民间传统手工艺发展与变革研究》一文中，通过对1840—1912年中国传统手工艺进行梳理发现，该阶段经历了“发展期、衰落期、反思与变革期和新生期几大阶段”[①]。一方面西方的工艺美术传入中国，冲击了国内市场，但同时又吸收了本土工艺美术的特点进行二次创造，丰富了传统手工艺品种；另一方面市井阶层民间传统手工艺仍在创新发展。民国时期工艺美术发展迅速，民国教育部第一次全国美展会刊《美展特刊》以“工艺美术”为名称收录了近代设计作品，参展的传统工艺美术品多于图案作品，“这一时期的工艺美术部对手工艺推崇有加”[②]。新中国成立后，特别是改革开放以来，工艺美术四十年来取得了巨大的成就。体制上的改革使工艺美术大体经过了从“国家统一管理、多种经济形式的生产体系、管理政企分离、改制与停滞和民营个体企业涌现”[③]等几大关键的阶段节点。经济层面，工艺美术消费市场的扩大，工艺美术产业聚集，工艺美术品样式从“传统老旧”变得“个性时尚”。与此同时，工艺美术也经历了“向纯手工生产方式”的文化历史性的回归，“工艺美术文化也得以重现其本色”。工艺美术始终保持着“制随时变”的姿态，产品和生产环节都呈现出丰富的文化多样性，加之各地条令和政策的出台，使传统技艺得到了很好的保护。

工艺美术史理论体系不断丰富和完善。改革开放前，中国工艺美术史研究处于初创期。新中国成立后，以中央工艺美术学院为阵地，着手工艺美术历史与史论的研究，至此“工艺美术史的研究逐渐从美术史研究体系中独立出来”[④]，20世纪80年代，工艺美术通史专著问世。后来涌现出大量有关工艺美术断代史、地区史、少数民族和专题论著。其中，少数民族地区工艺美术史的研究是中国工艺美术史研究的重要组成部分。乌英嘎在其《中国古代北方少数民族地区工艺美术流变——以艺术形象、对外交流与科技进步为视角》一文中对北方少数民族工艺美术研究现状进行了分析，对北方少数民族地区、工艺美术流变的断限做出了界定，强调“工艺美术的演化应当是‘流变’而非‘发展’”[⑤]，并从典型艺术形象、对外交流和科学技术视角对北方少数民族工艺美术的流变进行了详细的讨论。同时有学者指出关于少数民族地区工艺美术的认知方式——避免从个人的主观审美经验来理解，应尽量“从民族文化的角度来认识”[⑥]。

除此之外，工艺美术的事业的发展，离不开机构组织团队的主导和引领。蔡淑娟在其《使命，以设计的名义——江苏省工艺美术研究所的早期成立及其探索》一文中介绍并分析了20世纪六七十年代在政府主导下成立的南京云锦工艺美术研究所、南通工艺美术研究所和苏州工艺美术研究所等典型案例。工艺美术研究所的成立，经过机构重组优化、资源调配与团队合作，探索出了一条“适应新时代需求的新工艺美术发展模式”[⑦]，工艺美术品类交流互动日益频繁，融合共享理念日渐突显。通过对研究所发展历程的研究以及创新模式的总结，对当代工艺美术的发展也有一定的借鉴意义。

当前中国工艺美术历史理论研究不断丰富，内容从单一的历史发展视角，逐步深入到史论体系理论的梳理研究。但也还存在着明显不足，如研究对象堆叠、研究边界交叉、时间空间边界局限等问题。

---

① 苏茂财：《1840—1912年中国民间传统手工艺发展与变革研究》，《山东工艺美术学院学报》2018年第5期。

② 王卓然：《从工艺美术到图案之部——民国教育部第一、二次全国美展与中国近代设计之变》，《装饰》2018年第8期。

③ 邱春林：《创造美好生活——改革开放四十年中国工艺美术发展回顾》，《中国文化报》2018年12月5日。

④ 乌英嘎、章天：《二十世纪以来中国工艺美术史研究综述》，《内蒙古艺术学院学报》2018年第1期。

⑤ 乌英嘎：《中国古代北方少数民族地区工艺美术流变——以艺术形象、对外交流与科技进步为视角》，《前沿》2018年第5期。

⑥ 钟茂兰：《民间工艺美术创新的意义——以羌族刺绣为例》，《民艺》2018年第1期。

⑦ 蔡淑娟：《使命，以设计的名义——江苏省工艺美术研究所的早期成立及其探索》，《山东工艺美术学院学报》2018年第6期。

三、工艺美术的文化体系建设

从工艺美术的文化体系建构层面来看，传统工艺美术应该建立自己独有的评价指标，并且设立自己的基础理论系统和工艺技术体系。李瀚诚在其《美术工艺与工艺美术——兼论传统手工艺的评价体系》一文中，提出构建传统手工艺的评价体系可从“材料、手段、形态、适用”四方面进行评价，“前三者基于传统手工艺本身，适用则针对传统手工艺的作用”①。

在文化体系建设过程中，还应考虑到时代发展的大环境，抓住机遇。在经济全球化的时代背景下，产生了一种以创造力为核心的新兴产业即文化创意产业，它以文化主题，以创意为核心，以产业发展为动力，促进文化产业的繁荣与发展。“文创 +”产业发展如日中天，将工艺美术与文化创意产业相结合也是一条有效出路。

传统的工艺美术形态需要适应现代发展，文创产业和现代科技为其提供转变支持。文化创意产业丰富了传统工艺美术的艺术形态，为其提供了新的思路，“文化创意与产品设计相结合”②，兼顾了工艺美术的实用性和艺术性，经济价值能够得到更好的实现。传统与新兴之间的碰撞，必然需要创意和科技的注入，也正如有学者所说“传统的工艺美术产业有待与科技融合提升品质，新兴工艺美术产业有待与创意融合扩大市场”③。诚然，工艺美术走进千家万户需要有广阔的消费市场，市场是手工艺发展的动力来源。如今，产业化机器生产可以提高效率，谭萌认为在尊重传统工艺的科技理性与人文精神下，“当代机器生产也具有一定的正当性和优越性”④。但产业化发展不可盲目以追求经济效率为目标，“囫囵吞枣”式发展不可取，当下的发展为我们提供了这样一种思路——去繁留“核”，即“所有可以用机器替代的生产用机器替代，但精彩的工艺部分是手工制作出来的”⑤，将人与手工的价值发挥最大化。因为传统工艺的价值就在于它所承载的内涵和情感，能够赋予产品以“活”的艺术美和文化内涵。应区别于工业产品的“冷冰冰”的流水化制作，每个手工艺品都是独一无二的，工艺美术品应该是有“温度”的。从传统与科技创新的关系来看，传统工艺本身就有着极为丰富的技术、科学与艺术等价值，同时“其中所蕴含的精神力量也是当代科技创新和创新文化建设所需要的”⑥。在不改变、不扭曲制作技术的基础上，传统工艺美术与现代生活相适应的发展传承方式，使其在当代社会中充分发挥价值，得到保护与传承。将工艺美术融入新兴科技创新，在保留原本的工艺流程、工艺特点和文化内涵的基础上，“利用现代科技工具，进一步优化改造民间工艺”⑦，并注重结合现代化市场的需求，制作出符合大众审美，具有个性化、市场化的产品。在产业化之路上，传统工艺美术融入文化创意产业的核心竞争力是“人的创造力”，提升核心技艺水平仍还是重中之重，同时还需强化对手工艺知识产权的重视程度、包括对知识产权的理解、保护与利用，从而促进“工艺美术的产权维权、产权贸易以及品牌建设”⑧，这也是不容忽视的一点。

四、传统工艺振兴与传统工艺的当代价值

基于国家“十三五”规划，为构建中华优秀传统文化传承体系、加强文化遗产保护，振兴传统工艺，实施中华典籍整理工程，国家出台了一系列相应文化政策。2017 年由文化部、工业和信息化部和

---

① 李瀚诚：《美术工艺与工艺美术——兼论传统手工艺的评价体系》，硕士学位论文，南京大学，2018 年。
② 李升：《文化创意产业视角下传统工艺美术保护与开发》，《艺术研究》2018 年第 3 期。
③ 赵罡、徐永利：《传统工艺振兴的模式探索以江苏吴中为例》，《上海工艺美术》2018 年第 2 期。
④ 谭萌：《在科技理性与人文精神之间：传统工艺的保护、传承与振兴》，《原生态民族文化学刊》2018 年第 2 期。
⑤ 赵罡：《传统手工艺的当代价值》，《中华手工》2018 年第 Z1 期。
⑥ 中国科学院院刊编辑部：《传统工艺的科学认知——张柏春研究员访谈》，《中国科学院院刊》2018 年第 12 期。
⑦ 刘海娟：《现代化视野中民间工艺美术的复兴研究》，《美术教育研究》2018 年第 13 期。
⑧ 钱盈盈：《传统工艺美术在文化创意产业中的变革》，硕士学位论文，南京艺术学院，2018 年。

财政部三部委共同制定的《中国传统工艺振兴计划》[①]出台，2018年国家随即颁布了涵盖雕刻塑造、金属加工、剪纸刻绘、陶瓷烧造、文房制作、漆器髹饰、印刷装裱、食品制作、中药炮制、器具制作等10个门类、383项目的《第一批国家传统工艺振兴目录》[②]。深入挖掘传统工艺的当代价值，引导传统工艺融入现代社会，成了当下热议的主题。

“传统手工艺的复兴，是对传统文化价值的重新认识”[③]，因而振兴传统工艺不是一句口号，振兴传统工艺的根本目的是解决中国人生活方式消亡的问题。“构建一种新的、中国人自己的生活方式”迫在眉睫，要将传统手工艺成为生活必需品，“从日常找回丰富的生活是传统工艺活化的根基所在”[④]。除此之外，还需要将工艺美术给社会大众普及，产生共鸣，从知识认知上提升人们对传统的认识。技艺与时俱进、手工艺品既要实用又要好用，“以质求量，是中国人的生活准则、消费准则和创作准则”[⑤]。振兴传统工艺之路任重而道远，在明确目的的前提下，其标准也需要规范与量化。陈岸瑛在其《振兴中国传统工艺的目标和标准》[⑥]一文中提出以“实现传统工艺、地域文化的大面积复兴”为目标，并提出了三大标准，一是无论是生产者还是使用者，都充分意识到传统工艺内含的文化价值和特色，乐于制作它，也乐于使用它；二是传统工艺成为一个体面的职业或有着光明前景的行业，年轻人愿意进入这一行业，传承方面没有后继无人的担忧；三是传统工艺在某地形成的业态、生态，成为吸引人们来此地居住、工作、投资或游玩的理由。这里提出的相应标准同时也折射出当前传统工艺面临的棘手问题。

因此，为了解决传统工艺发展的体制机制和现代转换与创新等困境，开展中国传统工艺的当代价值研究势在必行。贺超海在其《中国传统工艺的当代价值研究》[⑦]一文中构建出中国传统工艺的“人、技、器、环境和历史”的价值本体，并从文化价值、科技价值、经济价值、社会价值和当代价值理论实践研究五个方面进行了分析。同时，唐家路在其《中国传统工艺当代价值的理论发现与体系建构》[⑧]一文中系统地提出了传统工艺的当代价值内容的五个维度及其内在逻辑。第一，以“文化文脉和工艺特质”为“脉”，框定研究范围；第二，以“现代性与美学价值”为“核”，实现价值提升与统一认识；第三，以“造化与活化”为“化”，呈现物化传统、践行工艺精神；第四，以“工匠精神与产业业态”为“建”，具备指导实施和优化实践；第五，以“材料与技术”为“享”，利于服务输出和成果转化。构建起传统工艺当代的核心价值体系，应体现“与当代社会、生活方式、产业发展等现实民生问题的关联”。

由此可见，实现传统工艺振兴及传统工艺当代价值需要全方位共同发力。李晓岑在其《维护传统与构建未来——关于振兴传统工艺的若干问题》一文中提出了一系列的解决措施。如在财务资金方面“对传统工艺产品实行减免税政策”；不断完善健全体制机制，“建立现有传统工艺名录的鉴别和退出机制”，传承的过程中“慎重对待传统工艺的培训和教育”以及重视“传统工艺的行业组织建设”等[⑨]。唯有如此，工艺美术的活力才能被重新激活，技艺传统及其所蕴含的文化精神将真正植根于民众的生产生活。

五、工艺美术的传承与创新

工艺美术的传承与创新始终是理论热点研究内容之一。在现代产业化、智能化、大工业化的背景

---

① 《国务院办公厅关于转发文化部等部门中国传统工艺振兴计划的通知》，国务院办公厅（http://www.gov.cn/zhengce/content/2017-03/24/content_5180388.htm）。

② 《文化和旅游部工业和信息化部关于发布第一批国家传统工艺振兴目录的通知》，中华人民共和国文化和旅游部、工业和信息化部（http://zwgk.mct.gov.cn/auto255/201805/t20180523_832908.html）。

③ 余强：《非遗保护与手工新质的当代释读》，《民艺》2018年第3期。

④ 王潇：《传统工艺振兴与文化生态建构》，《民艺》2018年第3期。

⑤ 徐艺乙：《手工艺，创造中国人的新生活方式》，《中华手工》2018年第Z1期。

⑥ 陈岸瑛：《振兴中国传统工艺的目标和标准》，《民艺》2018年第5期。

⑦ 贺超海：《中国传统工艺的当代价值研究》，博士学位论文，北京科技大学，2018年。

⑧ 唐家路：《中国传统工艺当代价值的理论发现与体系建构》，《新美术》2018年第11期。

⑨ 李晓岑：《维护传统与构建未来——关于振兴传统工艺的若干问题》，《云南社会科学》2018年第1期。

下，工艺美术需要改良传统，不断随着生活的发展而变化，始终保持与时俱进，探寻适合的生存与发展的空间。

工艺美术的传承与创新首先需要明确的是“传统工艺美术的内在和正宗”①，只有理解本原，才能在内在基础上，继承传统，发展创新。工艺美术是生活的艺术，在不同的时代背景下，工艺美术的内容不是一成不变的，要想“追本溯源”就应该把工艺美术“置于那个时代的日常生活中去”②。徐思民在《传统民间工艺美术文化传承与设计创新的思考》③一文中也提出读懂工艺美术，必须“了解其自身属性和时代属性”，不同时代背景下的工艺美术，“必须遵循它的时间性和空间性”，延续传统工艺美术中的“永存精神”。这里的工艺美术的“永存精神”，有学者将之称为工艺美术的“文化生命”，并认为文化生命的实现体现在工艺过程可分为“技术自身实现的过程和主体意志实现的过程”④。由此我们可以发现传统工艺的传承既包括技艺的传承，也包含文化认同的传承，并且在此过程中“传承发展传统工艺的生活观更重要”⑤。但尚刚强调也不要忘记“技艺是手艺存在的基础”⑥，离开技艺，仅靠观念与表现去做工艺美术是行不通的。

工艺美术不能故步自封，社会需求是工艺美术创新的原动力。在“守艺·旅游·乡村振兴——2018第三届传统手工艺青年论坛”上，徐艺乙指出传统手工艺的创新与生活的需求密切相连，“其中的规律需要在实践中去认知”⑦。但仅仅满足社会需求的创新是单一的，苏荣誉补充到在将两者结合的同时，也要需考虑其他要素，将“历史、学术研究、市场等多要素结合起来”⑧。我们可以看到，工艺美术在传承与发展的创新中带来了其个性化和差异化发展，孙建君强调在手工技艺发展和创新历史进程中，出现了“不同手工艺的地域风格以及个性特征”⑨，这正是工艺美术多样性的一面。张朋川也指出手工艺的发展在不同地区有不同特色，“手工艺发展是多元的、因地制宜的、就地取材的”⑩，因而可以展现出多样不同的层次。

推动工艺美术的传承与发展，创新不是凭空想象和创造，每一次在尊重传统的条件下进行改良皆可视为创新。刘佳在其《传承、发展与传播：民间传统工艺美术未来之路径》一文中，指出“对传统技艺以活态形式、原汁原味地传承”，同时“传承人在坚守原真性的传承理念上，发展和适度创新”⑪。徐艺乙在其《传统手工艺的创新与创造》⑫一文中指出，传统手工艺研究，要关注内在本质要素，掌握发展规律，了解材料的特性和工艺特点。在传统的基础上“再做一次”便是创新。材料创新在于“吃透”传统，工艺创新需要保持核心技艺，形态创新基于“推陈出新”。当然，工艺美术的传承与创新不是一蹴而就的，多层面的创新为工艺美术的传承添砖加瓦，如深挖研究“中国传统工艺的国学价值”，

① 郭萌：《探析新时期下工艺美术的转变》，《中国民族博览》2018年第8期。
② 史启新、陈党：《日常生活形态的变迁与中国传统工艺美术的开发策略》，《艺术设计研究》2018年第2期。
③ 徐思民：《传统民间工艺美术文化传承与设计创新的思考》，《山东工艺美术学院学报》2018年第4期。
④ 王加权：《民间工艺美术：本体价值、文化生命及其与自然生命的关系》，《美术教育研究》2018年第13期。
⑤ 潘鲁生：《传统工艺与设计教育》，《美术报》2018年11月10日。
⑥ 许春燕：《“守艺·旅游·乡村振兴——2018第三届传统工艺青年论坛”综述》，《苏州工艺美术职业技术学院学报》2018年第4期。
⑦ 许春燕：《“守艺·旅游·乡村振兴——2018第三届传统工艺青年论坛”综述》，《苏州工艺美术职业技术学院学报》2018年第4期。
⑧ 许春燕：《“守艺·旅游·乡村振兴——2018第三届传统工艺青年论坛”综述》，《苏州工艺美术职业技术学院学报》2018年第4期。
⑨ 许春燕：《“守艺·旅游·乡村振兴——2018第三届传统工艺青年论坛”综述》，《苏州工艺美术职业技术学院学报》2018年第4期。
⑩ 许春燕：《“守艺·旅游·乡村振兴——2018第三届传统工艺青年论坛”综述》，《苏州工艺美术职业技术学院学报》2018年第4期。
⑪ 刘佳：《传承、发展与传播：民间传统工艺美术未来之路径》，《民艺》2018年第2期。
⑫ 徐艺乙：《传统手工艺的创新与创造》，《贵州社会科学》2018年第11期。

搭建“多元社会模式技术文化一体结构和对外交流的宏观框架”，以及可将“高等教育纳入培养发展传承之中”[①]等，都为传承与创新注入了丰富内涵。

此外，“手艺人”在工艺美术传承与发展的过程中起到了关键性的作用，因此对“手艺人”的关注不容忽视。对于手工艺而言，手艺凝结于手艺人的双手之间，而传递的是手的感知和心的本意。除技艺层面之外，手艺人更多地将“对材料、工艺、思想表达有其智性的体悟，将对生活的态度融入创作”[②]之中。因此，从美学角度出发，注重物件背后的社会关系，即“手工艺术家在追求技艺时所悟到的思想性的东西”[③]尤为重要。工艺美术的传承与发展与“手艺人”密切相关，我们除了要关注“手艺人”的技艺水平、思想情感之外，还需要关注“手艺人”的生计、社会地位等问题，这都是值得思考的。

六、工艺美术理论研究的发展趋势

在中国社会转型和现代化进程加快的背景下，工艺美术在当今发展的过程中机遇与挑战并存。基于对 2018 年度工艺美术理论研究梳理发现，热点议题主要集中于工艺美术的历史发展、传统工艺振兴与当代价值研究及传承与创新等方面。

今后工艺美术理论研究的发展趋势应朝着更加专业化、多元化和国际化方向发展。通过对工艺美术“前世今生”的梳理以及文化内涵的挖掘，工艺美术的发展应更加具有自信心。对工艺美术史论进行重新梳理再研究，逐步开展工艺美术理论批评，让工艺美术拥有更多的主导权和话语权，改变长期以来工艺美术历史理论探讨和学术研究的不足。行业的发展和转型时期需要理论的引领，各级管理部门以及科研院校也应重视理论学术研究，夯实工艺美术的理论根基。

跨界融合逐渐成为工艺美术发展的方向，特别是工艺美术与文化创意产业的融合，使原先的传统手工艺趋向多元化。从文化产业结构角度来讲，有学者认为工艺美术可划分为三类，“传统手工艺归非遗类；可以半机械、半手工，批量生产的工艺品归文创类；大型的家具摆件陈设工艺品归家具装置类”[④]。三者的作用也有一定区别，分别以满足文化历史的需要、市场需求以及日常生活的需要。工艺美术与时尚设计相结合，让人们在生活和文化上得到美化和愉悦，工艺美术的当代价值得以体现。

最后，工艺美术的研究视野逐渐拓宽，中国工艺美术不仅要满足国内的需求，放眼世界，还可以借助“一带一路”政策走向全球，向世界传播中华民族的传统文化精神。

如果说人们的生活是不断变化着的“万花筒”，那么工艺美术则是万花筒中的数片多彩棱镜，它的传承与创新必将永不停滞，并且终会异彩纷呈，光彩耀人。这也正是工艺美术“为人民美化生活服务”的初心。

徐艺乙　南京大学教授
王钰雯　无锡灵山文化旅游集团有限公司

① 董晓萍：《传统工艺、多元社会模式与高等教育》，《中国科学院院刊》2018 年第 12 期。
② 周武：《培育当代意匠，活化传统工艺》，《新美术》2018 年第 11 期。
③ 杭间：《传统如何现代——中国现代手工艺思辨》，《民艺》2018 年第 1 期。
④ 秦永福、沈梅丽：《用创新竞争力引领新时代的工艺美术》，《上海工艺美术》2018 年第 1 期。

2018 年中国陶艺发展综述

◎ 陈健捷

2018 年中国陶瓷艺术蓬勃发展，各种作品展与学术研讨会相继举行。通过形式多样的陶艺作品展和学术活动，较为全面地展现了 2018 年中国陶艺的全貌和动向。

一、历史悠久的美术学院发挥优势，举办国际陶艺邀请展，并在海外举办个展

2018 年，清华大学美术学院、中国美术学院、广州美术学院等艺术院校，展现前沿地位，举行了重要国际陶艺展览与讲座活动。有的展览和活动为 2018 年首次举行，这样的展览或许预示着新的陶艺发展走向；有的历史悠久的展览和活动已经举行多届，则产生了新的思考、变化与提升。

4 月至 9 月，清华大学美术学院陶瓷艺术设计系白明教授担任主持人，获 2018 年国家艺术基金支持的“大道成器——国际当代陶艺作品展”在新落成的清华大学艺术博物馆举行，展览邀请了中、美、日、韩、法等国 60 余位陶艺家参展。4 月间，多位中外参展陶艺家举办讲座。该展览吸引了各界人士，五个月的展期，总计有 43 万人次参观展览。无论从学术层次还是影响力来看，这都是一次极为重要的展览。

4 月 13 日至 5 月 6 日，“第三届广东当代陶艺大展”在广州美术学院大学城美术馆举行。本届陶艺大展延续了前两届的展览设置，以四个项目展全方位展示中国当代陶艺的创作现状和实力。四个项目展各有侧重，从有名望的艺术家，到分布各地的高校陶艺中坚力量、港澳台的陶艺家，再到青年陶艺新锐，都有所涵盖。从不同角度呈现最具代表性、当下性、前瞻性的陶艺创作成果，并梳理了中国当代陶艺的发展脉络。

9 月 25 日至 10 月 7 日，“泥土之相——2018 杭州国际当代陶艺双年展暨第 11 届中国当代青年陶艺家作品双年展”在中国美术学院美术馆举行。1998 年“首届中国当代青年陶艺家作品双年展”举行，之后每四年举行一次。刘正、周武、陆斌等中国当代著名陶艺家，都是伴随“中国当代青年陶艺家作品双年展”成长起来的。随着展览的国际影响力逐渐扩大，参展的陶艺家不仅有国内的陶艺新锐，还有来自海外的陶艺家。为此，从 2014 年开始，“第九届中国当代青年陶艺家作品双年展”举办的同时，“杭州国际当代陶艺双年展”作为平行展览举行。“泥土之相——2018 杭州国际当代陶艺双年展暨第 11 届中国当代青年陶艺家作品双年展”是国际陶艺主题邀请展的第三届，又是“首届中国当代青年陶艺家作品双年展”的 20 年纪念展。本届展览的规模进一步升级，展览空间以中国美术学院南山路美术馆为核心，杭州市中心美术馆和市郊工坊作为补充，演化为多个平行展组合。展览分为“东西对话、新锐的匠作、学子的实验、新星的工坊、个案研究”五个板块，形成陶瓷手工艺术的视觉风景线。

中国是陶艺的母国，不仅有悠久的陶瓷历史，在当代，陶艺的影响力也逐渐提升。中国陶艺家还走向世界，在海外举办个展，展示现代陶艺的中国语言。6 月至 10 月，清华大学美术学院陶瓷艺术设计系主任白明教授在法国普罗旺斯萨拉贡博物馆举办了“明”个展。作品展命名为“明”，不仅来自白明的名字，也有“光明”的含义。萨拉贡美术馆由一座有近千年历史的教堂改建而成。1998 年，艺术家奥雷利·内默斯为萨拉贡美术馆设计了彩色花窗。彩色花窗是中世纪基督教堂的标志之一，透过彩色玻璃花窗的光，为白明作品的青花白瓷带来全新光影效果，也让东西方文化产生碰撞、遥相呼应。

二、各个院校陶艺专业探索多元化陶艺教学理念与地域特色

大学本科与研究生阶段是人生最为朝气蓬勃又充满创造力的时期。现代资讯的发达、各类展览的

举行，也使学生的视野更为开阔。每年的毕业展无疑成为各个院校陶艺专业教师教学理念与学生创造力的展示平台。

在 2018 年的清华大学美术学院陶瓷艺术设计系的本科毕业展中，表达观念的现代陶艺作品，较往年所占的比重更大，而且作品的个性非常鲜明。余梦彤的作品《异质的晌午》，瓷质的鱼在玻璃的筒中，表达着距离之美。邹英博的作品《如此生活三十年》的创作灵感来源于作者在北京大红门地区的生活记忆，用蒙太奇的手法，市井繁华和残垣断壁对比，述说城市和人的变迁。丘广宁的作品《BUBO》是一套日用瓷设计，跳出茶具和文具一味追求文人气质的窠臼，作品名字来源于鸮的学名“BUBO”，用猫头鹰的形态和羽毛设计杯碟、茶漏、笔筒和一套奥赛罗棋，轻盈的德化白瓷带来纯洁、梦幻、童话的感觉。

景德镇陶瓷学院 2015 年改名为“景德镇陶瓷大学”。景德镇是中国的瓷都，吸引了海内外陶艺家进驻景德镇开工作室、办展览。同时，近些年来随着房地产开发，景德镇旧的陶瓷老厂房，发展成为乐天陶艺市集、陶溪川等将陶艺家与大众文化生活链接在一起的场所。所以景德镇陶瓷大学的学生既可以近距离接触到现代陶艺的最前沿，又可以关注陶艺与生活。景德镇陶瓷大学的陶艺教学也随之调整。不仅注重景德镇传统的陶瓷工艺教学，还加入了现代陶艺观念的培养，关注文人化、有品位的生活美学，如茶道、香道、文玩等方面的内容，去主动契合现代人追求古典文化生活的需求。“景德镇陶瓷大学 2018 届陶艺专业本科和硕士研究生毕业展”中，作品从设计理念、烧制工艺、展陈方式方面进行探索。

近年来，随着大学的教学改革和院系调整，广州美术学院将陶艺专业放在建筑艺术设计学院中，同时面向学校其他专业开公选课。20 世纪 50 年代毕业于中央美术学院实用美术系（中央工艺美术学院前身）的高永坚教授，致力于恢复广东石湾窑的釉陶，在广州美术学院设立晓港窑研究恢复宋代官窑传统工艺。“2018 年广州美术学院本科毕业设计展”中的现代陶艺作品，就是融入地域文化以传统工艺来表现现代观念。

2018 年 11 月 13 日，湖北美术学院邀请了国内外艺术家、艺术批评家举办了“推衍——2018 湖北美术学院陶艺十年研讨会”。湖北美术学院陶艺专业 2008 年建立，从开办之初就秉承本土化与国际化结合的教学理念，一方面研究湖北本地的传统陶艺文化，如湖北美术学院陶艺先驱李正文教授多年一直进行湖泗窑的研究。陶艺专业得到院方大力支持，在南北朝时期梁子湖地区的南窑建立陶艺教学基地，与湖北省蕲春县的管窑非遗传承人进行深入教学合作。另一方面，湖北美术学院陶艺专业顺应国际化办学趋势，邀请国外知名陶艺家来湖北美术学院授课或举办讲座。湖北美术学院近年举办了很多陶艺展览，如“执物在手——2017 国际陶艺展”“东 + 西——2017 国际当代陶艺家邀请展”“提壶观顶——2014 年国际壶艺交流展”等，不仅使湖北美术学院陶艺专业提高了知名度，扩大了影响力，也为湖北美术学院陶艺专业学生提供了很好的学术交流平台。

除了历史悠久的清华大学美术学院、中国美术学院、景德镇陶瓷大学的陶艺专业，近十年各个美术院校几乎都恢复或新建了陶艺专业，从南京艺术学院、西安美术学院、鲁迅美术学院、四川美术学院 2018 年陶艺专业的研究生毕业作品展和本科生毕业作品展中可以发现很多新的特点。这些特点既来自不同院校教学理念的引导与学生的独特思考，也受到了陶瓷产区工艺和地域文化的影响。

三、陶艺与其他工艺美术、艺术的跨界合作成为趋势

现代陶艺打破了以往的专业壁垒，艺术作品中运用的材料、技术日趋多元，陶艺、染织、漆艺、玻璃等传统手工艺也通过联展扩大影响。在这样的趋势下，近年来陶艺展也出现各种跨界方式。

2018 年 9 月，中国美术学院手工艺术学院主办了“泥土之相——2018 杭州国际当代陶艺双年展暨第 11 届中国当代青年陶艺家作品双年展”，同期还举办了“髹漆之意——2018 杭州国际当代漆木艺术展”，共展出来自中国、日本、韩国、法国等国 31 位漆木艺术家的 60 余件作品。

12 月 8 日，由清华大学美术学院、孟加拉达卡大学、上海工艺美院联合主办的 2018 年“‘灿’第四届薪技艺国际工艺美术展”首次来到了南亚的孟加拉达卡大学美术馆。此次展览邀请了来自 12 个国家的 110 名青年工艺美术家的 240 件（套）工艺美术品，集陶瓷、金工、玻璃、漆艺、纤维等工艺美术的探索实验之作。展览开幕式上，清华大学美术学院院长鲁晓波、孟加拉达卡大学校长阿克塔鲁（Akhtaruzzaman）分别致辞。

影像也逐渐成为现代陶艺的重要形式，10 月 16 日，由景德镇陶邑发展有限公司主办，陶溪川 JAEA 国际艺术中心承办的 2018 景德镇国际陶艺电影周在陶溪川旗舰店二楼报告厅举行。此次景德镇国际陶艺电影周共有来自 10 个国家和地区的 19 位嘉宾的作品参加，如李见深的《我的故乡景德镇》、陆斌的《china in china》、谭红宇的《师傅》、安田武史（Takesgi Yasuda）的《Gold mark》、贝蒂・伍德曼（Betty Woodman）的《Thinking Out Loud》等。举办景德镇国际陶艺电影周，是国内第一次表彰中国陶艺电影艺术家，鼓励更多的年轻人用声画、数字表达、挖掘、释放陶瓷的过去、现在和未来，体现人与自然的情怀，彰显人类精神。更是为了向在景德镇以及世界陶瓷发展史上取得过非凡成就并做出过卓越贡献的艺术家等表达的敬意。景德镇国际陶艺电影周使陶艺家们有机会在世界陶瓷中心——景德镇吸收各种理念，从而更积极地进行思想与审美的交流，成为一项汇集各种信息、经验和机遇的盛事。

四、东亚陶艺交流与合作更为深入，探寻陶艺的东方语境

中日韩作为东亚三个一衣带水的国家，传统文化与审美有许多共通之处。近些年来，三国之间陶艺交流活动非常频繁，共同探寻陶艺的东方语境。

2013 年由清华大学陶瓷艺术设计系郑宁教授主办了“首届中日茶文化交流展”。中国是瓷的母国，又是茶的故乡，唐宋时期的茶与器，就曾远播朝鲜半岛和日本。中国茶与器中蕴含的儒家文化和禅宗文化，对东亚产生深远影响。“首届中日茶文化交流展”以茶作为创作原点，以陶瓷为主体，同时整合了漆艺、玻璃、金工、染织、服装等其他工艺形式，邀请了来自中国、日本、韩国的艺术家参展。在之后的五年间，茶境展每年在北京市、重庆市、深圳市等地举行，逐渐成为以茶作为纽带的重要展览。2018 年的“第六届茶境・国际茶文化交流展”分别在日本东京艺术大学和清华大学美术学院举行，展览后续活动还包括茶与陶瓷，中、日、韩三国茶文化讲座，以及茶道表演等。以茶为题的陶艺策展方式顺应了时代的潮流，让陶艺回归到生活，是将传统文化引入现代的尝试，也构筑了东方的陶瓷审美范式。

2018 年 9 月 8 日，由韩国弘益大学主办，中国美术学院、台湾艺术大学、日本爱知县立艺术大学协办的“2018 年亚洲当代陶艺展”在韩国弘益大学现代美术馆开幕，参展作者以中、日、韩的 30 多所大学的教师和研究生为主。参展陶艺作品造型多为器皿，但器物的功能性特征被弱化，陶艺家将个人的观念导入创作，依附在传统器物的形质之上，而材质也脱离了原本的存在价值，跳出造型与装饰的逻辑思考，更具开创性。为了能使观者更好理解陶艺家作品中蕴含强烈的时代气息，顺应多元文化、手工技艺、创新精神，本次展览打破了只展示陶艺家作品的观念，参展陶艺家围绕自己的作品进行陈述讲评，共同参与了一场艺术对话。

五、结语

从上面并不算全面的综述中，我们发现，在新的历史时期，中国陶艺在各位陶艺同人的共同努力下正走在一条陶瓷强国的复兴之路上，我们有理由对 2019 年充满期待。

陈健捷　北方工业大学讲师

文件辑录

【《上海市经济和信息化委员会等关于印发〈促进上海创意与设计产业发展的实施办法〉的通知》（沪经信都〔2018〕339号）】

为深入贯彻落实党的十九大精神，加快本市创意与设计产业发展，根据国家和本市相关文件精神，市委、市政府等15个相关部门共同制定了《促进上海创意与设计产业发展的实施办法》。现印发给你们，请认真贯彻执行。

为进一步推动本市创意与设计产业发展，服务上海建设国际经济、金融、贸易、航运和科创中心，在建设卓越全球城市和社会主义现代化国际大都市中发挥重要作用，根据《国务院关于推进文化创意和设计服务与相关产业融合发展的若干意见》（国发〔2014〕10号）及《上海市人民政府关于贯彻〈国务院关于推进文化创意和设计服务与相关产业融合发展的若干意见〉的实施意见》（沪府发〔2015〕1号）、《中共上海市委　上海市人民政府印发〈关于加快本市文化创意产业创新发展的若干意见〉的通知》（沪委发〔2017〕33号）等文件精神，制定本实施办法。

一、发展目标

坚持“创新、协调、绿色、开放、共享”的发展理念，以企业为主体、以市场为导向、以创新融合为主线，强化产业要素集聚，完善产业服务体系，打造产业特色品牌，营造创新创业氛围，推进本市创意与设计产业健康快速发展，提升上海国际设计之都、时尚之都、品牌之都建设水平，打响上海“服务、制造、购物、文化”四大品牌。在全市文化创意产业发展中发挥主力军作用，力争未来五年，创意与设计产业增加值增速快于全市生产总值增速2—3个百分点；到2030年，成为卓越全球创意城市。

1. 设计之都建设目标：加快创意设计与相关产业融合发展，把握加入联合国教科文组织全球创意城市网络契机，整合利用全球创意设计资源，围绕创意设计价值链部署创新链，形成一批名品、名家、名企、名牌和名园，获得一批国际设计奖项。未来5年，设计类产业年均保持两位数增长。基本建成要素资源更加集聚、市场主体更加活跃、产业特色更加鲜明、带动效应更加显著、国际合作更加开放的国际设计之都。

2. 时尚之都建设目标：加快消费品产业向时尚产业转型升级，未来5年，消费品工业产值占全市工业比重达到20%。推进时尚产业价值链中设计、品牌、贸易、市场、零售、展示、人才等各环节有机融合。进一步提升上海在全球时尚领域的地位，基本建成品牌荟萃、市场活跃、消费集聚、影响广泛的国际时尚之都。

3. 品牌之都建设目标：构建上海城市品牌、行业（区域）品牌、产品（企业）品牌共同发展的框架体系，加快本市从产品经济向品牌经济转型。未来5年，新增3—5个千亿级品牌企业和一批百亿级品牌企业。基本建成以品牌集聚中心、品牌运营中心、品牌孵化中心为特征的国际品牌之都。

二、产业布局

（一）强化设计驱动，着力建设国际“设计之都”

以大数据为支撑，以交互设计为手段，聚焦工业设计、时尚设计、建筑设计、广告设计、平面与多媒体设计等重点领域，发展服务设计等新业态，发挥创意与设计产业在经济转型升级中的引领和支撑作用。

4. 做强工业设计。倡导“大工业设计”理念，按照《中国制造2025》要求，加强行业共性技术和新材料、新工艺研究，推动虚拟（增强）现实、人工智能、大数据、3D打印等技术应用，加强工业设计战略趋势研究及行业标准制定。打造服务科创中心建设的工业设计转化平台、联接国际工业设计资源服务国内市场需求的设计大交互平台，将中国工业设计研究院（CIDI）大奖打造为国内最具影响力的设计奖之一。推进国有大中型企业建立中央设计研究院，推进民营企业建立设计研发中心，推进第三方设计企业提升设计服务能力和影响力，推进培育和建设一批国家级工业设计中心。重点布局中国工业设计研究院、上海国际工业设计中心等建设。

5. 做优建筑设计。围绕城市规划、建筑工程、室内装饰、生态环境、园林绿化等重点领域，大力发展规划咨询、概念设计等高价值环节产业。加快国有建筑设计企业改革创新，加快培育具有国际知名度的领军企业和领军人才，积极探索建筑师负责制。通过工业设计与建筑设计融合，大力推进绿色设计发展。支持中国室内设计周进一步提升国际影响力，推进与国际室内建筑师 / 设计师团体联盟（IFI）深度合作。重点布局环同济设计创意集聚区、8 号桥、世博最佳实践区等建设。

6. 做大服务设计。支持以跨界融合、系统集成为特点的“集成创新设计”，支持对传统经营管理和服务流程进行研究和再设计的“流程创新设计”。顺应国际化大都市在智慧城市、交通管理、城市安全、城市更新、生态环保和老龄化等方面需求，支持各类“智慧生活设计”。重点布局江南智造、800 秀、昌平路创意设计集聚带等建设。

7. 做实广告设计。以广告创意、品牌策划、企业形象、包装设计等为重点，鼓励原创广告作品，提高上海广告业的创意、创新能力和水平。鼓励广告企业开拓新阵地，应用新技术、新设备、新材料，布局新媒介。推动网络、数字和新兴广告媒介发展，形成传统媒介与新兴媒介的优势互补与联动发展。培育具有国际化服务能力的大型广告企业集团。积极组织开展多形式、多层次的广告创意设计大赛，为广告创意人才施展才华创造条件。重点布局支持中广国际广告创意产业园、上海多媒体谷等建设。

（二）引领时尚生活，加快建设国际“时尚之都”

顺应消费新趋势，开展“增品种、提品质、创品牌”专项行动，推进时尚设计咨询、贸易流通、时尚传播、趋势发布等时尚服务业发展，构筑上海时尚之都促进中心等跨界大时尚产业要素平台，不断增强上海时尚产业竞争力和影响力，引领时尚、健康、绿色、低碳、智能的生活方式。

8. 转型升级时尚服装业。加强新产品创意设计、工艺流程改进、品牌战略定位和商业模式创新，鼓励龙头企业加大原创设计力度，支持中小企业加快营销模式创新和自主品牌创建，支持发展高级定制、个性化定制、设计师品牌和中间商品牌。重点布局环东华时尚创意产业集聚区、上海国际时尚中心、尚街 LOFT、时尚谷等，推进上海时装周、上海高级定制周等重点平台建设。

9. 提升发展工艺美术业。推动珠宝首饰业由规模化向精品化、国际化发展，推动玉雕、木雕、艺术瓷大师作品涌现，推动景观瓷、琉璃、珐琅产业化应用，推动日用瓷、水晶、漆器、绒绣、丝毯等结合现代审美扩大市场。推进中国轻工业联合会“国匠杯”手工艺精品评选工作落户上海，推进上海工美艺术品交易中心等要素平台建设。重点布局世界手工艺产业博览园、豫园国际黄金珠宝功能区等。

10. 延伸发展美丽健康业。围绕护肤美容、旅游、健身、户外活动等消费需求，培育形成一批知名企业和自主品牌。注重将东方文化与科技研发相结合，重点发展源自天然的护肤、彩妆、香精香料产品以及可生物降解的护理、洗涤产品，发展智能健身运动器材等。重点布局以“东方美谷”为核心的“一核两片五联动”美丽健康产业集群等。

11. 创新发展时尚家居业。坚持科技与时尚的理念，以海派家具、家纺、家电行业龙头企业为主体，强化品牌自主创新，积极推广应用新技术、新材料、新工艺、新设备，大力发展时尚家居和智能家居，加大人工智能在家居生活中的场景应用。重点布局上海木文化博览园、文定生活创意产业集聚区、上海国际家纺产业园等，吸引一批国内外著名家纺企业总部、设计中心落户。

12. 培育发展时尚数码业。打造以可穿戴设备、智能手机、便携式电脑、电子播放器、电竞设备等为支撑的时尚数码产业集群，加强时尚设计与科技创新对接，鼓励有条件的企业加强产业链资源配置能力、培育自主数码产品品牌。重点布局张江文化创意产业园、金桥出口加工区、松江 G60 科创走廊等。

（三）迈向品牌经济，大力构建国际“品牌之都”

以创意设计为支撑，围绕“诚信立本、科技创新、质量保证、消费引领、情感维护”内涵，构筑多层次品牌经济发展体系，服务打响上海“服务、制造、购物、文化”四大品牌，加快从产品经济向品牌经济转型。

13. 塑造上海城市品牌。不断沉淀、形塑和传播由历史积淀、产业支撑和国际认知形成的上海城市品牌，传承和弘扬上海工商业的开放、契约、工匠和首创精神。把握上海加入联合国创意城市网络契机，塑造上海卓越全球创意城市品牌，通过相关行业、园区、地标、企业、活动、产品、人物等品牌打造，充实城市品牌形象和内涵。

14. 打造行业（区域）品牌。为打响上海“服务、制造、购物、文化”四大品牌提供创意与设计服务的智力支持，推动产业跨界融合发展，提升全球配置资源能力，促进“制造服务化、服务文化化”和“产业集群化、集群品牌化”，进一步夯实上海卓越全球城市发展基础。指导行业和产业集群积极注册集体商标和证明商标，推动行业和产业集群品牌发展、权益保障和价值提升。推进“上海设计”“上海制造”第三方认证试点，试点特色产业小镇命名工作。以创意设计为引领，促进城区、街区、园区“业态、形态、神态、生态”和谐统一，实现产城融合发展。进一步提升张江、虹桥、临港等产业集群区域品牌的国内外影响力，推进“江南智造”国家级产业集群区域品牌、世博最佳实践区“铂金级绿色街区”等建设。

15. 培育产品（企业）品牌。提升一批强品牌、振兴一批老品牌、培育一批新品牌、引进一批好品牌，形成世界级、国家级和市级自主品牌发展梯队。鼓励文化创意企业开展品牌培育试点示范，制定实施品牌发展战略，提升企业品牌建设能力。举办好中国品牌经济（上海）论坛等重大展会，进一步提升上海品牌服务全国能力和国际化水平。培育发展各类品牌专业服务市场，引导并支持企业依托上海的马德里商标国际注册受理窗口开展商标国际注册。发展咨询服务业，推进专业咨询机构为企业提供品牌战略管理、营销策划等服务。

（四）把握时代机遇，努力建设国际“会展之都”

16. 保持本市会展规模世界领先水平，继续提高会展业市场化、专业化程度。吸引一批行业影响力强、带动效应显著的国际知名品牌展会落户，努力打造一批具有国际影响力的上海展会自主品牌，办好中国国际进口博览会、中国国际工业博览会等，大力提升在沪举办的国家级展会的能级和水平。积极吸引国际会展相关组织在沪设立机构，吸引国际知名会展企业落户，提高本市经国际组织认证的展会和机构数量。鼓励本市展馆通过输出品牌、管理和资本等形式，完善运营机制，加强品牌管理，提高运营效率，发挥国家会展中心辐射带动作用。

（五）紧扣前沿科技，建设信息技术支撑高地

17. 加强人工智能、云计算、大数据、虚拟（增强）现实、移动互联网、物联网等新兴信息技术在文化创意产业中的深度融合应用。提升文化创意产业应用软件的易用性、功能性、可靠性和安全性。聚焦数字版权保护、隐私保护、网络与信息安全监测等关键技术，加快文化创意产业信息安全软件研发及产业化。创新平台服务，加强底层技术和引擎开发，推动建设海量内容加工处理平台、内容发布流通平台、实现高清播放的内容播控平台。完善移动支付产业链，推动互联网教育发展。进一步推动基础软件、行业应用软件、安全软件、信息服务外包等向高端发展，着力创建中国软件名城，加快建设以数字化、网络化、智能化为主要特征的智慧城市。

18. 着力发展集成电路设计业。围绕重点领域产业链，强化集成电路设计、软件开发、系统集成、内容与服务协同创新，以设计业增长带动制造业发展。近期聚焦移动智能终端和网络通信领域，设计开发移动智能终端芯片、数字电视芯片、网络通信芯片、智能穿戴设备芯片及操作系统，提升信息技术产业竞争力。设计开发基于新业态、新应用的信息处理、传感器、新型存储等关键芯片及云操作系统等基础软件。逐步突破智能卡、智能电网、智能交通、卫星导航、工业控制、金融电子、汽车电子、医疗电子等领域关键集成电路及嵌入式软件。

三、主要任务

（一）加强产业载体建设

19. 提升文创园区发展能级。推进以创意与设计为特色的国家级产业基地、市级文创园区、文创楼宇和空间建设。推进相关文创园区品牌化、特色化、连锁化发展，积极开展公共技术、资源信息、投融资、交易展示、人才培养、交流合作、创新创业等公共服务建设。

20. 推进产业渠道载体建设。以外滩、南京西路、淮海路、陆家嘴、徐家汇等时尚商业街区为重点，发挥引领时尚风向作用。发挥世贸商城、新天地等区域展示交易功能，形成时尚发布相关产业集聚地。积极发展高级定制、体验式消费和线上线下结合等商业模式，鼓励打造设计师品牌、原创设计品牌集聚的集成消费空间，鼓励各类 Showroom（订货会）发展，进一步强化上海时尚消费体验中心的地位。

21. 发展创意设计众创空间。鼓励各类产业园区、大型企业、办公商务楼宇和高校建设众创空间和公共服务平台。鼓励开源软件、硬件和仪器设备共享，提升创意设计软硬件设施水平。加强创新创业项目的孵化培育和产业化对接。

（二）推进跨界融合发展

22. 推进创意设计与科技融合发展。围绕上海建设具有全球影响力的科技创新中心要求，建立健全创意设计与科技创新协同发展的工作机制，以企业为主体，促进产学研紧密合作。通过应用虚拟/增强现实、大数据分析、4K 超高清、交互设计、人工智能等前沿技术，促进文创与科技融合发展，带动科技成果的产业化应用。支持研发具有自主知识产权的软硬件产品与内容制作平台。加强“工业云”平台建设和推广，为中小企业提供仿真设计和计算机辅助设计、辅助工程、辅助工艺设计、辅助制造等服务。

23. 推进创意设计与制造业融合发展。推动战略性新兴产业和高端装备业向“智能型、服务型”制造方向发展。围绕新一代信息技术、智能制造装备、生物医药与高端医疗器械、新能源与智能网联汽车、航空航天、海洋工程装备、智慧能源装备、节能环保等领域，提升核心功能设计、总体设计、系统集成、试验验证、应用转化能力。推动消费品产业“增品种、提品质、创品牌”，加强在工艺美术、智能家居、服装服饰、智能穿戴、包装印刷、养老用品和服务等领域的创新设计。大力推进工业互联网创新发展应用，加快推进重点行业的协同设计信息化平台建设。

24. 推进创意设计与城市宜居产业融合发展。加强对历史文化风貌区的保护和利用，保护性开发利用历史文化名镇（村）、文物保护单位、传统村落和历史建筑。加强对红色旅游、工业旅游、建筑旅游、博物馆旅游、市井风情旅游等特色旅游线路的开发和设计。加强都市农业经营场所和产品的创意设计，打造集农业观光、体验、科教和文化传承于一体的农业旅游集聚区。加强对农产品地理标志的推广和普及，发展农产品电子商务。服务黄浦江两岸公共空间开放贯通、崇明世界级生态岛建设和城市更新，推动建设虹桥时尚创意产业集聚区等城市更新重点区域。

（三）推进公共平台建设

25. 优化设计支撑平台。加强行业技术创新类服务平台建设，重点推进材料和色彩研发、人体工效研究、生物力学研究、人机交互研究、虚拟现实与辅助设计研究、用户体验测试研究。搭建创新技术整合平台，运用大数据、云计算等技术，重点关注创意设计与新能源、智慧城市、节能环保技术等融合创新的平台建设。按行业构建检验检测、数据库、知识库等平台，加强量化科学的统计分析和应用。进一步发挥上海设计之都活动周、中国国际工业博览会设计创新展等平台作用。

26. 夯实时尚发展平台。借助中国轻工业联合会、中国纺织工业联合会平台，集聚国内外时尚产业资源。引进中国时尚趋势研究院，开展中国色彩、化纤、纺织面料、服装、家纺等流行趋势发布。推进“中国纺织服装品牌创业园”建设，集聚国内外优秀品牌。开展中国消费品发展趋势和发展导向研究，创建创意设计与科技创新融合的时尚产业特色小镇，提升上海国际时尚消费品博览会能级，开展中国化妆品行业指数研究。筹建上海国际时尚科创设计研究院，促进产学研深度合作。提升“上海时装周”平台效应和集聚功能，建设具有国际影响力的中外时尚设计师集聚平台、时尚品牌国内外发布推广平台和时尚产业“亚洲订货季”平台。

27. 强化品牌服务平台。加强品牌金融服务功能建设，探索品牌价值市场发现机制和路径，支持建立上海品牌交易评估等品牌金融服务机构，促进品牌评估交易和质押融资，试点开展上海老品牌所有权转让。进一步培育品牌专业服务市场，通过部市合作，共建国家级品牌专业服务联盟，为全国品牌培育管理体系的实施和推进提供培训、咨询等服务。开展品牌建设工作和发展状况研究，发布年度品牌发展报告。在文创园区大力建设商标品牌指导站，为园区和企业提供品牌指导服务，加强品牌培育发展和维权保护。

（四）完善产业发展格局

28. 推进长三角一体化发展。把握长三角一体化发展机遇，推进长三角创意与设计产业深入合作，为长三角基础设施互联互通、产业专题合作、公共服务便利化等作出贡献。加强上海设计与长三角制造集群融合发展，促进实体产业转型升级。探索以品牌经济发展模式促进城市间产业分工与合作，合力举办中国长三角（上海）品牌博览会。鼓励文创园区运营集团在长三角开展文创园区品牌化经营管理。支持企业采购设计外包服务、品牌培育和咨询服务。鼓励电子商务平台为创意设计提供设计交易、产业链配置、成果产业化等专项服务，推进“上海设计”走出去计划。

29. 强化人才高地建设。一是完善市文创产业紧缺人才开发目录，重点引进海内外高层次创意设计人才，加大对工艺美术大师、青年高端创意人才、优秀女设计师等领军人才和技术能手、技能大师工作室带头人、首席技师等高技能领军人才的扶持力度。二是积极推进产学研用合作培养人才。支持同济大学国际设计创新学院、东华大学国际时尚创意学院等新型学院的建设与探索。鼓励高校、科研院所、企业和园区等主体共建创意设计实训基地，加快复合型人才培养，畅通师生创意设计孵化转化渠道。三是支持在沪高校、科研院所在编在岗人才兼职从事创新创业活动，或离岗转化科技成果创办企业，鼓励在校大学生或毕业生创办企业。

30. 发挥社会组织力量。发挥设计之都促进中心、时尚之都促进中心、品牌之都促进中心作用，加快推进“三都”建设。充分发挥行业协会作用，加强行业自律和诚信体系建设，在工艺美术等行业探索建立可追溯体系。鼓励行业协会参与国内外有关标准规范、技术规程的制修订。充分发挥第三方专业服务机构作用，引导评估、拍卖、交易等中介经纪机构加强专业服务。

四、政策措施

31. 落实《国务院关于推进文化创意和设计服务与相关产业融合发展的若干意见》，在创意与设计领域加大高新技术企业、技术先进型服务企业认定工作力度。对经认定为高新技术企业或技术先进型服务企业的创意与设计类企业，减按 15% 的税率征收企业所得税；发生的职工教育经费支出，不超过工资薪金总额 8% 的部分，准予在计算应纳税所得额时扣除。

32. 各类企业发生的符合条件的创意和设计费用，执行税前 150% 加计扣除政策，其中科技型中小企业可按 175% 加计扣除。

33. 进一步优化市、区两级文创支出结构，加大投入力度，聚焦支持重点。鼓励和引导社会资本投入创意设计产业，努力形成多渠道投入机制。鼓励各区结合自身实际，出台创意设计类专项扶持政策。

34. 进一步优化完善文创资金支持方式，加大对创意设计企业的支持力度。支持企业提升创意设计能力，支持创意设计与相关产业融合发展，促进创意设计消费和产业公共服务平台资源使用，对经认定的保持连续高增长的文化创意企业予以重点支持。

35. 支持符合条件的创意设计企业上市。鼓励企业发行公司债、企业债、集合信托和集合债、中小企业私募债等融资工具。鼓励社会资本通过设立产业投资基金，加大对本市创意设计产业的投入，设立上海都市产业转型发展基金，探索成立工业设计发展基金。发挥上海创意产业投融资基金联盟作用，形成包括银行、担保机构、投资基金等的多源投融资体系。

36. 鼓励金融机构创新产品和服务，为创意设计企业提供综合金融产品和特色金融服务，拓展贷款抵（质）押物范围，探索开展软件著作权、品牌等无形资产和收益权抵（质）押贷款。

37. 在创意设计领域深入贯彻落实本市“人才 30 条”政策，通过居住证积分、居转户和直接落户等梯度化人才引进政策体系，积极支持引进创意设计领域各类优秀人才。加大人才公寓、公租房等配套支持力度。

38. 探索将创意设计、工业设计等专业纳入非上海生源应届普通高校毕业生进沪就业重点专业和紧缺专业目录，享受居住证积分加分等政策。试点开展正高级工艺美术师职称评审，完善规划设计、风景园林设计、汽车工业设计等专业职称评价标准，试点将艺术设计类部分专业纳入工程技术职称评审。

39. 支持各类市场主体合作利用工业厂房、仓储用房、传统商业街等存量房产、土地资源兴办创意和设计服务，在符合城乡规划前提下土地用途和使用权人可暂不变更。以划拨方式取得土地的单位，连续经营一年以上，符合划拨用地目录的，可按划拨土地办理用地手续；不符合划拨用地目录的，符合相应规定要求的可采取协议出让方式办理用地手续。

40. 加强创意设计知识产权的行政执法以及民事、刑事司法保护，建立行政执法与刑事司法相衔接的工作机制。应用上海市公共信用信息服务平台，加强对侵权行为的联合惩戒。鼓励文创企业加强对创意作品及形象的专利申请、商标注册、著作权（版权）登记，试点文创企业低成本使用知识产权相关法律服务。设立商标海外维权办公室，加大对企业走出去参与国际竞争的商标保护力度。

上海市经济和信息委员会等

2018 年 5 月 28 日

【《文化和旅游部办公厅关于大力振兴贫困地区传统工艺助力精准扶贫的通知》(办非遗发〔2018〕40号)】

各省、自治区、直辖市文化厅（局），新疆生产建设兵团文化广播电视局：

非物质文化遗产尤其是传统工艺联系千家万户、遍布城镇村庄，与人民群众生产生活密切相关，具有带动贫困地区群众就近就业、居家就业的独特优势，是助力精准扶贫的重要抓手。近年来，许多地方大力探索和实践“非遗＋扶贫”工作，取得了很多典型经验和显著成效。许多传统工艺企业、作坊、合作社主动招收当地贫困劳动力就业，帮助贫困家庭脱贫增收，取得了实实在在的效果。

为深入贯彻落实党的十九大精神和习近平扶贫思想，全面贯彻落实党中央关于深度贫困地区脱贫攻坚的总体部署，大力推进文化扶贫工作，振兴贫困地区传统工艺，发挥非遗尤其是传统工艺在助力精准扶贫方面的重要作用，现就有关工作通知如下：

一、加大贫困地区传统工艺振兴力度

对列入第一批国家传统工艺振兴目录的贫困地区传统工艺项目，相关省（区、市）(含新疆生产建设兵团，下同）要组织制定振兴措施和年度行动计划，对工作成效实行年度评估。文化和旅游部对列入第一批国家传统工艺振兴目录的贫困地区项目加大支持力度。各省（区、市）要将本省份贫困地区符合条件的传统工艺项目列入本级传统工艺振兴目录。支持各地文化部门组织高校、企业或研究机构，深入挖掘整理贫困地区传统工艺项目的材料、工艺、功能、样式、历史文化内涵，进行分类研究，丰富现有产品题材、样式、功能。支持已设立的传统工艺工作站面向贫困地区和贫困人口开展传统工艺振兴工作。支持高校、企业或相关单位在条件成熟的贫困地区设立传统工艺工作站，帮助贫困地区传统工艺企业和从业者解决工艺难题，提升设计水平，提高产品品质，培育品牌，拓展市场。

二、加强贫困地区非遗传承人群培养

以面向面广量大、从业人员较多、有助于带动就业增收、培育品牌的传统工艺项目为重点，实施中国非遗传承人群研修研习培训计划。各省（区、市）要将贫困地区和贫困家庭的非遗传承人群作为重点推荐研培学员，支持各省（区、市）将贫困地区和贫困家庭的非遗传承人群作为本省份研培计划的实施重点。支持研培高校结合精准扶贫，面向国家贫困县开展整建制培训，为贫困地区有意愿、有一定基础的非遗传承人群提供免费研修研习培训，帮助他们强基础、拓眼界、增学养，增强文化自信，提高可持续发展能力。

三、支持传统工艺项目优秀代表性传承人、工艺师到贫困地区开展讲习活动

支持各省（区、市）文化厅（局）牵头组织传统工艺巡回讲习团，组织传统工艺项目优秀代表性传承人、工艺师及设计、管理人员参加，到贫困地区传统工艺项目所在地开展巡回讲习，扩大传承人群培训面，帮助提升当地传统工艺传承发展水平。鼓励贫困地区传统工艺项目传承人群同行之间或跨行业对话交流、切磋互鉴，提高技艺水平，提升再创造能力。

四、支持贫困地区探索设立非遗扶贫就业工坊

以深度贫困地区“三区三州”为重点，确定一批“非遗＋扶贫”重点支持地区。支持利用当地已有的非遗保护利用设施、传统工艺传习所、闲置场所或企业厂房，设立非遗扶贫就业工坊，以具有市场潜力、带动就业强的传统工艺项目为依托，以培训为重点抓手，以扶贫带头人作为组织、培训、运营等相关工作的牵头人，形成一个或几个相对集中的生产培训和交流展示的空间，帮助当地有意愿的建档立卡贫困人口学习掌握传统工艺或相关技能，掌握一技之长，激发内生动力，带动就业增收。

五、搭建贫困地区传统工艺产品设计、展示和销售平台

将贫困地区的传统工艺产品与当代设计理念相结合，形成更好满足社会需求、具有更强市场竞争力的产品，是传统工艺振兴助力精准扶贫工作的关键。文化和旅游部将结合传统工艺工作站，组织由设计师、专家、高校教师、非遗传承人等参加的团队，帮助贫困地区发展提升传统工艺产品。引进有阵地、渠道和平台的知名电商企业和相关企业，采取订单生产、以销定产等多种形式，扩大销售贫困地区的传统工艺产品。将贫困地区传统工艺产品展示销售与各类相关博览会、展销会相结合，鼓励和支持各省（区、市）每年专门针对贫困地区举办传统工艺展示交流活动。加大贫困地区传统工艺产品在线下线上的宣传和营销力度。

请各省（区、市）高度重视传统工艺振兴助力精准扶贫工作，根据地方实际积极探索实践，及时总结传统工艺振兴助力精准扶贫的典型案例、工作做法和有益经验，报送文化和旅游部非物质文化遗产司。文化和旅游部将组织向其他贫困地区宣传和推广。

文化和旅游部办公厅

2018 年 6 月 27 日

【《工业和信息化部关于印发〈国家工业设计研究院创建工作指南〉的通知》（工信部产业〔2018〕123号）】

各省、自治区、直辖市及计划单列市、新疆生产建设兵团工业和信息化主管部门：

根据《中华人民共和国国民经济和社会发展第十三个五年规划纲要》要求，我部编制了《国家工业设计研究院创建工作指南》。现印发给你们，请结合工作实际，认真推动落实。

近年来，我国工业设计快速发展，行业规模逐年扩大，创新能力持续提升，设计成果不断涌现，成为推动经济新旧动能接续转换和制造业转型升级的重要力量。但与推动经济高质量发展、建设现代化经济体系的要求相比，我国工业设计仍然存在基础研究不足、公共服务能力滞后等问题。为健全工业设计创新发展支撑体系，加快国家工业设计研究院创建，带动省级（包括计划单列市，下同）工业设计研究院发展，制定本指南。

一、总体要求

（一）指导思想

深入贯彻落实党的十九大和十九届二中、三中全会精神，以习近平新时代中国特色社会主义思想为指导，坚持新发展理念，以塑造新动能、支撑制造强国建设为目标，坚持市场导向和问题导向，创新体制机制，面向共性需求，补齐行业短板，打造一批工业设计公共服务及研究机构，构建覆盖不同区域、不同行业的工业设计研究院网络，保障和推动制造业高质量发展。

（二）基本原则

坚持有序发展，合理布局。国家工业设计研究院创建统筹考虑区域布局和行业布局。区域布局上，突出国家区域发展战略需求，稳步提升全国工业设计发展整体水平；行业分布上，原则上同一行业（领域）只认定一家国家工业设计研究院。

坚持因地制宜，突出特色。省级工业设计研究院建设应结合自身条件，立足发展需求，避免“一哄而起”。条件暂不具备的地区应首先夯实基础，具备条件的地区应立足优势产业，面向共性需求，合理定位发展方向，突出工业设计研究院的行业特色。

坚持市场主导，政府引导。各级工业设计研究院应按照企业化管理，实现市场化运营，充分发挥市场在资源配置中的决定性作用。各级政府部门应加强对工业设计研究院建设的前期支持和引导，统筹协调解决相关问题，营造良好发展环境。

（三）工作目标

到“十三五”末，在工业设计发展总体水平较高的地区建设一批省级工业设计研究院，从中培育若干国家工业设计研究院。工业设计公共服务能力全面提升，基础保障体系基本建立。

到2025年，基本建成适应先进制造业发展需要，覆盖重点行业和领域的国家和省级工业设计研究院网络。工业设计公共服务与创新发展体系日益健全，成为推动制造业高质量发展的重要引擎。

二、任务导向

引导工业设计研究院以工业设计领域公共服务为核心功能，以工业设计关键共性技术为研究重点，充分利用互联网与信息通信技术，有效整合国际国内、线上线下各类设计资源，建设开放共享的研究开发平台、协同高效的成果转化平台、产学研联动的人才培养平台、支撑制造业创新发展的公共服务平台。工业设计研究院要突出以下职责任务：

（一）基础研究。根据全球制造业发展趋势和我国制造强国建设任务需要，开展设计理论研究、工业设计领域关键共性技术研究，加强工业设计新理念、新材料、新技术、新工具等的推广应用，开发满足制造业高质量发展需要的关键设计工具、软件。

（二）技术支撑。建立工业设计数据资源中心，形成技术支撑能力。重点聚焦元器件数据库、CMF（色彩、材料与工艺）数据库、文化艺术资源库、人体心理生理数据库、产品图谱库、行业分析数据库、生命周期评价数据库、设计项目案例库、专利数据库等基础信息资源。参与设计领域相关标准制订工作。

（三）成果转化。开展产品试制、检验检测、质量认证、模具制造等服务，有效降低企业设计成果转化成本，提高设计企业市场响应速度。加强成果转化全流程知识产权保护能力建设，提供专利预警、快速审查、快速确权、快速维权等服务。搭建工业设计网络交易平台，有效对接需求，整合全球资源。

（四）咨询服务。为政府部门提供行业分析、政策研究、宣贯落实等支撑服务。为企业提供工业设计相关的战略咨询、过程管理、技术支持等业务服务，以及商务、金融、市场、财务、法律等延伸服务。

（五）人才培养。瞄准设计领域高端、复合型人才培养，建立区域性、行业性设计人才培养基地。加强与相关院校和科研机构合作，根据行业特点开展知识普及、技能提升等专业培训。探索开放式人才培养模式，推动设计人才国际国内双向交流和联合培养。

（六）交流合作。组织开展设计供需对接。推动对外合作，广泛吸引全球设计智慧。推动中国设计“走出去”，提升中国设计国际影响力，为“一带一路”建设等提供服务。

三、工作程序

（一）开展省级工业设计研究院建设。省级工业和信息化主管部门负责本地区省级工业设计研究院的建设工作。有条件的地方可围绕制造强国建设需要，确定省级工业设计研究院建设方向。鼓励省级工业设计研究院在名称、发起单位、股权结构、管理模式等方面采取灵活方式。鼓励在现有相关机构基础上，进行整合改造提升。

（二）确定国家工业设计研究院培育对象。我部将在省级工业设计研究院中确定国家工业设计研究院培育名单。有意列入培育名单的省级工业设计研究院，由省级工业和信息化主管部门向我部推荐，推荐材料主要介绍推荐对象的建设目标、组建方案、组织构架、运营机制、既有业绩、发展规划、经费来源等。我部同意纳入培育名单后，将会同相关地方主管部门加强对培育对象的建设指导。

（三）升级认定国家工业设计研究院。我部将从稳定运营两年以上的培育对象中升级认定国家工业设计研究院，升级标准见《省级工业设计研究院升级为国家工业设计研究院基本条件》（见附件）。升级认定工作将按照“成熟一家、升级一家”的原则，对研究院发展情况进行综合评价后确定。评价标准另行制定。

（四）定期考核评估。我部将定期对国家工业设计研究院进行考核。对于达不到考核要求的，取消其国家工业设计研究院资格；对于考核中发现问题的，会同地方工业和信息化主管部门实施有效整改，推动国家工业设计研究院健康发展。

四、工作要求

（一）加强工作统筹。我部将结合行业发展需要和各地实际，提出国家工业设计研究院创建总体计划。引导地方工业和信息化主管部门加强沟通协作，错位发展，避免重复建设和盲目投资。适时组织开展工作交流，总结创建经验，及时发现解决问题，统筹推进创建工作。

（二）强化组织领导。各地工业和信息化主管部门要高度重视工业设计公共服务和研究能力建设。有条件的地区可结合本指南要求，研究制定本省（区、市）工作方案。充分发挥行业组织、龙头企业、高等院校和科研院所的作用，组建专家队伍，重视方案论证，加强对本地区设计领域共性需求的分析研判，指导省级工业设计研究院建设发展。

（三）加大支持力度。我部将积极创造条件，支持国家工业设计研究院建设发展。鼓励地方财政探索有效方式，支持省级工业设计研究院的初期建设和持续发展。鼓励相关地区先行先试，营造有利于工业设计公共服务机构发展的政策环境。

附件：省级工业设计研究院升级为国家工业设计研究院基本条件（略）

工业和信息化部
2018 年 7 月 5 日

【《工业和信息化部关于印发〈国家工业遗产管理暂行办法〉的通知》（工信部产业〔2018〕232号）】

各省、自治区、直辖市及计划单列市、新疆生产建设兵团工业和信息化主管部门，有关中央企业：

现将《国家工业遗产管理暂行办法》印发给你们，请遵照执行。

第一章　总　　则

第一条　为推动工业遗产保护利用，发展工业文化，根据《中共中央办公厅　国务院办公厅关于实施中华优秀传统文化传承发展工程的意见》《国务院办公厅关于推进城区老工业区搬迁改造的指导意见》，以及《工业和信息化部财政部关于推进工业文化发展的指导意见》，制定本办法。

第二条　开展国家工业遗产保护利用及相关管理工作，适用本办法。

第三条　本办法所称国家工业遗产，是指在中国工业长期发展进程中形成的，具有较高的历史价值、科技价值、社会价值和艺术价值，经工业和信息化部认定的工业遗存。

国家工业遗产核心物项是指代表国家工业遗产主要特征的物质遗存和非物质遗存。物质遗存包括作坊、车间、厂房、管理和科研场所、矿区等生产储运设施，以及与之相关的生活设施和生产工具、机器设备、产品、档案等；非物质遗存包括生产工艺知识、管理制度、企业文化等。

第四条　开展国家工业遗产保护利用管理工作，应当发挥遗产所有权人的主体作用，坚持政府引导、社会参与，保护优先、合理利用，动态传承、可持续发展的原则。

第五条　工业和信息化部负责国家工业遗产认定等管理工作，指导地方和企业开展工业遗产保护利用工作。

省级工业和信息化主管部门、中央企业公司总部负责组织本行政区域内或本企业国家工业遗产的申报、推荐工作，协助工业和信息化部对国家工业遗产保护利用工作进行监督管理。

第六条　鼓励和支持公民、法人和社会机构通过科研、科普、教育、捐赠、公益活动、设立基金等多种方式参与国家工业遗产保护利用工作。

第二章　认定程序

第七条　申请国家工业遗产，需工业特色鲜明，并具备以下条件：

（一）在中国历史或行业历史上有标志性意义，见证了本行业在世界或中国的发端、对中国历史或世界历史有重要影响、与中国社会变革或重要历史事件及人物密切相关；

（二）工业生产技术重大变革具有代表性，反映某行业、地域或某个历史时期的技术创新、技术突破，对后续科技发展产生重要影响；

（三）具备丰富的工业文化内涵，对当时社会经济和文化发展有较强的影响力，反映了同时期社会风貌，在社会公众中拥有广泛认同；

（四）其规划、设计、工程代表特定历史时期或地域的风貌特色，对工业美学产生重要影响；

（五）具备良好的保护和利用工作基础。

第八条　由遗产所有权人提出申请，经所在地县级或市级人民政府同意，通过省级工业和信息化主管部门初审后报工业和信息化部；中央企业直接向公司总部提出申请，由公司总部初审后报工业和信息化部。

遗产项目涉及多个所有权人的，应协商一致后联合提出申请。

第九条　遗产所有权人应当按要求提交书面申请，同时提交以下文件、材料（复印件）：

（一）遗产产权证明；

（二）图片、图纸、档案、影像资料；

（三）管理制度和措施；

（四）保护与利用规划；

（五）其他可以证明遗产价值的文件、材料。

上述材料内容均不得涉及国家秘密。

第十条　工业和信息化部组织专家对申请项目进行评审和现场核查，经审查合格并公示后，公布国家工业遗产名单并授牌。

第三章　保护管理

第十一条　国家工业遗产所有权人应当在遗产区域内醒目位置设立标志，内容包括遗产的名称、标识、认定机构名称、认定时间和相关说明。国家工业遗产标识由工业和信息化部发布。

第十二条　国家工业遗产所有权人应当在遗产区域内设立相应的展陈设施，宣传遗产重要价值、保护理念、历史人文、科技工艺、景观风貌和品牌内涵等。

第十三条　鼓励各地方人民政府和省级工业和信息化主管部门将国家工业遗产的保护利用工作纳入相关规划，通过专项资金（基金）等方式支持国家工业遗产的保护利用。

第十四条　国家工业遗产所有权人应当设置专门部门或由专人监测遗产的保存状况，划定保护范围，采取有效保护措施，保持遗产格局、结构、样式和风貌特征，确保核心物项不被破坏。

遗产格局、结构、样式和风貌特征出现较大改变的应当及时恢复，核心物项如有损毁的应当及时修复。有关情况应在 30 个工作日内通过省级工业和信息化主管部门或有关中央企业公司总部向工业和信息化部报告。

第十五条　国家工业遗产所有权人应当建立完备的遗产档案，记录国家工业遗产的核心物项保护、遗存收集、维护修缮、发展利用、资助支持等情况，收藏相关资料并存档。

工业和信息化部负责建立和完善国家工业遗产档案数据库，国家工业遗产所有权人应当予以配合。

第十六条　国家工业遗产的核心物项调整按原申请程序提出。

第十七条　国家工业遗产所有权人应当按照工业和信息化部的要求，向省级工业和信息化主管部门或有关中央企业公司总部提交遗产保护利用工作年度报告，内容包括当年工作总结、下一年的工作计划、国家工业遗产权属变更和规划调整情况等。

第四章　利用发展

第十八条　国家工业遗产的利用，应当符合遗产保护与利用规划要求，充分听取社会公众的意见，科学决策，保持整体风貌，传承工业文化。

第十九条　加强对国家工业遗产的宣传报道和传播推广，综合利用互联网、大数据、云计算等高科技手段，开展工业文艺作品创作、展览、科普和爱国主义教育等活动，弘扬工匠精神、劳模精神和企业家精神，促进工业文化繁荣发展。

第二十条　支持有条件的地区和企业依托国家工业遗产建设工业博物馆，发掘整理各类遗存，完善工业博物馆的收藏、保护、研究、展示和教育功能。

第二十一条　支持利用国家工业遗产资源，开发具有生产流程体验、历史人文与科普教育、特色产品推广等功能的工业旅游项目，完善基础设施和配套服务，打造具有地域和行业特色的工业旅游线路。

第二十二条　鼓励利用国家工业遗产资源，建设工业文化产业园区、特色小镇（街区）、创新创业基地等，培育工业设计、工艺美术、工业创意等业态。

第二十三条　鼓励强化工业遗产保护利用学术研究，加强工业遗产资源调查，开展专业培训及国内外交流合作，培育支持专业服务机构发展，提升工业遗产保护利用水平和能力，扩大社会影响。

第五章 监督检查

第二十四条 工业和信息化部对国家工业遗产保护利用工作进行指导和监督。省级工业和信息化主管部门、有关中央企业公司总部应根据工业和信息化部要求，组织开展本行政区域内或本企业的国家工业遗产保护情况的检查和评估工作，向工业和信息化部及时报告检查、评估发现的问题。

第二十五条 鼓励社会公众对国家工业遗产保护利用工作进行监督，公众发现国家工业遗产保护利用不符合本办法规定的，可向工业和信息化部反映。

第二十六条 国家工业遗产核心物项损毁并无法修复，不再符合认定条件的，由工业和信息化部将其从国家工业遗产名单中移除，遗产所有权人及有关方面不得继续使用“国家工业遗产”字样和相关标志、标识。

第六章 附 则

第二十七条 省级工业和信息化主管部门可结合本地区实际，参照本办法组织开展省级工业遗产的认定和管理工作。

第二十八条 本办法由工业和信息化部负责解释，自发布之日起施行。

工业和信息化部

2018 年 11 月 5 日

专题

2018 北京国际设计周

【概况】

2018 年 9 月 22 日至 10 月 7 日，由文化和旅游部与北京市人民政府共同主办的“2018 北京国际设计周”在北京市举行。

本届设计周秉承“设计之都·智慧城市”的理念，以“致敬生活”为主题，包括开幕活动、主题展览、主宾城市、设计博览会、设计周奖项、北京设计论坛、非遗设计、创新设计服务大会、设计之旅、时尚北京十项主题内容。设计周期间举办了近千项文化创意活动，覆盖京津冀地区的各大文化创意场所，集中展示、推介文化创意和设计服务与相关产业融合发展的创新成果。

【2018 北京国际设计周开幕式】

2018 年 9 月 22 日，“2018 北京国际设计周开幕式”在中华世纪坛举行。

开幕活动上公布了“2018 年北京国际设计周”奖项评选结果。其中，汉字信息处理与激光照排系统获“2018 北京国际设计周”经典设计奖，微信支付和小米生态链服务设计获得“2018 北京国际设计周”服务设计奖，2014 北京 APEC 领导人服装设计摘得“2018 北京国际设计周”传统工艺设计奖。

作为北京国际设计周的常设奖项，经典设计奖旨在遴选出具有民族精神、国家战略、科技实力的，影响长久、产业促进、升级转型、创新创业的经典设计，树立中国设计的“风向标”。2018 经典设计奖从乡村振兴、生态文明、自主创新、综合设计四个设计方向共征集评选作品逾 400 件。另外，本届设计周在历年经典设计奖的基础上新增设了“服务设计奖”和“传统工艺设计奖”两个专项奖。

9 月 22 日，“2018 北京国际设计周”主题展览“改革开放以来中国设计 40 年回顾展（1978—2018）”在中华世纪坛开幕，对改革开放以来中国设计发展历程进行了总结和回顾。开幕活动最后进行了“时尚北京非遗盛典”时装秀，展示了大凉山的彝族传统服饰与现代创新设计结合的服装。凉山彝族自治州昭觉县委、县政府与清华大学美术学院于 2017 年 8 月合作开展了彝族服饰创新设计课题。通过近一年对彝族服饰的田野考察、文化研究和创新设计工作，分析了彝族服饰图案元素的形制特征和符号寓意，挖掘彝族服饰元素的审美意蕴，研究设计了系列现代彝族服饰，并将成果呈现在此次发布会中。

【2018 北京国际设计周设计博览会】

2018 年 9 月 21 日至 25 日，“2018 北京国际设计周设计博览会”在北京农业展览馆举行。博览会以“致敬生活”为主题，内容涵盖衣、食、住、行、用各方面，集创新、视觉、体验、洽商于一体，为国内外设计企业和设计师搭建了与相关产业联结融通、共生共赢的平台。

博览会下设多个主题展：“日用即道——中国传统工艺振兴主题设计展”重点展示传统工艺走进现代生活的意义；“新物种设计展”以先锋互动设计形式将公众带入一种交融美学体验中；“中国文化 IP 及创新设计展”，从文化艺术、动漫影视、原创设计、时尚生活四个方面呈现中国许多古老的文化 IP 在当下的再利用和再发展。

其中由洛可可创新设计集团（LKK）、洛客共享设计平台（LKKER）共同主办的“洛可可·洛客

2018 新物种设计展”主题为“设计美好世界”，空间内容围绕“食、住、行、玩”展开，各板块下设“未来出行”“智慧生活”“无人零售”“众创互动”及“寻找新物种”等，集创新设计作品、智能科技产品的沉浸式体验、游戏互动、错觉空间等于一体，打造“设计 + 科技”融合的“五感”体验。

【2018 北京设计论坛开放论坛】

2018 年 9 月 23 日，由北京国际设计周组委会、国际设计联合会、世界设计周城市网络联盟共同主办的“2018 北京设计论坛开放论坛”在中华世纪坛举行。

作为 2018 北京国际设计周的主体活动，本次论坛以“设计的力量——全球化背景下传统文化的保护传承和创新发展”为主题，共设置主题演讲、圆桌对话等多个环节，来自国内外的非遗传承人、设计师、专家学者、企业代表等嘉宾参与，共同探讨传统文化与创意设计融合发展的新路径、新方向、新趋势。

【“自然主义设计在文旅项目上的应用”论坛】

2018 年 9 月 24 日，由北京澜湾文旅科技主办，北京建筑装饰协会、江西省武宁县人民政府协办的“‘自然主义设计在文旅项目上的应用’论坛”在北京农业展览馆北京国际设计周设计博览会发布厅举行。

该论坛为 2018 年北京国际设计周活动项目之一。与会嘉宾分别代表行业协会、专家学者和政府部门介绍了自然主义发展潮流趋势，展示了全球竹建筑项目发展现状，对创意设计在满足生活需要、促进人与自然和谐共生中的作用发挥和前景布局，进行了交流和探讨。

论坛上，知识产权出版社有限公司、中国商标专利事务所有限公司和倍增智慧股份有限公司，联合出品发布了创意设计知识产权保护与交易平台“智产链”（北京国际设计周专版），为智慧 + 产业链接价值，提供知识产权服务一站式解决方案。

【2018 第二届当代国际水墨设计展】

2018 年 9 月 25 日至 10 月 8 日，由 2018 北京国际设计周第二届当代国际水墨设计展组委会、首都师范大学美术学院主办的“2018 第二届当代国际水墨设计展”在首都师范大学举行。作为 2018 北京国际设计周“设计之旅”的重要组成项目，展览以水墨为主脉，通过创作与交流，凸显设计文化共存的生态意义，向世界展示当代水墨设计新主张。

本次展览共征集到 26 个国家和地区的 2200 余件作品，包括视觉设计、文创设计、空间设计、媒体设计、实验创作、水墨艺术 6 个类别。展出作品以信息、概念、设计、实验和媒介等多种创作形式，以高科技、新材料、创新性的多维视角展示了传统与现代、艺术与科技的跨界与融合。

【2018 北京国际设计周哥本哈根主宾城市系列活动】

2018 年 9 月 26 日至 10 月 5 日，“2018 北京国际设计周”主宾城市丹麦哥本哈根市在 751D · PARK 北京时尚设计广场、东城区青龙胡同等地组织举办主宾城市系列活动，包括开幕式、主题展览、城市可持续发展论坛等。系列活动以“悦享丹麦，赋予生活”为主题。

9 月 26 日，哥本哈根主宾城市展览开幕，通过向中国观众展现哥本哈根在设计、美食、城市设计以及可持续性等领域的实力，体现八大核心理念：让孩子茁壮成长、让社区充分延展、让旧物获得新生、给城市中心一片绿地、给传统文化全新意义、给当地元素更多关注、让绿色城市世代相传、让自己获得充足休息。在作为展览主展区的79罐内，观众身临其境地体验到生活在哥本哈根的感觉，品尝街头小食，体验VR艺术、用彩色绳子搭建艺术装置等。

【第二届“汉字之美”全球青年设计大赛年度盛典】

2018年9月28日，由北京师范大学与清华大学美术学院共同主办的“第二届‘汉字之美’全球青年设计大赛年度盛典”在北京市文创园举行。大赛以“家和万事兴”为主题，活动现场揭晓了“汉字之美”2018全球青年设计大赛的17个奖项。“汉字之美”优秀作品展于9月22日至29日举行。

大赛邀请来自世界各地的青年设计师在大赛提供的30个字库基础上将汉字与中国文化融入现代设计美学与技术。“汉字之美”2018全球青年设计大赛的17个重要奖项如下：宋嵩的《汉字之美之衣食住行》获得全场大奖，宋海永的《鸣德风铃纨扇灯》荣获金奖，陶成龙的《宀字造物家族》、郭冰奇的《咬文嚼字——家茶》、靖德森的《堂字落地灯》、周霞敏团队的《宗》和亚伦·古铁雷斯的《“宴”字电饭煲》获得银奖，杨晓婕的《宙字怀表》、其米格的《“家”钥匙吊架》、欧鸥的《家/近在咫尺》、方佳的《“容”老爷趣味插座转换器设计》、贾斯汀·埃贝尔的《繁星浩宇灯》、张广辛团队的《富安家宇》、胡嘉怡的《尺·度》、赵人正的《宀·锁》、苗慧的《室书》、吴燕鸣的《家室——灯具设计》获得铜奖。另有50件优秀设计作品获优异奖。

2018 深圳设计周

【概况】

2018 年 4 月 20 日至 30 日，由深圳市政府主办，深圳市对外文化交流协会、深圳市设计之都推广办公室承办的“2018 深圳设计周”在深圳设计互联 / 海上世界文化艺术中心与深圳当代艺术与城市规划馆举行。

本届设计周举办了多场展览与 10 余场论坛活动，首次引入主宾国概念——意大利，联合众多年轻化设计力量，在设计周打造意大利馆。设计周设有双展馆，其中，“设计的可能”主题展在深圳当代艺术与城市规划馆举行，由主题展览与论坛两大板块构成，展览板块来自 10 个国家的 15 组设计师 / 团队。设计周还举行了“首届深圳环球设计大奖颁奖典礼”，特别展出单元“AGI China”展、粤港澳大湾区系列设计活动等。

同时举行多场外围项目活动，如 MINDPARK 创意大会、C Future 未来城市艺术节等。

【2018 深圳环球设计大奖颁奖典礼】

2018 年 4 月 20 日，“2018 深圳环球设计大奖颁奖典礼”在深圳市举行。中国上海岸峰工业设计的“Halo City 光环 – 微电折叠车”从 12 个国家与地区的 1014 件作品中胜出，夺得全场大奖。

Halo City 光环 – 微电折叠车是为解决日常交通“最后一公里”问题而设计的个人旅行工具。其因兼顾功能、选材先进、科技创新的表现获得了 8 位国际资深评委的肯定。整车的设计，除了轮胎以外，全部来源于中国的自主创新设计。

当晚还颁发了 2 金 4 银 10 铜奖项。深圳时空壶技术有限公司 Timekettle 的 WT2 实时翻译耳机、BioLite 野营用炉二代获金奖，ESUN 智鼾垫、深圳浪尖设计集团有限公司设计的皓庭智能防霾电动口罩、看到“黑曜石”3D VR 摄像机以及无线吸尘器 VC-NX1AC 获银奖，55℃魔色杯、S31 智能插座、Poputar P1 智能吉他、坚果 P2 智能移动影院等 10 项设计产品获铜奖。

此次评奖活动总奖金达 100 万美元，其中“全场大奖”为 20 万美元。

【“AGI CHINA”展】

2018 年 4 月 20 日至 30 日，“AGI CHINA”展于深圳市当代艺术与城市规划馆举行。本次展览是中国具国际影响力的平面设计师群体的一次经典作品展出，由韩家英、王序、李永铨、蒋华四位设计师联合策展。

展览将视野拓展到全球，找寻中国平面设计的源头和历史时刻。在约 1800 平方米的展馆内，集中梳理了从 1959 年到 2018 年的重要设计人物和事件，共计展出了约 350 件设计作品，包括大量早期海报、杂志、年鉴等。展览分三个部分：一、“AGI CHINA 设计对谈”，四位策展人与香港设计教父石汉瑞先生以对谈、口述历史的形式，呈现中国平面设计发展的不同年代主题和故事；二、会员作品展，以年代为线索，通过不同年代经典作品的呈现，用海报、品牌、书籍与艺术创作多个类别，多维度呈现 AGI 中国会员的作品群像；三、AGI CHINA 主题邀请展区，包括 AGI 会员主题创作与展望中国未来新锐力量的非会员设计师作品。

【粤港澳大湾区系列设计活动】

2018年4月20日至30日，由深圳设计周组委会主办，深圳市平面设计协会（SGDA）承办，香港设计师协会、香港设计中心、澳门设计师协会等协办的“粤港澳大湾区系列设计活动”在深圳当代艺术馆与城市规划展览馆举行。

作为“2018深圳设计周”的核心项目，此次活动着眼大时代、大湾区、大战略、大视野、大创意、大未来，通过设计展览、学术论坛、设计师交流等多种形式，展现和思考设计与湾区、城市、经济、文化、生活的关系。

本次活动首次将“粤港澳大湾区”的设计力量以整体性的方式进行展现，以期从全球化的视角，对这一区域及设计相关生态进行重新解读与认知。

【“四十不惑的中国设计”纪念改革开放40周年特别论坛】

2018年4月22日，由深圳设计周组委会主办，北京国际设计周有限公司、深圳市设计之都推广促进会共同承办的“‘四十不惑的中国设计’纪念改革开放40周年特别论坛”在深圳当代艺术馆与城市规划馆举行。

论坛旨在借设计周的契机，回顾中国的改革历程。湖南大学设计学院何人可以“从中国制造到中国设计”为题，分享了对中国设计发展40年的感受与体会。中央美术学院设计学院原院长、现中央美术学院学术委员会主任王敏以“设计·不惑——致敬中国设计四十年”为题，介绍了北京设计大会和设计周，以及中国设计40年文献展的情况。

【2018深圳设计周“意大利日”】

2018年4月22日至5月4日，“2018深圳设计周‘意大利日’”活动在设计互联 | 海上世界文化艺术中心举行。意大利馆由意大利设计协会（总部位于深圳）设计制作，主办方是意大利驻广州总领事馆，策展方是都灵理工大学（建筑设计系），并获得深圳设计之都推广促进会支持。意大利馆的协办单位包括米兰新美术学院、多莫斯设计学院和贝加莫贸易（深圳）有限公司。

意大利馆以“从微观到宏观：意大利在华南设计师”为主题，围绕“意外，响应，留心，交互”，开展了系列工作坊、圆桌讨论等活动，呈现身在珠三角的意大利年青一代设计师创意与功能并重的设计作品。参展设计师为爱德华多·阿莱西、弗雷迪·库里尔、弗雷德里克·戈利斯、托马索·马塞拉、加比·佩雷托等，涉及工业设计、景观设计、服装设计、建筑设计、室内设计、零售设计等多个专业领域，大多为意大利在珠三角的设计师。这些设计师在设计产品时，坚持把“可持续性”作为每一项设计的最低共同标准。

“意大利日”还围绕“设计和可持续发展”主题展开研讨会，为意大利和中国设计师提供交流平台。在圆桌会议演讲上，都灵理工大学建筑和设计部门主任保罗·梅拉诺、深圳大学建筑学院代表张博涛、深圳设计之都推广促进会秘书长许挺作为嘉宾出席。

【第二届“丝绸之路”国际设计论坛及系列活动】

2018年4月26日，“第二届‘丝绸之路’国际设计论坛及系列活动”在广东省深圳市举行。来自“丝绸之路”沿线的10多个国家和地区的设计行业协会负责人、设计师代表等300余人展开深度交流。论坛活动具体包括国际设计师主题演讲、中外设计对话、“丝绸之路”国际设计作品展以及“丝绸之路”国际设计家考察之旅，活动汇集了“丝绸之路”沿线国家和地区优秀的设计师和设计作品。

国际空间设计大奖——“艾特奖”的总部和深圳市室内设计师协会在论坛上宣布落户龙岗区。“艾特奖”由 A963 设计网联合清华大学美术学院、中央美术学院、天津大学美术学院发起。

2018 上海设计之都活动周

【概况】

2018 年 8 月 31 日至 9 月 2 日，“2018 上海设计之都活动周”（简称“上海设计周”）在上海展览中心举行。本届设计周以“打造设计梦想共同体 · 再设计”为主题，分为主场创新生活设计体验展、跨界论坛、系列活动和设计 365 商业延伸四大板块。

设计周开幕前后的一个月内，上海全市举办了近百场创意设计类活动，与商业空间、写字楼、园区、校区及社区进行多元合作。作为上海设计周的延伸项目，“设计 365”通过“共同客厅”“共同拍卖”“共同设计”“共同发现”和“拥爱设计公益计划”等项目展开。

【上海设计周主场展览——创新生活设计体验展】

2018 年 8 月 31 日至 9 月 2 日，“上海设计周主场展览——创新生活设计体验展”在上海展览中心举行。本次展览总面积约 25000 平方米，来自 10 多个国家，200 余家品牌商的超过 10000 件设计新品参加展览，其中 60% 以上为新品首发。本次主场展览也是历届上海设计周规模最大、内容最丰富的一次。

“任意门”是本届设计周贯穿全场的主元素，寓意“进入”大门，走进“设计之都”，由设计师王平仲创作。装置两侧的四个长方体空间分别对应衣、食、住、行四种生活场景。置于正中间的长方体则以现代主义之父柯布西耶的“人体模数尺”的人形展现设计以人为本的基本概念。整个装置融合了多种不同的新材料，还可以拆卸、拼装、重组成新的功能物件。广场上和展览的内场也贯穿了“任意门”概念。

三天的展览时间里，城市进化馆、极致生活馆、创想未来馆、紫色交界馆、艺术美食馆及创意聚场六大主题展区，分别展示了国内外在文化、科技、时尚、艺术、美食、教育等多个领域的原创设计新理念、新产品、新技术和新模式。城市进化馆关注人、生活、城市和自然之间的关系，聚焦城市人文、城市生活、城市智慧和城市生态等方面；极致生活馆聚焦传统文化的当代诠释、跨界设计的时尚演绎、极致生活的综合呈现，展现品质生活的 100 种方式；未来创想馆聚焦人工智能、VR 剧场等以创造力为核心的各种设计成果；紫色交界馆是此次活动周联合艺术家、设计师和商业品牌，聚焦商业模式的艺术化呈现、精致生活的跨界演绎、科技材料的创新表达等内容，重在打造融合个性设计、艺术场景、人文情怀、科技表现和社交氛围的创新展览模式；首次推出的“阿拉食光”艺术美食馆囊括了中外美食、艺术美食、网红美食、美食衍生品、音乐表演以及各类特色活动；创意聚场则既是展厅又是秀场。

【上海设计周先锋论坛】

2018 年 8 月 31 日至 9 月 2 日，由联合国教科文组织“创意城市”（上海）推进工作办公室主办，上海设计之都促进中心、上海设计周投资管理有限公司、上海吗呐网络科技有限公司承办的“上海设计周先锋论坛”在上海展览中心论坛区举行。论坛以“重构”为主题，研讨了“新城市”“设计未来”“艺术与科技”“情怀与商业”等议题，50 多位艺术家参会，其中包括加拿大政府官员、芬兰建筑师、中国台湾地区文化局领导、全球500强企业高管等。

“时代的表情与艺术”论坛的主讲人——萌力星球总经理林冬冬，现场分析了表情包对于社交的重构，并分享了很多关于表情包创作的经验。视觉设计师毛婷、国风动漫引领者汤恺等也分享了对于论坛主题的理解。

【“空间在左，内容在右——社区活力塑造法则”论坛】

2008年9月1日，由上海设计之都活动周、东原集团原声平台主办，date、社邻家、四叶草堂、儿童友好城市研究室、翠竹园互助社区发展中心等协办，A Plus Communications承办的“空间在左，内容在右——社区活力塑造法则”论坛在上海市举行。

近150位嘉宾和媒体代表参会，展开了关于社区发展本质及内涵的交流，以期寻求适应新时代中国特色的社区建设及运作模式。论坛分为三个部分：学术嘉宾的研究报告分享、围绕社区建设运营的研讨对话、由东原集团作为原声活动发起方代表向全场嘉宾发起倡议。

纪事

管理

【第七届中国工艺美术大师评选结果公示】

2018 年 5 月 14 日,《中国轻工业联合会公告(2018 年第 1 号)》发布，公布第七届中国工艺美术大师名单 89 人。4 月 13 日至 19 日，第七届中国工艺美术大师评选在上海世界手工艺产业博览园举行，对来自全国 31 个省市自治区 201 位参评者的 603 件参展作品进行审评。此次评选综合各地中国工艺美术大师人数、省级大师人数、产业规模和从业人数等各方面因素，拟评选第七届中国工艺美术大师 90 人。

自 1979 年至 2012 年，中国工艺美术大师评选工作共进行了 6 届，共评选出中国工艺美术大师 443 位，而目前在世的中国工艺美术大师已不足 300 位。2013 年 5 月，中国政府网发布《国务院关于取消和下放一批行政审批项目等事项的决定》。经研究论证，国务院决定，取消和下放一批行政审批项目等事项，共计 117 项。其中，在被取消的评比达标表彰项目中，“中国工艺美术大师”评选由工业和信息化部移交给中国轻工业联合会进行评选。

【第一批国家传统工艺振兴目录发布】

2018 年 5 月 21 日,《文化和旅游部 工业和信息化部关于发布第一批国家传统工艺振兴目录的通知》(文旅非遗发〔2018〕12 号)发布。全国共计 383 个传统工艺项目入选，涉及纺染织绣、服饰制作、编织扎制、雕刻塑造、家具建筑、金属加工、剪纸刻绘、陶瓷烧造、文房制作、漆器髹饰、印刷装裱、食品制作、中药炮制、器具制作 14 个门类。建立国家传统工艺振兴目录是《中国传统工艺振兴计划》提出的主要任务之一，旨在选取并重点支持一批具备传承基础和生产规模、有发展前景、有助于带动就业的传统工艺项目。

第一批传统工艺振兴目录以国家级非物质文化遗产代表性项目名录为基础，重点考虑了面广量大传承人群较多、有助于发挥示范带动作用、能够形成国家或地方品牌的传统工艺项目，同时适当向革命老区、民族地区、边疆地区、贫困地区倾斜，从而能够带动地方经济发展、扩大就业。

【《工艺美术产业白皮书(2018)》发布】

2018 年 12 月，工业和信息化部工业文化发展中心发布《工艺美术产业白皮书(2018)》(以下简称《白皮书》)，内容包含全国工艺美术产业的发展形势与特点、系统解析产业发展存在的主要问题、展望工艺美术产业发展态势，为我国工艺美术企业的创业、投资、研发和工艺美术行业管理提供数据参考和政策建议。

《白皮书》显示，近几年来受宏观经济整体增速趋缓的影响，我国工艺美术产业增长面临较大的压力，增速明显放缓。截至 2017 年 12 月，全国工艺美术行业规模以上企业共 5440 家，规模企业数量较 2016 年同期有所增加。2017 年 1 月至 12 月，全国工美行业累计完成主营业务收入 10654.83 亿元，同比增长 7.39%。全国工美行业累计主营业务收入利润率为 5.49%，同比增长 –0.07%。

《白皮书》除总结 2017 年我国工艺美术行业发展状况，还梳理了我国工艺美术相关的政策法规，收集了我国省、自治区、直辖市、计划单列市的 2017 年工艺美术行业的发展概况，研究了我国工艺美术产业创新发展路径探索的情况，对我国工艺美术产业发展做了经验总结和趋势分析，并提出了具体的建议措施。

项目 · 活动

【智慧学习与创新设计学术周】

2018 年 1 月 3 日至 7 日，由北京师范大学主办、北京师范大学智慧学习研究院承办、北京师范大学研究生院和教育学部和网龙华渔教育协办的“智慧学习与创新设计学术周”在北京师范大学举行，北京设计学会为本次学术周提供了支持。此次学术周聚焦未来数字公民的设计、计算与创新思维能力的培养，具体活动包括“第二届设计、计算与创新思维高峰论坛”、“企业设计产品与优秀学生作品展览”、“设计—学习”体验工作坊、“设计—学习”成果汇报与点评、学术研讨会等。

活动首日吸引了 200 余位国内外参会代表，全程采用全球在线直播，单位时段在线参会人员 2000 多人次，高校和企业设计作品展览吸引了 800 余人次的参展。来自斯坦福大学、北德克萨斯大学、北京师范大学、清华大学、北京航空航天大学、中国科学院等国内外教育与设计领域的专家，以及网龙网络公司、乐高教育、苹果等国内外企业代表参加活动。

【粉彩瓷绘技艺创新人才培养高级研修班】

2018 年 3 月 10 日至 4 月 15 日、4 月 20 日至 5 月 25 日，由景德镇陶瓷大学申报的国家艺术基金 2017 年度艺术人才培养资助项目“粉彩瓷绘技艺创新人才培养高级研修班”两期培训在江西省景德镇市举行，设集中授课、采风考察、作品制作实习三个环节，共有来自全国 16 个省区市的 50 名学员参加。主要课程有“粉彩的传承与发展”“粉彩瓷绘创作思维与方法”“陶瓷釉上新材料工艺学”“典型传统粉彩工艺案例解析”“粉彩表现工艺拓展训练”等。培训还聘请专家学者、工艺美术大师等围绕陶瓷艺术市场与收藏、中国陶瓷绘画史、海上丝绸之路与陶瓷对外交流等主题进行了学术讲座。

【“清华大学雪花秀非遗保护基金”签约仪式暨主题论坛】

2018 年 3 月 22 日，“‘清华大学雪花秀非遗保护基金’签约仪式暨主题论坛”在清华大学美术学院美术馆举行。该基金在启动的第一年，重点支持国家级非物质文化遗产“山西漆器髹饰工艺”。

清华大学美术学院副院长苏丹教授表示，保护基金有助于提升地方漆艺制作能力以及匠人造型水平，更好地建立市场转化能力，促进传统工艺与当代美学的结合，让传统文化生命力更为持久。绛州剔犀技艺、平遥推光漆器髹饰技艺和稷山螺钿漆器髹饰技艺三项山西国家级非遗项目传承人携精美代表作品在美术馆的展台亮相，并就自己的作品与观众进行了互动交流。

【全球创新设计研究生联合培养项目（GID）第三期课程】

2018 年 4 月 16 日至 7 月 7 日，清华大学美术学院与英国皇家艺术学院、帝国理工学院合作共建的“全球创新设计研究生联合培养项目（Global Innovation Design Master Program，GID）第三期课程”在清华大学美术学院举行，由来自清华大学美术学院各个系的多位教授主持授课；同时，医学院、计算机系等相关院系的教师和来自海外不同设计院校的教授也参与到课程教学中。10 名来自英国皇家艺术学院和帝国理工学院的 GID 项目研究生与 20 余名来自清华大学的研究生参加了为期三个月的 GID

创新设计课程。

本次 GID 联合培养项目包括五大课程模块，分别是：文化体验与交互设计（Interaction Design for Cultural Experience），设计管理与战略（Design Management and Strategy），材料、色彩、工艺 CMF 研究与医疗健康设计应用（CMF Research and Healthcare Design Application），可持续设计（Sustainable Design），多学科设计实验（Multidisciplinary Design）。7 月 4 日，“全球创新设计研究生项目第三期课程成果汇报展”在清华大学美术学院 A 区举办。

【国匠荣耀·第三届手工艺创新盛会】

2018 年 5 月 12 日至 30 日，由中国艺术研究院工艺美术研究所指导，中共深圳市龙华区委宣传部（文化体育局）、观澜街道办事处联合主办，观澜湖集团、观澜湖艺工场、商界传媒集团承办，中华手工杂志社、手艺 APP、手艺工场执行的第十四届中国（深圳）国际文化产业博览交易会分会场活动——“国匠荣耀·第三届手工艺创新盛会”在深圳观澜湖硬石酒店举行。

参会嘉宾围绕“非遗传承当下的现状”“传统手艺与现代设计”“工艺设计与工业设计”“传统工艺进校园”“传统工艺如何走向市场和生活”“工艺产品如何构建销售渠道”“茶艺复兴与茶器复兴”“手艺产品与包装设计”等问题，从传承、发展、产品、商业、技术、消费等具体的方面展开讨论。论坛由苏州工艺美术职业技术学院手工艺术学院院长赵罡担任学术主持；国家级非物质文化遗产建窑建盏烧制技艺代表性传承人孙建兴，开物成务创始人、中国工艺美术学会传统工艺协同创新中心副秘书长王素娟，手工艺活态馆负责人、杭州运河集团文化旅游有限公司旅游发展事业部经理朱群英，茶语网创始人、总经理张阳担任论坛嘉宾。

《中华手工》杂志总编辑，手艺网、手艺 APP、手艺工场创始人白昆鹏发布《中国手工艺生态调查报告》。活动中颁发了“中国传统工艺振兴奖”，端木良锦、张小泉、刁三内画、KÈ、四特东方韵等 16 位品牌代表及手艺人获奖。活动中，观澜湖集团与爱飞客云顶（深圳）教育咨询服务有限公司、台湾甦活（SOHO）创意管理顾问公司签署战略合作协议，主要致力于培养年青一代文创设计人才与传统工艺传承。

活动还在深圳观澜湖手艺工场举办了“手艺·民生”器物展与影像展两场主题展。器物展上集中甄选具有当代风貌与日常器用的手工艺品；影像展现了当代传统工艺与文化的视频、图片以及书籍，以现代科技手段呈现手工艺的生计与生活。

【2018 全国手工艺产业博览会暨非物质文化遗产传统技艺展】

2018 年 6 月 16 日至 7 月 16 日，由中国轻工业联合会主办的“2018 全国手工艺产业博览会暨非物质文化遗产传统技艺展”在上海青浦世界手工艺产业博览园举行。活动以“复兴中国传统文化，创新时代作新篇章”为主题，展出国内工艺美术、书法艺术、非遗传承的大师的代表性作品，分设中国木雕、中国玉石雕、中国陶瓷、中国古典家具、艺术品全球购等主题展区，同时举办“北玉 60 周年厂庆全国玉雕大师精品联展”“林氏三杰——林亨云艺术回顾展暨林飞林东艺术成就展”，以及中国书法家协会支持的“‘一带一路’书法万里行上海展”，国家艺术基金支持的“‘玉石之路’国大师精品玉雕回顾展”“艺术品全球购优秀作品展”等专题。

展览面积约 30000 平方米，期间还举办“国匠杯”优秀参展作品评选和“2018 虹桥文化论坛”，并召开“2018 世界手工艺进口博览会”筹备会、中国艺交所全球艺术品财富管理高端论坛、全国雕塑论坛、全国国匠论坛、“世界你好”艺术金融论坛等。

【传统工艺工作站交流活动】

2018 年 8 月 29 日至 30 日，由文化和旅游部非物质文化遗产司主办、贵州省文化厅承办的“传统工艺工作站交流活动”在贵州省雷山县举行。文化和旅游部非物质文化遗产司相关同志，各工作站所在地省级文化行政部门代表、驻站单位代表、驻地文化行政部门代表和其他工作站参与单位代表共计 100 余人参加了交流活动。活动期间，代表们考察了贵州地区传统工艺工作站建设情况，交流研讨了各工作站的实践路径和建设经验。

【第二届全国设计类专业青年教学学术活动月】

2018 年 9 月 20 日至 28 日，由四川美术学院主办，四川美术学院教务处、设计艺术学院、手工艺术学院承办的“第二届全国设计类专业青年教学学术活动月”在四川美术学院举行。活动涵盖工业 / 产品设计专业、环境设计专业、服装与服饰设计专业、视觉传达设计专业、数字媒体艺术专业、艺术设计学专业、工艺美术专业，共计七场教学学术活动，每场活动分为上、下午两个半场，上午半场为特色课程教学交流，下午半场为设计实践、设计创作研讨。活动邀请了来自全国 20 所高校的 45 位优秀青年教师，以及全国 3 所企业的 5 位设计师，分享他们在专业领域、教育教学和设计实践探索上的新思考、新实践。

【《装饰》杂志创刊六十周年庆祝活动】

2018 年 9 月 28 日至 29 日，由清华大学美术学院主办、中国装饰杂志社承办的“《装饰》杂志创刊六十周年庆祝活动”在清华大学举行。活动包含四项主题活动，分别为“《装饰》创刊六十周年纪念大会”“面向未来的设计学——国际设计期刊主编论坛”“走向大众的美——中国设计期刊文献展”及“《装饰》创刊六十周年海报邀请展”。

“《装饰》创刊六十周年纪念大会”于 9 月 28 日在清华大学举行。“面向未来的设计学——国际设计期刊主编论坛”于 9 月 28 日至 29 日在北京西郊宾馆大会议室举行。论坛邀请国际国内几位设计刊物主编及编委发表演讲，共同探讨设计实践及学术研究发展的未来趋势，以及学术期刊平台建设的新形式。“走向大众的美——中国设计期刊文献展”于 9 月 28 日至 10 月 23 日在清华大学艺术博物馆举行。展览从美术设计期刊的视角，梳理百余年来近现代中国设计的历程，呈现设计与现实生活的连接与影响，探讨美术设计期刊与学术、行业和教育的关联。“《装饰》创刊六十周年海报邀请展”于 9 月 28 日至 10 月 4 日在清华大学美术学院美术馆举行。展览邀请了陈绍华、王粤飞、靳埭强、刘小康等平面设计师，每人设计一款“纪念《装饰》创刊六十周年”的海报，旨在以海报为视觉媒体，呈现业界设计师对《装饰》的认识，对设计的思考，以及对未来设计发展的展望。

【第十九届中国工艺美术大师作品暨手工艺术精品博览会】

2018 年 10 月 10 日至 14 日，由中国工艺美术协会主办的“第十九届中国工艺美术大师作品暨手工艺术精品博览会”在福建省厦门国际会展中心举行。来自全国 28 个省区市的 400 家参展商展示了美术陶瓷、金属工艺品、民间工艺品、工艺花画等品类的大师作品。展会活动具体包括：展示和销售国家、行业、省市级工艺美术大师作品，民族工艺品和手工艺术精品；2018“百花杯”中国工艺美术精品奖评审；工艺美术知名品牌、老字号、产业集群宣传展示；传统手工艺现场体验互动；特色区域、“国礼”生产商现场推介会。

【第一届河北国际工业设计周】

2018年10月18日至24日，由河北省人民政府主办，河北省工业和信息化厅、雄安新区管理委员会、河北工业设计创新中心承办的“第一届河北国际工业设计周”在河北省雄安新区举行。

设计周以“设计力点亮未来之城”为主题，致力于推动设计交流和行业互动，近5000平方米的工业设计创新成果展在容城市民体育运动中心同期举行。展览分为国际及海外经典设计展区、国内先锋设计展区、“一村一品”特色产业展区、新一代信息技术领军企业展区、河北设计成果展区、5×10：混合空间设计实验室、国际先锋设计体验展馆七大展区。芬兰为本届设计周的主宾国家。展览融合互联网、AR、VR等新科技、新手段展现设计新理念。

【第二届中国·河间国际灯工艺术节】

2018年10月27日至28日，由清华大学美术学院和河间市人民政府共同主办的“第二届中国·河间国际灯工艺术节”在河北省河间市举行。

本届国际灯工艺术节共征集到参赛作品401件，组委会邀请9名国内外艺术家为评委，经过两轮评审，评选出入围作品56件，产生金奖获奖作品1件、银奖获奖作品2件、铜奖获奖作品3件、优秀奖获奖作品10件。艺术节还设立了特殊贡献奖、传承贡献奖、青年贡献奖和杰出成就奖4个奖项，对取得突出成绩的国内外优秀艺术家进行表彰。另外，灯工艺术节期间，有数位国内外一流工艺大师现场演示灯工艺术作品制作过程，并结合自身创作实践和国内外工艺玻璃行业状况，举办数场讲座。河间市工艺玻璃行业十大工匠也在灯工节上评选产生。

【全国非物质文化遗产保护工作培训班】

2018年11月5日至18日，文化和旅游部非物质文化遗产司与中央文化和旅游管理干部学院共同组织举办了2期全国非物质文化遗产保护工作培训班。各省（区、市）、省会城市、计划单列市文化和旅游行政部门非遗处及非遗保护中心负责同志共计120人参加。

本次培训以“非遗保护的认识与实践”和“非遗保护利用助力文化扶贫”主题，集中学习了“我国非遗保护的认识与实践”视频教学，特邀非遗保护工作专家解读《保护非物质文化遗产公约》《中华人民共和国非物质文化遗产法》，并就非遗依法保护、文旅融合等主题授课，特邀党校专家讲述文化自信、文化传承和文化扶贫。同时，培训班创新开展了“非遗保护利用助力文化扶贫”结构化论坛，组织学员分组研讨，交流分享各地非遗保护传承工作的典型案例。此外，培训班还组织学员赴北京市非物质文化遗产生产性保护示范基地钧天坊开展了实地考察和交流等。

【《张仃全集》首发仪式】

2018年11月5日，由广西出版传媒集团、清华大学美术学院主办，清华大学张仃艺术研究中心、广西美术出版社承办的“《张仃全集》首发仪式”在清华大学美术学院举行。张仃先生夫人理召、广西出版传媒集团总编辑曹光哲、清华大学美术学院院长鲁晓波等40多位领导嘉宾及300余位观众参加了本次活动。

全集约80万字，收录了约3000幅图，收集了张仃先生在漫画、设计、装饰画、水墨画、壁画、重彩装饰画、焦墨山水、速写、书法等诸多领域的作品，以及部分代表性美术评论文章，全面、立体地总结了张仃先生一生的艺术探索、艺术实践和艺术成就。

展览

【中国设计智造大奖 · 美好生活展】

2018 年 1 月 5 日至 23 日，由浙江省政府支持、中国美术学院主办、中国工业设计协会协办的“中国设计智造大奖 · 美好生活展”在浙江省杭州市举行。

中国设计智造大奖于 2015 年创立，以“东方智性、国力智能、生活智慧、创新智库”为核心价值观，倡导设计回归“智造”本源。此届大奖聚集了来自全球 26 个国家和地区的 300 余位设计学界、设计协会、设计公司、设计博物馆及专业策展等领域的专家，根据独创的“金智塔”评价体系层层筛选作品。“美好生活展”走进城市商业综合体，展出大奖往届作品近百件，其中包含文化创新、生活智慧、前沿科技、产业装备等几类作品，以“民生为本、设计为先、产业为重”为着眼点，以“设计 + 体验 + 互动”的形式，让创新设计走进人民生活。

【2017 年度文化产业创业创意人才扶持计划作品展】

2018 年 1 月 19 日至 30 日，由文化部文化产业司指导、中央文化管理干部学院主办的“2017 年度文化产业创业创意人才扶持计划作品展”在北京市举行。展览共分三个板块：第一板块呈现了从我国传统平面设计到多媒体设计、动画的发展脉络，从“艺术 + 科技 + 人文”的角度，思考我国设计前沿；在第二板块“现代设计”中，参展作品展示了设计师为适应现代文化产业体系和市场体系的要求，在工农业、生活、博物馆、公共领域等方面的思考和探索；第三板块为“传统设计”，以中华传统文化的继承创新为切入点，以藏羌彝文化产业走廊、蔚县剪纸、哈密刺绣等特色文化资源为内容，探讨新时代下传统文化的创造性转化。

本次展览从入库人才和创意设计联盟成员单位选送的获奖作品中遴选出 131 名设计师的 354 件作品，通过“艺术 · 科技 · 生活”多维展示传统设计、现代设计与藏羌彝文化设计作品。

【匠心传承——徐竹初、徐强父子木偶艺术展】

2018 年 2 月 6 日至 4 月 6 日，由中国国家博物馆主办的“匠心传承——徐竹初、徐强父子木偶艺术展”在中国国家博物馆举行。展览分为“雕偶世家——徐氏木偶雕刻传承与技艺”“以形写神——徐氏木偶形象”两个单元，展示徐氏木偶雕刻的技艺传承、艺术表现和艺术风格。2006 年，漳州木偶头雕刻被列入我国首批国家级非物质文化遗产名录。

【苗疆华彩——中国苗族织绣服饰文化展】

2018 年 3 月 8 日至 4 月 15 日，由中国民族博物馆和中国妇女儿童博物馆联合主办的“苗疆华彩——中国苗族织绣服饰文化展”在中国妇女儿童博物馆举行。展览展出中国民族博物馆馆藏的清代以来的 60 件织绣品、50 件银饰、50 套服装，展现了中国苗族服饰、刺绣、织锦等艺术品。

【光之言说——2018 中国高校玻璃艺术展】

2018 年 3 月 23 日至 4 月 6 日，由广州美术学院主办的“光之言说——2018 中国高校玻璃艺术展”在广州美术学院大学城美术馆举行，展示 100 多位师生的 120 余件玻璃艺术作品。工艺涵盖了窑制、吹制、浇注、灯工、热熔热弯、粉烧、3D 打印以及多媒介混合工艺，艺术形式多样。展览强调工艺与理念、传统与现代、民族与国际交互发展，展示出了中国高校现代玻璃艺术优秀作品和科研成果，进一步增强了各院校之间的学术交流和研究，促进该学科的创新和发展。相关主题论坛同期举办，邀请了中国高校玻璃艺术学科带头人、艺术设计理论家、教育家等，共同探讨中国传统文化、技艺与现代玻璃艺术的融合和创新，增强中国玻璃艺术在国际上的影响力等议题。

【发明的精神 · 美国哈格利博物馆与图书馆藏美国 19 世纪专利模型展（巡）】

2018 年 3 月 27 日至 5 月 6 日，“发明的精神 · 美国哈格利博物馆与图书馆藏美国 19 世纪专利模型展（巡）”在清华大学艺术博物馆举行。展览以实物方式展出美国哈格利博物馆与图书馆收藏的 60 件 1830 年至 1890 年期间的专利模型，和 1 件由美国总统乔治 · 华盛顿及其国务卿和司法部部长于 1797 年共同签署的专利批准文件。展品还包括清华大学美术学院的师生团队根据哈格利博物馆的专利模型制作的视频、VR 及可操作模型，以及图片文字说明，着重讲述发明背后的故事，再现专利发明的过程以及应用情况。展览于 2018 年 4 月 26 日在清华大学艺术博物馆举办巡展启动仪式。

【开放式——青年漆艺创作研究展】

2018 年 3 月 30 日至 6 月 8 日，湖北美术馆举办“开放式——青年漆艺创作研究展”。展览展出了部分湖北美术馆漆艺藏品和湖北省及其他省份的优秀青年漆艺家作品，一方面呈现青年漆艺家在面对文化传统和时代潮流时所作出的选择与反应，一方面深入探讨漆艺创作从工艺到物语、从装饰到趣味、从器用到空间的内在成因。“开放式”不仅是呈现当下，更是关联未来。参展艺术家包括邱志军、谭大利、方兆华、常瑞红、简锦斯、郭天天、颜冬虹、李岩、潘草原、陈丹丹、龚晓婧。

【“青铜化玉 · 汲古融今”马洪伟玉雕艺术特展】

2018 年 4 月 2 日至 5 月 10 日，“‘青铜化玉 · 汲古融今’马洪伟玉雕艺术特展”在北京颐和园举行。展览展出中国玉石雕刻师、高级工艺美术师、苏州市非物质文化遗产（玉雕）传承人马洪伟不同时期创作的仿古玉器作品 70 余件，分为兵器、酒器、食器、水器、乐器、杂器 6 个主题，立体呈现了马洪伟在玉雕技艺传承、题材拓展、艺术样态创新等领域取得的成就。马洪伟的作品青玉《栅方鼎》正式入藏颐和园。

【“物料对折”展览】

2018 年 4 月 3 日至 18 日，香港理工大学设计学院举办“物料对折”展览，展出多件由设计师、品牌、理大设计学院毕业生和学生创作的以家居用品和装置为主题的折纸设计。他们将折纸的结构和方式，运用于不同的物料之上，创作出各式各样的生活设计。展出作品如陈柏熹的《直立灯》、唐宇行的《Ztealth 椅子》、陈伟豪的《ORI-LAMP》、许恒达的《可变身折灯》等。折纸工艺已有数百年历史，其以折叠的方式改变材料的固有形态，将原本平面一块的材料转化成立体的物品。当代的折纸设计已远超于塑形工艺，而是一种不局限于物料和折叠方法的设计方式。

【独具匠心——工艺美术四十年回顾展】

2018 年 4 月 6 日至 10 日，由工业和信息化部工业文化发展中心承担的国家艺术基金 2017 年度传播交流推广资助项目“独具匠心——工艺美术四十年回顾展”在中华世纪坛艺术馆举行。展览征集了第一届至第六届中国工艺美术大师作品近 300 件（套），涉及陶瓷、织绣、雕刻、印染、金属工艺等诸多艺术品类。参展作品全面系统地展示了 40 年来中国工艺美术的作品。该展既是对历届中国工艺美术大师技艺的集中展示，也是对中国工艺美术大师所创造的学术价值、艺术价值的一次回顾和总结。展览在西安当代美术馆、莆田工艺城、景德镇美术馆、上海工艺美术职业学院和青岛国际会展中心等地进行巡展。

【东方竹——亚洲竹生活艺术展】

2018 年 4 月 7 日至 7 月 6 日，“东方竹——亚洲竹生活艺术展”在中国美术学院民艺博物馆举行，共展出中国、日本、印度等亚洲国家 30 余名竹工艺师、设计师、建筑师和艺术家的百余件作品。展览聚焦亚洲的竹生活艺术，不仅展示了传统竹工艺、竹设计、竹营造，还展出部分有关竹的古代和当代的研究文献，竹艺教学、材料分解分析、竹加工工具、竹造纸的影像记录等相关内容。

展览第一板块“竹艺生活”主要展示亚洲竹工艺，包括从湖北省江陵县出土的春秋时期的“竹笥”、最早出土的竹简、传播到日本被正仓院收藏至今的唐代尺八乐器。竹在生活日用、文化传播等方面起了重要作用。该板块藏品既有传统的竹编制器，也有各个国家手工艺人基于传统进行的创造性演绎。第二板块“设计之竹”展示亚洲竹设计。该板块邀请中国、日本、印度等国家和中国台湾地区的竹设计师作品参展。第三板块“竹与营造”展示亚洲竹营造，其中包括民艺博物馆的设计者、建筑师隈研吾的“长城脚下的公社——竹屋”的建筑模型。

【“绣外慧中”蕾丝主题跨界艺术展】

2018 年 4 月 22 日至 6 月 22 日，由浙江省杭州市布料图书馆联合瑞士圣加仑纺织博物馆策划的“绣外慧中”蕾丝主题跨界艺术展在浙江省杭州市布料图书馆举行。展览采用线上线下多个平台结合的形式。除了布料图书馆的主场外，还延伸至杭州嘉里中心和天猫平台。布料图书馆内的“Lace to Meet You”主展区，从镂空纺织工艺生发出手工蕾丝伊始谈起，到工业化时代普及使用的圣加仑机制蕾丝，再到现代 3D 科技重塑的蕾丝工艺。前半场包括“手工时代”“工业时代”“多元灵感”“图录时尚”“白色信仰”“机械之美”“战后缤纷”“蕾丝新生”等展区，后半场包括开放空间的“邮票集锦”，体验区的“森林探寻”“蕾丝未来馆”，以及互动区的“手作体验”。

【大道成器——国际当代陶艺作品展】

2018 年 4 月 22 日至 9 月 9 日，由国家艺术基金支持、清华大学艺术博物馆主办的“大道成器——国际当代陶艺作品展”在清华大学艺术博物馆举行。展览展出当代海内外 69 位陶艺家的 83 件作品，分为“融合延伸”“见微知著”“象外之韵”“聚集拓展”四个单元，将不同形态、不同观念和不同制作技术的作品并置，展现东西方艺术家对陶艺的不同理解和体验。研讨会同期举办，左正尧、杭间、贾方舟、郑工、中岛晴美等嘉宾和各国当代艺术家，分别对此次展览以及中国陶艺的未来发展发表了自己的看法。

【“潘多拉的盒子”两依藏20世纪欧洲化妆盒手袋艺术展】

2018年4月29日至8月5日，由杭州工艺美术博物馆与香港两依藏博物馆联合举办、中国丝绸博物馆特别支持的“‘潘多拉的盒子’两依藏20世纪欧洲化妆盒手袋艺术展”在浙江省杭州市工艺美术博物馆举行。展览展出杭州工艺美术博物馆、两依藏博物馆（香港）以及中国丝绸博物馆的藏品近260件（套），共分为“回归自然的浪漫唯美”“高贵奢华的机械美学”“镜花水月的东方幻想”“经典品牌的现代演绎”四个单元，展出珠宝、化妆盒、手袋等藏品。

【妙手神韵——2018潘柏林陶塑作品展】

2018年5月11日至20日，由中国美术馆、中国非物质文化遗产保护协会、广东中华民族文化促进会、佛山市委宣传部、佛山市文化广电新闻出版局、佛山市文学艺术界联合会主办的“妙手神韵——2018潘柏林陶塑作品展”在中国美术馆举行。展览展出潘柏林70余件石湾陶塑作品。此外，“妙手神韵——2018潘柏林师生陶塑作品展”于5月12日至6月11日在北京月坛雅集非物质文化遗产传艺荟展出，共展出潘柏林及其51位学生的248件作品。

【吉林钦瓷艺术展】

2018年5月12日至27日，“吉林钦瓷艺术展”在北京中国工艺美术博物馆举行。展览以“龙潭之子·吉林钦瓷·魅力江城”为主题，共展出瓷板画、瓷盘、瓷瓶等各类瓷器100余件。“龙潭之子”是指在吉林市龙潭区生活或学习过、在全省及全国绘画领域取得成绩的画家群体，包括袁武、贾涤非、沙非、李柔韧、桑永海、格致等艺术家。2014年末，龙潭区第一炉“钦瓷”——糖化釉瓷器成功烧制出炉。

【2018届中国美术学院设计艺术学院染织与服装设计系“大千万象服装设计毕业作品时装秀”】

2018年5月13日，2018届中国美术学院设计艺术学院染织与服装设计系的“大千万象服装设计毕业作品时装秀”在北京751D·PARK举行。活动作为“尚坤塬·2018中国国际大学生时装周”首秀，也是该院参与中国国际大学生时装周的第十年。此次发布以“大千·万象”作为主题，设立“悟通”“开智”“溢美”三个分主题，展示了42位毕业生的145套服装作品，其中男装39套、女装106套，针织服装28套。“大千·万象”象征着时空镜像的互通与灵动的转换意象，在以“智”为凸显的时代，探讨如何传递境境相融的千万之象。

【2018届清华大学美术学院与意大利米兰新美术学院服装与服饰设计专业毕业设计作品联合发布会“异想人间”】

2018年5月18日，“2018届清华大学美术学院与意大利米兰新美术学院服装与服饰设计专业毕业设计作品联合发布会‘异想人间’”在中国国际大学生时装周北京751D·PARK第一车间举行。发布会展示了清华大学美术学院和米兰新美术学院两所院校的23位应届本科毕业生的60余套服装设计作品。参展作者对当代社会暴露出的一系列问题进行了思考，通过服装设计作品，揭露当代大工业生产模式下的社会弊病。在服装设计作品的材料选择上，采用了绡、丝、纱、太空棉、丹宁、毛呢、丝绒、蕾丝、TPU、PVC 等各类天然与非天然材料。

【黄永玉的紫砂展】

2018 年 5 月 19 日至 29 日，“黄永玉的紫砂展”在中国美术馆举行。展览展出黄永玉近年创作于江苏省宜兴市的 181 件新作，作品以紫砂壶体为载体，借助紫砂镌刻工艺半绘半刻而成，是黄永玉在创作媒材上的新尝试。壶身所绘内容主要为 143 个水浒人物和十几个陪衬人物，另有《八仙图》《九痒图》等小品，图说文字和创作感想以题跋形式布局。

【第五届中国民间艺术产业示范展】

2018 年 5 月 23 日至 6 月 10 日，由中国民间文艺家协会、杭州西湖博览会组委会办公室、中国民间艺术产业示范基地和杭州市上城区人民政府主办的“第五届中国民间艺术产业示范展”在浙江省杭州市举行。展览以“弘扬民间艺术，展示工匠技艺，交流创作成果，促进产业发展”为宗旨，由“百人双百件”手工艺精品联展、中国民间艺术产业示范奖评选和“中国民间艺术产业发展”座谈会三个活动组成。

【2018 南京艺术学院设计学院毕业设计展】

2018 年 6 月 8 日至 17 日，“2018 南京艺术学院设计学院毕业设计展”举行，主题为“实验 / 在场”，展出平面设计、视觉信息设计、图像与媒体艺术、漆器艺术、首饰与金属艺术、陶瓷与玻璃艺术、纤维艺术、景观设计、室内设计、公共艺术、服装设计、纺织品设计、时尚设计、设计史论与策划管理 14 个专业毕业生的作品。研讨会同期举行。

【2018 中国（扬州）大运河文化旅游博览会暨第十三届中国玉石雕精品博览会】

2018 年 6 月 15 日至 18 日，由江苏省扬州市人民政府、中国工艺美术协会主办，中共扬州市委宣传部、扬州市文化广电新闻出版局、扬州市“两创示范”领导小组办公室、扬州广播电视传媒集团（总台）、扬州工艺美术集团承办的“2018 中国（扬州）大运河文化旅游博览会暨第十三届中国玉石雕精品博览会”在扬州国际展览中心举行。展会吸引了来自全国 18 个省区市（其中包括 16 个大运河沿线城市）的 300 多家企业参展。在生活美学文创区展出了北京故宫文创、北京文投、北京文化科融、景德镇陶瓷文创、南京云锦文创、南京艺术学院、南京林业大学艺术设计学院等国内文创品牌企业的文创产品。

【穿越分界——国际视野下美术与设计的个性化教育国际学术论坛】

2018 年 6 月 16 日，由河北科技大学艺术学院与美国大学中国艺术家学会联合主办的“穿越分界——国际视野下美术与设计的个性化教育国际学术论坛”在河北科技大学举行，来自美国、韩国和国内 30 多所大学的 60 多名专家、学者和艺术家，研讨国际视野下美术与设计的个性化教育课题。论坛是继2014年在中央美术学院举办首届、2015年在北京师范大学举办第二届之后，美国大学中国艺术家学会与国内高等艺术院校在中国举办的第三届大型国际学术活动，包含专题学术讨论会、美国教授工作坊、国际艺术设计教学成果展、出版展览图册与论文集等，全面立体地展示当前中西方美术与设计教育中的教学理念与方法、专业课程、人才培养观念等状况，以及相关的教学范例和学生作品。

论坛邀请美国大学中国艺术家学会的计宇、迟迅、沈达等8位美方教授，中央美术学院设计学院肖勇、清华大学古文字艺术研究中心常务副主任陈楠、中国美术学院设计学院副院长毕学峰、北京师范大学艺术与传媒学院古棕、首都师范大学美术学院李中扬等教授，韩国祥明大学文廷默、俞东官、徐东根等国内外专家出席，另外还有鲁迅美术学院、天津美术学院、西安美术学院、东南大学等高校的专家参会。

【2018同济大学设计创意学院本科毕业设计展】

2018年6月19日至7月19日，“2018同济大学设计创意学院本科毕业设计展”举行。本次毕业展主题为“无题”，是一次创新尝试，让毕业生们天马行空地发挥才智，没有主题的限制，没有框架的束缚，反思和传达创新的本质，深深扎入最真实的世界中，去发现问题并解决问题。展览展出包括工业设计、环境设计、媒体与传达设计三个专业方向的毕业生的90余件设计作品，如防止儿童在公共场合走失的系统、情绪医生儿童教具、培养儿童抽象思维的玩具、永久鲜生物流电动自行车、数字首饰设计、乡村公共空间再生与体验设计、“盒马鲜生”办公楼概念农场原型设计、路虎越野共享出游交通工具内外饰设计等。

【艺·在生活——沉浸式艺术设计展】

2018年6月26日至7月8日，由中央美术学院设计学院主持策划的“艺·在生活——沉浸式艺术设计展”在国家大剧院举行。展览包含艺术与设计的各个学科，汇集了中央美术学院师生作品与经典艺术创作，完成一次动态与静态有机融合的场景再现。展览以“沉浸式”的感知方式为展示语言，将“沉浸式”扩展到整个展览空间——借助新媒体的技术手段，对艺术作品进行有机融合的场景再现。雕塑、艺术绘画、空间、视觉传达、数字媒体、家居用品、服饰、摄影等各种类型的作品，在展览中集合成一个新的视觉体验情境，塑造出一种新的视角，以开放性的姿态邀请观众参与进来，感受艺术与生活的关系，发现并意识到艺术与设计作品在生活中的价值、角色与作用。

【福建省美术馆漆月计划——漆望·中国漆艺术家邀请展】

2018年7月7日至29日，由福建省美术馆主办的“福建省美术馆漆月计划——漆望·中国漆艺术家邀请展”在福建省美术馆举行。展览从“传衍漆艺术”的角度切入，回归到漆的源与流，对现代漆艺术的历史与传承进行梳理。展览展出了40位20世纪30年代至50年代出生的漆艺术家的65件（套）作品，包括郑崇尧、张书瑶、王和举、郑益坤、乔十光等的作品。囊括了福州脱胎漆艺、北京金漆镶嵌、成都金银平脱、山西平遥推光漆、山西新绛剔犀（云雕）、安徽犀皮漆、湖北楚式漆器髹饰技艺、广东阳江漆等技艺。

【炉火正红——王建中玻璃艺术展】

2018年7月11日至8月12日，由国家大剧院、中国美协艺术委员会共同主办的“炉火正红——

王建中玻璃艺术展”在国家大剧院举行。展览展出了清华大学美术学院教授王建中的10余件作品，其中包括专门为国家大剧院创作的《多瑙河之波》。

【“可持续人居·共享的未来”展览】

2018年7月24日至10月7日，由英国福斯特及合伙人建筑事务所和清华大学艺术博物馆共同主办的“可持续人居·共享的未来”展览在清华大学艺术博物馆举行。此次展览以可持续发展的视角对英国福斯特及合伙人建筑事务所的工作进行分析，着眼于“以人为本”在建筑环境中的重要性，分享了事务所对建筑、城市规划以及设计多专业整合的综合式设计手法的经验，根据环境、社会和经济等三个要素进行划分，形成一个整体化的可持续发展主题。

【书艺问道——吕敬人书籍设计40年】

2018年8月8日至9月2日，由刘海粟美术馆和上海美术学院主办的“‘书艺问道’——吕敬人书籍设计40年”展览在刘海粟美术馆举行。展览分为“传承与创新”“从装帧到书籍设计”“书籍设计方法论”三个主题，通过充满时代印记和个人风格的书籍设计作品，阐述吕敬人在书籍艺术之路上求索问道的设计哲学和价值观念。展出350种1000多册图书。

【弘扬经典　铸造辉煌——2018·中国当代工艺美术双年展】

2018年8月18日至9月2日，由中国艺术研究院主办、中国工艺美术馆承办的“弘扬经典　铸造辉煌——2018·中国当代工艺美术双年展”在中国国家博物馆举行。展览以“弘扬经典　铸造辉煌”为主题，入选作品来自北京、上海、广东、福建、浙江、江苏等地区；遴选国家级与省级工艺美术大师、国家级与省级非物质文化遗产传承人和中青年工艺美术创作人员创作的900余件优秀作品参展，包括玉雕、石雕、木雕、陶瓷、金属工艺、织染绣、漆器、玻璃、唐卡、传统工艺家具等类别。

8月19日，工艺美术专题学术研讨会“经典的力量”在中国艺术研究院举行。来自全国各地的国家级、省级工艺美术大师、非遗传承人以及中青年创作人员，围绕“工艺经典是什么”“工艺经典是怎么产生的”“工艺经典与工艺史的关系”“工艺经典与创新的关系”等话题展开讨论。

【首届全国工艺美术作品展】

2018年8月20日至9月20日，由中国美术家协会和上海市文学艺术界联合会主办，中国美术家协会工艺美术艺委会、上海市美术家协会等承办的“首届全国工艺美术作品展”在上海龙现代艺术中心举行。展览包括玻璃、金属、纤维、漆器、首饰、刺绣、纺织、编制、雕刻等多个类别，重点展出高校手工艺创作群体的260件（组）作品。展览以“传统工艺的活力”为主题，意在推动传统工艺融入当代生活、重塑工艺文脉的特征。展览侧重于设计创新的工艺美术作品，展示了全国各艺术高校、艺术工作室和工艺美术创作人员的艺术作品，呈现了他们对工艺美术专业教育教学和人才培养的思考，以及传承中国传统工艺的实践。

展览开幕当日举行“传统工艺振兴与创造活力”主题学术研讨会，讨论了“传统工艺与文创产业”“乡村振兴与传统工艺”等议题。

【“不同的声音：纤维艺术的关怀叙事”展览】

2018年8月25日至30日，由清华大学美术学院工艺美术系主办的“不同的声音：纤维艺术的关怀叙事”展览在清华大学美术学院举行。策展人为梁开。展览展出了来自中国、美国、英国、西班牙、乌拉圭、土耳其、巴基斯坦等10个国家的20位代表性艺术家共30余件纤维艺术作品。展览旨在探讨纤维艺术的价值与未来发展，如莫妮卡·莱曼和梁雪芳的作品探讨了人与自然的关系；珍妮·达顿和乔·汉密尔顿的作品表现了对衰老和病患的关注；苏珊·泰伯·阿维拉探讨了健康生活和自我关怀主题；洪兴宇和代磊的现场互动装置通过鼓励观众的参与引发对网络生活和虚拟世界的反思；兰·杜福、玛丽·博格斯塔迪特、大卫·卡塔以自身的情感和经历为基础，讲述关怀的故事等。

【北京民间工艺美术专题展】

2018年9月1日至15日，由北京市文学艺术界联合会主办、北京民间文艺家协会承办的“北京民间工艺美术专题展”在北京市举行。此展是展现北京民间工艺美术创作水平的公益性、综合性展览，每两年举办一次。民间工艺美术作品中，表现戏曲题材的较多。本年度展览主题为“梨园艺韵”，遴选了百余位北京民间工艺美术家创作的240余件作品参展，包括京绣、脸谱、盔头、皮影、风筝、泥彩塑等40多个门类。

【“工美新力量——为青春加冕”长三角工艺美术新人新作展览】

2018年9月8日至12日，由江苏省工业和信息化厅指导、江苏省工艺美术行业协会主办、江苏工美馆承办的“‘工美新力量——为青春加冕’长三角工艺美术新人新作展览”在江苏工美馆举行，长三角工艺美术新人新作大赛获奖作品在展览上展出。有数百位工艺美术青年艺术家的近千件作品参赛，各领域工艺美术大师进行现场评审，初步遴选出近300件优秀作品争夺金银铜奖。最终金奖比例为10%左右。

“工美新力量”由江苏工美馆于2015年推出，以工艺美术青年艺术家为主要参与对象。活动采用展赛结合的方式，为工艺美术青年艺术家提供了学习交流、作品展示以及市场推广的舞台；2017年、2018年范围扩展到长三角地区和长江经济带。

【步漆而语——湖北省首届高等院校漆艺作品展】

2018年9月15日至22日，由湖北美术学院、湖北省美术家协会主办的“步漆而语——湖北省首届高等院校漆艺作品展”在湖北美术学院举行。展览共展出作品300余件，集中展示了湖北美术学院、中南民族大学美术学院、江汉大学美术学院、华中师范大学美术学院、湖北工业大学艺术设计学院、武汉科技大学艺术与设计学院、湖北工业职业技术学院7所高校师生近几年的漆艺创作成果。

【千秋文脉传盛世——改革开放40周年中国苏作红木文化展】

2018年9月15日至10月15日，由中国民间文艺家协会、中国文学艺术界联合会民间文艺艺术中心等主办的“千秋文脉传盛世——改革开放40周年中国苏作红木文化展”在中国政协文史馆举行。此次苏作红木文化展从社会背景、材料选择、交通运输、人文情怀、技术革新、哲学思辨、现代传承等角度阐述苏作红木文化的内涵与外延，展现苏作技艺，弘扬工匠精神。展览期间，主办方举办了

“明式家具起源论”论坛，并发布相关研究成果。

2006年，“明式家具制作技艺”入选第一批国家级非物质文化遗产名录。2015年起，苏州市30家红木家具龙头制造企业，与国家、省、市三级非遗传承人共同起草制定了《苏作红木家具团体标准》，苏作红木技艺开始得到有效恢复。

【艺匠神工——辜柳希木雕艺术作品展】

2018年9月21日至25日，由中共广东省委宣传部支持、中国民间文艺家协会等主办的“艺匠神工——辜柳希木雕艺术作品展”在北京民族文化宫展览馆举行。展览共展出辜柳希历年创作的潮州木雕作品100多件，如樟木通雕《清明上河图》、樟木大型贴金《步步高龙虾蟹篓》等。展览直观地反映了潮州木雕在传承发展和历史不断演变中呈现出的“活”的当代文化形态。

【锦绣前程——中国当代织锦、刺绣艺术展】

2018年9月22日至10月7日，由国家艺术基金支持、中国手艺网主办的“锦绣前程——中国当代织锦、刺绣艺术展”在北京市中华世纪坛举行。展览邀请来自全国各地和多个民族的60位国家级非遗项目代表性传承人、中国工艺美术大师、设计师和艺术家参展，展示了37个织锦与刺绣种类，呈现了锦绣工艺、锦绣纹样、锦绣服饰、锦绣文创品等优秀作品259件。展览共设有“繁花似锦”“万花如绣”“各美其美·美美与共”“鸟语花香·凤仪兽舞”“锦绣山河·还原经典”“锦绣生活·多彩人生”六个展区，另设“一丝一线·畅享锦绣”区域供观众体验交流。

同期举行研讨会，相关领域专家、非遗传承人代表、设计师、媒体人出席，围绕“当代织锦、刺绣的艺术价值与创新应用”主题进行了探讨。

【第九届全国书籍设计艺术展】

2018年10月18日至11月20日，“第九届全国书籍设计艺术展”在南京金陵美术馆举行。10月18日，参展获奖作品颁奖典礼在金陵图书馆举行。10月19日至20日，“书籍之美”中外设计师论坛在金陵图书馆报告厅举行。

第九届全国书籍设计艺术展主要工作由征集收件、评审、展览三阶段组成。组委会共收到全国338家出版单位，以及部分高校艺术院系学生寄送的参评作品3108种。经过投票，共有764种参评作品入围，评出入围奖476种、优秀奖183种、金银铜奖105种。

【“融合·跨界”第二届中国当代玻璃艺术三年展暨学术论坛】

2018年10月19日至11月4日，由清华大学主办，中国工艺美术协会、中国国家画院协办，清华大学美术学院、中国国家画院公共艺术院、河南省美术馆和中国工艺美术协会玻璃艺术专业委员会联合承办的“‘融合·跨界’第二届中国当代玻璃艺术三年展暨学术论坛”在河南省美术馆举行。论坛为国家艺术基金2017年度传播交流推广项目，秉持“根植中国，面向当代”的学术理念，本次展览以“融合”和“跨界”为主题，旨在探讨玻璃艺术如何在坚持本体语言的前提下向外拓展和延伸。展览共收到国内各大艺术院校、独立艺术家的玻璃艺术作品，包括玻璃陈设作品、首饰、小型雕塑、装置等327件（套）。经过多位专家评委的匿名评审，130件（套）作品入选此次三年展，其中包含20件特邀艺术家作品。开幕式上宣布了获奖作品名单，其中金奖得主为上海大学的周子正。

同期举办了学术研讨会，与会嘉宾探讨了中国当代玻璃艺术的发展历程、现状问题及学术成就，针对当代玻璃艺术的融合和跨界、国际玻璃艺术的交流和普及、艺术创作和艺术教育等方面进行了讨论。

【为中国而设计——第八届全国环境艺术设计大展】

2018年10月20日至11月5日，由中国美术家协会主办，中国美术家协会环境设计艺术委员会、广州美术学院承办的“为中国而设计——第八届全国环境艺术设计大展暨学术论坛”在广州美术学院美术馆举行。大展通过弘扬“为中国而设计”的理念，搭建了中国环境艺术设计的优质学术交流平台。本次大展关注当前设计领域的热点问题，以“新时代·新设计”为主题。本届活动出版了《为中国而设计——第八届全国环境艺术设计大展入选作品集》和《为中国而设计——第八届全国环境艺术设计大展入选论文集》。

【匠心天成　国石大典——第十四届四大国石雕刻艺术展】

2018年10月26日至30日，由中国工艺美术学会以及浙江省杭州市临安区、福建省福州市、内蒙古巴林右旗、浙江省青田县共同举办的“匠心天成　国石大典——第十四届四大国石雕刻艺术展”在上海朵云轩艺术中心举行。展览以“国石文化艺术”为核心，共计展出500余件国石作品，由“国之瑰宝——寿山石”“印中王后——昌化石”“天赐朝鲁——巴林石”“石中奇葩——青田石”四个板块组成，题材涵盖山水、人物、花卉、飞鸟鱼虫，作品类型有配饰、印章、摆件及大型石雕等，包括国石雕刻艺术品以及青年艺术家的新创作品。

【青海河湟刺绣研培成果展】

2018年10月27日至11月5日，由青海省文化和新闻出版厅主办的“青海河湟刺绣研培成果展”在青海省文化馆举行。展览以文字、图片、实物等形式，集中展示30名绣娘在上海大学美术学院研培期间创作的近50件刺绣作品。9月10日至10月11日，文化和旅游部非遗司、青海省文化和新闻出版厅在上海大学美术学院举办了“中国非物质文化遗产传承人群研修研习培训计划——青海河湟刺绣研修班”，来自青海基层农牧区的30名汉、藏、回、土、撒拉等民族的学员参加了学习。培训期间，她们通过理论学习和综合考察实践，与上海大学的设计师交流合作，进行跨界创意，创作出了一批刺绣作品。

【第二届中国工业设计展览会】

2018年11月23日至25日，由工业和信息化部国际经济技术合作中心、武汉市经济和信息化委员会主办的“第二届中国工业设计展览会”在武汉国际博览中心举行。展会以“设计推动高质量发展”为主题，展示我国近年来工业设计发展取得的成就和国内优秀设计企业的最新成果，来自国内外500多家优秀企业参展，是国内工业设计行业规模较大、参展企业较多、参与范围较广的展览会。

本届展会与第三届中国优秀工业设计奖评选相结合，展会期间评出10名中国优秀工业设计奖金奖；本届展会新增设计扶贫展区，集中展示工业设计推动贫困地区产业发展的成就。

【为人民而设计——山东工艺美术学院艺术与设计作品展】

2018 年 12 月 2 日至 16 日，“为人民而设计——山东工艺美术学院艺术与设计作品展”在山东美术馆举行。这是山东工艺美术学院建校 45 周年系列活动的重要内容，也是学校深入贯彻习近平总书记在文艺工作座谈会上的讲话精神，积极培育和践行社会主义核心价值观，深入对接国家发展战略，服务民生的一次在教学实践、科研创作、社会服务和人才培养方面成果的集中展示。主题展以服装装扮设计展演拉开展览序幕。展览主要由三大板块组成：践行社会主义核心价值观主题创作展、“和合之美”为上合而设计特展、“爱校如家”山东工艺美术学院建校 45 周年展。展览作品集中在与文化创意产业和民生需求相关的设计行业领域，力图通过推动社会主义核心价值观进入百姓生活。

评奖

【第九届“方正奖”字体设计大赛颁奖礼】

2018 年 3 月 31 日，由中国文字字体设计与研究中心、北京北大方正电子有限公司、中央美术学院联合主办的“第九届‘方正奖’字体设计大赛颁奖礼”在 751D · PARK 北京时尚设计广场举行。同时，“字道 2018”系列巡展拉开帷幕，展览包括两大部分，即第 63 届纽约字体指导俱乐部全球巡展和“方正奖”字体设计大赛作品展。

大赛自 2017 年 3 月开始启动，共收到 3000 多件作品，经过 12 位评委的审核，大赛设置的四档奖项——字体类别奖、评审委员奖、最佳人气奖、优秀指导老师奖全部揭晓。

【2017 第二届“茶 · 艺术设计大奖”颁奖典礼】

2018 年 4 月 1 日，“2017 第二届‘茶 · 艺术设计大奖’颁奖典礼”于在上海静安瑞吉酒店举行。特邀来宾中国建筑学会室内设计分会资深顾问劳智权，中国建筑设计研究院有限公司顾问总建筑师饶良修，北京联合大学艺术学院副教授、著名原创设计品牌 DOMO nature 创始人赖亚楠作为颁奖嘉宾，为获奖者颁奖。梁建国、林学明、梁志天等担任专业评审评委。此次参评作品比第一届翻了 5 倍，并增设了茶服奖项。

2018 第三届“茶 · 艺术设计大奖”在本次颁奖典礼上启动。

【第十一届中国艺术权力榜 & 首届中国设计权力榜颁奖典礼】

2018 年 4 月 28 日，以“汇聚”为主题的“第十一届中国艺术权力榜（ART POWER 100）& 首届中国设计权力榜（DESIGN POWER 100）颁奖典礼”在北京市举行，共颁发了 17 项艺术类大奖以及 6 项设计类奖项，其中，萧昱获得年度艺术家大奖，张永和、卢志荣、梁建国、琚宾、杨明洁及设计品牌稀奇艺术、澳珀、U+ 等获得首次推出的中国设计权力榜大奖。活动当日，中国艺术权力榜与腾讯研究院、故宫出版社、观唐文化联合推出“国宝艺术科技传承计划”，旨在通过 AR 等技术活化《石渠宝笈》经典作品，为青少年开展公益艺术教育。

本届大会得到了在艺、一直播的平台支持，活动前与一直播共同推出了网络投票、“权力榜艺术发现计划之走进艺术家工作室”的直播活动，直接互动的总人数达 300 多万人次。中国艺术权力榜还推出文化艺术大师课及一系列展览、讲座。

【2018 中国设计智造大奖颁奖典礼】

2018 年 5 月 8 日，由浙江省政府支持推动，中国美术学院主办、中国工业设计协会协办的“2018 中国设计智造大奖”在中国美术学院举行颁奖典礼。浙江省和湖南省设计师设计的“泊车 AGV”“新一代动力集中型动车组”两件作品获得最高奖——金智奖。

“2018 中国设计智造大奖”自 2017 年 9 月正式启动以来，共收到来自全球 41 个国家和地区的作品 7721 件，其中入围复评阶段的作品 650 件。经过评审，19 个国家和地区的 151 件作品获得年度佳作奖，并在此基础上评选出金智奖。本届大奖增设“设计义乌”“设计先临”2个专项奖，助推浙江省区域块状经济高质量发展。

本届颁奖典礼为“2018金智造创新周”活动内容之一。2018年5月8日至20日，“2018金智造创新周暨中国设计智造大奖佳作展”在中国美术学院举行。创新周主题为“设计智造·价值链接”，包括设计竞赛、设计教育、设计产业、设计展演四个板块，由第三届中国设计智造大奖总决赛、佳作展、颁奖典礼、国际设计与产业对接会、教育部高校学校工业设计专业教学指导分委员会、全国工业设计教育研讨会暨设计中国产业论坛七大活动组成。

中国设计智造大奖佳作展以“价值·链接”为主题，分为六个部分：“价值·链接”的场景：日常生活启示——日用物象、信息熵与负熵——数字互联、人体外化之器——工具智能、艺术审美共情——时尚匠作、三维赋形重构——3D造物、在场烙印显化——品牌生长。

【2018金点新秀设计奖颁奖典礼】

2018年5月27日，“2018金点新秀设计奖颁奖典礼”在中国台北世贸1馆举行。典礼揭晓了“2018金点新秀设计奖”得奖名单，共7件作品荣获金点新秀年度最佳设计奖，得奖学生可获得10万元奖金，并可直接取得“艺术与设计菁英海外培训计划”申请初审甄选资格。此外，还有35件作品获金点新秀设计奖、3件作品获金点新秀创业潜力特别奖、87件作品获金点新秀赞助特别奖。

此届比赛主办单位共收到64所院校的137个系所的4834件作品，其中849件进入决选，最终132件获奖。

【首届非遗创新设计大赛】

2018年6月22日至23日，由联合国教科文组织非物质文化遗产大数据平台、腾讯集团、UXPA中国、中央美术学院城市设计学院联合主办的“首届非遗创新设计大赛”在北京前门举行，大赛主题为“新二十四节气：天时物道与时间对话”。

竞赛分为产品设计、文化传媒设计、服务体验设计三大方向，自2018年3月开赛，以入校宣讲的形式向全国各地大学生传递了非遗创新的设计理念与目标，最终共有600余个团队、3000余人报名参赛，50余位资深教师、业内专家应邀担任评委、导师。

6月22日的决赛中，20支队伍参加了决赛的现场答辩和最终奖项的角逐。来自清华大学美术学院、广州美术学院、百度用户体验团队、大赛组委会等的专家组成的线下评审会，听取参赛队伍的现场答辩，进一步了解作品并进行当场点评。6月23日下午举行了颁奖典礼以及“传统文化与设计教育跨领域高峰论坛”。典礼颁发了金、银、铜奖以及创新设计人气奖、创新设计专项奖。来自江南大学的服务体验设计项目《15度星球》获得金奖。

【江苏省首届青年设计师风景园林设计大赛（金螳螂杯）颁奖典礼】

2018年9月15日，由江苏省风景园林协会主办，江苏省风景园林协会设计专委会、苏州金螳螂园林绿化景观有限公司承办的“江苏省首届青年设计师风景园林设计大赛（金螳螂杯）颁奖典礼”在江苏省南京市举行。江苏省风景园林协会副秘书长陆文祥主持颁奖典礼活动。

本次设计大赛于2017年12月启动，报名人数近2000人，接收参赛作品总计457组，最终评选出203组获奖作品。其中，学生组金奖1组，银奖2组，铜奖4组，优秀奖33组，入围奖66组；专业组金奖1组，银奖2组，铜奖4组，优秀奖31组，入围奖58组。另外还评选出优秀指导教师18名，最佳组织奖若干及特别贡献奖 1 个。

【江西省第三届“天工杯”工业设计大赛颁奖典礼】

2018 年 11 月 8 日，由江西省工业和信息化厅、新余市人民政府联合主办的“2018 年江西省第三届‘天工杯’工业设计大赛颁奖典礼”在江西省新余市会展中心举行。

大赛以“智能、创新、融合”为主题，分为产品组、概念组和企业命题组三个组别，面向智能制造类、日用消费品类和综合类三大类别征集设计作品。自 2018 年 6 月启动，大赛共收到参赛作品 2191 件，共有 66 件作品分别获得三个组别的奖项。江铃汽车股份有限公司的凯锐 N800 系列轻卡获金奖，刘剑的“消防员生命体征监测系统”获产品组智能制造类一等奖，杨晓聪的“月光宝盒”获产品组日用消费品类一等奖，陈志军的“车载纳米净化包”获产品组综合类一等奖，刘桂花的“智能监测扩音口罩”获概念组一等奖。两个企业命题组的一等奖分别由洛客团队的“智能座舱创新体验设计”和王明康的“智能阅读屏幕灯”获得。

【2018 浙江、广东两省“光华龙腾奖·设计业十大杰出青年”揭晓】

2018 年 11 月 15 日，由北京光华设计发展基金会指导，浙江省工业设计协会和广东省工业设计协会联合主办的“2018 浙江、广东两省‘光华龙腾奖·设计业十大杰出青年’颁奖盛典”在浙江省杭州市梦栖小镇举行。北京光华设计发展基金会理事长张琦，清华大学美术学院文科资深教授、光华龙腾奖委员会主席、“光华龙腾奖·中国设计贡献奖”金质奖章获得者柳冠中等领导和嘉宾，以及浙江省、地、市相关部门领导，高校设计界专家，浙江省省级工业设计示范基地代表，相关行业协会代表，历届“光华龙腾奖”获奖者代表，“光华龙腾奖”推报机构代表，企业代表，媒体界代表等出席颁奖典礼。

经过专家认真遴选，最终评选出浙江省“光华龙腾奖·设计业十大杰出青年”10 人，广东省“光华龙腾奖·设计业十大杰出青年”10 人。

【2018 全国大学生工业设计大赛颁奖典礼】

2018 年 11 月 23 日，由教育部高等学校工业设计专业教学指导分委员会、广东省教育厅、广东省工业和信息化厅联合主办，广州美术学院承办的“2018 全国大学生工业设计大赛颁奖典礼”在广州美术学院大学城美术馆举行。自 2018 年 5 月起，2018 年全国大学生工业设计大赛有来自全国 29 个分赛区各大高等院校共 30000 余人报名参赛，参赛作品 40000 余件，为历届之最。作品涵盖了工作学习用品、生活用品、家具、电子数码、生活家电、出行工具、服饰配件、公共设计以及交互与服务设计九大类别。通过分赛区初评、全国总赛区复评和终评环节，专家从设计主旨、设计效果和设计价值三个方面对参赛作品进行综合评审，最终评选出中国新锐设计特等奖 1 名、金奖 10 名、银奖 35 名、铜奖 74 名、优秀奖 191 名，优秀指导教师奖 10 名、最佳组织奖 10 名。

同期举行“新时代设计教育与产业未来——国际设计教育高峰论坛暨中国工业设计协会信息与交互设计专业委员会（IIDC）年会”。与会专家以“新时代设计教育与产业未来”为主题，来自中国、美国、日本、韩国等国家的创新设计教育的实践者、创新设计产业的引领者就产业对设计专业人才知识和能力需求的变化趋势、人才培养模式的创新与变革等诸多问题共同探讨，力求进一步创建中国设计教育与产业发展的有效连接，实现两者之间的互联互通。

【第二届“中国手艺”创意设计比赛】

2018年12月1日至3日，由文化和旅游部非物质文化遗产司支持，中国文化传媒集团、北京城乡建设集团主办，中国手艺网、山东省青岛市即墨区人民政府承办的第二届“中国手艺”创意设计比赛复评会在山东省即墨区举行。“中国手艺”创意设计比赛于2016年启动首届比赛。本届“中国手艺”创意设计比赛于2018年4月底启动，共收到来自全国31个省区市设计师创作的5582件参评作品，涵盖服装、配饰、家装等门类。最终评选出“雕花手工皮鞋”等56件“设计之星”。为鼓励传统工艺与创新设计融合，比赛特别评出“最具传承匠心作品”“最具艺术表现作品”“最具市场潜力作品”“最具网络人气作品”各3件。

【奥园杯“设计下乡”第四届湖湘景观设计艺术大赛颁奖典礼暨论坛】

2018年12月8日，由湖南省文学艺术界联合会、中共祁东县委、祁东县人民政府、湖南省设计艺术家协会、新湖南湘设计频道主办的“奥园杯‘设计下乡’第四届湖湘景观设计艺术大赛颁奖典礼暨论坛”在湖南省祁东县一洲大酒店举行。本次活动共评选出一等奖4名、二等奖8名、三等奖14名、优秀奖23名。大赛以“设计下乡”为主题，紧贴党和国家的政策导向和社会需求，进一步推进乡村设计实践；以祁东县作为本届大赛的规划设计范围，同时选定四种不同类型的传统村落为目标，结合县域乡村振兴战略和美丽乡村建设进行定向、定类设计。大赛从策划、计划、落实历时一年多，参与调研院校20余所，参赛团队近百组，涉及参赛人员300余人。

【2018年中国设计红星奖颁奖典礼】

2018年12月9日，由中国工业设计协会、北京工业设计促进中心、国务院发展研究中心等主办，北京工业设计促进中心承办的“2018年中国设计红星奖颁奖典礼”在北京天桥艺术中心举行。经过来自美国、德国、意大利、法国、丹麦等国内外近50位评委评选出366件获奖产品，其中至尊金奖1名、金奖8名、银奖9名、红星奖300余名，并有55件作品获得红星原创奖各奖项；还颁发了最佳团队奖、最佳新人奖、优秀设计师奖和未来之星奖。

此届红星奖参评作品涵盖了尖端科技、精工制造、生活创意、人工智能等方面，美、英、法、意、德等34个国家和地区的近万家企业、6万余件产品参评，包括中国中车集团有限公司、中国商用飞机有限责任公司、中国电信集团有限公司等行业龙头企业，也包括中国空间技术研究院、中科院建筑设计研究院、中国空间技术研究院等院所，以及德国西门子、美国Cleer、日本松下、瑞典爱立信等跨国企业。

【“北京公共空间城市设计大赛2018”颁奖典礼】

2018年12月10日，由北京市规划和国土资源管理委员会、北京市发展和改革委员会、北京市城市管理委员会主办，北京建筑大学未来城市设计高精尖创新中心承办的“北京公共空间城市设计大赛2018”颁奖典礼在北京建筑大学举行。由城市规划和建筑设计行业专家、政府代表、责任规划师、媒体代表组成的颁奖嘉宾，为85名获奖选手代表颁发了奖杯和奖状。大赛共收到全国多省区市和香港、台湾地区及美、德、意等国家的120余所高校，以及中国城市规划设计研究院、清华同衡规划院、北京市城市规划设计研究院等70余家设计机构的作者提交的500余份报名作品。大赛首创“全流程跟踪管理”机制，设立项目跟踪观察团。观察团由项目顾问、责任规划师、属地基层政府、媒体观察员及市民代表等组成，全程参与项目启动、调研踏勘、公众研讨、方案评审等各环节，搭建起专业人员与广大群众、实施主体之间的沟通桥梁。大赛从市民需求出发，开展精细化设计，打造出高标准、高品质、人性化的公共空间。

经过三轮专家评审，大赛共评出获奖作品85个，其中特等奖1个、最佳奖10个、优秀奖共20个、入围奖54个。“破茧·新生——北京展览馆南广场改造方案”获特等奖及大众网络投票评选的最具人气奖。

【“第十四届光华龙腾奖”颁奖典礼】

2018年12月12日，由北京光华设计发展基金会主办的“第十四届光华龙腾奖”颁奖典礼在人民大会堂举行。奖委员会主席、清华大学首批文科资深教授柳冠中和各省市设计主管部门、各行业协会的代表，光华龙腾奖评委、历届光华龙腾奖获奖者代表以及创新设计、绿色设计领域的专家学者，品牌企业和知名设计公司的700多位代表参会。2018年正值我国改革开放40周年，光华龙腾奖增设“改革开放40周年中国设计40人荣誉功勋”。

【2018第四届中国人居环境设计学年奖颁奖仪式】

2018年12月23日，由清华大学和教育部高等学校设计学类专业教学指导委员会主办，由住房和城乡建设部高等学校土建学科教学指导委员会所属、建筑学学科专业指导委员会、城乡规划学科专业指导委员会、风景园林学科专业指导委员会四个一级学科指导委员会协办的“2018第四届中国人居环境设计学年奖颁奖仪式”在西安建筑科技大学举行，同时举行同名奖教育年会暨获奖作品展开幕式。分享和交流环节由清华大学美术学院教授方晓风主持，分为城市、建筑、室内、景观四个单元，由各校领域学者发表主旨演讲。

之后举行了第四届中国人居环境设计学年奖颁奖仪式。组委会老师王旭东汇报了2018年中国人居环境设计学年奖的筹备和初评、复评、终评的基本情况，并与西安建筑科技大学艺术学院院长助理张蔚萍一起宣读年度获奖名单。

2018年第四届中国人居环境设计学年奖共收到218组建筑设计作品、608组景观设计作品、714组室内设计作品；168组作品入围，160组作品参加展览。最终选出金奖13名、银奖27名、铜奖49名、入围奖79名。

会议 · 论坛

【2018 首届中国智慧社会发展大会暨第二届新型智慧城市发展高峰论坛】

2018 年 1 月 14 日，由国家发改委高技术司支持，中国信息协会主办，中国信息界杂志社承办，中国城镇化促进会中城特色小镇规划研究院、北京大学中国区域经济研究中心、北京大学智慧城市研究中心、清华大学技术创新研究中心、中国智慧城市建设信用联合体、中国信息界发展研究院协办的“2018 首届中国智慧社会发展大会暨第二届新型智慧城市发展高峰论坛”在北京市举行。大会以“推进数字中国 · 建设智慧社会”为主题，通过“开幕式 + 主论坛 + 三个平行分论坛”的形式，探讨如何在“以人民为中心”的前提下，推动“不平衡不充分的社会发展”与“新一代信息技术发展”的融合。

第二届新型智慧城市发展高峰论坛的“大数据 + 智能社会”平行论坛上，中国信息界工业设计研究院正式成立。研究院由中国信息界杂志社联合北京大学智慧城市研究中心、清华大学技术创新研究中心、中国智慧城市建设信用联合体等单位共同发起成立，为研究我国智慧信息领域产业与工业设计融合发展问题的综合研究机构。

【“中国设计 40 年——经验与模式”国际学术研讨会】

2018 年 3 月 20 日至 21 日，中央美术学举办“中国设计 40 年——经验与模式”国际学术研讨会。作为中央美术学院百年校庆系列活动的重要组成部分，25 位海内外设计和设计教育领域的著名专家学者，在两天的会期内围绕“战略 · 决策”“文化 · 选择”“城市 · 创造”“教育 · 未来”四个板块发表演讲，并在每个板块的发言之后特设圆桌讨论环节，探讨中国设计的未来发展。教育部高等教育司领导，中央美术学院、清华大学美术学院、中国文学艺术界联合会、山东工艺美术学院等机构及英国、日本、法国等国嘉宾出席 3 月 20 日的开幕式。

“为中国设计——中央美术学院设计学科成果展”同期在中央美术学院美术馆开展。展览共设 12 个单元：“国家形象设计”“奥运设计”“国家重大庆典礼品设计”“重大国际国内活动设计”“重要标识设计”“重要邮票设计”“重大主题海报设计”“重大获奖书籍装帧设计”“公共艺术设计系列”“建筑与室内景观设计”“工业产品设计”“新媒体艺术设计”。

【2017 第四届中国设计年度人物盛典暨 G4 春季高峰论坛】

2018 年 3 月 30 日，由中国建筑装饰协会、中国设计年度人物组委会主办，中国建筑装饰协会信息与科技委员会承办的“2017 第四届中国设计年度人物盛典暨 G4 春季高峰论坛”在国家会议中心举行。活动以“文化传承与设计创新”为主题，内容包括 2017 中国设计年度人物发展高峰论坛、中国建筑装饰行业 G4 春季论坛和知名设计师分享会三大板块。

论坛内容聚焦金融资本、文旅产业、企业管理以及度假酒店的发展趋势，洞察设计发展思想，解析设计产业的未来市场。主讲嘉宾有意大利 L22 设计公司设计总监、米兰阿玛尼酒店的设计师、巅峰智业首席投资专家等。

【2018（清华大学）第七届高校设计研究博士论坛】

2018 年 4 月 20 日，由清华大学、香港理工大学、台湾成功大学、同济大学、江南大学、湖南大学联合发起的“2018（清华大学）第七届高校设计研究博士论坛”在清华大学美术学院举行。论坛主题为“设计研究与设计实践再定义”，邀请了来自清华大学、江南大学、湖南大学、香港理工大学、台湾成功大学、同济大学、米兰理工大学、广东工业大学、北京理工大学、中南大学等高校的专家学者和博士生，并吸引了来自海峡两岸暨香港多所高校逾两百位专家、学者与学生共同参与。20 位博士研究生在论坛上汇报了自己的博士研究课题。他们从选题、立论、研究方法与案例等角度介绍了各自在攻读设计学博士期间研究的重点与难点。博士生导师们针对每个发表的研究课题进行了讨论和点评。

【走向未来：设计・艺术・教育国际教育论坛】

2018 年 4 月 25 日至 26 日，澳门科技大学人文艺术学院举办“走向未来：设计・艺术・教育国际教育论坛”。论坛邀请十余位来自英国、意大利、美国及中国的艺术家、设计师、学者和教育家，涉及艺术、设计、建筑领域，共同探索未来艺术与设计教育的发展趋势和学术合作的可能性。

2018 年澳门科技大学人文艺术学院艺术设计毕业作品展也在论坛期间开幕。本次艺术毕业展的主题为“设计之旅”（Journey of Design），参展的本科、硕士及博士应届毕业生共 161 人，参展作品 98 件（套），涵盖视觉传达设计、室内设计、景观设计、产品设计、文化遗产保护和设计管理等学院各类设计专业。这些毕业设计作品的选题大多围绕澳门特色与社会资源展开。

两天的论坛活动由闭门会议和国际论坛两部分组成。在闭门会议中，参会专家与人文艺术学院院长就人文艺术学院的现状、未来学科发展方向、教学组织构成、产学研一体化平台建设，以及如何利用本地资源和产业优势等问题进行了深入讨论。

来自澳门高等教育辅助办公室、澳门基金会行政委员会、澳门文化局、NABA 米兰新美术学院、中央美术学院、清华大学美术学院的专家作为嘉宾出席。

【2018 中国设计品牌大会暨全国建筑装饰行业战略发展论坛】

2018 年 5 月 10 日，由中国建筑装饰协会主办，中国设计品牌推荐组委会、中国建筑装饰协会设计委员会承办的“2018 中国设计品牌大会暨全国建筑装饰行业战略发展论坛”在北京饭店举行，来自宏观经济界、房地产界、建筑装饰界、工业设计界、家居建材界、民族实业界、权威媒体界等的代表 1200 多人参会。

2017 年 5 月 10 日，国务院设立“中国国家品牌日”。周年之际，中国建筑装饰协会发起“中国设计品牌计划”，整合全产业生态的优质资源和头部势能，合力推进自主品牌发展和中国建筑装饰行业供需结构升级。中国房地产业协会、中国建筑装饰协会、中国国际经济交流中心等机构的领导以及清华大学美术学院专家对中国设计品牌计划给予了认可，并提出可行性建议。中央电视台综合频道《大国品牌》、杰恩创意设计股份有限公司的专家们对中国设计与中国品牌如何共同发展等话题作了主题演讲。

【2018 首届中国服务设计大会】

2018 年 5 月 28 日至 6 月 1 日，由光华设计基金会主办的“2018 首届中国服务设计大会”在北京国家会议中心举行，大会以“服务设计促进服务贸易高质量增长”为主题。金融保险服务、健康医疗服务、旅游服务、交通服务、公共事务管理等诸多领域的企业代表，各大院校的专家学者，以及行业协会和媒体代表等嘉宾出席大会。

“2018 首届中国服务设计大会”旨在通过开展中国服务设计大会、中国服务设计沙龙、中国服务设计之夜、中国服务设计大展、中国服务设计大奖等形式，搭建服务设计创新交流平台，充分发挥服务设计在全球服务型经济转型中的重要作用，提升国内服务业在国际经济合作和竞争中的优势和地位，以加快推动新发展时期经济结构调整，形成新的经济产业支撑和外贸亮点，从而成为现代服务业的新引擎，推动服务设计发展，促进服务经济提升。来自美国凯斯西储大学、国际服务设计联盟、美国商会上海分会技术与创新委员会、上海交通大学、零点有数、数链资本、江南大学设计艺术学院的专家们在大会上发表了演讲。

【设计研究新范式——2018 首届《装饰》学术年会】

2018 年 6 月 8 日至 9 日，由中国装饰杂志社与广东工业大学艺术与设计学院共同主办的“设计研究新范式——2018 首届《装饰》学术年会”在广东工业大学艺术与设计学院举办。年会上为 2017 年度优秀论文颁奖，来自全国多所高校的 10 余位优秀作者获优秀论文证书。方晓风教授发表题为“寻找新范式的设计学研究”的主旨演讲。开幕式上还举行了《设计研究新范式——〈装饰〉优秀投稿论文（2013—2017）》新书发布会，本书集中收录了《装饰》杂志 2013 年至 2017 年所刊登的部分优秀论文。

年会共分为“史论研究”“实践研究”“民艺研究”“教学研究”四个单元。《装饰》杂志、江苏大学艺术学院、广东工业大学艺术与设计学院、清华大学美术学院、中央美术学院设计学院、广州美术学院工业设计学院、五邑大学工业设计系等来自 10 余所高校的 18 位研究者分别从各自研究领域出发，就设计研究方法、范式、路径等问题发表观点，并与在场听众进行了互动研讨。

【中国设计理论与世界经验学术研讨会与第二届中国设计理论暨全国“中国工匠”培育高峰论坛】

2018 年 6 月 18 日至 19 日，同济大学设计创意学院举办“中国设计理论与世界经验学术研讨会与第二届中国设计理论暨全国‘中国工匠’培育高峰论坛”。研讨会围绕中国设计理论与世界经验和中国工匠的培育两个中心问题展开讨论。专家、学者分别从美学、工匠文化、民间工艺、现代设计实践、设计教育、设计史与设计理论等角度发表见解，讨论内容涉及哲学、文艺学、设计学、社会学、教育、非物质文化遗产等方面。

研讨会上宣读交流 5 个国家社科项目的研究成果。与会学者从工匠精神、工匠地位、工匠的知识形态、工匠实践、工匠价值等方面展开对工匠文化的研讨，并以个案研究的方式发掘传统工艺中的造物智慧和民间艺术的民间智慧，从传承谱系、师徒制、工作室制、设计教育等方面探讨当代中国工匠的培育问题。在此基础上，从中国当代社会、文化、日常生活方式等现实语境的分析入手提出对设计的深层次认识，回归现代设计实践。研讨会对于“工匠”问题的讨论并不拘泥于对传统手工艺、民间艺术的传承研究，而是紧扣全球化、现代性等历史语境，将传统与当下进行对照，探究工匠文化从古至今的历史发展进程中值得思考的问题，并以此作为中国设计理论研究的本土资源，展开现代设计的世界经验总结，使跨学科、跨领域的研究成果相互碰撞。

【IXDC 2018 国际体验设计大会】

2018 年 7 月 18 日至 22 日，由国际体验设计协会（IXDC）主办、美啊（meia）承办的“IXDC

2018 国际体验设计大会”在北京国家会议中心举行。活动内容包括主题演讲、特别峰会、研讨会、圆桌会议、设计之旅、设计晚宴、设计展览和大型咖啡采访等。200 多名 UX 设计专家和 3000 多名设计者参会，共同探讨未来的产品设计与科技体验。来自微软、阿里巴巴、小米、Adobe、思科等机构的 9 名副总裁、专家、教授作了主题演讲，演讲内容涉及 2050 设计师必备技能、小米正在进行的新尝试、阿里巴巴菜鸟盒子的智造等内容。

【设计在场——当代设计策展的灰度决策沙龙】

2018 年 7 月 26 日，由中国设计智造大奖组委会、浙江省文化会堂（浙江展览馆）和浙江省美术家协会工业设计艺委会主办的“设计在场——当代设计策展的灰度决策”沙龙在浙江展览馆举行。来自浙江省文联和美协负责人、设计行业代表、设计策展人及中国美术学院有关学术专家共同探讨当前涵盖制造业转型升级、策展形式演绎和展览衍生可能性的话题。这场沙龙以展场为发声地，以对中国设计智造大奖策展问题的讨论为切入口，展开了一场针对当代设计生存状态的讨论。

【中国农林高校设计艺术联盟 2018 年会】

2018 年 9 月 22 日至 10 月 7 日，由北京林业大学艺术设计学院主办的“中国农林高校设计艺术联盟 2018 年会暨国际设计艺术学科交流论坛”在北京林业大学举行。同期活动纳入“2018 北京国际设计周”，作为其学术分论坛参与“设计之旅”联合推广。本次联盟年会由四部分组成，分别为中国农林高校设计学学科发展论坛、院长 / 教师专题交流分论坛、北京国际设计周交流考察、联盟高校毕业设计联展。

主题论坛由清华大学美术学院、德国国立卡尔斯鲁厄设计学院、同济大学设计创新学院、日本千叶大学工学研究科、韩国公州国立大学、清华大学美术学院等专家学者分别从各自领域就中国农林类高校设计教育发表了主旨演讲。参加联盟年会的有来自全国 20 多所农林高校的设计艺术学院领导及骨干教师，以及新闻媒体单位共计百余位代表。

【北京 2022 冬奥会与冬残奥会吉祥物设计论坛】

2018 年 10 月 7 日，中央美术学院与北京冬奥组委文化活动部共同主办的“北京 2022 冬奥会和冬残奥会吉祥物设计论坛”在中央美术学院美术馆举行。

北京冬季奥运会组委文化活动部形象景观专家、2016 年里约奥运会品牌总监、2018 年平昌冬奥会设计总监、2020 年奥运会吉祥物设计师受邀出席演讲。国内数十所院校的设计教育工作者、设计专业人士和几百位学生代表参与了此次论坛。中央美术学院设计学院副院长、北京 2022 冬奥会会徽和冬残奥会会徽设计者林存真主持论坛。论坛发出了“为 2022 冬奥设计”的倡议。论坛围绕着奥运吉祥物设计的多个层面展开讨论，演讲嘉宾从不同方面介绍了他们各自的奥运经历与见解，交流奥运文化，分享设计经验，共议奥运吉祥物设计。

【可持续住区学术研讨会暨清华大学（建筑学院）—旭辉控股（集团）有限公司可持续住区联合研究中心一期成果报告会】

2018 年 10 月 21 日，“可持续住区学术研讨会暨清华大学（建筑学院）—旭辉控股（集团）有限公司可持续住区联合研究中心一期成果报告会”在清华大学主楼举行。会议由“可持续住区”主会场和“社会·行为·住区规划”“环境·健康·建筑技术”两场分论坛组成。

位于清华大学主楼前厅的可持续住区中心一期成果展于会议当天开幕，并在接下来的一周内在建筑学院一层展厅继续展览。主会场中，可持续住区中心主任边兰春就可持续住区中心第一期三年来取得的各项成果进行了工作报告。来自清华大学、日本东京大学、美国哈佛大学的学者进行了主题演讲。两场分论坛共包括 17 个报告，来自参与可持续住区中心三年开放课题的研究团队，涵盖了建筑学、城乡规划学、风景园林学、社会学、心理学、信息科学等诸多学科领域及其创新性的交叉研究领域。

【2018 中国工艺美术文化产业创新发展论坛】

2018 年 11 月 2 日，由海峡两岸文博会组委会和中国工艺集团有限公司主办，中艺新国际展览（北京）有限公司和厦门文广传媒集团有限公司承办的“2018 中国工艺美术文化产业创新发展论坛”在厦门国际会展中心举行。论坛为第十一届海峡两岸厦门文博会的活动内容之一。论坛以“聚焦工艺美术文化 谋划产业创新发展”为主题。来自中国艺术研究院工艺美术所、中国工艺美术学会、中国工艺美术品交易所的专家学者共同研讨工艺美术文化，谋划产业创新发展，探索工艺美术文化产业与生活、金融、市场融合发展的新路径、新模式等问题。

【中国刺绣艺术传承、弘扬、创新研讨会暨《中国工艺美术大师作品全集·李艳卷》首发式】

2018 年 11 月 2 日，“中国刺绣艺术传承、弘扬、创新研讨会暨《中国工艺美术大师作品全集·李艳卷》首发式”在湖南省长沙市新华联铜官窑古镇举行。原文化部副部长王文章以及文化界、工艺美术界相关学者、大师、理论家出席，研讨中国刺绣艺术的传承与发展。研讨会上大家一致认为，当今的传统工艺美术处于历史上最好的时代，就刺绣而言，应以非遗传承人为传承主体，创造一个向传统致敬、向大师致敬的宽松环境，推动刺绣艺术在传承传统中不断创新。

研讨会期间，李艳的刺绣艺术个人展在新开馆的铜官窑古镇“绣珍阁”刺绣艺术馆展出。该馆是我国第一家集合了苏、湘、蜀、粤及各地方绣种的大型刺绣艺术博物馆。

【“儿童”——第八届中国设计学青年论坛暨主题展览“元本——设计语境下的儿童绘画实验”】

2018 年 11 月 4 日至 8 日，由南京艺术学院主办的“儿童”——第八届中国设计学青年论坛暨主题展览“元本——设计语境下的儿童绘画实验”在该院美术馆举行。此次论坛共有 7 场主旨演讲、14 个专题演讲以及多个外教工作坊及讲座，所涉学科领域、专业及研究话题覆盖设计学、教育学、社会学、心理学。此外，此次论坛专设研究生板块，配合会议主题，为更年轻的研究者提供了发声平台。“元本”展览来自历时两年的实验性研究，参加实验的孩子年龄在 5 岁到 12 岁之间，每个班 6—10 人。在多线条并存的情境下的绘画，使孩子们得到经验和自信，习惯于将想法画出来，表述自己思想中的世界。展览以此诠释了以儿童为主题、为对象的展览的可能性。

【守艺·旅游·乡村振兴——2018 第三届传统工艺青年论坛】

2018 年 11 月 10 日，由苏州工艺美术职业技术学院、清华大学美术学院艺术史论系、传统工艺贵州工作站联合主办的“守艺·旅游·乡村振兴——2018 第三届传统工艺青年论坛”在江苏省苏州市举行。来自中国科学院、清华大学、南京大学等40余所高校和科研机构的80余位专家、青年学者参加了论坛研讨。本届论坛关注传统工艺振兴、乡村振兴及文化旅游融合等领域的前沿探索，以“守艺·旅游·乡村振兴”为主题，四场主题论坛分别以“设计转化与品牌创新”“非遗保护与工艺振兴”“社区重建与手艺兴乡”“文化旅游与乡村振兴”为题。论坛收到来自学界和业界的应征论文98篇，最终遴选44篇论文出版成册。

【2018中国（北京）设计学术月】

2018年11月15日至12月16日，由北京设计学会主办，工业和信息化部工业文化发展中心、北京市科学技术协会、北京国际设计周组委会办公室、北京城市学院艺术设计学部支持的“2018中国（北京）设计学术月”活动举行。中国（北京）设计学术月是北京设计学会主办的专业性设计学术活动，每年一届。

2018年11月25日，“2018中国（北京）设计学术月学术主论坛”在北京城市学院顺义校区举行。“2018中国（北京）设计学术月主论坛”的主题是“非遗与设计——传统与时尚结合”。北京设计学术月主论坛的主题也与北京四个中心建设定位紧密契合。本次论坛活动的演讲嘉宾有中国的专家王建中、马瑛瑛、郭建彪，德国的专家凯瑟琳·冯·瑞星博，以及伊朗的专家马吉利等。

【“当代社会文化生活与传统手工艺”学术研讨会】

2018年12月1日，由中华女子学院中国女性文化遗产研究中心发起，中华女子学院、北京设计学会联合主办，中国艺术人类学学会协办的“‘当代社会文化生活与传统手工艺’学术研讨会”在中华女子学院举行。活动为中华女子学院非遗学术月和2018中国北京设计学术月的专场研讨会。参会人员113人，包括全国各地非遗领域的传承人、企业和研究机构代表等。研讨会上举行了中华女子学院中国女性文化遗产研究中心和中国艺术人类学学会刺绣艺术专业委员会成立与揭牌仪式。

【首届当代工艺美术批评论坛】

2018年12月14日，由清华大学美术学院艺术史论系、工艺美术系、陶瓷艺术设计系与上海工艺美术职业学院工艺美术研究中心联合发起创办的“首届当代工艺美术批评论坛”在上海工艺美术职业学院嘉定校区举行。本次论坛由清华大学美术学院艺术史论系主任陈岸瑛和上海工艺美术职业学院副院长、工艺美术研究中心主任、手工艺术学院院长唐廷强联合策划，清华大学美术学院学术委员会主任、中国工艺美术史论家尚刚教授担任特邀学术主持。

论坛启动了“中国当代工艺美术口述史研究计划”和“中国当代工艺美术提名展计划”，拟针对工艺美术人才培养与职业发展进行调研，每年遴选20—30个在工艺美术行业表现突出的院校毕业生做访谈，邀请批评家做评议，借此探讨中国当代工艺美术的前沿问题和创新模式，构建中国当代工艺美术批评范式。每年入选的毕业生应邀参加该年度的中国当代工艺美术提名展，同期举办当代工艺美术批评论坛，对参展作品进行评议，随后出版图书，内容含访谈、作品及评论。

为推动该计划的实施，论坛成立了学术指导委员会，创始成员包括尚刚、张夫也、陈岸瑛、洪兴宇、王建中等，由王晓昕、杨佩璋、李静、刘润福、史忠文等担任秘书长。学术指导委员会负责优秀毕业生的遴选推荐，并为论坛、展览、调研和图书出版提供学术指导。

【首届（2018）设计方法论青年学者高端论坛】

2018年12月20日，由山东艺术学院主办，教育部高等学校设计学类教学指导委员会、全国艺术专业学位研究生教育指导委员会艺术设计分委员会、中国高等教育学会设计教育专业委员会、《南京艺术学院学报》（美术与设计版）和《装饰》提供学术支持的“首届（2018）设计方法论青年学者高端论坛”在山东艺术学院举行。来自中国艺术研究院、北京印刷学院等多所国内知名设计院校的青年学者以及专业教师、研究生共计100余人出席论坛开幕式。

该论坛是关于设计方法理论的研讨，围绕不同时期设计方法研究、中西设计方法比较研究、设计实践与设计方法论研究、不同学科介入设计方法论研究、中国当代设计的方法论自觉五个方面的议题展开讨论。

【传统手工艺的当代转换——2018中国工艺美术理论与批评论坛】

2018年12月28日，由中国艺术研究院主办，中国艺术研究院工艺美术研究所和中国非物质文化遗产保护中心传统技艺研究室承办的“传统手工艺的当代转换——2018中国工艺美术理论与批评论坛”在中国艺术研究院举行。来自全国各地的专家学者、工艺美术大师、非物质文化遗产代表性传承人等50余人参加论坛。

国际交流

【2018 哈尔滨时装周暨首届世界时尚设计师大会】

2018 年 1 月 12 日至 16 日，由中国纺织工业联合会、黑龙江省人民政府指导，哈尔滨市人民政府、中国服装协会、中国服装设计师协会和黑龙江省服装行业协会联合主办，黑龙江省文化厅、黑龙江省商务厅、西城红场协办，中国国际贸易促进会委员会哈尔滨分会、南岗区人民政府和红博商业共同承办的“2018 哈尔滨时装周暨首届世界时尚设计师大会”在哈尔滨西城红场举行。时装周主题为“美好生活 时尚全城”，46 多个国家的 138 位设计师、时尚机构参会，吸引到白俄罗斯时装周、加拿大温哥华时装周、西班牙马尔贝拉时装周、斯洛伐克时装周等国际知名时装周进行合作。本届时装周秀场舞美灯光由新加坡团队打造，T 台为世界室内最长，距离观众仅 15 厘米，坐在观众席上的每个人都有坐在第一排的感觉。

1 月 13 日，首届世界时尚设计师大会开幕，并将西城红场作为永久会址。大会以“时尚设计·生产力”为主题，来自国内外的时装行业协会同行、专家学者、设计师等围绕时尚前沿、AI 智能美学等话题进行了主题发言。大会现场，“东北三小时时尚产业带协同发展促进委员会”和“国际 AI 智能时尚美学研究院暨美好生活预测实验室”签约成立。

大会同期举行了中国服装设计师协会学术委员会圆桌会议，主题为“哈尔滨时尚产业的发展之路”“设计的传承与创新——为生产力注魂”。

【首届金砖国家设计对话国际研讨会】

2018 年 1 月 15 日至 16 日，“首届金砖国家设计对话国际研讨会”在湖南大学设计艺术学院举行。来自 7 个国家和地区的 50 多位设计界专家参会，研谈金砖国家设计创新与可持续发展之道。研讨会上，俄罗斯设计师协会主席斯塔维茨基·维塔利（Vitaly Stavitsky）、巴西巴拉巴拉那联邦大学设计学院教授阿奎纳尔多·多斯·桑托斯（Aguinaldo dos Santos）、伯南布哥州联邦大学设计学院教授莱昂纳多·卡斯蒂略（Leonardo Castillo）、湖南大学设计艺术学院院长何人可教授等作专题报告。来自挪威奥斯陆设计与建筑学院、芬兰赫尔辛基阿尔托大学和中国清华大学、浙江大学、香港理工大学、台湾实践大学、湖南大学等设计领域的专家学者进行了交流。

研讨会后还举行了以促进不发达地区经济、社会可持续发展为目标的 LeNS 可持续设计国际联合课程。与会专家学者深入湖南精准扶贫腹地——怀化市进行考察，携金砖国家跨文化策略和智慧，与当地政府一起探讨精准扶贫、可持续发展和社会创新之道。

【首届中瑞建筑对话论坛】

2018 年 1 月 22 日，由瑞士驻华大使馆、瑞士驻上海总领事馆组织，清华大学艺术博物馆和上海明珠美术馆协办的“首届中瑞建筑对话论坛”在清华大学艺术博物馆举行。此次对话以建筑的可持续性为主题，致力于为瑞士和中国的年轻建筑设计工作者以及建筑师搭建顶级的交流平台，共同探讨融合了科技、经济及艺术于一体的建筑学科。

中瑞建筑对话恰逢“理想之境：马里奥·博塔的建筑与设计 1960—2017”在清华大学艺术博物馆

展出，而清华大学艺术博物馆也是马里奥·博塔的作品。主旨发言后，来自中国和瑞士的年轻建筑师将进行对话和讨论。

【亚太空间设计师（APSDA）北京年会暨2017“亚太设计之夜”年度颁奖盛典】

2018年1月23日，由亚太空间设计师协会主办，亚太空间设计师联盟、亚太空间设计师协会（联盟）赣州分会、金螳螂设计研究院、上海全筑设计集团、上海嘉春装饰设计工程有限公司、无锡市天宇人防设计院有限公司、南通三建装饰设计研究总院、设计中国网、中华艺站网协办的亚太空间设计师（APSDA）北京年会暨2017“亚太设计之夜”年度颁奖盛典在北京市举行。本届年会主题为年会主题为“原创、共享、协作、发展”，来自美国、德国、日本、新加坡、韩国等多个国家和地区的近500名设计师、供应商企业代表出席了年会。

日本株式会社佐藤尚巳建筑研究所董事长佐藤尚巳发表了《岩城芸术文化交流馆Arius的设计概念》主题演讲，日本建设技术研究院常任技术顾问、海绵城市专家孙建生发表了《装饰用石材的劣化，损伤及选用方法》主题演讲，国际照明设计大师中国台湾灯光“教父”袁宗南发表了《光未来》的主题演讲，斯蒂文霍尔建筑师事务所中国区总监罗伯托·班努拉（Roberto Bannura）也发表了主题演讲。

【吕氏师徒紫砂艺术作品展（新西兰）】

2018年1月27日（当地时间），“吕氏师徒紫砂艺术作品展”在新西兰举行，展品包括中国陶瓷艺术家吕俊杰师徒的65件紫砂艺术作品，展览以“一带一路”为主题，展品包括光素器、花器等多种类型。

【第三届联合国教科文组织创意城市网络深圳创意设计新锐奖颁奖典礼】

2018年2月6日，“第三届联合国教科文组织创意城市网络深圳创意设计新锐奖颁奖典礼”在深圳市蛇口海上世界文化艺术中心举行，颁奖典礼主题为“工匠精神：设计的灵魂”。来自意大利都灵的设计师法布里奇奥·阿雷西奥获得至尊奖。

2017年9月向全球发布征集公告，最终收到由21个提名机构提名的260个青年设计师或团队提交的近600件参评作品；经过两天评审，评出全部21个奖项。李佛君等来自中国香港、中国澳门、中国深圳、法国圣艾蒂安、美国底特律等城市的10个个人或团队获得优秀奖；吴文基等来自中国北京、中国深圳、墨西哥普埃布拉、英国邓迪等地的10个学生组参评个人或团队，获得新星奖；三个“设计之都”——法国圣艾蒂安、墨西哥普埃布拉和中国北京被评为最佳提名机构。

【2018意大利全球设计日·深圳站分享主题论坛】

2018年3月1日，由意大利外交部、意大利文化遗产和旅游活动部、米兰三年展、意大利驻广州总领事馆主办的“2018意大利全球设计日·深圳站分享主题论坛”在深圳金展珠宝广场举行。意大利驻广州总领事劳雷戈里（LauraEGOLI）、意大利“设计大使”芭芭拉·皮特拉桑塔（Barbara Pietrasanta）、罗湖区副区长左金平以及40位中意设计师及企业代表出席活动。

沙龙主题为“设计与可持续性发展”，意大利设计大使芭芭拉·皮特拉桑塔（Barbara Pietrasanta）、意大利设计师黛博拉·坎帕纳（Deborah Campana）、深圳珠宝设计师协会会长杜半、意大利工业设计师托马索·卡塞拉（Tommaso Kasera）、意大利时装设计师阿里安娜·索里尼（Arianna Sorini）等在活动中做了主题演讲。

【手工创造未来——中英手工艺论坛】

2018年3月10日，由英国文化教育协会、英国大使馆文化教育处和英国手工艺协会主办，清华大学美术学院、传统工艺与材料研究文化部重点实验室协办的“手工创造未来——中英手工艺论坛”在清华大学美术学院举行。论坛由嘉宾演讲和自由讨论两部分组成。英方嘉宾演讲环节中，纳伦·巴菲尔德（Naren Barfield）重点介绍了英国创意产业的发展和自己所在的皇家艺术学院在创意教育方面作出的贡献；肯德尔·罗宾斯（Kendall Robbins）讲述了英国手工艺协会的组织架构，在英国创意产业发展中所发挥的作用以及之前与越南、泰国、印度等国的合作项目；阿玛莉亚·达斯卡拉基（Amalia Daskalaki）介绍了英国年青一代手工艺者的工作案例以及英国手工艺协会重点推出的国际交流活动，等等。中方各专业代表介绍了以文化部非遗研培项目和重点实验室为依托开展的一系列传统工艺活化项目，此外还特别邀请了北京设计周组委会办公室副主任曾辉对英方关注的北京设计周进行了介绍。

在自由讨论环节，嘉宾们提出自己感兴趣的问题，重点讨论未来双方应如何合作。双方都认为，两国应首先加强手工艺方面的学术交流，增进相互了解，在了解的基础上寻求跨国科研合作；其次，在手工艺教育方面，两国之间可以形成资源互补，促进学生和教师交流；最后，希望利用手工艺推动两国文创产业的发展，加强产学研合作，尽快建立起有效的交流机制，为进一步合作打下基础，实现互利共赢。

【丝·赏：时尚中的中国女红展（以色列）】

2018年3月13日（当地时间），“丝·赏：时尚中的中国女红展”在以色列特拉维夫中国文化中心开幕。特拉维夫是以色列的经济文化中心，汇集传统与时尚，突出创新与发展。特拉维夫中国文化中心与中国丝绸博物馆合作，选出27件丝绸服饰，突出非遗传承及地域特色，强调传统与时尚的结合，让观众穿越时空，见证丝绸古往今来的历史演变。

此次展览是以色列2018“欢乐春节”收官之作。

【2018“国际大奖与创新驱动”设计中国产业论坛】

2018年3月25日，“国际大奖与创新驱动”设计中国产业论坛在浙江省杭州市举行。国内外行业领域专家、设计机构代表、产业合作代表参加论坛。

主论坛主题为“设计解密”，邀请来自德国iF设计奖和红点设计奖（Red Dot）、日本优良设计奖（G-Mark）、中国设计智造大奖（DIA）等国际设计奖项的主席、CEO、秘书长、评委，以及相关行业代表，围绕各奖项的发展与布局、评委在评审过程中的关注点和评审思路，以及奖项所带来的各自合作机会等问题进行讨论，之后国际奖项评委嘉宾分成两组先后进行话题研讨，从产业、教育等方面围绕奖项作为一种创新驱动力探讨如何促进设计产业和教育发展。

【第八届筑巢奖颁奖典礼暨金奖作品展（意大利）】

2018年4月19日（当地时间），“第八届筑巢奖颁奖典礼暨金奖作品展”在意大利米兰大学举行。中国驻意大利使馆文化参赞许荣、意大利《INTERNI》杂志总编吉达·博亚迪、米兰理工大学设计学院原院长拜拉维提斯、布雷拉美术学院米兰校区院长罗伯特·法瓦罗、国际室内建筑师 / 设计师团体联盟（IFI）前主席赛伯斯泰诺·瑞纳里等近 900 名中国设计师与设计界知名教授、设计大咖与中央电视台、意大利国家电视台、INTERNI 等中外媒体参加活动。

本届筑巢奖投稿作品参赛作品 5000 余件，经初评、复评、终评，约 200 件作品入围各类奖项角逐，所有获奖作品经过全体评委的综合评定，最终评出金奖 26 件。

颁奖典礼上举行了筑巢奖与国际室内建筑师 / 设计师团体联盟（IFI）战略合作仪式，筑巢奖主席方晓风与 IFI 主席梁志天代表双方签约。

【ADP 国际设计联展及 ADP Design Tour 系列活动】

2018 年 4 月 19 日至 25 日，由亚洲设计交流协会主办的“ADP 国际设计联展及 ADP Design Tour 系列活动”在香港理工大学举行。来自 25 个国家、10 大设计领域的 100 余位国际设计师参与。泰籍建筑师暨 TCDC 设计者雅琳达·邦纳格（Yarinda Bunnag）、英国工业设计师迈克尔·杨（Michael Young）、日籍建筑师及学者山口高市（Takashi Yamaguchi）、荣获 3 项 2018 iF 设计奖的意籍产品设计师安德里亚·庞蒂（Andrea Ponti）前 Zaha Hadid 建筑事务所主持建筑师比利时籍克里斯托夫·克罗拉（Kristof Crolla）等参展。

亚洲设计交流协会是亚洲唯一国际性跨领域设计协会，于中国香港、澳大利亚、荷兰、美国等国家和地区设有办事处，有逾三百位会员，处于申请阶段的设计师则有数百位。该协会的顾问及会员组成多元，主要来自欧、美、亚三大洲，设计领域涵盖建筑设计、平面设计、室内设计、视觉设计、产品设计、展览设计、时装设计、舞台设计、工业设计、传达设计等。

【第二届世界工业设计大会】

2018 年 4 月 20 日至 22 日，由中国工业设计协会、杭州市余杭区人民政府主办，多个国际设计组织以及来自 30 多个国家和地区的设计组织、院校和企业协办的“第二届世界工业设计大会”在浙江省杭州市良渚梦栖小镇举行。本届大会以“设计·生态”为主题，全球各国的专家、学者、企业家、政府领导等千余名代表参会，就人文、环境、产业等多方面的融合创新进行对话与合作。

大会期间组织举办了数十场国际设计产业合作洽谈会，达成设计产业合作项目 20 余项，发布 14 个设计产业创新成果，召开中国工业设计协会设计教育分会全国理事会、国际设计教育高峰论坛、国际用户体验设计论坛、中国工业设计协会用户体验产业分会全国理事会筹备会等，举办“设计·科技”“设计·创业”“设计为源·赋能生态”等近 20 场专业论坛，举办第二届世界工业设计大会设计展、“探索·未来——设计开放大学主题展及消费升级主题展”，等等。

开幕式上，联合国工业发展组织、中华人民共和国工业和信息化部、中国工业设计协会等，联合发起设计扶贫倡议，启动全球首个设计开放大学。活动期间，一批国际性、重量级产业项目启动或签约，还举行了 TIA 设计奖颁奖典礼、WIDC 设计产业合作洽谈会，发布了 WIDC 设计产业成果。

【中国纤维艺术世界巡展·格鲁吉亚展暨学术研讨会】

2018 年 4 月 24 日，由“丝绸之路”格中文化中心与中国国家画院、清华大学共同主办的中国国家艺术基金 2018 年资助项目“中国纤维艺术世界巡展·格鲁吉亚展暨学术研讨会”在格鲁吉亚乔治·列昂尼兹国家文学博物馆开幕。巡展自 2009 年成为文化部“文化走出去——中国政府对外文化交流项目”后，已经在美国、乌克兰、哥伦比亚、白俄罗斯、厄瓜多尔、波兰、巴西、墨西哥、坦桑尼亚、澳大利亚10个国家展出11次。来自清华大学美术学院、鲁迅美术学院等20所国内美术院校，以及国内工艺美术行业、纺织产业的61位艺术家的62件纤维艺术作品，集中反映了中国纤维艺术创作的发展面貌，从不同角度表达了中国纤维艺术家对中国历史、文化和环境的认识与思考。

以中国国家画院、清华大学美术学院为主的国内研究机构和院校与格鲁吉亚第比利斯美术学院等还开展了一系列学术交流，就纤维艺术发展现状、纤维艺术的深入研究与学科建设等内容展开研讨。

【指尖上的丝绸之路——国际女性手工艺发展论坛】

2018年5月11日至12日，由中华全国妇女联合会、陕西省人民政府主办，陕西省妇女联合会和咸阳市人民政府承办的“指尖上的丝绸之路——国际女性手工艺发展论坛”在陕西省西安市、咸阳市两地举办。来自英国、法国、南非等14个国家的政府部长级嘉宾以及手工艺协会代表，世界手工艺理事会代表，以及国内10个省区市和中国香港、澳门地区的手工艺大师，丝路文化学者、妇女联合会组织的代表等，共计150余人出席了论坛。

论坛以“新时代、新丝路、新女性、新发展”为主题，旨在提升女性手工艺者的创新发展与国际合作能力，开辟丝路沿线妇女民间交流新天地，促进与丝路沿线国家、地区女性民心相通和务实合作。论坛通过“妇女手工与文化传承”“妇女手工与国际交流”“妇女手工与创业就业”3个专题，交流研讨手工艺品行业发展现状和女性手工艺从业人员面临的挑战与机遇，为妇女手工艺创新发展集思广益。

与会代表还赴咸阳市非遗文化展览馆、武功馨绣手工艺品合作社等地开展了文化交流活动，实地考察妇女手工产业孵化情况，并达成合作意向。

【2018年天津国际设计周】

2018年5月11日至16日，由天津市科学技术委员会、中共天津市河北区委员会、天津市河北区人民政府主办，河北区人才工作引导小组办公室、河北区科学技术委员会、河北区楼宇经济管理办公室、河北区科学技术学会、天津市福莱特投资管理集团有限公司、艾德伽（天津）建筑规划设计咨询有限公司承办的“2018年天津国际设计周”在北宁文化创意中心和巷肆创意产业园举行。设计周内容主要包括设计周启动仪式系列活动、设计竞赛、天津论坛、招商引资活动、中意校际联盟实验班、主题设计展、设计之都等内容。

活动邀请来自中国和意大利、日本、德国、荷兰等国家的设计师和设计、艺术类机构等单位和个人，举办展览、论坛、会议、教学等活动。超过100名国内外设计师与参展商参与其中，近20场主题展览吸引约10万人前来参观。

【2018中国国际大学生时装周】

2018年5月13至20日，“2018中国国际大学生时装周”在751D·PARK北京时尚设计广场举行。共计61所国内外院校在此举办了157场毕业生作品发布会，地域囊括19个省、自治区、直辖市和5个海外国家，参与发布的应届毕业生约4699人，同期举办讲座论坛48场，专项展览达6场。

时装周还举办了作品发布、专项展览、论坛讲堂、设计大赛、专业评选、DHUB设计汇等近80项专业活动。分别来自21个省、自治区、直辖市和中国香港特别行政区及海外的54所高等院校的1468名毕业生参与动态发布和优秀作品展。在参加此次活动4所国外设计院校中，英国南安普顿大学和NABA米兰新美术学院已连续参加4届。活动基本涵盖了纺织服装产业集群主要地域，从毕业生人数、发布作品数量、创作品类及创意水平等诸多方面都再创历史新高。

除毕业生设计作品发布之外，本届大学生时装周首次举办 2018 中国国际知名高校服装（服饰）优秀作品展，来自国内外的 35 所高校的 428 名优秀毕业生的 978 套优秀服装和 70 件服饰设计作品参展。

【中国瓷艺术展（突尼斯）】

2018 年 5 月 16 日至 22 日（当地时间），由中国文学艺术界联合会、突尼斯文化事务部、中国驻突尼斯大使馆主办的“中国瓷艺术展”在突尼斯首都突尼斯市文化城举行。展览共展出当代中青年瓷艺术家的瓷艺术作品 40 件（组），展品的工艺形式包括青花、粉彩等，题材主要展现吉祥图案、传统故事和民俗风情。

来自景德镇的演员们在开幕式现场进行了瓷乐器表演，景德镇艺术家汪同茂、汪浪为嘉宾和观众进行了详细讲解。

【中国国际工业设计产业高峰论坛】

2018 年 5 月 18 日，由深圳市工业设计行业协会、园区资本联盟主办，河北工业设计创新中心、中国宏泰产业市镇发展有限公司承办的“中国国际工业设计产业高峰论坛”在河北省廊坊市举行。论坛以“设计互联・制造业变革与数字经济发展”为主题，是 2018 年中国・廊坊国际经济贸易洽谈会的组成部分。论坛采取了“会、展、谈”三位一体的模式，来自美、德、英、意等七个国家和地区的工业设计师进行主旨演讲，分别就“制造业改革 & 数字经济增长”“设计是项目过程，不是简单制图”“人工智能和数字经济的发展”“制造拥抱文化 & 经济发展”等主题分享了国际设计产业的思想和理念，共同探讨在设计互联的大环境下，制造业竞争的现状及未来数字经济的发展趋势。

在京津冀地区协同发展的大背景下，工业设计产业高峰论坛从设计师、学者、企业家和政界人士等不同角度分享国际设计产业最前沿思想，引入国际化设计变革理念，探索工业设计与产业融合新模式。洽谈会围绕“创新、协同、开放”主题，助力河北省的“设计促转型”浪潮，帮助转变发展方式、优化经济结构、转换增长动力。

【斯洛伐克户外海报设计展——中国平面海报设计联展】

2018 年 5 月 25 日至 8 月 31 日，“斯洛伐克户外海报设计展——中国平面海报设计联展”在斯洛伐克弗兰提斯卡诺巴尔代约夫公园举行。当地艺术及设计领域的近百位嘉宾出席开幕式并参观展览。联展集合了 50posters 佳作邀请展、2016 当代国际水墨设计展、2017 国际视觉赛事中国设计师优秀作品展以及“字酷”文字艺术设计展四个展览。

【工业设计创新 2018 河北国际研讨会】

2018 年 6 月 2 日，由河北广播电视大学、省人力资源服务行业协会主办的“工业设计创新 2018 河北国际研讨会”在河北省石家庄市举行。研讨会以“工业设计助力自主知识产权，品牌建设推动产业转型升级”为主题，出席此次活动的有美国、德国、日本、以色列、孟加拉国、斯里兰卡、卢旺达、中国等的 30 余国工业设计专家、知识产权专家、美术家和学校、企业、行业协会代表等。研讨会在设计机构聚集、成果形成与转化、综合服务保障、高层次人才培养、品牌展览展示、国际学术交流与理论研讨等领域进行了探讨。研讨会期间进行了工业设计创新园揭牌仪式暨战略合作备忘录签约仪式。研讨会是以 2014 年《国务院关于推进文化创意和设计服务与相关产业融合发展的若干意见》和 2017

年河北省人民政府出台的《关于支持工业设计发展的若干政策措施》为指导，探讨如何充分发挥工业设计的创新引领作用，助推产业转型升级，加快建设工业强省、美丽中国。

【北京文创周（墨西哥）】

2018 年 6 月 2 日至 17 日（当地时间），“北京文创周”在墨西哥首都墨西哥城举行。这是第十届墨西哥城国际友好文化博览会北京主宾城市系列活动之一。北京与墨西哥城签署了合作备忘录，在“设计之都”建设中开展合作。

2018 年，中国和北京受邀作为第十届墨西哥城国际友好文化博览会的特邀主宾国和主宾城市。北京主宾市活动由北京市人民政府、墨西哥城政府、中国驻墨使馆主办，北京市文资办和北京市政府外办统筹组织，已被列为 2018 年北京市重点友城交流活动。在主宾市活动的“中国文化·设计·体验”展上，展出了景德镇古瓷窑遗址发掘的宋代瓷片、写有草书的生活器皿、融汇传统工艺与当代设计理念的东方刺绣服饰、融入“天人合一”哲学观的日常住所等展品，并配有文化演出。在文创产业推介会上，北京市文资办向墨西哥当地学府、文博机构和文化企业介绍了北京文创产业发展情况和对外政策，中央美术学院、北京歌华文化发展集团等一批文创领域机构、高等院校及优秀企业代表进行了推介，并与当地企业对接设计产品合作研发、创新成果市场转化等需求。

【2018 创新设计国际论坛】

2018 年 6 月 23 日，由清华大学美术学院、美国艺术中心设计学院主办，清华大学工业工程系、阿森特（北京）艺术设计中心承办，青岛航空港投资发展有限公司支持的“2018 创新设计国际论坛”在清华大学举行。论坛主题为“设计美好生活”，从衣、食、住、行四个方面展开对话。论坛邀请相关领域的嘉宾及国内的创新创业型企业家，共同探讨在当今消费升级大趋势下如何通过设计打造更美好的生活，如何挖掘公司内部的创新动能、增强专业领域的国际竞争力。论坛嘉宾包括 Nike 品牌设计副总裁马丁·洛蒂（Martin Lotti），盒马科技用户体验设计总监刘巍，慧聪集团执行副总裁洪超然，RIMOWA 设计总监、前 Nest 设计总监洛基·雅各布（Rocky Jacob）等。

【白明系列个展（法国）】

2018 年 6 月 29 日至 10 月 28 日，由萨拉贡美术馆、阿尔卑斯 – 上普罗旺斯省议会主办，法国文化部、阿尔卑斯 – 普罗旺斯 – 蓝色海岸大区科学文化处、“光与社会”委员会、Prévenance 协会、FrançoiseLIVINEC 艺术中心协办的白明个展“明：Lumière”在法国普罗旺斯萨拉贡博物馆展出。展览展出了他为此次展览特别创作的装置作品《形式与过程——熵器》、30 余件青花及其他陶瓷作品以及 5 件绘画作品等。这是该博物馆第一次展出中国艺术家的作品。

11 月 4 日至 28 日，由 F.L 艺术空间主办、Prévenance（仁社）协会协办、中国人民保险集团股份有限公司提供支持的“白明——光明之碑”白明个展在法国巴黎 F.L 艺术空间举行。展览展出艺术家白明的绘画与陶瓷作品 55 件（组），包括陶瓷、油画和水墨等代表作品。开幕式上，让·欧度兹先生代表 Prévenance（仁社）协会向白明颁发“Prévenance（仁社）”组织荣誉会员证书，白明成为 Prévenance（仁社）协会的中国首位荣誉会员。Prévenance（仁社）协会致力于推动世界科学与艺术的双向交流与发展，为联合国教科文法国全委会官方合作伙伴，协会成员有科学家、艺术家、教育家、法学家、医学家、企业家。

【第六届茶境·国际茶文化交流展（日本）】

2018年8月18日至23日（当地时间），由清华大学美术学院、东京艺术大学、大益茶业集团主办的“第六届茶境·国际茶文化交流展”在日本东京艺术大学举行。此届活动主题为“东方之韵——化境”，展览展出了来自中、日、韩三国128位艺术家的作品。来自中、日、韩的领导嘉宾，以及各院校的学者和艺术家们参加了8月18日举行的活动开幕式。中国驻日本大使馆参赞胡志平、日本文化厅长官（东京艺术大学前任校长）宫田亮平、日本东京艺术大学校长泽和树，以及清华大学美术学院院长鲁晓波、韩国首尔大学陶艺系教授黄甲淳、大益茶业集团董事长吴远之等分别致辞，并参加剪彩仪式。

2013年，茶境展活动在日本东京举办第一届，2018年回到东京。此次展览的作品主要来自清华大学美术学院、东京艺术大学、首尔大学的手工艺专业老师和学生们。

【2018安德马丁国际室内设计峰会】

2018年8月28日至30日，由英国Andrew Martin国际室内设计大奖，安德马丁文化传播，中国国际家用纺织品及辅料博览会联合主办的“2018安德马丁国际室内设计峰会”在上海国家会展中心举行。峰会以“视角”为主题，由“视角”主题论坛、“无界之合”跨界家居艺术展两部分组成。

论坛邀请众多海内外顶尖设计师、艺术家、行业精英，通过主题演讲的形式，从时间、空间、文化等多重维度，以经济、环境、情感等多元视角，探讨设计者与体验者的关联互通，诠释对设计与艺术的深入理解。展览展示来自室内、建筑、服装、艺术等行业设计者的家具、艺术陈设作品。展览已于2016年、2017年在深圳和上海举办两届。

【2018首届中国中法工业设计论坛】

2018年9月2日，由中国辽宁省归国华侨联合会主办的“2018首届中国中法工业设计论坛”在辽宁省沈阳市航空航天大学举行。论坛邀请了来自法国南特大西洋设计学院、法国巴黎高端整体形象设计学院、沈阳航空航天大学设计艺术学院、东北大学艺术学院、鲁迅美术学院工业设计学院等多所机构的专家学者。法中设计师协会名誉主席克里斯蒂安·盖乐兰、沈阳航空航天大学副校长王琦和与会的沈阳各高校设计院系代表共同签署成立中法设计大学联盟的意向协议。

【“GDC平面设计在中国”全球巡展（秦皇岛站）】

2018年9月7日至10月31日，由深圳市平面设计协会联合秦皇岛中瑞设计港共同举办的“GDC平面设计在中国”全球巡展在河北省秦皇岛站举行。此次展览是继英国伦敦、中国西安、美国纽约巡展后的第四站，展品主要为GDC17设计竞赛获奖作品。

9月8日，展览邀请了深圳共同设计公司创作总监马深广、火狼设计艺术总监杨振、anotherdesign创意总监刘钊、澳门UNTITLEDMACAO创始人欧俊轩四位设计师，就人文思考、美学探索、方法构建、商业创新、角色定位等设计议题与公众分享与交流。

【2018中国室内设计周暨上海国际室内设计节】

2018年9月10日至16日，由中国室内装饰协会、联合国教科文组织“创意城市”（上海）推进工作办公室共同主办的“2018中国室内设计周暨上海国际室内设计节”在上海国际会议中心举行。本届设计周以“新时代·新生活”为主题，举办中国国际室内设计高峰论坛、中国室内设计趋势系列发布、中国室内设计颁奖典礼、亚洲室内设计发展圆桌会议等一系列国际性专业活动，并积极联动全市各大创意园区、院校、商区，举办趋势展、装置展、摄影展、外围品牌展等活动。

【人类非遗·中华经典——2018龙泉青瓷巡展·纽约站活动】

2018年9月10日（当地时间），由浙江省龙泉市人民政府承办的“人类非遗·中华经典——2018龙泉青瓷巡展·纽约站活动”在美国纽约联合国总部举行。展览以“海上丝绸之路”为切入点，分三个篇章：“起源篇”通过传统青瓷艺术品的展示，辅以手绘青瓷传统烧制工艺流程图文介绍，讲述青瓷历史；“流淌篇”以现代青瓷艺术品（以新锐中青年作品为主）和龙泉青瓷参与国际重要活动的图文形式，展现当代龙泉青瓷的面貌；“融合篇”以日用茶具、餐具、文房、花器、香器、首饰类等青瓷工艺品为主，举办茶道表演、茶席展示及生活情景式展陈。展览共展出81位龙泉青瓷艺人的85件青瓷作品，其中包括国家级工艺美术大师胡兆雄为2016年G20峰会创作的国礼《G20双耳瓶》、浙江省工艺美术大师夏侯辉的《鳜鱼》、国瓷半闲堂创始人汤伟的《和·合白酒具套装5头》、东度文化创意公司叶芳的《落漫》茶具、丽水市工艺美术大师支持的《青衣》等。

【泥土之相——2018杭州国际当代陶艺双年展暨第11届中国当代青年陶艺家作品双年展、髹漆之意——2018杭州国际当代漆木艺术展】

2018年9月25日至10月7日，由中国美协陶艺委员会、中国美术学院主办，中国美术学院手工艺术学院、中国美术学院美术馆、南宋序集、壹向艺术空间承办的“泥土之相——2018杭州国际当代陶艺双年展暨第11届中国当代青年陶艺家作品双年展”，以及由中国美术学院主办、中国美术学院手工艺术学院承办的“髹漆之意——2018杭州国际当代漆木艺术展”在中国美术学院美术馆举行。三场展览的策展人均为中国美术学院手工艺术学院院长周武。“泥土之相——2018杭州国际当代陶艺双年展暨第11届中国当代青年陶艺家作品双年展”展出中国、英国、瑞士、法国、丹麦、西班牙、韩国、日本等国的38位艺术家的400件作品。“髹漆之意——2018杭州国际当代漆木艺术展”，是中国美术学院手工艺术学院首次举办的国际性漆木艺术展，共展出来自中国、日本、韩国、法国等国31位漆木艺术家的60余件作品。

“2018杭州国际当代手工艺术论坛”同期举行，论坛嘉宾就手工艺术在当前语境下的关键性问题进行了交流与探讨。本次论坛是中国美术学院手工艺术学院“领航人才计划”系列活动之一。

【“从洛桑到北京”第十届国际纤维艺术双年展】

2018年10月16日至11月15日，由清华大学艺术博物馆、清华大学美术学院、中国国家画院公共艺术院主办的“从洛桑到北京”第十届国际纤维艺术双年展在清华大学艺术博物馆、清华大学美术学院美术馆、北京奥加美术馆3个展区同步举行。“从洛桑到北京”首次在三个展区同时展出，实现了学术研讨、创作发展、交流推广三位一体的全新的发展模式。展览展出来自亚洲、欧洲、北美洲、南美洲、非洲、大洋洲的45个国家和地区的175件作品，展出作品从全球1375件报名作品中遴选而出，以不同材料、不同技法、不同风格，从不同角度展现了国际纤维艺术的当代面貌，如瑞典王乐云的作品《邻家花园》、中国李薇的作品《壁影》、巴基斯坦玛苏玛·赫瓦贾的作品《兵马俑与丝棉羊毛》等。

【“设计 3.0” 论坛】

2018 年 10 月 19 日至 21 日，由清华大学美术学院、韩国科学技术院（KAIST）联合主办，清华大学美术美院服务设计研究所、中国高校创新创业教育联盟、中国工业设计协会信息与交互设计专业委员会、清华大学艺术与科技创新基地、世界华人华侨人机交互协会联合承办的“设计 3.0”论坛在清华大学美术学院举行。论坛旨在为下一代设计研究、实践和教育探索新设计范例，目标为重新思考“以用户为中心”的方法，为未来设计师和设计研究者准备新的设计研究思路和议题。论坛通过主旨演讲、专题研讨会（Panel）、创想实验室和主题工作坊等多种形式展开，来自中国、美国、韩国、法国、日本、荷兰、加拿大和以色列等国家的 19 位演讲嘉宾、16 位话题主持人、4 位工作坊导师与来自国内外 200 多位参会者，围绕人工智能与下一代用户体验，未来的设计研究、教育与实践创新模式进行了研讨。

论坛举行了四场专题研讨会，主题分别为“人工智能与下一代用户体验”“未来设计与社会设计”“设计创新与企业家精神”“思辨设计与批判性设计”。在“创想实验室”环节分为四组：设计教育工作坊——探讨如何将设计思维融入专业课程，如何利用在线学习来推进创新教育；思辨设计工作坊——展示未来设计中融入科技与生物学，实现超人类的探索与实践；人工智能与设计工作坊——人工智能技术如何支持设计研究与实践；人机交互工作坊——通过人机交互顶级国际会议 CHI 的论文及期刊论文分享，讲授人机交互研究方法和写作方法。

“设计 3.0”论坛始于 2016 年，第一届由韩国高等科学技术院工业设计系举办，第二届论坛在韩国首尔谷歌园区举行，第三届论坛作为世界设计研究大会（IASDR）的特别会议在美国辛辛那提举行。

【第二届“东方视角”联合国华人当代艺术设计峰会暨 WAD 世界青年设计师大会纽约论坛】

2018 年 11 月 17 日，由联合国基金会、中美交流中心、樱桃网国际设计师平台共同主办的第二届“东方视角”联合国华人当代艺术设计峰会暨 WAD 世界青年设计师大会纽约论坛在美国纽约联合国总部举行。联合国开发计划署、联合国新闻部信息中心、联合国妇女署、联合国环境规划署、联合国经济社会事务部、联合国联大及会议管理部官员，以及美国国会议员、纽约市政要、中国驻纽约总领馆和各国外交使节出席开幕式。

本次峰会响应联合国提出的可持续发展目标，以“跨界融通，创新驱动，携手共创美好生活”为峰会主题。剑桥大学人居环境研究中心、深圳市人居环境研究会，以及来自 30 多个国家的众多知名高等学府的学者、专家和百余名有国际影响力的城市景观设计、园林设计、建筑设计和空间艺术设计专家，以及房地产代表、材料商代表与会，分享可持续生态城市建设方面的创新技术及研究成果，就节能减排、绿色建筑等议题，共同探讨如何建设包容、安全、有风险抵御能力和可持续的城市及人类住区，如何更好地使用清洁材料、清洁能源，创造低碳生活，实现长远气候目标，推动全球人居环境的创新发展。

【“东方之韵——化境”第六届茶境国际茶文化交流活动】

2018 年 11 月 17 日至 20 日，由清华大学美术学院和云南大益茶业集团主办的“东方之韵——化境”第六届茶境国际茶文化交流活动中国展在清华大学美术学院举行。

本届茶境承接了上一届的主题“造境”，从入境到化境，是一段潜心修行的过程，艺无止境，化境亦在过程之中。饮茶过程中，茶人在其所造之境中进其茶礼、行其茶道，在与人沟通、与自我沟通、与茶沟通、与茶器沟通的过程中，所化之境独一无二，它是内心的自省；创作茶器的过程中，艺术家亦会感受材料、感受内心、感悟世界，所化之境即是自我的艺术修养，也是自我艺术阶段所达高度的体现。

【荆楚问漆——中日韩漆艺对话 2018 国际学术研讨会暨全国漆艺邀请展】

2018 年 11 月 24 日，由文化和旅游部非遗司、湖北省文化和旅游厅支持指导，荆州市文化新闻出版广电局、湖北荆州传统工艺工作站、传统工艺与材料研究文化和旅游部重点实验室共同主办的“荆楚问漆——中日韩漆艺对话 2018 国际学术研讨会暨全国漆艺邀请展”在湖北省荆州市举行，展出了 31 位漆艺传承人和青年漆艺家的 40 余件（套）作品。“荆作・楚生活”非遗体验馆同期开馆，体验馆以“琴、食、茶、书”四个生活情境为主题，汇集和呈现了湖北省荆州市传统工艺工作站的阶段性产品研发成果。除展览外，活动还推出了研讨对话与签约、专家巡讲等板块。

2017 年 10 月，文化部批准设立了湖北省荆州市传统工艺工作站。该工作站以清华大学美术学院为建站单位，由长江艺术工程职业学院（荆楚非物质文化遗产技能传承院）负责日常运营。

【文明传承与未来希望——中国木活字印刷与当代汉字水墨艺术作品展（澳大利亚）】

2018 年 12 月 3 日至 11 日（当地时间），由中国美术学院和瑞安市人民政府联合主办的“文明传承与未来希望——中国木活字印刷与当代汉字水墨艺术作品展”在澳大利亚墨尔本举行。该展览项目为中国国家艺术基金项目。墨尔本文化艺术界和教育界人士、在澳华侨华人、澳大利亚当地居民和参展代表 100 多人参加了开幕式。

瑞安市东源村的“木活字印刷术”迄今已有 800 多年历史。作为中国唯一仍在使用的活字印刷技艺，2010 年 11 月被联合国教科文组织列入“急需保护的非物质文化遗产名录”。作为展览主题之一的“文明传承”，以图文展板、印刷展品和传承人现场展演的形展示了瑞安市东源村中国木活字印刷术的历史渊源和传承发展。展览另一个主题“未来希望”，展出中国艺术家的 150 余件当代汉字艺术作品和 5 位澳籍华裔艺术家的作品。作品类型涵盖书法、版画、雕塑、陶瓷、立体装置等。

【2018“灿”第四届薪技艺国际工艺美术展（孟加拉国）】

2018 年 12 月 8 日至 2019 年 1 月 8 日，由清华大学美术学院、孟加拉国达卡大学、上海工艺美术职业学院联合主办的 2018“灿”第四届薪技艺国际工艺美术展在孟加拉达卡大学美术馆举行。

12 月 8 日，学术研讨会在孟加拉国达卡大学美术学院举行，会议由达卡大学美术学院工艺系主任纳斯穆・卡比（Nasimul Khabir）教授主持。本届“薪技艺”展以“灿”为主题，展出了来自全球 10 余个国家、50 余所院校的 240 余件工艺美术创新之作，是“薪技艺”首次走进南亚，与多元文化进行的一次交流，以推动南亚各民族文化艺术的合作。

机构

【中国信息界工业设计研究院成立】

2018 年 1 月 14 日，中国信息界工业设计研究院成立，成立仪式在由中国信息协会主办，中国信息界发展研究院、中国信息届工业设计研究院及中工传媒集团有限公司共同承办的第二届新型智慧城市发展高峰论坛“大数据 + 智能社会论坛”上举行。

该研究院旨在通过工业设计，提升和促进信息领域产业创新发展驱动力，运用工业设计增强我国电子信息智能制造、软件与集成电路、物联网等产业发展；同时通过信息产业与工业设计融合发展，为有效提升智慧社会精细化管理水平、提升城市运营效率奠定基础。在促进信息化与工业设计融合发展的进程中，研究院将进一步整合信息领域的优势资源，为各级政府和企事业单位推进智能社会、智慧园区、智能工厂等方面的发展，提供政策引导、招商引资、运营管理、设计研发等优质服务和智力支持。

【清华大学与阿里巴巴合作成立自然交互体验联合实验室】

2018 年 4 月 3 日，清华大学与阿里巴巴宣布达成战略合作，共同成立清华大学—阿里巴巴自然交互体验联合实验室。清华大学—阿里巴巴自然交互体验联合实验室更多从“人”的维度进行人机交互的研究，重点解决“人场互动”问题。一方面，实验室通过构建情感认知与计算模型等让机器感知和理解人的情感；另一方面，人与人之间的交流综合了语音、听力、嗅觉、触觉等多种模态，多通道感知技术将为机器构建“五感”，让人与机器的交流更加自然。

阿里巴巴达摩院首批公布的研究领域包括：量子计算、机器学习、基础算法、视觉计算、自然语言处理、人机自然交互、芯片技术、嵌入式系统等，其中人机自然交互是重要的研究方向之一。

【中国国际设计博物馆开馆】

2018 年 4 月 8 日，中国国际设计博物馆开馆。该馆位于中国美术学院象山校区，筹建准备历时 6 年，由普利兹克奖得主、葡萄牙建筑师阿尔瓦罗 · 西扎设计。设计博物馆馆址位于中国美术学院象山校区，由葡萄牙建筑师阿尔瓦罗 · 西扎（Álvaro Siza）设计，建筑整体呈现三角形布局，外观主色及材料为印度红色阿格拉砂岩辅以米白色大理石。博物馆除展厅外，还设有文献中心、驻馆设计师工作室、儿童工坊、多功能厅、报告厅、设计品商店、咖啡馆 / 餐厅和屋顶花园及规划中的设计书店等，总建筑面积为 1.68 万平方米，其中展厅面积 6300 平方米、库房面积 4500 平方米、公共教育空间 3000 平方米、研究空间 1200 平方米及配套设施等 2000 平方米。博物馆的基础藏品为“以包豪斯为核心的西方现代设计系列收藏”7010 件（套）、3 万余件意大利男装收藏、700 余件美国电影海报收藏，等等。

该馆计划通过馆藏作品，持续推出具有研究性的近现代设计作品展览，揭示设计与生活、艺术、社会和科技发展等的关系。

【清华大学米兰艺术设计学院及中意设计创新基地在意大利米兰挂牌】

2018年4月17日（当地时间），清华大学米兰艺术设计学院及中意设计创新基地在意大利米兰举行挂牌仪式。这是清华大学全球战略的重要组成部分，也是清华大学在欧洲设立的首个教育科研基地。同期举行意大利清华校友活动中心揭牌仪式。

由清华大学美术学院、米兰理工大学设计学院、中意设计创新基地主办的“中意设计创新展”同期亮相米兰设计周，并作为米兰设计周官方整体议程的主要活动之一，展示中国设计与创新的力量。

【北京服装学院驻重庆市荣昌区传统工艺工作站成立】

2018年4月26日，北京服装学院驻重庆市荣昌区传统工艺工作站在荣昌区夏布小镇举行成立大会。北京服装学院的最新研究成果将通过传统工艺工作站实现转化落地，进一步助推传统工艺振兴。文化和旅游部非遗司、北京服装学院、重庆市文化委员会等机构的相关负责人参加成立大会。

会上，北京服装学院与荣昌区政府签订战略合作协议。根据协议，北京服装学院驻荣昌区传统工艺工作站通过创建工作室、培育人才队伍、建立实践基地等方式，深入研究荣昌夏布织造技艺的文化历史脉络，加强夏布产品研发和推介，提升质量、拓宽市场、扩大就业，实现传统工艺与现代生活方式相结合，推动荣昌夏布可持续发展。

【中央美术学院驻四川成都传统工艺工作站成立】

2018年4月27日，中央美术学院驻四川成都传统工艺工作站在四川省成都市崇州市成立，这是文化和旅游部支持设立的全国第11个传统工艺工作站，也是四川省设立的首个传统工艺工作站。

2012年，崇州市主动与中央美术学院对接，双方围绕道明竹编传承创新促进农民增收、乡村产业转型升级展开合作，为推动传统产业走进现代生活作出了积极的探索。工作站以充分发挥中央美术学院在艺术、设计、创新、学术以及教育等领域的专业优势，为传统工艺产品适应现代生活提供坚实基础，有效发掘和运用传统工艺所包含的文化元素和工艺理念，丰富传统工艺的题材和产品品种等为宗旨。

【台山市获“中国工艺美术产业基地”称号】

2018年5月9日，由中国轻工业联合会授予的“中国工艺美术产业基地”揭牌仪式在广东省台山市举行。下一步，台山将进一步加大对工艺美术产业的支持力度，加快建设台山市工艺美术产业园，启动台山传统工艺振兴保护工程，深层次挖掘产业潜力，处理好传承与创新的关系，培育龙头企业和知名品牌，打造台山的传统文化空间品牌，不断探索工艺美术品新的营销模式，积极拓展国外市场，完善公共服务平台建设，加强人才培养。

台山市中国工艺美术产业基地计划重点建设“一室（大师工作室）两中心（工艺美术非遗中心、技能培训中心）”，配备传统家具展销中心、玉石一条街、玉石检测中心、玻璃工艺特色店、工艺美术文化体验馆、电子商务中心等设施，吸引工艺美术企业行业领军人物、工艺美术师、非遗传承人进驻，形成产业集聚发展效应。

【中国传统工艺振兴计划协同创新挂牌仪式暨学术研讨会】

2018 年 6 月 7 日，“中国传统工艺振兴计划协同创新挂牌仪式暨学术研讨会”在北京服装学院举行。

恭王府博物馆通过“锦绣中华”系列活动与北京服装学院开展协作，并与北京服装学院共同建立了“协同创新中心”。双方计划以非遗为桥梁，以协同创新为目标，共同搭建资源置换平台，为充分利用传统服装服饰制作技艺、传统纺织印染绣技艺等非遗资源，吸收文化、教育、传播、传承等各方力量参与到非遗的传承和保护中来。

【全球创新动能大会暨中德工业设计中心启动】

2018 年 7 月 18 日，“全球创新动能大会暨中德工业设计中心启动仪式”在山东省烟台市举行。来自中国、德国等国家的知名设计组织、研发机构、国际设计大师及金融投资、产业互联网等行业代表 500 余人参会。

在中国工业和信息化部的支持下，中国工业设计协会、山东省经济和信息化委员会、烟台市政府于 2017 年 10 月签署协议，共建中德工业设计中心，汇集中德及泛国际科技、设计、产业、信息数据、智能、金融投资、产业链、人才等新生产要素资源，形成全球设计创新高地。该中心致力于加强产业协同创新项目引进及孵化，建设一批国家领先、具有世界竞争力的创新型产业集群，并建设中德工业设计中心设计创新赋能工程，联合行业顶尖设计资源，成立中德工业设计中心设计援助中心。该中心还计划搭建中欧设计产业园，链接政府、高校、企业等资源，提供信息、技术、咨询、培训等服务，以及筹办中欧设计学院，吸引中欧签约设计师，组织开展国际交流系列活动等。

【“民间艺术大师进高校工作坊”挂牌暨“中国民协民间文化教育指导委员会”成立】

2018 年 9 月 17 日，由中国民间文艺家协会批准成立的“‘民间艺术大师进高校工作坊’挂牌暨‘中国民协民间文化教育指导委员会’成立仪式”在北京市举行。中国民间文艺家协会、北京师范大学、首都师范大学和北京市教委有关方面负责人和部分参与民间文化进校园活动的中小学校负责人参加活动。

成立仪式上，两位皮影艺术大师马瑞全、陶素珍被授予“客座教授”聘书。此后，他们在北京师范大学校园进行为期 7 天的艺术活动，介绍皮影表演的历史、道具、人物、工具及讲述演出技巧等，并演出皮影技巧戏《古洞魔影》、传统剧《龟与鹤》等。

【中国美术学院东方设计研究院成立】

2018 年 9 月 19 日，中国美术学院东方设计研究院成立揭牌仪式暨“东方设计学理论构建研究”国家社科基金重大项目开题论证会在中国美术学院设计艺术学院举行。

会上，中国美术学院院长许江从宏观的视角阐述了对东方学尤其是东方设计学的思考，还举办了“东方设计研究院”揭牌仪式以及专家聘书发放仪式。随后，会议进行了课题论证评审环节。中国美术学院设计艺术学院院长、“东方设计学理论构建研究”课题首席专家吴海燕做了课题综述。五个子课题成员分别做了小组研究工作汇报。与会专家发表了自己的观点。

【清华大学未来实验室正式成立】

2017 年 12 月 15 日，清华大学脑与智能实验室、未来实验室成立仪式在清华大学举行。清华大学未来实验室是独立运行的跨学科交叉科研机构。

未来实验室依托清华大学人才与综合学科布局优势，汇聚国际一流专家学者，开展科学、技术、人文、艺术的多层次、大跨度的交叉，激发“原创性、交叉性、颠覆性”无疆界创新，探索人机物融合社会协调发展，促进人类认知、交互、逻辑产生变革，借由文化、创业家精神融入，构建交叉原创基础理论高地，推动产业跨越式引领发展。实验室将首先在颠覆式学习、未来人居、未来医疗健康、计算摄影学、情感计算与新一代交互系统、多通道认知与交互等未来应用领域开展工作。实验室将致力于探索人类的未来，不断革新人类生活和工作方式，孵化创新技术和新兴产业。

【2018—2022 年教育部高等学校工业设计专业教学指导分委员会、教育部高等学校机械类专业教学指导委员会成立】

2018 年 12 月 21 日至 22 日，2018—2022 年教育部高等学校工业设计专业教学指导分委员会（以下简称“工业设计专业分教指委”）成立大会暨第一次全体会议、教育部高等学校机械类专业教学指导委员会（以下简称“机械类专业教指委”）成立大会在东北大学同步举行。东北大学工业设计学院院长陈江教授当选为新一届工业设计专业分教指委副主任委员。

12 月 21 日下午，工业设计专业分教指委全体委员召开第一次工作会议，集体学习和贯彻落实全国教育大会、教育部等相关文件精神以及《教育部高等学校教学指导委员会章程》《教育部高等学校理工类教学指导委员工作建议》等相关文件内容，针对本专业特色凝练了本届教指委的基本职能、主要任务及重点工作。在全体委员分别介绍本专业基本情况及工作建议之后，教指委启动了“面向国家战略与产业升级的工业设计创新人才培养体系”教学研究规划项目，由何人可主任担任项目组组长，余隋怀、张凌浩、陈江三位副主任担任课题组召集人，其他委员分组参与“新工科与新设计”“设计金课建设与双万计划推进”“设计引领的创新创业与校企合作”等项目。会上，全体委员表决通过了《2018—2022 年教育部高等学校工业设计专业教学指导分委员会工作规划与工作细则》，同时还选举了委员会纪律委员、信息员与秘书组成员。

大事记

1月3日，四川美术学院设计创新研究中心成立暨启动大会举行。

1月4日，首届“洛可可·洛客想象力大会”在北京市举行。

1月5日至23日，“中国设计智造大奖·美好生活展”在浙江省杭州市举行。

1月9日，“大湾区（东莞）绿色设计发展研讨会”在广东省东莞市举行。

1月10日至14日，国家对外文化贸易基地（深圳）、深圳国际文化产业博览交易会有限公司组织中国传统工艺品赴埃及参加第二届中埃文博会。

1月12日至16日，“2018哈尔滨时装周暨首届世界时尚设计师大会”在黑龙江省哈尔滨市举行。

1月14日，中国信息界工业设计研究院成立。

1月14日，“2018首届中国智慧社会发展大会暨第二届新型智慧城市发展高峰论坛”在北京市举行。

1月15日至16日，“首届金砖国家设计对话国际研讨会”在湖南大学设计艺术学院举行。

1月17日，重庆市经济和信息化委员会出台《重庆市消费品工业创意设计提升行动工作方案》。

1月18日，2017青年设计年终奖暨“我要去米兰”颁奖典礼在北京市举行。

1月19日，“2017年度文化产业创业创意人才扶持计划作品展”在北京市开幕。

1月19日至20日，“全国商业服务设计发展研讨会”在北京市举行。

1月19日至30日，“2017年度文化产业创业创意人才扶持计划作品展”在北京市举行。

1月19日至3月18日，“汉字字在·十全十美”AGI中国会员汉字海报展在中国活字文化博物馆举行。

1月20日，“中国公益产品论坛”在北京国家会议中心举行。

1月22日，袁运甫追思会在清华大学举行。

1月22日，第二届中国工艺“致新奖——铜制工艺品专项征集活动颁奖仪式”在北京市举行。

1月23日，亚太空间设计师（APSDA）北京年会暨2017“亚太设计之夜”年度颁奖盛典在北京市举行。

1月23日至3月，“云霞霓裳——中原服饰绣品展”在哈密博物馆举行。

1月27日，“吕氏师徒紫砂艺术作品展”在新西兰开幕。

1月27日，中国工艺美术大师、中国玉雕大师马进贵因病逝世，享年71岁。

1月31日，“回顾 展望”——北京国际设计周2018新年沟通会暨城外诚DXD二期规划发布在城外诚DXD北京设计互联中心举行。

2月1日，“金瓦奖2017”颁奖盛典在重庆市举行。

2月6日，“第三届联合国科教文组织创意城市网络深圳创意设计新锐奖颁奖典礼”在广东省深圳市举行。

2月6日至4月6日，“匠心传承——徐竹初、徐强父子木偶艺术展”在中国国家博物馆举行。

2月7日，第四届灵狮杯“为健康而设计”创意设计大赛颁奖晚会在广东省深圳市举行。

2月8日，“全国设计产业奖项公益联盟筹备研讨会”在北京市大兴区举行。

2月24日至25日，“第三届‘包豪斯奖’国际设计大赛”获奖名单出炉。

2月27日，中国驻日本札幌总领馆妇女小组在馆内举办中日服饰文化交流会。

3月1日，“2018意大利全球设计日·深圳站分享主题论坛”在广东省深圳市举行。

3月8日至4月15日，“苗疆华彩——中国苗族织绣服饰文化展”在中国妇女儿童博物馆举行。

3月9日，华人设计师杨超获iF奖设计大奖。

3月10日，“手工创造未来——中英手工艺论坛”在清华大学美术学院举行。

3月10日至4月15日、4月20日至5月25日，“粉彩瓷绘技艺创新人才培养高级研修班”两期培训在江西省景德镇市举行。

3月13日，“丝·赏：时尚中的中国女红展”在以色列特拉维夫中国文化中心开幕。

3月14日，“两岸设计教育及产学研协作论坛暨台东大学与闽南师范大学美术设计专业学生作品交流展”在闽南师范大学举行。

3月20日至21日，“中国设计40年——经验与模式”国际学术研讨会在中央美术学院举行。

3月21日，“321设·国际设计师节”举行。

3月22日，“‘清华大学雪花秀非遗保护基金’签约仪式暨主题论坛”在清华大学美术学院美术馆举行。

3月23日至4月6日，“光之言说——2018中国高校玻璃艺术展”在广州美术学院大学城美术馆举行。

3月25日，“国际大奖与创新驱动”设计中国产业论坛在浙江省杭州市举行。

3月27日至5月6日，“发明的精神·美国哈格利博物馆与图书馆藏美国19世纪专利模型展（巡）”在清华大学艺术博物馆举行。

3月30日，“2017第四届中国设计年度人物盛典暨G4春季高峰论坛”在国家会议中心举行。

3月30日至6月8日，湖北美术馆举办“开放式——青年漆艺创作研究展”。

3月31日，“第九届‘方正奖’字体设计大赛颁奖礼”在751D·PARK北京时尚设计广场举行。

4月1日，“2017第二届‘茶·艺术设计大奖’颁奖典礼”在上海市举行。

4月2日至5月10日，“‘青铜化玉·汲古融今’马洪伟玉雕艺术特展”在北京市举行。

4月3日，清华大学—阿里巴巴自然交互体验联合实验室成立。

4月3日，郑州市与中央美术学院战略合作协议签字仪式在北京市举行。

4月3日至18日，香港理工大学设计学院举办“物料对折”展览。

4月6日至10日，“独具匠心——工艺美术四十年回顾展”在中华世纪坛举行。

4月7日至7月6日，“东方竹——亚洲竹生活艺术展”在中国美术学院民艺博物馆举行。

4月8日，中国国际设计博物馆在中国美术学院开馆。

4月10日至23日，“设计生活·世界看见——原创设计大展”在广东省深圳市举行。

4月17日（当地时间），清华大学米兰艺术设计学院及中意设计创新基地在意大利米兰举行挂牌仪式。

4月19日至25日，“‘Cross the Line’ ADP国际设计联展及ADP Design Tour系列活动”在香港理工大学举行。

4月20日，“天工妙艺 展艺东方”第二届黄公望两岸文创设计大赛颁奖仪式在中国台湾举行。

4月20日，“2018（清华大学）第七届高校设计研究博士论坛”在清华大学美术学院举行。

4月20日至22日，“第二届世界工业设计大会”在浙江省杭州市举行。

4月20日至23日，“2018第八届中国（浙江）工艺美术精品博览会”在杭州市和平国际会展中心举行。

4月20日至30日，“2018深圳设计周”在深圳设计互联/海上世界文化艺术中心与深圳当代艺术与城市规划馆举行。

4月21日，《2018设计和人工智能报告》发布。

4月21日至22日，“阿里巴巴UCAN用户体验设计论坛”在浙江省杭州市举行。

4月22日，设计互联|海上世界文化艺术中心举办“意大利日”活动。

4 月 22 日，"'四十不惑的中国设计'纪念改革开放 40 周年特别论坛"在广东省深圳市举行。

4 月 22 日，大型民间工艺纪录片《丝路百工》在福建省福州市举办首映日主题活动。

4 月 22 日至 6 月 22 日，"绣外慧中"蕾丝主题跨界艺术展在杭州市布料图书馆举行。

4 月 22 日至 9 月 9 日，"大道成器——国际当代陶艺作品展"在清华大学艺术博物馆举行。

4 月 24 日，"中国纤维艺术世界巡展·格鲁吉亚展暨学术研讨会"在格鲁吉亚乔治·列昂尼兹国家文学博物馆开幕。

4 月 25 日至 5 月 2 日，"墨韵金砂——刘文西、顾绍培、鲍志强紫砂文人壶艺术展"在北京举行。

4 月 25 日至 26 日，"走向未来：设计·艺术·教育国际教育论坛"在澳门科技大学人文艺术学院举行。

4 月 26 日，"第二届'丝绸之路'国际设计论坛及系列活动"在广东省深圳市举行。

4 月 26 日，"首届中日国际设计文化交流展暨 IDPA 国际先锋设计大奖颁奖礼"在日本东京"71 克拉"时尚艺术中心举行。

4 月 27 日，中央美术学院驻四川成都传统工艺工作站在四川省成都市成立。

4 月 28 日，"第十一届中国艺术权力榜（ART POWER 100）& 首届中国设计权力榜（DESIGN POWER100）颁奖典礼"在北京市举行。

5 月 5 日，新技术引领下的智慧城市家居——第二届"衲田杯"可持续设计国际竞赛研讨会在北京举行。

5 月 7 日，"2018 中国设计智造大奖总决赛"在中国美术学院举行。

5 月 8 日至 20 日，"2018 金智造创新周暨中国设计智造大奖佳作展"在中国美术学院举行。

5 月 10 日，"2018 中国设计品牌大会暨全国建筑装饰行业战略发展论坛"在北京饭店举行。

5 月 10 日至 12 日，花视觉"空"先锋花艺师艺术展在中国国际展览中心举行。

5 月 11 日至 12 日，"指尖上的丝绸之路——国际女性手工艺发展论坛"在陕西省西安市、咸阳市两地举行。

5 月 11 日至 16 日，"2018 年天津国际设计周"举行。

5 月 11 日至 20 日，"妙手神韵——2018 潘柏林陶塑作品展"在中国美术馆举行。

5 月 12 日至 27 日，"吉林钦瓷艺术展"在北京中国工艺美术博物馆举行。

5 月 12 日至 30 日，第十四届中国（深圳）国际文化产业博览交易会分会场活动——"国匠荣耀·第三届手工艺创新盛会"在广东省深圳市举行。

5 月 16 日至 22 日（当地时间），"中国瓷艺术展"在突尼斯首都突尼斯市文化城举行。

5 月 18 日，"中国国际工业设计产业高峰论坛"在河北省廊坊市举行。

5 月 21 日，文化和旅游部、工业和信息化部联合发布第一批国家传统工艺振兴目录。

5 月 23 日至 6 月 10 日，"第五届中国民间艺术产业示范展"在浙江省杭州市举行。

5 月 25 日至 8 月 31 日，"斯洛伐克户外海报设计展——中国平面海报设计联展"在斯洛伐克弗兰提斯卡诺巴尔代约夫公园举行。

5 月 27 日，浙江省标识行业协会设计专业委员会成立。

5 月 27 日，"2018 金点新秀设计奖颁奖典礼"在中国台湾举行。

5 月 27 日至 6 月 3 日，"为城市创意设计"第二届沈阳创意设计周举行。

5 月 28 日至 6 月 1 日，"2018 首届中国服务设计大会"在北京国家会议中心举行。

5 月 30 日，长沙市工业设计协会在长沙成立创新设计产业园。

6 月 2 日，"工业设计创新 2018 河北国际研讨会"在河北省石家庄市举行。

6 月 6 日至 15 日，"再造：中国丝绸技艺与设计"展在法国巴黎中国文化中心举行。

6 月 7 日，"中国传统工艺振兴计划协同创新中心挂牌仪式暨学术研讨会"在北京服装学院举行。

6月8日至9日，“设计研究新范式——2018首届《装饰》学术年会”在广东工业大学艺术与设计学院举行。

6月8日至17日，“2018南京艺术学院设计学院毕业设计展”举行。

6月8日至20日，“第一届钦州坭兴陶文化艺术节暨南向通道陶瓷博览会”在广西壮族自治区钦州市举行。

6月9日，传统大漆髹饰技艺创新创作人才培养研修班在山西省平遥中国推光漆器博物馆开班。

6月11日至15日，设计“智”识周活动在香港举行。

6月13日至17日，“北京文创周”在墨西哥首都墨西哥城举行。

6月13日至7月7日，“清华大学美术学院2018届本科生毕业作品展”在清华大学艺术博物馆举行。

6月15日至18日，“2018中国（扬州）大运河文化旅游博览会暨第十三届中国玉石雕精品博览会”在扬州国际展览中心举行。

6月16日，“穿越分界——国际视野下美术与设计的个性化教育国际学术论坛”在河北科技大学举行。

6月16日至7月16日，“2018全国手工艺产业博览会暨非物质文化遗产传统技艺展”在上海市青浦区世界手工艺产业博览园举行。

6月18日至19日，“中国设计理论与世界经验学术研讨会与第二届中国设计理论暨全国‘中国工匠’培育高峰论坛”举行。

6月19日至7月19日，“2018同济大学设计创意学院本科毕业设计展”举行。

6月22日至23日，“首届非遗创新设计大赛”在北京市举行。

6月23日，“2018创新设计国际论坛”在清华大学举行。

6月26日至7月8日，“艺·在生活——沉浸式艺术设计展”在国家大剧院举行。

6月29日至10月28日，白明个展“明：Lumière”在法国普罗旺斯萨拉贡博物馆举行。

7月7日至29日，“福建省美术馆漆月计划——漆望·中国漆艺术家邀请展”在福建省美术馆举行。

7月11日至8月12日，“炉火正红——王建中玻璃艺术展”在国家大剧院举行。

7月14日，“皮影艺术的传承与创新发展论坛”在陕西省渭南市举行。

7月18日，“全球创新动能大会暨中德工业设计中心启动仪式”在山东省烟台市举行。

7月18日至22日，“IXDC 2018国际体验设计大会”在北京市举行。

7月24日至10月7日，“可持续人居·共享的未来”展览在清华大学艺术博物馆举行。

7月26日，“设计在场——当代设计策展的灰度决策”沙龙在浙江展览馆举行。

8月8日至9月2日，“书艺问道——吕敬人书籍设计40年”展览在刘海粟美术馆举行。

8月9日至15日，“高篁清风——北京扇子艺术协会第三届扇子文化艺术展”在北京市举行。

8月13日，“2018探索未来的设计论坛”在北京民生现代美术馆举行。

8月31日至9月2日，“上海设计周先锋论坛”在上海展览中心论坛区举行。

8月31日至9月2日，“上海设计周主场展览——创新生活设计体验展”在上海展览中心举行。

8月18日至23日，“第六届茶境·国际茶文化交流展”在日本东京艺术大学举行。

8月18日至9月2日，“弘扬经典 铸造辉煌——2018·中国当代工艺美术双年展”在中国国家博物馆举行。

8月20日至9月20日，“首届全国工艺美术作品展”在上海龙现代艺术中心举行。

8月25日至30日，“不同的声音：纤维艺术的关怀叙事”展览在清华大学美术学院举行。

8月27日，“2018第十二届‘创意中国’设计大奖”获奖名单公布。

8月28日至30日，“2018安德马丁国际室内设计峰会”在上海国家会展中心举行。

8月28日至9月30日，“启航——2018首届中国艺术院校优秀毕业作品联展”举行。

8月28日，中国人民大学艺术学院“传统村落艺术创新设计人才培养”项目成果展在中国人民大学艺术学院美术馆开幕。

8月29日至30日，“传统工艺工作站交流活动”在贵州省雷山县举行。

8月31日至9月2日，“2018上海设计之都活动周”在上海展览中心举行。

9月1日，“空间在左，内容在右——社区活力塑造法则”论坛在上海市举行。

9月1日至15日，“北京民间工艺美术专题展”在北京市举行。

9月2日，“2018首届中国中法工业设计论坛”在沈阳航空航天大学举行。

9月7日至10月31日，“GDC平面设计在中国”全球巡展在河北省秦皇岛站举行。

9月8日，“2018年亚洲当代陶艺展”在韩国弘益大学现代美术馆开幕。

9月8日至12日，“‘工美新力量——为青春加冕’长三角工艺美术新人新作展览”在江苏工美馆举行。

9月10日（当地时间），“人类非遗·中华经典——2018龙泉青瓷巡展·纽约站活动”在美国纽约联合国总部举行。

9月10日至16日，“2018中国室内设计周暨上海国际室内设计节”在上海国际会议中心举行。

9月15日，“江苏省首届青年设计师风景园林设计大赛（金螳螂杯）颁奖典礼”在江苏省南京市举行。

9月15日至22日，“步漆而语——湖北省首届高等院校漆艺作品展”在湖北美术学院昙华林艺术区美术馆举行。

9月15日至10月15日，“千秋文脉传盛世——改革开放40周年中国苏作红木文化展”在中国政协文史馆举行。

9月17日，“‘民间艺术大师进高校工作坊’挂牌暨‘中国民协民间文化教育指导委员会’成立仪式”在北京市举行。

9月19日，中国美术学院东方设计研究院成立揭牌仪式暨“东方设计学理论构建研究”国家社科基金重大项目开题论证会在中国美术学院设计艺术学院举行。

9月20日至28日，“第二届全国设计类专业青年教学学术活动月”在四川美术学院举行。

9月21日至25日，2018年北京国际设计周设计博览会在北京农业展览馆举行。

9月21日至25日，“艺匠神工——辜柳希木雕艺术作品展”在北京民族文化宫展览馆举行。

9月22日至10月7日，“2018北京国际设计周”在北京市举行。

9月22日，“中国农林高校设计艺术联盟2018年会暨国际设计艺术学科交流论坛”在北京林业大学举行。

9月22日至10月7日，“改革开放以来中国设计40年回顾展1978—2018”在中华世纪坛举行。

9月22日至10月7日，“锦绣前程”——中国当代织锦、刺绣艺术展在中华世纪坛举行。

9月23日，“2018北京设计论坛开放论坛”在中华世纪坛举行。

9月24日，“2018年北京国际设计周·自然主义设计在文旅项目上的应用”论坛在北京农业展览馆举行。

9月25日至10月8日，“2018北京国际设计周·第二届当代国际水墨设计展”在首都师范大学举行。

9月25日至10月7日，“泥土之相——2018杭州国际当代陶艺双年展暨第11届中国当代青年陶艺家作品双年展”“髹漆之意——2018杭州国际当代漆木艺术展”在中国美术学院美术馆举行。

9月25日至10月28日，“匠心传奇 国匠大展”在北京民生现代美术馆举行。

9月28日，“第二届‘汉字之美’全球青年设计大赛年度盛典”在北京市文创园举行。

9月28日至29日，“《装饰》杂志创刊六十周年庆祝活动”在清华大学举行。

10月7日，“北京2022冬奥会和冬残奥会吉祥物设计论坛”在中央美术学院美术馆举行。

10月10日至14日，“第十九届中国工艺美术大师作品暨手工艺术精品博览会”在厦门国际会展中心举行。

10月16日至11月15日，“从洛桑到北京”第十届国际纤维艺术双年展在清华大学艺术博物馆、清华大学美术学院美术馆、北京奥加美术馆3个展区同步举行。

10月18日至24日，“第一届河北国际工业设计周”在河北省雄安新区举行。

10月18日至22日，“2018中国（杭州）工艺美术新文创大展”在浙江展览馆举行。

10月19日至21日，“设计3.0”论坛在清华大学美术学院举行。

10月19日至11月4日，“‘融合·跨界’第二届中国当代玻璃艺术三年展暨学术论坛”在河南省美术馆举行。

10月20日至21日，“为中国而设计——第八届全国环境艺术设计大展暨学术论坛”在广州美术学院美术馆举行。

10月21日，“可持续住区学术研讨会暨清华大学（建筑学院）—旭辉控股（集团）有限公司可持续住区联合研究中心一期成果报告会”在清华大学举行。

10月26日至30日，“匠心天成　国石大典——第十四届四大国石雕刻艺术展”在上海朵云轩艺术中心举行。

10月27日至28日，“第二届中国·河间国际灯工艺术节”在河北省河间市举行。

10月27日至11月5日，“青海河湟刺绣研培成果展”在青海省文化馆举行。

10月，第六届中国工艺美术大师，国家级非遗代表性传承人、苗绣艺术家吴通英因病逝世，享年67岁。

11月1日，“书籍之为艺术——中国古代书籍中的艺术元素”学术研讨会在上海图书馆举行。

11月1日至3日，“2018国际艺术、设计与媒体类院校联盟Cumulus国际会议”在江南大学举行。

11月1日至16日，“学院陶艺十年”武汉国际陶艺邀请展在湖北美术学院美术馆举行。

11月2日，“2018中国工艺美术文化产业创新发展论坛”在厦门国际会展中心举行。

11月2日，“中国刺绣艺术传承、弘扬、创新研讨会暨《中国工艺美术大师作品全集·李艳卷》首发式”在湖南省长沙市举行。

11月4日至8日，“元本——设计语境下的儿童绘画实验”在南京艺术学院美术馆举行。

11月4日至28日，“白明——光明之碑”白明个展在法国巴黎F.L艺术空间举行。

11月5日至18日，文化和旅游部非物质文化遗产司与中央文化和旅游管理干部学院共同组织举办2期全国非物质文化遗产保护工作培训班。

11月5日，“《张仃全集》首发仪式”在清华大学美术学院举行。

11月8日，“2018年江西省第三届‘天工杯’工业设计大赛颁奖典礼”在新余市会展中心举行。

11月10日，“守艺·旅游·乡村振兴——2018第三届传统工艺青年论坛”在江苏省苏州市举行。

11月13日，“推衍——2018湖北美术学院陶艺十年研讨会”在湖北美术学院举行。

11月15日，“2018浙江、广东两省‘光华龙腾奖·设计业十大杰出青年’颁奖典礼”在浙江省杭州市梦栖小镇举行。

11月15日至16日，2018年广东省工艺美术行业职工职业紫砂、朱泥壶创作技能大赛在广东韩山师范学院举行。

11月17日，第二届“东方视角”联合国华人当代艺术设计峰会暨WAD世界青年设计师大会纽约论坛在美国纽约联合国总部联合国经济和社会理事会大厅举行。

11 月 17 日至 20 日，“东方之韵——化境”第六届茶境国际茶文化交流活动中国展在清华大学美术学院举行。

11 月 20 日至 12 月 9 日，“意匠清华七十年”关肇邺院士校园营建哲思展在清华大学艺术博物馆举行。

11 月 23 日，“2018 年全国大学生工业设计大赛颁奖典礼”在广州美术学院大学城美术馆举行。

11 月 23 日至 25 日，“新时代设计教育与产业未来——国际设计教育高峰论坛暨中国工业设计协会信息与交互设计专业委员会（IIDC）年会”在广州美术学院举行。

11 月 23 日至 25 日，“第二届中国工业设计展览会”在武汉国际博览中心举行。

11 月 24 日，“荆楚问漆——中日韩漆艺对话 2018 国际学术研讨会暨全国漆艺邀请展”在湖北省荆州市举行。

11 月 25 日，“2018 中国（北京）设计学术月学术主论坛”在北京城市学院顺义校区举行。

11 月，中国工艺美术大师、北京市特级工艺美术大师、牙雕艺术家孙森因病逝世，享年 82 岁。

12 月 1 日，“当代社会文化生活与传统手工艺学术研讨会”在北京中华女子学院举行。

12 月 1 日至 3 日，第二届“中国手艺”创意设计比赛复评会在山东省青岛市即墨区举行。

12 月 2 日至 16 日，“为人民而设计——山东工艺美术学院艺术与设计作品展”在山东美术馆举行。

12 月 3 日至 11 日（当地时间），“文明传承与未来希望——中国木活字印刷与当代汉字水墨艺术作品展”在澳大利亚墨尔本举行。

12 月 8 日，2018 年“‘灿’第四届薪技艺国际工艺美术展”开幕式在孟加拉达卡大学美术馆举行。

12 月 8 日，“奥园杯‘设计下乡’第四届湖湘景观设计艺术大赛颁奖典礼暨论坛”在湖南省祁东县举行。

12 月 9 日，“2018 年中国设计红星奖颁奖典礼”在北京天桥艺术中心举行。

12 月 10 日，“北京公共空间城市设计大赛 2018”颁奖典礼在北京建筑大学举行。

12 月 12 日，“第十四届光华龙腾奖”颁奖典礼在人民大会堂举行。

12 月 14 日，“首届当代工艺美术批评论坛”在上海工艺美术职业学院嘉定校区举行。

12 月 15 日，清华大学脑与智能实验室、未来实验室成立仪式在清华大学举行。

12 月 20 日，“首届（2018）设计方法论青年学者高端论坛”在山东艺术学院举行。

12 月 21 日至 22 日，2018—2022 年教育部高等学校工业设计专业教学指导分委员会成立大会暨第一次全体会议、教育部高等学校机械类专业教学指导委员会成立大会在东北大学举行。

12 月 23 日，“2018 第四届中国人居环境设计学年奖教育年会暨获奖作品展开幕式以及颁奖仪式”在西安建筑科技大学举行。

12 月 28 日，“传统手工艺的当代转换——2018 中国工艺美术理论与批评论坛”在中国艺术研究院举行。

12 月 29 日，动・态——2018 年“1212 创意中国”论坛在广州美术学院昌岗校区广州国家广告产业园举行。

12 月，《工艺美术产业白皮书（2018）》发布。

中国艺术年鉴·2019

书法·篆刻卷

分卷主编：周　延　贾国元

年度述评

2018 年中国书法篆刻的创作与传播综述

◎ 贾国元

艺术是为人民服务的。书法作为传统艺术门类之一，既需要艺术家创作出不负时代的艺术作品，也需要提升人民群众书法审美素养，这是要长期认真面对与努力解决的问题。以此作为切入点，本文对 2018 年中国书法与篆刻的现状进行梳理和总结，肯定其成绩，探讨其可能发展的空间。

一、展览

2018 年度的书法展览可分为经典展览、展赛展览和组织性展览三部分。

（一）经典展览

展览是视觉艺术最重要的传播方式，也是艺术普及和提升人民群众艺术素养的重要途径。在书法中，传统书法的经典展览尤为重要。

2018 年度最具有学术价值的经典展览是上海博物馆精心筹备数年之久主办的“丹青宝筏——董其昌书画艺术大展”。该展览以上海博物馆馆藏为主，同时向故宫博物院、美国大都会艺术博物馆、日本东京国立博物馆等海内外 15 家重要收藏机构商借藏品，遴选董其昌及相关作品共计 154 件（组）展出，其中包含董其昌各阶段重要代表书画，以及跨度长达 48 年的创作成果。这是中国大陆首个董其昌大展，在系统梳理、重新理解董其昌及其时代的书画艺术成就与意义方面有进一步的突破。

展览由三个部分组成。1.“以古为师——董其昌和他的时代”。这部分主要包含两条线索：一是董其昌及其师友的古书画鉴藏，这些鉴藏是对他们的画学理论和创作探索产生重要影响的晋、唐、宋、元等朝代的大家名迹，如王羲之《行穰帖》卷、怀素《苦笋帖》卷、董源《夏景山口待渡图》卷、黄公望《富春山居图》卷和倪瓒《六君子图》轴等；二是对董其昌的艺术、人生与画学思想具有深远影响的前辈墨迹，旨在探讨董其昌置身的“时代土壤”，梳理、突出其于书画理论和创作实践两方面的师承脉络与艺术渊源。2.“宇宙在手——董其昌的艺术成就与超越”。此部分以董氏创作时间为序，较全面地展示董氏的艺术成就，还原其艰辛的艺术探索历程。3.“一代宗师——董其昌的艺术影响和作品辨伪”。该部分不仅包括受董其昌影响的主要画派和画家作品，且关注与董氏书画代笔、作伪相关的艺术家；同时，不回避对某些传世名品真伪公案之呈现，旨在为推动学术研究的深入，提供一个开放的讨论平台。上海博物馆是董其昌传世书画的重要收藏与研究机构，多年来围绕董其昌进行了深入研究，这次研究型展览是其学术成果的展示。这样的展览才是真正具有学术性的，也是最能让观众受益的。

另外一些经典展览展示了历代经典书法作品，其中有很多是国宝级文物，对书法学习者来说是极为难得的学习机会。辽宁省博物馆举办的“笔墨乾坤——《万岁通天帖》特展”，展出馆藏《唐摹王羲之一门书翰卷》及明清书法精品。故宫博物院主办的“予所收蓄 永存吾土——张伯驹先生诞辰 120 周年纪念展”，展出张伯驹鉴藏书画作品 33 件（套），有陆机《平复帖》、展子虔《游春图》、黄庭坚《诸上座帖》、范仲淹《道服赞》、赵佶《雪江归棹图》、赵孟頫草书《千字文》等。“美在阿拉善——岩画与居延汉简艺术展”展出岩画实物 29 件，雕塑 6 件，拓片 39 件，汉简 106 枚。“临淄新见战国两汉封泥展”展出山东九宫阁齐国文字博物馆藏临淄区域内新出土的战国两汉时期封泥 115 枚和上海博物馆藏战国玺印 1 枚。“祖帖故里 云间墨韵——上海松江书法晋京展”展出松江书法史上重要书家的书法、信札、篆刻等作品共 139 件。“静观——邓石如书法艺术展”展出邓石如书画作品 43 件（组）。“取法与变法——清人临书展”展出清人临书作品 90 余件（套）。同时，也有不少近现代艺术家作品展。“张大千艺术展”展出展品 100 余件（套）。“悲鸿生命——徐悲鸿艺术大展”展出徐悲鸿作品 200 余件及多种文献资料。“徐悲鸿作品珍藏大展”展出徐悲鸿作品 60 余件。“为万世开太平——于右任书法作品展”展出于右任作品 100 余件。“铁笔生花——故宫博物院藏吴昌硕书画篆刻特展”展出吴昌硕书法、篆刻、绘画作品 100 余件。“齐白石艺术特展”展出齐白石绘画、篆刻作品及文献 200 余件。“齐白石作品回乡展”展出齐白石书画、篆刻、文献等作品 88 件（套）。“此境风月好——丰子恺诞辰 120 周年回顾展”展出丰子恺作品 125 件，师友作品 72 件，文献 120 件。“漫画人间——丰子恺的艺术世界”展展出中国美术馆、浙江博物馆与丰子恺家族及个人藏家收藏的丰子恺作品 150 余件（套）。“高山仰止·金陵四家书画作品全国巡回展”展出林散之、胡小石、高二适、萧娴 4 位书家的 54 件作品。“一代宗师——沈尹默诞辰 135 周年纪念文献展”展出沈尹默书法、著作及相关报刊文章、照片、实物等共计 500 余件。“纵横千古　两岸一家——谢稚柳、陈佩秋、傅申、陆蓉之作品展”展出谢稚柳、陈佩秋、傅申、陆蓉之作品 184 件。“全国六〇印象篆书提名展”展出全国 20 世纪 60 年代出生的篆书名家作品 60 件。“书艺传家——刘江捐赠书法篆刻作品展暨刘江、章培筠、刘丹艺术展”展出刘江所捐书法、篆刻作品及章培筠等人作品共计 380 件。

经典展览在 2018 年展示了 3400 余件经典作品。每一个经典展览的促成，背后都有着无数布展人员的努力和用心。数千件作品中不乏有古代文物精品、名家书迹、重要文献资料等，这些珍贵的展品吸引着各色各样的人群。无论是专业的书法篆刻从业者还是普通观众，都会对这些展品以及展品背后的历史抱有浓厚的兴趣。这一类展览对于书法篆刻艺术的传播有着重要作用，如文献资料的展示能为专业研究者所用，带动相关研究的展开；如梳理经典、完善谱系，有利于进一步完善中国书法艺术史的建构。同时，这类书法展将很多珍品展示在公众面前，为更多公众所欣赏，从而开拓观众和书法学习者的视野。

（二）展赛展览

2018 年举办了许多具有代表性的展赛展览。“第六届中国书法兰亭奖作品展”展出 57 人的 171 件作品，展出理论组获奖及入展作者 13 人的理论研究成果，以及评委、监委、审委作品 44 件。“全国第二届行书作品展”展出 296 件书法作品。“‘周慧珺杯’上海市中青年册页书法大赛作品展”展出作品 100 余件。“书于竹帛——全国简帛书法邀请展”展出全国简帛书法名家作品 100 余件。“全国第三届篆书作品展暨全国篆书名家邀请展”分别展出作品 200 余件和 65 件。“全国第二届大学生书法篆刻作品展”展出包括 15 位评委、监委作品在内的 212 件作品。“庆祝改革开放四十周年全国书法大展”展出楹联作品 109 幅。甘肃省“第五届‘张芝奖’书法大展”展出入展作品 253 件、论文 20 篇。

展赛展览都是由中国书法家协会或省级书法家协会主办，在保证展览质量的同时也具有选拔人才与技法评定的功能。当今书法的繁荣和普及与持续的展赛展览密切相关。每次展赛展览都会有巨量的书法爱好者参与投稿，但是入选人数有限，如“全国第三届篆书作品展”共收到 9148 件投稿作品，经过评审，只有 209 位作者入选。经统计，2018 年度展赛展览共计 2000 多件作品被展示，入展人数为 1400 余人次。如以“全国第三届篆书作品展”入展率作为参照，可以大概推测投稿人员为 60000 余人次。这众多投稿者可分为较为稳定参展的投稿者、展览培训班教师及学员、高校师生和社会参与者四类。

1. 较为稳定参展的投稿者。此类人数较少，无论是国家级展览还是省级展览，能够始终保持高入展率较为困难。为了入展，作者们需要时刻保持较高的创作水平，另外也要根据展览的风向去寻找更为贴合的表达方式。

2. 展览培训班教师及学员。上文提到的入展常客中的一部分人成为了展览培训班的教师，他们利用自己多年成功入选展览的经验，从作品的内容和形式等方面对参训学员进行有针对性的辅导，使学员能够高效入选展览。这样的培训班吸引了大批想要入展的人，形成一定规模，在参展群体中占了很大一部分比例。

3. 高校师生。这是参展人群中人数较多的一个分支，也是水平比较高、需要重点关注的人群。他们接受过院校的书法篆刻教育，具有明确的专业目标和职业倾向，对于参展有着较高的欲望，将展赛作为一种对自己书法篆刻创作水平的考验，同时希望可以通过展览使自己的作品得到展示。

4. 社会参与者。在社会大众参与者中，很多人对书法篆刻仅停留在兴趣爱好上，既无高校教育背景，也无展览培训班的参与经历。这批人的情况多样，有的是传统的师徒传授，有的是完全自学，还有一些无太多训练基础，只是“来碰碰运气”。

另外，还有一群值得关注的团体，即普通书法爱好者。随着我国社会进步和产业结构的变化，人民群众的业余时间也随之增加，越来越多的人在工作之余参与艺术创作来获得精神提升。在北京、上海、广州、深圳等大型城市中，高密度的工作之余，更多的人选择通过艺术创作去排解工作压力。在中小型城市及乡村，也有更多人开始关注工作之外的文化兴趣培养，物质财富之外的精神追求越来越被重视。书法篆刻所需要的空间成本和经济成本并不高，甚至只要一小张桌子就好，笔墨纸砚等工具成本也较为低廉，而且书法篆刻包含着独特的中华文化内涵与美学风韵，其便成了绝大多数人的艺术首选。这些人没能获得系统的书法训练，也没能得到有实力的书法老师的指导，故而书法水平一般，没有投稿的冲动。不过，他们是真心喜欢书法，沉浸在书写的乐趣之中。这些人是书法的生力军，需要给予更多的引导。比如，通过举办各种高质量的展览、讲座，引导他们提高书法审美能力，理解书法本质。

（三）组织性展览

组织性展览是指由主办方邀请的群展或个展。2018 年度主办方邀请组织的群展，大多有一定的主题内容。群展有“庆祝改革开放四十周年全国书法大展”“‘百年西泠·与时为新’西泠印社 115 年社庆系列展”“万殊一相·狂草四人展”“永远的丰碑——纪念周恩来同志诞辰 120 周年全国书法名家邀请展”“讴歌新时代　共筑中国梦——学习十九大精神主题书法展”“现状与理想——当前书法创作学术批评展”“刘一闻　鲍贤伦学术对话暨书法作品展”“书写新时代·全国新文艺群体书法作品汇报展”“爱我中华——中央国家机关首届元旦名家书画展”等。个展有“书者心画——陈海良书法作品展”“白砥‘弘济’系列书法作品展”“文化传承·丹青力量——中国艺术研究院中青年艺术家系列展：肖文飞、刘波、阴澍雨、周延作品展”“空舟载雪——池长庆书画作品展”“用刀如笔——林剑丹篆刻作品展”“观澜——王客书法作品展”“与古为新——孙晓云书法作品展”“语·默——邱振中：书写中的诗与哲学”“寸耕堂书法近作展”等。

组织性展览大多围绕一定的主题展开，创作有一定的内容倾向。而且，组织方设计的话题多具有时代性，能有效引导创作者关注当代生活。同时，由于组织性展览的权威性，能够吸引大范围、多层次的书家参与，形成多风格的展览风貌，让观众全面了解书法篆刻创作现状。个展则多为当代知名书家，他们的展览不仅能为观众带去当代书法优秀作品，也能让书法专业学生了解自身与当代知名书家存在的差距。总之，这些展览的开展有效地带动了中国书法的传播，对国民书法审美能力的提高大有裨益。

（四）参展作品的创作内容与目的

中国书法是一种表情达意的视觉艺术，它首先呈现于人的是它的视觉形式，但是所书写的文字内容也会对其艺术性产生很大影响。创作目的不同，创作内容也不尽相同。

国展和省展都对作品内容、规格有明确要求。作品内容一般提倡投稿作者自撰，文白均可，要追求真善美、传递正能量。诗、词、曲、赋、联、文等体裁不限，亦可书写健康向上的古今诗文。但是，根据最终展览呈现结果来看，入展作品的内容还是以古今诗文为主。

在各类参展人中，具备有自撰内容的书写者不多，而且自撰内容的质量也难以保证。其原因不难理解，作为创作者，时间、精力都是有限的，投入到以展览为目的的创作中，会消耗学习传统文化的时间。同时，要将所学转化为自撰的文章就有更高的难度了，也需要更多时间和精力上的投入。自撰内容对于古代创作者来说，可能是常态，但是对于当代绝大多数创作者来说，是个不小的考验。

另外，展览对于作品的规格都有较为严格的规定，比如书法作品尺寸一般要求为6尺（2米）整张以内，篆刻作品则一般要求提供6方至10方印稿，并粘贴在4尺（约1.3米）对开的纸质印屏上。既然以参赛为目的，必然遵从赛事逻辑，就要按赛事设定的要求去设计安排自己的作品，从而增大入选几率。故而，在赛事逻辑下此类作者创作作品的规格、形式和内容常年与展览方要求同步，变化比较小。

对于不以参赛为目的的作者来说，创作内容就可以各式各样，虽然绝大部分创作内容都以古今诗文为主，但也会有日记、心得和随感类作品。本科生、研究生和博士生的创作都集中于毕业创作阶段，创作目的是参加毕业展。他们的创作根据不同展厅所适合展出的不同尺寸进行准备，创作内容大多以古今诗词为主，但也存在少量其他内容形式。比如，中国美术学院书法系2018年毕业展上，硕士毕业生王相墉的毕业创作内容是“圆周率前1196位”，并以圆柱形的形式表现，与作品内容相互配合。

对于普通书法爱好者来说，他们大多数本职工作并不与书法篆刻相关，与社会的接触面相对更广，所以对创作内容的选择也相对宽泛，除了古今诗词之外，还会选择书写日常的记录性文字，如心得体会、随感日记等。由于创作目的和内容都比较自由，所以作品展现出来的自由度也更高。他们并没有太多书法技法素养，但却有着强烈的书写兴致。比如，小区内每年春节手写对联的户数日渐增多。在微博和微信等社交平台上，愿意展示、分享自己书法创作的人也越来越多了。

艺术是为人民服务的，书法篆刻艺术是广大人民群众表达思想情感的工具之一。艺术来源于生活，同时也表达着对生活的热爱与赞扬。大众爱好者的创作目的与内容都是可贵的，但在创作技巧上确实与其他群体还有较大差距。技巧则是其他人群的长处，但他们的问题也正在于此：在不断追求技巧的同时，对艺术如何表现当下生活和服务生活这一方面的思考较少。对于成熟的书法家来说，应该意识到这个问题，向广大人民群众学习，观察生活，贴近生活，努力探索更多贴近人民群众的表达方式。这样一来，每位书写者书写的内容与形式都更加生活化，自然也更加独特。

另外，书写者希望以书法篆刻的形式记录自己当下的所思所想、所感所言，也就是真实地记录所处的时代。每位书写者是这个时代的记录者，而不仅仅是每个时代都存在的“古今诗词”抄录员。实践是认识的基础、来源和发展动力，是检验认识真理性的唯一标准，也是认识的目的和归宿。我们要坚持实践第一的观点，积极投身实践。书写者应该深入我们的时代生活，体验当下，深刻地体会我们时代中变化着的情感，并运用纯熟的技巧将其表现在作品中，创作出真正的艺术品。

从书法篆刻创作的层面来看，应该努力让书法与篆刻这些传统艺术更好地成为人民群众的表达工具。除此之外，从书法篆刻艺术审美的层面来看，要努力提升人民群众的书法篆刻审美水平，就要从这门艺术的传播方式来分析其与被传播者之间的关系现状。

二、教育

教育作为一种广泛的艺术传播方式，有着较大的广度与深度。书法与篆刻的教育分为院校教育、考级教育和互联网教育三部分。

（一）院校教育

书法篆刻专业在2018年面向全国招生的各类院校共有112所。其中：艺术类院校有中国美术学院、中央美术学院、天津美术学院、鲁迅美术学院、四川美术学院、湖北美术学院、西安美术学院、广州美术学院等19所；综合类院校有浙江大学、暨南大学、西安交通大学、郑州大学、中央财经大学、四川大学、西安工业大学等36所；师范类院校有北京师范大学、首都师范大学、江苏师范大学、云南师范大学、上海师范大学等45所；专科院校有廊坊燕京职业技术学院等12所。此外，只招硕博士不招本科生的院校有中国艺术研究院等。

本科生是中国书法篆刻高等教育中人数最多的，这类人群对于参展有着较高的欲望，将展赛作为一种对自己书法篆刻创作水平的考验，同时希望可以通过展览的平台使自己的作品得到展示。硕士生作为本科教育的延续，理论与实践并进。进入硕士之后，随着研究方向的确定，其专业创作风格逐渐明晰，逐步追求创作带有自我风格的作品。这批创作类硕士年龄普遍为 23 岁至 27 岁，他们既有本科时积攒的扎实功底，研究生期间拓宽的视野以及较为缜密的分析能力，还有着相比于 40 岁以上书家更好的体力。博士阶段对学术成果要求很高，经过本硕教育，具备了扎实的理论研究基础和正统的研究手段。同时，进入博士阶段后，理论研究方向逐渐清晰，更具针对性，他们的研究成果也更具价值，进而提升了参赛的成功率。

从书法与篆刻传播的角度来看，院校教育起到的作用还是相当大的。院校教育从本科开始一直到博士，各个学校都有着较为严谨科学的教育体系和教学安排，使得被教育的学生在理论与实践两个方面得到提升。这批学生毕业之后，有着不同的就业去向，有小学至大学书法教师、艺考班教师、书法考级班教师、书法兴趣班教师、互联网书法教师和职业书家等。仅从这六个就业方向来看，就可以感受到其辐射的人群之广，从小学生、中学生、大学生和考前生，到广大的书法篆刻兴趣爱好者，全面覆盖了专业与非专业领域。

（二）考级教育

中国书法家协会与各省市级书法家协会针对成人和学生举办了不同层次的书法考级活动。对于普通大众来说，书法考级无论是对于孩子还是成人，都具有一定的吸引力。伴随着书法考级的逐步推广，针对考级也产生了各式各样的考级培训班，参与书法篆刻考级与培训班的人数呈现逐年递增的趋势。极具意义的是，考级教育针对的人群主体为普通大众，这样一来就给了普通大众更多接触书法与篆刻艺术的机会。

虽然考级教育对于书法篆刻艺术的传播起到了相当大的作用，但是其弊端也是客观存在的。考级教育所教授的相关内容，相比于专业的院校教育来说，其深度和广度均不足。很多人会说，这是根据受众有限的接受能力而设定的。笔者认为，更主要的原因还是缺乏技术水平过硬又甘愿从事贴近普通大众教育工作的人，这也是考级教育一直没有得到解决的痛点。

（三）互联网教育

如何更好地提升普通大众的书法篆刻审美水平，这是考级教育暂时无法解决的问题。近年来逐渐走向成熟的互联网书法篆刻教育会不会是更好的方向呢？

互联网书法教育在 2018 年之前的 5 年已经有了比较迅速的发展，到 2018 年，大大小小的互联网书法教育平台、团体分布在全国。下面从两家具有特色和代表性的互联网教育团体来分析互联网书法篆刻教育。

1. 以“墨池”为代表的大团体

2015 年，墨池从 APP 做起。2016 年，墨池开启了免费的直播和点评服务，全国的书法名家陆续入驻墨池。对于消费者来说，只需要支付极为低廉的价格，就能观看全国名家的教学视频，那些之前看不到的名家书写，在墨池 APP 中可以较为容易地看到。2017—2018 年，墨池设立教研部门，开始策划更好的课程，这为消费者提供了更加全面系统的学习机会。

墨池使得更多书法爱好者有了一个对书法和篆刻全方位的学习空间，各种书体和篆刻流派兼备，学习者在一个网络平台上就可以学习整个书法篆刻的系统知识，而不必再费尽心思到处搜罗材料，这给他们带来了极大的便利。同时，墨池有着大量的教师群体，这为爱好者提供了更大的选择空间，他们可以自由选择跟喜欢的老师学习，“择所爱而师之”。

2. 以“临池不辍”为代表的小作坊

临池不辍成立于 2016 年，初名为“思纬书坊”，于 2017 年更名为“临池不辍”。临池不辍以微信公众号为基点，并通过知乎一类的互联网平台进一步引起爱好者关注，并以微信社群的方式展开教学。它以公众号平台发布文章，吸引认同文章观点的人关注，所以学习者主要为与教学者有一致书法和篆刻艺术价值认同的群体。

临池不辍以免费群和收费群两种模式运作。免费群带领学生从最基本的笔法开始逐步学习，并建立淘汰机制促进学生学习；收费群则加入创作指导以及更多的反馈机制以便学生更有效地学习。临池不辍除了建立书法和篆刻实践的教学以外，还增加了理论栏目，帮助学生理论学习与技巧训练齐头并进。

以墨池和临池不辍为代表的互联网书法教育平台，都主要面向大众书法爱好者。两者运作模式有所不同，各有优缺点。

墨池以大团体模式运作，有着独立的APP，拥有大量的师资，同时能够获得更多的生源。这提高了互联网书法教学的覆盖面，能有效地让更多人以更为便利的方式接近书法这门传统艺术。不过，它也具有很多网络教育的问题，比如：教育采用一对多，学生与教师之间无法形成良好的教学回路；很多教师是兼职状态，他们的职责在于完成平台的任务，容易造成对学生的责任缺位。

临池不辍的小作坊式运作，依靠微信公众号平台，师资队伍不足，同时覆盖群体也较小。不过，小作坊式运作也有效地避免了如上提到的大团体模式运作的缺点。它能更好地形成教学者与学习者之间的互动，建立良好的反馈机制；同时，由于小作坊典型的自负盈亏性质，教师们具有更强的责任心。

目前书法篆刻教育的总体情况是：院校教育为社会不断输送合格的书法教育从业者，为书法教育的发展增添生力军；考级教育体系健全，吸引了许多参与者，但在深度和广度上存在欠缺；同时，由于互联网技术的助力，出现了更多的互联网书法教育平台，包括大团体运作模式和小作坊运作模式。互联网书法教育中的大团体运作模式具有更宽广的群众覆盖面，但有反馈性差和教师责任缺位的问题；小作坊式运作模式中的教师具有较强责任心，教学互动较好，但存在群体覆盖面较小的问题。故而，在互联网书法教育上，两种模式应该相互补充，共同推进书法教育的普及。

三、出版

2018年度的书法篆刻类出版物以图录居多，除了字帖以外，还有印谱，如《黄牧甫与王秉恩交往考略——附黄牧甫原色印谱》《庆堂藏古印菁华》《古玺文分域研究》《黄宾虹手拓集古玺印存》《安持精舍原石百品》《瞑城汪氏春晖堂藏印百品》《陕北历史文化博物馆藏玺印封泥选》《临淄新见战国两汉封泥展图录》《吴让之自钤印存》《中国封泥大系》，拓片类如《徐宗元尊六室甲骨拓本集》《新出古陶文图录》《洛阳陶文》《汉石经室题跋》《石鼓墨影：明清以来石鼓文善拓及名家临作捃存》《云峰四山·北朝刻石全集》，书画图录如《故宫藏吴昌硕书画全集》，文字编如《岳麓书院藏秦简释文修订本》《肩水金关汉简字形编》《里耶秦简文字编》，理论类书籍如《陈豫钟与陈曼生交游考述》《古籍版刻书迹例说》《民国印论精选》。

近些年，随着影印技术的进步，书法篆刻出版物有了质的飞跃。字帖和印谱有了更加优质的纸质，更加逼真的色彩，能更好地还原原作的本来面目。上海辞书出版社、人民美术出版社、吉林美术出版社、湖南美术出版社、安徽美术出版社等一大批出版社出版了大量高质量的字帖和印谱，这从源头上为爱好者提供了高质量的学习范本。

尽管有着很多高质量印刷品的出现，但大众爱好者能关注到的出版物仍然很差，各种低劣产品充斥着各类实体书店，占据着网络购物平台的销售榜单，这在一定程度上影响了爱好者对优秀印刷品的获取。

经过调研发现，优质印刷品多存在价格昂贵的问题。所以，如要扩大书法篆刻出版物的影响力，还应在生产成本和销售价格的控制上继续发力。

四、学术论坛与前瞻性思考

（一）学术论坛

2018年举办的具有代表性的专业论坛有：1.中国书法家协会、中共乌海市委员会和乌海市人民政府主办的“现状与理想——当前书法创作学术批评展”论坛（简称“乌海论坛”）。乌海论坛请到了20余位资深书法学术与创作专家，就当前书法创作的现象与问题、现状与理想发表意见。该论坛分为6个部分：观念、史鉴与现象，当前书法创作的批评，书家辩论会，创作的立场与评审的角度，历史的视域与当前书法，数据——当前书法创作的现状。同时经各省书协推荐，经过严格选拔，有来自全国各地的700多位书法家代表参会。2. 中央美术学院书法与绘画比较研究中心、中国艺术研究院中国书法院、宜春学院书法艺术学院联合主办的“中国书法史：观念与契机”国际讨论会。其相关议题包括：书法史研究的进展和存在的问题，对个人研究的介绍与思考，书法研究的方法论原则，当代书法研究与当代学术的关系，书法研究如何深入与深入的标志，评价历史人物的原则，作品研究对于书法史研究的意义，书法史研究与当代创作的关系等。3. 西安美术学院、西泠印社集团主办的“中国古代封泥学术研讨会”，有24位封泥发现、研究、收藏领域的专家学者发言，涉及封泥的发现、著录、整理、研究等内容。

从三个论坛关注的内容以及论坛输出的观点，都可以很明显地看出其针对的是较为专业的人群。论坛的开设可以为有专业需求的人群提供更好的交流机会，同时通过论坛的开设，可以更好地促进行业深化发展。但是对于大众来说，这样的专业论坛对他们确实没有很大的吸引力。这也是本文接下来要分析的问题——展览和论坛如何更好地成为大众书法篆刻知识普及以及审美进步的通道。其实不仅仅是论坛，展览也有这样的问题，普通观众参观经典展览，仅仅通过观看，能够真正得到的营养并不多，或者说不够充分。除了展馆对于展品基本背景的介绍之外，展品本身的艺术价值，以及创作技法中的营养，还有展品背后作者的创作动机与创作情绪，这些确实需要有纽带引导大众去领略。

（二）前瞻性思考

邱振中在“观澜——王客书法作品展”开幕式上的发言中讲道：

> 书法界的情况不像大家想的那么好。问题在哪里呢？在这个领域，缺少真正高远的理想。并不是说大家没有雄心、没有抱负，但是我觉得这个抱负有个问题。就是大家把过去的经典书家、作品的面目当作自己追求的目标，以与此面目的接近与否，来判断一个人的基础、才能和成就。这是非常糟糕的。
>
> 要成为一个取得出色成就的书写者，你必须对技术有精深的把握。那种把握，不仅是学几下赵孟頫、董其昌，再学几下其他人——宋代的、明代的、清代的书家，就够了。技术上要有更高——高得多的要求，远远超过这种水平的要求。
>
> 我们要获得那么高超的技术干什么？获得那样精细的技术和伟大的书写体验的目的只有一个：当你真正成熟，成为一个优秀的书写者的时候，你在这个时代体会到的那种激动、欲望和不安，能够自如地反映在你的书写里。这是艺术最高的目标。当然对你作品的水平还另有要求——内心生活与书写的关系。

经过不断的积累沉淀，我们的专业书法教育已经能够系统性地训练学习者，让他们快速掌握技法。而对于古代书家，书法篆刻只是他们的“小道”，不能如现在专业从事者一般全身心投入。因此，我们有理由相信，当代书家能够超越古人。

但是，书法艺术的衡量标准不是单一的技法，技法的超越并非艺术上的超越。除技法之外，还要在作品中表达对生存生活的重大关切，如《兰亭集序》之于生的喜悦与生命须臾的感叹，《祭侄文稿》之于生死的感喟。因此，我们的时代书者需要认真聆听时代的声音，探讨亘古不变的哲学命题——生烦死畏，关注现代化变革进程中的人类生活、技术、经济、政治、道德与心理迭变。唯其如此，方能创造出无愧于时代的艺术作品。

五、展望2019

继往开来，我们马上迎来中华人民共和国70华诞，实现中华民族的伟大复兴不仅需要坚强的经济后盾、健全的政治体制，还需要良好的文化生态系统。更确切地说，需要人民综合素质的极大提升。我们的教育意在培育德智体美劳全面发展的人，艺术教育是提高国民审美素质的重要途径。中华民族的伟大复兴，需要弘扬中国传统文化，其中包括培育国民对于书法的热爱与审美情趣，从而增强国民对于中国文化的认同感。

互联网时代的到来，给广大人民群众更多机会和更为价廉质优的资源去获得更好的教育，从而向着不断提升全民书法篆刻审美能力的目标迈进。中国书法艺术教育的传播与发展，能使更多的人懂得欣赏中国式的东方美，理解中国艺术的独特意趣，体会我们民族不一样的创造力。在理解和体会的基础上，认识我们民族的独特性，进一步加强文化自信。唯有文化自信的建立，方能使中华民族屹立于世界之林而不倒。

千层之台起于累土，2019 年我们应该巩固书法艺术教育取得的成就，并继续发力。对于网络书法教育这样的新现象，继续发扬优势，同时改进不足。互联网具有广大的受众优势，互联网书法教育能够也应该成为中国书法教育的生力军，希望其在未来一年能够取得进一步的发展。

贾国元　中国艺术研究院研究生院教师

专题

现状与理想——当前书法创作学术批评展、第十届黄河明珠·中国乌海书法艺术节系列活动

【概况】

2018 年 9 月 16 日，为纪念改革开放 40 周年和“中国书法城·乌海”命名 10 周年，由中国书法家协会、中共乌海市委员会、乌海市人民政府主办的“现状与理想——当前书法创作学术批评展”和“第十届黄河明珠·中国乌海书法艺术节”在内蒙古自治区乌海市举行。

【现状与理想——当前书法创作学术批评展】

2018 年 9 月 16 日至 17 日，由中国书法家协会、中共乌海市委员会、乌海市人民政府主办的“现状与理想——当前书法创作学术批评展”在乌海市当代中国书法艺术馆举行。展览分为“中国书法创作的理想”与“当前书法创作的现状”两个板块，共展出 104 位书家的 208 件作品。论坛同期举行。论坛分 6 个部分：观念、史鉴与现象，当前书法创作的批评，书家辩论会，创作的立场与评审的角度，历史的视域与当前书法，数据——当前书法创作的现状。全国 700 余位书家代表参会。

【第六届国际书法产业博览会】

2018 年 9 月 15 日至 25 日，由中共乌海市委员会、乌海市人民政府主办的“第六届国际书法产业博览会”在乌海市当代中国书法艺术馆举行。本届博览会以产业性、国际性、传承性、创新性、群众性为目标，共设置 7 个展区，400 个展位。展品包括书画作品、非遗产品、手工艺品、文玩奇石等。

【观点】重温诗文传统

◎ 李一

在中国艺术各门类中，书法与诗文的关系最为密切也最为直接，诗言心志，书为心画，均属有托而为，有感而发。诗文为书法提供书写文本，书法成为诗文的载体，二者相依相从，难以断然区分。今天常有理论家声称，书法的内容并非书写的文字内容，而实际上书法既离不开点画表达的性情与感兴，也离不开书家选择的书写内容。一幅优秀的书法作品，其实是诗文与书法的统一。无论怎样强调书法艺术的独立性，书法都离不开诗文。

历史上书法原有文本原创的传统，古代诸多书法艺术代表作，诗书相兼，辞藻翰墨双美相彰，二难比并。书家自写其诗文的现象在书法史上比比皆是，千百年来已形成传之有序的一大传统。晋代王羲之，唐代孙过庭、颜真卿，宋代苏轼、黄庭坚等翰墨高手，都是诗文兼擅的大名士，他们在留下书法墨迹的同时也留下传世诗文。王羲之的《兰亭序》，孙过庭的《书谱》，颜真卿的《祭侄文稿》，苏轼的《寒食诗帖》等，既是书法名帖，又是人口相诵的文学名篇。诗书合一、文本原创的传统直至近现代仍未中断，沈曾植、康有为、梁启超、谢无量、马一浮等诸多书家，自然继承了自书诗文的传统，留下诸多文墨俱妙的佳作。

近年来，这一传统大大削弱。书家能自书诗文者日益减少，欲求诗书俱佳者更是难上加难。重形

式创新轻文本原创、重视觉冲击轻文本内涵的现象愈演愈烈，原属一体的诗文出现了分家的趋势。擅书者不善诗文，徒成抄手；擅诗文者不擅书，纵有佳句，落笔也成涂鸦。这在今天已不是个别现象，诗书合一、文墨相兼的书法传统正渐行渐远。

出现这种状况，与当代书法发展过程中，片面强调书法艺术的独立性而忽视其综合性有关。重视书法自身的发展规律及艺术特性是必要的，但强调过分则容易导致负面效应，使书法艺术原有的综合性减弱，书法由此走上一条脱离大众的偏僻小路。比如关于书法内容与文字内容关系的讨论中，诸多论者强调书法的内容不是文字内容，而是点画表达的个性情感，有其脱离文字而存在的独立性。他们其实是犯了形而上学的错误，须知独立并不等于孤立，书法具有独立性也并不意味着他与其他姊妹艺术井水不犯河水。在书法学科专业化的观念局限下，一些书家的创作之路越来越狭窄，加之传统学养的不足，挥毫落纸只能抄写前人诗文，作品变得单薄和碎片化，缺乏从创作者内心生发出的华贵之气，与文采风流、诗龙笔虎的前辈相较，只能瞠乎其后。不得不说，这是当代书法发展中的一大憾事。

书写内容与作者的文化修养密切相关。一个书法家基于某种理由选择或拒绝书写特定的内容，往往鲜明地体现出他所秉持的文化立场。原创的文本更能表现作者的个性特点和他所感受到的时代精神，给欣赏者带来更多的审美愉悦。近年来的书法创作，一方面过度追求展厅效应，盲目跟风；另一方面又深受西方抽象艺术的影响，在忽视文本原创的同时，对形式感的追求已经达到无以复加的程度。作为以汉字为题材的造型艺术，书法当然离不开点画的视觉呈现，在展厅时代也应注意展陈的大致统一与和谐。但无论如何，书法艺术的文本不容忽视，文本的原创性和可读性也是欣赏的必要前提。书法不同于西方抽象艺术，不是单纯的点、线、面组合即可成为作品，若没有了文心驱毫、翰墨载道的情怀，书法只能靠视觉冲击吸引眼球，将形成一批又一批缺乏文化内涵、没有民族特色的空洞之作。

如上所言，目前书法创作的当务之急是回归诗性和文气，利用诗性激发想象力和创造力，借助文气重塑作品的风格与韵味。有志攀登高峰的书家当不忘初心，传承文脉，以诗性启笔性，自觉继承和发扬文本原创、诗书合一的传统，并在新的社会历史条件下将之进行合理的发展，促进当代经典之作的产生。

原载《中国书法》2018 年第 23 期

【观点】书法创作的边界问题

◎ 朱培尔

今天很多听众既是展览的观众又是展览的参与者，其实六场报告中今天下午是最有难度的，因为它是对当前书法创作的批评。当代中国书坛在经过几十年的飞速发展之后，出现了一系列令社会不满意的现象与问题，形势的严峻，议论的喧嚣，值得我们反思，更值得我们研究。书法审美的最高境界以及书法家的艺术理想，无法也不可能被社会各阶层和每一个观众所接受，我们也不能有一个统一的审美标准和纲领去引领社会大众并获得所有人的审美认知，当前书法一般的存在形式，大家都没有异议，具体到我们这个展览的某一件作品本身，就更没有异议了。但今天的展览大家看过以后，在收获的同时肯定也会有几个不满足：一是和作者曾经的获奖作品相比，展出的作品冲击力有所下降；二是作品的神采表达，好像总是欠缺一些书法家创作过程中所必须体现的激情；三是书法风格尤其是创作手法上的雷同，把同类的作品放在一起感觉像是一个人写出来的。当然，如果我们面对作品的同时，去了解作者书写的内容和他的创作历程以及他的个性与作品风格之间的关系，去研究作品创作中的思考与存在的问题，还是会有收获的。

《中国书法》的发展，见证了当代中国书法艺术的一个时代，虽然 30 多年来遇到很多困难。它是一本艺术杂志，要强调创作；同时它也是一本学术杂志，需要提升研究；它还是一本面向大众的提升大众审美的杂志，需要普及。而且，杂志还要生存要发展，要供养几十个人的生存，怎么办？在强调学术价值的同时还要考虑到市场效益，强调创作的同时兼顾理论的发展，推荐当代书家的同时注重传统的继承和发扬，所以杂志的编辑与选题，必须解决一个边界的问题。同样，当代书法的创作，也要破除迷信，破除对于某一个所谓方法的坚持，破除对于学术问题单一的偏见。

张旭有用头发写字的故事，怀素借酒发性发情，但他们的创作成为了书法的经典。如果其他人这样子，能成为书法吗？从这个角度讲，书法创作更看重的是结果，而不在于书写的过程，这个过程可以是安静的，也可以是借助酒等其他能够让你激动起来的事物，但是最终还是通过作品来表达的。我在一些线上画廊下载了几件所谓的书法，虽然有内容、有落款、有印章，但绝不是艺术的作品，我们在关注和批判种种非书法的怪异创作的同时，往往忽略了身边这样好像有风格有想法、包含了书法所有特征的所谓“传统”的书法作品，虽然这些“作品”很有市场，但绝不是书法。

怀素在芭蕉和衣服上写字，是一种书法的行为，但也绝不是书法。我们现在也有这样的书法行为，如人体书写、乱书等。我觉得作为书法作品，它需要展示并清晰地表达在你的书写过程中，否则便没有意义。但书法因为存在或展示方式的变老，它的性质是会改变的。把书法装裱成卷轴存放，最多是一件文物；如果把书法揉成纸团，还是同样一件作品，内容也没变，但它由平面变成了立体，秩序转化为紊乱，规范变得无序，在这种情况下，它就不再是一件书法作品了。

屏幕上一片小小的甲骨放大后很让人震撼。传统艺术在现代科技手段下展示和用传统手法去展示，所产生的效果是不一样的。现在能识读残破的甲骨、钟鼎上文字的人不多，有的我也读不出来。但我们仍然将之作为书法的经典，反复临摹。因此，在某种情境下书法书写的内容，未必是主体所必须表现的。因为从甲骨文、简牍等残破的结构中，我们能够感受到一种不可替代的张力。展厅展示的甲骨文书法，是毛笔用特定的笔法在宣纸上书写的结果。而甲骨文本身是用刀契刻出来的，显然无所谓我们现在所强调的笔法。钟鼎文是铸出来的，但展厅中的金文作品没有一件是铸造的，没有一件把字写得像毛公鼎拓片那样的倾斜与对称的“双肾”结构。站在众多经典作品面前，我们能感受到不同的气息，感受到不同的神采，感受到变化当中的秩序，但是这样的感受，我们的创作未必能够都有所体现。我们学习古代碑刻书法，用拓片作为临摹的对象，它和原件之间是有极大区别的，这个巨大区别不仅体现在颜色上的变化，还体现在形式上的变化。神采与形式的美感只有在原件上我们才能得到最深刻的体验。摩崖石刻正是因为有了那样的斑驳肌理，才体现出线质的苍茫与神秘，从而使我们感受到时间与空间的存在，感受到一种前无古人、后无来者的宇宙与人文的意识。艺术审美才能的构建，需要时间和空间的介入。在艺术审美中宇宙的意识尤为重要，它无法直接表达，而必须糅进笔法、章法、字法与整体的关系之中，糅进作品的神采、风格与气息之中。

当代书法创作雷同还表现在我们取法的单一与表现手法的苍白，这其实都应归结为我们没有解决好创作的理念，我们的艺术想象力还没有充分发挥出来，传统的无穷魅力还没有得到应有的展开。在这个信息的时代、中西结合与互融的时代，我们的创作以及在作品中表现出来的人文关系，远不是机械地描摹传统就能回到过去与古人对话，也不是只去简单地表现当下所能代替的。但在年轻作者的身上，创造力的变化与潜在可能也是过去所无法想象的。书法创作的边界或许不可以突破，因为突破了就不是书法。但即便是在界线内，当代书法的创作在形式、意境、个性、风格的把握方面，甚至具体到某一种工具材料的使用等，都还有巨大的发挥空间。

原载《中国书法》2018 年第 23 期

西泠印社 115 年社庆系列活动

【概况】

2018 年 11 月 13 日，为纪念改革开放 40 周年和西泠印社创立 115 周年，以“百年西泠 · 与时为新”为主题社庆系列活动在浙江省杭州市开幕。活动秉承“保存金石、研究印学、兼及书画”的宗旨，涵盖社团选举、主题创作、学术研讨、成果展示、业界交流、专业论坛等板块。一方面体现出西泠印社近年来在艺术创作上的整体风貌和艺术水准，另一方面显示出西泠印社百年来始终坚持的艺术与学养并重的文化理念。

【2018（国际）印社社长高峰论坛】

2018 年 11 月 12 日，由西泠印社主办的“2018（国际）印社社长高峰论坛”在浙江省杭州市举行。海内外共计 50 家印社的 60 余位社长、负责人参会。会议分享社团建设经验，探讨社团发展方向，共商社团合作。

【西泠印社第十四次社员大会】

2018 年 11 月 13 日，由西泠印社主办的“西泠印社第十四次社员大会”在浙江省杭州市举行。会议选举产生了印社第十届理事和社团领导班子，明确了“六个加强”的目标，为印社下一个五年的发展建设提出了明确指向。400 余位海内外西泠印社社员参会。

【西泠印社 115 年社庆系列展】

2018 年 11 月 13 日，由西泠印社主办的“百年西泠 · 与时为新”西泠印社 115 年社庆系列展在浙江展览馆开幕。系列展包括社员作品展、国际印社联展、社员专业成果展和西泠印社老照片展。国际印社联展邀约了海内外重要印学社团 50 余家，全面展示了当代篆刻创作的艺术水平和风格流向。社员作品展以“纪念改革开放 40 周年”和“西泠印社 115 年社庆”为主题，展出作品 404 件。社员专业成果展，展出社员今年各类理论成果 700 余种。西泠印社老照片展，展出印社 20 世纪照片 280 余幅。

【世界图纹与印记国际学术研讨会】

2018 年 11 月 14 日，由西泠印社主办的“世界图纹与印记国际学术研讨会”在浙江省杭州市举行。会议旨在突破传统的印学研究格局，以提供当代篆刻艺术创作的取鉴，推动印学及相关学科研究的深入为宗旨。海内外印学及相关研究领域的 60 余位专家学者，西泠印社社员、社友，以及部分艺术院校师生代表参会。

理论研究

著作选介

【中国社会科学院历史研究所藏甲骨墨拓珍本丛编（第一辑）：徐宗元尊六室甲骨拓本集】

宋镇豪主编、马季凡编纂，上海古籍出版社 2018 年 1 月版。

本书是《尊六室甲骨文字》一书的新编纂，原书曾由天津古籍出版社影印出版。此次将原书所收的甲骨重新拓制，弥补了以往拓工不佳、字迹模糊等缺陷，共汇集原徐宗元甲骨藏品 268 片，甲骨缀合 21 组，其中有 24 片为《合集》《合补》未收。同时，该书又增加了新释文，并对徐宗元原有的考释加以重新点校整理。

【新出古陶文图录】

徐在国编著，安徽大学出版社 2018 年 1 月版。

本书收录陶文 1143 方，大多为新材料，著录于考古发掘报告、杂志等，个别为从未发表的私人收藏。所收古陶文按时代编排，个别陶文配陶器彩色照片、陶文拓片或全形拓，每方古陶文下均列出土地点、收藏地点、陶器种类等，弥补了以往陶文图录只见拓片不见器形的遗憾。

【民国印论精选】

池长庆、郑利权编著，西泠印社出版社 2018 年 1 月版。

本书将民国印论分为“印学管见”与“印谱序跋”两部分。印学管见涵盖印史研究、印学讲义、印话、现象研究等内容；印谱序跋是民国印论中数量最多的一部分，本编构成单独板块，选取了民国时期主要印谱的序跋。

【汉石经室题跋】

（清）沈树镛著，上海远东出版社 2018 年 1 月版。

本书题跋的选录主要来源于《汉石经室金石跋尾》，将《郑斋金石题跋记》所增加的跋记以及新发现的序跋记等以辑遗的形式收录并注明出处。

【石鼓墨影：明清以来石鼓文善拓及名家临作捃存】

天一阁博物馆编，上海书画出版社 2018 年 2 月版。

本书分为原石篇、拓本篇、研究篇、临本篇、资料篇。收录了石鼓原石照片以及自明代中期至清代末期的原石拓本十四种，摹刻本三种。其中故宫博物院藏两件，上海图书馆藏一件，为国内现存最好的石鼓文拓本。

【故宫藏吴昌硕书画全集】

故宫博物院编，故宫出版社 2018 年 4 月版。

本书共四卷，其中书法篆刻一卷，绘画三卷。收录故宫藏吴昌硕书法作品 26 件（套），篆刻 43 件（套），绘画 168 件（套）。

【古籍版刻书迹例说】

祁小春著，浙江人民美术出版社 2018 年 5 月版。

本书是古籍和书法交叉处新领域研究的成果，作者通过对古籍版刻书迹和书家传世作品的比照研究，来判断古籍版刻中书迹的真伪等问题。全书分为“方法编”“例说编”“资料编”和“附录编”。

【洛阳陶文】

王沛、俞凉亘、王木铎编著，国家图书馆出版社 2018 年 5 月版。

本书收录洛阳地区出土的陶砖瓦文字 400 余种。所收陶文资料来自文物考古发掘、文博单位和高等院校收藏及个人收藏。这些陶文均为陶器之上棰拓文字，包括阴刻、阳刻、模印、戳印文字，并原拓付印。著者对书中所收陶文都做了较为详细的记述，包括名称、时代、质地、尺寸、释文、出土时地、收藏所在等信息。

【黄牧甫与王秉恩交往考略——附黄牧甫原色印谱】

戴丛编著，西泠印社出版社 2018 年 5 月版。

本书分黄牧甫与王秉恩交往考略、黄牧甫致王秉恩信札、颉颃楼藏印（黄牧甫卷）、颉颃楼藏印（黄牧甫卷）部分精选放大、黄牧甫年谱长编五部分。本书精选印谱部分，印蜕放大至十六倍，是本书的亮点之一，也是印谱出版史上前所未有的一个创新。

【庆堂藏古印菁华】

孙家潭著，西泠印社出版社 2018 年 5 月版。

本书一函两册，上册辑录著者收藏的先秦至明朝各时期官印 50 件，下册收录先秦至明朝各时期私印 75 件。其中 10 页拓有背款，每筒页钤朱一印，又有著者手书后印刷的序列号、释文、质地、钮式、相关考证及印章尺寸。

【岳麓书院藏秦简（壹—叁）释文修订本】

陈松长主编，上海辞书出版社 2018 年 6 月版。

本书为《岳麓书院藏秦简》的衍生开发产品，主要针对已出版的前三卷简文及注释进行修订补充，以期反映整理者新近的研究成果和广大学者意见，使其更加准确还原秦简的本来面貌。

【古玺文分域研究】

肖毅著，崇文书局2018年6月版。

本书以战国古玺作为特定研究对象，对不同地域的古玺字形分析研究，总结出一系列规律性的特征，填补了古文字分域研究领域的空白。同时，较为全面地整理研究了燕、齐、三晋、楚系古玺中的自名、职官、地名、合文等，对古文字研究和战国史研究亦有价值。

【黄宾虹手拓集古玺印存】

黄宾虹编，商务印书馆2018年6月版。

本书所选底本为黄宾虹拓赠日本汉学家长尾甲本，书前有签名题赠。本书所选印章分为三代、秦汉和六朝印，包括30枚两面印和3枚肖形印，共计267枚印拓。

【安持精舍原石百品】

陈巨来著，上海书画出版社2018年7月版。

本书辑录陈巨来篆刻原石121件，其中陈巨来外孙孙君辉藏陈氏自用印57件，自制边款1件；为赵叔孺制收藏章1件，未刊印石留墨稿1件；书画家吴湖帆自用印8件；书法家任政自用印9件；书画收藏家钱镜塘自用印16件；书画复制家江南蘋制自用印28件。五家藏品中以其家藏自用印为其代表作，余四家印石多为鲜见珍贵之品，印作亦多首次发刊。

【嘐城汪氏春晖堂藏印百品】

汪禀、汪顶等编，上海书画出版社2018年7月版。

本书从汪统藏印中精选何震、程朴、浙皖派诸家、晚清诸贤及近现代名手共50余家的印石120余件。除收录印蜕、边款拓片之外，又附印石、印面照片，以高精度印刷展现其雕刻刀法。

【陕北历史文化博物馆藏玺印封泥选】

许静洪、许云华主编，吕静、韩康副主编，西泠印社出版社2018年8月版。

本编选录张小东先生无偿捐赠的101件古玺印、102件古代封泥。除器物立体图、印面图、玺印钤本、封泥拓本外，分列编号、朝代、质地、释文、规格等。

【云峰四山北朝刻石全集】

邱学才主编，天津古籍出版社2018年9月版。

本书汇集了作者收集的早期精拓47种。汰除伪刻、翻刻，完整收集了郑道昭一家的摩崖石刻，详尽比对了早、晚期拓本的异同，全面介绍了云峰山、大基山、天柱山、百峰山、四山摩崖的分布。

【黄牧甫旅粤书迹图证】

黄耀忠著，西泠印社出版社2018年9月版。

本书以黄牧甫的家学、游历为切入点探讨其书法篆刻成就。本书配高清图片 322 张，大部分在此前的研究中未被使用过。作者以这些资料为基础，对黄牧甫在广州广雅书院和广雅书局的工作生活痕迹进行考察，叙述其国子监和少年时代的学习、武昌时期的工作状态，对其篆书与古典印章形式的高度融合进行了成因分析。

【临淄新见战国两汉封泥展图录】

王令波、乔中石编，西泠印社出版社 2018 年 10 月版。

本书所辑录战国官私封泥 3 种，西汉官印封泥 101 种，东汉官印封泥 11 种，是从齐国文字博物馆逾千件藏品中精选而出，大部分为封泥著录史上的首见品。封泥拓片之外附封泥多角度彩色照片，为全面认识封泥形态、封缄方式、文字风格提供了多角度的信息。

【张猛龙碑刻拓对勘】

黄宪之编著，文物出版社 2018 年 10 月版。

本书为张猛龙碑原石高清照片首次出版，拓片与原石照片同观。其中拓片部分图片质量高，且有多个拓本对比。

【肩水金关汉简字形编（全六册）】

黄艳萍、张再兴编著，学苑出版社 2018 年 10 月版。

本书是第一部以 20 世纪 70 年代在肩水金关遗址出土之汉代简牍为字形材料编纂的文字编，也是两汉西北屯戍简牍中第一部正式出版的文字编。此批汉简数量丰富，是研究西汉中晚期字形的重要数据，对文字史、书法研究具有独特的价值。本书为文字史研究、简牍书法等研究领域提供了一部足资参考的字编类工具书。

【里耶秦简文字编（全三册）】

蒋伟男编著，学苑出版社 2018 年 10 月版。

本书共收单字字头 1540 个，其中多有《秦文字编》《秦简牍文字编》等专业工具书未收之新见秦文字，对秦文字的研究、秦代地方政史、地理以至简牍书法等方面都有着较为重要的参考价值。

【吴让之自钤印存】

西泠印社编，西泠印社出版社 2018 年 10 月版。

本书是吴让之“自钤、自圈、自评、自跋”的印存。收吴让之己作 344 方，多为他谱所未见，资料性较强。

【中国封泥大系】

任红雨编著，西泠印社出版社 2018 年 11 月版。

本书汇集了 2017 年 6 月以前所知的 63 种封泥谱录，此中不乏作者多年搜集的珍稀、孤本原拓

5336枚，多种铭文为首发。共计辑录拓片15177枚、6347种。编排体例以朝代为经、音序为纬。分战国封泥、秦官印封泥、秦私印封泥、两汉官印封泥、汉私印封泥、新莽官印封泥、新莽私印封泥、汉后官印封泥、唐官印封泥9个篇章。其中战国封泥拓片242枚、106种；秦封泥拓片5485枚、2085种；汉封泥拓片7942枚、3235种；新莽封泥拓片1487枚、902种；汉后官印封泥拓片7枚、7种；唐官印封泥拓片14枚、12种。本书是迄今为止收集中国古代封泥数量最多、品类最完整的封泥谱录。

【神秘的远古文明——巴蜀印章专题展图录】

萧春源、施谢捷编著，澳门书法篆刻协会出版社2018年11月版。

本书共辑录香港中文大学、日本匋玺室和中国香港、澳门、台湾及大陆收藏家的74件巴蜀印。除了标注序号、质地、钮式、尺寸、提供者等信息之外，更以清晰的图片为战国玺印和巴蜀文化的研究提供了新材料。

【陕西碑刻总目提要初编】

吴敏霞主编，科学出版社2018年12月版。

本书是对陕西省碑刻状况的一次系统整理，详细列举了陕西省碑刻的年代、形制、尺寸、行字数、纹饰、篆额者、撰文者、书丹者、刻石者、存废、著述等情况，为学界利用、研究陕西碑刻提供了提纲挈领的资料。

【陈豫钟与陈曼生交游考述（附《二陈印则》原色印谱）】

戴丛洁、徐志霖、张武装编著，西泠印社出版社2018年12月版。

本书为清末篆刻家陈豫钟、陈曼生篆刻作品，分《陈豫锺卷》《陈曼生卷》《附册》三册，所用底本为民国时期高络园先生所集拓之原拓本，原拓一函十册。此书尽可能尊重印谱之原貌，对印章之钤朱之厚度、颜色，及边款墨拓之立体，以及版框与书口文字之凹凸，皆以高清还原的方式，尽可能真实地呈现。

纪事

综合展览

【第六届中国书法兰亭奖作品展】

2018年1月11日至21日，由中国文学艺术界联合会、中国书法家协会主办的“第六届中国书法兰亭奖作品展”在中国美术馆举行。展览展出书法篆刻组获奖及入展作者共57人的171件作品。展出理论组获奖及入展作者13人的理论研究成果以及评委、监委、审委作品44件。

【张大千艺术展】

2018年1月16日至3月4日，由中国国家博物馆、四川博物院和荣宝斋联合主办的“张大千艺术展”在中国国家博物馆举行。展览分为“集古得新”“临摹敦煌”“大风堂收藏”“大千师友”“大千用印”5个单元，展出展品100余件（套）。

【静观——邓石如书法艺术展】

2018年2月6日至5月6日，由山西省博物院、安徽省博物院联合主办的“静观——邓石如书法艺术展”在山西省博物院举行。展览展出邓石如书画作品43件（组），从邓石如本人的书法、篆刻艺术及其师友、传派、家族等角度进行了展示。

【笔墨乾坤——《万岁通天帖》特展】

2018年2月13日至3月11日，由辽宁省博物馆主办的“笔墨乾坤——《万岁通天帖》特展”在辽宁省博物馆举行。展览展出馆藏《唐摹王羲之一门书翰卷》。

【全国第二届行书作品展】

2018年2月20日至26日，由中国书法家协会、海南省文学艺术界联合会主办的“全国第二届行书作品展”在三亚市今日汇艺术馆举行。展览展出作品296件。

【永远的丰碑——纪念周恩来同志诞辰120周年全国书法名家邀请展】

2018年2月24日，由中国书法家协会、中共淮安区委区政府主办的“永远的丰碑——纪念周恩来同志诞辰120周年全国书法名家邀请展”在淮安市美术馆开幕。展览展出作品120件。

【悲鸿生命——徐悲鸿艺术大展】

2018年3月16日至4月22日，由中央美术学院主办的“悲鸿生命——徐悲鸿艺术大展”在中央美术学院美术馆举办。展览展出徐悲鸿作品200余件及多种文献资料。

【全国六〇印象篆书提名展】

2018年3月23日，由中国书法家协会篆书委员会、重庆市书法家协会主办的“全国六〇印象篆书提名展”在重庆市群众艺术馆开幕。展览展出全国20世纪60年代出生的篆书名家作品60件。

【为万世开太平——于右任书法作品展】

2018年5月10日至20日，由中国美术馆主办的“为万世开太平——于右任书法作品展”在中国美术馆举行。展览展出于右任作品100余件，并有部分碑志拓片同期展出。

【取法与变法——清人临书展】

2018年5月18日至8月1日，由山东博物馆主办的“取法与变法——清人临书展”在山东博物馆举行。展览展出馆藏清人临书作品90余件（套）。

【铁笔生花——故宫博物院藏吴昌硕书画篆刻特展】

2018年6月3日至7月15日，由故宫博物院主办的“铁笔生花——故宫博物院藏吴昌硕书画篆刻特展”在故宫博物院文华殿展厅举办。展览展出吴昌硕书法、篆刻、绘画作品百余件。

【“周慧珺杯”上海市中青年册页书法大赛作品展】

2018年8月8日至14日，由上海市书法家协会主办的“‘周慧珺杯’上海市中青年册页书法大赛作品展”在上海文艺会堂举行。展览展出作品100余件。

【讴歌新时代　共筑中国梦——学习十九大精神主题书法展】

2018年8月10日至21日，由中国文学艺术界联合会、中国书法家协会主办的“讴歌新时代　共筑中国梦——学习十九大精神主题书法展”在济南市美术馆举行。展览展出作品200余件。

【行歌——中国经典法书临创展】

2018年9月21日至28日，由中国艺术研究院书法院主办的“行歌——中国经典法书临创展”在敦煌市文化馆举行。30位艺术家临摹敦煌遗书与弘一法师书法，同时对临摹作品进行同内容创作，将字帖复印件、临摹作品、创作作品一起展出。9月21日，举办“行歌——中国经典法书临创展”主题研讨会。在专家学者发言的基础上，整理形成文化艺术高端智库的内参报告，上呈中央有关部门作为政策参考。

【书于竹帛——全国简帛书法邀请展】

2018年9月26日至10月7日，由山东博物馆、岳麓书院和贵州省贵阳市孔学堂联合主办的“书于竹帛——全国简帛书法邀请展”在山东博物馆举行。展览展出全国简帛书法名家作品100余件。

【两岸汉字文化艺术节】

2018年9月26日至10月10日，由中国艺术研究院和台湾文化总会主办的“两岸汉字文化艺术节”在台湾省台北市举行。主办方邀请了两岸共200位书法篆刻家参加在台北孙中山纪念馆举办的“汉字荟萃——两岸名家书法篆刻展”，在台湾师范大学举办的“汉字青春——两岸青少年书法展”，在台湾艺术大学举办的“汉字记忆——金石碑拓展”和“汉字书法之当代趋向学术研讨会”。两岸学者对汉字及其文化内涵进行了深入探讨和交流。

【此境风月好——丰子恺诞辰120周年回顾展】

2018年10月10日至11月11日，由浙江美术馆主办的“此境风月好——丰子恺诞辰120周年回顾展”在浙江美术馆举办。展览展出丰子恺作品125件，师友作品72件，文献120件。

【临淄新见战国两汉封泥展】

2018年10月12日至27日，由西泠印社主办的“临淄新见战国两汉封泥展”在浙江省杭州市中国印学博物馆举行。展览展出山东九宫阁齐国文字博物馆藏临淄区域内新出土战国两汉时期封泥115枚和上海博物馆藏战国玺印1枚。

【书艺传家——刘江捐赠书法篆刻作品展暨刘江、章培筠、刘丹艺术展】

2018年10月23日至30日，由中国美术学院主办的“书艺传家——刘江捐赠书法篆刻作品展暨刘江、章培筠、刘丹艺术展”在中国美术学院美术馆举行。展览展出刘江所捐书法、篆刻作品及章培筠等人作品共计380件。

【“漫画人间——丰子恺的艺术世界”展】

2018年10月25日至11月4日，由中国美术馆主办的“漫画人间——丰子恺的艺术世界”展在中国美术馆举办。展览展出中国美术馆、浙江博物馆与丰子恺家族及个人藏家收藏的丰子恺作品150余件（套）。

【全国第三届篆书作品展暨全国篆书名家邀请展】

2018年10月26日，由中国书法家协会主办的“全国第三届篆书作品展暨全国篆书名家邀请展”在河南省漯河市科教文化艺术中心开幕。两个展览展出作品分别为200余件和65件。

【祖帖故里　云间墨韵——上海松江书法晋京展】

2018年10月26日至11月4日，由中国美术馆、中共上海市松江区委、上海市松江区人民政府、上海市文学艺术界联合会主办的“祖帖故里　云间墨韵——上海松江书法晋京展”在中国美术馆举行。展览展出松江书法史上重要书家的书法、信札、篆刻等作品共139件。

【书写新时代·全国新文艺群体书法作品汇报展】

2018年11月7日至18日，由中国文学艺术界联合会、中国书法家协会、国家典籍博物馆主办的“书写新时代·全国新文艺群体书法作品汇报展”在国家典籍博物馆举行。展览展出作品100余件。

【高山仰止·金陵四家书画作品全国巡回展】

2018年11月8日至17日，由南京市浦口区人民政府、山东省书法家协会、江苏省书法家协会、江苏省书法院联合主办的“高山仰止·金陵四家书画作品全国巡回展”在济南市美术馆举行。展览展出林散之、胡小石、高二适、萧娴四位书家的54件作品。

【第三届黑龙江·台湾书法交流双年展】

2018年11月10日至15日，由黑龙江省书法家协会、台湾书法学会共同主办的“第三届黑龙江·台湾书法交流双年展”在高雄市文化中心举行。展览展出黑龙江书家作品101件、台湾书家作品154件。

【纵横千古　两岸一家——谢稚柳、陈佩秋、傅申、陆蓉之作品展】

2018年11月16日至30日，由文化和旅游部人才中心主办的“纵横千古　两岸一家——谢稚柳、陈佩秋、傅申、陆蓉之作品展”在故宫博物院武英殿举行。展览展出谢稚柳、陈佩秋、傅申、陆蓉之作品184件。

【万殊一相·狂草四人展】

2018年11月18日至28日，由湖南省书法家协会、湖南省书法院、湖南国画馆主办的“万殊一相·狂草四人展”在湖南国画馆举行。展览展出胡抗美、刘洪彪、张旭光、王厚祥作品80余件。

【美在阿拉善——岩画与居延汉简艺术展】

2018年11月22日至12月2日，由内蒙古自治区阿拉善盟行署主办的“美在阿拉善——岩画与居延汉简艺术展”在中国美术馆举行。展览展出岩画实物29件、雕塑6件、拓片39件、汉简106枚。

【全国第二届大学生书法篆刻作品展】

2018年11月25日至12月6日，由中国书法家协会、郑州大学、国家典籍博物馆共同主办的“全国第二届大学生书法篆刻作品展”在国家典籍博物馆举行。展览展出包括15位评委、监委在内的参展者创作的212件作品。

【庆祝改革开放四十周年全国书法大展】

2018年11月26日至12月9日，由中国文学艺术界联合会、中国书法家协会、中国楹联学会主办的“庆祝改革开放四十周年全国书法大展”在北京民族文化宫展览馆举行。展览展出楹联作品109幅。

【一代宗师——沈尹默诞辰135周年纪念文献展】

2018年12月9日至2019年3月10日，由上海市书法家协会主办的“一代宗师——沈尹默诞辰135周年纪念文献展”在上海海派文化中心举行。展览展出沈尹默书法、著作及相关报刊文章、照片、实物等共计500余件。

【鸿雪留痕　金石情深——李叔同西泠印社印藏展】

2018年12月18日至2019年2月28日，由西泠印社社务委员会、天津博物馆主办的“鸿雪留痕　金石情深——李叔同西泠印社印藏展”在天津博物馆举行。展览展出李叔同收藏并捐赠西泠印社的印章90余方。

【甘肃省第五届“张芝奖”书法大展】

2018年12月19日至21日，由中共甘肃省委宣传部和甘肃省文学艺术界联合会主办的“甘肃省第五届‘张芝奖’书法大展”在甘肃艺术馆举行。展览展出入展作品253件、论文20篇。

【爱我中华——中央国家机关首届元旦名家书画展】

2018年12月23日至27日，由中国书法家协会中央国家机关分会、中国社会艺术协会共同主办的“爱我中华——中央国家机关首届元旦名家书画展”在北京中新华美术馆举行。展览展出作品261件。

个人展览

【书者心画——陈海良书法作品展】

2018年1月6日至14日，由荣宝斋书法馆主办的“书者心画——陈海良书法作品展”在北京荣宝斋书法馆举行。展览展出陈海良书法作品60余件。

【白砥“弘济”系列书法作品展】

2018年1月16日至21日，由中国美术学院、上海市书法家协会和浙江省书法家协会主办的“白砥‘弘济’系列书法作品展”在上海斯觉艺术馆举行。展览展出白砥以“弘济”为内容的书法作品35幅。

【空舟载雪——池长庆书画作品展】

2018年9月14日至23日，由浙江大学、浙江美术馆、浙江省美术家协会、浙江省书法家协会、温州市文学艺术界联合会、平阳县人民政府主办的“空舟载雪——池长庆书画作品展”在浙江美术馆举行。展览展出池长庆书法、中国画作品120余件。

【用刀如笔——林剑丹篆刻作品展】

2018年9月28日至10月14日，由中共浙江省委宣传部、温州市人民政府、浙江美术馆主办的“用刀如笔——林剑丹篆刻作品展”在浙江美术馆举行。展览展出林剑丹篆刻作品百余件。

【观澜——王客书法作品展】

2018年10月4日至8日，由文化和旅游部恭王府博物馆、中国美术家协会青少年美术展览与推广中心主办的“观澜——王客书法作品展”在文化和旅游部恭王府博物馆举行。展览展出王客作品40余件。

【海派书法——刘一闻、鲍贤伦学术对话暨书法作品展】

2018年10月13日至23日，由山东艺术学院美术学院、《山东艺术》杂志社、荣宝京行艺术馆主办的“海派书法——刘一闻、鲍贤伦学术对话暨书法作品展”在济南市荣宝京行艺术馆举行。

【纪念中日和平友好条约缔结40周年：师古妙创——师村妙石篆刻书法艺术展】

2018年11月8日至18日，由日本驻中国大使馆、中国美术馆联合主办的“纪念中日和平友好条约缔结40周年：师古妙创——师村妙石篆刻书法艺术展”在中国美术馆举行。展览展出师村妙石书法篆刻作品46件（套）。

【与古为新——孙晓云书法作品展】

2018年11月23日至30日，由中国书法家协会、中共江苏省委宣传部、江苏省文化和旅游厅、江苏省文学艺术界联合会主办的“与古为新——孙晓云书法作品展”在中国国家博物馆举行。展览展出孙晓云作品100余幅。

【齐剑南书画研讨纪念展】

2018年11月23日至12月3日，由静照堂、凤凰美术馆主办的“齐剑南书画研讨纪念展”在北京凤凰美术馆举行。展出齐剑南书法作品60件。

【语·默——邱振中：书写中的诗与哲学展】

2018年12月15日至2019年3月15日，由北京实创科技园开发建设股份有限公司、中央美术学院书法与绘画比较研究中心主办的“语·默——邱振中：书写中的诗与哲学展”在北京市举行。展览展出邱振中现场完成的8件作品。

【纪念叶一苇先生诞辰一百周年书法篆刻作品展】

2018年12月18日至2019年1月2日，由西泠印社主办的“纪念叶一苇先生诞辰一百周年书法篆刻作品展”在中国印学博物馆举行。展览展出叶一苇书法作品20余件，篆刻原印40余方。

【寸耕堂书法近作展】

2018年12月22日至2019年1月2日，由荣宝斋美术馆主办的“寸耕堂书法近作展”在北京荣宝斋书法馆举行。展览展出王镛书法作品60余件。

活动

【雒树刚部长考察西泠印社】

2018 年 1 月 13 日，文化部党组书记、部长雒树刚来到西泠印社考察工作，听取了孤山社址作为国际旅游访问点开展公益服务的情况，查看了“汉三老碑”和石室的保护情况，对印社社委会向国家文物局申请汉三老石室的风化防治项目立项工作表示将给予支持，对印社加强文物对外交流合作，在国家艺术基金的资助下不断提升文物领域国际传播能力的做法表示赞赏并表示将给予支持。

【湖北省书法家协会学习贯彻习近平新时代中国特色社会主义思想和党的十九大精神专题培训班】

2018 年 4 月 25 日，湖北省书法家协会主办的“学习贯彻习近平新时代中国特色社会主义思想和党的十九大精神专题培训班”在湖北省洪湖市举行。湖北省书法家协会主席团成员，第五届理事会理事，湖北省书法家协会秘书处，各团体会员书法家协会主席、常务副主席、秘书长等 130 余人参训。湖北省文学艺术界联合会党组成员、副主席罗丹青做专题辅导。

【江西省书法家协会学习贯彻习近平新时代中国特色社会主义思想和党的十九大精神专题培训班】

2018 年 5 月 3 日，由江西省书法家协会主办的“学习贯彻习近平新时代中国特色社会主义思想和党的十九大精神专题培训班”在江西省南昌市举行。来自中国书法家协会、江西省文学艺术界联合会、江西省书法家协会等 120 余人参训。

【黑龙江省书法家协会 2018 年书法工作会暨学习贯彻党的十九大精神专题培训班】

2018 年 5 月 31 日，黑龙江省书法家协会主办的“2018 年书法工作会暨学习贯彻党的十九大精神专题培训班”在黑龙江省绥化市举行。来自黑龙江省文学艺术界联合会、中国书法家协会等 200 余人参加会议。会议对黑龙江省书法家协会 2017 年工作做了总结，部署了 2018 年工作重点。会后，学习贯彻党的十九大精神专题培训班开班，其间还召开了第四届三次主席团会议。

【全国首届现代刻字艺术公益课题班】

2018 年 6 月 17 日，由中国书法家协会刻字委员会、中国书法报社、江苏省书法家协会、南京师范大学江苏书画艺术研究中心共同主办的“全国首届现代刻字艺术公益课题班”在江苏省南京市七贤美术馆举行。本期课题班共录取学员 44 名。其中中国书法家协会会员 29 名，省级会员 10 名，书法理论作者 5 名，全国刻字展入展、获奖作者 14 名。课题班的举办目的在于为全国刻字艺术储备人才，推动其健康、快速发展。

【中国书法家协会新闻宣传工作首期专题研讨班】

2018年7月29日至31日，由中国书法家协会主办的“中国书法家协会新闻宣传工作首期专题研讨班”在北京市举行。来自书法家协会各团体协会的39名新闻通讯员参加了培训研讨。培训班旨在搭建书法界新闻宣传工作者学习交流平台，为当代书法事业的发展营造良好的舆论氛围。

【北京市文联、市书协“书法进校园”师资培训活动】

2018年8月18日至22日，由北京市文学艺术界联合会、北京市书法家协会主办的“书法进校园”师资培训活动在北京市大兴区少年宫举行。北京市文学艺术界联合会党组负责人赴现场观摩调研，北京市书法家协会秘书处负责人做开班动员讲话。来自大兴区文学艺术界联合会、大兴区书法家协会等70余名一线书法教师参与培训。

【黑龙江省与日本山形县缔结友好关系书法交流笔会活动】

2018年8月27日，由黑龙江省书法家协会主办的“庆祝黑龙江省与山形县缔结友好关系25周年书法交流笔会”在黑龙江省哈尔滨市举行。以山形县书道连盟青柳祥云会长为团长的日本国书法界代表团14名书家与黑龙江省书法界13位书家参与活动。

【联合国教科文组织非遗名录项目“中国篆刻艺术”保护工作实地调研】

2018年9月25日，文化和旅游部非遗司组织专家赴西泠印社孤山社址，实地调研入选联合国教科文组织非物质文化遗产名录（名册）项目“中国篆刻艺术”保护计划制订与实施情况。国家非遗中心管理保护部、西泠印社社委会社团负责人等参与调研。调研组举办了座谈会，深入了解“中国篆刻艺术”保护计划实施情况，对印社社委会组织开展的非遗保护工作给予高度肯定，并建议印社加强与高校合作，寻找更有效的传承路径，在科学、系统、规范的教学实践与理论总结中逐步构建中国印学学科体系，进而推动中国印学（或篆刻学）学科建设，为“中国篆刻艺术”的传承发挥更大作用。

【中国书法国际传播研究院成立】

2018年10月16日，中国第一家书法国际传播实体研究学术机构——中国书法国际传播研究院成立仪式在北京语言大学举行。研究院将进一步强化北京语言大学汉语国际教育和中华文化传播特色，发挥汉字书法在国际文化传播中的作用，促进中国书法创作、研究、教学和国际传播一体化发展，整合国际传播力量，以协同创新模式构建中国书法国际传播研究与交流新平台。

会议

【中国书法家协会2018年度工作会议】

2018年3月27日，中国书法家协会2018年度工作会议在北京市举行。中国书法家协会主席团部分成员、分党组领导班子以及各团体会员单位的主席及驻会负责人共100余人参加会议。会议通报了《2017年发展新会员情况报告》，介绍了第十二届国展策展初步设想，部署了2018年度工作。

【四川省书法家协会第七次全省代表大会】

2018年4月14日，四川省书法家协会第七次全省代表大会在四川省成都市举行。中国书法家协会、中共四川省委宣传部及四川省文学艺术界联合会负责人及9位特邀代表、121位全省书法家协会会员代表出席大会。大会听取并审议了《四川省书法家协会第七次全省代表大会工作报告》，选举产生了新一届理事会和主席团。

【湖北省书法家协会第19次主席团（扩大）会议、第五届四次理事会暨2018年工作会】

2018年4月25日，湖北省书法家协会第19次主席团（扩大）会议、第五届四次理事会暨2018年工作会在湖北省洪湖市举行。会议表彰了第六届中国书法兰亭奖获奖、入展作者，部署了第五届湖北书法艺术节相关筹备工作。会议全面梳理了2017年的工作成绩，对2018年书协工作进行了部署。

【江西省书法家协会四届二次理事扩大会】

2018年5月3日，江西省书法家协会四届二次理事扩大会在南昌市举行。毛国典代表四届主席团做工作报告。其间，江西省书法家协会组织举行了四届二次主席团会、四届二次常务理事会。会议审议通过了毛国典代表省书法家协会主席团做的工作报告，新会员人数及名单，江西省书法之乡及农民书法示范村申办条件和办法以及省书法家协会主席团、常务理事的履职工作规则。

【黑龙江省农民书法学会成立大会】

2018年5月31日，黑龙江省农民书法学会成立大会在黑龙江省绥化市举行。来自全省的128名农民书法代表参会。大会选举产生了首届理事会和会长组织机构人选。成立农民书法组织，对农民书法艺术走向组织化、规范化起到了积极的引导作用。

【中国书法家协会第七届专业委员会工作会议】

2018年6月24日至26日、7月3日至5日、7月16日至18日，中国书法家协会第七届专业委员会工作会议分三期在北京市举行。第一期为学术、篆、隶、楷、行、草、篆刻七个专业委员会，第二期为书法教育与行业建设委员会，第三期为刻字硬笔、新闻出版传媒、国际交流与女书家委员会。参会委员共计400余人。工作会由陈洪武主持。

【重庆市书法家协会四届五次主席团会议】

2018年7月5日，重庆市书法家协会四届五次主席团会议在重庆市文学艺术界联合会举行。市书协有关领导参加了会议。会上学习了习近平总书记给牛犇的信和中国文学艺术界联合会举行的《文艺界认真学习贯彻习近平总书记重要指示精神做有信仰、有情怀、有担当的新时代文艺工作者》座谈会上的讲话。会议对市文学艺术界联合会有关工作考核要求进行了通报，对下半年的主要工作进行了部署。

【中国书法史：观念与契机国际讨论会】

2018年10月17日至18日，由中央美术学院书法与绘画比较研究中心、中国艺术研究院中国书法院、宜春学院书法艺术学院联合主办的“中国书法史：观念与契机国际讨论会”在宜春学院举行。研讨会的相关议题包括：书法史研究的进展和存在的问题，对个人研究的介绍与思考，书法研究的方法论原则，当代书法研究与当代学术的关系，书法研究如何深入与深入的标志，评价历史人物的原则，作品研究对于书法史研究的意义，书法史研究与当代创作的关系等。

【康有为书学国际研讨会】

2018年10月27日至28日，由中共青岛市委宣传部、青岛市文学艺术界联合会、山东省书法家协会主办的“康有为书学国际研讨会”在青岛国际会议中心举行。研讨会有来自中国、俄罗斯、美国、澳大利亚、加拿大、法国、意大利、日本、韩国、新加坡、菲律宾、瑞士、比利时、印度等国家的书法名家、著名学者近120人参加。与会书家、学者就康有为书学艺术进行了研讨。

【全国新文艺群体书法作品汇报展研讨会】

2018年11月7日，中国书法家协会主办的“全国新文艺群体书法作品汇报展研讨会”在北京市举行。中国书协有关领导及专家近百人出席研讨会。研讨会旨在深入学习贯彻党的十九大精神和习近平新时代中国特色社会主义思想，加强对新文艺群体的团结引领，增强文艺队伍的凝聚力。

【上海市书法家协会第七次会员代表大会】

2018年11月11日，上海市书法家协会第七次会员代表大会在上海文艺会堂举行。中共上海市委宣传部有关领导及191名代表参会。大会审议并通过了《上海市书法家协会第七次会员代表大会工作报告》，选举产生了上海市书法家协会新一届理事会95名，其中常务理事29名。丁申阳当选为上海市书法家协会第七届主席，潘善助当选为驻会副主席兼秘书长。

【中国书法家协会第七届主席团第八次会议】

2018年11月26日，中国书法家协会第七届主席团第八次会议在北京市举行。会议研究讨论了举办第十二届全国书法篆刻展方案，审议通过了《以中国书协艺委会名义举办书法活动的管理办法》。

【天津市书法家协会第四次会员代表大会】

2018 年 12 月 15 日，天津市书法家协会第四次会员代表大会在天津大礼堂举行。天津市委宣传部有关领导及代表共计 97 人到会。大会审议并通过了工作报告和新的协会章程，选举产生了新的理事会和主席团。

【中国古代封泥学术研讨会】

2018 年 12 月 20 日至 22 日，由西安美术学院、西泠印社集团主办的“中国古代封泥学术研讨会”在西安美术学院举行。会上有 24 位封泥发现、研究、收藏领域的专家学者发言，涉及封泥的发现、著录、整理、研究等内容。

交流

【仁泽无疆——中日书法名家作品邀请展】

2018年3月27日，值中日邦交正常化45周年之际，由中国人民对外友好协会、中友国际艺术交流院、日中文化交流协会联合主办的“仁泽无疆——中日书法名家作品邀请展”在日本京都市劝业馆开幕。展览展出20位当代中国书家和20位日本书家作品共计100余件。作品内容以《论语》《礼记》等经典辞章为主。展览旨在推动中日文化交流互鉴，促进两国人民友好往来。

【“百年西泠·中国印”西泠印社布达佩斯特展】

2018年9月3日至14日，由西泠印社、欧洲华人华侨社团联合会主办的“‘百年西泠·中国印’西泠印社布达佩斯特展”在匈牙利塞切尼国家图书馆举行。展览展出西泠印社社员创作的篆刻作品80方，书法、中国画作品100幅。展览为匈牙利人民感受中国传统艺术搭建了平台。

人物纪念

【书法家魏哲逝世】

2018年5月7日，书法家魏哲因病在北京逝世，享年68岁。

魏哲（1950—2018），1950年生。黑龙江省哈尔滨市人。国家一级美术师、中国书法家协会理事、中国书法家协会评审委员会委员、中国书法家协会培训中心教授、辽宁省书法家协会副主席兼创作委员会主任、辽宁省文学艺术界联合会委员、葫芦岛市文学艺术界联合会副主席兼葫芦岛市书法家协会主席。曾任锦州市书法协会秘书长、锦州市美术协会理事。

【书画家郭子绪逝世】

2018年6月5日，书画家郭子绪因病在辽宁省沈阳市逝世，享年78岁。

郭子绪（1940—2018），1940年生。河北省乐亭县人。中国艺术研究院中国书法院研究员、中国国家画院书法篆刻院研究员、中国国家画院书法篆刻院艺委会委员。曾任中国书协创作评审委员会委员、中国书协国展评委、全国展论文评委。

【书法家齐剑南逝世】

2018年10月26日，书法家齐剑南因病在河北省承德市逝世，享年60岁。

齐剑南（1958—2018），1958年生。山西省晋中市人。毕业于中央美术学院版画系，2012年任宋庄书法院院长，2017年辞去宋庄书法院院长职务，成为独立艺术家。作品多次参加全国性大展，曾获文化部群星奖。

大事记

1月6日至14日，“书者心画——陈海良书法作品展”在北京荣宝斋书法馆举行。

1月11日至21日，“第六届中国书法兰亭奖作品展”在中国美术馆举行。

1月13日，文化部党组书记、部长雒树刚到西泠印社考察工作。

1月16日至3月4日，“张大千艺术展”在中国国家博物馆举行。

1月16日至21日，“白砥‘弘济’系列书法作品展”在上海斯觉艺术馆举行。

2月6日至5月6日，“静观——邓石如书法艺术展”在山西省博物院举行。

2月13日至3月11日，“笔墨乾坤——《万岁通天帖》特展”在辽宁省博物馆举行。

2月20日至26日，“全国第二届行书作品展”在三亚市今日汇艺术馆举行。

2月24日，“永远的丰碑——纪念周恩来同志诞辰120周年全国书法名家邀请展”在淮安市美术馆开幕。

3月16日至4月22日，“悲鸿生命——徐悲鸿艺术大展”在中央美术学院美术馆举行。

3月23日，“全国六〇印象篆书提名展”在重庆市群众艺术馆开幕。

3月27日，中国书法家协会2018年度工作会议在北京市举行。

3月27日，“仁泽无疆——中日书法名家作品邀请展”在日本京都市劝业馆开幕。

4月14日，四川省书法家协会第七次全省代表大会在四川省成都市举行。

4月25日，湖北省书法家协会第19次主席团（扩大）会议、第五届四次理事会暨2018年工作会在湖北省洪湖市举行。

4月25日，湖北省书法家协会“学习贯彻习近平新时代中国特色社会主义思想和党的十九大精神专题培训班”在湖北省洪湖市举行。

5月3日，江西省书法家协会四届二次理事扩大会在江西省南昌市举行。

5月3日，江西省书法家协会“学习贯彻习近平新时代中国特色社会主义思想和党的十九大精神专题培训班”在江西省南昌市举行。

5月7日，书法家魏哲因病在北京逝世，享年68岁。

5月10日至20日，“为万世开太平——于右任书法作品展”在中国美术馆举行。

5月15日至31日，“百年教育　百年悲鸿——徐悲鸿作品珍藏大展”在上海宝龙美术馆举行。

5月18日至8月1日，“取法与变法——清人临书展”在山东博物馆举行。

5月31日，“2018年书法工作会暨学习贯彻党的十九大精神专题培训班”在黑龙江省绥化市举行。

6月3日至7月15日，“铁笔生花——故宫博物院藏吴昌硕书画篆刻特展”在故宫博物院文华殿展厅举行。

6月5日，书画家郭子绪因病在辽宁省沈阳市逝世，享年78岁。

6月17日，“全国首届现代刻字艺术公益课题班”在江苏省南京市七贤美术馆举行。

6月24日至26日、7月3日至5日、7月16日至18日，中国书法家协会第七届专业委员会工作会议分三期在北京市举行。

6月25日至28日，“全国第二届大学生书法篆刻作品展”评审工作在河南省郑州市举行。

7月5日，重庆市书法家协会四届五次主席团会议在重庆市举行。

7月29日至31日，“中国书法家协会新闻宣传工作首期专题研讨班”在北京市举行。

8月8日至14日，“‘周慧珺杯’上海市中青年册页书法大赛作品展”在上海文艺会堂举行。

8月10日至21日，“讴歌新时代　共筑中国梦——学习十九大精神主题书法展”在济南市美术馆举行。

8月13至16日，“全国第三届篆书作品展”评审工作在河南省漯河市举行。

8月18日至22日，“书法进校园”师资培训活动在北京市举行。

8月27日，“庆祝黑龙江省与山形县缔结友好关系25周年书法交流笔会”在黑龙江省哈尔滨市举行。

9月3日至14日，“‘百年西泠·中国印’西泠印社布达佩斯特展”在匈牙利塞切尼国家图书馆举行。

9月14日至23日，“空舟载雪——池长庆书画作品展”在浙江美术馆举行。

9月15日至25日，“第六届国际书法产业博览会”在乌海市当代中国书法艺术馆举行。

9月16日至17日，“现状与理想——当前书法创作学术批评展”在乌海市当代中国书法艺术馆举行。

9月25日，文化和旅游部非遗司组织专家赴西泠印社孤山社址，实地调研入选联合国教科文组织非物质文化遗产名录（名册）项目“中国篆刻艺术”保护计划制订与实施情况。

9月26日至10月10日，“两岸汉字艺术节”在台湾省台北市举行。

9月26日至10月7日，“书于竹帛——全国简帛书法邀请展”在山东博物馆举行。

9月28日至10月14日，“用刀如笔——林剑丹篆刻作品展”在浙江美术馆举行。

10月4日至8日，“观澜——王客书法作品展”在文化和旅游部恭王府博物馆举行。

10月10日至11月11日，“此境风月好——丰子恺诞辰120周年回顾展”在浙江美术馆举行。

10月12日至27日，“临淄新见战国两汉封泥展”在浙江省杭州市中国印学博物馆举行。

10月13日至23日，“海派书法——刘一闻、鲍贤伦学术对话暨书法作品展”在济南市荣宝京行艺术馆举行。

10月16日，中国书法国际传播研究院成立仪式在北京语言大学举行。

10月17日至18日，“中国书法史：观念与契机国际讨论会”在宜春学院举行。

10月23日至30日，“书艺传家——刘江捐赠书法篆刻作品展暨刘江、章培筠、刘丹艺术展”在中国美术学院美术馆举行。

10月25日至11月4日，“漫画人间——丰子恺的艺术世界”展在中国美术馆举行。

10月26日，“全国第三届篆书作品展暨全国篆书名家邀请展”在河南省漯河市开幕。

10月26日，书法家齐剑南因病在河北省承德市逝世，享年60岁。

10月26日至11月4日，“祖帖故里　云间墨韵——上海松江书法晋京展”在中国美术馆举行。

10月27日至28日，“康有为书学国际研讨会”在青岛国际会议中心举行。

10月30日至11月3日，“全国第三届册页书法作品展”评审工作在上海市举行。

11月7日，“全国新文艺群体书法作品汇报展研讨会”在北京市举行。

11月7日至18日，“书写新时代·全国新文艺群体书法作品汇报展”在国家典籍博物馆举行。

11月8日至18日，“纪念中日和平友好条约缔结40周年：师古妙创——师村妙石篆刻书法艺术展”在中国美术馆举行。

11月8日至17日，“高山仰止·金陵四家书画作品全国巡回展”在济南市美术馆举行。

11月9日，文化和旅游部印发《文化和旅游部办公厅关于印发第十二届中国艺术节展览相关工作方案的通知》。

11月10日至15日，“第三届黑龙江·台湾书法交流双年展”在中国台湾举行。

11月11日，上海市书法家协会第七次会员代表大会在上海市举行。

11月12日，“2018（国际）印社社长高峰论坛”在浙江省杭州市举行。

11月12日，兰亭书会首尔研究院成立仪式在韩国国会议员会馆举行。

11月13日，“西泠印社第十四次社员大会”在浙江省杭州市举行。

11月13日，“百年西泠·与时为新”西泠印社115年社庆系列展在浙江展览馆开幕。

11月14日，“世界图纹与印记国际学术研讨会”在浙江省杭州市举行。

11月16日至30日，“纵横千古　两岸一家——谢稚柳、陈佩秋、傅申、陆蓉之作品展”在故宫博物院举行。

11月18日至28日，“万殊一相·狂草四人展”在湖南省长沙市举行。

11月20日至22日，“全国第八届篆刻艺术展”评审工作在广东省深圳市举行。

11月22日至12月2日，“美在阿拉善——岩画与居延汉简艺术展”在中国美术馆举行。

11月23日至30日，“与古为新——孙晓云书法作品展”在中国国家博物馆举行。

11月23日至12月3日，“齐剑南书画研讨纪念展”在北京凤凰美术馆举行。

11月25日至12月6日，“全国第二届大学生书法篆刻作品展”在国家典籍博物馆举行。

11月26日至12月9日，“庆祝改革开放四十周年全国书法大展”在北京民族文化宫展览馆举行。

11月26日，中国书法家协会第七届主席团第八次会议在北京市举行。

12月9日至2019年3月10日，“一代宗师——沈尹默诞辰135周年纪念文献展”在上海海派文化中心举行。

12月15日至2019年3月15日，“语·默——邱振中：书写中的诗与哲学展”在北京市举行。

12月15日，天津市书法家协会第四次会员代表大会在天津市举行。

12月18日至2019年2月28日，“鸿雪留痕　金石情深——李叔同西泠印社印藏展”在天津博物馆举行。

12月18日至2019年1月2日，“纪念叶一苇先生诞辰一百周年书法篆刻作品展”在中国印学博物馆举行。

12月19日至21日，“甘肃省第五届‘张芝奖’书法大展”在甘肃艺术馆举行。

12月20日至22日，“中国古代封泥学术研讨会”在西安美术学院举行。

12月22日至2019年1月2日，“寸耕堂书法近作展”在北京荣宝斋书法馆举行。

12月23日，中国书法家协会书法培训中心2019年教学工作会议在河北省廊坊市举行。

12月23日至27日，“爱我中华——中央国家机关首届元旦名家书画展”在北京中新华美术馆举行。

中国艺术年鉴·2019

+

索引

+

分卷主编：陈诗红

人名索引

A

B

C

F

G

P

Q

R

T

W

作品索引

G

H

J

K

L

Q

R

S

Z

机构索引

C

D

H

L

M

N

P

Q

T

后　记

《中国艺术年鉴》是一部系统汇辑重要艺术文献信息的综合性专业年鉴，主要反映中国年度各艺术门类、各艺术工作领域概况及成就，立体呈现艺术状况与发展趋势，力求为艺术研究者、管理者提供总结过去、分析现状、探索未来的资料依据，是一部多门类艺术领域信息工具书。

中国艺术研究院《中国艺术年鉴》编辑部为常设年鉴编辑机构，主要编纂《中国艺术年鉴》与《中国艺术学年鉴》两部年鉴，实行分卷主编制。《中国艺术年鉴》首卷为《中国艺术年鉴·2011 年卷》。此后，我编辑部又陆续编辑出版了《中国艺术年鉴·2012 年卷》《中国艺术年鉴·2013 年卷》和《中国艺术年鉴·2014 年卷》，以上几卷的标注年份与年鉴记述内容的年份相一致。经过征求中国出版协会年鉴工作委员会领导和专家的指导意见，结合新形势下年鉴编辑出版规范要求，自“2015 年卷”始，将标注年份调整为所载录资料（2015 年度的年鉴数据）的后一年度，即《中国艺术年鉴·2015 年卷》更名为《中国艺术年鉴 2016》。本卷则顺延推进，《中国艺术年鉴 2019》载录 2018 年度内容，且所收录卷目也做了部分调整，将此前独立卷目的歌剧、音乐剧卷，并入音乐卷，编纂体例延续《中国艺术年鉴·2014 年卷》。

《中国艺术年鉴 2019》的编纂工作于 2020 年 4 月启动。全书分为上、下两卷，250 余万字，条目 1400 余条。为保证全书信息的客观性、准确性和学术性，编辑部按照客观记录与学术评价相结合、全面反映与重点突出相协调、活动情况与反响评价相兼顾的思路与原则，对各艺术专业的行业发展信息进行审慎梳理和筛选，在此基础上，由各分卷主编聘请相关行业专家进行审稿，汲取专家修订意见后，最终完成《中国艺术年鉴 2019》编纂工作。

关于本年鉴中转载和摘录的文章，主要是基于国家艺术发展层面，选取当年度优秀论文或著作进行推介，但由于种种原因部分转载文章无法与作者取得联系，故未能发放文章转载费，烦请这部分作者予以谅解，并与本编辑部联系。

《中国艺术年鉴 2019》的编辑出版工作得到文化和旅游部、中国艺术研究院及学界专家的大力支持，谨在此表示衷心感谢。中国艺术研究院为了更好地梳理各年度的艺术发展脉络及趋势，专门设立课题《中国艺术年度发展研究报告》（以下简称《报告》），子课题涵盖了中国艺术各门类，本年鉴将各个艺术门类的《报告》收录于相应分卷之中的“年度述评”栏目，使各分卷得到丰富和充实。特在此对各《报告》课题组全体成员表示感谢！编纂过程中，《年鉴》系列丛书得到了业内专家学者的支持与指点，审稿专家对丛书内容提出的诸多宝贵意见有效提高了稿件质量。特别感谢中国艺术研究院的相关专家学者：戏曲研究所所长王馗研究员、李小菊副研究员，话剧研究所所长宋宝珍研究员，音乐研究所项阳研究员、李宏锋研究员，舞蹈研究所江东研究员，曲艺研究所所长吴文科研究员、赵倩副研究员，电影电视研究所所长丁亚平研究员、许婧研究员、支菲娜高级编辑、类成云编审，美术研究所所长牛克诚研究员、孔德平副研究员，摄影艺术研究所所长李树峰研究员，工艺美术研究所所长邱春林研究员。还要特别感谢中国社会科学院文学研究所刘平研究员，上海音乐学院贺绿汀中国音乐高等研究院青年研究员、《歌剧》杂志主编、上海歌剧院艺术创作室主任游暐之，《美术》杂志主编尚辉编审，中国美术馆魏祥奇副研究馆员，清华大学美术学院信息艺术设计系吴琼教授，南京大学徐艺乙教授，中国建筑设计研究院景观生态环境建设研究院李力高级建筑师，北方工业大学陈健捷讲师，清华大学《装饰》杂志编辑部主任周志副编审。还有许多专家学者在编纂过程中提供不少帮助和支持，由于篇幅所限未能一一列出，在此，谨表歉意并诚挚感谢。

《年鉴》编纂资料浩繁，书中难免有疏漏之处，敬请读者指正！

中国艺术研究院《中国艺术年鉴》编辑部

2021 年 10 月